U0444262

主 编／丁 帆
副主编／马永强 管卫中

History of New Literature in Western China

中国西部新文学史

人民文学出版社

图书在版编目（CIP）数据

中国西部新文学史/丁帆主编. —2版. —北京：人民文学出版社，2018
ISBN 978-7-02-014601-7

Ⅰ.①中… Ⅱ.①丁… Ⅲ.①中国文学—现代文学史 Ⅳ.①I209.6

中国版本图书馆CIP数据核字(2018)第226737号

主　　编　丁　帆
副 主 编　马永强　管卫中
责任编辑　陈彦瑾　周方舟
装帧设计　李思安
责任印制　王重艺

出版发行　人民文学出版社
社　　址　北京市朝内大街166号
邮政编码　100705
网　　址　http://www.rw-cn.com

印　　刷　天津千鹤文化传播有限公司
经　　销　全国新华书店等

字　　数　684千字
开　　本　720毫米×1020毫米　1/16
印　　张　41.75　插页3
印　　数　1—3000
版　　次　2004年10月北京第1版
　　　　　2019年8月北京第2版
印　　次　2019年8月第1次印刷

书　　号　978-7-02-014601-7
定　　价　89.00元

如有印装质量问题，请与本社图书销售中心调换。电话:010-65233595

本书撰写者分工一览表

绪　　论——丁帆、马永强、贺昌盛
第一章——马永强
第二章——第一节、第二节:马永强;第三节:李玲、冯琼琼;第四节:胡颖、王登渤
第三章——管卫中
第四章——第一节:管卫中;第二节:贾艳艳;第三节:李兴阳;第四节:胡颖、王登渤
第五章——第一节:贾艳艳;第二节:马永强;第三节、第四节:管卫中
第六章——第一节:刘昕华;第二节、第三节:李兴阳;第四节:马永强;第五节:胡颖、王登渤
第七章——第一节:傅元峰;第二节:黄轶(其中雪漠部分由贺仲明撰写);第三节:陈霖、齐红;第四节:黄勇;第五节:王瑛
第八章——第一节、第二节、第三节:马永强;第四节、第五节:管卫中
第九章——贺仲明、李伟
第十章——马永强
第十一章——第一节:管卫中;第二节:程小强、马永强;第三节:孙杏花、刘新锁;第四节:金春平;第五节:李兴阳
统　　稿——丁帆、马永强、管卫中

目 录

序 言 ……………………………………… 丁帆 马永强 1

绪 论 独特的文明形态与西部新文学的视阈 …………… 1
  第一节 西部的边界与独特的文明形态 ……………………… 1
  第二节 西部新文学的历史演进 ……………………………… 8
  第三节 西部新文学的美学风格 …………………………… 21

第一章 西部文化底色与西部新文学的萌动（1900—1949） …… 33
  第一节 文化底色与西部文学传统的复苏 ………………… 34
  第二节 域外探险者笔下的西部镜像 ……………………… 41
  第三节 如火如荼的少数民族文学创作 …………………… 52
  第四节 汇入时代主潮的文化自觉 ………………………… 65

第二章 人的觉醒与西部新文学的成长期（1949—1979） …… 92
  第一节 西进热潮中的"战歌"与"牧歌" ………………… 94
  第二节 人的觉醒与多民族的混声合唱 …………………… 114
  第三节 西部想象与别具一格的文学书写 ………………… 129
  第四节 西部现代戏剧的繁荣及民族特色 ………………… 142

第三章 西部新文学的繁荣期（上）（1979—1992） …………… 150
  第一节 "流放者"的沉吟：反思小说 ……………………… 150
  第二节 边地"大风歌"：崛起的诗群 ……………………… 159
  第三节 "回忆未来"：现代主义小说的兴起 ……………… 177
  第四节 "盲流"的哀歌：寻找家园的故事 ………………… 194

第四章 西部新文学的繁荣期（中）（1979—1992） …………… 199
  第一节 垦边悲歌：吟叹不尽的边地人生 ………………… 199

1

第二节　雪山冰雕：西线军旅小说 …………………………………… 208
　　第三节　人性悲吟：西部乡土小说 …………………………………… 225
　　第四节　生命之舞：西部戏剧的辉煌与困境 ………………………… 245

第五章　西部新文学的繁荣期（下）（1979—1992） ………………………… 252
　　第一节　旷野独语：西部散文 ………………………………………… 252
　　第二节　生命极境：西部纪实报告 …………………………………… 273
　　第三节　长河落日：西部历史小说 …………………………………… 286
　　第四节　诗性歌谣：西部儿童文学 …………………………………… 294

第六章　西部新文学的蓬勃景观（1992—2000） ……………………………… 299
　　第一节　高地情怀：90年代的西部诗歌 ……………………………… 300
　　第二节　生灵歌者：新小说群的精神向度 …………………………… 327
　　第三节　大漠孤烟：散文的新时代 …………………………………… 360
　　第四节　走向圣殿：未完成的报告 …………………………………… 379
　　第五节　边塞光影：西部影视艺术 …………………………………… 388

第七章　新世纪西部文学的演进（2000—2017） ……………………………… 394
　　第一节　诗性深植与西部风骨：新世纪诗歌 ………………………… 395
　　第二节　多元绽放：新世纪小说 ……………………………………… 406
　　第三节　土地与风物的歌与思：新世纪散文 ………………………… 424
　　第四节　沉思中的回望：新世纪非虚构文学 ………………………… 441
　　第五节　镜头中的西部：新世纪影视创作 …………………………… 451

第八章　母族的咏叹：西部少数民族文学（1979—2000） …………………… 466
　　第一节　雪域史诗：藏族文学 ………………………………………… 467
　　第二节　草原长调：蒙古族文学 ……………………………………… 480
　　第三节　天山牧歌：维吾尔族与哈萨克族文学 ……………………… 492
　　第四节　母族精魂：回族文学 ………………………………………… 501
　　第五节　芳草青青：其他少数民族文学 ……………………………… 504

第九章　民族文化透视：新世纪西部少数民族文学（2000—2017） ………… 507
　　第一节　民族历史与文化回归：藏族文学 …………………………… 508
　　第二节　草原文化与生态伦理：蒙古族文学 ………………………… 513
　　第三节　边地情怀与自然牧歌：维吾尔族和哈萨克族文学 ………… 516
　　第四节　民族精神与故土深情：回族文学 …………………………… 520

  第五节 多姿多彩的其他少数民族文学 …………………………………… 525
第十章 西部口传文学的现代传播 ……………………………………………… 528
  第一节 史诗之王:《格萨尔》 ……………………………………………… 532
  第二节 没有句号的史诗:《江格尔》 …………………………………… 548
  第三节 悲剧史诗:《玛纳斯》 …………………………………………… 560
  第四节 天籁之音:西部的歌与诗 ………………………………………… 569
第十一章 现代西部文学制度与文学思潮 …………………………………… 582
  第一节 《当代文艺思潮》与西部文学研究 ……………………………… 582
  第二节 期刊、社群、文学活动与西部文学 ……………………………… 611
  第三节 西部新文学中的英雄主义文学思潮 …………………………… 625
  第四节 西部新文学中的生态主义文学思潮 …………………………… 633
  第五节 西部新文学中的神秘主义文学思潮 …………………………… 640

后 记 ……………………………………………………… 丁帆 马永强 650
主要参考书目 ………………………………………………………………………… 651

序　言

在书写《中国西部新文学史》(即《中国西部现代文学史》修订版)序言时,我们的思绪常常不自觉地游离到文学之外。遥望西部,内心涌动的不仅仅是对奇诡的自然造化的神往,还有对层层累积的历史文化、多民族色彩不断探寻的冲动。地处欧亚内陆的西部,从人类的童年开始,就是一块生长英雄和英雄史诗的高地,一块放牧着野心和激情的高地。这里曾是人类文明的交汇地之一,世界几大文明在此留下了碰撞、融汇的历史印记。古"丝绸之路"既是连接东西方的玉石、丝绸、瓷器、香料、茶叶等的贸易之路,也是古代中国连接欧亚大陆的重要枢纽和通向世界的主要通道。无论是"喜马拉雅运动"与青藏高原的隆起,还是昆仑神话对中华民族起源的哺育与想象,从远古的地质变迁到人文化地"根"的溯源,一切都充满了神秘的昭示意义。这里还是珍稀动植物的海洋,1925年至1927年,美国植物学家、人类学家约瑟夫·洛克在青藏高原东北边缘的迭部一带流连忘返,他由衷地慨叹:"我平生未见过如此绚丽的景色。如果《创世记》的作者曾看见迭部的美景,将会把亚当和夏娃的诞生地放在这里。"不仅如此,这里还有古象雄文明、神秘的楼兰古国、大地湾早期农业种植与建筑艺术、闻名世界的彩陶艺术、遍布各地的青铜艺术、横贯数千里的石窟长廊等历史遗存。还有与水有关的文明进化烙印:亚洲最大的古象——黄河古象,就发现于陇东马莲河畔;河西走廊昌马盆地发现的生活在大约1.1亿年前的"甘肃鸟"化石,是世界上最古老的今鸟型类化石,填补了鸟类进化史的空白。这种鸟,长有翅膀,能像鸭子一样潜水,以鱼、昆虫为食,偶尔也吃植物……一切都说明了西部高地很久以前水草丰茂的事实。面对洪荒时代留下的久远的刻痕,我们不止一次地想象,洪水过后的西部高地,不止一群人沿着洪水退去的足迹远行,向太阳升起的地方迁徙,那也许就是人类最初的足迹。总有一些隆起的高地牵挂着我们的梦想,因为文明进化的阶梯在此完成。人类进化源头产生裂变时的巨大能量——文明的光芒始终照耀着人类的旅程。考量人类文明的进程,缺失了什么?丢掉了什么?这是人类经常面临的课题。就像一个人,虽然到了暮年,但总忘不了童年,因为童年孕育着巨大的光芒和能量,滋养了一个人成长的历程。人类也无法忘掉或者抛弃自己的童年,不管走得多远,也需要在此寻找力量。文明的进程就是在这样的不断回望中完成。

对于中国西部文学的持续关注也正是源于以上思考。20世纪90年代后期开始,全球化语境下的地域文化差异日益凸现,我们的研究视野也拓展至全球化语境下的文明冲突和地域文化的深层,而自成格局的西部文学美学价值的发现,使我们产生了建构中国西部文学史的最初冲动。经过多次学术碰撞和交流,孕育之中的《中国西部现代文学史》架构呼之欲出。2000年,我们拟订了写作的初步宗旨和大纲,在此基础上经过反复酝酿,于2002年申报的"中国西部现代文学史"国家社科基金项目顺利地通过了立项。然而,研究之路从一开始就是不平坦的。迄今为止,我们的现代文学史著作已经足有千种之多,呈现出了"百花齐放"的可喜局面。然而,我们又不得不遗憾地说:由于种种原因,现行的现代文学史无论是在有意识层面还是无意识层面,都将西部文学边缘化了。换言之,中国现代文学史的著史视角始终停滞在以农耕文明为主体的中原文学板块和以现代文明为主体的东南沿海文学板块上,虽然对西部文学的研究和关注也多有局部的涉及,但是总觉得不够系统,有一种难言的拼贴感和隔膜感。其根本原因就在于我们对大量西部文学的文本阅读得太少;我们对西部文化生态——以游牧文明为主体的多民族文化形态的不熟悉;我们对西部风土人情、风俗风景的陌生;我们对西部作家表达情感的方式,乃至审美观念与文本的书写方式都有着天然的距离感。因此,摆在我们面前的撰写宗旨就凸显了出来:全面地、系统地勾画西部现代文学史的面貌,将它置于一个独立的、自成体系的学科研究序列,既要成为我们的研究视角,又要成为我们观照一切西部文学的价值理念。于是,用新视角去打捞和钩沉被中国现代文学史忽略、遗忘乃至湮没的许多优秀作家作品;以新的理念去重新解读和诠释大量文本生成的意义,包括那些没有被发掘的有意味的形式,便成为我们撰写《中国西部现代文学史》的主体架构和价值观的关键所在,也成为这部文学史修订版的一个基本遵循。

鉴于此,我们清楚地认识到:西部现代文学史的建构并非是简单地编撰一部区域的文学门类史,它是西部独特的文明形态的象征和显现,受制于西部的自然环境、生产方式、社会历史进程以及民族、宗教、文化的多样性、混杂性、独特性的影响,并一直呼应着中国现代文学主潮的脉动。所以,这就要求我们必须站在历史的、多元文明形态的高度,用一种西部文化精神的整体观来统摄西部文学中的每一个文学现象、社团流派和作家作品。只有这样,我们才有可能把西部文学的研究提升到一个新的理性高度。

在编撰文学史的过程中,我们首先遇到的难题就是史料和资料的搜集。可出乎意料的是,当我们发出大量信函向西部作家征集资料时,一捆捆书籍和雪片般的信札如期而至。新疆作家陈漠的来信道出了许多西部作家的心声:"我虽是一个文学新手,但却有着极其虔诚而积极的期待。关于中国西部文学,我从来没有消极过。我觉得,对于每一位西部作家来说,无论在任何时候,我们都应当保持一种健康而平和的心态。我们应当站在人类应有的精神高度从事我们的生活和写作,我们应当把生命一般宝贵的写作生活建造得更加朴素和动人……我心中的西部文学一直在远处金光闪烁着,在远处等我、在远处发出醉人的咆哮。我是怎样期待这一切呀!我等待着那条通往来日的秘密通道!"甘肃作家柏原在信中说:"中国西部现代文学史的建构和写作,是主流话语对放逐已久的西部文化的深切关注,这一写作本身的价值远远超越了在当下的意义……"我们没有想到的是,许多作家对我们的研究课题如此尽心尽责并表达了深切的期盼,他们对西部文学发展的那份诚意和热望使我们深深地感动了,我们没有理由对这一研究工作有半点马虎。

如何确立撰写的总体思路和方法当然也是成书的关键。首先,西部现代文学史的空间区域的划分和时段上下限是个难点。在空间区域的厘定上,"文化西部"成为我们划分西部边界的内在标准。这里的"西部"是一个由自然环境、生产方式以及民族、宗教、文化等要素构成的独特的文明形态的指称,是以游牧文明为背景的融汇了游牧、农耕和前工业的文明范畴(另外两个中国的文明范畴是:中部以农耕文明与工业文明为主体的文明范畴,沿海都市以后工业与后现代文明景观呈现的文明范畴)。在时段划分上,我们本着西部文学的内在逻辑线索,参照政治社会文化的变迁,但不唯政治标准划分切割的理念,对西部现代文学进行分期,尽量做到接近历史的真实与客观。其次,作为文学史观照的主体对象的作家作品,我们既要用宏观的文化视野和人文理性的价值观去概括其总体特征;同时也要以微观细致的文学研究的方法去进行工具性的梳理。从形而上到形而下再到形而上,成为我们内在的撰写视角。在研究中,我们着重强调的是这部文学史的内在的审美逻辑线索和文化精神线索的贯穿。因此,确立了西部文学"三画"(风俗画、风景画、风情画)和"四彩"(自然色彩、神性色彩、流寓色彩、悲情色彩)的研究格局,以此来剖析文本。唯此,我们才将获得对西部文学最准确的文学本质的美学把握。

在新世纪的这十几年中,有媒体和研究者指出,2004年出版的《中国西部现代文学史》是中国第一部西部文学史,它填补了中国文学史书写的空白——全面系统地勾画了20世纪西部文学发展的脉络和演进过程。由于文学史收入的作家比较全面,阐述独到,而且叙述方式采用了不同于以往的文学史书写方式,所以,文学史不仅走进了高校,也走到了研究者案头,可以说它的价值和意义就在时间的刻度里……而我们始终认为,这部文学史之所以会得到太多的肯定,主要源于对西部文学价值的重新发现,其实我们的研究只是打捞了人类文明长河中一些闪烁的贝壳而已。正如初版序言结尾写的那样,2004年出版"《中国西部现代文学史》所关注的是西部文学的进行时,因此,遗漏和局限也会随着时光流逝毕现,但我们追踪的目光不会停止",所以说,时过十多年的再一次大规模修订和补充,就是我们不断追踪、思考的结果,也是对这一承诺的兑现。本次修订的一个重点是将西部文学史的书写时段由初版西部文学史的截止时间2003年拓展至2017年。修订版增加了两章十五节十六余万字的内容,对四个章节给予了大幅度修改、删减,还对通篇内容进行修改、补充。来自全国著名高校和研究机构的二十多位文学研究者进行了为时三年的修订,除一批年轻的文学研究新锐参与外,这一次还邀请到了贺仲明、李玲、陈霖、黄轶等文学研究专家加盟。修订版更名为《中国西部新文学史》。正如研究者说的,十多年前,这一部文学史的写作价值远远超越了时代的意义,而今,源自文化自觉的"重新写作"依然如此。

十余年来,西部文学涌现了大量新生代作家,部分西部作家的创作也发生了很多改变和突破。所以,此次重新修订的内容之一就是补充了自2003年至今出现的新晋作家作品、老作家的创新与变化,以及推动西部文学发展的现代文学制度如文学期刊、社群、文学活动对西部文学的影响等。《飞天·大学生诗苑》是文学期刊中增补的内容之一,这个栏目曾刊载约一千一百人的两千三百多首诗歌,涉及三十多个省市的五百多所高校,包括港澳和旅美大学生。一批已有影响的青年诗人如叶延滨、徐敬亚、叶舟、于坚、王家新、海子等人都可从《大学生诗苑》寻觅到当年脱颖而出的踪迹。可以说,《飞天》是80年代中国现代主义诗歌的一个重要阵地。这一次修订,在原文学史1949—1979期间增加了"西部想象与别具一格的文学书写"一节。井上靖、梁羽生、金庸三人进入西部文学史书写视阈,是因为他们具有很重要的文学史意义。几位作家都未到过西部,而西部却又成为他们的书写对象;他们在这一时期的写作风格,为1949年以后三十年间的中国文学书写和文学史书写所独见。日本作家井上靖的《敦煌》系列和《楼兰》系列西部小说曾在日本掀起了"中国西部热""敦煌热",实际上他本人是1977年才来到中国的,应该看到那些历史小说是来自于他对中国西部的想象。梁羽生的武侠小说有三十五部,其中"天山系列"有二十部,而纯粹以天山为背景的有十二部。金庸的《白马啸西风》这部小说的故事就完全发生在新疆。当然,金庸其他作品中涉及西部的篇幅没有《白马啸西风》这么重,但这些足以显示西部是他写作的重要文化符号和想象空间。重新修订的另一个深刻原因在于:西部文学本身蕴含的深刻文化象征意味。作为美学精神的内化——西部风骨,已经成为西部文学、西部文化对于中国文学和文化最大的馈赠和贡献。尤其是自20世纪80年代掀起的"西部文学热"到新世纪的今天,中国文学一直存在一个显性与潜藏着的"精神上的西进",向西部寻找精神资源和动力,寻找生命的力和美,寻找诗性浪漫主义和梦想。因为西部是一个独特的存在,是一个精神的高地,是英雄史诗成长和流传的高地,是这个文化消费时代的"存"与"真"。西部蕴藏着最丰富的文学内容,是文学的富矿。从文明史的视角看,西部文学具有"活化石"的意义。长期以来,这是一个被忽略的领域,理论界对此关注不够。而西部作家深陷其中,由于没有外在文明的参照,创作视野也受到极大的限制。这一现状是"文明差序格局"和中国文学的地域空间造就的。尽管如此,我们仍然呼唤并期待:西部的作家能够用自己的文学智慧和恒定的价值理念创作出无愧于一个大时代的鸿篇巨制,不要忽略脚下具有世界意义的文学描写的重要元素——那个能够创造浪漫主义和现实主义的富矿——原始的、野性的自然形态和尚未被完全破坏的文化形态所给予的审美观照。在这一点上,我们比较认同"茅盾文学新人奖"获得者弋舟对此作出的呼应,他说:"'西部特色'将是一个日新月异的所指……那些亘古与恒常的准则,永远会作用在我们的审美中","在主题表达中,坚持一个中国作家应有的人性价值立场是毋庸置疑的;而重要的是在题材领域里我们在多种选择中,可能自然生态的描写,风景、风情和风俗的描写应该成为我们的长项;而浪漫主义的描写方法也应该成为恢复中国现代文学此类缺失的重要元素。所有这些特质的挥发,一定会使西部文学的特征予以凸显,使其成为中国文学发展新的迷人的风景线"[1]。这也正是我们追寻和期待的。

  最后,我们首先要感谢的是那些为本书撰写工作提供了大量资料的西部作家和文学工作者,没有他们的奉献,此书的写作肯定会受到阻遏。再者,要感谢人民文学出版社给予的支持,在文学史出版十年后提出修订的建议并竭力促成了修订工作的完成。没有上述热心者的无私帮助,此书的问世都是很困难的,我们再次表示最诚挚的感激之情。最后还需要说明的是,我们深知西部文学研究尚有许多盲区,亟待更多的文学研究者去关注、去开垦,尤其是那些用少数民族文字书写的文学作品,囿于种种条件限制,我们无法对其展开大规模的翻译和研究,只是关注了翻译成汉语的部分作家作品。在此,我们深表遗憾。这部《中国西部新文学史》存在的缺憾,希望得到大家的关注和修正。当然,我们追踪西部文学的目光也是不会停止的。

丁帆 马永强
2018年4月2日

---

[1] 弋舟:《站立在城市的地平线上》,《当代作家评论》,2015年第4期。

绪论　独特的文明形态与西部新文学的视阈

　　西部新文学是中国文学整体历史发展中的一个重要的部分,它不仅秉承着中国这个多民族国家悠久的文学历史传统,而且始终呼应并参与着现代中国文学主潮的建构。如果从"地域人种"和文明形态的视角来看,西部新文学又存在着迥然区别于中部和东部文学的极其特殊的一面,一直伴随着"抵进本土""发现本土"的内在追求和艺术超越,从而凸现了多民族文化融合的景观和风貌。那么,如何深入地开掘这一文学形态的独特性及其内在的特定文化蕴涵,则是本书研究的核心内容。"中国西部新文学史"就是从西部独特的文明形态入手,来展示这一地理文化版图上产生的特殊文学形态,从而使得中国西部地区自近现代以来所发生的种种文学事件,以及中国西部文学丰富多彩的美学形态,得以准确而有力地呈现。

　　这里拟就"文化西部"概念的确立、中国西部独特的文明形态、西部新文学的演进历程及其整体的美学风格等方面的问题做出简要的论述。

第一节　西部的边界与独特的文明形态

　　文化从本质上来说是特定文明形态的外化,它不仅受地理环境、自然条件、生产方式的制约,而且也与它相对应的民族心理和宗教信仰等意识形态息息相关。那么,影响中国西部文化的文明形态究竟包含什么样的特殊内涵呢?它又是怎样影响民族心理和文学艺术的呢?这是我们研究中国西部新文学首先要面对的问题。

　　这里所讨论的"西部",是一个由自然环境、生产方式以及民族、宗教、文化等因素构成的独特的文明形态的指称,与地理意义上的西部呈内涵上的交叉。它的边界和视阈,既不同于地理地貌意义上的西部区划,也不同于以发展速度为尺度所划分的经济欠发达地区。它是以西部这一多民族地区所呈现出的生产方式、文化、民族、宗教的多样性、混杂性、独特性为依据划分的,主要是指:以新疆维吾尔自治区、内蒙古自治区、西藏自治区、宁夏回族自治区和青海、甘肃两省为主体,以游牧文明为背景的融汇了游牧及农耕和前工业的文明范畴;这是一个"文化西部"的概念。与此对应的另外两个文明参照模式是:中部以农耕文明与工业文明为主体的文明范畴、沿海现代都市以后工业与后现代文明景观呈现的文明范畴。以上便是当下中国三大基本文明形态之基础。

一、"文化西部"的独特内涵

中国大陆的自然地貌,呈西北高东南低的三级阶梯状,西部涵盖了中国地形中的第一阶梯(青藏高原)和第二阶梯中的大部(内蒙古高原、黄土高原的西部北部以及辽阔的新疆腹地),不仅多高山,而且大部分地区处在草原、干旱和半干旱、荒漠和半荒漠的地带,属于典型的"高地"文化。因此,与之相对应的必然是以游牧为主体并兼有农耕和前工业的生产方式。由于这一地域的农耕文化从其大的背景来说依然带有游牧文明的底色,而与中原农耕文明地区存在着鲜明的文化落差与反差,因此,我们还是将其在总体上划归于以游牧生产模式为主的文明范畴。

相比于农耕文明而言,游牧文明统摄下的游牧经济具有前现代意义上的外向性。由于其自身无法实现生产和生活的自给自足,所以,必须在与外界特别是与农耕民族的产品交换中才能保证经济生活的正常运行,由此形成了对农耕文明的经济依赖关系。在一个相当长的历史时期,他们对农耕地区的茶叶、食盐、铁器、丝绸、粮食等生活必需品的依赖和需求,大部分是以快马奔袭和抢掠的方式完成的。宋代以降,在游牧区与农耕区的交界地带出现过的"茶马互市"和"榷场",曾经使游牧与农耕这两种不同文明的生存方式间的互需关系得以合法化。这种经济依赖关系不仅成为游牧和农耕区的民族关系的主要内容,而且也成为制约民族关系的主要因素。不仅如此,地处欧亚大草原的游牧民族,还通过控制贸易和交换,间接或直接地成为东西方物质交流、文化传播的中介,所以,古代亚洲与欧洲的关系其实并非后世想象的处于隔绝状态。为了达到"控制中介贸易"的目的,游牧部落之间、游牧王朝与农耕王朝之间不惜发动战争,占领重要城市并控制东西商路,在这一过程中,"匈奴人、突厥人、蒙古人都扮演过争夺中介贸易的重要角色。交换范围日趋扩大化,也日趋国际化",所以说,"在中世纪以前,这种大交换的局面主要是由游牧人开拓出来的"。① 这在很大程度上成就了东西方的交流和沟通。

此外,游牧文明统摄下的游牧经济还具有迁徙属性。以部落为基本单位的游牧民族,氏族、家族是其联系的主要纽带,他们"迁徙无常处,漂泊千百里",过着逐水草而居的生活,而"农耕人以乡村为基本单位,以姻亲为纽带,聚宗族、家族而定居"②,往往"足不出乡里,行限于方圆,安土重迁。两者在生产上、生活上乃至文化心态上是大不相同的"③。这说明,游牧经济的迁徙属性使游牧文明具有了不同于农耕文明的民族文化心理。游牧民族的不断迁徙所带来的生产与生活的流动性,不但使游牧文明除却了农耕文明那种保守心态和意识形态上的观念体系,而且培育了游牧民族宽广的胸怀与开阔的视野,也为大规模的文化交流提供了有利的条件。

以上两个方面说明,游牧文明的"外向性"和"迁徙性",影响并决定了西部民族的文化心理和生存智慧。常年在草原戈壁、崇山峻岭间的长途远徙,培养了游牧民族的坚忍意志与不惧远徙的心劲;多变的气候和雪灾、干旱教会了他们克服自然艰险的生存经验,对大自然的不完全理解和崇敬心理造成了他们的万物有灵观和自然崇拜观;马背上的生活与生产方式锻造了他们的骑术,也培育出了尚武观念、剽悍性格与攻击勇气;人口的稀少和瘟疫、自然灾害导致的减员,使得他们格外重视人口和族群的繁衍,造成了他们重生殖、轻贞操的两性关系观念;宗教信仰造成了西部各民族特有的民族心理结构、婚葬形式、风俗习惯;等等。这些观念和行为模式与农耕文明培育出的文化迥然相异,它也许就是西部这一独特文明形态的主要内涵。

二、"文化西部"的互融形态

中国西部历来就是多民族共同生活的区域,这里不光是氐、羌、吐蕃、匈奴、回鹘、突厥、乌孙、党项、鲜卑等古老民族的主要聚居地,而且逐渐融合并形成了今天生活在这里的蒙古、藏、维吾尔、哈萨克、汉、回、裕固等数十个民族。

---

① 项英杰等:《游牧文化的世界历史地位》,《草原文化研究资料选编(第二辑)》,内蒙古教育出版社,2005年出版。
② 项英杰:《游牧文化通观》,《草原文化研究资料选编(第二辑)》。
③ 项英杰等:《中亚:马背上的文化》,浙江人民出版社,1993年出版,第319页。

西部由此成为域内多民族融合的历史舞台,也成为世界几大文明交融、碰撞的枢纽,从而形成了西部独特的文化互融形态和风貌。

西部文化互融的形式是多种多样的,其中既有民族迁徙过程中不同文化间的接触,也有邻近民族相互间在文化上的吸收;有对外来文化同步形态的吸纳,也有不同发展阶段各民族文化间的相互融汇。从上古开始,西部就是多民族共同生活的区域,据传华夏始祖之一的黄帝部落就来自于西部,周人与秦人(之后向东迁移至洛阳和咸阳一带)的祖先不但起源于西部,而且早已开始同西部高原的羌人等联姻和往来。生活在广袤草原上的古代游牧民族,走马灯似的在西部的历史长河中蹚过,有的湮没在历史的尘埃中,有的融合、分化为别的民族。在相当长的历史时期内,农耕民族与游牧民族的文化中心区互有冲撞和变化。"游牧民族创造的游牧文化,是丰富多彩的中国文化系统的一个重要构成因素。而游牧文化又曾多次与中原地区精耕细作的农业文化发生碰撞,并在反复冲突中实现融合。这对中华民族文化的发展产生过长远的、全局性的影响。"[①]中原政权也常常出于扩大疆域和统一治理的需要,对西部民族发动不同规模的战争。随着不同王朝向西部移民实边政策的推行,游牧民族与农耕民族已逐步形成了混居,加上部分民族的东迁,中国西部的民族大融合就成为一种必然的趋势。不同民族在同汉族的长期往来中,其生活方式也有逐步汉化的趋向。例如,甘肃酒泉、民乐一带的"汉番"就是"汉族与番民在体质上与文化上糅合的结果"[②]。同时,在这一民族杂居区的民族交融也必然是双向进行的,"汉族在变,少数民族也在变"[③]。正如司空图的《河湟有感》所写的汉人藏化的情景:"一自萧关起战尘/河湟隔断异乡春/汉儿学得胡儿语/却向城头骂汉人。"所以,余斌认为:从唐以降到现在,民族融合一直在花儿的原产地——甘宁青交汇的地区进行,"有的民族从历史舞台上消失了(如吐谷浑),或迁徙到别的地方去了(如羌族);同时经过融合产生了新的民族(如东乡族),迁来了外地的民族(如蒙古族)",这样"双向"进行的文化交融,使它们共同构造了中国西部多元文化的基本面貌[④]。

不仅如此,西部各民族还有着与域外各民族交流的悠久历史,古代丝绸之路在这里一直是连接中亚、西亚、希腊和罗马的重要枢纽,是希腊文化、罗马文

---

① 冯天瑜、周积明:《中国古文化的奥秘》,湖北人民出版社,1986年出版,第63页。
② 罗伯特·F.莫菲:《文化和社会人类学》,吴玫译,中国文联出版公司,1988年出版,第165页。
③④ 余斌:《中国西部文学纵观》,青海人民出版社,1992年出版,第40页。

化、印度文化、阿拉伯文化、波斯文化与中华民族文化最先交流、荟萃的场所。民族融合所带来的结果是异质文化进一步走向交融。例如,古鄯善国的犍陀罗艺术就具有浓厚的罗马风格,于阗(今新疆和田)、龟兹(今库车)各式雕塑、绘画、建筑就深受古代印度文化的影响。域外各民族文化与中原汉民族文化在这里都曾有过相互碰撞与交汇的开阔空间。

可以说,这一民族交融的历史和现状,既是特定经济形态下的必然,又是一个漫长的历史过程。对此,季羡林阐发了这样的看法:古丝绸之路在过去很长的时期内,一直是"东西各国文化交流的枢纽,许多国家的文化,包括世界上几个文化发源地的文化,都在这里汇流"[①],由此形成了多元文化混合的特色。这一地域形成的陇右汉文化、混血的敦煌文化、西域文化、雪域文化、多宗教文化等,必然带着浓郁的游牧、宗教和多民族文化交融杂糅的色彩。

三、"文化西部"的宗教文化底蕴

西部独特的多民族文化形态的形成与西部民族的宗教信仰也密切相关。就宗教文化的流播而言,穿越甘肃长廊和新疆腹地的古丝绸之路,是佛教、伊斯兰教、道教、基督教等宗教,以及中华文明、希腊文明、伊斯兰文明、印度文明碰撞和汇合的锋面。从印度传入的佛教,在青藏高原上的藏民族中扎根,形成了独特的藏传佛教体系及宗教文化圈,之后,它又向东北越过甘肃长廊直达内蒙古草原,成为横贯青藏、内蒙古两大高原的宗教链;与此相对应,以儒释道为主体的中原农耕区域的汉文化,亦沿着黄土高原与青藏高原之间的夹缝,通过长条形的甘肃走廊向西南、西北传播:一路翻过日月山和"唐蕃古道"与雪域文化相汇,另一路直插新疆腹地,与伊斯兰文化交融。从以上宗教文化和中原农耕文化的"双向"传播趋势来看,古丝绸之路作为中原农耕文明板块的最西端和末梢,不仅联结了西部各民族之间的交融,而且为伊斯兰文化、藏传佛教文化与中原农耕文化的碰撞、交融提供了广袤的发展空间。

同时,西部的气候、地理等自然条件和生产方式也决定了西部民族对宗教信仰的执守,这成为影响西部民族文化心理的重要因素。中国西部疆域的广袤与自然条件的酷烈,使得人的生存异常艰难,人们需要一种精神依靠,于是产生了宗教需要。最早的自然崇拜和原始宗教,如羌族人的原始苯教、蒙古族

---

① 季羡林:《比较文学与民间文学》,北京大学出版社,1991年出版,第142页。

的萨满教,以及在西域曾经盛行的摩尼教、祆教等,渗入了西部人生活的方方面面。藏传佛教先后深入青藏高原、蒙古高原,不但成为藏、蒙、裕固等草原民族的共同信仰,而且已经深入到民族文化的无意识心理层面;伊斯兰教随着阿拉伯人、西域人东来的步履进入新疆腹地和干旱的黄土高原。

四、"文化西部"的文学艺术遗产

生活在西部的不同民族都有着自身悠久的历史和文化传统,他们在不同的社会历史条件下,各自创造了本民族的色彩鲜明而又独具风格的文化,创造出了许许多多优秀的文学艺术作品,共同形成了中华民族光辉灿烂的文化,为东方和全人类的文明做出了贡献。

早在汉代,西域地区的焉耆、龟兹、丁零等地的民族就已经有了拼音文字,维吾尔族著名诗人玉素甫·哈斯·哈吉甫在11世纪写成的长篇巨著《福乐智慧》,引起世界瞩目。11世纪维吾尔族学者马赫穆德·喀什噶里编纂的被维吾尔人称之为社会生活大百科全书的《突厥语大词典》,以其丰厚的学术价值而闻名于世。享誉中外的敦煌石窟及克孜尔千佛洞等,是汉民族与鲜卑族、吐蕃族以及西域各民族人民的共同创造,它充分显示着中国西部古代各民族艺术家们卓越的智慧和才能。北朝民歌《敕勒歌》以其耀眼的光辉盛传不衰。藏族文学在10世纪以降有了高度的发展,产生了不少优秀的藏文作品,如《西藏王统记》《米拉日巴传》《萨迦格言》《仓央嘉措诗歌》等,不仅在藏民族人民中有着广泛的影响,而且在国内外都享有盛名。蒙古文化早在成吉思汗统一各部落之后就得到了长足的发展,先后有蒙古族第一部文学巨著《蒙古秘史》(13世纪)、历史文学巨著《黄金史》和《蒙古源流》(17世纪)等,它们反映了蒙古民族文学发展的重大成就。同时,在不同的朝代,西部也都有不同民族的作家在母语之外采用汉文写作,唐代著名的诗人坎曼尔就是回纥人,维吾尔族的贯云石是著名的散曲家,回族的萨都剌是杰出的诗人和词人等。

由于各民族社会历史发展的不平衡,许多民族尚没有自己的文字,有的民族虽然有文字却不那么完整,使用也不普遍,他们的文学主要是靠口耳相传,史诗等口传文学样式相当丰富和发达,尤其以游牧为主的蒙古族、藏族、哈萨克族和柯尔克孜族最为突出。在所有西部民族史诗中,规模最大、影响最为广泛的是藏族的《格萨尔》、蒙古族的《江格尔》和柯尔克孜族的《玛纳斯》,三部史诗以其丰富的社会内容、鲜明的民族个性以及浩繁宏大的规模,显示了中华民族英雄史诗的高度艺术成就。

中国西部还流传着很多动人的民间故事。众多民间故事中,最引人注目的是机智人物故事,而以纳斯尔丁·阿凡提和阿勒达尔库萨等人物的故事最能体现西部民间传奇的那种幽默诙谐的风格。这类清新活泼、妙趣横生的作品多以夸张和怪诞的手法展开叙述,诙谐与嘲弄并置,显示着与中原智者截然不同的民间生存智慧。另外,西部民间叙事诗与抒情诗也很丰富,它们一般是在人民群众中口头传唱而层累式地形成的,其中常常蕴含着许多为正统文学所难以容纳的因素,从而保留了那些原生态的民间文化因子。

从某种角度来说,中国西部堪称是"歌唱的世界"。"歌唱"几乎是西部民众日常生活不可或缺的重要内容,生产劳动、休息娱乐、往来社交都伴随着歌唱,歌声总是渗透在放牧、婚恋、思乡甚至与动物的情感交流之中。中国西部的歌手既是民族传奇的演唱者和民族文化的传播者,更是英雄史诗的保存者甚至创作者。如柯尔克孜族的"玛纳斯奇"朱素甫·玛玛依、蒙古族的琶杰和毛依罕,藏族史诗《格萨尔》的说唱艺人扎巴老人,维吾尔族歌手尼沙汗等。口头歌唱的文本常常涵盖了广泛的知识和人类经验,西部民族的说唱艺人和歌手们,不只是保存了大量的民间口头文学创作的优秀作品,更保存了各民族自己所喜闻乐见的独特艺术形式,如:藏族的鲁体民歌及谐体民歌、蒙古族的"好来宝"以及汉、回、保安、裕固等民族的花儿等。概言之,无论是在格局、语言、韵味还是状物、抒情、言志手法等方面,西部口传文学都有着迥异于农耕文化的特色,他们不仅深深地影响了西部多民族文化艺术形式的形成,而且有不少已经成为中国古典文学艺术的既定范型。

除此之外,作为西部多民族文化形态不可分割的一个部分,西部汉语创作也取得了十分辉煌的成就,这就是本土的皇甫谧、唐传奇"三李"(李朝威、李公佐、李复言)等,以及李益、李梦阳、胡缵宗、吴镇、秦维岳、吴可读等历代文人的诗文创作,还有李广利、霍去病、王维、骆宾王、岑参、王昌龄、杜甫、高适、王建、范仲淹、林则徐、邓廷桢等历代边塞诗人的作品,当然更包括内容丰富的敦煌文学等。

从总体上说,正是中国西部这种特定的自然条件、生存境遇与文化互融形态,才造就了西部民族所特有的源远流长、积淀丰厚而又丰富多彩的文学遗产。西部民族所创造的独特、自由而又粗犷、豪迈的西部文学,无论是英雄史诗、民间传说,还是神话故事或抒情歌谣,渗透于其中的总是那种既苍凉悲壮而又豁达明朗的美学情致。也正是这种独有的美学情致才使得西部文化氛围与中原文明的"和而不伤、怨而不怒"的"中和"韵致，以及现代都市文化的繁忙快捷和利益机心区别开来。

从历史的角度来看，中国西部曾长久地保持着自己独特的文化个性，自从进入20世纪以来，随着不同文化之间碰撞与融合的日益加剧，西部文化同样在不断寻求着自身现代化的有利途径。与文化交流相伴而生的，就是那种既区别于传统的西部文化，又与中原和东部的农耕文化及现代都市文化相迥异的整体的现代西部文化品格。所以，确立"文化西部"的基本范畴，其意义就在于能进一步总结和发掘这一独特文化形态的潜在资源，以便在新的历史条件下使之能够更为全面而充分地融入到整体的东方文化，乃至世界文化的格局之中去。如果说自近代以来的大规模的工业化过程，不但在显示着中原农耕文化的消退与衰落，而且也日益显示着现代都市文化发展中的道德与信仰危机的话，那么，在这种境况下，曾经身处"边缘"的独特的西部文化资源就将自然而然地成为"文化突围"过程中难得的财富。

第二节　西部新文学的历史演进

既然西部的边界已经划定，那么，什么才算是西部文学呢？我们认为，只要文本的旨意是指向西部这一独特的文明形态，就都属于西部文学论域的范畴。它既包括西部多民族的神话传说、口传史诗、民歌、谚语等民间文学的创作和发展，也包括历朝历代的文人创作。就文人创作而言，从创作者的身份来看，主要包括三大类型：第一类是土著作家，即生活在西部的各民族作家的创作；第二类是流寓作家，因为除西藏以外的西部，一直是将士戍边（包括后来的军垦）、垦荒移民（包括后来的支边者、知识青年等）、罪犯流放、官员贬谪的主要地区，所以，就形成了一支庞大的流寓作家群；第三类是客居作家，他们到西部旅游、探险或作短暂停留创作了一批有关西部的作品。由于这些作家各自的知识结构、文化背景、人生体验、价值取向存在着差异，所以，呈现在他们笔下的中国西部镜像也有所不同。但与中原及现代都市作家们的创作相比，这类作品却又有着明显的中国西部所独有的审美底色。西部本土作家的崛起为西部新文学的进一步发展奠定了良好的基础，而流寓及客居作家的创作则为西部文学提供了更多更新的审美视角，他们共同为中国西部新文学做出了不可磨灭的贡献。

我们将中国西部新文学大致分为五个时期:1900年至1949年属于西部新文学的萌动期;1949年至1979年是西部新文学的成长期;1979年至1992年是西部新文学的繁荣期;1992年至2000年是西部文学新的发展期;2000年至2017年是新世纪西部文学的演进期。中国西部新文学的独特品格与美学风貌,就是在这一漫长的历史演进中逐步形成的。虽然从20世纪初发端时的一支细流到20世纪80年代后巨流的出现,经历了一个漫长的蓄集过程,尔后又出现了短暂的间歇与新的涌起,但是,"抵进本土"和"呼应主潮"两条红线一直交替贯穿在20世纪西部新文学发展的历程中。因此,从关注、参与、呼应文学发展主潮这一点来看,西部新文学与中国文学的整体趋向是基本同步的;但是,也应当看到,西部新文学一直没有放弃对本土的发现、抵进和寻找,并在这一抵进之旅中形成了属于西部新文学自身所独有的特色与个性。所以,中国西部新文学的演进历程可以看作是西部文学审美个性从萌动、形成、发展到成熟的历程。

一、西部新文学的萌动期

1900年前后的西部"地理大发现"和敦煌藏经洞的发现,标志着西部本土文化在20世纪初引起了世界和全国的关注。这一"发现本土"和"抵进本土"的文化思潮,实际上孕育和催生了西部新文学的发端。作为世界"地理大发现"的延续,东西方探险家对西域和古丝绸之路的探险热,以及由此兴起的域外探险家游记热,不但重新塑造了新的西部镜像,而且使西部文化获得了一次广泛向外传播的契机。被埋没了近千年的"敦煌文化"和"敦煌文学"的横空出世,具有丰富的文化史与文学史的昭示意味:一是由此可以看出汉文化在西域地区的传播盛况,以及与西部民族文化的融合趋势;二是反映了西部古代文学的博大精深的内涵,极大地丰富了西部文学的宝库;三是自20世纪20年代起掀起的"敦煌文学"研究热方兴未艾,它丰富和提升了西部新文学的内涵。所以,我们认为,20世纪初的地理上的西部"大发现",标志着中国西部新文学开始了现代意义上的觉醒和萌动。

作为萌动期的西部新文学,一开始就呈现出了它的多元景观与现代色彩。就呈现出的几个走势而言,主要有:西部少数民族作家的创作伴随着民族解放运动而在此间出现较大转向,现代传媒不仅参与了民族文化的传播,而且加速了少数民族文学的整理、汉译、传播，以及与中国文学主潮的对接；不同视角的域外探险家游记热，以新的视角传达着主体对西部的发现和认知；本土汉族作家的创作和言说在传播西部文化的同时，开始跃入时代主潮的层面，并呼应五四新文化以降的社会变革；客居作家在这一时期也奉献了大量的诗歌、游记和报告文学等文体多样的作品，从不同的视角丰富了西部新文学的创作。

自20世纪初开始，西部诗人的个人创作也有了最初的觉醒。享有世界声誉的哈萨克族早期诗人、哲学家穆哈默德·阿布·纳赛尔·法拉比，以及被哈萨克人称之为哈萨克现代文学奠基人的诗人阿拜的作品，虽不能直接划入新文学之列，但蕴涵在他们作品之中的现代思想却预示了某种现代意识的萌芽。西藏格达活佛的箴言形式的诗歌创作，以及根敦群培的《游历各国记言》《印度风土素描集》等，在西方科学文化影响下也已显示出了反对因循守旧、积极主张革新的新思想。此外，现实题材也逐步进入了文学创作的视野，如格达活佛的《红军走了》，就是将本民族的重大事件以朴实自然的形式表现出来。在西方探险家斯文·赫定、斯坦因、伯希和等人推动的"西部探险热"中，产生了各式探险报告和游记作品，为中国西部新文学提供了鲜活生动的文本，它们在一定程度上丰富了人们对于中国西部历史文化的了解和认识。本时期还出现了大批由国人撰写的西部考察记游作品，如陈万里的《西行日记》、宣侠父的《西北远征记》等。这些作品从不同的视角重新审视了中国西部的历史文化与现状，真实地描绘出了世纪初的中国西部形象。这类数量众多的作品已经成为西部新文学的一个重要组成部分。

中国西部新文学同内地的文学主潮一直有着某种内在的呼应。五四以后，反帝反封建也成了西部文学的主要内容，民歌、长篇叙事诗及民间故事被赋予了某种崭新的质素。它们不再将自己的苦难归结于神的意志或者宿命，而是把苦难的根源指向了它的现实基础。萌芽时期的西部新文学中，以民间说唱形式保留下来的诗歌及故事文本占有相当的数量和地位，这类文本大多是先流传于民间而后通过记录与整理才得以保存的，所以保留着活泼多样的民间文学形式及独有的西部少数民族的生活气息，当然也有着汉文化的深刻印记。将它们与传统的民间口头文学相比，可以看出，初步的反对专制和争取自由的思想倾向已经广泛渗透在了这些作品之中。

中国西部新文学的发端除了我国五四运动的影响之外，与苏联的十月革命之间也有着不可忽略的渊源关系。中国西部以新疆为主的大片土地与苏联接壤,十月革命的影响在西部各地的传播对于两国的经济文化交流起到了巨大的促进作用。俄苏文学的译介也逐步打破了原有的封闭状态。当时苏联的进步文学作品最早就是通过中亚的出版传入西部各地的。随着新型思想和知识文化在中国西部的传播,西部教育也被注入了新鲜的内容。锡伯族青年常广斋、乌扎拉·萨拉春等于1913年曾组织尚学会、兴学会等文化团体,积极开展新的思想文化的传播活动。20世纪20年代初期,沙利甫汗、达吾来提开里迪等知识分子在西部兴办新式学校,从事启蒙教育活动。他们开设俄语、汉语等课程,为新的艺术和思想的输入提供了有利的条件。哈萨克族的另一位民间歌手和现代诗人唐加勒克·焦尔迪在这个时期也办起了哈萨克文的报纸,他还创办了哈萨克牧村学校和民族剧团,上演了哈萨克语话剧《曙光》。他的诗歌代表作品有《娜斯古丽》等叙事长诗,以及《人民的秘密》等抒情长诗,此外还有许多对唱和短诗。

这一时期的西部文学的发展,不但配合与呼应了民族解放的时代主潮,而且得到了现代传播媒介的支撑。自20世纪初以降,在西藏、内蒙古、新疆、甘肃等地区先后出现了《西藏白话报》《婴报》(1905)、《伊犁白话报》(1910)、《新报》(1912)、《西北实业报》(1918)、《新陇》(1920)、《民众日报》(1929)、《反帝战线》(1935)、《伊光日报》(1927)等上百种报纸杂志。它们是宣传的喉舌和社群联系的纽带,是知识与信息传播的主要途径,同时也是文艺作品得以面世的基本园地。西部民族特色与地域风情的传播,民间故事的收集与民族风俗的辑录,无不与当时这些报纸杂志有着密切的关系[①]。

从30年代开始,中国西部文学的发展格局有了一次重大的调整。西部新文学开始被纳入革命文艺的主潮,有了较为明确的意识形态性质。一方面,具有革命倾向的作家及其作品陆续被引进到西部地区,如鲁迅、茅盾、高尔基等;另一方面,茅盾、萨空了和赵丹等文艺界人士以文艺讲座等多种形式,宣传民主、自由思想及新的文艺信息,影响和培育了一批新型的诗人和作家。如维吾尔族诗人黎·穆塔里甫的创作就深受30年代革命文艺思潮和抗日战争时期进步文艺主张的影响,其作品带有强烈的现实主义战斗精神;何耶尔·伯林就明显受到了鲁迅和闻一多的影响;郭基南在1940年曾到乌鲁木齐参加了由茅盾等主办的"文干班"的学习,其间大量阅读了鲁迅、茅盾、朱自清、艾芜、艾

---

① 马树勋:《中国少数民族文字报纸概略》,内蒙古大学出版社,1990年出版,第71—96页。

青、臧克家等人的作品。这些新型诗人和作家的陆续出现,为西部新文学注入了新鲜的血液和养分。

这一时期西部新文学的发展,不但配合、呼应了民族觉醒与解放的时代主潮,而且,一直伴随着对本土文化的"发现"和"抵进"。1925年,地质学家严复礼首次收集并发表了一批西部花儿,将这一风格独特的西部本土民歌介绍给了西部之外的广大读者。朱自清先生在讲授"歌谣"课程的时候就曾引用过其中的一首:"焦赞孟良火葫芦/火化了穆柯寨了/错是我俩都错了/不是再不要怪了"。此后,张亚雄的《花儿集》使花儿在内地得到了更为广泛的传播。1938年,王洛宾搜集、整理、改编的西北民歌《在那遥远的地方》《阿拉木汗》等风靡内地和海外,向世人展示了西部艺术所独有的魅力。抗战时期,新疆、甘肃一度成为战争的大后方和主要的后方军用物资运输线。大批文人学者来到兰州、新疆等地,使得五四以来的新文化与西部的本土文化再次发生了碰撞和融合。文人学者们的西部之行不仅给西部文坛带来了新鲜空气,而且他们自身也从西部特有的文化资源中获取了不同的灵感和启发,并以此为基点创作了大量有着浓郁的西部风情和地域色彩的文学佳作,茅盾的《白杨礼赞》等就是其中的名篇。此外还有于右任的《陇头吟》《敦煌记事诗》、高一涵的《金城集》、罗家伦的《西北行吟》,以及范长江的《中国的西北角》《塞上行》等游记作品。"九叶诗人"唐祈自1938年起旅居甘肃、青海六年,西北少数民族的民歌、史诗、传说和民俗风情不仅开阔了他的艺术视野,而且滋养并激发了他的艺术灵感,他创造出了蓄满独特西部文化色彩和情感的中国式的十四行诗《蒙海》《拉伯底》等,在他这里,西部本土文化和西方的艺术形式得到了很好的结合。

总之,萌动期的西部新文学已经取得了不俗的成果。一方面,一大批有了现代意识的西部本土作家开始走向成熟,他们为中国西部文学的发展奠定了基石;另一方面,中国西部文学以其独特的形态引起了西部以外世界的广泛注意。西部新文学从孕育到萌芽,其间一直受到不同文化形态的交错影响。虽然西部民间的文化资源由此得到了一次充分的整合,但是,基于特定的时代与历史的原因,西部文学自身那种既有的多样性和丰富性也因此被逐步纳入到某种相对统一的轨道上来了。

二、西部新文学的成长期

自1949年以后,随着统一的现代民族国家的建立,西部新文学进入了它的成长期。由戍边部队作家、客居作家及西部本土作家三支队伍形成合力,同声合唱,形成了西部新文学的一个创作热潮。描写边疆的新生活、新变化,歌颂新时代,成为西部新文学普遍的表现内容。对于"人"的觉醒及"人民"主题的热情颂扬成为此一时期最为突出的内容。但是,由于过分追随和呼应文坛主流的大合唱,这一时期的西部文学也在一定程度上失去了自己的西部本色。

从1950年中国民间文艺研究会成立开始,在全国范围内出现了有史以来最大规模的一次民族史诗、民间歌谣及其他口传文学的收集、整理和翻译活动。藏族的《格萨尔》、蒙古族的《江格尔》《嘎达梅林》、柯尔克孜族的《玛纳斯》、维吾尔族的《乌古斯传》等享誉中外的名篇,都是在这个时期开始被陆续整理发掘出来的。由中国民间文艺研究会组织出版的《民间文艺集刊》和《民间文学》,在本时期编辑发表了大量的民族民间文艺作品。西部文学艺术样式的繁盛与表现技巧的丰富,不仅为西部本土作家提供了可资汲取的营养,同时也为内地作家们的创作提供了全新的视野与审美范型的参照。

本时期,一批内地作家、诗人或随部队来到西藏,或来到甘肃作家协会供职,或到天山深处、青海柴达木体验生活。他们对祖国边疆和少数民族人民怀着极大的热情,掀起了一股创作热潮。因此,这一时期可以称作"放歌时代",作家们的激情代替了冷静的观察思考。闻捷的诗集《天山牧歌》、碧野的长篇小说《阳光灿烂照天山》、徐怀中的长篇小说《我们播种爱情》、李季的长篇叙事诗《杨高传》等都是这个时期西部文学的重要成果。还有青年诗人高平的抒情长诗《大雪纷飞》、李若冰的《柴达木手记》,以及刘克等作家的作品,都从不同的角度展示了中国西部特有的自然魅力与人文风情。"成长"时期西部文学的另一个明显的特征就是西部本土作家队伍的不断壮大和创作热情的高涨。一方面,老 代本土作家和诗人逐步走向了创作的成熟与高峰时期,如诗人纳·赛音朝克图(蒙古族)、祖农·哈迪尔(维吾尔族)、擦珠·阿旺洛桑(藏族)等;另一方面,新一代本土作家诗人也开始在文坛崭露头角,如维吾尔族的铁依甫江·艾里耶夫、吾铁库尔、克里木·霍加、柯尤慕·吐尔迪等,蒙古族的布赫、琶杰、玛拉沁夫、毛依罕、特·赛音巴雅尔等,东乡族的汪玉良,藏族的饶阶巴桑、伊丹才让,哈萨克族的库尔班·阿里,汉族童话作家赵燕翼、剧作家姚运焕和武玉笑等。

这两支作家与诗人群体会合于中国西部,为西部新文学的发展提供了有生力量。中国西部所独有的艺术资源在这些作家诗人的笔下得到了进一步的发掘。如乌铁库尔的《喀什之夜》、巴·布林贝赫的《生命的礼花》等叙事长诗,在汲取传统叙事长诗营养的基础上有了富有时代气息的新鲜内容。尽管这类作品明显包含着一定的政治意识形态的内容,但因为它们多取材于不同民族的民间传说并由诗人对其作了再度创造,所以比起同期汉族诗人纯粹的政治抒情诗反倒显得生动活泼与清新刚健。由于西部文化形态同内地以儒家文化为核心的文化形态之间的差异性,爱情题材在西部作家的创作中还保持着一定程度的开放性,对于爱情的讴歌和纯洁情感的颂扬在此尚有着相对比较自由的书写空间,人性的力量也就有了得以展示的舞台。民族自身的历史、经济、文化风俗及民族心理等,也自然地成为诗歌表现的具体内容。那种富有浓郁的异域情调的画面感与形象感,在一定程度上相对回避了对于政治理念的单纯阐释。以爱情传奇作为主要故事内涵的艺术形式,也使得那些包含着自由、解放及人性内容的主题成分,在单纯政治意识形态的同一性规约之下相对得到了保留。但也应当看到,1949—1979年间的西部文学同本时期的主流文学一样,在相当程度上保留着那种刻意讲求政治思想倾向与斗争意识的痕迹。比如,传统叙事长诗中的爱情悲剧逐步演变为通过斗争最终获得了幸福,富有个性特征的英雄传奇也演变为在进步思想的启发与推动下取得了斗争的胜利,等等。从社会形态的转换来看,由于残留在中国西部的农奴制度与封建领主制度被彻底推翻,新的生产关系的改变带来人的解放。被奴役的"人"终于开始有了初步的"人"的觉醒,而这种由新的国家形态的建立所带来的切实的"平等感"也自然而然地成为作家们讴歌新中国、赞美新生活的重要动力。社会主义现实主义的既定创作原则促使作家们为自己重新寻找新的定位,并由此自觉地使自己成为时代和人民的代言人,以便能够充分地参与到新的民族国家叙事中去。祖农·哈迪尔的小说《锻炼》中的主人公麦提尼亚孜的形象就是一个典型的例证。麦提尼亚孜从一个懒散怠惰的小手工业者到合作社的一名热爱集体、热爱劳动的社员并最终找到了自己的爱情和幸福的转变过程,就非常细致地刻画了个人从对抗到自愿加入社会潮流的具体思想轨迹。当新型的民族国家形态被认为是一种历史发展的必然形态时,隐藏在其间的矛盾与种种不合理就被认为是某种能够容忍并最终"必然"会得到克服的偶然现象了。作家们已经习惯于把某种矛盾的原因归结为文艺政策是否被真正彻底地得到了贯彻,而不是思考文艺政策本身是否对文艺活动形成了控制和干预。作为精神产品的文艺作品被放置在了刻意地强调其社会效益的重心上,这就势必强化了文艺的功利性质。文艺的创新最终被定位在"题材"内容,尤其是被视为先进思想意识的"新"上,而不是文艺自身的某种超越与突破。真诚的讴歌、热情与自觉的社会责任感使作家们自愿以牺牲自我的独立思考为代价,去换取推动社会历史加速发展的群体力量,个体的"人"被以群体面貌出现的"人民"所替代。所以,在本时期西部作家的笔下,民族历史与现实命运常常是必不可少的背景,而表现不同民族的"新人"则成了核心的主题性内容。与同时期内地作家的创作相比,西部作家的创作优势在于能够充分展示出某种较为厚重的历史感和民族风情画,而不足却正在于西部文学既有的自由抒情和放达的想象,以及作家的个性与独立思想基本上被淹没在了整体的历史叙事之中。在这里,文艺创作的种种既定理论原则对于西部文学传统起到了一种非常特殊的整合作用。

1949—1979年期间,日本作家和中国香港作家的西部文学想象却别具一格,具有十分重要的文学史书写意义。日本作家井上靖、中国香港作家金庸和梁羽生在创作之前都没有到过西部,但西部却又成为他们文学书写的西部想象。井上靖的《敦煌》《楼兰》系列西部小说在日本掀起了"中国西部热""敦煌热"。梁羽生的武侠小说有三十五部,其中"天山系列"有二十部,金庸的小说《白马啸西风》的故事完全发生在新疆,足以显示西部是他写作的重要文化符号和想象空间。这几位作家身处中国大陆环境之外,不受内地意识形态影响,而且他们的创作皆非现实题材作品,因而其西部想象也就没有同时期内陆创作的战歌倾向。熟读中国历史的井上靖,长于在真实准确的历史语境与地理空间中理解古代西域人的生存状况。金庸、梁羽生所擅长的武侠小说本来就是一种"成年人的童话",因而他们两人的西部想象便呈现出天马行空的浪漫色彩。因此,从一定意义上说,他们三人的西部想象和别具一格的文学书写拓展了这一时期西部文学想象的历史空间与想象空间。

三、西部新文学的繁荣期

20世纪70年代末,西部作家也和全国作家一样,思想获得大解放。正如一首歌唱的,"自由的空气,多么新鲜",作家终于挣开了思想枷锁。几十年沉重的生活感受喷溅而出,西部文学创作进入一个井喷时期。经过漫长的探索与寻找,中国西部新文学最独特的品格在这一时期终于呈现了出来。这一时期出现在西部的新边塞诗群、现代主义小说、西线军旅小说、军垦小说、盲流小说和西部散文等,以迥异于内地文学的原创性、新鲜感和美学面貌以及新的艺术形式的探索,形成了一个特殊的文学山峰,为中国新文学做出了特殊的贡献。与此同时,文化自觉也使得西部创作界、评论界产生了强烈的个性意识、主体意识。西部的编辑家敏感地注意到了这一思潮的脉动,遂打出了"西部文学"的旗号,组织起了一场关于"西部文学"的长达数年的讨论。1982年,《阳关》杂志首先提出创建"敦煌文艺流派";翌年,甘肃、新疆掀起"新边塞诗"的讨论;1984年,孙克恒、唐祈指出,正在兴起的西部诗歌是一种"新型的地域性文学";1985年秋,继兰州、乌鲁木齐之后,《西藏文学》发表文章《西藏:西部文学的圣地》,鲜明地竖起了"西部文学"的大旗;《当代文艺思潮》1985年第3期的"西部文学笔谈",刊登了谢昌余、肖云儒、谢冕、周涛、周政保、孙克恒等人的文章,比较全面地探讨了西部文学,同期还刊出了昌耀、肖云儒、余斌就西部文学答《当代文艺思潮》编辑部的文章,此外,还有管卫中等人也在此间发表了一系列与此有关的评论文章。"西部文学热"随即作为一股文艺思潮引起了文坛的关注。1992年,青海人民出版社出版了"中国西部文学论丛"系列丛书:管卫中的《西部的象征》、周政保的《高地上的寓言》、余斌的《中国西部文学纵观》、燎原的《西部大荒中的盛典》,可以说是80年代以来的"西部文学"讨论的理智、冷静的学术总结。

在这一时期,有一个值得文学史注意的现象就是《当代文艺思潮》杂志。这家由甘肃创办的文艺评论刊物"其兴也勃焉,其亡也忽焉",仅仅存在了六年(1982—1987)。之所以值得注意,不仅是因为它以自己在中国文坛上的影响力,支撑了西部文学的讨论与研究,使得西部文学在全国受到关注,而且因为它以自己宏阔的文学视野、独特的办刊思路、勇敢的理论勇气,支持了20世纪80年代中国文艺理论新锐们的创新与探索,倡导了文学研究的新观念、新方法,拓宽了文艺研究领域,给刚刚复兴起来的中国文艺评论吹送了一股新鲜而强劲的空气,也影响了众多同类刊物的办刊思路,对当时的中国文学创作和评论产生了重大影响。它可以说是从西部升起、引来万众瞩目的一颗新星。正因为思想观点的新锐,它的迅速崛起和很快消失,也许是80年代文艺界思想冲突和交锋的一个缩影。从这种意义上说,可以称作是"《当代文艺思潮》

现象"。

除了《当代文艺思潮》杂志,80—90年代西部各省的文学刊物如《飞天》《中国西部文学》《朔方》《青海湖》《西藏文学》《草原》《绿洲》《绿风》,以及地级市刊物《阳关》《瀚海潮》《鹿鸣》等,也发表新作,推介新人,参与西部文学讨论,为西部文学的繁荣起了展现创作实绩、推波助澜的作用。譬如《飞天》杂志的"大学生诗苑"栏目,就是当时中国诗歌界的一个著名栏目,有众多的优秀诗人就是在这个栏目上发表诗歌而走向全国的。此外,这一时期各省都雨后春笋般出现了大量的文学社团,高校里的文学社团发展尤其繁盛。各省(区)的当代文学研究会、当代文学学会、诗歌学会成立;高校社团如西北师范大学的"我们"诗社、兰州大学的"五泉"诗社等,都是人数众多、影响力较大的社团。它们都办有自己的油印文学刊物,许多校园诗人、小说家都是从这种刊物上起步并崭露头角的。此外,校园里还有层出不穷的文学墙报,它们也是大学生作者们向往的发表园地。这些蓬勃发展的杂志和文学社团,共同构成了西部比较良好的文学生态环境。另外,一些最早出现在全国文坛上的作家、诗人,也对本省的文学青年们起了楷模和导师作用,譬如青海诗人昌耀,新疆诗人周涛、杨牧、章德益,宁夏小说家张贤亮,西藏作家马丽华、扎西达娃,内蒙古作家肖亦农、邓九刚,甘肃诗人李老乡等,都是弟子成群,模仿者成批。这些作家对追随者的强大影响力,也是西部文学作者层出不穷的原因之一。

这一时期西部新文学最有特色的成就,主要体现在以下几个方面:王蒙、张贤亮、昌耀、杨牧、艾青、罗洛等流放作家所抒写的无罪流放者的反思,既是人性复苏的象征,也包含着深刻的呐喊和批判。西线军旅文学带着对和平年代西部军人人性的深层次反思在80年代异军崛起,李斌奎《天山深处的"大兵"》和《呵,昆仑山》、唐栋的《兵车行》和《沉默的冰山》、李镜的《冷的边山热的血》和《孤烟》、李本深的《沉醉的大漠》和《沙漠蜃楼》,以及专门描写青藏线题材的工宗仁、毕淑敏等作家,以全新的文学视野和清新的笔致名世,不仅带来了军旅文学的突破,而且以新的攻势掀起了西部文学冲击波。陆天明的长篇小说《桑那高地的太阳》《泥日》、赵光鸣的系列"盲流小说"以及牛正寰的《风雪茫茫》,是出现于此间的独有的军垦小说和西部流亡小说。在新时期的伤痕、反思及改革文学的历次大潮中,都不难看到由独特的西部经验的叙述所勾勒出的中国西部的身影。如艾青的西部题材的诗歌、王蒙的"伊犁系列"作品、张贤亮和朱定等人的追问和沉思,既显示着荒诞历史背后人性的复苏,同时又包含着对于人性本身的深刻批判,他们的创作标志着中国西部在历史层面上的某种特殊含义;而以陆天明、肖亦农、景风、杨威立、虞翔鸣、文乐然等作家为代表的西部军垦知青文学,以及赵光鸣等人的西部流亡小说等,则已经从单纯的自然景观和风土人情的描绘逐步向更深层次的人性抒写过渡,展示了年轻一代在西部民间的人生煎熬和精神历程。邵振国、柏原、王家达、张冀雪、张弛、浩岭、阎强国、雷建政和以"草原小说"而著称的冯苓植等为代表的西部乡土小说;张承志、邓九刚、杨争光、杨志军、马原、马建、王刚等人的深具现代主义意味的先锋文学;王宗仁、杨显惠、文乐然、丰收、张俊彪、麦天枢、杨闻宇、朱光亚、张庆豫、邵兰生等作家的报告文学,都从各自不同的视角,立体而又真实地描述了西部人特有的命运、特殊的精神历程和复杂的人性,为西部文学带来了斑斓的色彩。

少数民族作家的创作也是这一时期西部文学的一个特殊色块。中国西部的少数民族文学在经历了自近代以来的长期发展过程之后,在80—90年代逐步形成了以各自民族风格为突出特征的少数民族作家群。他们有:藏族的丹正贡布、伊旦才让、格桑多杰、扎西达娃、阿来、益希丹增、降边嘉措、益西卓玛、次仁玉珍、班果、色波、格央、梅卓、才旺瑙乳、旺秀才丹、扎西才让等,蒙古族的玛拉沁夫、哈斯乌拉、佳峻、敖德斯尔、斯琴高娃、郭雪波,维吾尔族的铁依甫江·艾里耶夫、克里木·霍加、柯尤慕·吐尔迪、祖尔东·沙比尔,等;还有哈萨克族的库尔班·阿里、艾克拜尔·米吉提、朱玛拜·比拉勒,以及回族的赵之洵、马步斗、高深、查舜、石舒清、马钰、白练、杨峰,还有鄂温克族的乌热尔图、东乡族的汪玉良和马自祥、裕固族的铁穆尔与贺继新,等等。这个时期的西部少数民族作家已经逐步培养起了自己的创作个性。他们中间有不少作家不仅能熟练地使用汉语进行写作,而且还能使用本民族语言创作。与汉民族的作家相比,这些作家因为与其各自民族的文化传统之间有着天然的亲和关系,他们的作品也因此就有着更为本真的西部文化内涵。

四、西部文学新的发展期

可以说,1992年,青海人民出版社出版的"中国西部文学论丛"是对80年代以来"西部文学"热的理智、冷静的学术总结,也是西部新文学发展的一个分水岭。90年代中期,随着商品经济大潮的来临和物质化生活的影响,精神产品的价值在人们心中急剧下降。随着商业化的畅销书流行,纯文学及学术传播开始被边缘化。西部文学"理论热"逐渐退潮,作家队伍流失严重:一批中坚作家或弃文从商(如张贤亮、肖亦农),或渐渐搁笔(如昌耀、柏原),或离开西部、停止创作(如杨牧、章德益、唐栋、王刚),或不再写西部(如陆天明等)。西部文学在高潮之后出现了一个短暂的间歇。但是,一批年轻的作家正在悄然成长之中,并逐渐成为西部文学的新梯队。到了20世纪末,西部文学出现了新的变奏。阳飏、沈苇、娜夜、高凯、叶舟、秦安江、王锋、牛庆国、人邻、杨梓、古马、王久辛、阿信、沙戈等新一代西部诗人日渐成熟,表现出了各自的个性,为西部文学增添了一大批精湛的诗作。小说家红柯的西部系列小说、雪漠和季栋梁的西部乡土小说、董立勃的边疆农场小说、史生荣的校园小说、唐达天的官场小说、张存学的藏区小说……他们的创作路径逐渐清晰起来,并成为作家个人的鲜明标志;被称为"宁夏三棵树"的石舒清、陈继明、金瓯以及温亚军等人的小说创作,都为西部文学增添了新成果。西部散文也赢得了文坛的普遍关注和赞誉,周涛、张承志、雷达、马丽华、杨闻宇、李若冰、匡文立以及后起的刘亮程、管卫中、冯秋子、陈漠等作家的散文,无论题材、风格、手法、体式都与传统的散文观念发生了分野。这一新的突破,一方面显示了作家自觉的艺术追求,另一方面也凸现了西部民族文化提供给作家的文化支撑和营养的意义。1998年出版了两部西部文学研究著作,这就是韩子勇的《西部:偏远省份的文学写作》和马丽华的《雪域文化与西藏文学》。此外,西部各省区在这一时期也出版了自己的地方文学史,有关西部作家作品的评论散见各大报刊。西部文学研究形成了初步的阶段性成果。

五、新世纪西部文学的演进

进入21世纪,西部文学进入了一个更替、演变期。首先是作家队伍的新老更替,这种更替带来的是文学品种、格局的变化。在小说创作领域,20世纪80—90年代的一批实力派作家如乌热尔图、柏原、李镜、李本深、雷建政、赵燕翼、张武、戈悟觉、张冀雪、李唯、赵光鸣等彻底退场了,西线军旅小说、盲流小说、现代主义小说因相关作家的退场而基本断流。而90年代成长起来的一批本土青年作家已届中年,进入了各自的高产期,成为西部作家队伍的中坚力量。其中又以甘肃和宁夏作家的成果最为显著,他们的作品如秋天的果实日见成熟。甘肃"小说八骏"是一支实力比较强劲的队伍:雪漠写出了长篇小说《白虎关》《猎原》《西夏咒》,史生荣完成了《所谓大学》《所谓教授》《教授之死》等几部批判现实主义小说,女作家向春推出了长篇小说《河套平原》和一批卓有特色的河套民间小说,张存学完成了长篇小说《轻柔之手》《白色庄窠》,马步升完成了《青白盐》《道光三年的地契》《天净沙》等一批中长篇小说。宁夏"三棵树"石舒清、陈继明、金瓯继续衔枚疾进,"新三棵树"季栋梁、漠月、张学东的创作引起文坛注目,贫瘠干旱的西海固地区出现了一个作家群,他们是郭文斌、了一容、李进祥、马金莲、泾河、马宇桢、火会亮。石舒清的短篇小说《清水里的刀子》、叶舟的短篇小说《我的帐篷里有平安》获得鲁迅文学奖。而唐达天、许开祯的官场小说在发行量上开创了西部小说的新纪录。与此同时,一些硕果仅存的西部老作家还在奋力创作,有的甚至写出了他们此生最重要的作品。如内蒙古作家邓九刚完成了长篇系列小说《大盛魁商号》的后两卷,为他经营二十多年的雄浑的"茶叶之路"系列小说画上了一个重重的句号。新疆作家董立勃进入新世纪之后,以长篇小说《白豆》《米香》《烈日》《烧荒》《静静的下野地》《太阳下的荒原》构筑了一个荒远的农场"下野地"荒原,描写了兵团农场里各类女性们凄美的爱情悲剧,他新近的小说《暗红》则昭示了创作路径的变化。早已离开青海的作家杨志军,创作出了以青藏高原自然生命为精神象征的系列小说《藏獒》。散文家周涛于 2014 年出版了他的自传《一个人和新疆》。新疆作家王族推出了长篇小说《狼苍穹》。曾经以《麦客》著名的甘肃作家邵振国写出了《麦色》等系列中篇小说,陈自仁完成了长篇小说《白乌鸦》等。青海作家风马有小说集《羊皮开门》问世。尤其值得欣喜的是,西部的"70 后""80 后"作家中也出现了佼佼者。甘肃青年作家弋舟的小说创作在全国引起广泛的关注,连续获得《小说选刊》年度大奖、《小说月报》奖、郁达夫小说奖、茅盾文学新人奖,成为中国西部一颗冉冉升起的新星。马金莲、严英秀、古原、赵剑云、火舯舫、漠月、马悦、安宁等青年作家在全国文坛崭露头角。在纪实文学领域,作家杨显惠的《夹边沟记事》《定西孤儿院纪事》《甘南纪事》在海内外获得巨大声誉。王家达的报告文学《敦煌之恋》获得鲁迅文学奖。内蒙古作家肖亦农的《毛乌素绿色传奇》显示了这位老作家在报告文学方面的创作实力。在诗歌领域,阳飏、人邻、古马、高凯、叶舟、胡杨等人的诗歌创作渐趋衰弱,而牛庆国、沈苇、阿信、沙戈以及后起之秀离离等人的诗歌创作,则沿着抒发生命真感受的轨迹沉着推进,进入了一个新的收获季节。新世纪十多年,西部散文仍然保持了迥异于内地散文的特殊色彩,除了刘亮程的散文集《一个人的村庄》最早获得全国文坛的瞩目、散文集

《在新疆》获得鲁迅文学奖外。出生于甘肃天水的文学评论家雷达新世纪的散文创作主要以黄河、渭河两条河流的文化追索和精神探寻为指向,描写自己的西部成长,在《作家》杂志"西北往事"专栏,发表了《多年以前》《新阳镇》《黄河远上》《费家营》《梦回祁连》《韩金菊》等一系列散文力作,并出版散文集《皋兰夜语》《黄河远上》。一大批写散文的中青年作家成为这一时期西部散文创作的生力军:马步升、王族、杨献平、习习、李娟、铁穆尔、卢一萍、李颖超、王若冰、董夏青青、路生、何英、刘永涛、南子、曹谁等,其中李娟、何英获得首届茅盾文学新人奖。在西部散文创作中,尤以新疆的散文创作群落成绩最为显著,这也许与周涛、刘亮程对当地作家的影响有关,就像张贤亮、石舒清对宁夏作家的小说创作产生影响一样。与此同时,西部少数民族作家的创作也取得了长足的进展,藏族、哈萨克族、蒙古族、回族中都出现了一些新锐作家,如藏族的才让扎西、曹有云、扎巴,哈萨克族的艾多斯·阿曼泰,裕固族的铁穆尔,回族的马金莲等,其中有不少作家获得骏马奖。

新世纪西部文学呈现的一个突出现象是,由于文学奖项剧增,而知名度、获奖可能对作家的生存境况产生重大影响,作家们写作的功利意识普遍增强。这一方面刺激了作家的写作动力,另一方面也出现了为知名度而写、作品数量大增、形式娴熟而内容比较空泛的情形。由于文学生态发生变化,所以像20世纪晚期张贤亮、陆天明、张承志、肖亦农、邓九刚笔下出现的重磅作品已比较少见。西部文学进入了一个作家众多、作品密集而整体水平比较平实的时期。

世纪之交,西部文学研究的寥落情况受到南京大学文学研究者的高度关注,他们会同一些西部的文学研究者对西部文学的百年历史和创作现状进行了细致的考察,完成了《中国西部现代文学史》。这是迄今为止关于西部文学研究的集大成者和拓荒之作。它为西部百年文学勾勒了比较准确的生长轮廓和美学风貌,对众多的西部作家进行了细致鉴别、筛选并对入选作家做了比较准确的分析。借助这部文学史,读者可以看到西部新文学发展的历史轮廓和局部风貌以及西部作家风格的独特呈现。

第三节 西部新文学的美学风格

一部具有美学价值且可入史的文学作品多半是有地域色彩和文化内涵的,这样的美学真谛不仅存在于农耕文化、游牧文化以及前工业文化审美时空之中,而且,也呈现在后现代文化语境的审美时空之中,正如赫姆林·加兰所言:"显然,艺术的地方色彩是文学生命的源泉,是文学一向独具的特点。地方色彩可以比作一个无穷地、不断地涌现出来的魅力。我们首先对差别发生兴趣;雷同从来不能吸引我们,不能像差别那样有刺激性,那样令人鼓舞。如果文学只是或主要是雷同,文学就毁灭了。"[1]倘若艺术的真谛就在于它的审美内容是以超越一切时空为存在前提的话,那么,文化的差异性和落差性就永远是文学艺术表现的广袤空间。

将西部新文学置于中国、世界文学的整体格局来审视,它的美学价值和文化内涵的独特性是显而易见的。这种独特性不仅源于西部文化的混合性、西部宗教的独特性与民族的多样性所带给西部新文学的影响,而且也源于不同身份和境遇的文本创作者的审美体验和审美感受。由于特殊的义明形态的决定和影响,西部新文学的美学风貌呈现出了绚丽斑斓的多种色彩。总起来用"三画四彩"来简要概括的话,这就是呈现为外部审美要求的风景画、风俗画、风情画这一美学形态,以及作为内核的自然色彩、神性色彩、流寓色彩和悲情色彩这一美学基调。如果说"三画"使西部新文学具有了浓郁的"地域色彩"和"风俗画面",是西部文学赖以存在的底色,那么,"四彩"便是西部文学的精神和灵魂之所在。

风景画 西部的自然景观是独特的,出现在西部作家们笔下的风景也就与内地风景迥然不同。大量的西部文学作品,犹如各种变焦的长镜头,将"蓝蓝的天上白云飘,白云下面马儿跑""风吹草低见牛羊",绵延的雪山、高耸的冰川、苍莽的草原、风中的经幡、长城残垣,以及黄土梁峁沟壑等等,都一一收进了西部文学的画框中。这些风景画与内地文学中的小桥流水、千里沃野、市井烟火、渔港船坞、高楼巨厦……形成巨大的反差,给人带来审美上的新鲜感。所以,风景画这一承载西部文学美学风格的母体,自始至终成为许多西部文学作家书写的自觉意识,它们与中原农耕文化和沿海都市文化忽视和远离风景画描写所形成的反差与落差,俨然成为西部文学赖以生存的巨大审美理由。

风俗画 西部作家笔下的风俗画,是西部社会风尚、生活习俗、文化传统的文学再现。既然其中有文化因素,它就比纯粹的自然景观多一些意味。无

---

[1] [美]赫姆林·加兰:《破碎的偶像》,刘保瑞等译,《美国作家论文学》,读书·生活·新知三联书店,1984年出版,第84—85页。

论是放牧、转场、转经轮的老人、叩长头的朝圣者、古老的图腾崇拜等游牧生活剪影,还是黄土高原上的祈雨、祭祖、换亲、花儿会等农耕民族风俗,都如陈年老酒一样,窖藏良久,后味悠长,给西部文学带来了别样的风貌和深长的文化韵味,成为许多西部作家描写的共同无意识。尤其是它所释放出来的审美意蕴,是其他地域文学描写所可望而不可即的丰富的美学资源。

风情画 风情画与前面二者的不同就在于它更带有"人事"与"地域风格"等方面的内涵,是带着浓郁的地域纹印的风景画、风俗画,以及文化习俗、民族情感、人的性情的呈现和外露。西部风情最为醒目的,就是那种朴实率真的人情、人性之美。在这里,一切都只围绕着生命本身而展开,一切的偶发事件也都可以看作是生命规律的必然事件。到处都是生存所必需的经验与常识以及对于生命的真正的透视。它们和种种的说教无关,只是人性的率真显现。在中国西部民间风情百科全书——花儿中,一个寓对立于和谐之中的"西部风情场"被完美地构建了起来,悠扬中带着缠绵、奔放,忧伤中带着自由不羁,如"青石头根里的药水泉,/担子担,/桦木的勺勺舀干;/要想我俩的婚姻散,/三九天,/青冰上开一朵牡丹"。这首花儿让人们想起汉乐府《上邪》,也想起沈从文的《边城》中的湘西风情。可见在文化礼教相对淡薄的民间,人性更加裸露、率真。此外,我们还从裕固族的"头面"、藏族的"戴敦"或"拉伊"(情歌)中,看到了合于自然之律的忠贞与自由的结合;从哈萨克族"姑娘追"的戏谑或撒拉族"挤门"的诙谐里,看到的是涌动着的充沛的生命活力。从头饰着装到歌舞传情,从抢婚、哭嫁到拒亲、骂媒,西部民众的每一个生活具象中无不蕴涵着非常独特的戏剧性因子。它不仅赋予了生存本身以极其浓郁的艺术化品性,而且在更为深刻的层面上激活了艺术本身所潜存的人性能量——生命的自由表达与艺术的自由表现在此形成了一种完美的对接。就此而言,风情画就是那种有别于其他地域种群文化的、特殊的民族审美情感的表现,这一审美要素在西部文学创作中表现得十分突出,成为西部文学审美的强大磁场。

西部的民风是野性的。如王家达的小说《清凌凌的黄河水》《血河》《荒凉渡》等"黄河筏子客世家系列"中,活脱脱地刻画了一系列充满野性和血性的黄河儿女形象。其中既有铁骨铮铮的筏子客,也有温柔而又刚烈的女子,他们的共同点是活得率真、热烈、果敢、舒展、自由,而不论生活多么艰辛,他们的性情与奔腾咆哮、狂放不羁的黄河一样,与颠簸穿行在暗礁间和浪尖上的筏子一样。"他们敢杀人,敢放火,敢相跟上情人到庄稼地里睡觉,敢掐断仇人的脖子,也敢果断地结束自己的性命而决不受辱",他们身上散发出的"其实就是任何既定的活法、规范框限不住,封建厚土压抑不住的活泼泼的人性和个性"①。这是西部风情中最绚丽的一页。

西部的民风又是强悍的。自然的辽阔与生命的孤寂相对峙,原始的野性和生命的张力相辉映,在西部作家的笔下也是比比皆是:"戈壁。九千里方圆内/仅有一个贩卖醉瓜的老头儿/一辆篷车、一柄弯刀、一轮白日/伫候在驼队窥望的/烽火墩旁"(昌耀《戈壁纪事》);"马群/从夕阳边归来/每一匹马上/驮着一具金色的遗体"(章德益《大山偶忆三题》之三);"脚夫骆驼拉着两匹真正的骆驼在戈壁滩上走着……干巴巴的风不时扬起一股沙土,直往他的鼻眼里和牙缝里钻……天就是瓦盆。你以为你用不了多久就可以走到天尽头,可是,你耐着性子走吧,天永远是一个瓦盆,你永远在瓦盆的正中哩。"(杨争光《赌徒》)

因此,"三画"是形成西部新文学美学品格的最基本的元素。它赋予西部文学以苍凉、粗犷、孤寂、浑厚、辽阔、悲怆、坚忍、雄壮的美学风格,以及魅力四射的生命力度。它不仅给人以审美享受,而且实现了对人性的深刻揭示。

自然色彩 自然色彩与"三画"有着密切的联系,它包含"隐""显"两个层面。一个是风景画、风俗画、风情画的完美结合,这属于显性层面。隐性层面是西部特有的生产方式、文化生态背景下的自然的人的存在,以及与之紧密相关的人的情感、思维方式、价值立场、世界观等,是人与自然的关系的产物。《汉书·地理志》精辟地论述了自然环境对于人的影响:"凡民函五常之性,而其刚柔缓急,音声不同,系水土之风气,……好恶取舍,动静之常,随君上之情欲。"自然环境在很大程度上制约着地域人种的文化心理和行为准则,正所谓"一方水土养一方人"。西部自然环境与西部人群特有的生存状态和人文情感造就了这样的种性关系。在广袤的西部,草原民族的性格与浩瀚的黄土高原的农民相去甚远;同是游牧民族,藏族的内敛与蒙古族的奔放也形成了鲜明的差异性;同是信仰伊斯兰教的民族,维吾尔族性情欢快,带有游牧民族的开放个性特征,而坚守在黄土高原深处的回族,则表现出了矜持、孤独、沉默、忧郁的性情。这就是西部自然环境对人的统摄所形成的西部民族多元的性格、气质和思维方式。

---

① 管卫中:《西部的象征》,青海人民出版社,1992年出版,第160—162页。

在西部,不同民族之间的文化差异是显而易见的。张承志的小说《黑骏马》中,"我"——白音宝力格,一个被寄养在蒙古包的受农耕汉文化滋养的青年,得知自己的心上人索米亚被无赖希拉糟蹋怀孕时"勃然大怒","痛苦而悲伤","绝望"和"悲愤"之下,拔出了蒙古刀想去找希拉复仇;奶奶"神色冷峻地""隔膜地看着我",奇怪地说:"怎么孩子,难道为了这件事也值得去杀人吗?""我"、索米亚、奶奶三个人截然不同的态度,是富含深意的,其巨大的差异源自于自然环境与生存方式的不同对人的文化心理和性观念的深刻影响。"我"尽管是草原的养子,但骨子里却打下了农耕汉文化的烙印,这就是对女子贞操的高度、畸形的敏感;而草原民族对生命的热爱、呵护以及对生命繁殖的崇拜远远大于对贞节的膜拜,因此,奶奶才会说这样一番话:"不,孩子。佛爷和牧人们都会反对你。希拉那狗东西……也没有什么太大的罪过","女人——世世代代还不就是这样吗?嗯,知道索米亚能生养,也是件让人放心的事呀"。这两种态度,显现了两种文化的冲突,一方是"饿死事小,失节为大"的轻视生命的道德主义,另一方是生命至上的自然的人道主义。即使是在西部半荒漠半农耕区,其文化与中原农耕区的文化也存在较大差异,例如张贤亮的《绿化树》《男人的一半是女人》中的女主人公马缨花、黄香久等西部半农耕区的女性,其浓烈、泼辣的个性以及主动的性追求,就较少受中原儒家文化的束缚和禁锢。这是西部环境赋予的一种特有的野性。在她们身上充分体现了人性的舒展之美、自然之美、真实之美,而与之相对应的是中原农耕文化对人的戕害和扭曲。可见,西部自然环境对西部人的宗教信仰、性格特征、文化心理、风俗习惯、民居建筑等起着重要的塑造作用,诚如韩子勇所言:"没有哪块地方像这里一样,自然的参与、自然的色彩对历史文化发展进程的影响和制约如此直截了当地突现在历史生活的表象和深层。"[①]

在西部,人与自然的既对抗又和谐的关系,一方面体现为人对严酷、强大的自然的敬畏和由此产生的种种敬天礼神的观念;另一方面,又因为有了对于自然的合于规律的相对征服,才产生了西部民众对于人的自身力量的景仰和对于英雄的崇拜。自然赋予了人自身以宽广的胸怀和独有的忍耐力,张承志笔下的歌手骑士们所孜孜以求的正是那种已经被遗忘了的、蛰伏在自然与历史深处的人的力量和英雄的遗迹。"灵性是真实存在的。在骑手们心底积压

[①] 韩子勇:《西部:边远省份的文学写作》,1998年出版,第66—67页。

太久的那丝心绪,已经悄然上升。它徘徊着,化成一种旋律,一种抒发不尽,描写不完,而又简朴不过的滋味,一种独特的灵性。这灵性没有声音,却带着似乎命定的音乐感——包括低缓的节奏、生活般周而复始的旋律,以及或绿或蓝的色彩。那些沉默了太久的骑马人,不觉之间在这灵性的催动和包围中哼起来了:他们开始诉说自己的心事,卸下心灵的重荷。……高亢悲怆的长调响起来了,它叩击着大地的胸膛,冲撞着低巡的流云。在强烈扭曲的、疾飞向上和低哑呻吟的拍节上,新的一句在追赶着前一句的回声。草原如同注入了血液,万物都有了新的内容。那歌儿激越起来了,它尽情尽意地向遥远的天际传去。"(《黑骏马》)张承志所触及的就是文学与西部自然或者作家与西部世界之间的一种潜在的本质性的生命关系,大自然的慷慨既滋生了人们天然的感恩意识,也培养出了游牧民族特有的祈福祝愿方式、遵守诺言的习惯与种种友好的行为;自然的酷烈与生命的脆弱,更使得人们格外地珍惜生命,并且真正树立起了自我生命只是自然万物这个更大的生命圈中极其有限的一个部分的生命意识。本初形态的西部自然为现代人的朦胧灵魂的栖息和对于生命本相的追问保留了可贵的空间,同时也为文学提供了"美"的生成的资源和环境。

神性色彩 西部新文学中的神性色彩,与西部酷烈的自然、普泛化的自然崇拜、隐秘的历史、虔诚的宗教信仰密切相关,这使西部文学充满了浓郁的史诗性、寓言性、神秘性。

古人追求的"天人合一"境界,在西部民族的日常生活中被世俗化和仪式化。人们依附在大自然的统摄下,通过与自然的默契来感应自然的启示,所以,普泛化的自然崇拜在西部表现得尤为突出,从而给西部的人与自然的关系抹上神秘色彩。西部文学中的"泛神化"叙事与西部自然环境的酷烈、险恶、蛮荒、浩瀚以及不可知的自然灾害有关,"它的荒诞、神秘、惊异不是针对正统的人文文化的一种民间性的反动和消解力量,而是落于尘埃,出没荒野,多与自然有关的东西",是"一种较为粗陋、停留在旷野崇拜"[①]的东西。周涛诗文中比比皆是的神马和雄鹰,张驰笔下的水怪、马妖(《汗血马》),赵玄笔下神奇的白驼(《红月亮》)等意象,都充满了神奇的寓意。唐栋、李本深、李斌奎、李镜、姜安等西部军旅作家,为空气稀薄、环境恶劣的冰山高原和沙漠戈壁披上了神性色彩,使之与"战士"的刚毅性格相吻合,从而为英雄抹上了神性色彩,

---

① 韩子勇:《西部:边远省份的文学写作》,第66—67页。

但这恰恰是人性的极致和完美的体现。

  中国西部特定的自然地理因素形成了西部民众对于自然的最为直接的观照方式,自然万物常常是作为与人一样有生命的实体而存在着的。人们以其丰富的感性想象赋予了自然万物以人的灵性,不仅使自然之物转化成了人的本质力量对象化的精神产品,而且这种想象本身也包含着人对于自身潜在力量的重新认识与再度发现。人们对自然的认知经验不是靠科学或者理性,而是靠心灵对于现象的直观得来的。这种直观中包含着对于生存无常的忧思,以至于常常蒙上了某种神秘的色彩。史诗《格萨尔》的演唱者、已故艺人扎巴,就曾说自己在九岁那年梦见格萨尔王的大臣旦玛将他的胸腹剖开,放入了许多的《格萨尔》,之后他便进入了一种精神恍惚的迷狂状态,一种充满了关于格萨尔的文字的云雾始终笼罩着他,他觉得自己仿佛生活在魔幻的迷宫中。到了十三岁,他才从梦中彻底苏醒,并由此开始了他的说唱《格萨尔》的生涯[①]。在西部民众看来,那种被理性称之为本质或者规律的东西都不过是自然或神的意志的某种显现而已,它有时非常接近作家诗人们孜孜以求的所谓灵感。人神相遇甚至人神同体合一的体验和认知,表现在不同的宗教形式中,可以看作是个体与神性、灵性、道、天或梵的某种交融,有限的个体精神与超越个体的未知者之间的融合,以及由此而得到的感应、时空跨越、欣喜或者某种神谕。西部民众的日常生活基本上就处在这样一种纯然感性的生存氛围之中,但也正是这一极为纯粹的感性经验才为文学艺术乃至宗教的生成铺设了肥沃的土壤。

  人神大战、部族纷争的传说在西部四处散落,它与走马灯般的民族融合的历史连缀在一起,形成了西部独有的历史镜像,所以,逼近遥远而神秘的历史成为一种基本的西部叙事模式。虔诚的祝辞与诗意的舞蹈,飞动的经幡和肃穆的殿堂,既显示着极乐世界的幻境,又充满了人自身的浪漫精神与奇诡想象;质感极强的佛像雕塑与绘画,既昭示着对于人间苦难的恐惧和世俗人生的解脱之途,又蕴涵着对于天国胜境的向往与文学艺术无尽的精神诉求。繁复出现的废墟意象、身世隐秘的孤独行者、亘古不衰的英雄史诗以及隐藏在沙海深处的古堡和宫殿等等,都诉说着逝去的历史和被岁月尘埃湮没的记忆。因

[①] 汤惠生:《死亡与再生》,彭书麟等:《西部审美文化寻踪》,湖北教育出版社,1999年出版,第79页。

此,无论是一片古遗址,还是一首残缺的古歌,抑或一个祭祀的场面,都蒙上了奇诡、隐秘的色彩。也许,在西部以外的作家笔下,这仅仅是获取历史沧桑感的一种手段和策略,但是,这对于西部作家来说却是一种无法回避的历史存在和渗入骨髓的烙印。所以,从某种意义上来说,西部新文学发展的过程同时也可以看作是逐步开掘西部民间感性资源的过程,从现代西部少数民族文学的萌芽与成熟,以及越来越多的作家对于西部民间原创性的不断发现来看,这一事实本身就充分地证明了西部民间资源的巨大影响力。

西部新文学中表现出来的神性意识,一方面是来自西部民间的传统遗存和历史镜像,另一方面更多的是来自宗教因素对于文学的渗透。自然崇拜的繁盛使得西部各民族的原始宗教非常发达,横贯北方草原的萨满教和流行于雪域藏地的苯教等只是其中的代表。尽管,藏传佛教后来取代了萨满和苯教对于北方草原和藏地的统摄,但是,原始宗教还是沉淀在了这些民族的生活和信仰中,这就是藏传佛教和苯教在青藏高原上的融合,以及藏传佛教和萨满教在蒙古草原上的融合。自公元7世纪以降传入中国的伊斯兰教,逐步取代了祆教、佛教等对新疆的统摄,进入青藏高原的边缘和黄土高原腹地,并深深地扎下了根。浓郁的宗教氛围和宗教文化使西部包裹上了神秘主义的色彩,使其不但成为名副其实的宗教高地,而且成为天然的文学富矿。张承志笔下神秘、肃穆、奇异的宗教礼俗和人的精神追求(《心灵史》《西省暗杀考》),扎西达娃的魔幻现实主义(《西藏,隐秘岁月》等),都不只是艺术手法单纯运用的结果,更重要的是充溢着神性色彩的题材和故事本身的魅力,以及作家自身对于宗教文化的深刻体悟,才是真正成就他们走向艺术高原的原动力。

流寓色彩 流寓色彩之所以成为西部新文学的一个重要的美学特征,就在于它与西部人的存在状态密切相关。西部人的存在状态是什么呢?一言以蔽之曰:在路上。这是打开西部人心灵闸门的一把钥匙。荷尔德林在《漫游》一诗中这样写道:"离去兮情怀忧伤/安居之灵不复与本源为邻。"海德格尔对此作了进一步阐释,他认为接近"本源"的最佳状态是接近故乡,"还乡就是返回与本源的亲近",所以,"那些被迫舍弃与本源的接近而离开故乡的人,总是感到那么惆怅悔恨"[①]。这里的"本源",其实就是荷尔德林的"人充满劳绩,但还/诗意地安居于这块大地之上"[②]的存在境界。西部人之所以备尝离开故

[①②] 海德格尔:《人,诗意地安居》,郜元宝译,广西师范大学出版社,2000年出版,第69—73页。

乡的流浪的痛楚,主要源于他们独特的生存方式和安放心灵的方式,这就是流寓的生活,以及对故乡和信仰彼岸的执着追寻。

西部游牧民族的生活方式是逐水草而居的迁徙,定居点的出现只是说明游牧者有了一个较为固定的营地而已,随着季节变换,他们还得不停地转场到其他营地放牧(游牧民族有夏营地、冬营地、秋营地)。因此,对于游牧民族来说,家就是移动的牛皮帐篷或者包(藏包、蒙古包、裕固族包等),家就是马背,这是一种被凝固的民族文化心理。"穹庐为室兮毡为墙,以肉为食兮酪为浆",《细君公主歌》从衣食住行的角度说明了游牧民族这一"行国"的特点。此外,还有历史上的无数次的民族大迁移,如清朝时的锡伯族,从东北的松花江畔迁徙至新疆伊犁、土尔扈特蒙古从伏尔加河下游回迁伊犁等,都说明西部游牧民族的生命历程就是人"在路上"的迁徙和转场,这是永远也无法完成的还乡之旅。此外,中原汉文化在西部得以广泛传播并使之与西部各少数民族文化相融合的历史,也是一部内地人流亡西部的历史。这些流亡者主要有以下几类:戍边和屯垦的将士、贬谪的官员、流放和发配的罪犯、被动的移民、观光游历者、现代支边者,以及因躲避战乱、灾祸、饥荒而西行的流浪者,等等。西去和出塞之路,便成了一条刑罚之路,一条流放之路,一条冒险之路,一条避祸之路,一次离开故地的"失根"之旅。小人物的苦难命运,他们生存的艰难和心灵的熬煎,他们的卑微和绝望,屡屡出现在西部作家的作品中,读之令人热泪横流,流溢着浓烈的人道主义色彩。

人"在路上"的流寓,心灵之旅的执守,还集中地体现在西部人对宗教信仰的坚守和追寻上。藏传佛教作为西部的宗教朝圣奇观,实际上就是西部少数民族的一种精神存在方式。在雪域高原,一丝不苟地叩长头是藏族人向拉萨圣地朝圣的足迹,纵是严寒酷暑也不会退缩,纵是荒滩连着草地连着绵延不断的雪山也不会停步,有的人一生甚至只为了这一次朝圣而存在。这些安放心灵的信仰之旅,无疑给西部文学的流寓色彩涂上了一层神秘的油彩。

悲情色彩 最后一点要说的是西部文学中的悲情色彩。在所有与中国西部有关的典籍文录里,西部仿佛一直与灾害、战乱、瘟疫和转瞬即逝的繁盛联系在一起。西部的一切都犹如一种大限,天荒地老的玄幽与英雄末路的决绝,自然变化的无序与历史演进的非逻辑性等始终交织在一起。也许正是因为西部历史上有了太多的屈辱与呐喊、鲜血与悲怆,才使得西部高远的天空和神奇的大地显得更加恢宏和苍凉。西部的黄沙里一直埋藏着不同民族辉煌的历史和无数英雄沉重的叹息,霍去病、卫青、单于、苏武、李陵乃至成吉思汗,英雄的业绩在填写历史内容的同时也为中国西部涂抹了一层雄浑悲凉的色彩。

西部新文学的悲情特征,一方面显示为人与自然或社会之间的矛盾。由自由意志与生存境遇的对立所带来的悲凉感,既有因中原儒家文化的渗透而带来的那种典型的家国兴衰的忧患意识与伤春悲秋的悲悯情怀,同时更显示为个体对于生命的无法控制及生命的有限性与时空的无限性之间的矛盾,它所暗示的主要是个人在寻找自身的归属与认同过程中的某种错位。另一方面显示为人在对抗自身的过程中精神所遭遇的苦难与磨砺。二者的共同之处就在于,同样都显示着个体的自由意志与具体的生存境遇之间的不协调。西部新文学中的这类悲情色彩还包括特定年代知识分子被其所从属的集团所抛弃的某种失落感,或者对特定历史境遇中个体遭际的沉痛回顾,比如王蒙和张贤亮的反思小说。这其中所包含的悲情底蕴就是对西部生活的不幸、苦难、毁灭及痛苦生命的最为集中的艺术化表现,而灌注于这类倾诉之中的正是那种自由的生命欲求与钳制这种欲求的外在力量之间的对立。

这里所强调的西部的悲情色彩,更主要的是指在游牧文化浸染下永不妥协地对抗自然与暴力乃至人自身的那种类似于西绪弗斯式的英雄悲剧的色调。正如英国美学家斯马特所说的那样:"如果苦难落在一个生性懦弱的人头上,他逆来顺受地接受了苦难,那就不是真正的悲剧。只有当他表现出坚毅和斗争的时候,才有真正的悲剧,哪怕表现出的仅仅是片刻的活力、激情和灵感,使他能够超越平时的自己。悲剧全在于对灾难的反抗。陷入命运罗网中的悲剧人物奋力挣扎,拼命想冲破越来越紧的罗网的包围而逃奔,即使他的努力不能成功,但心中却总有一种反抗。"[①]这种反抗不仅体现在早期的祖农·哈迪尔、郭基南、玛拉沁夫等人的创作之中,同时也体现在张承志、牛正寰、陆天明、唐栋、阿来等大批年轻一代作家的基本精神取向上。与儒家文化的那种悲悯情怀相比,他们更看重个体潜在的自由意志力的巨大与无限,它所换取的不只是痛苦精神对于安抚与慰藉的渴望,而是灵魂被撕裂之时的近于极限的痛楚与难以言表的快感。那是一种真正的壮美,一种寓含着悲情却又超越了悲情本身的悲壮。

---

① 斯马特:《悲剧》,朱光潜:《悲剧心理学——各种悲剧快感理论的批判研究》,人民文学出版社,1983年出版,第206页。

体现在西部新文学之中的悲情意味与西部的文化传统有着很大的关系。事实上,所谓文化传统并不是一个固定的静态概念,它总是以种种不同的方式渗透在当下的具体生存境遇中,甚至已经化为当下生活的鲜活的血液。西部传统文化的独特性质同时也造就了西部文学悲情色调的特殊性,中国西部那种由不定时的生存危机而导致的特定的忧患意识,与儒家文化的忧患感就有显著的区别。中庸意义上的忧患与悲悯在某种程度上很容易为精神的沉沦寻找到一系列貌似合理的借口,譬如张贤亮笔下的章永璘之于马缨花或黄香久,从"庙堂之患"到"江湖之忧"本身就是一种处世的变通性策略。这种忧患常常把个体的"悲"建立在如何协调个体与外在物事的关系上,当彼此关系不能协调时,"悲"就自然地生发出来了;这其中所暗含的是外在物事对于个体的强大的影响力和钳制力,弱小的个体只有不断地改变自身以顺应这种力量,才能保证个体自身的存在——而一旦不能顺应,个体的精神就有可能下滑到精神的原点上去甚至被消解为"无"。与之相反,西部民众的"悲"更鲜明地体现为一种顽强的承受,一种主动地对抗外在物事的自觉的精神承担;这种承担不会使精神背负重压之时走向萎缩,它恰恰使精神在重负之下变得更加坚忍和强大。风沙肆虐,战乱频仍,但这并不意味着自身就有了退缩与逃避的理由,人只有勇敢地面对这一切,才能最终保证自己的生存。西部文学中所表现出来的"忧思"不是为了换取他者的同情与怜悯,而恰恰是为了让他者能切实地看到自身的精神存在,并从这种存在中体味个体精神力量真正的价值。从这个意义上说,西部新文学所呈现出来的"悲情"面貌,其背后所蕴涵的正是生命本身的强大活力及其尚有待进一步开掘的丰富的审美底蕴。这一点对于中国文学的发展来说应当是有着深刻的启示的。

所以,审美意义上的悲情实际上就是酷烈的自然物象与人生际遇相结合所产生的孤独感和悲怆感的集中呈现。是人在天涯的忧伤:"居常思土兮心内伤/愿为黄鹄兮归故乡"(《细君公主歌》);是命运无常的喟叹:"我是大地的士兵/命运,却要使我成为/大山的囚徒/六千个黄昏/不堪折磨的形骸,始终/拖着精神的无形锁链"(昌耀《大山的囚徒》);是深入骨髓的荒凉和孤独:"西北偏西/一个我去过的地方/没有高粱没有高粱也没有高粱/羊群啃食石头上的阳光"(张子选《西北偏西》);是生的悲怆:"——相传,牧马人倒下的时候/他们的靴子还会站在荒野上/痛饮狂风"(张子选《大风雪之夜》)。作家赵光鸣说:"新疆这块土地浩瀚无边,荒凉亦无边。人站在它的苍穹下面显得过于渺小和孤单，精神时常感到过于空荡和无所寄托。揣着无尽的乡愁寻找家园，是这土地上远离故乡的人们的一种特有心态。"①他的这段话对理解西部文学的悲情色彩有一定的昭示意味。西部自然物象的酷烈、险恶和灾变的频仍与人的渺小、人对客观选择的局限和生命的无常、人对命运的不可把握等因素，加剧了人与自然对比的文化反差。如果说，内地农耕文化给人的无常感更多的是宦海浮沉和名利场上人际、人祸的悲情色彩，那么，西部文学中的悲情和无常感的产生，却更多属于生存的无常和命运的不可知，这是人与自然的基本冲突所带来的结果。因此，在西部人的觉醒和自觉意识中，充溢着浓烈的流寓、流亡色彩所带来的悽惶、苦难和悲情色彩，而西部人的隐忍、牺牲和决绝的抗争，又带着一种悲壮的殉道色彩。这一切灌注于作家作品中，就不仅是构成作品内涵的基本要素，而且也是形成西部文学叙述模式的重要元素之一。

当然，构成整个西部文学的元素是多元而复杂的，而且，随着时代与社会的更替和演进，因着许多因子的加速裂变，支撑西部文学元素的变化也在所难免。但是，不管时代风云如何变幻，西部文学的"三画四彩"的美学特征是很难抹杀的，它将成为中国西部文学重要的内在风格与外在叙述模态。

---

① 赵光鸣：《远巢·后记》，新疆人民出版社，1989年出版。

第一章　西部文化底色与西部新文学的萌动

（1900—1949）

中国西部多元文明形态的形成是多民族文化长期交融和传播的产物。正如季羡林说的，通往西方的西北丝绸之路在过去很长的时期内，既是西部各民族文化与中原汉文化交融的跳板，也是"东西各国文化交流的枢纽"，"许多国家的文化，包括世界上几个文化发源地的文化，都在这里汇流"[①]。所以，西方探险家在19世纪末一踏入中亚腹地，就有一种似曾相识的感觉，这并不奇怪。不仅如此，西部还存在着另一条融合农耕文明、游牧文明的丝绸之路，这就是一直被忽视的贯通北方草原与中原农耕区的"草原丝绸之路"。它从中原出发穿越长城进入蒙古草原，然后到达漠北和北亚，直至俄罗斯。所以说，横贯西部的两条丝绸之路，不仅联结着农耕文明、游牧文明，而且一直是不同宗教文化和异域文明交流、碰撞的舞台。

因此，20世纪初的中国西部新文学的萌动，其实就是在这一多元文明形态背景下展开的，它与文化交融、传播的新时代同步。其主要表现在下面几个方面：第一，作为口传文化的继承和弘扬，少数民族文化发展在此间出现了较大的转向，这就是伴随着民族自觉而兴起的作家文学，以及现代传媒对民族文化传播的参与，使西部民族文学呈现出了多元景观与现代色彩；第二，不同视角的域外探险、考察游记作品的大量出现，以独特的艺术视角传达着主体对西部的认知，构建着新的"西部镜像"；第二，一大批"西行者"的创作深受西部文化的熏染，成为西部文化的传播者，与此同时，本土汉族作家的创作在此间呈现出了鲜明的过渡色彩和时代性。

[①] 季羡林：《比较文学与民间文学》，北京大学出版社，1991年出版，第142页。

第一节　文化底色与西部文学传统的复苏

西部多民族文化开放、包容、混杂的品质，及其与中原农耕文明扯不断的内在关联，其实早就隐藏在意味深长的"昆仑神话系统"中。如果把神话和史籍中的"昆仑之丘""昆仑山""昆仑""昆仑之阿"，与所指涉的青海西部的昆仑山、青海和新疆交界处的阿尔金山以及帕米尔高原到喀喇昆仑山一带的地望相联系，一个关于"昆仑神话系统"的概念便逐渐清晰起来。这一洪荒、高寒而又人迹罕至的地方，"曾是我国与西域及南亚次大陆的交往要道"[①]，神话系统的最初发轫便与这一人类早期交往的历史发生了紧密的关联。在昆仑神系中，不仅有创造人类的伏羲以及昆仑山最大的女神——"虎齿豹尾"的西王母，而且还有被奉为华夏始祖的黄帝，其在昆仑神系中是最大的天神。梁庭望等学者认为，"昆仑神话系统"沿着"昆仑山东边的巴颜喀喇山麓之黄河长江东传"，一路随黄河这只梦舟"把昆仑神祇带到了中原及黄河之北广大地区，形成帝俊系统和蓬莱仙话系统"，一路随长江"自青藏高原折向东南方向"，最终足迹遍踏了西南、华南、华中的少数民族地区。这一"庞大的代表性神话系统"的"辐射和纽带作用"，使得中华民族这一多民族文化自一开始就具备了"一致性"[②]的传统和水乳交融般的联系。如西王母、伏羲在西北民间就留下了不少印记，使各民族史诗和神话传说充满了浓郁的昆仑神话色彩；伏羲、女娲之于南方少数民族的创世神话的密切关系，使之最终被奉为始祖等等，无不在说明"昆仑神话系统"对于华夏文明的统摄和联结作用。

对于这一文化间的同一性和民族间的亲缘、往来，在后来出土的古简中也得到了进一步的说明。在公元281年的魏惠成王子之墓中出土的《穆天子传》，记述了周穆王于公元前1000年至公元前947年西巡的事迹。史载，穆王此次西行在于联合与周朝有联姻关系的西域主体居民——羌人，来共同对付新兴的犬戎。从当时游历的情景来看，赤乌、曹奴、容成、西王母、诸干等羌人部落的语言与周人的语言同源，前者属于汉藏语系西支，后者属于汉藏语系东支，所以，穆王与他们的交流在语言上没有障碍。公元前985年即穆王十八年

[①][②]　梁庭望、张公瑾：《中国少数民族文学概论》，中央民族大学出版社，1998年出版，第8—10页。

甲子,穆王经过西王母部落,乙丑,与西王母①在瑶池宴饮。饮宴之上,"吹笙鼓簧",其乐融融,其情盈盈。宾主互以歌吟相唱和,语气亲切自然而又充满友好,相互有引为同宗和知己之感。不然,何以有西王母的"将子无死/尚能复来"的问询,以及周穆王的"万民平均/吾顾见汝/比及三年/将复而野"②的约定?薛宗正认为:西王母所吟之诗,风格步韵都与《诗经》中保存的周诗相同,其宴饮之上"所用乐器也是周人的笙簧",瑶池的地望当在新疆,"依其车辙道里睽之,应在今赛里木湖附近"③。由此可见,西域羌族与周王朝早有往来,史籍所透露的二者世代有姻亲关系当不是虚言。西王母传说至今在民间留下了不少遗痕,如现今甘肃泾川县城西一华里的泾河边的回中山,就被誉为"西王母之山",山上有建于西汉元年的王母宫(清同治年间被毁,现重修),山下有北魏时开凿的王母宫石窟等。另外,现代考古也为这一史籍中遗落的讯息作了如下证明,早在东西方丝绸贸易之前的上古时期,中原和西域之间就已经存在美玉和贝壳的交换,甚至中原的铜器也在此间传入西域,所以,同时带动了文化间的传播和交流。在周穆王与西王母相会之前,尧、舜、禹就曾拜访并问学于西王母。贾宜的《新书·修政语》上篇载:"尧曰:……身涉流沙,地封独山,西见王母";《荀子·大略》云:"禹学于西王国";等等。显而易见,这都是"西域文化圈与中原文化圈的交接、碰撞与融合"的"结晶和缩影"④。

自汉代开边西域、凿通丝绸之路以降,西部各民族与中原民族间的联系、交流更是日益频繁和多元化。无论是贯通欧陆和西亚的商业贸易,还是大规模的战争征伐,相互间都给对方施加了巨大的、多层次的影响。所以,来自古丝绸之路的讯息所告知的不仅限于商路、兵路、官路的文化传播,还有移民之路、和亲之路、刑罚之路,以及宗教人士的往来等所带来的宗教、文化、艺术、科技等各方面的双向交流。人作为文化传播的活性载体在其间发挥了重要的媒介作用,使得各种异质文化在经历了碰撞、排异的对抗以及融合、吸收后,对中国多民族文化态势的形成产生了持久的影响。正如费孝通在《中华民族多元一体格局》中所说的:

---

① "西王母"既是古羌族部落的称号,又是这一部落首领——古国女王代代相传的尊号。之所以存在一个"虎齿豹尾"的形象,这与该部落的图腾崇拜有关。
② 范祥雍编:《古本竹书纪年辑校订补》,张兵、李子伟:《陇右文化》,辽宁教育出版社,1998年出版,第29页。
③ 薛宗正:《历代西陲边塞诗研究》,敦煌文艺出版社,1993年出版,第4页。
④ 张兵、李子伟:《陇右文化》,辽宁教育出版社,1998年出版,第31页。

中华民族作为一个自觉的民族实体,是近百年来中国和西方列强对抗中出现的,但作为一个自在的民族实体则是几千年的历史过程所形成的……它的主流是由许许多多分散孤立存在的民族单位,经过接触、混杂、联结和融合,同时也有分裂和消亡,形成一个你来我去、我来你去,我中有你、你中有我,而又各具个性的多元统一体①。

西部多民族文化就是这一民族融合过程的产物。因为,这一多民族的交融史涉及了文化传播的方方面面,所以,大量的文化遗存当是解析这一影响和交融的最佳标本。从音乐、绘画、舞蹈、建筑、文学以及民间习俗、宗教信仰等来看,都在诉说着这一文化间的交融和影响。这里仅以文化艺术方面的一些传播、交融的实例,对这一问题做一简单说明。作为中西文化交流典范之一的"西凉乐",始于两晋时期,它最早的成分以中亚、印度等外邦音乐为主,先是在龟兹和西域少数民族与汉族音乐相融合,然后沿丝绸之路东进,在凉州一带又"杂以秦声",融合了从中原西传的汉族音乐,从而使其音乐呈现出了"汉族音乐比重大于西域音乐"②的特点。风靡有唐一代的胡旋舞、胡腾舞、拓枝舞出于西域,在东传途中糅进了西北少数民族的舞蹈,最后才被汉文化圈接受和利用。再比如,羌笛、排箫源于甘青高原的游牧民族,琵琶出于西域,也都经历了相似的传播、融合、变异的过程。所以,张兵等学者认为:

> 自汉唐以来,随着西域及其他地区少数民族音乐的传入,今陇山以西、新疆以东的广大地区,刮起了强劲的胡风。羌乐、胡声、汉音在此交流融汇,互相吸收孕化,形成了琵琶、羌笛奏鸣的主旋律。尤其是当时音乐水平很高的龟兹音乐、乐人的流入,极大地丰富了汉族音乐的内容。③

同样,关于这一点也在唐诗中可以找到大量佐证。如:王翰的"葡萄美酒夜光杯,欲饮琵琶马上催"(《凉州词》),岑参的"凉州七城十万家,胡人半解弹琵琶"(《凉州馆中与诸判官夜集》)、"琵琶长笛曲相和,胡儿胡雏齐唱歌"(《酒泉太守席上醉后作》),等等。藏族的英雄史诗《格萨尔》在其形成、发展过程中,融入了吐蕃时代的不少史实,如格萨尔的同父异母兄弟贾察就被认为是汉族的外甥,许多分部本都对此给予了比较详细的记述。而这一细节的出现,与

---

① 费孝通主编:《中华民族多元一体格局》,中央民族大学出版社,1993年出版,第3—4页。
② 张兵、李子伟:《陇右文化》,第131页。
③ 张兵、李子伟:《陇右文化》,第129—130页。

文成公主、金城公主的进藏和亲等汉藏交往的历史是密切联系着的。"史"与"诗"互证的依据是公元823年刻石勒碑于拉萨大召寺门前的唐蕃会盟碑,也就是"甥舅和盟碑"。碑文记述了松赞干布、赤德赞布先后迎娶二位公主,与唐廷修好并"永崇甥舅之喜庆"的史实。中外文化融合的最高结晶——敦煌莫高窟,既荟萃了中西、中印文化,而且也使西部少数民族文化和中原汉文化在此找到了融合的载体。不仅如此,异域文化之间交流的印痕也可以在文学中找到大量例证。如阿拉伯民间故事中的阿凡提就在新疆各少数民族的生活中扎下了根。《一千零一夜》中的《布鲁庚亚和詹莎》与中国的"牛郎织女"的传说,都是讲一男子与穿羽衣的美女的故事,而后者在《山海经·海外南经》及西晋张华的《博物志·外国》中均有记载。尽管同一故事在不同地域和民族背景下,被赋予了不同的文化色彩,但其原型的相似性令人惊叹。杜亚雄认为,生活在北方的匈奴人西迁欧洲将其民歌带到了匈牙利,所以,今天的匈牙利民歌与保留了丁零人、匈奴人和突厥等民族古老民歌特点的裕固族民歌,在结构和曲调方面呈现出了许多共同之处,因为它们同源[①]。诸如此类的实例,不胜枚举,但都在说明一个问题,即欧陆、中西亚及印度文化与中国文化一直在通过古丝绸之路发生着"互播"关系,而其桥梁、媒介正是西部各少数民族的民族迁徙,及其与中原农耕民族的交往和联系。同时,在这一民族交往和文化传播的过程中,中国的冶铁、造纸、印刷、火药等技术也先后经由西部传到中西亚和欧洲。所以,从西部多民族文化的交融史来说,西部新文学在20世纪上半叶的萌动,实际上就是西部多元文明共融的这一文化传统和精神的复苏。

如果说这是萌动和复苏期西部文化的底色之一的话,那么,底色之二当然应该是西部深厚的文化积淀与文学底蕴了。

作为文学的遗产继承和文化影响,古代西部少数民族悠久的口头文化传统和书面文学积淀,以及包括敦煌文学、历代西陲边塞诗在内的西部多民族文学创作所形成的多元化文学格局,既是西部独有的文明形态的体现,也是西部多民族文化长期融合、碰撞的产物,理所当然地成为中国西部新文学萌动和复苏的文化土壤和文学生态。

游牧、狩猎、迁徙、战争等生产和生活方式,决定了西部少数民族文化的一个重要的特质——口头文学的繁荣与发达。从口传文学丰富的内涵和表现形

[①] 杜亚雄:《裕固族西部民歌与有关民歌之比较研究》,《中国音乐》,1982年第4期。

式来看,既包括以散文体为主的神话、传说、故事,也包括大量的散韵结合体和韵文体的民歌、史诗、叙事诗、谚语、格言等,并主要依赖"诗歌舞"三位一体的形式或者亦歌亦舞、亦诗亦歌的民族生活方式和群体性仪式而存在,不但记录了少数民族的起源、历史、习俗、信仰和生产生活经验,而且也打上了不同时代、不同民族心理的烙印。因而,它们一直被看作是活在人们口耳中的心灵的艺术和民族生活的活化石,以及形象化的西部各民族成长的心灵史。从至今流传着的数以万计的西部少数民族口传文学作品来看,仅英雄史诗就多达数百部。《格萨尔》《江格尔》《玛纳斯》三大英雄史诗是其中的瑰宝,也是独立于世界文学之林的"活形态"的文化遗产。尽管它们产生于原始社会向奴隶制社会过渡的时代,并滚雪球式地不断融入了民族发展的历史史实,但其独特的演唱传统却使它成为永远无法完成的作品。这就是具有集体性和匿名性等特点的口传文化的传播,其主要的承担者是该民族的职业说唱艺人(玛纳斯奇、江格尔奇等)和歌手,而艺人和歌手对史诗、民歌的每一次即兴的"在场"演唱,都是一次不同于过往演唱的"他者",是一次新的创作和传播过程。所以,这一口传文学世代口耳相传和即兴创作的特点,决定了英雄史诗是永远没有最终定本的"活形态"的文学体式。与此相关,还有体裁多样的各民族民歌,如古歌、劳动歌、习俗仪式歌、情歌、生活歌、宗教礼仪歌等,不仅涉及民族生活的方方面面,而且在演唱的时候始终伴随着不同的生活场景和习俗仪式,呈现出了"载歌载舞""又说又唱"的特点,可谓是形象化的民族心理的显现。尤其是回、汉、藏、保安、裕固等七个民族共同用汉语创作和演唱的花儿,不仅体现了民族文化的融合与民族心理的共同需求,而且花儿会这一民间独特的对歌形式所蕴涵的民俗学意义也是颇具价值的。

历史悠久的西部少数民族文人创作,是在不断汲取民间文学养料的基础上发展起来的。藏族早期的文史著作《巴协》,据传就是赤松德赞的名臣巴·赛囊创作的。之后才出现了藏族著名学者米拉日巴(1040—1123)创作的宣扬佛法及证道的抒情言志的诗歌,即由桑吉坚赞搜集、编撰的《米拉日巴道歌》。这些诗歌散韵结合,故事与诗歌穿插,既是藏族早期民族生活的反映,又是抒情言道的文学佳作,开创了作家诗的一个流派——道歌体。六世达赖仓央嘉措(1683—1706)创作的《仓央嘉措诗歌》就是这一道歌传统的继续,因其内容多属情歌,所以一般都翻译为"仓央嘉措情歌",实是"道歌"或"道情歌"才对,因为此处的情也是道、道也是情,实系以情喻道、以情演道而已。著名的作家诗还有贡唐·丹白准美(1762—1823)的《水树格言》和道歌体的《教诫集》等。贡噶坚赞(1182—1251)被称为"淹贯三藏、学富五明的一代宗师"①,他创作的四句七言格律诗《萨迦格言》,风格严谨,形象生动,不仅是处世哲学,而且是他的为政主张的体现。藏族早期的史传文学当首推索南坚赞的《西藏王统记》、巴俄·祖拉陈哇(1504—1566)的《贤者喜宴》。桑吉坚赞(1452—1507)的《米拉日巴传》是承前启后的佳作,采用了散文体的第一人称自述的"问答式"体式,深受佛经故事的影响。随后出现了五世达赖阿旺·罗桑嘉措(1617—1682)的《西藏王臣记》,以及位居噶伦的才仁旺阶(1697—1764)创作的《颇罗鼐传》、自传《噶伦传》、长篇小说《勋努达美》等。蒙古族的古典文学除《蒙古秘史》以外,有萨囊彻辰撰写的《蒙古源流》、罗卜桑丹津的《黄金泪》、佚名的韵文体传记《阿勒坦汗传》等。《蒙古秘史》和《蒙古源流》被认为是蒙古族文学的"双璧"。其他的著名作家还有:谙熟汉蒙文化的元散曲家阿鲁威创作甚多,但仅有小令十九首存世;杨景贤(14世纪末)是蒙古族最早的戏剧家,创作有杂剧《西游记》《刘行首》等十八种;诗人梦麟(1728—1758)有《大谷山堂集》六卷,存诗三百多首;法式善(1752—1813)是清代蒙古学者,有著作《存素堂诗集》《存素堂文集》等多种,并编纂《皇朝文类》等;近代蒙古族小说家尹湛纳希有《青史演义》《一层楼》等。维吾尔族的书面文学自10世纪以降进入了一个辉煌时期,11世纪中叶的著名学者马赫穆德·喀什噶里的《突厥语大词典》《突厥语荟萃》,著名诗人玉素甫·哈思·哈吉甫的《福乐智慧》都是享誉世界文坛的伟大作品。其他还有:艾合买提·亚萨维(11世纪末)的《箴言诗集》、艾合买提·穆合默德·尤格纳克(13世纪初)的《真理入门》、纳斯鲁丁·拉勃胡兹(13—14世纪)的巨著《先知传》,散曲家贯云石(1286—1324)名垂一时的《双调清江引》等,鲁提菲(1366—1465)的长诗《古丽与诺鲁孜》《鲁提菲诗集》、阿塔依(15世纪初)的抒情诗、赛喀克(1375—1410)的五十首"格则勒"、艾利希尔·纳瓦依(1441—1501)的《五部诗集》《四卷集》、穆罕默德·伊明·赫尔克提(1634—1724)的长诗《爱情与苦恼》、穆哈默德·斯迪克·翟黎里(1674—1759)一千四百"比依特"和一百三十四首"格则勒"及十二首"柔巴依"等作品,诺比提(1697—?)的抒情诗《格

---

① 中央民族学院《藏族文学史》编写组编著:《藏族文学史》,四川民族出版社,1985年出版,第177页。

则勒》《柔巴依》、阿不都热依木·那扎尔(1770—1848)的长诗《热碧亚与赛丁》《爱情长诗集》等。哈萨克族的著名诗人穆哈默德·阿布·纳赛尔·法拉比(870—950)有《真理的宝石》等二十部巨著、穆罕默德·柯热孜米(14世纪)有《爱情史诗》,以及布哈尔(约17—18世纪)创作的诗歌等。此外,还有著名的金朝遗民、契丹人耶律楚材(1190—1244)的《西游录》《湛然居士文集》等作品。这里列举的只是一部分少数民族的书面文学作品,但由此可以看出,西部少数民族在浩如烟海的民间文学之外,已经出现了大批优秀的文人创作,其丰富的题材、精湛的艺术手法、多样的风格,无疑为西部新文学的萌动和复苏打下了坚实的文化基础。同时,从这些古代西部少数民族作家的作品中也可以触摸到民族融合的脉动,尤其是贯云石、杨景贤、耶律楚材、阿鲁威等人都是精通汉文化的少数民族作家,其作品无疑打上了民族文化融合的特色。

西部新文学另一个重要的文化资源是"敦煌文学"的深厚内涵和西部汉语创作的积淀,如历代边塞诗和玄奘的《大唐西域记》等寓居作家的作品,以及本土的赵壹、皇甫谧、阴铿、李益、李朝威、李公佐、李复言、牛僧孺、李梦阳、赵时春、胡缵宗、吴镇、秦维岳、吴可读等人的创作。1900年敦煌藏经洞的发现,使得埋没了近千年的"敦煌文学"横空出世。作为一种在敦煌地区创作并流行了四五百年的地域文学,其风格独特、题材多样,既充满了浓郁的西部色彩又贯通着汉文化的精神,是考察古代民族文化融合的重要范本。西部边塞诗滥觞于西汉时期,如李广利的《西极天马歌》、霍去病的《霍将军歌》就是西汉打败匈奴的歌咏。但是,并非所有的边塞诗都是气贯长虹的壮歌,那些远嫁和亲的汉室女子,却只能发出顾影自怜的悲叹和身世飘零的哀怨,从而使得雄壮的英雄气概中充满了人性的苦闷:"吾家嫁我兮天一方,远托异国兮乌孙王。穹庐为室兮毡为墙,以肉为食兮酪为浆。居常土思兮心内伤,愿为黄鹄兮还故乡",就是远嫁乌孙的细君公主的悲叹和忧伤。所以,历代西部边塞诗基本离不开初创时期的风格以及题材,即建功立业的壮怀激烈和流寓他乡的悲叹情怀。前者以唐代边塞诗为代表达到了极致,慷慨激越,充满了雄奇、粗犷、豪迈的英雄主义和报国理想,艺术风格达到了炉火纯青的地步。如骆宾王、王维、岑参、王昌龄、杜甫、高适、王建等人的诗作,其中有大漠景色的别样素描:"大漠孤烟直,长河落日圆"(王维《使至塞上》);有高亢、激越的英雄气概:"剑匣胡霜影,弓开汉月轮。金刀动秋色,铁骑想风尘"(骆宾王《咏怀古意上裴侍郎》);有边地民俗风情的抒写:"野老才三户,边村少四邻。婆婆依里社,萧鼓赛田神。洒酒浇刍狗,焚香拜木人。女巫纷屡舞,罗袜自生尘"(王维《凉州郊外游望》);有气吞万里的狂狷和豪气:"千里黄云白日曛,北风吹雁雪纷纷。莫愁前路无知己,天下谁人不识君"(高适《别董大》);等等。后者以《昭君怨》和蔡文姬的《胡笳十八拍》最为典型,是不可遏制的身世之感的倾诉,充满了战争离乱带来的痛苦。汉末大乱,文姬被匈奴俘获至塞外长达十二年,强为人妻并生二子,后被曹操用重金赎回。所以,她的《胡笳十八拍》如滚滚怒涛般控诉着撕心裂肺的人生痛苦:"夜闻陇水兮鸣咽,朝见长城兮路杳漫。故乡隔兮音声绝,哭无声兮气将咽……为天有眼兮何不见我独漂流?为神有灵兮何事处我天南海北头?"它不仅在音乐方面吸收了"胡音",而且以大胆的形式和强烈的措辞直接冲击了温柔敦厚的汉语诗教传统。自汉唐以降,西部边塞诗的风格骤变,逐渐失去了雄奇激越的气概和建功立业的壮志情怀,多是贬谪官吏的悲叹和哀怨。如林则徐、邓廷桢等人的诗中就渗透着奴性的忠君思想,更多的是哀叹自身被贬谪的命运。不仅与《胡笳十八拍》的精神指向不能同日而语,而且完全失尽了唐诗的风骨。尽管如此,历代边塞诗对于西部文学的贡献却依然是不容忽视的。它们以西部为叙事对象,将大量的西部意象和创作者独特的视野、激情带给了西部汉文学的创作,从而使其作品烙上浓郁的西部色彩,形成了有别于内地农耕文化的创作风格。这无疑是民族文化融合、碰撞的产物,也是寓居作家对西部文学最珍贵的馈赠。

第二节　域外探险者笔下的西部镜像

19世纪末开始的"地理大发现"将目光聚焦在中国西部绝非偶然。它有一个预设的前提,即西部文化自身的积淀和魅力绝非依赖主流话语的亲近和疏离而存在,不管是边缘化还是处于文化的中心,文化遗存都以隽永、悠远的惯性和独特的方式镌刻着历史。所以,从这个意义上来说,自宋元以降逐渐淡出世界视野的西部,再一次被世界重新"发现"只是现实提供了一次新的契机而已。但问题的另一半却出了麻烦,这就是19世纪中叶以降的中国对外开放是在列强的武力侵略下进行的,国势积弱、战乱频仍、学术凋敝的社会现实,只能提供一个不平等的契机,而这正是问题的症结所在。因此,当一些东西方寻梦者的探险、考古变成劫掠文物的时候,"中国学术史之伤心事"(陈寅恪语)和一个民族永远的伤心史也就拉开了序幕。所以,在剖析这类探险者留下的记游文学之前,不能不对发生在这一特定时代的"伤心事"进行一番反省:尽管将东西方探险者的西部探险一律说成是外国殖民者的文化侵略有欠公允和科学,但模糊学术考古与文物劫掠之间的基本界限,一味回避和美化探险者的文化破坏也不是实事求是的态度。同时,在承认这些探险记游作品的文学价值的同时,也不能回避某些作者在其中流露出的"对中国民族的误解和污蔑"[①],以及由于文化差异所形成的偏见与局限。除此之外,还有一批纯粹的探险者和宗教徒也在这一时期进入中国西部,他们或探险,或传播宗教,或游历考察,用生命和梦想写就了一批弥足珍贵的记游文学作品。其中渗透着的人道情怀和对中国文化的深刻理解,理当引起足够的重视,并应与前者分别对待。

由于写作休例的关系,这里的考察重点将不得不放在20世纪以后的探险记游作品上,但对于斯文·赫定等跨世纪的探险者却只能是一个例外。1900年是外国探险者西部探险的一个重要界碑和分水岭。在此之前以普尔热瓦尔斯基为代表的俄国探险家为主;之后以斯文·赫定发现楼兰为开端,加入了英、法、美、德、日等国的探险家。就在这一年,被埋藏了一千六百多年的楼兰古城被探险家斯文·赫定发现;英籍匈牙利人斯坦因发现了丹丹乌里克遗址和尼雅遗址,而这只是他西域探险的序幕;敦煌莫高窟的道士王圆箓,在清理地震后的流沙时突然发现了藏经洞的秘密,从而招来了世界各地的劫宝者……同时,与这一时期的"地理大发现"相伴随的,还有随之掀起的对西部少数民族口传文化的关注,尤其是对民族史诗传统的偶然发现[②],一举改写了黑格尔有关中国"没有民族史诗"[③]的错误论断。所以说,是探险者的"大发现"掀开了中国西部新文学萌动的序幕,从此,这一"抵进本土"的思潮一直伴随着20世纪的西部文学。

就这样,带着拣拾历史碎片和文明断简的寻梦,带着传教和寻道的理想,带着掘宝之梦,一批批东西方探险者、旅行者踏上了漫长的中国古道和人迹罕至的旅途。他们用不同的方式经历了在中国西部的探险考察和游历,并在人类文明史上镌刻下了各自的名字,尽管有的人至今没有定论。他们是:科兹洛

---

① 王冀青:《华尔纳与中国文物》,[美]兰登·华尔纳:《在漫长的中国古道上》,姜洪原、魏宏举译,新疆人民出版社,2001年出版,第435页。
② 西方世界对中国民族史诗的发现、认识,与近代以来的"地理大发现"是同步的,详见本书第十章。
③ 黑格尔:《美学》第三卷(下),朱光潜译,商务印书馆,1981年出版,第170页。

夫（俄国），斯文·赫定、沃尔克·贝格曼、贡纳尔·雅林（瑞典），C.D.布鲁斯、奥利尔·斯坦因及两位外交官夫人凯瑟琳·马嘎特尼、戴安娜·西普顿（英国），邦瓦洛特、伯希和、大卫·尼尔及传教士蜜德蕊·凯伯、法兰西丝卡·法兰屈（法国），河口慧海、大谷光瑞、橘瑞超（日本），冯·勒·寇克、艾米尔·特林克勒（德国），亨廷顿、兰登·华尔纳（美国），亨宁·哈士纶（丹麦）等等。由于罗列的名单存在着无法回避的遗憾，因此，遗漏者的作品风格只能通过有限的代表性作家的描绘来了解。随着数以万计珍贵文物的流失海外，一个关于历史和现实的"西部镜像"在20世纪的西方世界被勾勒了出来。赢得了巨大声誉的探险者，在出版了一大批浩繁的探险科考报告的同时，使学术之外的风格多样的探险记游织就了一道奇诡的西部风俗画和风情画。他们九死一生完成的探险，是20世纪初西部人文地理的"现场直播"，由于其"记录的中国与生活，已经是消逝的景观"，所以，"它们的另一个功能，反而是'保存'了某种生活形态和社会状态的记录"[①]。从探险记游的艺术视阈和总体风格来看，无论是大漠深处的生死之旅，还是征服雪山冰川无人区的历险，都流溢着历史沧桑感和生命的悲怆感，充满了鲜明的人格力量和地域文化色彩。优美而严酷的景色、独异的民俗风情、艰苦凶险的旅程、生与死的抗争、文化反差带来的主体感受，在探险者风格化的细致、准确的描绘中得到了完满的展示，从而使其迸射出了生命的张力和独特的美学精神，这就是西部探险记游文学的自然色彩、神性色彩、流寓色彩、悲情色彩所赋予的西部精神和现实主义的酷烈感。但同时，也不能忽视一些记游作品中对中国文化和中国社会的鄙视和轻薄，这一由文化差异和主体身份不同所带来的对"西部镜像"的扭曲应该给予严肃的批判。具体到作家个体，风格化遂成为一个鲜明的标记。

斯文·赫定（1865—1952）探险的传奇色彩和九死一生的遭遇，只有河口慧海和大卫·尼尔等人的经历可以与之相比。但是，赫定在为数不少的科考报告和探险记中，对这一历险的文学描述是极为节制的。在《中亚旅行的科学成果》《穿越亚洲》《亚洲腹地探险八年》《罗布泊探秘》《丝绸之路》《大马的逃亡》《游移的湖》《我的探险生涯》等相继问世的著述中，大片文字被详尽的考古分析、遗址形态的介绍、路线的选择等占用，留给文学化的生命体验虽然

[①] 詹宏志：《新疆地理宝藏记·导读》，[德]阿尔伯特·冯·勒·寇克：《新疆地理宝藏记》，刘建台译，中国青年出版社，2002年出版，第8页。

不少,但却常常散落在烦琐的科考与记述文字中。即便在文学色彩比较集中的《生死大漠》和《失踪雪域750天》等历险篇章中,早期的记述和二十年之后的回忆也存在明显的差异,前者充满生动、逼真和浓烈的现场感,因为那是刚刚探险结束的产物;后者则更多带有反思和怀旧的散淡与沉思。赫定在文学修辞方面的谨慎和俭省,完全缘于一种考古学者的缜密思维而非纯粹文人的视角和激情,他更多追求的是一种探险、考古的体验和感受而非一种艺术家的感性冲动。但这并不是说赫定的文字是理性的、缺乏修饰和激情的,相反,他很好地统一了这一切,从而使得他的文字既简练、干净、准确而又生动、优美,充满人情味。下面就是赫定与他的探险队在冒险夜航玛旁雍错湖(玛法木错湖)并进行科学测量后,在船上的一段记述:

> 夜的女神以她那雪白的长袖把大地映成一片银色,但天空还是逐渐变成淡蓝色。晨光从东方升起,东面的山头上已经涂上了淡淡的一层晨曦。不久,山影越来越清晰,像是用黑布剪成的图案一样明快。云彩灿烂地飘在湖的上空,呈现出一种淡淡的玫瑰色。湖水把这玫瑰色的彩影倒映在平静的湖中,让湖盆里开出和花园里一样鲜艳的玫瑰,而我们则在这荡漾不定的玫瑰上航行,鼻子里嗅着的尽是早晨的清气和空气中纯净的朝露。后来玫瑰色渐渐变淡,大地又换上了明亮的光彩。

从这里的描写可以看出,赫定对西部自然人文的认识是充满欣赏的,因而他的观察别具一格并赋予了审美意味。他尊重民俗风情和民族感情以及他对生命的怜悯之情,缘于他的高尚品质和对中国文化的理解,因而,才有他与罗布人几十年的友情以及探险队员对他的忠贞不渝,才有20年代中的中外科考团的合作与西部之行。而恰恰就是这一点使他受益匪浅,他得到了包括罗布人、藏民在内的许多西部人的真诚帮助,并幸免了国人愤怒的声讨,尽管他也在一系列考古之后卷走了数千件文物。在大漠无人区的"野骆驼乐园",他不加掩饰地表露了"好久以来,我就渴望得到一张野骆驼的皮"的心情,但当探险队员将射杀野驼变成一种取乐时,赫定立刻给予了制止:"这种没有目的的杀戮使我很惭愧,我不得不明确禁止以后再枪杀野骆驼。"[1]这种细节却很少出现在普尔热瓦尔斯基、杜特雷依、科兹洛夫等人的笔下,相反,普尔热瓦尔斯基的探

---

[1] [瑞典]斯文·赫定:《生死大漠》,田杉编译,新疆人民出版社,2000年出版,第131页。

险中却出现了无节制的滥杀牦牛、羚羊、野驼的行径,甚至将枪口对准了质朴的人并使三十多个无辜的藏民丧生;法国的杜特雷依因野蛮对待藏民而被愤怒的人们枪杀并投入了通天河的激流。而赫定与他们是截然不同的,他是带着对中国文明的向往以及对中国人的挚爱走向西部的,因此,对人和自然的尊重与理解一直伴随着他的探险历程。赫定的坦诚还表现在他严谨的科学态度上,他以自己严密的实地考察证实了李希霍芬关于罗布泊游移的假设,推翻了普尔热瓦尔斯基认为中国地图错绘了罗布泊位置的看法;并毫不留情地批评并澄清了英国同人自称发现了珠穆朗玛峰的观点,认为早在英国人发现这一山峰的一百三十年前,中国人不但发现而且早已在《皇舆全览图》中标明了它的位置。总之,赫定的记游作品一直贯穿着抒情主人公——作者自身的生命感受和理解,流溢着一个考古发现者而非掘宝者的审美愉悦和生命体验,而这一切的出发点皆缘于他的人性化的视角与情感。

兰登·华尔纳(1881—1955)的心态和初衷与赫文·斯定完全不同,他使自己首先成了一个掘宝者而非考古发现者,关于这一点,集中体现在他想从敦煌"带回壁画"这一蓄谋已久的计划中,这在他早期的书信和言谈中不止一次出现过。所以,"怨羡"情结一直伴随着华尔纳的中国之行。这位美国前总统西奥多·罗斯福的女婿出生在一个名门望族,受过良好的西方教育并在日本留学,这使得他对包括敦煌艺术在内的东方文化充满着浓厚的兴趣。尽管如此,华尔纳1923年的考古之行却还是给中国人留下了恶劣的印象,并将自己的名字从此与盗贼与掘掠者紧紧地联系在一起。这一切归根结底源于他的"怨羡"情结和他破坏中国艺术的卑劣手段。他羡慕中国悠久的历史文化却又十分鄙视中国的落后和积弱,常以一个富强民族的优等心态俯视这块土地上的一切,甚至在剥去敦煌壁画的时候也念念不忘为这一卑鄙的行径找借口,其借口是为了更好地保护这一人类的艺术瑰宝。这一强盗逻辑的深层次就是他过度膨胀的民族优越感湮没了对一个拥有宝藏民族的尊严的足够重视。于是,羡慕加剧了怨恨,怨恨又反过来激发了羡慕,相互激发和相互扭结的这一"怨羡"[①]心态,随着他对中国辉煌文化的进一步了解几乎导致他的毁灭。近乎病态的"怨羡"情结使他无视中国民间的愤怒又组织了1925年的再次劫掠计划,但高涨的排外情绪最终使其彻底折戟沉沙。正因为华尔纳的这一"怨

[①] 王一川:《中国现代性体验的发生》,北京师范大学出版社,2001年出版,第75页。

羡"情结左右着他的中国之行,因此,不剖析他此间的心态是无法准确把握他的记游作品的。

华尔纳诗化般的笔法和灵动的语言,使《在漫长的中国古道上》充满了抒情与纪实相结合的风格,从而使其所表露的内心矛盾、复杂的感情蒙上了一层迷雾般的忧伤。一方面,他对贫穷和战乱造成的废墟发出痛心和忧虑;另一方面,嘲弄、反感、蔑视中国人的口吻、言辞随处可见,如:"门外,一个身材矮胖,蓄着褐色胡须的法国人和讨厌的中国人的交谈声不绝于耳"等。一位叫詹魁德的农民为华尔纳一行做饭,可他的描写依然充满了嘲弄:

> 在这个乡村里我们所能得到的全部食物就是这堆面粉。他那双手,接触过牲口的粪便、抓过母猪、捏过鸦片烟管、擤过婴儿的鼻涕、整理过骡马的鞍鞯,现在则深深地插入到面粉中……(《在漫长的中国古道上》)

如果不是怀着根深蒂固的民族偏见,一个饥肠辘辘的异乡旅人绝对不会对做饭的主人产生这样奇怪的联想。

言辞之外随处可见的傲慢和偏见,使得华尔纳与中国民众在情感上产生了很深的隔膜。尽管如此,我们还是惊异于华尔纳描述景物、情致、风俗时的用词准确和魅力四射的艺术感受力。实在难以理解,一个在情感上与中华民族格格不入的美国人,一个满嘴衔着"肮脏""丑陋""可恶""讨厌"等词语并将其强加给中国百姓的外国人,又怎样用一颗艺术之心去观察、审视西部乡间的景致?但是,这是事实,他的描写确实优美而充满情趣,这不能不令人惊异而又佩服。请看一段华尔纳对乡间情景的描述:

> 村子的马路旁摆动着两扇大门,五辆大车笨重地移进用篱笆围住的院子里,卸了挽具的焦躁不安的骡子再也耐不住了,立即倒在松软的地上打起滚来,一股扬起的尘土呛得人透不过气来。这些骡子各自找到一块滚动的地盘,那种通常卧在炉前地毯上的大牧羊犬随即跳了起来,围着骡子转了一两圈,又慢慢地、一步一步地后退了回去。骡子的蹄子痉挛地踢动,尾巴像划船桨似的摇摆,它们在地上滚着,好长时间不起来,不过,它们确实需要尽情地磨蹭解乏了……一群母鸡咯咯地从一个狭小的洞口进进出出,这个洞口使它们逃脱了老鹰上百次的追捕。装扮得像牧师一样的喜鹊,它们套着白缎子般的袖子,翘起了黝黑的马甲,立在装满豌豆的柳条筐上啄着豌豆吃,偶尔闪现出它的一只黑眼珠。在中国所有的人、

鸟、动物中,这些喜鹊是最干净和最漂亮的。(《在漫长的中国古道上》)

这种生动、细致、形象而富有情趣的描写,《在漫长的中国古道上》一书中比比皆是,充分显示了作者出色的艺术洞察力和语言表达上的缜密。此外,发自内心的忧伤一直伴随着他对中国文物的劫掠,从一路担心敦煌艺术珍品是否还存在到真正面对被毁坏的壁画,这一忧伤情绪弥漫着他的心境。他一再为自己蓄谋已久并持续了整整五天的剥画行为编织着各种自相矛盾的理由:"虽然我曾对自己的罪恶自责,但最终我还是决心必须从当地人的铁锹和无知的洞窟彩绘工的画笔下拯救哪怕只有那么一点点的这些珍宝。"如果离开"怨羡"情结,离开卑鄙的剥画行为与艺术家的道德、良知之间的纠葛、矛盾,又怎样解释这一"忧伤"呢?

在华尔纳之前进入中国西部的美国地理学家**伊斯沃思·亨廷顿**(1876—1947)却用人文情怀谱写了自己的探险之旅。他的学术专著《文明与气候》的"副产品"——《亚洲的脉搏》,虽然篇幅短小,却以其细致的笔触、深沉的思索以及充满人文关怀的文学书写,成为研究20世纪初域外记游文学不能忽视的一部作品。尽管他远没有赫定、斯坦因等人在遗址发现方面有名,但是关注人类与自然的关系这一迥然不同的立足点,却使他的探险与其他人有了明显的分野。他进入塔克拉玛干沙漠的真正目的,在于"他寻找的是绿洲/沙漠互相置换的规律,他体验的是几千年文明史转嫁给生态的沉重负荷"①。他目力所及的历史故迹、自然现状和人类的生存,不断在验证和修正着他对人类文明与自然生态依存关系的反思,因此,亨廷顿缺少功利色彩的探险充满了隽永而深邃的人类学意义。

在描绘西部风情画、风俗画等方面,俄国探险家**科兹洛夫**(1863—1935)的《死城之旅》是别致而又充满魅力的。他的记游以独特的抒情色彩和气质,继承了俄罗斯文学的优秀传统,并在题材视阈方面呈现出了自己的追求。无论是对人与自然的描绘,还是对动植物、鸟类的细致观察,都体现了纪实性叙事与浓郁抒情的相得益彰,从而使其叙事风格充满了屠格涅夫《猎人笔记》的韵味。这位由普尔热瓦尔斯基亲手栽培的探险家,在1907年的探险中终于实现了俄国人发现和挖掘哈拉浩特古城的梦想,其事业因此达到了高峰。就在

---

① 杨镰:《一边是绿洲,一边是沙漠(代序)》,[美]亨廷顿:《亚洲的脉搏》,王采琴、葛莉译,新疆人民出版社,2001年出版,第4页。

这一次,他考察了青海湖,穿越了巴丹吉林沙漠,拜访了佛教圣地塔尔寺和拉卜楞寺,并有幸观看了大法会。他的抒情笔调在表现迷人的风光、奇瑰的风俗方面又一次得到了充分发挥,从而使其所见所闻充满了迷人的韵味和美学情致。

大卫·尼尔、河口慧海、亨宁·哈士纶和传教士蜜德蕊·凯伯、法兰西丝卡·法兰屈及外交官夫人凯瑟琳·马嘎特尼、戴安娜·西普顿等人是一群特殊的探险者。这不光是指其身份的特别,有僧人、传教士、学者、外交官夫人;以及经历的坎坷,如大卫·尼尔、河口慧海都是冒着生命危险秘密潜入西藏的;更重要的是他们的探险、游历的目的在于文化考察、传教、学道,因而其探险记游充满了对中国西部文化的痴迷、理解、欣赏。无论是对艰险旅途的记述,还是对自然、社会的观察,都深深地烙上了人道主义色彩和鲜明的主体形象。尤其是英国女传教士**蜜德蕊·凯伯、法兰西丝卡·法兰屈**的《戈壁沙漠》,其笔致的优美、细腻、恬淡和诗意化,在同时代的记游文学中是无与伦比的。这部出自女传教士之手的作品,记述了传教士三姐妹1920—1930年代以板车为家穿梭于西部戈壁大漠间传教的见闻,洋溢着自由、乐观、谦逊、幽默。"一种像诗人一样宁静冷凝的观照,透露在字里行间",使其作品洗却了俗套和浓郁的宗教色彩,完全是心理感受的自然流露和赤子之心的抒写,因而,被誉为"含蓄的经典"[①]。其实,这是三位女传教士第二次踏入甘肃传教的旅行记。早在1923年6月她们就从山西霍州辗转到达甘肃传教,并将在甘肃、新疆的见闻与生活写成《西北边荒布道记》一书,由基督教士季理斐译为中文于1929年出版。"她们以独特的身份、不可复制的视角",描写了20世纪20年代"仍然是精神文明与物质文明的通道"的丝绸古道,真实反映了"普通民众生计艰难,教育难以普及"[②]等社会现状。1926年,三人从兰州西向回到伦敦,又于同年从英国到达上海,再次前往甘肃传教,一直工作到1932年,并创作了旅行记《戈壁沙漠》。她们的两部旅行记对敦煌千佛洞的记述,受到了斯文·赫定等探险家的高度重视。

外交官夫人**凯瑟琳·马嘎特尼**居留喀什噶尔长达十七年之久,她的丈夫

[①] 詹宏志:《沙漠三人行:读〈戈壁沙漠〉》,蜜德蕊·凯伯、法兰西丝卡·法兰屈:《戈壁沙漠》,黄梅峰、麦慧芬译,中国青年出版社,2002年出版,第12页。

[②] 杨镰:《现代西行记(代序)》,[英]蜜德蕊·凯伯等:《修女西行》,季理斐译,新疆人民出版社,2013年出版,第3页。

乔治·马嘎特尼是英国第一任驻喀什噶尔总领事。1931年写就的《一个外交官夫人对喀什噶尔的回忆》充满了对人的尊重和理解，笔触洒脱、刚健而又充满诗意地发现着无处不在的美。凯瑟琳用抒情诗一样的语言抒写了她在喀什噶尔度过的第一个春天的美妙感觉：随着冻土的苏醒，果园"已变成了一座仙境，鲜花怒放，花团锦簇。那低沉的嗡嗡声，是数不清的蜜蜂在花丛中飞来飞去采蜜时发出的"。在旅途中被大雨浇透，不得不屈居一个牛毛小店，端来热茶的维吾尔族妇女，"真诚友好，笑容满面"，温暖着身处困境的她。当她被水洼挡在路上时，一个清晨拾粪的汉族老人主动地帮助她走过水洼，"他考虑得如此周到，而且这一切都做得极有风度，真使我感动不已……老人明白无误地表示，他做这件事不要感谢，也不要报酬"。凯瑟琳"细致、凝练的优美文句"和充满感染力的书写，使得去过喀什噶尔的读者，读了她的书，"就好像与一个久别的挚友意外重逢。从未去过的，也会在自己的向往中，为那遥远的异乡辟出驰骋思念的空间"[①]。另一位外交官夫人**戴安娜·西普顿**的《古老的土地》，被视为凯瑟琳著作的姊妹篇，同样充满了细腻、生动的人性化抒写。她不仅用洗练的笔调表达了自己对喀什噶尔各族人民的理解，更难能可贵的是发现了生活在异乡的汉族人的"心病"（流放心态），无论是官员还是士兵都深深地沉浸在这一心态中。从小就有探险家梦想的戴安娜，如饥似渴地阅读探险家征服珠穆朗玛峰等险绝高峰的故事，并在克什米尔相识了探险家丈夫艾瑞克·西普顿——后来成为最后一任英国驻喀什噶尔总领事。因此，《古老的土地》除过记述她的喀什噶尔生活见闻外，大量笔墨留给了两人的探险、登山故事，无论是他们的"幽谷寻芳"还是对扑朔迷离的西域奇迹——穹形山的追寻探索，都充满了曲折离奇的惊险和神秘感。学者杨镰指出，"没有喀什噶尔，西域探险史就完全是另一种结构了"，"无论是《一个外交官夫人对喀什噶尔的回忆》，还是《古老的土地》，都为我们开启了进入历史的门户，并且恢复了为岁月消磨的生动细节"[②]。这一评价是精准的。

丹麦人**亨宁·哈士纶**的探险记游《蒙古的人和神》之所以赢得了广泛的声誉，主要是因为作者进入了一个古老民族——土尔扈特人的心灵世界，并以

[①] 杨镰：《外交官夫人与喀什噶尔情结（代序）》，[英]凯瑟琳·马嘎特尼、戴安娜·西普顿：《外交官夫人的回忆》，王卫平、崔延虎译，新疆人民出版社，2013年出版，第8—10页。

[②] 杨镰：《外交官夫人与喀什噶尔情结（代序）》，[英]凯瑟琳·马嘎特尼、戴安娜·西普顿：《外交官夫人的回忆》，王卫平、崔延虎译，第15页。

"自己人"的视角展示了该民族的悲怆、辉煌的历史以及他们在20世纪初的光荣和梦想。他赋予了每一个神秘、传奇的人物以灵魂并使他们栩栩如生,他写出了一个古老民族的心声。因为他的真诚、善意,土尔扈特人向他敞开心扉为他歌唱,并与他进行心与心的交流,他们将祖先的故事毫无保留地交给了最信赖的人——哈士纶。而这一切都缘于哈士纶的一个强烈的不可遏制的梦想,他曾那样渴望了解这个充满传奇色彩的民族啊!一段文字记录了他当时的心情:"当我的马匹再一次处于良好的状态时,我就要启程西行,向着那遥远的西部,直到我来到强大的土尔扈特汗王面前为止","我要作为一个牧民生活在游牧民族当中,我要坐在他们的篝火旁洗耳恭听。而汗王本人也一定会是我的朋友"①。他最终做到了,这就是用心写就的《蒙古的人和神》。

19世纪末到20世纪初,插手西藏的英国为了独霸青藏高原,对西藏实行严密的封锁。但日本僧人河口慧海和著名的法国籍东方学家、藏学家大卫·尼尔却先后秘密地潜入了青藏高原的腹地。作为一位执着求道的东瀛僧人,**河口慧海**此次的六年(1897—1903)西藏之行,其宏愿在于学习真正的佛教原典,因而,他不是严格意义上的探险家。他战胜苦难的独特方式和悟道式的心灵体验,使其探险记游充满了浓郁的东方色彩,这就是西藏自然风光、风土人情、社会状态与东方僧人的情感、思维方式的碰撞与契合,从而形成的感悟式叙事风格。在"高原上的月下雪景"中,他这样描述了露宿野外的情景:"寒月照着浩瀚的原野","幻影般的群山,就像是神仙出没的地方",他忍着浑身的疼痛,用坐禅的方式驱赶寒冷,"静心强迫自己进入坐禅的妙境",想起了大灯国师有关坐禅的诗,"想着想着,逐渐忘却了痛苦,忘却了自我。又突然吟出两句而十分愉快:忘却自我于雪原,佛光普照解吾心。由于这些醒悟,这夜没有感到寒冷之苦,一直坐禅到天明"②。在《西藏旅行记》《西藏秘行》中,河口慧海这一感悟式的记游写作风格得到了集中体现。片断的记述中夹杂着即景的赋诗和类似于佛教偈语式的主体的感悟与沉思,从而使其记游文字充满了宗教哲学的神秘感。

大卫·尼尔(1869—1969)是一位极具传奇色彩的女性,她"长着白种人

---

① 杨镰:《土尔扈特部落的光荣与梦想(代序)》,[丹麦]亨宁·哈士纶:《蒙古的人和神》,徐孝祥译,新疆民族出版社,1999年出版,第6页。
② [日]河口慧海:《西藏秘行》,孙沈清译,新疆人民出版社,2001年出版,第68页。

的皮肤和黄种人的心灵"①,怀着对西藏文化和藏传佛教的热爱,在青藏高原留下了不屈不挠的足迹。早在1912年居留喜马拉雅山麓的时候,她就记述了自己对西藏腹地的向往:"茫茫无垠而又神奇的西藏高原","在远方以一种朦胧的幻境为界,标志则是一种戴雪冠的淡紫色和橘黄色山峰的混沌外貌","这是多么令人永世难忘的景致啊!它使我流连忘返,宁愿永远置身于这种妩媚的景色之中","但是,西藏的自然景色并不是吸引我的唯一原因。作为东方学家,西藏的文明、人民也深深地吸引着我"。然而,西藏的对外封锁和各种阻挠使她的每一次进藏都告失败。她一直围绕青藏高原盘桓了十四年等待机会,直到1923年化装成朝圣者秘密进入才得到实现。在这次的秘密潜行中,她与义子云登喇嘛一路乞讨化缘,避开大道和人烟,日宿夜行,历尽艰险,终于完成了她梦寐以求的西藏腹地之行。正是因为这样的背景,大卫·尼尔的此次西藏之行才更加富有神秘、传奇的色彩,而其旅途的艰险除过九死一生以外,几乎无法用更为准确的语言来描述。因此,她的记游文学《一个巴黎女子的拉萨历险记》以其情节曲折、故事离奇、语言优美、充满浓郁的异域风情,而在欧洲掀起了巨大的轰动。尽管这一部书是流传最广、影响最大的作品,但对她来说并不是唯一的,她还先后出版了二十六部著作,其中绝大部分是关于西藏文化和藏传佛教的论著。尤其是1931出版的《岭·格萨尔超人的一生》,不但是西方最早研究格萨尔的著作之一,而且成为目前已知的格萨尔七大分章本之一,这就是有名的"大卫·尼尔整编本"。

除此之外,此间的主要探险者还有沃尔克·贝格曼、C.D.布鲁斯、奥利尔·斯坦因、邦瓦洛特、伯希和、大谷光瑞、橘瑞超、冯·勒·寇克、贡纳尔·雅林、艾米尔·特林克勒等人,他们或以探险或以考古或以掘宝而闻名于世,其相关的记游文字都贯穿在其繁杂的考古纪实中,虽然不乏可读性,但与上面几位相比,无论是探险的目的还是文化差异制约下的"西部镜像"的构筑,都无有出其右者。因而对他们的讨论这里从简。

总之,从上面的论述可以看出,域外探险者的文化差异和探险目的不同,直接制约和影响了20世纪初的域外探险记游文学对"西部镜像"的构筑以及对西部文明的传播。纪实与抒情的叙事中,探险者个性化的主体形象的凸现,决定了探险记游文学的价值取向和审美判断。因为,探险记游文学不仅仅是

---

① [法]大卫·尼尔:《一个巴黎女子的拉萨历险记》,耿昇译,东方出版社,2002年出版,第319页。

异域风情的独特展现与描绘,还有一点也十分重要,这就是创作主体的参与、文化认知以及主体心灵的展露。自然物像与主体形象的结合与呈现,才是记游文学价值之所在和最高境界。

第三节　如火如荼的少数民族文学创作

作为口传文化的继承和弘扬,西部少数民族文学发展在此间出现了较大的转向,这就是伴随民族自觉而掀起的民族文化的现代传播和如火如荼的少数民族作家文学的创作。

对于20世纪初的西部少数民族作家来说,"祖国"一词包含着十分复杂、深沉的内涵,它既是统一的多民族国家的历史记忆和现实渴求,又是一种对现实的抗争和敏感反映。19世纪中叶以降,西方殖民势力将中国沦为半殖民地半封建的社会,地处偏远的西部少数民族地区也未逃脱这一历史命运,这就是沙俄和英国势力对新疆的渗透、英国等西方国家对西藏的侵略、日俄对蒙古草原的虎视眈眈。各种西方势力在这一时期之所以不断渗透西部民族地区,伺机挑起民族矛盾并离间统一的民族国家关系,其目的都是想借中华民族国势积弱这一机会而造成民族分裂,瓜分神圣不可分割的中华领土。因此,在1949年以前的近百年中,西部少数民族不但要承受本民族的阶级压迫和新旧军阀割据势力的迫害,而且始终未摆脱西方殖民侵略的阴影。历史和现实所造成的这一心中永远的"痛",以及整个中华民族在这一时期的遭遇,深深地烙在了西部各民族的心中,从而激发起了西部少数民族反帝反封建的怒潮与特殊的民族记忆和祖国情结。所以,西部民族文学在20世纪初的发展与时代主潮密切相关,远远超越了本民族的视阈。既是民族觉醒和民族解放运动的反映,又是对统一的民族国家命运的深度关注。正如费孝通在《中华民族多元一体格局》的"代序"中说的那样,"中华民族是包括中国境内五十六个民族的民族实体",它们已结合成了"相互依存的、统一而不能分割的整体,在这个民族实体里所有归属的成分都已具有高一层次的民族认同意识,即共休戚、共存亡、共荣辱、共命运的感情和道义"①。这一时期的西部少数民族文学创作

---

① 费孝通:《代序:民族研究》,费孝通主编:《中华民族多元一体格局》,中央民族大学出版社,1993年出版,第13页。

就充分地印证了这一点。

从西部各民族文学在此间的发展形势来看,存在着明显的不平衡性,这既是社会制度不同的产物,又是文化发展的地区差异和民族差别所致。地处新疆的维吾尔、哈萨克等民族的社会制度基本与时代发展同步;蒙古民族虽然进入了现代社会门槛,但一定程度上还存在着封建领主制;西藏则完全处在政教合一的封建农奴制统治之下。从这一点来看,西部少数民族创作的主体明显不同,前两者主要由本民族的民间艺人、普通民众、现代知识分子来完成,而后者受教育的主体是僧侣和封建贵族,僧侣文学占主体地位,因此,纯粹意义上的人民作家非常稀少。从作品主题来看,主要表现在以下几个方面:首先,民族觉醒和民族命运的关注,反对封建阶级的压迫和反侵略的抗争,渴求民族和祖国独立富强的呐喊,是这一时期西部少数民族文学的主潮;其次,追述民族历史和民族传统,抒写美好爱情和讴歌乡土,既是传统的民族文学主题的继续,又赋予了新的时代内涵和时代精神。在艺术手法上,这一时期的少数民族文学不仅充分借鉴了本民族优秀的古代文化传统和文化营养,而且广泛吸取、融合了包括汉文化在内的其他多民族文化,还深受俄苏文学、中亚文学的影响,并且汇入了五四新文化运动的时代主潮。同时,现代传播媒介的兴起,也进一步加速了多民族文化的传播与交融。下面从几个方面对萌动期的西部少数民族文学给予讨论。

作为古典向现代转型的过渡型作家,蒙古族的依希·丹金旺吉拉(1854—1907)、贺什格巴图(1849—1915)、嘎莫拉(1871—1932)、克兴额(1889—1950),以及维吾尔族的赛依德·胡赛音·汗·泰杰里(1850—1930)、藏族俗人文学家协噶林巴·明久伦珠(1876—1913)、哈萨克族的诗人阿拜·库南巴依(1845—1904)等人的创作,在这一时期呈现出了鲜明的时代特色和民族风格,这就是表现在他们作品中的人生哲理和民族生活的反映,以及程度不同的民主意识的萌芽和反帝反封建启蒙意识的苏醒所洋溢着的批判精神和对现实的怨恨。

鄂尔多斯原郡王旗公尼召庙的活佛**依希·丹金旺吉拉**,谙熟蒙、藏两种语言,著有《公尼召活佛依希·丹金旺吉拉训谕诗》等。他的诗严厉地讽喻、揭露了封建统治者对人民的压榨、摧残,饱含着超越宗教仁慈思想的人道关怀,如其中的第二章:"看其红蓝珊瑚宝石顶/俨然广施仁政的清官/看他贪得无厌专敲诈/活像一个拦路抢劫犯……你们身穿狐裘暖/哪知奴隶打寒战/糖果油肉满口香/奴隶饿死也安然。"如此充满批判锋芒的诗歌出自一个活佛之手,其意义非同寻常。**贺什格巴图**和**嘎莫拉**的人生经历有相似之处,二人都出身于农牧民家庭,曾担任王公贵族的书吏、梅林等职。前者因同情反对暴政的"独贵龙"①运动被革职,后者因为不满封建苛吏的腐败而获罪罢官。先后留下了不少反对苛政、歌咏母族和爱情的诗篇。贺什格巴图诗歌大致分为两类,一类是对"独贵龙"的赞颂和对黑暗现实的批判,另一类是讴歌爱情。主要作品是《可贵的"独贵龙"》《蔚蓝色的天空》《珠钢妹》《罪恶的时代》等。他的《罪恶的时代》充满了对阶级压迫的控诉:

> 聪明智慧毫无用处的时代/猜疑恐怖泛滥成灾的时代/自身影阴都觉可怕的时代/畏首畏尾令人战栗的时代。

嘎莫拉的作品题材比较丰富,尤其是他的一些吟诵母族的诗篇,以优美的笔调、浓郁的民族特色为其赢得了巨大的声誉。其诗歌风格既有蒙古族民歌和史诗的韵味,大量采用比喻、衬托的手法叙事抒情,节奏明快自然,色彩鲜明,又有独特的个性追求,因为诗中常有诗人自我形象的抒写。如《故乡颂》:

> 像两匹白象对峙屹立的/那巍峨的崩巴吐山的山峦//像聚宝盆镶嵌在珍珠草原的/那吉须湖平静的水面//你那柔和温暖的怀抱/培育了我这可怜的一生//你那甜蜜清澈的湖水/洗涤了我污泥遍染的周身。

除此之外,嘎莫拉还有《祭旗》《节日的摔跤手》《在那兵荒马乱的日子里》等诗作,既追忆了蒙古族的传统仪式,又讴歌了为维护民族尊严而进行的战斗,并一针见血地批判了黑暗、动荡的社会现实,在慷慨悲歌之声中表达了诗人的爱国之情。参加过辛亥革命的**克兴额**,现有《悯农歌》《勉学歌》《梅花》《成吉思汗颂》《杂感诗》等七首诗歌存世,充满了鲜明的民主主义思想和反帝反封建的批判精神。维吾尔诗人**泰杰里**从小受到了良好的文化熏陶并有机会随父亲去印度的新德里读书。广博的知识和旅外见闻使他获得了新疆叶城经文学院学监一职,并先后创作了多种语言的文学作品。《闪电的光芒和教训的力量》《俳句》《泰杰里小诗集》等抒情诗和叙事诗作为他的代表作,包含了丰富

---

① "独贵龙",蒙古语是"环形"的意思。这里指的是19世纪中叶内蒙古人民发起的一场自发的、机智的反抗暴政的运动。因为参加运动者在签名和进行斗争的时候采用环形方式,所以,统治者不易发现运动的领导者,从而在一定程度上有效地保护了运动的领导者和参与者。

的人生哲理和宗教哲学色彩,不仅语言、韵律典雅优美,而且形象生动、想象奇诡。生命短暂的藏族诗人**协噶林巴·明久伦珠**,是封建时代西藏少有的俗人作家。尽管他出身贫寒,父母早亡,但他十分幸运地受人资助,于1893年进入了拉萨的西藏政府培养俗官的学校——孜康学习。逾十年,先后担任阿里宗噶宗宗本、聂拉木宗宗本职务的协噶林巴,因文采出众被提升为噶厦秘书。1911年,创作了藏文抒情长诗《忆拉萨》(又称《拉萨思念曲》)这一藏族现代文学史上的重要作品。长诗由四十六首诗歌组成,其中既有拉萨风土人情的风俗画描摹,又有宗教朝拜的虔诚图景的逼真刻画,蓄满了诗人被迫远离故乡的痛苦和一个游子对故乡拉萨深情而又刻骨铭心的思念。感情浓烈,气韵生动,语言质朴,读之令人荡气回肠。一方面是思乡情切,一方面是有家难归的无奈,《忆拉萨》的意义就在于抒写乡愁并揭示了悲凄的乡愁所包含的时代内涵,这就是对西方殖民势力蚕食西藏、导致政局动荡的怨恨。《忆拉萨》每四句一首,全诗秉承了藏族传统诗歌的修辞技巧,使句首两个字同音重叠,从而产生和谐的韵律和节奏感。同时,《忆拉萨》也明显吸收了藏族民歌的特点,无论是词语的运用还是叙事手法。**阿拜**被认为是哈萨克族古典文学向现代转型的奠基性作家,尽管他一生的文学活动都在中亚一带的哈萨克族中,但他创作的许多作品却直接哺育了境内的现代哈萨克族作家,如《阿拜诗选》和叙事诗《麻斯胡特》等。不仅如此,他还是欧洲民主主义思潮进入新疆的一个中介,尤其是他翻译的莱蒙托夫、普希金等俄国文学作品,对国内哈萨克族作家产生了重要而持久的影响。

如果说以上几位诗人尚是在朦胧中感应着时代的风暴,倾诉着时代的苦难,那么,下面这一如火如荼的少数民族文学创作热潮则是在新文化运动的直接影响下产生的。一方面,以开启民智、传播文明为主旨的现代传媒在西部少数民族地区的勃然兴起,参与并配合了新文化的传播和民族文学的创作;另一方面,西部少数民族作家在延续了前期现代作家精神的同时,深受五四新文化运动的影响,特别是在新疆的少数民族则直接地受到了苏联十月革命的熏染,从而使其创作意旨始终与时代主潮保持一致,充满了鲜明的反帝反封建的呐喊和对民族觉醒、祖国富强的追求,洋溢着民主革命的精神。维吾尔族诗人库特鲁克阿吉·舍吾克、阿布都哈力克·维吾尔、黎·穆塔里甫、尼米希依提、铁依甫江·艾里耶夫、艾勒坎木·艾哈坦木,哈萨克族的阿合特·乌楼木吉、唐加勒克·焦迪尔,锡伯族的管兴才、郭基南、何耶尔·柏林、玖善,蒙古族的纳·赛音朝克图、仁钦好日乐、宝音德力格尔等作家,都深受普希金、托尔斯泰、莱蒙托夫、高尔基、马雅可夫斯基等俄苏作家和五四新文化运动的影响。尤其是维吾尔族的祖农·哈迪尔、锡伯族的郭基南等人,不但深受高尔基等俄苏作家的影响,而且在20世纪30年代末直接受教于茅盾、王为一等新文学作家。另外,这一时期西部少数民族作家创作的特殊性还在于:处在农奴制时代的藏族文学,除民族史诗、歌谣外,都是活佛等上层人士的创作,更加普泛化的作家创作只有到了农奴制废除以后;由于教育的不普及,现代蒙古族文学的创作只有少数作家文学出现,但影响较大的是说唱艺人如绰旺、芭依、毛依罕等人的口头创作(实际上他们的创作也应该归于作家文学的范畴,只不过存在的载体有书面和口头的区别而已);维吾尔族、哈萨克族等新疆少数民族的作家创作,深受民间文学、俄苏文学以及五四新文学的影响,他们既用本民族语言创作,也用汉语创作。此外,这一时期西部少数民族文学创作者的身份,也呈现出了鲜明的时代特征,这就是许多文学创作者都参与了开启民智的文化传播活动以及反专制争自由的民族解放运动,如库特鲁克阿吉·舍吾克、黎·穆塔里甫、尼米希依提、铁依甫江·艾里耶夫、艾勒坎木·艾哈坦木、祖农·哈迪尔、阿合特·乌楼木吉、唐加勒克·焦迪尔等作家都参与了创办新式报刊、学校、社群等文化传播活动。所以,这一时期少数民族文学的主题、风格的多样化,不仅仅是民族生活题材和视阈的简单扩大,而是民族意识苏醒后的文化自觉与时代精神的共振,是祖国意识和统一自由的多民族国家的身份认同感的反映。

  从萌芽状态和起始阶段的西部少数民族文化的现代传播来看,无论是新式报刊和学校的创办,还是学会、剧团等社群的创设,都是在开启民智、强国保种的启蒙救国的主潮中启动的,所以,既是民族意识觉醒的标志,又是启蒙主义者和少数民族仁人志士对时代主潮的敏感回应。如:1905年,在内蒙古昭乌达盟喀喇沁右旗王府的崇正学堂里石印出版的我国最早一份民族文字报纸《婴报》(隔日刊,蒙文),就以开启民智和宣扬新政为第一要务。翌年,驻藏大臣联豫和帮办大臣张荫堂创办的官报《西藏白话报》(旬刊,汉藏两种文字),拉开了西藏现代报刊的序幕,其宗旨也是以"开启民智"为主,只不过多了"爱国""尚武"的内容。1911年,由辛亥革命人士创办的新疆第一份铅印现代报刊《伊犁白话报》(日刊,维、蒙、满、汉四种文字)在伊犁诞生,主要内容以报道新闻、译介新思想、宣扬爱国合群、唤醒民众为主。这一时期的西部少数民族报刊还有:《蒙文大同报》(1912年)、《新报》(1912年,维、汉两种文字,后改名为《伊江报》)、《蒙文白话报》(1913年,蒙、汉两种文字)、《归绥日报》(1913年)、《一报》(1914年)、《西北实业报》(1918年)等,其办刊宗旨都是传播爱国思想和新知,反对殖民势力的侵略。1913年以降,锡伯族的常广斋、乌扎拉·萨拉春、苏和林等早期现代知识分子先后创立了启蒙民众的尚学会、兴学会等社群和学校。20年代初,哈萨克族的知识分子沙利甫汗、达吾来提开里迪等人开办了新式乡村学校。在五四新文化运动与民族解放运动的涤荡和影响下,西部少数民族的文化传播不仅自身走向成熟,而且加速了民族文化的融合,参与了中华民族独立自由的解放运动的整个历程。就报刊的创办来看,新出现的报刊除延续了前面的报刊宗旨外,明显加重了反帝反封建思想和民主、科学的内容。如:1923年在北京蒙藏学校创办的充满平民思想的《蒙古农民》(半月刊,蒙、汉两种语言),就是我国少数民族第一个宣传马克思主义的刊物,其创办人多松年是蒙古族的现代知识分子;石印的《民众日报》(1929年)与油印的《阿旗简报》都用蒙、汉两种语言出版,主要关注的是抗战动态和沦陷区的新闻;锡伯族青年安子英等创办"锡伯文化协会"和《朝霞》杂志,以传播新文化为主;1935年创办于新疆乌鲁木齐的《反帝战线》(维、汉两种文字)直接树起了反对帝国主义的旗号,以"反帝、亲苏、民平(民族平等)、清廉、和平、建设"这一新疆当时的"六大政策"为其精神指向,大力宣传苏联社会主义的经验和抗日救亡,关注民生,在新疆掀起了民族救亡的高潮。它云集了茅盾、张仲实、杜重远、萨空了等一批内地赴疆的进步人士,翻译并介绍了大量苏联文学和新文学作品,培养、影响了一批少数民族作家。十分遗憾的是,随着新疆军阀盛世才对"亲苏""联共"政策的背叛,该刊在1942年被迫停刊。1935年创办的《新疆阿勒泰》,最初只是一份哈萨克文报刊,1945年更名为《自由阿勒泰》,1951年更名为《阿勒泰人民报》,1966年首次出版汉文版,其产生、更名的历史实际就贯穿了现代新疆民族解放的整个历程。从抗战爆发到1949年,西部少数民族报刊得到了迅猛发展。在内蒙古出版的报刊主要有:《蒙古报》《自由报》《群众报》《牧民报》《呼伦贝尔报》《内蒙周报》《内蒙画报》《解放报》《草原之路》《西中报》《内蒙自治报》《人民之友》《蒙汉联合画报》等。在新疆,除《反帝战线》等原有的报刊继续出版外,《新疆日报》(1936年)先后用汉文、哈萨克文、维吾尔文、俄罗斯文出版,并在伊犁、塔城、喀什、阿克苏、和田等地用多种文字出版分版。此外,还有《伊犁日报》《阿克苏报》《觉悟报》《战斗》《先锋》等数十种报刊。从这一时期西部少数民族报刊的编辑、发行、内容等各个要素来看，已经成为完全意义上的现代报刊。它们传播新知、启迪民众，宣传并配合了抗日救亡和民族解放运动，为民族文化的传播和祖国的统一富强做出了重要的贡献。同时，这一现代报刊、学校、社群的文化传播对少数民族文学发展也给予了一定的影响，它们既是少数民族现代文学和新文化传播的载体，也培育并直接影响了一大批少数民族作家的产生，从而使此间的少数民族文学创作呈现出了如火如荼的局面。

维吾尔现代诗人**库特鲁克阿吉·舍吾克**（1876—1937）和**阿布都哈力克·维吾尔**（1902—1933）是维吾尔族早期的文化传播者和启蒙者。作为本民族的先行者，库特鲁克阿吉·舍吾克以教育为业传播新文化，创办维文《觉悟报》唤醒民众，以笔为枪进行社会批判，直到1937年被军阀盛世才杀害。诗歌《致同胞》集中体现了他的启蒙思想："起来，同胞们/整个人类已经觉醒/社会的有识之士已经觉醒/我们遭受了屈辱、苦闷和忧愁/为了摆脱奴役/无畏的民众已经觉醒//我们也不是人吗/我们还要昏睡到何时……"；在《团结起来吧，我们的民族》一诗中，他发出了民族解放的呐喊："如果有一把胡大恩赐的利剑/我将令它把人民脖颈上的锁链砍断"。出生在商人家庭的阿布都哈力克·维吾尔从小受到了良好的教育，在伊斯兰经文学校、汉文学校的学习以及游历哈萨克斯坦、莫斯科的经历，使他掌握了阿语、波斯语、汉语、蒙语和俄语，并受到维吾尔古典文学、苏俄文学的熏陶和影响。这一切使得充满民主革命思想的诗人，不仅应和了库特鲁克阿吉·舍吾克等人的思想启蒙，而且积极投身反对封建军阀统治的农民起义，直到在1933年的吐鲁番农民暴动中被军阀杀害。诗人虽死，但他在诗歌《自我认识》中的宣言依然存在："维吾尔放眼世界/献身于革命前进/若为民族解放死/留得英名在人间"。诗人殷实的文学素养和民主革命思想，不仅体现在他后期的诗歌创作，如《一个藤上的瓜》《能见到的群山绝非遥远》《心愿》《反压迫》《唤起民众》《希望之星》等诗作中，而且在早期的诗歌如《有感于春花的歌》《夏夜》《忧伤》《啊，女神》《美女》《愤怒与哀伤》中也已经吐露萌芽。在《愤怒与哀伤》中，诗人抒发了个性觉醒后的苦闷与无奈："大地已经苏醒，从东到西/我还在沉睡，做着美梦/别人已飞上天空，游在大海/我还赤着双脚，走在刺丛"，"我孤单一人站在戈壁、荒滩/啊，何时才能找到路，回到大家中间/无边的良田、戈壁渴望着水源/我愿像滚滚激流，奔泻向前"。在《有感于春花的歌》中，诗人通过一个失恋者对春花的

哭诉,描写了争取爱情自由的艰难与痛苦。而这一思想情绪顺理成章的发展,就是《心愿》一诗中的呐喊与呼唤:

> 人们在呻吟挣扎,受着恶霸的压迫/只有真正的勇士才能拯救他们//白天黑夜难以入睡,受着良心的折磨/我愿呐喊一声,在黎明,唤醒民众//苛政的恐吓岂能削弱我的斗志/人与野猪搏斗,将战无不胜//我要勇往直前,哪怕人头落地/解除人民的忧愁,刺刀要用鲜血染红。

库特鲁克阿吉·舍吾克和阿布都哈力克·维吾尔等人将文化传播、思想启蒙与民族解放紧密结合的这一现实主义创作精神,在后来的黎·穆塔里甫、尼米希依提、铁依甫江·艾里耶夫、艾勒坎木·艾哈坦木、祖农·哈迪尔等作家身上得到了继承和弘扬,从而成为现代维吾尔族文学的基本精神走向,尤其是维吾尔族现代革命文学的开拓者黎·穆塔里甫。

黎·穆塔里甫(1922—1945),不但继承了前者的民主革命思想和启蒙精神,而且承前启后,以思想启蒙的实践和鲜明、独特而又多元的创作风格与现实主义品质,深深影响了一批同时代和后来的维吾尔族作家,因为他们"几乎全都接受过他的影响"[①]。与他同龄的艾勒坎木·艾哈坦木回忆说:"黎·穆塔里甫当时被视为'抗日斗争的英雄歌手',他开辟了《新疆日报》'文学园地'专栏,把诗人和作家们组织在它的周围,我从中得到很大教益",他"给我的影响也是很大的"[②]。诗人尼米希依提在《给诗人黎·穆塔里甫》中写道:"你的歌声唤起了我的灵感/你的诗篇把我们的道路铺展"。由此可见,黎·穆塔里甫在现代维吾尔族文学中占有十分重要的地位。那么,是什么赋予了诗人黎·穆塔里甫如此的魅力和影响呢?一方面,他的创作具有鲜明的民族特色和多民族文学的养分,这就是维吾尔、塔塔尔、乌孜别克等民族古典文学的熏陶,以及普希金、莱蒙托夫、托尔斯泰、高尔基、马雅可夫斯基等俄苏作家和五四新文化给予他的影响;另一方面,黎·穆塔里甫堪称时代的歌手,他的诗歌紧切合时代脉搏,饱含着反帝反封建的战斗激情,充满着争取民族解放的呐喊。这一切使他的创作风格呈现出了多元色彩,既充满了鲜明的时代精神、爱国情怀和现实主义品质,又继承了多民族文学的优秀传统,尤其是维吾尔族

---

① 吴重阳、陶立璠编:《中国少数民族现代作家传略》,青海人民出版社,1980年出版,第47页。
② 艾勒坎木·艾哈坦木:《黎·穆塔里甫的文学创作活动及其在现代维吾尔文学中的地位》,陈伯中、张越编:《新疆兄弟民族文学评论集》,新疆人民出版社,1982年出版。

民歌的营养。因此,在他的创作中,既有诗情画意的优美抒情,如《春恋》:"绿色的春天,你是季节里自由的一季/我很想念,也许人人都想念你/那些花儿,夜莺,袅娜的柳丝/都是你雕刻的优美景致";也有大气磅礴的革命热情,如他十六岁时创作的《我这青春的花朵就会开放》:"假使我能够不断地英勇地斗争再斗争/那时我青春的花朵就会开放//假使我敢于顽强地背叛陈旧的人生/那时我青春的花朵就会开放//假使帝国主义从地球上绝了根/一切被压迫者从生活里看到远大前程/大踏步地向着幸福的未来迈进/那时我青春的花朵就会开放"。正因为他如此挚爱养育他的这块土地:"我爱你广阔如茵的原野和珍珠般滚动的牛羊/我爱你明净的泉水、潺潺喧响的小溪"(《我爱你,偏僻的山村》),所以,他才对被奴役被剥削的人民充满了无比的同情:"有多少公理与正义被踩在脚下蹂躏/有多少人生来就是奴隶,最后又以奴隶死去"(《告诉我,这是为什么?》),也才呼唤人民赶快觉醒,"像雄狮一样站起来","点燃""愤怒的火种"与"复仇的火炬","用你神奇的力量夺回被夺去的谷米"(《耕耘吧,播种吧!》)。面对黑暗统治的压制与迫害,诗人没有停止歌唱,《给岁月的答复》表达了诗人决绝的反叛与抗争精神:"在你面前我宁肯断头,绝不受你凌辱","我会把我的儿子许给最后的战斗"。在创作手法上,诗人成功地尝试了古典体、马雅可夫斯基的"楼梯式"以及民歌体等形式,使之努力与时代的节奏合拍。此外,黎·穆塔里甫还创作了《奇曼射手》《塔衣尔与祖赫拉》等话剧和歌剧作品。1945年,参加农民起义的诗人被国民党杀害,斯人虽逝但作品永存,他的维吾尔文诗集《爱与恨》(1952)和汉文作品集《黎·穆塔里甫诗选》(1957)、《黎·穆塔里甫诗文选》(1981)的相继出版,就是对诗人最大的怀念和肯定。

尼米希依提、铁依甫江·艾里耶夫等人的文学创作基本贯穿了黎·穆塔里甫的文学精神和追求,他们不仅参与了反帝反封建的思想启蒙和文化传播,而且创作了许多讴歌母族、反对暴政、深切关注时代风暴的各类文学作品。在《阿克苏通讯》当过十年编辑的诗人**尼米希依提**,创作了反映人民苦难的诗集《集市和坟场》和爱情诗集《智慧的光辉》等。他笔下的"祖国"形象是"山、林、花、海全在你的胸中/金色的土地,富庶的高原/你雄伟的身姿毗连着天边";当侵略者"伸出豺狼的血爪"时,席卷全国的抗日怒涛中"睡狮猛醒"的"祖国","调转江河倒流的魄力","挺身向人民挥手/向敌人反攻,反攻"(《伟大的祖国》)。在《可爱的祖国》中,他发誓"用生命来保护您的尊严","倘若我死去,也一定埋葬在您的土地上"。直抒胸臆的激情和反帝反封建的抗争是尼米希依提这一时期诗歌的主要精神。1930年出生的**铁依甫江·艾里耶夫**,十四岁就背会了千首民歌,新式学校的教育和报刊上黎·穆塔里甫的诗歌对他的熏染,使他十六岁就发表诗作《为了你,亲爱的祖国》,十七岁成了伊犁《前进报》的副刊编辑。一颗青春的心为祖国为时代而跳动,澎湃的激情、欢快的歌声和那毫不掩饰的爱与恨流淌在年轻诗人的笔下,这就是诗人早期诗作的精神品质。与铁依甫江·艾里耶夫一样,诗人**艾勒坎木·艾哈坦木**的主要创作虽然在解放以后。但是,《前进报》的编辑工作和俄苏文学、民歌对他的影响,使其早期诗歌无论是意境的开拓还是抒情手法的运用都走向成熟,想象奇瑰、意境开阔和托物抒情的相得益彰,在《喀什噶尔姑娘》《怀夏》《盼春》等诗中已得到显露。

祖农·哈迪尔(1911—1989)的自述传记述了多民族文学给予他的营养,这里有艾里西尔·纳瓦依、索菲·艾拉亚尔、胡瓦依达等古典作家,有《一千零一夜》等阿拉伯文学,有高尔基等俄苏作家以及其他兄弟民族文学的影响和熏陶。尤其是茅盾、赵丹、王为一等人在新疆的戏剧演出,直接给予了祖农·哈迪尔以观摩和受教育的机会,这使他获得了许多戏剧演出知识。从1936年开始,他先后创作了反映社会苦难、醒世觉民的三幕话剧《麦斯伍德的忠诚》《蕴倩姆》、四幕话剧《古丽尼莎》、长篇叙事诗《奇曼古丽》、小说《筋疲力尽的时候》等。《蕴倩姆》以园丁之女蕴倩姆与长工努柔木的爱情悲剧轰动了新疆,连续上演了数百场,被誉为"维吾尔戏剧发展史上最具有代表性的彻底反封建的优秀作品"[①]。该剧之所以获得巨大的成功,主要是因为其故事的跌宕曲折和人物形象的鲜明,少女蕴倩姆的纯情与娇媚、努柔木的善良与勇敢,以及乌坞尔乡约的残忍、毒辣、狡猾,在优美的歌舞和风俗画的描写中展开,更加突出了人物性格的鲜明性。此外,该剧的对白和描写,不仅大量吸收了维吾尔族谚语使之突出了民族色彩,而且汲取了口传史诗的手法,使剧情的展开充满了诗化色彩和悲怆感。如话剧这样描写了蕴倩姆对爱情的向往:

> 微风从花园里吹过使我想起你/黄莺在花丛间歌舞使我看见了你/努柔木啊,我盼望着你多么心慌/每天每天我在你的来路上眺望//我和情人

[①] 陈伯中、秦俊武:《试论祖农·哈迪尔的戏剧和小说创作》,《新疆作家作品论》,新疆人民出版社,1985年出版。

同生长在这个乡村/在花丛间早已约下海誓山盟/每个早晨当我散步在田野上/我便忆念起我们同欢同劳的时光。

不仅如此,祖农·哈迪尔还创作了用维语演出的抗日救亡时事活报剧《游击队员》《相逢》等,在维吾尔族人民中传播了救亡思想,引起了广泛的反响。

这一时期的哈萨克族的现代作家主要有:**艾赛特·乃曼拜**(1864—1923)创作了《萨里哈与莎曼》《木马》《法兰西皇帝》等,尤其要指出的是,艾赛特·乃曼拜是阿拜的学生,他的回国对阿拜的创作艺术与思想在国内哈萨克地区的传播起了重要的中介作用。**阿合特·乌楼木吉**(1867—1940)这位被军阀盛世才杀害的哈萨克族作家,先后创作了《地狱景况》《赛甫尔木力克与加卫力》等叙事长诗,以及《断手女》《失和,众必散》《我有一支歌要唱》等现实主义诗歌,并以创办经文学校等文化传播活动积极参与了此间的思想启蒙。**尼赫买提·蒙加尼**(1922—1993)是一位多面手,既是作家、诗人,创作了寓言诗《索命价》、中篇小说《生活的代言人》等作品,又是一位翻译家,先后将哈萨克族著名的爱情诗篇《萨里哈与赛曼》和《曼舒克》《艾里亚》等长诗译成了汉文。此外,他还撰写了文学评论《哈萨克民间长诗〈吉别克姑娘〉初探》,创作了话剧《战斗的家庭》。1948年由《新疆日报》出版的小说《生活的代言人》是哈萨克族现代文学史上的第一部中篇,小说成功地塑造了一对哈萨克青年爱西木别克和艾谢木的形象,将追求爱情自由的艰难和民族解放的曲折这两条红线有机地结合了起来,描写了哈萨克人追求民族解放的艰难历程。四幕话剧《战斗的家庭》1942年由哈柯文化总会创办的哈柯剧团演出,这一反映抗日救亡的话剧,通过农村姑娘李救华掩护伤兵张建国并使家人从惧怕中逐步觉醒,从而组织抗日游击队的剧情,艺术化地反映了普通民众在抗日中的行动。剧情简单,但人物内心的冲突紧张、跌宕,充满戏剧性。主人公名字所赋予的特殊的象征意义,对于远离抗战区的新疆少数民族尤其具有影响和号召意味。

唐加勒克·焦尔迪(1903—1947)是一位有着平民意识的哈萨克族现代诗人。蒙拜毛拉的文学启蒙和民间歌手(阿肯)的熏陶,使他自幼谙熟本民族的民间文学;20年代的两年苏联之行,又使他深受俄苏文学的影响。所以,无论是诗人早期以阿肯身份弹唱的反封建的诗歌,还是他存世的一百多首诗歌,都洋溢着鲜明的民主革命思想。他的主要作品除三个对唱、六部长诗以外,主要是反映现实生活的短诗:如《四畜歌》《浮想篇》《故乡啊,你好》《什么人坐牢房》《真正的心愿》《伊犁即景》等,充满了对祖国、乡土、民族的热爱和对现实的关注与批判。《伊犁即景》是他的"政治诗"之外最出色、最有新意的风景诗,研究者认为:其新意之所在,"伊犁风光还未曾被别的民族的别的诗人这样细腻而深情地描绘过,'新'在这些景色是透过哈萨克人的眼睛,经过哈萨克人的感情的生发而显现出来的"①。《伊犁即景》共四章,第一章开头四句是这样写的:

> 两臂是高山,脚下宽阔平坦/头顶白色的雪冠,盖的是绿毯/胸脯高高耸起,两腿伸向两侧/眉宇间是豪气,神态又是多么安闲。

简洁、质朴的拟人化描写,不但写出了伊犁山水的形态,而且用哈萨克人的眼光赋予了自然以人的气质和个性。如果说上面是对伊犁远景的描绘,那么,下面一段则是诗人发自肺腑的深情歌咏:

> 伊犁河谷像一位端庄的妇人/她的胸脯好像海洋中的巨轮/各民族子女全拥在她怀里/伊犁啊,她是亲手抚育我们的母亲。

在这里,比喻的运用十分大胆、妥切,尤其是"各民族子女"同"拥在她的怀里"——"海洋中的巨轮"上的抒写,是具有深意的。这已不仅仅是诗人自己的"祖国"观念的体现,如果结合近现代新疆乃至整个中国西部的历史背景,那么,诗人的这一比喻和歌咏是具有特殊的时代内涵的。此间的哈萨克族作家还有:努尔塔扎·夏勒根巴依的小说《我的所见所闻》、杜别克·夏勒根巴依的小说《一个穷学生的命运》《爱情的忧伤》等。

锡伯族的现代知识分子在创立新式社群的同时,创作并译介了富有启蒙思想的文学作品,从而使锡伯族这一时期的文化传播汇入了时代主潮。如:**乌扎拉·萨拉春**(1885—1960)先后创作了《拒毒歌》《明媚的春天》《老年人和青年人》《清晨》等作品,夏尔达等人创作《劝学歌》等,都在力图用教育的手段唤醒民众;民间诗人**管兴才**于40年代创作了《打猎歌》《接新娘》《十二月歌》《说亲——父母的苦衷》等充满民俗色彩的民歌,一时广为传唱;**何耶尔·柏林**(1903—1951)先后用锡伯文和汉文等创作了《老妇泪》《送神》《苏花之歌》等充满社会批判的诗作,以及历史题材的长诗《汗腾格里颂》等,还翻译了拜伦的《哀希腊》和普希金的《叶甫盖尼·奥涅金》;**玖善**创作有《锡伯人的狩猎》《察布查尔母亲对我们的叹息》《二月二——初春之夜》等。1923年出生

---

① 王保林主编:《中国少数民族现代文学》,广西人民出版社,1989年出版,第235页。

在新疆伊犁的**郭基南**,是在茅盾等人的直接影响下走上创作道路的。他幼年深受民族文学的耳濡目染,十七岁进入新疆"民族文艺人才干训班"接受五四新文化的熏陶,大量阅读鲁迅、茅盾、艾青、朱自清等新文学作家的作品,并在创作上得到了茅盾、赵丹、王为一等人的指点和教诲。先后创作了宣传抗日救亡的话剧《满天星》《太行山下》,充满尖锐讽刺的散文《月下闲谈》和杂文《夜鼠》,关注人民苦难生活的《祖母泪》与《车夫怨》等诗歌,以及小说《母亲》《羊的故事》《委员——选谁?》和报告文学《军民一条心》、多幕话剧《察布查尔》等。尤其是《祖母泪》和《车夫怨》,深刻揭露了徭役之苦与现实的黑暗,以尖锐的批判锋芒和充满哀怨、愤怒的笔调展现了一幅幅人间悲剧。

纳·赛音朝克图(1914—1973)被认为是"蒙古族现代诗歌的奠基人"[①]。他的蒙文抒情诗集《心侣集》是其旅日留学时(1938—1941)的感怀之作。而这一时期,对于一个远在东瀛的草原儿女,其内心的感受是可以想见的,不仅是去国离乡的思念,更有那民族苦难所给予诗人的精神上的苦闷与忧伤。所以,诗人吟唱的诗歌充满了倔强的反抗,意象繁复,含蓄隽永而又充满力度。如《压在苦笆下的小草》:

> 对于我这吸吮了大地营养的/茁壮的新生命的力量/你这被甩掉的枯朽的苦笆/岂能永远压在我的身上?……看吧!我将以巨大的威力挣脱你的纠缠/去和天空的曙光会面。

随后,他创作了日记体的散文集《沙漠,我的故乡》,抒发了海外游子回乡省亲的见闻,既描绘了故乡的风情画,又批判了现实的黑暗。而更加理性地认识社会矛盾,还是1944年出版的书信论说体的散文集《蒙古民族兴盛之歌》。作为其寻求民族解放之路的转折,40年代末创作的《黎明》《沙原,我的故乡》《挺立起来的农民》等诗歌,有力地回应了时代主潮。

仁钦好日乐(1904—1963)和**宝音德力格尔**(1899—1965)因为都经历了五四新文化运动的洗礼,所以,他们的作品充满了对社会现实的无情批判。前者创作了中篇小说《苦难中的挣扎》,后者有诗歌《四季歌》和散文《孽障》《放牧者》《蒙古人靠福气》存世。此间,在蒙古族民间影响最大的当属说唱诗人绰旺等人紧贴现实生活的即兴创作。绰旺创作有《枣骝马诉冤》《鸦片的毒

[①] 张炯、邓绍基、樊骏:《中华文学通史》(第七卷),华艺出版社,1997年出版,第461页。

害》《故乡》《春天到来了》等；琶杰在演唱古典史诗《英雄的格斯尔可汗》之外，创编了《白虎歌》《旧社会》《色布金格》等民歌；毛依罕编唱了《虚伪的世界》《可恨的官吏富翁》《黑色的残暴》《跳蚤》等"好来宝"，都以其形象生动、语言幽默、充满智慧等特点而被牧民们喜爱。

此外，这一时期的西部其他少数民族作家还有：同维吾尔族诗人黎·穆塔里甫一起被国民党杀害的乌孜别克族诗人**比拉勒·艾则孜**，他留下了不朽的诗作《给我的朋友》《祖国的黄莺》等。"祖国的黄莺，你要欢唱——/那渴念自由花儿的心房//唱吧，高声地唱，尽情地唱/在中华的花园里振翅翱翔"。这既是对理想、自由的向往和召唤，也是民族解放的呐喊与觉醒。藏族现代作家**根敦群培**（1903—1951）长期游历在南亚各国，因此，域外视角观照下的一些社会现实中的陋习陈规，常引发作家毫不留情的批判。他的诗歌大都散失，只留下了《江湖游览记》《斯里兰卡记事》《罗摩衍那传》等多种作品。**格达活佛**（1902—1950）创作了许多怀念红军的诗歌，朗朗上口，亲切感人，充满了藏族锅庄舞的韵律和节奏。如"红军走了/寨子空了/寨子空了不心焦/心焦的是红军走"。1930年，六世达赖喇嘛仓央嘉措创作的著名诗篇《仓央嘉措道情歌》（又称《仓央嘉措诗集》），首次被译为汉文和英文出版，一时为之轰动。

第四节　汇入时代主潮的文化自觉

萌动期的西部新文学实绩，除过"域外探险记游"和"少数民族文学"两个方面外，还体现在国人的"西行记游"热以及客居作家和集中在陇右的西部汉族作家的文学创作。作为汇入时代主潮的文化自觉，这是国人对西部投入关注的产物以及西部作家对时代主潮的积极回应。

从1895年的六十一名甘肃举子参与康有为发起"公车上书"，到1900年董福祥率领"甘军"（回、汉等西北少数民族组成的武卫后军）血战正阳门抗击八国联军，西部从来就没有脱离过时代主潮的影响。而这其中影响最大者莫过于西部对于清末民初以降现代文化传播的积极呼应与参与。早在辛亥革命之前，除过前面已经提到的少数民族报刊外，留学日本的陇右籍学生杨思、范振绪、阎士璘、万宝成等先后创办《秦陇》《关陇》《夏声》等倡言革命的刊物，揭露了沙俄等外强对中国西部的侵略，着力于开启民智的新思想的传播，批评地方时弊，振兴关陇。与此同时还出现了一批官报，如《甘肃公报》《甘肃政报》《甘肃教育官报》等。而相继创办的《大河日报》《通俗日报》《边声日报》《河声日报》《金城日报》等现代报刊,虽然发行量有限,但也不遗余力地传播了新思想、新风气。此间,由文化名流创办的"兰州正本书社"公开发售来自北京的五四新文化书刊,使得《新青年》《每周评论》《时事新报》《晨报》《东方杂志》《小说月报》《独秀文存》《胡适文存》等得以在陇右流传。不仅如此,就在王和生(北大)、张继忠(清华)等数百名陇右籍大学生积极参加反帝反封建的五四运动的时候,兰州等地也相继爆发了多次声援五四运动的学潮。也正是在这一背景下,甘肃女子邓春兰上书北大校长蔡元培"倡导大学开女禁"和"男女同校",这一划时代的呼声作为五四人的解放的一个重要部分,立即受到了《晨报》等传媒以及公众的广泛关注。虽然自1919年4月起,北大的杨振声、康白情、罗家伦等曾先后撰文《男女社交公开》(1919年4月《新青年》)、《大学宜首开女禁论》(1919年5月6日《晨报》)、《大学应当为女子开放》(1919年5月11日《晨报》)呼吁大学开女禁,为封建专制重压下的妇女争取社交权和受教育权。但是,作为女界先锋首先在全国明确提出大学开女禁的却是身在甘肃的邓春兰,1919年5月19日从兰州发出的这封《建议男女同校书》像一道闪电划过漆黑的夜空,掀开了中国教育史的新纪元。

邓春兰(1898—1982)自幼熏染在一个充满新思想的开明家庭,后受其夫蔡晓舟这位新知识分子的影响,从而蓄就了男女平等、自由民主等新思想并开始了她女性解放的计划。在寄给北京大学校长蔡元培的《建议男女同校书》中,她说:"万事平等,俱应以教育平等为基础","春兰拟代吾学界要求先生,于此中学添设女生班,俟升至大学预科,即实行男女同班。春兰并愿亲入此中学,以为全国女子开一先例"。不仅如此,她还将男女同校、男女共事这一社会风尚的转变与整个民族的命运结合了起来,认为"倘因循锢陋,不加改正,势必至天然淘汰,亡国灭种而后已",直指思想解放的要害。十分不巧的是,上书信寄到北京时正值蔡元培辞职南下。7月25日,邓春兰等六名女子乘羊皮筏子离兰赴京求学,又写了呼吁大学开女禁的《告全国女子中小学毕业生同志书》,以为"与其依赖他人之提倡,何如出于自身之奋斗……",提出"联合同志用种种方法,以牺牲万有之精神,至百折不回之运动,务达我目的而后已"。就在邓春兰离兰赴京的途中,北京、上海的许多大报相继刊出了她的呼吁书和致蔡元培的信。8月3日的《晨报》刊登了《邓春兰女士来书请大学开女禁》,8月8日的《民国日报》以《邓春兰女士男女同校书》为题将她的呐喊公布于社会。与此同时,围绕男女同校的问题,"公共舆论"展开了激烈的争论,陈独秀、李大钊、胡适、蔡元培等著名人物也纷纷撰文支持、呼应。1920年2月,北京大学顺应时代潮流首开女禁,第一次招收了九名女子入文科旁听,邓春兰如愿以偿成为北京大学的第一批女生之一。从此,男女同校便在全国慢慢地推行开来,中国教育从此进入了一个新的发展时代。历史地看,邓春兰呼吁、要求的重要意义,就在于这"是女子要求入大学的第一声",作为妇女自己的呼声和要求,它比男子的任何呼声都要重要,有了女子自己的这一要求,"'男女同校'才成为问题,才有实现的希望"①,它充分表现了五四时期妇女解放的力度和女性对传统礼教的坚决反叛。

与此同时,由甘肃籍的大学生张明道、邓者民等人创办的《新陇》杂志于1920年5月20日诞生于新文化运动的中心——北京,随后陇右各地设立了代办处。该刊以针砭时弊和传播新思想为己任,"输入适用之知识于本省,传播本省状况于外界"(发刊词),提倡科学民主和人的解放,名震一时。第一期除转载《新思潮的意义》等三篇文章外,其余的思想启蒙论说都出自陇右学子之手,如《我们怎样预备创造新文化?》(邓者民)、《社会与青年》(聂振子)、《孟轲杜威二家的教育学说》(张明道)等。从此至抗战爆发前,陇右先后还有《妇女之声》《民锋》《民星》《西北日报》等数十种报刊出版。1936年,范长江西行对兰州的新闻纸发展,评价颇高,他说:"以近来之《西北日报》而论,其编辑与印刷皆可渐跻于东方大报之林"②。由此可见,20世纪初的西部发展与新文化的现代传播密切相关。

尽管如此,陇右文坛这一时期的创作气象却远远不如新思想的传播和萌动那么反应强烈、迅速,流行文坛的依然是古体诗文,白话文创作比较稀少。但是,以白话文为主潮的中国新文学并没有排斥与其同时存在的其他文体的创作,所谓"新文学"既是一种与白话文体相结合的文学观念的演进,也是一个创作历史时段的指称和描述,因而它必然包括白话体以外的其他创作才是。所以,从这一点来看,这一时期的西部本土汉族作家的创作仍然取得了不菲的成绩,任其昌、王权、安维峻、李于锴、刘尔炘、慕寿祺、邓隆、程天锡、张建、王煊、韩瑞麟、冯国瑞等人的诗文,以其独特的艺术风格和对现实风云的密切关

---

① 徐彦之:《北京大学男女共校记》,《少年中国》,1920年4月1卷7期。
② 范长江著,沈谱编:《范长江新闻文集》(上),新华出版社,2001年出版,第251页。

注名重一时,堪称现代西部文学的佳篇。这些人并非纯粹的文人,他们的身份已从传统的士大夫官吏走向多元化,或从政坛退隐后以讲学为业,或终身从事实业和文化传播,或者亦官亦文。但一个共同的特点是:他们此间的创作都贯穿了1898年以降由黄遵宪等人掀起的"诗界革命"精神。诗文的体式虽然是古近体,但风格、内涵却呈现出了鲜明的过渡性和求新求变的现代色彩,关注时事与民生疾苦,批判时政,以浓烈的现实色彩为西部新文学的萌动增添了一抹亮光。它们既有历代边塞诗的苍劲、浑厚,又流淌着吟咏乡土的细密与缠绵,陇人刚烈、执拗、质朴、率真的性情力透纸背。

任其昌(1831—1901),甘肃秦州(天水)人,进士出身,曾任户部主事等职,后辞官回归故里,在天水、陇南等地的书院讲学长达二十八年。著有《敦素堂诗集》《敦素堂文集》等。他的《游麦积山记》《游石门记》等散文描绘西部风情如诗如画,清新自然;他的诗作感念时事,关心民瘼,如《流民叹》一诗,就以作者的亲眼所见抒写了饿殍遍野的流民之苦,苍凉悲怆,入木三分。《秦安道中》一诗,"野水环如带/遥山曲似弓/麦畦攒嫩碧/霜树间深红/蝶集晚花下/虹喧晴日中/山城行便近/佳趣惜匆匆",融抒情、写景为一体,浑然天成。与其同时的**王权**(1822—1905),晚清学者,字心如,号笠云,甘肃巩昌府伏羌县(今甘谷县)人。早年讲学于天水等四所书院,后期历任教谕、知县,政声颇佳。作品有《笠云山房文集》十二卷、《笠云山房诗集》四卷。他的诗文涉及男欢女爱、乡土风情、现实时局、酬答赠友等各个方面,关注民生疾苦、批判官场腐败、愤恨列强的蚕食侵略成为其作品的主脉。钱仲联在《道咸诗坛点将录》中称其"著作宏富,近代陇右人无过之者"。陈世熔认为他"笔下有风云,眼底无富贵"[1],由此,王权诗文的风骨、气度、品格不言自明。"男儿手无巨刃摩青天/麾转白日昆仑巅"(《放歌行,寄友樵肃州》)、"有客系马登高楼/倚笛吹出千年愁"(《潼关楼怀古》)等气势豪迈、慷慨、磅礴的诗句,比比皆是。吴绍烈在《陇右近代诗钞·序》中对王权的《秋声》四首评价非常高,认为它"不仅颇多萧瑟之音,亦有遥深之寄托",尤其是"塞上寒声先刷耳/江南春尽怕回头"等诗句,"当不减唐人气度"。此外,诗人还有《愤诗》四首被阿英收入《鸦片战争文学集》。被誉为"陇上铁汉"的**安维峻**(1854—1925),字晓峰,号阿道人,甘肃秦安神明川(今西川乡农民村)人。光绪六年(1880)朝考为进士,选翰林

---

[1] 王干一、路志霄选编:《陇右近代诗钞》,兰州大学出版社,1988年出版,第29页。

院庶吉士,三年后,授编修。光绪十九年(1893年),任都察院福建道监察御史。在此期间,先后上书六十三次弹劾李鸿章卖国、指斥慈禧专权,《请诛李鸿章疏》名震一时,其冒死上谏的精神传为美谈。曾应聘总纂《甘肃新通志》共一百卷八十一册。1910年,出任京师大学堂总教习,撰写《四书讲义》四卷。翌年辞归乡里。他的主要诗文集有《望云山房诗集》三卷、《望云山房文集》三卷、《谏垣存稿》四卷等,都是慷慨悲歌之声,尤其是《请诛李鸿章疏》,以"辞激情切"的浩然正气堪为政论名篇。《清史稿》卷四四五有一篇"安维峻传",称他"崇朴实,尚践履,不喜为博辨,尤严义利之分",在归隐乡野后,"每谈及世变,辄忧形于色,卒抑郁以终"。**李于锴**(1863—1923),字叔坚,甘肃武威人。曾参与1895年的"公车上书",并领衔起草《甘肃举人呈清政府废除马关条约文》。先后任蓬莱知县等职,以创办实业和新学为己任。民国初年回归故里,袁世凯任命他为甘肃警察厅厅长,他坚辞不就,闭门读书,以韩愈的《庭楸》诗"客来尚不见,肯到权门前"明志。主要著述有文史考证《古历亭笔记》一卷、《读汉书笔记》一卷等;其诗文兼长,尤长于文。有《味檗斋文集》一卷、《写经楼诗草》一卷等。**刘尔炘**(1865—1931),近代著名学者、教育家。字又宽,号果斋、晓岚,又号五泉山人。曾官至翰林院编修,《陇右近代诗钞》评价他"居京师数年,未曾一谒权贵。目击清政日非,遂归不复出",从此潜心于陇右的教育和公益事业,主讲五泉书院,历任甘肃文高等学堂总教习、甘肃临时参议会副议长。1928年11月起分别派为豫陕甘及行政院赈灾委员会委员。他的作品有《果斋前集》《果斋续集》等多部,最为擅长的诗歌、楹联等作品充满哲理,"立意新颖,造语奇警,妙趣横生"①,既警世醒民,又关注民瘼,推陈出新,不落俗套。他的《五十初度抒怀》发出了"神州莽莽尽烟尘/谁向中原救兆民"的喟叹;其《忧旱》诗虽没有直接写旱象惨景,但通过一介书生的忧虑和内心痛苦来写灾象,更使民生疾苦得到了淋漓尽致的表现。"入耳声声乞食难/且凭柔翰写辛酸/笔尖都是哀鸿泪/此纸成灰墨不干",满腔忧国忧民之情充溢其间。**慕寿祺**(1874—1947),字子介,号少堂,镇原县平泉镇古城山人。历任甘肃省临时议会副议长、参政院参政、甘肃通志局总纂、甘肃省政府顾问、甘肃文学院教授等职,主要著作有《甘宁青史略》《求是斋诗话》《求是斋诗钞》《种族之掺和》《中国小说考》《镇原县志》等数十种。他一生以法政、教育为业,热

---

① 匡扶主编:《甘肃历代诗文词曲鉴赏辞典·前言》,敦煌文艺出版社,1994年出版,第14页。

心文化传播事业,与邓绍元以"开通风气,启迪民智"为宗旨,捐资邮购《民报》《革命军》等进步报刊,在兰州庄严寺(今兰州晚报社)开设阅报社(1912年),吸引了一大批青年知识分子。曾主持创办《拓报》(1945年4月),宣传民主进步思想。他的作文风格,"援笔挥洒,千言立就",他的诗歌充满"出奇制胜"的特点,所以,安维峻在他的诗集序里,称他的诗歌"有杼轴从心之妙,极炉锤在手之能",尤其是古近体,"无美不备,意到笔随,自成一家"①。如"春残绿满林/妾泪湿衣襟/愿化条条柳,绾将游子心"(《闺怨》)等寓情于景之作,就充分体现了这一艺术风格。**邓隆**(1884—1938),临夏北塬人,字德舆,号玉堂,又号睫巢。进士出身,曾任省议会议员、甘肃官银钱局坐办、甘肃榷运局局长、夏河县县长等职。一生倾心于实业救国,创作有《壶庐诗集》四卷、《拙园文存》四卷等数十种,《河州古诗校评》一书收集《邓隆诗全编》,共存诗七百六十四首。他的诗文关注民生疾苦,"清矫拔俗"(程天锡《〈壶庐诗集〉序》),洗却了时人的流弊,一咏一叹都自然天成、不事雕饰。如"功成万骨枯/空剩万人穴/白昼昏阴风/青磷凝碧血"(《万人穴》),如"衰柳残荷草半枯/伤心独过小西湖/不知八角亭前水/记得惊鸿照影无"(《独过小西湖》)等。慕寿祺在为邓隆的《果州杂吟》写的序中这样评价他的诗作:"其吐属隽永,举俗尘而为之一空","静穆之中,饶秀逸之致"。在《陇右近代诗钞·序》中,吴绍烈还对程天锡(1869—1951)的《感言》、张建(1878—1958)的《催租赋》和《国历除夕有感》、王烜(1878—1959)的《桃符叹》和《爨馀纪闻》、韩瑞麟(1893—1965)的《骡夫谣》和《卖粥妇》等给予了中肯的评价,认为他们:

> 或讥刺时事,或记载近闻,亦诗亦史,洵足贵也。诵其诗,想见其人,此中盖多志节之士,非徒诗人也。然诗贵吟咏性情,必待深于性情者始能出之,直己而发,浑然精粹……

诚哉斯言!以上评价如果给予整个现代陇右诗人也是十分确切的。陇右早期现代作家虽然创作颇多,但是大都名声寂寥,这一方面因为他们朴实无华、不事张扬的个性;另一方面缘于西部的地处偏远,近世以来被主流文坛边缘化。

这一时期,随着边疆危机的加剧和域外列强对中国殖民侵略的日益逼近,开发西部、关注西部的呼声在20世纪初不绝于耳,并在30—40年代达到高

---

① 王干一、路志霄选编:《陇右近代诗钞》,第215页。

潮。1932年上海"一·二八"事变后,爱国华侨林鹏侠母亲对儿女的一段忧国忧民的训导,振聋发聩,颇能代表此间有识之士对西部的认识:

> 吾国之国防当在西北,而非全在东南。盖沿海地域虽美,既为帝国主义者据为逐鹿之所,使吾无西北为后盾,终恐难以保全。复兴中华民族,完整锦绣河山,舍巩固西北之国防,则无由植其基础。惜西北气候严寒,交通梗阻,国人视为畏途绝域,相戒无前。政府及人民,不早并力开发,吾恐一角版图,仍将随时易色。一旦大战再起,我且尽失根据,永入沉沦。
>
> (林鹏侠《西北行》)

著名记者**范长江**(1909—1970)也在《中国的西北角》四版自序中,一针见血地告诫国人:日本关东军不惜血本,将魔爪从东北伸向西北,绝不是他们所宣传的为"防止赤化之南侵","围困苏联",而是想在"陆路上截断中苏联合的纽带,即所谓大陆封锁政策"。因此,他认为:"日本之攻略西北","不是简单的领土扩张,而是一种非常狠辣的对华军事大策略的实施",国人应该用这一眼光来看待"中国西北角"的重要性。同样的观点,在写于抗战前一年的《塞上行》中是以残酷的现实出现的,日人投入了四万万元巨款,挑拨、离间蒙藏回与汉族的矛盾,妄图借此构筑一道"从东北经察绥(察哈尔、绥远——引者注),西至宁夏新甘,造成封锁中国,隔绝中俄的阵线",而这一长蛇式的封锁线一旦铸成,那么,缺乏国际援助的中国将"是不堪一击"[①]的。美丽的蒙古草原上,插着太阳旗的汽车横冲直闯,范长江随着一商营汽车队冒险穿越日本特务、军警封锁的额济纳一带,以自己的亲见向国人报道了日本亡我西北的阴谋。沉重的忧思与旅途的凶险,带给读者的是彻骨的悲凉,而中国军队收复红格尔图与百灵庙的胜利成为此间最振奋人心的乐章。它如黎明的曙光划过了乌云密布的暗夜,宣告了日本大陆封锁政策的破产与民族解放战争序幕的拉开。作为《大公报》的特派记者,范长江的这两部西行记游作品不仅全方位实录了他西行的见闻,而且通过大众传媒向国人阐述了自己敏锐的观察与思考。尤其是对日本人侵略西北、构筑大陆封锁线这一阴谋的揭露,无论是唤醒国人开发西部还是为民族救亡鼓与呼,都充满了十分深邃的现实意义。

所以,日益觉醒的民族意识和文化自觉所带动的这一时期的"西部热",

---

① 范长江著,沈谱编:《范长江新闻文集》(上),新华出版社,2001年出版,第376页。

不仅仅是对西部历史文化的缅怀与追溯,而是一种与国家民族命运紧密相关的现实诉求。"注目西部"成为一个时代的共同话语,20世纪初蔚然成风的国人西向游历、探险和考察,一直持续到三十、四十年代,不但延续了古"西行记"介绍西部风土人情的内容,而且"肩负通过对历史文化的发现和介绍,寻找开发西部坚实的立足点"①。大量诗歌、旅行记游、通讯报告等风格多样的记游文学作品,不仅丰富了此间西部文学的内涵,而且西行记游所构筑和传达的"西部镜像"和西部声音,"还成了振奋国民精神,唤醒爱国之心,认识辽阔祖国的催化剂",成为一种对国人进行"现代意识的'启蒙教育'"的生动教材②。同时,不同身份和文化背景的客居作家的参与,不但推动了五四前后的新文化与西部多民族文化的融合、碰撞,而且他们自身也深受西部文化的熏染和塑造,进而成为西部文化的传播者。

总的来看,这一时期的西行考察记游作品主要以文化人士、官员、记者、学者、旅行者等人的考察记游为主,如谢彬的《新疆游记》、陈万里的《西行日记》、心道法师的《游敦煌日记》、林鹏侠的《西北行》、徐炳昶的《西游日记》、陈赓雅的《西北视察记》、程先甲的《游陇丛记》、林竞的《蒙新甘宁考察记》、刘文海的《西行见闻记》、杨钟健的《西北的剖面》、顾执中的《西行记》、侯鸿鉴的《西北漫游记》、高良佐的《西北随轺记》、张恨水的《西游小记》、李孤帆的《西行杂记》、李烛尘的《西北历程》、明驼的《河西见闻录》、顾颉刚的《西北考察日记》、宣侠父的《西北远征记》、庄泽宣的《西北视察记》、冯有真的《新疆视察记》、黄汲清的《天山之麓》、吴蔼宸的《新疆记游》、陈澄之的《伊犁烟云录》、马鹤天的《甘青藏边区考察记》、萨空了的《由香港到新疆》、杜重远的《盛世才与新新疆》和《三渡天山》、天涯游子的《西行记》、范长江的《中国的西北角》《塞上行》、茅盾的《白杨礼赞》等。20世纪上半叶著名的人文地理杂志《旅行》,在30—40年代曾刊载了一批文笔生动的壮游西北的文章,如麦群山的《到祁连山去》、鞠孝铭的《青康之行》、田一鸣的《西北之行》、时怀铭的《泾惠渠记游》、洪文瀚的《栖云兴隆两山记游》和《兴隆山谒陵记》、岳剑寒的《甘宁二千四百里》和《青甘边缘走马记》、何正璜的《青海行》、无斋的《西宁一瞥》《河西四郡》、邹豹君的《西宁塔尔寺三大盛会》、凌鸿勋的《从兰州到伊

---

① 杨镰:《现代西行记(代序)》,[英]蜜德蕊·凯伯等:《修女西行》,第5页。
② 杨镰:《发现西部》,新疆人民出版社,2000年出版,第371页。

犁》、徐克刚的《敦煌记游》等。其中,岳剑寒的两篇记游都对西北民歌花儿给予特别关注,作者在与临夏人马君相处数日期间,"常闻其高唱河州民歌,声调悲壮凄婉,极为动人",如:"好不过五月夏晴天,石榴花开在路边。千思万想不团圆,泪落在鸳鸯枕边。"(《甘宁二千四百里》)在青甘边缘的窑街,正赶上当地花儿节尾声,作者记录了几首牧童、农女唱的曲子:"白日里想你没做活——我的尕阿姐——心焦着要个赌博/黑夜里想你没睡着——我的尕阿姐——天上的星宿也数过","歌词通俗可诵,纯为出乎自然,发乎内心之真情,坦白诚挚,毫无文饰"。写到这里,岳剑寒不由得慨叹道:"窑街是个富有诗意的地方","除一小部分的工业区外,一望平畴,沃野相连。田野间牧马成群,牛羊相间。农女牧童,歌声四起。置身此间,远望重山无际,俯视碧水兴波,神逸心旷"(《青甘边缘走马记》)。由此可以窥知,花儿以及花儿会通过西行记游作品和《旅行》杂志等现代传播媒介得以广泛传播的事实。1934年夏,在国人"开发西北"的呼声中,燕京大学理学院教授谢冰心和爱人吴文藻受平绥铁路局局长沈昌的邀请,组织了由郑振铎、顾颉刚、雷洁琼、文国鼐、陈其田、赵澄八名教授组成"平绥沿线旅行团"前往归绥、包头等地考察。考察归来,谢冰心的《平绥沿线旅行记》和散文《二老财》、顾颉刚的《王同春开发河套记》、吴文藻的《蒙古包》、郑振铎的《西行书简》、雷洁琼的《平绥沿线之天主教会》等一批考察记游作品相继问世,对国人了解内蒙古中西部的社会生活起了重要的参考作用。另外,还有一批作家、文化人士、官员在此期间客居西部,均留下了大量的诗文作品,如俞明震、高旭、于右任、高一涵、罗家伦、唐祈、王洛宾等。总之,它们是这一时期西部新文学的重要成果,从不同视角观照、审视了西部的自然、文化、历史和现状,逼真而具体地向国人构筑并传播了新的"西部镜像",也传达了创作者的性情以及对西部的认知与关怀,是"抵近本土"与"参与主潮"的艺术自觉。

  从整体的创作风格来看,国人的西行记游与域外探险者的西行记游是完全不同的,虽然他们同样观照的是中国西部的自然、人文和社会。欧美作者的西行游记以"发现西部"为宗旨,明显受西方"骑士"文化和"探险家"猎奇、冒险意识的影响,既充满了冒险精神和作者个性的大胆张扬,又有异域文化的独特审美与观照,无论写景抒情都带着浓郁的个性化色彩;而国人的西行记游除林鹏侠、宣侠父、天涯游子、范长江、茅盾等人的作品外,大多承继了古人山水游记的风格,虽然处处充满了写意与工笔的描绘,但笔法简约、节制,性情的挥洒都隐藏在状物绘景的背后,因此,作者的抒怀与感受非细细咀嚼是无法品出其中深意的,含蓄有余而大开大合的气魄不足。如果说域外探险者的西行记游是"地理大发现"的延伸和殖民势力渗透的结果,那么,国人的西向探险、考察则是民族意识觉醒后的一种主动选择,旨在唤醒国人对西部的重视和开发。目的不同、创作主体的文化差异以及关注视角的区别,决定了两类记游文本的审美取向与价值观的差异;同时,不同民族的文化传统与此间文学变革的影子,也深深地烙在这些西行记中,这就使得西行游记文本成为不同文化的产物。

从具体的文本来看,首先进入西行者视野的是清末民初西部的天灾人祸与民生疾苦。

客居作家**高旭**(1877—1925),字天梅,江苏金山人(今上海市),南社的创始人之一。他的《甘肃大旱灾感赋》四首,呼应了这一时期陇右作家对西部民瘼的关注,实录了饿殍遍野、村落荒芜的惨景并发出了由衷的悲叹:

> 草根与木皮/此物救我命/我命之短长/惟此二者间/树皮况渐稀/草根今亦尽/姑且易子食/析骸犹为幸/白骨积成莽/冷风吹凛凛

但是,造成灾荒惨景的不仅仅是大旱等天灾,更是战乱和贪官污吏等人祸,因为"天灾既于前/官复厄于后"。更有甚者,他们还"歌舞太平年""匿灾梗不报",于饥民嗷嗷待哺之时,将灾银"中饱贮私囊",而遍地饿殍就这样"百不存八九"。面对千载奇荒和朝廷的不管不顾,作者"临风心更悲""泪下已如缏",不由满腔愤懑喷薄而出:"彼独何肺肝/亦曾一念否"?这一声声质问使悲天悯人的社会批判和人道情怀顿时跃然纸上。

如果说以上情形是腐败的清政府遗留的灾祸,那么,范长江1935年西行所目睹的鸦片、高利贷、苛捐杂税等摧残和压迫下的人间惨状,却是发生在民国的朗朗乾坤之下。本来军阀混战、盗匪横行就已使连年干旱的甘、宁、新等西部社会濒临崩溃的边缘,而地方官府以种植鸦片为财政来源的饮鸩止渴的政策,更使破产的乡村雪上加霜。所以,范长江所到之处,随处可见荒芜的村庄、嗷嗷待哺的乞丐和流民、骨瘦如柴的烟民、衣不蔽体的妇孺……《中国的西北角》这样记载了破产的"金张掖"见闻:

> 没有裤子穿的朋友太多了!十四五岁以下的小孩,十之七八没有裤子……他们的上身披着百孔千疮的破衣,或者原来就是没有做成衣服形

式的烂布块和麻布袋,胡乱裹在身上。

  中年以上的妇女,在街上流落的,比孩子们少些,不过,随地也可看到……她们无论上身单薄破烂到什么程度,如果裤子上半截,实在遮不着她们认为非遮不可的地方,那么她们总是在自己腰部的下面围着一圈污烂的麻布和布块,最低限度得挂一块在小腹的前面。

在酒泉,北风怒号的寒夜,几乎全身赤裸的孩子三五成群地挤在街道一角御寒,每到夜半最冷之时,整个街道的灾童"一齐号啕大哭起来,哀声震动全城"。范长江对西部乡村的破败景象和民生疾苦给予了逼真、冷峻的记述,目的在于唤起国人对西部的同情与关注,为破产的西部乡村留下一份真实的历史记录。同时,他还将毫不留情的批判锋芒指向了政治的腐败、军阀的贪婪,认为乡村的破产皆是由政府、军阀一手制造的。同样的悲惨情形与社会批判也出现在林鹏侠等西行者的笔下。

  1932年西行的**林鹏侠**,字霄冲,女,福建莆田人,出身华侨富商家庭,早年留学美国,之后学习航空于英国,被称作20世纪前期"我国唯一女飞行家"。她之所以舍弃新加坡优裕的生活只身西行,就在于想以女子之身的壮游打破国人对西部的畏难心理,通过实地考察来唤起国人对西部开发的认识与关注,从而为挽救国难寻找到一方坚实的后盾。《西行记》详细记述了作者从咸阳到兰州途中所目睹的一幅幅令人心碎的流民图:

  灾民三五成群,扶老携幼,来自乡间,垢面枯形,衣多不能蔽体。或据地悲泣,或仰面长号。斯时寒风怒飞,冻云低压,黄尘扰扰,人望悉成凄凉,余……自恨不能如化饼之基督,以裹我苦难同胞之饥肠。力绌心余,唯有…洒同情之泪而已!

在盗匪猖獗的会宁以西,林鹏侠进入了一个村落:

  入村鸡犬无闻,寂无人迹。两傍房屋,俱成残破……忽发现屋角有母女三人,裸而无衣,坐于热灰而取暖,瘦削污秽之面目身躯,鬼物视之,恐犹不免有逊色。

西北的破败、行路的艰难、土地的荒芜、民风的淳朴尽纳作者笔下,充满了人道主义的关怀、悲悯与批判。更为难得的是,林鹏侠对西北开发的真知灼见至今熠熠生光,她认为西北的社会稳定首先在民族团结,"欲使西北繁荣",当务之急是"广植森林"、便利交通、发展国民教育,这一切事关"国家之兴衰"。《西行记》出版后产生了巨大反响,但林鹏侠考察新疆的心愿一直未能实现,虽然40年代初她曾多次动身欲前往新疆。直到1948年夏天,林鹏侠才实现了她游历、考察新疆的心愿,历时一年,她考察天山南北,成就《新疆行》一书,于1951年1月在香港出版,历史学家顾颉刚、新加坡《南洋商报》的谢松山为之作序。研究者认为,"在亲历者所写关于新疆的著述中,《新疆行》独具特色",通过《新疆行》,"她与我们并肩行走在新疆天山南北,探索为岁月删除的历史奥秘,追踪古道走向,寻找富民强国的宝藏……"①。

这一时期,**天涯游子**的《甘肃省旅行记》《塞外驰骋录》《新疆漫游》等以"人在天涯"为题的西行记,在上海的《旅行》杂志刊出后,轰动一时,因而成为这一时期独具特色的西行记。一方面,作者对西北风土人情、社会生活的逼真实录契合了国人急于了解西北的愿望;另一方面,天涯游子笔下骇人听闻的民生凋敝、天灾人祸,以及生动、具体的"西部镜像"是以人为主体的观照,所以,充满了对人的命运、人的历史、人的发展、人的苦难的深度关注与关怀,其"西行之旅的奇异不仅仅在于西北风光的奇异,更在于西北人情的丰厚"②,所以产生了震撼人心的艺术效果。

与此同时,一幅幅充满生命韵律和审美餍足的西部风景画、风情画、风俗画出现在西行者的笔下,这既是西行者眼中的"自然西部"和"西部自然",又是产生自创作主体心理深处的"审美西部"。因为,即使是对同一对象给予历史的、纪实的书写,如果文化背景、人生阅历、主体情怀不同,那么也会影响到观照视阈的不同,而这一切投射到具体的游记作品中,就必然产生不同的审美情趣与艺术效果。

进士出身的**裴景福**(1855—1926),字伯谦、夹暗,安徽霍邱人,历任广东陆丰、潮阳等地知县。《河海昆仑行》集中记录了他1905年谪戍伊犁的旅途见闻。沿途的自然、人情、风物虽然记述得事无巨细,但笔法简约,并用议论、抒怀的古体诗来烘托,所以,他的记游作品明显是"借古""借景"的抒怀,含蓄持重,不露声色。下面是作者西行到凉州(今甘肃武威)时的一段记述:

---

① 杨镰、张颐青:《新疆:新时期到来的回顾与展望》,林鹏侠:《新疆行》,中国青年出版社,2012年出版,第3页。
② 杨镰:《发现西部》,第375页。

至凉州东关住泰来客店……将近州城,村堡相望,林木萧疏,气象雄阔,固是重镇……街道宽二三丈,仿佛京师,城周围九里,满城围六里,住满兵。友人夸言:西方美人,关内唯凉州,关外惟敦煌。贵人选色多取给焉。余则如古佛无情,拈花微笑而已。

《河海昆仑行》的整体风格由此可见一斑,写实性强,文字优美,叙述娓娓而谈,作者常常从所目睹的现实情景引发对历史的追溯,既有叙事写景又有言志抒情。但是,缺点也是十分明显的,这就是古典游记简约的笔法在状景写物抒情方面的局限,使得作者性情的自由挥洒和描写的个性化受到极大的限制,从而使得同类记游作品的张力与动感不知不觉间受到程式化的写实束缚。

　　随后的谢彬、陈万里、徐炳昶等人的作品风格,与裴景福的《河海昆仑行》相比出现了较大的变化,主要体现在下面两个方面:一是文体呈现出了古文向白话演变的趋势;二是现代意识随着文体解放渗透在记游作品中。这种文体新变的产生,不仅是现代传播对文化变革的参与,而且明显地打上了作者自身文化修养与性情的印痕。因为,与裴景福所接受的旧学教育相比,谢彬等人都受过现代大学教育并多有出洋留学的经历,已是融新学与传统教育于一身的现代学者。所以,新思潮影响到他们的文风并使其有所变化是自然的事。

　　湖南衡阳人**谢彬**(1887—1948)是一位具有现代意识的新知识分子,这不仅表现在他早年加入同盟会并有留学日本的经历,更重要的是他具有民主思想和世界视阈,而这一思想的最集中体现就是充满使命感和忧患意识的《新疆游记》。1916年,留学回国的谢彬受北洋政府财政部委派前往新疆(包括新疆和当时直属中央管辖的阿尔泰特别区)考察财政,《新疆游记》就是作者在新疆境内凭借马车、骡车、马等颠簸了九个月,行程一万六千六百余里探险游历的产物。就整部作品的风格而言,在传承"古西行记"衣钵的基础上灌注了现代意识,以日记体的形式记录了作者对新疆民俗风情、政治生活、自然概况等各个方面的观察与思考,堪称一部新疆近现代社会的"百科全书"。虽然笔法也有点简约,但"长于发挥,善于收束,颇讲章法","褒贬不显于毫端,常常寓于具体的描述之中"[①],因而颇受时人称道。杨镰等人在《谢彬和他的〈新疆游记〉》一文中对这部作品给予了高度评价,认为作者"以开发新疆这样横贯

---

① 杨镰、张颐青:《谢彬和他的〈新疆游记〉》,谢彬:《新疆游记》,新疆人民出版社,2001年出版,第12页。

古今的宏大主体意识来写新疆游记",前无古人,后鲜来者,所以,《新疆游记》的许多篇章具有"独家新闻"的意义,其"所涉及的内容远不是一般的经行者所能留意到的","信息量大,覆盖面宽,并有高屋建瓴的眼界和心胸"。尤其是作者对于新疆财政的困顿、道路的失修、吏治的腐败、外强的阴谋蚕食所给予的充满忧思的关注,充满了时代意识和现实忧患,至今深意犹存。在写作手法上,作者极善用烘云托月的技巧来写景抒情。如5月13日写伊犁河一段就非常精彩、典型:

> 策马出南门,微偏西行。二十里,伊犁河沿……花草杂放,弥望天涯;水鸟凫江,野兔穿林。哈萨毡房,纵横棋布;牛羊马群,牧放其间。复有渔夫数辈,结庐江浒,举网而渔,一网恒数百斤。牧谣渔歌,互相唱和,立马观听,大有潇洒出尘之想。旋买鲤鱼数尾,就烹哈萨毡房,以下携来之酒。高谈阔论,极其快活。觉昔人"恨不十年弃官,日饮沧州酒",洵非虚语。

就这段半文半白的写景文字来说,明显与裴景福的描写有所区别,因为后者在写景抒情之中充溢着作者自由的性情,正如杨镰评价的那样,虽然"通篇未着一字",但"深深打动读者的",是那"朦胧轻淡的乡愁"。《新疆游记》一经《时事新报》连载,便在全国引起了轰动,因为它不但首次利用大众媒介向国人介绍了被视为畏途的新疆情形,而且呼吁国人瞩目西部、开发新疆。随后,《地学杂志》《民心周报》《上海晚报》《湖南日报》等纷纷转载。从1923年中华书局将其收入《新世纪丛书》出版到1936年,该书前后重印了九次,受欢迎程度由此可见一斑。不仅如此,谢彬西行记游的重要意义还在于它掀起了国人关注西部、游历西部的"西部热"。

和《新疆游记》相比,江苏吴县人**陈万里**(1892—1969)的《西行日记》在语言上明显受到五四新文化运动的影响,白话色彩更为浓厚。1925年陈万里受派参加了北大研究所国学门和考古学会的第一次赴敦煌实地考察,尽管这是随美国哈佛大学的华尔纳考古队一同前往的。《西行日记》通过他西行的亲历,真实再现了20世纪初西北的风俗民情和社会现状,对民生疾苦倾注了大量的笔墨。其叙述"笔法生动,写景兼抒情,读之恍若置身西行道中","风格平实,娓娓道来,好像夜半对面促膝而谈"[①]。虽然他的描写文字淹没在了大

---

① 杨晓斌:《西行日记·前言》,陈万里:《西行日记》,甘肃人民出版社,2002年出版,第3页。

片的叙述文字中,但是情与景相互映衬下的西部风情画,却依然充满了历史的透视感和摄影的声情并茂。如写武威途中的一幕情景:

> 驿长二三里,然除南关稍有铺户外,堡内仅有破寺两三所,余均碎石残垣而已。兵匪蹂躏后至今未复元气,想见当时受祸之烈! 沿途荒冢累累,天又微阴有风。山影模糊,日光惨淡,边关荒寒,一一在望。二十里马儿坝适演酬神戏,观者塞途。妇女小儿均坐大车上,注目戏台不少瞬,余等至,群又移其目光相视。余匆匆摄取数片,留备插画,遂行。未几,观剧归者纷纷,骑驴掠余车而过,一妇人衣白地黑花洋布衫,青布幞头,缓鞭得得而去,可谓别有风情。一男子尾随于后,殆为伊之终身伴侣欤?又一小儿约三四岁,着红布短褂,赤双足,亦跨骑于母背后⋯⋯

破败的乡野景象令人扼腕叹息,但淳朴的民风和西部百姓于艰难困苦中的生活情趣却使人眼前为之一亮。这一幅幅流溢着生命律动和情致的风俗画、风情画,如果不是作者身临其境,是很难刻画得如此细致的。

与此相呼应的画面也出现在客居作家**高一涵**(1885—1968)的笔下,"妇跨雕鞍手抱婴/夫随骥尾步归程/蹇驴似解听情语/故踏山坡缓缓行"(《洮岷道中所见·其二》),这是诗人40年代初担任甘宁青监察使期间所写的六百多首咏陇诗(刊有作品集《金城集》)中的一首。此情此景,简直就是一幅恩爱和谐的农家生活的风情画。什么男尊女卑?西部山野最朴实的生活情景远比教条化的儒家传统富有生命力。诗人细致入微、声情并茂的摹写,还体现在其他咏陇诗中,如《董志塬》:"高原百里尽平畴/多少居民住九幽/乳燕弄风频绕塔/饥鸟逐食每随牛",宛如一幅自然、悠闲的"农家乐"图画,情趣盎然,饶有兴味。又如《张掖道中》:"处处沟渠处处河/江南风物此间多/荻芦水浅藏鱼鸟/麦稻花香歇骆驼/岁稔不须天作雨/流沙如见海生波/苍茫广漠牛羊壮/四野时闻敕勒歌"。丝路故道上的河西走廊,自古有"金张掖、银武威"之说,诗人描绘的风情画酷似塞上图景:"流沙""广漠""牛羊""骆驼""敕勒歌",但又像江南风情:"处处河""江南风物""荻芦""鱼"等等。其实这并不奇怪,因为河西走廊自古有丰富的祁连雪水滋润,虽然地处塞上,但灌溉水渠密布,日照充足,因而物产富足、牛肥羊壮,不仅有水乡的鱼米花香,更有敕勒歌的苍茫。那么,陈万里和高一涵对同一地域的描写,为什么前后20年中出现了如此大的差距(除农家风情外)? 前者笔下的武威"荒冢累累""边关荒寒",一幅破败的景象;而与此接壤的张掖却在后者的笔下呈现出了另一番富足安闲的景象。其原因是陈万里西行的20年代正值西北战乱频仍之时,而高一涵旅陇期间恰逢西北成为抗战的大后方,正处在建设和开发的高潮,因而,反映在作家笔下的风情画打上了不同时代的社会生活的烙印。

无独有偶,**罗家伦**(1897—1969)1943年西北之行所写的《张掖五云楼远眺》,与高一涵一样把张掖当作了"塞上江南":"绿阴丛外麦毿毿/竟见芦花水一弯/不望祁连山顶雪/错将张掖认江南"。这里虽然采用曲笔的形式描绘亦诗亦画的西部景致,但达到的效果却是相似的,都是对张掖胜景的抒写。罗家伦这一次西行考察还创作了收有二百首绝句的《西北行吟》,吟咏抒写了西部的风土人情。

这一时期,**于右任**(1879—1964)曾两番度陇,壮游河西,留下了数十首咏陇诗歌,既有西部风情的摹写,如《陇头吟》《河西道中》《嘉峪关前长城尽处远望》等,又抒发了不同于普通文人的政治家诗人的感怀,如《敦煌纪事诗八首》《万佛峡纪事诗四首》等对中华民族瑰宝屡遭劫难的追忆;如《南乡子·兰州东行机中作》对西北形势的欣慰:"君莫问西陲/兄弟之间隙已微/塞上风云成过去";如《越调·天净沙·谒成陵》对山河破碎的忧思,慷慨之音,悲恸人心:"兴隆山畔高歌/曾瞻无敌金戈/遗诏焚香读过/大王问我/几时收复山河"。

徐炳昶(1888—1976),早年留学法国的历史与考古学家。1927年担任"中瑞西北科学考察团"团长(另一位团长是斯文·赫定)西向考察,《西游日记》就是他此次西行的见闻实录。与陈万里相似,他的西行游记不但摹写了西部风情,而且饱含着对历史和现实的深刻反思。尤其是他将历史与考古的视角带入了西行记游的抒写,以亲历和实证修正了以往的成见,赋予了西部自然人文另一番韵味和审美情趣。如作者对额济纳河一带树木黄叶的观察与描述,就一反前人陈说。他将野外的黄叶与城郊和北京郊外的黄叶进行了一番比较后认为:

> 此地黄叶的美丽,绝非蛰居都市的人所能梦见……放叶一观,叶有浓绿,有微黄,有金黄,各色相间。分开来看,各叶有各叶的辉彩;合起来看,互相衬托,绚烂照耀,灿若云锦,真足令人起一种无法名言的美感。我常怪吾国诗人,间或赞叹红叶,而对于黄叶的美丽,从来无人言及。如一提黄叶,辄使人起一种凋落的悲感。我总疑惑他们总是伏处都市,所看见的

不出闾井间的败叶,所以感觉如此!如果他们……能到像额济纳河这样的地方游一游,他们一定可以恍然大悟,感到秋季的景物比其他各季的全美丽!(《西游日记》)

与前面几部西行记游不同的是,《西北远征记》是此间直接记述和反映西北国民革命的一部游记作品。1925年到1927年期间,在冯玉祥国民军中从事政治宣传工作的浙江诸暨人**宣侠父**(1899—1938)随刘郁芬部远征宁、甘、青、陕等地,所以,西北军阀间的混战、开启民智的艰难、如火如荼的国民革命、民族间的仇杀与矛盾等,都在宣侠父此间所著的《西北远征记》中得到了生动、细致的反映。不仅如此,淳朴的风土人情、诗化般的风景画和风俗画,以及"西北军"各阶层形形色色的文官武将的众生相,也一一展现在作者犀利、诙谐的笔下。一代枭雄冯玉祥的性情,历来褒贬不一,宣侠父的刻画和评价可谓尖锐传神,一语中的。他一针见血地指出:基督将军冯玉祥与奉系军阀的暧昧和游离,以及他从观望国民革命形势到接受三民主义的徘徊,集中体现了他"扭扭捏捏的政治态度",这是"冯氏的特性"和一贯风格。类似刻画军政人物的笔法,在宣侠父的《西北远征记》中还有不少。

在前往西北考察的人流中,也出现了"民国第一小说家"张恨水的身影。**张恨水**(1895—1967),原名张新远,恨水是他的笔名,祖籍安徽潜山,生于江西广信。先后任《皖江报》和世界通讯社总编辑、《世界晚报》副刊"夜光"主编、《新民报》主笔和副刊主编等,创作了《春明外史》《啼笑因缘》《金粉世家》《八十一梦》等一百多部反映当时社会人情世态、颇具社会意义的小说。1934年5月,张恨水与北华美专工友小李一起从北京前往西北考察,沿西兰公路进入甘肃泾川,翻越充满凶险的六盘山、华家岭到达兰州。张恨水西行的目的地本来是新疆,但由于新疆督办盛世才生性多疑,加之西北各地军阀都害怕张恨水把自己写进小说被人嘲弄,故而多有戒备,所以在朋友的劝阻下,张恨水的西行就在兰州中止,但是,1934年的此次西行考察对张恨水创作的影响却是显而易见的。除过将亲眼目睹的西北自然风情和民生疾苦,以《西游小记》记之并连载于上海的《旅行》杂志外,张恨水还以西北民生疾苦和社会生活为素材,创作了具有现实主义精神的两部长篇小说《燕归来》和《小西天》,真实而深刻地反映了西北社会状况。《燕归来》的主人公杨燕秋本是甘肃女子,因为旱灾沦为难民,一路流落到南京。小说以追叙的手法叙述了杨燕秋西向寻找人生出路的故事,入木三分地展现了民国十八年西北大旱的惨状,对西北社会风情给予了生动的描述。《燕归来》中主人公燕秋和健生的活动路线,也是按照张恨水在兰州时的参观路线为顺序而展开的①,故事情节在《西游小记》中亦能找到印证。比如他在记游中写到的兰州庄严寺(20世纪80—90年代为《兰州日报》社所在地,其建筑风貌尚可看到),1926年曾改做民众教育馆。寺中有"三绝":书绝——元人李溥光(张恨水误记为颜真卿的字)所书寺门立匾"敕大庄严禅院"六字,字体遒劲;塑绝——为正殿佛像,体态匀称生动,衣褶细致逼真,有迎风飘举之状;画绝——指大殿后壁上的白衣观音像,相貌端好,所披白衣,上覆宝髻,下垂至足,俨然若纱新制,相传为吴道子所绘。《燕归来》中就有主人公燕秋和健生参观庄严寺"三绝"的情节。关于对当时西北社会现状的深刻记述,在《燕归来》开头的几首竹枝词里就已有体现:"卖了耕牛卖种粮,几天未吃饿难当!看来一物还能卖,爬上墙头拆屋梁。一升麦子两升麸,埋在墙根用土铺。留得大兵来送礼,免他索款又拉夫。大恩要谢左宗棠,种下垂柳绿两行。剥下树皮和草煮,又充饭菜又充汤。"所以,学者彭岚嘉认为,张恨水创作风格的"彻底改变"与此次西行有着重要的关系,他的"早期小说被人们列入了鸳鸯蝴蝶派,1924年4月后的《春明外史》《金粉世家》中创作风格有所变化,但士大夫气息依旧非常浓厚。《燕归来》这部小说连载后,他的风格彻底改变了"②。在《西游小记》中,张恨水还写到"千古黄河一道桥"的兰州黄河铁桥以及黄河上的主要交通工具——羊皮筏子,谈到兰州"胜于西安一筹的"是"全城有电灯",但除过中山市场外再也没有男女同行的公共空间,"也绝少男女同行这件事",依然"墨守古风",非常封闭。从这一点来看,在五四新文化运动中兰州女子邓春兰向全国发出"男女同校"的呼声是多么的不易!虽然《西游小记》中真正书写西部的内容并不多,且有很多笔误,比如他错把中山市场所在地的普照寺(俗称大佛寺,今天的兰园)写成庄严寺,又把真正的庄严寺错当成宏恩寺,把民众教育馆写成图书馆,把羊皮筏子写作牛皮筏子。但是,难能可贵的是,张恨水的记游和小说为后世留下了20世纪20—30年代甘肃的风俗画和"纪录片",如小说对兰州雷坛河卧桥(又称握桥)生动、细致的描写,已经成为这座稀见的中国"伸

---

① 高羔:《张恨水笔下的兰州风物》,《兰州晚报》,2009年12月14日。
② 王文元:《张恨水:民国第一写手的兰州之行》,《兰州晨报》,2009年12月2日。

臂木梁桥的一个代表"①的重要记录,填补了人们对这座历史悠久、造型独特的古桥的记忆空白:

> ……出了门(指西关什字附近旧城门)约有半里,走到了一道干河,这河床上虽是干得一滴水也没有,但是河的形式,却是显然。在河的两岸,高高拱起,架了一座上面有盖顶,两面有栏杆的木桥。这桥的样子,活像小孩子用牙牌作游戏,搭的空心桥一样。桥身与河床绝不相联结,乃是两岸各伸出一截桥身;在这截桥身上,又堆叠着向河心里伸去。这样的层层叠叠,层层向外伸。两岸伸出去的桥身,在河中心凌空相就。

20世纪上半叶的西部,再次汇入时代主潮并与新文化发生大范围的交流、碰撞是在抗日救亡的民族战争全面兴起之后。作为通向苏联的对外"孔道"和支援抗战的大后方基地,大西北结束了自清末以来持续不断的军阀混战和民族仇杀,成为继大西南之外又一个中国战时的政治、经济、文化中心。一大批文化人士相继来到西北,他们或从事抗日宣传活动,或从事教育,或从事文化艺术的考察,停留时间也长短不一。但是,无论从哪个方面讲,他们都是五四以来的新文化与西部文化得以碰撞、融合的重要载体,为西部文化的发展注入了活力并增添了新的营养。

坚持"大西北大联合"这一抗日救亡主张的启蒙思想家、爱国报人**杜重远**(1898—1944),不仅于1937—1938年两次奔赴新疆考察,并最终携家小投身新疆的文化传播事业。伪装追求进步的新疆军阀盛世才推行的"反帝、亲苏、民平(民族平等)、清廉、和平、建设"六大政策以及新疆充满生机、进步的新气象,使他先后写下了《到新疆去》(单行本名为《盛世才与新新疆》)、《三渡天山》等五十篇游记通讯。这些文章通过《抗战》三日刊、《全民抗战》向公众传达的"新新疆"的风貌,形成了巨大的冲击波,一时间,"到西北去""到新疆去"成为内地有志之士的共同心声,一大批热血青年和进步的知识分子纷纷前往新疆。1940年以后,反复无常的盛世才一步步撕下进步的伪装,大肆屠杀迫害共产党人和进步人士,于1944年残忍杀害杜重远。当时,茅盾、张仲

---

① 兰州握桥建于唐代,于明代永乐年间重建,清代遇战火和洪水,三坏三修。曾有《虹桥春涨》诗描写此桥:"不凭支柱架虹腰,独卧河干历几朝。桥上行人桥下影,年年来去送春潮。"桥梁专家茅以升在《中国古桥技术史》中评价它为中国"伸臂木梁桥的一个代表"。1952年,兴修公路拆除此桥时实测,握桥净跨度22.5米,全长27米,桥高4.85米,宽4.6米,桥廊坡度20°。

实、赵丹、王为一、徐韬等艺术家也奔赴新疆,在新疆学院和各民族文艺社群的基础上,为新疆的文化传播做出了巨大的贡献,影响并培养了一批少数民族作家。维吾尔族诗人艾勒坎木·艾合坦木在其《自传》中回忆说,茅盾等一批文化人士进疆,"在新疆学院、高级中学、文化干训班、文化协会等场合,通过文艺讲座、读书指导等形式,介绍鲁迅作品",新疆"新的文化教育、新闻出版机构也在这个时期建立起来,数以万计的各族学员进入小学、中学、大学。普希金、莱蒙托夫、涅克拉索夫、契诃夫、托尔斯泰和高尔基的作品被翻译成塔塔尔、乌孜别克、哈萨克、维吾尔等文字,输入到新疆来"[①]。新疆少数民族文学事业的发展与茅盾等文化人士的文化传播有密切的关系。

茅盾在西去新疆途中曾经在兰州停留,进行过为期两个月的抗日宣传,他的著名演讲《抗战与文艺》提出了抗日时期文化运动的任务:一是抗战救国,二是普及和深入,对兰州的战时文化的发展也产生了一定的影响。另外,《白杨礼赞》等名篇也是他此次西行的产物。来到兰州的著名作家白危,不仅主编了《战号》杂志,还与王德谦兄妹成立了名震一时的"王氏小剧团",先后排演了《放下你的鞭子》等抗日救亡街头剧,为兰州市民和西北训练团、抗日空军部队等演出,反响极大。1938年4月,塞克、萧军、朱星南、王洛宾、罗珊一行来到兰州参加抗日宣传。萧军为《民国日报》主编《西北文艺》副刊,先后写下了《补白二章:文学上的旧形式的利用;奴隶与奴才》《补白二章:造奇的精神;左右做人难》《消息》《略论"形式"加"主义"》《发刊词》《告别》《抓住题目做文章》等。此外,他还做了《应该怎样准备我们自己》的讲演。塞克、王洛宾、罗珊参加了西北抗战剧团,先后奔赴武威、张掖、嘉峪关、天水等二十多个县区进行抗日宣传,演出抗日话剧、街头剧、歌曲等。1938年10月,著名作家老舍在兰州作了《两年来抗战中的文艺活动》的演讲。这一时期,对于偏远的兰州来说极为幸运的不光有一批来自大都市的艺术家,而且还有两件事成为陇右历史上划时代的事件,这就是两所现代大学的相继创办,对陇右文化的现代化所产生的影响。由于兰州在战时地位的凸显,西迁到陕西城固的"西北联大"改组时,其新成立的西北师范学院奉命西迁兰州,黎锦熙、袁敦礼、李蒸、黄文弼、罗章龙等一大批著名教授随学院来到兰州,为新大学的创建和文

---

① 艾勒坎木·艾合坦木:《自传》,吴重阳、陶立璠:《中国少数民族现代作家传略》,青海人民出版社,1980年出版。

化传播做出了巨大的贡献。与此同时,在甘肃学院基础上成立、组建的兰州大学,也吸引了顾颉刚等一批著名学者来兰任教,为现代文化的传播和西部文化的发展给予了十分重要的影响。两所现代大学从此为西部培养了一大批人才。作为文化传播载体的文化人士的西进、互动,提升和丰富了西部地域文化的内涵,这一点由此得到了进一步佐证。与此同时,地域文化也对客居西部的文学艺术家产生了很大的影响,因为文化的影响是双向的。说到这一点,著名的"九叶诗派"诗人唐祈和"西部歌王"王洛宾不能不大书一笔,前者将西方的诗歌形式与本土文化相结合,创造出了充满西部风情的"十四行诗";后者搜集、改编的西北民歌风靡至今,之所以会如此,缘于他们对西部本土文化的发现和传播,以及西部文化本身的魅力。

唐祈(1920—1990),"九叶诗派"诗人,原名唐克藩,祖籍江苏省苏州市,出生在江西南昌,毕业于西北联大文学院历史学系。历任兰州省立工专教师、上海《中国新诗》编委、《人民文学》小说散文组组长、《诗刊》编辑、赣南地区作协副主席、甘肃师范大学(现为西北师范大学)学报副主编和西北民族学院汉语系主任、教授。1938年开始发表作品。著有诗集《诗第一册》《时间与旗》《北大荒组诗》《西北十四行诗》《唐祈诗选》以及诗合集《九叶集》《八叶集》等,主编了《中国现代新诗选(1917—1949)》《中华民族风俗辞典》等,有多部论文如《论中国新诗发展及其传统》《在诗探索的道路上》和收入《1978—1982中国新文艺大系·理论集》的《论公刘近年的抒情诗》等。虽然《九叶集》这本"九叶"诗人的诗歌合集出版于1981年,但"九叶诗派"(又称"中国新诗派")作为中国现代文学史上的一个重要的现代诗流派,早在1948年的中国诗坛就已形成。他们是"40年代后期形成的一个追求现实主义与现代主义相结合的诗歌流派。以《诗创造》(1947年7月创刊)和《中国新诗》(1948年6月创刊)等刊物为主要阵地,聚集了一群以辛笛、陈敬容、杜运燮、杭约赫(曹辛之)、郑敏、唐祈、唐湜、袁可嘉、穆旦(查良铮)为代表的'自觉的现代主义者'"[①]。文学史家黄修己早在1984年出版的《中国现代文学简史》中就对"九叶诗派"的创作实绩做出了比较中肯的评价与分析:

> 由于不同程度地接受了西方象征派、现代派诗的影响,运用这些流派

---

① 朱东霖、丁帆、朱晓进:《中国现代文学史(1917—1997)》(上册),高等教育出版社,1999年出版,第300页。

的技巧、手法写诗,风格比较接近,因而互相认同,形成了一个流派("九叶诗派"——引者加)……在新曙光已在头上时,这批年轻诗人不再像过去象征派、现代派诗人那样,沉湎在个人感情的小天地里,他们也要为时代报晓……他们不再把自己拘囚于现代派内,表现了食洋而化之的趋向,他们也用浪漫主义甚至现实主义的方法。尽管也在个人感情的园地里挖掘,却已能将内心向外开放,使与广大人民的情感相融,为人民而歌。①

九叶诗人在诗坛出现较晚,而且处于社会大变动的前夜……虽然九人中没有一人能有李金发、戴望舒那样的名声,但在吸收、运用西方象征派、现代派艺术,使之逐渐具有中国的性格,却显然后来居上,他们共同创造的成就,已超过30年代的现代派,更不用说李金发了②。

在诗人唐祈抗战前后和40年代末期的艺术追求中,我们看到了这一"超现实主义"的努力,如诗人愤怒控诉残酷社会现实的《女犯监狱》《挖煤工人》《严肃的时辰》等诗歌,"强烈的痛苦和炽热的战斗情感由敏感、沉着、深隽的艺术心灵将它转换成诗",诗人敏锐、准确的洞察与捕捉,真挚而沉着的声音,"使诗中的现实出现在艺术的超现实的照明中,因而突出了它的真实性,给人以比现实更真实的艺术感受"和震撼力,而且,这也在唐祈的诗歌主张中找到印证,他"多次向他的诗友们说单纯的模仿现实的狭义现实主义创造观是不可能真正表现出现实的真实性和丰富性的内涵的,只有以现代主义现实主义为基调,糅进象征主义才能表现现实的深度。"③同为"九叶诗派"诗人的郑敏对唐祈创作于1948年的长诗《时间与旗》给予了高度评价,在这首诗里,"战斗、反抗、愤怒,完整地有力地转变为艺术,以它不朽的魅力,至今能无愧地屹立在中国现当代诗林中"。它"无论从艺术和思想深度、感性的丰富和情绪的激荡都远远地超出于40年代的中国新诗的平均水平",只不过,很长一段时期"这样一首中国式的现代主义长诗没有得到应有的注意"④。

唐祈是以南方诗人审视北方文化开启他的诗歌之旅的。1938年,因为父亲调到兰州邮局工作,唐祈与母亲、弟弟随后从南昌来到甘肃。西部六年的生活,他经历了抗战,读完了大学,漫游了甘宁青一带的草原。在"诗歌的海洋"

---

① 黄修己:《中国现代文学简史》,中国青年出版社,1984年出版,第532页。
② 黄修己:《中国现代文学简史》,第537页。
③④ 郑敏:《唐祈诗选·序》,唐祈:《唐祈诗选》,人民文学出版社,1990年出版。

西北高原,形成了他早期独特的抒情诗话语体系——清丽新鲜的西北牧歌,他笔下的西部风情画,充满了浓郁的色彩、单纯柔和的美和无拘无束的抒情。时过半个世纪,唐祈回忆起当时的情景仍然掩饰不住内心的激动和深情:

> 西北高原,那是个赋予人以想象力的地方,草原上珍珠般滚动的马群、羊群,黑色的戈壁风暴,金光刺眼的大沙漠,沙漠深处金碧辉煌的庙宇,尤其是草原的帐幕中,我从来也没有度过那样美好的夜晚,也从来没有歌唱和笑得那样畅快过。从藏族、蒙古族妇女的歌声中,我感到一种粗犷的充满青春的力量,正是这种青春力量,强化了我年轻时的欢乐和哀愁,赋予了我为追猎自己理想从不知退却的胆量,使我在相隔若干年后,仍然要在西北十四行诗里抒唱它们。[①]

在西部六年,他漫游了甘宁青等少数民族地区和西部草原,西北少数民族的民歌、史诗、传说和民俗风情滋润着年轻诗人的心灵,这一切不但开阔了他的艺术视野,而且滋养、激发了他的艺术灵感,使他的心"沉入了诗海的深处"。于是,他将古典传统、西方十四行诗的形式与西部民歌、牧歌互渗互融,终于化合出了蓄满西部色彩和情感的"中国式的十四行诗",如《蒙海》《拉伯底》《仓央嘉措的情歌》《旅行》《游牧人》《仓央嘉措的死亡》《十四行诗给沙合》等。"看啊,古代蒲昌海边的/羌女,你从草原的哪个方向来/山坡上,你像一只纯白的羊呀/你像一朵清净的云彩//游牧人爱草原,爱阳光,爱水/帐幕里你有先知一样遨游的智慧/美妙的笛孔里热情是流不尽的乳汁/月光下你比牝羊更爱温柔地睡//牧歌里你唱:青青的头发上/很快会盖满了秋霜/不快乐的生活啊,人很早就会夭亡/哪儿是游牧人安身的地方/美丽的羌女唱的忧愁/官府的命令留下羊,驱逐人走"(《游牧人》),丰富的色彩、生动的画面、动情的回忆跳动在诗行间,就像牧人在弹奏一首抒情的歌谣;但乐章一转,悲音声起,民族间的倾轧、压迫却使美丽的羌女唱出了忧愁的歌:"哪儿是游牧人安身的地方"?为什么会有"不快乐的生活"?唐祈此间的十四行诗,将隐约可辨的西部民族文化、民族气质糅进了自己的歌唱,不仅使其成为具有鲜明地域色彩的风俗画、风情画,而且为其赋予了浓郁的现代意识和具有历史纵深感的人文思考。那个"来自遥远的沙布尼林"的蒙古女人——蒙海,追随先人成吉思汗的

[①] 唐祈:《唐祈诗选·后记》,《唐祈诗选》,第180页。

灵柩来到了远离草原的兴隆山;为了心中至尊至上的佛,拉伯底走上了朝拜的不归路,"你从风雪的天山走到戈壁的夏日/荒凉的祁连山下有跪拜的脚迹/你抛弃了家人、房屋和七千头牛羊/一步步远了啊:记忆里故乡的南疆",最后死在了"异乡寺院的门外",实现了"最末一次向神祇膜拜"(《拉伯底》)。在这里,唐祈没有对虔诚的宗教信仰者给予简单化的处理,他只有充满幽思的抒写。在《仓央嘉措的情歌》《仓央嘉措的死亡》等诗歌里,他将一腔同情、悲怆的泪水洒向了那位为了自由、性情而歌唱的六世达赖仓央嘉措:"自由、自由刚在你身体内滋长/勇敢的僧人,你竟渴死在旷野上……"。唐祈认为,是西部少数民族独特的精神气质、优美生动的语言、丰富的想象、充满哲理和形象的格言谚语,给予了他"诗的真与美、想象的翅膀、即兴的灵感、夸张的比喻"[①]。不仅如此,独特的生活体验还告诉唐祈:诗人最好的作品是"他生活经历中留藏在内心深处的形象结晶","这种意象的独创性几乎是独一无二的,是别人所不可能重复的"[②]。

可以说,唐祈是西部文化与现代大学教育共同哺育的现代诗人。他幼年即受西方文化与中国古典文化的双重影响,教会学校——私立豫章中学的西化教育,以及家庭教师与知识分子母亲的古典文化的熏染,是他最早的文学启蒙。之后的高中生活,使唐祈有机会广泛接受了五四以来的新文化和各种启蒙思想,大量阅读了鲁迅、巴金、艾青、何其芳、卞之琳等新文学作家以及外国的拜伦、雪莱等人的作品。1938年以降,随父亲工作调动而寓居兰州的唐祈,在这里结识了诗友陈敬容、沙蕾、夏传才、赵西等人并先后考入了甘肃学院和西北联大。虽然西北联大文学院的教授阵容没有西南联大那样显赫,但是,她同样云集了一批重量级的名教授,如积极参与倡导五四白话文运动的著名文字学家黎锦熙,教授《作家论》《各体文习作》《文学概论》的杨晦,教授《英诗》《法国现代文学》的盛澄华。他们带给学生的不光是现代学术的训练,更重要的是"自由之思想,独立之精神"的大学精神的熏染以及民主科学等五四新文化的影响。

唐祈充满深情地回忆了西北联大对于他的影响:

  在西北联大四年,我依然把深藏在内心的"诗歌的海洋"带来了。联

[①] 唐祈:《唐祈诗选》,第197—199页。
[②] 唐祈:《唐祈诗选》,第204页。

大……弥漫着北大所固有的学术思想自由和诸子百家争鸣的传统气氛。这对我们喜爱文艺的学生非常有利①。

从巴黎归来的盛澄华对法国作家纪德、诗人艾吕雅和阿拉贡有独到的研究,最令唐祈难忘,他说:

> 我经常在课外到他家向先生请教,他对欧美前期现代主义既有深刻的分析研究,对后期又有敏锐的感受,对法国浪漫主义的得失利弊也多所阐发,启发我们从比较、分析、鉴别中得出实事求是的看法。我所尝试的中国式的十四行诗,他在内容、形式、音韵、结构等等方面,都耐心给予指导,使我慢慢探索到它完全有可能移植(经过改造)成为中国新诗的形式之一。后来我运用这个形式写了不少西北十四行诗②。

盛澄华还深深地影响了唐祈的创作观和艺术主张,即诗歌内容、形式、技巧上的完美结合,以及艺术创新是诗歌的生命等。如果说,西南联大的穆旦、郑敏、袁可嘉、杜运燮等诗人对西方现代派的接受,主要来自冯至、卞之琳、威廉·燕卜荪等教授的影响,以及西南联大良好的中西学氛围,那么,西北联大的盛澄华等学者引领唐祈徜徉在西方古典诗和现代派的海洋,从而使他在艺术创新方面取得了与穆旦等人殊途同归的成就。但是,这只是中国现代主义诗歌得以发展的因素之一,"九叶诗派"等中国现代主义诗人的成功还在于他们对于现实社会的深刻把握和体悟,以及诗人形象思维、生活经验、艺术创造的完美结合。于1938年起寓居西部六年的唐祈,受到西部多民族文化的浸淫、养育,随后于抗战后期来到国民党统治区,与辛笛、陈敬容、杜运燮、杭约赫、郑敏、唐湜、袁可嘉、穆旦会合,他们共同的创作特点是:在现实的冲突中苦苦思索人生的意义,努力表现人的生命意识,并对人生现象进行哲理思索。他们强调忠实于各自心中的诗艺。在创作过程中,他们首先是寻找与心灵相通的对应物,通过对应物的客观冷静的描写,注重内心世界的反映,让客观对象透视出个人的感受。正如唐祈在谈到自己诗歌创作观念变化时说的,"我不像早年诗里那样只注重抒情,我认识到了人生现实的复杂和深邃","我摆脱了现实主义的反映论,和对生活现象简单的摹写,把象征和现实糅合在一起,

---

①② 唐祈:《唐祈诗选》,第199页。

打破通常的时空观念,注重诗的艺术逻辑和艺术时空,运用思想知觉化,通过感觉来表现内心经验"①。所以,中国现代新诗在"九叶诗派"诗人的创作中完成了它的移植、探索、试验的历程最终走向成熟,一方面与新诗发展的历程有关,另一方面与"九叶诗派"的诗人所受的多元化文学教育、现实的刺激和影响、民族文化的哺育有关。从唐祈早期诗歌风格形成的背景来看,既得益于系统的学院派文学教育,也来自生活的馈赠,二者是密不可分的。

在唐祈执着的一生中,唯一不变的是他对诗歌的追求和艺术主张的坚守,虽然他曾经被白色恐怖追逐,也曾被"左"的旋风卷到冰天雪地的北大荒、被踏倒在泥沼中,但他一直保持着敏感和正直,他"所写下的诗就是他的肉体,那上面有深深的鞭痕,也有短暂的欢乐;有愤怒,也有奇迹般生存下来的希望"②。即使在北大荒放逐的日子里,在滴着血的《黎明》一诗中,他的诗给人以"拧紧心灵的压抑和沉痛"(郑敏语)。"呵,即使流放在祖国的土地上/我也愿以无罪的血滴/化成你春天溶溶的浆液"(《土地》),难道这是一种誓言?在《短笛——一位青年画家的"检讨书"》中,唐祈倔强地写道:"我用一柄废弃的草镰/七个夜晚磨成一把小刻刀",在刨地捡来的树根上"刻成跃动的麋鹿和飞鸟的木雕/麋鹿满载我对真理深深的信念","我用一个老犯人临死用过的竹棍","削成了一支短笛,虽然笛管很粗糙/我吹奏出黄土高原上的民谣","我的嘴唇吹出丝丝鲜血/仍抑制不住我心中的希望如火焰般燃烧"。最有生命力度的是最后几句,"即使犯了天条,我一件也不上交","我的这些雕像、竹笛和刻刀","如果我像歌唱家那样无声地死去/请允许我以这首短诗作为我的检讨"。这首诗写于1959年8月的北大荒流放的日子,充溢在诗人内心的是不屈服,是抗争,是生命的力与美,是一种尊严和决绝,至今读来仍然令人荡气回肠、热血沸腾。这就是那个文气而又充满个性的江南才子,他吮吸了西北高原多民族文化的乳汁和西北粗粝的风霜,使他在40年代末的白色恐怖中不屈地抗争、呼号与批判,在1948年创作《时间与旗》,提前宣判一个旧时代的结束,欢呼"一个巨大的历史形象完成于这面光辉的/人民底旗"。因此,我们就能理解为什么唐祈在"归来"后的1979年毅然决然回到兰州,找回年轻时写诗的"基地"固然是一个重要的原因,但更为隐秘的原因是作为一个纯粹的

---

① 唐祈:《唐祈诗选·后记》,《唐祈诗选》,第182页。
② 郑敏:《唐祈诗选·序》,唐祈:《唐祈诗选》。

诗人,西北高原的土壤更适合于他。"从大西北开始,又回到大西北。唐祈像一个获释的无辜者,走出冤狱,饥不择食地赞美着一切自由的生活,他以不平常的热情和延宕的青春歌颂着大西北,来补足他对生命的迟到的热恋"[1],直至生命终结。唐祈这一时期创作的大量"西北十四行诗",风格独异,更加深沉、含蓄而又充满力量,完全洗却了早期西北牧歌的惊异、迷惑和亮丽色彩,多了几分沧桑和神秘。在这段岁月里,他除过自己纵情吟唱外,还一直专心于文学和美术教育,为培养新一代各民族青年诗人而努力。正是因为他的培育和影响,西部兰州才会成为一个现代新诗的创作高地。正如郑敏说的,"当开放的年代到来后,唐祈在他的西北讲台上从来不放弃鼓励青年诗人进行艺术尝试,也通过讲学和交流和老、中、青诗人切磋诗学","对青年诗人自北岛起一直到'第三代'都进行过为他们登上诗坛开路的帮助,这些都说明唐祈对中国新诗的繁荣的关怀是很少个人意识的。"[2]诚哉斯言。

30年代末,年仅二十多岁的**王洛宾**(1913—1996)来兰州参加抗日宣传,是西部文化成就了他作为音乐家的地位。在一次慰问演出的联欢会上,运送苏联援华物资途经兰州的新疆维吾尔族司机随意唱了一首吐鲁番民歌《达坂城》。尽管歌词是用维语唱的,但那优美的旋律却深深地打动了王洛宾。经过对歌词的采集、整理,由王洛宾再创造的全国第一首汉语译配的维吾尔族民歌《达坂城的姑娘》终于在兰州面世。西部民歌艺术丰富的文化内涵引起了王洛宾的极大兴趣,随后他奔赴青海、甘肃等地,整理、改编、创作了《在那遥远的地方》《阿拉木汗》《半个月亮爬上来》等西部民歌,一时四处传唱,风靡海内外。"西部歌王"王洛宾的例子说明了一个道理,对地域文化施加了影响的文化人士同样受地域文化的塑造和影响,正是这二者的交融和作用,才促进了文化的交融和传播。

---

[1][2] 郑敏:《唐祈诗选·序》,唐祈:《唐祈诗选》。

第二章 人的觉醒与西部新文学的成长期

（1949—1979）

1949年以后的中国文学一直处于两种情结的交织之中。如果说对旧世界、旧时代的血泪控诉和怨恨缘于中华民族近百年来的屈辱史以及个体心灵的创伤，那么，由此唤起的对统一的民族国家的渴望和成为国家主人的欣喜与感恩，便成为"新时代""新国家""新人"无法拒绝的集体认同和深刻记忆。因此，当阶级化了的"爱"与"恨"使整个民族情绪被高扬的社会主义理想和历史怨恨所笼罩的时候，由此形成的缔造新的民族国家的价值伦理，即统一的民族国家的理想，就不仅要超越与之处于冷战和敌视状态的西方，而且要超越传统并清洗旧时代的印痕，"在一种充满激情的自我革新行动中来抛弃它的过去"[①]。正是在这一话语背景下，经过时代熔炉不断锻造成长的"新人"典型遂成为这一时期文学的主人公，它不仅"用以作为'新人''新话语''新国家'的代表"和"'新国家''新话语'奠立合法性的'人证'"[②]，而且，它的解放和崛起本身就是对旧时代的一种否定。正如樊国宾在其博士论文《"主体"之生成——当代成长主题小说研究》中说的那样，新时代中国的文学常常"通过一个即将广为人知的'成长'故事来召唤那些尚未成为'主体'的读者，这种叙事想象把个体的成长与国家的命运绑束在一起"，具有"影响群众的想象力"和"大规模动员群众"[③]的魔力，而这正是这个时代所需要的。

这一话语模式同样适用于新时代的西部文学，尽管西部各民族的历史境遇不尽相同，但是"人"的多重解放和"人"的"成长"是一致的，都是通过各式

[①] ［加］谢少波：《抵抗的文化政治学》，中国社会科学出版社，1999年出版，第108页。
[②][③] 樊国宾：《"十七年"成长小说兴起的深度溯因》，《当代作家评论》，2002年第5期。

各样的"新人"形象的塑造来得以实现的。所以,无论是西部少数民族打碎枷锁的人的觉醒,还是"西进热潮"中的西部"战歌"和"牧歌",都以浓郁的民族色彩、充沛的时代激情、成长中的各色"新人",完成了对西部社会的全方位观照与文学叙述,共同汇成了多民族的混声合唱。渗透在文学中的风俗画和民族色彩,以及建设边疆、开发边疆的理想与"新人"成长的实践,将客居作家与本土的各民族作家紧紧地联结起来,因为,这既是西部的馈赠,又是时代的贺礼。在这一空前的民族大融合的历史语境中,客居作家把西部当作第二故乡,将民族文化的营养融入了自己的血脉,大量吸取少数民族史诗、民俗、民歌和历史文化的养分;少数民族作家也敞开胸怀,主动接纳以汉文化为主体的其他民族文化,并用母语和汉语进行双语写作,加速了民族文化间的相互传播。由此带动和实现的多民族文化的传播与交融,洗却了昔日的文化被动,成为以汉文化为主体的农耕文明、现代都市文明与西部游牧文明之间的大规模主动接触和融汇。

对于这一划时代的变革,西部少数民族作家感受最为强烈,所以,他们情不自禁地用"天亮了"来比喻新时代的中国:

> 天亮了,朋友/看,天亮了/生活沸腾/世界震惊/人民欢呼着/喜悦在心头跳动……黎明/射出万道金光/天空中/乌云消散/山岗和乡野/大口呼吸着/呈现出 一片狂欢……曾在悲哀中恸哭的高山/也伸开躯体/迎接黎明/冰雪覆盖的大地/滚动着/翻了个身。
>
> ——(维吾尔族)艾勒坎木·艾合坦木

这一充满象征意味的表述,传达的正是新时代西部的进行时。昔日蛮荒的西部被唤醒,到处充满了生机与青春的活力,到处是欢歌笑语的海洋,这是真实的社会景观和时代精神所奠定的新时代西部文学的基调。除去了枷锁的翻身农奴和被压迫者成了新时代的主人,他们发自心灵深处的歌唱,既有对罪恶的农奴制和封建专制的控诉与抛弃,又充满了对新时代的感恩:"今天我纵情歌唱/这歌声发自肺腑、出自心上","党啊,人世间光辉的娘亲",使"我脖子上套着绞索的民族","在您的怀抱里重生"(伊丹才让《党啊,我的阿妈》);"从小毡房走向世界啊/我自由地在天空飞翔/我享受到平等的权利/和其他任何人一样"(库尔班·阿里《从小毡房走向世界》)。这里的"翻身乐"和"幸福情"绝不是一种夸张的感情宣泄,而是长期备受压迫民族的"人"的觉醒和发自心灵的呼唤。因为是新生的人民共和国最终消灭和废除了残余在中国大地上的农奴制和封建专制,从而一举解放了在皮鞭和枷锁下生活的"人"。与此同时,和这一"翻身农奴把歌唱"相伴随的还有客居作家的"战歌"和"牧歌",这就是1949年以后随着人民解放军进藏、进疆的解放步伐而掀起的建设边疆、支援边疆的"西进热潮",它们共同汇成了这一时期西部的多民族混声合唱。边地风光的吸引、时代的召唤和现实的责任、历代边塞建功立业传统的挑战等所铸造的时代精神,召唤着一批批正在"成长"的建设者涌进了雪域高原、戈壁大漠,他们不但用血肉之躯筑起了联结川青藏的"金桥玉带",使石油城、工厂、医院、学校等现代设施在浩瀚的大漠深处崛起,而且也将自己锻造成了一个合乎时代需要的"新人"。

所以,新生的西部应和着新生的中国,展现给人们的既是充满浪漫与激情的油画,又是风情万种的"战歌"与"牧歌",洋溢着生命的律动与时代的光彩。从此,挣脱了阶级压迫并获得新生的各民族"人"的觉醒与"新人"形象的塑造,同崛起的新西部的描绘,成为这一时期西部文学的主旋律。无论是充满地域色彩的风景画、风情画、风俗画的抒写,还是对成长中的"新人"形象的塑造,都打上了鲜明的时代与民族的烙印,这就是革命浪漫主义与现实主义的结合对这一时期西部文学的影响。

第一节 西进热潮中的"战歌"与"牧歌"

在展开新时代西部文学的叙述之前,首先要解决的是一个认知问题,这就是1949年以后的"西进热潮"与历史上任何一次拓疆、拓边运动存在着本质的区别,这既是中国民族关系史上的一个历史性的转折,也是准确描述这一时期西部文学生态的一个关键问题之所在。

在西部多民族的历史形成过程中,无论是被动的求和、对立,还是主动的战争状态,中原政权与西部少数民族之间一直贯穿着一种无法放松的紧张感。公元前138年的张骞出使西域,肩负的是汉朝政府远交近攻对付匈奴人的使命。而由此得以凿通的丝绸之路,在成为通向中亚、欧洲的商道的同时,也使中原政权背上了一个从此再也放不下的包袱,这就是西部边防的拓展所带来的日益膨胀的经费开支。从此,军士屯垦、官员贬谪、罪犯流放、被动移民作为戍边政策被确立。因此,中原农耕文化的向西传播主要依靠兵路、官路、商路以及流放和移民之路来完成,缺乏主动性是显而易见的。所以,历史地看,中国古代西部疆域的拓展与西部各民族间的关系,一直是在游牧民族和农耕民族的经济依赖关系中被动实现的,长期以来一直纠缠于"战"和"抚"的状态。只有在20世纪中叶,随着民族独立而实现的各民族解放与统一的民族国家的出现,才彻底结束了西部封建农奴制的残余统治、列强虎视眈眈的侵略,以及频繁的战乱和动荡的局面,从而使其进入了一个新的历史时期。就新时代的"西进热潮"来说,它给予西部多民族地区最大的影响莫过于"人"的解放的多重实现。首先,人民解放军的进藏、进疆,推翻和消灭了残酷的封建农奴制,使西部少数民族从此挣脱了阶级剥削和民族压迫,人身自由的获取与"人"的意识的苏醒,使各民族人民的解放与主人翁地位的确立得以全面实现。其次,与之相伴随着的建设边疆、开发边疆运动,又使"西进热潮"赋予了另一种内涵,这就是从严酷的自然条件中实现对西部的解放。青藏、川藏、甘青等公路的修通,兰新线、包兰—京包线、兰青线等铁路的通车,使自古以来的"天堑变通途",世代制约西部发展的交通问题得到了初步解决;玉门、柴达木等油田的开采,电站、工厂、医院、学校等基础设施、现代工业、文化机构,在雪域高原、在大漠戈壁深处一座座拔地而起,使西部民族地区从此结束了封闭、落后的自给自足的状态;再次,在此基础上进行的民族文化间的大规模交融,以及内地农耕文化和现代都市文明的主动西向传播,不仅谱写了新的民族关系史,而且彻底改变了以往汉文化被动西向传播的格局,推进和加速了西部多民族文化形态的重新构建,使西部"人"的解放又进入了另一个新的层面。所以,1949年以后的"西进热潮"对西部社会的影响,与历史上任何一次拓疆、拓边运动存在着本质的区别。

既然如此,那么这一特殊的历史背景所制约的西部文学与以往的西部文学又有什么不同呢?总的来看,它不可避免地在文学主题与叙事策略的选择上受两股思潮的影响:一是"西进热潮"对西部社会的参与和西部文化对它的影响,这是新时代西部文学产生的原生态和底色之一;二是50—60年代统治文坛的政治话语与主流意识形态影响了此间的西部文学,使之留下了鲜明的时代烙印。由此看来,用"诗史"来概括这一时期的西部文学的特征是顺理成章的,因为它真实地记录和书写了这一特定历史时代,是一段无法割裂的用"诗"书写的历史。所以说,这一时期西部文学无论是创新还是局限,都是一种历史给予的客观存在。对此,学者余斌给予了十分精辟的评价,他认为:50—60年代以后掀起的"西进热潮"所带动的"汉文化的西向传播是以新的面貌出现的,是以历史上不曾有过的面貌出现的。确切地说,这一时期的文化传播与革命思想的传播是二位一体的,文学向'政治'的倾斜是十分突出的。离开了当时的历史条件,就不可能了解那一时期文学的本质特点"①。针对研究界对新时代西部文学价值的众说纷纭,余斌谈了自己的看法:

> 西部地区的文学传统源远流长……仅就本世纪(指20世纪——引者注)中叶以来的文学而言,其作品,其价值,也不能低估。闻捷、李季、徐怀中,以及各民族的许许多多作家们,都为文学的西部做出了自己的贡献。他们的许多作品至今仍不失那个时代赋予的魅力。传统有传统的价值。50—60年代以来的那一代作家的许多作品,将随着时间的推移而显出它们独具的认识价值,成为后人无法复制或模拟的善本②。

为什么这样说呢?因为一个时代有一个时代的文学,文学作品的产生与发展无法超越特定的历史条件和文学生态的制约,具有不可替代性。"文变染乎世情,废兴系乎时序"(刘勰《文心雕龙·时序》),揭示的正是这一文学变革的规律。但是,余斌在肯定其独有的"认识价值"的同时,在随后的叙述中笔锋一转,毫不避讳地指出了新时代西部文学的不足之处,"其根本的弱点在于未能植根于西部的历史文化土壤,有明显的意识形态移植痕迹,即使像徐怀中、闻捷这样优秀的代表性作家也难例外"。这一批评大致是符合历史实际的。

对于新时代西部文学的图景,李季、闻捷的《诗的时代、时代的诗》③给予了理论上的描述,这既是当时的历史条件和文学生态,也是对新时代文学的艺术总结。李季、闻捷认为:在"诗的时代"里,人的思想改造和成长是与自然的改造同步进行的,伴随着"征水战山,降龙伏虎,向大自然展开猛烈的进攻"的社会主义建设,是一场缔造"新人"的全民思想改造运动。而所谓成长的"新人",就是不断地摆脱和消灭"小我"与"个体"的影响,在内心彻底接受社会主义理想的人。他们甘愿成为民族国家这一战车上的螺丝钉,将自我的发展融

---

① 余斌:《中国西部文学纵观》,青海人民出版社,1992年出版,第98页。
② 余斌:《中国西部文学纵观》,第115页。
③ 李季、闻捷:《诗的时代、时代的诗——在中国作家协会第三次扩大理事会上的发言》,《红旗手》(甘肃),1960年第8期。

入时代和民族国家的需要,时刻听从党和国家的召唤到社会主义的广阔天地奉献和燃烧青春。随之,当这一时代话语逐渐通过媒介和文艺作品的宣传被有意地意识形态化之后,"小我""个体"便从此成为一个足以让人感到可耻的字眼,被彻底挤压出了人们的心灵世界。因为成长主题与成长模式不但是评价一个人进步与否的标志,而且已成为衡量人们道德是否高尚的伦理标准。李季、闻捷还进一步阐述了对"诗的时代"的浪漫主义概括:

> 人民沿着万里长城的废墟,营造一条三千里的绿色长城,植树大军摆开了威武的战阵,向浩瀚的戈壁,向沙漠的腹地挺进。
>
> ……人民指点江山,铁轨与黄羊并头奔驰,筑路的人流随着欢乐的汽笛,穿过戈壁向西涌去,劳动的歌声跟着云际的雄鹰,越过高山向西飘去。

所以,这一"人定胜天"的"英雄辈出的时代",是"充满革命浪漫主义精神的时代,是富有诗情画意的时代"①。那么,与新时代的主潮紧密相关的西部文学——"时代的诗"——又是怎样的呢?李季、闻捷这样写道:

> 我们的诗必须为工农兵服务,发挥阶级武器、党的工具的战斗作用……歌唱工农群众创造性的劳动、无穷的智慧和不断革命的斗争精神,就是歌唱了我们生活的本质、我们社会的精神、我们时代的特征。

很明显,文学应该密切关注和"歌唱"劳动者的劳动和创造这一"生活的本质",因为这是时代精神之所在。但是,如果彻底将文学当作"阶级武器"并使之完全工具化,这不仅背离了文学艺术自身的创作规律,而且在一定程度上戕害、抑制了作家的创造性。新时代西部文学在这一点上也未能幸免,它在主流意识形态的影响下,同样经历了从50年代的文学"意识形态化"到"文革文学"的概念化、标语化这样一个路径,最终彻底走向极端——这就是反人性的文学和阶级脸谱的出现。因此,如果没有西部独有的风情画、风俗画、风景画的映衬,没有西部各民族人民的艰难解放和成长历程的书写,那么,这一时期的西部文坛必然和全国文坛一样萧条和黯然失色。

"西进热潮"中最初进入作家视野的是西部的解放者和建设者的面影。诗人**高平**(1932—),山东省济阳县人。1951年随军进藏,1958年起到甘肃

---

① 李季、闻捷:《诗的时代、时代的诗——在中国作家协会第三次扩大理事会上的发言》,《红旗手》(甘肃),1960年第8期。

工作，曾任甘肃省作协主席。他以一首激情豪迈的《打通雀儿山》，抒写了人民解放军——藏族人民的金珠玛米的英雄气魄，使浓郁的革命浪漫主义激情得到了充分的张扬。"雀儿山"是一座怎样的山呢？诗歌这样写道："提起雀儿山/自古少人烟/飞鸟也难上山顶/终年雪不断/地冻三尺深/乱石把路拦"。但为了开辟川藏线、青藏线以造福藏族人民，进藏的解放军却怀着"铁山也要辟两半"的大无畏的英雄气概和坚忍的品质迎难而上。虽然自然条件异常恶劣和艰苦，战士们只能"天当被地当床"在雀儿山上扎下营寨，可诗人的抒写却充满浪漫的想象。从艺术的角度看，除过激情和理想的张扬外，《打通雀儿山》这类在当时比较流行的作品根本就不能算作"诗"。但是，作为特定时代、特定历史条件下的产物，它铿锵有力的节奏，如吹响的时代号角和擂动的进军战鼓，传达的却是一种将主体自身融入时代变革的斗志、精神和勇气，而这又是洋溢在新时代中国的时代精神。随后出现的《致田野》一诗没有简单复制上面的主题。在诗人丰富、大胆的想象过滤下，扎根边疆的"成长者"的献身情怀通过"我"这一抒情主人公，得到了豪迈、有力而又淋漓尽致的体现："假如我的头发能变成垂柳/我要叫它在这里生根"。如果说这一时期的文学创作存在着题材因素的局限的话，那么，在另一首描写新型民族关系的《阿妈，你不要远送》中，非文学化的因素就明显有所减弱。修路战士与藏族阿妈难舍难分的人间真情流溢在字里行间，战士们深情地回忆着军民情谊：

> 多少下雪的日子/你给我们送饭送茶/多少寒冷的夜里/你在我们床前点起炉火/我们帮你开下的荒地/青稞已经发芽/我们播种的荞麦/将要在你们的门前开花。

而战士们永不停息的远行却正是为了"把这宽阔的公路/直修到祖国边疆"，使得"从拉萨的街道/到天安门广场/阿妈，你都可以自由地来往"，使"公路经过的地方/土地就和黄金一样/牛羊越来越多/姑娘穿上彩色的衣裳/孩子愉快地走进学堂/新的城镇亮起电灯/夜里也不落太阳"。这一点睛之笔，不仅使拓边者的豪迈激情得以张扬，而且使一个民族国家的理想和新时代的主题得到了升华并具象化。尽管如此，高平依然不是抒写宏阔题材的能手，他的才华更倾向于抒情和描绘具象事物。所以，虽然他先后在1955—1958年有《珠穆朗玛》《拉萨的黎明》《大雪纷飞》三本诗集问世，从不同视角反映了和平解放时期的西藏社会变革，但相比较而言，题材和艺术手法还是比较单一的。唯有长诗《大雪纷飞》堪称新时代中国文学的名篇,因为他通过一个藏族女子的悲惨命运写出了人的觉醒的艰难。

漫步在这"充满着爱情阳光的地方",藏汉军民共同架设的"金桥玉带"和新生活的气象,使随军进藏并把西藏当作第二故乡的汉族女诗人**杨星火**(1925—2000)发出了"叫我们怎么不歌唱"的惊叹:"辽阔的蓝天,雄鹰在飞翔/雪山下面有着无数的宝藏/在那鲜花开满的草地上/有着我们可爱的田庄,可爱的牛羊"。因为"从前搭着帐篷的地方也盖起了楼房/从来没有走过的雪山上修起了公路"(《叫我们怎么不歌唱》),所以,"相隔千山万水的各族人民/亲近得就像住在一个村庄"。那个出嫁到远方的藏族姑娘,她翻越雪山、大江走了"三十三天哟/才走进了新郎的帐房",可经历了漫长岁月的她,如今已白发苍苍,只要"想起遥远的故乡/泪珠儿滚满了眼眶",因为回去的路"山高水长"。突然有一天,"太阳照到了雪山牧场","她顺着公路回家乡啊/就像小鸟在天空飞翔/高原的风啊在耳边响啊/一眨眼睛就不见帐房/一会就翻过三座雪山呃/一会就跨过三条大江/太阳还没有落山啊/她就回到了自己的家乡",于是,"快乐使她的眼睛发亮/眼前闪耀着金色阳光/亲人们拉着她唱起最美的歌/她领着亲人跳起最美的锅庄/'有了这条幸福的路/我一年能回来三百六十趟'"(《幸福的路》)。战士的生涯和情怀、火热的边疆建设,使杨星火的作品洗却了女性文学的细腻情态,而代之以磅礴的气势、宏阔的视野、丰富而又大胆的想象,同时又不失阳刚与柔美的相得益彰。她不仅歌颂了进藏战士的奉献、牺牲精神,而且通过生动可感的人物形象与人物命运的诗化抒写,使新西藏的变化得到了艺术化的展示。

在河西走廊的玉门等戈壁深处的油田工地,诗人李季用诗歌记录下了这里正在发生的变化:"千万盏电灯驱走了祁连山的黑暗/森林般的井架竖立在你的河身两旁",开拓者要"在戈壁上建立起千百个繁荣的农场","把大戈壁建造成人世间的天堂"(《石油河》)。在李若冰的笔下,葛泰生率领的石油勘探队为了能为国家找到石油,顶严寒、冒风雪,跑遍了西部的戈壁、荒山。因为,他心里一直怀着"一种美好的向往",希望用自己的青春"唤起戈壁滩的欢乐、微笑和神话般的变化"。这位清华大学毕业的青年知识分子还说,他"越来越感到一种需要,一种力量,这就是党。他认为自己的成长,自己的思想和对生活的热望及勇气,都是党给予的。他要求党教育他,考验他"。葛泰生所表白的正是典型的接受改造、锻炼的思想和愿望,而这一愿望具有相当的普泛性,也可以说,这是具有时代色彩的"成长"者的共同追求,并日益成为他们性格的一部分。正如一位守卫战士说的:"柴达木没啥苦的,就苦吧,也没啥。只要柴达木开发了石油,这比什么都好。现在,咱们的国家,就是要把苦焦的地方变成人民的乐园嘛。"(《在柴达木盆地》)所以,将个体的追求与国家的需要相结合,是这一时期实现人生价值的必由之路。

面对新崛起的石河子城,一直在苦苦寻觅民族解放和富强道路的自由知识分子**储安平**(1909—1966),不由得在《新疆新面貌》①(副标题是"新疆旅行通讯集",共收了二十二篇报告文学)中抒发了这样的观感:

> 这儿本来是一片苇湖,然而现在却出现了一座新城,有了房子,有了花草,有了电灯,正如在那广阔的玛纳斯河流域大平原上,过去是一片荒滩,没有生命也没有财富,然而现在,在那些大平原上,开始生产着黄金色的粮食和雪一样白的棉絮。河水苏醒了长睡的泥土,拖拉机冲破了原野的寂静。这是一个巨大的变化,这是一个要永远记载在人类活动史册上的巨大变化。然而又为什么同是一片苇湖,同是一片荒原,千百年来一直没有任何建设,而今天竟然出现了一座新城?过去一直荒芜连年,而现在却开始成为国家的一个重要的粮仓和棉田?……这一切不因为别的,只因为我们有一个伟大的正确的党,它教育了并组织了人民和自然进行斗争,发展生产,改变历史面貌,把人们的生活、思想和社会的秩序、制度都推进了一步。

在访问了石河子的一家医院后,他这样写道:

> 当我参观着这些病房时,我心中的确怀有一种混合着感激、喜悦和安慰的复杂的感情。在共产党的领导下,人们的生活将逐渐得到改善,这已经不是宣传,甚或是一种理想:这是已经切切实实地实现了的事情……

从1954年夏天到1955年夏天,储安平在新疆走了大大小小二十多个地方,不仅用思想者的眼光记录了所见所闻的变化,而且用审美的笔调抒写了别样的新疆民俗风情。在《欢乐的库尔班节》一文中,详细地记述了他在伊宁度过的库尔班节,从节日的来历、穆斯林的大净、礼拜、跟随汉族领导拜节等仪式,对维吾尔、塔塔尔等民族的生活习惯、宗教信仰给予了准确、细致的抒写。尤其

---

① 储安平:《新疆新面貌》,张新颖编:《储安平文集》(下),东方出版中心,1998年出版。

是对节日中穿着盛装的女性的描写,不仅生动形象、传神,而且充满着独特的审美意蕴:

> 很多颜色和花色,在内地一般妇女穿不出、不敢穿的,这儿却是百花齐放,光耀炫目。那像石榴花的火红色,那像金子一样闪着光芒的金黄色,那像罂粟花一样的洋红色,那像铜锈生绿那样的浓绿色,而且配上一身是胆的大花式,带着咄咄逼人的气势,使你竟不得不停下步子来向她们夺目而视。另外,则是一些极其文静的色调……这一切,在你身边过去,又好像一阵清风似的使你感到一种凉爽的感觉。这儿的女子,她们常常兼具东方与西方之美:既丰满而又窈窕,既活泼而又柔和……

同样的时代话语与艺术化的观照也涌动在徐怀中、刘克、顾工、汪承栋、闻捷、碧野等其他客居作家笔下,只不过表达方式稍有差异而已。这都是对"西进热潮"或直观、或诗化、或形象的描述,也是对新时代中国从心底里产生的认可。由此可以看出,民族平等与人的多重解放,劳动者自由、幸福的生活追求,以及使蛮荒的西部变成繁荣、富饶、生机勃勃的"人间乐园",已不再是一个虚拟的、美丽的预言,而是作为新中国的现实追求和一个时代的理想嵌入了民族书写的血脉。西部正在掀掉荒凉、寂寥的帽子,成为建功立业、大有作为的广阔天地的象征,一时间吸引着人们从四面八方奔赴边疆,去锻炼去奉献,从而完成个体成长的历程。它所孕育的巨大生机,不仅动员和激发了劳动者所有的激情与潜力,而且使一系列和西部各民族生活紧密结合的"成长者"的形象,如藏族驾驶员、勘探队员、石油工人、电厂的藏族工人、女犁手、女拖拉机手、藏族女护士、维吾尔族纺织女工、突击手等新的形象出现在西部文学的画廊,成为新时代西部文学理想化形象的代名词和革命浪漫主义激情的滥觞,也成为中国新文学"成长主题"中绚丽、动人的一支。

于是,英姿飒爽的藏族女拖拉机手,像"黎明时一只孔雀/飞到驾驶台上/拖拉机高歌奔向田野/唤醒了雪山那边沉睡的朝阳/党给她理想和力量/还把'铁牦牛'交给姑娘/从此她那挤羊奶的巧手/要搬出一座座金色粮仓"(《女拖拉机手》);"高原上第一枝迎春花"——女犁手,一犁犁开垦的不仅是苏醒的高原沃土,还有那流传了千百年的女人不能犁地的旧传统:"谁说女不耕田,男不拔草/落后的习惯应该犁掉/谁说姑娘犁地不长庄稼/你要招来麦穗羞羞他",女犁手"坚定灼热的双眼/烧着焚毁旧思想的烈火"(《女犁手》)。这些都是寓居西藏数十年的军旅诗人、土家族作家**汪承栋**(1930—　)描绘藏族"新人"形象的诗句。他先后在短诗集《雅鲁藏布江》(1959年)、《边疆颂》(1960年)、《高原放歌》(1961)以及长篇叙事诗《昆仑垦荒队》(1960年)和《黑痣英雄》(1964年)中,全方位描绘了新西藏的社会变革。翻身农奴的自豪、成长的喜悦以及人的觉醒,在具体、生动、真实的人物形象塑造中完成,增加了人物的真实感。《黑痣英雄》的成功,并不在于它又塑造了一个反抗旧制度的英雄,而是写出了时代变革与人的觉醒的艰难。主人公从个人反抗到融入时代洪流的曲折转变和"成长"历程,使汪承栋对西藏民族解放的反映没有流于表面化。

与此相呼应的还有另一位进藏军旅作家。**刘克**(1928—2002),汉族,安徽合肥人,毕业于西南人民艺术学院,1949年参军进藏。在《央金》《曲嘎波人》《嘎拉渡口》《古茜和德茜》《巴莎》这五个短篇小说中,他通过农奴悲惨的境遇与苦难的命运,以及他们在反抗中历经劫难获得自由的事实,描写了农奴们的血泪史,并通过古茜、巴莎摆脱农奴制苦海的历险记,为藏族人民指出了一条获得自由之路:只有投身革命队伍才能获得人身自由,这在和平解放时期的西藏社会里是唯一改变命运的道路。此外,他还创作了大型话剧《1904年的枪声》、电影文学剧本《达赖六世的传说》以及中篇小说《古碉堡》《康巴阿公》《采桑子》《暮巴拉,雾山》等,从历史、现实多个层面透视了西藏社会变革的艰巨性。

《拉萨早上八点钟》是报告文学作家**黄钢**(1917—1993)传神、生动地描写"新人成长"的速写集。"新拉萨的建设者"是"西藏历史上出现的第一代现代技术工人",可他们在此之前曾是浪迹街头的乞丐。如今,拉萨市建筑工人、先进生产者旺杰,"戴着整洁的学生帽,穿着蓝白横条纹相间的运动衫和篮球鞋";他的母亲白章"戴着耳环,披着头巾,穿的是长筒黑胶皮套鞋,手提着她和儿子中午在工地食用的充足的午饭和盛上了酥油茶的、由天津制造的小暖水瓶,步伐矫健地走在所有上工人们的最前头"。等级制时代的农奴是农奴主手里"会说话的工具",他们没有权利戴礼帽、穿袜子、穿氆氇(手工织的西藏毛料)做的衣服,不能吃饱肚子、不准唱歌跳舞、不准互相之间通婚、不准穿与主人一样颜色的衣服,尤其没有资格穿黑色、绛红色的衣服。但是在埋葬了农奴制度的新西藏,"翻身奴隶们穿着五颜六色的氆氇衣服和讲究的长筒藏靴,他们不仅戴着崭新的藏族礼帽,有时还戴上从前只有僧俗官员才能戴的金光闪闪和镶上珠宝的头盔"。汽车修配厂的四级锻工拉珠,祖父、父亲被奴隶主活活打死,自己也不知被派过多少次无偿的差役,甚至差点被处以极刑。如今,他的妻子和三个儿子是电厂的工人,大儿子达娃参加了1959年的全国群英会,二儿子洛桑是先进生产者,女儿巴桑"已经学会了对磨损的机件进行金属喷镀"。每天早上八点半上工之前,拉珠"从工人宿舍到厂房,一路上拾起那些被抛散的螺丝钉与钢铁碎片",因为他是新生活的主人。

由于黄钢笔下的主人公从农奴到"新人"的成长过于简约,因此,从他们身上很难看出作为一个被奴役、被压迫者觉醒的艰难和脱胎换骨的历程。所以,闻捷、高平等作家笔下的巴哈尔、央金等形象的出现,为这一主题的深化作了一定的弥补与诠释,从而使人的解放深入到人的心灵世界。

1956年的春天,当诗人**闻捷**(1923—1971)看到十八岁的维吾尔族少女布沙热成为全国先进生产者时,他在散文《布沙热,我要为你唱一支歌》中写道:

> 布沙热,你是多么幸福呵……在天山南北的绿洲上,我曾经和许多像你妈妈哈特木汗那样年岁的人谈过心。她们一把眼泪一把鼻涕地向我哭诉,哭诉自己在旧社会遭受的不幸。那时候啊,女人不被当作人看待,女人像牲口一样被出卖,女人不能自由地走出大门,女人整日吞饮着眼泪生活。而你,布沙热,却是另一个社会的人……

来自喀什噶尔的布沙热立志要做"维吾尔族的郝建秀",她不仅跟着汉族女工苦学、苦练,学成了一名熟练的纺纱工,而且,她还从她们那里传承了帮助别人的精神,因为她始终牢记着她们"共同成长"的诺言:"谁先学会使用机器,谁就来帮助大家。"闻捷之所以如此激动,是因为他亲眼"看到了维吾尔民族的第一代纺织女工成长了起来",而这又是他一直密切关注的对象。从1949年随军进疆到50—60年代在甘肃工作,西部各民族的解放和新人的成长,一直是他诗歌的主要题材,也可以说,西部是闻捷诗歌的"血地"。从诗集《天山牧歌》(1956年)、《祖国,光辉的十月》(1958年)、叙事诗《东风催动黄河浪》(1958年)、《河西走廊行》(1958年)到长篇叙事诗《复仇的火焰》(1959—1962年)的出版,闻捷将他诗歌的青春留在了西部。这位1940年进入延安并随后开始文学创作的军旅诗人,将战士情怀和诗人的激情融入了他对现实生活的关注与审视,从而使其诗歌创作呈现出了鲜明的个性化风格。这就是:抒情诗的细腻、纤巧、清新、明丽,叙事诗的壮阔气势、雄浑格调,大气隽永的史诗风格,浓郁的民族风俗画色彩和俏皮幽趣的意境追求,以及整齐的音乐节律和民歌风格。

《复仇的火焰》作为民族解放的宏伟画卷,通过哈萨克民族"人"的艰难觉醒历程,描写了"人"在时代变革中的选择与人性的复杂。骁勇的哈萨克骑手巴哈尔是中国式的"葛里高里"(《静静的顿河》中的哥萨克骑手),作为一个不断成长的人物典型,其性格的复杂性不仅有现实和历史的印痕,也有自身的局限。一方面,他有骑手的勇敢、正直、善良、剽悍、机智的性格以及精湛的骑术,这表现在十三个骑手暴风雪之夜死里逃生的遇险和那场赛马叼羊的比赛,表现在他对头人养女苏丽亚悲惨境遇的同情上;另一方面,由于长期生长在头人的剥削下,"精神奴役的创伤"使他不可避免地陷入狭隘、自大、易冲动、头脑简单的性格怪圈。忌妒和虚荣使他与少年时的朋友、解放军干部沙尔拜发生言语冲突并动武,说出了"自从你一拳将我打倒在地上,你就是我永生永世的仇人"的话。而当真正的仇人——那个压迫、奴役众乡亲的所谓头人阿尔布满金和反革命首领乌斯满以"保教保命"的幌子煽动叛乱时,他竟然轻信并参加了反革命叛乱。其中还有一个重要的因素就是头人阻挠、破坏他与苏丽亚的爱情,并以虚假的允诺拉拢他,这是巴哈尔投身叛乱的一个主要原因。一个勇猛无比的骑手瞬间变成了狂热的好战分子,成了匍匐在头人脚下的奴仆与打手,只是为了娶苏丽亚,为了"部落和仁慈的首领"。头人的欺骗像魔鬼的咒语一样迷惑了勇士的心,任凭情人苏丽亚和朋友、亲人怎样劝导也无济于事。明明是一只迷途的羔羊,却说什么为了"拯救哈萨克去作战",并"愿意献出整个身心"。但是,巴哈尔毕竟不是铁杆的反叛者和统治阶级的一分子,他只是一个被蒙蔽了双眼的骑手,他根本不了解新政权的内涵,他存在觉醒的基础和可能,但需要时间与过程的磨洗。所以,当头人派他去杀死沙尔拜时,他反而将他放走:

> 头人派我今夜来会你/宰掉你这背叛教义的精灵/可是我想起童年的欢乐和痛苦/我便下不了这份狠心……沙尔拜伸出两只大手/一步一步地向巴哈尔走近/巴哈尔却将双手反藏在背后/一步一步地退向毡门——不,我不和叛逆握手/但是我钦佩你谈话的赤诚/假如你在战场上遇见巴哈尔/他的枪决不饶过仇人

由此可以看出,理智与感情的纠葛,内心的痛苦与矛盾,已开始侵入他的心灵。在跟随乌斯满、阿尔布满金叛乱的日子里,一种深入骨髓的惆怅、痛苦和无助使巴哈尔对自己的决定渐渐产生了怀疑。他日夜思念故乡的草原、帐房和亲人:

> 苏丽亚！倔强的苏丽亚/你为了爱情逃出了头人的牢笼/你如今孤独一人怎么生活/你腹中可饥身上可冷？

而最终加剧巴哈尔觉醒的还是现实的刺激，叛军首领乌斯满威逼阿尔布满金亲手处死他手下的牧人，阿尔布满金策马倒拖着两个牧人狂奔，"河滩那嶙峋的块石上/立时洒下两行殷红的血斑/骆驼刺撕裂牧人的老羊皮袄/风旋羊毛飞上了山巅//观看的人们双手蒙脸/仿佛一根骨头鲠住喉管/峡谷里只有流水低声地悲泣/山风轻诉无尽的哀怨"。队列里，巴哈尔的"泪水却像长流不断的山泉/他亲眼看到同胞的惨死/无数的疑问涌上心间……"渐渐觉醒了的骑手在痛苦中挣扎，他厌倦了流血和惨杀，用酒精浸泡着忏悔的泪，在经历凤凰涅槃式的焚毁与再生。因此，《复仇的火焰》成功描写了历史的真实与人性的复杂，既描绘了充满民族风情的历史画卷和草原美景，又写出了哈萨克骑手的艰难觉醒历程。尤其是饱满、生动的人物形象的塑造，充分体现了诗人在人物形象塑造上的艺术功力。正因为如此，诗歌对于巴哈尔合乎历史逻辑的觉醒历程的真实刻画，得到了研究者的普遍认同：

> 巴哈尔从受蒙蔽到开始觉醒，有他自己独特的道路……在一部分牧民中也是有代表性的。阶级觉悟的提高，绝非一朝一夕的事，有时候需要经历一个相当痛苦的过程。特别是像哈萨克族这样一个民族，有着深沉的宗教信仰，有着独特的风俗习惯，又历来身受反动统治的压迫之苦，他们的疑虑、猜忌，是难能很快消除的[1]。

还有论者对此给予了进一步解释，他们认为：巴里坤草原的叛乱事件与巴哈尔觉醒的艰难，除长期以来民族间的仇杀、不和、偏见与头人对奴隶状态的人们的钳制和压榨外，还有一个因素，这就是"党的民族政策还没有来得及普遍深入地被群众所理解，加上个别干部工作中的急躁、简单化的缺点，因而群众还没有普遍觉醒"，而民族分裂分子正是利用了这一复杂情况，欺骗并"裹胁一些没有觉醒的牧民，进行反革命叛乱"[2]。这是符合历史实际的评价。

进藏军旅作家**徐怀中**（1929—　），原姓许，祖籍河北省邯郸市。主要作品有中篇小说《地上的长虹》（1954年）、成名作长篇小说《我们播种爱情》

---

[1] 马铁丁：《激动人心的草原之歌——〈复仇的火焰〉读后记》，《人民日报》，1963年7月7日。
[2] 潘旭澜、曾华鹏：《评〈复仇的火焰〉》，《文汇报》，1963年12月23日。

(1957年)、电影文学剧本《无情的情人》、短篇小说《西线轶事》(1980年)等。他的长篇小说《我们播种爱情》和电影文学剧本《无情的情人》,是50年代中国文学最重要的收获之一。虽然人们历来褒贬不一,但是客观地看,它们还是写出了特定历史条件下的志愿支边者的成长与西藏各阶层人的人性的复杂。在西藏旖旎的风光和浓郁的风俗画中,以陈子璜、雷文竹、倪慧聪、朱汉才为代表的农业技术推广站的工作人员所"播种"的"爱情",不仅是将自己亮丽的青春和爱情献给边疆,为藏族人民送去先进的耕作技术,而且是在和平解放的西藏播种民族融和与社会主义的种子。所以,小说才意味深长地描写了工委书记苏易亲手掌管马拉播种机在田间的开犁仪式:

> 每个人的神情又都是那样振奋、严肃,每个人的眼睛都闪烁着光亮。要知道,播种机所播下的,是种子,同时也是每一个耕耘者对这处女地充满了希望的心!也是每个耕耘者所要献给祖国的这一壮丽高原的全部爱情!

正因为如此,在如火如荼的时代潮流中,徐怀中选取"农业技术推广站"这一看起来微不足道的事件,透视的却是和平解放时期西藏人民觉醒的历程,以及志愿支边者"成长""锻炼"的时代主题。"播种爱情"所蕴含的意义远远超越了历尽千辛万苦动员藏族同胞种植冬小麦的成功,因为它昭示了和平解放时期的藏族同胞逐步觉醒并走上集体道路的漫长历程终于萌芽。这在彻底废除农奴制并进行民主改革之前的西藏,是具有历史意义的"播种爱情"的结果。小说在人物形象的开掘上有他独到的一面,女土司格桑拉姆的形象既充满了历史感和现实的厚度,又有其性格复杂的一面,显得丰满、真实。作为更达的地方统治者,她不愿意失去自己的权力,所以,她对共产党的到来充满疑虑,态度也是傲慢的;但是,随着下层头人各怀心思的蠢蠢欲动,她愈加担心自己地位的不稳,于是又不得不接近新政府,希望借新政府的支持稳固自己的统治。因此,格桑拉姆就在这样的矛盾中逐渐若即若离地转向新政府一边。研究者认为:

> 小说写女土司的这种感情的变化,写得很细致。这是一个有着独特命运和性格的相当丰满的农奴主的形象,就其鲜明性和丰富性来说,在建国以后文学的人物画廊中,尚不多见[①]。

[①] 陈骏涛:《徐怀中创作漫论》,刘金镛、陆思厚、房福贤编:《徐怀中研究专集》,解放军文艺出版社,1983年出版,第76页。

同时,作家对苗康这个人物的处理,印证了前面谈到的"新人成长"的路径。志愿支援边疆的兽医苗康,当他将自己的人生追求与国家的需要相结合的时候,他工作积极,心情欢快,也赢得了同事倪慧聪的爱情。但是,当他面对困难、危险表现出埋怨和唠叨,甚至产生消极的工作态度时,这一切却给他带来了灭顶之灾,因为他的"个人主义"从根本来说是与整个时代的价值伦理相违背的,等待他的必然是众叛亲离和无情的抛弃。小说在一个极具深意的细节中暗示了苗康的命运。当倪慧聪被土匪枪伤住院治疗时,热烈追求她的兽医苗康埋怨道:"我觉得,这件事领导上应该负责任的! 人命是可以开玩笑的吗? 既然连最起码的安全保障都没有,那为什么要把人家往危险的地方派! 当然了,他们是不在乎的,身边就住着公安部队。"听了这样的怪话后,倪慧聪"先是为这些话感到不快,接着,当她迅速地、认真地、逐字逐句体味这些话的时候,禁不住从心里涌上一阵对苗康从来没有过的嫌弃之感——她自己也暗暗惊异于这种感觉所形成的突然"。倪慧聪之所以突然产生厌恶感是有思想基础的,这就是"新人""成长"的价值标准与道德感的制约。从此,苗康的行为在大家眼里越来越令人讨厌,不仅倪慧聪离开了他,而且他还受到了团组织的严厉批评和群众的孤立,最后在一片口诛笔伐中选择离开。作者十分形象地暗示了苗康毫无前途的出路:

> 苗康已经绕过土包,正走在坡道上,因为他是下坡,所以走得很快。不多会,他的背影便被森林的黑暗处所吞没,无踪无影地消失了。好像道路上从来没有过他似的。

苗康这一形象与结局,在这一时期的西部文学中并不鲜见,因为它阐述的是"成长主题"中的反面人物。

徐怀中一直试图在人性描写上摆脱脸谱化,寻求超越和突破,所以,1959年底发表了电影文学剧本《无情的情人》,描写了两个仇人之后的爱情悲剧:两个不同阶级的人多吉桑——农奴的后代与娜梅琴措——阿訇鲁鲁大土司的女儿之间发生了不该发生的爱情,最终真相大白后不得不拔刀相向,成为仇人。他们的恩怨不仅缘于家族间的仇恨,还有不同阶级之间的仇恨:多吉桑的母亲被阿訇鲁鲁大土司害死,多吉桑的父亲却路丹珠为妻子报仇杀死了大土司,而娜梅琴措四处寻找的家族仇人却路丹珠这时已成为自治区政府的副主席,于是娜梅琴措与"盗马贼"们企图暗杀他并发动叛乱。多吉桑得知这一消息后,不但与娜梅措决裂而且参与了消灭叛匪的战斗。所以,这部作品除过成功地表现了人性的复杂性、多面性外,基本上还是属于宣扬阶级斗争无情论的范畴。但是,即便是这样一部作品,在发表后也掀起了轩然大波,被扣上了宣传资产阶级人性论、鼓吹阶级调和、取消阶级斗争、丑化劳动人民的帽子,先后接受批判。由此可见政治话语对当时文学的影响。

同样是写人的解放和觉醒,诗人高平发表在《人民文学》1957年5—6月合刊上的长诗《大雪纷飞》具有一定的突破性,至今读来荡气回肠、苍凉悲怆,可以说是变革时代"人"的追求的悲剧和墓志铭。为什么这样说呢?因为女农奴央金凄婉、悲惨的人生命运背后,掩藏的是人对命运的抗争以及人的觉醒和解放的艰难。美丽、善良的央金怀着一腔童话般晶莹剔透的梦想,孤身一人受主人的差遣到遥远的冈斯拉去寻找"最好的羊群"。她甚至来不及和心上人江卡道一声别就冒着风雪走了,因为"主人的急令/不容我回头"。大雪纷飞的支差路上,她一面回忆着对故乡、对阿妈、对江卡的无限思念和爱,一面在心里说:"等我为主人立功回来/等我做完了仆人该做的事",那时候央金就成了你——江卡的妻子了。她一遍遍地安慰着心上人:

　　江卡/松树移到石头上/到死还是松树/哪怕我们要有一千次别离/背水的姑娘央金/大眼睛的央金/嘴唇像野樱桃一样红的央金/她总是你的……千万别怪我来不及看你/我是人家的仆人/不能随自己呀。

这一"从农奴的心尖上滴下来的"血,既是"不讳的直言"又是"一粒火种"①,它点燃了人们对奴隶制度的愤怒。世世代代相似的命运,使央金对主人的差遣没有埋怨没有怀疑:"我们的父母/不都是在出差的路上/白了他们的头发"吗?可是她哪里知道主人的叵测居心,她踏上的是一条不归路啊!深夜,奔走了一天的央金住进了山洞,她盯着天上的星星想着心上人,"江卡/你也在看这颗星吗/这颗星就是我的眼睛","啊!好冷啊!好困/漆黑漆黑的夜啊/没有了,那颗星/星……",爱的坚贞、爱的执着、爱的哀怨,一齐奔涌在善良、纯洁的央金心中。可是,"走哇,走哇,向西走/山沟没有流水/山上没有了树木","地上连草根都找不见",可怜的央金着急了:"冈斯拉/它还有多远/主人要我找的　最好的羊群啊/又在哪里?"她开始怀疑主人的用意:"主人会欺骗

---

① 高平:《我学习写诗的道路》,《西藏文艺》,1980年第3期。

我吗?"可她又随即否定了这一想法:"啊,有谁会对我存着坏心/我,央金/什么时候 欺骗过别人?"一股油然而生的悲怆紧紧地攫住了读者的心。奴隶主的残忍、阴险、狠毒和奴隶不可避免的厄运,像一座沉重的大山压向天真、善良、痴情的央金,连她最后残留的一点幻想也被挤压得粉碎。"被冻僵在雪山中的央金/在返回故乡的幻觉里/度过了她短短的一生中最后的时光",到处飘落着大雪,哪里有央金要找的羊群和冈斯拉?"大雪淹没了她的衣裙/大雪埋住了她的手臂/渐渐地,在风雪中/只能隐约地看到一根红色的头绳……"一个活生生的生命对做"人"的一丁点要求,竟然只能在冻死前的幻觉中实现,竟然要付出生命的代价,这难道就因为她是一个农奴?真、善、美的毁灭是最有力的控诉,怀着梦想死去的央金唤起了人们无限的同情,燃烧起的是焚毁农奴制的烈火。尽管作者刻画的不是一个觉醒者的形象,但是,央金的悲剧在于它凸现了一个道理:在农奴制度下,农奴想要成为一个"人"的道路是无法走通的。它真实地反映了西藏社会变革中的"人"与真实的社会生活,写出了人的艰难觉醒历程。所以,《大雪纷飞》无论是题材的选择还是艺术上的探索与创新,都达到了一定的艺术高度。

人的解放与"新人"的成长在诗人**李季**(1922—1980)的笔下,最早以民歌体的《王贵与李香香》享誉文坛,三部曲《杨高传》(包括《五月端阳》《当红军的哥哥回来了》《玉门儿女出征记》三部)的出现可以看作是这一解放的深化与发展。杨高从没有名字的迷途的"小羊羔",锻炼成了一名抗日和解放的战士,最后又"像一支离弦箭一样飞向西天"的石油战线。其主人公跨越时空的成长和孕育过程,不但将民族解放与建设家园的时代主题贯穿了起来,而且使人物性格的发展获得现实的支撑和历史的合理性解释。杨高的形象虽然不十分完美,但却是一个"熟悉的陌生人",因为他是作者"沿着和劳动人民结合的道路探索前进"[1]并从生活中提炼出来的。在《玉门诗抄》《心爱的柴达木》《向昆仑》等诗作中,诗人沿着这一路径全方位抒写了第一代石油工人与守边战士的精神风貌,使拓边者的豪迈激情在粗犷的自然背景中,得到了充满浪漫主义的显现与升华。

这一时期西部文学的浪漫主义,除了慷慨激昂的战歌之外,还有风俗画般

---

[1] 安旗:《沿着和劳动人民结合的道路探索前进——略谈李季的诗歌创作》,《文艺报》,1960年第5期。

的牧歌式的爱情描写。就爱情诗而言,在这一时期的西部文学中大致分为两类,一类是具有高尚的道德与向善向美品质的男女青年,在劳动、生产中建立和孕育的爱情,或者因为劳动、工作出色而获得了爱情,他们"将自己的爱情生活,同热爱劳动,同建设社会主义的愿望,完全统一了起来"①,从而形成了具有鲜明时代特色的爱情伦理。"模范""标兵""能手""勋章"一时成为新型爱情观的标志出现在西部文学中,就是这一审美观念的具体体现。这是"黑眼睛"爱慕的目光,"每逢我们超额完成了计划/那双眼睛就显得分外明亮/若是我们不小心出了事故/它就像阴云密布的天空一样",她是希望多出石油"还是看中了我的模范奖章"(李季的《黑眼睛》);那个在地边除草的姑娘,红着脸让过路司机给她的心上人带信,而收信的"他"则是油矿上人人知道的"能干的好青年"(李季的《正是杏花二月天》);"我最心爱的回来了,胸前挂着战斗奖章",姑娘害羞而又焦虑地等待着他,可是为什么他远远地躲着我?难道"他爱上了另一个漂亮姑娘"?原来他失去了一只手,希望她找一个健全的人。知道了原委的姑娘并不嫌弃:"我一句话也说不出/拥抱着他一吻再吻/哪怕他失去了两只手/我也要为他献出终生"(闻捷的《爱情》);这是勇敢猎手的"追求":

> 你要我别在人前缠你/除非当初未曾相见/去年的劳动模范会上/你把我的心搅乱……你纵然把羊群吆到天边/我也要抓住云彩去赶/你纵然把羊群赶到海角/我也会踩着波浪去撵。(《追求》)

为了让家乡有更多的牛和羊,"苏丽亚一手拉着缰绳/一手抚摸着万依斯胸膛/她送别新婚的丈夫/去到巩乃斯种畜场"(闻捷的《送别》)。与劳动中生长的爱情相对的另一类爱情诗,主要是批评和谴责落后和不上进的爱,有的甚至因此而失去爱情、失去幸福,基本属于《我们播种爱情》中的倪慧聪抛弃苗康型;或者是男女一方没有达到对方的这一要求,暂时还不能获得爱情;等等。年轻小伙追求种瓜能手枣尔汗,可姑娘的回答是:"枣尔汗愿意满足你的愿望/感谢你火一样激情的歌唱/可是,要我嫁给你/你衣襟上少着一枚奖章","年轻人听了脸红脖子涨"(闻捷的《种瓜姑娘》);曾经当过三次劳模的"他",由于不求上进,竟然在劳动中落了伍。姑娘毫不留情地埋怨和批评他,你"不

---

① 周应瑞:《歌颂爱情的诗篇》,《天山》,1957年第6期。

是在停车场游串/就到图书馆里把我来找/像这样子怎么能行呵/闹得大家说我不好//咱们俩都是青年团员/况且你还是劳动模范/这个道理咱们该都明白:/我的爱人怎么能是这样的青年"(李季的《白杨》)。在这里,作为艺术的诗歌直接成为价值观的说教和道白,特定时代的爱情题材作品也无法脱离"成长主题"的模式,因为"人"就生活在特定的价值体系与道德判断的影响和制约中。

50—60年代客居新疆的散文家碧野和诗人袁鹰,也留下了不少散文名篇,成为这一时期西部文学的重要收获。他们两人的写作风格虽然有所不同,但总的抒情基调都属于以秦牧、杨朔、刘白羽为代表的诗化散文的范畴。

碧野(1916—2008),原名黄潮阳,广东大埔人。先后任中央文学研究所创作员、中国作协理事、湖北省作协副主席等,曾于50—60年代两度赴新疆生活、创作,散文集《在哈萨克牧场》《遥远的问候》《天山南北好地方》《边疆风貌》等就是与新疆生活有关的作品。其中,特写散文集《在哈萨克牧场》共收散文三十五篇,他的代表作之一《天山景物记》就收录在其中。在表面看来,碧野的《天山景物记》是一篇纯粹的写景散文,正如作家在这篇文章的写作体会中说的,当初鼓励他去新疆体验生活的秦兆阳向他约一篇"描写新疆景物"的散文,所以他就写了《天山景物记》。但是,秦兆阳对他说的另一句话才是这一名篇产生的动因和最主要的支撑背景,这就是"写边疆景物就是歌颂祖国山河的伟大壮丽"[①]。所以,这篇用浪漫主义的抒情手法,将风情画、风景画、风俗画的描写推向了极致的散文名篇《天山景物记》,糅合在其中的是浓郁的主体观照,以及创作主体对"新国家""新人"所创造的奇迹发自内心的赞美与肯定。这既是作家对新生活的认知,又是西部独异的景色所唤起的审美愉悦,正所谓"江山如画,人物风流"者也。但是,这篇将景、物、情、我融为一体的抒情画卷,之所以动人,并不仅仅"在于异域旖旎的风光和珍奇的见闻,而在于作家为我们凝集了丰富复杂的美感形象于短短篇幅之中:皑皑的雪山……哈族的牧女,牧民的生活,幸福的歌声……总之,高原平湖、溪涧湖泊、飞潜动物、日月星空、饮食男女,都在这里出现了,它们各自呈现了不同的气势、格调、风貌和情感,给人们以各种不同的美感与情趣,这就使得文章的风神

[①] 碧野:《〈天山景物记〉的写作过程与体会》,《语文学习》,1981年第7期。

骨力各臻其妙"①。所以,这不是纯粹的自然景物的描绘,而是人化的自然风情的浪漫主义抒写,是对"新国家""新人"主题的形象、生动的呼应。虽然碧野此间创作颇丰、题材广阔、写法多样,但一以贯之的抒发感怀的主题却与《天山景物记》基本相似。

与碧野细腻、精致的诗情画意不同,浓郁的诗情、宏阔的气势、明快的节奏等抒写方式,汇成了袁鹰诗化散文总的基调和特色。

袁鹰(1924—),原名田钟洛,江苏淮安人,主要作品有散文集《第一个火花》《红河南北》《风帆》《第十个春天》《悲欢》《袁鹰散文选》以及诗集《江湖集》《篝火燃烧的时候》等。抒写西北自然风物和社会生活的散文主要有《天山路》《戈壁水长流》《城在白杨深处》《白杨》《筏子》(选入中学课本时改为《黄河的主人》)等。写于三年自然灾害中的《筏子》一文,以"黄河滚滚"开篇,气势壮阔,充满激情,一扫饥荒带来的乏困和低迷,传达出的是力量与斗志,这是困难时期的文学所能给予人们精神上的最大鼓舞。虽然《筏子》问世已经半个世纪,但其蕴含的激情和浓郁的诗情依然在打动后来的阅读者,这也许就是它被选入中学语文课本的最大理由。

如果说碧野、袁鹰用诗化散文认知的西部自然、人文、社会,更多属于一种感性的抒写,那么历史学家**翦伯赞**(1898—1968)眼中的西部,必然是具有历史深度和厚度的一部大书。因此,在《内蒙访古》这篇游记散文中,翦伯赞不但将一个民族更替与融合的历史画卷勾勒了出来,而且他还引领着人们乘坐着现代交通工具——火车进入尘封的历史隧道,从而在历史漫游中完成对西部社会变革的立体透视。赵武灵王发布"胡服骑射"的变革精神、王昭君出塞对于民族和解的意义等事件的描写,使现实中的草原变革具有了一种超越时空的意义。所以,历史学家翦伯赞才这样说:

> 两千多年的时间过去了,现在,内蒙地区已经进入了历史上的新世纪。居住在这里的各族人民,蒙古族、达斡尔族、鄂伦春族、鄂温克族等等,正在经历一个前所未有的伟大的历史变革,他们都从不同的历史阶段和不同的生活方式,经由不同的道路进入社会主义社会……很多过去的牧人、猎人,现在都变成了钢铁战士。(《内蒙访古》)

---

① 江柳:《彩墨挥洒绘天山》,杜秀华编:《碧野研究专集》,长江文艺出版社,1985年出版,第310页。

作者说,他之所以仔细梳理历史上的一幕幕悲剧,就在于已经结束的"悲剧的时代"和出现在草原深处的喜剧时代是紧紧衔接的。这是富有警示意味的箴言。

与这一时期的诗化散文相呼应的,还有一部充满诗情和浪漫风格的报告文学作品,它就是徐迟的报告文学《祁连山下》。

徐迟(1914—1996),浙江吴兴人,报告文学家、诗人、翻译家、散文家。报告文学《哥德巴赫猜想》《地质之光》曾获中国优秀报告文学奖。2002年,中国报告文学学会与浙江省湖州市人民政府联合设立中国报告文学最高奖徐迟报告文学奖。他在《人民文学》1962年第2、3期上发表的报告文学《祁连山下》叙述了以常书鸿为原型的画家兼美术史家尚达守护和弘扬敦煌艺术的故事。

《祁连山下》是一篇有所加工的真实故事。从巴黎回国的艺术家尚达、叶兰夫妇,历经桂林、重庆,来到敦煌石窟,深为这些中国古代艺术瑰宝所震撼。尚达的妻子、雕塑家叶兰因无法忍受塞外贫瘠的生活条件,不告而别。尚达追寻妻子未果,昏倒在路上,为地质学家沈健南所营救,再次回到敦煌。尚达临摹的敦煌壁画在重庆美术界引起巨大震动,他呼吁保护敦煌艺术的信件也引起了热烈的反响。一批青年艺术家自愿来到敦煌,与他一起投身到整理、临摹和研究敦煌艺术的工作中。进入新时代后,尚达对艺术的看法已经趋于成熟。他重新开始创作,并积极参加社会活动,还收获了女画家的爱情。

这篇报告文学以诗人的激情写尽尚达孤身塞外的寂寞孤独,更写出了他痴迷于敦煌艺术的激情。作品首次集中大量笔墨借主人公的眼光介绍敦煌石窟辉煌的艺术景观。如介绍第428号洞窟:

> 中间有一大龛。一佛二罗汉在龛内。二菩萨在龛外。它们栩栩如生,神态自若。它们的八层背光,闪闪耀耀。窟顶有莲花。四角上,飞天翱翔。人字坡上,火焰也在飞升。西壁画的是十尊半裸体的菩萨和飞天,还有几百供养人。东壁北段画的是须大拿太子的壁画故事,南段画的是萨埵那太子的壁画故事。北壁画的是说法与降魔。南壁西壁都是说法图,佛诞图。

作品在描述尚达的精神苦闷和沈健南所遭受的挫折时,总是特别强调国民党统治的腐败;在叙说尚达的精神力量时,又设置了钻探工人傅吉祥复述毛泽东的话,从而把一个艺术家献身敦煌艺术的故事纳入时代战歌和颂歌的主题中。后来的读者,在肯定徐迟用诗化的艺术和浪漫主义笔致抒写人物故事的同时,也指出了这篇文章唯一的不足,那就是徐迟写作中的"有所加工",这对于恪守细节真实的报告文学来说,确实是一个不能忽略的瑕疵。

总之,由"西进热潮"掀动的"战歌"与"牧歌",其浪漫主义激情掩盖了西部自然环境的恶劣,使意识形态化了的"人"的理想与"成长模式"所构筑的时代精神如牺牲、奉献、消灭个我、服从国家利益等,在消融了由于物质匮乏带来的人的肉体紧张感后,随之转化为磨砺与锻炼人的精神的磨刀石。无数支边者、开拓者无不是沿着这一高扬的精神旗帜,在艰苦奋斗中默默地奉献着自己的青春。所以,这一发自内心的自愿接受考验并获得认可的价值实现和超越个人的途径,是特定时代的价值观与国家伦理,这是无法否认和抹杀的。但是,这一时期客居作家的创作由于受宏大叙事的统摄和淹没,所呈现出的文学想象的趋同与文学主题的近似性也表现得非常突出。同时,文学创作中思想大于形象、人物的概念化、艺术手法的单一等缺陷也是客观存在的。

第二节 人的觉醒与多民族的混声合唱

这一时期发生在西部的社会变革,尽管是五四以来"人的解放"思潮与社会革命的必然结果,但是,对于世代生活在封建农奴制枷锁下的如牛马般的"奴隶娃子"和农奴主们的财产来说,却是史无前例、改天换地般的划时代的革命。所以,从此站起来的被压迫者感受到的天空、阳光、大地、人都是焕然一新的。无论是发自内心的"人"的意识的苏醒,还是对新制度的感恩、对大自然的歌唱,都在独特的民族风格中涂染上了浓郁的喜庆色彩。不仅如此,文艺创作主体之间(本土作家与客居作家)对于这一历史变革的认知差异也凸现了出来,这就是本土各民族作家的观察视角和内心情感对其创作的影响。这不光是因为"人的觉醒"在他们的笔下是发自心灵的呼唤与生命的低吟,更在于他们本身就是这一社会变革的主角与受益者。作为被解放的一分子,他们不但深切地感受了民族平等和新制度对于人的生命、人的价值、人的尊严的尊重与关爱,而且经历并目睹了少数民族备受歧视和压迫的苦难历史。因而,这一发自心灵的控诉与真诚的吟唱,不仅汇入了多民族的混声合唱,而且与鲜明的自然色彩、时代精神有机融合,呈现出了浓郁的地域性、民族性与个性化的追求。在"文艺为政治服务""文艺从属于政治"的话语语境中,这一带有民族特色的艺术风格的坚守,虽然显得卓尔不群,但却使西部新文学有限度地突破了政治藩篱的束缚与禁锢,一定程度上偏离了"传声筒"的轨迹,为色彩单一的新时代中国文学增添了一抹亮色。

从参与多民族混声合唱的创作者身份来看,这一时期西部本土作家的大多数是在新的社会制度下成长起来的,其中一少部分虽然经历了苦难的旧时代,但深受新时代的感召与影响。他们主要是东乡族的汪玉良、赵存禄,藏族的擦珠·阿旺洛桑、丹正贡布、伊丹才让、饶阶巴桑、格桑多杰、卓玛、绛边加措、意西泽仁,维吾尔族的尼米希依提、艾勒坎木·艾合坦木、铁依甫江·艾里耶夫、克里木·霍加、库尔班·依明、包尔汉、穆·热舍木夫、赛福鼎、阿不力米提·撒吾尔、柯尤慕·吐尔迪、阿不力米提·乌斯满、祖农·哈迪尔,蒙古族的纳·赛音朝克图、查干·巴·布林贝赫、纳·赛西雅拉图、苏赫巴鲁、韩汝诚、巴彦布、特·赛音巴雅尔、玛拉沁夫、安柯钦夫、扎拉嘎胡、敖德斯尔、云照光、朝日格巴图、萧乾、莫·阿斯尔,乌孜别克族的塔莱提·那思尔、依敏江·艾克热木;哈萨克族的马哈坦、苏里坦·玛吉托夫、库尔班·阿里、司玛古勒、赫斯力汗、贾合甫·米尔扎汗,回族的赵之洵、马安、白练,锡伯族的哈拜、郭基南、忠禄,柯尔克孜族的阿满吐尔、沙坎·吾买尔,撒拉族的韩秋夫,汉族的赵燕翼、汪钺、武玉笑,鄂温克族的乌热尔图,等等。

作为各民族作家共同关注的文学主题与时代命题,西部少数民族从"贱奴"到"人"的解放以及"人"的意识的苏醒,构成了新时代人的解放的主要内涵。这里既有对民族苦难的控诉与声讨,还有发自心灵深处的感恩情结与新生活的讴歌,它们从各个层面展示了时代变革给予"人"的解放。从具体的作品来看,这一时期西部作家笔下饱满的感恩情结,是一种符合历史真实的民族心理的真实显现,绝非那些政治标签式的口号化抒写和夸张的情感宣泄之作可以相提并论的。当然,它的局限和不足也是客观存在的,这就是创作视阈的日益狭窄,以及浓厚的政治意味对此间西部文学中的民族色彩和自然风情画抒写的影响。

亲身经历了农奴制压迫与民族新生的藏族诗人**伊丹才让**(1933—2004),这样抒写了自己成为"人"的感受:

> 啊,在那黑暗的旧世界/谁能说有我们的地位//我们苦难的民族/在野兽的嘴里是:"粗笨的野牛"//当一头牛有什么不好/可狼的世界啊,活将牛的皮剥//官税、乌拉磨光了背上的绒毛/嘴底下没有一根草,足下是

腥臭的泥沼//头人是藏在皮下的毒蛇/吸完了血,啃尽了肉,还把骨髓抽空……呵呵,我脖子上套着绞索的民族/怎么把命活?……//巨雷一声响,翻天覆地/党的剑劈碎了野兽的世界//"野牛"一头撞翻了牵缰的绳/把残暴的野兽踏成了灰//当雪山上镀满了党的光辉/哈哈,"野牛"欢欣鼓舞跃进人的行列。(《党啊,我的阿妈!》)

从"野牛"到"人"再到随后的"时代主人"的抒写,形象地记录了藏族人民艰难的解放历程。同时,诗人自己的经历也对此做了注解和说明,他感恩新时代的哺育使他一个穷苦农民的孩子先后进入青年干部训练班、西北艺术学院少数民族艺术系学习,并最终成长为一个民族诗人。所以,这一时期的伊丹才让除整理、搜集、翻译青海藏区的《婚礼歌》和《安多藏族民歌集》外,还创作了大量歌颂新生活的诗歌,如《金色的骏马》《尕海组诗》《致海洋》《党啊,我的阿妈!》《云中牧人》《塞上新曲》《羊群的母亲》等,以充沛炙热的感情、生动形象的比喻、恢宏的气势抒写了农奴翻身做主的喜悦。

同样的主题出现在藏族诗人饶阶巴桑(1935—)的笔下,却是另一番描写方式,《牧人的幻想》用对比的手法描写了一个普通藏族牧民在解放前后的心境:过去的岁月,虽然"他"爱草原像家、爱羊群像伴侣,但只能在幻想中痛苦地想象天空的云儿变成自己的牛羊马;新时代,"他迎着早晨的太阳/头发变得格外黑亮","他对白云不再羡慕/他对天空不再幻想/他骄傲地骑在马上/对天空傲慢地歌唱//'我的牛羊盖遍了草原/我的骡马赛过了飞箭'……'我的草原上有铁马奔跑/我们的土地上有铁牛奔跑'"。从连自身人权都无法拥有的奴隶到草原的主人,抒情主人公精神面貌与心理的变化被形象生动地刻画了出来。同时,"铁马"(汽车)、"铁牛"(拖拉机)等新鲜事物的出现,更加强化了诗歌的时代色彩。1960年出版的《草原集》和之后的《山、林、江、雨》《爱的花瓣》《雪山之歌》等诗,以其表现手法的独特和丰富的想象,使饶阶巴桑的个性化诗歌风格日趋成熟,所以,臧克家才说:

> 读他的诗毫无平庸干巴的感觉,总令人感到诗意浓郁、新鲜有味。他写得很细致、很委婉。像春天的泉水,涓涓地流着,带着清脆的声响,把人引到一个幽深的诗的境地①。

---

① 耿予方:《藏族当代文学史》,中国藏学出版社,1994年出版,第31页。

由此看来,此间少数民族作家在艺术创造上的各种努力,如果不深入其中是无法仔细品味出来的,因为它们是掩藏在政治话语之下的充满民族风情和文化积淀的诗歌真味的追寻。

出身贫寒的东乡族诗人**汪玉良**(1933—   ),是甘肃东乡族自治县唐汪川人。他不仅在新政府的供给下读完了中学和大学,而且成长为东乡族历史上第一个作家。历任《甘肃文艺》和甘肃人民出版社编辑、甘肃省文联副主席。他认为:"为了阳光,我需要抚摩创伤/苦难和欢乐都同样珍贵/我活着,永远会把它留在心上"(《我把心灵的歌献给党》)。这一个性化的内心感受影响到他的创作,就形成了一种独特的表达感恩情结的抒写形式,这就是汪玉良诗歌中的鲜明比衬风格:旧时代的苦难与新时代的欢乐对比抒写,是为了更加形象生动地揭示民族解放的心路历程。诗人一面沉浸在"心上飞出了歌声"的"黎明",一面诅咒刚刚"逃走了"的"黑夜":"我们是苦难的儿孙/曾经诅咒偏心的命运/我们是奴隶的后裔/曾经渴望着挺起腰身"(《黎明》)。在"蜜一般甜"的日子里,舍犁夫老人用琴弦将人们带到了"血淋淋的深渊",带进了那风雨如晦的岁月:"我们的弟兄弯曲着腰背/像被驱赶的牲口一样低贱//姑娘的哭泣震撼着头人的庄院/少年的鲜血汩汩地流向壕堑/老爷爷的背上呼啸着皮鞭/娃娃的笑声迎来血腥的子弹……仇恨撕去了东乡人的白天/悲愤送不完恐怖的夜晚",这就是《舍犁夫老人的歌》所记述的东乡族人在旧时代的命运,"孩子们啊要记住往日的苦难/愿三弦激起你心胸的火焰/去吧!太多的苦难已由先辈承担/愿你们用生命捍卫幸福的乐园"。类似主题不仅出现在《警惕》《耶松达坂》等短诗里,而且也贯穿在了《阿娜》等叙事长诗中:苦难的阿娜——两代叛逆者的亲人,"他的靠手①早已屈死杀场/因为他不愿做一头牲畜";"她的艾黎被马步芳抓走/因为他要为东乡人找条出路";她的小儿子克里木为了搭救被头人抢去的心上人赫底洌,投入了解放大军;她自己也在"胜利的霞光中长眠"。这部长诗凝结了诗人对民族苦难的深切观照,气韵贯通,充满了历史的厚重感和沧桑岁月的悲怆意味。尤其是抒情主人公阿娜一家的牺牲与行动,完全是融入历史风云和民族解放的"人的觉醒"与抗争。不仅如此,汪玉良的诗歌还深受西部民歌——花儿的影响,充满了鲜明的民俗与民歌的风韵。尤其是其浓郁的民族特色和地域色彩,在此间的少数民族作家中表

---

① "靠手"指夫妻、恋人的另一方,这是甘青一带少数民族聚居区的方言。

现得非常突出。他用饱蘸感情的笔墨抒写自然风光,使其赋予了生命的律动和拟人化的特质,所以,他笔下的"人"既有西部自然的特征,又流溢着时代精神。"春天从冰缝里走来/绿色的风啊在草山上漫游/嫩草芽喧哗着刺破松土/碧波从脚下一直闪向天头//白茫茫的雾啊忽近忽远/几股溪流在云霄深处吟奏/祁连山的融雪大踏步走过……"(《春到草原》),这一草原上春的脚步,形象生动,不仅符合自然时序的规律,而且赋予了人的情感。再看"山里人","一个个浓眉大眼/有山的剽悍,山的肝胆/肩胛上荷着风、雷、雨、电/也把险崖陡壁轻轻挑在肩"(《山里人》),大西北汉子的精神气质在这一传神的描写中突显了出来,而这是粗犷、豪放的西部自然的人化和象征。他将大量的民族与宗教的术语、习俗糅进自己的诗歌,从而使其充满了浓郁的民族和地域色彩:"今天是欢乐的尔德节/丰盛的油食摆了一桌"(《尔德节》);"当铜锣把满天星斗咣咣捶散/'高哎——高哎',应和着鸡鸣一片/白帽子,绿帕子,红彤彤笑脸/急匆匆和山鹰去云中结伴","想从前山把十万手脚紧紧拴/留不住悲愤的花儿挥洒出山……/如今一双双主人的手捧着喜欢/豪放的'少年'早已把山沟填满"(《山里人》)。类似情景,在西部少数民族作家的作品中不胜枚举。所以说,不同的民族习俗使不同族别的作家作品具有了明显的分界线,这是民族身份留给西部文学无法褪色的烙印。

维吾尔族诗人**尼米希依提**(1906—1972),新疆拜城县人。30年代中期进入喀什汗里克大寺读书,学习了纳瓦依等维吾尔族古典诗人的作品。诗人在1956年创作的《无尽的思念》将感恩情结推向了极致,这首长达一百二十行的抒情诗是他在回国途中创作的,可以看作是诗人感恩主题的汇总和大爆发,因为在此之前他还创作了《我日夜思念北京》《卡额里克之歌》等诗。"幸福的流水灌溉着卡额里克的田野/只有今天呵,这里才瓜甜果香/我在这万紫千红的锦绣小城/遥望北京,向各族人民的恩人致敬"(《卡额里克之歌》)。正是这一感恩情结的积蓄与继续,所以,在异国他乡的游子格外思念祖国:"想念呵想念,无尽的想念/我这贮满你慈爱的心窝/荡漾着感情的波澜/美丽的祖国,我把你想念//就是死,我也要在你的怀抱里安眠"。这一腔如杜鹃啼血般的赤子之情,绝非一种偶然的激情,它不仅有着深广的时代背景而且饱含着创作主体强烈的感受和认知,因为"祖国的民族和兄弟一样平等","民族歧视的乌云已经驱散",而这一切都应归功于新时代。所以,在这一时期的少数民族创作中,"北京""祖国""母亲"等成了表达感恩情结的最典型的意象,而这一发自心灵的真诚的歌吟缘于民族解放的感召。

维吾尔族诗人**铁依甫江·艾里耶夫**(1930—1989),新疆霍城县人,先后担任新疆作协副主席、新疆文联副主席、中国作协副主席,出版了《东方之歌》《祖国颂》《唱不完的歌》《铁衣甫江诗选》等十部维、汉文诗集。在新时代,这位早在40年代就开始文学创作的著名诗人怀抱着"红日的黎明来了",无论是《喜庆——献给国庆一周年的歌》《祖国,我生命的土壤》等热情礼赞民族解放和新生活的政治诗,还是《刈麦歌》《我悄悄地爱上了你》《苹果》《我把你的嘴唇比作葡萄》等细腻抒写美好爱情的爱情诗,都是"诗与良心和生命浑然一体"(《柔巴依》)的产物,不仅是发自心灵深处的真诚歌吟,而且充满了意境的勾勒和鲜明的时代色彩。在《给恋人的一封信——献给伟大的土地改革》一诗中,他压抑着满腔的愤懑和激动,抒写了一个从巴依的奴婢逐渐觉醒而成长为民族解放战士的形象,艺术化地概括了西部少数民族解放的艰辛历程。"咽着辛酸"的日子,"活像魔鬼填不饱的肚子/穆合塔尔巴依那地狱般的庄园/狡诈狠毒的巴依/事事都把我们暗算/从他庄园里发出的/穷人呼天抢地的哀号/至今还在我耳边回旋"。从此,父母亲被折磨累死的"你","作为大布的抵押品/写进了巴依财产的清单/在悲哀中生长,燃点着孱弱的生命/灾难的锁链套上了你的脖颈/见不到一丝阳光和温暖/在屈辱的泪水中忍气吞声/你在火中操劳/在灰中栖身/在这座冷酷的庄院/吸你的血无须钻孔/吃你的肉不用开膛/","日子就这样挨下去","终于有一天/你睁开了眼睛/心中燃起了怒火/明白了自己的奴隶处境"。从发出无数个"为什么"的怀疑到最终彻底看透"古老专制的炼狱"的丑陋本质,被压迫者明白了自己"才是生活的基石、生命的主根"。于是,觉醒了的"你作为战士参加了这场最后的对垒",不仅彻底埋葬了罪恶的专制制度并洗刷了"几千年污秽的淤泥",而且使"土地找到了自己的主人",使焕然一新的村庄"欢唱着","演奏起自由解放的曲调"。就整体的艺术风格而言,铁依甫江这一时期的诗歌色彩明快、基调高昂、率真活泼、激情澎湃,深受维吾尔族民歌的影响和时代色彩的制约。其中除爱情诗具有生动、纯净、细腻、情趣盎然等特点外,最有特色的莫过于他的充满幽默感的讽刺诗,以及富有民族特色的哲理抒情诗《柔巴依》,而其他大部分的政治抒情诗,都不同程度地存在着概念大于形象的缺陷。《报告迷之死》惟妙惟肖地刻画了一位夸夸其谈式的空头政治家,为现代中国文学人物画像的长廊增添了一个令人可憎可笑又可怜的人物形象。此君一幅高高在上的官僚嘴脸,爱作海阔天空的长篇大论式的报告成瘾,不分场合、不顾群众的疾苦,用口若悬河的空谈报告折磨人。当开会的人忍无可忍、纷纷逃走时,兴犹未尽的"报告迷"便回家"把婆娘娃娃从梦中叫醒/把没有作完的报告继续讲给他们听",并常常在睡梦中"也不停地讲演",弄得他的老婆夜夜无法安眠。最后,"报告迷"在群众的一片指责声中死去。同类批判、讽刺题材的作品还有《"基本"的控诉》《以革命的名义宣告》等,对社会弊害和丑陋的国民性、官僚行径给予了辛辣、无情的讥刺和批判。

"人的解放"这一现代社会永恒的主题,还通过西部现代作家"新人"群像的塑造得到了比较集中的体现。这里的"新人"不仅是西部各民族的主人,也是新时代的主人。之所以这样说,主要是因为他们身上凝聚和沉淀了属于民族的也是属于时代的品质,充满了浓郁的民族气质与时代精神的烙印。因此,"新人"是艺术化地透视西部各民族历史变迁的活性载体与标本。与此同时,多民族混声合唱中最亮丽的歌声——民族团结与民族认同、新的民族关系也成为西部新文学的主题,同时伴随着的还有"人的解放"的推进与深化,以及西部民族风情的浓墨重彩的描绘,即浓郁的民族色彩、自然色彩与风情画、风景画、风俗画的抒写和展现。

那么,什么样的人才是符合标准的成长中的"新人"呢?很显然,他们既是青春焕发、健康活泼、热爱劳动的新社会的主人,又是心灵纯净、充满爱心与责任心的劳动模范和标兵,并且,都带着鲜明的民族特征和风俗化色彩:

  白里透红的脸庞　如阳光下的荷花/两道细细的柳眉　似夜空中的弯月/乌黑明亮的眼睛　像秋天里的湖水/纯洁自然的笑容　是对生活的描写/年轻姑娘的面容　赛过开放的牡丹/喀喇沁草原的生活　充满幸福和喜悦。

         ——(蒙古族)曹都毕力格的《喀喇沁姑娘》

再看维吾尔族诗人**艾勒坎木·艾合坦木**在《我的榜样》里塑造的锄麦姑娘形象:

  天气很热/没有一丝儿风/姑娘挽起袖口/辛劳着/她抬头　看看太阳/"今日的事儿　不能留到明天"//……我望着姑娘/清楚地辨出　她那满头黑黑的发辫/脸儿嫣红/犹如熟透的苹果/黛眉　如刀裁。

焕发着青春活力的维吾尔族农村姑娘,她姣美的容貌具有鲜明的民族特征:从

"发辫"到"黛眉"都是维吾尔少女打扮的模样,不仅如此,她还是一位热爱劳动的新时代的"新人"。清晨,"迎面走过来一位农妇/满脸的皱纹里闪烁着豪气/听说她原来是伯克家的保姆/今天,却当了家乡的区委书记"(《在路上》),这是维吾尔族诗人克里木·霍加塑造的女区委书记形象。

翻译家兼诗人的**克里木·霍加**(1928—1988),新疆哈密回城乡人,曾任新疆作协副主席、《诗刊》编委。他不仅有诗集《第十个春天》《春天之歌》《克里木·霍加诗选》等,而且翻译了《黎·穆塔里甫诗选》《红楼梦》和郭沫若、贺敬之的诗等文学作品。很明显,《在路上》这首缺乏诗味的作品并不能代表克里木·霍加一贯的创作风格。他最为擅长的意境美、形式美的艺术追求,在同期创作的《天鹅》一诗中得到了淋漓尽致的呈现:

> 清亮的湖水宛如一面明镜/湖底上落下了晴朗的夜空/静谧的湖水有如晶莹的宝石/宝石镶嵌在绿荫的草原上//白色的天鹅在湖面上游荡/碰碎了湖底的月亮/月亮散成了点点的繁星/繁星在湖底闪烁着光芒//两只天鹅依偎得那么亲近/宛如一对倾诉衷肠的情人……//就在这微妙的时刻/两个身影映入湖心……水面上的那对身影/是我们公社里的年轻的牧人/一个是牧马能手,像矫健的山鹰/一个是牧羊标兵,像明亮的星星。

诗人不仅精心营造了一幅如诗如画的草原夜景,而且使一对青年男女美妙、甜蜜的爱情在优美、静谧的画面中得以展现。值得注意的是,这一时期文学中的爱情是有条件的,必须是与劳动、工作、理想、进步相结合的产物,不然的话,是无法以正面形象在文学中存在的。《天鹅》中青年牧人的"爱情种子"就是"在劳动中播下",而且他们还是有着共同理想和追求的"牧马能手"和"牧羊标兵"。类似情景还出现在这一时期的其他文学作品中,这就是特定的时代精神与不同民族的审美标准共同制约的爱情观在文学中的反映。大胆、果敢的现代女子为了爱情毫不掩饰地敞开了自己的心扉:"我在大田里仔细观察/好样的青年要从这里挑选/能干在行的小伙子哟/我的心儿愿向你奉献"(铁依甫江的《乡村姑娘之歌》);"情人啊!愿你插翅向田野飞来/来吧!亲爱的!我们在田野里相见"(铁衣甫江的《水渠情笺》),这是一个奋战在劳动工地的建设者写给情人的信,他欣喜地告诉对方自己又夺得了劳动红旗,希望用"一渠好水"送去他的爱情。

纳·赛音朝克图(1914—1973)是现代蒙古族文学承前启后的诗人,他的

《蓝色软缎的"特尔力克"》不单是一首充满诗味和生活情趣的出色的爱情诗，而且是诗人此间创作的表现民族风情画、风俗画的代表作。"它以巧妙的构思，新颖的结构，鲜明的画面，显示了当时蒙古族诗歌在艺术技巧上的成熟"①和所达到的艺术高度。新生活带来的人的变化和"新人"对爱情的自由追求，通过一个蒙古族姑娘缝制蓝色软缎特尔力克（蒙古族民族服装）时的内心喜悦与细密情感得到了充分展现。温柔美丽的草原姑娘，一边缝制蓝色软缎特尔力克一边想着心思，"玫瑰色的脸蛋儿多丰美/柳叶似的眉梢儿向上扬"。诗人问她漂亮的特尔力克是不是自己穿？伶俐可爱的姑娘说了半天，"羞得脸颊红/到底没有说清为谁缝"。一旁干活的母亲插话说："如今的姑娘们啊/爱情自由多幸福……她赶上了这个新时代/劳动里锻炼得更出色"，他——"乌思尔的孩子吉尔嘎拉塞汗/是一个忠诚可靠的好青年/牧马、摔跤是能手/村庄里没有人不称赞……"姑娘"脸蛋儿红到耳朵边"，被说中心思却故意流露出生气的嗔怪："妈妈总爱说不着边际的话/人家小伙子好就好/他和我有什么相干"。这里既有精湛的白描，又有机智的场景与富有情趣的对话，使"新人"的精神风貌得到了充分的展露。除此之外，纳·赛音朝克图还创作了一系列表现"新人"新事的诗歌，如《正蓝旗组诗》《罕德玛额吉》《选举》《南迪尔和松布尔》等。尤其是一千二百多行的《南迪尔和松布尔》，不仅是1949年以后现代蒙古族诗歌中最早出现的长篇叙事诗，而且通过主人公的爱情故事升华了时代精神，即社会主义社会的人的命运是与国家、集体的命运休戚相关的，爱情更是如此。浓郁的草原气息、优美的民族风情衬托着人物内心的纠葛、矛盾，民间歌谣、谚语的灵活运用和插入，使叙事诗在悠扬的歌声中展开，增强了作品的美感和艺术感染力。

在另一位蒙古族诗人、学者**特·赛音巴雅尔**（1938— ）的《花果之乡》（组诗）中，出现了竞相争当劳动"模范"和"先锋"的"新人"形象：

    清澈似镜的洮儿河缓缓流动/英雄的青年们劳动中争当先锋//花果遍布的科尔沁草原/歌唱洮儿河的声音清脆柔软/摘运苹果的小伙子和姑娘们/忙碌在洮儿河的两岸//小伙子那红润健美的脸膛/同那红苹果媲美简直一样/姑娘们那细腻微笑的双颊/同那熟葡萄对照无比相像。

---

① 特·赛音巴雅尔主编：《中国少数民族当代文学史》，北京十月文艺出版社，1999年出版，第47页。

这首由"花果之乡""金色的路""清澈似镜的洮儿河"等构成的组诗,不仅抒写了获得解放的蒙古族人民的家园之美与丰收的喜悦,而且形象、生动地描写了人们的劳动热情和精神风貌。因为"胸中激荡着幸福的暖流",所以"老阿爸变得更加年轻";因为新时代唤醒了人们的激情和潜能,所以劳作的场面格外感人:小伙子"疾步如飞"、姑娘们"健步轻盈"。在这里,健美、喜庆、热情、欢快的关键词不仅体现了特定时代的人物风貌,而且是富有时代特征的审美意象。

但是,并不是所有的作品都在直接诠释和配合时代主题,赵之洵、韩秋夫等作家的一些作品就在一定限度内实现了抒情的自由。同样是对爱情与新生活的抒写,在他们的笔下却是另一幅景致,这完全取决于创作主体的自我追求。一幅幅传神的速写,简笔的勾勒与细节的摄取,使情趣盎然的藏族风俗画飞动了起来,这是回族诗人**赵之洵**(1934—2009)的《情歌会即景》所截取的生活片断。每年正月初八的夜里,位于甘南藏族自治州夏河县拉卜楞的一座村庄里有一个传统的情歌会,年轻的藏族男女彻夜歌唱爱情:"灯火亮起来了/玛尼房充满光明//人群涌进来了/玛尼房到处是喧声//灯火呵/每一次闪动/都洋溢着欢腾//人们啊/每一副笑脸/都饱含着爱情"(《灯火》)。美酒伴着歌唱,使青年们如醉如狂,一向性格爽朗的藏族姑娘啊,情到深处,"圆袖遮住了半个脸庞/目光紧盯着一个地方/虽然她始终没有开口/却已将多少歌儿唱给她的情郎……"(《羞》),寥寥四句,一个"羞"字道尽了人间的风情万种。在青海撒拉族诗人**韩秋夫**(1932—2017)的笔下:

> 二月的庄子羞了/二月的花要把庄窠淹没/一片片,如锦似火/一团团,在枝头烧/二月的人比花还俏/满地头红颜扰扰/二月的庄子羞了/二月的庄子是敞开的心房/一行行,是拔草的艳姑/三俩俩是赛唱的阿哥/开放的心,在垄埂里烧/绿野中,鲜花朵朵/二月的庄子羞了/二月是堵单薄的心墙/二月的秘密一点就破/二月是熟透的爱情/二月酝酿着沉甸甸的收获。

——《二月的庄子羞了》(1956年)

拟人化的手法、奇诡的想象、排比的句法、含蓄隽永的笔致,绘就了一幅动人的撒拉族村庄风情画。洋溢在其中的不仅有独特的民族色彩,还有浓烈的自然色彩与生活气息。洗却了政治说教与意识形态印痕的这几首诗歌,出现在

1957年前后的政治氛围中是十分难能可贵的。虽然它们没有一目了然地直接配合时代主题,但谁能说这不是新生活与"新人"形象的抒写呢?这是活生生的人的精神与生活风貌啊!

还有一批作家也试图通过民俗风情的抒写来实现这一超越,他们从不同视角切入了西部的乡土、自然与社会变革,描绘了风光迥异的西部风景画。如著名藏学家**桑热嘉措**(1896—1982)在《青海湖赞》里描摹的风景旖旎的青海湖胜景:

> 青海湖的东北西南/是绿玉般的大草原/美丽的风光令人陶醉/没有主人的百兽自由往返……湖水和蓝天连成一片/月亮闪着银色的光/繁星眨着妩媚的小眼。

著名藏族学者**恰白·次旦平措**(1922—2013)的《冬之高原》抒写了充满生机的雪域风情:

> 寒冬季节的西藏高原/像匹美丽的白绸光彩耀眼/雪花镶嵌的巍巍雪峰/像城墙把西藏围在中间……大树小树宛似朵朵棉花怒放/千山万岭有如春天山花烂漫/人们的眼睛像十五的月亮/兴致勃勃地观赏这雪林银冠。

形象生动的比喻,浓墨重彩的描绘,是这些雪域风情画、风景画的美学特征。

除此以外的"新人"群像系列中还有:"翱翔的雄鹰"——"跨上飞快的千里马/背上锋利的刀",守卫边疆的"年轻的柯族民兵"(阿满吐尔的《誓死保卫边疆》);比明月还面容娇艳的村女"像百灵鸟飞进花园","驾驶着拖拉机把幸福播种"(尼米希依提的《故乡的夜晚》);那个曾经用顶珠数着"马背上流浪的白天",举着"乞讨用的木碗"的藏族姑娘,而今成了"忙于追赶明天"的英勇骑手(饶阶巴桑的《野友集》组诗);青藏公路上的藏族驾驶员,"黑红色的脸庞上镀满了金色的阳光/紫铜似的双手驾驶'解放牌'的车辆"(伊丹才让的《捧送阳光的人》);"为集体——万样事她想得周全","我们的阿姑真能干",这就是乡亲们心目中的巴岭供销社售货员王秀花(赵存禄的散文《巴岭雪莲》);暴风雨之夜的马群守夜人其莫德(莫·阿斯尔的《牧马人其莫德》)和达斡尔族作家沃·索依尔的《牧马人道尔吉》;那个性格温柔、爱社如家的放牧员桑尔金(意西泽仁的《桑尔金》);鲜活生动的骑兵战士巴特尔和哈尔夫,一个在苦难中长大,另一个经历了从旧军人到人民战士的脱胎换骨的锤炼(朋斯克

《金色兴安岭》）。在玛拉沁夫《花的草原》中,再次回到草原故乡的杜古尔,面对牧区的新景象心情激动,禁不住"心在歌唱",解放不仅使他——年轻的"终身奴隶"获得了人身自由,而且使他成了著名的长跑健将和三次全国纪录的创造者。和作家最早的小说《科尔沁草原的人们》相比,《花的草原》缺少前者鲜明的阶级斗争色彩和宏阔的气势,但浓郁的抒情色彩和充满了草原风情的描绘却给人留下了难忘的印象。因此,这一时期西部小说中的"新人"形象比诗歌、散文中的"新人"要丰满、深沉和复杂得多。先后创作了《起点》《破床》《春天》《牧村纪事》《斯拉木的同年》等小说的新疆哈萨克族作家**郝斯力罕·胡孜巴尤夫**(1924—1979),他笔下走向新生活的哈萨克族妇女典型玛丽娅(《起点》),不仅有着复杂、内敛的性格与曲折的经历,而且其个性追求与民族习俗深深地融合在一起,使其行动、思想打上了传统民族心理的烙印,真实再现了哈萨克族妇女在新时代的生活追求与内心矛盾。同时,无处不在的幽默、诙谐与犀利的笔致流溢在他的笔下,准确勾勒并凸现了人物的个性。扎拉嘎胡的《春到草原》、齐·敖特根其木格的《新的家庭》、葛尔乐朝克图的《路》、浩·巴岱的《幼嫩的花》、阿·敖德斯尔的《草原之子》、安柯钦夫的《新生活的光辉》、朝日格巴图的《草原骑兵》等草原小说,从不同的视角切入了草原人的心灵世界,使时代风云与人的复杂的内心变革相互结合,从而在更为深广的空间里拓展了此间少数民族小说对西部社会变革的关注。

各民族平等基础上的民族团结与新型的民族关系的确立,虽然在新时代以宪法的形式给予了确立,但是,旧时代遗留下的民族压迫与仇杀的怨恨和阴影,却不是瞬间就能消除的,因此,新时代的现代西部文学有相当篇幅是反映新型的民族关系的。在云照光的《河水哗哗流》中,新旧时代的民族关系通过简单的今昔类比得到了充分展示,尽管也有一点图解政治的意味。为了河水灌溉经常械斗的大黑河两岸的"汉人板申"和"蒙古板申",在旧时代结下了数世怨仇;而今在新时代,不仅他们的名字一个变成"友谊"一个改成"团结",而且以心换心结下了友谊的果实。扎拉嘎胡的《小白马的故事》是一篇颇有生活气息的草原小说,牧民依和恩格为了报答汉人朋友王振堂的恩情,不顾妻子的反对硬将心爱的小白马——那达慕大会上的赛马冠军卖给了急需牲口的王振堂。之后,为了归还跑回的小白马,依和恩格夫妻间掀起了一场不小的波澜,心爱之物与友谊两者难以割舍的矛盾,凸现了人物内心私密的一面。虽是生活琐事,却折射出了一个关乎蒙汉友谊的民族关系的主题。

著名蒙古族作家**萧乾**(1910—1999)在这一时期创作的《草原即景》《时代在草原上飞跃》《万里赶羊》等散文,以清新自然的笔调、细致入微的观察、满腔的赤子之情,描绘了一幅幅色彩绚丽、气韵生动、如诗如画的草原风情画,使深入其中的人物更加逼真、更加活灵活现。但是,这还不是萧乾散文的全部意义,充溢在这画面中的"作者沸腾的激情"、那种"心与象通、意与景谐的境界",以及"自然、朴素、淡远"①的意蕴才是作家的最高追求。《万里赶羊》的内涵是丰富的,克己奉公的民族干部为节约数万元的开支,历经千难万险将一千四百只新疆细毛羊赶回锡林郭勒草原只是一个层面;沿途的哈萨克、藏族、维吾尔、汉等民族素不相识的人们所给予的关爱、帮助,才是这篇散文最具魅力的地方,因为,它谱写的是一曲民族团结、友爱的交响乐。

藏族诗人**擦珠·阿旺洛桑**(1880—1957)亲眼见证了民族解放与藏汉民族关系的变迁,他的代表作《金桥玉带》以宏伟的结构、磅礴的气势,描写了藏汉人民艰难修建川藏、青藏两条公路的历程,以及获得解放的藏族人民与金珠玛米(解放军)之间兄弟般的亲密关系:为了"在天柱、激流、广阔的草原上/筑起金桥玉带",筑路大军不仅要"冒着严寒酷暑"和狂风暴雨,而且,他们的血肉"常随碎石奔流,浪花飞溅",但是,英雄们最终"征服了天险地险/汉藏两族的弟兄们/在拉萨人民广场上,握手,拥抱/亲切会见",这是"象征着汉藏民族的团结圆满"。

在《森林里的歌声》中,鄂温克族作家**乌热尔图**(1952—)抒写了一幕平静中蕴藏着苦难的鄂温克人的生活场景:驯鹿、桦树林、歌声、猎人。剽悍的猎户敦杜受尽了山外汉人地主欺凌,被抢去了猎物五叉鹿茸并丢失了唯一的儿子昂嘎,恨死了汉人的敦杜却又不得不捡回饿死了母亲的汉族女婴;少年昂嘎落在了汉族地主手中,被皮鞭抽打、蚊虻叮咬,几乎在寒风中毙命,又是受苦的汉族长工救了他的命。"苦难的鄂温克哟,河水里的石头/泪水冲刷哟,命运凄惨/贫困的鄂温克哟,山林里的枯木/盼啊盼着哟,美丽的春姑娘",这就是旧时代鄂温克人生活的写照。十五年过去了,女婴乌吉娜出落成亭亭玉立的少女,穿着军装的哥哥——昂嘎回来了,成为森林主人的鄂温克人的春天来了,山外受苦的汉族人与山里的鄂温克人成了骨肉兄弟。这篇小说不仅刻画

---

① 特·赛音巴雅尔主编:《中国少数民族当代文学史》,北京十月文艺出版社,1999年,第268—269页。

了几个性格鲜明的人物形象:质朴善良的敦杜夫妇、纯洁美丽的乌吉娜、倔强勇敢的昂嘎等,还用诗一般的语言描绘了一幅幅抒情、优美的鄂温克人生活图景,以及独特的鄂温克人生活的风情画:"苍绿的樟松,银白的桦树,嫣红的山杨,蛋黄的松针",还有被称作"仙人柱"的尖顶屋、用鹿心拜祭山神、野鹿的鸣叫等等。

在这一时期的小说创作中,土生土长在甘肃河西走廊的赵燕翼是一位不容忽视的重要作家。

赵燕翼(1927—2011),儿童文学作家、小说家,甘肃武威市古浪县黄羊川人。一生致力于儿童文学创作,著作先后被译为英文、法文、日文、俄文等十多个国家的文字。已出版的著作主要有:中短篇小说集《草原新传奇》《冬不拉之歌》《驼铃和鹰笛》《花木碗的故事》《白羽飞衣》《乌鸦女孩》以及《赵燕翼儿童文学文集》(五卷)、散文集《我从黄土高坡走来》等。中篇小说《阿尔太·哈里》获第二次全国少年儿童文艺创作奖;童话《小燕子和它的三个邻居》《铁马》《莺歌蛇舞》分别获得中国作家协会首届全国儿童文学优秀作品奖、第十届陈伯吹儿童文学奖及全国童话名作家邀请赛金童奖。小说《桑金兰错》被收入《百年百篇经典短篇小说》。他的第一篇儿童文学作品《地震》发表于1947年上海开明书店征文集《忘不了的事》一书中。1949年以后,他先后在解放军文工团、文艺报刊编辑部、作家协会等部门任专业作家和文艺编辑,曾任甘肃省文学艺术界联合会副主席,主持甘肃省文学院工作多年。早在20世纪60年代初,赵燕翼就在上海出版短篇小说集《草原新传奇》,引起了全国文坛的关注。

作为一位长期生活在蒙古、藏、哈萨克、裕固等多民族混杂区的汉族作家,赵燕翼非常熟悉少数民族的风俗习惯、民族心理,所以,出现在他笔下的"草原新传奇"系列小说,不仅成功地描绘了充满民族色彩和草原风情的生活画卷,还塑造了一系列性格鲜明的个性化的人物形象,真实、客观地展示了西部少数民族的社会变迁。如:嘴角总挂着一丝憨笑的文雅秀气的新娘子桑金兰错,柔中带刚、藏而不露的性格(《桑金兰错》),被称为"半碗油"的流浪汉官布尕藏传奇的人生经历,诡秘、狡黠、散漫的古怪性格与深藏在内心的满腔侠骨柔情(《老官布小传》);从流浪孤儿成长为哈萨克族第一代汽车司机的阿尔太·哈里悲欢离合的传奇人生(《阿尔太·哈里》);一心想成长为一个真正牧人的少年官布尕藏(《浪哇牧歌》);爱憎分明的蒙古族妇女齐格美德(《寻马记》)等,都以其鲜明的人物性格和个性化的形象,完成了对西部多民族社会生活的艺术化的观照和审视。

　　一个在极左话语控制下的作家,为什么能够避开政治的纷扰并在人物形象塑造上取得如此独异的成就呢?显而易见,这与赵燕翼朴实执着和不事张扬的个性密切相关。由于他从生活出发寻找鲜活的表现对象,所以,在一定程度上稀释了流行的"高大全"式造像的影响,使自己笔下存在着某种"缺陷"和"不完美"的人物形象,产生了令人震撼的和谐与真实的美。《桑金兰错》中的新娘桑金兰错,作为一个草原上的藏族牧羊女,作者却给了她一副"文雅""秀气""苗条""声音柔和"的形象,并且,她的"嘴角上总挂着那么一丝儿憨憨的笑容";不管谁给她派活,她都是"用低低的但非常清晰的声音说道'哑'"。仅就这一点看来,这一人物形象不但与印象中的牧羊女的粗犷、洒脱的"力量型"形象有差距,而且完全与龙腾虎跃的"斗牛场"和"剪毛突击队"的气氛是不合拍的。但是,作者的高明恰恰就在于此,正是这一在外表看来的"缺憾"和"不完美",才凸现出了她的聪慧、机智和勇敢。当被撒绳套住的长毛大黑牛发疯似的冲向撒绳手松巴才让时,作者这样描写了桑金兰错出色的套牛术:

> 　　她不慌不忙,高举绳环,在头上绕了一个盘头花式,"嗖"地向出一抛,那飞往半空的绳扣,不偏不倚,一下子就套住了黑牛的两只角叉。她又乘势向后猛力一带,牛头突然被扯得斜仰向上,两只前蹄撩空,像人一样直立起来;说时迟,那时快,当悬立起来的牛蹄刚落地,桑金兰错已经迅捷地扑到眼前;只见她右手一把攥住牛的一只角,左手反手卡住牛的下巴颏……在这同时,伸出一条右腿,轻巧地使了个前绊;在全场人们的欢呼喝彩声中,那老大的牦牛,"嘭腾"一声,被姑娘毫不费力地翻倒在场地上!

文弱的女子一瞬间变成了"捉牛英雄"似乎是一种意外,其实不然,因为新娘在娘家就是套牛能手,只不过嫁到婆家没有人知道而已。赵燕翼一反常规,将两种不同的气质和形象巧妙地统一到同一个人物身上,从而产生了意外的效果。同时,作者细腻、准确的笔致也在此得到了生动的展示。《老官布小传》是此间难得的佳篇。为了生计和活路,流浪汉官布尕藏在旧社会四处漂泊,养成了诡秘、狡黠、散漫的古怪性格,"只要和他打过交道的人,都知道尕尔藏是个不好惹的危险人物",但是,碰到有难处的陌生旅人,他却大把大把地塞给对方银圆,满怀侠骨柔肠。1949年以后,年近五十岁的光棍汉官布尕藏对一个三十八岁的穷寡妇产生了爱慕之情,他一反往日的古怪,经常逗留在那女人的小土屋外,忧伤地拨动两弦琴,硬是用一支又一支的情歌,唱得那女人泪流满面地嫁给了他。但是,有了家的官布尕藏却始终对集体的事漠不关心,直到自己的自留畜被狼吃掉,他才答应出山打狼。作者极尽笔墨刻画了官布尕藏传奇、复杂的个性,使人物性格的发展符合生活的逻辑。因此,正是这种包含着缺憾的"美"才凸现了赵燕翼笔下人物形象的真实性,从而与50—60年代流行文坛的"高大全"式的、概念化的人物形象明显区别开来。对于赵燕翼小说中的这一独创性,学者颜廷亮以《从独特之意到独特之辞》为题给予了高度的评价,他认为,赵燕翼塑造了"自具特征的形象群","一个描绘高原牧区平凡的崇高形象,一个表现少数民族人物的民族特征"。其"人物、故事平平常常,但又不平平常常;是淡而有味,平中见奇",平淡中包含着"关于西北高原牧区少数民族普通人命运的哲学",这就是:"每个人的命运总是和国家的命运和民族的命运紧密联系在一起"[①]的。

与客居作家的西部"战歌"和"牧歌"相比,新时代本土多民族作家的混声合唱不仅民族色彩更为浓厚,而且其丰富的想象、饱含生活哲理的比喻、生动凝练的语言、民歌的旋律、口传文化的积淀、充满自然色彩的风情画的抒写,使这一时期西部文学在一定程度上超越了政治话语的束缚,赋予了独特的审美意蕴和美学价值。当然,不足和缺陷也是显而易见的。

第三节 西部想象与别具一格的文学书写

1949—1979年期间,日本作家和中国香港作家的西部文学想象,别具一格。日本作家井上靖和香港作家金庸、梁羽生在创作之前都没有到过西部。他们的创作皆非现实题材作品,因而其西部想象也就没有当时文坛创作的战歌倾向与解放意识。井上靖熟读中国历史资料,长于在真实准确的历史语境与地理空间中理解古代西域人的生存状况。金庸、梁羽生所擅长的武侠小说本来就是一种"成年人的童话",因而他们两人的西部想象便呈现出天马行空

[①] 党鸿枢、季成家、张明廉编:《武玉笑、赵燕翼、高平研究合集》,甘肃人民出版社,1986年出版,第299—300页。

的浪漫色彩。他们的创作拓展了这一时期西部文学想象的历史空间与想象空间。

井上靖(1907—1991)是日本20世纪著名的文学家,在小说、诗歌、散文方面均成就卓著,曾在1976年被授予日本文化勋章。井上靖的创作既涉及历史题材,也涉及现实题材。其历史题材作品,有关于日本历史的想象,也有关于中国历史的言说。井上靖在1950年至1969年间发表了十三部中国西部历史题材小说。包括短篇小说《漆胡樽》《玉碗记》《异域人》《楼兰》《洪水》《狼灾记》《明妃曲》《宦者中行说》《昆仑之玉》《圣人》,中篇小说《敦煌》和长篇小说《苍狼》。其中《敦煌》《漆胡樽》《楼兰》三篇是他的代表作。井上靖1977年才首次踏上中国西部。他的中国西部题材小说以历史文献为生发点,把严谨的历史考辨、准确的地理知识与虚构的文学想象融为一体,既表达了他对中国古代西部人生存状况的深切理解,也熔铸了他的现代人文价值情怀。这些作品从日本人的视角想象中国古代的历史与人物,没有特定历史时期中国作家无法摆脱的意识形态羁绊。井上靖的中国西部文学题材作品,一发表就在日本引起极大的反响,有力地推动了日本的"西域热"。1959年《苍狼》获得年度文艺春秋读者奖,1960年《敦煌》和《楼兰》获得每日艺术大奖。1988年根据井上靖同名小说改编的电影《敦煌》,更是把日本的"敦煌热"推向高潮。井上靖的作品翻译到中国后,也激发了中国国内对西部文学、文化的关注。冰心在《井上靖西域小说选》的《序》中说:"我要从井上靖先生这本历史小说中来认识、了解自己国家的西北地区,当年那美梦一般的风景和人物。"[1]

井上靖西部文学创作的第一个特点,是冷静的历史背景介绍提升了虚构故事的精神内涵。井上靖的西部小说都是历史小说,他总是在某一个宏大历史背景中想象人物的命运与性格。这些介绍历史背景的文字,在小说中占据大量的篇幅,直接来源于历史资料,行文风格也与小说虚构部分形成对比,格外冷静简洁,有时还注意交代文献出处。这就生成了小说浓厚的书卷气。这些历史背景介绍通常以编年体的方式出现,背景史料所跨越的年代一般比小说主人公的生活时段更长久,因此也生成了作品广阔的历史视野,形成了井上靖小说把人的命运放在漫长的历史长河中审视的独特视角,从而加深了主人

---

[1] 冰心:《井上靖西域小说选·序》,耿金生、王庆江:《井上靖西域小说选》,新疆人民出版社,1984年出版,第1页。

公精神世界与存在境遇的内涵。

1959年发表的中篇小说《敦煌》想象敦煌藏经洞的成因,虚构了汉族士人赵行德在沙州大战前夕,移花接木,把沙州寺庙中的大量佛经藏入敦煌石窟的故事。小说在赵行德的西行过程中穿插介绍了西夏国与大宋王朝、吐蕃政权、回鹘政权之间的复杂关系,介绍了西夏文字创立发展的状况和河西地区的民族生存状况。这些知识介绍,无论是从叙述者立场出发进行故事客观背景介绍,还是以赵行德的主观认识视野而逐步展开,都显得严谨可信。丰厚的历史知识,不仅形成小说的知识性特质,而且充实了小说虚构人物赵行德的精神境界、强化了赵行德保护经卷行为的文化意义。把赵行德的护经行为放在如此久远的历史长河中审察,作品也暗含着个体生命虽然有限而人类的文化承传却生生不息的乐观精神。

井上靖西部历史小说的第二个特点,是在价值取向方面关怀历史中各类人物的存在状况,熔铸现代人文情怀。井上靖并不关注历史中朝代更换、政权变迁的合法性问题,他关怀的是漫长历史中各族各类人的生存境遇与精神状况。以人本身为目的来观察历史、想象历史,而不是把人视作实现历史秩序的手段。井上靖以人为本的现代人文情怀,奠定了小说精神的现代性特质。这体现在三个方面:

首先,建构英雄生命境界,弘扬人的主体价值。井上靖所塑造的英雄人物,既有传统历史小说中占主流地位的建功立业、报效国家的民族英雄,如《异域人》中的班超、《苍狼》中的成吉思汗;也有疏离传统家国观念、具有现代生命价值追求的另类英雄,如《敦煌》中的赵行德。通过塑造这些具有英雄气质的人物,井上靖弘扬了人的主体精神。

1953年发表的短篇小说《异域人》写班超出使西域三十年,驱逐匈奴势力,征服西域三十六国,奠定了汉朝征服西域的基业。作品赞美人物建功立业的雄心壮志,赞赏班超超群的勇气、智慧和自律精神,同时,还把班超的功业放在更为广阔的历史背景中审察,交代班超去世后五年汉室就放弃了西域,从而使得《异域人》的英雄赞歌中又染上了苍凉虚无的色调。

1959年发表的长篇小说《苍狼》探究成吉思汗强烈征服欲的心理原因:

> 为了最后证明自己是蒙古苍狼的后裔,他必须像木赤、哲别和忽兰那样,在战场上以身殉国,他才能使自己变成真正的苍狼。

研究者指出,"井上靖是用感叹、审美的目光来审视成吉思汗及蒙古民族的这些性格特征并加以诗意化的。"[1]

中篇小说《敦煌》虚构宋代书生藏经于千佛洞的故事。大宋举人赵行德在东京赶考,路见一西夏女子在刀俎下淡然生死,深受触动,遂淡漠了功名心,而怀着对西部民族的好奇心起程去西夏国。行到凉州,他被强征进入西夏军队的汉人先锋部。在甘州城,他偶遇藏身烽火台的回鹘王族女子,二人结下情缘。被派到西夏国都学习西夏文一年半后他重返甘州前线,顶头上司朱王礼却告诉他回鹘女子已病死。与吐蕃决战前,赵行德惊遇随行在西夏元帅李元昊后面的回鹘女子。次日,回鹘女子从城墙上跳下而死。赵行德相信她是为自己殉情,转而到佛经中去寻找精神支撑。赵行德跟随朱王礼大破袭击肃州的叶蕃军队,瓜州太守汉人曹延惠受之震慑,归降西夏。朱王礼反叛西夏失败,瓜州毁于战火。朱王礼、赵行德、曹延惠带兵投奔沙州太守曹贤顺,沙州大战前夕,赵行德把大量佛经伪装成曹府财物,交给于阗商人尉迟光藏在鸣沙山的千佛洞窟中。赵行德还抄写心经一部并译成西夏文夹裹在其中,以超度回鹘女子的亡灵。四年后,尉迟光欲取财宝,却被雷电劈死在千佛洞前。20世纪初,敦煌经卷重见天日。小说主人公赵行德的生命境界,以疏离儒家士人功名追求、疏离儒家伦理关系为起点,而具有如下四个特征:执着追求超功利性的知识和超功利性的生命体验,以随缘的态度对待生死,尊重女性,珍爱人类文化遗产。这既体现了佛教人生态度对井上靖的影响,也表明了井上靖是以现代文化理念投注于其古代书生英雄形象中的。

其次,探究古代人非理性的原始思维,理解人的平凡性。井上靖西部小说的主人公,有班超、成吉思汗、赵行德这类能够从容应对环境的英雄人物,但更多的是难以突破存在局限性和生命脆弱性的普通人。关怀不同历史情境中各种普通人的生存状况,尊重古人非理性的原始思维方式,井上靖的西部小说体现了理解人的平凡性的现代人道观念。

1950年发表的短篇小说《漆胡樽》以一件收藏于日本皇室正仓院的文物漆胡樽为线索,串起几个不同地域、不同年代的人的生存场景,表达了井上靖对有别于宏大历史的普通人的外在生活方式和内在心灵世界的兴趣。通过几个虚构故事,体现了他对古人生命状态的理解与关怀。井上靖深切同情古代

---

[1] 卢茂君:《井上靖的中国历史题材小说探究》,吉林大学2008年博士学位论文,第94页。

鄯善人既要应对严酷的自然环境又要抵御凶悍的匈奴袭扰这一艰难的生存状态,又以理解的态度探究了古人敬畏神灵、把自然现象解释为河龙作怪的原始思维。他对古代西域人无论在力量方面还是在思维能力方面的局限性都有深切的哀矜之情。

理解古代人非理性的原始思维,是井上靖中国西域题材小说常见的主题。《洪水》中,汉将索劢带兵西征匈奴,为库姆河暴涨的洪水所阻。他筑祭坛祈祷无效,就判断自己"虽精诚而不与天通",是因为"河中栖有厉鬼",乃决定"以力灭之"。他先安排弓箭手万箭齐发射向河流中央,再安排徒步的士兵们叫声震天地杀向河岸。对水怪的战斗一再重复,损兵折将也不放弃。第二天夜晚,

> 索劢自己率先站在三百余骑军的前头,而他一声令下,战马一齐刨起沙尘狂奔。索劢一跃入激流,立时横冲直捣地挥舞着长枪……

索劢奠定自己的威名,不仅因为打败匈奴,也因为战胜了洪水。洪水后来退去,到底是自然巧合还是索劢激战水怪的结果,作品并没有给出明晰的答案。描写索劢率兵与洪水激战的情景,小说并没有用现代理性态度否定索劢的原始思维,也没有像20世纪80年代中国的寻根文学那样完全认同古人的神巫信仰,而是有距离地理解了前现代社会人们对世界与自我关系的非理性认知。

再次,同情弱势女性与弱小民族的命运悲剧,批判强权文化,建构多元民族话语。井上靖还特别眷顾弱势女性和弱小民族的命运,同情被强权文化所伤害的弱者。他的西部文学想象建立起了民族多元对话的文化格局。

《漆胡樽》中的第二个故事,讲述了一名汉俘从匈奴营中逃回汉地的过程,批判了利用女性爱情的男人。卫青麾下陈某被俘后在匈奴部落中为仆十年,闻知匈奴大军失利,便想借机逃回故土。他情诱匈奴族长之妻,然后利用她带路穿越沙漠。开始逃亡这天深夜,匈奴女人牵马到深谷中与陈某相会,

> 男的看到与几天份的粮食一起装载马背上的一种奇形怪状的器物,问女人那是什么,女人答以那里面装的是足够他俩几天解渴的饮水。陈某于是在心底盘算着,这些口粮和饮水够他一个人支撑几天,再从这日数里减去五天;因为需要女人在漠地里带路,起码也得跟他同行五天。

作品反写苏武牧羊的故事,并没有表彰陈某的民族忠诚意识和民族气节,而是把想象的重点放在陈某与匈奴女人的关系上,怵目惊心地揭示出他的出逃计

划只是利用匈奴女人、根本不计女人生死的残酷真相。由于这篇小说也和井上靖的其他作品一样，匈奴只是作为极富侵略性的反面形象存在于汉族和西域各民族的生存环境中，因此作品对匈奴女人的同情，只是对性别政治的重新言说，并不是对民族关系的重新阐释。批判男性卑鄙地利用匈奴女人爱情的同时，作品也注意到了人物形象塑造的复杂性，写出了这个男人在利用女人的过程中所滋生出的一丝关爱。

《洪水》写的是汉将索劢以同居的亚夏族女子活祭河神的残酷故事，表达了对受害女性的深切同情。索劢西征匈奴，第一次遇到库姆河洪水，因为爱，并没有接受亲信以女子祭神的建议。四年后，索劢奉命班师回朝，"索劢真的预备把女人一起带走，只是一想到久违了的酒泉与凉州的街景，就不免觉得把个蛮夷女子放入其间总有些格格不入"。这时再遇库姆河洪水，索劢就斩钉截铁地下令把同居四年的女人当活祭献给河神。可是，不久更大的洪水席卷而来，索劢带兵苦战也未能躲过浩劫。故事结尾，整个沙漠都被洪水吞没，只有混浊而脏污的天空中悬挂着一轮血红的太阳。小说刻画索劢想甩掉异族女性的微妙心理、描写女人的惨叫声、设置索劢被洪水吞没的结局，这三个侧面共同表达了作者对弱势女性的同情、对强权男性的批判、对以女人为活祭这种原始思维的否定。亚夏族女子形象，投注了作者对弱势性别和弱势民族的双重关怀。想象罪恶之城完全被洪水淹没，则可以看到《圣经》文学传统的影响。罪恶之城被洪水覆灭的主题还延续在短篇小说《圣水》中。《圣水》讲述的是公元前六百多年前天山脚下的萨卡族人由于亵渎井神而洪水覆城的故事。

井上靖对弱势民族的关怀，集中在1958年发表的中篇小说《楼兰》中。《楼兰》由五部分组成，按照时间顺序叙述楼兰——鄯善国的历史演变历程。不同于《史记》等中国历史典籍以汉族为中心的叙事立场，《楼兰》始终从楼兰小国本位的立场叙述民族关系，将楼兰——鄯善国在汉朝与匈奴之间摇摆解释为小国生存的无奈与悲哀，并由此批评汉朝不能始终一致地充当小国的坚强后盾，认为：

> 鄯善国置身汉与匈奴的夹缝里，饱受匈奴欺凌，每当汉军进入西域，总是抢先依附，然而，终归还是被汉室所背弃；而这种情况成为鄯善国的宿命，以往一而再，再而三地重复过来，往后也将同样地重复下去。

当然,这并不意味着井上靖只是单一地从小国立场批评汉族中心主义。他在不同作品中交换视角,分别从不同民族立场出发审视民族关系,从而使得各个民族的立场在其创作中形成对话性。《异域人》便主要从汉族本位立场出发审视民族关系。小说中,班超扶持疏勒国国王忠多年,忠却接受车莎国的贿赂而背叛他,这"使他感到夷狄人的心是很难理解的"。班超从实际教训中还体会到,"具有鸟兽之心者,非疏勒王忠一人"。这一从汉族立场出发批评西域小国善变的态度,显然与《楼兰》从小国立场出发批评汉族的态度一起共同构成民族问题上的多元对话特点。井上靖不仅在创作中让各民族立场之间相互质询,而且还想象了各民族之间相互融合的情况。《异域人》的结尾,班超远征西域多年,相貌上竟发生了胡人化的特点,回到洛阳,城中孩子都喊他"胡人"。

井上靖西部题材历史小说的第三个特点,是准确的地理知识介绍与西部风景的诗意描写相结合。地理知识介绍也和历史知识介绍一样,在井上靖的西部题材小说中占据着重要的篇幅。他的小说多有准确的地理样貌、时空距离介绍。这些严谨的地理知识,亦如小说中的历史知识一样,具有两方面的功能:一是丰富的地理知识构成小说的书卷气,形成学者型小说特点;二是地理知识与人物性格、命运形成交互关系,丰富了虚构性故事的思想内涵。

《楼兰》关于楼兰、罗布泊地理特点的介绍,与楼兰——鄯善人的性格、命运描写水乳交融。《昆仑之玉》更是把地理知识考古与人物命运描写交织在一起。1967 年发表的短篇小说《昆仑之玉》由两则西行寻玉的悲剧故事组成。第一则是后晋时代两个汴京青年桑生和李生到于阗国寻找玉石的故事。第二则是清乾隆年间京城玉商卢氏为寻蓬莱仙境、京城三个青年为了采玉,一起结伴探究黄河新河源的故事。小说清晰地梳理了中国历代关于黄河起源、关于昆仑山位置、关于玉产地的知识判断与实际考察情况,着重交代说:

> 张骞以葱岭为黄河真源,积石附近为第二河源的这种说法,有其实地勘查作印证,又有于阗是玉的产地这个不容置疑的事实作后盾,一直是很占优势的,五代史和宋史的记载,也居于肯定这个说法的立场。

小说最终吸收 19 世纪的科考成果,否定了张骞关于罗布泊与黄河相通的知识建构。而回到后晋和清代的历史场景中,小说则想象了罗布泊与黄河之水渊源相通这一错误知识和虚构人物命运之间的关联性。桑生与李生带着于阗河里淘来的玉石,历经千辛万苦,来到玉门关下,却逢后晋与契丹关系紧张而紧闭关门,无法返回故乡。桑生最终在月明之夜跳进罗布泊,以为顺着塔里木河就能回到汉朝的土地。历史上错误的地理传说,支撑了他的非理性选择,他终于走上了不归之路。第二则故事中玉商卢氏正是相信了昆仑仙境的真实性、三个京城青年正是相信了黄河源头上有昆仑之玉的传说,才会义无反顾地踏上艰险之程,从此再也没回到故土。想象历史上错误的地理知识是如何误导人的生存状况,《昆仑之玉》关于黄河起源、昆仑山地理位置、中国玉文化的知识考古,就不仅仅是纯客观的科学辨伪,而是凝聚着作者关怀个体生命存在之局限性的悲悯之情。

井上靖的小说还擅长对西部景色展开诗意描写。其笔下风景或雄奇或清新,皆色彩瑰丽,意境舒展。日光或月光下的沙漠、绿洲、湖水构成他西部书写的核心意象。《敦煌》写肃州战场:

> 这一仗直杀到日落西山,夜色悄然笼罩着整个战场。淡淡的月光照亮了战场上的每一个角落。盐碱地的表面看上去像是上了一层珐琅釉一样,约显青色。夜间寒气逼人,已经开始出现霜冻。

这样的景色,清寒肃杀中又带着一点婉约,隐约体现了作者宽广而又细腻的情思。《昆仑之玉》则往往以旅行者惊奇的眼光来展示黄河河源的奇异景观:

> 大伙儿绕着这口大湖的四周走,发现有水顺着北边的大岩壁上流泻到这大湖里。岩壁呈赤褐色,泻落的瀑布因而辉映成金黄,进入大湖之后就一变而为碧蓝。

这体现了井上靖善于摹写光影幻化下西部神奇景观的特点。正因为抓住光的变化,西部景色在他笔下便有了多彩的风姿,而不是单调和贫乏。

总之,井上靖既擅长于把扎实的历史知识和地理知识作为小说想象的起点和背景,因而其作品便有平静的叙事风格;同时,他又怀着对人类的悲悯情怀,怀着对中国西部的热爱,展开丰富的想象,理解古代西部人的种种生活方式,弘扬他们的主体精神,同情他们生存的局限性和脆弱性。

金庸(1924—2018),浙江海宁人,原名查良镛,与梁羽生一起开创了港台新派武侠小说,是20世纪影响力最大的武侠小说作家,同时也是《明报》创办人,是20世纪50—60年代香港著名社评人和编剧。1955年到1970年间,金庸总共创作了十五部武侠小说。这些作品流传广泛而深远,拥有广播、影视和游戏的各种改编版本,是各时期影视剧改编经典的热门,是文化市场畅销、长销的精品。从第一部小说《书剑恩仇录》起,金庸的武侠小说中就有大量笔墨描写中国西部。其涉及西部风土人情的作品有十二部,它们是:中篇小说《白马啸西风》,长篇小说《书剑恩仇录》《碧血剑》《射雕英雄传》《神雕侠侣》《飞狐外传》《倚天屠龙记》《连城诀》《天龙八部》《侠客行》《笑傲江湖》《鹿鼎记》。其中《白马啸西风》中所有的故事都发生在新疆吐鲁番。西部是金庸在武侠小说中挥洒想象力的重要空间。金庸笔下的中国西部,不仅呈现出奇特的异域风光和奇风异俗,更为重要的是,西部成为金庸小说中的一个意象,代表着与中原传统文化相异的文化选择。

金庸小说中西部想象的第一个特点,是用美丽的异域风光来打造中原江湖之外的世外桃源,使得西部与中原成为对峙的另一个空间,并赋予这个空间中的人和事超越世俗名利的意义。武侠小说中的江湖向来是与朝廷庙堂相对应的世外桃源,但金庸的武侠小说改造了传统武侠小说中江湖的桃源意象,金庸笔下的江湖已经不再是避世桃源,而是与朝廷庙堂一样的权力争斗场。中原江湖充满了阴谋、斗争、杀戮,一如名利场和世俗社会。金庸在将江湖寓言化的同时,又营造了西部边地的世外桃源。西部天山、昆仑山、大漠,都是金庸营造超越中原江湖世俗名利羁绊的广阔天地。金庸笔下的西部,美好的景色、美好的人物与美好的风俗人情交融在一起,是一个令人神往的空间。

1955年发表的《书剑恩仇录》是金庸的第一部小说,讲述了以陈家洛为首领的红花会群雄筹划反清复明大业、最后失败退出江湖豹隐新疆的故事。在《书剑恩仇录》中,陈家洛本是大臣陈世倌的公子,是乾隆的弟弟,在少年时期被送到天山天池跟随当世武功高手"天池怪侠"袁士霄学艺,青年时期被老舵主于万亭安排接任红花会总舵主,领袖红花会群雄策划反清复明大计。陈家洛与乾隆在江南斗智,红花会在中原与朝廷抗争,江南和中原的风景虽然精致优美,但江河湖泊和亭台楼阁中展开的是刀光剑影的厮杀,是两相对立的抗衡和冲突。但当陈家洛为给新疆的霍青桐送信,来到新疆,在沙漠中见到草原湖泊雪山树木的美景,并邂逅了雪山脚下草原尽头树林湖中洗澡的香香公主,西部天山在《书剑恩仇录》中呈现出神话般的美景。金庸在书中描绘:

> 眼前一片大湖,湖的南端又是一条大瀑布,水花四溅,日光映照,现出一条彩虹,湖周花树参差,杂花红白相间,倒映在碧绿的湖水之中,奇丽莫名。远处是大片青草平原,无边无际地延伸出去,与天相接,草地上几百

只白羊在奔跑吃草。草原西端一座高山参天而起,耸入云霄,从山腰起全是皑皑白雪,山腰以下却生满苍翠树木。①

在宁静的西部草原,美丽的景色给小说注入了神话色彩,在神话般的美景中,香香公主从水中出现,仿佛神话中织女的出场。这个仙女一般的新疆回部公主,纯真质朴,毫无世俗名利欲望,代表了与江南奔波忙碌的陈家洛和北京老谋深算的乾隆相对立的另一种人生境界。而生活在西部的少数民族民众,他们所尊崇的伊斯兰教和他们随性恬淡的生活方式一起,构成了与中原传统文化相对应的另一种文化选择。

金庸小说中西部想象的第二个特点,是将奇风异俗编织进精心设计的情节,使得西部奇特的风俗成为情节推动力,并在西部的奇风异俗中表达对中原传统礼教的反思,提升了武侠小说和通俗小说的品格。金庸笔下西部的奇异风俗不仅能满足通俗小说读者的猎奇心理,而且还能作为中原文化的一面镜子,来映照中原传统礼教文化的不足,表达金庸对于传统文化的反思和批判。金庸小说的边地风俗,既是通俗小说中的猎奇因素,又传达了严肃小说的理念,还是小说情节的主要推动力。金庸小说中西部边地的奇风异俗,已经不只是可有可无的边角料,而是其武侠小说构架中重要的部分。

《书剑恩仇录》中的新疆回部有一个"偎郎大会",是书中非常重要的奇风异俗:

> 回人婚配虽也由父母之命,须受财产地位等诸样羁绊,但究比汉人的礼法要宽得多。偎郎大会是回人自古相传的习俗,青年未婚男女在大会中定情订婚,所谓"偎郎",是少女去偎情郎,锦带绕颈,一舞而定终身,自来发端于女方,却是凰求凤,而不是凤求凰了。②

这个女方主动的偎郎大会,使得香香公主可以主动追求陈家洛,解决了男主角陈家洛被动性格造成的爱情困境,而香香公主表白之后又形成了与姐姐霍青桐爱上同一个人的三角恋模式,这个三角恋的处境又是霍青桐被众人误会的根源,也是陈家洛突显性格弱点的选择难题。所以,一个"偎郎大会",使得金庸既满足了传统礼教下中原读者的猎奇心理,也带动了对于"汉人礼法"的反

---

① 金庸:《书剑恩仇录》,读书·生活·新知三联书店,1994年出版,第499页。
② 金庸:《书剑恩仇录》,第516页。

思和批判,给予了女性择偶的主动权,也是《书剑恩仇录》情节线索的重要推动力,还塑造了在爱情中主动的香香公主的人物形象,同时也丰富了陈家洛的性格特点。

1961年发表的中篇小说《白马啸西风》讲述了汉族小姑娘李文秀父母因身怀藏宝图被人追杀,逃到新疆大漠被人杀死,李文秀则在大漠风暴的掩护下逃得性命,被计老人救下并在新疆哈萨克族部落养大,后来又因藏宝图卷入纷争,历经艰险后最终回到江南。李文秀在西部边地成长,她爱上了哈萨克小伙子苏普,也爱上了淳朴的哈萨克人。在金庸想象的西部边地,"哈萨克人天性正直","哈萨克的男性粗犷豪迈"。在这个边地的异族部落,人与人之间交流诚恳而坦荡,人们爱憎分明,思维简单而直接,所有的憎和怒的背后总是因为被欺压和欺骗。苏普的父亲苏鲁克因为汉人杀死了他的妻子和大儿子,所以拆散儿子苏鲁与李文秀的爱情。金庸处理这个种族偏见导致的爱情悲剧的时候,深刻地理解了思维简单、背负仇恨的悲剧制造者,他既体谅了普通人在面对人生劫难时候的不宽容,同时又让主角李文秀去理解和宽容所有的人生苦痛。李文秀理解了仇视她的苏鲁克,她设计让苏普爱上哈萨克族美女阿曼,她怜悯所有人的不幸,包括她自己的失恋。

哈萨克族有一个习俗,"每一个青年最宝贵自己第一次的猎物,总是拿去送给他心爱的姑娘"。苏普的第一个猎物就是为救李文秀杀死的狼,他把狼皮放在李文秀的门口,被父亲苏鲁克用皮鞭抽打,李文秀躲在苏普帐篷后面听到苏鲁克抽打苏普,她不能再听到苏普哭叫,她把狼皮放到了"草原上一朵会走路的花"阿曼帐篷外边,她也因此失去了爱情。李文秀的人生因为这个习俗而改变了轨迹,因为这个习俗,她明白了苏普的爱意,品尝到了爱情的甜蜜,她也利用了这个习俗,设计让苏普爱上了别人,而李文秀自己则带着对苏普的爱一直保护着苏普一家。这个奇特的习俗,是小说情节的重要转折点。在西部长大的姑娘李文秀,最后骑着白马回到家乡江南,"江南有杨柳、桃花,有燕子、金鱼……江南汉人中有的是英俊勇武的少年,倜傥潇洒的少年","那都是很好很好的,可是我偏不喜欢",她留恋的仍然是西部简单淳厚的风土人情,喜欢的仍然是哈萨克族单纯质朴的少年。

金庸小说中西部想象的第三个特点,是西部边域成为武功高手的修炼或者归隐之地,西部名山成为武林中的圣地,西部武功也成为中原正统武功之外另辟蹊径的一支,西部高手的人格和性格也是正统儒释道人格之外的演绎。

武功在金庸的武侠小说中,是人格和性格的外化,西部高手的武功,是正统武功派别传承之外的另一种存在,而武功背后所象征的人格与个性,也是传统儒释道文化下人格与个性的补充。西部武功与西部异域的地理位置一样,是金庸武侠小说中丰富而多彩的重要组成部分。

《书剑恩仇录中》的第一高手袁士霄居住在天山天池,他性格桀骜不驯,而他的初恋情人和情敌秃鹫雪雕也居住在天山附近,他们是金庸笔下的"天山派",因情爱纠葛渐分两脉。天山双鹰将"三分剑术"的天山剑法发扬光大并独树一帜,天池怪侠袁士霄独创的"百花错拳"也成为武林一绝,天山一派也成为江湖众人向往之地。在1956年发表的《碧血剑》中,西岳华山也是天下第一高手华山掌门人穆人清的修炼和立派之地。从1957年发表的《射雕英雄传》起,金庸逐渐将西部异域的武功作为中原正统的补充,而西部高手的性格和人格也逐渐清晰和个性化,武功、人物、地域三者结合成统一的风格,这也是金庸武侠小说的特色。西毒欧阳锋的西域白驼山,明教的圣山昆仑山光明顶,西域灵鹫峰,星宿派的星宿海,雪山派的凌霄城、点苍山,等等,把金庸所有的武侠小说串在一起,可以绘制出详尽而丰富的西部地图,在这个西部地图中,西部的独特风光、奇异风俗、特异武功和个性高手一起,勾连起一个完整的西部世界,淋漓尽致地展现了金庸对于西部的文学想象。

梁羽生(1922—2009)原名陈文统,生于广西蒙山县文圩乡屯治村,卒于悉尼,是20世纪50年代港台新派武侠小说的创始人及代表作家,同时也是20世纪50—60年代香港报界著名撰述员、散文家及棋评家,1987年移居澳大利亚,2009年获澳大利亚的澳华文化界终生成就奖。梁羽生一生著有三十五部武侠小说,其中以中国西部天山及其附近地理空间为主要故事背景的有十四部,而与"天山派"有关联的作品有二十部,这被统称为"天山系列"。"天山系列"作品创作于1956年至1976年间,以武侠小说的形式展现了梁羽生对于中国西部的文学想象。"天山系列"小说的故事时间从明朝开始延续到清朝末年,这些作品按故事的时间顺序排列如下:《还剑奇情录》、《萍踪侠影录》、《散花女侠》、《联剑风云录》、《武林三绝》、《广陵剑》、《白发魔女传》、《塞外奇侠传》、《七剑下天山》、《江湖三女侠》、《冰魄寒光剑》、《冰川天女传》、《云海玉弓缘》、《冰河洗剑录》、《风雷震九州》、《侠骨丹心》、《弹铗歌》(又名《游剑江湖》)、《折戟沉沙录》(又名《牧野流星》)、《弹指惊雷》、《剑网尘丝》。其中1959年发表的《萍踪侠影》和1961年发表的《云海玉弓缘》是公认的代表作。

"从某种意义上说,'天山系列'代表了梁氏武侠小说的精华。"①梁羽生的"天山系列"武侠小说,以丰富而精彩的系列形式,塑造了武侠小说中的"天山谱系",使得中国西部天山成为武侠小说中的独特意象,而天山派也成为梁羽生武侠小说中侠士侠女辈出的大派。

梁羽生的西部文学想象的第一个特点,是塑造出了一个气势恢宏的天山世界,这个天山世界中包含了冰川雪山和草原大漠两种世界,是一个奇美瑰丽的奇幻空间。而不同世界分别有与其风景特色一致的侠女驰骋其中,这使得梁羽生的武侠小说呈现出了当代武侠小说中少见的侠女系列人物谱系。

梁羽生的"天山系列"武侠小说,地理位置从新疆辐射到喜马拉雅南部周围小国,这是个完整的世界,有纷乱的国别战争,有被时代大潮卷入的普通百姓,有领袖群伦的部落领袖,有孤寂的侠客,有痴情的儿女,普通人的人生百态和具有超越性的侠客生活在天山附近展开。而这个西部世界在梁羽生的笔下,也清楚地分出了两个风景各异的地域:冰川雪山和草原大漠,两种不同的地貌造就了不同的侠女,而梁羽生的笔墨所至,中国西部呈现出一种不同的风光,不同风景背后是不同的部族生活和侠女特点,并形成了两种特点鲜明的意境。

一个意境是冰川雪山。1959年发表的《冰川天女传》讲述了乾隆时期江湖各人物齐聚在西藏谋取宝物金瓶,惊动了神话一般的人物冰川天女,冰川天女取得金瓶送给天山派少掌门唐经天,后因误会分离,并中途结识"毒手疯丐"金世遗,三角恋之后冰川天女最终与唐经天喜结良缘的故事。在《冰川天女传》中,梁羽生塑造了一个远离烟火人间的冰川雪山世界,这个冰川世界模拟道教神话中的仙境,有透明的冰晶和五色的彩光:

> 但见冰川交错,俨若银龙,又是一番奇景。冰川的冰层,虽因受到初夏的阳光,已有部分融化,但山顶的雪花,一片一片轻飘飘地下着,就好像白纸屑,水晶末一般,落到冰川之上,逐渐结晶冻结,最后转化为冰层。所以山上的冰川,亘古不化。由于太阳光的折射和散射,整个冰层都变成浅蓝色的透明体,端的是奇丽万状,难以形容。暮春初夏的雪比较润湿、黏重,这种雪里面水分较多,落在冰川上,未冻结成为冰层之前,就像一朵朵

---

① 罗立群:《开创新派的宗师——梁羽生小说艺术谈》,第15页。

梅花。①

冰川冰宫的主人桂冰娥是尼泊尔的公主和武当派的长老,身份高贵,武功卓绝,容貌冷艳,性格高傲。她是一个神仙般缥缈的人物,与纯洁的冰川和纯净的天湖一起,成为藏地人口中的传奇。

另一个意境是草原大漠。"天山系列"的《白发魔女传》《塞外奇侠传》和《七剑下天山》中有一位侠女哈玛雅,外号"飞红巾",她是新疆各族盟主,也是"天山派"的"天山七剑"之一。草原的辽阔高远塑造了草原公主"飞红巾"爽朗大方的性格,而大漠独有的风沙和酷热也练就了"飞红巾"不屈的意志。

梁羽生西部文学想象的第二个特点,是一改传统武侠和其他武侠作家的"他者"视角,将西部天山当作武林正宗的发源地之一,从本体的角度来描绘西部,描绘天山,并用二十部武侠小说来打造西部武林世界。

"天山派"在其他武侠小说作家如金庸等人笔下,虽然也是名门大派,终是比不过中原的少林和武当。梁羽生倾尽笔力建构"天山谱系",从各方面来为"天山派"正名,从侠士侠女的人物谱系上、从"天山剑法"的代际传承和更新上,由细处入手,到宏观架构,呈现出了一个在梁氏小说中名声和影响都远胜于少林武当的"天山派"。在梁羽生的小说系列中,名士侠客张丹枫的大弟子霍天都在天山苦创独门剑法,成为"天山派"的创始人,历经晦明禅师、天山七剑,"天山派"成为领袖天下的武林盟主。"天山派"在梁羽生的笔下,已经是"武林中的正义之师,是侠义精神的代表,其武功在武林社会中也具有'帝王之象'"②。

中国西部,在梁羽生笔下集中了地理、民族、宗教和文化的诸多因素,成了梁氏小说开拓出的独立世界,这个想象的西部空间,也成为武侠小说史中光彩夺目的一隅。

第四节 西部现代戏剧的繁荣及民族特色

戏剧艺术在西部地区有着深远的历史渊源和群众基础。以秦腔为代表的地方戏曲艺术很早便在这里发源并广泛流布,戏曲传统剧目在这里上演不止,

---

① 梁羽生:《冰川天女传》,中山大学出版社,2012年出版,第3回。
② 罗立群:《开创新派的宗师——梁羽生小说艺术谈》,第15页。

在历朝历代均产生了编著戏曲剧目的剧作者。30年代开始,因与苏联的地缘联系,话剧、歌剧等西方戏剧形式便传入新疆,话剧的创作和演出在新疆形成了一股热潮。最早从事话剧创作的有:著名维吾尔族作家祖农·哈迪尔于30年代先后创作了《麦斯伍德的忠诚》《蕴倩姆》《古丽尼沙》《遭遇》等剧作;维吾尔族政治家包尔汉和赛福鼎分别创作了《怒吼的火焰山》和《光辉的胜利》,此外还有哈萨克族诗人库尔班·阿里的《萨里哈与萨曼》(与人合作)等作品在新疆产生了巨大的影响。抗战时期,西部地区大后方的地理位置曾吸引赵丹、塞克、王洛宾等许多戏剧工作者出入此地并以戏剧的形式开展救亡活动,同时也把现代意义上的戏剧创作观念和话剧、歌剧等艺术形式带入西部地区。更为重要的是,依托陕甘宁边区的文化建设和解放区戏剧艺术的发展,为西部地区戏剧艺术培养和造就了一支重要的创作演出队伍。这支队伍在解放后较长时间内,一直是西部戏剧艺术的主体阵容,其艺术追求也长期影响着西部戏剧创作的走向。50年代,为了树立新型的创作观,国家文化部先后在全国范围内掀起了学习斯坦尼斯拉夫斯基体系和戏剧民族化的热潮,并在北京集中办班学习。前者使斯氏体系中"来自生活"和"贵在真实"的写实戏剧观得以迅速地普及,后者则使话剧、歌剧等外来艺术形式迅速地完成了"中国化"的改造,找到了外来艺术形式表现中华民族生活的途径。

上述两次热潮对西部戏剧创作的影响是巨大的。斯氏体系中的写实观,使得西部戏剧艺术在建国伊始就确立了占据主导地位的现实主义创作原则,而后者则使更多的西部戏剧创作者,将目光集中投向这一地域中特有的少数民族生活,使得少数民族题材的选取始终是西部戏剧的热点。西部风情与多民族色彩构成了这一时期西部戏剧题材风格的主体和特色,并以此走向全国。西部戏剧作家徜徉于草原、雪域、帐房、牧场之中,体味着这一独特题材领域的魅力,并吸取不同民族文化中的营养,借鉴这些民族中最富有表现力的口语、俗语和谚语,有意识地展示他们特有的民俗风情和生活习惯,并通过众多的成功剧作,为新中国戏剧艺术开启了崭新的艺术视角和独特的生活形态,树立了西部戏剧独有的艺术品格。

这一时期,反映少数民族地区民主改革和新政权、新生活秩序的建立,消除民族隔阂,揭露和批判封建统治阶层残酷压榨人民群众的罪恶,平定民族分裂主义者的叛乱,构成了戏剧创作的一个重要的主题取向。歌剧《草原之歌》(**任萍**编剧)是第一部藏族题材的民族歌剧,1955年由中央歌剧院首演。该剧以分属两个长期处于仇杀、敌对部落的藏族青年阿布扎和侬错加的爱情为主线,展示了旧时代反动势力的挑拨而造成的民族隔阂。最后,十年前随红军北上的侬错加的哥哥回到了故乡,揭露了反动派的阴谋,终于使这两个部落重归于好,也挽救了阿布扎与侬错加濒临破灭的爱情。这部作品堪称西部戏剧中描写少数民族题材的开山之作。由甘肃剧作家**汪钺、姚运焕、武玉笑、易炎、白敬中**编剧的话剧《在康布尔草原上》,是西部地区第一部走向全国舞台的大型戏剧作品。它在1956年全国话剧会演中夺得多项奖励。剧本精心设计了一场发生在人民政府工作组与敌特之间的斗争戏,并以工作组通过自身的行动与康布尔部落的藏族同胞逐步消除隔阂的过程为主线来结构情节,将几个主要人物置身于环环相扣的复杂矛盾之中,熟练地安排运用戏剧冲突,使得"戏味"十足。剧本成功地塑造了工作组组长方振和部落头人焦巴这两个人物形象。在戏剧语言上,作者有意识地选取了藏族谚语和富有浪漫气息的藏民族语言入戏,使戏剧语言具有了浓郁的民族色彩。甘肃戏剧作家创作的《滚滚的白龙江》(**武玉笑、胡耀华、王元榜**编剧)可视为《在康布尔草原上》的姊妹篇。这出戏沿用了《康》剧中的人物,以平定民族分裂主义者的叛乱为背景,设置了扣人心弦的戏剧情节,如稍岔口埋伏、防疫棚激战、大寺院辩论、树林中搜捕等。以悬念来制造高潮迭起的戏剧情境,产生了强烈的戏剧效果。沿用的几个人物形象在《康》剧中,他们只是向往新生活的次要人物,但在这部戏里,他们已成为新生活的主人和新社会制度的保卫者,人物的性格有了新的发展,有的则比《康》剧有所深化。

西藏自治区的话剧《不准出生的人》(**王颖**编剧),也是表现上述主题的一部有影响的作品。在这部作品出现之前,由西藏自治区第一次选送到上海戏剧学院学习的藏族戏剧工作者首先参与了电影《农奴》的创作和拍摄,引起了全国戏剧界的关注。同时他们又推出了《三个卓玛》《祈求者》等作品,这均为《不准出生的人》的创作积累了宝贵的经验。该剧以控诉农奴制度的罪恶为主题,通过一家人在新旧社会中的不同遭遇,围绕旧社会农奴连生育的自由都不曾拥有的悲惨境遇和新社会里"不准出生的人出生了"这一强烈的对比,揭示了农奴制度对人性的摧残。

新疆维吾尔自治区在修改的基础上排演了由祖农·哈迪尔创作的著名维语话剧《蕴倩姆》,并用维、汉两种语言演出。该剧描写了伊犁地区维吾尔族青年努柔木和蕴倩姆的爱情悲剧,控诉旧社会封建统治的罪恶,剧情动人,形象逼真。

田汉(1898—1968)创作于1959年的话剧《文成公主》与《关汉卿》一起被称为其话剧创作的"双璧"。《文成公主》取材于人们熟知的历史故事和史实,表现了民族亲善和汉藏文化交流的主题。该剧熔铸了田汉一贯的诗人化浪漫主义笔调,充满着诗意的象征意味,给人以诸多联想。如文成公主用"日月宝镜"劈开"日月双峰"等情节,既是"超写实"手法的运用,但又是符合生活逻辑的想象。另外,这部作品在话剧艺术民族化风格的构建方面,也做了较多的尝试和探索,如歌舞化场面的运用等。

郭沫若(1892—1978)的话剧《蔡文姬》曾引起过广泛的讨论。讨论的焦点在于"为曹操翻案"的话题上,足见这部作品在当时的影响力。其实,为曹操翻案正是郭沫若历史剧创作中"失事求似"原则的具体体现,他善于改变历史人物的既定形象,而根据主流话语形态赋予人物崭新的内涵,还历史人物的本来面目。《蔡文姬》这部话剧较好地处理了历史虚构和现实表达的关系,成功地把握了情节处理和形象塑造的关键节点,为观众留下了曹操和蔡文姬这两个个性鲜明、质感十足的舞台艺术形象。

由蒙古族著名剧作家**超克图纳仁**(1925—   )创作的蒙语多幕话剧《金鹰》,通过一对蒙古族青年的恋爱故事,反映了蒙古族人民反抗封建统治的激烈斗争和对新生活的向往。剧中所展示的那达慕大会的情景和蒙古男青年的个性特征,均给人留下了深刻的印象。这部戏曾在内蒙古各盟相继演出,誉满草原,牧民们也因此把凡是演蒙语话剧的剧团统称为"金鹰剧团"。《金鹰》诞生不久便被搬上银幕,在全国范围内引起了较大的反响,成为50年代优秀的电影作品。此外,超克图纳仁还创作了独幕话剧《我们都是哨兵》,参加了第一届全国话剧会演并获一等奖,他也因此成为有全国影响的少数民族剧作家。

除上述作品,这一类主题的戏剧创作,还有甘肃的歌剧《草原医生》和陇剧《草原初春》(陈文鼐编剧)、内蒙古的话剧《草原民兵》(阿·敖德斯尔、常捷编剧)、西藏的话剧《一条哈达》《边塞笛声》等。随着民主政权的建立和民主改革的完成,在西部少数民族地区,社会主义经济建设的热潮风起云涌。在这种新形势的感召下,西部地区的剧作家又把笔触伸向了积极投身社会主义建设的少数民族新人形象的塑造上,他们以一种饱满的热情讴歌了在新的社会制度中逐步成长和成熟的少数民族新人,以及他们身上所展示的崭新的生活观念和人生理想。其中,成就最突出的剧作家是武玉笑和欧琳。

武玉笑(1929—),陕西佳县人,1949年开始文学创作。武玉笑在50年代参与了《在康布尔草原上》和《滚滚的白龙江》的创作之后,将关注的目光投向天山南北。这期间,他最大的变化就是放弃了编织强烈戏剧冲突,以"偶合巧遇法""提心吊胆法"增强戏剧效果的创作思路,开始从日常生活中寻找诗情,走上了一条带有鲜明个人特色的"散文化戏剧"创作之路。他在新疆深入生活后创作的第一部作品是话剧《天山脚下》,这部作品被中国青年艺术剧院排演。该剧描写了维吾尔族人民走合作化道路的历程,表现了维吾尔族独具特色的民族风情,反映新生活给维吾尔人民带来的思想和观念上的深刻变化和"新人"的成长。剧作通过合作化带头人阿依夏姆的家庭纠葛,表现了维吾尔族妇女在冲破世俗观念上的斗争与抉择。她善良勤劳、爱憎分明、不畏困难、勇于抗争,并以自己的行动使出走的丈夫回归,赢得了大家的理解与支持。其他人物如乐观的阿一甫、自私的托呼提、懒惰浪荡的哈尔逊等,也都各具色彩。该剧努力追求一种民族风格和民族特色,表现了西部田园牧歌式的地域风情,使观众从剧中领略了绚丽多彩的生活韵味。这在当时众多描写合作化的戏剧作品中,无疑是一出别具特色的作品。《天山脚下》之后,武玉笑又创作出了三幕话剧《远方青年》,其后改名为《草原雄鹰》拍摄成电影在全国上映。该剧如一首抒情诗,更似一幅浓墨重彩的民族风情画,在日常生活的诗情抒写中塑造了众多新型的人物。全剧以坚定乐观的生活态度和挥洒自如的抒情韵律、牧歌情调,将戏剧的审美功能推上了一个新的水准。这部作品是武玉笑创作风格走向成熟的标志。在上述两部剧作之后,武玉笑在较长的时间里保持了旺盛的创作力和创作热情。其戏剧创作之路一直延续到20世纪90年代。进入新时期以后,他又连续推出了《大雁北去》《爱在心灵深处》《西去的驼铃声》《一个快乐的苦命人》《旅途》《七月之夜》等一批话剧作品。这些剧作延续着武玉笑已形成的艺术追求,但在主题上又有了深化,对普通人命运的思考也更趋深入。

与武玉笑同时徜徉于天山南北的客居新疆作家**欧琳**(1931—2005),在这一时期推出了著名话剧《奥依古丽》,描写了维吾尔族女性冲破世俗观念的种种抗争和新的人生追求。剧作从奥依古丽参选社长引起轩然大波开始,以维吾尔族妇女不能抛头露面的传统观念为批驳对象,精心组织了一系列带有浓郁生活情趣的情节,其间还加入了与昔日奴隶主的尖锐斗争。剧作生活气息浓厚,人物性格鲜明。这部作品后来被改编为电影《天山的红花》(欧琳、礼魂编剧)搬上银幕,"成为一部具有某些超越时代意义的作品"①。

以歌颂少数民族新人形象为主题的作品,还有在全国第一届话剧会演中获一等奖的独幕话剧《喜事》、内蒙古的话剧《包钢人》(高彬、吴新秦编剧)、西藏的话剧《夜闯完达山》《踢开绊脚石》,以及宁夏的话剧《如兄如弟》、歌剧《星星之火》与新疆的歌剧《两代人》等,在当时都有一定的影响。

50—60年代,西部戏剧工作者除表现少数民族题材以外,还积极地发掘西部民族民间文化资源,并努力将其改造后运用于戏剧舞台。这方面的努力表现在两个方面:一是利用民族民间艺术形式新创了一些新的戏剧品种,特别是戏曲剧种,如在陇东道情基础上催生的陇剧,在内蒙古二人台基础上创造的漫翰剧,在青海民间说唱艺术平弦的基础上创造的平弦剧和利用回族地区广泛流布的民歌形式——花儿创造的花儿剧和花儿歌舞剧等。这种努力在50—60年代西部形成了一种热潮,对提升原有民族民间艺术形式并使其走上舞台产生了积极的作用,但也应该看到,并不是所有的民族民间艺术形式都可以或者有必要改造成舞台戏曲品种,其原生的状态本身就具有其价值和魅力。时至今日,有些民族民间艺术形式催生的戏曲剧种成果的弱点已显现出来。二是吸取民族民间艺术营养,丰富已有的戏剧品种的表现手段,把西部民族民间的艺术形式作为自己的创作载体,这也使一些戏剧作品特别是西部歌剧艺术带上了浓郁的西部地域色彩。利用西部原有的民族戏剧品种如藏剧等形式创作的新剧目和搬演改编的传统剧目,如藏戏《松赞干布》《朗莎雯波》《诺桑》等,成了50—60年代西部戏剧民族地域色彩的一个重要组成部分。前者成就最大的是陇剧《枫洛池》,后者则以歌剧《向阳川》为代表。历史剧《枫洛池》(**石兴亚、陈文鼐、金行健、李迟、姚舫**编剧)是以传统剧目《渔家乐》为蓝本改编创作的新剧目,它剔除了原剧维护封建正统思想的观念,截取和突出了原剧中渔女刺梁的情节,从而为全剧赋予了新的思想意义。该剧不仅取得了创作和演出的成功,而且使原来陇东道情的民间演唱形式飞跃为 个独具特色的新剧种——陇剧,这对此剧种以后的发展产生了深远的影响。剧中的对白和唱词,既有戏曲语言的特色,又具有文学性和地方特色,诗词、歌谣相融共洽,给人留下了深刻的印象。

---

① 夏冠洲、阿扎提·苏里坦、艾光辉:《新疆当代多民族文学史》,新疆人民出版社,2006年出版,第297页。

大型歌剧《向阳川》(**刘万仁、康尚义、高平、黎群**编剧)被誉为继《刘胡兰》《洪湖赤卫队》之后民族歌剧的又一重要收获。该剧表现了向阳川大队取得丰收之后,在下游古牛湾大队遇到山洪暴发遭受水灾的情势下,两种观念的激烈冲突。剧中主人公常翠林用自己的果断刚毅,冲破了思想网,闯过了自然关,忍受了失去亲人的痛苦,谱写了一曲舍己助人的动人旋律。剧作的中心事件清晰单纯,给抒情场面留下了充分的空间,并用精练的抒情唱段展示人物性格和心理,歌词流畅自然,选用甘肃地方特色浓郁的花儿歌词来创作唱词,但又不囿于花儿旧有格律,增添了该剧的诗情画意和地方色彩。

这一时期以汉族为描写对象的戏剧作品亦有不少收获,在历史剧的创作方面,主要是汪钺创作的话剧《岳飞》。

汪钺(1926—1999),甘肃陇西县人。曾参与话剧《在康布尔草原上》《抉择》、电影《黄河飞渡》的创作,并有独幕剧《上下之道》等。岳飞抗金的历史题材在各种戏曲作品中曾出现过多次,作者在此基础上努力寻求突破,在众多的史料记载中经过精心剪裁,设计了面君请战、全身刺字、呕血挥书、囹圄不屈、慷慨就义的戏剧架构,表现了岳飞的情感世界,营造出一种悲壮激昂的戏剧氛围。该剧最大的成功在于语言,作者将人物对白与古体诗词相结合,产生了铿锵有力的语言节奏,强化了剧作的文学色彩。

陈工一(1921—2007)编剧的《8·26前夜》,在西部开拓了一个新的戏剧类型——惊险剧。作者没有从正面来写解放兰州的历史经过,而是从侧面选取了作者认为可以构成强烈剧场效果的素材,围绕两个人物交织情节,编织了紧张激烈、扑朔迷离的戏剧情势。该剧对戏剧娱乐功能的探讨和发挥,在今天仍有可借鉴的地方。这出戏出现后围绕惊险剧引发了一场激烈的讨论,肯定者认为其偏重情节追求惊险,以情节为再现生活的重要形式,反对者则认为其采用了形式主义的惊险手法去创作,回避了典型人物的塑造,掩盖了社会冲突和矛盾,使作品流于虚假。这样的讨论在当时的西部戏剧评论界并不多见。

纵观50—60年代的西部戏剧创作,地域特征和民族色彩构成了其创作的主要追求之一。西部戏剧的作者紧紧抓住西部地区多民族特有的生活、思想方式以及特有的自然风貌、民族风情、审美方式、艺术情趣等特征,自觉吸取和运用西部民族特有的语言、手法和技巧等诸多表现形式,形成了现代西部戏剧的第一个繁荣期。但其中存在的问题和不足也是明显的。

因为在50—60年代西部戏剧创作中,配合政治意识成了创作上从选材到方法上的思维方式,于是,在这一思维方式的制约下,从政治观念出发去设计人物、以政治性说教来编织人物语言的创作方法,成为这一时期西部戏剧的一个痼疾。而这一切均以肤浅地表达生活现象、抹杀人情人性和人物深层文化心理为代价。这也就是为什么西部戏剧虽然在特定时期产生了有影响的剧作,而时过境迁就再也无法上演并被时代和观众所遗忘的原因。

第三章 西部新文学的繁荣期(上)

(1979—1992)

1978年,中国共产党十一届三中全会召开,并作出《关于建国以来若干历史问题的决议》,历史在这里完成了重大转折,一个百废待兴、千帆竞发的时代开始了。在思想解放运动的推动下,中国的文坛上霍然出现了令人惊疑的朦胧诗,出现了潮水般的伤痕文学、反思文学。在西部,率先闯入全国文学视野的,是几位早年被打成"右派分子"、流放西部荒原二十余年、从昏死中苏醒过来的中年作家。他们中间,除了王蒙因早年那部受到批判的短篇小说《组织部新来的青年人》有一定的影响外,其他的如张贤亮、昌耀、余易木、刘克等人,还都是一些陌生的名字。但就是这么几个势薄力单的作家,却以其作品特殊的西部韵味,逐渐地引起了人们的高度关注。

第一节 "流放者"的沉吟:反思小说

20世纪80年代初,活跃在当时文学评论界的批评家阎纲有篇颇有影响的短文,题目就叫《宁夏出了个张贤亮》,可见,张贤亮是西部文坛最先引起中国文学界瞩目的一位作家。

张贤亮(1936—2014),江苏盱眙县人。从小受到新兴贵族家庭生活的熏陶和中国传统文化的濡染,曾广泛涉猎俄罗斯文学和欧洲文学名著。1955年中学毕业后来到西部,在中共甘肃省委干部学校任教员,其间研习诗歌创作。1957年,二十一岁的他因在陕西《延河》文学月刊上发表长诗《大风歌》而被划为"右派分子",押送宁夏地区劳改农场劳教,前后受劳教、管制、监禁达二十余年。1979年9月,他的"右派"帽子被正式摘去,次年调入《朔方》杂志社。其小说《灵与肉》《肖尔布拉克》《绿化树》均获全国优秀中、短篇小说奖。张贤亮的小说创作喷发期虽然时间不长,作品数量并不很多,甚至他宣称的"唯物论者启示录"系列小说只出了三部,但是,他的小说仍然是"文革"后西部文学最重要的成果之一,张贤亮本人也堪称是西部新文学的主将之一。

张贤亮的小说,大体可分为两类:一类是《邢老汉和狗的故事》《肖尔布拉克》《龙种》《河的子孙》《浪漫的黑炮》和《男人的风格》。这些小说从单篇来看,大多不乏独创性和现实主义的描写深度。譬如《邢老汉和狗的故事》和《肖尔布拉克》分别描写了两三个西部盲流凄怆而充满人情味的人生故事,令读者为主人公们各自的不幸命运而担忧、揪心,也为这些身份微贱、外表粗鄙的西部百姓心地的善良与美好而慨叹。特别是在《河的子孙》中,作者对魏天贵这位西部乡土干部内心复杂性的剖析,对人性奥秘的探究,达到了同时期小说鲜见的深度与精细度。但另一方面,这些小说在思路上缺乏连贯性,透视点比较分散——对单部作品而言,这也许并不是弱点,但对一位作家来说,笔力的分散,对于表达其核心思想来说,未尝不是一种耗散。尤其是《龙种》《男人的风格》两部类乎"改革文学"的小说,显示出张贤亮在某个时段有追赶内地文学潮流而忽略自己独创性的心理迹象。另一类是《灵与肉》《绿化树》《男人的一半是女人》《初吻》《土牢情话》和《习惯死亡》。这类小说具有浓厚的自传色彩。连贯起来看,这些小说约略勾画出了作者自己的化身章永璘(或者许灵均)走过的特殊的人生道路;尤其重要的是,张贤亮借这些人物,倾吐出了他半生苦难生涯中淤积在心底的块垒——他的刻骨铭心的人生感受,他对"灵与肉"这一对在知识分子的心底里永远在搏战的人生哲学课题的困惑、思索和领悟——张贤亮小说的深长意味,或者说它的重要思想价值,主要就体现在这一类小说上。

"灵"与"肉"的需求对人来说都同等重要。只有同时满足了这两种需求,人才能感觉到幸福。命运曾跟张贤亮开了一个残酷的玩笑,在特定年代,他被当时的社会视为阶级异己分子。作为一名囚徒,一个劳教分子,他的肉体基本需求面临着长时期的潜在危机:在《绿化树》里,张贤亮以真实到残酷程度的笔墨,描写了章永璘的饥饿感受,以及为了得到一点点可怜的食物,他所动用的奇特手段和逼出来的心计,诸如扫点仓底的土面,用铁锹烙成"煎饼",利用大饭盒造成的炊事员的视觉误差多得到一口菜汤,等等。他对农妇马缨花的感激与依恋,首先也源于马缨花能够偷偷地把一些用自己的色相换来的食物留给他吃。而在《男人的一半是女人》中,张贤亮又以大量细节披露了囚犯章永璘惊人的性饥渴秘密,以及他为消除性饥渴而采取的种种反常手段,诸如手淫、偷看女人洗澡、勾引女人通奸等等。章永璘与黄香久之间的关系,并不是什么爱情,而是各自为了满足压抑太久的性欲而发生的性的宣泄。食与欲的饥饿,迫使章永璘变成了一名苟且之徒,也使章永璘既有的知识分子价值观大大动摇,并且开始逐步向"筋肉劳动者"们的价值观倾斜。章永璘终于弄明白了一个重要的人生问题,这就是他在底层社会中所受到的"唯物主义"启示之一。

特定年代的社会对章永璘这类读书人有一个不由分说的强制性要求:通过劳其筋骨、饿其体肤,来改造其灵魂;强制他们接受"筋肉劳动者"阶层的"再教育",要求他们彻底放弃一切文明人的价值尺度,甚至知识技能,全面接受体力劳动者阶层的价值体系;剥夺他们独立思索的权利和他们尚未完全建立起来的独立人格,使他们变成地地道道的筋肉劳动者,服服帖帖的顺民,最终完全消融在筋肉劳动者的汪洋大海之中。整个知识阶层,都被视为社会的异己分子,必欲使之精神"净化"乃至被无产阶级彻底同化。这就是章永璘们以及众多知识分子所面临的共同命运。

极"左"思潮和"运动"带来的后果,不仅在于使这些被放逐的知识分子在肉体上历尽了常人难以想象的苦难,更深刻的打击也许是,政治、文化上的褊狭观念一旦打着无产阶级先进思想的旗号揳入知识分子们的灵魂深处,他们的价值体系便发生了严重的混乱和倒退。他们对自己所接受的人类文明与智慧的结晶——知识,对自己的人生观与世界观发生了严重的怀疑乃至全盘否定,精神完全失去了依傍,成了一种精神上的孤儿。著名的文化人类学家费孝通就曾说:"如果不是在历史上发生了'拨乱反正'这一大转折,我一定会像我许多老师和朋友一样在莫名其妙或全盘否定了自己的心情中离开这个世界。"①

但文化对一个知识分子来说,早就已经内化为他的心理、习惯、眼光和潜意识了。这些东西,不是靠筋骨之劳、皮肉之苦和主观上想割洗的愿望就能够一下子清除得掉的。进一步说,当高级文化被迫向低级文化作逆向认同时,高级文化必然会对这种逆向同化处处抵触,节节抵抗。这一点连章永璘本人都无法控制。在章永璘身上,这种文化冲突具体表现为其内心中的认同和反认

---

① 费孝通:《皓首低徊有所思》,《读书》,1987年第9期。

同的冲突。也就是说,他心里总是同时出现两个自我。一个是企图革过自新、彻底摆脱旧我,认同底层劳动者文化的自我;另一个是苦守自己多年倾心营造的文化家园,不愿使自身退化到只为吃饱肚子满足性欲而活着的自我。这两个自我在他的内心深处无休止地辩论、厮打,造成了他永远无法消除的矛盾心理,以及比肉体折磨更难忍受的精神痛苦。后一个自我与海喜喜、马缨花(《绿化树》)和黄香久们(《男人的一半是女人》)的文化"相会"而不能接榫、融合时,就会逐步演化成章永璘与黄香久们的精神、爱情冲突。

这里涉及张贤亮惯常使用的一个特殊观察点。用他的话来说,他的全部作品都始终如一地从两性关系中汲取灵感。在观察和思索知识分子与筋肉劳动者之间的文化冲突时,他总是潜入到人的爱情、婚姻及其内在心理深处去。无疑,发生在爱情婚姻关系中的文化冲突,比在其他关系中的要更细密、更强烈也更深刻。也许是因为当时的张贤亮要在心灵深处保留一个圣洁美好的形象,《绿化树》中马缨花的"粗俗"以及二人之间的精神隔阂刚露端倪,还没有写到两人结合并发生日渐激化的精神冲突,张贤亮便借故让章永璘走开了。等到马缨花改换了姓名,以黄香久的面目出现时(《男人的一半是女人》),她身上人为的圣洁感已一扫而光,性的色彩格外刺眼,底层劳动妇女的精神本色全面裸露。章永璘和她之间的隔膜与冲突也就全面展开了。

章与黄的结合,完全基于双方长期囚禁或离异造成的性饥渴。黄香久心目中的家庭,主要是满足性需要的合法形式,其次是"像大家伙儿一样过日子",此外就再没有什么了。因此,她在结婚后感觉到的烦恼,仅仅是丈夫阳痿、她的性欲不能得到满足的烦恼。她可以别寻他途解决问题,譬如与曹学义私通。而一旦丈夫的性机能恢复,她又立即回到丈夫的怀抱。只要性欲得到满足,她就心满意足了,此外再也没有感觉到有什么缺憾,更不曾想到过什么相知、诗意之类。章永璘则不然,尽管他与黄香久结合的最初动机,有跟黄相同的层面——他头一次见到的黄香久,就是在河里洗澡的裸体女人,那健美的裸体,使他压抑已久的性欲像山洪一样暴发了——但同时,他还有强烈的情感抚慰的渴望和对更进一层的精神生活的向往。他过去的全部教养教给他的爱情观是这样的——"那种爱情是温柔缱绻的,含蓄隽永的,美妙的情趣带有几分伤感的忧郁,就像一朵带露珠的嫩弱的康乃馨"。他心目中的求婚情景和花烛之夜,是浪漫的,令人心灵战栗的,毕生难忘的"美丽瞬间"。然而现实中他的求婚却是那么顺利,那么简单、冷静、寡淡无味,像是谈妥了一桩生意。他的洞房花烛夜,也竟是按部就班,甲乙丙丁,黄香久早早地把自己剥光了躺进被窝里等着他,该干吗就干吗,哪里有什么心跳、激情,什么"带露珠的嫩弱的康乃馨"?黄香久老练地、心安理得地安排好的一切,章永璘却在一瞬间感觉到了失望、怀疑、沮丧、厌恶和烦躁,以至于失去了性冲动。他觉得"心里有一种什么东西在反对我自己"。这"东西"其实就是在糙粝的生活中尚自醒着的那一半文化人的灵魂。从这里可以看出,几乎是从结合的第一步起,一个文化人与一个"筋肉劳动者"之间的精神冲突就已经开始了。而当章永璘性功能恢复并获得了满足后开始向更完整、更高级的人复归时,就愈加深切地感觉到了情感、精神的饥渴。这是比肠胃饥渴、性饥渴更为持久、深刻,更难得到满足的饥渴。正像他在马缨花那儿吃饱了肚皮之后开始不满仅仅为吃饱而活着一样,他在黄香久这里再也不能忍受没有心灵沟通、没有爱情的夫妻生活。他与黄香久的离异,实际上就是与底层劳动者阶层文化的离异。

至此,章永璘在爱情婚姻上完成了一个与劳动妇女"相结合"的全过程。这个过程,也正是一代知识分子由被迫进而又主动地接受逆向改造的精神过程的浓缩与象征。这个属于"较高的层次"的文化人,虽然曾像一个楔子,心甘情愿地被"钉进"筋肉劳动者们的泥土,并自以为重新找到了自己的位置,但事实上,他很难将自己粉碎并溶化到其中去。这个人物的特殊经历折射出的,是中国现代史上特有的一种历史文化现象——在那一段特定的时代,信念和意志都远比俄国知识分子脆弱的中国知识分子,曾"自觉"地进行政治上的自我否定和文化上的自我改造,但同时它又遭到了另一半理性自我的顽强抵抗。文化改造的内外夹攻,终于没有完全消解和吞没知识分子。人类文明的微弱火种,在他们心里顽强地存活下来了。

但这场精神劫难给中国知识分子留下的内伤和后遗症是异常深刻的。在长篇小说《习惯死亡》中,章永璘虽然活下来了,但他的灵魂中却留下了永难磨灭的恐惧。他的尊严、勇气、热情已经被完全击垮了。物质的子弹虽然没有打进过他的胸膛,但"那颗子弹早就射进了我的大脑,一直埋伏在我的脑海深处","外面的枪和里面的子弹有着血缘的感应。只要枪口一对准我,我脑中的子弹就会爆炸,不论那枪的扳机扣动了没有。而那枪口也总能找得到它瞄准的方向,不论我躲在什么地方避难。这二者的感应就像一道栅栏,使我终身也不能创造出什么丰功伟业,却也使我永远做不出什么劣迹"。他成了一个精神侏儒,一个废人。

在苦难的泥泞中,章永璘尚能够凭借最后一点文化人的理性,作微弱的挣扎与抵抗;挣扎到了解放了的岁月,他才觉出自己所承受的内伤过重,精神早已彻底瘫痪。这就是那一场灾难,留给中国一部分知识分子的精神后遗症。张贤亮的小说创作,真切地刻画出了整整一代知识分子的一段极其特殊的精神禁锢的轨迹,从这一点来说,他的贡献无疑是极为重要的。

作为一个深受特定意识形态观念影响的作家,张贤亮的创作同样存在着明显的局限,他有时候还努力地往流行的政治理念或文学主题上贴靠。譬如说,他始终如一地从两性关系中汲取灵感,实际上避开了对劳改、劳教生活黑幕的正面描写,而且主人公"艳遇"不断,客观上给苦难、沉重、绝望的政治犯劳教生涯蒙上了一层玫瑰色。又譬如,原本是沉重的劳改、劳教生活,他却把它与蒙受马列主义思想的启迪连在一起,显得有些勉强、矫情。如此似乎使小说增添了正面色彩,减弱了"暴露"味道,增加了一点政治保护色。凡此种种,作者的苦衷可以理解,但对现实主义文学的力度,毕竟是一种削弱。《男人的风格》是一部追逐当时正在内地盛行的"改革文学"潮流的作品,与同类作品大同小异,未见有多少独创性。另外,张贤亮也注意在写作手法上"赶时髦"。他的长篇小说《习惯死亡》一改他先前擅长的写实手法,采用了当时流行的时空交错的结构方式。但这种变化并未给他的作品带来新气象,反而失去了《绿化树》《男人的一半是女人》式的在写实上的瓷实度和魅力。这也透露了文坛热潮与名声对一位独辟蹊径的作家的诱惑与影响。尽管如此,张贤亮毕竟是客居西部土地的一位重要作家,他不仅有特殊的题材、独到的感受与思索,而且对现实主义小说手法有精深的理解,其小说结构周密,语言精熟,人物鲜活,特别是他的小说中出现的大量的精彩细节,令读者过目难忘。

在与张贤亮的同代人中,另一位为西部文学增添特殊品种的客居作家是王蒙。

王蒙(1934—),河北省南皮人,出生于北京。十五岁时加入中国共产党,参加北平地下斗争,是一位少年布尔什维克。1949年后曾任北京市东城区团委副书记等。因发表短篇小说《组织部新来的青年人》而遭受批判。1950年被划为"右派"。1961年摘帽后任教于北京师范学院中文系。"文革"开始前被遣送到新疆文化部门工作,曾在伊犁农村当过农民。1979年平反。返京后又开始写小说,成为新时期最引人注目的作家之一。王蒙著述甚丰,与西部有关的小说有中篇小说《杂色》和系列中、短篇小说《在伊犁》。

王蒙与张贤亮年纪相仿,都有被放逐到西部边疆的经历。但他们两人的出身背景、青少年时代的经历殊为不同,因而心态也各异。如果说张贤亮天然地就属于要被"革命"被"专政"的阶级,在那个时代在劫难逃的话,那么王蒙则属于红色队伍,是一名从小坚定地信仰马克思主义,并为打碎旧中国、建立新中国付出过自己的一份力量的少年布尔什维克,一位怀抱革命理想的红色知识分子。按说,革命成功了,新中国诞生了,他应当有权利为之奉献自己的青春、才华和一生。遗憾的是,他的一腔热血——当年他写《组织部新来的青年人》,无非是真率地指出新政权肌体上出现的某些病灶,以期引起疗救的注意,使革命肌体更健康、更蓬勃、更完美。小说遭到严厉批评之后,王蒙被调离团的系统——这不啻直接告诉他,他已经不适合于在革命体制内部生存了,他事实上已经被迫离开了自己的队伍,甚至被当作异己分子,被发送到了新疆。

年轻的王蒙带着对历史的复杂性与曲折性的疑问,在林则徐曾被流放的地方熬煎了十几年——这两位被抛出政权之外的忠心耿耿的"罪人",心态有极其相似之处。直至平反之后,他才以小说为载体,吐露了内心深处的一腔淤血。他所创造的曹千里这个形象(《杂色》),以及《在伊犁》系列小说中的主角"我",几乎都可以看作是他自己的化身。

作为一个被流放的知识分子,命运对曹千里比对章永璘要恩惠得多。他下放劳动的伊犁河谷,是中国西部的一块富庶、美丽的绿洲。波涛滚滚的伊犁河,天山明月,辽阔的草原、田畴,家家户户醉人的葡萄架、苹果园,村路上笔直的白杨树带和道旁汩汩流淌的清溪,织成了一幅迷人的田园风景。更令人感觉温暖的是,生活在这一方几乎与狂热混乱的外界相隔离的土地上的维吾尔、哈萨克、回、汉、塔塔尔等各族人民,以朴素的是非观,善良的心地,"令人惊异的质朴"和"古老的人情味儿",接纳了这位背井离乡而来的"有罪者"。在由肤色、语言各异的各族百姓组成的生活氛围中——那其中有热情、斯文的穆罕默德·阿麦德,富有民间哲人气质、坚信真主的穆敏老爹,无微不至地关心他的阿依穆罕大娘,热情能干的马尔克木匠和他美丽的妻子,质朴热情的爱弥拉母女——曹千里在此感受到了温热、淳厚和从空中落到了土地上的踏实。他跟人们学维语,习耕作,以一颗突受命运的打击又获得庇身之所而后松弛下来的心,接受人民"那种令人惊异的质朴,那种世外桃源式的安宁,那种似乎使人变成孩子的陶然忘机的清静"。他从这种温淳的蒙蒙细雨中得到了抚慰,得到了许多缓解和充实,感觉到了作为一个普通劳动者而活着的新的人生滋味。他甚至完全"陶醉"在这种田园生活中乐而忘忧了。

但在这种貌似陶醉的表象下面,依然隐藏着一颗深怀疑惑、忧愁和痛楚的知识分子的心,一方面,曹千里在"时代洪流"的冲击下像章永璘一样全面认同了劳动阶级文化的合理性;他告诫自己:"你生活在一个严峻的时代,你不仅应该有一双庄稼汉的手,一副庄稼汉的身躯,而且应该有一颗庄稼人的淳朴的、粗粗拉拉的、完全摒弃任何敏感和多情的心。在大时代,应该用钢铁浇铸自己。所以要改造。所以叫做锻炼——既锻且炼。"他努力从心理上认同劳动者为吃饱肚皮、为活着而活着的活命主义哲学、知足者常乐的混世主义人生观,竭力否定人类的高级文明:"在这么多人里,有哪一个傻瓜,有哪一个吃错了药的神经病患者会为五条线上的几个小小的黑蝌蚪而发高烧呢?去它的吧,音乐!滚它的蛋吧,贝多芬和柴可夫斯基!贝多芬有什么了不起,他会唱样板戏吗?还有那个姓柴的,他是红五类?"这种决绝而又不舍,否定而揶揄调侃的混杂口吻,与劳改农场的章永璘舍此就彼时的心境何其相似!他"追求"的是"彻底埋葬他的过去"。他赞美那个"向前、向前、只是不分昼夜地向前而把地上的一切无情地抛到远远的后面的决绝的行进"的时代潮流。但另一方面,他的灵魂深处,又常常难以就此让自己永远昏睡过去。他天生一颗"敏感而多情的心",很难让它"粗粗拉拉",任什么事情他都会产生细腻的感触;他从心底里依然炽爱那个"姓柴的"或者姓贝的,炽爱着人类的所有文化遗产、文明结晶。这些东西已经成了他的灵魂赖以存在的牢固基础。"他梦寐以求那伟大的崭新的乐章的开始,谁知道,他竟然是不属于这个乐章的,他是不被这个乐队所喜欢的……他是一把旧了的、断了好几根弦的提琴?他是一面破了洞、漏了气、煞风景、讨人嫌的鼓?抑或他只是落到清洁整齐的乐谱上的一滴墨、一滴污水?"以曹千里的单纯,他始终没有意识到,他之所以"不被这个乐队所喜欢",就是因为在昂扬、豪放的大合唱中,他这把琴,奏出的是一种不和谐音。他的乐曲发乎内心、充满忧虑,但这个宏大乐章不需要甚至不允许这种乐曲的存在。

曹千里百思不得其解,只好把自己沉埋在平庸琐碎的日常生活中。但时时仍然会痛切地意识到"玩麻将牌就是消磨意志、消磨时间,背叛生活、背叛理想"(《逍遥游》),他不能就这样混下去,他得抓住那眼看着越漂越远了的理想之帆。可不混下去,他又能做什么呢?作为一个曾经才华四溢的作家,他扼腕叹息自己渐渐失去了创造精神产品的能力,成为一个"废了武功"的"无用人"了。他处处触景生情,凭吊那匹形神枯槁、被配以一副千疮百孔的鞍子,忍辱负重地埋头独行的杂色老马;凭吊那把曾经斩钢截铁、锋利无比,如今被弃置在墙角落里生满红锈的铡刀;凭吊那条空自咆哮奔腾却发挥不出任何作用的塔尔河……他像一个诗人,总是从身边物象上看见自己。他借杂色老马之口,从灵魂深处那么深切地喷出一声心愿:"让我跑一次吧!""我只需要一次,一次机会,让我拿出最大的力量跑一次吧!"然而冰冷的现实给他的回答是:不给,一次机会都不给,你已经没有跑的机会了;你就等着这样慢慢地衰老、死去吧。

"逍遥游"其实并不逍遥。一个落难然而精神不死、理想不灭、心忧天下的知识分子,是很难从这种田园的和物质生活相对闲适的生活中真正获得乐趣的,他不可能"陶然忘机",也不可能满足于安全、保命、苟且存活。

王蒙的这两组小说大都没有扣人心弦的情节,它们更像散文或诗,重在自我抒发。其小说可以说是一代有着特定遭遇的红色知识分子心绪的真实记录。从这种意义上来说,它又是西部知识分子题材小说中的一个新品种。但是,也许是王蒙的经历与张贤亮"在血水里浴三遍,在碱水中泡三遍"的经历大不相同,肉体、灵魂的痛苦程度以及生命感受的深度都有着差别的缘故,王蒙的这些小说,远没有产生张贤亮小说那样的灵魂震撼力。

在张贤亮、王蒙登台亮相中国文坛的时候,青海出现了一位小说作家**余易木**(1937—1998),他出生于上海,大学毕业后在企业任工程师,1957年错划为右派后下放到青海某厂任技术员,1998年病逝于青海。余易木的中篇小说《初恋的回声》发表后与《晚霞消失的时候》《人啊人》等小说一起受到文坛关注,影响颇大。小说描写了一对50年代支边来到青藏高原的科技知识分子,在艰苦而充满理想光焰的炽热生活中热烈相恋,后来却受到极"左"思潮与运动的冲击,造成人生悲剧。一场噩梦过去,主人公已是满头华发,他深情地怀恋自己的青春时代,心底里回荡着充满惆怅的"初恋的回声"。这部中篇小说流溢着一种娓娓诉说的抒情风格,显露了作者不俗的小说才华。此后,他又先后完成了中篇小说《也在悬崖上》和长篇小说《荒谬的故事》《精神病患者与老光棍》,但《精神病患者与老光棍》未及出版,作家人已去世。

在伤痕文学浪潮中,西北军旅作家**刘克**的中篇小说《飞天》也曾引起过不小的轰动。这部小说以相当的勇气披露了部队某位高级将领利用职权逼迫占有女护士、女兵们身体的糜烂生活,打破了过去的小说把将军们一律写成高大英雄的模式。但由于某些特定的原因,小说一发表旋即遭到严厉批评,刘克作为小说作者也从此在文坛一闪即逝。

这一时期的小说园地,还曾出现了老诗人艾青的声音。艾青被划为"右派"后,于1959年冬被送到新疆石河子生产建设兵团,在一个军垦农场里度过了十六年不寻常的岁月。这期间,他撰写了长篇《绿洲笔记》。该作描述的仍然是热火朝天的荒原军垦生活,罕见有艰难岁月的沉吟和个人真实感情的流露,说明诗人艾青仍未脱尽50年代西部文学的窠臼,笔底文章与内心感受有很大的一段距离。

第二节 边地"大风歌":崛起的诗群

"文革"后的中国大地上,思想最解放、最前卫的文学群体,当属诗人群体。80年代前期,"朦胧诗"群曾经在中国文坛上卷起一股强大的旋风,深刻影响了各地的诗人和绘画、音乐、话剧、小说等各个文艺部类。这种影响也曾波及遥远的西部。比"朦胧诗"群聚拢得稍晚一些的,是一群平反归来、重返文坛的中年诗人。他们中间有牛汉、绿原、流沙河、顾工、邵燕祥、孙静轩、林希等人,还有更早一些的诗人穆旦、唐湜、唐祈、郑敏、罗洛等人。这个中年诗人群落,身世坎坷,情绪哀痛,思想深沉,在诗坛展示出了另一种特殊的风貌。

当内地两大诗人群体的诗歌创作佳作迭出之时,在西部的辽阔高地上,也正在酝酿一次诗歌造山运动。先是新疆诗人杨牧、周涛、章德益以雄浑浩远的西部气派和深沉的人生哲思崭露头角,后来青海诗人昌耀的怆然低吟引起全国诗坛的关注,继而是甘肃诗人李老乡、林染以怪诞或者清纯的诗风令诗坛为之耳目一新。再晚些时候,李瑜、何米、李云鹏、肖黛、燎原也相继加入了这支队伍,"天边出现灿烂的星群"。这支诗歌创作的"西路军"初时被称为"新边塞诗派",后来又被叫做"西部诗群",其中的诗人们或来自西线军营、军垦兵团,或来自劳改营、工厂和农村,大多不是纯粹的文人。他们的思绪不像内地中年诗群和部分朦胧诗人那样,集中在政治反思方面,而是更多人生哲理色彩。他们虽然也程度不同地受到朦胧诗反常语言思维的影响(章德益与李老乡在这方面表现得更明显一些),但整体来看,他们的表达方式仍然比较传统,个人色彩更明显一些。他们笔下出现的意象,多为雪山、沙漠、戈壁、牧地、大河、边关、牧人、囚徒、野马群、牦牛、鹰、狼等等,这是一种唯有长年栖息在西部的诗人才有可能捕捉、铸造得出来的特殊意象。从内质到外形,西部诗歌都具备了一种独特的气质,由此也在中国诗坛上形成了第三个风度迥异的诗歌群落。西部诗群中,最重要的诗人当推青海诗人昌耀。

昌耀(1936—2000),原名王昌耀,出生于湖南桃源一个王姓大家族。少年时代饱读中国古典文学名著,深受浸染。1950年,十四岁的他从军入伍,成为一名文艺兵,随部队入朝鲜作战。1953年夏朝鲜战争即将结束时负伤致残,回国后进入河北省荣军学校学习。1955年既出于对"支援大西北"号召的响应,也出于对中国西部异域情调的向往,报名来到了青海省。1957年,他因《林中试笛》两首小诗而获罪,遭到猛烈的批判。累计劳改、劳教达二十余年,期满后,流落为西部山乡一个拖儿带女的"贱民"。1979年获得平反,在《青海湖》编辑部任编辑,重新开始诗歌创作,后成为专业作家,先后出版《昌耀抒情诗集》《一个挑战的旅行者步行在上帝的沙盘》《命运之书》等诗集。1998年作为中国作家代表团的一员访问俄罗斯。2000年初身患肺癌,同年3月跳楼自尽,享年六十五岁。

昌耀的诗歌创作始于1953年从朝鲜负伤回国之后。初期习作表现朝鲜战争中志愿军战士的英雄情怀,如《歌声》《祖国,我不回来了》《你为什么这般倔强》等。1955年到青海后,青藏高原的异域风情在他笔下流出了一帧帧精短的高原风情写生画。诸如《鹰·雪·牧人》《高车》《水色朦胧的黄河晨渡》《风景》《这是赭黄色的土地》《荒甸》《筏子客》《夜行在西部高原》《猎户》《天空》等等。年轻的昌耀此时还没有深入了解底层劳动者们生活的艰辛苦涩,所以这一时期的高原风情写生诗,多半都显得优美、纯净、短小,而缺乏生活本身所深含的艰辛感。这可能与他涉入西部生活不深以及初到大西北,感觉前程似锦,心境十分晴朗有关。即使是1957年以后他的生活中出现了重大变故,被发配到祁连山腹地劳教、劳改之后,他写于50年代末60年代初的诗作,仍绝少流露自己的愁苦、悲愤,呈现出一派明朗、优美、赞叹不已的情致。1961年至1962年写于祁连山劳改营地的《凶年逸稿》是他这一时期的一首长诗。该诗虽然记述的是饥馑年代的境况,但诗的字里行间仍透露出掩饰不住的亮色。"饥馑的年代",触目惊心的饥饿状况并没有给昌耀的诗作增添那种令人难以忍受的沉重感。写于1959年的长诗《哈拉库图人与钢铁》,副标题是"一个青年理想主义者的心灵笔记"。既是"心灵笔记",对它的情感真实性也许不应怀疑。但通读全诗,这仍是50—60年代闻捷等诗人的边疆诗作"建设+爱情"模式的翻版。沸腾的炼钢情景、冲天的建设豪情与热闹的婚礼被组接在一起,造成了一种虚张声势的热烈效果。显然,这是受当时诗风影响而出现的产物。这首诗后经诗人修改仍保持了原貌,表明昌耀对50年代的"理想主义"精神仍保持了相当的虔敬。

从这一时期的诗作可以看出,一方面,昌耀忠实于自己的审美感受,写出了一大批高原风情剪影式的未曾受到当时诗坛上口号化、政治化风气浸染的精短小诗;另一方面,昌耀也受到了贺敬之、郭小川以及艾青、闻捷等人为代表的时代诗风的影响,其诗在一定程度上也自然地汇入了社会主义建设加爱情的时代大合唱。

但昌耀毕竟是一个真诚的诗人。大约从1962年前后开始,还处在劳改劳教的境况中的他,在写在一些废报纸边角、碎纸片上的小诗中,逐渐流露出了一些真心绪。写于1962年的《良宵》,大约是他独对长夜的自言自语。诗中流淌着他与其实并不存在的远方红颜知己遥相对语的渴望。它表明,在诗作无从发表,也就用不着担心被揪住辫子罪上加罪的情境下,诗人心中真正的诗情,开始大胆地流到了纸笺上。随后出现的《夜谭》《这虔诚的红衣僧人》《断章》《红叶》《听淘》《行旅图》《明月情绪》等短章,均隐隐约约、闪闪烁烁地出现了个人的真切忧思和情怀。有论者将这一类夹杂在他其他诗作中的真正的抒情诗称之为"荒原流放中心灵的磷火流萤"。但历史的车轮这时已经滑行到了危险的1967年——"文化大革命"开始了。昌耀的歌喉彻底失去了声音。

1978年,昌耀被彻底平反。对于年逾不惑的他来说,这不仅意味着摘去了肉体上的镣铐,恢复平民自由身;更意味着精神上的枷锁被除去了,他可以无所顾忌地吟唱心灵深处的歌了。这是一个重大的转折,他的诗歌创作由此进入了井喷期。

1978年8月写于青海切吉草原的《秋之声》二章,是大幕初启时的序曲。诗人倾诉了重枷被除去、心态彻底放松、摩拳擦掌跃跃欲试的心绪。长篇叙事抒情诗《大山的囚徒》是他推出的第一部力作。这首长诗讲述了诗人在狱中遇到的一位难友的真实故事。他原本是一位农民,后成为一名新四军战士,解放后担任青海某州州委宣传部部长。出于对党的忠诚和对越来越不正常的政治局势的忧患,他多次上书中央陈述自己的看法,但书信却石沉大海。无奈焦灼之中,他决定只身去北京上访,却被认为是计划好了要潜逃,派出人员追捕。

他在步行上访途中钻荆丛、住洞穴,历经千辛万苦。一次意外的事故,使他受伤昏死在荒野上,遇到一位民间女子的救护。他最终中途被捕,被投进了监狱,未能活到对他的错误结论改正之日,就死在了一间霉湿昏暗的槽房里。这首诗的情节线索并不很清晰。但这个人的经历与昌耀有不少相类之处。昌耀选择这样一个人物作为抒写对象,与其说是为了向世人讲述这样一个悄然死去的特殊囚犯的故事,不如说是借这个人物自述之口,倾吐自己心中的块垒。所以这首诗的重心在抒情而不在情节,而之所以没有采用直言其事的方式,也与他当时的心态有关。他是生平第一次敞开心扉,沉重地倾诉着一个没有刑期的囚徒的内心感受。

《大山的囚徒》是昌耀"归来"后的第一部重要作品。以这首长诗为起点,昌耀的诗歌创作中出现了一种叙事与抒情相交融的诗体。诗中出现的桶中之鱼、凝烟、贴附在碾盘下的麦粒等意象,也不再是他以前诗中常见的那种客观摹写出来的扁平物象,而变成了装满意绪的立体意象。这些都显示了昌耀在诗艺上的拓展。最重要的是,昌耀的诗笔不再只是游移在祖国、建设、山河、高原风情这类离心灵较远的线路上,而是对准了自己的灵魂——几乎是每一句诗,都发乎自己的真感受,以此才在读者的心灵中引发了共鸣和震颤。《大山的囚徒》之后的《我留连》《乡愁》《归客》等短章,均有此特点。当然,这期间的不少诗作仍然在一定程度上还保留着赞颂时代、咀嚼历史的痕迹。

1980年至1981年,昌耀花费一年半时间,倾尽心血,完成了他最杰出的代表作《慈航》。这首长诗仍采用了叙事与抒情交替演奏的方式。出现在诗中的抒情者就是诗人自己。他讲述了一段亲身经历:从劳改营中释放出来之后,他被发派到一个藏族村落,成了一名戴罪劳教的特殊牧民。然而令他意想不到的是,乡间的牧民们并没有把他看成是敌人。他们心里没有那么复杂、冷酷的政治意识。他们只是用朴素的眼光看他是一个好人还是坏人。在他们眼里,他是一个落难的汉人,一个可怜的读书人。出于善良的同情心,也出于佛教教给他们的广大的慈悲心,他们给了他无微不至的关心和照顾。房东老人临去世之际,向他的女儿和族人交代:"他是你们的亲人、/你们的兄弟,/是我的朋友,和——儿子!"而房东的妙龄女儿凭着灵慧,甚至给了他深深的理解,并把少女纯真、热烈的爱情献给了他。他成了土伯特人的女婿。在"天下奇寒,雏鸟/在暗夜里敲不醒一扇/庇身的门窦"的岁月里,"彼方醒着的这一片良知/是他唯一的生之涯岸"。他像一个溺水的人,终于靠上了一块坚实的河岸,他的灵魂得救了。在这里,他度过了生命中最温热、最灿烂的一段岁月。许多年后,当他终于得以平反,从乡间回到城市,又成为诗人之时,"他忘不了那雪山,那香炉,那孔雀翎。/他忘不了孔雀翎上那众多的眼睛"。他觉得,虽然身在都市,身在诗人群中,但"他已属于那一片天空。/他已属于那一方热土。/他应是那里的一个没有王笏的使臣"。由这一段没齿难忘的经历,他固执地坚信,尽管人世间有太多的恶、太多的冷酷、太深广的冷漠,但人间毕竟还有善,还有良知和爱,并且,"在善恶的角力中/爱的繁衍与生殖/比死亡的戕残更古老/更勇武百倍"!

这首长诗将昌耀几十年苦难生涯中刻骨铭心的记忆与感受淋漓尽致地抒发了出来。在"文革"后的文学作品中,描写知识分子落难时得到老百姓救助的小说为数不少,如张贤亮的《灵与肉》《绿化树》、李国文的《月食》《都市里的村庄》、王蒙的《在伊犁》系列小说等。诗歌中同类作品则较为罕见,《慈航》几乎算是仅有的一部。尤为可贵的是,这首诗以作者直吐心曲的方式,记录了底层老百姓在混乱年代中表现出的深厚的良知,民间女子心灵的灵慧与美好,知识分子因之获得灵魂的救援这一段特殊的民间历史及心路历程,有着罕见的真挚度和艺术感染力。在艺术形式上,《慈航》将叙事与抒情完美结合起来,时而娓娓叙述,状写细节;时而闭目沉吟,感慨万千;时而激情飞溅,澎湃激越。而语言激流的流畅、纯净,意象群的精确、独特,也给了这部长诗以有力的艺术支撑。

《慈航》的出现标志着昌耀终于登上了自己艺术上的一个高峰。而在新时期的中国诗坛上,《慈航》的横空出世,也标志着中国新诗重新达到了一个新的艺术高度。昌耀由这首长诗奠定了他作为中国现代杰出诗人的地位。

紧接《慈航》之后,昌耀又推出了他的另一部重要作品《山旅——对于山河、历史和人民的印象》。与《慈航》着重落墨于底层的"人民"有所不同,《山旅》抒写的是诗人对这一方土地的综合"印象"。但流贯在《慈航》中的那一股伤怀、感念、缅怀、沉吟、思辨的深沉情绪,却是一以贯之的。所以这首抒情长诗可以视作是《慈航》的续篇。稍后一点的《怀春者的信笺》《随笔》《审美》《生之旅》诸篇,仍是这股情绪的余音。

1981年起,昌耀的诗歌出现了重大的变化。他的心境渐趋明朗,他不再沉湎于对记忆的咀嚼,对个人经历与历史、人民的感怀。诗中心灵自传性的个人化色彩越来越淡,而讴歌高原的时代变革,描摹高原自然景观与风情,讴歌民族精神,赞叹生命的诗篇愈来愈多,理性化的色彩愈来愈浓重。与此相应,他的表达方式,也由饱含生命意蕴的意象群变成了大量的客观摹写。在完成了《大山的囚徒》《慈航》《山旅》等巅峰之作以后,昌耀的诗歌艺术急速下滑,在此后的数年间,尽管他的创作数量仍然很大,却很少再出现极具情思感染力和灵魂震撼力的诗作。

《划呀,划呀,父亲们!——献给新时期的船夫》是一首被人们普遍看重的诗作。值得特别注意的是,这首诗的抒情者由"我"变成了"我们"。也就是说,它抒写的,不再是诗人一己的情思,而是"新时期的船夫"们甚或是整个民族的情绪。他想表达中华民族从远古时代持续奋斗而来,直到今天躬逢盛世,更当齐心协力奋斗的一种历史意绪。为了把这种宏大而迂阔的意绪用诗的方式表达出来,他选取了一群船夫在大海上拼力划船的整体意象。在滤去了个人真情实感而被注入了大量空洞的理性之后,几乎彻底丧失了情思感染力。与此相类的诗作还有《木轮车队行进着》《轨道》《建筑》《城市》等。

1981年以后,昌耀还曾将大量的笔力投注在对西部地区,特别是青藏高原的自然景观、风情民俗、村镇风貌、古迹名胜和现代气象的描摹与咏叹上,如《青藏高原的形体》(六首)、《背水女》《边关:24部灯》《西行吊古》等,这些诗曾被誉为"高原形体造型"[①]。另外,昌耀这一阶段的创作中还出现了另一类主题较为含混的诗,如《生命体验》《司命》等。这些诗思维跳跃很大,甚至常常出现断裂,意象怪异,诗意幽暗晦涩,不可捉摸。但如果细心辨认,仍然可以从一小部分诗的字里行间辨识出发乎诗人灵魂深处的一星半点的叹息。写于1982年岁尾的《雪·土伯特女人和她的男人及三个孩子之歌》是他的另一首自述诗。诗中写到劫后余生,他和他的藏族妻子及三个孩子的小日子的温暖,可以见出他心中的悲怆与苍凉已经趋于平复。

1986年以后,昌耀生命的衰老感日渐增强。加之家庭关系日趋恶化,到了90年代初终于解体,诗集的出版连续受挫,他作为一个重要诗人的事实也未受到全国文化界应有的重视,经济上渐趋窘困,昌耀的基本生存开始出现巨大的危机。到了六十四岁之时,癌病的厄运又意外降临,他的诗中,再度出现了富含浓烈的生命感受的个人情思:"烘烤啊,烘烤啊,永怀的内热如同地火。/……这是承受酷刑。/……烘烤啊,大地幽冥无光,诗人在远去的夜/或

[①] 燎原:《昌耀诗文总集·序》,青海人民出版社,2000年出版。

已熄灭,而烘烤将会继续。"他由一己的感受而想到生命普遍的困境,在苦苦"思考着烘烤的意义"(《烘烤》)。在《花朵受难——生者对生存的思考》中,他由坠落在车道上的一朵花,想起自己的命运,觉得此花"似乎我无处安身",但它"如果没醉就该是醒着",表达了对"受难"的生命的深刻体悟和深广悲悯。此外,在他的众多短诗中,俯拾皆是这样的诗句:"人生困窘如在一不知首尾的长廊行进,/前后都见血迹"(《仁者》)。"哀莫大兮,哀莫大于失遇相托之爱侣。/留取梦眼你拒绝看透人生而点燃膏火复制幻灭。/影恋者既已被世人诟为病株,/天下也尽可再多一名脏躁狂"(《圣桑〈天鹅〉》)。"以苦行自况,故我才是为苦行所苦的异教徒"(《莞尔》)。"不要说已经将我逼入绝境。/我从不认为自己须臾离开那一被你们视作不祥的穷途"(《现在是夏天》)。而一首短短的《秋客》则写尽了生命之秋的苍凉:"厉风刺马耳/马车夫听风又是秋了/茫茫原野还是行走着三套马车/博大的寂寞在每一声秋里扩散/虚无正如初始/一层黄沙落/两层黄沙落/三层黄沙落/慷慨总还是马车夫的慷慨/对秋扼腕只余风前的秋客"。这些诗都堪称是诗人的啼血之作。从这里,我们仿佛又听到了《慈航》《山旅》里那种低沉、真挚、悲怆、沉吟、苍凉的声音,这才是昌耀独有的生命之声。此一时期,在这种生命意识烛照下的重要作品还有长诗《哈拉库图》,该诗已不复是几年前的高亢腔调了。从这首人世长吟中,读者再一次嗅到了《慈航》与《山旅》的浓郁气息。诗的语言也重新变得畅晓、清澈,饱含深意的意象也再度出现了,如受难的红花朵、秋风、夕阳、原地盘桓的白马、三套马车、秋客等等。

总体来看,昌耀的诗歌创作呈现出一种较大的起伏曲线:50—60年代崭露头角,70—80年代之交的再次崛起,此后是下滑与低谷,到80年代末至90年代中期又再度出现高峰。他的诗,记录了一个流寓西部历尽政治、人生磨难的知识分子复杂深广的心路历程。

围绕在昌耀周围的,还有一群比较年轻的诗人,他们是燎原、肖黛,以及鲍鹏山、梦雨等人,他们构成了一个特殊的青海诗群。燎原的诗作受昌耀的影响甚重,是青海诗群中成就较著的一位,肖黛、梦雨的诗多表达儿女柔情,鲍鹏山的诗多哲思,他们的作品在当代诗歌史上都曾产生过一定的影响。

与青海的昌耀相对应,新时期赫然出现在中国诗坛上的,还有被誉为诗坛"三剑客"的新疆诗人周涛、杨牧和章德益。

周涛(1946—),山西榆社人。1955年周涛随父母工作调动从北京来到新疆,1965年考入新疆大学中文系维吾尔语言文学专业,1972年分配到喀什市从事团的工作,1979年调干入伍,成为新疆军区创作室创作员至今。70年代末至80年代主要从事诗歌创作,80年代中期以来以散文创作为主。现为新疆文联副主席、新疆作协副主席。主要作品有诗集《神山》《野马群》《英雄泪》,长诗《山岳山岳　丛林丛林》,散文集《稀世之鸟》《游牧长城》《高榻》《山河判断》以及《周涛散文》等四十余种,曾获鲁迅文学奖等。

如果说,昌耀是一个在命运的泥沼与深渊中挣扎了一生的理想主义者,那么周涛则是一个在人生旅途上散步的哲人。周涛比昌耀晚生近十年,虽然也曾有过父母被抄家,自己被打成"黑五类"子女的日子,以及在喀什一带艰苦谋生的艰难岁月,但周涛毕竟没有经历过牢狱之灾,他的生命经受的碾压要比昌耀轻得多,他的个性也就不曾像昌耀那样受到沉重的压抑与扭曲。昌耀是一个受难的书生,而周涛则是一匹未曾被社会与命运驯化的野马。他的血质中杂糅了边地底层百姓式的豪野,维吾尔族人式的幽默,蒙古民族式的苍凉与豪情,且兼有孩童式的顽皮、率真与机敏,岩石式的骨质和哲人式的睿智与犀利,而保存了一种像随意散步一样的自由、放松的心态。他的《长途客车》《山巅上》《只有太阳睁大灼热的眼睛》《野马群》《生命里有一段当兵的岁月》《鹰之击》《流沙》《寺与庵》《头发的历史》等优秀诗作,整体特点就是一个字:散。很难界定他毕生在主要关注什么或者他从不关注什么。他只是凭心灵的引导,时而品嚼人生,时而玩味历史,时而沉吟战争,时而琢磨僧尼,时而凝眸于鹰与狼的生死搏杀,甚至从中国人的发型变换史中看见一部历史……但在这种漫步行吟中,他总在用他独有的眼光,打量人世间的一切。所以,其思路的新异常常令人匪夷所思。譬如《鹰之击》,他从新疆荒原上偶尔遇见的一场鹰与老狼的生死搏杀中,看见了一种令人震惊的单纯的勇猛,一种在人类中几乎已绝迹的凄绝壮烈的美。野马也是西部荒原上特有的野生物种,周涛从它们"桀骜不驯的眼睛"里,从"即使袭来旷世的风暴/它们也是不肯跪着求生的一群","三五成群/以空旷天地间的鼎足之势/组成一幅相依为命的画图"的生存姿态中,看见了西部边地人的坚忍、果决与互助(《野马群》)。从成吉思汗、努尔哈赤、项羽、渔父这些少数民族的、古代的和民间的人物身上,看见了一种反叛精神和高贵气质(《人杰》《项羽》《渔父》)。这些吟叹野生动物或异质古人的诗,表达了周涛自己对于"人"的内涵的独特理解,也暗含了他对现代人的失望与轻蔑。最奇特的是他从"头发的历史"中看见的那一部中国人逐渐被所谓现代文明掠去血性、铁骨和柔情的异化史(《头发的历史》),以及他从人性的角度对神圣的寺与庵的控诉,对年轻的僧尼的人性被极度压抑的现象的揭示,和对生命本能的合理性的理解(《寺与庵》)。这些诗作无处不显示着周涛穿透自然现象、历史、战争和生命的哲人式的睿智。周涛诗作的这种散点透视的特征使其作品充满了思想的敏锐,也同时为他赢得了独特的创作个性。

周涛的短诗也不乏精密的构思,譬如《山巅上》《只有太阳睁大灼热的眼睛》《有一个人骑马来自远方》等,图景由远而近并迅速定格,以简捷凝练的画面含蓄地表达意旨。稍长一些的诗,如《长途客车》,在平淡地描述了一大段旅途景致之后,写到路边倾翻的大卡车时,忽然蹦出哲思的电光石火,在貌似漫不经心的描述过程中突然切入哲思层面的方式,是周涛惯用的技法。《山岳山岳 丛林丛林》则展开了尽情的倾吐与畅想,思想的火花则正是在这种自由心态下频频闪现的。

周涛诗歌的语言迹近散文,其最为突出的特征是新鲜贴切的比喻。他常常描绘形体、描写细节,并借此一语双关,借题发挥,暗示弦外之音。周涛诗歌真正的魅力,就在于他用朴素的语言表达出的对历史、战争、人性的独到见识,对人生的深刻体味,对权势的蔑视,对普通民众的理解与关切,对异化了的类型人物的厌恶和对高贵人格的深深仰慕。周涛后来的散文创作,可以看作是他的诗歌的延伸与拓展,不过是换了一种更松散、更随意、更自由、更不讲求形式的表达方式而已。本质上,内中包含的还是那一颗诗魂。

杨牧(1944—),四川渠县人。50年代末发表处女作,60年代流浪到中国西北部,在新疆度过二十五年的边地生涯,当过工人、牧人,70年代后期再度提笔,以一首《我骄傲,我有辽远的地平线——写给我的第二故乡准噶尔》崭露头角,成为"新边塞诗"代表诗人之一。曾任新疆文联副主席等。1989年回归故里,曾任四川省作家协会副主席、《星星》诗刊主编。出版有诗集《复活的海》《野玫瑰》《雄风》《边魂》《荒原与剑》,长篇自叙传《西域流浪记》等十余部著作。

杨牧的幼年是在"天府之国"四川长大的,青年时代流落到新疆,在艰辛的底层社会历尽坎坷,他的灵魂与北方这片苦难粗粝的土地渐渐融为一体。西北的荒野大漠、峻岭长河,西北民间的艰辛生活,以及边地少数民族民风的熏染,给了他一种豪烈阔远的北方男人胸襟。杨牧又生性敏感、深情、多思,富有哲人气质。这种男儿胸襟与哲人气质,使得他的诗作情思深沉,意境旷远,大气磅礴,随处可见睿智的警句,触目皆是刚硬的风骨。也许是艰辛的人生给了他太多的感受、太厚的淤积、太久的压抑,80年代初重新拾笔时,他的诗作就有一种奔突迸射的喷泻感:"荒野的路啊,曾经夺走我太多的年华,/我庆幸:也夺走了我的闭塞和浅见;/大漠的风呵,曾经吞噬我太多的美好,/我自慰:也吞噬了我的怯懦和哀怨。/于是我爱上了开放和坦荡,/于是我爱上了通达和深远";"准噶尔人呵,失去的恐怕比别人更多,/因为他偏僻;但也失去了华贵的缱绻。/准噶尔人呵,得到的恐怕比别人更少,/因为他边远;但却得到了难得的辽远。/于是我赞美粗犷和爽快,/于是我敬重豪放与乐观。"奔涌而来的激情使得他常常来不及精心择取精致的意象,打磨凝练的诗句,而往往扬鬣长啸,直抒胸臆,一泻千里。他不大习惯于使用密集而碎小的意象,而惯于创造一个具有典型西北特征的大意象来抒写襟怀。他的抒情主人公也同样有着典型的西部人的个性。《我骄傲,我有辽远的地平线》里,有一个西出阳关、怀揣九死不灭的理想主义情怀步步走向辽阔旷远的精神地平线的慷慨男儿的造型;《我是青年》里的"青年"满怀着自嘲、忧患、热血、奇志与智慧。在这类血性男儿的眼里,"大西北,是雄性的",不独"天山的喉结高高突起","苦难的牧鞭拔节成塔松/高高挺立着男性的坚忍",一切自然景观都呈现雄性特征;其襟抱之大,也是"包容千江万河的源头";流落到这里的男儿们个个"在阳关交付了最后的女儿泪/演进着一条男儿的征程";女子们"出关也有了将才之风"(《大西北,是雄性的》)。在这个悄然向往着生当金戈铁马、死当马革裹尸的人生风景的男儿眼里,那具双腿弯曲的古代战将的尸骸,也显现出一种于战马上驰骋一生的迷人风采(《雄姿》)。还有那匹"饮了汗,也肯流汗/饮了血,也肯流血/一切苍白无力的慵惰/都被马尾扫作残叶"的汗血马(《汗血马》),那只"生就钉在死的高点/死也死在浪涌涛飞的对流层""飞向暴风,飞向冰霜,飞向蜗室/想象不到的危难与险峻"的雄鹰(《鹰》),甚至那座"鄙侏儒之矮小。写巨人之人生"的玉门关(《玉门关》),那道"铁黑的胸肋齐刷刷露出/沉积的创痛/无声,无言,无哀,无语"的断崖(《断崖》),无不是诗人心魂的写照与外化物,从各个侧面呈现出一个新时代的出塞男儿强健、自信、骄傲、坚忍、旷远的心态。这些诗里没有昭君出塞的悲切哀怨,没有寻常边地小国寡民式的自闭、短视、狭小、自大与偏执,没有50—60年代诗歌里空洞的拓边豪情和虚假乐观,也没有内地小儿女诗人式的缠绵悱恻、低吟浅唱和80年代的种种政治情结;有的只是决然抛弃了儿女缱绻,孤身跨鞍万里出征,以广袤、粗粝的边疆为人生大舞台,登昆仑而小天下,视苦难如泥沟,看奴颜媚骨若侏儒,虽九死犹未悔的荡荡豪气。这是大西北孕生出来的荡气回肠的大风歌,这些诗中回响着古边塞诗苍凉豪烈的余韵,也流淌着杨牧从碱水般的边地生涯中获得的人生感受与顿悟。

杨牧的诗歌给人最直接的印象是:新鲜,"像哈萨克牧民的羊皮口袋里/发酵的酸奶子一样新鲜"。作为新时期开启新边塞诗第一页的诗人,他没有从50—60年代闻捷们的边地牧歌中去寻找共鸣,在几乎没有任何摹本的情况下,杨牧开始了自己的诗歌写作。他所能依靠的,唯有自己的人生感受。也正是因为抓住了自己的感受,他的诗作才篇篇充满新意,时时给人以耳目一新的感觉。譬如他的《野居》中有这样的诗句:"女儿是生在途中的/途中生出这个屋子/妻子是结在途中的/妻子生出屋子和女儿/屋子生出置床的地方/床沿生出许多的鞋/鞋子永远生着路"。这种别出心裁的诗句,来自于他对人生始终是在"途中",始终是在风雨兼程地赶路这样一种感受。又譬如他对狼这种人皆惧恶的野兽,却别有一种新颖的看法:作为与人类同根而生的一种物种,狼"以它的离异骚扰归属/人类也因此多一个世界/畜群不敢退化蹄掌/狼在普遍的敌视中生活/也许并不是它的高贵/它在永无赞美的地方提示你生活/却教你永远不敢蔑视"(《狼的赞歌》),这样的理解已经有弦外之音,令人隐隐领悟到一种哲思。事实上,杨牧的诗中到处可见发乎他的切肤感受的哲言警句,譬如《断崖》中有这样的句子:"呼叫的痛苦都不是痛苦/痛苦是永远叫不出声的","跌断的骨头才是骨头/你指甲盖剪伤还呻吟什么"。又如:"呵,不出茅舍,不知世界的辽阔!/呵,不到边塞,不觉天地之悠远"(《我骄傲,我有辽远的地平线》),"真不敢相信,世界一万年没有战争/人类会平庸成什么样子/脚底没有铁铸的硬件/趾掌会长出怎样的肉瘤"(《远去的杀声》),"最简单的经验/每个人都须重复一次/才能读懂"(《余烬》),这种哲思警句,常常成为杨牧诗中最引人注目和玩味的亮点。另外,杨牧还写出过像《大六号》《乌苏女》《店小二》这种用朴实的文笔描述边疆百姓人生的叙事诗,别有一种真切清新的滋味。

杨牧的诗不光诗意新,他使用的意象也颇有新鲜感。首先是他把前人和别人从来不曾使用过的一些西北物象撷拾进了诗里,变成了饱含情思的意象。诸如断崖、地平线、头颅、火焰山、汗血马、鹰、狼、古代将军的遗骸、马上话别的离人、楼兰古城、玉门关等等,显示了杨牧创化新意象的才能。另外,杨牧的意象又常常是一种大意象,意境相当开阔,如"脚下的版图是个斜面/由西向东,一寸,一寸/平庸的爱恋都滚珠似的滑下去了"(《强者》),"古老得像太阳的刨床/刨削过万年的公格尔冰峰/古老得像地球的砂轮/砥砺过数百万年的月梢"(《赠刀》),"灰暗了一冬的原野/火柴头似的/擦亮几朵鲜亮的小花/以资奖励/一个长冬的忍辱负重"(《来到的光荣》),这些新鲜奇特的意象,没有大视野、大胸襟,是创造不出来的。到了大规模写作《边魂》系列组诗的时候,他的诗歌节奏开始变得舒缓,诗句偏于工整,雕琢,思维变得抽象而不易琢磨。前期诗歌中那种令人震撼的感觉已不复存在,他开始为写诗而写诗了。

杨牧是开创当代"新边塞诗"的一代新诗风的重要诗人。这种诗风流播甚广其远,影响了众多的后来者。刚健、苍凉、明朗、野性的新边塞诗能在当代汉语诗歌史上卓然独立,应当说,杨牧的贡献是巨大的。

章德益(1945—),原籍浙江吴兴县。1964年从上海支边到新疆,1980年调入《新疆文学》杂志社任诗歌编辑,现为新疆作家协会专业作家。章德益于1965年开始写作,曾发表过一些短诗。1966年后搁笔,1972年重新拾笔创作。80年代初以《我应该是一角大西北的土地》《地球赐给我这一角荒原》等诗,与杨牧、周涛同时出现在中国诗坛上,成为"新边塞诗"代表诗人之一。出版有《大汗歌》(与龙彼德合著)、《绿色的塔里木》《大漠与我》《生命》《西部太阳》《黑色戈壁石》等六部诗集。1991年获庄重文文学奖。与杨牧、周涛一起被誉为新疆诗坛"三剑客"。

章德益的诗歌中的抒情主人公多数时候都是"我们",或者说是"大我"。这个"大我"有时是西部人的代言者,有时是中华民族的整体形象的化身。他所抒发的情思也大多限于西部人的情思,中华民族的情思,一个时代的情思。譬如对历史的沉思,对西部山河的咏叹,对中华民族命运及其未来的思考等等,唯独很难触摸到他个人的心绪。所以,其诗虽然也显得豪迈、宏大、深邃,但却不易打动人心,譬如他的《生命》:"在最没有生命的/大漠荒原,/生命,却有着/最壮丽的分娩。/当第一柱野火,像一股血泉,/从大地之腹直喷高天;/当年一个脚窝,嵌入地球的记忆。/化成又一块绿洲的脐眼。……啊,生命!生命!/多么壮实的生命啊!/崛起于荒原,——以一颗种子之微,/预言一块绿洲;/——以一粒叶芽之小,/预见一个春天。……呵,有谁,能阻碍这生命的壮大,/有谁,能抗拒这生命的繁衍。/即使这大漠,死去了万年;/……生命,正以不可战胜之势,/磅礴于广大的人间。"全诗咏叹了生命的顽强与伟大,但其中却没有多少诗人自己的真切感受与思索。无论是《我应该是一角大西北的土地》《地球赐给我这一角荒原》《人生,需要这么一个空间》,还是他后来咏叹西北山河、大自然的一系列诗作如《西部太阳》《黄土》《雪崩》《西部河流》《八月,古原一滴雨的自述》《黑色戈壁石》《日潮》《落日下的西部山脉》《长城的诞生》《大漠之静》《西部山岳》《天山:色彩三重奏》等,章德益虽然以异常遒劲的笔力,描述了自然万象,但这些诗里只有千篇一律的豪迈与高亢,而缺乏心灵真情的流淌以及对于个体生命感悟的真切描述。

章德益的诗歌观念中有着较为明显的特定年代的思想印记,他在《我自豪,我是开荒者的子孙》一诗中写道:"我蔑视,以一己胸怀作生命耕耘的田园;/我蔑视,以三寸目光作灵魂之犁的绳纤。/呵,耕耘着小小的悲欢,播种着淡淡的哀怨,/这样的生命,能有一个什么样的秋天?/呵,人生之长,生活之远,/怎能把自己向隅而泣的影子,看作整个世界!"由此可见,章德益对个体生命是比较轻视的,在他看来,"一己胸怀""小小的悲欢""淡淡的哀怨"都是没有价值的;诗,就应当抒唱属于西部、属于全民族、全人类的情怀。60—70年代的极端群体主义价值观,在他内心里留下了深刻的烙印,这种牢固的价值观潜在地导引着他的诗意走向,致使这里的"大我"常常只是一个空洞的躯壳。这也许就是他的诗缺乏感染人心的力量的原因之一。

章德益在诗歌语言方面深受朦胧诗影响,他非常醉心于制造奇特的意象,譬如《生命》:"生命,是第一棵粗壮的新树呀,/如一根钟锤,直指洪钟般的圆天。/即使这洪钟锈蚀了万年,/也要以热情的音流,/击响光明的呼唤,/打破这沉闷了万年的世界。""生命,是一缕悬空的炊烟呀,/如一根开关拉线,/上系于穹窿般的漠天。/即使这穹窿浑浊了万年,/也要拉亮大地的日出""生命,是篝火丛中射出的火箭呀,/……也要在天上,射出启明星的洞眼,/让日出的光流,从这小孔中挤走夜色无边。"又如他写太阳是"狸红之佛痣,点在高大",是"一颗充血的历史瞳孔",一个捺在天幕上的红色指印(《西部太阳》);又如"我忆起风季的大漠 一只/浓汁四溅的人腌缸/泡满了卤味的星 咸味的月/滴垂酸汁的风 一片片/腌得发青的云"(《八月,古原一滴雨的自述》)等等。奇特丰富的譬喻性意象过于密集古怪,难免给人以刻意制造之感。再加上章德益喜欢使用大量的排比句、排比段,很注意押韵,这种对形式的过分注重、过于迷恋,也大大影响了他对诗意本身的提炼与开掘。

《人生,需要这么一个空间》是他早期诗作中较多倾入了个人情感的一篇诗作,《荒原天空》则闪射出了个人思想的火花,可以视为早期诗作中的优秀作品。到《等祖母——写于祖母忌日》《夜话》《阅读自身》《沉默》《一个人》《雨夜读书》《书》《梦中之河》《秋思》《边城》《负水者》《一个老牧人的葬礼》等一批诗作出现,他才逐步袒露出了个人的独特心声。雕琢过甚的意象群变成了质朴自然的语言之流,排比句和韵脚的枷锁也被释去,诗的步态变得轻松自如,而具有了更为醇厚、深长的韵味。但这类诗作数量有限,不久,他就将相当的注意力转向了诗歌评论。

比边塞"三剑客"稍晚一点出现在诗坛的新疆诗人还有**李瑜**(1939—　),原籍安徽巢县,出生在重庆。他也是一位从内地漂流到新疆的汉族知识青年。1964年,他从南方只身来到新疆建设兵团务工,"文革"期间,他到处漂流,走遍了大半个中国,后来又在古尔班通古特大沙漠边缘生活了许多年。李瑜是一个内心敏感、忧郁、沉默寡言的人,半生游走使他内心里积聚了太多的漂泊感。当杨牧、周涛、章德益们在荒天远地中高唱着豪迈的大风歌时,李瑜却捧起一只古埙在吹奏着心中的感伤、悲怆与苍凉。他最重要的作品是西域历史系列组诗《汗血马》。面对像他一样从内地来到西域的古代人物张骞、甘英、班超、霍去病、李广利、苏武、细君公主、玄奘、岑参,以及马可·波罗、高仙芝等西方、高丽异乡客,李瑜体会到的是他们心灵深处的人生苍凉感,李瑜的诗为西部诗歌增添了别一种婉约情致。同一时期,在甘肃也出现了李老乡、何来、林染、李云鹏等诗人。

李老乡(1943—2017),原名李学艺,河南伊川县人。少时家境贫寒,后考入大学攻读美术专业。1962年入伍来到西北,转业到兰州炼油厂工作并开始写诗。后调入《飞天》月刊任诗歌编辑。出版有《老乡诗选》等诗集,获鲁迅文学奖。

老乡被诗坛视为"怪杰"。他的诗风深受朦胧诗的影响,又自出机杼。大部分诗作含意隐晦,思路曲折,出语冷僻,他似乎有意把自己的真意深藏在重院深宅里,不给读者留下任何蛛丝马迹,有意闪烁其词,玩弄语言把戏,由此而显示出了一种"怪诞"的诗风。

首先,老乡诗作的意象非常怪异。譬如他写黄河是"高原炕洞冒出的黄烟",而青藏高原则是"土屋""被窝"(《梦的警觉》)。又如"闪电的树根","夜,被烤煳了——红一块、紫一块地飘向远方"(《清晨,我拉起昨夜撒的黑网》)。又如他写沙海景观,说骆驼用它的四根腿棍撑起"一座高居于塞上的风亭","有副全频道的天线/仰钓风亭之上/风亭下有坐享其成的食者/在啃天鱼/在啃一只/——白云/很像/天鹅"(《仰钓天鱼》)。这幅食者仰啃白云的意象很新异奇特,但不知作者所云何意。老乡的诗里有一种特殊的想象力,但意象本身的蕴意又常常显得飘忽不定。

其次,他挖空心思地炼字、炼句。譬如他写"一枕鼾声如雷 美了河西"(《雄性之野》),写"老家的山水""全是白的/很白的渔翁/独钓寒江/江里弯月正肥""又是雪 又是诗的废话/白在江的两岸/冷了多少/读者"(《寒江月》),"想在山下留名/可请走出的山人/站在落款处"(《山人》)。反复推敲的确使他的诗句克服了平庸,能给人留下深刻的印象。但刻意炼字炼句,有时也造成凿琢。更多的时候,往往会导致为句造句、有句无章的结果。

此外,老乡诗作还长于造境。老乡是学美术出身的,中国画的意境美以及古典诗词的含蓄内敛,似乎在他的记忆里留下了深刻的烙印。他喜欢用诗笔构织山水画,借以含蓄地显现心绪。他描绘最多的是雪景和月夜的景色。譬如"雪 瘦了河/肥了山/血呢 难道你满腔的热血/就溶化不了/心灵深处/那片冷峻的风景/ 一切都白了 皑皑雪野/只画一棵折断的树/制作风的形态/骨的标本"(《标本》),又如《色彩的困惑》中的血竹图,《追捕》中的猎手雪里追寻图,《西照》中的长城独饮图,《山高水远》中的旅人登山图,等等。这些画境都有一种凄冷的美,有一股淡淡的意绪从中渗透出来,不知不觉地浸染着读者的心灵。老乡的诗句在这种时候往往变得清新、含蓄、优美,不再那么隐晦难解了。

老乡的"怪异"有一个潜在的动机,早在80年代,老乡就敏感地察觉到,读者对语言的感觉已经出现了日趋钝化的现象,诗人必须改造诗歌语言,使之变成尖利的锋刃,才能给读者以新的刺激而留下深刻的印象。从那时起,他就开始在诗歌语言上呕心沥血,精心创制奇词、奇句、奇境。他的这种努力,形成了他独特的诗风,但也在一定程度上走向了另一个极端,许多时候,其诗句恰恰因为过于怪诞生僻而令读者无从进入。事实上,老乡虽然不像周涛那样一泻千里、恣肆奔放,但丝丝缕缕地吟吐的,也不过是常人的情绪——失意、失恋、孤独、热爱、嫉妒、世故、自嘲、调侃之类罢了。

何来(1939—),甘肃定西人,毕业于西北师范大学中文系。曾任《飞天》杂志副主编。出版有《断山口》《爱的磔刑》《卜者》《热雨》《侏儒酒吧》

《何来诗选》等诗集。

60年代中期,何来还是一个大学生时,即发表了《烽火台抒情》《我的大学》等诗作,引起诗坛注意。大学毕业后被分配到定西,诗歌数量减少乃至停笔。80年代初调入《飞天》杂志社任诗歌编辑,创作进入多产期,至90年代仍不断有诗作发表。整体上看,何来的诗歌创作呈波浪型推进状态。80年代的《断山口》《卜者》等诗集中的诗作大多比较平实,作品大多是就进入视野的事物发点议论和感想,就事论事,如《叼羊之赛》对被叼之羊表示出某种悲悯;《卜者》对卜卦算命者流露了某种嘲讽;《先驱者最后的信息》以第一人称述说了"先驱者10号"宇宙飞船的某种感受。这类诗作的普遍弱点是过于写实,诗歌意象也比较平庸,缺乏独特的想象。1986年,何来潜心阅读了俄罗斯女诗人阿赫玛托娃的诗作,这位女诗人的坎坷身世及非同寻常的内心世界,给了他强烈的震动,触发了他心底深处掩藏已久的诸多隐秘的感受。在《爱的磔刑》组诗的题记中,他写道:"她是俄罗斯的女儿,和所有的天才一样不幸。她有艰辛的流离和心灵的巨创,有暗淡的婚姻和痛苦的爱情,全世界都知道她爱得何等沉郁绵密丰润凄婉而真诚。……我不禁也用心声和她默默交谈,向她吐露我无告的心曲,使灵魂得到片刻的解脱和安宁。……我们交谈着,究竟是什么在锯着我们的灵魂……"这组"与阿赫玛托娃交谈"的长诗,彻底打开了自己的心扉,吐露了真正属于他自己的心声。"我永远是一截潮湿的木桩/只能丝丝地冒烟/不能熊熊地燃烧/不能像你一生便是火焰/以至连灰烬也冲腾净尽/多余的墓坑并不重要""我的甲板/如一页秋叶飘晃/船的胸腔进水如注/大橹已经瘫软/苦血和腥泪和海水/渗入舷的骨髓了/帆像受伤的斗牛士/血已经流完";又不时夹杂着明快而新鲜的思辨:"安娜 请告诉我/祖国究竟是什么/彼得大帝指着他的宝座/说那就是祖国/拿破仑举着他的短剑/说那就是祖国/色盲珂勒惠支的祖国/是一幅幅刀痕累累的画面/聋子贝多芬的祖国/是一部部他自己听不见的乐曲/法官说祖国就是他每次的判决/狱吏说祖国就是他手中那串钥匙/那么 安娜 你呢/故乡皇村的牧歌吗/西伯利亚的风雪吗/涅瓦河上的夜色吗/被运回的丈夫的尸首吗/不盛食物的餐具吗/或者是黑色囚车马鲁霞/从泥沼里沉沉地滚过"。无论是抒情还是沉思,不难发现,作者的思绪在此变得十分流畅。诗的字里行间充满了生气与活力,意象也变得清新、明快、自然、贴切。《爱的磔刑》无疑是何来诗歌创作中的一个小高潮。此后,何来的诗作变得比较驳杂,虽也出现过像《丧父》这样的情深意挚的优秀诗作,出现过像"唉 笔挺笔挺的服装/皱皱巴巴的人"(《侏儒酒吧》)这样的精悍诗句,但更多的时候,他的就事论事的习惯思维又开始重演了,如《老蚊子 老蚊子》等等,写作《爱的磔刑》时的状态已不复重现。

林染(1947—),河南汝南县人,在平原的山村里度过童年,在兰州读完中学后去天津当了两年学徒,尔后支边到河西走廊西端的军垦农场,在黑戈壁上的胡杨林里生活了十二年。1981年调任《阳关》杂志社诗歌编辑。出版有《敦煌的月光》《林染抒情诗选》等诗集。

林染称自己是一个"行吟的歌者",的确,他的诗作一直呈现出某种不停行走的特征,行走在中国西部多彩多姿的土地上。1982年至1985年是他的创作盛产期,他几乎以每两天写一首诗的速度勾勒着大量的西部素描,诸如《敦煌的月光》《白龙堆》《黑山岩画》《白毡房》《马鬃山》《楼兰,忧郁的影子》《在高昌故城》《托米河的冬天》《赛里木湖的姑娘》等等。这些诗作具有浓烈的西部味,充满西部的绚丽色彩、浪漫情调和神秘感。但是,如果仔细研读林染的每一首诗则会发现,他其实只是在反复印证同一种感受,这就使他的诗作在一定程度上显得比较空洞,徒有西部之表,而无实质性内涵。林染大规模铺写西部的景观风情,但整体上始终显得有"象"而无"意"。或者说尽管物象色彩斑斓,重重堆积,语词华丽,但其中的蕴意却非常单薄,读者很难从他的诗句中触摸到诗人内心的切实而真诚的感受与情思。这大约与他过于注重作品的数量有关,在匆忙地赶制过程中,他已来不及仔细地玩味、沉吟了。譬如他的《古丽们》一诗,就典型地代表了他落笔时的轻率与浮泛。他在写作前根本不了解"古丽们",不了解她们的人生,更不了解她们的内心。他只是到边疆一游,听了几个名字——阿依古丽、努尔古丽、克日尔古丽、帕提古丽——看见过几个姑娘,就灵机一动写了这首诗。林染不是一个沉吟型的诗人,他的内心充满激情却很肤浅,这一点也导致了他的作品虽处处透着灵气却始终不耐咀嚼的风格特征。

林染的激情主要表现在他对自然美、女性美和华丽辞藻的偏爱上,他的这类作品中也不乏优秀之作,譬如《帕朵恭》即是一个代表。可惜这样含蓄隽永的小诗在他的诗作中较为鲜见。《藏经洞的故事》在描述了斯坦因以少量马蹄银换得大批敦煌经卷、扬扬得意踏上归途的过程之后,忽然笔锋一转,写斯坦因临离开前回头看了最后一眼:"博士突然一阵悚惧/一轮殷红的夕阳/正从大泉河西岸的灵岩上/从九层阁美丽的胸脯/从一个民族深深的伤口里/沉重地滴落/血光飞溅着涌来/染红了他和满载的驼队"。这个凄绝的意象,饱含深意,令人怦然心动。从中也可以见出,林染事实上并不缺乏创化意象的能力,只是这能力还有待进一步蕴藉和提炼而已。

在甘肃的中年诗人中,还有一位值得重视的诗人李云鹏。**李云鹏**(1942—),甘肃渭源县人,曾有一段军旅生涯,此后一直是文学杂志编辑,曾任《飞天》杂志主编。著有多部叙事长诗及《忧郁的波斯菊》《三行》《零点,与壁钟对话》等抒情诗集。李云鹏几十年如一日地利用业余时间写作,始终保持"静素如水的心态",在默默地经历和感受自己的命运,留心观察人情世态,"心头有点苦苦甜甜的涌动,便匆匆提笔落为分行的墨字",最讨厌那种"无病呻吟的惨白和装腔作势的虚情",[1]反对一切哗众取宠的作秀。李云鹏的诗不空洞,几乎每一首都充盈饱满的情思,不少短章深具撼动人心的力量。譬如《愧疚》写他由捐献一件衣物而想起了他所熟知的北方贫瘠土地上的农民生存境况:"在遥远或不很遥远的某个山村/最后一片树叶飘落的时候/那些弓缩的腰和耸起的肩/便用斑驳的补丁/抵御依然艰难的冬天了/回首在泥淖般的瘠土上的挣扎/艰难竭蹶的每一步都渗有/犁铧呼呛而出的血/ 却仍自吝啬的囊中　勤挤出/几粒粮食　几把羊毛/血液般输送给卡拉OK的城市/不惜扩大/他们胸背的破洞/冬天便有了很深的侵入……"正因为深知农民的艰辛和付出之难,他才为自己仅能捐献一件羊毛衫而"羞愧欲死","对于我的矢志守土的兄弟/对于他们胸背的破洞/这件羊毛衫只是一块过小的补丁/哦,冬天……"这首诗发微见性,令人想起艾青笔下的北方乡土,感受到一种深广的沉重与苍凉。其他如《某年北方》《收复一条河》《垦区土屋》《村事》《卖埙的孩子》《民歌意韵》《我的顿河》《杵衣石》等,都是咏叹北方乡村的精湛之作。

1989年前后,步入中年的李云鹏写出了一批自省自吟、品嚼人生的小诗,如《方城》《俯仰》《那个傍晚》《我的驿站》《回忆冬天》《匆匆》《野荞麦》等等,于中年人的回味、沉思、苍凉、自嘲与疼痛之中,饱含人生的况味。李云鹏的诗句质朴而沉着,不求奇异炫目,但求准确达意,其中又不乏现代诗的种种技法,譬如《杵衣石》本是一首缅怀青梅竹马、喟叹岁月沧桑的诗,但作者并不实写其事,而是借助一块杵衣石,两个意象譬喻,极为简省地道尽了个中滋味:"记

---

[1] 李云鹏:《零点,与壁钟对话·自序》,作家出版社,1998年出版。

忆里/我的顿河岸边的杵衣石/是我的顿河的美人痣",三十年后,这块杵衣石在我眼里变成了"苍暗的老年斑",其构思显得极为精巧。《野荞麦》则择取一个野荞麦意象,极为准确地道出了诗人心中的百般感喟。这些小诗意象简练而又鲜明生动,诗意深沉绵长,堪称短诗中的精品,李云鹏也由此奠定了自己的个人风格。

另外一位业余诗人就是段玫。**段玫**(1931—),祖籍安徽合肥,1949年肄业于南京金陵女子文理学院外文系。早年参加进步学生运动,50年代末来到甘肃,曾任《飞天》杂志副主编。著有诗集《红松林》《流动的河》。段玫多年业余写诗,但她诗歌创作的黄金季节是退休以后。她这一时期的诗作不仅数量多,且多富哲理色彩,如《故事》:"有一天 从几千公里以外/用一页计算机的打印纸/白发苍苍的男孩向爱唱歌的女孩/宣告了 1+1=?""白发苍苍的女孩/无论怎样回答都已经太迟"。"生命太轻/一块岩石从崖顶/落入深不可测的峪谷/苍苍长路/听不到一丝回音"(《无题之思》)。这类诗歌既有超然的一面,又饱含凝重的生命意识,也是西部诗歌中不可忽略的精品。

第三节 "回忆未来":现代主义小说的兴起

现代主义小说的兴起是20世纪80年代出现在中国文坛极为引人注目的重要文学现象。从总体上讲,尽管现代主义文艺在流派主张及形式技法上各有差异,但在思想内涵上,它们却有着某种同一的特质,即人类在进入高度发达的"现代"文明阶段之后,深怀忧患的文艺家们开始对现代文明所导致的人类异化及灵魂趋向等问题有了深刻的警觉、思考与批判,并重新开始寻求那种健康、理想的新文明。另外,这些文艺家们也借助心理学、精神分析学、美学等人文学科上的新成果、新观念,在表现手法上做了各式各样的创新、探索,借以在有限的篇幅、形式中增大作品的内涵和思想容量。在此背景下,诸如象征主义、表现主义、意象主义、印象主义、魔幻现实主义、意识流等等流派与创作技法逐步开始风行全球。

人类文明向何处去?人心向何处去?这是现代文明世界和渐渐进入现代文明时代的人类所面临的最大的困惑与忧患。世界性的现代主义文艺思潮由此应时而生。一般来说,现代主义文艺家们的笔触分别指向两个方向。一类熟悉现代都市生活的文艺家们,批判的锋芒直指异化的人性;另一类文艺家们则从尚未进入现代文明阶段的原始文明形态上,发现了许多久违了的美质。由于这类文学是以现代人回过头来"往后看"的方式为人类的未来勾画灵魂蓝图的,所以它常常被某些学者曲折地表达为"回忆未来"。"回忆"是一种手段,"未来"才是目的。

中国大陆上出现的现代主义文学,除了深受外国文学有关思潮的影响以外,更有其内在的发生缘由。80年代起,历尽劫难的中国人开始向现代文明加速挺进,一部分敏感的都市作家就已经感觉到了现代文明带来的负面影响——人性的逐渐异化。由此,在域外现代主义文学的启发下,他们也开始创作具有中国特色的各类现代主义文学。这其中,多数作家的作品主要是在表现手法上受到现代主义文学的影响,骨子里仍缺乏现代主义文学的品质。如刘索拉、徐星、扎西达娃、马原的早期作品。另一部分作家则以朴素的写实手法或现代手法,写出了深刻剖析现代都市人灵魂异变形态的作品,这部分作家创作出了真正具备现代主义品格的文学,如王蒙、高行健的作品。还有一支,则走上了福克纳、劳伦斯、艾特玛托夫等走过的道路,他们把寻找理想人格的目光,投向了长城之外的茫茫旷野,投向了尚未高度文明化的"蛮野"人群甚至古代人物,中国的西部地区,正是这类作家普遍关注的焦点。这一批作家中,有北京的张承志、阿城、郑万隆;也有西部本土的邓九刚、乌热尔图、杨志军、杨争光等。张承志一直在持续地向西部纵深地带掘进,完成了一大批取材于西部的小说与散文作品,后起之秀邓九刚、杨志军等也大有异军突起之势。某种程度上说,中国现代主义文学的重心一直在向西部逐渐倾斜,西部小说中的一支劲旅,渐次成为中国现代主义文学的中坚力量。张承志是现代主义文学队伍中成就最为卓著的一位。

张承志(1949—   ),出生于北京一个回族家庭,早年曾就读于清华大学附中,他是"文革"初期最早的红卫兵之一。1969年到内蒙古乌珠穆沁草原东锡林郭勒盟插队落户,当过牧民、民办小学教师,后被推荐到北京大学历史系考古专业读书,毕业后又跟随我国著名北方民族史学家翁独健攻读硕士学位并开始小说创作,后分配到中国社会科学院历史所。出版有小说集《黑骏马》《北方的河》《老桥》等。1985年作为访问学者到日本东洋文库从事研究工作,其间完成《蒙古大草原游牧志》。1987年回国后完成长篇小说《金牧场》,1988年调海军政治部创作室任创作员。出版小说集《错开的花》《神示的诗篇》,散文集《绿风土》,完成《心灵史》。1989年退伍成为自由作家,再度东渡日本,其间完成了《红卫兵的时代》等著作,随后又移居加拿大。1993年回国,从事散文写作,出版有《荒芜英雄路》《清洁的精神》《以笔为旗》《一册山河》等散文集。

张承志的大部分作品均取材于西部,更重要的是,张承志基本上把西部当成了自己的精神家园。张承志的现代主义思想,不是西方现代主义文学作品影响下的简单产物,它有一个漫长而切实的生成过程,其中饱含了张承志自身灵魂中搅和着人生感受的特定血泪。在这一过程中,现代主义画家梵·高、日本歌手冈林信康、苏联作家艾特玛托夫、美国作家海明威和福克纳等人的思想,都曾以各自不同的方式给了张承志以重要的启迪。张承志作品中的现代主义蕴意,具有强烈的个人原创性和中国西部所独有的色彩。

张承志少年、青年时代的一系列特殊经历,对于他个性的形成以及后来的文学创作起到了极为关键的作用。他是在一个自小失怙、家境贫寒、备感压抑的环境中长大的。他是第一批"上山下乡"到"广阔天地"中去寻找理想、施展作为的红卫兵之一。张承志的这一反叛精神不只是贫贱者的简单逆反,而是深怀着对人、人心、人道的尊重,对底层、穷人的关怀。张承志就是带着这样的思想,走进了内蒙古草原深处,走进了牧人们艰辛的生活;后来又走进了甘肃、宁夏、青海的穷乡僻壤,走进了新疆大地上广大的少数民族百姓中。

在《阿勒泰足球》《黑骏马》《金牧场》和《金草地》等早期小说中,他生动地描述过蒙古牧人和他们这群知识青年的生活情景以及他刻骨铭心的人生感受。如果说,北京的少年岁月,给他的心灵打上的是都市贫民的"底层立场"底色,那么,内蒙古的游牧生活,又给他增添了一层深入灵魂的"牧民的情感"和更低的牧民式的"低层立场"。这两步,彻底奠定了他的思想基础,使他的情感、立场、价值天平彻底倾向了底层百姓。他成了底层百姓的赤子。此后,他的全部文学创作,全部的热爱和憎恨、愤怒与轻蔑、痛苦与呐喊、赞叹与反抗,都发乎这个源头。他成了边疆各族底层人民的文学代言人。而这一点,恰恰与现代主义文学有最本质的关系。当然,作为一个非土著人,他也保留了"一定的冷静与距离""分析与判断"。在张承志的早期作品中,《湟水静静地流》似乎规定了张承志后来的创作方向——他的小说开始向民间、底层方向渗透、扩展。随后出现的中篇小说《阿勒泰足球》是一篇具有自传色彩的作品。小说描写了一位当了民办小学教师的知识青年与草原上的孩子们之间的真挚感情。时隔不久,张承志推出了他的第一部优秀作品《黑骏马》。

《黑骏马》这篇小说有两点给人留下了难以磨灭的印象:一是都市文明人与蒙古族牧民之间的观念隔阂,二是作者对蒙古族女人身上表现出来的坚忍精神的独到发现与深刻理解。从表面上看,《黑骏马》是一部客观描写蒙古族牧民人生故事的小说。但实际上,这部小说浸透了青年张承志浓烈的个人情感与品味人生的思绪,有很强的主观表现色彩,完全可以看作是一次个人情思的全面倾诉,小说中的男主人公白音宝力格差不多就是作者的精神化身。他被作者乔装打扮成了一个土生土长的蒙古族小伙子,但就其精神特征看,他其实是一个穿了蒙古袍的汉族文化人,他的身上有着明显的汉文化和现代文明的深重印记。在张承志笔下,白音宝力格和索米娅的初恋像草原上灿烂夺目的朝霞一样令人心醉。然而,这样美好的恋情却被一只野蛮、脏污的大脚踩烂、揉碎了。作为一个正常的人,上大学归来的白音宝力格实在难以接受与他相约终生的纯洁真挚的索米娅被黄毛希拉奸污的事实。他要和黄毛希拉去拼命。这时候,蒙古奶奶的态度却令人诧异。她问道:"怎么,孩子,难道为了这件事也值得去杀人吗?"她不以为然地又摇摇头,"不,孩子,佛爷和牧人们都会反对你。希拉那狗东西……也没有什么太大的罪过……有什么呢,女人——世世代代还不就是这样吗?嗯,知道索米娅能生养,也是件让人放心的事呀。"听奶奶是这样一种看法和态度,"我气得浑身哆嗦。但我更感到无法忍受的孤独"。这里明显隐藏着两种不同的两性关系观念的隔阂与冲突。白音宝力格是文明人、汉人的观念,而老奶奶,以及她说的"佛爷和牧人们"是典型的蒙古族牧民的观念。在老奶奶甚至索米娅的心里,对新生命的珍爱,伟大的母性与生殖至上的意识,和对丑恶习性的宽容,是混合在一起的。这样一种观念,当然让受了文明教育、汉人观念影响的"我"感到一种无人可以理解的痛楚、"无法忍受的孤独"。他挥泪决然离开索米娅,满心伤痛地离开草原,在他自己心目中,是为了寻求"更纯洁、更文明、更尊重人的美好"的人生。

《黑骏马》寄托着青年时代的张承志对蒙古族女性的悲凉命运的惦念,特别是对她们平静承受、默默拉动生命之舟的坚忍秉性的独到理解。张承志事实上是把一种坚忍不折的人生姿态传递给了所有在自己的路上独自艰难跋涉的读者。随后出现的中篇小说《北方的河》与短篇小说《老桥》,主人公变成了一位知识青年,但在精神血脉上,它们与《黑骏马》仍然有某种隐隐的血脉联系——它们描写的均是在寻求理想的路上不断受到打击,而仍然坚执前行的独行者的故事与心绪。在《北方的河》中,那个志高心硬、独自走访了北中国五条河流的男青年与同样心怀梦想、只身来到陕北拍摄艺术作品的女青年之间朦朦胧胧的爱情,同白音宝力格和索米娅的初恋一样令人心醉。"研究生"深受创痛,但人生的悲怆与孤独,并没有将这个最后的理想主义者击倒,他怀着满心伤痛,独自走向了计划中要踏察的最后一条北方的河——永定河。他从北方的五条河流中获得了另一种精神力量的支援。《老桥》的气韵与结构布局与《北方的河》十分相似,它甚至可以说是一个浓缩了的《北方的河》。《老桥》中的人物设置与《北方的河》一一对应:"研究生"与"他",搞摄影的女青年与黎明,徐华北与才子严琪。只不过,理想目标的象征物由五条河流变成了"老桥"。《老桥》所倾诉的情思与《北方的河》一脉贯通,流的是同一股热血。在务实主义的潮水迅速蔓延的都市生活中备感孤独的张承志,总时时想起他的草原,他一次次地跑到曾经插过队的锡林郭勒草原上去寻找旧梦。《绿夜》中千里寻梦的"他"发觉,"他的小诗,他干旱心田中的绿洲,他青春往事的象征"小奥云娜,虽然已不再是那条"明净的小河",水面上漂浮着几片落叶、几粒羊粪蛋儿,但她依然保持了真挚、美好的本色——雨夜的手电筒和她"阿哈、阿哈"的声音,又香又烈的马奶酒和着草原人民真纯的情感,给了他焦渴的心灵湿淋淋的滋润、白云轻轻揩拭般的舒坦和慰藉。

张承志这一时期的小说,具有浓烈的自我抒情色彩,它们是作者的精神自传,是他在这一段青春岁月里的心路历程的真实笔录。其最为突出的特征:一是进入都市后,他已经从身边的人们身上,感觉到了现实与都市文明对人心的侵蚀与毒害;二是他的思绪开始往回看——他开始注意西部。尽管这时候他还没有形成明晰的"回忆未来"的现代主义思路,他对西部底层人民的认识还浮在表层,但他毕竟已经有了对都市现代文明的警觉和对人类昔日的形象——蒙古族牧民的深挚细怀与赞叹。这种朴素的感受与情绪,正是形成其真正现代主义精神意蕴的坚实基础。

也正是在这个时期,张承志陆续接触到了一些西方现代主义文学艺术家们的作品,蕴藏在他胸中的这种感受获得了西方现代主义思想的点化,并逐步上升为一种自觉的理性认识。张承志与福克纳的思想有着某种潜在的同一性,甚至连那种非常主观化的判断和表达方式也十分相似。福克纳的小说不单是南方历史的记录,更是关于南方历史命运乃至人类命运的寓言或神话①,张承志的长篇小说《金牧场》正有此特点。他还多次提到荷兰现代画家梵·高对他的"决定性的影响"。他甚至说,"《金牧场》几乎是在这一幅油画(指《金牧场》封面上梵·高的作品——笔者)的支撑下才写下来"的,"只有这幅油画才能说明这本书,保卫这本书,并向世界传达我最关键的思想"②。张承志"发现"的最关键的东西就是梵·高的平民思想,即背叛都市上流社会和现代文明,把全部的理解、敬重和热爱敬献给在土地上劳作的农夫、矿工和捡煤渣的煤婆子们的意识。这一点与他埋藏在心底的"穷人、底层、正义"意识正相吻合。西方现代主义作家、艺术家的思想,提醒、启迪、支持和升华了他胸中原有的感受,使他从理性上形成了一个坚定而宏远的艺术信念:批判、反击现代文明的病态,做一个中亚腹地大陆底层人民的忠诚的儿子。用他自己的话来说,就是"难忘美栖身的新疆,守卫我心中的草原"③。这里所说的新疆、草原,已不是实指哪一块具体地域,而是指包括内蒙古、甘宁青黄土高原、新疆三大版块在内的西、北部大陆,或者说是西部文明的象征了。可以清楚地看到,那种被先进的文明世界久久遗忘了但却保持着相当的自然风貌、原初风貌的文明,在张承志这个特殊的都市现代文明的叛逆者、挑战者、批判者心中,已经"朝气蓬勃地兴起"了。

张承志在其二十余年的创作旅途中,的确显出了"真正的勇敢"——他是一位最彻底地反击"知识分子"群体和各种时髦的思想潮流的作家;一个最具特立独行品质的诗人。他以一个荷载独自远征的士兵的姿态,走他自己的寻求真理的道路。他的思想旗帜格外鲜明的作品,表明他的情感和精神指向已经成了一种理性的自觉,而不再是早期那种朴素观念的传达了。一种特立独行的现代主义思想在他胸中成熟了,成了他毕生奋勇挺进的旗帜。张承志的现代主义小说,是随着他的思想的日渐明晰以及视点的转移而陆续出现的。80年代前期,继完成《黑骏马》等一批草原—青春小说之后,他笔下出现了《黄泥小屋》《九座宫殿》《大阪》《晚潮》《三岔戈壁》《凝固火焰》《辉煌的波马》《美丽瞬间》《终旅》《西省暗杀考》《错开的花》《海骚》《黑山羊谣》等一大批中、短篇小说。1986年前后,他又完成了他的第一部长篇小说《金牧场》。这

---

① 《福克纳评论集》,中国社会科学出版社,1988年出版,第274页。
② 张承志:《生命如流》《未诞生的封面》,《绿风土》,作家出版社,1989年出版。
③ 张承志:《中国西部文学》,1986年第9期。

样就形成了他的第二个小说创作高峰期。

张承志这一时期的小说中出现的人物,可以从整体上划分为三大类型。其一是他自己灵魂形象演化而成的一系列人物,包括《北方的河》中的"研究生",《金牧场》中的旅日青年学者,和在众多的小说中以考古工作者、青年历史学者、兽医、农技员、民办教师、歌手、青年海军军官等等面目出现的某个青年知识分子,以及那位无时不在的蓬头发旅人。这个人物系列,可以统称为"蓬头发系列",他们的气质、秉性、内心极相似,其实就是同一个人,这个人是张承志小说的核心人物(以下以"蓬头发"称之),甚至可以直接看作是张承志的化身。用他自己的话来说是:"我的小说是我的憧憬和理想,我的小说中的男主人公是我盼望成为的形象。"[1]第二类人物是西、北部底层社会的各少数民族劳动者。这些人的身份通常是牧人、阿訇、教民、农民、工匠、盲流、猎人、反抗压迫者、起义者、无业牧民等等,有蒙古族、回族、撒拉族,也有维吾尔族和哈萨克族。张承志特别注重这些人的民族气质及其内在的群体秉性和民族文化心理,而不大在意每个人的个性。由此可见,他实际上是在塑造西北各少数民族的整体肖像。这一类人物人数众多,可以称之为"索米娅—苏尕三"系列人物。第三类人物是城市各色人等,这些城里人又分为两种:一种是徐华北、严琪、女摄影记者、黎明、黄猫、越男、小遐、世雄们,另一种是性感女歌星、到日本后改名镰田枝子的中国女子胡彩霞、周教授、侉乙己、表弟们。这类人物所代表的是都市文明浸染下的中国知识阶层的群像。

这三类人物构成了张承志小说的基本人物框架,而作为这三大人物群落的核心的"蓬头发系列"及其与后两类人之间的精神关系,则集中显示了张承志的现代主义思想。因为有共同的精神追求与人生际遇,"蓬头发"才会视徐华北、黎明、严琪们为"铁哥们儿",无限珍视他们之间的友情;他也曾深深地爱上过黎明抑或女摄影记者、小遐。然而,回城之后,在都市功利主义、"现实主义"风气的压迫与熏染之下,这些同道们却渐渐地变了,一个个向生活投降了,熄灭了心中那堆青春的圣火。面对变得功利、世故、务实了的旧日同道,"蓬头发"感到了深深的失落和悲哀。他心里明白,都市社会的灰尘已经覆盖了同道们的灵魂,他们将从此湮没于世风,不复有"一颗永远热情和纯真的童心",不复再生,而再也不会成为自己的同道了。在追寻理想、追求真理的无

---

[1] 张承志:《生命如流》,《绿风土》,第29页。

尽长途上,就只剩下了他一个人。但他坚信,也只有这剩下来的某"一类人","在茫茫人世中默默无言但又深怀自尊",始终坚定不移地走下去,才可能在精神探索之路上走得更远,才可能攀上远方那座理想的"汗腾格里峰"。所以他义无反顾地独自一人踏上了寻找"老桥""绿夜""九座宫殿"和"金牧场"的道路。

将这种主题的小说置放到中国知青小说的格局中去审视,就很容易发现,徐华北们精神世界的哗变、灵魂篝火的熄灭,是张承志的一个独到的发现。除他之外,还没有第二个作家表现过,轰轰烈烈的"红卫兵—知青"一代人,没有被艰苦的插队生活、漫长的青春消耗和人生的坎坷遭际所征服,却在进城后被都市的现实瓦解了、吞没了。这是一代人的精神悲剧,中国现代思想史上一个刺目的现象。与此相关联,独自高擎理想主义的残破旗帜再度向远方出发的"蓬头发"精神,也就成了剩下来的那一类孤独地扼守初衷、继续向新的目标进发的孤旅者们的精神回音壁和激越的号角。这又是张承志对中国现代文学、对那"一类人"的一个独特贡献。正因为如此,张承志才被全国众多的同道和后来者们视为旗帜,视为精神领袖,他的每一部作品,才会引起那么强烈的精神震动,引发同样激烈的回应。

张承志的大部分小说中,"蓬头发"系列和"索米娅—苏尕三"人物系列之间都有着特定的对应关系:历史学者"蓬头发"与撒拉族农民韩三十八(《九座宫殿》),"他"与奥云娜(《绿夜》),白音宝力格与索米娅、奶奶(《黑骏马》),农技员与"丫头"(《三岔戈壁》),年轻的水文工作者与天山腹地的厄鲁特、回族老人(《辉煌的波马》),"我"与维吾尔族人里铁甫江(《凝固火焰》),舰长与西北回族阿訇(《海骚》),历史学者"他"与中国大陆腹地的各族民众(《金牧场》),等等。在这种人物结构模式中,由后者所组成的底层民众群体,大多是"蓬头发"精神上的慈母与严父、兄弟或同道。在另一类貌似写实的小说如《黄泥小屋》《晚潮》《春天》《顶峰》《雪路》《终旅》《西省暗杀考》中,"蓬头发"的视角则隐藏在劳作的西北回族农民、追马的骑手、举义的回族百姓所构成的世界后面。"蓬头发"对普通民众的深挚情感和敬重渗透在具体描写、语调和语词之中,这一点在张承志小说中显得特别突出。

张承志从西北少数民族百姓身上,从他们的生存奋斗中,发现了内中包含的丰富的精神资源,并从中获得了强大的精神支持。在张承志看来,商业、富裕、繁华,总是跟贪欲、争夺、奢靡、罪恶及丑陋连在一起的;而贫穷、偏远则跟纯净、质朴、自由相关联。因为在偏远贫穷的乡下，人们的生活目标都很单纯，仅限于人必须拥有的那点东西，譬如凭下苦吃饱肚子，挣上两间土房，挣下个给自己做饭生娃侍奉老人的女人。除此之外，他们没见过豪宅美姬、洋车美金等现代人的种种享受，也不知道掌握权势的诸般滋味，没有任何额外的奢望和贪欲，从而也就没有一些都市人的那种挖空心思的钻营攀附，为谋取位子而明争暗斗，为追名逐利而不知廉耻，为满足各种欲壑而制造种种罪恶，因而也就显得更为单纯质朴，也更接近于人类原初的本色。这是一种"落后"的美，虽然显得原始而贫困，却代表着美的精神的某种极致。为了强化初民式的自由，张承志常常选择或者说是虚构、营造了许多西北极边或大山深处、沙漠边缘的极偏远、极孤立的小地方，与外界没有任何联系的"净土"，作为原始文明的象征，与强大的现代文明世界遥相对峙。《老桥》《黄泥小屋》《三岔戈壁》《晚潮》《九座宫殿》《辉煌的波马》等小说中的环境与人，都有这种特点。

从上述分析中可以看出，从现代都市文明的围猎场中突围而出的张承志，在西部大陆上切实找到了他要寻觅的最重要、最美好的东西，甚至发现了他不曾意想到的东西。"我独往独来地欢乐地走在我的流浪路上。我在茫茫人世中不异于别人，但我的血在驱使着我流浪。我看见了唯我才能看见的美好，于是我追逐着一次又一次地起程了。"（《金牧场》）在张承志那里，西北大地上的人民群像，在本质上已经成为一个巨大的精神人格的象征，一个与所谓的现代文明相对应的原始文明的象征。从根本上说，张承志的小说表现的不仅仅是他本人的心绪和心灵轨迹，虽然他的自我抒发色彩极浓；也不仅仅是中国的"蓬头发"们的精神追寻，它更是人类走到现代文明阶段之后，其中不满于现状、忧患于未来、试图为人类探索出一些精神新大陆的那一支血脉的典型思绪，一股历史的情绪，这也正是张承志小说的现代主义精神品格的关键所在。

张承志的小说就艺术的圆熟精湛而言，其中、短篇小说要超过长篇小说。也许是张承志积蓄了太多的感受、情思、思想需要急于抒发，在长篇小说《金牧场》中，像潮水一样一波接一波涌来的主观情思漫无节制地泛滥，挤压甚至淹没了对客体的逼真精细的描写，小说也由此变成了抒情散文。而有意打乱的叙述结构也使他有手忙脚乱、驾驭不住之感。

1990年，张承志的长篇小说《心灵史》问世。为求得材料的翔实、细节的可靠和理解的准确与深刻，张承志作了大规模的调查，收集了大量流散在民间的传说与细节。写作时，张承志坚决摒弃了他所习惯的"一泻千里地抒情"的方式,用极其克制的、冷静的姿态,追求讲述的真实。在每一个细节上,他都力图采取摒弃虚构、言必有据的信史笔法。作为一个有着独特眼光的作家,张承志全力关注和刻画的是埋藏在哲合忍耶门宦悲怆遭际中的圣徒与教众的心绪的历史,即所谓"心灵史"。

出现在西部高原上的另一位具有独特创作风貌的现代主义作家,是内蒙古作家邓九刚。

邓九刚(1955—),内蒙古自治区呼和浩特人。当过汽车司机、文工团小提琴手、《草原》杂志小说编辑,先后毕业于鲁迅文学院作家班和北京师范大学中文系研究生班。现为内蒙古作家协会副主席、专业作家。

邓九刚的小说创作开始于80年代初。那时候,他的一些短篇小说已经显露出一种邓九刚特有的气韵,譬如《翁恭查干》描写一峰为援救主人而陷入沙漠绝境的老骆驼的孤独心境,《人的魅力》描写一个普通的俄罗斯人敢跟铁腕暴君斯大林直言抗辩而毫无惧色,《黄羊鸣》描写用机械化和技术武装起来的人对毫无抵抗能力的黄羊们的一场大规模屠杀。但这时候他的小说取材还比较分散,数量也较为有限,故未能引起人们的注意。邓九刚首次引起全国文学界关注的作品,是系列中篇小说《驼道》《骆驼歌》和《驼村》。在这三部小说中,邓九刚首次向人们描绘了"茶叶之路"以及这条路途上气质刚烈的驼商、驼夫和领房人动人心魄的故事。此后邓九刚由于下海经商,创作出现过两三年的停顿。从1995年起,他又完成了长篇小说《驼殇》《大盛魁商号》《屠驼》,并撰写了报告文学《茶叶之路——欧亚商道兴衰三百年》。邓九刚的小说有着一种内在的连续性,《驼道》描写的是后来成了归化城大盛魁商号大掌柜的的驼道商人古海早年的奋斗史;《驼路歌》讲述了驼路上的另一种重要角色——领房人——具体说是领房人二斗子的动人故事;《大盛魁商号》讲述了晚清时期北中国最大的外贸商号大盛魁的兴衰史,而由《驼殇》修改、充实而成的《屠驼》讲述的则是驼路主角——骆驼及其主人们在新时代遭遇的悲怆命运。把这些小说连接起来,一幅巨大的历史图卷——茶叶之路的兴衰史、驼道主角们的命运史——就完全显露出来了。

茶叶之路是一条商路,出现在清初。它东起中国的归化城(即今呼和浩特市),西至欧洲腹地,是一条沟通欧洲与亚洲的商贸大动脉。它的鼎盛时期,贸易规模远远超过了闻名全球的西北"丝绸之路",因此也可以看作是清代出现的另一条"丝绸之路"。由归化城到莫斯科的万里路途上,横亘着人迹稀少的蒙古大草原和无数的沙漠、戈壁、山脉,缺水,缺粮,严寒,酷热,暴客出没,险情环生。当时的运输工具只有骆驼。驼夫们领着骆驼,一步一步硬是踏出了一条商贸大道。当时最大的驼队达到了十万峰——茫茫沙漠戈壁上,驼阵如黄河缓缓移动,波浪起伏,烟尘蔽天,蔚为壮观。所以这条路又被驼夫们称为"驼道"。茶叶之路到了清末民初逐渐衰落了。

《驼道》和《驼路歌》两部中篇小说分别讲述了第一代贴蔑尔拜兴人的杰出代表古海与二斗子,当年作为驼道上的两种重要角色——驼队掌柜的和领驼人——率领驼队涉艰履险出生入死往来于茫茫驼道上的不寻常经历。作为具体化、直观化了的历史,邓九刚借助这两个故事绘声绘色地描绘了当年茶叶之路上的历史情景。作为文学,《驼道》刻画了一个敢爱敢闯敢担当的真烈士;《驼路歌》则是一曲与悲剧命运的反复搏斗中抗争到底的失败者的绝唱。但归根结底它们只是皴染了驼道历史风貌而不是细节完全真实的信史。十年后完成的长篇小说《大盛魁商号》则不同了,它侧重于写实绘史。应当说它是一部用精细的文学笔法描绘出来的"大盛魁"史。《大盛魁商号》的头号角色就是大盛魁商号而不是其中的某几个人物,这是这部小说的一个独特之处。换句话说,作者的用意首先不是塑造出几个人物,而是全力以赴勾勒出大盛魁的立体形象。从第一章起,随着晋中农家子弟小古海的脚步踏进了大盛魁总号大院,读者的目光就被引向了大盛魁。由此开始,一座庞大而复杂的商业机器开始逐步显露出它的真容,大盛魁的结构、内幕、运作情形层层展开。作者借助古海的眼睛,有条不紊地抖搂出了他对大盛魁的全部了解与发现。从内部讲,这个像一座山脉一样崛起于茶叶之路上的股份制商号,之所以能够称雄百年,是因为它创立了一套独特的管理办法。其中包括特殊的学徒制度、商业人才的培养和选拔方法、严格的号规和奖罚制度、传递商业信息的特殊手段、特有的养驼场和运货健驼替换方法,也包括定期的股东会、结算分红方式和长期走"暗房子"的秘密等等。可以说,这是大盛魁独创的一套企业文化。从对外关系上看,小说描述了大盛魁与归化城地方官府的唇齿关系,与朝廷重臣的特殊关系,以及它对地方事务、政务举足轻重的影响力,显示了大盛魁的经营者们作为大企业家高瞻远瞩的目光与韬略。可以说,这部小说对大盛魁的层层解剖,填补了晚清晋商史、茶叶之路史和中俄商战史研究的一个空白。

王廷相这个人物的塑造无疑是这部长篇小说的一个创造。作为大盛魁商号的总舵手,他目光敏锐,洞察全局,在与俄商、官府、内奸、商界对手的激烈搏杀中处变不惊,智谋百出,驾驶着这艘大船在惊涛骇浪中起伏出没,奋勇挺进,表现了中国商界巨头特有的气质和卓越的指挥才能,是中国现代文学中的一个崭新的艺术形象。从整体上说,这部长篇小说以古海重新回到总号为界线,可以分为两部分。前半部侧重于对大盛魁各个侧面、部位的静态描述,史学描述的特征要明显一些,节奏也缓慢得多。后半部着力描写了大盛魁在俄商进逼、官府逼压、内外纷起的情势下,在内忧外患的惊涛骇浪中颠簸震荡,联合昔日的商界对手天义德等中国商号抗击俄人、奋力自救的末世命运。悲凉意味浓郁,文学色彩加重了,节奏也有所加快。邓九刚左手持史笔,右手握文笔,两种笔墨有机融合,互为补充。史笔的严谨与准确有助于历史小说描写的真实性,使小说具备了较可靠的历史文献价值;文学笔法则增添了史著的生动鲜活性和象征意蕴。

2003年,邓九刚完成了描写茶叶之路悲怆尾声的另一部长篇小说《屠驼》。《屠驼》讲述的是茶叶之路上的功臣们——骆驼群,活到了机械化运输工具登上历史舞台的当代,被当作无用之物集体遭到屠宰的故事。在这个故事中,邓九刚再度表现了一种深沉的历史情怀,一种从历史细节中品出深刻意味的宏观直觉能力。在邓九刚讲述的贴村故事里,从茶叶之路上的驼队,到城里的驼车、蹦蹦车、汽车节节替代的运输工具演变史背后,蕴含着一股强大的进化力量。这股进化力量要轧碎的是当年在驼道上浩浩荡荡向西挺进的,与其主人们生死与共、建立过盖世功勋的骆驼群,于是,响彻在贴蒽尔拜兴村上空的骆驼们的惨叫声,便有了某种特殊而浓重的历史哲学意味。

联系起古海、二斗子、戚二嫂、七寡妇、大锅头甚至那条名叫花尾巴的狗和多少次救过主人命的骆驼们的故事,我们就会明白,邓九刚是从这些乡村老英雄们和极通人性的生灵们身上,找到了自己的精神同道与知己,找到了支撑自己的灵魂在薄情寡义的茫茫人世上坚持按自己的意志活下去的依托。他的小说中处处弥漫着一种顶天立地、义气如山的大丈夫气息,一种人与人之间、人与生灵之间深不可测、生死与共的情义,一种临危难而心硬骨傲的硬汉气质与男儿雄心。在杀死一个忤逆者犹如摁死一只蚂蚁的斯大林面前,一个弱小的人毅然敢于据理抗辩,毫无惧色(《人的魅力》);在赌场输光了全部健驼与货物之后,一个商人居然抡起砍刀"咔嚓"一声剁下一根手指做赌注,而决不退缩(《驼道》);在一败再败,被命运的铁手死死扼住了咽喉之时,一个领房人犹能奋身而起,再度上马出征(《骆驼歌》);在自己的生死之交骆驼面临杀身之祸时,一群老人们拍案而起,与凶残的儿子断绝情义,舍命救助骆驼,以自残或者了断自己生命的激烈方式来誓死抗争(《驼村》《驼殇》《屠驼》);就连一条狗,也舍生忘死地救援骆驼……邓九刚站在现代人群中讲述他的旧时代的人物故事,他的用意,就是要以这些粗粝、犷悍、顽强不屈的、充满生气和理想的人,给现代人行将被窒息的心灵吹送去一股新鲜强劲的空气;他要用老辈人的故事点燃人类对于自身原初本色的记忆。

邓九刚的小说与福克纳的小说在精神血脉、悲怆气韵甚至整体布局、人物群落等方面也有其内在的相似之处,譬如他们都有两大对垒的人物群体:老人群体和年轻人群体。作者对被时代列车遗弃的老人们均深怀敬重与怀念;他们各自营造了一块"邮票大的地方","村"里或"县"里的同一群人物往往出现在不同的小说中,故事情节呈网络状态;他们都采用了逼真的写实与象征寓意相结合的手法;等等。这表明面对同样的历史变局,不同地域的作家,会不约而同地产生同样的感触、相似的缅怀。这种因对现代人类的失望而滋生的缅想人类过去的情怀,本质上是为人类追魂,为未来着想的,它正是现代主义文学的精神特征之一。从这种意义上来说,邓九刚的驼道小说,既是用小说方式写出来的茶叶之路盛衰变迁史,又是为国人曾经有过的高贵灵魂存照塑像的现代主义小说。邓九刚在竭尽二十年心力深研了驼道史料,采访了数以百计的驼道人物,深入了驼商驼夫们的内心世界,感受到了中国近现代商业文明生存发展的特殊艰难性、机器文明的进步性与残酷性,领悟了中国传统文化的反人道性和智慧、高贵的一面之后,才创造出了这样一系列小说和这群别样的人物。他的小说充满中国北方的气韵和厚重的传统文化的质素,古海、二斗子们的奋斗,是地道的中国底层老百姓式的奋斗;大盛魁掌柜子管理企业、指挥商战的智谋,是地道的中国人式的智谋,因此可以说,邓九刚的现代主义精神既有与世界现代主义思潮相呼应的一面,更有作为中国作家自身所独有的特色。

除张承志、邓九刚之外,在现代主义文学领域中独辟蹊径、颇有建树的还有青海作家杨志军。

杨志军(1955—),生于西宁,毕业于青海师范大学中文系,曾任《青海日报》文艺副刊编辑。著有中篇小说《环湖崩溃》、长篇小说《海昨天退去》《大悲原》《失去男根的亚当》和少量短篇小说。90年代末离开青海,定居青岛,又完成了长篇小说《藏獒》三部曲。

杨志军的小说数量虽然不多,但却具有特殊的意味和相当的分量。他的作品思路与他所生栖的地域有绝大的关系。西宁市背靠庞大的青藏高原,生活在这座人口不多的高原城市中的人们,远比内地城市的人要靠近大自然。青藏高原是他们朝夕相处的伴侣与敌手,他们熟知青藏高原的脾性,所以青海的作家们普遍都具有颇为浓郁的自然意识。诗人昌耀与杨志军是他们中间对"人与自然"的关系感触、思虑较深的两位。1985年,杨志军推出了他的第一部重要作品《环湖崩溃》,引起西部文学界乃至全国文学界的关注。《环湖崩溃》有两条主线:一条线描写50—60年代西北开发运动中,人们怀着炽热的建设热情,对青海湖周边草原的大面积开垦,造成了严重的后果。作者对这场破坏生态环境的狂热运动的冷静反省,标志着西部小说中第一次出现了现代生态意识。另一条线索则把"生产革命"对大自然生态平衡的破坏,与现代文明对人的自然属性——健康的性本能的扭曲戕损,作为同一种应当警惕的现象揭示出来了。人类自身蕴藏的自然力——性,是当今人类所遇诸多困惑中颇为重要的一环,也是现代主义文学应当以冷静的心态辩证深思的一个重大课题。它给人类造成的压抑、痛楚和威胁的长久性、严重性,决不亚于浮在表面的艾滋病、癌症之类。

　　《环湖崩溃》设计了三个青年人物:男青年"我"、知识女性花儿和草原牧女卓玛意勒。卓玛意勒长成于"化外"之地,荒原牧家骑马游牧的生存方式、牧人们自然主义的性爱观念和生命意识,浇灌出了这朵野性的格桑花。她缺少花儿那样的学识与修养以及细腻复杂含蓄的情感与心理,但她的生命活力与性爱冲动也就不曾受到汉文明伦理规范与禁忌的束缚。在自己所感兴趣的男人面前,她是赤裸裸无所顾忌的,性欲热烈而又纯真无比的。在她的心目中,爱就是男人和女人无任何附加条件的相互吸引,肉体交合的惊天动地,这个人物是一种原始性的自然人格的象征。花儿看上去颇有女性的风采和魅力,但她所接受的文明教养,使她始终不敢正视自己的爱情与爱欲冲动。她年轻美丽的女人味儿,被她的理性和冰冷完全消耗掉了,这个人物是与卓玛意勒相对应的文明人格的象征。小说中的男青年对这两个女性——也是对两种文化人格——经过了一个漫长、曲折而痛苦的选择过程。作为一个同样受过文明熏陶的青年人,他自然先是钟爱自己的同类花儿,拒绝了热烈爱他的卓玛意勒。但与花儿在雪地里理智地"僵尸般"地睡了一夜之后,他觉出了沉重的失落,而后来与卓玛意勒肉体交融的野性的爱,"使我感到了一种来自远古的非常熟悉的生命的舒展"。作者清晰地传达出了摒弃被异化的文明人格,选择一种健康的原始、自然人格的意图。但这篇小说也还有着受作家理念操纵的生硬感,非此即彼的选择模式显得有些过于简单化了。

1988年,杨志军又推出了长篇小说《海昨天退去》。在这部小说中,他改变了《环湖崩溃》那种激越湍急的抒情化叙述方式,其描写变得冷静、细致、饱满,标志着他在小说艺术上的日渐成熟。同时,他将笔触转向了描绘西部人与大自然之间、以及与世俗社会之间的冲突,由此而演出了一幕慷慨悲凉的人生悲剧。

这部小说有三个重要的意象,一个是庞大狞厉的青藏高原,另一个是高原军人群体,第三个是高原下面人欲汹汹的现代社会。其中的军人就像一支受命执行特殊任务的突击队,遭到了前后两者的堵截与夹击。

青藏高原几乎是生命的绝地,它不允许任何异物闯入它的腹地。西部军人华老岳却率领着他的部下开进高原腹地,向它发起了一场凌厉的挑战——他们要以最快的速度,穿越五大山系,建成一条直通"天国"的成品油输油管线。一场惊心动魄的天人大战开始了。华老岳和他的战友们一登上雪山,唐古拉山就给了他们一个下马威:严重的缺氧,使战士们个个思维僵滞、眼睛出血。接踵而来的是,华老岳和战士们毛发脱尽,都成了秃子。身壮如牛的马大群被活活累死,一排长房宽变成了痴呆人,王天奇这个铁一样顽强坚忍的"老高原"失去了性功能,又得了醉氧症,最终喷血而亡,徐如达双目失明。十一个士兵因为受不了这些悲剧的威胁与心理压迫,受不了沉重的劳动和比劳动还要沉重百倍的人生悲哀,集体用刀片割断了自己的喉咙……但华老岳硬是以坚定、理智到冷酷残忍程度的意志力量,率领战士们像钉子一样钉在了唐古拉山顶上,像钢钎一样一个白点一个白点地啃开永冻层冻土,用比打一场血战付出的代价还要惨重的牺牲凿通了五大山系。

在西部小说中,将人与自然之间的搏杀写得如此惨烈、如此悲壮的作品还不多见。但这部小说更深一层的意图还在于,它还要写出命运对这群西部军人的另一种不公与残忍,写出他们的亲人对他们的不理解与背叛,以及世俗化了的山下社会对他们的后路夹击,华老岳的遭遇就是一个典型的例证。这个工程团的最高指挥者,不仅和战士们一样眼中流血、秃顶、负伤、挨饿、受冻、衣衫褴褛、面色如灰,为了职责和使命,他还得拿出十倍的冷酷,来处分马大群,拒绝处境悲惨的部下徐如达、冯高川和房宽妻子们合理而微薄至极的要求,承受部属们的误解乃至仇恨。而实际上,他理解和心疼这些出生入死、披肝沥胆的部下们远远超过了爱惜他自己。战士们每死一位,他就拿刀在自己的手臂上狠割一刀。但就是这样一位历尽千辛万苦终于完成了使命的英雄功臣,却被颟顸的上司认为是贻误了工程,被免职转业;就是这样一位在战场上轰轰烈烈的将军,回到朝思暮想的妻子身边时,再也得不到妻子的热烈爱情,因为妻子早已成了他人的情妇,两个孩子也因为无人照看而命丧大海。他被这个世界彻底出卖了。经历了一场殊死的奋斗之后,华老岳彻底地失去了既有的一切,直至男儿的尊严,从此陷入了深深的泥淖。

华老岳的遭遇,显然不是被当作个人的特殊不幸来写的,它暗示了作者的另一种认识,即文明社会中精神病毒的蔓延,人类自身的变质与腐化。与山上的军人们的艰辛、忠贞、顽强、无私、自我牺牲相对应的,在山下的那个世界里,权势横行,物欲泛滥,关系网盘根错节,男人雌化,肉欲横流。一切崇高的献身精神、事业理想都遭到嘲笑。憨实的房宽被家乡的老头儿所骗,徐如达被妻子所骗,华老岳不断被冷落、被侮辱、被出卖。他们与那个世界格格不入。而华老岳妻子爱菊的另一个男人——处长,却在这个社会里如鱼得水。他有权势,有一双"白皙修长的雌化了的男人的手",善于捞取一切他想要的东西。这是一个典型的阴柔化了的男人,比较起来,华老岳是一头雄性的狮子,他只不过是一只被文明之手调教绵软了的阉猪。但华老岳却被这个时代彻底拒绝了,抛弃了;社会变成了处长们的社会。

山上山下的社会,对比是如此的强烈;烈士与小人的命运,反差是如此的巨大。这种立意与张承志、邓九刚的小说有殊途同归、异曲同工之效。总体来说,《海昨天退去》在表现人与自然的对抗、世事的病态与烈士的悲怆等方面,都达到了相当的描写深度。

杨志军离开青海到青岛以后创作的《藏獒》三部曲,仍然取材于西部草原。他把西部当成了心灵中的精神高地。他笔下的藏獒,具有浓烈的拟人特征。《藏獒1》和《藏獒2》描写的是藏獒的成长和辉煌,《藏獒3》描写的是藏獒的悲剧性终结。藏獒精神其实是一种在人类中几乎灭绝了的崇高人格的象征。这三部作品中仍然流淌着他的现代主义情怀。因了艺术上的更加成熟、感情上的强烈冲击力,这三部作品在中国文坛上产生的影响力比前两部长篇更大。

在西部的作家群中,可以视为准现代主义作家的,还有马原和王刚。

马原(1953—),辽宁锦州人,当过农民、钳工。1982年辽宁大学中文系毕业后进西藏,先后任记者、编辑。1982年开始发表小说。主要作品有《冈底斯的诱惑》《虚构》《西海无帆船》《康巴人营地》《游神》,长篇小说《上下都很平坦》,以及剧本《谁能够喜怒哀乐自由》《爱的拒绝》,文学评论作品《阅读大师》等。现为上海同济大学文学教授。

马原是80年代先锋文学的代表作家之一,但他的"先锋"不是在小说的思想内涵上表现了勇敢的前卫性,而是在小说观念上表现出了前所未有的探索勇气。马原把创作的重心放置在了形式上。在《冈底斯的诱惑》《虚构》《西海无帆船》《上下都很平坦》等小说中,他对小说的叙事策略、叙述语言等方面进行了大胆的实验。《冈底斯的诱惑》就逸出了传统小说的叙事轨道。这篇小说没有完整的故事情节,作者只是分别叙述了几个各不相关的故事:有人请剽悍的藏族神猎手穷布去猎熊,穷布最终发觉他等来的并不是熊,而是野人;探险者陆高爱上了一个漂亮的藏族姑娘央金,央金却死于意外车祸;汉人陆高与姚亮相约去看藏族人有名的天葬风俗,几经周折到达天葬台附近,却遭到藏族天葬师的拒绝;藏族小伙子顿月与心爱的姑娘尼姆同居,他参军后再也没有回过家,却常有信、钱寄来;尼姆后来生下一个男孩,她最终与顿月的双胞胎哥哥顿珠合了帐篷,其实顿月在入伍后不久就牺牲了。这四个小故事像四个小短篇,它们之间似乎有隐隐约约的一点精神联系——主人公们在生活中都遇到了某种意外的挫折,但主人公们之间又几乎毫无关系。把这样四个故事放在一部中篇小说中讲述,这在小说叙事习惯中似乎从来没有过。事实上,马原从来就没有打算赋予这部小说以深刻的意义,它是一部无意义的小说,或者说,是一部"以形式为内容"的小说。这就与文学艺术即"有意味的形式"这种传统的理解发生了尖锐的冲突。马原的这种小说曾引发了小说界的热烈讨论,并带来了年轻的小说作者的纷纷效仿。他的"叙述圈套"开创了中国小说界"以形式为内容"的风气,有人把它称之为小说界的一场"叙事革命"。

时隔十多年之后,马原本人也转向了传统写法。实践证明,文学抛却了"意味",只有形式,是缺乏鲜活的生命的。它只是小说家们的一种内部实验,很难获得读者的认同,也就很难大行其道。但马原的实验,使小说家们开始对小说形式本身引起注意与思考,这毕竟是有意义的。

王刚(1959—),新疆维吾尔自治区人,80—90年代曾发表不少中、短篇小说。后进入鲁迅文学院学习,毕业后留居北京,从事电视剧本的编写。王刚的小说有点类似于王朔的早期小说《橡皮人》和《一半是海水,一半是火焰》,即采用叙述人自述劣迹的方式,毫无羞惭地讲述自己偷人妻子、鸡奸、偷情,以猎取众多女色为乐事,以不择手段利用女人往上爬为能事的隐私故事。他的小说主角们都是同一个人的变种,都对自己的无德无行毫无掩饰,以不知廉耻为坦率。这种小说可以说是较早出现的"私人化小说",与其说王刚是为了批判现代人、反文化,不如说是为了宣泄。王刚与张承志、邓九刚、杨志军们的本质区别在于,这几位作家的创作发乎对现代文明社会病态的深广忧患,而王刚的小说发乎卑贱小人物对城市女色、权势的攫取贪欲。因此,它还不能算是真正的现代主义小说,只是隐含了一些准现代主义的因子而已。

第四节 "盲流"的哀歌:寻找家园的故事

从小说描写的对象、吟咏的情绪上看,无论是王蒙、张贤亮、昌耀这一代戴罪流放西部的知识分子,还是周涛、杨牧、章德益、陆天明这类自青少年时期随父母西迁,或被社会运动席卷到边疆的知识青年,以及张承志这种到西部寻梦的内地作家,他们小说中出现的中心人物,大多是自己的化身,或是与自己有相同遭际、相类心态的知识分子;他们反复吟哦的是自己的心声。与这些作家有所不同的是,西部还出现了另一类作家。他们多半也是从内地迁徙到边疆的青年学生,命运的旋流将他们裹挟到了社会底层。在这个衣衫褴褛的社会阶层中,他们发现了"盲流"这样一个特殊的群体。一些辛苦劳作的外乡人,他们有的来自四川,有的来自河南,有的来自甘肃、陕北、山西、宁夏。就像山西人习惯于"走西口"寻找活路一样,他们也是背井离乡到"口外"来谋一口饭吃的。他们不是土生土长的新疆人、青海人,所以人们管这种人叫"盲流"。盲者,漫无目标,人生地不熟,流者,他们始终处在漂流当中,没有故土,没有家。盲流们特殊的人生遭际与内心世界,深深地刻在了他们的记忆深处。当他们拿起笔开始文学创作的时候,第一个流出他们笔端的人群,就是盲流。这样,在西部文学园地里,就出现了一个在全国文学界少见的品种:盲流文学。

80年代初,宁夏作家张贤亮就写过两篇描写西北盲流的小说《邢老汉与狗的故事》与《肖尔布拉克》。前者描写的是一个盲流邢老汉的孤单生涯,后者描写的是两个到新疆打零工的男女流浪者邂逅相遇,相互救助、倾心相爱的故事。这两篇小说揭开了西部盲流世界的一角。此后,以盲流人物形象作为主要创作对象的,是新疆作家赵光鸣。

赵光鸣(1948—),出生在湖南浏阳县北盛仓。1958年十一岁时随父母进疆,中学毕业后下乡插队,有过长期的底层生活经历,毕业于北京大学哲学系。主要作品有中篇小说《石坂屋》《远巢》《芳草地》《乐土驿》《背影》《云游》《西边的太阳》,出版有小说集《绝活》、长篇小说《青氓》《迁客骚人》《解忧与冯嫽》等。现为新疆作家协会常务副主席、专业作家。

赵光鸣最初引人注目并因此而在全国文学界崭露头角的小说是《石坂屋》。从某种意义上来说,这部中篇具有自传体小说的特征。它描写了知识青年糜志红在新疆一个名叫卡卡斯雅的地方(维语意为"荒凉的地方")与一群外乡盲流们一起开矿厮混的经历。糜志红与其说是小说中的一个角色,倒不如说是一个视角、一个观察者。他是一个刚从城里下到底层社会的小青年。他的眼睛就像一架摄像机,跟踪摄下了真正的主角花儿铁、石牡丹们的所有行迹。刚刚进入下苦人中间,和下苦人们一起卖力气活命时,这个城里来的洋学生心里有一股背井离乡、沦落天涯的凄苦。对眼前这一伙衣衫褴褛言行粗鄙的盲流们,他感觉陌生,非常不习惯,看不顺眼,隐隐地还怀有一种城里人的轻视心理。然而命运已经把他抛到了与后者们一样的最低生存线上。在与这些下苦人一起承受了饥饿、贫困和诸多艰辛悲苦之后,他才渐渐觉出了这些下苦人的内心所具有的沉甸甸的分量。比如那个平日怪话连篇、貌似流里流气厚颜无耻腆的回族光棍汉花儿铁,糜志红因一些偶然的机缘发现,他其实是一个内心非常凄苦孤单又很实诚干净的汉子。花儿铁从心底里深深爱着寡妇石牡丹,却又身无片瓦,自知爱情无望。一怀漂泊人世的忧伤孤独,唯以粗俗的玩笑来加以掩饰和调节,以悲凉悠扬的花儿来给予抒发。在最孤独、最困难的时候,他仍然慷慨解囊救助流浪饥饿的东乡人穆生贵一家。直至为了众人的活命事而殒命于风暴之中,至死也没有得到过人世间的一丝温暖。这是一个十分奇特的,从外部言行上很难一眼看透的下苦人。糜志红从他身上头一次发现了西部普通民众人生的艰辛沉重,也发现了卑贱粗鄙者们内隐的价值理念与人格魅力。毫无疑问,没有亲身经历和切肤感受,赵光鸣是无法编造出这样一种人物、这么一种生活的。在西部文学的创造者中间,张承志也是一个以边疆各族普通民众为唯一的崇仰者和描写对象的作家,但张承志毕竟不曾像赵光鸣那样在西北底层社会中长期浸泡过。就人生感受的真切、沉重、强烈程度而言,赵光鸣的《石坂屋》甚至远远超过了张承志同类题材的《黄泥小屋》《晚潮》及《九座宫殿》。张承志是一个以现代主义为指导思想、主动寻找西部底层生活的作家,而赵光鸣则侧重于抒写生命感受与人生体验。张承志有理论自觉而西部生活体验略显欠缺,赵光鸣则更多西部底层切实的盲流生活的积蓄。

但赵光鸣却不满足于对盲流人生的如实摹写,他总在试图把盲流的漂泊人生提升到形而上层面来加以观照,借盲流们背井离乡寻找活路的故事,表达人类的精神流浪及寻找精神家园的心路历程。他小说中出现的"芳草地""乐土驿"等地方都具有世外桃源的象征意味。但是,盲流们为谋求生路而历尽艰辛屈辱的故事,似乎很难与思想者们寻找精神家园的题旨叠合在一起,二者之间的距离毕竟太大。赵光鸣是一个写实的行家里手。他在描写花儿铁、石牡丹的凄凉人生,描写英子姑娘、阎泰娃、任诚们历尽艰辛、千里寻找亲人、寻找生路的故事时(《青氓》),显得对盲流生活非常熟悉,每一笔都描画得极为准确。譬如他描写盲流们扒火车、逃票以及火车上的混乱情景就极其生动传神。他不像张承志那样善于把"九座宫殿""金牧场"虚化并赋予其特定的隐喻意义,他的故事多半都是实而又实的盲流找活路的故事。作为一个写实主义作家,他的独特贡献恰恰就在于开拓了一个他人不曾涉足的领域,准确而深挚地描写了盲流们的人生经历与他们感受过的特殊人生滋味。他塑造的花儿铁、英子、阎泰娃等几个盲流形象也显示出了他极为敏锐的感觉能力、观察能力和镂刻能力。

赵光鸣的小说总是流露出一股淡淡的乡愁,总是有一种人在途中的漂泊感。《远巢》《芳草地》《云游》《背影》莫不如此。90年代中期,他又完成了中篇小说《西边的太阳》。这部小说完全抛开了他所熟悉的边疆盲流生活,转而去写一个边地书生到南方寻找故乡与精神之根的故事。1996年,赵光鸣完成了长篇小说《迁客骚人》。这部小说描写了三类知识分子不同的精神走向。边城学者马一安、记者鲁燧年等人走的是现实主义路子。他们有感于蜗居边城的贫寒、苦闷,以及这种活法的无价值,而相约南下,闯进了南方花花世界,在那里见识了金钱的威力,挣钱的艰辛,人情的淡薄,人心的功利、虚假与贪婪,竞争的激烈,道德秩序的坍塌,肉欲的横流,诚实的无用,弱者的艰难,等等,也经历了短暂的爱情游戏,最后终觉无法融入也了无意趣而打道回府。范西谟、鲍伊萍、裴虹、景魁元、伍成等一干"现代人",为了金钱、情欲而葬送了性命。而高士邹空山、探险家程浩、画家费灵雨等几位精神至上主义者却只身闯进了云南边境的茶马古道,在探寻人类文化奥秘、领略大自然之神奇瑰丽的崎岖山道上完成了精神夙愿。这是一群另外意义上的"盲流",在这部小说中,人生道路的摸索与精神道路的探寻融成了一体,赵光鸣终于完成了一次形而下与形而上的交织叙述。对于三种知识分子的三条道路,赵光鸣并未作出令人信服的评判。或者说,对于知识分子群体面临的时代困惑,他没有也无力作出令人耳目一新的回答。他只是以惯有的写实笔法,对这个特殊历史时期中部分知识分子曾经有过的一段人生经历和心路历程,作了如实的、准确的记录。赵光鸣一直在讲述流浪人寻找家园的故事,他的故事给人的印象是,物质的家园总还可以找到,他笔下的盲流们不管经历多少磨难,但最终都找到了可以安身立命的家;而精神的最终家园却殊难求得。赵光鸣懂得"真正的家园和归宿是没有的。它们就在不断的寻找过程中。漂泊就是归宿。"①

赵光鸣很善于从生活中找到故事。除了《青氓》中英子与阎泰娃在沙漠中遇到暴客的一段情节有几分传奇色彩以外,赵光鸣的故事多半都像生活一样自然、逼真,没有刻意编造故事的痕迹,而故事又往往跌宕起伏。赵光鸣的叙述语言老到、干净、柔软,显示了相当的文字功夫。尤其是,他对于盲流们所操的各种各样的方言的巧妙引入,充分显示了赵光鸣驾驭语言的特殊才能。

与赵光鸣相比,另一位描写过盲流生涯的女作家牛正寰则并不刻意关注精神漂泊的问题。

牛正寰(1950—),甘肃天水人,兰州商学院教师。牛正寰的作品多以女性作家对同性的特有的同情心和知解力,来描摹女"盲流"们不同寻常的人生。其代表作品是小说《风雪茫茫》与《翻过橡皮山》,出版有小说集《翻过橡皮山》、散文集《动静之水》(合著)。

80年代初,牛正寰的小说《风雪茫茫》一发表旋即引起激烈争论,牛正寰也因此而引人注目。这篇小说讲述了一个人所未闻的故事:三年饥荒时期,一个已经出嫁的甘肃女子,因为饥饿难以活命,遂与丈夫商定了一个奇特的活命办法。她讨饭到了陕西,遇到光棍汉金牛,谎称自己未婚,嫁给了这个男人,条件是给她的老家一袋粮食,这袋粮食救了丈夫和孩子的命。甘肃女子为第二

---

① 赵光鸣:《远巢·后记》,新疆人民出版社,1989年出版。

个丈夫金牛生了孩子,操持起了家务,俨然成了人家的媳妇。数年后,前夫千里来寻自己的媳妇,虽然自称是她的哥哥,但还是被她后面的丈夫金牛发觉了事情真相。面对两个忠厚的丈夫,两个亲生儿女,这个女人撕心裂肺,悲怆欲绝。这个特殊的人生故事,是有生活依据的。它揭开的是西北民间另一种鲜为人知的生活图景,在当时的文学作品中别具一格,具有相当的震撼力。这篇小说显露了作者对底层女性命运的特殊关切和剖露现实真相的勇气,以及驾驭小说的才能。数年之后,牛正寰又把目光投向了流落到青海柴达木荒原的盲流女子们身上。这些吃不饱肚子的弱女子,为了活命,只好动用了青年女子唯一的自身资源。她们为一口饭、几斤粮票而陪劳改释放犯、管教人员睡觉,她们也用特殊的方式向黑暗的命运作柔弱的反抗。一个有经验的女子这样"劝"另一个被劳改释放犯骗到青海来的姑娘说:"傻妹子,你也太死心眼了。谁要你一定同他过?高兴哩,给他生一男半女,便宜他;不高兴,给他戴顶绿纱帽……谁让他诓咱们,谁让他把我们好端端的年华葬送在这里!"(《翻过橡皮山》)牛正寰透过这些盲流女子的放浪行为而看见的是她们凄苦的内心。从某种意义上来说,这种描写较之张贤亮、赵光鸣笔下命运坎坷而内心单纯的盲流女子,更抵近女性心灵的真实。作为女性作家,牛正寰对底层女性内心的体察与解悟,有时候要比男性作家准确得多。

第四章　西部新文学的繁荣期(中)

（1979—1992）

20世纪80年代,西部新文学感应着社会转型的时代大气候,在新时期繁荣的基础上,又有了令人瞩目的成就。百万屯垦戍边将士、支边知青在西部上演的人生悲喜剧,在兵团战士出身的作家陆天明、肖亦农、董立勃等人的笔下得到了有力的书写。他们发自肺腑的对西北边地军垦人生的长歌短吟,使文学画廊里有了西部特色浓郁的"垦边悲歌",从而与梁晓声们的东北垦荒戍边小说、阿城们的西南屯垦小说形成鲜明的对应。与此同时,戍守在昆仑之巅、天山深处、沙漠戈壁的士兵中,也出现了一些自己的作家。唐栋、李斌奎、李镜、李本深等人的西线军旅小说,与内地军旅作家朱苏进等人的军旅小说大异其趣。西部还有大片的农耕地区,这片黄土高原上也生长出了柏原、王家达、邵振国、张弛、阎强国这样的擅写农民的作家。西部戏剧在60年代曾经引起很大的轰动,重新获得写作自由之后,剧作家被压抑了十多年的创作热情喷涌而出,《丝路花雨》等戏剧作品获得了巨大的成功。

第一节　垦边悲歌:吟叹不尽的边地人生

20世纪40年代末,解放大西北的炮火硝烟散去不久,驻留在中国西北地区的几十万解放军将士,连同投诚起义的旧军队,一起放下枪炮,扛起锄头,变成了一支支散布在边疆地区的军垦兵团,新疆、青海、甘肃、宁夏、内蒙古的戈壁荒原上,从此出现了数量众多的农场。稍后,一批批山东、湖南等地的农村姑娘也来到了大西北。再加上大批胸怀祖国建设大业与人生梦想的上海、北京、四川、浙江、天津、西安的知识青年涌进了边疆农场,军垦农场的农工成分开始变得越来越驳杂。这些因为各种缘由、来自天南地北的男男女女汇聚在边地荒原上,似乎注定要上演形形色色的人生悲喜剧和荒诞剧。

从20世纪70年代末至今,从不同农场的知识青年中,走出来了一大批作家、诗人和评论家,包括陆天明、肖亦农、杨牧、章德益、李瑜、周政保、李镜、杨显惠、景风、虞翔鸣、文乐然、杨威立、邵兰生、董立勃、韩子勇等等。这其中,在描写军垦人生活方面取得重要成就的小说家,主要有陆天明、肖亦农、虞翔鸣、杨威立。

陆天明(1943—)祖籍苏北,生于昆明,长于上海。1964年赴新疆支边,现为中国电视剧制作中心编剧。出版有《苍天在上》《木凸》《大雪无痕》《省委书记》等多部长篇小说。描写军垦农场生活的小说主要有中短篇小说集《野麻花,野麻花》、长篇小说《桑那高地的太阳》和《泥日》,后两部作品是描写西部生活的力作,受到了中国文学界的高度评价。

《桑那高地的太阳》最重要的成就是塑造了谢平和老爷子这两个在现代中国文学艺术群像中独一无二的人物形象。

谢平是比流放西北的那一代知识分子稍晚一些时间来到西部边陲的。当50年代中、晚期的"反右"潮基本过去,开发大西北的热潮正在逐步升温,荒凉的西部向内地的热血青年们敞开了怀抱的时节,他们来到了边疆。从主观上看,远赴西北应当是他们理想主义热情和梦想激励下的主动选择。谢平是十几万上海支边青年的领头人。他原本想把自己的青春贡献给开发边疆的宏伟事业,然而,羊马河农场场部的冰冷现实却给他兜头泼了一盆凉水。他发觉,这里完全不是他向往中的"广阔天地",而是内地社会的延伸而已。在这里,人们看长官的眼色行事,忙忙碌碌却无所事事,煞有介事却不过是搞点形式。一个人要求得生存,就得彻底放弃自己的尊严、独立人格和意志,甘当一件"听话"的工具,才可能保住机关里的那个位置。

这不是谢平所要寻找的生活,他从上海千里迢迢、满腔热情来到边疆,不是来寻找这么个机关位置的。这时候的谢平,还是一个血气方刚且充满驰骋疆场理想与情绪的野性的小马驹。他听不进严技术员满怀善意的忠告,他不肯"听话",他要干"出格"的事。他率人痛打了诱奸齐景芳的林场科长黄之源,然后毅然主动要求离开别人向往而不得的机关,回试验场干苦力活去。他最终被分配到最偏僻的、人人视为畏途的骆驼圈子去放羊,这就是他为自己的不驯服付出的最初的代价。在这里,他遇上了一个对他毕生影响最大的人物——分场场长老爷子。从此,他开始真正走上了接受特殊的"再教育"的泥泞道路。

　　以遥远、荒凉、艰苦而闻名的骆驼圈子里头一遭来了个大城市的知识青年，无论从稳定农工们的情绪，还是从得了个念书人的角度考虑，老爷子都高兴。但这个学生有许多地方让老爷子不放心，一是谢平视个人的尊严如生命，锐气太盛，受不得任何屈辱；而且他喜欢对所有的事儿都自个儿琢磨，不盲从，不那么"听话"，棱角甚利，有头脑，这是老爷子至为头疼的一件事，他最不希望别人有脑子。在骆驼圈子，他凭着当年当营长时带头把家属搬来扎根的非常举动，凭着他的恩威并施的行事风格与分场场长的权力，折服和压制了所有的农工，获得了绝对的权威。他在所有的大小事情上都要求说一不二，他绝不允许身边冒出一个不听招呼的骡子。三是这个小伙子还太嫩，一身城市学生的细皮嫩肉，凭这个，他根本无法在荒凉艰苦的骆驼圈子待下去。出于这三方面的考虑，老爷子决计调教这头爱跳弹的野马驹。他决定让谢平到五号圈去，磨一磨他的锐气，煞一煞他的傲劲儿，熬熬他的筋骨。

　　五号圈不是个等闲所在，它几乎就是地狱的代名词。这里实际上只有一个人——凶狠、毒辣、野蛮的劳改释放犯"撅里乔"。谢平一放下铺盖卷儿，撅里乔就寻衅挑事，打得谢平遍体鳞伤。他还以无耻至极的嘴脸，要求谢平充当他的泄欲工具。在五号圈，谢平经见了人世上最肮脏、最丑陋、最凶残、最屈辱的生活。他终于忍受不了这头"人狼"而跑了回来。就在这时候，谢平亲眼看见了在分场里威势赫赫的老爷子，怎样以最大的克制力，忍受他的顶头上司、总场政委当着众人面对他的野蛮训斥和指使，咬着牙一辆一辆地把总场来的小车抬出泥泞的情景。谢平的灵魂大为震动，他暗想："我首先得学会，不管在什么样的环境里都能存活得住，都能对付得了任何一种人。我要咽得下山羊奶煮的面条。我要用最原始的工具去修理那最原始的牛车毂辘。我要学会同时能赶三辆马车。学会在需要低头的时候低头，在需要咬牙的时候咬牙，但决不计任何外力压弯了自己的脊梁骨。"他痛下决心，再次回到了五号圈。

　　谢平的这一番感悟与果决是他精神人格发生转折的一个重要标志。一方面，这其中包含了他的顽强不屈、敢于深入地狱的意志和勇气；另一方面也显示出，谢平受了老爷子那番举动的反向"启悟"而开始向老爷子看齐了。他主动放弃了自己的尊严与人格，放弃了人的平等感及自己原有的人生理想和价值观，全面认同了老爷子、韩天有们的生活方式和价值观。对一个知识分子来说，这种迫不得已的转向，是充满悲怆意味的一次主动"进取"。

再度从五号圈出来的谢平,从外貌到内心都起了重大的变化。他的"衣缝里挤满了一疙球一疙球的虼蚤。他自己光着黑油油的脊梁,穿着条裤裆里打过几层补丁、裤腰里的松紧带早失了弹性的三角裤衩,坐在柴火堆上卷烟抽"。他已变成了一个地地道道的农工而完全消除了上海知青的本色。更深刻的变化是,他由过去的喜欢思索变得"习惯了啥也不想";由旧日的有棱有角,变得十分"听话"。他没有任何自己的想法和热情,没有一丁点怀疑和反抗。赵队长问他,他说:"从五号圈出来,我觉得哪儿都是天堂。"

谢平的这副样子令人心胆寒彻,老爷子的确成功了。十四年前那个意气风发、棱角分明的青年领袖谢平,从桑那高地的地平线上消失了。老爷子用心"调教"和谢平自我努力的结果,使他变成了一个能干、肯卖死力气又听话好使的工具,一只"给个拳头大的洞口,就能猫在甲边窝一冬"的"土拨鼠"。对他的这样一种惊人的变异,有过同样被改造经历和隐痛的赵队长,看得明明白白。出于同类的相惜,他提醒谢平应当像那把插在粪堆上的铁锨一样,不怕跟粪土泥沙打交道,但不能让自己也"变成粪,变成土"。但这时的谢平变异已深,无力回到过去了。陆天明用他惊人的笔力刻画了一幅知识分子灵肉变异的恐怖图景,而更可悲的是,老爷子亲手把谢平调教成了这副样子,但成这样子后连老爷子也不大瞧得上他了。老爷子觉得谢平几乎成了一个算是"活着"的废物。他明知道桂荣和谢平相爱甚深,却执意要拿桂荣去做更大的政治交易;他也明知谢平这些年为他和骆驼圈子立下了汗马功劳,却不把谢平划入带到福海县去的心腹干将之列。明白了真实情势的谢平如雷轰顶。至此他才惊醒:"老爷子从来没有让自己真正进入他划定的那个'自己人'的圈子内。""他忽然感到了一种从来没有过的孤独,一种在赵队长死的那天,他曾经感觉到而没有清醒地理解它内涵的孤独。"他已经被彻底地拒之于这块荒蛮的土地之外了,这是悲剧之后的又一重悲剧。

但谢平们的悲剧还没有到此完结。既然不为老爷子的世界所接纳,那就只好设法回城去。谢平的同乡计镇华回上海后,遭到家人的轻蔑、戏弄和侮辱,遭到都市人"文明"观念的拒斥。悲愤难抑的计镇华一怒之下,拿刀砍了弟弟,被判了三年刑,又送回西北劳改。谢平的遭遇更荒诞,作为当年动员上海知青来新疆,把他们引上一条悲怆之路的"罪魁祸首",他被回不了城的知青们痛打,满身鲜血的谢平无言以对,心怀愧疚,只好任由同乡们把一腔悲愤全发泄到自己身上。他是最后一个离开农场的,回上海后同样被视为异类。

无奈之下,他只好躲到一个偏僻的小镇上去将养肉体与精神的双重伤口,他们真正成了无"家"可归的漂泊者。谢平们仰天长叹,发出沥血的叩问:难道我们真的错了吗?!桑那高地的年轻太阳们,在炽热的燃烧过自己之后莫名其妙地定格成了一个巨大的问号。

在描写青年知识分子与乡土社会"相结合"的泥泞道路上层层蜕变的奇特过程,以及他们特殊的精神寻觅与迷惘方面,《桑那高地的太阳》达到了相当的现实主义深度,它可以看作是这一代知识分子精神奋斗、人格陷落与灵魂困惑的集中喷射,是谢平、齐景芳、秦嘉等整整一代人特有的悲剧性的"天问",也是由陆天明精心打造出来的一座意味无穷的知识分子精神博物馆。

《桑那高地的太阳》的另一个独特之处是塑造了老爷子这个边地底层官员的复杂形象。他首先是中国特殊的土壤培植出来的一种多重因子的"结合体"——他身上几乎集中了中国特有的土皇帝及"家长"形象的全部特征:独断专行、专制跋扈、冷酷傲慢、毫无同情心和慈悲心肠,城府世故,工于心计,从不流露自己内心的真情,却又很懂得在与其性情相似的上司面前忍辱含耻;在经营自己的权力核心,打击对手,消灭潜在的叛逆者和经营所谓"事业"时,又有着罕见的过人胆识。比起田家祥(王兆军《拂晓前的葬礼》)、赵多多(张炜《古船》)这类土皇帝形象来,陆天明的洞察要深刻细密得多。他后来能在塑造官员形象方面大显身手,写出《苍天在上》《大雪无痕》《省委书记》等这样的反腐小说,与他早年就密切留意老爷子这类人有相当的渊源关系。

陆天明的另一部力作《泥日》描写的仍然是新疆农场与乡村人物。不过,他此时的笔触已经延伸到了20世纪20—30年代,延伸到了早年驻扎新疆边地的旧军队——老满堡联队内部。小说采取了跳跃式叙述的方式,但要在有限的篇幅内涵盖新疆土地上几十年的复杂历史,以及众多人物从青年到暮年的漫长人生,对陆天明来说似乎就有些吃力了。这部小说的前半部分线索清晰,人物鲜明,各式描述也非常精彩。但后半部分就有些混乱不均了。尽管如此,这部小说中出现的为数众多的人物仍以独特的造型给人留下了深刻的印象,由此也能看出陆天明观察人生的深度与广度。

陆天明稔熟了北方民众的语言,他的人物语言与叙述语言都充满泥土的鲜活味,富有相当的质感与表现力。《泥日》尚未获得《桑那高地的太阳》那样的热烈反响,但从某种角度来说,陆天明的这两部长篇小说,都将是西部文学史上不可多得的力作。

从生产建设兵团走出来的作家群中,内蒙古作家肖亦农也是一位有着独特个性的作家。

肖亦农(1954—),生于河北,祖籍河南巩县,出身于一个破落的书香门第家庭。初中毕业后到内蒙古鄂尔多斯生产建设兵团种过地,放过羊,撑过船,后被推荐进入北京大学中文系上学,1988年进入鲁迅文学院作家班,获文学硕士学位。肖亦农早在1973年就在《解放军报》发表过作品,但他最早引起文学界注意的是80年代初发表的中篇小说《红橄榄》(获《十月》杂志优秀作品奖)。随后完成"金色的弯弓"系列中篇小说,1993年获第六届庄重文文学奖,1995年出版长篇小说《黑界地》,迄今已发表中篇小说近四十部、《同路人》等短篇小说二十余篇,以及电视剧本、报告文学、散文多篇。现为内蒙古自治区作家。

肖亦农曾当过河路工,跟着船老大学会了撑船、踏冰道等活计,同时也结识了许多撑船的河路汉子,对他们粗粝而坚忍的生存方式,悲苦而多滋多味的命运以及粗野而善良的内心都有着极为切实的了解。这一段经历和那些活生生的人物几乎成了他生命的一个部分,所以当他拿起笔开始文学创作时,这些河路汉子的形象也就自然而然地从他笔下奔涌而出。在中篇小说《红橄榄》中,船老大二才老汉、放瓜灯的老于头夫妇、河边女子"野猫"等人物的神态举止、音容笑貌被他描写得活灵活现,他们悲苦的命运令人黯然神伤,他们有情有义、粗豪而强韧的性格又令人感奋不已。特别是他对船工们撑篙、踏冰道时走的"鹿探头""鸭入水""梅花步"等步法的描写,甚是传神。这部小说显露了肖亦农善于用小说抒写内心感受的特点和极为精湛的描写才能。随后陆续完成的"金色的弯弓"系列中的后几部中篇小说《残阳》《黑浪头》《孤岛》以及《灰腾梁》,自我抒情的色彩更为浓烈。这几部小说中的主角已不再是河路汉子们,而变成了一个知识青年,这个知青身上无疑有浓重的作者自己的色彩。他在西部荒原与黄河孤岛上深切感受到了生存在荒蛮自然中的孤独与艰难,在由招生办主任、团保卫股长、连长、陈鹏和"打出屎"这些人构成的兵团、西部乃至当时社会的野蛮、欺骗和铁笼般的人身控制之下,知青们只能作无望的挣扎。当地百姓们(如二才老汉父女、老于头夫妇、灰腾梁上的下苦人和田歪子父女)对知青的怜惜和关切,虽然给了他们冰硬的心灵些许的光亮和温暖,以使他们能在最艰难的时刻还有信心活下去,但对他们的灵魂终究未产生深刻的影响。从主观上说,肖亦农笔下的知青们并不是那种心怀理想和信念,在黑暗、寒冷、苦难的人生长夜中苦苦寻觅的理想主义者,而是一群在污浊现实和艰难处境中痛苦呻吟、消极反抗才能保持自身微弱良知的青年。他们或者不甘心沉沦,却也并不明白灵魂之舟到底该停泊于何处;或者用变态的方式报复社会,内心深处却埋藏着惨痛与绝望;或者以一种壮烈的死来结束生命也结束痛苦;或者在粗野、鄙俗的外表下,尚保留一些人的良知和美好的情愫。"金色的弯弓"系列的大部分篇什,是一场对知青们经历过的黑暗与苦难的声泪俱下的倾诉。

肖亦农是一个情绪感受型的作家,也正是出于情绪化的特质,肖亦农的小说呈现出了时而精彩无比、时而又支离残缺的不稳定状态,他的小说多数似乎都不是经过精心构思,而是凭情绪即兴挥洒出来的。譬如《灰腾梁》中二嫂由一个纯洁热烈的女知青变成了一个粗野泼辣的典型村妇,其间所应当经历的曲曲折折的心灵历程就有待于进一步开掘;二嫂丈夫的剽悍健野和野蛮粗陋,以及"我"对多里娅、对美丽的人生之梦的一往情深的寻觅等等描写,还显得相当单薄。从整体上看,这类作品还大多停留在作家的直觉和记忆的层面上,尚需要更为深入的提炼与梳理。

"金色的弯弓"系列小说之后,肖亦农几乎停止了小说创作。直到1996年,他又推出了自己的第一部长篇小说《黑界地》。这部小说是肖亦农文学创作生涯中的一座高峰,也是中国现代长篇小说中一部较有分量的佳作。小说中描写的"黑界地"是黄河自河套地区掉头南下大转弯处的一块肥沃的滩地。肖亦农在这一带生活多年,对内蒙古、山西、陕西三省交界处的这一方土地稔熟至极。他以一个黑界地百姓的眼光,对这块土地上的庄户人半个世纪中遭受清廷地方政府、王爷、军阀、洋教势力、外商、贪官恶吏、泼皮恶棍以及天灾的轮番蹂躏压迫的历史,作了非常精细、逼真的描绘。黑界地的老百姓不在乎谁来当政,也不懂得封建、专制、革命、共和一类复杂深奥的东西。他们只有一点单纯的愿望:有吃有喝,有婆姨后人,平平安安过庄户日子。但就是这么一点愿望,却永远得不到满足。黑界地就像一头温驯的老黄牛,被密密麻麻、人人小小的牛虻叮吸得遍体血污、肉烂血尽,奄奄待毙。"庄户人是在刀尖尖上刨食呢!这叫甚窝屈日子?"他们也愤怒,但应对压榨的办法永远只有两个字:忍受。饱经忧患的、替黑界地人拿着大主意的金老万说:"官府狗日的不好惹!只要让咱活得下去,哪怕就是有一星半点办法,咱也不打劫它!"金老万深知官府的阴狠歹毒,他才一再警告庄户人要冷静、理智,千万不要凭一时的

"庄稼火"鲁莽反抗。忍,能受时咬牙受着,是他们从千百次反抗招致的惨祸中总结出的唯一可行的办法。但百般忍受的结果,是脖子上的绳子越勒越紧,吸血虫越吸越凶狠。实在活不下去了,金老万们也不得不造反了,黑界地在金老万们炸坝决堤的炮声中被夷为平地,变成了一片白茫茫的大地。

《黑界地》当然不只是为了记录那一小块黄土地的一段历史,它是借黑界地庄户人的命运,映照出中国底层老百姓普遍的历史命运,以及共有的人生态度和民族秉性。黑界地的农民从一味忍受到实在没有活路时拼个鱼死网破的反抗,正概括了中国民间生存史的真相,透露了中国人的某种民族特性与基本的生存行为模式。但无论忍受还是反抗,他们都无法冲出铁笼,无法真正改变命运,这就是中国老百姓几千年的历史命运。肖亦农把时间选定在清王朝式微、洋教涌入、旧民主革命兴起这一时段中,并且采用了百姓自己的而非知识分子的眼光,倾诉了底层人民无论忍受还是反抗都找不到活路的历史真相,这在一定程度上应当是有其特别的用意的。

肖亦农笔下的细节,非常生动而传神,每每扣准了农民的心理脉搏,指示了农民的血质,令人在会心的笑意背后总能体会到一种难言的苦涩与悲哀。青年农民王大爪子说:"该吃就吃,该日就日,人活着,这上下两口就不能误下。"一个"吃",一个"日",是农民最重视的两大人生要点。"天年不好,乡亲们见面愁眉苦脸道:看来是今年不给吃哇!风调雨顺,见面就是:今年是吃哇!"金老万、赵良们拼命挣家业、保家业,无非是为了一个"吃";王剃头匠临被杀头最惦记的是没吃上"亡命饭"与"断头面"。他为官府"这么不讲程序"而"涌起一肚子委屈",而对自己无端被判死刑,倒未表现出多少不平与愤怒。儿子鹏举被绑票赎回之后,金老万急煎煎地先"把手伸进鹏举的热腿根上摸索了一阵",看看那对卵子是否完好无缺,因为能够继承家业又繁衍后人的儿子在金老万眼中比他满心喜欢的鹏举娘重要得多。盛老掌柜的儿子被黄秃子"旋了尿",意味着盛家断了根,偌大的家业没了后继人,盛老掌柜父子吞噬黑界地的一切盘算与野心突然就变得没有多少意义了,由此,绝望至极的盛老掌柜才会以更加阴毒的方式骗了黄秃子无辜的儿子。这一场凶残无比的相互断"根"的复仇行为中,恰恰裹藏着中国农民最关键也最深刻的生存价值观,作者也借此写活了金老万、赵良父女、盛老掌柜、盛委员、洋教士默里、三先生、胡老客、二女子、四菊子、王剃头匠、黄秃子、玉兰等等一大群人物。

肖亦农对民间语言有极强的吸纳力和化用能力,他既能保持民间语言的原汁原味,又能巧妙地过滤、提炼这类语言。娴熟、熨帖地使用民间语言来叙述、描写,使他的小说大大增添了鲜活性、表现力和乡土气息。譬如:"黄秃子见盛委员吓得拉尿了一地,鄙夷地说瞧瞧这点出息。说着抓住委员那一嘟噜东西,嗖一刀便连根旋了下来。血吱吱乱窜,盛委员像蚂蚱一样平地蹦起老高,顷刻扭成了团。几个混混把委员窝巴窝巴塞进了一条粗毛口袋里。二女子侧着身子佯装睡觉,就像一颗瓷瓷实实、光光滑滑的大冬瓜。"(《黑界地》)他常常能用语不多就把人物的神态与动作及事件的情景描绘得活灵活现。民间语汇、语气与腔调的应用简洁、准确、新鲜、生动,极富个性化与乡土味。一些特殊语汇,如"圪蹴下""庄稼火""肉头阵""受"等等,在此已不是纯粹的方言语词,内中甚至饱含了比字面远为丰厚的含义,其中浓缩着农民的人生经验与生存哲学。言语中渗透着官员、教士、农夫、妓女们各自的意识和心理,而又与每个人的个性相得益彰。在小说语言普遍呈现文人化、公共化、普适化的今天,肖亦农的小说语言无疑是一个夺目的亮点。

继陆天明、肖亦农等人之后,虞翔鸣、景风、文乐然、杨显惠、杨威立、邵兰生等人,也创作了相当数量的描写军垦农场生活的中、短篇小说,诸如虞翔鸣的中篇小说《准噶尔回旋曲》、杨威立的中篇小说《马儿,你慢些走》、邵兰生描写青海劳改农场生活的小说《黝黑的情欲》。文乐然的小说描写了人与自然的激烈冲突,是西部小说中较早涉笔描写西部大自然的狞厉暴虐面孔的作品,等等。

虞翔鸣(1943—),浙江东阳人。1961年秋只身赴新疆生产建设兵团,先后当过农工、测量员、化验员、宣传干事。曾在准噶尔盆地西缘的一座边塞小城生活了二十年。1980年开始发表文学作品,著有小说集《热的冰》《豪雨》等。曾任《绿洲》杂志主编、新疆生产建设兵团作协副主席。虞翔鸣的小说数量虽然不很多,但其小说《准噶尔回旋曲》《散板》《豪雨》中却浸透了他作为一个老军垦人铭心刻骨的人生感受,充满人生的坎坷感与苍凉感。

杨威立(1946—),1965年出北京支边到新疆生产建设兵团,从事过连队文化教员、教师、新闻记者、编辑等工作。80年代初开始文学创作,曾在《当代》《人民文学》《收获》《北京文学》《海峡》《绿洲》等刊物上发表中、短篇小说数十篇。正当兵团战士出身的作家们如火如荼地描写发生在兵团农场中的人与人、人与社会的冲突之时,杨威立的小说却另辟蹊径,别开一畦天地。在中篇小说《马儿,你慢些走》中,作者讲述了刚刚放下马刀抡起锄头的一支骑兵部队垦荒的悲剧故事。那时候,这些"穿着军装的农民"还只会听命行事,而没有生态意识。他们毁林造田,毁草播种,其结果是沙魔破"墙"而入,吞噬了大片垦地。这篇小说与杨志军的《环湖崩溃》是最早出现的浸透生态忧患意识的西部小说。到了《博斯腾湖的鲜润》《牛背》《鹅殇》《勃勒安的血液》《鱼尸》等短篇小说,杨威立索性摆脱军垦题材的束缚,对大自然中的种种生命现象给予了倾心关注。这些小说或者描写人类对鱼的残忍捕杀,或者描写人对牛的屠杀阴谋,或者描写人企图驯化野性的狼崽,或者描写一条冻结在冰层中的红鱼。而小说的结尾,多以主人公出乎对生命的珍惜而破坏屠杀阴谋而告终。这是一组笔力精细、描写饱满、结构精致的短篇小说,构成了一小畦充盈着生命意识的小说绿地。

从总体格局上来看,这几位作家虽各自写出过颇为出色的中、短篇小说,却未能创造出特别有分量的作品。

第二节　雪山冰雕:西线军旅小说

80年代初,唐栋、李斌奎、李镜、李本深等西线军旅作家创作的一批反映西部边陲哨卡生活的小说在新时期文坛异军突起,打破了西线军旅文学此前的冷寂状态,为西线军旅文学赢得了全国性的声誉。这股从遥远的西部边关吹来的劲风,为新时期军旅小说带来了浓墨重彩的西部风情画,也为西部文坛增添了清新劲健、粗犷豪迈的英雄主义气质。与此相呼应,毕淑敏的"青藏线"系列小说,朱光亚、张广平等人的军旅小说也汇入本时期西线军旅文学的叙事协奏,在人性的探索中,鲜明地凸现出西线军旅文学英雄主义的主旋律。"英雄主义"是一个恒久的话题,在军旅文学中始终占据着主旋律的醒目地位,在不同时期的写作中常被赋予不同的具体内涵。80年代上半期,以南线战争为题材的《西线轶事》《高山下的花环》《凯旋在子夜》与和平军营生活题材的《射天狼》等一大批作品的问世,使新时期军旅小说创作一时形成热潮。这些创作反拨60—70年代文学中的"高、大、全"英雄模式,把"神"还原为"人",凸现了"英雄是人"的命题。作为现代军旅小说的一支,80年代西线军旅小说同样是在秉承"十七年"主流文学传统的基础上起步的。他们的作品虽不时显现出历史思维惯性对创作理念的支配以及传统的英雄主义、理想主义的模式化印痕,但已凸现出比"十七年文学"更为具体、丰富、生动的人性内涵。他们试图在人性探索与政治意识形态严密契合的前提下,通过思想意识、叙事视野、艺术手法等方面的拓展和尝试,开掘出一片新领地。这些努力使得80年代西线军旅小说在现代军旅小说的英雄主义合唱中发出了属于自己的独特声音。

西线军旅小说的英雄主义精神礼赞,首先是与"苦难""孤独"和"崇高"的吟唱混融在一起的。生命的苦难与死亡是悲剧存在的人性基础,是西线军旅小说叙事注定要有的悲剧色彩。苦难的极致化使西部军旅小说中出现大量关于死亡的叙述,几乎涵盖死亡的各种形态:死于风雪严寒、干旱饥渴、突发事件、战争与疾病。"悲剧是人的苦难或死亡,这苦难或死亡即使不显出任何'无限强大与不可战胜的力量',也已经完全足够使我们充满恐怖与同情。无论人的苦难和死亡的原因是偶然还是必然,苦难与死亡反正总是可怕的。"①作为英雄塑造中必不可少的先决条件,"苦难"成为检验人的精神质量的一种基础尺度。无论是昂扬进取、有着"硬汉"气质的马斯炜、郭二怀(李本深《吼狮》)、郑志桐(李斌奎《天山深处的"大兵"》)、刘汉洲(唐栋《雪神》)、向西行(李斌奎《啊,昆仑山》),还是坚忍宁静的殉道者如老兵杨福(唐栋《沉默的冰山》)、岳龙弟(李本深《沙漠蜃楼》)、杨春旺(李镜《我们这样告别》)、魏国全(朱光亚《雪山顶上的那颗星》),都在苦难的考验中表现出了人性的坚忍顽强,在对苦难的自觉承担中显示了向上、向美的力量。所以,这里的"英雄"强调的不是丰功伟绩,而是为正义献身的精神,意味着对苦难的勇于搏击与自觉担当。这使"苦难"的悲剧元素开始生发出英雄主义悲剧精神,因为"对悲剧说来紧要的不仅是巨大的痛苦,而且是对待痛苦的方式。没有对灾难的反抗,也就没有悲剧"②。"悲剧呈露在人类追求真理的绝对意志里。它代表人类存在的终极不和谐"③。西线军旅小说整体上即是这种"绝对意志"的悲剧,一边是"历史的必然",一边是人性的执著,这就注定了作者"选择在悲剧中表现出乐观主义的态度"④,那些呈现为昂扬乐观的英雄颂歌式的作品也无法剪除这一根底上的悲剧性,这使得永无妥协的追求与对抗具有了一种超越悲情的悲壮意味。

---

① [俄]车尔尼雪夫斯基:《生活与美学》,周扬译,人民文学出版社,1957年出版,第33页。
② 朱光潜:《悲剧心理学》,人民文学出版社,1983年出版,第206页。
③ [德]卡尔·雅斯贝尔斯:《悲剧的超越》,亦春译,工人出版社,1988年出版,第30页。
④ 丁帆:《风俗画、风情画、风景画中的文化意蕴》,《夕阳帆影》,知识出版社,2001年出版,第289页。

在苦难的洗礼中,"孤独"成为大部分西线军旅小说英雄人格的共同特征。这里的孤独不同于西方现代主义的那种形而上的精神焦虑,而常常呈现为有着具体生存情境的形而下的孤独,在思想力度上也往往因为开掘得不够深而在整体上尚处于相对平面化的形态。唐栋、李镜、李本深都有一篇名为《孤烟》的小说,"大漠孤烟直,长河落日圆",西部高远的天空和荒芜的大地在恢宏雄浑的景象之外,也让人体会到蕴含其中的无尽的苍凉与孤独的人生况味。《孤烟》(唐栋)中独自一人守护在老营房的晁浩北、《沉默的冰山》(唐栋)把自己一生的爱投放在喀喇昆仑山的老兵杨福、《啊,昆仑山!》(李斌奎)里坚执追求理想的向西行、《雪山顶上的那颗星》(朱光亚)为事业而失去所有的魏国全等,都是在孤独中奉献着自身的英雄。这些小说中的"孤独",除了指向边防哨卡由于高寒严酷、人烟稀少的地理环境导致的生存形态的孤独,还指向一种内心境界:人只有处于静寂与孤独的状态下,才能面对和触摸自身的内心和灵魂,人与人之间的真情在这种耐得住孤独、寂寞的心灵里,才能被珍视和守护,生命的内在精神质量也因之在孤独自处的境界里得到了提升。如果说小说中的苦难是从外部达到人的极限,孤独则是来自内心的坚守,对孤独的选择也同样是一种对抗,只不过对象由自然扩展至世俗。

现代都市在西线军旅小说中往往作为世俗世界的形象代表,用于与大漠冰山进行对比和反衬。《邂逅》(李镜)中对独臂军人与女郎、《雪岛》(唐栋)中对战士"雪岛"与苏敏男友进行了精神境界的鲜明对比;《天山深处的"大兵"》中郑志桐对小田、咪咪等城市青年庸俗无聊的生活方式予以坚决鄙弃;《冰山下的驼铃》(唐栋)里种菜老兵吴根茂对那群争功逐利的采访者表达了拒绝。西部高原的军营哨卡象征孤独人生状态中执着的精神追求,现代都市生活则代表物质享乐的浮躁与喧嚣,主体因而被放置于非此即彼的抉择里,这种不可或缺的参照使"孤独"的主体获得了对自我的认同。这些小说在不同程度上以二元对立思维,来标举理想主义的精神旗帜。

在都市凡俗人生、人性的参照下,西线军旅小说的英雄主义内核由"苦难""孤独"升华至更高的层面——"崇高"。西线军旅小说中的"崇高",集中表现为主体为群体而牺牲个体的献身精神和对世俗价值观及生活方式的超越或超脱。唐栋、李斌奎以及朱光亚、张广平的小说里,人物即使身处苦难与孤独的绝境或面临生命危险的时刻,精神上也始终被高于一切的使命感和自豪感所支配,主体对自我进行超越和克服中的矛盾与恐惧被隐去。这种"崇高"

所具有的无条件的绝对性,使主体精神具有了一种超脱于人性之上的神性色彩。这类超脱式的英雄在西线军旅小说里占据数量上的主导优势。与此同时,李镜、李本深的一些小说中的人物,如李镜的《半个城无故事》中的刘春阳、《冷的边山热的血》中的刘清洞、李本深《沙漠蜃楼》中的丁泱形象,则比较典型地表现了"超越"性。灵魂里"两个自我"的斗争使他们在"去"与"留"的选择上常常陷于矛盾和困惑之中,对自我的超越过程构成了整部小说的情节主线。这些小说对个人生活理想与现实之间的裂痕采取的是回避的策略,让其被现实本身所具有的"崇高"与诗意所遮蔽,虽也透露出"主题先行"的印痕,"两个自我"的描写也处理得概念化,然而这类人物身上所具有的人性质素比起那些绝对化的神性英雄已大大前进了一步,更为接近英雄应有的人性内涵。"超越既不是超脱,也不是解脱。超越是立足于现实物质条件去抗争去突破,是实实在在去打破周围的平静,使自我欲望得以实现,人格价值得以提升。"①"超越"和"超脱"的区别,恰恰指示出西线军旅小说在发掘人性内涵方面因袭传统重负而又力图有所突破、在多重束缚的夹缝语境里艰难行进的滞重步履。

  西线军旅小说的"英雄主义"所揭示的上述的特定精神内涵,几乎直接或间接地与充满地域特色的自然色彩有关。有论者认为:"在反映和平时期军营生活画面中比较注意糅入地域文化色彩的军旅小说家有东北的刘兆林和西北的'三李一唐'。"②"三李一唐"即李镜、李本深、李斌奎和唐栋。地域文化特色在这几位作家的小说中,主要体现为西部自然风景画以及边地风情画的描写,其中,"冰山""大漠"的自然景观描写对西线军旅小说的意义尤为重大,不仅是人物活动的独特背景,对于小说的人性观照与诗性的审美观照都有着不可替代的重要价值。西部边防独特的地理环境与军人的特殊使命使西线军旅小说中人物的一切活动都处于大自然的包围中,在巍巍昆仑的群山之巅、人迹罕至的戈壁深处,旷远荒凉而又雄奇威严的自然令人感到的是生命存在的艰辛与苦难,人类自身的渺小与孤独。在人与自然的相处中,大漠冰山以其严酷和强大,强化着人的坚忍、顽强的意志和搏击进取的品格。无论是李本深笔下的芦伯仟、岳龙弟,李镜笔下的加木措、刘才才,还是李斌奎笔下的向西行、

---

① 邱紫华:《悲剧精神与民族意识》,华中师范大学出版社,2003年第2版,第45页。
② 朱向前:《军旅文学史论》,东方出版社,1998年出版,第50页。

郑志桐,唐栋笔下的上官星、雪岛……在同自然艰险危难的搏斗和对苦难旷日持久的承受中,都可以毫不费力地解读出挑战自我生命极限的意味。不仅如此,人与自然的对抗还在小说中最终导向人与自然的和谐。不仅冰山大漠成为精心雕琢的英雄主义人格的"美与力的象征"①,自然万物也都成为有生命的精神实体,与主体的气质交相辉映。整体象征域的构造,使自然景观在西线军旅小说中由外在的审美表征进一步生发出小说诗性的内涵。

"自然的联系似乎是一种外在的东西。但是我们不得不把它看作是'精神'所从而表演的场地,它也就是一种主要的,而且必要的基础。"②在"十七年文学"的"革命浪漫主义"那里,作为必要基础的自然沦为被任意加工改造的工具,主体意识的崇高成为一种伪崇高,痛感与悲剧意识被集体主义的乐观进取的豪迈感所取代。以此为起点,新时期西线军旅小说中的"崇高"呈现出矛盾复合的驳杂色彩,一些小说的主体意识始终未能挣脱"革命浪漫主义"的桎梏,被使命感与豪迈感所控制。然而,西线军旅小说特有的自然色彩,还是在一定意义上将主体精神的崇高引向新的界面,从自然中生发的立体的审美情感、生命的爆发力、痛感体验以及超越的悲剧精神,都涨破了政治性、集体性的"崇高",从自然、生命层面逼近更为普遍的、真实的人性。唐栋的《雪线》中班长牺牲时用身躯竖起冰雕的塑像,可视为西部军旅小说精神的一个经典概括,令人产生的震撼不仅在于其显示了小说中指出的"战士的刚毅、坚强和不屈",更在于其象征着人类生命的悲壮与崇高。纵观西线军旅小说,对自然的描写层次参差互异,其中那些越是把思考的焦点放置于自然与生命的作品,其人性的开掘也往往越具有深度与真实性,而那些越漠视自然的独立性、自然被"崇高"理念奴役的作品,人性亦随着自然的异化而在其理念中沦落。

在此意义上,生命意识与政治意识形态视角的内在冲突,构成了西线军旅小说人性探索中的"力的平行四边形"。两条脉络方向歧异而又非彻底相悖,因而无法彼此取代。当作家对普通军人的人性给予更多的理解之时,西线军旅小说就得以冲破政治意识壁垒,逼近更为真实的人性;当作家的政治意识在暗中起作用时,就牵制了小说开掘人性的深度。人性意识和政治意识成为几乎所有的军旅小说中两个不可或缺的重要元素,从而促发了西线军旅小说英

---

① 唐栋:《用感情的笔蘸着生活的墨汁去写》,《唐栋作品集》(第6卷),花城出版社,2001年出版,第428页。
② [德]黑格尔:《历史哲学》,王造时译,上海书店出版社,1999年出版,第85页。

雄主义精神得以从自然、生命领域冲破壁垒,逼近更为真实的人性内涵;同时两者又在彼此抵牾中牵制了西线军旅小说开掘人性的深度。需要指出的是,地域文化特色作为表达英雄人格精神的中介,决定了生命意识必然处于相对弱势的一脉,部分小说的自然景物描写中就明显地暴露出工具性。并且,当风景画与风情画叙写成为小说诗性与人性观照的唯一载体,便很容易使小说创作陷入一种新的模式化理路,这也正是西线军旅题材小说的创作进入90年代以后相对衰落的一种内在缘由。

  采用共同的冰山大漠背景来表现英雄主义的人格精神,随着创作的演进极有可能会导致对自我的重复,西线军旅小说的创作者们显然对此有着清醒的认识,在创作中始终重视通过题材和手法上的尝试与变化来寻求创新。一些军旅作家开始把战争历史纳入小说叙事视野。这些小说大都不是正面、全景地描写敌我双方的对垒与战争场面,而是从人性、人道主义的角度出发对个体人生命运进行思考,其对战争历史的观照也因而得以一定程度地冲破了政治视角与传统史观的覆盖。这些小说试图以当代理性精神对战争历史和人性进行审视,对传统思维模式进行突破,体现了西线军旅文学中个体意识与主体意识的渐趋成熟。除了正面的英雄颂歌,这一时期的西线军旅小说也开始出现一些以批判和讽刺意味为主的创作。批判意识的融入使西线军旅小说从意识到文体都呈现出一些新的元素,表现出了超越自我写作惯性的艺术求索精神,同时,批判的不深入也同样体现了西线军旅小说在突围与滞留之间的徘徊,明显地带有过渡性的写作特征。

  西线军旅小说家在整个创作过程中始终孜孜不倦地致力于技巧的磨炼,这也是西线军旅小说取得成就的重要原因。除了自然风景、风情画描写对叙事的有效参与,对叙事艺术的探索还体现为叙事视角、结构的变换和人物心理描写、情节设置中多种艺术手法的尝试。韦勒克、沃伦认为:"叙述方法的主要问题在于作者和他的作品之间的关系","小说的本质在于'全知全能的小说家'有意地从小说中消失,而只让一个受到控制的'观点'出现"[1]。对于有着崇高理念追求的西线军旅小说来说,尤其需要通过叙事视角与技巧增强故事的写实和审美效果,作家们普遍表现出对叙事视角的敏

---

[1] [美]雷·韦勒克、奥·沃伦:《文学理论》,刘象愚、邢培明等译,北京三联书店,1984年出版,第251—253页。

感与关注。李本深就常在小说中设置一个第三人称的人物,以这一人物的视角来推动叙述,这个人物既参与故事,又与故事中心保持着一种距离。这样,冷静观察的叙述口吻成功隐藏了叙事主体的视角,并易与阅读者的认识角度取得一种契合,增强了人物与故事的真实感,如《沉醉的大漠》中的滕海静、《沙漠蜃楼》中的丁泱。毕淑敏的《阿里》中的"我"(周一帆)、《君子于役》中的丁宁等也具有这样的叙事功能。在情节设置上,西线军旅小说较好地掌握了节奏的紧凑与舒缓的交替变化。唐栋的《愤怒的冰山》、李镜的《风流殇》、毕淑敏的《君子于役》《伴随你建立功勋》等小说,情节险象环生、悬念迭至,而又舒张自如,具有力度的节奏美。时空交错、穿插倒叙、视角切换等叙述手段更是被作家们广泛运用。如唐栋的《兵车行》在开篇设置了悬念,然后通过秦月的回忆设置了一虚一实双重"兵车行",而且以虚为主,精巧的布局安排无疑提升了小说的艺术效果。在唐栋、李镜、李本深、李斌奎、毕淑敏等创作者不懈的努力中,西线军旅小说的叙事视野不断拓展,叙事艺术逐渐走向成熟,作品中对于人性的思考、对英雄的塑造得以从不同的表现角度展开,具有了丰富的形象与内涵。

唐栋(1951—),陕西省岐山县人,1969年入伍,1976年开始从事专业文艺创作,有《唐栋作品集》(六卷本)等行世。他于1983年获全国优秀短篇小说奖的小说《兵车行》与《雪线》《雪岛》《雪神》《沉默的冰山》《野性的冰山》等"冰山系列"小说产生了广泛的影响,被认为"开创了中国西部'冰山文学'的先河"[①]。

唐栋冰山小说的关键词是"苦难"。成名作《兵车行》给人印象最深的情节是在死人沟里捡白骨,在冰雪中冻掉耳朵,夜渡涨水的冰河等,旨在以异乎寻常的自然苦难表现上官星的坚忍勇敢与昂扬乐观。其他作品中,无论年轻单纯、朴实明朗的小兵汪哈哈(《雪线》)、边防战士"雪岛"(《雪岛》),或者坚毅果敢、充溢着阳刚之气的司机刘汉洲(《雪神》)、班长(《野性的冰山》),还是表现出殉道者的宁静与坚忍的老兵杨福(《沉默的冰山》)、吴根茂(《冰山下的驼铃》),无不是通过对种种常人难以想象的苦难的自觉担当,来彰显其英雄的人格。小说《归》更是把自然环境与生存条件的苦难推向极致,小说的主人公"他",两个月的探亲假往返路上要用去一个月,在尚未见到妻子时就

---

① 周政保:《伸向天空的土地》,《唐栋作品集》(第1卷·序),第1页。

收到了部队紧急任务催归的电报。小说通过"他"的心理活动,详尽地描述了雪山哨卡每年长达八个月的封山中令人触目惊心的苦难:严寒缺氧、没有蔬菜导致的高山病、维生素缺乏症,暴风雪中随时面临生命危险的放哨、巡逻,与世隔绝、单调重复的生活……西线军旅小说中这些最令人熟悉的苦难情状,在作品中几乎得到了全部的展现。"苦难"由此成为生发和检验人的精神强度的绝对标准和前提。

唐栋小说常常通过描写人物内心对于爱与温暖的渴盼来表达孤独。《歌星明天来》中,帕米尔深处猫耳洞里的五名士兵不怕冷不怕缺氧,不怕打仗和牺牲,但是怕寂寞这种"无形的刑罚",他们激动地等候和欢迎着歌星的到来,然而歌星却终于没有来。在这里,军人的孤独除了地理环境导致的与世隔绝,还有其价值被人群忽略和遗忘的寂寞。作者在结尾以理想主义收起了小说题旨可能产生的批判意味。《雪线》中的汪哈哈和他的战友们在寂寞的国境线上渴望着心爱的人的来信,以爱情的确证来进一步实现英雄形象的自我认同。《兵车行》里的上官星,《雪岛》中的战士"雪岛",皆因其忠诚于边防事业的无私与高尚必然性地分别赢得秦月和苏敏的爱情,在这种理想化的爱情情节模式中,爱情实质上沦为价值判断的附着物和伴生品,小说的思想深度便也无可避免地被削弱。

唐栋富有豪放派诗人的气质,在冰雪覆盖的洁白世界与军人心灵美质的对应里,他找到了适合自己尽情挥洒笔墨和倾吐激情的领地,对"洁白的冰峰和铁黑色的岩石"的自然景物的表现及其与生命意识的必然连接,无疑深化了小说的人性内涵。小说《雪神》开篇即是大段的自然景观描写,以拟人化手法渲染自然的狂暴神威。小说的全部情节就是困于风雪大坂的刘亚洲和他的战友如何带领一群来自四面八方、身份心态各异的人与饥饿、严寒抗衡终至获救的过程。自然景观描写在小说中作为推动故事进展的主线贯穿全篇。小说中照例仍有英雄人物集体主义风格的发扬,有军人和城市青年的精神品质的对比,但在与自然的搏击中,刘亚洲等人身上已显示出作为"人"的生命的坚忍与强大。还有小说中的长老郭旺莲形象,虽与刘业洲等人的信仰不同,但一样有着坚忍的意志和诚信的品质,从侧面强化了对"人"的生命力和生命意志的礼赞。小说结尾以郭旺莲对佛教徒们的讲述凸现出"雪神"形象与篇首的自然"雪神"相应和,人同自然一起披上了神性的色彩。"对象如何对他来说成为他的对象,这取决于对象的性质以及与之相适应的本质力量的性质。因为正是这种关系的规定性形成一种特殊的、现实的肯定方式。"①这里的从"人"到"神",通过对人与自然对抗性关系的强化获得了对立中的统一,对于人的生命力的崇拜为小说的神性色彩糅进新的质素。

自然色彩为唐栋小说带来的诗性气质,还表现在一些小说中,主体直接以大自然的生命启悟为自己的精神原动力。如《狮吼》中,"狮吼"是战士常三泰用戈壁沙暴中偶然发现的胡杨树根做成的根雕,小说以此指代戈壁的风暴这一汇聚着人类与大自然共同的灵性与气概的自然生命意象,有效地升华了小说的精神。此外,唐栋有一组题名为《边地精灵》的短篇小说也值得一提。这组小说着意表现生灵与人性的息息相通,在对边地生灵的歌咏中折射出主体对于生命的思考。除了《灰鸽》中的灰鸽形象因服膺于人类的"和平"理念而失掉了自然属性,其他几篇如《雷鸟》《白狮》《黑马》都比较成功地传达了人对于生命与自然的参悟与敬意。

令人遗憾的是,更多的时候唐栋小说中流露出的对生命的敏感与关注,一旦纳入到"事业"层面,思考就偏离了生命本体的意味,主体献身事业的崇高信仰随时使生命本身的存在与否不再成为一个可以选择或值得深思的问题,人物的心理活动以及作家的创作观念里都明显有着受政治意识形态权威话语影响与支配的痕迹。文本中的神性"自我"是人物欲望被外部权威(政治意识形态话语)置换后的一种语言表述,因而有一种明显被人为阉割、过滤后的语言表现。《喀喇昆仑的呼唤》里发起了"事业重要,还是生命重要?"的讨论,小说明确地给出了答案:"倘若不是为着被信仰支撑着的事业,生命不就成了躯壳?"明确的目的论使生命的存在彻底蜕化为事业的载体,政治性、集体性、国家性的事业/责任/使命作为唯一正确的标准和参照系,把一切个人生活范畴划分为或崇高或卑下的两个阵营,作品中的神性崇高遮蔽了人本的关怀,消解了人性深处的复杂。

唐栋创作于90年代初期的《秘密跟踪》和《快速反应》,立足军营揭示人事关系、婚姻家庭等现实生活中的矛盾与问题。两部小说都部分保留了塑造英雄人物形象的思路,但都有意识地淡化自然色彩,主要通过人物的工作、家庭、社会生活弘扬人物身上的正气。两篇小说力图弱化理想主义色彩,注重从

---

① [德]马克思:《1844年经济学哲学手稿》,《马克思恩格斯全集》(第3卷),中共中央马克思恩格斯列宁斯大林著作编译局编译,人民出版社,2002年第2版,第304—305页。

多个生活侧面使人物显得更为丰满、真实。但是,小说中的批判停留在部队和社会生活现象表层,还远没有触及人物的内心世界以及人性的深度,人物形象多比较单一和平面化。除了关注部队现实生活,唐栋的小说《洞》还把背景推置于"文革"时期的部队生活,以更为宽松地进行批判性的尝试,表现时代和生活的荒谬感。大量性心理、性行为的描写以及通篇充满象征、隐喻、意识流动的现代主义手法的运用,体现出写作者自我突破的勇气与意图,但批判的不深入使小说最终停留于"讲述一个故事"而非"思考一个故事"。创作于1991年的长篇小说《无人之境》继续这种努力,并开始透视包括军营在内的更广泛的社会生活,但小说的批判性仍然没能真正深入到人的"内宇宙",呈现的只是一种对社会现实"看不惯"式的强烈不满,一种理想主义光环在现实面前陨落后的失望与愤怒,其现代派技法的大量使用也明显地带有硬性拼贴的试验性痕迹。

唐栋的非军旅小说主要代表作品有《醉村》《西海》《红鞋》等,体现出浓郁的西部气质和民间传奇色彩。这些西部传奇故事中仍保持了其冰山小说的雄浑、浪漫、崇高、悲壮,同时融进了西部更为广阔的自然景观、历史文化与社会生活,展现出古朴、蛮荒、艰辛、苍凉、恢宏而又多元的西部文化风景。这些小说也仍可感受到其中的英雄情结,只是"英雄"在这里对应的是彪悍、血性与骁勇,抹去了国家性、政治性的印记,《醉村》之酒、《西海》之海作为故事的引线和精神的象征,强化了小说浪漫主义的诗性特征。

李斌奎(1946—),原籍陕西省合阳县,1968年入伍,原兰州军区政治部创作室作家,1980年曾以《天山深处的"大兵"》获全国优秀短篇小说奖,有长篇小说《啊,昆仑山》以及中短篇小说集《山鬼》《樱花大道》等行世。在"三李一唐"中,李斌奎小说有着与唐栋军旅小说最为趋近的"载道"色彩。

李斌奎的小说中,自然的暴虐与生存的艰苦同样是为验证对事业的热爱和忠诚,个人心甘情愿付出的沉重代价是为换取灵魂的净化与精神的超拔。他的代表作《天山深处的"大兵"》《啊,昆仑山》都在有着不同价值观念的人物间展开的论辩中,表现崇高精神与物质、世俗之间的对峙与交锋。《天山深处的"大兵"》中,黄倩与郑志桐的分歧也即"小我"与"大我"的矛盾。郑志桐以毅然决然的姿态放弃和否定了"小我"的利益及其对个体生活现实的关注,国家民族的需要被书写为个我的自发性愿望,"自我"与"超我"之间的差异与冲突被抹平,人的自我与经过超越的思想意志彻底混同为一个层面。这里的超越显然没有灵魂的挣扎与痛苦,也不是人的内在的超越性冲动,而是标准化的信念与姿态的合一。这事实上是一种"类超越",即超脱,其人性立场与高蹈的意识形态话语严密契合,呈现出革命浪漫主义的思想意识倾向。这使得李斌奎小说中的爱情主题,同唐栋小说中的"爱情"一样,缺乏独立、本然的精神意义。《啊,昆仑山》中,鲍琪琪和李晓蕾截然不同的爱情选择形成的对比负载着整部小说的价值判断。鲍琪琪对昆仑军人向西行这样表白自己的爱情:"正由于我懂得了一个昆仑军人所付出的代价,我才决心和你永远在一起。"对爱情的选择直接判定了主体精神品格的高下,爱情里的精神之美被简单化为一种因果关系,成为英雄人格魅力的外在注脚和必然结果。对"爱情"这一相对较为个人化的精神领域的描写,比较集中地暴露出李斌奎小说所负载的传统二元思维与理想主义模式的硬痂。无论是《天山深处的"大兵"》,还是《啊,昆仑山》中,负载着主人公崇高价值理念的滔滔雄辩,显然远没有主体在威严的自然面前所受到的冲击和体现出来的强力意志更具有艺术感染力。

李本深(1951—),山西文水人,1969 年入伍,原兰州军区政治部创作室作家,其军旅文学代表作有中篇小说《沙漠蜃楼》《喉狮》《沉醉的大漠》以及短篇小说集《汗血马哟,我的汗血马》等。这些小说多与大漠有关。李本深的大漠小说与唐栋的冰山小说一样表现出雄放、刚健的诗意和激情,且融汇了更多的自然色彩。

李本深的小说中,人与苦难的搏击更多地确证一种与大自然同构的雄健人格和生命力的激荡,小说中的"苦难"开始摆脱政治伦理而具有了生命伦理性质。他的《沉醉的大漠》把苦难延伸为对命运的搏击。小说中,表面粗暴专横的连长芦伯仟却有着细腻的内心世界,现实境遇里厄运连连,然而在灵魂的痛苦熬炼和命运的沉重打击下他却始终保持着"现代鲁滨逊"式的不屈性格,即将转业还冒着违纪的风险为改善连队生活而亲自带队采碱,其硬汉精神显然超出了"军人"的特殊规定性内涵,创造的是生命的奇迹,显示的是"人"的力量。李本深的另一部小说《昨夜琴声昨夜人》则以战争中的苦难为背景,表现了背琴的老黑身上闪亮的人性光彩。

李本深的大漠小说充满了由自然景观生发而来的哲理思悟,且着重于对美与生命力的发现。在他笔下,平沙万里、雷电狂飙、奔跑的黄羊,还有那在寂寞中生长着的白茨丛、骆驼草,都被"人的本质力量对象化"为最高境界的美的象征。《孤烟》中那艰难时世中的执着爱情作为荒芜年代里一抹人性的亮色,正如同沙漠中的刺草,显示着生命的挣扎与奋斗。《沙漠蜃楼》中,当丁泱陷于选择的徘徊与游移里,正是大自然呈现出来的艰难、雄壮的美给予了他克服思想矛盾的力量。小说的结尾,随着主人公丁泱精神境界的提升,那梦境中的沙漠蜃楼终于真实地展现在眼前。作者赋予他的人物以善于发现自然之美的眼睛和善于感受生命之力的心灵,"艺术—自然—生命"层面的心理开掘使主体的精神境界含有一种与自然同构的人性美质。

李本深这类小说中对自然与艺术的成功借用因其与人性的天然贯通,显然比政治理念与教条的直接布道更具感染力。《吼狮》中以"吼狮"来命名戈壁滩上的大型军事演习,这一威武、雄壮、强健的自然生命意象不仅喻示部队战斗力的强大,还暗喻马斯炜、郭二怀、尤有龙等人的精神人格,凸现的是与戈壁对峙的生命力量。马斯炜的儿子舒林在信中对帕米尔自然景观与坚忍勇敢的塔吉克人的生活风情的描绘,强化了小说情节主线的自然、生命色彩,并以生命的自由状态与艺术的浪漫理想冲淡了情节主线里过于浓重的政治、军事氛围。

李本深的《汗血马哟,我的汗血马》以"文革"为背景讲述了关于一匹汗血马的悲怆的故事,小说饱含深情地描绘了汗血马与"我"的情谊,大量自然色彩的涌入使汗血马的悲剧命运所象征的不仅是建功立业的雄心壮志在晦暗现实中的受挫,还明显地寄寓着一种对生命自由的神往,对灵魂的飞升与理想的寻觅遭遇滞重羁绊的悲鸣。李本深以"文革"为背景的小说还有《陨石与荒原》《吓!特洛伊木马》等篇什,被糅入了更为明显的批判与讽刺意味。《陨石与荒原》写怀着一腔忠诚、坚忍如陨石一样的老丁头在荒谬年代里报国无门、灵魂毁灭的悲剧。

李本深越过"冰山""大漠"后的小说仍然体现出鲜明的地域性,聚焦于陇中一个叫"双碌碡"的村落,主要代表作有《黄土喀斯特》《油坊》《神戏》《生灵》《黑女子与狗蹄子》等。这些小说在黄土高原的风景画、风俗画、风情画描刻中展现农耕文明的力量,揭示它固有的深刻惰性,思索传统道德观念、人格准则在商品大潮下的变化与出路。小说流露出的痛惜的感伤与苍凉的忧患体现了西部乡土作家特有的在两种文明胶着下的失落与无所适从的心态。李本深这类小说表现出了比较敏锐的艺术感觉,其军旅小说中的激情转化为一种冷静、节制的情感,思考更为缜密、深刻,技艺也更为圆熟。

李镜(1945—),祖籍山西万荣县,长于西安,1973年入伍,原兰州军区政治部创作室作家。有小说集《冷的边山热的血》《重山》《风流殇》《高台之恋》等行世。李镜的小说较多精雕细镂的西部风情画,小说的"崇高"理念也由此在潜移默化中被生命话语悄然置换。

《明天,还有一个太阳》中,祁连山风景画和藏族生活风情画的描写丰富而灵动。宁静深沉的加木措关于革命年代的记忆正如同可敬的尼玛老人对宗教的虔诚,加木措对仇人马莎莎之父表现出的悲悯与宽容以及马父深切的忏悔与祈祷显然都已逸出"政治"或"革命"的范畴。西部特有的自然、宗教、历史、人文风情里凸现出的对个体命运的深思,为作品罩上一层特殊的神性光芒与悲情色彩。

另一篇小说《寻》中,原本也存在着从政治意识形态视角出发的主题:革命的行动与虚幻的宗教信仰相比较,前者更能拯救民族的苦难,然而小说通过大量自然景物的描绘和华尔旦的心理活动,展开了一幅幅藏族生活的风情画:被藏族人世代神往着的幸福的乐土益希海子,结古寺的无所不知的活佛,寄托着阿妈向往的动人的歌谣……这些组成了华尔旦认识世界观察生活的视角,富有生命美感的自然景象和华尔旦纯净的、人性化的审美感知与心理描写,使他的心灵及信仰如自然景象一样动人和美丽。华尔旦父子俩对红军的感情源自他们笃信的活佛对红军的判断:"栽种幸福的人",与"幸福"的连接使两种不同的信仰贯通起来,父子俩对红军与革命的向往被转化为生命话语里对美丽和幸福的向往,这在很大程度上剥离了革命本然的政治意味,小说的语义因而获得更为丰富的诗性内涵。李镜的小说大都有着密集而精彩的西部风景、风俗、风情画的描绘,即使在理念痕迹比较重的一些小说如《邂逅》中,对生命意象和自然景观的描写也在一定程度上把生硬的理念引渡到生命意识的层面。

苦难,同样是李镜小说塑造英雄主义人格的基础底色。《冷的边山热的血》中的刘才才,为保军驼不越境,在戈壁的狂暴风雪中独自搏斗了两昼夜,失去了一只手臂,唯一的孩子因未能得到及时救治而病死。承受着失子之痛,刘才才与其妻仍怀着一腔赤诚,无怨无尤地奉献在边防线上。与"十七年"主流文学传统中那些绝对化的神性英雄相比,李镜小说对英雄人格的塑造较为重视内心的冲突。与此同时,李镜的小说较充分地表现了西部自然的生命景象与主体精神所构成的内在呼应。《冷的边山热的血》中,小说开篇即是长达数页的戈壁景物描写辅以主人公刘清涧的心理活动。干旱燥热、空阔沉寂的戈壁上依然有着自然生灵的不屈生长,面对生命存在的严酷和坚强,主体关于"戈壁是什么"的自我设问与回答,在人与自然的互证中,将英雄主义人格内涵导向生命意识层面。独特的地域环境赋予人物的精神底蕴,使之颇有"典型环境中的典型人物"的代表性。

李镜对于苦难的思考也常常跨越军营与地域的限制,从更广泛的角度去透视人生,"苦难"的意味也更加显得深长、隽永。《重山》把女主人公秋儿承受的重压与军人的荣誉联系起来。秋儿的男人柱儿不满重山的封建压抑,在与秋儿新婚不久就参了军。然而柱儿的冲出重山以及他的光荣牺牲使他心爱的秋儿更深地陷进"重山"的人生悲剧里,侍候着洋芋地、病中的公公、唠叨的婆婆的秋儿,在柱儿死后又迫于周围舆论的威压与监控,嫁给了呆痴的小叔子,"总不能叫英雄屋里绝了根吧,再退一步说,英雄屋里的名声你总要顾及吧"。扼杀人性的封建逻辑在英雄荣誉的掩护下获得了外在的合理性,这里有社会批判色彩,更有对个体人生命运的关怀。《在那一片浓荫下》《重山》《明天,还有一个太阳》《我们这样告别》等篇什中,宿命笼罩下负重前行的人生形式使李镜笔下的人生不似唐栋等人的小说明朗激昂,生命的本然与个体的悲剧之间的深刻矛盾,为李镜的这些小说笼罩上一层苦涩而凝重的悲情色彩。

李镜的大漠小说还常以在大自然中生发出的孤独意识,来传达人与自然的和谐。《孤烟》《无言的戈壁》《我们这样告别》《那一仗留下个守墓人》等小说中,场景勾勒运用的疏落的笔致深得"言有尽而意无穷"的精义,大自然与人浑然合一,于静默中进行着灵魂深处的交流。小说中的"孤独"强调人与旷远深邃的大自然共处中感受到的生命深处的寂寞与生命的孤独,获得了超越生存形态的意义,开始具有了逼近形而上的品格。孤独的人与自然相伴,李镜小说也多有西线军旅小说中常见的人与自然生灵之间的情义,同样折射出一种朴素的生命意识。《明天,还有一个太阳》中,为救仇人的女儿马莎莎,加木措不得已射杀了多年来陪伴他的猎狗"狮子",为此而在雪山寒夜里独坐神伤,走出风雪围困后生命也随之衰竭。人与生灵的默契不仅在于生灵具有人一样的品性,生命脉搏也仿佛在冥冥之中彼此相通。《我们这样告别》中的杨春旺与唐栋《冰山下的驼铃》中的吴根茂一样,对待骆驼如对人,宁可自己受累也不忍心骆驼负重。在他们眼中一切生命都是平等的,他们有着与他们所钟爱的骆驼一样质朴、坚忍、静默、孤独的生命形式。人与生灵之间的契合,突显了生命的本原形态和自然属性,主体精神世界由此显现出一种单纯之中的丰富。

李镜的战争题材小说较能代表西线军旅小说在这一领域的创作成就。他的《风流殇》有意祛除政治意识和传统理性覆盖于历史之上的光环,呈现革命时期复杂、混沌的事实和战争对人性的摧残和戕害,表现出了艺术的胆识。小说没有沿用战争小说常有的外在冲突与情节模式,而是深入到人物的内心与情感世界,尤其是通过对女性心理中人性意识的细致入微的刻画,将整部作品的重点转向个体的命运和人的丰富的内心世界,进而强化了人物的悲剧命运并增强了历史的悲剧氛围。李镜小说在表现战争中的人生悲剧的同时,也注意发掘战争中人性的善的光芒。《高台之恋》采用回溯的形式。董振堂将军的形象突破了以战争成败结局论英雄的史观,不止如此,小说的独特之处还在于,并没有从正面去表现董振堂慷慨悲壮的阵亡过程,而是以阵亡前夕对一名普通的、垂危的小女兵表达的人道关怀,来凸现其人格魅力。努力展现冰冷的历史面孔背后闪光的人性内容。

毕淑敏(1952—),女,祖籍山东,长于北京。1969 年当兵,分配至西藏阿里军分区,任卫生员,1980 年转业回北京。1987 年发表处女作《昆仑殇》,此后陆续发表的西部高原军旅生活题材的"青藏线系列"作品主要有《昆仑殇》《阿里》《伴随你建立功勋》《补天石》等。毕淑敏的这些小说以其独特的生命意识与悲情色彩为西线军旅小说带来了不同基调的声音,与李镜的小说一起显示了西线军旅小说多元化的探索。

毕淑敏的"青藏线"系列小说对苦难的反思最明晰地赋予了苦难以生命伦理意义。在西线军旅小说中被反复渲染的"苦难"原本就不仅仅是一种政治伦理话语,李镜、李本深的一些小说中,"苦难"开始发生了由政治伦理话语向生命伦理话语的转化,毕淑敏的小说则进而对以苦难作为测量人的精神强度的绝对标准所包含的悖论给予了深刻的揭示。《昆仑殇》中,作家从捍卫个体生命的尊严出发,对苦难与军人生命价值的关系进行了重新观照。"文革"期间发生在昆仑山上一次残酷荒谬的野营拉练,使无数年轻的生命毁灭于人为制造的苦难,对个体生命价值和尊严的关怀,无疑极大地强化了作品中苦难与死亡所具有的悲剧性。另一篇小说《补天石》中以渗透着鲜血的"补天石"意象暗喻西部高原上的军人,神圣的使命、民族国家的宏大话语并不足以抵消和湮没个体生命代价所蕴含的悲剧性。强烈的生命意识和悲天悯人的情怀使毕淑敏的"青藏线系列"显现出的悲情色彩深刻而浓重。

毕淑敏的"青藏线"系列小说中始终贯穿着这种悲剧性的情感力量，它根源于创作主体对生命的本体价值与崇高的精神追求之间的深刻矛盾的洞察。作者对崇高的集体性信仰给予认同的同时，对个体争取自由、幸福的欲望和个体生命价值给了充分肯定，悲剧的深刻性正来源于冲突的无可避免和冲突双方价值力量的制衡。所以，《阿里》中因恋爱而违反军纪的女兵游星才会为了保全身为司令员的父亲的荣誉和尊严投井而死，其父终得胜利地指挥了保卫阿里的重大军事行动，全体官兵也因而获得嘉奖。小说结尾关于"阿里"一词的解释显得意味深长，"我的"与"我们的"彼此抵触、相生相克，正如游星作为个体命运的悲剧悄无声息地湮没在阿里高原的英雄业绩之中，小说中的悲剧意识也由此突破了政治意识形态的遮蔽。

《伴随你建立功勋》中，除了"重于个人生命千倍万倍"的密码本所象征的军队机要员的神圣使命与主人公秦帅北的个体生命之间的冲突，小狗"默默"所代表的自然、原始的生命形态构成第三种力量直接参与了情节。正是在这一因素的参照中，悲剧冲突的意味变得更为复杂。默默叼走了密码本为自己的分娩筑窝从而导致了主人公秦帅北的引咎自尽，默默在情节中代表了一种偶然，显示出军人的个体生命在神圣事业面前的无意义与脆弱，虽无过错却必须为偶然承担代价。默默的一切都是自在、自然而又偶然、盲目的，它的生命展现出的无羁的自然美中深化了人的生命的悲剧感，它的生命暴露出的原始缺陷与本能性又反衬了社会价值体系对于人类的意义。毕淑敏的小说创作里始终贯穿着对生命的高度敏感与关注，医生的职业与生活经历使她的小说对生命的观照显得更为深入。

《不宜重逢》《转》等小说则以相当有力的笔触进行了世俗生活与西部军营生活的反向对比。《不宜重逢》中放电影的河南兵伊喜，在离开高原军营后的生活里变得精明世故，蜕尽了当年的质朴纯真之气，这里有世事的沧桑，更有军营内外人的精神世界的落差。《转》中当年为当兵扒火车的桑平原为了女儿的教育又煞费气力地转业、找工作，然而在拥挤的都市里他处处感到失落，感到人心的冷漠、世故与隔膜，所以，"他渴望大漠，渴望雪山。渴望那蔚蓝色纤尘不染的西部天际，渴望部队那种像泉水一样澄清的人与人之间的关系"。结尾，女儿桑丹当边防军的理想以生命轮回的形式判定了他灵魂的归属，昭示着精神对物质的胜利。这些小说同样以二元对立思维，从反向印证了小说中的理想主义精神潜伏的危机,精神的生成如果完全取决和依赖于外部条件,即特定的地域加上特定的职业,彻底断绝与更为广泛的凡俗人生的联系,离开了人性的自觉与奋争,只会印证这种理想主义精神内在的虚弱,一旦离开置身的固定土壤,就无法继续生根发芽,从而无法上升为人类共同的精神建构资源。若干年后的桑平原也许会是另一个伊喜,都市生存的不适感彻底消失,军营的生活褪色为一片遥远的回忆。

毕淑敏的《君子于役》是一篇以60—70年代为背景的含有批判意味的小说,写西部高原师家属院"留守女人"虎姐噩梦似的爱情悲剧。小说对于个体悲剧的态度同样有着矛盾性的多重意味,既从个体生命角度肯定了虎姐与小木匠爱情的合理性甚至表现了他们和谐的美好,同时又因其与军人荣誉及道德伦理的抵触而"恨其不争",归之于一种放浪不端的行为。小说着力批判"组织"在对个人生活实施的管理中对人的尊严的无情摧残,传达了充满悲悯的人文关怀。

朱光亚(1936—   ),湖南省双峰县人,1951年入伍,原兰州军区政治部创作室作家。新时期有中短篇小说集《古措兵站》《戈壁深处的旋律》《高高的加兰山》以及长篇小说《迭山芳魂》《金色的格桑花》《风雪阿拉苍》等作品行世。

朱光亚的小说中,苦难对应的是军人的服从、奉献和牺牲。《雪山顶上的那颗星》中的魏国全在西藏高原的雪山哨卡上默默奉献了十五年,严酷的环境使他失去了健康、妻子、家庭和工作机会,然而在他悲伤而又平静地转业时,心中充满的依然是对军营的眷恋和深情。小说《戈壁深处的旋律》的情节沿袭了50—60年代小说"成长中的英雄"模式,戈壁新兵吕晓宁在连指导员向立军、副连长纳木斯来等人的教导和影响下,逐渐端正了对边防事业的态度,主动放弃去军区歌舞团而以自己的才能为边防事业更好地服务。朱光亚的多篇小说都以爱情为主题,《到边境去的新娘》《多雪的冬天》《情系贺兰山》等小说中,对爱情、人性的关注与描写虽也偶有创新,然而整体上未挣脱政治意识形态话语的牢笼,爱情屡被置换为良心与道德。《古措兵站》描写了发生在昆仑山寂寞的古措兵站和道班里两个"英雄"同时爱上一个女郎的故事,小说以主体对爱情仁至义尽式的谦让姿态,表现人格精神的高尚。

朱光亚战争题材的小说《和煦的山风》在这里值得一提。小说中,战士刘宗祥为给战友报仇潜入敌方阵地,然而面对敌方饥饿的女人和孩子,他最终没有下手并把自己的干粮留给他们。小说对战争中人性美的描写,突破了"同志爱"与军民"鱼水情"的传统思路。尽管是在传统思维惯性的支配下,但创作主体并没有放弃寻求突破的可能性。

张广平(1935—),生于山东,1952年入伍,原兰州军区政治部创作室作家。新时期的作品主要有长篇小说《战魂》《血吻》以及中短篇小说集《悲欢离合》《爱情在远方》等。

张广平与朱光亚都是50年代即开始从事文学创作,在他们新时期的创作中,"十七年"革命浪漫主义文学的模式化印痕依然较为明显。在张广平的笔下,苦难本身被讴歌和礼赞,个体的代价与创伤湮没于集体主义的高歌猛进。此外,他的小说在西线军旅小说里最密集地描写爱情,且通常都有一个"战争+爱情"的模式。小说意在以爱情写人性,然而其爱情描写恰恰最凸显出创作主体意识方面存在的问题。《战魂》《血吻》《逃离情海》等小说中的爱情,甚至在形式上都存在着一种"救/被救"的模式,爱情的所指被道德、信义置换,英雄人物作为拯救者,使被爱的对象获得重生,从中不难窥见"高、大、全"情结与传统思维理路的延续。

总体来看,西线军旅小说家的共同特点,就是写作的高度使命感、责任感和深入生活的现实主义写作主张。无可否认,作品对集体性"崇高"的刻意追求一定程度上削弱了现实主义力度,自然环境与英雄主义主题的趋同性,也确乎出现了一些模式化的倾向,一些作品甚至明显带有既往时代里"两结合"的残留。然而,作为生命境界与审美追求的"崇高",却也同时为作品平添了诗性的、理想主义的美与激情。阅读其中的优秀之作,不能不为贯注其中的雄浑磅礴的气势、非凡高迈的精神和深沉炽烈的情感所叹服。独特的自然色彩使苦难、孤独与崇高的意识在作品整体的审美镜像里获得了诗性与智性的提升,人性的反思,历史的变幻,丰沛的情感,诗化的语言,展现了一个壮美雄浑的艺术视界。象征着冰山大漠魂魄的西线战士的英雄雕像也因之而清晰丰满起来,回看这些高扬着精神旗帜的西线军旅小说,其英雄主义的气概、理想主义的光华,无疑仍然放射出不可替代的艺术魅力。

第三节 人性悲吟:西部乡土小说

80年代至90年代初的西部乡土小说,最核心的主题话语是西部传统乡村的现代性转化。这是一个延续百年至今未解的世纪难题,尤其是地处政治、经济、文化等诸多边缘化的西部,其复杂性使试图给出答案的西部乡土小说作家总是陷入难以解答的现代性焦虑中。这一点,不仅形成了他们强烈的乡土叙事动机,而且也构成了乡土叙事文本复杂的精神蕴意。

西部乡土小说作家以有碍西部现代性进程的乡土文化之"恶"作为其严峻批判的对象,同时又把寻求拯救的目光投向了依然鲜活在乡村的传统文化。他们并不像某些偏执的理想主义者那样因过度注目于传统文化的负面而对乡村传统全部予以拒绝。他们将西部人在千百年历史文化进程中不断塑造、积淀而成的刚烈血性、坚忍顽强、淳朴豁达、薄己厚人、勤劳耐苦、重承诺、急公好义、重义轻利等人格特征与道德品性发掘出来,作为精神资源,不仅用以重铸西部乡土现代性转化过程中历史主体所需的基本品性,也用以缓解创作主体思力不逮的精神焦虑。问题在于,这些被西部乡土作家视为具有普适性的道德品性,主要生发于前现代时期,是与传统农业经济相适应的。在西部乡土的现代性转化过程中,它们可能成为动力,也可能变成阻力。正因为如此,这些被视为美好的品性,并不能自动转化为一种现代精神,它们需要重新激活,需要引导。一些西部乡土作家在表现西部人的这些品性时,有时把它们当作自足体,既忽略了它们潜含的否定因素,也没有注意到它们还需要转化和提升。也有西部作家将寻求精神资源的目光投向相对发达的东部,焦渴的心灵向更具现代性的东部敞开。因此,这一时期西部乡土作家的开放性的精神探索,还不能完全解开对西部传统乡土的悲悯、赞美和向往的古典情结,还不能完全制衡其道德观念的保守性,但已经开始突破西部这块土地特有的文化心理的制约,逼仄的精神视野开始变得宏阔起来,从而使他们对西部乡土的现代性转化有了更为切实的思考和理性的审视。

在艺术形态上,具有西部审美特征的风俗画、风情画、风景画,成为西部乡土小说的艺术构成要素,也成为80—90年代西部乡土小说迥异于东部乡土小说的主要美学风貌。中国的五十六个民族中,有汉、藏、蒙、维吾尔、回、哈萨克、东乡、裕固、保安、撒拉等五十多个民族杂居在广袤的西部,正如有论者所说,"西部是中国的民族博览会,是民族文化的百花园"[①]。不同的民族有不同的民俗风情,不同的民俗文化心理、多民族杂居使西部的民俗风情远比东部丰富而驳杂,也使"西部人的心灵夹带着多层面的声音,造就他们对异质文化具

[①] 萧云儒:《西部热和现代潮》,《人文杂志》,2000年第4期。

有较强的容受、渗化能力,角色转换能力和智慧杂交能力"①。毫无疑问,对于西部的乡土作家们来说,这既使他们拥有丰富的美学资源,又使他们的心灵系着难解的乡土情结。当他们拿起笔来,最初的、最真切的倾诉冲动便当然地来自西部故土。在王家达、邵振国、柏原、冯苓植、张弛、雷建政、浩岭、井石、李唯、阎强国、张冀雪等作家的乡土作品中,无不涉及牧耕、婚丧、祈祷、祭祀等具有文化意味的民俗风情的描绘。这些风俗画、风情画的描绘,使80—90年代的西部乡土小说的文体特征发生了系列改变:其一,最突出的是花儿与西部乡土小说的"民歌体"式。花儿和对唱花儿的场景,是西部民俗风情的奇观。花儿是西部回、汉、土、撒拉、东乡、保安、裕固、藏八个民族共同创造的一种山歌。花儿主要用当地汉语方言歌唱,曲调、语言、歌词内容所反映的生活习俗等,都蕴含着多民族的因素②。唱花儿的浪漫民俗场景,花儿粗犷、悲怆的旋律回荡在王家达等西部作家的乡土小说之中。其二,西部民俗事象与西部乡土小说的"日常生活流"叙述也很特别。这类具有传承性和现实性的民俗事象,在西部乡土小说中最常见的作用虽然依旧是用来增强作品的地方特色和民族特色,为事件提供社会背景,为塑造人物性格服务等,但在不少的文本中,已逐渐成为小说叙述结构的主体内容,承担起了新的叙事功能。这种以民俗事象为主体的叙述方式的大量出现,使西部乡土小说的文体形象具有了"'日常生活流'叙述"的特征。其三,西部民俗杂色与西部乡土小说的文化心理冲突,也是值得一说的。茅盾认为,乡土小说"单有了特殊的风土人情的描写,只不过像一幅异域的图画,虽然引起我们的惊讶,然而给我们的只是好奇心的餍足,因此在特殊的风土人情之外,应当还有着普遍性的与我们共同的对于命运的挣扎"③。这一普遍性的"对于命运的挣扎",在某种意义上就是民俗文化心理的冲突,是普遍性的心灵挣扎。西部民俗文化的美丑并存、良莠相随,不仅使民俗文化心理冲突发生在异质民俗文化之间,也发生在同一民俗文化内部。当西部乡土作家叙写表层的民俗杂色,绘制"异域的图画"时,就不能不表现民俗个体——作家自己及其所创造的人物的文化心理冲突,并通过这种具有传承性和现实性的文化心理冲突的展示,揭示他们"对命运的挣扎"所要付出的代价。民俗个体的文化心理冲突,往往既是西部乡土小说情节推进的动力,

---

① 萧云儒:《西部热和现代潮》,《人文杂志》,2000年第4期。
② 刘凯:《西部"花儿"中的藏族文化基因》,《西藏艺术研究》,1999年第3期。
③ 茅盾:《关于"乡土文学"》,《文学》,1936年第2期。

同时又是情节结构的基本支撑点。

将80年代的西部乡土小说置于同时期中国文学的整体格局来审视,其文体特征不仅与西部奇异的民俗风情有着深隐的联系,而且与西部自然景观也有紧密的关联。在这片西部高地之上,大自然的音符是悲怆而又沉重的,潜移默化为西部乡土小说作家的文化心理、性格气质、思维方式和审美情感,使他们笔下的西部旷野、荒原、冰山、林海、雄风、驼队、马群等,因了灵魂的烛照而充满灵性,获得了自足的存在价值和美学意义。它们不再仅仅是用来标示事件场景、渲染气氛、烘托情绪、导引人物出场、折射人物心理或借以抒情咏志,它们悄然获得的某些独立的表意与叙事功能,使它们在改变自身叙事命运的同时,也改变了西部乡土小说的文体形象。有些西部作家着意将充盈的悲剧情感与严酷的西部自然人文景观结合,致力于以简单的情节框架去构筑沉郁或雄阔的西部自然意象,拆解或有意回避故事的完整性,如王家达、柏原等。在他们的作品中,西部荒原对人的包围与人对荒原的抗争或逃离,是最基本最常见的叙事母题。在人与自然的这种对立中,人物的快乐、痛苦、思索和追求都系于自然,常因对自然的无奈而使生命悲怆地毁灭,也常因对自然的感悟而使生命得到新的提升。在这里,西部的自然人文景观不再只是小说中的一种"乡土底色",一种基调,自然作为人物的主要对立面,已然成了情节的基本构成要素。还有些西部作家在自己的乡土小说里刻意追求叙事的奇异性,如张弛、冯苓植等。在他们的作品中,不能讲述而被刻意讲述的"神秘的东西",是苍凉而混沌的祁连山、汉长城、大漠、罗布泊、古楼兰、内蒙古草原等西部自然人文景观和西部经验中的神奇感受。空间寂寥的西部,不同种族、语言的人逐水草而居,他们时而繁盛,时而又因频繁的战争、瘟疫、饥馑、水流改换而湮灭。一切犹如一种大限,一种末路和决绝。正是这种历史轮回的宿命与西部自然人文景观的神秘,成就了张弛、冯苓植小说叙事的奇异性。此外,还有些西部作家将西部自然人文景观的叙写形式复杂化,使其由一种移情对象变成隐喻和象征的艺术载体,如邵振国、张冀雪等,将深重的笔触突入到"人与自然"这一与西部人生息息相关的天然命题。

王家达(1939—2016),甘肃兰州人,1965年毕业于兰州大学中文系。曾任《甘肃文艺》《飞天》杂志编辑、甘肃文学院专业作家、甘肃省文联副主席、甘肃省作家协会主席。主要作品有小说集《清凌凌的黄河水》《云雾草》、长篇《铁流西进》、报告文学《敦煌之恋》等。《敦煌之恋》获鲁迅文学奖。

王家达的笔路很宽,既写乡土小说,也写城市题材的小说,以乡土小说创作成就最高。创作于80年代的乡土小说,大都意在乡土文化批判,并寻求西部乡土现代性转换的精神资源。王家达的"黄河筏子客世家系列"《清凌凌的黄河水》《血河》《荒凉渡》等,在黄河两岸乡民的生死歌哭中,写出他们永生不息的生命追求,并将之视为历史前行的原动力。《清凌凌的黄河水》中的尕奶奶、二哥子,《血河》中的羊报、白蛇,都是自由奔放的黄河生命精魂,他们以自己刚烈的血性,猛烈冲撞挥之不去的封建宗法阴影,伸展自己不屈的人性,也重铸着刚勇的民魂,这正是西部乡土现代性转化中历史主体不可或缺的一种精神品格。王家达的《烂宪书与任扣香》《灰蒙蒙的县城》等作品,则以对西部乡土已然开始的现代性转化为书写对象。在《烂宪书与任扣香》中,王家达对正在进行中的社会历史转型充满了这样的信心:新时期,八仙过海,各显神通,只要是对社会有益的事,每个人只要发挥自己的才能就都能成功。显然,他简化乃至忽略了现代性转化过程中文化现实可能有的全部复杂性。与之不同,《灰蒙蒙的县城》中的西部乡镇在转型期则已失去了亮色,变得"灰蒙蒙"的,作品由此充满难解的疑虑,从而由最初的欢快的唱和转变为反思与批判。

蒋子龙认为王家达的小说:"是一种民歌体的小说,字里行间能飞出一种极富感染力的旋律,这旋律带着浓烈的西北情调,充满意象和活趣。"[①]王家达的乡土小说,特别是他的西部"黄河筏子客世家系列",是不能离开西部黄河和"花儿少年"的,黄河筏子客与多情女对唱花儿、青年男女为爱情对唱花儿不仅是王家达乡土小说中最常见的民俗风情场景,其所唱的花儿常常直接衍化成为小说的诗性结构,使其具有"民歌体"的文体特征。花儿的旋律,不仅回荡在王家达的小说中,而且也回荡在张冀雪等作家的乡土小说之中。西部乡土小说与流传在这里的花儿传达出的精神意蕴是大体一致的。从某种意义上说,王家达式的"民歌体"乡土小说是从花儿上生长出来的。

王家达乡土小说中的黄河筏子客、黄河多情女大多是在高亢悲怆的花儿声中开始他们的生命之旅的,生死与花儿相伴,爱恨与花儿相随,他们的心灵也是由花儿建构起来的,即兴歌唱"花儿"就成了他们的生命形式,就成了他们的日常生活,也就成了王家达乡土小说中最主要的民俗风情场景。《清凌

[①] 蒋子龙:《清凌凌的黄河水·序》,王家达:《清凌凌的黄河水》,敦煌文艺出版社,1994年出版,第4页。

凌的黄河水》讲述尕奶奶与二哥子的婚外恋故事,尕奶奶为给父亲治病,嫁给了比自己大二十多岁的尕爷,老夫少妻间有仁爱与忍让,却没有爱情。尕奶奶与二哥子间的恋情,得到了尕爷宽厚的容忍,却遭到了卫道士国泰的百般阻遏,最后以尕奶奶不幸身死黄河而告终。浓烈的异域情调与曲折的故事情节,使凄婉而浪漫的爱情悲剧颇为感人。尕奶奶与二哥子之间对唱花儿的民俗场景是小说中出现得最多、最频繁的,对唱的内容由试探真情、暗示爱情、倾诉真情、山盟海誓、痛苦思念到生死诀别,不仅显露了生命真爱的情感轨迹,而且也映射了他们的人生轨迹。也就是说,小说的叙事进程与抒情进程是同步的,花儿所歌唱的与叙述者所讲述的相互映现,从而构成一种"互文性"表达。《血河》讲述白蛇与羊报的曲折爱情故事,白蛇与羊报真情相爱,尕五子却用钱横刀夺爱,白蛇的父亲为钱以死相逼,白蛇不忍让父亲受难遂以"比武招亲"相许,羊报技高一筹却因心善相让,痛失爱情。一番曲曲折折,白蛇与羊报终成眷属,却双双死于乱世。与《清凌凌的黄河水》相较,《血河》的故事情节更为曲折,颇多神秘的传奇色彩。对唱花儿的民俗场景也更多更复杂,黄河筏子客与黄河两岸的女人对唱花儿、白蛇与羊报对唱花儿、赴死殉情时唱花儿等,不仅唱出了筏子客命运的苍凉郁勃,男人的豪健狂野,而且也唱出了女人的柔媚刚烈、多情重义。主线是分明的,花儿的主旋律总是围绕着白蛇与羊报的爱情进行,从相识、相爱、错失、等待、私奔、受辱、复仇到殉情,花儿唱出了有情人的一段传奇、浪漫而又悲壮的情感历程。显然,与《清凌凌的黄河水》一样,花儿所唱的与叙述者所讲述的构成一种互文性表达。花儿总是在先,同质的讲述随后,这种"唱一段,讲一段"的基本模式,使花儿具有"领起"的作用。不仅"领起"一个个情节片段,而且"领起"全篇,使整个讲述过程笼罩在花儿的旋律之中。

  与花儿等民俗风情相互映照的是黄河两岸的自然景观。在《清凌凌的黄河水》《血河》《荒凉渡》等作品中,抒写黄河的奔腾气象与生命的奔放自由,是王家达最用心力的地方。《清凌凌的黄河水》中的尕奶奶与尕爷都生活在西部黄河边上的小村落,善良与仁爱充盈在老男人与小女人之间,就是没有爱情。当二哥子以其健壮的身躯跃入黄河激流,挽回尕奶奶的流筏的顷刻,爱意就在尕奶奶与二哥子之间闪电般地产生了,生命的自由激情在此勃勃地生长起来。而后来的生死爱恨也都与黄河有关。当小村的狭隘、封闭,压抑了爱的自由的时候,夜的黄河就成了尕奶奶与二哥子倾吐生命之爱的圣地,那凄婉而又奔放的"花儿少年"不只是爱的歌吟,其实也是黄河儿女亘古以来梦想自由的生命之声。当二哥子被迫远走他乡后,日渐憔悴的尕奶奶就将黄河当作了心灵倾诉的对象,她夜里"忽然架起羊皮筏子,无目的地在河上漫游起来。筏子上放了一些红红的果子。她满脸悲戚地摇着筏板,一边把果子一个一个地扔进河里去"。比这更撼人心魄的场面,是尕奶奶为爱而殉身黄河,它让岸上那群愚妄而凶蛮的追击者显出了兽相。黄河在这个生活故事中是一个无处不在而又沉默多情的角色。这个角色是有灵性、有情绪的,在精神上与女主角尕奶奶相互感应,血脉相通。《血河》中的白蛇和羊报是比尕奶奶、二哥子更具血性的黄河女人和男人,他们的生命之爱也更悲壮更富传奇性。黄河在这篇小说中扮演的角色则一如《清凌凌的黄河水》。值得寻味的是,王家达式的小说文体是依赖黄河意象与"花儿少年"构筑起来的,如果缺失了黄河与"花儿少年",其小说文体就会失掉自己的标志性特征。

邵振国(1948—),北京人,1987年毕业于武汉大学中文系。历任甘肃省秦剧团编剧、省文学院专业作家、甘肃省作协主席。主要作品有小说集《日落复日出》《麦客》《祁连人》和长篇《月牙泉》等。短篇小说《麦客》获全国第七届优秀短篇小说奖。邵振国前后期小说艺术颇为不同,前期以政治与文化反思为主导,后期则从独特的西部人文情感出发,感悟、思考西部人的人生和生命力,这使他的小说叙事由早期的写实走向象征。

邵振国早期作品《祁连人》的主旨即在于政治与文化反思。小说中的李万均是一个极富传统美德的人物,为村民的集体富裕差不多牺牲了他所能牺牲的一切,但他的保守性使他不能顺应时势,在一场乡村权力的争夺中失败。陈望成既有李万均式的传统美德——扶贫济困、吃苦耐劳、勇于牺牲,又有一个农民企业家的精明,一个西部村庄在他的引领下,很快完成了现代性的初步转化。李老三则是一个当代文学中少见的农民"忏悔者"形象,他与乡民共有的封建自私性不仅毁掉了李万均所代表的农业文明式的"集体经济",也差一点毁掉了陈望成所代表的工业文明式的"集体经济",这使他忏悔不已,而正是这样的忏悔使他开始了现代性转换的精神之旅。长篇小说《月牙泉》是对《祁连人》的一个反拨。月泉乡和南湖乡在20世纪末开始的现代转换,最后演变成乡村宗法家族之间的大搏杀。阴老七所隐喻的封建宗法传统的阴魂,被阴知新现实化为政治、经济等领域里的阴险而又充满血腥气的残酷运作。在《祁连人》中成功的道德英雄,在《月牙泉》阴氏宗法家族所代表的传统文化之恶面前,非死即伤,统统归于失败。对以阴氏家族为代表的这种历史属性不明的社会政治经济文化形态,作家心存疑惧,却又无可奈何。更大的绝望来自作者所钟爱的两个精神漂泊者在现实与传统裹挟下的"精神消亡"或"精神受伤"。小说主角索元亨血管里流淌着儒家传统文化的血液,曾经有过理想和质朴的人格,他似乎最有能力引领月泉乡的精神现代化,但在走向城市、扑入商海的过程中,他也开始放逐良心。他与曹小乔、曹容容、陆虹等几个女性的爱情纠葛过程,正是他的人生理想发生变化的过程。在"欲望"与"境界"之间,他陷入了困惑,其肉体挣扎与精神裂变十分惨烈。作为一个精神漂泊者,他最后与阴氏家族的合流,其实就是被吞噬,就是一种精神消亡,他的变质、变味尤其令人震撼。陆虹一直是精神上的超迈者,是作者所心仪的近乎神性的精神存在,她是个精神受伤者。作为精神漂泊者,索元亨与陆虹的精神消亡和精神受伤,从某个意义上说,是对知识分子在现代性转换中的历史命运的悲观隐喻。

《月牙泉》显然比《祁连人》更逼近正在发生的现实。西部乡土的现代性转换,就是在历史属性不明的混沌中进行的。历史往复前行的洪流是不可阻挡的,它来回捣腾的冰冷脚步踏碎了既有的一切道德规范,它裹挟而来的文化沉渣激活了人性的全部复杂。同样复杂起来的邵振国不再像写《祁连人》时那样天真,他在《月牙泉》中撩开了道德主义和历史主义生死搏斗的面纱,那沉滞、残酷而又已然变质变味的历史图景,把他的读者和他自己都吓了一跳。在某个意义上,索元亨和陆虹就是邵振国大吃一惊后的原形出壳,他让陆虹大俗之后再次升腾到了清洁的精神空间,让索元亨在炼狱中受尽肉体挣扎与精神裂变之苦后重新走向了精神女神陆虹。这既是守望,也是逃离,是一个有良知的现代知识分子在极度焦虑中产生的充满背谬的精神状态。

在《麦客》《白龙江栈道》《远嫁》等作品中,邵振国更注重探寻人物的伦理情感与精神,召唤一种薄己厚人的道德牺牲精神和美好人性。《麦客》中的水香,因为麦客吴顺昌的出现,唤醒了她的情爱,使她意识到自己的青春与爱情的被剥夺,意识到一个女人正当的合乎人性的生活的被剥夺,感到"有一股顽强的力,在她的身上冲撞起来",但是情欲之火在刚刚燃起的时候便熄灭了,熄灭于那植根于黄土地上的道德规范,情感的骚动最终归于一种宁静的忧伤[1]。《白龙江栈道》叙述藏民昂戛的一段人生遭际。昂戛和他的女人扎西拉

---

[1] 丁帆、陈霖:《重塑"娜拉":男性作家的期盼情怀、拯救姿态和文化困惑》,《南京大学学报》,1995年第2期。

毛遭了雪灾,在外出伐木求生时得到了"牦牛"大哥、依丹草兄妹的友情和爱情,回家途中与道尔吉相向过狭窄的白龙江栈道,按照习俗,昂戛只得抛掉自己用血汗换来准备救灾养家的全部财物和依丹草的爱情赠与,悲伤地走进苍苍暮色中。《远嫁》中,上堡队依然和二十年前一样光秃秃的,主人公陈秀云和他的六个女儿就生活在如此贫瘠的村庄里。迫于贫困,陈秀云在远嫁了女儿之后,将自己心爱的女人寡妇冯玉兰也远嫁了。他不忍心让她和自己同溺于贫困,不忍心让他们美好的爱情窒息在贫困中。这是一曲放逐爱情的挽歌,更是一曲人性的悲歌。为他人的生存而压抑自己的欲望,为道义而牺牲爱情,这种道德观念虽然暗含了一种不人道的成分,但对尚处在前现代还需为生存而挣扎的贫苦人群来说,它依然是最道德、最有人性的。

在《麦客》《白龙江栈道》《远嫁》等作品中,邵振国并不注重用故事来塑造性格,而是用大量的风俗描写和异域情调的画面来构造小说整体的艺术效果,使富有异域色彩的民俗事象——民俗化的"日常生活流"由背景走向前台,冲淡甚至淹没了本就很散漫的故事,成为小说的叙述主体。譬如《白龙江栈道》中过白龙江栈道的奇特习俗,它不仅占据了一半以上的篇幅,成为最醒目的"叙述流",而且是架构这篇小说的"关节点"。"正是这样的构图才真正形成了小说摇曳多姿的特殊地域文化色彩和风俗情调。我们从那幅充满着异域情调的青藏高原油画中,看到的是人性的魅力和文化的魅力。在那响彻耳畔的不断出现在小说中的'噢——鮈、鮈、鮈——'的'喊大山'的吆喝声中,我们听到的是人性的回声和历史的回声,道尔吉和昂戛两人完成的不是宗教的礼仪,而是充满人性哲理的灵魂洗礼。小说在风俗画和诗的交响中最终完成了人性内容的抒情,给人以久久的回味。"《白龙江栈道》中,民俗化的"日常生活流"叙述,依旧给了昂戛"主要人物"的"身份"。

邵振国非常注意小说的奇巧,这一点与冯苓植相似,但不像张弛那样刻意追求叙事的奇异性。他也有过干家达、柏原式的小说艺术追求,不太在意故事的完整性,着意将充盈的悲剧情感与严酷的西部自然结合,致力于以简单的情节框架去构筑沉郁或雄阔的西部自然意象,但他笔下的西部自然人文景观的叙写形式更趋复杂化,已从一种移情对象成为隐喻和象征的艺术载体。在《麦客》里,吴河东父子的麦客生涯是艰辛而奇特的,他们既是日常生活意义上的流浪者,又是精神的漂泊者。

真正具有象征性艺术品格的是中篇小说《河曲,日落复日出》,由《造筌的人》《淘金石》《首饰匠人》三个短篇组成。《造筌的人》颇似海明威的《老人与海》,但却是地道的中国西部味。"在河曲雪坝的背景下,那个从人性深处走来的'造筌人',为我们展开了一幅奇诡堂奥的人生画卷,在这里,时间凝固了,瞬间的人性定格,给我们留下了美学的想象空间。"①这"美学的想象空间",是"象征的空间"。筌爹是个会造筌的西北汉子,他的老婆跑了,只有女儿和狗与他相依为命,日子过得贫困而单调,冬日里一次成功的筌鱼,也不可能改变注定要失败的人生。但不败的是他的信念、毅力和"硬汉子精神"。河曲、雪坝、坚冰、寒冷、大鱼和孤独的夜狼等自然景观已不是一种简单的背景,作为被挑战的对象,它们既是精神性的"造筌人"的一种隐喻,同时又与"造筌人"之间形成一种张力,借此张力,把实在性的艺术空间引向一个更为抽象而阔大的"美学的想象空间",从而构成一种本体象征。《造筌的人》里有一个意味深长的风俗画面,在筌爹拼命拉紧鱼筌的时候,他"把一双无望了的眼举向黑夜,那蓝色的地平线,那儿好像有一匹马,慢慢缓缓地行走,好像走得十分劳累了,再细看,马头前,一个小小的黑影,是那马的主人,走一步一长叩,磕完头起身再叩头,磕头时整个身平铺在地面上。所以只看见他的马,走在那里"。朝圣者既是人的毅力和顽强的象征符号,又将筌爹坚忍、搏战的"硬汉子精神"导向神性。《淘金石》里的"他"与"造筌人"是同质同构的,游向传说中的"淘金石"是象征性的精神之旅。《首饰匠人》写女老板与首饰匠人的如梦的浪漫爱情故事,人的善良天性,对他人的体谅和理解,被升腾到了极致。在实质上是同义反复的这三个短篇中,不仅人物已经超越了"实指"的意味,就是那朦胧而模糊的时间感和冰雪、彩虹、激流、淘金石等自然景观都远远超出它本身的实在意义,成为隐喻与象征的艺术载体。作为象征艺术,这篇小说标示出了邵振国的小说艺术气质。

邵振国曾说,他"不可能把康德美学命题实践到完美之处,但记起一位七十岁的老人说过这样一段话,……'我们不是完整的人。我们正在为确立人的关系和人的定义而努力挣扎。……我们把人道主义作为我们身上最好的东西来体验,就是说把它作为我们为超过我们自己,为抵达人的圈子而做的努力'(萨特《七十岁自画像》)"②。如此励志的言说,确也恰当地阐明了邵振国

---

① 丁帆:《风俗画、风情画、风景画中的文化意蕴》,丁帆:《夕阳帆影》,知识出版社,2001年出版,第287页。
② 邵振国:《通向墓地》,《文学评论》,1996年第5期。

始终坚守的艺术追求。

柏原(1949—),原名王博渊,甘肃庆阳市镇原县人,曾任《飞天》杂志小说编辑、甘肃省作协副主席。著述甚丰,主要作品有小说集《红河九道弯》《我的黄土高原》《喊会》《塬上的生灵》、散文集《谈花说木》等。短篇小说《喊会》获1987—1988年全国优秀短篇小说奖。柏原前后期乡土小说在精神向度与价值选择上有较明显的变化,前期小说重乡土传统文化的解析与批判,后期则逸出"人类中心主义",以全新的"生命伦理"观念和悲悯的情怀讲述西部乡土及其生灵的存在意义。

柏原于1980年开始发表作品,曾写过《在那个早晨》《西望博格达》这类追随东部文学主潮而缺乏西部个性的稚拙之作,当他回归曾一度"逃离"的西部故地"黄土塬"的时候,柏原的小说生命力便骤然勃发起来,先后有了《天桥》《洪水河畔的土庄》《喊会》《天桥嶤岘》《苦水沟》等有着浓厚"西部味"的乡土小说。在这些作品中,柏原以西部乡土的现代性转化为艺术思考的基点,对西部乡土传统文化及现代城市文明的正负效应进行解析与批判。

柏原的《滚牛洼》以一个女人"逃离乡村"而终被城市文明"吃"掉的故事,言说了对作为现代化文明表征的城市文明的疑惑。叙述者说:"滚牛洼的女子要嫁到城里去,跟我当年苦苦求学考上省城的学校一样,是件很新鲜很了不起的事。"乡村知识分子与乡村女子要逃离乡村走进城市的愿望是一样的,但途径则大不相同,前者是"考",是体制给知识分子的一种出路;后者是"嫁",是以身体的丧失为代价的。"嫁"并不是基于平等、自由、尊严的现代意义上的爱情,而是一种反人性的人口买卖,是一种不平等的权色或钱色交易。城里的胡经理到乡下买女人秋芳时,作者对买卖双方谈价的过程和患得患失的心理作了细致的描写,在一种饱含辛酸的幽默中,透露出作者对乡村文明"吃"人的悲哀。更让柏原悲哀的是,不仅乡村文明吃人,而且令他意想不到的是城市文明也吃人。秋芳是滚牛洼明媚的阳光、清新的空气、馨香醇厚的五谷杂粮、没有怪味的山茶树果、冬暖夏凉的气候、无一丝噪声的旷野造就的一个"黄土地上的精灵"。这个"精灵"嫁到城里,就"下凡"做了"丽得"餐馆的老板娘,"她搽胭脂涂口红指甲染得很红很红,垂着耳环系着项链戴着戒指浑身珠光宝气;她坐在门口开票收钱,一边开票收钱一边嗑瓜子扑扑地乱吐瓜子皮。她主要的作用是一幅活广告起招徕顾客的作用"。她不仅是活广告,还是男人性欲望的活容器;她什么都可以是,就不是一个"人"。作者最后感叹说:"这个开票的小美人已经不是我所写的秋芳姑娘了。或许,再经过多少年,滚牛洼也不是我所描写过的滚牛洼。"人被城市吞没了,乡村也将会被现代工业文明所吞没。城市文明并未给予人高于农业文明的现代性素质,反而给予一种最可怕的败坏;不给乡村以希望,反而给予破毁,这使柏原感到无比的迷惑和茫然。

柏原的乡土小说并不停留在泛泛的文化批判上,他试图通过社会批判和文化批判逼近人性。《洪水河畔的土庄》《天桥崾岘》等作品,虽然也有对乡民猥琐、狭隘心理的批判,但更多的是发掘和肯定乡民的坚忍耐劳、善良宽厚的美德。《喊会》《挖墙》《背耳子看山》《奔丧》等作品,则越过表面的悲欢离合去透视生命存在的本相,将黄土塬人的生命苦难提升为一种人类的本质。这使柏原所肯定的黄土塬人的美德具有了普适性,可以应对所有的历史文化形态。在《塬上的生灵》《山神爷》等作品中,柏原跳出人类的眼光看待西部大地及其所有生灵,从而使其乡土小说具有了"生态小说"的诸多特征。

无论是早期作品还是后期作品,风俗画、风情画的描绘在柏原的小说中都担负着极为重要的叙事功能。譬如,《洪水河畔的土庄》讲的是黄土小山庄里杏树院、人市院、高台台院、萝圈庄等几户农家庄院里繁衍生息的日常生活,没有完整的故事,没有集中的活动空间,本应扮演主角的时间也被降格到了次要的位置,民俗化的"日常生活流"以庄院为单位,在几户农家场院里平行展开;也没有单一的"主要人物",几个"平行人物"的人生遭际都与具有特定文化意义的婚姻、生育习俗有关。婚姻习俗是繁复的,从定亲(或者换亲)、讨彩礼、过年节、迎亲、哭嫁、送亲、拜堂、闹新房、听窗根到新媳妇回娘家等,每一个环节都有一整套的礼仪、禁忌与讲究。而婚姻主要是指向生育的,从受孕(或曰"有了""有喜")、保胎、辨男女、接生、报喜、坐月子到取名等,每一个环节也同样有一整套的礼仪、禁忌与讲究。土庄人就活在这样一套又一套既定的民俗程序之中,他们的人生似乎无力超越历史的传承性与现实的规定性。而生育与否又是最重要的,因为这与种族香火有关。相应地,它也就成了民俗化的"日常生活流"叙述的主要内容。杏树院里有棵不结杏子的杏树,院主麻婶自己是个土接生婆,却有个不生育的儿媳妇夏凤兰,于是愚昧的乡民们把三者无端地联系了起来,将儿媳妇的不孕归因于杏树的不结杏子和麻婶替人接生太多。麻婶因此拒绝替人接生,麻学武痛鞭杏树,请神婆婆装神弄鬼以期受孕得子,夏凤兰也深恐不孕即不孝,为续香火偷偷找麻学林"借种",遂又陷入失贞的痛苦之中。万物有灵的各种禁忌、因果报应与宗族子嗣观念的幽灵,就这样禁锢着土庄人生命的放达与心灵的自由。在"放逐"了"主要人物"的《洪水河畔的土庄》中,我们很难找出一个"主角",每个人物都成为一个叙述角度,每个人物都淹没在民俗化的"日常生活流"叙述中,展示其特有的文化气息和审美意义。柏原在这篇小说中的艺术追求,颇近于刘绍棠所探索的"无主角戏"。刘绍棠认为,"生活中有主导,有主线,有主体,但是没有主角",基于这一观念,乡土文学创作中应该"使每个人物都有他自己的戏","只要不脱离主体,不失去主导,不偏离主线"就行。如果"硬要其中一个人物扮演主角,其他人物都围绕这个主角团团转",就会"破坏生态平衡,伤害自然情趣"。《洪水河畔的土庄》就有这种不"破坏生态平衡"的"自然情趣";而不同的地方则在于《洪水河畔的土庄》中的"日常生活流"叙述,比刘绍棠《蒲柳人家》的"无主角戏"多了一份西部特有的生命悲怆与文化焦虑。这样的文体特征也呈现在雷建政、阎强国、冯苓植等作家的部分乡土小说中,"俨然成为西部文学赖以生存的巨大审美理由"[①]。

与风俗画、风情画一样,风景画的描绘也在柏原小说中担负着特别重要的叙事功能。譬如,《天桥崾岘》没有一个完整的故事,组成小说的三个主要叙事片段与陇东黄土沟壑区马角院里三代女人的婚姻际遇有关。米换奶奶是米换爷爷(冷有福)用金钱"换"来的,米换妈是米换爷爷用一斗粮食给当时还只有九岁的米换爸"换"来的,黑换姑娘被大她十四五岁又丑又矮的"背锅"男人用钱"换"走了。米换奶奶与有私的马贩子男人,因为被"换"而不能成为眷属;黑换也有自己心仪的读过中学的男人,也因为被"换"而不能拥有自己的爱情。被"换",是三代女人人生遭际的共同点;背离人性的高贵,堕入生命的恶象,是她们共同的命运悲剧。"换"她们的男人其实都不"坏",小说中甚至没有出现过"坏男人",但女人们的悲剧命运却是被这些不坏的男人很坏地决定的。问题也许就复杂在这个地方。表面看是男人与女人的冲突,是男权文化对女性的压制与剥夺,但更为深隐的是人与自然的冲突。"换"与"被换",最直接的动机是本能的欲望与封建孝文化的传宗接代,但最直接的原因却是贫穷,贫穷是因为黄土地的贫瘠。在柏原的笔下,恶的力量,虽然也有人性中的"魔性",但更多的是源自于黄土塬的贫瘠与严酷。就这样,黄土塬成了沉

[①] 丁帆、马永强:《西部现代文学的美学价值》,《河北学刊》,2004年第1期。

默的"作恶者"。倘若拆解了这个"作恶者",本就很松散的故事情节将难以架构,更甚者会失去存在的理由。由此可以理解,柏原为什么要用那么多的笔墨去细细地描叙贫瘠的黄土沟壑,让每一代被"换"的女人哭着走过那条仄、陡、险的黄土天桥崾岘。

《喊会》的故事简单得不能再简单,那就是山咀咀队蛮队长开会动员给国库上粮,而开会前的喊会却十分奇特,"沉默的'作恶者'"把一家家农户逼到相互隔离的山咀咀上定居,一家和一家隔着大沟小沟,走去召集是很难的,只有"喊"。"喊"中就隐含着空间的旷远、人心的隔膜与孤独,更意味着一种权力,队长在哪儿,哪儿就是权力中心,而更大的权力则隐藏在队长的后头,卑贱的农户就得应"喊"而来,自然的"威权"与人间的权力再一次合谋,成就了这样一篇几乎没有故事的奇特小说。

柏原写于80年代的这些乡土小说大都是回眸故土的结晶。在柏原朴实、平静的叙述下面,常常隐含着反常与激烈,犹如平静、沉寂的地壳下面奔突、燃烧着炽热的岩浆。这种表层叙述与内在意蕴之间的反差,使柏原的乡土小说文体呈现出一种特别的震撼心灵的美质。令人感喟的是,柏原的艺术心灵是难以脱开故地黄土塬自由飞翔的,立意在批判的笔调却透着深深的眷恋,执意守望却暗藏着逃离。在严酷的黄土塬面前,柏原笔下的生命始终是极为坚忍但又卑微而卑贱的,对生命与自然的崇拜,却导引出了绝望的悲怆。

冯苓植(1939—　　),山西代县人,1959年毕业于内蒙古师范大学中文系。历任教师、演员、编辑,内蒙古作家协会专业作家。主要作品有长篇小说《阿力玛斯之歌》《出浴》《狐说》,中篇小说集《冯苓植小说精品选》《沉默的荒原》《落草》等,散文随笔集《神聊》《巴基斯坦游记》等。中篇小说《驼峰上的爱》获全国优秀中篇小说奖。冯苓植著作甚丰,有多副小说笔墨,而其精神向度、价值选择与叙事风貌也多有变化。

冯苓植早期作品《驼峰上的爱》对"母爱"动情地歌颂,从更广泛的意义上礼赞善良的人性,挞伐那些扭曲人性的丑恶力量,揭示出人与异类、自然交合的深广而复杂的内容,勾勒出了生命的内核与支柱。他后来创作的《三界》《绿苇滩》《白狐峪》则对拜金主义狂潮下的人性畸变与道德沦丧,以近乎传奇的笔调作了形象的展示。《三界》中的陶杏花由一个淳朴善良的山村少妇沦落风尘,逐渐走向堕落,最终成为囚犯。其直接原因是表妹香香的教唆与利用,而最根本的原因是山村的愚昧落后、买卖婚姻的非人性,与现代都市物欲膨胀、道德崩溃合谋把她推向深渊的。《绿苇滩》中的女人们则自觉自愿地以身体为代价来发展山村经济,山村的男人们也心安理得地做乌龟。在钱面前,人性没有了,人格、尊严等就都随之丧失了。《白狐峪》中的梁金虎则为富不仁,人性沦丧。无论穷富,都要以牺牲道德为代价,这颇令作者困惑。

冯苓植的乡土小说大多写蒙古草原、腾格里大沙漠,沙蒿、沙柳、芨芨草、骆驼刺,牛、马、羊、骆驼,还有那些沙原兔、沙原狐、沙原跳鼠以及遍地乱窜的沙原蜥蜴,这些沙漠草原里的奇异景象,出现在他的多数作品中,使他的草原乡土小说弥漫着浓浓的草原气息。《驼峰上的爱》从"母爱"入手,礼赞人性的善良,挞伐人性的丑恶,立意并不特别,但沙漠景观的着意描写,人与异类、与自然关系的勾勒,使他的小说叙事有了"奇异性"。《落草》写女人喜鹊与西口外黑丛莽中兄弟三个间的悲欢离合,故事颇为奇特,黑丛莽的蛮荒与恐怖紧紧地包围着这几个可怜的生灵,以生存的艰难与性的窘迫,煎熬他们的灵魂,逼使他们分分合合,上演一曲奇特而怪异的伦理故事。他的"荒野小说"多是这种路数。冯苓植的"奇异叙事"与张弛的很不相同,张弛的"奇异叙事"笔涉灵异,近乎魔幻,有着更多的超现实色彩;冯苓植主要是采用比较传统的奇人奇事奇景来创设叙事的奇异性,少有超验色彩。两人的共同点也是很明显的,他们笔下的"异闻异象"多不是世俗社会中的奇谈怪说,其荒诞、神秘、奇异落于尘外、出没荒野,多与自然有关,是对人与自然关系的聚焦。由此可以说,冯苓植等西部作家的"奇异叙事"真正触及了乡土小说与西部自然、创作者与西部世界之间的一种深隐的生命关系,一种对神秘的生存状态的表述。

雷建政(1953—),生于甘肃省甘南藏族自治州,曾就学于鲁迅文学院高级研修班,主要作品有小说集《劫道》《西北黑人》等。小说《天葬》获五四青年文学奖。雷建政的小说多取材于甘南藏地,描写的人物多为各族底层人物,短篇小说写得很精湛。

雷建政于1982年开始发表作品,其"草原文化"系列小说多写甘南藏地。那里浓烈的宗教氛围与逐水草而居的游牧生活,使其现代性转换至为艰难。《放生》中的时髦青年及仿效他的众人,利用佛教不杀生的信念赚佛寺长老们的钱,世俗的现代欲求与宗教信念间的冲突就这样以渎神的尴尬方式展开。《花纹》中精通畜牧兽医的华尔贡按科学办事,与牧民的佛教信念不合,触犯众怒,危及仕途;而精通权术却无专业知识的德合拉迎合牧民的宗教文化,以对牧民习俗的退让赢得了牧民的人心,在权力争夺中多了一些政治筹码。

雷建政的《白草地黑草地》《沉寂的雪湖》等小说写草地藏民的生存、信仰和心理。《白草地黑草地》颇多魔幻色彩，对藏传佛教的笃信，对图腾的崇拜，使甘南藏地草原的一切都笼罩着"泛灵论"的雾霭。索告的母亲、索告和脚户汉的奇特的情感生活方式，索告的始终未完成的朝圣，索告终身未改的游牧生活习性等，其表层的民俗事象与深层的民俗文化心理是十分奇特的。而索告的妻子和女儿在同汉民族文化的接触过程中，身心都发生了改变。索告与妻子之间的矛盾，表面上是性格差异的碰撞，实则是异质文化心理之间的冲突。小说后半部分的情节主线就是由这种冲突支撑的。在成名作《天葬》《花纹》中，社会政治主题虽然遮蔽了文化的探索，但藏族文化与汉族文化的互容和碰撞依然清晰可辨。到了《白草地黑草地》，对异质文化间冲突、交融的复杂关系及其相应的叙述方式的探求则更为自觉。

雷建政的《往年雪》《西北黑人》《劫道》等小说写藏地汉人生存的严酷和人性的挣扎。《西北黑人》是雷建政的名篇，写的是三个西北"黑人"（没有户口的人）的生活故事。麻哥和尕五冒着生命危险为公家拖运水泥电杆，完成任务后得到了准报一人城镇户口的手续。二人商定，由年轻的尕五领走那个愿意跟他们一起生活的陌生女人，麻哥得到户口。当麻哥看到那个同样是"黑人"的年轻女人肚里又怀着一个"黑人"的种时，他不无痛苦却是决然地把户口证明给了那个与自己毫无关系的女人，为了让他们不再是"黑人"。人物最后的这个举动有如一道炫目的人性之光，照亮了粗粝西北汉子内心的柔软。这亮色显然带有理想色彩，它使雷建政的小说在严峻的现实主义基础上有了坚忍而感伤的浪漫色彩。

为了避免小说语言的大众化、平淡化，雷建政在自己的小说语言上做过刻苦尝试。他的语言借鉴了诗歌语言技巧，精雕细琢，人物对话也不完全是生活中的语言，有一种特殊的机智感、简洁感，但有时候又不免雕琢过甚。

张弛（1955— ），甘肃永昌人，1986年毕业于北京师范学院中文系。做过插队知青、工人、教师，甘肃省文联专业作家。主要作品有长篇《汗血马》《红岛国秘史》《漂泊的狼旗》，中篇小说《汉长城》《天书》《甲光》《天地玄黄》，短篇小说《童子魂》等。中篇小说《甲光》获庄重文文学奖。

张弛出生于乡村，谙熟西部生存环境的艰苦贫瘠，熟悉乡土私塾文化，性情激烈、孤傲，是一个具有批判意识的理想主义小说家。他的小说峻急批判故乡丛生遍布的野蛮和落后、封闭和迷信，更希冀几千年积淀下来的符合人性的优秀传统能在西部故土的现代性转化中再造辉煌。他在小说中由衷地颂赞那些为了故土的富足而不惜一切去流血流汗的人物,把传统文化的精髓都贯注在他们身上,给他钟爱的英雄涂抹上理想主义的光环。《驽马》中的刀达吉、《汉长城》中的巩令海、《天地玄黄》中的柯元山一个个都是壮怀激烈的西部硬汉,都有一种与困境进行殊死较量的顽强不屈的精神,对苦难故土的如海忧患使他们无怨无悔,勇往直前。长篇《汗血马》中的臧甲山也是一个渴望在故土上有所作为的西部硬汉,他的人生理想就是培育出将要失传的良种汗血马。张弛就这样在激情中张扬传统人格的正面,崇尚道义与永不止息的追求精神。

张弛的乡土小说是传奇式的,往往笼罩着一层神秘色彩。在情节问题上,他有自成一体的营构方式。一方面,继承传统,强调故事前后发展的关联性、整一性和传奇性;另一方面,又解构传统,不依靠制造"巧合""误会"来发展情节,而是借人物的民俗文化心理冲突推进情节,加强了情节的结构功能。《村谚》中四个既独立又相互关联的民俗故事是由民谣《四大红》"领起"的,"杀猪的盆,庙门的门,女儿的月经火烧云……"中的每一"谚"领起一个故事。《杀猪的盆》中,一个半农半牧的西部村庄将一头猪奉为神物,在饥荒年月,围绕这头"神猪"是否可杀了吃,饥饿与"神猪"崇拜逼迫村民和插队知青上演了一曲荒唐的闹剧。参加过"越战"的操刀者柴四,因饥饿和贪小便宜,由"神猪"神性的维护者一变而为屠杀者,最后又在"恐神"心理的威吓下"失神发呆"。显然,村民们及柴四的"崇神""恐神"心理及其冲突是传奇性情节营构的基点。《女儿的月经》篇中,村民有一个极为奇怪的习俗,就是"对女孩子初潮月经的敬畏和珍爱",以之当作礼物馈赠亲友,以之煮茶招待最尊贵的客人。"我"由好奇、敬畏、恶心、倾心及至深省和怅惘的文化心理冲突,是情节赖以敷衍的基础,但大量的民俗风习及其文化心理的描写也因此获得一种关联,被整合到传奇情节中。《庙门的门》和《火烧云》里都有一系列表面上并没有关联的怪异民风习俗,其与情节架构的关联,都可作如此理解。虽然叙述者是外来的"漂泊者"(插队知青),但其智性的审视与透析,已刺破民俗文化的隔膜,从而能最大限度地逼近被叙述者的民俗文化心理冲突的过程,并使其居于主导地位,成为情节展开的潜动力和支撑点。张弛的上述努力,已触及异质民俗文化心理之间的冲突,但没有给予足够的注意,他的注意力在同质民俗文化心理的新与旧之间。

中篇小说《甲光》是张弛的代表作。历史的宿命色彩和西部自然的神秘色彩成了架构小说的内在理路和外在形象。一种不可逆转的自然力量,在冥冥之中操控着簸箕川那场天昏地暗的厮杀。神秘的自然借猛兽出洞、瘟疫四伏、赤霞千里、战马起舞诸种奇异景观暗示这场战争被命定的趋势,但那灵验异常的大自然,却又漠然视之,无意挽救悲剧的上演。自然天象的至大不仁,消解了战争的性质与意义,却放大了战争的残酷,人性之恶就成了拷问的对象。出版于90年代初的《汗血马》,是张弛前期小说的一次艺术总结。小说的主角是臧甲山,他有一种超验的感应自然神秘律动的异禀,能从风吹草动、鸟鸣兽啸中体察到大自然的隐秘意旨,并试图顺应自然的神秘律动。骊轩城里鸱鸮、大狸猫、小灰鼠的相互吞食,弥陀寺里的红毛狐狸,月支峰上的马面狼,天涝池里的无名水怪……在他敏感的心里都是一个个谜。这些在常人眼中平平常常的西部景观,在臧甲山眼中却露出了千奇百怪、神秘莫测的另一面,"山中的一切,的确不是一眼能看穿的"。在如此惊险奇特的大自然里,人类的生存无疑处在一个怪圈之中。为了生存,人必须挑战自然,但人最终拗不过自然,臧甲山们总是在取得局部与暂时的胜利之后,败在瘟疫、严寒、干旱等自然施与的惩罚面前。这样的悲剧,只要有人类存在,就会不断上演。张弛借西部自然的神秘造就了小说的神秘,却使他的作品或多或少地染上了宿命色彩。

浩岭(1955—),原名李秀苍,甘肃两当县人,1985年毕业于西北师范大学政治系,做过教师、记者、编辑、宣传干部、甘肃省文联专业作家,1999年到绍兴文理学院任教,现任职于杭州师范大学钱江学院。主要作品有长篇小说《血炕》《历险青藏高原》《母狼的黄昏》,短篇小说集《蓝蝴蝶》,中篇小说集《哈尔腾之神》《野美人》等。

早在20世纪70年代初,浩岭就开始发表小说,虽然是仿照那一时期的文学作品编造情节,但文笔清丽,描写陇南山区的风景如诗如画。新时期,他创作了一大批短、中篇小说。他前期的小说多描写陇南山地的乡民生活,既写山里妹子的美好和不幸的命运,也写乡民乡俗的愚昧落后,而家乡的山山水水在他笔下永远是明丽的。后期小说《西北情》表达了作家离开西北后对家乡的一种情愫。小说讲述了这样一个故事:西部边地吴家场请来了一个浙江女手艺人徐二妹,也给骟匠吴猛子送来了一个临时媳妇。徐二妹虽然最终回了浙江,但对吴猛子来说,"无论如何,这段日子没有白过,他给她种下了具有西北男人的粗犷、强悍、真诚的禀性的生命胚芽,而她也以东南的文明和进步深深地影响了他。可以肯定,今后他再也不会像以前那样生活了,他从生活习惯到思维方式都将会有一个根本的质的转变,尽管这是缓慢而艰难的"。这段议论虽然过于彰显作者的叙事动机,但确也意味深长。在徐二妹未来以前,吴猛子从传统文化承袭来的粗犷、强悍、真诚等美好的品性并没有让他成为具有现代精神特性的人,粗犷使他愚莽,强悍使他成为姨夫不花钱的棒劳动力,真诚使他在姨夫的虚伪、欺瞒面前变得呆笨而驯顺,一句话,他只不过是一个没有独立人格的封建家奴。在徐二妹的导引和示范下,他逐渐从封建宗法文化的阴影中突围出来,不仅学会了文明生活方式,更有了平等观念,有了维护个人权利的意识,开始形成独立的人格。概言之,西北男人的粗犷、强悍、真诚等美好的品性,只有在文明和进步的激活、导引与示范下,才能实现自身的现代性转化,才能成为西部乡土现代性转化的精神原动力。

张冀雪(1951—2007),女,原籍河北广平,生于银川市一个医务工作者家庭,插过队,后考入地区文工团,曾任宁夏人民出版社编辑,1989年毕业于西北大学中文系汉语言文学专业。做过西安陆军学院教员、原兰州军区创作室专业作家。2007年因病不治,英年早逝。主要作品有小说《春天》《我在甘草铺的时候》《她和她的孩子》,长篇小说《紫色海》《将军戈壁》,小说集《青绿之想》《黑荞麦》《兵士之舞》,中篇小说《黑荞麦》《新麦地》等。

张冀雪的小说主要以军队题材和乡土题材为主,尤以乡土小说的成就最为突出。《黑荞麦》《新麦地》是其最有影响的小说。张冀雪是一位情感抒发型女性作家。在宁夏地区生活经年,使她对西海固地区农民的生活有深刻的感受。她常常把自己的心绪与西部农村女子的心绪糅合起来,写成一篇篇既写实也写意的小说。张冀雪笔下的西部,土地"空旷得令人心悸",风"硬得能擗断",冰沙封裹了"生机和冲动",干旱"怙渴了生命",窒息得让人担心会"成为一只琥珀中的昆虫"……生命就在这样沉郁、酷烈的自然条件下,"孳障死了"地活着。苦荞村更加糟糕,它通体"枯焦",山沟也"嶙峋瘦骨""气血干竭"得如瘦毙多年的黄牛。在这荒漠贫瘠得令人震惊的山村里,女主人公黑荞麦臻于极致的生命忍受力令人震惊。这种忍受力不是别的,是在生存困境中保持的一种"挺住"的勇气,一种温情与爱意,它体现了生存在西部土地上的民众亘古以来的一种集体精神状态。这种忍受力如同山村里那些古怪的曲子,在黑荞麦生命的途程上延展为一缕凄楚、苦涩和悲壮。正是在这个意义上,《黑荞麦》是可以当作"一个人性忍受力的寓言"来读的。在作家审视西部边缘生存的人道眼光中,苦荞村酷烈的自然景观,是体认人生的一种隐喻和象征。黑荞麦作为一个有灵性的女人,对爱情的隐隐渴望和实际上的无望,曲折地表达了张冀雪本人的心绪,也表达了黄土地上的女性们的心绪。她的另一篇小说《邮递马车》描写一个城市知识女性在等待远方情人的来信,却永远等不到信。长长的等待和无望,是她经常借小说表达的一种思绪。

长篇小说《紫色海》是张冀雪生前带病完成的最后一部长篇小说。小说将几个不同来路的女性汇聚在河西走廊深处的一处乡野,描写她们各自的命运,成功地塑造了几个西北女性形象。死里逃生的红西路军女战士李江秀,在战火中与丈夫匆匆别离,流落到一个叫西八间房的地方,为了躲避马匪军的抓捕,嫁给光棍汉根锁,从此成为普通农妇,生儿育女,历尽沧桑。新时期,她的老红军身份被肯定,但她为了阻止儿子参加团伙偷盗国家原油而被打死。另一位女性赵梅贞,本是个出身于上海资本家家庭的娇小姐,但丈夫被镇压,她拖儿带女被发配到河西走廊,过起了贫困生活,并以自己的医学技术造福于西北农民。刘四贝是一个漂亮的本地女子,天性率真质朴,但竟以杀夫的惨烈故事结束生命,显示了其秉性的刚烈。这些西部女性都有一个共同的特点,默默地承受命运的不公与沉重,坚忍地生活下去。但在平凡的外表之下,她们又都具有很不平凡的内心,那种对理想和信念始终不渝的追求,那种大爱大恨之后惨烈的赴死,还有那种惊世骇俗的真情与暗恋……评论家陈思和在《读〈紫色海〉札记》中说:"在当代西部文学领域里,张冀雪是一位有特点的作家,在女性作家中别有英姿与豪迈。《紫色海》篇幅不大,却文体峻严,结构紧密,读起来能时时感到一股磅礴的气势在击打人的心灵。"

无论是"逃离"还是"守望",西部乡土小说作家都宿命般地在乡土小说中留下西部山水的胎记,透出一方水土的精魂。西部社会生活的多元,自然的严酷,给他们心灵的刻痕太深,而西部乡土现代转化属性又如此不明,这都使他们陷入价值判断的惶惑与混沌。在极度焦虑中,一些作家选择了逃避与远遁;一些作家重新向西部乡土回归,表现出对于乡土人生的归依和亲和;一些作家则锐意前行,试图以一种现代胸襟超越自我对乡土的情感,将自己的思考超拔到当今人类共同关注的基本主题。价值选择与精神向度的明显分化,使步入20世纪90年代的西部乡土小说变得纷繁而复杂。

第四节　生命之舞：西部戏剧的辉煌与困境

新时期伊始,"社会问题剧"和"革命家史传戏剧"两种创作思潮构成了中国剧坛的主要景观。经过"文革"浩劫的西部戏剧工作者,在这两种戏剧思潮的影响下,挣脱了各种精神枷锁,被压抑了十年之久的创作热情火山喷发般迸发出来,迅速地催生了西部现代戏剧艺术的又一个辉煌期。西部"革命历史剧"在全国剧坛上率先脱颖而出,为西部戏剧新的崛起和走向全国树立了成功典范。其中,影响最大的是话剧《西安事变》和京剧《南天柱》。

话剧《西安事变》(**程士荣、郑重、姚运焕、胡耀华、黄景渊**编剧)真实地再现了西安事变的历史,让毛泽东、周恩来、朱德三位历史伟人同时出现在观众面前,在有限的舞台空间内塑造了众多的历史人物,表现了规模宏大的历史图景。该剧以周恩来为主角贯穿全剧,通过敌、我、友三方上层人物在历史事件中的活动,展示了风云变幻的中国现代史上重要的一页,突现了共产党人的政治智慧、抗日统一战线政策的历史作用。该剧在人物形象的塑造上也提供了新的经验,取得了新的突破。尤其是在领袖人物的塑造上,有三个引人注目的突出特点:一是该剧勇闯禁区把神变成人;二是把领袖人物的形象放到现实中,让领袖形象活动在群众中间,同群众一样地去思想、行动;三是对领袖人物的思想、性格、心理、语言、行为等进行大胆的提炼、加工,乃至虚构,突破了以往对领袖人物神秘化和绝对化的束缚。同时,在反面人物的刻画上该剧也做了有益的探索,对蒋介石、宋美龄、何应钦为代表的反派人物,根据当时当地的特定情境,按政治家来塑造,不再刻意丑化、贬低,尽量恢复其本来面目,给人以更多的启迪和思考。

话剧《王昭君》是**曹禺**(1910—1996)"文革"后复出创作的第一部剧作,其创作动因,用他自己的话说,"这个戏是敬爱的周总理生前交给我的任务",其主旨是"不要大汉族主义,不要妄自尊大","要提倡汉族妇女嫁给少数民族"[①],在这样的题旨下,作者为观众呈现了一个有别于传统戏曲中的悲苦哀涕的人物形象,突出了王昭君不畏艰险、勇于担当的性格构成。这部作品一出现即引发强烈争论,有人认为,这是曹禺创作的一大败笔。此论虽失偏颇,但

---

① 曹禺:《关于话剧〈王昭君〉的创作》,《中国戏剧》,1978年第12期。

主题先行的创作方式确实影响了作品的艺术价值,与曹禺的其他作品比较,其差距也是十分明显的。

京剧《南天柱》(**单澄平**编剧)以第二次国内革命战争时期陈毅领导梅岭地区的革命武装斗争生活为题材,塑造了一个既是八面威风的将军陈毅,又是风流倜傥的诗人陈毅。这两种性格有机结合的陈毅形象,在戏曲领域开了塑造老一代革命家形象的先河,打破了革命领袖不能"唱"的观念,在戏剧改革方面做出了有益的探索。

舞剧《丝路花雨》(集体创作,执笔**赵之洵**)是这一阶段西部戏剧最大的收获。《丝路花雨》的成功首先表现在选材的独特上,它紧紧抓住古代丝绸之路上的各种历史文化背景,立足于中国封建社会鼎盛时期唐代的社会历史,再现了汉唐以来丝绸之路的辉煌和中华民族文化的博大精深,并以此为出发点,提炼了一个极适合舞剧表现的戏剧故事。该剧着眼于写人,表现人的命运的曲折变化。莫高窟的画工神笔张和女儿英娘在一次偶然的际遇中,救出了困在沙漠中的波斯商人伊努思,结成了异国知己。几年后,伊努思不惜重金从百戏班里赎回了被抢去做歌舞伎的英娘,使神笔张父女骨肉得以团聚。不料刁吏市令又耍阴谋手段,企图把英娘征为官伎,伊努思再次慨然接受神笔张的请托,把英娘带往波斯,从而使她躲开了被掳的命运。波斯三年,英娘通过传播本国技艺与波斯人民结下了深厚的情谊。当伊努思再度奉使入唐遭劫时,神笔张点燃烽火报警,免除了朋友的危难,以自己的生命捍卫了珍贵的友谊。该剧在情节布局上继承了中国戏曲的传统手法,有头有尾,层次分明,前后呼应,脉络清晰。它以沙漠相救为序幕,以依依惜别作尾声。在序幕中交代了神笔张父女与伊努思的情义,安排了强人图财害命的矛盾,其后的剧情紧紧围绕骨肉情、友谊情的线索和上述三个主要人物的相互关系向前发展。此外,该剧洋溢着诗情画意,给舞蹈创作以表现空间,使舞蹈真正与"剧"构成了一个有机的整体。

舞剧《丝路花雨》的影响,更在于它立足敦煌艺术传统开创了一个崭新的舞蹈流派——敦煌舞派,使之成为20世纪华人舞蹈的经典作品。受这部舞剧的影响,敦煌舞派几乎成了"盛唐舞蹈"的代表,也为许多舞剧的创作提供了借鉴,如陕西的《长安乐种》、湖北的《铜雀使》和《编钟乐舞》、福建的《丝海萧者》,以及甘肃后来出现的《大梦敦煌》都可以说与《丝路花雨》有着某种思路和创作方向上的趋同。

这一时期,西部还出现了一批优秀的戏剧作品,它们虽然不如上述三部作品影响大,但也值得重视,因为它们共同催生了西部戏剧的崛起和繁荣。如新疆的歌剧《艾里甫与赛乃姆》,宁夏的第一部花儿歌舞剧《曼苏尔》(张宗灿编剧),青海的京剧《格萨尔王》、藏戏《意乐仙女》、话剧《瀚海虹》和《铁桥活佛》,西藏的话剧《松赞干布》,西部军旅戏剧团体话剧《天山深处》(李斌奎、唐栋编剧)、歌剧《带血的项链》(王志、陈宜编剧)等,都产生了一定的影响。

进入90年代,中国社会急遽转型。在这一背景下,戏剧的创作和演出也出现了多元走向。不论是创作动机、戏剧观念,还是创作方式、审美追求,都出现了明显的变化。在戏剧品种上,出现了主旋律戏剧—经典名剧—商业化戏剧—先锋实验戏剧的复杂混合,形成了多元化的戏剧存在状态。一向作为政治喉舌和宣传工具的戏剧,开始出现了一些新鲜的声音和演出形式。一些戏剧工作者热衷于重新排演名家名作,并对其进行改编;也有一些戏剧工作者注重戏剧的通俗化、世俗化,进行娱乐戏剧、商业戏剧的尝试,以抢占大众文化消费市场为目标的商业性戏剧纷纷出现。小剧场戏剧也热闹非凡,发展迅速,从单纯的"艺术创作"转向了"产品制作"的运作轨道,商业化色彩浓郁。具有先锋面目的纯实验戏剧创作也开始不断涌现,它们以散化、拼贴式的叙事和凡人、俗事、世情迎合大众文化心理。这种多元局面的出现,最为直接的原因是戏剧的生存受到了严重的挑战,观众锐减,演出市场空前萎缩,艺术团体经济拮据,创作队伍开始分化和流失。正因为如此,戏剧创作和演出在全国范围内出现了低谷和危机。这样的情形同样存在于西部剧坛。即便如此,也有一批西部剧作家如姚运焕、张明、康志勇、王铭鑫、罗辑、石笑、富强等,坚持戏剧艺术创作和演出,推动了西部戏剧在社会转型期多元局面的出现。如甘肃剧作家姚运焕与张明创作的话剧《极光》在90年代初期曾产生过较大的影响。

姚运焕(1933—),甘肃临夏人,是在不同时期均有作品问世的一位重要的西部剧作家。他与人合作过话剧《在康布尔草原上》《悲壮的历程》《风雪祁连山》《油海怒涛》《西安事变》《艾黎在山丹》和电影《黄河飞渡》《萨里玛克》等许多作品。《极光》以我国冰川学家秦大河参与英、美、法、苏、日五国探险家组成的徒步穿越南极这一壮举为背景,从"和平、友谊、合作"的角度开掘了这一探险活动的时代意义,讴歌了中国科学家的爱国之情和赤子之心。这部作品的题材难度较大,主要是因为题材缺乏戏剧性因素。所以,在创作过程中,作者采用象征等各种艺术手段,在一种极富诗意的基调下拓展舞台表现空间,使人物在真实背景下获得了人格与精神的升华。

话剧《艰难时事》(**张明、王铭鑫**编剧)采用散点结构,以高度凝练、浓缩的笔法反映了1970年至1972年这一特殊历史时期发生的以中美建交为主的诸多历史事件,表现了毛泽东、周恩来面对内忧外患的严峻形势,推开国门走向世界的韬略与胆识。在毛泽东的刻画上,既写出他晚年的豪迈、豁达、自信,也写出他的悲怆、清凄、痛苦和自责。在周恩来形象的刻画上,既表现了他的精明、机智、刚毅和干练,也写出了他晚年的苦闷和焦虑。此外,该剧对尼克松的洒脱与持重、基辛格的机敏与练达等都有较为生动的表现。

与此同时,甘肃话剧《邓小平在江西》(**罗辑**编剧),通过邓小平在"文革"中下放江西劳动这一段经历,以他与普通工友之间的平等交往和对国家命运的思考为主线,表现了一代伟人在逆境中忍辱负重和心系人民的人格魅力与博大胸怀。新疆的话剧《千秋功罪》,以厚重的历史感和富有震撼力的戏剧情节,反映了陶峙岳将军在维护祖国统一、保国安边的思想指导下毅然和平起义的历史画卷。该剧以国民党内部主战和主和两派间的斗争为线索,刻画了陶峙岳、包尔汉、屈武、陶晋初等许多历史人物,在具体的戏剧情境和历史抉择中表现了他们的历史功勋。宁夏的话剧《梅家小院》和《王振举》,分别以宁夏优秀的税务干部丁晓莲和王振举为原型,前者描写了主人公用自己的财产扶贫助学,先后将几十个贫困失学儿童培养成才的故事,后者则表现了主人公数十年如一日,忠于职责、克己奉公的情操。同时出现的话剧《女村长》则以农村致富带头人为表现对象,塑造了新时期农村基层干部的形象,表现了脱贫致富的时代主题。内蒙古的话剧《旗长,你好》(**石笑、富强**编剧),描写了一位年轻的旗长帮助内蒙古西部老区走上致富之路的故事。除上述作品外,甘肃的陇剧《天下第一鼓》、歌剧《咫尺天涯》、话剧《录以备忘》《黑雾》,青海的话剧《开拓者狂想曲》、歌剧《祁连山那无声的雪》、豫剧《魔窟中的女俘》、话剧《在这片没有生命的土地上》,内蒙古的话剧《沙德格尔》《中国心》,新疆的话剧《绿洲人》,等,亦是这一时期主旋律创作中有一定影响的作品。

90年代以来,民族题材的创作呈现出较为活跃的态势,但其主体取向与上述"主旋律"戏剧创作差别不大。青海的话剧《十世班禅》选取了十世班禅一生中的几个片段,刻画了这位爱国爱教、心系苍生的历史人物的不凡情怀。内蒙古的漫瀚剧《忠烈碑》较准确地烘托出了1840年那个时代的特点,描写了蒙古族历史人物裕谦这位与林则徐、关天培等同时代的民族英雄的卓著功勋,刻画了主人公身先士卒的精神,表现了蒙古族爱国将领坚贞不屈、精忠报国的民族正气。甘肃的话剧《马背菩提》通过元初蒙古皇子阔端和吐蕃高僧萨班在凉州举行历史性会谈的历史事件,赞颂了具有雄才大略和远见卓识的两位先哲的历史功业。甘肃的秦剧《白花曲》以历史上的鲜卑族皇太后胡承华的爱情悲剧为主线,揭露了封建王权对人性的扭曲和对美好爱情的扼杀。除上述作品外,甘肃的花儿剧《牡丹月里来》、歌剧《马五与尕豆》,青海的《藏王的使者》,内蒙古的舞剧《森吉德玛》,宁夏的舞剧《漠海羌笛》,西藏的几部根据传统藏戏改编的新编藏戏,如《朗莎雯波》《格萨尔王》等也有一定的影响。

  90年代初的西部戏剧创作,在秉承自己的传统、固守自己的创作模式的创作态势下取得了一定的成果,出现了一批具有较高思想性和艺术性的优秀作品。它的总体成就和影响,虽然比不上80年代初期那一次高潮,但还是有许多收获和建树。但是,这种追求和固守也带来了许多负面的影响,一些戏剧工作者只重视可以反映时代精神和历史趋势的重大题材,只注意所谓先进人物和正面人物的塑造,只关注创作思想倾向的进步性,使得选材过于狭窄,对主旋律产生了庸俗化的理解和认识。

  这一时期,西部地区还出现了几部带有"探索"意识的戏剧。80年代中期以后,全国的戏剧舞台出现了《魔方》《潘金莲》《车站》《野人》《绝对信号》等一系列探索性戏剧,传递出了全新的美学信息。它们既借鉴了西方现代戏剧荒诞、象征以及总体构思的哲理化追求等,也继承了中国传统戏曲观念中灵活的时空观、写意性、形式美,从而以鲜明的印记载入了戏剧史册。探索性戏剧在形式上和方法上所作的尝试和创新,给戏剧创作带来了新的活力和启迪。西部的戏剧创作相对于这种全国性的探索风潮,似乎显得有些迟疑和观望。其作品从结构到手法几乎还沿袭着一种传统模式。有少数作者试图打破"一个问题、两个人物、三一律、四堵墙"的束缚,力图创造新的戏剧审美体验范式,它们或重视非逻辑的艺术抽象,或者以思考和哲理为创作中心,把情节、情感和性格让位于理智、情绪和哲理等戏剧要素。这些探索在西部剧坛虽然引起了诸多争议,自身也存在着一些缺陷,但《金犏牛》《夏王悲歌》《阴山下》《朦胧的小城》等作品毕竟以它特有的姿态留在了人们的记忆中。

话剧《金牦牛》是藏族作者**奥金**(1949—)在上海戏剧学院深造时的毕业作品。作者作为藏民族的一员，从现代开放的广阔文化视角，对本民族的历史传统、生存现状作了一番深入的自我审视，其启示意义远远超出藏民族文化的范畴。剧作既有浓重的理性色彩，又充满了诗意。借着寻找金牦牛的故事框架，描绘了一幅色彩斑斓、灵动优美的草原民俗风情画。作者用浓墨重彩涂抹的草原风情、跃动的生灵、美丽的传说、悠长的民歌等极具诗意的纷繁意象，勾勒出富于象征意味的戏剧形象体系，寄寓了作者对本民族的历史传统和生存现状的审视与关怀。另一位剧作家康志勇创作的歌剧《阴山下》，通过一个年代不明的畸形婚姻和家庭悲剧，表达了作者对封建宗法制度和传统观念的批判，对妇女命运的关注和思索，把一个新的题材、新的主题推到甘肃歌剧舞台上。

康志勇(1957—)山东淄博人，甘肃剧作家。先后创作《盆地》《黑戈壁》《老盘古》等小说及《艰难的抉择》等电视剧。其京剧作品《夏王悲歌》将审美视角主要集中到李元昊这个全新的人物形象上。李元昊既是一个帝王，也是一个有着很强的封建宗法伦理观念的父亲；宁令哥既是一个延续王权统治的未来君主，也是一个禀性天成、不善武功、生来懦弱、不堪造就的儿子。于是，人物便在这样一组悲剧性格的矛盾冲突中展开。李元昊深知这样的儿子势必无法在他死后独撑他拼死建立起来的马背江山。因此，他不得不用各种方式去改变宁令哥，命人在他的居所周围日夜锻刀，以铿锵的刀声来培养其刚烈的个性，继而违背人伦强占宁令哥的情人莫移女，并以此要挟宁令哥冲锋陷阵。结果却事与愿违，宁令哥反被辽将所俘，为避免人间乱伦悲剧，王后野利违心地手刃了早已毁容破相的莫移女。元昊盛怒之下赐死了相濡以沫的王后。面对这一出出人间惨剧，宁令哥终于陷入极度的癫狂，走上了杀父弑君的道路，《夏王悲歌》的悲剧主题也就此画上了圆满的句号。对于元昊而言，作为帝王的他是一个有雄才大略的强者，作为父亲的他在亲情面前最终成了一个弱者。对于宁令哥，作为王权继承人的他是一个十足的弱者，但作为普通人的他又是一个正常善良的强者。剧作首先展示的就是一个柔弱的强者和强大的弱者的性格冲突，随着矛盾的推演又演化出更深层次的含义，那就是封建王权思想、伦理道德和宗法观念对人性的扭曲、扼杀以及人性的反抗。美的毁灭是悲剧的内核，这出戏的悲剧结局使人产生强烈的审美共鸣。另外，一系列跌宕起伏、险峭冷峻的情节，作者立足西部历史文化着力营造的冷峻、肃杀、荒凉的历史和戏剧情境以及较强的文学性,均提高了该剧的审美层次。该剧念白韵味十足,唱词大量选用西部自然景观作为抒情意象,准确地烘托出了人物的心理,增强了抒情力度,反映出作者深厚的文学功力和艺术素养。

第五章　西部新文学的繁荣期(下)

(1979—1992)

20世纪80年代以降,继续走向繁荣的西部新文学,在散文、报告文学、历史小说、儿童文学等方面取得了不菲的成就。以张承志、周涛、马丽华散文为代表的西部散文,以其雄浑刚健的气质、锐意创新的手法,对传统散文构成了有力的冲击和挑战。与散文相邻的报告文学以饱满的情感、生动的形象、全景式的桁架与西部风俗画、风情画、风景画的有机结合,使其具有了生命厚度与人性内涵,闪耀着人道主义的光辉。西部作家杨·道尔吉等站在西部民族的角度,对长城之外波澜壮阔的历史风云作了深入的理解与审视,写出了《忽必烈大帝》等广有影响的历史小说。赵燕翼等儿童文学作家以一颗不老的童心吟唱诗性歌谣,使西部儿童文学也有了新的成就。

第一节　旷野独语:西部散文

新时期文学的最初十年,最先闯入禁区的,是诗歌、小说甚至戏剧。而散文整体上相对滞后,只有杂文较为活跃。西部的散文也是如此。直到80年代中后期,随着马丽华、张承志、周涛、余秋雨、史铁生等人的散文陆续推出,引起全社会的注意,这一局面才得到了根本的改变。西部作家张承志、周涛、马丽华的散文以其雄厚的西部文史知识底蕴、雄浑刚健的气质、敏锐深刻的思想意绪,开放多元的结构以及丰富的表现手段,从不同角度显示了现代散文创作在艺术价值和精神价值层次上的扩张,对现当代以抒情美文为主体的散文传统构成了有力的冲击与挑战。此外,杨闻宇、李若冰、匡文立等人也都以自己的创作,丰富着这一时期西部散文的风景线,以强劲的攻势掀起了西部文学的冲击波,直接促发了西部散文创作的兴盛和繁荣。90

年代中后期,大批客籍作家进入西部寻求创作的灵感与源泉,他们和西部本土散文作家的作品一起印证了这几位作家的创作影响及对后来者的启示与推动。

代表着这一时期西部散文创作高度的三位主将张承志、周涛、马丽华,皆以多元的文化身份,由小说或诗歌创作领域转而进行西部散文的写作。以他们为主体的这股重要的散文艺术变革潮流,得益于新时期小说、诗歌领域艺术变革的夺人先声和西部新文学自身积累、反省的多重推动。因而,该时期西部散文的崛起与东部主流文学之间有着深层的关联,其成就直接或间接地承续了70年代末以来整个新文学创作中个性意识的复苏、文化视野的扩大、手法的多样化、外来影响以及对于历史的反思等艺术经验和精神资源,尤其不可忽略的是,80年代中期在小说与诗歌创作领域兴起的"文化寻根"潜移默化中对创作主体意识产生的普遍影响。西部散文正是在这种艺术契机的推动下才得以突破传统、走出封闭。面对80年代中后期时代转型背景下的精神、文化现状,作家们以对西部的寻找和重新发现,展开了自己的精神之旅。

自然景物描写是文学作品诗性的重要栖居地,对旷远、酷烈的西部自然的表现,不仅使西部散文借以开掘出博大的审美境界与精神意蕴,突破了此前散文长期拘囿于生活琐屑与人生常态的褊狭视野,且在具体构思与表现上也以个性鲜明、去伪存真、浑朴大气等特质,集中体现了对"十七年抒情散文"思维模式及传统美学规范的突破。西部为现代作家提供的创作资源是珍贵而丰饶的。西部更多地葆有原始的活力,严酷的环境造就了生命存在的苦难与坚忍,奇异壮阔的自然风貌、朴素淳厚的风土人情、不同的文明形态、多民族的聚居、深入民间的宗教信仰、瑰丽的神话传说……拒绝用"浮光掠影的水彩涂抹并败坏了山河的朴素原色"的西部散文作家(周涛《哈拉沙尔随笔》),在对西部自然的表现中远离浮躁与肤浅,追求深度的理解与精神境界的提升,在西部风景、风俗、风情画卷的描摹中,思考特定地理文化环境中孕育的生命意识,发掘民族心理结构与民族性格的灵魂。对人性的追问、对生存的终极关怀与形而上思辨、对主体精神与人格力量的张扬,自然地流溢在西部散文的字里行间,让人深切地感受到属于西部的奥博与灵性、深厚与伟岸、粗粝与旷达、悲怆与神圣,使西部散文给人以审美感受的同时显示了独特而厚重的精神力量。"在新疆,在西部,所有试图留下些'真迹'的作家诗人,都必须面对一种几乎无望的残酷处境。地理位置的遥远、闭塞、荒凉和空旷,注定了这些人必须长期忍受寂寞的命运。西部人只有付出远远高于内地人的努力,才有可能使自己的声音在远方传出回音。"[1]从九岁起一直生活在新疆的周涛,把青春泼洒于内蒙古草原,求索在西北大陆之间的张承志,在西藏跋涉了二十余年的马丽华……作家们在经受了西部自然的锻打、苦难的考验与精神的洗礼后,作品中的西部景观已经不再是平面化的审美客体,而熔铸着作者通彻肺腑的生命体验与感悟。这才有了西部散文的崛起。

西部散文作家自然描写的个性与特色正是在这种共同的对"壮美""真美"与"大美"境界的追求中呈现出来的。其中,张承志、周涛、马丽华的散文对自然的描写更多地体现出对古典诗学传统与"十七年"散文传统的变革,因而更能代表西部散文的创作高度与艺术成就。杨闻宇、李若冰等散文中的自然描写,则更多地显现出传统的延续。

在张承志、周涛、马丽华的散文中,主体怀着尊重与敬畏去感受、体悟与倾听大自然,自然不再被主体随意拉扯、比附类推,恢复了自身的独立性、自足性以及艺术欣赏中的"陌生化"感觉,焕发出本然的诗性魅力。此前的现代"抒情散文"传统中,"景—情—理"的构思与结构模式把自然万物纳入为"我"所用的"象征"体系,主观情思被政治意识形态所控制,主观情思对应物的自然被集体主义和政治功利意图随心所欲地拔高、降低甚至符码化。张承志、周涛、马丽华的散文中,人与自然之间更多地呈现为一种在保持彼此独立性基础上的"对话"关系,这种"对话"使散文中的自然描写从内涵到体式都彻底打破了传统的"象征"模式。如周涛的散文中,作者虔诚地谛听昆仑的神谕,恭敬地与雪山对话(《蠕动的屋脊》),对任何一棵树都充满敬意(《伊犁秋天的札记》),对鹰的高贵战斗精神发出由衷的赞美(《猛禽》),为"稀世之鸟"朱鹮的濒临灭绝感到深切的悲伤(《稀世之鸟》),对麦子说"亲爱的麦子"(《吉木萨尔纪事》)。

事实上,当有着不同文化背景与文化心态的西部散文作家把目光投放于西部的山川、河流和生长于其间的生灵,并与之进行心灵的对话时,自然中的万物已被假定为同人一样的有生命的精神实体,被赋予了人的气质与灵性,因而"对话"才得以进行,从中也进一步印证了自然的独立性。骄傲的敢于藐视

---

[1] 祝勇:《文学西部》,《当代文坛》,1997年第3期。

人类的大雁(周涛《羽毛的浮力》)、不肯归顺的高傲的红嘴鸦(周涛《红嘴鸦及其结局》)、伫立在冬雪中的"质朴、刚强的六盘山"(张承志《雪中六盘》)、有着恩怨情仇的神秘庄严的神山圣湖(马丽华《藏北游历》)……西部散文万物有灵的自然崇拜中寄寓着对人与自然关系的进一步深思。"万物有灵"首先意味着主体借助与自然的对话来表达自己的心灵真实,并把自然作为一个有力的对象来确立自己。这里,自然显然已被人性化了,融进了人类历史文化、民情风俗等丰富的内涵,人与自然发生了气质上的互换。"人的感觉,感觉的人性,都是由于它的对象的存在,由于人化的自然界,才产生出来。"[①]马克思这一"人化自然"的概念意在把人和自然看作相互生成着的历时性存在。在西部散文中,山河大地、风雪生灵"人化"的同时,"人"也从"自然"中被生成出来,生命在粗粝与严酷的西部大自然中,被锻造得强悍、坚忍、充满原始的活力,人的生活习性、风俗、情感行为方式也尽现出质朴自然的美。张承志这样形容他深爱着的草原额吉:"她如一棵草,是个自然的女人。"(《二十八年的额吉》)自然的浑朴、雄壮和西部民族的精神气质相互印证,取得了内在的和谐,平等的生命意识是这一和谐关系产生的基础。在张承志笔下,北庄老人与麻雀"将心比心"(《北庄雪景》);以自己的身体拦护欺主的客对狗的棒打(《狗的雕像》);草原牧民皆"以人道视畜道",用"一种充满生命感的办法"去养护和对待畜群(《牧人笔记》)。作家在当代意识的烛照下对这种人与自然的对应性和谐进行重新发现和肯定,因而使之获得了现代意义。总体上,西部人的生活方式葆有着的原始的生命活力和人性的本真,这正是西部散文所表达的西部自然风情与人文精神的内核。

对西部人与自然关系的观照及其对生命力的崇拜,成为作家们对民族历史与文化进行反思的直接契机和思想切入点。"任何人类历史的第一个前提无疑是有生命的个人的存在。因此第一个需要确定的具体事实就是这些个人的肉体组织,以及受肉体组织制约的他们与自然界的关系。"[②]"人与自然"的关系折射出来的原始本真的自然风情与生存形态,常常能为困境中的现代文明提供发人深省的精神来源,沈从文就曾试图借湘西苗民与自然同质的朴质、

---

① 马克思:《1844年经济学哲学手稿》,《马克思恩格斯全集》(第3卷),中共中央马克思恩格斯列宁斯大林著作编译局编译,人民出版社,2002年第2版,第305页。
② 马克思、恩格斯:《德意志意识形态》,《马克思恩格斯全集》(第3卷),中共中央马克思恩格斯列宁斯大林著作编译局编译,人民出版社,1960年出版,第23页。

强悍来拯救国民精神。处于社会转型期的西部现代散文作家,也是从西部人与自然的和谐与生命强力的张扬中获得启示,以此作为一种基本价值立场来重审民族的历史和文化传统。因此,西部散文总体上呈现出的雄强刚健的气质,不仅因为西部自然本体的独特性,还源于作家对民族崛起的希冀与张扬主体精神的需求,借助于西部自然和人的对应互证获得了寄托。"一个从历史厚重的堆积和现实创伤中崛起的民族,急切地需要自我超越而又难以超越,便借助雄性的自然以壮大自我。"[①]大自然在西部散文中,成为寄托着作家对民族及人类文明的理想与忧患的诗性乌托邦,因而在独立性、人性化的基础之上又披上了一层神性的光辉。

自然的神性色彩使西部散文也进一步体现了对古典诗学与现代散文传统的突破。传统诗学中的"物我合一""无我之境",讲求人与自然的相融性。文学史上寄情山水的文人,在无法直面现实或者无以承受思想重负的情境下返归自然,他们作品中的自然常常作为社会的替代物,给心灵以庇护和补偿,因而常呈现为田园牧歌的和谐温馨。张承志、周涛、马丽华散文中,人与自然建立的主、客体的对话关系与传统自然观有了本质的不同;以生命强力为立场的人与自然的气质和谐,也不同于传统诗学静态审美中情景交融式的和谐;作家们怀着一种"自然之子"式的虔诚,对神性自然的敬畏与崇拜,不仅在根本上区别于"十七年"散文传统中自然的工具化,也大大逸出了传统诗学的美学范畴。几位作家在写作中贯注的自我的情感与生命体验,使个性化的自然崇拜成为西部散文自然色彩的根本魅力所在。

在对西部大自然的诗性追寻中,西部散文开始将理性的思考深入民族历史、传统文化以及当代现实的层面,在不同文明的参差对照中反思民族文化心理的基石并进而致力于民族精神与主体人格的重构。面对80年代后期物欲膨胀、价值失范的精神文化现状,张承志、周涛、马丽华等西部散文作家以清醒的现代理性精神和自觉的启蒙意识,对民族历史文化进行的反思和批判无疑凸显出特别的意义,所以常和余秋雨的散文一起被批评界划归"文化散文"的代表作,并被认为是"新时期文学'文化寻根'意向最扎实沉稳的(也是最后的)硕果,体现出新时期文学最后的辉煌与精神强光"[②]。关于"文化散文"的

---

① 肖云儒:《中国西部文学论——多维文化中的西部美》,青海人民出版社,1989年出版,第192页。
② 佘树森、陈旭光:《中国当代散文报告文学发展史》,北京大学出版社,1996年出版,第259页。

理论界定,评论界并未达成明确的共识,但这一提法,却也把这些有着较为深厚的文化底蕴、大气的西部散文,同那些充斥着闲适、怀旧气息并耽迷于对奇风异俗的炫耀把玩和对文化表征的浮泛感受的"类文化散文"或"亚文化散文"区别开来。

有学者认为散文质的规定性就在于"文化本位性,与史与哲学相缔结的思维性,以及在审美变革中的先驱地位"[1],对民族历史文化的重审,突出地体现了西部散文这种建构新的文化精神的努力。几位作家在散文中都明确强调对散文理性精神及思想性的追求,张承志提出:"今天需要抗战文学。需要指出危险和揭破危机。"(《无援的思想》)马丽华这样表达自己的追求:"有那么多切近的现实人生问题要思虑,并为民生所系,如何去写疯狂的石榴树,如何去画疯狂的向日葵?"(《西行阿里》)周涛则干脆认为"散文首先是表达思想的工具,而不是描摹生活的画笔"[2]。观点的偏颇虽使他们的散文有时也因形象的不足而显出思想的凌空虚蹈,但其思想性的追求以理性批判精神和启蒙精神为依托,是对五四以来的现代人文精神传统的继承,也是对政治功利主义状态下表浅浮泛的散文创作现象的反动,无疑有其重要的变革意义。对民族、历史、社会与人性的严肃思考,对商品社会物欲泛滥、精神萎靡的忧患、批判和焦虑,对精神、理想、信仰的呼唤以及形而上学的深邃,都并非一种简单的"理趣",有效抑制了因缺乏独立思考与真知灼见而形成的抒情的单一与甜化,散文的诗性追求也由此获得了理性的厚度和思想的深度,同时也进一步突破了借景抒情、托物言志的创制方式,在表现上更加自由。

西部散文对民族历史和传统文化的重审都以个体生命经验为前提,因而民族群体经验才得以扩展为人类本体经验。从不同的生命体验与文化心理导致的不同角度出发,张承志、周涛、马丽华的散文在不同民族历史文化的比照中,对民族文化血脉进行精神溯源,对处于中心、正统地位的中原农耕文明和现代都市文明进行反思或批判,为建构融合、再生的文化人格寻求"异质性"资源。文化比较的视野与文化补缺的精神立场成为西部散文一个显著的思想特征。值得提出的是,西部散文对不同民族文化历史的对照及其建构努力是以其对民族中心主义价值立场的超越为前提的。不同文化的结合、融汇与碰

---

[1] 楼肇明:《文化接轨的航程》,《当代潮流回顾丛书·序一》,北京师范大学出版社,1993年出版。
[2] 周涛:《散文的前景:万类霜天竞自由》,《周涛散文》(第2卷),东方出版中心,1998年出版,第403页。

撞使西部散文作家在观照当代文明社会和民族文化历史时,具备了一种现代散文作家难得的文化"杂交"优势。

文学作品中真正的文化含量"并不是一种轻浮的炫耀与卖弄,而是真正深入到文化的灵魂与内核,与复杂多元的、充满冲突的文化长河一起撕裂、挣扎和突围"[1],倘若满足于以"智者"的姿态,居高临下地俯视世界与芸芸众生的愚钝,"文化"则成为一种附庸、工具化的点缀与化妆。与张承志、周涛、马丽华为标高的西部散文相比,"文化散文"的另一位代表作家余秋雨对历史与文化的反思和寻觅多取一种有距离的静态观照,凭借自己对传统文化的熟稔,在历史文化遗迹间从容地比照与凭吊。不可否认,余秋雨散文对文化生成的奥秘与文化的历史兴衰进行了理性的审视和批判,并且抵达了相当的深度,但作者的理性批判精神只封闭地面向过去而不触及对社会结构的质疑。现实批判的缺席使余秋雨的文化批判和理性精神停留在寄托一己的文化关怀和对大众进行文化启迪的层次,缺乏与当下现实的连接和自我生命的痛感体验,这种有意无意对大众审美心理的迎合降低了作品思想批判的锋芒,也透露出了构思行文上的越来越浓重的匠气与模式化痕迹。从两者的比较中,也许有助于认识西部散文的独特性,它植根于西部奥博的自然与多元文化的深处,以自己的历史厚度、生命体验、强力意志、批判力度和博大开放的格局,显现出自身创造性的贡献和无可替代的价值。

超越性文化主题与个体生命体验的支撑,使西部散文于主体精神的张扬中生发出一种内在的、动态的诗性,有着宏大视野的西部散文也得以沿着人文精神的纵深方向不断掘进。张承志、周涛、马丽华散文中主体"在路上"的精神求索,及其折射出的动态的生命历史感与个性化的超越意识即是其诗性的内蕴。主体追求超越的精神定位,决定了"在路上"意指一种灵魂无可归依的漂泊状态,一种虽不断向前挺进却又永远无法到达的生命过程。过程的无终结性与无家可归的回归欲望,使张承志、周涛、马丽华的散文呈现出不同程度的悲情色彩。作家们于西部的山川自然、风物人情中的生命探寻不仅有着诗意的激情,还有着在民族历史与当下现实中时时陷入的思想的矛盾、选择的游移、精神的困惑与焦虑,正是这些灵魂深处的冲突、迷途和动态的生命历史感,使西部散文主体意识的个体性和独立性进一步显现出来。

---

[1] 黄发有:《诗性的燃烧》,百花洲文艺出版社,2002年出版,第264页。

西部散文"在路上"的精神求索建立在苦难的根基上。张承志、周涛、马丽华的散文中,"苦难"成为主体精神道路不约而同的选择,折射出一种理想主义者的沉雄而诗意的情怀。在周涛这里,苦难指代着边陲"荒寒粗粝"的生存状态本身蕴含着的生命力量,暗含着周涛由边缘意识出发的对自我的标榜与认同。张承志散文中苦难的含义则比周涛更为绝对,在他看来,高贵的精神只可能寓于艰辛、苦难的生命形式中,富于生命力的理想人格只存在于蛮荒贫穷、酷烈粗犷的地域中。他的笔下,无论驰骋在冰天雪地放牧着畜群的牧民,还是在荒旱贫瘠的西海固生存的底层民众,都在恶劣的环境中坚守和抗争,在生存的极限中创造着精神的极境。马丽华也自我指认为"一个苦难美至上主义者"。她的散文中,苦难对于主体灵魂的启示不仅源自藏民在苦寒的雪域高原上的艰难生计,在转经朝圣路上以身体丈量路途的悲壮历程,还源自主体二十余年的生命体验以及肉体与精神在险境中"模拟涅槃"的经历,同样包含着悲剧意识与神性的光芒。在主体自我灵魂之光的烛照下,散文的"苦难"由族类的生存形式上升至人类生命本体的存在状态,指向永恒的生命意义。

苦难之为主体精神的路基,凸现的是"在路上"的主体对超越的渴望与追求。西部散文普遍表现出的强者意识与英雄主义情结,可谓是主体作为超越性个体的突出体现。周涛散文中,使创作主体神往不已的大西北地界的父性威严,自然生灵的叛逆与战斗,游牧民族"马背上夺天下"的骁勇,历史上的伟人、王者与英雄,无一不表露着主体的强者意识和英雄崇拜,主体借此欲实现对一切平庸和流俗、懦弱和圆融的超越。在周涛激昂豪放的强者意识表达中,显然有着一种"夫子自况"色彩,自认强大并与强者引为同类的惺惺相惜,表现出"一种在有限中寻找无限的愿望,一种导致真实与虚构相结合的愿望。这种艺术上的表达方式在神学中将被称为崇拜热情"[①]。马丽华则在藏北高原上"渴望着暴风雪来得更猛烈一些"(《藏北游历》),其中显然有着刻意和想象的虚构成分,这种虚构表达的正是主体对人格完善与形而上超越的渴望。张承志的散文有着更明显的英雄主义的崇拜热情,但不同于周涛的潇洒、豪迈与超逸,而是他所钟情的"刺客"式的极端、沉重与忧愤。《荒芜英雄路》中表

---

① [美]丹缅·格兰特、莉莲·弗斯特:《现实主义·浪漫主义》,郑鸣放、邵小红、朱敬才译,陕西人民出版社,1989年出版,第99页。

达了作家内心奔腾的英雄主义追求与现实中阿尔泰山荒芜的英雄道路之间,以及与实用主义时代之间产生的悲剧性冲突。这种冲突不仅激发了主体对逝去的英雄时代的无限追怀,更激发了主体重振英雄主义的超越与反抗的意志。由自我的痛楚、孤独的体验出发折射出社会、时代普遍的精神匮乏,使张承志作品中英雄主义的超越内涵显得比周涛更为宽广博大,情感急流也更为深沉有力。

西部散文的超越追求与其"人民性"立场有着复杂的纠结。张承志在创作中反复重申:"我非但不后悔,而且将永远恪守我从第一次拿起笔时就信奉的'为人民'的原则"(《我的桥》)。张承志重铸英雄主义理想的精神支撑来自底层民众,他的"人民性"的含义实质就是"穷人",对现代文明的拒斥使他的英雄理想并不完全符合历史主义的人民利益,且在肯定人民的历史作用的同时,整体中的人民的个性被消解了,但他对人民命运的思考并非停留于同情和悲悯,而是发掘人民在历史与现实的苦难里积蓄起的蓬勃的生命力。从这一角度看,其"人民性"思想无疑具有积极的意义。"人民性"立场使有着不同创作观念的西部散文作家的英雄主义有了相通之处。周涛以及杨闻宇的散文中对历史人物的评价、对民族文化心理的考量,是站在具有现代意识的人民性立场和以人民代言人的姿态进行的重估;马丽华散文中人民性的体现与其普遍的人文关怀与忧患意识联系在一起;李若冰散文中,开发油田的劳动者成为英雄理想的化身,其扑面而来的时代气息自有主流意识形态的作用与影响,但也已内化为作家自觉的人民性追求。总体上,西部散文"为人民"的思想,体现了其英雄主义包含的强烈的使命感和社会责任感,这是主体"在路上"致力于精神超越以及追寻英雄理想的一种不可忽略的原动力,同时,这种"人民性"思想及其不同程度的对个性的忽视,实质上也暗含着"十七年"散文传统的余响。

与西部散文主体精神的个性色彩与动态特征对应的是由心灵独语、意绪、联想组织的流动的文体形式与结构。阅读张承志、周涛、马丽华等人的散文,复杂的感觉、开放的情绪和无定型的意识占据了散文的前台,使人清晰地感知作者的真实人格、气质和丰富复杂的人本心理世界。除了人格、心理的外化,西部散文开放无羁的结构、丰富多元的手法、鲜明独特的个人风格也同样都是主体精神、个性意识的强化的体现。这对高度理性化的近乎"科学文体"的文体风格以及模式化结构形成了有力的挑战与冲击,使之当之无愧地成为新时期散文写作"向内转"潮流中一支重要的代表力量。散文的风格与精神由此交相互证,孕育出了一种鲜活、自由、充满生命质感的诗性魅力,张承志、周涛、马丽华等人的散文也正是在这一主体精神与个性意识的张扬中呈现出了不同的思想倾向与艺术风貌。

张承志在小说创作之外,散文创作也取得了令人瞩目的成就。其散文结集主要有《绿风土》《荒芜英雄路》《清洁的精神》《大地散步》《牧人笔记》《鞍与笔》《以笔为旗》等。张承志这样表白自己对于西部大自然的深情:"我是那样地深爱着大自然。我有十足的资格说我是蒙古草原的义子、黄土高原的儿子。我是美丽新疆至死不渝的恋人。我心中盛满它们的景象——我不用写生就是属于它们的风景画家。"(《语言憧憬》)他散文的风景画、风情画、风俗画描写力图在人与自然的默契中寻找某种启示,从与自然融为一体的质朴强健的人性魅力中寻找某种现代人身上缺少和失落的东西。《汗乌拉》《金芦苇》《春水泛滥时》及长篇系列散文《牧人笔记》中的蒙古草原,给予他的启示是生命的质朴、人性的淳厚以及其中蕴含的力量;《夏台之恋》《日出天山外》《辉煌的波马》《如画的旅程》等新疆题材的散文中,天山成为"美的极限",多民族和睦共处的夏台小镇成为"美的栖身所在",给予他以美的启迪。张承志笔下的自然风景,显然是包含了更多人文意味的、充满了质量和深度、终极和绝对的世界。

张承志笔下的西部自然,除了博大、深沉的草原,更多的是新疆天山南北、黄土高原上凌厉峭拔的风景,这种极端而绝少中庸、平和的特征,典型地表现了崇高美与浪漫主义精神。传统诗学的阳刚之美指向一种与日月参光与天地为常的雄浑与自豪,强调的仍是主体与客体合一。而崇高的前提则是主体与客体的分裂,一方面以客体对主体产生的震慑与威压,使主体产生了一种膜拜和景仰,一方面又强调人与自然的较量与超越,"……而我们愿意把这些对象称之为崇高,因为它们把心灵的力量提高到超出其日常的中庸,并让我们心中一种完全不同性质的抵抗能力显露出来,它使我们有勇气能与自然界的这种表面的万能相较量"①。"十七年"散文中的革命浪漫主义是一种中西合璧的产物,虽然把人从自然中剥离出来,但与传统阳刚美一样没有痛感和悲剧意识,自然被豪迈的主体意识随意加工改造。张承志表达的自然崇拜,显然并非

---

① [德]康德:《判断力批判》,邓晓芒译,人民出版社,2002年出版,第100页。

一种物我交融的和谐境界。《圣山难色》中写道:"胸中激烈冲撞的感受和那永远沉默无法穷究的圣山之间,也寻不到一种和谐。"作者是在清醒地意识到客体尤其是神圣世界与自我的撕裂、隔膜之后,渴望一种心灵的皈依。《冰山之父》《日出天山外》《北庄雪景》《雪中六盘》等散文中都集中表现了自然的美激发出的主、客体之间的矛盾,主体精神世界的丰富性与复杂性得到了充分的表现。在张承志的有些散文中,自然物作为中心意象剥夺了人物作为第一主人公的特权。如《危险的生命》《美女与厉鬼的风景》中黑锅火山的金叶树,与他笔下的西海固一样,都是以丰盈的生命力或强力意志,去对抗痛苦和神秘的命运,从而获得崇高的体验与神启。

张承志的宗法血缘崇拜使他对孔孟文化负面因素的批判不能彻底。他说:"血缘关系中其实表现了一种对个人与个性的强调与重视"(《牧人笔记》),却回避了血缘关系在儒家文化中也是以整体嵌制个体的宗族秩序的基础和依据。《牧人笔记》等散文就把蒙古草原的人情之美归因于蒙古人对血脉继承与亲族关系的重视,发掘人文价值的单向度思考使他常常忽略和省却历史的、生产方式的制约因素。他虽也洞察到血缘共同体生存状态中的古老的道德文化结构:"他们的生活那么洋溢着古朴动人美,又那么迟滞而急需前进"(《初逢〈钢嘎·哈拉〉》),然而道德至上的原则使他中断了他的理性精神:"宁愿落伍时代千年百年,也要坚守心中的伊玛尼(信仰)"(《听人读书》),这实质上使个体意识让位于血缘共同体的精神束缚,也为其精神的悖论性埋下伏笔。张承志的文化反思最终走向对当代文化现实的激烈批判和对道德理想主义的标举,曾经在道德与历史之间的犹疑开始越来越明显地向道德主义倾斜,甚而得出这样的结论:"所谓古代,就是洁与耻尚没有沦灭的时代。"(《清洁的精神》)他的文化批判的焦点也由对传统文化进而指向对工业社会和都市文明的批判,以精神清道夫的自命和悲愤、决绝的理想主义姿态提出"以笔为旗"的主张。在陆续出版的《荒芜英雄路》《清洁的精神》《无援的思想》等散文集中,张承志开始跨越以母族文化来进行文化寻根和文化补缺的精神立场。散文《清洁的精神》中他潜入整个中华文明史,打捞闪烁着极端的英雄主义和浪漫主义光辉的历史碎片,从"清洁而无力"的洗耳的许由,到"清洁的暴力"的刺客专诸、豫让、聂政、荆轲、高渐离,代表着张承志一种超越族类的极端性的人格理想。

不难看出,张承志所信奉的理想主义和他的文化批判潜藏着多重精神悖论甚至危机。他把道德状况和道德理想置于社会历史发展的一切基础之上,其道德理想的实质为一种反历史主义的乌托邦,如有学者指出的,张承志的道德理想主义"把现实世界与艺术世界、社会理想与理想社会混为一体";"把精英道德与社会道德、宗教性道德与世俗性道德混为一体";"在社会历史和现实的文化批判中以价值合理性反对工具合理性",颇为中肯。然而悖论的深刻与复杂性同时也昭示了张承志的思考所抵达的深度,这些悖论的存在决不是可以忽视张承志文化批判的价值与意义的理由。在愈来愈呈现出"单向度"的现代工业化社会,张承志的否定性姿态及其勇气无疑是难能可贵的,他的乌托邦尝试提供另一种不同于历史理性和工具理性的价值标准,不仅使他的创作与精神世界尽可能地保持了自我的独立性,也给当代文化提供了一种异质的、发人深思的审美与精神空间。"期望创造艺术真品的艺术家必须认识到民族的真实首先是它的现实。他必须继续前行,直至找到未来知识出现的地方。"①保持清醒的自我批判精神,而不是停留于强迫性的对思维与心理定式的坚持,也许正是张承志是否能对自我进行超越的关键所在。

张承志的散文风格与其思想一样,是其小说的延续。他的小说以"富有抒情诗式的抒情格调"②而在新时期文坛独树一帜,他的散文浓烈忧愤的情绪化氛围和个人化的抒情风格在现代散文领域里同样别具风采。他以"三块大陆"为题材的散文用独语的方式把自我的生命体验、生命价值和牧民、回民的生命历史统一起来,在灵魂的自我拷问中凸显出其悲剧意识与宗教精神。散文《潮颂》《金钉夜曲勾镰月》等,完全颠覆了传统散文中完整的叙事结构与抒情模式,通篇以个性化极强的感觉与意绪,连缀起他心中神圣的大陆,寄托他探寻民族文化命脉与精神家园的悲慨情怀。他的散文并不拘泥于独白或某种固定的形式,如《北庄的雪景》《金积堡》等采用感觉结构,也有一幅幅场景与画面,但这些场景、画面的连缀完全是依据强烈的个性化感觉而非时空顺序进行的"蒙太奇"式组接。散文《心火》比较典型地展现了张承志散文的意绪化结构与丰富多元的手法,人物描写、事件记叙、场景追忆、自我诘问、时空切换与交织以及情感的抒发和升华,一切都丰富地尽显在主体意识的流动中。

---

① [法]弗朗兹·法侬:《论民族文化》,罗钢、刘象愚主编,陈永国等译:《后殖民主义文化理论》,中国社会科学出版社,1999年出版,第284页。
② 张钟等:《当代中国文学概观》,北京大学出版社,1986年出版,第545页。

此外，张承志很多散文如《禁锢的火焰色》《黑火焰树》《绿风土》等，表现出的对于色彩的主观性极强的感觉也构成其散文的一种风格与魅力，进一步凸显出主体的精神个性和散文的感觉结构。在语言风格上，张承志的散文浸透着他本人所具有的民族气质，夸张、激烈、带有战斗性的话语方式，以及沉雄、悲壮、苍凉而全无超然、和谐、中庸的风格本身，即是对传统文化和消费文化的审美心理习惯的挑战。

张承志还有一类表现夜的冥想与静思的散文，如《静夜功课》《对奏的夜曲》《渡夜海记》等，这些散文更加凸显出意绪化的结构特色，表现寂静的暗夜里主体内心对自我的省视、对生命律动的感受，通篇贯穿着的意念、感觉、情绪的跌宕起伏，像一连串跳荡的音符，构成极不规则却又有着内在和谐的律动。这些散文从形式到内容传达出来的个性意识与主体精神立场，不仅是对于现代散文思维与艺术传统的变革，对商业时代遍布着的喧嚣浮躁之气的反动，它们于生命的宁静自处中流露的灵魂自省，也为作家对自我一贯的确定性思维和孤倨、片面、激愤情绪提供了某种潜在的超越和升华的可能。

周涛的散文结集主要有《稀世之鸟》《游牧长城》《周涛散文》《山河判断》等。他的《巩乃斯的马》《猛禽》《红嘴鸦及其结局》《稀世之鸟》等散文名篇，或讴歌自由而高贵的生命，或礼赞敢于反抗丑恶、流俗的叛逆精神，无不展示着西部大自然生命强力的升腾和激荡。《过河》中年逾八旬的瘦弱的哈萨克族老太太竟帮"我"制服了不肯过河的烈马，正是人与自然的气质互化中产生的生命奇迹。生命状态是否具有自然的活力成为周涛评判一切的基本价值尺度，决定了他的取舍、好恶，如他讨厌猴子的原因是由于猴子"缺乏生命的庄重感"（《讨厌猴子》）。生命崇拜的主题贯穿了周涛的全部散文，他的散文也因而获得了一种恢宏、博大的气度和属于自然的魅力。

周涛散文中，自然的神性指向一种父性的精神和力量。自童年起就进入新疆生活的周涛，无论生活经历与生命体验都已经与西部的山川风物和历史文化融为一体。所以他对自然的态度不同于客居作家，既不像一些游记散文对自然的静态审美观照，也非为不堪承受社会的迫力而渴望从西部的原始自然中寻求慰藉与心灵的休憩。相反，长期生活于地广人稀的西部的周涛，对自然的亲和恰恰就在于自然对人形成的迫力。雄奇广漠与苍凉险峻的西北大自然之于周涛是一种类似"天父意象"的神圣、威严力量的象征，"天父意象强调了充当保护者和赐予者角色所需要的特征"，"天父"与地母相对，"充满自信，富于侵略性、竞争性并崇尚武力"①,成为周涛的精神榜样和社会化的自我期待。也由于这个缘故,周涛很反感"游山玩水"的说法,认为那只是"把山和水当作精神意义上的妓女罢了"(《蠕动的屋脊》)。

生长于边疆的独特经历和对边疆自然的爱孕育了周涛自觉的边缘意识。散文《边陲》针对世俗观念中边陲作为"似乎可有可无的存在",指出"当欺骗成为常识、敲诈成为公理、金钱成为准则、叛卖成为创造,一切的价值沉沦在汹涌的潮流之中时,真诚、朴素、人性这类事物的最后栖居地也只能在边陲的某些角落了","它的土地,它的人,总是在时髦的旋涡之外提供某种不同的存在"。在强调边陲价值的同时,周涛又在《和田行吟》《游牧长城》《祖脉的意义》等多篇散文中表达对汉民族的热烈赞美和对自己身为汉族的自豪。很明显,周涛是通过身处"边缘"而心系对于"中心"的忧患,在两者的对比中意识到对民族历史文化的反思与主体人格的重建的必要性的。

周涛的长篇散文《游牧长城》和系列散文《读〈古诗源〉记》最为集中地体现了他对民族历史与传统文化的比较和反思。《游牧长城》中,"长城"作为农耕民族文化心理的代码和物化表征,周涛的"游牧"选取的是与长城相对峙的一种文化心态。对长城内外两种不同的文明形态的观照与对比,周涛依据的标准仍是生命状态的雄强与自由。在此基础上,周涛把思考推置于更为宏大的历史观的思考,认为古老农业文明的民族在近代的落伍是因为历史发展链条上"少了'游牧时期'这个重要的一环"(《游牧长城·陕北篇》)。周涛的一些历史结论包括他对游牧民族"不保守,敢于放弃,敢于寻找新的生活领域"(《游牧长城·陕北篇》)的论断无疑是经不起学术考证的,甚至存在着较大的偏差,但其思想又是敏锐、独到而发人深省的。《读〈古诗源〉记》对古诗中昭示的封建文化精神之源的回顾,同样注重对汉民族和游牧民族的细致对比,在体味其中悠久的情致的同时对腐朽的封建道德和价值体系进行了犀利的批判。作为汉民族后裔的周涛,在对两种不同的文化进行比较时,立足于反思农耕民族的文化传统与精神底色,寻出病根。生命力这一超越民族本位的价值立场使他对民族文化的反思上升为人类的共同经验。

对民族历史文化的比较和反思在周涛这里最终聚焦于国民性的探讨。他

---

① [美]阿瑟·科尔曼、莉比·科尔曼:《父亲:神话与角色的变换》,刘文成、王军译,东方出版社,1998年出版,第28页。

对这一问题的思考是从正反两个方面展开的。《读〈古诗源〉记》《游牧长城》对东方朔、刘邦等历史人物所代表的传统文化中的虚伪中庸、奸诈世故的负面质素进行抨击的同时,也注重发掘传统文化之另类基因,如对项羽、曹操、武则天、吕布等具有强有力的自信和叛逆精神的人物的赞美。无论置于历史还是现实的背景下,周涛的国民性思考皆以大自然朴质、浩大的精神底蕴和原始、雄健的生命强力为参照。《吉木萨尔纪事》在现实层面对盛行在北方农村中"伪装的韧性功利主义"的国民精神进行了犀利的批判。《游牧长城·山西篇》中的《"行骗"记》《官场印象》等也在现实层面对由文化传统积淀形成的国民性的市侩、庸俗进行了惟妙惟肖的塑像。而老姐姐张水兰、鲁臭小们,则同"陕北篇"中那些"看起来憨厚朴实"却"脑后长反骨"的牧羊人、有着坚守表情的沉思肃穆的黄壤守墓人以及回肠荡气的信天游的乡野歌者的身上,却显现出《击壤歌》(《读〈古诗源〉记》)中那种单纯而有力、朴拙而浑厚的先民遗风,闪耀着鲜亮动人的人性光彩。陕北人作为有着游牧民族血统,又属于农耕民族里具有反长城倾向的异质分子,在其浑厚朴拙之外又有着游牧民族叛逆、果敢、奔放、自由的血性与气质,无疑代表了两种文化人格进行融汇的一种可能性。周涛本人的文化构成恰体现了他的散文中反复论证的游牧文明对汉文明的丰富与补充,两种文化的隔阂与差异使他始终保有感觉的敏锐与独特的视角,视野的宏阔与纵深又铸造出他的豪放、雄健的风格。

  相比于张承志的焦虑与激愤,周涛的精神"游牧"显得较为从容与冷静。生活经历造就了周涛的特殊文化身份:一个根系于太行深处而长期跋涉在天山脚下的文化漂泊者,"始终有一种'门外汉'的乡愁和怅惘",但"又是一个习惯了毡房和羊肉、热爱着草原和纵马的半游牧者,是一个即便万里归来也将故土难容的失却家园的人"①。因此,周涛的"游牧"首先是一种精神的还乡,由于置身于外,获得了一种冷眼旁观的角度。同时,周涛的"游牧"还意味着对单一的民族精神立场、文化与生命体认方式的叛逆以及由此而来的一种无所归依的立场的"游移"。两种文化历史上的激烈冲突和现实中的显著歧异所导致的分裂影响着他的心理气质,决定着他勘察社会人生的基本视角,使他"总也弄不准确自己究竟是站在哪个立场上"②。"游牧"指代的意义因而成

---

① 周涛:《游牧长城·序篇》,《游牧长城》,作家出版社,1992年出版,第6页。
② 周涛:《游牧长城·序篇》,《游牧长城》,第7页。

为一种从自我生命感受出发,经由民族、历史、文化的现实形态而至人性的空间,通向人类共通的生命体验的精神探寻。"游移"本身指示一种外在性,在周涛由自然、历史、文化撑起的宏大的散文时空里,对自然的赞颂、对人性的关注、对文化的反思和对现实的审视,虽都注入了自我的体验、感情与智慧,然而他的个性的张扬主要表现为一种向外的扩张,在自我解剖与袒露灵魂时明显有所保留,而且,把对历史、现实与人性的思考全部纳入生命雄强性的既定价值框架,也多少限制了他的思考切入的深度。

周涛的散文风格如他的"新边塞诗"一样雄放飘逸、潇洒不羁。他的诗情不是汲取于对现实生活的追踪,而是拉开与现实的距离,采用一种诗的想象逻辑和诗的情感结构进行超越时空的玄想与形而上思辨,张弛自如的心灵自语成为弥漫全篇的表现手段。周涛认为散文的写作"重要的不是化验和肢解,而是感受和拥抱","我不喜欢'研究',我更愿意感受、琢磨,更愿意独自漫无边际地遐想、幽思、品味"[①]。他的散文从形式到内容都无深思熟虑的匠心经营,这种注重感受、顿悟、遐想、倾诉的思维与表达方式使他的散文汪洋恣肆、警句迭出,且结构、手法在西部散文中也最丰富多变。《蠕动的屋脊》《吉木萨尔纪事》《哈拉沙尔随笔》《伊犁秋天的札记》均是两万字左右的系列散文,气魄宏大、手法多变,文体形态摇曳多姿;《稀世之鸟》《捉不住的鼹鼠》《旋动的肢体》等篇章则呈现为精短的篇幅、洗练的文笔;《游牧长城》随意、多元的结构与纵横捭阖的思辨更表现出自由洒脱的创造性。然而,过分的主观随意也使周涛部分散文中的议论显得缺乏节制,并且常因缺乏足够切实的知识基础和形象底座而显出感受的浮泛与思想的片面。最重要的是,散文创作固然不可拘泥于成法,但却应该重视对法度的创造,周涛对艺术形式探索的轻视使他形式上一味的放任不羁某种程度上构成了一种定式的局限。

马丽华(1953—　),女,生于山东济南,汉族,1976 年作为援藏青年到西藏,在西藏生活二十余年。出版诗集有《我的太阳》等,其散文结集《走过西藏》由三部长篇纪实散文《藏北游历》《西行阿里》《灵魂像风》组成。马丽华散文所描写的西藏高原的自然变迁,也着重发掘了藏族人从朴素的"消极生态主义"的生存方式到"超然物外"的精神气质与自然的浑然契合。作

[①] 周涛:《〈游牧长城〉三十问》,《感谢生命》,时代文艺出版社,1997 年出版,第 303 页。

者对这种人与自然的契合,从审美观照、生命伦理以及生态学角度由衷赞叹之余,还表达了更多对于藏北人生存状况的忧思,这种矛盾和有所保留的态度却反而提升了她关于人与自然的原始耦合对于当代人类的价值的思考。

马丽华的散文中同样有着泛神色彩的自然崇拜,但她是在接受了充分的汉文化教育后进入西藏,对西部的感受和体验不像周涛那样天然地融为一体,而经历了一个由表及里、由浅入深的过程。《藏北游历》中,她对自然的深情礼赞多是一种由审美观照得来的诗化想象与感性经验,她的"审美眩晕"凸现出主体作为一个来自异域文化的闯入者面对自然时的单纯、本真的赤子之心。《西行阿里》中,这种"发现的惊喜"转化为一种更为冷静的对大自然精神的沉思与顿悟。神山冈仁波钦的风骨令作者"懂得了神圣永恒的含义";噶尔藏布河岸的赤裸岩石使作者想到"诸如本色、本质、本性、本体、本原、本源、本义、本来面目等等带根本性质的词汇,感到悠远苍茫、博大精深"。现象学理论主张把所有直观经验之外的主观、先验的理性判断与价值体系都悬搁起来,力图寻找到一种没有任何先入之见和超验之物的纯粹的本原客体。作为一种认识方式上的革命,现象学无疑对西方现代文学乃至中国当代小说、诗歌的创作观念产生了重要影响,西部散文中自然的复归独立也表现出了这种还原本原客体的努力。马丽华的散文中,还原意向的强烈甚至使其本身在一定程度上构成了另一种思想对形象的遮蔽,由单纯的自然景观生发而来的大量感悟、议论与作者还原客体的思想内核之间形成了明显的反差。

与周涛、张承志由"边缘"或"寻根"自然生发的文化反思与对抗不同,马丽华对特定文化价值参照的追求是一种有意识的建构过程,即她所谓的"致力于寻找人类文化的新标本"(《西行阿里》)。作为一个外来文化的闯入者,马丽华以平等、谦虚、朴素的心态,对西藏的自然风物、生活习俗、民间艺术、宗教信仰、历史沿革、文化传承进行详尽的考察和表达,在自己的亲身经历中体验西部的文化特色和文化精神,力图以这种较为保守的方式真正进入异质文化,在文化的融合中实现个体灵魂的升华。随着马丽华体验的逐步深入,由诗化的想象而来的深情礼赞转化为一种深度的文化体认,有意识的建构努力也开始上升为主体的生命体验。

马丽华的《藏北游历》《西行阿里》《灵魂象风》也始终有着鲜明的文化比较意识。她的文化比较视野不限于汉藏两种民族文化的比较和碰撞,而常常是以全人类为本体的文化思考。如她把藏民族的形象思维和直觉主义哲学同汉民族比较之余,继而想到"远隔千山万水,西藏高原与拉美土地心有灵犀"(《藏北游历》)。这样的比较与思考在她的散文中俯拾皆是。她对西藏千年历史的回溯与关注,思考的也是"它对于人类所关注的重大而迫切的现实人生问题有无意义"(《藏北游历》)。在文化比照中发掘出的文化价值无疑使古老的藏文化获得新的历史阐释,焕发出新的光彩和活力。作者在散文中密集地铺陈了西部未经现代文明熏染的人情美,以及坚忍苦行的生存方式在人类加速异化的当代所具有的意义,生命体验的忍耐苦行与形而上的超越成为作者极力倡导的人格精神。

不同于张承志的道德乌托邦,马丽华对藏文化的思考表达的是越来越深的现代性焦虑。在现代理性的澄照下审视藏文化的发展演变,马丽华不仅注重发掘藏文化相对于汉文化乃至整个人类文化体现出的价值与魅力,更执着于思考现代文明如何为藏文化走向现代的历史必然性提供理性的参照。面对藏北无人区接近于自然人的牧民,不同于张承志、周涛对于生命力与质朴人性美的单纯阐扬,马丽华还忧虑着环境对于个人能力的负面影响;面对消弭了个体意识而完全以群体观念为基准的藏族传统人生,她想到的是人本主义的文艺复兴;对藏文化的宗教信仰,她的态度也完全不同于张承志:"灵魂与来世观念如此深刻地影响了一个地区一个民族,如此左右着一个社会和世代人生,令人辗转反侧地忧虑不安。"(《灵魂像风》)在马丽华的文化比较中,现代文明与藏文化始终是互为参照的,由此导出了作者对于文化的民族性与现代性之间的矛盾与困惑。周涛对游牧文化的推崇更多地作为文化批判的参照资源或可靠的精神空间,但少有从现代性高度对这种文化的出路及其生存前景继续给予审视与追问,这种不自觉的回避使他的文化批判意识与理性精神未能在双向互动中贯穿彻底。相比之下,主张发展进步的观念确实局限了马丽华的文思,却表现了一个作家现代理性精神的自觉与彻底。中立性价值立场的追求使马丽华对两种文化心理与价值观念的冲突的处理,注重的是审慎、严谨、节制与含蓄,从而多少限制了其对片面深刻性的导入,使她的思想立场与写作个性显得较为中和。

马丽华的《走过西藏》贯穿着作者把对藏文化的游历与自我生命的感怀合而为一的努力,然而事实上,她散文中作为个体的主体性,却恰是从主客体之间明显的矛盾与分裂中呈现出来的。她以对苦难的体验和追寻来实现自己灵魂的上升,然而现代性的价值参照却使她最终发现这种苦难的实质是"在水平轨道上旋转,同义反复,终此一生地重复自我"①。以超越差异为目的,最终印证的却是主客体的差异,以青春与生命确证的却是自我与这块土地的异质性疏离与灵魂的无所归依,这使主体尽管心力交瘁也无法结束自己心灵的流浪。过分追求"从一己之茧中蝶化而出"(《西行阿里》),使马丽华的散文中的自我被纳入宏大的文化客体之中,并对这一客体产生了某种程度的依附。她的散文中主体的思考注重"位置"(《西行阿里》)——即一种主客体间的关系,主体在很大程度上正是"位置"决定的精神特质,因而较之张承志,马丽华的散文虽详尽地表现了主体在文化客体中的动态精神历程,却未能构成完全意义上的个体的精神和心灵史。

在散文风格上,马丽华与周涛相反,她慎重地收起了属于诗人的恣意挥洒的诗绪,而代之以资料性、纪实性的笔法,从不脱离具体的对象去作天马行空式的玄想,而是把情感与思悟融进对具体对象的描述之中。正是字里行间透出的思考以及那种对于未知的探索的渴望和对全新经验的痴迷,使她的散文保持了整体上的诗性和形而上品格。马丽华的散文结构都是十几万字的、恢宏大气的鸿篇巨制,《藏北高原》以移步换景的手法与互相连接的板块结构对藏北的自然、人文景观作了模拟史诗式的全面扫描;《西行阿里》中同样以空间位置为线,但融入了更多思考、感想与议论;《灵魂像风》中,则以宗教传说、风俗、奇人异事为线。明确的文化人类学目标及田野作业式的记录方法使她的散文中引介性、资料性的文字远远多于形象描述的文字,这使得她的散文鲜有令人印象深刻的具体人事、景象,从而令其诗化的想象与情感难以在读者心中产生强烈的共振。以《藏北游历》中《西部开始的地方》为例,作者对神山圣湖、六字真言、驮盐历程的感想,对藏文化思维特点、人情美的思考与议论,都直接连缀于资料性文字之后,即使自然景观的描写也带有明显的介绍性,资料对形象的湮没虽使散文保持了审慎、缜密的风格,却使散文提供给读者的想象和艺术空间显出了相对的匮乏。

李若冰、杨闻宇等人的散文不同于上述三位作家,代表了西部散文中传统的一脉。对于传统思路与结构模式的沿用,无疑限制了他们的作品向更高的诗性境界的攀升,但其丰沛的情感、个性与生命体验的融入,使他们的散文也葆有着自己的艺术个性和鲜活浓郁的西部风情。

---

① 马丽华:《走过西藏·自序》,《走过西藏》,作家出版社,1998年出版,第11页。

李若冰(1926—　),陕西泾阳人,文学创作生涯已逾六十年。其散文创作纵贯延安时期、"十七年"时期和新时期,《神泉日出》《爱的渴望》《塔里木书简》《高原语丝》《满目绿树红花》等散文集代表了他新时期创作的主要收获。李若冰的散文风格明朗、单纯、朴素、豪放,西部大自然与人情风俗的美、西部建设者的人格美、作者情怀与理想的美与对生活的热爱组成其全部的审美与情感世界。作者写西部自然景观,少有苍凉沉寂的意象,而多表现瑰丽雄伟、奔放高亢、激发人昂扬向上的景致;写人注重与自然搏斗中进取的勇士品格和崇高的献身理想;写社会生活常有今昔的对比,流露出对时代的由衷赞美。总体的创作倾向带有明显的从"十七年时期"延续下来的时代颂歌式的意识倾向与特征,这无疑限制了作家思路和视野的纵深。

此外,李若冰的散文多是以跋涉者心态写成的跋涉者散文。西部的跋涉对于少小离家、心系西部的李若冰来说,早已超出了一般性游历而上升为一种生命体验,成为一种精神的还乡和对理想的追寻。这种"家乡"观念因超越了传统农业文明中"家"的静态封闭性结构而具有了现代文化的哲理意味,也为其散文中的西部美注入了历史感和动态的生命感。浓烈真挚的情感、历练劲健的笔法、不断尝试以情感逻辑组织的活泼流畅的结构以及理想主义的色彩一起构成了李若冰散文的魅力。

杨闻宇(1943—　),生于陕西关中乡村,原兰州军区创作室专业作家。有《灞桥烟柳》《野旷天低树》《白云短笺》《阅微择谭》《绝景》《笑我多情》等散文集行世。他的散文表现西部自然美时着力营造阔大的意境,追求自身情感与对象形式的合而为一,其情境交融、物我同一的表现手法基本未脱传统诗学的意境的范畴,同时还赋予自然以人格化的特征,又体现了当代传统。如《黄河臆想》《壶口风云》《大漠雄关》,自然景象中包含着一种雄浑豪迈的英雄主义气质。《沙坡鸣钟》《塞上柳色》《骆驼城春色》等篇章中,自然对于人来说,"是表现和确证他的本质力量所不可缺少的、重要的对象",人与自然的强者气质在人改造自然的过程中实现了交融互渗。这类散文对"时代主题"的追求,同李若冰的散文有着趋近性,通过西部劳动者对自然的征服与改造,表现与自然同构的人的力量与气概并由此歌颂时代精神。

除了对西部大自然的歌咏,杨闻宇的散文还多有对传统文化的叩问与沉思以及对世俗潮流的抵抗。他的《说墙》,以简约的笔墨对华夏民族的"墙文化"蕴含的自私、保守、愚顽、自大等民族文化心理进行了剖析。《且看小人》

《小人九伎》《阴阳镜》等对道德沦丧、人格萎缩的种种精神现象以及当今文化现象中令人担忧的林林总总给予了或犀利或温婉的讥讽。这些散文不乏诙谐与机智,但整体上停留于对外部表象的讽刺而未能对普遍性的民族文化心理进行深层的批判与透析。杨闻宇还有很多以历史文化古迹为抒写对象的散文,如《轩辕古柏》《六骏踪迹》《天水三章》等,表现出对某种深沉阔大的人生境界的追寻和对某种血性豪气、慷慨襟怀的捕捉与向往,贯穿着自觉的文化意识的弘扬。《六骏踪迹》表达了对历史人物李世民豪迈勇武的英雄气概的畅想与缅怀以及对骏马精神的追寻与向往;《至今思项羽》冲破"成败论英雄"的传统观念,激赏项羽的率性本真、粗犷强悍的人格品性。总体上,杨闻宇散文对历史、文化的观照,追求对民族性与时代感的内蕴的把握,力图把华夏民族的文化原色和现代社会的时代搏动凝聚在一起给人以美的感奋和启迪。但散文中作为个体的主体情志被民族情感和时代精神所湮没,展现了独特的美学风格,但整体上未脱传统的窠臼。

总体上,杨闻宇的散文风格没有周涛那样的激情迸发,也没有张承志的忧愤苍凉,而是在温和沉静的情思中开掘自然、历史和文化中的美质与力量。他的散文文笔绚丽,广征博引古典诗词,温柔敦厚的古典韵致与现代西部人文精神难能可贵地取得了一种整合,然而这也使他的有些散文篇什显得拘谨、平板,并有一些卒章显志的模式化痕迹。

匡文立(1952—),女,祖籍辽宁省盖县,生于西安,长于兰州,曾出版过《昨夜西风》《白刺》等小说集,散文代表作有《历史与女人》《〈别姬〉联想》《节之为物》《中国没有灰姑娘》等篇章,散文集有《铜镜中的佳人》《阴性之痛》和《姐妹散文》(与匡文留合著)等。

匡文立的散文着重于对儒家思想和男权文化的反思和批判,同杨闻宇散文一样,她的散文对传统文化在民族文化心理形成中负面影响的揭示是散片式的,没有明显的文化比照的跨文化视角,也没有建立起整体的文化批判立场,却不乏个性化的思考与洞见。她的散文多以鲜明的女性意识和叛逆精神,把对女性命运的思考放置于民族历史和现实的宏大时空背景中,力图抵达文化现象的深层精神内核,颇有指点上下、纵贯古今的气魄,言辞锋利、理性透彻,闪烁着智性与灵气。《耿耿于怀》中敏锐地指出在杜十娘的故事中,人们真正的兴趣在那只百宝箱,而杜十娘本人的悲剧命运在国人心中"不过是一个寻常女人的故事",在对民族文化心态的揭示中自觉地蕴含了批判。她的散文也有于女性意识之外对历史、文化的玄想,不乏独辟蹊径的见解,如《悲哀的"推敲"》对传统诗教中"炼字""炼意"的否定和质疑;《刘邦之失》中借历史人物的典故讽喻文人的故作庄严、虚伪刻板。匡文立的散文总体上以思辨、玄想、议论见长,少有景物、形象的叙述与描绘,即使她的不多的描写自然风物的篇什如《鸣沙山挟风行》,也主要以自然的寥廓、静寂衬托内心情绪。

总体上,这一时期的西部散文从形式到内容表现出来的个性意识、超越精神及动态的生命历史感,是西部散文诗性魅力的重要源泉。理性批判精神与英雄主义理想的并举,使西部散文理性的凝重和诗意的激情浑然一体,浩大雄浑的气度,开阖自如的结构,都使西部散文的美学风格与其精神内蕴一起,显示了西部现代文学创作的实绩。

第二节 生命极境:西部纪实报告

80年代兴起的政论体全景报告文学,在经历了一段超乎文学之外的轰动效应之后,突然在90年代初沉寂了下来,不但留给了研究者许多思考的空白,而且使这一传播文体在经过一热一冷后陷入了生存危机。

之所以会掀起轰动效应,就在于报告文学一度承担了思想解放与启蒙的载体。新时期以降,挣脱了"一人一事"模式的政论体全景报告文学,以揭示生活的广度和深度,在一定程度上填补了由于新闻报道的不足和社会学、政治学等学科对社会问题诠释的缺席,不仅大胆直面了纷繁复杂的社会问题,而且使一些"冰冻"的新闻随着思想界坚冰的打破浮出水面,从而以独特的理性品质、鲜明的独立意识、浓郁的启蒙思想配合了思想解放并产生了轰动效应。但是,这一文体的危机同时也在轰动之时潜伏了下来,这就是随着思想解放的日益深化,它必然不可避免地要走向尽头,因为报告文学毕竟是形象化的文学艺术,它不可能一直成为"思想"和"问题"的载体。所以,随着社会学、政治学等学科的变革以及传媒透明度的增强,不仅直面社会问题的视角呈现多元化,而且各种报刊的周末版、月末版的出现使各类"大透视""冰冻新闻""社会问题"一哄而上。于是,人们再也不满足于政论体全景报告文学对社会问题的独家诠释与揭示,而力求更专业的答案,或者更及时地了解社会的变革,与此同时,受众的阅读需求也从对政治的热衷和社会事务的关注向多层次的文化、娱乐消费转移。正当受众的消费需求和思想解放的物质承担者发生位移的时候,曾经弥补新闻的不足并承担了社会批判诠释者的政论体全景报告文学,却在完成了这一思想解放和社会启蒙的使命后不断走向模式化。如果说淡化人物和情节削弱了报告文学的形象性,那么一味地追求思想的含金量必然在提供大量信息的同时使新名词、新术语和主观议论充斥其中,这无疑使政论体全景报告文学的发展陷入了尴尬的境地。

对于这一从"热"到"冷"的现象,学术界在进行了一番反思后认为:政论体全景报告文学的出现,在一定程度上丰富了报告文学的表现形式,但仍然不能取代传统形式,它的危机与生机是同时存在的。批评家雷达在报告文学还处于轰动的时候就撰文指出:报告文学的这一轰动效应很可能是一种过渡性的、暂时的现象,它终究会卸下一身而兼多任的重担,回到它应该回到的位置上去。这不仅为时代需要的变化和文学界的生态平衡规律所决定,同时也不难从它已经暴露出的某些危机症候得到证明,所以,"报告文学除了回到人物、回到情感",是"难以立足"[①]的。从报告文学的发展历程来看,这是符合事实的、比较科学的判断。

由于西部文学近世以来的边缘化,使得西部报告文学的发展一直比较平稳,基本避免了这一大起大落的命运。那么,这一时期的西部报告文学的具体情形究竟怎样呢?概括起来讲,主要体现在两个方面的结合上:以人的命运为主体的人道主义关怀与人的价值的高度审视相结合,是这一时期西部报告文学的基本精神追求;在文体形式上,既有"一人一事"体的结构又有全景报告文学的特点,但却摆脱了堆叠、臃肿与主观议论的弊病,是饱满的情感、生动的形象与全景的历史风云,以及西部风情画、风俗画、风景画的有机结合,从而赋予了主人公命运具有历史感的生命厚度和人性的内涵。如历史与现实中的人的抗争:孟晓云的《胡杨泪》、黄宗英的《小木屋》、肖复兴的《草原》、徐福铎的《她的中国心》;如生命禁区中的人的牺牲、人与自然的抗争、人的苦闷与悲怆:王宗仁的"青藏风景线系列"、燕燕和张卫明的《雪域战神》、徐志耕的《莽昆仑》、罗盘的《塔克拉玛干,生命的辉煌》、张庆豫与邓建永的《共和国不应忘记》、王作人和王守义的《极光下的梦》等;如人的生存和人性的复杂、人的观念的艰难变迁与痛楚:张广平的《中国1989:西部大淘金》、麦天枢的《西部在移民》等;如战争与历史风云中的人的命运、人的苦难、人的选择:张俊彪的

[①] 雷达:《谁把报告文学推上了前台?》,《光明日报》,1988年12月2日。

《鏖战西北》、董汉河的《西路军女战士蒙难记》和《西路军战俘纪实》、冯亚光的《西路军喋血河西》和《西路军生死档案》、杨闻宇和朱光亚的《丙子双"十二"》；等等。这些报告文学都是"人"的命运的全景描绘与深刻透视，充满并闪烁着人性的光辉与人道主义情怀。

著名作家**黄宗英**(1928—)，女，祖籍浙江瑞安，先后创作了《特别的姑娘》《小丫扛大旗》《美丽的眼睛》《橘》等一批作品，并荣获第一、二、三届全国优秀报告文学奖。其中《小木屋》(1983)是继《大雁情》(1979)之后又一篇写知识分子命运与追求的报告文学。作为一篇充满情趣的性情之作，它洗却了形式与俗套的束缚，通过诗化的语言、蒙太奇的闪回、娓娓道来的笔法，不仅使西藏的风情画、风俗画尽收眼底，而且使一群献身生态研究的科学工作者形象自然地呈现在读者的视野中。作家写徐凤翔"很少直接在她身上用笔，而是上下跳跃、左右翻飞、旁敲侧击、妙趣横生"[1]，从多角度的侧面描写主人公的精神世界。"小木屋"是生态学家徐凤翔的一个梦，为了这个梦，她从南京林学院援藏并决定留在西藏；为了这个梦，她已经呼吁了三年，不管在哪里开会、考察，只要有机会她便要讲这个梦。她认为：藏东南急需建立一座"生态定位站"，以定点观测、分析生态环境和森林，以及林区农牧业之间的协调关系。如果国家资金不允许，先因陋就简建一个"小木屋"也行，她愿意长期在此工作并把自己的一切献给西藏的森林。为此她到处求告、到处宣讲，被人们称为"咕叽教授"(咕叽在藏语里是"求求"的意思)。在和徐凤翔相处的日子里，黄宗英与她的主人公历经了蘑菇中毒、川藏线历险、森林中的科考，而这使得黄宗英更深入地体悟了这位"中魔"般执着于森林研究的女学者的性情。她从徐凤翔"蕴蓄着知识者的专注的内在的坚定"的眼睛里，想起了"出师未捷身先死"的已故植物细胞专家吴素萱那充满悲剧性的命运，勾起了人们对秦官属的眼睛(《大雁情》)、杨光明夫妇的眼睛(《美丽的眼睛》)的回忆，这是多么相似的眼睛啊，它们都充满着执着的信念与坚定的追求。所以，从人的眼睛透视人的心灵，可以说是黄宗英写人物善用的又一个手法，它不仅成功地传达了主人公丰富的内心世界，而且像蒙太奇镜头一样将许多场景连接了起来。

在文章的结尾，作家与徐凤翔随车从川藏公路出藏，一幅幅悲壮的朝圣图出现在她们眼前：

---

[1] 张春宁：《中国报告文学史稿》，群言出版社，1993年出版，第391页。

远远地,一个、两个、三五成群的小黑点。迎面一步一长跪、五体投地、叩着头走来。车近了,黑影站住。车过了,从后视镜中看到黑影又跪下了。有时,有一群黑影,缩在岩边睡着。那是虔诚的朝佛者。他们就这样地向拉萨——神往的地方走去。走两个月、三个月、半年。如果有人因冻饿、疾病死在路上,会被欣慰地认为是被神接去……

　　"我不如他们虔诚……",徐喃喃地,她的眼睛凝视前方,眸子里蕴蓄着内在的坚定。

　　……我们——一个一个、一群一群、一批一批知识的苦力,智慧的信徒,科学与文化的"朝佛者"啊,我们也是一步一长跪地在险路上走着。恁是怎样的遭遇,我们甘心情愿,情愿甘心。

这一"科学与文化"的"朝佛"之路,不仅属于黄宗英笔下的徐凤翔,还属于孟晓云笔下的钱宗仁(《胡杨泪》),属于肖复兴笔下的李继桐和刘钟龄(《草原》)。从徐凤翔虔诚的"朝圣"到钱宗仁的"胡杨品格",再到背负在刘钟龄身上的两代草原生态学家的"草原梦",既是历史与现实中的人的命运与追求,又是中国知识分子无怨无悔的精神之旅和心灵自由的写照。

　　另一位客居西部的作家**孟晓云**(1946—　　),女,祖籍山西,《人民日报》记者。她先后创作了《还是那颗星》《忘不了那颗星》《山村的呼唤》《普通人》《把阴影留在背后》等作品,并获得了第一、二届全国优秀报告文学奖。《胡杨泪》是她的代表作。如果说前几篇作品是歌颂小人物的爱,写的是"安慰人心的东西",那么《胡杨泪》却写的是"伤人心的东西"。

　　在《胡杨泪》中,悲剧人物钱宗仁不甘命运作弄而不断抗争的悲怆故事,就像生长在大漠深处的胡杨的命运,耐干旱、耐盐碱、抗风沙,"长着不死一千年,死后不倒一千年,倒地不烂一千年",执着地将生的理想指向蓝天。他流寓的悲情、人性的苦闷和对心灵自由的苦苦追寻,如执着追寻生命尊严和自由的胡杨一样,诉说着所经历和见证过的严寒酷暑。由于"佃富农"的家庭成分,钱宗仁被多次剥夺了上名牌大学的权利,尽管他成绩优异。在中学一位支部副书记、公社一位叫罗起明的书记眼里,富农的儿子怎么能读这么好的大学?这不是阶级斗争的新动向是什么?尽管考场就在眼前,但是对于出身不好的钱宗仁来说寸步都像"长征",他后连报名的资格也被人为地剥夺,更不要说是参加考试了。无法在家乡待下去的钱宗仁被迫踏上了去新疆的流亡之路,时间是1964年的8月。从此,一个追求心灵自由与人生价值的青年出现在新疆阿克苏林场,即使再苦再累的活他也干得津津有味,就是再艰苦他也没有停止读书,因为他不再受到政治上的歧视。由于吃苦能干又在报纸杂志上不断发表文学作品,钱宗仁很快受到了林场领导的重视。绝望的痛楚慢慢地在消失,心灵深处的伤口也开始结痂,但是,那封寄给湖南省委"四清"工作队总部的申诉报告,却突然给他又招来了"为家庭成分翻案"的弥天大祸。成为"黑七类"的他被揪斗、绑打,被当马骑、被鞭子抽打着去撞墙、被烟头烫。肉体的炼狱之苦是非人的,尊严的被侮辱、被损害更是雪上加霜。生的渴望使钱宗仁选择了逃跑,他四处流浪、无家可归,在沙漠的废墟中度过了漫长的冬天。新疆无法立足,家乡更是不容他的存在,他不得不挑着木匠担子出走他乡,前路茫茫,无边的惆怅缠绕着钱宗仁。唯有一团不死的火埋在他的内心深处。萍水相逢的一个小漆匠解开了他心中的扣,从而使埋藏的火苗被重新点燃:"唯成分论是唯心论。你背上沉重的包袱是人为的。既然是人加上去的,人还可以去掉。"正是怀着这一信念,也正是这一坚信自己无罪的信念又撑起了钱宗仁生活的风帆。所以,回到林场筑路队的钱宗仁在荒无人烟的地方"扫冰雪、挖冻土","顶着风沙铲石头"并开始自学,从而在1981年学完了本科课程,获得了新疆广播师范大学的毕业证,并以第一名的成绩考取了西北大学数学系的研究生。但是"出身论"留下的后遗症使他失去了这一机会,因为动乱年代耽误的时光太久,他仅仅因为超龄两岁便又被剥夺了深造的机会。虽然在作品的结尾,钱宗仁的曲折命运以调进塔里木农垦大学任教画了一个光明的尾巴,但是,它留给人们的思考却依然是沉重而苦涩的,这就是僵化的人事制度和官僚主义的冷漠、敷衍对人才的埋没与摧残。难能可贵的是,在孟晓云充满人道主义情怀的笔下,作为主人公的钱宗仁洗却了政治高压所造成的"出身不好"者常有的赎罪心理,贯穿着其生命历程的是"一个曾被忽略的倔强的灵魂"对人的尊严、人的价值的坚守和不屈追寻,这使得钱宗仁的悲剧形象至今仍熠熠生光。

徐福铎(1943—),内蒙古《哲里木报》的记者。报告文学《她的中国心》将人的命运和人的选择推向了极致,但同时又在"爱"这一人类情感中统一了这一选择的矛盾和冲突,就像故事的主人公统一了"乌云"和"立花珠美"这两个名字一样,虽然名字的背后附着了不同的故事和历史遭遇。一边是日军指挥官以"效忠天皇"的名义将最后的疯狂射向驻华日军的家属,八岁的立花珠美与家人等一大批人遭遇自己人的屠杀;一边是有着民族仇恨的蒙古族的阿爸和汉族阿妈从血泊中抱起了立花珠美,使她有了新的名字"乌云"有了一个尽管贫困但温暖的家;一边是唯一的亲人哥哥的深情呼唤:"回来吧,妹妹,我们再也不要分离";一边是养父母含辛茹苦的养育和故乡库伦旗给她的刻骨铭心的印象,那里留下了她的爱情、她的青春的全部;一边是生她的日本,一边是养育了她的中国。作者用倒叙闪回的手法,通过由"此"及"彼"的联想,将主人公放置于两种情境的相互比照中,不但写出了主人公曲折的人生命运,而且凸现了人的选择的艰难。而制约她最终做出选择的最主要因素不是别的,正是那魂牵梦萦的草原风情,是那一双双期盼的眼睛,是那割不断的悠悠乡情,是那份无私的爱——别人给予她的和她给予别人的,因为这成了她生命的一部分。所以,《她的中国心》是一部由"爱"绘制的人性的风情画。

如果说以上几篇报告文学是"一人一事"体中的佳篇,那么,80年代末到90年代初出现的王宗仁的"青藏风景线系列"及《雪域战神》《莽昆仑》《塔克拉玛干,生命的辉煌》《共和国不应忘记》《极光下的梦》《中国1989:西部大淘金》《鏖战西北》《西部在移民》等作品,却在突破以往报告文学写法的基础上,避免了政论体全景报告文学的弊病,实现了写作方式上的历史性跨越,这就是以"人"为主体的形象凸现与充满历史与现实感的全景透视的有机结合。这一写作方式上的成功融合,一方面使"人"的存在获得了现实的支撑和历史的厚度,另一方面又使现实与历史交织的全景透视,因为"人"的存在和生动可感的形象的出现,获得了某种实在的意义与生命的力度。

最早承担这一写作方式"历史性跨越"的作品之一,是甘肃作家**王作人、王守义**的《极光下的梦》。作为一篇生动感人的报告文学,它成功地塑造了徒步穿越南极的勇士——秦大河的形象,但是它又不仅仅是一篇单纯的人物报告,而是一部全景式的有关南极科考活动与科学家群像的勾勒。具象与综合、特写与全景、历史与现实的完美结合,使得秦大河等人曲折的"南极梦"因为整个人类科考历程的全景透视获得了历史感,而全景式的南极历险与科考也正因为秦大河等许许多多的人而得以延续、书写。所以,这部作品既写出了人与自然抗争的生命的辉煌,具有深邃的人类学意义和世界视阈,也道出了人性的苦闷与无奈。1989年7月,兰州冰川冻土研究所的科学家秦大河代表中国参加横穿南极大陆的国际科考活动,超越了单纯的科学考察与探险的意义。但是,主人公辉煌的背后又有多少无奈与苦闷呢?就在秦大河签订了穿越南极的"生死合同"与家人告别时,妻子周钦珂却因为车祸躺在医院正在抢救,肇事方的耍赖、医疗费的无法落实,使"即将奔赴遥远的南极冰川愿为祖国荣誉拼死一搏的秦大河","不得不骑着破车为药费四处奔波,看各种脸色,听各种推诿,受各种冷落……花花世界的人情世态比南极的冰天雪地,更叫人寒心"。他实在不忍心把伤势沉重的妻子扔在病床上,便忍痛向北京的中方负责人打了电话,对方的答复是:现在换人已经来不及了,中国只好放弃了……最后,还是病床上的妻子为丈夫作出了令人心碎的生死抉择。秦大河载誉归来,"秦大河热"如旋风般席卷大地,但是它很快便被都市的灯红酒绿所湮没,因为,在中国的转型期里又在经历一个商业、世俗淹没知识与科学的短暂插曲。这部作品的成功就在于将人物的选择置于各种矛盾的巅峰,写出了人物内心的真实、人的无奈与人性的苦闷,写出了辉煌背后的辛酸与悲情。就这样,作家们像古代记录历史的史官一样,将贯穿在徐凤翔、钱宗仁、秦大河身上的这一执着的科学情结求知情结,连同现代中国知识分子曲折的命运一起留在了历史的长河中。

王守义还先后创作了《纸皇冠》《死亡的村庄》《家神》等小说和电影《淘金王》《黄金大盗》《驼路神卦女》等。在《极光下的梦》之后写成的长篇报告文学《新河》中,这一艺术手法得到了进一步的展开和深化,从而使陇上都江堰这一"引大入秦"水利工程得到了艺术化的全景式展现。干渴的煎熬、旱魃的肆虐与那个"大跃进"时代造就的"引洮工程"悲剧,作为历史的阴影铺垫着陇上人家的这个世纪之梦——"引大"工程中中外合作者之间思维与理念的冲突,使得人的奉献、牺牲、追求与人性的煎熬,获得了超越世俗的悲怆意味。

生命禁区中的人的牺牲、人与自然的抗争、人的生命的辉煌与苦闷,成为这一时期西部报告文学的主要题材。军旅作家王宗仁的"青藏风景线系列"、燕燕和张卫明的《雪域战神》、徐志耕的《莽昆仑》等作品,全方位地透视西部军人的奉献和牺牲;客居作家罗盘的《塔克拉玛干,生命的辉煌》与甘肃作家张庆豫、邓建永的《共和国不应忘记》等,将探寻的广角镜伸向了大漠深处的一大批地质、石油勘探者,展现了他们献身西部建设的生命历程和西部风情画。从这两个视角所涉及的题材来看,继承和延续了50—60年代掀起的具有革命浪漫主义色彩的"西进热潮",但是在艺术视角与价值取向上又存在明显的不同。"西进热潮"代表和体现了新时代人民共和国的时代精神,也是新时代"人的成长"的诉求和价值取向,它对西部人与自然的双重解放做出了不可磨灭的贡献。但是,由于受特定时代文学价值观的局限,"西进热潮"中人的辉煌的一面得到了淋漓尽致的表现,而人的牺牲、人性的苦闷与人的价值的深层次透视却依然是欠缺的。无法回避的人的概念化在这一时期的西部文学中得到了正视,这就是对于人与自然的抗争、人的牺牲,以及人性的苦闷与悲情命运的艺术化观照与深度透视。

《雪域战神》的作者是来自北京的军旅作家**燕燕和张卫明**。在这篇以"白纸为花,黑字为纱,敬祭于四十年牺牲在世界屋脊的人民解放军忠勇将士之灵"的作品中,描绘的是"雪域战神高擎太阳的殷红画面"所折射出的神性与悲情色彩。正如作者在《序曲:活着就是贡献》里写的:

>　　生命禁区与生命奇迹的截然对立,和谐地统一于一种崇高理想的奉献力量。理想是人类生命的另一层存在方式……初上高原的勇武战神,遇到来自自然和社会的双重挑战。烈士陵园的碑林做证,自然之力建造的非正常死亡的坟墓,远远超过硝烟中的战斗减员。集四十年之牺牲,西藏军人豪迈宣称:活着就是贡献。
>
>　　活在高原,分分秒秒都在付出健康的代价,生命的代价。人的生命折旧,无法用金钱换算。
>
>　　生存——因死亡而愈加珍贵;因险恶而愈发坚忍。人与自然的永恒母题,也因地势凌空而高拔雄奇,接近太阳而灿烂辉煌。

从1951年人民解放军十八军进藏开始,军人在高原的惨烈牺牲不仅来自平叛战斗和边防战事,更主要的牺牲来自于和自然的生存抗争。粮食的匮乏使进藏战士饥不择食,吃死马、地老鼠、麻雀、发霉的面糊糊;在藏北无人区,奄奄一息的先遣队官兵在饥饿中不断死去,而等待他们死亡的一群群秃鹫却引来了救援队;连呼喊一声都来不及的那五十个官兵,在瞬间就被泥石流吞没;严酷、残忍的多雄拉山峰和喜怒无常的天气,使进出墨脱变成了令人胆寒的死亡通道,军人的罹难数高居不下。严寒和空气稀薄等肉体折磨,寂寞孤独等灵魂考验,以及由于缺氧、高寒而导致的生理上的痛苦变异等,使四十年驻藏军人和青藏线人的牺牲与奉献变得沉重而悲怆。因为,为了民族解放和边疆的稳定,人民军队"超负荷地承担了政治和经济功能",在"活着就是贡献"的特定地域,他们"生命的外延和内涵都扩展到了一种极致"。

原南京军区专业作家**徐志耕**(1946—　),浙江人,先后有《南京大屠杀》《情海望不断》《莽昆仑》等作品问世。他的《莽昆仑》从另一个横断面呼应了西部军人生存的艰难。如果说《雪域战神》是从南线入手透视生命禁区中军人的牺牲和奉献,那么《莽昆仑》就是藏北高原青藏线上的西部雕像——由活生生的生命铸就的不朽雕像。为了修建联结内地和西藏的公路,从 1954 年 5 月开始,慕生忠将军带领 2200 名战士和民工在 220 多天的时间内,硬是在荒无人烟、空气稀薄、气候高寒的世界屋脊上开辟了一条 2200 多公里的青藏公路,从而创造了人类征服自然、战胜自然的奇迹。"没有图纸、没有标杆、没有机械,只有铁锤、铁镐、铁锹和炸药,只有意志、毅力和勇敢"。他们在没有架桥木头的江河源头砍来沙柳编成筐装运山石,激浪一次次将运送的羊皮筏子打翻在湍急的江河里;在海拔 5200 米的唐古拉,暴雨连绵冲断了通往格尔木的公路,饥饿、寒冷、缺氧、疾病一起袭向受困的筑路者,六十多人身上长出了疼得钻心的黑紫斑块,有的昏迷不醒,不少人靠挖地鼠充饥……绝处逢生,唐古拉山的藏族头人昂才赶着五百头牦牛送来了救命的粮食。为了给挨饿的驻藏部队送粮,一踏上尚未竣工的青藏线就头晕目眩的运输队员,目睹着曾经南征北战的汽车一辆接一辆倒地"卧毙",连铁制的零件都被冻裂,更何况是人?通讯线路沿着青藏线联结起了拉萨和北京,输油管道从格尔木铺设到了拉萨,守护青藏线的兵站一直延伸向生命禁区。但是,每一天的坚守都有牺牲:有的人被冻掉了双脚,有的得了心脏病、肺水肿、全身浮肿,有的人长眠在青藏线。一千多名健儿为青藏线捐躯,他们的英魂长留在了青藏线的每一处。可是做出牺牲的不光是他们,还有那些失去亲人的女人,正如作者写的:"格尔木的每一座家属院,都有一些失去了丈夫的寡妇。高原的风雪吞没了她们的青春也磨砺了她们的筋骨,她们把自己交给了青藏线。她们默默地流着泪,顽强地工作着、生活着,抚养着孩子……"大跨度的历史勾勒与具体环境中的人物刻画,惨烈场面中的人性化描写与意味深长的细节展开,使《莽昆仑》充满了荡气回肠的英雄气和悲情色彩。

与燕燕、张卫明、徐志耕等高原的旅居者相比,被誉为"昆仑之子"的王宗仁的根是扎在青藏高原的。

王宗仁(1939—),陕西扶风人,原解放军总后勤部创作室专业作家,他是一个地地道道从昆仑山风雪中滚爬出来的战士。自 1958 年入伍成为一个高原兵再到汽车驾驶员、文化教员、副指导员,他一直在用笔表达他对青藏线的爱与理解,并在随后的岁月里将自己四十多年的情感和整个人生一起交给了那些牺牲、坚守在青藏线上的人们。因此,他不止一次地这样说:他感谢那块高地,那块在不少人眼里是个谜也是个魔的高地,是他生命和写作的"血地"。从那些创作于60—70年代并被冠以"季节河没有名字"的三十一篇高原题材的纪实散文来看,尽管都是些散淡的普通人的故事,但却是王宗仁关于高原人的最早的艺术素描,朴素的语言中流淌的是发自人们心灵深处的真情与关怀。这在当时的政治语境下如一缕清风带来了高原的气息,是极为难得的性情之作。之后,在《写在她远行的路上》(与马继红合作)、《磕不完的最后一个头》《历史,在北平拐弯》等报告文学中,王宗仁对人的价值的思考、追寻,以及对战争中人的命运的深刻顿悟,使他的报告文学达到了一个新的艺术境地。作为青藏线故事的延续和此类题材的集大成者,80年代末以降的"青藏风景线系列"报告文学《青藏高原之脊》《死亡线上的生命历程》《女人,世界屋脊上新鲜的太阳》《日出昆仑》《源头桨声》在社会上引起了巨大的反响。王宗仁对人的价值、人性、人的灵魂的内在冲突的全部思考,可以说借此得到了全面释放。这些作品不仅全方位观照了青藏线严酷的自然条件,而且从人性化的视角凸现了大写的"人"——和平年代英雄的命运,既写出了青藏线人的魂和人性的悲壮,又正视了人性的苦难与悲情,使英雄主题在现代社会赋予了新的内涵。

那么,王宗仁笔下的"青藏风景线"究竟是一幅什么样的风景呢?在"离太阳近了,离死亡也近了"的世界,有十多万解放军官兵在默默地坚守着,为了和平也为了建设新西藏。吞噬、折磨着他们生命的不仅有严酷的自然,还有灵魂的孤寂和沉默中的饥渴与焦躁。他们忍受着紫红色的脸庞像世代生活在雪线的藏家人,指关节变粗、指甲凹陷的手像粗糙的树根以及沉默得近乎木讷的神情背后掩藏的至少是两三种高原病的折磨。"难道青藏线人的成熟与苍老是同步增长的吗?"(《青藏高原之脊》)作家在含泪的质问中寻找着他们的精神支点,那种说不清、道不明的"青藏线"情结是无法用文字来描述的,这就是一种牺牲的价值观:"死亡现象同生存一样代表着一种价值"(《死亡线上的生命历程》);一种比牺牲更为艰难的忍耐品质:既然青藏线需要有人去坚守,那么不是自己又是谁呢?一种无法推辞的殉道意识选择了西部军人。王宗仁没有回避青藏线人的苦难,他用良知、心灵丈量着每一个肉体和灵魂所承受的苦难,将自然的阳刚与人的"阴柔"(人性之美)相结合,将高原风情画、风景画与人性的悲情色彩相融合,从而使坚守在青藏线上的西部军人的内心世界和复杂的精神需求得到生动、真实的呈现。在空气稀薄的雪山之巅,人们违背自然规律创造的生命奇迹——"雪山绿""昆仑菜园",不仅是为了补充营养,更重要的是为了满足"看"这一精神需求,因为雪线上太缺少富有生命气息的绿色了。作为活生生的人,他们也有痛苦、烦恼、渴望,但是这些在平常人看来极其正常、自然的需求对于他们却是一种奢望。"王宗仁不仅写出了他们是战胜自然、战胜死亡的强者,而且也写出了他们是战胜自我的强者。在和平年代的青藏线上,这是一种更为惊心动魄的牺牲和战斗,这里有比拿枪的敌人还可怕的对手:缺氧、孤独。西部军人与它们对峙着,并且战胜了它们,与它们融为一体。从而使这青藏线上的'风景',在冷酷、肃穆之外,又充满着脉脉温情,这是'人'——青藏线人的精神、灵魂烘托出的另一种'风景',是残酷的自然条件与人的肉体、灵魂、精神搏杀、抗衡所产生的悲壮、瑰丽的人性美。"[①]

因此,无论是从军事文学还是西部文学的视阈来看,王宗仁的"青藏线风景系列"都取得了一定程度的超越与突破。一方面,他写出了当代西部军人悲剧性的生存状态和人的内心冲突,不但在理性的观照与哲理的升华中凸现了他们身上震撼灵魂的悲情色彩和悲壮美,而且实现了英雄主题的现代性转换,这就是人的回归与民族精神的象征在现实英雄身上的统一;另一方面,王宗仁抒情诗般的美学风格在全景透视与主体形象相结合的写作方式中得到了较好的呈现,从而使其作品充满了一种质朴的美感和浓郁的人性色彩。尤其是善于运用细节来揭示人物这一点,使得王宗仁笔下的人物性格丰满、生动、形象、准确。例如:《青藏高原之脊》在描写汽车团政委文义民时这样写道:

> 中等个头,胖墩墩的,显得浑身都是力气,西藏的风把脸膛镀成黑红色,双手格外粗壮、结实;绿军装已褪得呈灰白色了……我可以毫不夸张地说:这是从昆仑山敲下来的一个岩石人。

一个"敲"字写尽了文义民个性中的刚性。身患几种高原病的沱沱河兵站站长关茂福,有病不让他人知道,当别人说他有病时,他问"肯定?有什么凭证?他狠狠地剜了人家一眼"。主人公长期忍受疾病折磨所形成的焦灼、无奈和被人点破的恼怒,在这一反问和一个"剜"字中表现得淋漓尽致。这不但是西部军人坚忍性格的显露,也明显地打上了西部人生存方式的烙印。

张广平在《云岭之战》等小说之外,还有报告文学集《西部风流》系列和长

[①] 陈进波、马永强:《报告文学探论》,兰州大学出版社,1997年出版,第325页。

篇报告《中国1989:西部大淘金》等。他的大部分作品基本在延续西部文学的传统主题,即弘扬和表现严酷自然条件下的英雄主义,唯有创作于90年代初的《中国1989:西部大淘金》呈现出了一点变化,这就是对西部人的生存方式、人的命运、人性的复杂给予了深刻的展示。在震惊中外的1989年青海可可西里淘金大潮中,由于"四大金王"等大小"金把头"和腐败分子高价倒卖采金证,使原本容纳至多一万人的可可西里采金场一下子涌进了三万多人。管理的严重失控和暴风雪将八千金农拖入了绝境。在突降的灭顶之灾面前,一边是从中央到省、地各方的全力营救,一边是陷入困境和混乱中的金农间的残杀、抢劫、欺骗和刀光剑影;一边是"黄金梦"的破灭和人性的疯狂,一边是一幕幕家庭悲剧在不停上演。张广平不仅在全景透视中正视了西部人的贫困和生活的无奈,而且使复杂的人性在黄金潮中得到了比较充分的展示。但是,正如评论家许文郁所言:作家在这里的描写是有所偏向的,他将主要笔墨放在"人与自然的矛盾",展示最多的是"自然对人的肆虐、对人的逼迫",赞美了"西部人肉体的耐受力"和不屈不挠的精神,"却忽略了这些人的头脑思维的形式"。同时,由于他过分同情西部人的境遇,从而在写作中弱化了最应该着力追究的"人与社会的矛盾"和"人与人的矛盾",使作品缺乏一种深层次的"批判的眼光"[①],留下了令人遗憾的不足和缺憾。

《中国青年报》记者**麦天枢**(1956—),宁夏中卫人,先后有《土地与土皇帝》《西部在移民》《天荒》《问苍茫大地》《活祭》《昨天——中英鸦片战争纪实》等作品问世。发表于80年代末的《西部在移民》,以理性的、人道主义的现实批判赢得了公众的赞誉。它不仅全方位透视了西部干旱地区人们生存的贫困、窘迫和人们竭泽而渔般地对自然的残酷掠夺,同时将一腔人性化的关怀投向旨在消除贫困、缓解人口与生存空间矛盾的移民工程的艰难,理性地反思了"移民潮"所折射出的复杂情感与现象,一方面,批判了"重土轻迁"的传统、守旧的乡土观念,另一方面,对移民大潮中的"回流"给予了充分的正视:宁愿在干旱山区受穷和接受救济,也不愿在水草丰美的河西走廊艰苦创业,这其中已不仅仅是简单的乡土观念在作祟,深层次来看还是人性中的一些懒性在起作用,这就是人的灵魂的贫困和干渴。麦天枢的成功就在于用人性化的视角

---

① 许文郁:《西部军旅作家的眼光》,解放军文艺出版社和兰州军区政治部1992年12月1日在北京举办的《中国1989:西部大淘金》作品研讨会发言稿,晓麟、白光编:《文学的风骨》(未正式出版),第113页。

和现代意识,观照与审视了西部人生存的现状、人性的复杂、人的观念的艰难变迁与痛楚,其中既充满了生的希望与痛苦,也有人性的抗争与苦闷,更有深刻的反思和理性批判,强化了西部报告文学的批判性和反思性。

张俊彪(1952—),甘肃宁县人,曾任甘肃省文联副主席,1992年调任深圳文联主席。他先后创作了《幻化》三部曲(《尘世间》《日环食》《生与死》)和《省委第一书记》《没有陨落的太阳》《山鬼》等多部小说,以及《最后一枪》《刘志丹》《红河丹心》《黑河碧血》《鏖兵西北》等历史题材的报告文学。谨守并尊重历史的真实,这是历史题材报告文学的最基本的品质,但西部作家张俊彪不仅做到了这一点,而且在他的作品中给予了升华和拓展,这就是生活的真实、情感的真实、艺术的真实与历史的真实的结合与不断追求,在他的历史题材报告文学中的具体体现。由于作家在描写刘志丹、董振堂等一代名将的传奇式人生经历时,很好地处理了人物与特定历史环境的关系,因而作品中的主人公生活、情感、人生追求、命运遭遇不但吻合生活逻辑和历史轨迹,而且获得了历史与特定环境的高度支撑。同时,围绕人物命运发展的历史风云的展开,也为之后气势恢宏的全景式报告文学《鏖兵西北》的写作提供了一定的艺术积累,从而使得这部描写大西北解放战争的全景纪实,既有炮火连天的战争场面,也有大兵压境前不同历史人物的选择与微妙的心理活动。而且,这一时代变革中的人物选择与方式不仅受特定环境的制约,也因各自的背景、经历的不同呈现出了差异。可以说,透过纷繁的历史迷雾,张俊彪写出了特定环境下的特定历史人物的选择,揭示了纷繁复杂的人性和战争对人的心灵的深刻影响,既是历史的现场回放又渗透着历史的沉思。因此,《鏖战西北》的意义,"不仅超越了军事战争的历史画卷从而达到了政治审视的高度,同时也超越了对历史的忠实描绘及对战争历史场面的忠实再现,从而达到了一种对历史与现实及其个人命运的哲理情思之境界"[①]。

总之,通过以上论述可以看出,80年代以降的西部报告文学,丈量的是极境中的人的"生命的高度",探寻的是人的生命价值,还原的是人的本来面目。它不仅写出了人的辉煌,而且写出了人的悲剧、苦闷和无奈。可以说是对人性和人的命运的全方位反思和观照。

---

① 陈墨:《辉煌壮丽的战争诗章》,《张俊彪研究文选》,花城出版社,1997年出版,第179页。

第三节 长河落日:西部历史小说

如果从地理上来划分,万里长城无疑是中国历史的一个鲜明的分界线。长城以里,是华夏民族诸王朝兴衰更替的大舞台;而长城以外,是各少数民族游牧杀伐的辽阔疆场。这一"里"一"外"的人群史,构成了中国历史的两大部分。中国的现代作家多半都生活在内地,他们首先注目的自然是内地的历史。远的且不论,自新文学发生以来,以鲁迅的历史小说为发端,历史小说由一条涓涓细流渐渐演化成了一股滚滚洪流。特别是新时期以来,历史小说蓬勃蓊郁,蔚为壮观。其中姚雪垠的长篇小说《李自成》、徐兴业的长篇小说《金瓯缺》、凌力的长篇小说《暮鼓晨钟》和《少年天子》、唐浩明的长篇小说《曾国藩》与《旷世逸才》,以及二月河的长篇小说《雍正皇帝》《乾隆皇帝》《康熙大帝》尤为耀眼夺目,堪称历史小说丛林中的巨树。比较起来,长城之外万里疆域上发生过的波澜壮阔的历史风云,却较少受到内地作家们的注意。充其量,匈奴人、突厥人、吐蕃人、西夏人、契丹人、女真人、蒙古人,以及松赞干布、萧燕燕、李元昊、耶律阿保机、完颜阿骨打、成吉思汗、忽必烈、努尔哈赤、皇太极等这些对中国历史产生过重大影响的历史人物,大都是作为中原王朝的对手、作为小说中的配角出现的。很少有作家站在西部民族的角度上,对他们作深入的理解与审视,对西部的历史进行崭新的、大规模的描述。

西部的历史过于复杂。它不像中原地区那样脉络清晰、线索分明,西部的历史呈碎片堆积状、相互缠绕交叉状。而西部的史学研究力量又远比内地薄弱,这就给有志于描述西部历史的本土作家造成了很大的难度。他们首先得扮演历史学者的角色,筚路蓝缕,艰难地搜寻第一手资料,破译扑朔迷离的历史谜团,尽可能详尽地掌握历史细节,体会历史氛围,抵进历史的本相;他们没有条件像内地作家那样可以享用丰富的历史研究成果。历史资料的匮乏,使得他们的创作准备期拉得很长。

出乎同样的缘故,率先出现在西部文学地平线上的历史人物,是一些具有传奇色彩的民间人物。创造这些距信史较远、离文学更近的传奇人物的作家,不仅有生活在西部的作家、曾经在西部生活过又回到内地的客居作家,而且还有远在港台的作家。

高建群(1954—),陕北临潼人,代表作有中篇小说《遥远的白房子》《伊犁马》等十九部,长篇小说《最后一个匈奴》《六六镇》《白房》等五部,散文集有《东方金蔷薇》《匈奴和匈奴之外》《我在北方收割思想》《穿越绝地》《胡马北风大漠传》等八部。曾任陕西省文联副主席、陕西省作协副主席。高建群早年曾从军来到新疆边境,在边防哨所中度过了数年生涯。也许是新疆边陲地区各族民众异乎中原人的野性风貌深深地浸染了他的灵魂,在他心灵深处留下了难以磨灭的印记,回到陕北后,他写出了一篇脍炙人口的历史小说《遥远的白房子》。小说讲述了清朝末期发生在新疆边境线上的一个传奇故事。这篇小说的新鲜之处在于,中、俄两国边防军人是战场上的敌人,但俄国军人不再是脸谱化的凶残的恶魔,而是一些极富人情味、极具人性的优秀的军人;为守土而壮烈殉国的清军将士,也不再是正义的化身、崇高的雕像,而是一群平时看上去十分粗鄙,战时刚烈豪勇无比的职业军人。特别是小说的主角清军管带马镰刀,俨然是一个土匪,又是一位痛痛快快地活了一生的西部硬汉子。他既敢于与邂逅相遇的一个边地女子一夜疯狂,而后不辞遁去,又敢于与来犯的俄国军人彻夜痛饮、称兄道弟,天明之后又刀枪相见,同归于尽。这样一种由远天野地孕育出来的豪烈悍勇、敢作敢为、自由无羁的野性人格,在当时的中国小说中,是异常新鲜的。小说传达了一种西部人特有的蛮野刚健、极具人性的人生滋味,给当时的中国文坛吹来一股清新的空气。《遥远的白房子》因其独特的野味而备受文坛注目。时隔数年后,高建群又写出了它的姊妹篇,小说依然保持了浓郁的传奇色彩和野性韵味。

20世纪最后十年,西部历史小说领域里出现了一批写实色彩浓酽的鸿篇巨制。主要有张承志的《西省暗杀考》与《心灵史》、邓九刚的鸿篇巨制《大盛魁商号》,堪称西部历史小说的典范。另外值得一提的长篇历史小说还有青年作家杨·道尔吉的《忽必烈大帝》、任建的《蓝色天轨》、甘肃作家李民发写的《〈三国演义〉补》和"三殇"(《蜀殇》《魏殇》《吴殇》)、新疆作家赵光鸣的《解忧与冯嫽》,以及香港作家董千里、南宫博以中国西部历史为题材的几部小说。

杨·道尔吉(1964—),蒙古族,成吉思汗陵守护部落鄂尔多斯人的后裔。兴许是这个特殊部落人对成吉思汗的敬仰爱戴与忠诚自小深深地感染了这个蒙古族汉子,他虽然不曾成为职业研究人员,却凭借一腔热情悉心考察蒙古族历史,成了一名业余蒙古学学者,出版著作有《成吉思汗陵史话》《鄂尔多斯风俗录》《阴山·蒙古·佛学府》及长篇历史小说《忽必烈大帝》等。新近出版的《成吉思汗秘传》,是一部蒙太奇式地记录成吉思汗一生的传记文学著作,故事情节跌宕起伏,人物个性鲜明生动,为读者展示了遥远的蒙古草原生活和神秘的汗国斗争经历。由于他对成吉思汗、忽必烈的生平业绩显然是十分稔熟的,所以,《忽必烈大帝》用相当篇幅描述了成吉思汗生前向欧洲、西亚、中亚和吐蕃、漠南汉区全面扩张的赫赫武功,和窝阔台汗死后蒙古国内部接二连三的内争。小说描写忽必烈从少年时代起就受到儒文化影响,注重经营漠南汉地,注意革除蒙古人的嗜杀脾性,采取儒生们奉献的王道治理中国,显露了不同于蒙古其他大汗的蒙、汉合璧式的政治家风度。也许是第一次尝试用小说描述如此广阔复杂的历史图景,或者因为作者对小说艺术的掌握尚不够娴熟,所以,他似乎完全被卷进了历史之中。他把全部的注意力都集中在了对这一段复杂历史的艰难叙述上,而忽略了对史料的剪裁取舍,浓抹淡写。他的叙述巨细无遗,力求对方方面面、枝枝蔓蔓都有所交代,平均使用笔墨,而对非常适合驰骋小说笔墨的细节往往一笔带过。人物中,除忽必烈、姚枢、八思巴的形象较为清晰外,众多的历史人物多半只有一个模糊的轮廓。这样,《忽必烈大帝》更像一部历史大散文,一部平实的人物传记,而不大像情节大起大落、交织紧密、人物异彩纷呈的长篇历史小说。

比较起来,内蒙古的汉族作家任建的长篇历史纪实小说《蓝色天轨——大元帝国开国风云》在历史小说艺术的把握上显然要比前者成熟得多。

任建(1959—),内蒙古集宁市人,《草原》杂志编辑。发表和出版诗歌、散文、小说、报告文学和文学评论多部。从80年代末开始,任建为撰写《蓝色天轨》做学术准备。历时十年,几经删改,终于完成了这部以描写大元帝国开国历史、塑造元世祖忽必烈形象为主旨的长篇小说。《蓝色天轨》截取的是蒙古人征服漠南汉地、创建大元帝国的一段历史。这是蒙古史中最为错综复杂的一段历史。忽必烈之前,蒙古人的三次西征,基本上是凭借强大的蒙古铁骑攻城略地、屠戮杀伐、实行马刀统治的历史,扩张疆域的历史。从忽必烈盯住漠南汉地之日起,情况变得异常复杂了。对马背民族蒙古人来说,要想征服庞大的华夏帝国,收服文明源远流长、民族心态远为曲折复杂的华夏民族的人心,仅有强大的武力是远远不行的。忽必烈高出贵由汗、蒙哥汗以及众多的蒙古贵族一筹的地方就在于,他清醒地意识到,必须研习汉人的文化,适度改造蒙古人的传统做法,以"汉法"治汉人,方可达一统漠南、漠北建立强大蒙古帝国之目的。《蓝色天轨》正是紧紧抓住了忽必烈的这一政治远见,沿着这条思路取舍史料、安排结构、勾连情节、剖析人物心理,显示了作者善于从纷纭复杂的历史现象中提纲挈领的敏锐史识。

从《蓝色天轨》的写法看,这部长篇小说比较成功地采用了虚、实相间的手法。譬如它对伊利汗国、钦察汗国、窝阔台汗国、察合台汗国以及哈刺和林、东北后王、吐蕃等地的情形采取了粗线条勾勒的虚写笔法,从而避开了过多的枝蔓。集中笔墨描写了忽必烈大量选拔汉族人才、形成"金莲川幕府",对汉族谋臣、战将的建议言听计从,改变蒙古人遇抵抗就屠城的陋习,以汉法治理汉地,从而节节成功,一路势如破竹,以及与吐蕃佛教界领袖八思巴结成深挚的友谊和政治同盟,从而成功地控制吐蕃,等等。对这些事件、场景的相对细致的描写,一是构成了小说的主线,显得主次分明,脉络清晰;二是有力地展示了忽必烈的政治智慧与帝王气度,同时也显示了忽必烈性格中的多疑,登上高位后喜欢起投其所好的小人,对下面的政情、民意失察等帝王通病。又譬如,这部追求纪实风格的长篇小说涉及的历史人物有数百人之多,人物之间的渊源关系极为复杂,以区区五十余万字的篇幅,很难一一缕述清楚,使之个个性格鲜明。作者为此采取了粗写与细写相结合的办法,使八思巴、真金、阿里不哥、拔都、子聪、姚枢、廉希宪、蒙哥汗、伯颜、阿合马、文天祥、贾似道等主要人物都给人留下了颇深的印象。忽必烈作为本书的核心人物,作者对其抱负、谋略、胸襟气度、文化修养、军事才能,以及坦诚而又帝心难测、信任部下又多疑的性格侧面的描写,都十分准确,写活了这样一位重要的历史人物。

从作品中对忽必烈与八思巴、子聪、姚枢、史天泽、刘整等人分别讨论佛教思想、儒家思想、孙子兵法、战略战术的情形看,作者对蒙、汉、藏文化有颇深的造诣。作品中随处可见的蒙古风俗描写,也说明多年生活在内蒙古的经验助了他一臂之力。作者对蒙古历史的稔熟,也令人信服。尽管如此,作者也有经验、知识所不及处。譬如说,作为一部以描写蒙古与南宋较量为主要内容的长篇小说,作者的笔触应当尽量关照敌对双方。《蓝色天轨》采取的是从忽必烈一方观察的视角。全书以绝大部分笔墨描写"我方"(忽必烈方),而对"敌方"(南宋)的描写则显得颇为粗疏、简略、薄弱。譬如说,南宋王朝的君王昏庸、奸相弄权、群臣懦弱、将士悲怆、义士喋血、百姓不堪战争之苦等等末世之象,值得小说作者浓墨重彩大肆描写,以显示元、宋嬗替的合理性,以暗含历史的哲思。作品对此虽有描写,但投入的笔墨远远不够。这种"我强""敌弱"的结构,造成了小说布局上的不够均衡,也缺失了许多精彩的篇章与可读性,以至于整部小说仍有未脱尽忽必烈传记胎痕之感。

在历史小说领域中,特别值得重视的还有甘肃作家李民发的长篇小说《〈三国演义〉补》和"三殇"(《蜀殇》《魏殇》《吴殇》)等长篇历史小说。

李民发(1949—   ),祖籍山东,兰州大学中文系毕业,曾担任敦煌文艺出版社总编辑。发表过《马班长闲话》等五部中篇小说和《〈三国演义〉补》、"三殇"(《蜀殇》《魏殇》《吴殇》)等长篇历史小说。李民发立志补写我国古典文学名著《三国演义》的念头,起源于他从小对《三国演义》的痴迷和上大学后对《三国演义》一书缺陷的察觉。他认为,就其谋篇布局而言,此书"存在着头重脚轻的现象。尤其明显的是:在诸葛亮壮志未酬、病逝五丈原之后,作家似乎已江郎才尽,迫不及待地草草收笔,造成'蛇尾'之弊"。这种感觉,其实也是古今读者评家的共识。李民发进一步深入研究,悟出"《三国演义》的'蛇尾'之弊,并非是作家江郎才尽所致,而是由于作家将自己大部分的感情、热情和激情都喷泻在了诸葛亮的身上,其他人物如曹操、刘备、关羽、张飞、周瑜和司马懿等人,只是捧月的群星、托月的彩云;当诸葛亮去世以后,作家突然失去了'重心'和'平衡',失去了描写的重点和焦点,失去了发泄感情的对象和用武之地,因而他也无心再写下去了,只好匆忙收尾……"①悟出这一点之后,李民发决计倾尽毕生心力,"将《三国演义》的薄弱部分补续出来,以弥补此辉煌巨著的'蛇尾'之憾"!就已出版的《〈三国演义〉补》一书看,这部近六十万字的小说精细地描写了魏国灭蜀汉的详细过程,塑造出了姜维、邓艾、钟会、卫瓘、刘禅、诸葛瞻等一大群精血饱满的历史人物形象,堪称是十分成功地弥补了《三国演义》的"蛇尾"之憾。

长篇小说的要点之一是谋篇布局。作者全局在胸,从容布阵,各条线索紧密交织,循序渐进,一环紧扣一环,一浪高过一浪。如写魏国准备进攻蜀国阶段,他用一支笔墨描写司马昭老谋深算,精心选将,周密部署,两路进兵;另一支笔墨描写蜀国内部情形:刘禅沉溺于淫乐之中,对姜维的预警毫不在意;黄皓弄权,欺上压下,贻误时机;唯有姜维一人独承重担,心忧如焚,一方面通过诸葛瞻上达紧急军情,排解黄皓的干扰;一方面运筹谋划,周密布置,准备挫败魏国的两路进攻。接下来是大战开始,小说浓墨重彩描写姜维、赵广血战孔函

---

① 李民发:《我与〈三国演义〉》(代后记),《〈三国演义〉补》,十月文艺出版社,1996年出版,第743、744页。

谷口、智取阴平桥,抢得先机,邓艾初战失利;善出奇招的邓艾取道摩天岭,奇袭江油,下涪县,势如破竹;诸葛瞻有忠心而少谋略,连连失策,致使父子战死沙场,蜀军全军覆没;邓艾大军兵临成都城下,刘禅出降,蜀汉灭亡……但小说并未就此收笔,而是出现了另一个文学高潮:钟会、卫瓘、邓艾以及司马昭四方阴谋百出,杀机四伏,斗心计,拼狠毒;其结果是魏军灭蜀的大将邓艾、钟会被杀,姜维为蜀汉流尽了最后一滴血,反而是无尺寸之功;只会搞阴谋诡计的监军卫瓘独揽全功,历史演出了一场荒诞的大悲剧……从开局到结束,这部小说可以说一波三折,环环相扣,高潮迭起,一气呵成,显示了作者高超的铺陈历史大局、谋篇布阵的结构才能。

小说不仅大布局周密精当,在具体场景、细节的描述方面,也显示了作者精准、老到的功力。譬如写战争场面,这部小说不仅深得《三国演义》写战争之三昧,且有超过《三国演义》之处。如写魏灭蜀汉之战,亦约略有罗贯中述说赤壁大战之气度风采。从开局对双方情态的对比描写,到大战中的风云瞬息变幻,再到出人意料的大毁灭结局,一如长江之洪流,一波推一波,波澜起伏。不仅孔函谷口血战、剑门关大战被描写得空前惨烈逼真,其精细程度甚至超过了《三国演义》对战争场面的描写,且穿插于战事中间的宫廷戏、谋略戏、抢麦戏、越岭戏、心战戏、死节戏等场景,皆非战争而有战场戏的紧张气氛,为小说平添了许多饶有趣味的色块。

这部小说极为精确地刻画了一群历史人物的神情风貌。《三国演义》的作者罗贯中怀有极深固的正统观念,故对"篡汉"逆臣曹操极尽丑化之笔,而对刘备、关羽这类试图延续汉祚、符合忠义观念的人物赞叹有加,以致使其所作所为显得做作虚假。李民发显然无正统观念,他只是以人格的高低来区分人物。所以他笔下的姜维和魏国将军邓艾两个敌对人物同样足智多谋、英勇善战、忠心耿耿、坦坦荡荡,令人感佩;又同样遭罹猜忌暗算,忍辱负重,最终抱恨而亡,死不瞑目,令人对真英雄的向无好命运而扼腕太息。此外,钟会、卫瓘、司马昭、诸葛绪等都给人留下了极为鲜明的印象。

新疆作家赵光鸣的《解忧与冯嫽》是另一部笔法娴熟老到、引人入胜的长篇历史小说。关于远嫁到西域乌孙国的汉朝宗室女细君公主,《汉书·乌孙传》只有简略的记载,大量的细节早已湮没无闻。细君公主死后,第二位汉公主解忧公主又远嫁乌孙。关于她先后嫁给三位昆莫,远巡西域诸国以联络汉胡感情、扩大汉廷影响,在乌孙国的数度昆莫之位争夺中发挥关键作用,晚年回到长安的生平,史书上也只有简单记载。至于作为一个活生生的年轻女子,她经历过怎样的情感波澜、内心艰难,后人更无从知晓。赵光鸣根据其生平梗概,细心体会这位非凡的汉家女、汉朝使节、昆莫夫人和母亲的内心世界,成功地复活了一个人。譬如作者描写她在特殊婚姻生活中的心理就十分矛盾、复杂。作为汉家女,她接受的观念无疑是从一而终。而情势却迫使她先以妙龄之身嫁给了阳痿的昆莫军须靡;军须靡死后,她又嫁给了雄才大略的继任昆莫翁归靡;翁归靡病逝,她又以五十九岁之身,被迫嫁给了荒淫无道的新昆莫、仇人泥靡。汉人观念与胡人习俗之间的矛盾,一个女人渴望爱情的天性与无爱的,甚至令她极为厌恶的婚姻生活之间的矛盾,政治使命和个人幸福之间的矛盾,在她心里形成一连串痛苦的旋涡。作者对解忧公主一生经历过的复杂心境的把握,达到了非常精确的程度。特别是对解忧晚年心境的描写,渗入了作者自己的生命体验,给人留下了极为深刻的印象。另外,小说不露声色、自然贴切地描写了作为一个负有特殊使命的汉朝使节,解忧公主非凡的政治眼光和胆识。可以说,赵光鸣积聚平生经验、感受与小说功力塑造出的这个解忧公主的动人形象,是他的一大创造,是他为中国文学做出的一个重要贡献。

西部历史小说中还出现了另一个品种,那就是许维创作的敦煌传奇小说。

许维(1954—),甘肃庆阳人,1969年毕业于西北师范大学中文系,《甘肃日报》记者、编辑。他的主要作品有中篇小说集《敦煌传奇》《莫高残梦》、长篇小说《古墓魔影》和中篇童话《飞天》《九色鹿的故事》等。许维的历史小说很像民间故事。他以敦煌一带的地名、出土文物、传说、历史遗迹为灵感触发点,展开想象,糅以神话和民间故事的非写实手段,编织出了一个个美丽动人的故事。凝眸于相依相伴的鸣沙山和月牙泉,他眼前幻化出一对古代青年男女相爱至深却难成眷属,含恨死去后千年相依的凄婉故事。这就成了《沙月遗恨》的基本情节。出土于武威的"马踏飞燕"铜塑是一件汉代艺术珍品,但关于它的来龙去脉却了无踪迹。许维据此想象出了一个神奇的新编民间故事《天马行空》。被风沙湮没的阳关,至今只剩下一座土堆,许维以此勾画了一个古代不肖子弑害父母、终遭沙灾吞噬的故事。最具人情味的当属《蚕桑奇缘》,演绎了一个西域瞿萨旦那国王子不辞艰辛千里迢迢来敦煌西凉国求取蚕种、中间经两位汉地女子拼死相助,历尽波折,终于既得美人又得蚕种的美丽故事。许维的这些新编民间故事虽然没有多深的思想意味,但具有独特的敦煌韵味和美感。他的另一部中篇小说《莫高残梦》,是唯一一部具有写实色彩的小说。小说准确地描画出了敦煌藏经洞经卷文书的出卖者王圆箓的本来面目,这个人既不是一个虔诚的、造诣深厚的宗教信士,也不是一个充满贪欲的坏人。他狡黠而又无知,贪图银子却又一心想整修佛窟,心机多端却很容易上当受骗,命运凄惨却又无同情心,善于巴结官吏却并不真信服官府。这个人物极像中国的许多下层民众。作者在力图还其本来面目时不期然地塑造了一个艺术典型。

值得注意的另一种文学现象是,也许在香港作家的眼中,西部的自然、历史环境具有特殊的传奇性和历史久远感,他们凭借雄厚的书本知识和非凡的想象力,也写出了一系列很有可读性的西部历史题材小说。

董千里,生平不详,香港作家,笔名项庄,浙江人,比金庸年长三岁,生长在江南。20世纪40年代曾在上海读大学,毕业后任《申报》记者和编辑,1950年赴港定居,曾供职影业界和报界,担任过国泰电影公司编剧主任、《明报》总编辑、《快报》主笔。文学创作以写历史小说为主,兼及散文和剧本,已出版小说《寂寞红》(1959)、《铜雀台之恋》(1961)、《柔福帝姬》(1983)、《董小宛》(1983)。1982年创作的《成吉思汗》、1983年创作的《马可·波罗》等西部题材的历史小说,深刻反映了西部的历史和社会。

南宫博(1924—1983),本名马彬,字汉岳,笔名史剑、马兵、碧光、齐简等。1949年由内地移居香港。曾任中国时报社社长,主持过南天出版社。50年代初开始写作,以历史小说见长,一生共出版小说集及其他著作六十余部,部分作品有日、英、西班牙译本,其中有历史小说《汉光武》《洛神》《武则天》《汉宫韵事》《太平天国》《李后主》等,涉及西部历史题材的小说有《王昭君》《蔡文姬》等。

香港作家与内地作家在小说创作观念上有所不同。内地作家注重再现历史的准确性和史识的深刻性,而香港是一个商业社会,小说有可读性、娱乐性才有销路。这样,香港作家们通常是在不脱离史实大框架的前提下,尽情展开想象,充分发挥编剧的才情,在充满异域风情的西部背景下展开故事,情节奇崛跌宕,扣人心弦,且文采斐然,保持了中国古典文学语言之风韵。这些历史小说将知识性、艺术性、趣味性熔为一炉,在艺术风貌上别具一格。所以,文学史家们将这些历史小说归入通俗小说一类。

综上所述,90年代的西部本土已经出现了为数不少的状写西部历史的小说。它们逐渐揭开了西部历史的一角。这部分小说的创作过程比较艰难,对作家的史学功力和文学素养都是一个考验,虽然产量不多,但还在延伸、拓展。在小说家族中,历史小说是一个特殊的品种。作为小说,它不应只是历史的客观摹写,它应当具有文学的写意性,应当打上作家个人的鲜明烙印;作为历史,它又应当戒备"戏说",力求忠实于历史的本来面目。历史小说应当是作家独到的体会、理解、认识和历史本相的完美融合物。西部的历史小说正在迂回曲折地向这一境界抵近。

第四节 诗性歌谣:西部儿童文学

与内地蓬勃繁盛的儿童文学比较起来,西部的儿童文学状况是比较贫弱的。西部地区的许多省份,儿童文学几近空白。有些省份虽出现了几位实力作家,但整个西部未出现儿童文学大家。另一方面,专攻儿童文学的作家虽不多见,但众多的小说家、诗人、散文作家却或多或少地都介入过儿童文学创作。在西部地区,比较重要的儿童文学作家有赵燕翼。

一生致力于儿童文学创作的**赵燕翼**,发表的第一篇儿童文学作品是《地震》。他的儿童文学被译为英文、法文、日文、俄文等十多个国家的文字。从50年代中期开始,赵燕翼以流传在西北地区的民族民间文学为素材写出了多篇童话故事。其中发表于60年代初的《浪哇牧歌》《银色的海螺》《红花》等,刻画了几个鲜活生动的西北少数民族少年形象,显露了作者的创作才能,为他赢得了相当的声誉。"文革"期间,赵燕翼未停止创作。1972年,他的短篇小说《三月风雪》被《中国文学》杂志译为英文予以转载。《塔塔尔汗》《马家女子》等儿童小说生活气息浓郁,人物依然鲜活,较少受到政治概念的损伤。1979年起,赵燕翼的创作再显活力。小说《阿尔太·哈里》在全国儿童文学创作界再度崭露头角,引起广泛的关注。在哈萨克少年阿尔太·哈里身上,凝结着作者自己青少年时代不少苦难的人生经历和感受,因而气韵生动,令人过目难忘。80年代,赵燕翼仍有《西琼渡口》《白牛》《金城少年的奇遇》等儿童小说问世。在长达四十余年的创作生涯中,赵燕翼犹如一棵文学常青树,不断结出果实,用自己的笔触描绘出了一个西部各民族孩子的世界。赵燕翼的儿童文学作品曾受到老作家茅盾的赞赏,多次获得全国优秀儿童文学奖、陈伯吹儿童文学奖及全国童话名作家邀请赛金童奖。2002年,《赵燕翼儿童文学集》六卷由甘肃少年儿童出版社出版。

赵燕翼的主要文学成就在于童话创作。在几十年的创作过程中，他边写边思考，对童话写作做过种种试验、摸索。他早期的作品多半是传统童话，这种童话基本上是作家自己想象出来的，事情发生在"很久很久以前"，地域不确定，有点儿西部风物习俗但又不尽然，表达的都是扶危济困、惩恶扬善，赞美勤、善、美和鞭挞富、贪、丑成为其永恒主题。后来，他试图用童话"反映现实生活"，写出了一批事情发生在现代农村、牧区的童话作品，名之曰"新童话"。但是，既要写真就得求实，而童话一旦写成了真人真事，其想象性就必然大受限制；没有多少想象味道的太实的童话，其魅力立即大打折扣。他的"新童话"虽然语言自然，细节趋真，但失去了童话的特有魅力，迹近半写实的小说。《金瓜儿银豆儿》是60年代全国少年儿童所熟悉的童话经典，至今读来仍很优美，可见赵燕翼的传统童话有跨时空的恒久生命力。而新童话读来却远没有这么奇妙的美感。

可以发现，无论是传统童话还是新童话，赵燕翼构思情节都有一个固定的模式，即主人公处于现实困境→解救（非现实想象）→新的现实困境→再解救（非现实想象）→再度陷入更严重的现实困境→惩罚坏人（非现实想象）→美满结局。其规律是，写实与非写实的想象在他的童话中交替出现：写实部分描述主人公无法解决的困苦，如《金瓜儿银豆儿》中的老翁老妪老来无子弟、膝下寂寞，《白羽飞衣》中的法吐曼姑娘被后娘锁在屋里强迫待嫁，《五个女儿》中的五个女儿被后爹骗入野熊山喂熊，等等；非写实的部分则以想象出的奇特方式解决了主人公的困境，如《金瓜儿银豆儿》中老人种下的金瓜、银豆中钻出了一对可爱的男女婴孩，《白羽飞衣》中的法吐曼梦中得鸽毛衣、化成白鸽从屋里成功逃脱，《五个女儿》中五女子被一个来路不明的老奶奶相救。二次困境更严峻，被救情节更神奇；三次困境……如此循环往复，像盘山公路一样呈"Z"形推进情节，直到攀上大结局的山顶。总之，就是以幻想方式来解决现实中无法解决的困境，这是人类解除现实困境的精神方法之一，具有抚慰作用。这样的情节模式，很能抓住小读者们的心：小读者先被主人公的现实困境揪紧了心，急于知道下文；继而以神奇的幻想方式成功解困，小读者的心情得以缓解；又以新困境再揪紧，以新幻想再缓释……如此一揪一放，一紧一松，直至坏人遭惩，事情圆满，小读者久久担忧的心才彻底得到抚慰，长舒一口气。这是赵燕翼的童话深受众多小读者喜欢的秘诀，也是古今中外的童话、作家们惯用的情节编织术。

这些童话中融入了成年人的善恶、美丑、真假、好坏观念,如贫穷、弱小、勤苦、不贪、善良、诚实、机智、勇敢等品行总集中于正面人物一身,而富有、强大、懒惰、贪财、凶狠、狡诈、愚蠢、怯懦等劣质皆聚于反面形象一体。由于故事生动,人物可爱或可憎,这些观念于不知不觉中渗入了小读者的心灵,使之初步接受道德品质熏陶。但简单的二分法,也使儿童从小就形成人分好人、坏人的思维模式,不利于儿童成年后对人和社会事物的认识(许多成年人的判断思维正是如此),有一定的负面效果。实际上,这种二分情形普遍存在于儿童文学作品当中,赵燕翼受其影响,也未能意识到其弊端而努力打破之。

比赵燕翼年轻一些的儿童文学作家还有**金吉泰**。他发表于1956年的儿童小说《长城南边的草地上》、1960年完成的儿童小说《小满历险记》等,广受好评。此外,小说作家曹杰、王家达、冉丹、路野、浩岭、艾力布扎木苏、黄英、姜安等人,也各有儿童小说问世。80年代以后,一批年轻的儿童文学作家闯入文坛。他们在儿童小说观念、价值观念、美学观念等方面都与老一代作家迥然相异,显示了逼人的锋芒和不俗的文学才华。

儿童文学作家**陈自仁**(1952—　),甘肃漳县人。1975年毕业于西北师范大学中文系,现为西北民族大学图书馆馆长,教授。陈自仁早年从事文学理论、学术研究工作,具有良好的理论与学术素养。90年代开始文学创作,主要文学作品有长篇少年小说《恐怖雨林》、长篇动物小说《猴徙》、长篇游记小说《小霞客西北游》、系列科幻小说《蚂蚁人》《遥控人》《双脑人》《组合人》《超能人》。此外,他还出版有长篇小说《苍山遗恨》和系列惊险小说《离奇的绑架案》等六部。

陈自仁的儿童文学创作起步虽晚,但成果累累。尤其是他不走传统儿童文学的老路,而是另辟蹊径,从现代高科技知识、生物学知识和地理文化知识等新思路入手,写出了一系列颇受儿童喜爱的新颖有趣的小说。长篇小说《猴徙》从表层上看是一部描绘野生猴子世界的饶有情趣的作品。作者仿佛是一位多年生活在猴子群中,对猴子千姿百态的习性了如指掌的老生物学家,说起猴子的故事与情态来,如数家珍,惟妙惟肖。老猴王与新猴王之间争夺王位的生死搏杀,失势后的老猴王的悲惨境遇,新猴王务求赶尽杀绝的举止,"王妃"、心腹们的纷纷倒戈、投靠新主子,读来令人惊心动魄。而猴群在新猴王的率领下风餐露宿,遭受雷电袭击、历尽艰辛,进行千里迁徙的过程,也使读者仿佛置身猴群中,经历了一次艰苦卓绝的生存大奋斗。这样的描写,当然十分好看。而慧心的读者,又分明能从中听到作者暗示的弦外之音,领悟到一些更深层的意蕴。《小霞客西北游》借助少年旅游探险家徐小松的足迹和目光,引领从未到过西北地区的小读者们走遍了华山、骊山、西安城、黄帝陵、腾格里沙漠、麦积山石窟、河西走廊、敦煌莫高窟、柴达木盆地等西北名胜。小说还描述了小霞客在旅途上遇到的种种惊险、困难,讲述了小霞客的诸般感受,使小读者们产生一种阅读情节的快感,摆脱了纯粹介绍风物、历史、地理知识的沉闷。小霞客坚忍顽强,见多识广、充满童心的形象,也从波澜起伏的故事情节中跃然而出。应当说,这是一个很聪明的构思。《蚂蚁人》《遥控人》等五部科幻小说,充分利用现代高科技知识,创造出一批半人半物的奇特形象,篇篇都有新、奇、险、怪的特点,难怪它们会如此吸引小读者们的心灵。

汪晓军(1960—),笔名晏苏、路静,甘肃省甘谷县人,出生于兰州。1978年考入西北师范大学中文系,先后任甘肃人民出版社少儿编辑、甘肃人民出版社副总编辑等。与别的习惯于把眼睛盯在校园内的儿童文学作家有所不同,汪晓军的一只眼睛始终盯着成人,另一只眼睛盯着孩子们。他从成人身上看见的是一系列人性的弱点、品格的病灶;而从孩子们身上看见的是一颗颗水晶般透亮、泉水般澄澈、草原般纯朴的心灵。他的儿童小说几乎无一例外地呈现出这样一种结构安排:成年人的自私、狭隘、势利、功利、市侩,遭遇到孩子们的纯真、无私、真挚、质朴,犹如泾渭相遇,引起成人深深的尴尬、羞惭、感动和思索、自省……可以说,汪晓军通过儿童故事实现的是对成人化社会的深刻解构和社会批判。譬如《最后一次表决》中,俞老师费尽苦心,循循善诱,精心诱导甚至逼迫同学们选举那个颇有来头的特殊学生慕容珍当三好学生。可心地淳真、干净的同学们就是不肯举手。这个不举手满含深意,显示出强大的精神力量。"俞老师好像一下子老了许多,……疲惫地走下讲台。"

在小说集《霸大王的故事》之后,汪晓军还以"路静"的笔名出版有校园荒诞系列故事《双木老师的荒诞故事》,从而延伸了这一社会批判和解构的主题。这个由众多小故事组成的系列故事融写实与荒诞为一体,描写了五(2)班的同学们与双木老师之间发生的一系列矛盾冲突,故事情节就像动画片《猫和老鼠》,双方时而对峙,时而斗智,时而和解,充分显示了现代教育的弊端。此外,他还出版有童话《熊公公的故事》等。

除了上述几位主攻儿童文学的作家以外,西部的众多小说家、诗人都曾涉足儿童文学的创作。较为有影响的作品有李银的《夏日遇险》、邓九刚与薛淑梅的《迪卡狗与美狐尤莉》、诗人班马的《幽秘之旅》、浩岭的《历险青藏高原》、阎强国的《英子为什么》、庄大伟的《都市迷途》、薛屹峰的《天地无情》、吴季康的《魔鬼山谷》、许维的《古墓魔影》、王钧钊的《珍宝疑踪》、李民发的《列车奔逃》，以及诗人林染、高凯的儿童诗等。其中邓九刚夫妇的《迪卡狗与美狐尤莉》是一部饶有情味的佳作。小说描写了一个蒙古族少年钢嘎、一条狗和一只美丽的北极狐狸之间美好动人的情感故事。迪卡狗与美狐尤莉的关系犹如一对初恋的情人，钢嘎与迪卡、尤莉的关系就像亲密无间的兄弟姐妹。美丽绝伦的白狐，在作者笔下俨然是一位神秘、机灵而多情的林中少女；而迪卡则像一位忠诚勇敢的小伙子。面对饥饿、钢夹和猎枪的威胁，白狐与猎犬出生入死、相互救助，相濡以沫，其真挚的情感令人感动。钢嘎对白狐、猎犬的百般保护与牵肠挂肚，也让人看到什么是真正的友谊。

第六章　西部新文学的蓬勃景观

（1992—2000）

　　20世纪90年代的西部文学，在经历了一段短暂的间歇、整合之后，重新以新的蓬勃景观受到世人瞩目。世纪末的西部，因国家意志的强劲推动，以市场化为基本取向的社会转型开始加速，西部社会现代化的现实图景从想象空间逐渐变为现实行动。以一种具体的社会组织形式得到实践和展开的现代化图景，还没有呈现出有如东部的"进步""富足"，仅只是初现轮廓就已暴露出种种负面，这与作家们在80年代想象并急切呼唤的"现代化"有着很大的差异。在想象中，"现代化"可以化解文明与愚昧的经典冲突，可以弥合多民族地区多元文化间的裂隙，可以远离或消除封建专制的遗存，把民主、富强、繁荣、文明等福泽带给广袤的西部大地和那片土地上的生灵。但是，前工业、农耕和游牧乃至先期预支的现代化的多种文化矛盾相互纠结在西部大地上，不仅模糊了西部社会的历史属性，也模糊了西部作家的精神向度与价值立场，使他们陷入无所适从的迷茫中，这是其一。其二，市场经济体制在西部的初步确立和发展，使得文化与市场的关系由对抗、相斥渐趋缓和，文学在与主流文化握手言和的同时，又与已然发展成形的消费文化携手并进，西部驳杂的文化景观、历史陈迹、传统民俗不再仅仅是知识分子高雅文化所思考、批判和拯救的对象，也被作为具有"可消费性"的题材纳入消费性文学写作的视野中。不同文化形态和文化立场的逐渐形成，使90年代的西部文学由整一趋于多元，分化就成了一种必然的历史趋势。其三，西部作家在西部社会转型中，其作用和位置被边缘化，这使他们对自身的价值、曾经持有的文化观念产生怀疑。西部作家由此陷入社会认同与自我认同的双重焦虑中。在焦虑中，有的选择逃离或自我放逐，与市场联手，制造消费性的畅销热点；有的则坚守理性的文化批判立场，追求清洁的精神，作家群体也由此发生了分化。

第一节　高地情怀:90年代的西部诗歌

90年代,在"新边塞诗群"的辉煌之后曾一度沉寂的西部诗坛,再度灿烂。一批西部诗歌新秀脱颖而出,以其顽强的耐力与实力,不仅打破了西部诗坛难耐的沉寂,而且创造出西部诗坛一幕新的亮丽风景;其别样的美学追求与诗情风采,昭示了西部诗歌创作新的变化和新的发展。

与80年代前期"新边塞诗群"相比,90年代西部诗坛首先引人注目的是诗人阵容有了明显的壮大。据不完全统计,这一时期西部诗歌创作者在西部乃至全国有一定影响的有:新疆的沈苇、北野、王锋、秦安江、贺海涛、曲近、刘亮程等,甘肃的阳飏、人邻、张子选、匡文留、古马、高凯、叶舟、娜夜、高尚、牛庆国、周舟、沙戈、王若冰、阿信、唐欣、才旺瑙乳、旺秀才丹、扎西才让等,青海的班果、梅卓、谢荣胜、马非、马丁、燎原等,宁夏的杨梓、杨森君、梦也、虎西山等,西藏的贺中、唯色、于斯、刘志华等;此外,还有军旅诗人王久辛、辛茹、马萧萧、张春燕等,以及初步崭露头角的陈默、胡杨、梁积林、雪潇、叶梓、孙江等其他诗人。一个时期形成如此强大的诗人阵容,可以说是西部诗坛前所未有的。这一诗人阵容不仅人数众多,地域分布亦较广泛,不再集中于某一省份,而涵盖了西部各省。构成这一阵容的作者身份类别也有了变化,除流寓或移民诗人外,涌现了不少土著诗人,并且成为主力。诗人队伍的壮大及其地域分布的拓展,以及更多土著诗人的加盟,使西部90年代诗歌创作灌注了更加强劲的活力,超脱了较狭窄的"边塞"视界,有了真正的西部视阈。

西部90年代诗坛又一明显变化是诗人创作开始从群体化写作向个体化写作转化。"新边塞诗群"是一个逐渐自觉聚合的诗歌群落,作为具有流派性质的诗歌群落,其成员均有着较为自觉的群体意识,有着共同的创作追求与美学追求。西部90年代诗人则普遍处于个人化写作状态,他们无意于聚合,大都有意识地追求一种写作的个人化。如沈苇即明确表示,"一种真正意义上的高度个人化的写作是值得用毕生的精力去追求的"[1]。因此,西

---

[1] 沈苇:《高处的深渊》,新疆青少年出版社,1997年出版,第171页。

部90年代诗人均以个体为本位,潜心于个体诗歌世界的营构与个体诗歌艺术的创作。这一时期西部诗歌创作的个体化转化与时代大背景的影响有关。90年代集体主义已日渐式微,传统逐渐离析,文化已经失范,个人性逐步得到确立,一种"个人化"或"准个人化"时代渐被命名。文学创作的普遍态势趋于个人化,诗歌创作的个人化趋向尤为显著。不过,具体考察西部90年代诗歌创作,其个人化写作与内陆诗坛的个人化写作的表象虽同,但内质有异。内陆诗坛的个人化写作更多地表现为对外部世界的一种拒绝,营构的多是自我封闭的世界;而西部诗坛的个人化写作则完全呈现出一种开放性。

90年代西部诗歌创作从群体化向个体化的转化,大大增强了诗人的个性意识,强化了诗人的抒情个性,并凸现出鲜明的个体自我特征。西部诗人以其各具特色的抒情个性及其独有的阅历、感悟和体验表现了西部独特的自然世界、历史文化和社会生活形态,以及对美的追求:北野、沈苇等准确地传达了新疆这块边荒大地独特的气质与风貌,"一种绚丽的苍凉,一种享乐的忧伤"(沈苇语),其作品深具"混血"特质;高凯、牛庆国等深情地呈献出故园乡土一幅幅风情民俗图卷,带着黄土色的情调,也带着黄土色的沉重,其作品满染乡土色调;杨梓倾心于在西夏历史的神光里探幽寻秘,其作品透示出幻光迷离的神性色彩;阳飏在青海湖、贺兰山、乌鞘岭、额济纳和西藏的自然风物中漫游思吟,其作品颇得阅尽沧桑后的洒脱之风;叶舟的《大敦煌》即筑于大敦煌这"神的山系,梦的家园"之上,其作品聚敛着一种"混沌"气韵;王锋的长诗《怒放在高处的新疆》《塔克拉玛干的心旅》、张子选的《西北二题》《大风雪之夜》则极尽大西北的荒凉与孤独;还有娜夜、沙戈等女诗人建构的女性独特的生命体验世界,其作品氤氲着一种隐秘的忧伤;王久辛、马萧萧、张春燕等军旅诗人的西部诗,则抒发了从军大西北的独特诗情,其作品有一种军人的沉雄与豪气。表现手法上,也各有不同:有的着意向古典诗词和民歌学习,有的吸取了西方现代派手法,有的则力图融古今中外诗歌之长。就诗歌风格看,有豪放沉郁的,也有幽深浑厚的,有质朴自然的,也有灵秀隽永的,有清新明朗的,也有温婉含蓄、朦胧晦涩的。这些独具个性的创作追求,造就了90年代绚丽多彩的西部诗歌景观。

尽管90年代西部诗歌创作表现为一种个人化追求,作品气质与诗歌风格各呈异彩,但诗歌的基本精神向度仍指向一个共同目标:关于精神家园、信念、神性,乃至永恒的基本主题。这也是有异于"新边塞诗群"的鲜明变化。"新边塞诗群"诗歌的基本精神向度主要落点于时代的社会现实与民族历史,有着深沉的历史意识与忧患意识,也有着沉重的历史使命感与时代责任感。正如周涛所言:"如果不能成为整个历史的儿子,就算不得真诗人。"①因此,他们努力追求一种历史的雄宏、现实的深沉、时代的奋进以及历史创造者和时代开拓者昂扬激越的主体精神与力量。90年代西部诗人笔下也不乏社会现实场景,也透视出鲜明的时代背影,但他们往往试图在精神上超越现实,超越时代。沈苇就说:"我想写出这样的诗:它应该包含了宇宙之蜜与尘世之火、天空的上升与大地的沉沦、个体的感动与普遍的战栗、灵的高翔与肉的低吟……它有一个梦想:包含全部的地狱和天堂!"②古马也说:"我的诗应是关怀。悲痛、爱、恨以及死亡与生俱来,我用诗的牛角,对人性中最本质、最原始的事物吹奏低音的关怀。"③他们明确表示诗歌的真正触发点在于面向生存、命运、宿命、偶然、可能性,并特别强调诗歌在精神上高于日常现实。他们"在充满迷梦的现代荒原"上,努力摘取"圣光幻灭的庄园/信仰的最后一朵红梅"(杨梓诗),并试图找到神圣的居所,找到一个家园:"我从诞生就开始寻找/一种永不西沉的精神/一种沦落于物质内部的信仰/一种与天浑同的气"(杨梓:《上帝的泪》),"终有一天,我们会找到神圣的居所/伟大的母语,大海之蚌:一个家园"(沈苇:《生活·致潘维》)。

90年代西部诗歌创作精神向度的转化,有着时代大背景的影响和制约。80年代中期以后,中国社会急剧转型,市场经济逐步确立,旧有的价值体系受到严重挑战,原有的文化模式也随之发生裂变、冲撞,理想主义、人文主义精神渐被放逐,浪漫主义时代行将终结。起而代之的是全面粗鄙化时代的逼临,一种商品社会催孕的新文化景观开始凸现:物质主义、后现代主义,还有颓废主义等等文学都贴上了商品时代的鲜明标签,涌入商品社会的文化馆。面对一个时代的文化颓败,一些作家擎起了抵抗的大旗,并引发了90年代初的那场关于人文精神的大讨论。90年代西部诗人成了抵抗阵营自觉或不自觉的一股力量,并影响着他们诗歌创作的精神向度。另一方面,更为开放的文化时代,为90年代西部诗人提供了更为开阔的全球文化视野和更为多样的文化源

---

① 周政保:《新边塞诗的审美特色与当代性》,《文学评论》,1985年第5期。
② 沈苇:《高处的深渊》,新疆青少年出版社,1997年出版,第168页。
③ 古马:《创作自述:用诗歌捍卫生命》,《诗刊》,2000年第1期。

泉。他们有选择性地吸收了其中的某些资源,特别是西方现代主义关于存在、家园、终极、永恒等思想、哲学资源,这使90年代西部诗歌有一种现代主义的精神气质。

90年代西部诗歌的精神内核当然是西部的,是西部世界自然存在、宗教文化的结晶。可以说这一时期西部诗人诗歌创作的精神向度,正是西部人赖以存在的灵魂方向。西部酷烈荒凉的自然环境,"在路上"的漂泊流徙,孤独悲怆的生命存在,使西部人面对着一种永恒的宿命境况;也使西部人永远执着于"还乡"之旅:努力追寻一种信仰,一种宗教,一个家园,一个灵魂的栖息地。90年代西部诗歌的精神内核就潜含着这样深沉的苦难意识与宗教情结,有些诗人甚至表现出一种明显的陶醉抑或皈依宗教的激情(如北野的《我曾走在通向麦地那的路上》)。宗教激情的灌注,强化了这一时期西部诗歌创作的宗教精神,使其浸润着一种浓浓的神性色彩。

需要指出的是,受西部相对滞后的前现代社会状态的制约,90年代西部诗歌精神内核里或多或少掺杂着一些旧道德理想主义的精神因子。这与一些诗人对西部前现代性质的游牧文化和农耕文化过于迷恋或认同有关。这无疑会遮蔽他们的现代理性之光,使他们对西部还较原始落后的生存形态以及苦难的现实缺乏批判,有的甚至表现出某种忽略乃至沉迷。基于此,他们追求的精神家园某种程度上是建立在"过去时"的基础之上。"过去时"的表征一方面表现为历史逃避主义,另一方面表现为历史的对抗主义。这后一种倾向在西部90年代一些诗人那里表现得尤为明显。因而,他们的诗歌创作表现出某种与现代文明相对抗的情绪。

诗歌精神向度的转化,带来了诗歌抒情主人公形象的变化。90年代西部诗歌的抒情主人公形象,较之"新边塞诗歌"的抒情主人公形象,也有了新变。"新边塞诗歌"的抒情主人公形象往往是激昂时代的理想主义浪漫英雄和拓荒者,他们都是高度时代精神化和历史意志化了的,抑或本然就是时代精神和历史意志的幻影。因而,他们有一种"崇高的魂魄,信念的血素,进取的肌体,豪放的情操";他们具有超常的意志力量和精神力量,具有雄视千古,征服一切的豪迈气概。90年代西部诗歌的抒情主人公形象则大多是永不疲倦的精神家园的追寻者与探索者。他们忍受着苦难,满怀着信仰、满怀着爱,不屈不挠地向着彼岸跋涉。他们的彼岸是渺茫的,是飘忽不定的,是没有终极的终极;他们的路没有尽头,他们永远"在路上",重复着西绪弗斯的神话。他们不无忧伤,甚至孤独、悲怆,但他们具有耐心、隐忍、献身的精神品格;他们"不断用火焰拷问灵魂,用灰烬洗净面孔,用黑暗训练眼睛"(沈苇:《高处的深渊》),怀着雄心与决绝去复活他们的"光荣和梦想"。因此,90年代西部诗歌创作具有一种悲怆气概,一种决绝意味,这又使90年代西部诗歌染上了沉重的悲情色彩。

在人与自然关系的描写上,90年代西部诗歌创作也有了鲜明的变化。"新边塞诗群"展示的主要是一种人与自然的对抗和冲突,从中揭示、凸显人的主体精神与力量。他们往往赋予大自然以高度的精神力量和人格力量,追求一种雄性的力与美。因而,他们笔下多雄奇、壮丽、粗犷、酷烈、苍凉的大自然景观,诸如烈日、冰川、漠天、瀚海、荒原、戈壁、断崖、神山、雪崩等等。90年代西部诗人则多展示人与自然的融合和灵通,以及自然赋予人类的慰藉乃至生命的启迪。他们在心灵与自然之间漫步,在人与自然的交融里获得感悟。他们写红辣椒和黄泥小屋带来的隐隐的疼痛;与一只蚂蚁共度一个下午之后醒悟到"太阳向每个生灵公正地分配阳光"(沈苇);漫游青海湖、额济纳、西藏时的情思断想(阳飏);面对大地湾遗址文明碎片和敦煌幻境的灵魂追问(古马);也写窑洞、碌碡、炊烟、磨道、崾崄、场院、喜鹊、枯井、村口牵曳出的浓浓乡情(高凯);倾听马嚼夜草声和乡村教堂晚祷钟声时的宁和与伤悲(北野)。在90年代西部诗人笔下,虽不乏"辽阔的页码""荒凉的文字",但更多的是西部日常习见的一幅幅凝固着西部社会风尚、生活方式、文化习俗、民族历史与民族情感的风物画、风俗画、风情画。这使得90年代西部诗歌散发着一种浓郁的西部日常生活气息和文化、宗教色泽,因而别有一种魅力。

综上概述,进入90年代,西部诗歌创作的变化与发展是非常明显的,其创作实绩也是令人欣慰的。当然,在新的蓬勃景观里,也存在一些不足。这一时期西部诗歌创作的整体成就没有超越或达到其前代的高度,也还没有产生出像周涛、杨牧、昌耀等引领风骚、颇具影响的优秀诗人。从具体创作看,有些诗人创作视野比较拘囿,艺术境界不够开阔,表现手法亦显得单调,有些诗歌则写得过于晦涩,理念太盛,诗性匮乏,缺乏可读性。

沈苇(1965—),浙江湖州人,1988年入疆。现为新疆文联《西部》杂志主编。已出版诗集《在瞬间逗留》《高处的深渊》等。

沈苇是一位富于理想主义精神的诗人,他的诗歌创作表现出一种明显的"未来"倾向。沈苇始终不倦地呼唤着一种"未来",追逐着一种"未来","未来"就成了沈苇诗歌精神最基本的归着点。未来是什么？在沈苇这里，未来是现实的残缺，是梦幻的憧憬，理想的彼岸，诗性的家园；是存在之源，生命之秘，是人性的原初与人道关怀。他希望自己的诗直接面对阿莱克桑德雷所说的人类基本主题：爱，悲痛，恨和死亡，面对人性中一切原始的本质的事物说话，并且正如罗丹所言："要点是感动，是爱，是希望、战栗、生活"……它细小的核来自光辉的源头，成长、扩大，用无边无际的安慰将我们和未来笼罩(《高处的深渊》)。沈苇称这样的诗为"基本的诗"。于是，他"手持火焰，远离虚无的镜子/在朔风中行走，用酒精杀死一路灾难"(《十四行》)，并以自己小小的爱与伟大的爱汇合，在无边的荒凉里寻找一种丰盈，在世界和存在的"瞬间逗留"中定格出一种永恒，在"高处的深渊"里上下求索，去探寻"生的秘密，爱的秘密，力与美的秘密"。

阅读沈苇的诗歌，我们随处都能感受到一种超脱日常生活的神性与诗性。沈苇对那种庸俗的"经典生活"似乎是天然的拒绝："阅读，写作，游手好闲，谈情说爱/是否接近了一种经典生活"？在沈苇看来，生活不是"像一次聚餐，昂贵地消费灵与肉的美食"，而应该有另一种生活，"是的，应该有另一种生活，可能的生活/充满惊喜，与每天看到的有所不同/使我们灵魂更加频繁地出窍、远行……"(《生活》)。因而，沈苇要"在生活的囚室，变成里尔克的豹"，重新替生活说话，说出爱、信仰与梦想(《生活》)。

沈苇诗歌的抒情主人公形象是一个彻底的理想主义殉道者。他孤独前行，行色悲壮，"支付着青春，爱；信仰，忧伤/为了生命中最昂贵的娱乐"(《娱乐》)，不屈不挠地抵向理想的彼岸，抵向诗性的家园。"漫游大西北，仰望中亚巍峨的高山，/我寻访一个地区的灵魂，学习福乐的智慧。//漫漫帛道供我们上下求索，去了解一点/生的秘密，爱的秘密，力与美的秘密"(《新柔巴依集·32》)。"终有一天，我们会找到神圣的居所/伟大的母语，大海之蚌：一个家园/在日复一日、年复一年的磨砺中/我们能否成为蚌中珍珠并破壳而出/终有一天，世界会回到一本书、一个词/我们将更加轻松地戴上生活的镣铐/在每天的书桌上，在缓慢的流逝中无愧地写下.我写，故我在"(《生活·致潘维》)。这种殉道精神常常表现为一种决绝的悲壮意味。这种意味夹带着强烈的忧患意识和献身精神，使沈苇的诗潜蕴着浓重的悲情色彩，也使沈苇的诗产生出一种特别感人的艺术力量。

在诗学上，沈苇提出"混血的诗"的概念。作为移民诗人，沈苇把新疆当作自己的第二故乡。这种认同,使沈苇最终完全融入新疆这片"新大陆"中,变成一个"混血的城"的居民,并对它倾注着厚爱与深情:"整整八年,我,一个异乡人,爱着/这座混血的城,为我注入新血液的城/我的双脚长出了一点点,而目光/时常高过鹰的翅膀/高过博格达峰耀眼的雪冠……"(《混血的城》)。"新疆,在我最美的词中就座/新疆,在我最亮的词中上升/新疆,在我最洁的词中展开生命的盛大背景……"(《词:新疆》)。新疆,成了沈苇苏醒的身体的一部分。在他的诗笔下,新疆令人心驰神往:"中亚的太阳。玫瑰。火/眺望北冰洋,那片白色的蓝/那人傍依着梦:一个深不可测的地区/鸟,一只、两只、三只,飞过午后的睡眠"(《一个地区》)。"金色!金色统治准噶尔盆地/挺拔的白杨部落,沧桑的胡杨部落/还有隐居群山的白桦部落/在金色中团结一致,——金色是秋天的可汗"(《金色旅行——新柔巴依集之二》)。还有那古楼兰灿烂的蜃景,巴音郭楞的春日风情乃至滋泥泉子、开都河畔等平常风景。在沈苇神采飞扬的笔底,流溢着一幅幅新疆大地神奇瑰丽的自然风貌、地域景观与风情画卷,传达了新疆这块边塞大地一种绚丽的苍凉气质,一种特别的气韵与魅力。

当然,最本质的认同是对西部精神与灵魂的领会和把握。正是这种领会与把握,使沈苇获得了一种丰盈:"唱啊,置身越来越严重的荒凉/丰盈恰恰是唯一的主题。"(《秋歌》)也使沈苇始终保持着"蛙皮的湿度""最后的战栗"和"结合起水与火"的信念(《从南到北》),并使他"思想在寒冷中结晶/灵魂在受难中坚硬"(《欢迎》)。沈苇说:"我所理解的西部精神由宗教景观、昆仑诸神、英雄史诗、酒神精神、快乐主义歌舞、灵魂苦役、终极隐喻组成。"(《高处的深渊》)。其诗歌作品所浸淫的正是这样一种西部精神。沈苇还说:"我所理解的西部不是一个地域概念,而是灵魂的方向、精神的向度。"(《高处的深渊》)其诗歌创作所揭示的正是这种西部的灵魂的方向与精神的向度。

在沈苇身上,作为第一故乡的旧母体的脐带也未割断,并始终牢牢地维系着。他的诗歌创作明显地得到了第一故乡的润泽,吮吸了旧母体的精华与灵气:"我的情结:一只汁液饱满的水蜜桃/在绵绵细雨中吮吸乡镇的精气"(《从南到北》)。如果说沈苇在第二故乡找到了其诗歌创作的灵魂的方向与精神的向度,那么,其诗歌创作的基因与胚芽则源于第一故乡。正是得益于两个故乡的滋养和福泽,沈苇的诗歌呈现出一种审美的丰富性,呈现出"一种地域大跨度带来的混血、杂糅、包容、隐忍的特征,一种悲欣交集、哀而不伤的正午气质"(沈苇语);并使其诗歌在艺术风格上,融江南水乡的细腻灵秀与大西北的豪放粗粝于一体,形成了独特的诗风。

诗歌审美表现上,沈苇偏重于主观情绪与感悟的真实传达,内在思辨性较强,呈现出明显的向内转倾向。在表现方式上,沈苇既吸收了古典养分(如《一个地区》即颇得古典神韵),也纳取了现代技巧。诗思跳跃性较大,内在频率转换较快,意象密度强。沈苇的后期诗歌创作想象更为开阔,艺术表现也更臻于圆润。

北野(1963—),本名刘北野,陕西蒲城人,有四分之一藏族血统。1982年入疆,曾任《新疆日报》文艺部编辑。已出版诗集《马嚼野草的声音》《北野短诗选》等。

也许是北野本身具有混血的因素,移民于多种文化混血的新疆,北野深深地理解并爱上了新疆这块大地上的独特风貌和卓异文化,他说:"我不敢说我是新疆的儿子,我充其量只能算个新疆的养子。一个养子对他的养父母的爱,可能有点谦卑,有点感激,有点过敏,但他的感受的可靠性以及对养父母的身心品格的基本认定,并不比这个家庭的其他儿女更逊色。"①这在北野的诗中可以真切地体验到。北野的诗是真正"新疆化"的。诗中所体现出的观察世界的方式,渗透其间的人物性格、民俗以及所散发出的那种边荒疆域特有的神韵气质,均呈现出一种天然的本土性。且看《剥玉米的妇人们》:"剥玉米的妇人们愿意看我飞翔/更爱看我 摔下来的样子//我不剥玉米 只把写满了文字的纸/向着气流拍打//有人夸我聪明/我就寻找事例加以佐证//剥玉米的妇人们喜欢拿我开心/她们剥掉米粒 把米芯丢在脚边//她们鼓胀着乳汁的怀抱/绝不向成年艺人打开//剥玉米的妇人们个个善于生育/喜食辣椒而乳汁甜美 她们就是这样"。

这样的一种风俗,一种生活即景,一种民间情调和趣味,也许只在新疆才能见到。当然,这只是表象形态,浸淫灵魂的是西域边荒所透射的无比沉郁的悲情:一种孤寂,一抹苍凉,一份悲怆与忧伤。北野的诗笔下,少见西域边荒酷烈的自然物象,诸如烈日、冰川、漠天、瀚海、戈壁等等,但在北野这里,"西域的荒凉不仅是一种地貌特征,也是一种境况:它具有彻底与面对终极之物的含义。……道不破的荒凉不是旅游者看到的西域的地质风貌,荒凉从当地人的

---

① 北野:《在多种语言和部落间穿行》,《诗探索》,天津社会科学院出版社,2001年出版,第305页。

气质中发出,从他们的歌声和仪态中、从他们的尊严中散发出来。"[①]正是这彻骨的荒凉,化出一种孤寂,一抹苍凉,一份悲怆与忧伤:"羯皮鼓轻轻点了一下/悲怆的维吾尔男子便像塔里木起伏的沙漠/汹涌着汹涌着/生命中一望无际的干渴//沙它尔为那悲歌上下盘旋/都它尔为之一咏三叹/风沙弥漫的嗓子/空阔孤寂的路程/胡大啊/人生为何这般荒凉/"(《夜听库车民歌》)。

在路上,"前方没有归宿/后方没有故乡"(《旅者》)。唯有心灵的执守,皈依永远的麦加天方:"那召唤我的声音来自清真阿拉伯/河流低垂着眼睑/少女的胸前高耸着/神圣的寺院//我皈依你的美甚至你父亲的教规啊//赤足而纯洁的吉尔吉斯少女/用你的清水濯洗我一路的灰尘/用你的羔羊抚慰我绝望的心//我没有兄弟姐妹/我的血液沿着幼发拉底河流淌/它渴望波斯王的阳光/胜过但丁的天堂//我曾走在通向麦地那的路上/星星和月亮照耀着/异乡的城墙"(《我曾走在通向麦地那的路上》),无疑也是一种宿命,一种昭示,一种美。

北野的诗风质朴、自然、洒脱,无拘囿,少雕琢,也少理念化。诗的意象明朗、鲜活,既散发着民间情采,也潜蕴着古典韵致,显示出独特的审美特质。

叶舟(1966—),原名叶洲,甘肃兰州市人,诗人、小说家,甘肃省作协副主席。西北师范大学中文系毕业,从事过教师、报社编辑等工作。主要作品有诗文集《大敦煌》、诗歌小说集《第八个是铜像》、诗集《练习曲》、长篇小说《形容》、长篇随笔《世纪背影》等。曾获鲁迅文学奖。

叶舟在西北师大就读期间,有感于当时诗坛派别之争,有意独辟蹊径,创作出"另类"诗来。1991年,发表长诗《呼喊》,开始引起诗坛的关注。这首诗一反体制内的颂歌传统,表现了一种朦胧混沌追求中明晰的叛逆意识。在这首诗中,诗人感叹于"这支火"的"消失"而呼喊"春天的灯　世界的灯　女神的灯"。"火""灯"在诗中反复出现。暗示着诗人在苦苦追求着某种精神之光;但令诗人痛苦的是,他的这种追求似乎负有一种宿命的精神重荷,不由自问:"我运送的,为什么早已抵达?/我歌唱的,为什么早已唱出?"如果说叶舟此前的诗歌创作取向还处在一个朦胧的"问路"阶段的话,那么真正让他有意识地成为一名"西部"诗人,并从西部诗人中脱颖而出则是受郑敏、谢冕启示以后的事。在此后的几年中,他以敦煌为中心,涉足了西北和北方地区大部分

[①] 耿占春:《诗中的西域——新疆五诗人论》,《新疆日报》,2002年1月9日。

的少数民族地区,穿行了内蒙古高原、帕米尔高原和青藏高原,对以敦煌文化为代表的"充满了强劲和卓绝生命力的异质文化"感同身受,创作了大量的短诗、抒情诗及"拟民谣体"诗。其中的精华诗作后收入了诗人的诗文合集《大敦煌》中。

叶舟对于西部诗创作最为明显的贡献在于以《大敦煌》构建了一个浩大、浑厚而充满了神性魅力的敦煌世界。《大敦煌》非常典型地表现了叶舟诗歌创作中这一"地区主义"特色。叶舟的诗歌继承了古代边塞诗悲郁、苍凉和超然于时代之外的抒情牧歌声调,却回避了20世纪50—60年代把主流政治意识与自然、民情作简单的嫁接和化合的艺术表现模式;也不完全同于80年代以来的"西部诗"或"新边塞诗"。叶舟笔下,旷远、混沌的自然与神秘的文化精神已构成诗人的生命意识和心理现实,但叶舟的诗很少着意于表现人与大自然或宗教文化冲突中的崇高感和悲壮感。在这里,"敦煌"并不仅仅指那个历史文化名城,而是诗人借题发挥的文化母库,是诗人刻骨铭心的具有西北和北方文化意蕴的符号,"敦者,大也;煌者,盛大也"(《大敦煌·序》)。在诗人的感悟中,"敦煌"就是他呈现理想、道德和宗教信仰主题的衣钵。《大敦煌》中"敦煌"的意象大致从以下两个层面呈现:一是在明喻层面的,如敦煌、飞天、丝绸之路、玉门关、拉萨、日喀则、哲蚌寺、香日德、阴山、柴达木、西宁、青海、喜马拉雅等;一是在隐喻、暗喻或转喻的层面,如鲁迅、毛泽东、张承志、昌耀、常书鸿、海伦、米开朗基罗、羊、灯、火、盐、月光、血等。不难发现,诗人在集子中建构的精神世界中无不流泻出敦煌文化的圆光。其一是敦煌文化赋予了"我"与这块大地休戚相恋的情结。如《诞生》一诗不断用诸如"我并不是第一个委弃于泥的""我并不是第一个呈现于秋天的"之类的句式来叩击读者的心扉,以暗示这块土地的博大和神秘的文化磁性,"我"自然地流露出"大地如花……大地如花将我诞生"之感叹。正是这种情结,诗人对于失落的敦煌文化表现出发自肺腑的苦恋:"灵息吹动。像心上人长久醒来/和我相遇在痛苦的心上/一见钟情于痛苦的北方"(《敦煌的屋宇之一》)。其二是敦煌文化赋予了"我"宗教的品格,使"我在一个普通人家懂得了守望",使"我在井台上学会原谅、遗忘和感恩/无拘无束为了复活/一个简朴的愿望"(《敦煌的屋宇之十五》)。正是有了宗教的观照,"羊"以及其献祭的仪式被赋予了极为悲壮的品格:"午夜入城的羊群/是人,是群众/是一伙失败之后的义军。"其三是"敦煌"启迪了"我"的心智,给予了"我"以生命:"我说要有光/疼痛便抓住我……"(《诞生》),"阴山牧我——/牧我羊群遍地的乳房/牧我青铜枝下悄然生长的女儿"(《阴山下》)。

相对于诗人醉心于建构一个精神上的"敦煌世界",叶舟在《大敦煌》的诗作中所表现出来的实验意义在某种程度上更为值得重视。一是诗人对于诗歌创作的美学态度。叶舟喜欢以这样的句式来写诗:"磨房里的人,砍柴、挑水/磨房外的人,砍柴、挑水"(《诗歌烈士》)。看得出来,这是迥异于传统的写作方式。与此相联系的是,诗人同时在创作中又追求用词的"焰火"效应。可用他自己的话来阐释:"我力践于一种简约、奔跑、义无反顾和戛然中止"(《大敦煌·序》),"焰火是一次高处的失败,是一场中断的青春……焰火的生是戛然而止;焰火的死是归于寂静……焰火的生命其实是一次飞行、吹鸣,迎头痛击。……它的形式大于内容"(《焰火》)。正是如此,叶舟的诗是拒绝传统的解读方式的,他的诗致力于追求词语或意象的传递"速度",让人目不暇接于词语或意象的"焰火"喷发而又戛然中止。这是一种贵族式的写作姿态。不过,叶舟的大部分诗,并没有给读者提供映衬"焰火"的"黑夜"背景。这也是造成叶舟诗歌知音稀少的关键因素。二是诗人的宗教文化价值取向。《大敦煌》以及后来的诗歌实验中,我们都不难发现诗人的敦煌文化和宗教立场。透过诗人的笔端,不难发现他心中的隐忧,一方面,诗人极力回避市场经济体制下的话语发泄模式,企图营造一个强大的宗教文化磁场与之抗衡;另方面,又明显地对这种抗衡表现出疑惑,《大敦煌》之后的习作《练习曲》中就明显地透露了这种信息。

杨梓(1963—),宁夏固原人,《朔方》杂志编辑。1986年开始创作,同年9月发表处女作《生日》。已出版《杨梓诗集》、长篇抒情史诗《西夏》。杨梓的诗歌创作大致可分为两个部分:1995年以前创作的前期诗歌,主要收入《杨梓诗集》;1995年以后创作的长篇史诗《西夏》(上卷)。

在西部诗人中,杨梓的诗歌创作是较为独特的,这主要源于诗人独特的艺术追求:"我一直在寻找一种诗的宗教,或者说一种诗的信仰。"(《扔掉而又捡起的诗片》)正因为这种"形而上"的诗歌追求,杨梓的前期诗歌中较少有具象的西部风景、风俗、风格,往往多表现作者对宇宙、人生的心灵感悟,对个体生命本质的苦苦探寻,对精神家园的执着守望。诗人"常常把个体生命置于广袤无极的宇宙空间与永恒无垠的时间中去冥思苦索"①。流露出他在追求"诗的信仰"过程中的痛苦与孤独:"没有家园的岩羊/弥望河的萋萋芳草/铁锈色的花蕊/溢出一丝瑰丽的疼痛/神话从岩壁脱落/血迹犹新/我看见蝴蝶的梦/飘成悲患的瀑布/又如蛟龙腾起"(《大裂谷·超逸》)。在宇宙时空中,诗人如一只孤独的岩羊,感受到萋萋芳草那"瑰丽的疼痛",看到神话脱落的斑斑血迹以及梦幻般的"悲患的瀑布"。杨梓说:"在我的心灵深处,一直有着一种说不清的痛苦,我一直在诉说着。"(《扔掉而又拾起的诗篇》)在痛苦的诉说中,诗人时而自己煎熬自己:"我走进宗教之城/任鸟语虫鸣的乐音/回旋于星子如泪的岩洞"(《大裂谷·超逸》);时而又设法逃避:"我终于成为自己/乘天风之波/沿年龄之河/向岑寂的最底层的荒野/坦坦荡荡地隐退"(《大荒野·遁迹》);时而双眼流露出超然与达观:"西风/与我相融/一片巨大的宁静/辽阔了我的灵魂之界/在这样的雨夜/我不管树的荣枯/也不管鸟的翱翔与栖居/只管睡去"(《西风——精神的故乡》)。"我是一条伤痕累累的云/在触摸水声的同时/必将触到自己的内核"(《祈求》)。诗人正是在这种矛盾的痛苦中寻找自己、寻找世界,并成全其"诗的信仰"。为了追寻"诗的宗教",作者在诗歌中还试图通过与喧嚣的现代都市文明的痛苦对抗,来呵护自己的心灵净土,守卫理想的精神家园。《水域》《上帝的泪》等长诗就集中表现了他对淡泊宁静的精神家园的向往,对污浊喧嚣的现代文明的诅咒。

这类诗歌的艺术特色也较鲜明:诗情呈现为一种立体多维的空间,意象跳跃,诗境迷离。诗人在《扔掉而又捡起的诗篇》中坦言,他写诗要"让每一个词汇都能跳跃自如",因而其诗的意象常于天上人间、梦境现实中跳来跳去,非常自由。其次,杨梓的诗歌受禅宗观念影响较深,故常常"在物象与心象之间隐去了相连的路径,诗思运行中抽出了中介环节"②。诗歌幽深言奥,较难把握。此外,他的诗还自觉继承多种艺术手法,并努力将传统与现代熔于一炉。杨梓诗歌受李商隐等中国古典诗人注重暗示、跳脱的艺术传统的影响,又学习西方现代诗歌的艺术技巧,因而既深具古典韵致,又极富现代色彩。

《西夏》这部史诗体现了杨梓作为一个西部诗人强烈的历史责任感,是他诗歌创作的又一个高峰,也"是诗人的以追寻远去历史的神光来探索诗歌再

---

① 甚甚:《痛苦的囚徒精神的浪子》,《朔方》,1994 年第 7 期。
② 杨骊:《追寻过去的历史神光》,《文艺报》,2002 年 6 月 25 日。

生契机的一次较有价值的尝试"。在《西夏》中,作者试图"以抒情的方式,展现西夏的神话、历史和文化,努力树起诗后面的美、美后面的善和善后面的真"(《是谁带我们归去》)。史诗主要叙述了从神话中民族的起源到元昊创立西夏国这一段历史,诗人将西夏历史大致分为草创期、上升期、动荡期、确立期,用"白云出岫""草绿星灿""天漂地移""城起高原"四个诗意的标题将史诗分为四卷,以暗示西夏历史的四个阶段。《西夏》继承传统的史诗笔法,通过对西夏历史的重大事件和典型人物的叙述来增强诗歌的历史感,使时空在写人叙事中凸现。同时又抓住那些浸淫西部色彩的典型意象,如孪生湖默鲁山、可兰石、大舞羊、白牦牛、牧羊人、西风、草甸等,再现西夏民族的生存方式、传统习俗,使史诗成为一幅流溢着动感与浓郁民族色彩的远古西部风情画。

在《西夏》中,诗人企图通过追溯历史礼赞英雄来彰显一种内涵更为丰富的英雄主义。诗人对英雄进行了诗意重塑。在杨梓笔下,英雄不仅创造了历史,而且是真、善、美的化身。他们的身上洋溢着一种"原初的纯净的质朴的"神性色彩和生命张力。诗中焕发着母性光辉的党项族始祖董拉、尚武而又热爱和平的党项族骁将山遇惟亮等,都极富美学张力,诗人对之进行了热烈的讴歌。因而史诗所阐述的是一种更富美学内涵的英雄主义。

艺术上,《西夏》巧妙地把个体抒情与历史叙述熔为一炉。整首诗是一部"豪华的西夏幻觉史"[①],而抽离出其中的一个片段往往就是一首独立完整的抒情诗。诗人在叙述人称上也是别具匠心。除了用第三人称进行客观叙事外,还较多地采用第一人称与历史沟通,强化诗人的个体化抒情。史诗还带有浓郁的神性色彩。历史传说与神话传说在诗中交相辉映,经过诗人奇伟瑰丽的想象力加工,西夏历史呈现出更加神奇斑斓的色调。

高尚(1961—),甘肃定西县人。毕业于西北师范大学中文系,曾在甘肃阿克塞哈萨克族自治县任教,现为《甘肃教育》杂志社编审。先后在《诗刊》《人民文学》《飞天》等文学期刊上发表诗作。编著有《博尔赫斯文集》(文论自述)。

高尚的诗为读者展开了两个世界,一个是外部世界,一个是内部世界。诗人大部分时间生活在中国西部,不仅对这一地域朴素而简单的生态表象有切肤之感,而且对它深厚而又多元的人文内涵有深刻理解。西部是世界上离天

[①] 章德益:《幻觉中的西夏》,《文学报》,2002年3月14日。

空最近的地方,由于其生态简单、粗糙、空旷、辽阔,使得西部人和历史的命运显得醒目和突出。时间和历史在这里成为两样能见度极高的东西。高尚力图在自己的诗歌中再造一个精神意义上的西部,日常生活因此被疏远了,时间和历史等成为叙述的主体,永恒得以凸现。而这正是西部的实质,是真实的西部存在:"当时,我正打马经过无人的草原/夜空下//一颗断头,一只洞裂的往世器皿/从祖国上游向我漂来。……那往世头颅已灯火漏尽/它内部的黑暗正朝我头颅四周涌集。……美丽的火啊!从一只头颅落入另一只/它梦见河上容器遍布。而且//陆续被黑暗端走。擦亮。挤破。/颅中之黑是火的另一个名字。在祖国下游"(《一只怀旧主义器官·16》)。一种历史感和沧桑感迎面逼来,痛彻骨髓。在这里,西部成为历史的生命集结地,怀旧主义诗人高尚遭遇了"一抹往世残阳",进而"点着颅中之火"挺入时间与历史的隧道寻幽探秘,并试图抵达存在、人性、生命之底,抵达自我心灵之底。

高尚反对诗歌作为复印日常生活的工具,非常强调诗歌在精神上高于日常现实的一面,希望赋予自己的诗歌以超越日常现实的智性和灵性,捕捉来自形而上的诗意。他的诗的意象构成主要分为两类:一类来自农耕世界,另一类来自游牧世界。但是,他从未刻意用诗歌去呈现这两种生存形态的客观实在性。他的诗歌充满"我手写我心"的创作风格,发出属于个体的独特的音律。如在《月亮》中,他写道:"我只望定月亮/我久久地这么想/月亮缠着绷带//她有多迷人的伤/她为何要伤/而且缠着各种美丽的表情。"缠着绷带的月亮,是诗人独创意象,表达了他无以言说抑或隐秘的忧伤或幽深的思绪。月亮已非外在的月亮,成了诗人内在感受的生动表征。心灵化或内倾性使高尚的诗歌富于感性而又蕴藉较强的形而上意味,也使高尚的诗歌呈现出一种较为朦胧内敛的审美效果。其《我仍然是一截粗笨的奶桶》《植物和人的安魂曲》《空寂》《月亮》等堪称佳作。

在艺术上,高尚有着自己独特的感受视角和表现手段。他有敏锐的生活感悟能力和独特的叙述方式,能抓住瞬间即逝的梦境或感觉,有如西方印象主义绘画技巧,用主观的笔致写客观的生活,用生动的具象表述某种思绪或意念。故而,高尚诗中的意象比较特别,多是修饰语加中心词构成的意象。如"月亮——缠着绷带/美丽的脸庞"(《月亮》)、"草原——我漂泊的床"(《漂泊》)、"那鬃毛飘起的呼吸的马/与时光齐飞的马"(《栗马》)、"一只银器中平静鸣响的孩子"(《致爱:疼痛中想要六个孩子》)、"尽可能用芳唇摘取我的名字/但别摘走我的眼睛上空/列阵待发的鲜花"(《三月状态》)等等。这种意象构成,不仅很好地表达了诗人内在复杂的情感思绪,也增强了诗歌内在的意蕴美和朦胧美。与此同时,这种修饰语加中心词所构成的意象,配用上诗人偏爱的吟唱式的陈述句式,使诗歌生发出一种回环荡漾的内在旋律,给人一种"沉稳而徐缓的震颤的感觉"(高尚语)。此外,高尚尝试了一种"二重奏"式结构,如《一个二重奏》。这首诗结构形式上可以说是两首能独立成篇的诗的合并,内在意蕴则形成某种对应或协和,俨然音乐的二重协奏。这是一种有意味的尝试。

古马(1966—),甘肃凉州人。1986年开始发表作品,在《诗刊》《人民文学》《星星》等刊物均有大量诗作发表。著有诗集《胭脂牛角》《世纪末的花名册》(合著)、《脱帽看诗》(十二卷)等。

"诗人笔下的每一词语,都要创造诗的基本幻想,都要吸引读者的注意力,都要展开现实的意象以便使其超出词语本身的情感而另具情感内容。"①在古马的诗歌里,我们感受到他利用语言精心构造的氛围:空灵却渗透着自己凝练的情感,让人不知不觉地沉入其中,并为之感动。"吞风咽雪 大鱼大肉/——我是第一百零九个赶去救火的/人,一旦吃饱了/脚步自然放慢/慢,风雪紧渐慢/那火从北宋蔓延到/一九九七年……我的儿子也已长大/我,还没有成为一个英雄",在《读〈水浒〉里的一场风雪》里,语言跳跃,充满着神秘的幻想,吞风咽雪,一场从北宋蔓延到1997年的大火,没有呻吟与诉喊,但是却有说不出的苍凉与凝重。

古马的成功源自他诗歌透明的外表和饱满的内心。"七月在野/葵花黄/鹞子翻身/天空空/雀斑上脸/井水清/抱着石头/青苔亲/铁丝箍桶/腰扭伤/鹞子眼尖/花淌汗/鹞子冲天/天下嘛,白日梦里一个小小的村庄"。深厚的古典文学修养和对民谣成功的借鉴使古马的作品精练、含蓄而铿锵。在《鹞子》这首诗里,抛开那些具有很强音乐性的诗歌节奏不谈,短短七十个字,就能勾勒出富于质感的画面,我们只能感叹汉语言的魅力,以及将这魅力发挥到极致的诗人。"落日是千篇一律的序/落日一滴血/黑麦黑麦/合上乌鸦的眼睛吧/枯树似乎苍茫如砚/昏鸦一锭墨",色彩浓厚,诗中有画,画中有诗,极简约地剪辑出西部大地的色与彩,定格出西部时空的光与影。

---

① 于贵锋:《古马漫谈》,《诗生活》,2002年第7期。

古马以自己所擅长的语言营造了诗歌的完美躯体,又以自己丰富的想象去充实它的灵魂。他曾说:"我的诗应是强暴。把风马牛不相及的事物强行黏合,转化为我们生命中遥远而又亲近的东西,拓展想象无限可能的空间。"①在他的诗歌里,我们看到了众多意象的多重组合,诸如被灌醉的海水和草原,捏着三个小钱的孤云,穿虎皮的蜜蜂以及日、月、山、水、湖、风、雪、牛、羊、马、鹰、青稞、落叶等等。古马借助他的联想所带给我们的,是感性、跳跃而充满启示性的诗歌。就像写意山水画中的留白一样,这些通过潜在关系拼贴起来的意象给予读者大量的想象空间,令人回味不尽。他越来越多地渗透了超现实主义的精神。

　　在被誉为几近完美的《青海的草》里,古马这样写道:"二月啊,马蹄轻些再轻些/别让积雪下的白骨误作千里之外的捣衣声/和岩石蹲在一起/三月的风也学会沉默/而四月的马背上/一朵爱唱歌的云散开青草的发辫/青青的阳光漂洗着灵魂的旧衣裳/蝴蝶干净又新鲜/蝴蝶蝴蝶/青海柔嫩的草尖上晾着地狱晒着天堂"。在一片荒凉的苍原上,凸现出了个体鲜明的诗性魂灵。古马的诗歌就是借助这样的背景,细细地描绘了一种悲天悯人的气质。"高高低低的落叶/我捉不住的脚步/我踩着你们了/——素面朝天的灵魂/我不想惊扰谁/但我来到这个世界/好像只是为了一路上向你们道歉//是的,我一直在不停地道歉"。不想惊扰谁,只是为了向这个世界的历史道歉。谁也不能拒绝这样的灵魂。古马说:"我忠实于诗歌的心——这片红色的岛屿拒绝被都市轰鸣的机器声和以雨后春笋般相继而起、后继而至的摩天大楼淹没、蚕食。"②在诗性日渐消解的时代,古马却仍固执地追寻"某个煤窑深处"的一匹"白马",恪守"诗歌的心",这或许就是为什么在古马的作品里,我们能感受到一个素面朝天的灵魂的原因。

　　正如古马自己所言,他的诗是关怀,对人性中与生俱来的悲痛、爱、恨以及死亡的关怀。"青海湖/一座青青的羊圈/羊群和风浪争先恐后//一盏马灯在风中晃荡/一片月光滑倒在青草上/我忘了脚下是崎岖的青藏//我疼:一朵雪莲捂着胸口脸色苍白/青海湖走失了羊只:月亮是一粒补偿的盐还是一句安慰的话呢"(《湖·月·人》),古马还在独自走着,脚下依旧是"崎岖的青藏","马头是青海/大雪填海/西海边把羊群放丢的人啊,一定会碰见一位黑姑娘/

---

①②　古马:《创作自述:用诗歌捍卫生命》,《诗刊》,2000年第1期。

她用藏红花/堵住你毡靴上吱吱钻风的破洞"(《伫马鄂博岭》),在寻找灵魂的路途中,才气不菲的古马若累了,诗歌便像那位黑姑娘一样,让他有暖心的安慰。当然,也会让他进一步深入于人性关怀。

阳飏(1953—),祖籍天津,幼年随父母至甘肃兰州。80年代初开始发表诗歌,出版有《阳飏诗选》《世纪末的花名册》(与古马合编)等诗集。在兰州市文联工作。相对于90年代西部其他诗人,阳飏诗歌创作的起步要早,之所以将其归为西部90年代诗人是因为阳飏创作倾向趋近于这一时期西部诗坛整体态势,在90年代西部诗坛的影响仍呈强势。

阳飏的诗歌创作就题材看大致在三个方面:西部自然组章,如《有关青海湖的长短句》《青海湖长短三句话》《西藏:万万经旗彩幡 千千酥油灯盏》《乌鞘岭》《风起额济纳》等;城市幻象小辑,如《城市错诗》《小说细节》等;历史符码笺注,如《落日之色》《历史人物志》等。其中,最能体现西部地域文学特色也能体现阳飏诗歌创作主体成就的是其西部自然组章。阳飏是个喜好漫游的诗人,他游思沉吟于青海湖、西藏、贺兰山、乌鞘岭和额济纳的立体时空中,用"行动的身体",以多彩的诗笔,展绘出一组组独具色调的西部大自然风景、风俗、风情的复合图景。"万万经旗彩幡,千千酥油灯盏"的西藏所包容的湖、山、石、云、雪、寺院、村庄等风物都浸染了浓郁的宗教文化,戴上了神的面具,即使鹰的飞翔也是"经卷的飞翔"。"牛和羊是这块土地上最简单的思想,雪山的宗教,青草的宗教,你不必弄懂",我们只需"弄懂"阳飏"用流水细细地冲洗所有与西藏有关的比喻"(《创作手记》)。一天不行,还有"明天以后",因为西藏每一天的故事都"被推着经轮旋转的流水记录在案",交给了"经卷","留在世上"(《西藏:万万经旗彩幡 千千酥油灯盏》)。"一半叫作幸福,一半叫作忧伤"的青海湖,它的梦"有着青春女子乳房的曲线";它"千年一恸,/背转过身去石头里的鹰像是一位横空出世的大英雄的儿子,/用飞翔,扩大着父亲的业绩";它是"佛的守门人",它草木萋萋"犹似一部卷了毛边的经卷"(《有关青海湖的长短句》《青海湖长短三句话》)。"大地凄美得横一根笛"的乌鞘岭(《乌鞘岭》),胡杨树"一棵棵死去了却还烈士一样站着"的额济纳(《风起额济纳》),还有拉卜楞寺,"远远望去犹似一大摞一大摞黄封皮红封皮的佛教典籍"(《拉卜楞寺》)……阳飏诗笔下那一组组西部自然风物、风俗风情图卷,浸淫着浓浓的宗教文化因子,凝缩着厚重的西部历史,自得一种丰盈、浑厚、沉郁和苍凉,充满了神性魅力。当然,更浸透着诗人活的魂灵,投影着诗人个体生命的意识,辐射着诗人诗性精神的光晕。这一点,唐欣有精彩的论评:"他是六经注我式的诗人,他在青海湖、贺兰山、乌鞘岭、西藏和额济纳看到的,在某种程度上,毋宁说大概正是他自我的形象。或者说,西部这些雄浑、博大、苍茫的景观,唤醒和促发的,是一种自我认识和自我发现,是一种对自己心灵版图和疆界的测量和塑造。"①

阳飏的有关城市组诗主要是诗人城市风景、现实存在和生活的感悟与体验的结晶。其中包含着诗人的个体经历,有"几十年前的粗食杂草"。诗人回到有限的、零散的、细节化的个人记忆时,笔致显得散漫、自由、亲切、富于情趣,颇得一种阅历沧桑后的洒脱。尤其是其童年记忆的篇什,别具神采。如《下雨喽》:"下雨喽,冒泡喽,乌龟王八打架喽/胖子和春生滚在泥地里/我们更起劲地喊开了——/下雨喽,冒泡喽,乌龟王八打架喽/春生的哥来了,胖子的姐来了,/半院子的孩子都来了/下雨喽,冒泡喽,乌龟王八打架喽/胖子春生商量好的一样不打了/他俩一块儿喊——/下雨喽,冒泡喽,乌龟王八看热闹喽/半院子一起喊——/下雨喽,冒泡喽,乌龟王八又好喽//雨天/我想从一场雨的这头走到那头。"相对而言,阳飏写的史诗略显逊色,有板滞生硬之嫌。

在艺术技巧上,阳飏有着鲜明的个性特征。他的诗自然质朴而不落俗套,有一种智慧的幽默。首先,其诗多用陈述句式,叙述平实,语言生动形象,自然流畅,多是日常用语,还活用了儿童语言(如《下雨喽》)。当然,"诗歌语言的清新流畅不同于思想内容的清晰流畅。其思想可能是令人费解的,但字句却清澈见底,一目了然。"②其次,他的诗歌形式多样。有长短句,如《有关青海湖的长短句》,有散文诗体,有凹凸体,还有章节式的,诗人根据所要表现的内容灵活取舍。再次,修辞手法丰富多样,善用比喻、反复、比拟、反衬、排比等。最后,审美视角独特。如写大雁:"早已不见了南来北往的大雁/这些揣着温度计匆匆的赶路者们/一定是忘记了携带我们这个城市的地图"(《大雁》);写火灾:"远处的大火像是这个城市早开的一朵红花/救火车用水的纤手把它湿漉漉地摘下"(《火警》);写原本严肃崇高的学术问题."走进广场对面一家饭店/菜单上写着:/大闸蟹68元一斤,/雪鸽6.8元一只/大闸蟹太贵了/——这

---

① 唐欣:《阳飏诗歌简论》,《敦煌》,2002年卷,第46页。
② 艾略特:《但丁》,汪培基等译,《英国作家论文学》,读书·生活·新知三联书店,1985年出版,第461页。

是现实主义/雪鸽全飞了/这是浪漫主义加魔幻主义/饿着肚子返回广场/我还是继续享受和平去吧"(《鸽子》)。更有甚者,阳飚能从儿童视角把内心的隐痛、快乐乃至平常的事"轻松"道来,如《我的50年代》《老鼠》《麻雀》等诗即加入了儿童视角。

阳飚写了一首题为《羊皮筏子》的诗:"羊皮筏子就是/把吃青草的羊的皮/整张剥下来灌足气/将它们赶到河里去/两种牧羊形式大不一样/现实主义加浪漫主义加不加魔幻主义/我在主义之外/看一群羊在河里/全身没有一根毛/没有弯弯好看的角/像是一堆顺河而下的大石头"。这首诗可以看作阳飚诗歌创作理念的诗语表述。"我在主义之外"——任各种主义泛潮,阳飚只一意守住自我丹田。他"发誓要使这个世界变轻——他正大汗淋漓地在一些沉重的词语之间搬动着……"(《陡峭》),以建构自己"所奢望的一种'悬空'——现实以上,幻觉以下的诗句"(《麻雀》)。应该说阳飚的努力是成功的。

人邻(1956—),本名张世杰,祖籍河南洛阳,自幼随父母谋生西北,现居兰州。80年代开始诗歌创作,出版诗集《白纸上的风景》等。

人邻的诗歌很"小",在"小"中透示出宏阔的背影。雪山、岩羊、野兔、黑狗、乌鸦、深秋、裸冬、故宅、大树、木栅这些容易被别人忽略的寻常事物,常常吸引了他关注的目光。那是一种原始本质的纯朴。他带着本真而略显禅意的眼光审视这一切。在人邻笔下,再平常的风景也显出一种典型的西部风韵:"秋后/三两朵暖暖的云/一仰脸就悠悠浮起/天色也淡/淡到那云/将好显出/本身的棉白//大地/安静而疲惫/三两朵飘飘的云/也就成为/盛大的风景"(《秋后的云》),"远去一马如蚁/让你颠着颠着/形骸放浪唱一句:/'走罢凉州走甘州/嘉峪关靠的是肃州'……//小马如蚁小马如蚁/如蚁的小马/不时/翘翘尾巴/弄弄西风"(《河西走马》),在这些诗中,有一种空旷,一种淡远、寂静和苍凉。

人邻诗歌很"小",在"小"中隐含了生命与时间的概念。在《风中的城市》里,他写道:"城市的楼房摇着/尤其高高细细的那些/像风中的树一样/——摇着//起了许多尘土以后/远远地/楼和树/都摇着/没有办法分清/好像都有纷纷的叶子/落下来"。纷纷凋落的叶子给予了我们一种凋零的感觉,把这种意象扩展到城市的主体建设,楼房,便让人觉得时光如水一样地流逝。由是"我仰脸望着/沉甸甸的黑褐色的叶片/必然会砸下来的叶片/感觉深秋的生命/依然是如此的重滞"(《深秋》)。人邻的诗歌主题大致可以进行两个分类,一是时间,一是生命。在关于生命的主题里,经常包含着热烈而痛苦的基调。这源自于逝者永逝的生命体验,亦源自生命孤独与坚忍的体验:"谁的手能系住/这冷色。/别一种浪骸。/别一种坚忍的辉耀。/一种浪骸。/一种坚忍的辉耀。/一种暗夜盛开的顽铁。/一种悄然的孤独/背向月光"(《感觉狼在一片风景里》)。这也是一种生命的崇高和悲怆。

  人邻极为简洁而跳跃的语言是他诗歌艺术特色之一。没有多余的枝节,使得诗歌意义集中而清晰。在《秋歌:树和乌鸦》里,我们能感受到人邻诗歌语言的特殊魅力:"树的枝丫/秋水洗过/乌鸦很少一两只最好/不要乱飞/深秋这张白纸/已经很薄",饱满而极富力度。同时在他所选用的词里,音调都比较低平,按照人邻自己的话来说,叫作"灰色的齿涩音"。这种节奏带给了诗歌和谐的音乐美。"空旷的山顶/一无所有/让人感到不安/还是想象那儿有一棵树吧/不生叶子也行/没有枝条也行"(《空旷的山顶》)。人邻是安静的,他正在用细小的事物为时间与生命做越来越完美的诠释。

  张子选(1962—),祖籍辽宁抚顺,西北师范大学中文系毕业,曾在甘肃省阿克塞哈萨克族自治县任教,在《现代妇女》等杂志任编辑,现为自由撰稿人。他学生时代开始文学、美术创作,1980年起在海内外发表作品,曾参加第七届"青春诗会"。代表作有《阿克塞系列组诗》《执命向西》(文化散文集)、《红了马唇 绿了伤心》(诗集)、《巴人》(三集电视剧)、《中国情歌》等。张子选的诗多以西部为题材,倾向于通过描写西部的风土人情展开人类命运本质的探讨。正如他自己所言:"通过地域性来关照世界性,经由地缘资源和个体感受而阐述人类共性的诗意特征,并最好能将叙事性与抒情性有机地结合在一起,我想,这就是我诗歌写作的全部内容了"(《红了马唇 绿了伤心》)。

  "不想知道,可你还是/清楚地知道:每逢大风雪之夜/总有夫了就回不来的牧马人/变成身披黑斗篷的风神/惹得部落里的寡妇们/都要冲出家门,纷纷搂住/随便哪匹马的脖颈/像搂紧她们自己的男人/彼此撕肝裂胆地/痛苦一阵,安慰一阵/"(《大风雪之夜》)。大自然是残酷的,在恐怖的大风雪之夜,人的生命脆弱如薄纸。然而在结尾处,诗人这样写道:"然后沉默,然后就是/拉扯大自己的每一桩心事/拉扯大孩子们的哭声/还做牧马人"。他借助自然的背景衬托出人的生命力,"人与自然之间互相对立,互相交流,互相塑造,同时改变自身精神结构的博大微妙的过程"①。人所具有的生命张力,成为张子选诗歌最主要的题材。"正当八座佛塔下/我摆放好我的生死/水声渡河抬头看见/成群的格桑/即将盛装出行//出行,并且迎面遇见众喇嘛/分别被年代久远的风/掀动起半幅袈裟/像/被经卷打开的一系列鹰飞"(《梦天山》)。在西部艰难的生存环境下,人的生命被衬托得孤独却坚忍:"要么你相信石头上会长出树来/要么你悲哀"(《无人地带》),也越发凸显出生命的强力:"相传,牧马人倒下的时候/他们的靴子还会站在荒野上/痛饮狂风"(《大风雪之夜》)。

在《〈红了马唇 绿了伤心〉·序》中他提及诗歌风格问题时这样写道:"……加之我所到过的那些地方的民族语言和方言特征,乃至那里的人们所恪守的宗教观念、思维方式和生活方式,都曾经是我必须学习的一种知识对象,因而在我的写作中,它们便不知不觉地成了我的写作对象、思想或灵感来源,甚至成了我的诗歌写作手段和语言处理技巧。"这番自述是有道理的,张子选的诗歌浸淫了大西北荒凉孤独的气韵,"他很少采用繁复的结构和密度很高的意象撞击以造成多主题象征的效果。"②总是在平淡沉实中,透示出一股苍凉孤寂之风。

高凯(1963—),祖籍河南,生于甘肃合水,现任甘肃省文联所属甘肃文学院院长。1982年开始写诗,已出版诗集《心灵的乡村》《想起那人》《回阳时节》等多部。

高凯引起诗坛瞩目的是他的陇东乡土诗。他的乡土诗主要由这样三部分组成:风俗画的展现,乡情、乡愁的吟唱,家园意识的追寻。而这三个部分既是高凯诗歌发展的心路历程,又是他诗歌创作三种境界的嬗变。高凯生长于陇东,陇东就成了他诗歌创作的母体。他坦言将毕生不渝地抒写陇东:"过去我在陇东这样写'陇东诗',现在我在兰州也是这样写'陇东诗',将来我如果到了外国,我还是这样写'陇东诗'。我相信,这些诗是'高凯的诗'。"③因而,高凯踩着诗歌的韵脚,以饱蘸深情的诗笔,"用一腔土气的陇东口音"(高凯诗)描画了一幅幅陇东黄土高原独特的自然风物、风情习俗图景:有陇东的山:"山一挤/人就稀了 山路/整天只给过路人弯着/头顶 除了几只老鸹/还是几只老鸹"(《山里》);有陇东的树:"树/枝枝明里勾搭/根根暗中往来/一片

---

① 陈超编著:《中国探索诗鉴赏辞典》,河北人民出版社,1989年出版,第409页。
② 陈超编著:《中国探索诗鉴赏辞典》,第407页。
③ 高凯:《创作谈:写在诗后》,《诗刊》,2000年第10期。

片树荫子/也是　从这家/一定要轮到那家"(《邻家》);有陇东的土窑洞:"一个个/肩挨着肩/一年到头/都取着暖暖/做饭的烟走上天去/也能拧成一股"(《邻家》);有陇东的乡俗:"在我们陇东/随便到一个地方问路/都不会碰上一块石头/大人给你说得很清楚　还要/叫娃给你领路　挡狗"(《走进兰州》),"山里　拐弯抹角/都是亲戚","一家和一家住得再远/门都好进","进了门还不好出来　走时/大大小小的人把你送出小门/又送出大门　最后/还拉着你的手/舍不得丢——"(《乡亲》);有陇东人的性情:"开口/都拍打着胸膛/一句土得掉渣渣的话/有着山的斤两"(《说话》),而他们相亲时,却"抬头　面对面臊/背对背也臊/焐在怀里的信物　烫得/几次逮不到手里"(《相亲》),这一幅幅色彩浓郁的陇东乡土自然风物、风情习俗图景,沉积着陇东乡土人的心理意识,也凝聚了陇东乡土人的文化精神。它带着陇东黄土地的色泽与情调,也带着陇东黄土地的沉重与艰涩。陇东黄土高原严酷的自然条件,封闭的人文环境使得陇东乡土农民祖祖辈辈没有摆脱其苦难与宿命,直至今日,"老村的一根肠子/前世　积蓄了水/后世　吞咽了苦难"(《枯井》),"往场角一蹲　乡土里/便多了一个解不开的疙瘩/疼痛　而又令人窒息"(《碌碡》)。正是这份苦难与沉重"将父亲的腰/一天一天/折下去"(《父亲》),且"不认命不由人啊"(《场上》)。扭结在高凯诗歌中的这一乡情、乡思、乡愁和对故乡的忧思、人道关怀,使得"高凯的乡土世界是厚重的、完整的。既有醇如美酒的民风民俗的描绘,也有令人心荡神迷的乡情乡愁的低吟,还有无法释怀的家园之梦的追寻"。张玉玲博士指出:"由于诗人情感充满了欲罢不能的痛苦和人生阅历的坎坷磨难,这个乡土世界又是丰富的,尤其是诗人没有遮掩乡土深埋的苦难与悲哀,诗人将深刻的人生体验融入对在黄土地上的芸芸众生的艰辛生活的描写中",所以,他的"诗歌越出了从乡土中来到乡土中去的形而下的描述而使诗歌具有哲学和人类学的高度"[1]。也正因为如此,他的乡土诗才被《诗刊》评价为诗中的"土特产"和"绿色食品"[2];被藏族诗人伊丹才让称赞为"陇东乡土上的罐罐茶""我们民族的黑头发"[3]。

在艺术表现上,高凯的诗歌创作也有意识地追求一种"陇东乡土味"。他说:"诗的意象、语言和节奏都是我的陇东特有的","我是个唱民歌的,我的歌

---

[1] 张玉玲:《西部诗人高凯的乡土世界》,《西北大学学报》(哲社版),2005年第3期。
[2] 主持人语:《民谣与乡风》,《诗刊》,2002年第2期。
[3] 唐翰存:《浓浓乡情郁郁诗情——高凯陇东乡土诗研讨会纪要》,《飞天》,2001年第2期。

只唱给爱听民歌的人"。高凯的陇东乡土诗确如他自己所言,其基本意象诸如窑洞、碌碡、磨道、场院、喜鹊、枯井、村口等等,完全是陇东特有的。其诗的语言大量借鉴了陇东民间口语、方言,如《扫盲》:"庄稼一倒　地里/站得最高的荏荏　是一片/磕磕碰碰的睁眼瞎//土里土气的秀才/毛辫子梢梢拴辣子——/抡红了/教鞭子一扬/便有一屋子的牛和羊/哞哞咩咩地跟着念　而且/先生长先生短/一声比一声叫得甜//两眼眼一把黑呀/两眼一把酸/谁也不想被从庄稼地里扫走/逮住一个字腿腿也能顶用/看地地大/看天天远//一整天写会三个狗爪爪字/半夜里摸黑回家/栽一个大跟头/手里一根柴棍棍没拾上/也能笑出声　也能笑出/两朵朵泪花",整首诗基本上是陇东方言、口语融汇而成。高凯还自觉吸收了民歌的养分,其不少诗作形式与韵律都颇得民歌风味①,如《谁个剪的》:"忽闪忽闪的灯花是谁个剪的/　张　张的窗花就是谁个剪的//一张一张的窗花是谁个剪的/一团一团的霜花就是谁个剪的//一团一团的霜花是谁个剪的/一朵一朵的雪花就是谁个剪的//一朵一朵的雪花是谁个剪的/雪地上那串鞋样就是谁个剪的",这首诗算得上是标准的信天游。

高凯诗歌的音乐性、节奏感、民歌风味所营造的独特意境和情趣,在《村小:生字课》中也表现得尤为突出。饶有兴味的诗歌是这样写的:"蛋　蛋　鸡蛋的蛋/调皮蛋的蛋　乖蛋蛋的蛋/红脸蛋蛋的蛋/张狗蛋的蛋/马铁蛋的蛋//花　花　花骨朵的花/桃花的花　杏花的花/花蝴蝶的花　花衬衫的花/玉梅花的花/曹爱花的花……外　外　外面的外/窗外的外　山外的外　外国的外/谁在门外喊报到的外/外外——/外就是那个外……"之所以不厌其烦地引述其中几段诗歌,就在于他的儿童诗是真正属于乡村儿童的,正如诗歌的题目是"村小:生字课"。这样的生字课讲活了中国文字,使其字中有画,有趣,有情,有味,有色彩和声音。此外,高凯的陇东乡土诗多是一种叙述故事式,且叙述方式也多用白描,情节单纯透明。诗风朴实自然,既散发出浓郁的乡土气息,又颇富艺术魅力。

牛庆国(1962—　),甘肃会宁人,现为《甘肃日报》副刊编辑。在《诗刊》《人民文学》《星星》等刊物发表大量诗作,参加过诗刊社青春诗会,著有诗集《热爱的方式》《字纸》《我把你的名字写进诗里》等。牛庆国以乡土诗而成名,他的诗歌创作与自己的故乡有着浓浓的血缘维系。

---

① 　高凯:《自我鉴定》,《诗刊》,1998年第10期。

牛庆国说:"回望故乡时,心里涌起的那种东西就应该叫作诗","所谓我的诗歌,在我眼里就是雨天的脚窝里长出来的一朵朵苦苦菜。"[①]牛庆国的诗正是诗人在频频回首故乡时自然流露的产物。陇中黄土地是诗人生于斯长于斯的故乡,诗人谙熟并深爱这片黄土地,黄土地就是他创作的灵感之泉,也是他诗思的触发之源。这片黄土地上的苦水、苜蓿、小麦、冰草、麻雀、水牛、毛驴、土窑、土炕、酷风、旱雷、弯拧疙疤的小老树、冬日河沟里的牧羊人、土筑讲台上的堂叔、黄土地上画字的孩子、一辈子走不出三亩薄地的奶奶、在雨中纳鞋底的妈妈、用牛粪火熬罐罐茶的父亲等带有浓重"黄土色彩"的人和事物构成了牛庆国诗歌的意象世界。诗中的黄土地和现实中的黄土地也就有着"同样的形貌和内质":十年九旱,黄风土雾时常漫天飞舞,以及由此造成的贫瘠与苍凉。《水》《黄地腹地》《旱情·种子》《春天的一场土》等诗对此都做了生动而形象的描绘。在诗人笔下,自然景象虽有时也作为独立的抒情客体出现,如组诗《西部风物》,但大多数情况下它们总是和生活连缀在一起,仅仅是西部人生活的背景。诗人通过描绘以苍凉、浑厚、酷劣为特征的黄土地上的农民的生存,表现了西部惊心动魄的生命存在,同时,也包含了诗人对西部的历史、文化、生活、风俗的理解和思考。

牛庆国的故乡会宁,是个"苦甲天下"的地方。故乡给予他最刻骨铭心的体验与记忆首推苦难。对于西部人来说,生存的苦难首先来自严酷的自然环境的逼迫。在诗人的故乡,最严重的是干旱缺水,这是一切苦难与悲剧之源,"一滴水/就能把山一样的汉子/打个趔趄/你信不信//一桶水/比这么大一个村子/还要重哩/你信不信//一窖水/就是白花花的/一窖银子/你信不信//攥住吊水的草绳/就是攥住/我细细的命哩/你信不信"(《水》)。诗人对这种苦难表现得震撼人心的是《饮驴》:"走吧 我的毛驴/咱家里没水/但不能把你渴死//村外的那条小河/能苦死蛤蟆/可那毕竟是水啊/蹚过这厚厚的黄土/你去喝一口吧/再苦也别吐出来//生在个苦字上/你就得忍着点/忍住这一个个十年九旱//至于你仰天大吼/我不会怪你/我早都想这么吼一声了//只是天上没水/再吼 也无非是/吼出自己的眼泪//好在满肚子的苦水/也长力气/喝完了我们还去种田"。

这就是诗人牛庆国黄土地故乡的生存境况!面对深重的苦难之渊,那黄

[①] 牛庆国:《我的经历,我的诗歌——我的创作谈》,《诗探索》,2002年第3—4期。

土地上的人们却还只能忍,并将苦难吞咽进肚子,化为力气去种田。这首诗以极其平常的叙述方式和极其朴实的语言叙述了西部习见的一件小事,传达出了诗人惊心动魄的苦难体验和西部生命存在的深重,获得了动人心魄的艺术效果。苦难的深重压迫,使得诗人在故乡的岁月里连梦中都在逃跑:"那时正是一个多梦的年龄,然而,我的梦里没有五彩缤纷,我总是梦见自己在危险的山路上奔跑,跑着跑着不是路忽然断了,就是跑到悬崖边上无处再跑了,或者被一双有力的大手狠狠地抓住,惊醒时还在不住地哆嗦,往往是一身汗。"(《我的创作谈》)诗人最终逃离了那黄土地故乡,可他的父老乡亲仍旧在那片贫瘠荒凉干渴的黄土地上苦熬挣扎,这使诗人对那片黄土地仍旧倾注着他的情与爱:"杏花　我们村的村花//春天你若站在高处/像喊崖妹妹那样/喊一声杏花/鲜艳的女子/就会一下子开遍/家家户户　沟沟岔岔//那其中最粉红的/就是我的妹妹/和情人/当翻山越岭的唢呐/大红大绿地吹过/杏花　大朵的谢了/小朵的也谢了//丢开花儿叫杏儿了/酸酸甜甜的日子/就是黄土地流出的民歌//杏花　你还好吗　站在村口的杏树下/握住一颗杏核/我真怕磕出　一口苦来"(《杏花》)。诗对故乡杏花村少女命运的关注与系怀,又何尝不是诗人对故乡父老乡亲整体命运的关注与系怀呢?

牛庆国对乡土、故乡那份永不褪色的情感,丰富了他的心灵,启悟了他的心智,使他创造出了不少感人的诗篇。也正是这种情感重负,在某种程度上束缚了他的创作,使他在审视故乡时,陷入某种程度的乡土情感的纠结,使其诗作有时不自觉地表现出对外部世界,尤其是对现代城市的某种拒绝。如《上楼》《擦皮鞋的女孩》《一个人出门在外》等诗,即较明显地传达了诗人对"乡村"转向"城市"过程中重前者的情感取向,诗人一些关于历史题材的作品也隐秘地透出了此种倾向。

牛庆国诗歌在形式上缺少创新,使诗的美学意味受到或多或少的损害。但牛庆国诗歌也有自己的独到之处,譬如,"回望"视角使他的诗有较强的叙事性,他的诗注重从生活中提炼出具有特征的细节组成有内在张力的故事,把蕴藏在内心的思想感情融化在诗的形象和对故事的叙述中,做到了借事抒情,情景交融。另外,方言俚语的入诗,也使牛庆国的诗口语化,更富西部泥土气息。

娜夜(1964—　),女,原籍辽宁兴城,成长于西北,曾在兰州某新闻单位供职,现居住于重庆。1985年开始诗歌写作,在《诗刊》《人民文学》《星星》等刊物发表大量诗歌,参加过诗刊社"青春诗会",著有《回味爱情》《冰唇》《娜夜的诗》等诗集。曾获鲁迅文学奖。

娜夜的诗来自内心,源于生命的"温柔独语"。娜夜的诗歌世界所建构的是诗人自我的内在生命体验:爱,梦幻,以及与此相伴而生的孤独与忧伤。诗人在情人节,发出了《使甜蜜甜蜜的声音》:"一些相对而言的爱/像春风一样和煦/它就是春天的风/人群里　我感到眼睛潮湿",那么,"一朵花　能开/你就尽量地开/别溺死在自己的/香气里"(《美好的日子里》),于是,"我的等待/已将含情的叶片卷成静默的耳朵/等候你灵魂的风声/掠过西风与石窟/从我的额前/轻轻拂过"(《静等佛示》),"最沉静的音符/将我更轻的身体更轻地托起/牵引我/沿着事物最光明的方向/如牵引一个暗夜里丢失的/孩子"(《一首动情的歌》),于是,体味到了"幸福　让人怎样呼吸"(《一个字》)。

娜夜的诗风感性而内敛,真纯而柔细,善于捕捉作为女性自我的复杂微妙的心绪、情感与生命的内在体验,有独到的艺术感受。当她的笔触探入自我内心世界时,总是显得灵动深致,抒写得委婉细腻,美丽动人,能给人以强烈的美感享受。如:"我看见了自己昙花一现时的容颜/比初恋更美/生命就停在花瓣上/情有多长/一支烟的工夫?"(《吻》),"有一声叹息/轻于落叶/轻于听/有一些停顿/发生在内心"(《沿河散步》)。缓缓轻吐的语调,纤纤若丝的情愫,微微痛楚的感伤,别具魅力。娜夜诗中的自我形象是一个纤细、柔情而又忧伤的女性。这一女性气质,使其诗歌有一种特殊的黄昏淡雾般的诗境,显现出一种轻柔如初月的辉光,笼罩着一种如梦幻般淡淡的忧伤情丝和艺术氛围。也许,这正是娜夜诗歌的魅力所在,也是其诗歌的美学价值所在。

诗歌观念上,娜夜接近于90年代女性主义诗人,表现出较为自觉的女性意识。娜夜的诗歌明显地回到了女性自身,致力于自我生命体验的表现,注重自我内在心灵世界的抒写:"冷静　柔软/被时间穿透的秋风/薄如蝉翼/使所有弯曲贴近内心/使黑夜在东方发亮"(《封面上的人》),她确如"倚窗眺望的女人/一根刺透自己的针/把外面的风尘/关在外面"(《眺望》)。因而,娜夜的视角是内倾化的,她的诗笔探入了生命的底层,乃至隐秘的深处。她的诗歌传达了作为女性自我的特殊的感觉与情绪、心灵与情感的律动,以及丰富复杂的生命体验状态。不过,与90年代女性主义诗人相比,娜夜还是保守的。在娜夜这里,既可窥见90年代女性主义诗人们的"黑色"背影,亦保留了东方式的古典情韵;既有对女性自身权利、价值、尊严和人格的追求,亦表现了普泛的人性意识与人道主义精神。

娜夜说:"我的写作,就像戈多,戈多会带来什么?人类的声音,还是个人的宣泄,并不重要,重要的——它使我有事可做。"[1]娜夜是一个执着于使用语言,以等待某种不期而至的激情、某种不可预测的幸福、某种不可抗拒的命运的诗人。在词与词的重峦叠嶂、在段落与段落的帷幕低垂中,她就像午夜的精灵,游走于生命与灵魂、现实与梦幻的界面,寂寞、自由、顽强地歌唱着。就整体看,娜夜的诗歌空间尚需进一步拓展。

沙戈(1966—),女,生于兰州一个军人家庭,少小从军,曾任《快乐青春》编辑。80年代中期开始诗歌创作,其作品散见于《人民文学》《诗刊》《星星》等刊,曾收入部分诗歌选本。著有诗集《梦中人》《沙戈诗选》《夜书》和散文集《开始我们都是新的》。沙戈性情内向而敏感,她的诗歌创作始终坚持有感而发,绝不为写诗而写诗,诗路多注重于对内心感受的细致抒写。与众多女诗人惯于细腻温婉的抒情不同的是,她的诗表面上冷静、平淡,内里刻骨感伤、苦涩、悲观,是一种"冷抒情"。人生如长夜,如绵绵阴雨天,她就像在滂沱大雨中四处漏水的一间茅屋,在大风浪里起伏挣扎的一叶舢板,一面苦苦坚持,一面感触丛生。这些细密剔透的感触以诗的句式落在纸上,就变成了一首首带着血丝的短诗。落笔时她又常常是欲说还休,将无限哀愁隐藏在只言片语之后,聊以自遣自慰。让我们来听听,平常像蚌壳一样护住内心的她,在想些什么。这是她奔波一天后回到自己家里的感觉:"有些昏暗,但不潮湿/这儿比哪儿都温暖/卸下劳顿一天的心/或刚睁开眼/重新拾起了心/这儿,比哪儿都诚实/没有比爱什么更爱这里了/把爱 一点点收得更小更小/这儿,比哪儿都宽容/那么自然,那么/深情抑郁和疲惫/这儿/比哪儿都美"(《一隅》)。似乎是在说一种家的温暖感,却透出一种弦外之音。再来听听她在某个寒露节气的感触,人在异乡,"这儿离我的祖籍那么近/但我并未出生于此/离我的出生地那么远/却无法称之为故乡/ 寒露那天/一个失踪的孩子/四野找不到一个亲人……"(《寒露》)。这些表露心情的诗,虽然像聊天一样质朴,却透出瘆人的悲凉气息。更多的时候,她在回味自己的人生:"我的爱 消耗殆尽/我把青春让给了暮年/我爱过的 和爱过我的/已悄然离去……"(《归零》)"我们在世间用心走着/走着走着/有些人就走远了/有些人 还在原地走着/走不

---

[1] 娜夜:《作者引话》,《诗刊》,2001年第3期。

远的人/开始学着注视脚下的生活/当他刚刚预备热爱什么的时候/天,已经黑了。"(《我们在世间用心走着》)从这些诗句里还可以感觉到,沙戈对时光与生命的流逝极为敏感。腊月十四这天,她回忆起某个夏日黄昏的往事,突然说,"一点点暗下去的一天 像不像/一点点暗下去的一年 像不像/一点点暗下去的一生?"(《由腊月十四这天想到的》)这样的感触令人暗暗心惊。而一次走错路的寻常经历,她居然能想:"寻找天葬台的路上/走错了三次/像在活着的路上/走错的三次/ 一只遗落的鞋子 引领我/找到那里/其实 通往那里的正道/一直躺着 等我走/我却在来世/才发现它/看见了路/一切已晚了/我已经/费尽全部气力/走过了一生/鹫鹰准备着掏空一个人的灵魂/我准备着/小心翼翼 走完/回去的路"(《寻找天葬台的路上》)这首"别有用心"的诗,意味深长。沙戈最撼动人心的诗作,大概就是这类记录自己所感所思的作品了。这些诗是她走过半生,留在雪地上的一行深深浅浅的足印。写自己的诗,为什么会打动别人?因为她在袒露内心之时,写出了"人人心中有,人人笔下无"的东西。一己感触触动了他人内心最隐秘的感受。

沙戈深谙诗歌不是用来描述事物的、出现在诗歌中的所有物象都应当是意象这一文体规则,她极少纯客观地描述事物。她的许多诗开头看似在有节制地描述,但临近结尾部分,必会突然转入抒发感触,从而为所描述的物象瞬间注入血液,使之转化成别具意味的意象,这种方法使她的诗多半简短而意蕴饱满。兴许是女性的缘故,她很善于抓住细小的事物,把它转化为意象。譬如描述创作心态,她别出心裁地用了一个火柴的意象。写旧居,她不写破旧感,而是抓住一只结网的蜘蛛,表达了别样的意思(《南城根前街22号》)。

第二节 生灵歌者:新小说群的精神向度

90年代的西部小说,在复杂多变的文化环境中令人意外地闯过初期短暂的低谷,在中后期创造出了生气蓬勃的景象。这与三个年龄段的作家们的共同努力有关。邵振国、柏原、王家达、杨志军、赵光鸣等在80年代初就已在全国文坛崭露头角的作家,此时已步入中年,他们在思想上、艺术上已臻成熟,写出了一批在艺术上更为老到的作品。姜安、董立勃、风马、张存学、唐达天、李唯、色波、和军校等在80年代中期已步入文坛,但他们最显实力也最有影响的作品都创作或发表于90年代;红柯、陈继明、石舒清、郭文斌、雪漠、金瓯、叶舟、漠月、温亚军、卢一萍、史生荣、季栋梁、张学东等作家大都起步于90年代初,到了世纪末和新世纪初,逐渐显露出了各自的艺术个性,他们是在新的时代意识熏陶下走上创作道路的,他们的小说渗透着鲜明的时代色彩、现代意识,其思想观念、审美理想和艺术追求,与邵振国、柏原、王家达、冯苓植等前辈作家有着较大的差异。

崛起于90年代的新小说群,因各自的精神向度、价值立场与艺术追求的不同,大致分布在"新流寓小说""新乡土小说""新城市小说""新历史小说""新先锋小说"等几个群落里。有的作家则不为此所限,活跃在几个群落之间。他们的出现与崛起,成为西部乃至整个中国文坛令人瞩目的文学新景观,使蓬勃生长的西部文学有了向未来延展的生命力。

西部流寓小说是西部小说中最富有"西部性"的独特品类,它以盲流和知识分子的流徙生活及其漂泊的灵魂为表现对象,曾经是"新时期"文学的一大景观,同时也成就了张贤亮、王蒙、赵光鸣、牛震寰等作家。90年代新晋的西部小说作家红柯、董立勃、风马和刘岸等人写出了《哈纳斯湖》《白豆》《紫色海》和《生灵境界》等重要小说,形成了西部"新流寓小说群"。新流寓小说有了不同于80年代的艺术新变:将写实性与传奇性并举,使流寓者的个人经历与底层社会权力背景相交织,具有浓烈的批判意味;将东部向西部的单向流动转换为二者之间的双向流动,在多重文化碰撞中揭示出流寓者流亡意识、精神寻梦中的心理冲突与困惑,从而带来精神向度与价值选择的多向性与复杂性。

西部乡土小说是西部文学中最重要也最有成就的小说品类。起步或成名于90年代的作家石舒清、陈继明、郭文斌、雪漠、张冀雪、马步升、王新军、付查新昌、扎西班丹、梅卓等都将充满关切和焦虑的目光投向了西部广袤的乡土,由此形成了西部"新乡土小说群"。在西部新乡土小说中,传统文化积习深重与家庭血亲关系稳固的西部村镇在现代文明和商品意识冲击下所发生的震荡是其叙述的主要场景,西部乡村凡俗人生则是叙述的主要对象,而西部乡土社会的现代转型是其叙事的总主题,但有了不同于80年代王家达、柏原、邵振国等西部作家的乡土小说的精神意蕴:其一,召唤现代政治文明,追问城乡对立格局中不平等关系的道义正当性,如雪漠的《大漠祭》;其二,由批判转而归依、亲和乡土人生,探寻乡土文明所内含的现代普适性,如郭文斌的《开花的牙》;其三,探求宗教情感引导现实超越的可能性,崇仰抵御异化的生命神性,如石舒清的《清水里的刀子》和陈继明的《寂静与芬芳》。需要指出的是,西部新乡土小说对乡土人生的这种多向性探求,大多是以理想化了的乡土封闭形态为基础的,因而有着较强的写意倾向。即使如此,相对于现代转型中的人的异化及痛苦失落而言,西部新乡土小说所构筑的和谐的乡土社会生存状态,无疑具有一定的昭示意义。

西部都市小说是西部文学中发展较为滞后的小说品类,进入90年代则有了新的变化。城市商业文化开始全面渗透现实生存之境,市民阶层逐渐形成,并对物质利益和世俗生活表现出前所未有的兴趣,个人生命力由此空前地勃发起来,人与城市的关系随之变得极为复杂而紧张。这些变化吸引了叶舟、史生荣、唐达天、陈继明、季栋梁等新晋作家的叙事兴趣,由此形成西部"新都市小说群"。这些作家以日渐自觉的都市意识去把握转型期西部都市生活及其精神新变的多个层面:西部人在西部城市现代性进程中遭杂纷乱的文化经验和欲望体验(如陈继明的《月光下的几十个白瓶子》)、"都市新人类"的"单面"性及自我在角色扮演中的迷失(如叶舟的《谁是谁的先人》)、商品化带来的道德颓败与犬儒主义(如季栋梁的《挽男人胳膊的美人》和史生荣的《美女教授》),都被作家们一一摄入小说镜头。西部新都市小说揭示了西部都市人在现存境遇中充填欲望与追寻意义相矛盾的两难心绪,显示了别具一格的美学意义和社会价值。

西部历史小说是西部文学中逐渐走向繁盛的小说品类。自90年代以来,小说家红柯、卢一萍、姜安、阿来、张存学、温亚军、杨·道尔吉、任建、李民发等都在历史小说领域有所斩获,形成了西部"新历史小说群"。其中,有以西部历史和战争为叙事对象的"宏大历史叙事",如李民发的"三国殇"三部曲之一《蜀殇》(另两部《魏殇》《吴殇》后来完成),姜安的《走出硝烟的女神》,红柯的《西去的骑手》,阿来的《尘埃落定》,杨·道尔吉的《忽必烈大帝》等。这些小说在探寻历史的兴衰更替规律的同时,或张扬爱国主义和英雄主义,或激扬生命血性和民族文化精义;也有以西部家族、村落和个人日常性存在为叙事对象的"微型历史叙事",如张存学的《隐秘的岁月》和卢一萍的《激情王国》等,这些小说在将文学聚焦点从帝王将相转向平民的同时,有的落入历史偶然性和神秘宿命之中,有的在焦虑地叩问现实的历史走向。

西部先锋小说是西部文学中新起的小说品类。90年代伊始,在东部先锋渐趋消歇的时候,中国西部却形成了一个令人瞩目的"西部先锋小说潮"。小说家张存学、叶舟、金瓯、卢一萍、红柯、陈继明等作家在小说的叙事形式与精神内质两个方面进行了比较前卫的探求,表现出了一定的"先锋性"。他们的前卫探索是多向度的:探寻生命存在的意味,迷醉于叙事形式的试验,张存学、叶舟和卢一萍是这类探索的代表;基于"万物有灵"和"敬畏生命"的观念进行超智性或反智性行为讲述,红柯和金瓯是这类探索的代表;拆除过分玄虚的形式屏障,在对西部土地、宗教的皈依中解读生命及其存在的方式和意义,呈现出了特异的精神气度,陈继明和石舒清是这类探索的代表。它们不再像80年代先锋小说那样堕入玄虚回避现实,而是以积极应对的姿态面对现实世界。因此,这一"西部先锋小说潮"不是东部先锋文学的空间意义上的余震或延伸,而是有着与西部文化相表里的精神气质与叙事风貌。

概言之,新晋的西部小说作家活跃在上述几个小说领域里,由此形成了多元并存的西部新小说群落。其小说叙事艺术探索的独特性,不论是精神内质还是叙事形态,都在呼应主潮的同时,从文化他者想象的西部化建构回到对西部本身的重新发现,从而凸现了社会转型期西部多民族文化在冲突与融合中向现代文明演进的时代风貌。西部新小说家群正"在路上",他们的叙事努力与艺术创新,使蓬勃生长的西部文学有了走向未来的生命力[①]。

唐达天(1955—),祖籍甘肃民勤。1977年毕业于西北师范大学政史系。当过多年的教师、记者、编辑等,甘肃省文学院签约作家,现居广东珠海。主要作品有中短篇小说集《悲情腾格里》,长篇《绝路》《残局》《后台》《我的美丽没有错》《沙尘暴》等。

唐达天中短篇小说集《悲情腾格里》的叙事对象是腾格里沙漠边缘地带的乡村。如小说《毛卜喇》以河西走廊毛卜喇村半个世纪的历史,三个家庭两代人的命运遭际、情感纠葛来透视西部乡土现代转化过程中人性的畸变与道德的溃败。杨二宝是过去的劳改犯,出狱后迅速发家致富,而他的致富手段主要是弄虚作假倒腾羊毛坑害国家、高价倒卖农药化肥坑害乡邻、以怨报德损害曾帮助过他的人,就是这样一个道德败坏的发家者,却被树为致富模范;支书老奎虽然保守,有些家长作风,但不图私利,扶贫济困,却在杨二宝之流的挤对逼压中家破人亡。为恶者发家,而为善者败家,这样黑白颠倒的现实图景显然不是作者想象中的乡土现代转换的理想形态。《麦子是一把火》里的徐宝宝与王官儿也都是利益诱惑下的人性畸变者,作者让一把火把他们烧到人性的

[①] 李兴阳:《崛起的西部新小说家群》,《写作》,2006年第19期。

最底线,以此发出这样的警示:没有道德文明做保障的物质文明最终也会毁于一旦。以城市文明为参照的西部乡土现代转换,在促进西部发展的同时,不仅加大了城乡不平等关系,而且造成以"人性堕落、道德失范、价值迷失"为内蕴的精神危机。作为对乡土现代性转换负面效应的一种反拨,唐达天在《沙蚀》《沙魂》等作品中全力打造了几个社会转型期的道德英雄。《沙蚀》中的大顺有正义感,吃苦耐劳,锄强扶弱,能抵御金钱与性的诱惑。《沙魂》中的老向导很精明,也讲经济效益,但在缺水迷路的危急中不惜以自己的生命为代价把几个勘测队员救出沙漠,确可以称之为沙漠之魂。在作者看来,这种既保持传统道德的精髓而又具有开放性的道德品质,可以用来救治西部乡土现代性转换时期的道德沙漠化危机。

与其写西部乡村的小说一样,唐达天写都市生活的小说《残局》《绝路》也有一种悲怆色彩,写人与自然的抗争是如此,写理想主义者与堕落、败坏的欲望都市抗争也是如此,一种特有的浪漫主义英雄情怀贯穿在他的都市小说中,这正是其小说深切感人的地方。

唐达天说:"贴近生活、关注现实、直面人生是我近年来写作的一种追求……无论是农村还是城市,无论是官场还是爱情,只要是我的生命体验中最能拨动心弦的东西,它就有可能打动读者。"[①]《绝路》"最能拨动心弦的东西"就来自他的"生命体验",小说所描述的正是他最熟悉的北方某新闻单位的兴衰之变,并以广阔的视角辐射到了政府官员、贫困农民、私企老板、欢场女子及喧嚣的都市生活空间。唐达天把所有美好的人性、才能与品德都赋予"正派"人物胡扬和谢婷婷这对恋人。胡扬不仅有能力、有才气、有真挚的感情,追求忠贞不贰的爱情,真诚关爱帮助朋友,救助城市平民和贫困农民,而且是有"时代良心"的新闻工作者,有社会正义感,他不顾个人安危,勇敢地揭露商界欺诈,抨击官场腐败,虽然屡遭报复、打击和贬谪,也绝不妥协和放弃。唐达天倾心塑造的胡扬形象,在某个意义上是当代的精神斗士和道德英雄。他对精神操守的坚守,对腐败堕落的对抗和批判,正是这个时代最需要的。作为胡扬的恋人,记者谢婷婷有自尊心,有独立的人格,她宁可放弃难得的就业机会,也不愿意把自己的贞操和尊严当作商品出售给权贵,成为方笑伟施展权术的试验品。谢婷婷虽然遭到了无情打击,但她坚守住了人格和尊严,坚守住了她精

---

① 唐达天:《绝路·后记》,《绝路》,春风文艺出版社,2003年出版,第302页。

神中最宝贵的东西。作者就这样让胡扬和谢婷婷集真、善、美于一身,与欲望都市的假、恶、丑誓死对抗,从而成为当下少有的理想主义浪漫英雄。作者如此打造他理想中的正派人物,表明了他的精神向度与价值选择。

转型期欲望都市的正与邪、真与假、善与恶,在唐达天的《绝路》里构成了泾渭分明的两极。这种二元对立的架构方式,虽然强化了小说叙事的戏剧性,爱憎分明地表达了作者的精神立场和价值判断,使之产生了一定的艺术力度,但过于简化的思维方法与叙事模式,也使得复杂的都市生活在他的小说中被简化为强烈对立的两极,影响了描写生活的真实度。

姜安(1950—　),女,辽宁抚顺人。1974年毕业于兰州大学中文系,原兰州军区创作室专业作家,涉足过小说、散文、电视等文艺领域,著有长篇小说《走出硝烟的女神》、小说集《素描生活》。

《走出硝烟的女神》同创作于80年代初期的《在烈火中》等小说一样,着眼于红色正史、重大历史事件以及英雄主义形象的建构,"承担了将刚刚过去的'革命历史'经典化的功能,讲述革命的起源神话、英雄传奇和终极承诺"[①]。小说的故事极为特别,姜安以女性作家特有的艺术敏感,从已被时间冲淡的如烟往事中,打捞出一段不曾被人言说的颇为悲壮的浪漫传奇。1948年,第一野战军部分身怀六甲的女军人因不便随大部队行动,组织了一支特别的队伍——孕妇队。这支孕妇队由五十多名孕妇、两个孩子、一名男军医和一个警卫班组成。她们在队长陈大蔓的带领下,冲破国民党军队和西北马家军的围追堵截,历经重重艰险,终于走出战争的硝烟,胜利抵达目的地。警卫班战士全体壮烈牺牲,而五十多名怀孕女军人除刘雪鸣死于难产外,大都安然无恙,五十名婴儿诞生于战火中,成为新中国的同龄人。这样奇特的故事,在既有的红色经典叙事中尚不多见,这虽然有开拓革命历史题材新领域、填补空白的作用,但其深隐的意图还在于将刚刚过去的革命历史经典化。作者不仅肯定她们的英雄行为有助于那场战争的胜利,而且将她们孕育新生命直接与中国的新生连接起来,以新生命的诞生,寓意新中国的诞生是随着革命先烈浴血奋战而诞生的,譬如,所有新生婴儿的命名(如中华、新华、建华等)都与"华"字有关。在后来的岁月里,这些以"华"字命名的新生儿因其红色血统和不凡的诞生经历,都成为中国的高级官员,继续父母们未竟的革命事业。

[①] 黄子平:《"灰阑"中的叙述》,上海文艺出版社,2001年出版,第2页。

与传统红色经典叙事有所不同的是,姜安力图从女性的立场切入社会历史深层,展示女性人物在战争硝烟中的那种心灵与精神的创伤。这使《走出硝烟的女神》将国民性批判引入红色经典叙事中,并触及红色革命组织自身的封建性因素。这支孕妇队的女性,有知识女性、工农女性、红色后代以及职业革命家,她们身份经历各异,性格也很不相同。在战争背景下,这群各不相同的女性都经历着自然生育过程带给她们生理上的阵痛,都不同程度地意识到了传统思想观念特别是男权文化观念对她们心灵的桎梏,并力图从中突围出来。陈大蔓是姜安用力最多的一个人物。陈大蔓是红军女战士,战败后惨遭包括性虐待在内的残酷迫害,她获救归队后,又因失去贞洁遭男友李永进遗弃。不论是男敌人还是男同志,都对她的贞洁倍加注意,对女性的贞洁要求不仅是封建的,而且也是男权文化强加给女性的不平等的道德戒条。封建道德文化与男权对她的双重戕害,使她产生了仇男的扭曲心理,剪掉布娃娃的"小鸡鸡"就是这种心理的表现。作者最后让陈大蔓在新的性爱观念、爱情观念的感召与战争的洗礼下,从自我封闭中走出来,重新获得了女性的柔美、希望与梦想。冰姑、吴娘娘、刘雪鸣等都不同程度地受到过男权文化的伤害,存在着肉体、心灵与精神的创伤,她们最后都在战争的洗礼中抚平了伤痕,由女人升华为女神。

《走出硝烟的女神》也触及红色革命组织自身的封建性。封建性因素不仅潜含在组织结构、政治运作模式里,而且也泛化在战时的政治伦理生活中。譬如,内部政治斗争的非人性、反人道,以及对人权的漠视等。再譬如,小说中的儒将曾言:"……封建主义道德,是如此的根深蒂固!即使是走进革命队伍中的人,也很容易、很便当地拿它来冒充共产主义的新道德……"然而,正是这种以新道德名义出现的旧道德,当它与本来就有封建性因素的组织结构、政治运作模式结合起来,变成一种政治伦理时,它对投身于其中的人的压抑与桎梏,就远比已指认的旧道德厉害和可怕。这是《走出硝烟的女神》比传统红色经典叙事要深刻和独到的地方。

张存学(1960—),甘肃靖远人。曾在甘南藏区长期生活,曾任《飞天》杂志编辑,现为甘肃省文联文艺理论研究室主任。主要作品有短篇小说《迷茫的丛林》《不安的荒滩》《隐秘的岁月》等,中篇小说《罗庄》《那个早晨》《灰鸽》《蓝丽》《期待灾难》《姿态》《飘零》等,中短篇小说集《蓝丽》。2000年以来,创作有中篇小说《迷醉》《五月春光》及长篇小说《轻柔之手》《白色庄窠》等。

张存学1985年开始发表作品,早年的《隐秘的岁月》《那个早晨》等小说具有新历史小说特征。《隐秘的岁月》讲述的是西部德鲁小城一个普通家族的私密性故事,弃儿刘晨光的身世之谜是故事的讲述核心。刘晨光被桀骜不驯、散漫浪荡的父亲陆海丢给姑姑抚养,又被爱恋姑姑的王姓商人偷偷送给省城的一户人家,这使一家人都陷入精神痛苦之中。父亲因此精神抑郁,四处浪荡,嗜酒成性,最终以猎枪自杀。姑姑也陷入负罪感中,终身未嫁,在刘晨光到来不久即死亡。在弃儿刘晨光追索自己身世的过程中,有关事件被乱麻般地牵引出来,零乱地、碎片般地堆积在那里,充满了偶然性与随机性,家族的历史与个人的命运布满了种种神秘的宿命与际遇。这个特点在《那个早晨》中表现得更为明显。《那个早晨》由主角李永林的自杀之谜牵引出了一个大家族的秘史,包括暴力、背叛、性虐待和死亡传统等。小说中所有的人物都陷在难以开解的历史宿命中,生命在这里失去了应有的意义,一切都变得空茫而荒谬。而这些零乱的、碎片般的故事是由李永林、曹桂琴、曹云富和李永林的母亲分别讲述的,是一种话语文本的历史,叙述者的历史认知、体验与想象都介入到叙述中,因而它就不那么真实可靠。对历史客观真实性的怀疑也就由此产生,理性于是开始迷失。

相对于新历史小说的创作,张存学小说创作的主要成就还是先锋小说。从《不安的荒滩》开始,被指认为先锋小说的一些艺术质素出现在张存学的系列探索性作品中,并逐渐形成较为稳定的叙事风貌。张存学不仅醉心于叙事形式的实验,而且也注重生命存在意义的探索。他的小说从来没有放弃对生存的拷问,其存在主义精神取向是一贯的,焦虑、孤独、恐惧、暴力、死亡、荒诞等具有生存本质意味的主题,贯注在他所营造的充满仇恨、阴谋、冷酷、残忍和血腥味的阴暗世界中。

在这个阴冷灰暗的世界里,张存学让所有的人物一出场就有点不对头,就存在某种精神障碍,并因此而被宿命所困,难逃劫数。人物的精神障碍首先与其早期经验中的暴力受虐有关。施暴者有父亲,如《迷醉》中的父亲罗世杰,《那个早晨》中的外爷;有权威者,如《期待灾难》中的村长南福祥,《灰鸽》中的班主任刘文成;有同伴兄弟,如《罗庄》中的哥哥罗仁,《灰鸽》中的同学魏清洋、李玉成。在所有这些施暴者中,张存学涉笔最多的是父亲或养父的暴力,这种暴力不仅对子辈人物的人格造成不可逆转的影响,形成精神障碍,变成难解的心理死结,而且也让整个家族从此陷入无穷无尽的灾难中。

暴力几乎存在于张存学所有的小说中,成为他透析人存在的镜子。张存学借这面镜子,不仅照出人的暴力本能这个内在之魔,照出家族内部血淋淋的生存酷景,而且还照出历史的血腥气。譬如,《灰鸽》中写班主任刘文成主持的班级和学校批判大会对学生罗俞等施行的暴力批斗,其用意不仅仅在于揭示"文革"暴力对人的精神戕害、肉体摧残,而更在于借历史暴力的展示,从历史的深处看取暴力的存在,从而在更深广的历史背景中来探求人的生存,这使张存学的先锋小说获得了存在哲思的品性。

　　与暴力密切相关的是死亡。弥漫在张存学小说中的死亡,表现为一种宿命性和平常性即虚无性。《蓝丽》一开始就笼罩着一种不可逃脱的宿命气氛,每一次死亡事件的发生都与宿命有关。林永与妹妹林梅的相继自杀死亡,起因于他们的父亲的弃家逃离,他们无法改变被遗弃的命运,他们所有的乖戾行为只不过是一种绝望的呼喊,而这种呼喊永远不可能有回应,自杀就成了宿命般的必然。《迷醉》展示的是宿命的另一副面孔。岳玲是个吸毒者,吸毒与受虐是她生命存在的两种基本形式。在吸毒中,她看到并为之迷醉的"另一片天地"其实就是生命中的自我否定因素,是生命中颓败的一面,它时刻昭示着生命的灰暗、无聊和空茫,并将生命导向死亡,而这恰恰是每一个生命都无法逃遁的最后的宿命。正因为如此,死亡不论以什么方式到来,都不过是存在虚无的呈现,也就十分平常。有意味的是,张存学小说中的叙述者在面对被叙述者不同形式的死亡时,他们自己最后总是选择了生。譬如《蓝丽》的叙述者周鼎在看到和思考林永、林梅等人各种各样的死亡后,对恋人蓝丽说:"我和你都已经超越了死亡,现在,我们站在大地上不再倒下。"《灰鸽》的主角兼叙述者中学生罗俞不断陷入饥饿、被出卖、暴打等困境,也不断在心里为自己构想各种形式的死亡,这种对死亡的固执的设想成为他逃避周围阴冷目光的一种最佳的方法,或者说是他在万念俱灰时唯一感到实在的东西。对死亡的构想与思考最后成就了他的生,这正与海德格尔的存在观念暗合,"人只有真正领会懂得了死,才能领会懂得生"[①]。

　　暴力与死亡使生命的存在显露出它本有的荒诞,无论是选择生存还是选择死亡,张存学小说中的人物都被笼罩在一种无以解脱的荒诞感中。在暴力与死亡的逼迫中,既抓不住生之意义从而拥有自己的"此",也无法取消对意

---

① 柳鸣九:《"存在"文学与文学中的"存在"》,社会科学文献出版社,1997年出版,第190页。

义的追问回到自己的"在",就这样被无奈地悬置在"此"与"在"之间,"此在"就成了一种荒诞。面对这一荒诞生存处境,张存学小说中的人物,不论是施暴者还是受虐者,都无一例外地陷落在巨大的孤独、焦虑与恐惧中。

张存学的先锋小说从内在精神特质到外在叙事形式,与董立勃、风马的小说有质的区别,更相类于东部的后新潮小说。与同时期作家叶舟、卢一萍相比,张存学坚持先锋性探求的时间最长,叙事风格最稳定,也最成熟。

雪漠(1963—   ),原名陈开红,甘肃武威人,毕业于甘肃武威师范学校,做过多年中小学教师,现为甘肃省作协副主席。创作有中篇小说《长烟落日处》《母狼灰儿》《美丽》《豺狗子》《博物馆里的灵魂》、短篇小说《新疆爷》《马二》《马大》《磨坊》《黄昏》《丈夫》《大漠里的白狐子》等。2000年出版长篇小说《大漠祭》,随后创作的长篇小说《猎原》《白虎关》,延续和发展了《大漠祭》的叙事主调,三部长篇合称为"大漠三部曲"。2010年后创作的长篇小说"灵魂三部曲"(包括《西夏咒》《西夏的苍狼》《无死的金刚心》)及《野狐岭》,离开了"大漠三部曲"的创作轨道,追求叙事创新,注重灵魂描写和精神探险,具有先锋味道和神秘主义色彩。

雪漠创作于80—90年代的小说,写的都是甘肃武威本地的农村生活,带有作者自己及其家人的生活印记。在小说的叙事笔调上,雪漠这个时期的小说前后有些变化。最早发表的《长烟落日处》以对乡民愚昧、麻木的劣根性的批判为主调,但到了长篇小说《大漠祭》,雪漠放下启蒙的姿态,把全部的同情和深重的忧虑给予自己生长的土地及生活在那片土地上的父老乡亲。雪漠曾言:"《大漠祭》没有中心事件,没有重大题材,没有伟大人物,没有崇高思想,只有一群艰辛生活着的农民。他们老实、愚蠢、狡猾、憨厚,可爱又可怜。我对他们有许多情绪,但唯独没有的就是恨。"[①]对西部乡民的"老实、愚蠢、狡猾、憨厚"等在启蒙话语中被视为劣根性的东西,雪漠不再恨、怒,而只有哀,其原因在于雪漠对问题的理解发生了变化。乡民的文化人格与生存现状,是在很无奈的语境中发生的,文化传统的承续与酷烈的自然环境的逼迫是这个语境中很重要的两个要素,但还有一个不可忽略的被有意遮蔽的要素,那就是内在于城乡对立格局之中的不平等关系。在这种严重不平等的城乡对立格局里,乡民"毫无策略的争"与"个性化情绪化的怒"是无用的,结局只能使他们更加

[①] 雪漠:《大漠祭·序》,《大漠祭》,上海文化出版社,2000年出版,第7页。

可怜又可笑。正因为如此,作者基于人道主义和现代平等意识的哀比基于启蒙理性的恨和怒,在西部乡土现代性转化的历史进程中,更能够唤起人们对城乡关系的格外关注与重新认识。

  雪漠曾申明,他的"创作意图就是想平平静静地告诉人们(包括现在活着的和将来出生的),在某个历史时期,有一群西部农民曾这样活着,曾这样很艰辛、很无奈、很坦然地活着。仅此而已"①。《大漠祭》的主角老顺一家充满无以逃脱的灾难:大儿子憨头患肝病的磨难与死亡、二儿子猛子与双福女人的偷情与被捉、三儿子灵官与嫂子莹儿的私情与自责、女儿兰兰与丈夫白福的矛盾与决裂……这些打击,一件接着一件地落到勤勉的老顺身上,他所能做的就是忍受着并且继续活下去。而西北腾格里沙漠边缘地带的农民并不比老顺好多少,他们为了生存而辛勤劳作,春种秋收、冬季捉鹰、猎兔捕狐、喧谎吵架、邻里纠纷、偷情聚赌、祭神发丧等凡俗琐事,就是他们整个的人生和生活的全部内容。在讲述西部农民如此"生之艰辛,爱之甜蜜,病之痛苦,死之无奈"的故事时②,雪漠却无法做到他所预想的平静。相反,面对着西北农民艰涩而窘困的生活,面对着社会转型期西部城乡之间的巨大差异,他的笔下充满了激愤与悲伤。作者如此动情是有道理的。

  西部农民极度艰窘的生存景况,其原因不完全在于传统文化带来的愚昧乃至野蛮,也不完全在于自然环境的酷烈,城乡不平等关系及现代城市文明对乡村的侵蚀与掠夺这一因素也是不可忽视的。在《大漠祭》中,最触目惊心的首先是城市对乡村残酷的经济掠夺。譬如,憨头与灵官进城卖兔,却遭到税务员无理的蛮横逼抢;老顺交公粮时,上好的粮食被粮站干部故意压为三等。如果说如此残酷野蛮的近似抢劫的行为是腐败分子以手中的权力谋私的话,那么水管所趁干旱之机对农民提高水价,农村信用社又趁机对农民高息贷款,就是某些管理者的"合法"的公然掠夺了。

  城市对乡村的掠夺不仅加剧了乡村的贫困,也使乡村旧有的一些封建观念与野蛮乡俗获得了存在的现实理由。譬如,老顺因为贫穷给儿子憨头娶不起媳妇,只得遵循换亲的旧俗,把女儿兰兰与人做了换门亲。在西部大开发语境里,西部贫困乡村的女性不仅没有现代意义上的爱情和婚姻自由,而且连最起码的人身自由也被剥夺。五子因为贫困娶不上媳妇,成了淫疯子,一见村子

---

①② 雪漠:《大漠祭·序》,《大漠祭》,第7页。

里的姑娘、媳妇就又摸又啃;瘸五爷因贫穷无力给他治病,又因为礼义不愿让他糟害乡邻,被逼无奈中将其坠杀悬崖。贫困导致性压抑,最终导致生命被剥夺。也是因为贫困,重男轻女、养儿防老的观念在西部更加顽烈。村民为了逃避计划生育的管制,争取生儿子的机会,产生了遗弃或溺死女婴的事,老顺的女婿白福为了生儿子就不惜残忍地冻杀了亲生女儿。作者以难以遏止的愤怒鞭挞白福们的无知、愚昧与残忍,也不无悲伤地揭示出白福及更多的农民遗弃女婴、要生儿子的动因首先是现实生存的逼迫,其次才是观念上的陈旧。养儿防老,虽然有"不孝有三,无后为大"的传统观念的影响,但更为现实的因由是现代性设计中巨大的城乡不平等使农民没有工资来源,没有退休金,如果不生个儿子,谁来养活父母?谁来修堤上坝?谁来支撑门面?只有养了儿子,这一切才可能有保障。而更大的悖论也在这里:老顺们苦苦挣扎,就是要为几个"爹爹"们"拴个母的",等到完成使命,他们就像"风中的落叶,枯了",一生也就结束了。只要不改变现代性设计中城乡不平等格局,老顺们就无法走出命运的怪圈。在城市文明的发展和喧嚣中,农村的经济秩序与人际关系也分崩离析,与之相应的温馨、和谐的乡土传统道德文明体系也开始崩溃。

叶舟是一位诗人,后来也写小说。叶舟常与韩东、朱文等一起被列入新生代阵营中,但他的叙事风貌远不是新生代所能概括的。叶舟写过《青藏往事》这类以牧民生活为题材的乡土小说,写过《徒手》《最后的浪漫主义骑士》《自首》《谁是谁的先人》这类新都市小说,写过《屋梁与玫瑰》《老柯的旧事》这类新历史小说,写过《第八个是铜像》《游神》等荒诞怪异的后新潮式的小说,也写过《粗糙的爱情》《精灵忧郁地生长》《绿锈》等以成长为题材的新生代式的小说。其小说的题材与手法总是处在变化之中。这一方面说明叶舟的创作很注重时尚与趋新,另一方面也显露出他的小说并不是从自己的生命感受中生发出来的。他的兴趣主要在于尝试和试验。

《青藏往事》(四篇)以友情为叙事核心,故事里的藏族牧民都是重情重义的汉子和女人,率真的生命状态与那天高地大的草原构成一种自由舒展的生存图景。百岁老牧人冷本才让(篇一《青海湖上》)既活在现实中,也活在历史里。他一生孤独,却不改生命的率真与放达,善待每一个生灵,即使是像"我"这样的过路友人。他放羊,念经,回想文成公主、松赞干布、康熙大帝,喝空的酒瓶堆成了酒瓶屋、酒瓶羊圈。酒使他在现实与历史之间自由穿行。才旺瑙乳(篇二《复仇》)和他的妻子琼款待"我"这个朋友喝酒,尕藏来复仇,琼未能将事摆平,于是才旺瑙乳在自己胳膊上划三刀,尕藏也划自己一刀,就算复了仇。两个仇人又成了朋友,一起喝酒到天亮。这是一种单纯敞亮的人际关系与朴实率真的民族性情。

叶舟的都市小说《徒手》《最后的浪漫主义骑士》《自首》《谁是谁的先人》以反讽的方式讲述欲望都市的糜烂、欺骗、凶杀等罪恶,讲述都市新人类对金钱、欲望的追逐,以及他们的具有反叛性的人生观、道德观特别是情爱观,也讲述传统道德观念信守者的哀伤与悲叹。叶舟对都市人物的价值判断,不像唐达天等作家那样爱憎分明,而是宽容、游移,呈现出一种不确定性。他对都市新人类的欲望心态并不否定,承认这种心态存在的合理性。《徒手》中,逼女儿参加音乐考级的暴烈的父亲、幻想有金子的剧院道具仓库的看守、远走日本想攀高枝发洋财的董小梅等,都有一种按捺不住的勃勃欲望。而主角韩少白更是如此,他从朋友处得到一个据说世所罕有的金蛤蟆,于是在虚妄的财富拥有感中飘飘然,体验了一回做大富人的感觉。连遭几次欺骗后,才知道这不过是朋友的一个玩笑而已。貌似荒唐的故事却喜剧性地展露了小市民狂热地拥抱物质世界,梦想一夜间改变自己的贫民处境的心态。女大学生康玲(《最后的浪漫主义骑士》)为"六十分万岁"接受老师王涛的偷吻,为寻求刺激到色情场所活动,与富翁偷情,对暗恋她的老师王涛的"高尚干净""古典""不谙世事"及其爱情观念进行了实利主义的嘲讽,并用一整套都市新人类的价值观念为自己的行为辩护:"我只爱我自己,迷恋我自己,崇拜我自己。我只喜欢自己一个人的生命,除此无他。""我并没有出卖自己的肉体和灵魂,正相反,我觉得我那样是对得起自己的生命。你知道吗?青春是不可再生资源,少一笔就是少一笔。我跟谁上床都一样,我跟谁做爱我都是解放我自己,我并没有什么道德上的忧虑,我符合自己的生命和生理的要求,我觉得快乐就行。"这差不多就是都市新人类实用主义和实利主义的道德宣言。对此,叶舟在宽容地承认其合理性的同时,又表现出某种疑虑和感伤。韩少白(《徒手》)对董小梅感情背叛的嘲骂,刘枝山用一瓶硫酸抵御都市欲望的诱惑,马健禄(《谁是谁的先人》)对女儿马原向富有的老男人投怀送抱的道德堕落的愤懑等,都是这种疑虑和感伤的叙事呈现。

叶舟以诗人的感觉和诗化的语言试验小说叙事艺术。《第八个是铜像》是对余华式的先锋小说的刻意戏仿,阴冷的叙述里就有了一层难以抹去的游戏色彩。叶舟像个集大成者,把性、暴力、死亡、幻异和荒诞等先锋小说所偏爱的叙事元素几乎都囊括在这篇小说中。这种囊括是由男孩小白的窥视来完成的。在男孩小白懵懂的窥视中,木匠因无聊的争论杀死了同胞兄弟漆匠;发了疯的蚊叔用切、刨、锯、凿、锉几种方法虐杀自己,并对惨不忍睹的自我施暴充满了一种嗜血的审美快感;A与B、红人与漆匠在性高潮中恐惧死亡或走向死亡;做过妓女的瞎眼奶奶渴望死亡,却收走了希望活着的干净女孩美菱……所有这些生命都在命定的性、暴力等本能中走向那口巨大棺材所隐喻的最终归宿。而这一切都不像张存学、卢一萍那样指向对生命存在的沉重思考,男孩小白的童年视角化解了思考的沉重,使之变成一种趣味和游戏。戏仿其实就是一种解构,这使叶舟的这类写作有了不同于先锋小说的特别趣味。

史生荣(1963—),祖籍甘肃武威,生于内蒙古临河市,毕业于甘肃武威师范学校,做过教师、编辑,现为甘肃文学院作家。1989年开始发表作品,2004年加入中国作家协会。著有《沉重的酿造》《感谢小姐》《美女教授》《五号病》《骆驼实验》《教授不教书》《所谓教授》《教授之死》等多部长篇小说及《县领导》等中篇小说四十九部、短篇小说二十多篇。史生荣笔路很宽,但最擅长的是大学题材系列小说,对高校与学术界的官场化、市场对科技人文精神的挤对以及金钱、权力、美色对学术腐蚀等现象展开深入描写。他的小说以现实主义的冷峻笔触描摹了学术繁荣背后的内幕、知识分子精神上的溃败与堕落。他的这类小说拓宽了90年代西部都市小说关注的现实视域。

知识分子的精神陷落乃至堕落,首先是从权力对高校和学术的组织控制与精神侵害开始的。《感谢小姐》写某高校实行领导岗位竞聘,在其中起决定作用的竟然是一位坐台小姐。教务处老科长伍子清,为了得到副处长的位子,玩弄权术,不择手段,以坐台小姐梅小姐为武器,拉古处长、吴副校长下水,最终大家都如愿以偿,达到了各自的目的。在这里,高校人事改革与知识的生产及其思想精神的酿造无关,而是一场学界官瘾权力的激烈争斗与利益的重新分配,是最腐朽的封建裙带关系在最应有现代民主精神的当代高校的一次丑恶表演。腐败的权力,不仅毒化了现代知识的神圣产地,而且直接将其最污浊的气息示范性地渗进学术从事者的精神结构中,从根底上败坏了知识及其人文精神的质地,直接阻遏了现代性的进程。

权力、美色与学术的可悲关系在《美女教授》中有更深入的揭示。《美女教授》中的单身美女教授柳南,经过艰苦的科学研究,终于研制成功了一种生物疫苗,准备投入工业化生产,结果科研成果被不学无术的官僚方刚劫走,她奋力抗争,但不谙权术的她,根本不是对手。在焦头烂额之际,柳南经人介绍认识了鳏居的某厅吴厅长,很快天翻地覆,云开雾散。柳南由此感喟地对吴厅长说:"你很强大,他们都没法和你相比,我感到你特别有力。"这篇小说更深地触及了权力、美色与学术的关系。官僚方刚对科学家柳南教授研究成果的"抢劫"是劫其智,吴厅长对柳南的帮助不是对学者正当权利的维护而是意在劫其色,从智到色的全面被劫,不仅是知识分子作为学术主体及其独立人格的湮灭,而且是学术及其精神在强权施暴面前的彻底溃败。这样沉重的话题,并没有让史生荣的小说走向悲剧,他笔下的大学知识男女总是在学界、官场与情场遭受一些磨难后,皆大欢喜地大团圆或准大团圆。作者如此通俗化的善良安排与廉价许诺,使他的小说缺乏应有的开掘深度,也未达到应有的批判力度。

和军校(1963—),陕西礼泉人,现居西安。毕业于长庆石油学校,后在鲁迅文学院进修,供职于中国石油长庆油田文联。1982年开始发表小说,主要作品有长篇小说《千万别说我爱你》,中短篇小说集《和军校小说选》《人心朴实》《寻找一个人的一句话》,短篇小说集《一不小心》,报告文学集《石油人的家》等。

和军校生在陕西农村,后来在石油系统工作,作品主要有两类,一类描写西北农村普通百姓的草根生活,另一类描写石油人的生活。短篇小说《南望》讲述了一个农民与村长发生冲突的故事。村长作为一个村子的土皇上,长期以来欺上压下,为所欲为,村民们敢怒不敢言,心中积压了太多的愤怒,终于有一天爆发出来。这篇小说犹如放大镜下的一个细胞,折射出中国农村的压抑情景,具有相当的批判力度。中篇小说《咚锵咚锵咚咚锵》具有喜剧色彩。烟霞村的青壮年男子都出去打工了。村子里一片冷寂。村长费尽心力组织了一个二十人的女子锣鼓队,在村里咚锵咚锵敲起来。传统的威风锣鼓又回来了,烟霞村像活过来了一样,重新有了生机。但村长老范却被村民举报,走进了派出所。村民的举报看似可笑,其实表现出农民维权意识的觉醒。作为石油人,和军校用通讯和小报告文学记录了长庆油田人的劳动情景。《有个地方名叫顺宁桥》描述了顺宁桥的今昔变化,石油城的文化氛围,长庆人的精神。《好儿媳韩曙光》《老有所为的宋成敏》《自强不息的姚顺友》描述了一个个普通而不平凡的石油人,在石油系统引起了很大反响。

郭文斌(1966—),宁夏西吉县人,先后就读于固原师范、宁夏教育学院、鲁迅文学院,做过教师,现任《黄河文学》主编。主要作品有小说集《大年》

《吉祥如意》《瑜伽》,长篇小说《农历》,系列小说《小城故事》,散文集《空信封》《点灯时分》《孔子到底离我们有多远》等。短篇小说《吉祥如意》获鲁迅文学奖。

90年代以来,郭文斌以自己歌吟西部生命的优美小说和散文,与石舒清、陈继明、金瓯、漠月、张学东等宁夏青年作家一起走进众声喧哗的文坛,逐渐引起人们的关注。或许与相同的地缘文化有关,这群宁夏作家的美学风格有许多相近的地方。郭文斌的小说、散文在这个群体中显现出鲜明的个人风格、独到的文学理念与诗性的叙事追求[①]。

郭文斌的小说,大都创作于20世纪90年代末至新世纪最初的几年,其叙事对象有两类,一是乡村生活,二是城市故事,而以前者为佳。在最有成就的乡土小说创作中,郭文斌善以清新细腻、空灵飘逸而又略带感伤的笔调叙写记忆中的多情乡土,写成长中的童年趣事,写老家那片土地上清纯、朦胧而又错位的爱情。《大年》中,明明和亮亮在西部春节的民间文化习俗中,解悟亲情与人情、明了长幼尊卑的礼仪,传统文化以这样"润物细无声"的方式进入乡村孩子童稚的心田。《学习》中,满屯和满年为了摘下树梢上的一个酸梨,费尽心机,屡受挫折,终未成功。这类小说,突出了成长中的童年生活的趣味,冲淡了那个岁月生活的窘困,使西部乡土充满了醉人的温情。

醉人的温情也体现在两小无猜的性意识的萌动中。《门》中的如意,在冬天的早晨,看见炕上的父亲将手放在母亲的胸口上,小男孩微妙的心理使他把父亲的手从母亲衣襟底下拽出来,说要暖在炕上暖。如意从家里出来去找杏花玩,在充满童稚的对话中,两人隔着门说着对各自父亲的发现。最后,如意在寒冷中打着战一字一句地宣布:我想到你的奶上暖一下手。生命就是这样成长的,生命也就是这样意识到自己在成长的,以性意识萌动为标示的生命意识的自觉,总是如此美丽动人。《我们心中的雪》则将"文革"时代特有的政治话语,以戏谑的方式引入到男女孩童的两情相悦中:"一天,我拉着杏花的衣襟说,杏花杏花,你做我媳妇吧。杏花红了脸说,那要看你的心肠好不好。我就把上衣扣子解开,把肚子挺给杏花,让杏花看。杏花像侦察员一样左瞧瞧,右看看,然后拿出铅笔,无比庄严地在我的肚皮上写道:抓革命,促生产//备战备荒为人民//经革命委员会检查:合格!接着,我又在杏花的肚皮上写:日落

[①] 李兴阳:《西部生命的多情歌者》,《文艺报》,2005年2月15日。

西山红霞飞//战士打靶把营归把营归。"显然,这是一段有关60年代人特有的记忆的书写。自然天成的性意识,童稚懵懂的求爱表白,天真无邪的亲昵举动,却意外地与特定时代的政治用语、政治运作的机心搅混在一起。凄美的乡土爱情挽歌,在戏谑的趣味追求中意外地展露了一代人心灵的伤痕,从而获得了一种表意的深刻。

生命不只是性与爱,还有宿命的生与死。《呼吸》《开花的牙》是郭文斌在爱的基础上进一步思考生命及其生与死的佳构。在《呼吸》里,新时期以来乡土小说中文明与愚昧的冲突已由情节结构的中心退居边缘;寂寥而神秘的西部自然景观虽然还时不时地露一下狰狞的面孔,但已然以具有灵性的人格化的形貌进驻小说叙事结构的中心地带,与透着生命尊严的乡村人一起构成自足自在的西部乡土世界。小说中,郭富水和他的老牛大黄的关系当然不再是文明与愚昧的对立,而是生命与自然、生命与生命的关联。郭富水真诚地忏悔对大黄生命的漠视并放弃对它的役使,大黄也以自己的灵异和生命拯救了郭水水的生命。就这样,一个生命陪伴着另一个生命,一个生命关照着另一个生命,一种虽很苍然但自由自在的生命图景便在人与自然的相互依存中展开。《开花的牙》则笔涉血缘亲情,指向对生命及其生与死的诗性诠释。孙子牧牧是个懵懂未开的碎小子,对长牙、父母的性爱、爷爷死亡及丧葬习俗的每一个环节都充满了好奇与困惑。"杀鸡带路""出迎""孝子磕头""往生船""献瓜瓜"等特定丧葬习俗的寓意,借牧牧童稚的追问,逐渐显露出来:死亡,并不是生命的终结,而是下一个轮回的开始,所以需要送行、引路、骑马、坐船,还需要必不可少的费用。生者在每一个环节上的特别讲究,就是要让死者在下一个轮回中有一个完满的生的过程。而在丧葬的另一边,牧牧和孩子们忙着唱童谣、玩游戏、凑热闹。生与死就这样在丧葬的文化习俗上被关联起来。即如作者所言,生是美丽的,而死虽然不是喜庆,却也不是悲凉。生命的诞生与死亡的真谛,就在这样一种达观的境界里逐渐变得澄明起来。在这里,繁复的民俗义化,其实成了血缘亲情的另一种表达,血缘亲情也由此被置入对生命意义的追寻中,获得智性的提升与诗性的审美呈现。

从对童年趣事的温馨回忆到对性意识萌动的微妙捕捉,从歌吟爱之美丽到感喟生之艰难,最后指向对生与死的思考、对生命意义的追寻,这大致就是郭文斌乡土小说内在精神向度的基本理路。他的乡土小说的主角多是乡村的男女孩童,童年视角成了他最常用的方式,而叙述者则常是一个成熟而幽默的多情智者,二者之间的错落与叠合使他的乡土小说获得了一种特别的审美韵致,有类于作家废名早期的叙事风貌。

在真情日渐消隐于欲望都市的时代,郭文斌的都市小说却固执地讲述着生命的自由、爱与美的故事。《忧伤的钥匙》就是这样一部令人感动的作品。老师荻与女孩莉的师生恋,非关金钱、权力和鄙俗的欲望,而是两个生命之间的灵犀相通。显然,郭文斌无意像新都市小说那样在爱情与都市及都市无限膨胀的各种欲望之间建立某种关联。他如此讲述现代都市爱情故事,表明他依旧相信一个生命对另一个生命的真爱是唯一且永恒的,商品经济时代也不例外,真的爱情可以穿行在唯利是图的现代都市中。

《小城故事》由九个系列短篇组成。郭文斌以幽默、机智的语言和轻松的心情,讲述了都市转型时期充满喜剧色彩的情感故事,有友情故事,有爱情故事,有友情与爱情纠结的故事。这些故事中的人物都有些反常:或极正经(《深红色》《春首》),或一点正经也没有(《触雪的感觉》《大枣》《证据》《理由》),或友善而暧昧(《我们的生活充满阳光》《忧伤的风衣》《邻居》)。所有这些反常都与他们的"痞""蛮"甚至"野"等性格有关,而更深的原动力是生命的自由嬉戏。他们由此惹出的一系列具有社会性的偶然事件,使城市平民下岗、商业欺骗、卖淫嫖娼、官场腐败、抢劫凶杀等现代都市的负面有所显露,并已触及转型期都市人心中无由发泄而极具破坏力的骚动情绪。但郭文斌无意展露负面,其艺术审视的目光锁定在都市年轻生命在自由嬉戏中呈现出来的感情之真、人性之善及其美的表现上。而这些正是欲望化都市最匮乏的。郭文斌对欲望化都市中年轻生命的自由、爱与美的浪漫抒写,改变了人们对90年代都市小说欲望化叙事的一般印象。

陈继明(1963—),甘肃天水人。1984年毕业于宁夏大学汉语言文学系,曾在宁夏生活、学习、工作,做过教师、《朔方》杂志编辑。2007年调往广东珠海,现在北京师范大学珠海分校艺术与传播学院任教。主要作品有短篇小说集《寂静与芬芳》、中短篇小说集《比飞翔更轻》、长篇小说《一人一个天堂》、长篇散文《陈庄的火与土》等。

陈继明的小说笔涉乡村与城市。其乡土小说对转型期西部农村经济秩序和乡土传统道德文明体系的崩溃、乡村人际关系的分崩离析、乡民在金钱诱惑下的人格扭曲和人性异化都有精细的表现。给他带来声誉的代表作《寂静与芬芳》以亲情为叙事话题。小说中血缘亲情间的代际关系,不涉及惯常的代沟问题,也不指涉乡土文化批判,而是指向生命及其生与死的形而上的思考。小说中,小孙子牛牛对爷爷的打牌游戏不感兴趣,他只爱在院子里挖小水沟,淘气地剪马尾巴,机灵地躲进草垛,逃避大人的责骂。这是一个刚刚开始的生命,充满了稚气,也充满了生气。大限将至的爷爷则常常沉浸在对已逝去的生命历程的回忆中,他借打牌与已逝去的旧友通灵,用画"桂"字的方式怀念亡妻,用最温婉的神情呵护孙子牛牛。这是一个正在走向沉寂的生命,就像夕阳西沉前一抹最后的余晖。在余晖中,老人倾听着天地间的寂静、召唤和一些莫名的暗示。老人应和着这神秘的召唤与暗示,在有关马尾巴的幽默中开怀大笑地死去,走向生命的终极。生命的结束就像瓜熟蒂落一样自然,没有痛苦的渲染,也不必悲伤。生就来,死就去,如此自然的生命之旅,最后依然是个未解的秘密,对秘密的领悟依然能够让人进入庄严的沉醉。这使西部新乡土小说开始有了智性的意味与诗性的品质。

陈继明在乡土小说之外还创作了一系列都市小说,如《月光下的几十个白瓶子》《城市的雪》《比飞翔更轻》《椅子》等。同写乡土小说一样,陈继明的都市小说以平淡、清雅、舒缓而又具解析力的口语化语言,写出了不同于他人的独特之处。用什么样的精神立场、价值标准审视和评判正在变化中的都市"灰色人",是当时都市小说作家共同遭遇到的思想困惑与叙事难题。陈继明试图走出困惑,揭开欲望都市隐秘的脉动,这使他的都市小说有了不同于其他作家的时代精神分析与存在哲思的叙事品性。陈继明的独特之处在于能穿透喧哗都市的表层生存风景,发现和揭示转型时期都市人生中浮躁和抑郁心态所导致的非理性行为,直逼人物内心微妙、复杂的情绪变化与心理冲突,亦即"陈继明式的情绪骚动",并将之引向对生命存在意义的揭示与追寻,表现出了相当鲜明的心理分析和存在哲理色彩。

陈继明叙写的人物主要是都市平民,特别是平民阶层中的小知识分子——都市的"灰色人"。在日渐欲望化的都市日常生活中,他们往往一开始就被某种高度亢奋的欲望而又无法满足这种欲望的生存欠缺所困,陷入无以解脱的心理困境与情绪骚动中,由此或极度自我压抑堕入庸常,或走向极端,干出绑架、凶杀、下毒、窥淫、嫖娼、婚外恋、争权夺利等反社会勾当。对此,陈继明无意做通常意义上的伦理、道德、文化规范的价值评判,却特别在意这些贪、罪恶、灾难对于都市生存个体的心理意义。把都市人在这种生存状态中涌动起来的烦躁不宁的情绪骚动提取出来予以深致而细腻的艺术分析,正是陈继明都市小说叙事的审美兴趣所在,《月光下的几十个白瓶子》可视为这种叙事追求的代表。

《月光下的几十个白瓶子》有一个颇为好看的故事:年轻的心理学教师杨树突然对每天放在学校传达室窗台上的几十个牛奶瓶子产生了一种恐慌,他担心牛奶瓶中会被什么人投毒。后来,杨树因竞争校办公司经理失败而对校长生出报复之心,竟然鬼使神差地在校长的牛奶瓶中投毒。旁观者、担心者最终成为犯罪者,杨树的人生角色转换与现实挫折及其所生的报复心理有直接的关联,但更深的原因在于一种难以名状的情绪骚动:"烦着呢"。而"烦着呢"的情绪骚动,不仅是杨树个人的现实存在体验,而且是一个时代极为普遍的社会心理,是都市政治、经济、文化转型时期社会利益分配不公,现实生活紊乱、倒错所引起的带有弥漫性的消极社会心理。而由焦虑、抑郁、烦躁等因素共同构成的"烦着呢"这种消极社会心理,其能量一旦趋于饱和,便很有可能引发全社会的麻烦与灾难。不仅如此,杨树自己常常涌动的那种对生活中的好事或女人幻想式的占有、经常陷入的百无聊赖等所指向的"烦",还根源于生命存在的欠缺和被抛,这就把"烦着呢"的骚动情绪导向了对生命存在的哲思。《城市的雪》《温柔的绑架》《玩健身球的老人》《患幽闭症的女人》等作品都有与之相类的叙事品性。

陈继明借他独特的感觉追踪、心理分析和主观叙述等叙事技术,对转型期欲望都市"灰色人"的骚动情绪"烦"所做的艺术解析与存在哲思,是别致而深刻的。也许正是基于这样的叙事追求,才使他的都市小说没有上升到一种明确的理性批判,面对城市化进程中精神的颓败和物欲的入侵失去了应有的反抗。即便如此,陈继明对欲望都市隐秘脉动的深细分析与把握,使他的都市小说叙事逼近转型期欲望都市的某种精神气质和心理气质,有了独步时代的特别叙事意义。

漠月(1962—),原名王月礼,内蒙古阿拉善左旗人。1982年毕业于宁夏大学政治系,做过教师、记者、编辑,现任《朔方》杂志副主编。主要作品有中短篇小说集《锁阳》《遍地香草》,散文集《随意的溪流》等。

漠月小说多取材于他自己所经验过的生活和世界。《白狐》《遍地香草》讲述的都是大漠荒野里的小男孩的成长故事。《白狐》中的十岁男孩羊娃子,偶然看见了百年难得一见的白狐,他的爹娘不仅不信,还对他进行暴力惩罚。为证明自己的"诚实",羊娃子期望再次看到白狐,却因此激化了自己与父亲之间的矛盾,直至上学,还处在精神恍惚之中。《遍地香草》中的小男孩林子,因无意间撞见了父母的性爱场景,难言的尴尬让他变成了父母眼中的"苕娃子"(傻孩子)。林子最终走出了困扰,变成了父母眼中的汉子。大漠荒野里的孩子,因生存环境的酷烈,几乎都是在孤寂中长大的,父母对他们内在心理情感需求的漠视与不理解是他们成长过程中最大的困扰。《荒地》《墙上的裂缝》讲述的是人民公社、大队和小队时的乡村生活故事,留下了那个年代既令人心酸又让人感到些许温情的一段历史剪影。《老驼和老满》《父亲与驼》讲述的是牧人与骆驼之间的情感故事。《老驼和老满》里的老满养生产队的骆驼养出了感情,他"啥也不要……就是要和老驼过一辈子",老满和老驼相互依靠着,一起历险,一起为了生存在干旱的大漠边缘奔来奔去,一起分担着心灵的孤独走向生命的终极。《父亲与驼》中的"父亲"也是大队的养驼人,"在我儿时的印象里,父亲对待他放牧的一群骆驼,远比对待他的儿女们要好得多"。漠月在讲述这些牧人与动物的故事时,关注的是在酷烈的生存环境中牧人与动物之间的异乎寻常的情感联系,不太关注那个年代的集体生产经营制度对农民和牧民的生产生活的影响。《无泪的倾诉》讲述改革开放年代草原生态环境遭到破坏的故事,小说中的宝元老汉因为饥荒,从农区跑到了阿拉善牧区,由农民变成了牧民,承包了西滩草地,成为当地比较富裕的牧民。儿子蒙生当镇长投资搞开发,要把西滩草场建设成一个十万亩的机械化农场。为此,宝元老汉与蒙生之间产生了冲突。

面对现代文明对大漠草原的进击,漠月小说在进行现代性批判的同时,将探寻的眼光转向了乡土文明所内含的现代普适性和自我调解力,其乡土小说创作表现出了对于西部乡土人生的归依和亲和,漠月故乡的草滩、野狐、骆驼、牛羊以及人间亲情由此获得了全新的叙事意义。这种归依和亲和,使他的故乡不再仅以贫穷、愚昧、落后的身份进入新乡土小说的叙事空间,不再是要挣脱的羁绊,也不是要逃离的所在,它开始以深情的姿态召唤离开土地流向城市的游子。《放羊的女人》中的女人与丈夫的冲突,实质上是城市文明与乡土文明的冲突,而城市文明并不当然地优越于乡土文明,它至少在道德上是不可靠的。女人对丈夫工作所在的城市就很不以为然,女人对人欲横流的城市做了否定性的道德评判,认为那是个不要脸的地方,"她让丈夫回家去,回到牧区的那个家,安安稳稳地过日子"。这其实是土地对游子的柔情呼唤,是纯净的道德情感对逐渐冷漠的人伦的一次招魂。丈夫在深情的召唤中回到了故土,虽然那难以洗净的"汽油味"还是把他诱回了城市,但女人和她脚下温情的土地,宽厚地包容了丈夫的再次逃离,也在感伤中孕育新的希望:生命的秘密已在她体内蠕动,她要让自己生儿育女,让羊群繁衍成群,让生命在自然的节律中生长、繁茂,这就是草原和放羊女人自足自在的生存境界。《锁阳》比《放羊的女人》进了一步。在《锁阳》里,爱画鸟的大哥不愿意一辈子蹲在沙窝子里,于是就像鸟一样往城市飞翔。孤寂的大嫂在空旷的大漠里孤寂地挖掘锁阳,大嫂的温善和锁阳的香气不仅让全家变得澄明,也让大哥这只往外扑腾的鸟飞回了他从前厌恶的沙乡,发誓不再往外飞翔。大漠是偏远的,但大漠有爱情和锁阳,大漠也能生长出富足和自由舒展的现代人生。

漠月小说的精神意蕴前后有所变化,但基本上没有离开过其对于故乡过去年代的生活记忆和现实关注。漠月曾言:"在十余年的小说创作中,我是从贺兰山以西的阿拉善出发的,二十七万平方公里的大高原上,有三分之二是沙漠,这绝对不只是一个单纯的地理概念。我的父母年轻时则从河西走廊那个极度贫困的村庄出发,辗转来到这里,由农民而牧人,通过劳动方式的转变得到基本的生存保障之后,又繁衍了一个新的庞大的家族,包括我的长大成人。于是,我不由自主地写了他们,我熟悉这样的生活,也觉得能够理解他们的欢乐和痛苦。"[①]就其小说创作而言,所言不虚。在叙事方式上,漠月小说大都采用学生身份的"我"或童年视角的"我",借此写出过去年代的生活记忆,写出对当下现实生活的思考。大漠荒野的旷远、寂寥与生命存在的哑默、煎熬和欢欣,交汇在叙述者独特的感觉与情绪变幻中,苦酽酽的生活就有了丝丝甘甜的味道。

季栋梁(1963—),甘肃张家川县人。1982年毕业于宁夏固原师范专科学校中文系,做过中学教师、公务员、报纸编辑,现任职于宁夏《华兴时报》。主要作品有中短篇小说《生在败月的人》《正午的骂声》《生命的节日》《在水的另一方》《在西海固的一个村子里》、长篇小说《胭脂巷》《奔命》和散文集《和木头说话》等。

季栋梁的小说创作始于80年代末,作品题材广泛,人物形象类型众多。如《红河谷》《村长也是左撇子》《陶罐》等写农民的小说,有几个突出的特点:其一,人物大都陷在物质贫困中。小说中的农民大都生活在宁夏西海固等地

[①] 漠月:《呼吸(创作谈)》,《朔方》,2003年第8期。

方,那里生存环境恶劣,常年为干旱缺水所困,日子过得十分苦焦。《在水的另一方·坐牢》中,旦子偷了福根家水窖里的水,为了保住偷来的水,宁愿去坐牢。《在水的另一方·换亲》中,二愣爹宁要一个蓄水的水窖而不要儿媳妇。《陶罐》中的"女人"喜欢货郎叫卖的陶罐,因无钱购买,就半推半就地用身体与货郎交换,身心均因此受伤。物质贫困给农民造成的生存困扰是多方面的。其二,精神贫困,这是物质贫困带来的最直接的后果。小说中的贫困农民,大都神情木讷,内心生活简陋,道德观念陈旧。小说中最常见的乡村生活场景,就是村民无事就聚在墙根里,捉虱子,东家长西家短地闲谝,由此形成无名的精神传播与道德控制,弄出既十分无聊又后果严重的无数是是非非。其三,轻视、贱视女性。《普通的婚事》中的屠夫阿三和陈树因为贫困,娶不上媳妇,就用各自的妹妹与对方换亲,两人为此就对方妹妹的身体残疾或道德污点讨价还价,无视各自妹妹作为人和作为女人的基本权利。《在水的另一方·回家》中,乡村女孩红喜因为贫困进城做了"小姐",被警察抓获后遭家人和村民歧视,在自家水窖自溺而死,她的父亲为此悲痛不已的不是女儿的死亡而是女儿自杀弄脏了自家的水窖,女儿的一条命居然比不上一窖水。其四,害怕有权者,崇尚权力。有权者对农民的压迫与欺侮,这是农民苦难的重要根源。有权者几乎无处不在,给农民直接制造苦难的多是村长之类的土皇帝。《正午的骂声》中,旺财妹妹家的狗咬了村长,村长儿子逼旺财赔了裤子和钱;村长联合警察设计陷害敢于告状的旺财,诬陷旺财放火,逼旺财赔偿被烧掉的麦草垛。其五,渴望做城里人和公家人,又害怕城市,依恋故土。《生命的节日》中的"我"连续复读了四年,才终于考上大学,跳出了农门,圆了父亲的梦,也圆了自己的梦。《头比石头硬》中的农民工石头,为了能娶恋人青草为妻,到城里打工挣钱,却遭遇工头拖欠工钱,为了讨要工钱,石头最后与工头同归于尽,梦断城市,也命丧于城市。《离乡》中的"我"接年迈的父亲进城,父亲对故土却难舍难离。季栋梁小说中的农民,不论是生活在记忆中的过去年代,还是奔波在当下的社会现实,他们几乎总是陷落在物质与精神的双重痛苦之中,虽然不乏善良与温情,但展露得更多的是生存的酷烈与人性的冷漠。

季栋梁写学校生活的小说充盈着荷尔蒙气息,叙写的多是青春的残酷。如《摆平》中的中学男生柯,为了保护自己心仪的女同学静,试图用暗中恐吓的方式要求女同学娟不要联合同学孤立静,却被娟的哥哥打折了腿。而讽刺的是,静却听信娟的不实之词,一直将柯看成一个想强奸娟而被打折腿的"强奸犯"。

季栋梁写都市生活的小说,能以简明流畅的新闻体语言,讲述现代都市特有的畸形商业繁荣、快速的生活节奏、都市平民的生存苦难及都市人所面临的强大心理压迫,讲述充分世俗化、欲望化的都市生存空间滋生出来的种种丑恶,并予以批判。在《挽男人胳膊的美人》里,对都市人勃勃向上的欲望心态、道德堕落及其人性的迷失,季栋梁以温婉的反讽传达出自己的否定态度。对欲望都市及其实利主义持更严厉的现实批判态度的是《让生命飞翔起来》。小说中的解玉,为捐款给同学艾莲的父亲治病,与豪富的父亲发生冲突,在亲睹陷入绝境的艾莲被父亲买走处女贞操的残酷场景后,绝望地跳楼自杀。在叙事上,季栋梁小说多写日常生活中琐碎的细节,喜用情节翻转与二元对立的结构方式,语言简练。但存在的问题也很明显,譬如,多篇小说重复讲同一个故事,堆砌细节,这些都会影响到小说的艺术价值。

金瓯(1970—),原名李金瓯,祖籍北京,生于宁夏。1993年毕业于宁夏广播电视大学中文系,现任职于某图书馆。主要作品有中短篇小说集《鸡蛋的眼泪》、小说《前面的路》《刀锋与伤口》《我从天上掉下来的朋友》《零度体温》等。《鸡蛋的眼泪》获第七届全国少数民族文学骏马奖。

金瓯是一个正"在路上"的作者,"前面的路"还很长,其小说尚未像张存学、卢一萍那样设定明确的精神向度,也未像红柯那样形成较为稳定的诗性叙事风格,但不多的作品已显露出卓尔不群的叙事才情。金瓯小说也可称之为"没脑子"的小说[1],这是金瓯小说与红柯小说多少有些可比性的地方。但金瓯的"没脑子"与红柯的"没脑子"在性质上完全不同,对有历史文化渊源的心智的某种程度的弃绝,使他笔下近乎傻瓜、白痴和疯子的人物不像红柯小说中的人物那样走向超历史的神性或英雄血性,而是回到了生命的某种本原状态,并被生命的非理性激情所驱使,在这个无意义可找的世界上跌跌撞撞地跑来跑去,"认认真真地喝酒、打架、泡妞,认认真真地愚笨、暴烈、奔突"[2],就是不干通常意义上的所谓"正事",生命总是处于一种反智状态中。《前面的路》有一个"关于路上的人的故事","我"爱自作聪明,却因此总是走错了路,于是放弃行走,回家娶妻生子;刘老五则在一错再错中继

---

[1] 《回眸西部的阳光草原——红柯讨论会纪要》,《小说评论》,1999年第5期。
[2] 陈继明:《"出息"的金瓯》,金瓯:《鸡蛋的眼泪》,花山文艺出版社,2001年出版,第3页。

续不断地在大地上疯狂地自由漫游。《刀锋与伤口》中,人与人之间的暴力和不信任,像刀锋一样在尚未成人的叙述者"我"和苏红的心灵上切割出了永难愈合的伤口,我和苏红由此失去对成人世界与同伴的信任,走向孤独、隔膜,生命中本有的暴力倾向也被另一些生命所施加的暴力激发出来,成为受虐者、破坏狂和暴力崇拜者。《我从天上掉下来的朋友》中,"我"的一伙逸出生活常轨的同伴都喝醉了,于是行为失据,相互疯狂地击打,无意义地对话,身体和语言被生命本然的疯狂激情盲目地支配着,堕入更深的隔绝和突破隔绝的欲望之中。《鸡蛋的眼泪》则对此做了一种童话寓言式的表达。小说中,一群会说人话的鸡、养鸡的母子、怀揣鸡雏流浪的弱智孩子、几个妓女和强盗,构成了一个弱智和弱势的懵懂世界。在人与鸡的并行讲述过程中,物种间的界限被抹掉,作为生命的共同点被凸显出来:所有生命都不过是生命,都受着生命本然的疯狂激情的盲目操控,都有如傻瓜、白痴和疯子,渴望达到对方,又相互隔绝,没法在这个世界上"把自己安顿妥当"[①]。金瓯的这些叙说,与红柯所努力的方向是相反的,红柯竭力将自己笔下的人物往前推向神性,金瓯则将笔下的人物向后拉,使他们脱却历史与现实的文化关联,退化为反智性的白痴、疯子和傻瓜,亦即让生命退回到处于子宫或蛋壳时的混沌状态。这样的探求,作为对生命存在荒诞性的疑惑和对现实的一种黑色幽默与辛辣嘲讽,是有意义的。问题在于,人在非理性层面上与反智状态中不可能获得幸福安宁,退化的生命绝对没有出路。

金瓯笔下的同名人物常在不同的小说中穿行(如李红征、苏红、嘀咕等),这并未使金瓯的小说形成系列,也未形成统一而稳定的叙事风格。他的每一篇小说都有自己质地不同的形象,譬如《前面的路》是对《在路上》的戏仿,《鸡蛋的眼泪》类似童话寓言。金瓯的语言格调却意外地一致,叙述者有时粗暴、放肆、怒气冲冲(《我从天上掉下来的朋友》),有时自作聪明,实则懵懂无知(《鸡蛋的眼泪》),有时冷漠、尖刻,又隐含着挥之不去的忧郁与感伤(《零度体温》),但不论以何种语调说话,叙述者所依傍的都是弱智推理或简单逻辑关联,这显然与金瓯的反智性行为讲述有关。

董立勃(1956—),山东荣城人。1983年毕业于新疆师范大学政治系,做过教师、记者、编辑,现任职于《天山》杂志。主要作品有小说集《黑土红土》

[①] 李敬泽:《笨拙、疯狂与哀伤》,《东海》,1999年第8期。

《地老天荒》等。2000年以来,董立勃小说创作在经历了数年的沉寂之后进入高峰期,先后有小说集《骚动的下野地》以及长篇小说《白豆》《烈日》《静静的下野地》《米香》等问世,在文坛上引起了不小的反响。

董立勃的"垦荒小说"系列(《黑土红土》《地老天荒》《白豆》)对屯垦西部边疆的人们投以特别关爱与悲悯的目光。在人道主义的底色上,作者借对复杂人性的探求,把最具现代性的平等、自由、尊严和人权意识贯注于所要彰显的善良人性中。这其实隐含着对反人道、反人性的批判,同时也是对民主、自由、人权、法制等政治文明与社会民主的呼唤,而这恰恰是当下西部乡土现代性转化的症结之所在。长篇小说《白豆》被视为这一精神向度与价值选择的代表作品。

《白豆》的故事发生在生产建设兵团下野地团场这个极特殊的地方。白豆只是略识几个字的普通农村姑娘,单纯到毫不设防的地步。在个人婚姻问题上,白豆开初也毫无主见地持嫁鸡随鸡嫁狗随狗的态度,把婚姻自主的权利十分信赖地交给了"组织",却由此陷入爱情、阴谋与权力设置的重重陷阱中。频遭磨难的白豆逐步辨清了人性的善恶,情感的真伪,义无反顾地爱其所爱。从完全没主意到终于变得有主意,白豆完成了自己作为一个"人"的现代意识的觉醒过程。白豆的人生悲剧是在与好友白麦的人生道路的比照中展开的。白麦因为比白豆漂亮,便被"组织"不加解释地留在大城市里,让独眼首长选作妻子,并被独眼首长以权力的威压让医院给她暗地里做了节育手术,目的是为了更好地照顾他与被离弃的前妻所生的三个孩子。这使白麦对独眼首长充满了怨恨,而这位首长略施小惠,就让白麦服服帖帖地依附于他的权力魔光中。与白豆相比,白麦有着更为优裕的物质生活,但她从肉体到精神都被无处不在的"组织"与男权话语所宰割。如果说白豆后来的性格发展被作者理想化、浪漫化,意图以此显示人性中真正动人的、温暖的部分的话,那么白麦肉体与精神被强权阉割的悲惨遭遇则更有震撼力。白豆与白麦相互映照,共同完成了对人权、平等、自由和尊严的现代诉求。

《白豆》中给白豆们制造苦难的男人们,虽然能凭借性别优势在女人面前显出某种霸权,但在强大的"组织"及对个人漠不关心的"革命伦理"面前,无论是杨来顺、胡铁还是马营长,无论他们的个性是压抑还是张扬,是本能还是矫饰,全都脆弱不堪,都不过是被利用的工具。作者曾言,《白豆》和《清白》讲的是两个完全不一样的故事,但"想表达的东西,却是共同的:没有坏人,好人却不断受到伤害,全是好人,悲剧却不断发生。为什么会这样,我自己也不能说明白"①。但他的小说却能让人们明白地看出,集权政治及其伦理观念的反人道、反人性是悲剧形成的主要原因。而这些也正是西部乡土社会的现代转化所遭遇的难题,由此,对民主、自由、平等、尊严、人权和法制的现代诉求,召唤一种新的精神文明和政治文明,使《白豆》找到了与当代生活贯通的路径,具有了深刻的思想力。

董立勃的这一系列小说,除了思想内容的深刻性,对小说的叙事技巧也进行了积极探索。赵光鸣曾言:"新疆的小说家中,立勃可称为重视小说叙述学的第一人。"②这个评价对董立勃的早期创作来说是较为公允的。董立勃早期有中短篇小说集《黑土红土》《地老天荒》等行世。这些小说多以新疆农垦兵团为题材,特殊的叙写对象为他提供了探求现代主义小说叙事艺术的基础。董立勃早期小说中的人物,特别是男性军人曾经是英雄,并且都有英雄主义精神。他虽然毫不掩饰地流露出对这些人物的英雄行为和英雄主义的理解和偏爱,但也有意识地努力把他们还原成七情六欲皆具的凡人,并且总是让这些凡人很荒诞地落入偶然事件所造成的生存困境中。无论是被压抑的欲望还是被战争扭曲的人格造成的偶然事件,都让董立勃小说对人性的揭示深入到人的潜意识层面。与之相应的对人物瞬间心理欲念、潜意识心理活动、幻觉的捕捉和深入解析,使他将意识流、魔幻现实主义小说叙事艺术引入小说中。譬如《多风的季节》中"她"的那一声尖叫就是无意识行为,作者以大量细微的心理分析反复突出其无意识性,从而使"她"后来的一系列遭遇显得怪异而荒谬。《太阳下的荒原》等小说在文体形式上也有不少新的尝试,譬如章节序数顺序与叙事顺序的错位、颠倒和空缺,章节前的序诗与章节故事反向对位等。"这些带有先锋和前卫性质的努力,使他失去了一些热爱他早、中期小说的热心读者,他的'陌生化'的试验同时也使一些人对他感到陌生。"③

红柯(1962—2018),原名杨红科,陕西宝鸡人,陕西师范大学文学院教授。主要作品有长篇小说《西去的骑手》《老虎,老虎》《大河》《乌尔禾》等八部,"天山系列"短篇小说集《美丽奴羊》、中短篇小说集《金色的阿尔泰》《跃马天山》《黄金草原》《太阳发芽》等十二部。红柯曾在新疆天山生活过十年,他的小说主要是写新疆、写新疆的历史人物,《西去的骑手》就是一部关于西

---

① 罗四鸰:《董立勃:西部小说可成流派》,新华网读书频道,2003年8月6日。
② 赵光鸣:《地老天荒·序》,董立勃:《地老天荒》,新疆人民出版社,1994年出版,第2页。
③ 赵光鸣:《地老天荒·序》,董立勃:《地老天荒》,第3页。

部英雄和血性的史诗式长篇历史小说。先后获鲁迅文学奖、冯牧文学奖、庄重文文学奖等。

在创作方法上,红柯别出心裁、另创新格,致力于小说的前卫性探索。红柯小说主要是写新疆,写新疆的历史人物、新疆农垦兵团的男男女女和新疆原初状态的自然风物。他也考察人与人之间的社会关系(如《古尔图荒原》《石头与时间》),但他更注重人与自然的某种神秘关联(如《美丽奴羊》《奔马》《金色的阿尔泰》),表达出人渴望与自然沟通、与自然共存的诗性主题。这不仅使他的小说精神取向步入当代哲学命题的前沿,而且也使他由此发展出来的以感觉间离叙事的诗性叙事风格独步当代文坛,呈现出特异的前卫性。

红柯的小说叙事视点依然是从人出发的,但"人类中心主义"的思想底蕴已很淡漠,万物有灵的观念与对自然的敬畏态度已开始生长出来。在他的小说中,不论是有生命的美丽奴羊、奔马、飞鹰、虎狼、树林、鱼,还是无生命的靴子、火炉、汽车、山川、湖泊、草地、大漠等,它们都无一例外地具有某种神秘的生命灵性。《美丽奴羊·屠夫》中那只待宰的美丽奴羊,仿佛已大彻大悟,面对即将到来的死亡,它神情自若,这使屠夫就像待吃的草,一下子跪倒在它的面前,它就成了一只杀不了的神羊。《奔马》中与汽车比速度的大灰马、与司机比雄性力量的红马,《树泪》中仿佛发了情的白桦树都像美丽奴羊一样透露出神秘的生命灵性,从而使自己的生命由卑贱升腾为高贵。红柯把这种高贵也赋予西部无生命的自然物,《靴子》中的"靴子跪拜在她的膝盖上,靴筒跟树一样长在她的手臂上长在她的胸脯上,靴子的喘息就像树的呼吸。靴子穿过戈壁荒漠,靴子走进草原,在辽阔草原的至极之境,就是这个女人和她柔软的怀抱"。"靴子被骑手扒下来,靴子跟小马驹一样站在骏马与骑手之间,靴子成了大地的神物,骑手向靴子跪拜,靴筒里装着一个高贵的灵魂"。《过冬》中饿汉似的炉子,《乔儿马》中长出睡眠的石头,《寥天地》中会哭泣的土地也都像靴子一样具有高贵的生命神性。显然,这是一种根源于农耕文化和游牧文化"唯生"观念的泛生命意识。在这种泛生命意识里,所有的自然风物都有生命,所有的生命也都是自然的,都有自己独特的生命形式和轨迹,它们"如其所是"地由诞生走向死亡或永生不死,这种"如其所是"便是对生命神性的敬畏。由此,在红柯的小说中,西部的自然风物不再是人的附庸,它们因自身禀赋的生命神性而成为一种超越性价值的化身,并因此获得了与人等齐的地位。它们在红柯小说的叙事空间里挣脱了充当背景、陪衬或道具的传统叙事命运,跃升为推动人物向善向美的神性力量,这使它们赢得了独立存在的叙事品性。

认同自然生命神性并以之构建自我神性存在的人,在红柯的小说里,除成吉思汗、杨飞霞、马仲英、盛世才等著名历史人物外,大都是屯垦戍边新疆的普通男女。他们是小人物,但身上却充满了英雄豪气;他们都对自然充满敬畏,却又不失人的尊严。《美丽奴羊·屠夫》中的屠夫杀羊动作熟练优美,下刀利落,在面对一只美丽奴羊时,他却感受到了一种神性力量,被美丽奴羊"泉水般的目光"折服,"他栽倒时手和膝盖着地,刀子扎进沙土,连柄都进去了。他望着比他高的羊"。这是对生命神性的一种敬畏姿态,屠夫自己也因此获得了生命神性的提升。《打羔》中的女人、《金色的阿尔泰》中营长的女人都是在冥冥中感受到沙山和阿尔泰山神秘力量的召唤,莫名其妙地就从城市、内地来到了西部的草原、荒山,融进原初状态的自然中,与边地男人生儿育女,让生命变得自由而奔放;《乔儿马》中的马福海与一只母狼共处一室,亲密无间;《树桩》中的"他"竟与树桩连成一体,形神合一。人们就这样在敬畏中走进西部的神性自然,拥抱自然,与自然融为一体。

敬畏自然的西部人也以一种剽悍的姿态迎接自然的挑战。《奔马》中司机"他"驾车与大灰马比生命力,比速度;《雪鸟》中破冰人与冰河的生死抗争,他们都在"比"和"争"中显出英雄血性和生命神性。《阿力麻里》中翔子与鲟鱼的水中搏击,则满含着翔子与自然沟通的意味和对恋人米琪的爱欲。翔子最后战胜了鲟鱼,睡到了米琪的两腿之间,得到了米琪的爱,这其实是原始雄性求偶意识的复萌,是原初状态下的人与自然、男女两性合一的原始本性的展现。《美丽奴羊·紫泥泉》《奔马》《雪,暴风雪》等与《阿力麻里》一样,都是将生命原欲融合于自然灵物。

需要特别指出的是,这种神性人格的建构与形成,是以具有生命神性的自然物作为认同对象的,这使他们在走向自然的同时,逐渐疏离了人世;在获得更大自由空间的同时,也因与人和人世的疏离而走向孤独,成为"孤独的神",此其一。其二是,这种"孤独的神"往往没有个人的历史,他们的内在精神活动仅止于对自然神性和自我神性的幻异感觉和超常领悟两个层面,与先在的历史文化和共时的历史现实相关联的心理活动及其情感体验,处于被遮蔽或缺席状态。这种失却历史文化渊源和现实关系的人,就成了没有历史深度的当下性存在。概言之,是"历史缺席的孤独之神"。

红柯也写具有某种历史深度的现实人物,但这些人物既失却了英雄血性,又远离了生命的自由本性,却善于琢磨人心,工于心计,长于人世争斗。因而他们大都是传统历史文化毒素的携带者,是具有国民劣根性的人物。《古尔图荒原》中的连、排长等下级军官和普通士兵老王、老李,《石头与时间》中的校长、主任和普通教师"我"等都是这类人物。拯救之路就在于和自然通灵的过程中使人性复归单纯,重铸英雄血性,在有所敬畏中自由奔放地释放生命的神性之光。红柯以此为思想底蕴的这类小说,由此获得了自己的标志性叙事风格。以感觉间离叙事,使小说叙事诗性化,便是红柯独特叙事风格的典型标志。

感觉,是红柯小说中最突出最重要的构成要素。叙述者和被叙述的人、自然风物都有非同寻常的感觉能力。依靠这种近乎幻异的感觉能力,他们相互间都能进行神秘的"交互感应",能互通精妙的生命信息,而这种近乎神示的信息最后都能将人和自然物导向神性。譬如,《美丽奴羊·牧人》中羊与草之间就以超常的感觉建立了一种相互依存的生命关联:在羊的感觉中,草是连接大地的绿管子,它以此来吮吸、品咂天地之灵气;在草的感觉中,它以天地之灵气养育的精魂只有在羊热乎乎的嘴巴的碰、咂、嚼中才能出来。如果没有超乎寻常的感觉,羊、草、天地之间就无法建立生命灵气的交感关系,红柯的叙事意图就不能实现,感觉化叙事也将无法进行。

感觉,不仅在叙述者与被叙述的人、自然物之间建立叙事关联,而且还将超现实、魔幻、意识流等欧美现代主义的艺术要素引入小说,使其成为红柯诗性叙事风格的重要构成成分。譬如,《鹰影》中父亲的意外死亡造成了孩子的心理死结,使孩子的感觉不仅超常,而且发生了变异。在超常的幻觉中,孩子将鹰影与父亲的死亡关联起来,从而对投射鹰影的游戏充满迷恋。在游戏里,鹰影变成真实的鹰,目光穿透墙壁看到男人的背的魔幻过程,就是在孩子超常而变异的幻觉中实现的。感觉,使红柯的小说主要不是围绕情节而是围绕感觉架构的。感觉不仅突显在小说的叙事前台,而且占用大片叙事空间,使本来就单薄的情节散落在汩汩泉涌的一大堆感觉中,变得更加稀薄。感觉对叙事的间离,使红柯的小说不仅没有曲折完整的故事情节,而且仅有的简陋情节也不按线性时间展开,被间离的事件碎片由感觉做空间性粘连拼接,从而形成红柯小说特有的空间性结构。这个特点不仅表现在情节相对简单的中短篇小说里,也表现在《老虎,老虎》等长篇小说中。这是红柯的缺陷,也正是他的优长,他由此形成了清丽、澄明而又阳刚气十足的叙事境界与诗性叙事风格。这样前卫的小说叙事艺术探求,使他成为真正意义上的先锋小说家。

卢一萍(1972—),原名周锐,四川南江人,1990年应征入伍,毕业于解放军艺术学院文学系,原新疆军区文艺创作室作家。主要作品有长篇小说《激情王国》、中篇小说集《生存之一种》、散文集《沿着世界屋脊》《众山之上》、报告文学《雪山不相信眼泪》《八千湘女上天山》《神山圣域》等。

长篇小说《激情王国》将历史叙述引入虚幻想象中,所讲述的激情王国是一个梦幻中的子虚乌有的神秘王国。一群被流放的囚民,历经艰险,出生入死,终于在荒漠里找到一块绿洲,建立起一个与现实世界秩序颠倒了的黑白王国。他们在这个王国里以独特的方式生存,在繁衍了许多代以后,终因对一首赋诗的误读而消亡。王国中的人物都像不死的超人,可以同时生存在不同的历史时空里,穿行在中央王朝和沙漠王国之间,穿行于东周列国和现代共和国之间,扮演着不同的角色,讲着不同的时代话语。同一个男人有时是英雄,有时是杀手,有时是冷静的叙述者,有时是迷乱的啖人肉、饮人血者;同一个女人有时是情人、妻子、同志,有时又是京都名妓或江南烟花女子。无论是男人还是女人,生命里原始淋漓的鲜血、强烈深刻的欲望、辉煌痛苦的梦想都将他们永远缠绕。这些被缠绕的各色流民或魔幻超人杂凑成一个黑白王国,却出人意料地追求无比崇高圣洁的诗性。为了这种诗性的追求,他们的行为变得怪异而疯狂,譬如,全民写诗运动、改造语言运动、遗忘运动和疯狂的性爱等等。而那羊血书写的诗性之诗,又不过是艾略特、波德莱尔、歌德、史蒂文生的诗歌片断及作者的黑白王国诗选的连缀,都不过是一些可以造成误读的残篇断简。黑白王国就在这样的诗歌中建立,又在这样的诗歌中渐渐毁亡。

这部以虚幻想象构筑的小说虽然能让人产生一种游历千年历史的幻觉,但历史在《激情王国》是一种观念性的历史。黑白王国是抽象之国,一个潜含着某种寓意的理念性的事物。黑白王国的子民对诗性王国的追求其实就是对理想国的追寻,而这正是深埋在人类意识之中的一个千年情结,柏拉图的《理想国》、莫尔的《乌托邦》、康帕内拉的《太阳城》等都是对这个情结的不同形式的言说。尽管思想家们理想中的国度有各自的形态和实质,但这理想国的理想却相当一致,即一种诗性的所在,人在那里可以"诗意地栖居"。而令人难解的是为了到达那个诗性的所在,包括黑白王国子民在内的人类却采用反诗性的手段,最终总是陷入难以超越的存在困境中。卢一萍曾言,是苏联的解体促使他"写了这部小说,唱了这首挽歌"。他因此,"虚构了一个十分美好的、充满诗性的王国因一句歌诀而毁灭的故事。并以这个故事为主轴,描绘了当代生活的喧嚣和混乱"①。在创作手法上,卢一萍的长篇小说《激情王国》、中短篇小说集《生存之一种》、中短篇小说《寻找回家的路》《海惑》等作品都有一种极为明确的先锋叙事倾向。他醉心于叙事形式的试验,也涉笔荒诞、孤独、暴力、性与死亡,但其基本精神取向不是存在主义的,而是以荒诞的叙事形式来实现对生命存在的诗性意义的理想追求。《寻找回家的路》《海惑》及《激情王国》中的人物都是一些精神探索型人物。

《寻找回家的路》中的"我"、唯、盲人、音乐师都在追寻着一种生命存在的诗性,而现实总是灰暗的。"我"在现实与梦幻之间穿行,时间和空间由此消弭了清晰的界限,时间被撕碎,空间被切割。"我"就在这样破碎的时空中,孤独地寻找回家之路,辨识自己的恋人、情人和妻子唯。而唯是否存在与唯的真实身份都无法确定……"我"因失忆而无法实现自己的寻找和辨识。因此,在"我"与家和唯之间留下了无法填补的空缺。显然,这里存在着多重隐喻:首先,家是诗意栖居之所,是精神家园;唯是引路人,是家之诗意精神的神性化身,"我"寻找回家之路的过程也就是人类永难实现而又永不放弃的寻找精神家园的隐喻。其次,空缺与故事呈现的生活史构成隐喻关系。因此,当空缺和空缺造成的荒诞在卢一萍小说中出现时,并不是作为一个结果,而是作为一个原因。在《寻找回家的路》中,卢一萍试图将一块块记忆残片连缀起来,竭力想从空缺中找到回家的路。但这个空缺是不可超越的,他注定无法突围宿命。

温亚军(1967—   ),出生于陕西省岐山县,1985年入伍,在新疆服役十六年,现任北京《中国武警》杂志编辑。主要作品有中短篇小说集《白雪季》《苦水塔尔拉》《寻找大舅》《硬雪》,长篇历史小说《仗剑西天》《无岸之海》等。短篇小说《驮水的日子》获第三届鲁迅文学奖。

温亚军的小说多写军旅生活,并且多是战士守卫边疆哨卡的日常生活,《驮水的日子》《寻找太阳》等就是这一类作品。哨卡地处边塞,人烟稀少,到处是光秃秃的荒山野岭,除了石头还是石头,守卡士兵就只好日复一日地生活在难耐的寂寞中,感受着一种枯燥乏味的存在体验,小说由此透出颇为浓厚的哲思意味。即便如此,温亚军也没有忘记张扬军人职责的神圣性,更没有忘记贯注保国卫家的爱国主义精神于其中。而更为强烈、更为深挚的英雄主义和

---

① 卢一萍:《激情王国·自我访谈录》,《激情王国》,湖南文艺出版社,1998年出版,第283页。

爱国主义精神表达,是由长篇历史小说《仗剑西天》来完成的。

《仗剑西天》以晚清巨人左宗棠为主角,以左宗棠西征收复新疆为主线,重构历史图景,其意即在突出爱国主义精神和刚健的民族精神。左宗棠镇守西北的主要历史功绩就是抬棺收复新疆,这是捍卫国家主权与领土完整的神圣事业,也是值得永远纪念的历史篇章。小说是把左宗棠当作人格神来塑造的。在"国家存亡,匹夫有责"的民族大义面前,左宗棠不仅有审时度势、高瞻远瞩的政治智慧,而且有为国为民敢死的英雄品格。收复新疆,统一中华,是左宗棠人生的最后追求,为此,他不怕丢官,不惧李鸿章等人的诬陷弹劾,一面反复奏请朝廷授权发兵,一面锐意吏治,屯田垦荒,练兵备战,立誓新疆不收、发愤不止。左宗棠惜才重义,对都力、刘锦棠、金顺、虞绍南等战将和参谋的信任、团结和重用,都显示了左宗棠的品格和高识。左宗棠不仅是一个英雄,而且还是一个仁者,有博大的仁爱精神。他体恤下属,对迟富财、迟有田父子等士兵充满关爱与悲悯;对战乱中百姓的苦难更是深感哀痛。智者、仁者和爱国者,是小说中左宗棠人格构成的三个主要方面。他近乎圣者的人格,是在中华民族传统文化中生长出来的,是传统文化培养的理想人格。

风马(1958—),原名时培华。祖籍山东,现为青海省作协专业作家,主要作品有长篇小说《生灵境界》《黄鹄回家》《去势》以及中篇小说集《各姿各雅的雪》等。

风马小说的艺术质地是写实的,他常将传奇、魔幻、滑稽等艺术质素熔铸其中,使其作品呈现出一种杂糅的风格特征。譬如《大快朵颐》中的"他"在流放青藏期间,曾经历过一次被抛弃的生死历程。在与狼相伴的八十里风雪长路上,他靠吃蜡烛、牙膏躲过了灾难;在饥饿年代,他吃有毒的湟鱼子、有毒的种子而不中毒,其胃在那个年代居然有解毒功能,这些都是十分奇特的。《柳园》里的主人公沈国庆,一次不知深浅的出行竟然在绝望中意外地把不能完成的任务给完成了,原因是他意外地被人相中,要选为女婿。写实质地上的偶然、意外等因素,成就了这篇小说的杂糅风格。长篇小说《生灵境界》则是这种杂糅风格的代表。

《生灵境界》是《江湖远人》《敏三》等中短篇的集结、连缀与整合,相应地这些中短篇小说原有的特点也被整合进来,并在整合中获得了艺术品位的提高。其文体形象整体上是颇为先锋的,局部则风格杂糅,写实与奇幻皆备。故事的主框架是作为孤独的精神漂泊者"我"对恋人"卓"讲述自己的心灵轨迹,由此牵引出相互间没有直接关联、各自独立的四个故事。第一个故事是关于柯柯沼泽的。"我"为了寻找"诗",要到柯柯沼泽地去体验残酷和魅力,"我"由此看到了老猎人毛小兵、逃犯桑和岐山等人充满魔幻色彩的传奇人生。第二个故事是一群青年到黄河源头 A 县进行漂流,本应庄严而英勇的漂流最后成了滑稽的闹剧,中原文化与黄河源头的草原文化也由此发生激烈的碰撞。第三个故事是红山根乡白村长一家艰难的日常生活,不仅写出乡土的凋敝、乡民的劣根性,也着意写出官吏对乡村的糟害。第四个故事是一群落魄文人在南方城市海口的商业冒险和椰岛上清奇的世俗人生景观。小说将如此迥然不同的人生形式与文化形态拼贴在一起,意在展露生灵的不同"境界"。

与这样驳杂的叙事内容相应的是多种不同质的叙事艺术的杂糅。有魔幻现实主义的,如对灵魂遗址玛尼石墙、尕胡的马、狗说人话和母鹿吹笛等灵异事件的叙写;有荒诞派的,如对敏三、钟灵等不同死亡形式的展露;有意识流的,如对"我"的潜意识活动和瞬间欲念的大段分析;有新写实的,如对白村长一家人日常生活的描写;还有文化寻根的,如对中原文化与草原文化矛盾碰撞的关注;等等。《生灵境界》虽然杂糅了这样繁多的叙事艺术,但它的基本质地还是写实的。老村认为:"当小说艺术发展到了今天,各种千奇百怪的叙述风格都纷纷出笼,并标以最最现代的名称的时候,风马的叙述仍是那么老实,那么典雅,这被看作是他的缺陷。"①老村的这些判断其实不够准确,风马的叙述确实比较典雅,但并不那么老实,他同董立勃一样,对欧美现代主义叙事艺术的模仿演练和对国内比较前卫的叙事艺术的借镜,使他的小说叙述不断地走向丰富多样,从而开启了边地先锋小说未来探求的某种可能性。

第三节 大漠孤烟:散文的新时代

90 年代,西部大开发的国家战略引发了西部关怀与西部书写,西部作家写西部的散文与非西部作家写西部的散文,也应时应势而出,一时蔚为大观,形成了西部散文热。西部作家刘亮程、柏原、管卫中、阎振中、宁世群、廖东凡、秦文玉、金辉、张子选、陈漠、张景祥以及后起之秀习习、铁穆尔(裕固族)等,以独有的西部情怀与西部文化视角,叙写西部生命、西部人文历史和西部自

---

① 老村:《永远的流浪感》,风马:《生灵境界》,中国工人出版社,1997 年出版。

然。曾在西部生活过或特意西行过的作家、批评家雷达、冯秋子、朱增泉、红柯、李敬泽等,通过体悟、内省、打量和解读,以自己的方式揭开遮蔽生命存在的文明面纱,在精神还乡中以反思的深度逼近政治、历史、文化的深处,质疑并抵抗物欲和精神的颓败;或游牧西部,在历史所留下的痕迹里阅读辉煌、黯淡与破败,发出了对历史与现实的诘问。雷达、朱增泉、管卫中、陈漠、张景祥等,都从各自独有的角度解读了西部的人文历史与自然,不论是思辨还是感悟,都能以理性的批判精神为依托,呈现出传统散文难见的气魄。由此,有容乃大就成了90年代西部散文整体的审美特征。

或许与西部独特的地缘、生命存在的艰难及生命意识的普遍觉醒有关,对生命的关注与思考,成为90年代西部散文作家冯秋子、刘亮程、柏原和张子选等在现代性乃至全球化语境下共同的叙事追求。他们敬畏生命、珍爱生命的仁慈态度和悲悯情怀基本一致,但理解生命的眼光、角度则不尽相同,这使他们在相同的生命母题里有着不同的生命体验深度和精神理念。生命意识的自觉和散文文体意识的自觉,使他们的散文创作像一股从遥远西北吹来的清新朴素之风,给当下繁杂而又贫乏的散文创作带来了一抹生机。

冯秋子(1960—),女,原名冯德华,内蒙古人。1983年毕业于北京广播学院,先后当过教师、出版社编辑,现任职于文艺报社。出版有散文集《太阳升起来》《寸断柔肠》《生长的和埋藏的》《圣山下》。散文集《寸断柔肠》获首届冰心散文奖。

冯秋子散文所倾诉的都是生命的话题(《婴儿诞生》),基于对生命的敬畏与关爱,她以内省式、意绪化的讲述方式叙说自我及身边亲友的苦难记忆,借此对与生命有关的现代思想问题做深广的沉思与追问,这使她的散文突破了"许多女性散文难以避免的小意绪、小日子、小格局的小家子气"[1],有了大家气度。

冯秋子的苦难记忆大多与她曾生活过多年的内蒙古有关。内蒙古既有阔大而苍凉的草原、戈壁、沙漠、蔓草以及暴风雪,还有成吉思汗的英雄传奇与民族的辉煌历史;有十年"文革"的暴行,有帐篷、酒、刀枪、血、白骨、饥饿、疾病和不断在梦中出现的黑夜鬼魂,还有蒙古人豪放不羁中的寸断柔肠与长歌续短歌。所有这些自然的严酷、历史的沉重与政治的恐怖,都曾强加在冯秋子和

---

[1] 佘树森、张旭光:《中国当代散文报告文学发展史》,北京大学出版社,1996年出版,第305页。

她的亲人、朋友身上,给她留下了难以抚平的肉体痛苦和精神创伤,成了她心中拖曳不动的苦难记忆。她说:"我常想,谁与你的每一时刻有关呢?没有谁,只有记忆。是记忆中的东西与你连接着。"①这些"连接着"她并与她的"每一时刻有关"的苦难记忆,不仅形成了她独有的精神结构,而且成为她绵绵沉思、一意叙写的心灵领地。在这片敏感、柔弱而温情的心灵领地里,所有关于生命的话题都宿命般地与暴力相关联,成为解不开的死结。这令冯秋子自己也深感意外:"真没想到。暴力的阴残,也埋在我的身心里。""我才意识到,那些残痕断迹多年来我想抹去而它们一直牢牢嵌楔进驻了我的心髓。"(《英雄在哪里》)对此,冯秋子深入地自我解析道:"我在前人的昭示和孽缘里,的确生活得太久了。"(《英雄在哪里》)

"前人的昭示"首先来自久远的历史及其绵延不绝的战争。内蒙古草原是一片英雄的土地,也是一片"经年流渗鲜血的土地",北方少数民族匈奴、东胡、乌桓、鲜卑、柔然、突厥、回纥、契丹、女真等曾在这片土地上反复征战厮杀;成吉思汗的英雄业绩也是建立在累累白骨之上的,英雄的历史从某个意义上说,也是生命屠杀生命的暴力史。由此,冯秋子推及历史上的一切战争:"地球的历史就是战争的历史,兽与兽,兽与人,人与人,人兽与自然……自然界无时无刻不在争斗、残杀。"(《辉煌,辉煌》)在"只有一次"的生命面前,所有的战争,不论是正义与非正义的,还是侵略与反侵略的,都是有罪的。

"前人的昭示"最为直接的,是少年冯秋子在十年"文革"中亲睹和亲历的无数暴力场面:"老革命"的父亲和母亲先后被揪斗、吊打和关押,小小年龄的兄妹也饱受专政者的暴力殴打和政治恐吓;对"四类分子"惨无人道的人格侮辱和肉体摧残;派系之间的流血厮杀。而所有这些摧残、屠杀生命的暴力行为,都是以"革命"的名义进行的。而饱受暴力摧残的父亲也是一个施暴者,他的施暴,不仅在战争中,在法场上,而且也在家庭里:"他是个冷酷得近乎残忍的人。""他的冷酷,伤害了三代人,他的母亲、我的母亲和我们兄妹。"(《辉煌,辉煌》)

在人性的黑洞里,也深藏着暴力与攻击的欲望,这就是人与生俱来的魔性。人在"看见魔鬼或者上帝的一瞬间,不正是看见了人自己吗?是的,是这样的,你害怕,我也害怕。人害怕看见自己,最害怕看见的那个人,就是自己。

---

① 冯秋子:《后记:我为什么选择散文》,《寸断柔肠》,太白文艺出版社,2001年出版,第304页。

像你说的,这需要内心的力量"(《枪声远去》)。当"内心的力量"被"前人的昭示"与时代的邪恶击碎,人就会变成魔鬼,反对暴力的人也会不自觉地使用暴力,一个时代的人都会堕入疯狂。父母如此,亲友也如此,冯秋子自己也不例外。她也曾有过施暴的欲望,她也曾想用枪射杀敌人或动物的生命,也曾恶作剧地挖小坑、伪装防空洞,使他人和自己受伤(《寂寞的天》)。她意识到,暴力已然随"前人的昭示"深入骨髓:"原来在我心里,一直留存着暴力的浸淫,就像黑水缠绵不绝一直流穿于地下。""业障依旧,滋生便是依然。我的罪恶真是深重啊。"(《英雄在哪里》)这种不伪饰、不隐恶的严厉自我追问,是极具警醒意义的。

冯秋子所有的这些沉思与追问都基于她对生命的敬畏和关爱。"生命只有一次机会,而死亡天天都在威胁生命,从出生,到长大成人,到衰老,挑战一个接着一个,从来没有停止过,自然的,社会的,自身的,应付不了哪一个,你就得扭曲、变形,就得死去。理解了生命的艰难,你还能辉煌吗?"(《辉煌,辉煌》)对生命的一次性和艰难的深刻理解,使曾经梦想辉煌的冯秋子回归平庸,"不在平庸中爆发,就在平庸中死去,我篡改了一句话。我用去了最后一点力气。"(《辉煌,辉煌》)冯秋子把爱、劳动,甚至还有宗教,作为拆解暴力与生命之间的死结的通道,但这条道路似乎不那么通常,"书本上和生活里的罪恶、恐怖,一直像影子一样跟随着我,很多年过去了,我的孩子已经十来岁了,我还做着惊惶的梦,而且常从噩梦里哭醒"。冯秋子痛苦地自问:"是割不断与过去的联结吗?我觉得也有对未来的茫然无措。"(《英雄在哪里》)尽管如此,她依旧执着地爱着,为了让生命所在的这个世界变得朴素、简单和温情,她还在努力,孤独的散文写作就是她在爱之外与世界、与人努力沟通的另一条重要通道。

冯秋子散文的视阈极为宽阔,从草原到城市,从家庭到学校、编辑部、街道、演出大厅,从牧民、囚犯、直到知识分子,都是她沉思、追问和叙写的对象。但在宽阔的视阈里,冯秋子反复叙说的,大多是她亲近的人物、亲历的事件和熟悉的场景。"生活所展开的一切,都为她的情感和思虑所承载;她的文字,总是回应着一支慷慨热烈而又旷远苍凉的旋律,和歌一般,带着心灵的颤响。"[1]这样的艺术把握极为准确,冯秋子的文字确实是从她内心里流淌出

---

[1] 林贤治:《一种无权者文学:质疑与痛苦》,冯秋子:《寸断柔肠》,太白文艺出版社,2001年出版。

来的。

冯秋子散文在政治、历史和文化反思下的自觉的生命意识和文体意识,使她像一个拓荒者掘进到了一片处女地,拥有了一份她曾梦想的辉煌。冯秋子的这种努力不是孤独的,在边地西部,在生命活得最为艰难的地方,刘亮程、柏原、郭文斌、张子选等作家的散文创作对之做出了遥远的呼应。

刘亮程(1962—),祖籍甘肃酒泉,出生在新疆沙湾县,新疆作协主席。有诗集《另一只眼睛》《晒晒黄沙梁的太阳》、散文集《一个人的村庄》《风中的院门》《正午田野》《在新疆》《刘亮程散文》《库车行》《驴车上的龟兹》《风把人刮歪》《遥远的村庄》和长篇小说《虚土》《凿空》等十多部作品问世。

刘亮程散文试图在个人与世界、瞬间与永恒之间建立一种全新的关系,构筑一个完全属于自己的经验世界,以便"寻找一条走回去的道路"(《只有故土》)。这使他的散文无论是精神向度还是叙事形式,都与中国现代散文的启蒙传统和当代散文的流行色既有割不断的联系,又有相当的距离,由此在20世纪末的散文领域独树一帜。

刘亮程散文的内在精神既丰富、复杂,又混沌、模糊,充满了相互抵牾的矛盾,这与他的现代性焦虑和生命存在的焦虑有关。在中国社会现代性转换的大语境里,刘亮程散文的现代性焦虑虽然不那么浓烈,但依然明显地存在。在《天边大火》里,刘亮程哀伤地写道:"所有的人们正在朝一个叫未来的方向奔跑,跑在最前面的是繁华都市,紧随其后的是大小城镇,再后面是稀稀拉拉的村庄,黄沙梁太小了,迈不动步子,它落到了最后面。为所有的人们断后的重任自然落在这个小村庄身上,村里人却一点不知道这些。"这个由于历史积累的巨大空缺而"落到了最后面"的黄沙梁是寒风吹彻的荒芜家园。在那里,大自然依旧是黄沙梁人赖以维生、不断索取的功利性对象,那些被人奴役掳掠的牛、马、驴、花、草、虫、狼、兔、鼠、麻雀等动物及风、雨、阳光,"和许许多多的乱石一起,和黄沙尘土一起,完成着一方远土上的孤寂与荒凉"。活在这种悲剧性自然里的黄沙梁人,其存在也是悲剧性的。他们和村庄一样无名,他们寂寞地生,寂寞地死,荒凉地劳动着,都"活糊涂了","对生死无所谓了"(《春天的步调》)。面对弥补无期的现代与原始的巨大落差,这些"倔强的人在岁月中变得服帖",他们朦胧地"承认了命运"(《黄沙梁》),就像那条多病而衰老的狗,最终的归宿是把自己"交给时间和命"(《狗这一辈子》)。面对如此悲剧性的存在,那个觉醒的十二岁男孩刘亮程焦急地放了一把大火,想要烧醒沉睡的人们。他的启蒙并不成功,"火终于熄灭了,夜色重又笼罩那片烧黑的荒野,村子还是静悄悄的,没有一个人醒来,没有一条狗吠,没有一只鸡叫……"(《天边大火》)。如此沉睡不醒的黄沙梁,是注定要被悲剧性地排斥在现代性进程之外的。刘亮程对城乡对立状态下黄沙梁生存悲剧的沉郁叙说,就是其现代性焦虑的一个极为重要的方面。

这个放火者于是绝望地逃跑,从黄沙梁逃进了"跑在最前面"的繁华都市。"扛着铁锨进城"的刘亮程依旧用一个乡下人的眼光看城市,无法真正"进城",无论充满异质感的城市具有多大的诱惑力,他都感到陌生,找不到归属:"城里真好。但我知道我变不成城市人。""我只是这座城市的客人,永远是。无论寄住几天或生活几十年,挣一笔钱衣锦还乡或是变成穷光蛋流落街头。城市没有一件属于我的东西。我把楼房当成一座座荒山爬上去,那上面不会有我的家。我知道了一些的人的名字,但从骨子里我们并不认识,我仅仅是流浪到城市的一个农民……"(《城市过客》)这不仅是一个异乡人的深刻孤独,也是一个"永远的农民"对城市的矛盾态度。在《城市牛哞》等篇什里,这个孤独而矛盾的农民开始揭露城市对乡村的掳掠,批判城市文明的残暴:"我知道我和他们是两种动物。我沉默无语,偶尔在城市的喧嚣中发出一两声沉沉的牛哞,惊动周围的人。……只是发出这种声音的喉管被人们一个个割断了。多少伟大生命被人们当食物吞噬。人们用太多珍贵的东西喂了肚子。浑厚无比的牛哞在他们的肠胃里翻个滚,变作一个嗝或一个屁被排放掉——工业城市对所有珍贵事物的处理方式无不类似于此。"对城市文明毫不保留的批判和情感上的厌弃,使他开始了新一轮的逃跑:"我是从装满牛的车厢跳出来的那一个。是冲断缰绳跑掉的那一个。是挣脱屠刀昂着鲜红的血脖子远走他乡的那一个。"(《城市牛哞》)

在"落到了最后面"的黄沙梁与"跑在最前面"的繁华都市之间,在城市文明与乡村记忆之间,不断逃跑的刘亮程已陷入无以解脱的尴尬,最终迷失在无家可归、无路可逃的大荒凉中,由此产生了他特有的生命意识和存在的焦虑与恐惧。

刘亮程散文的生命意识,其内蕴丰富而复杂,对生命存在的焦虑与恐惧比他的现代性焦虑也更为强烈。刘亮程散文对驴、老鼠、虫等动物及其生命给予了非同寻常的关注,其眼光是特别的。他试图变换人的尺度为生命的尺度,赋予动物与人等齐的生命伦理意义,并推及风、雨、阳光、泥土、沙石等自然物,使万物等齐,让它们在自己的精神深处与散文的叙事空间获得主体地位。在刘亮程的散文世界里,叙述者及被叙述的人已不再是万物的主宰,而是动物中的一类,是所有生命形态中的一种。在黄沙梁做一头驴、一只虫、一条狗或者一棵树,都是有福的,而"在黄沙梁做一个人,倒是件极普通平凡的事。大可不必因为你是人就趾高气扬,是狗就垂头丧气。在黄沙梁,每个人都是名人,每个人都默默无闻。每个牲口也一样,就这么小小的一个村庄,谁还能不认识谁呢。谁和谁多少不发生点关系,人也罢牲口也罢"(《人畜共居的村庄》)。在这里,"任何一株草的死亡都是人的死亡。任何一棵树的夭折都是人的夭折。任何一粒虫的鸣叫也是人的鸣叫"(《风把人刮歪》)。因此,所有的生命不仅与人有平等的伦理意义,而且是相互关联的,它们与阳光、风、雨、泥土等自然万物一起构成一个息息相通的整体。

与等齐生命相关联的精神指向是善待生命。刘亮程对所有的生命都充满了善意的关爱与悲悯之情,即使是对一只咬他的虫子(《与虫共眠》)、一只因偷粮食而受伤的老鼠(《老鼠应该有个好收成》)也是如此。因此,他希望能帮那些生命弱小而短促的动植物们做点什么,帮蚂蚁过土块(《三只虫》),把歪树拉直(《我改变的事物》),挖土坑隐蔽未长成的瓜(《春天的步调》),用微笑鼓励卑小生命的生长(《对一朵花微笑》),但他的帮忙总是扰乱了它们生命的自在状态。他希望生命永恒,但生命都不过是一瞬间,时间像"农夫一样,挥舞着镰刀"(《冯四》)收割生命,他的时间观就是在对短促生命的悲悯中建立起来的。他希望与所有的生命、与天地万物心息相通,但他总是陷在隔膜、敌意带来的孤独和恐惧里:"我第一次感到自己是一个,而它们——那些事物——成群地、连片地、成堆地对着我。"(《远离村人》)孤独和恐惧不仅源于弱小的个体生命与外部世界之间的对峙,也与生命内在的自我否定有关:"马既然要逃跑,肯定有什么东西在追它。那是我们看不到的、马命中的死敌。马逃不过它。"(《逃跑的马》)"生命本身有一个冬天,它已经来临。""落在一个人一生中的雪,我们不能全部看见。每个人都在自己的生命中,孤独地过冬。我们帮不了谁"(《寒风吹彻》)。对于所有的生命,"寂寞和恐惧成了一件大事情。"(《远离村人》)概言之,刘亮程所有的这些希望,恰恰都是生命存在的欠缺,这样的悖谬将他导向对生命意义的追问,"表达生命意义的焦虑已经成为他写作的基本视角之一。"①

刘亮程"目睹了生命的大荒芜"(《冯四》),体悟到"一个人从孕育到出生都是这么荒唐和盲目"(《一个人的村庄》),但还是执意要"找个理由活下去"(《我改变的事物》)。找理由就是找生命的价值与意义。刘亮程把生命的价值与意义,建立在生命与生命、生命与世界广泛而又深远的联系中:"我的生命肢解成这许许多多的动物。从每个动物身上我找到一点自己"(《通驴性的人》)。他的等齐生命与万物,也与他的这种意义寻找有关。

概括地说,刘亮程散文在现代城市文明与乡村记忆、人类中心主义与万物等齐、个体生命的孤独与世界的整体关联,以及生命的短暂与永恒等多个层面,都有新的发现和言说,但也都存在着无法弥合的裂隙。刘亮程试图消除二元之间的对立,建立起相互交流、和谐共存的关系,这虽然没有现实可能性,却可以引导精神走向深邃,走向信仰。因此,刘亮程的努力依然是极有意义的。

李锐说:"真是很少读到这么朴素、沉静而又博大、丰富的文字了。我真是很惊讶作者是怎么在黄沙滚滚的旷野里,同时获得了对生命和语言如此深刻的体验。"②这番评价虽有溢美之嫌,但准确地指出了刘亮程散文最重要的审美特征。刘亮程散文的叙事体式,从传统散文模式里突围出来,与其独特的精神探索相应,有了许多不同于时人的独创。

借景抒情、托物言志等传统散文叙事模式的痕迹,在刘亮程散文中虽然还存在,但景与情、物与志之间的经典关系已被拆解。刘亮程力图把所有主观的、先验的理性判断和价值规范都悬搁起来,将他笔下的黄沙梁还原到一种没有多少先入之见和超验之物的纯粹的本然客体,让它以赤裸裸的本真状态自我呈现于"一个人的村庄"中,不再是简单的象征喻体,也不是单向的移情对象,亦即它们不因为人才有意义,其存在本身就是意义。这是刘亮程散文最显著的首要特征。

从经典关系中还原出来的本真状态的黄沙梁,依然是有意义的存在,但它所承载的意义是双重的,一是创作主体刘亮程赋予的意义,一是它自身自足自在的精神意蕴,双重意义之间已构成了对话关系。双重意义的承载,使它扮演着双重角色:对象物和主体。这一主体和与创作主体同质同构的"我"构成刘

---

① 摩罗:《生命意识的焦虑》,《社会科学论坛》,2003年第1期。
② 李锐:《来到绿洲》,刘亮程:《一个人的村庄》,新疆人民出版社,2001年出版,第326页。

亮程散文世界的双主体。两个主体之间，或在对话中各持己见，譬如《三只虫》中，"我"和蚂蚁互不理解对方的想法；或互换角色，分别充当看与被看的对象，譬如《通驴性的人》中"我"和驴的关系："驴日日看着我忙忙碌碌做人；我天天目睹驴辛辛苦苦过驴的日子。我们是彼此生活的旁观者、介入者。"或在互看中融为一体："驴的事也成了我的事，我的事也成了驴的事。实际上生活的处境常把人畜搅得难分彼此。"（《通驴性的人》）这个时候，双主体的世界就变成了"一个人的村庄"。

刘亮程说："每个人都有自己的村庄。""我在这个村庄生活了二十多年。我用这样漫长的时间让一个许多人和牲畜居住的村庄慢慢地进入我的内心，成为我一个人的村庄。""当这个村庄完成时，一个人的内心世界便形成了。"[1]但是"双主体的村庄"与"一个人的村庄"的叙事性质是很不一样的，刘亮程散文的叙事形态与他的精神向度一样，新旧杂呈，出现了相互抵牾的矛盾。另外，"他的文字，也许失之单调、琐细、散漫，甚至雷同"[2]。这些都表明，不论是精神探索还是散文叙事试验，刘亮程都还"在路上"，不断地"逃跑"似乎已成了他无以解脱的宿命。

柏原以小说名世，90年代主要写散文，出版散文集《谈花说木》等，写有《膜拜黄土地》《我的黄土高坡》《驴和石磨》《地坑院梦呓》《麦子垛印象》等作品。

柏原与刘亮程的散文都写西部乡土，都以悲悯的情怀关注生命，试图确立一种新的生命伦理观念。柏原乡土散文最常写的是记忆中故乡黄土塬的乡村生活，写乡村习俗、农家日常生活最多，对农家的地坑院、烟囱、土场、石碾、麦子垛、背河等都有充满温情的追忆，并在朴实、温情的叙述中体悟生命存在的苦味，在苦味中品咂生命的神圣、坚忍和淡淡的欢欣。

柏原乡土散文还对生活在黄土塬的驴、狼、豹等动物给予了特别的关注，其眼光是特别的。譬如，与人关系密切的驴子，就是柏原关切最多也写得最多的"卑贱"生命之一。在中外文学中，驴子的命运比起其他动物来，确实是不幸的。它被写到的机会比其他动物少，而少有的驴子形象又多是否定性的。柏原感叹说："中国人对毛驴怀有深远的文化偏见。借毛驴的形象创造的那

---

[1] 刘亮程：《对一个村庄的认识》，《风中的院门》，上海文艺出版社，2001年出版，第414页。
[2] 林贤治：《90年代最后一位散文家》，刘亮程：《一个人的村庄》，新疆人民出版社，2001年出版，第5页。

些俗语、名言、警句,基本上都是讥谑和贬损义,并且还有很多借驴骂人的土语脏字。"(《驴和石磨》)柏原不是在一般意义上替驴子的文学命运鸣不平,而是把驴子视为独立于人的一种生命存在,不以人的尺度去衡量驴子存在的工具价值(役使、食用、赏玩,充当"愚蠢"等人类抽象品格的喻体或象征体),而以生命的尺度去观照驴子的生命意义。在《驴和石磨》里,柏原用细腻的文字,写驴子的智能、情感、个性和感受苦乐的精神,并在对驴子苦难遭遇的叙写中发出这样的疑问:难道野生动物的生命就不是生命吗？人有什么权利仅仅因为一个动物不会说话,就让它遭受如此漫长的痛苦？所有生命都有得到善待、不被虐待的天赋权利。柏原这样的生命伦理观念有可能是从人道主义衍生出来的仁慈,这样的精神探求使他以动物为重要角色的散文,突破了"禽兽比德"模式。

"禽兽比德"就是把动物的某些生物特性与人的道德观念相比附,赋之以人的某种品德[1]。这种模式在本质上是以人为尺度观照自然,观照动物,这是人类中心主义的生命伦理观的表现,它在以审美形式确立人作为万物主宰的同时,加剧了人与自然的紧张关系。处于被边缘化的西部,真切感受着生命之卑贱与坚忍的柏原,觉察到了这种隐忧,为此,柏原赋予他笔下的动物以主体地位,把它们从"禽兽比德"的"比"中解放出来,成为与人"肩并肩"的生命存在,并相互映照着,突显生命在荒原中生存的孤寂、沉默与坚忍,从而初步形成了"人兽互证"的散文叙事模式[2]。尺度的改变,生命伦理观念的转换,就这样带来了柏原文学理念及其叙事文体的变化。

以生命为尺度的柏原,无意像刘亮程那样对生命存在做类似存在主义式的哲思,而是回到了东方老庄的精神家园。"以道观之,物无贵贱;以物观之,自贵而相贱;以俗观之,贵贱不在己。"[3]贵贱,只不过是物自观与俗观而已。在"道"看来,宇宙中的自然万物都是普遍生命的表现,没有什么价值大小的区分;万物齐一,生命等齐,就是对一切生命的善待,就是对宇宙仁慈。柏原的与动物有关的散文几乎都流贯着对宇宙的仁慈,其关于生命伦理的识见多是通过奇趣性的"人兽互证"叙事模式透射出来。柏原并没有 直沿着这条路走,他近十年的散文创作没有表现出线性的进程,却给人以来回摆动的印象。

---

[1] 姚立云:《羔羊之义与禽兽比德》,《黑龙江教育学院学报》,2001年第1期。
[2] 李兴阳:《哑默的生灵》,《唐都学刊》,2003年第4期。
[3] 庄子:《秋水》,欧阳景贤、欧阳超:《庄子释译》,湖北人民出版社,1986年出版,第3页。

以人的尺度和以生命的尺度甚至二者结合使用的双重尺度的散文,在柏原的散文乃至小说中都存在,这表明柏原的游移和不彻底。

郭文斌以小说见长,也写纯粹的抒情散文和富有乡土气息的乡土散文,有散文集《空信封》《点灯时分》等,散文《永远的堡子》获第二届冰心散文奖。

郭文斌散文善以"情"字为文,他以诗化的语言、精短的篇章和精巧的结构,叙写爱情、友情和乡情,抒发成长过程中的生命体验和人生感悟,这使他的散文具有柔婉凄美的抒情风格特征。不论是写爱情、友情、亲情还是乡情,他都能"让我们透过一个个美丽的心灵断桥和爱情伤口走进或失之交臂或尘封已久或习焉不察的生命秘密和感情隐私之中,于一种神意的欢欣和诗意的忧伤中品味生命的花开花落。"[①]与重生命之情的精神主旨相应,郭文斌散文善于追随情绪的瞬息变化,捕捉瞬间的生命感觉,用新奇大胆、富有诗意的语言传达出来,因而在"写法上显得随意、跳荡、不连贯、不刻意经营结构","有艺术探险和文本实验的味道"[②]。

在郭文斌散文中,分量最重的是《永远的堡子》《老大》《一片荞地》等写亲情的篇章。他在具有浓厚乡土气息的日常生活细节里,写出父母兄妹夫妻间感天动地的血缘亲情,生命的至性至情与大伤痛和大欢欣,就在这斩不断的血缘锁链中。在这些与生命有关而又有浓厚乡土气息的散文中,叙述者"我"饶有兴趣地讲述元宵夜点荞麦灯、大年三十晚上贴窗花、清明节烧冥钱、中秋节吃西瓜、给祖先烧"寒衣"、让小孩"燎干"等乡土文化习俗,从中品味出生命的苦涩和欢欣。譬如,"我"就在"燎干"中品出了这样的意味:"从火上跳过时,只觉得身上的晦气如臊葱臭蒜一样被刺火燎干净了。着红的刺如一根根火针疗治着乡亲们的身心疾患和苦难潮湿的日子。而留在我记忆中的却是一种与火相融的美好。现在想来,那就是一种动态的短暂涅槃吧。或者说是一种生命永恒境界的提示和预告。"(《燎干》)

张子选以诗歌见长。在被分配到西部边远小县阿克塞支边六年里,他有了自己的"西部命",也有了散文集《执命向西》。

张子选散文是以一个客居者的心态、一种学者的眼光打量和解读西部生命及其文化形态,为自己"指认一个精神意义上的远方"[③]。张子选散文对西

---

① 单永珍等:《郭文斌散文何以走红》,郭文斌:《空信封》,中国华侨出版社,1998年出版,第2页。
② 钟正平:《情爱精灵与生命烛照》,郭文斌:《空信封》,中国华侨出版社,1998年出版,第2页。
③ 张子选:《指认一个远方》,张子选:《执命向西》,敦煌文艺出版社,2000年出版,第6页。

部人的日常生活、婚丧嫁娶的文化习俗、西部民歌、西部人与非人类生命、西部人与西部自然、西部土著与西部移民等都做了广泛的解读。张子选说:"我得叫自己相信,所谓生命意识无非蕴含于日常琐事当中。由此,我生命中难免要升起一大片奇形怪状的西部情绪。"基于这样的理念,张子选散文的"记忆"常被一些琐事吸引到他曾经到过和住过一段时期的那些地方去,骤然记起这里或那里的一些房子,为这些房子所株守的一两段狭促的街面,以及待久了就总会在某一带一再遇见的某些人,他们豢养的大小家畜,家畜的颜色形态和它们常去的一些邻近地段。他以文化人类学的眼光,从这些日常生活的细节中解读西部人的生命意识,得出了许多新鲜的结论。譬如,他认为:"标准的西部式的人生态度,讲究一种容纳,你可以不理解很多东西,但你必须学会宽泛地容忍,否则你无论如何无法往瓷实里活。"再譬如,在理解人生的区域性文化特征时,他认为:"整个大西北的人生都有一种'极尽灿烂之后空悲的美'。这种美来自无中生有,来自拓殖、垦荒和牧放,来自活生生的热烈和火爆,来自许许多多的所谓激流勇进和登峰造极。"(《西北人》)他试图凭借这些文化解读,走进那个只存在于西部人内心中的西部,理解西部人忧惧、惊喜的西部,但客居者天然的心灵隔膜,使他依然感到炫异、离奇、遥远和神秘,追寻西部生命存在奥秘的精神之旅并未完成。

张子选散文中的《满天风声》《野天鹅》《我练习做人那些年》等篇什是贴着自己的西部体验写的,比较真切感人。但他的大多数篇什理趣大于情趣,而"理"又漫无中心、纷然杂陈,开掘虽深,却缺乏感人的审美冲击力。

总的来看,冯秋子、刘亮程、柏原和张子选等作家的散文,在复归生命本体的精神追求中,表现出了敬畏生命、珍爱生命的仁慈态度和莫大的悲悯情怀。他们的散文体式也随之从传统散文叙事模式中突围出来,虽然有的还显稚拙,但已有了全新的散文艺术的生命形态。在人被严重物化、逐渐远离自我、一切由目的变为手段的时代,谛听这样的生命歌吟不是没有意义的。与之有所不同的是,雷达、朱增泉、管卫中、张景祥、陈漠、阎振中、宁世群、廖东凡、秦文玉、金辉等作家,对西部历史与历史的西部都给予了极大的关注与书写兴趣,"瞩望远逝的历史背影"由此成为 90 年代西部散文最重要的叙事视域。阎振中的《神山与密宗》、秦文玉的《十万佛塔记》《绿雪》等历史散文在对西藏的神山、佛塔等历史文化古迹的寻访中,解读西藏的宗教文化精神。雷达的精神还乡、朱增泉的西行漫记、管卫中的以古代文人自况、陈漠的西部自然历史留影、张景祥的西部民间手艺人"拔踪"等,都从各自独有的角度解读西部的人文历史与自然,这使他们的散文不仅把神秘的西部具象地呈现在人们面前,而且也在历史反思与现实忧虑中表露出了一种深切的人文关怀与现实批判精神。

雷达(1943—2018),原名雷达学,甘肃天水人,1965年毕业于兰州大学中文系,先后任全国文联、新华社、《文艺报》编辑,《中国作家》副总编、中国作家协会创作研究部主任、中国小说学会会长、兰州大学文学院博士生导师。出版文学论文集《民族灵魂的重铸》《文学活着》《思潮与文体》等,与赵学勇、程金城主编《中国现当代文学通史》。90年代以来,有散文集《雷达散文》《缩略时代》《皋兰夜语》等行世。《当前文学创作症候分析》荣获第四届鲁迅文学奖。

雷达散文涉笔很广,举凡大漠奇景、黄河风色、文化传说、异域消息、古玩与秦腔、沙漠与废墟等,只要能承载和传达其感慨与情思,都被收纳在他的散文视阈中。不论是哪一类书写对象,雷达散文都能从自我体验和感悟出发,灌注深入的理性思考和情感判断,从而凸现出人文知识分子在这个时代的情感与精神特征,并由此显示出他的高蹈和豪放。

雷达说:"散文是与人的心性距离最近的一种文体。作为精神个体的我,生长于西部,'少孤贫,多坎坷,极敏感善良而富于同情心'(一位朋友曾这么评论我),我经历了同龄人经历的一切,战乱,解放,无休止的运动和劳动,压抑与狂热,开放与自省……但我的心灵又是我特殊的律动,我的散文只不过把我心灵的历史朴素地展示出来就是了。我只打开了心灵的一角……"[①]在雷达所打开的"心灵的一角"里,与他"心灵的历史"密切相关的系列西部散文《还乡》《皋兰夜语》《听秦腔》《依奇克里克》等占据着极为重要的位置。

这些西部散文不仅展示了雷达的心灵历史与故乡的渊源关系,而且也表达了雷达以当代知识分子的良知所进行的历史反思与现实关切。在《缩略时代》里,雷达把"我们的时代"特征概括为"缩略":语言、传媒方式、知识都在缩略,甚至爱情、友情、人生过程也都在缩略化。"所谓缩略,就是把一切尽快转化为物,转化为钱,转化为欲,转化为形式,直奔功利目的。缩略的标准是物质的而非精神的,是功利的而非审美的,是形式的而非内涵的。缩略之所以能够实现,其秘诀在于把精神性的水分一点点挤出去。"有着"浓厚的精神性追求"的雷达"不甘心被缩略掉",反抗物化,更新主体,不断发现时代和发现自我,

---

[①] 雷达:《雷达散文·后记》,浙江文艺出版社,1999年出版。

把被"挤出去"的"精神性的水分"再找回来,就成了雷达系列西部散文的精神向度与价值选择。

《还乡》是雷达发现时代、发现自我的一次精神还乡。故乡早已植根在雷达的精神结构中,如他所言:"不管我走到哪里,如何一日日地老去,那一团风景常悬在心中,似斩不断的生命根系的图画。"当雷达感到"城市化割裂了我们的感觉,我们不再与生命之源保持和谐了",理一理"生命根系","寻觅更真实的人生"就成了他还乡的潜在动因。雷达寻觅过程中的文化思考与情感体验是复杂的,故乡给了他"归来的踏实感"和亲切的乡情,也使他感到失望和隔膜。在故乡人身上,他隐约地看到了"一种属于未来的东西",但他更失望地看到了一种最应该保持的与蛮勇体魄共存的强健精神的消退。与失望相伴的是隔膜,"我发现,与亲友们的谈话进行得艰难,好像几十年的沧桑用几句话就说完了,总是我问得多,他们答得简短,或者简直就是'嗯''啊''对着呢''好得很'之类。常出现冷场,大家都憨笑着"。在失望与隔膜中,雷达不仅感到时间古老,岁月无情,而且产生了对现实和自我身份的疑虑:"难道独在异乡的'稀客',才是我的真面目吗?"在还乡这种现当代文学常写的感情方式里,雷达没有沉浸在还乡的情感欢欣中忽略游子与故乡的隔膜,也没有用乡土感情代替对乡村的批判,对两难的同时用心,才有了"万物流转,无物常驻"这样的浩叹。

《皋兰夜语》一文也可视为雷达的一次精神还乡。他以一种既置身其中又有所超越的个体生命对精神母体的询问姿态,在谈古论今中探寻民族精神在地域文化中的来龙去脉。雷达认为"兰州含有某种说不清的神秘和幽邃,暗藏着许多西部的历史文化秘密",要"摸索到进入大西北堂奥的门径",就要到过兰州,并且流连过黄河滩,驻足过皋兰山。雷达在对兰州历史文化秘密的解读中,找到了地理环境、气候与历史文化性格之间神秘的对称关系。他认为"兰州这地方确乎有某种非凡气象,黄河穿城而过,环城则是山的波涛,好似一座天然的古堡,外面的东西不易进来,里面的东西也难出去,铁桶也似的封闭……但凭直觉,以前必发生过或不见史籍却惊天泣地的事,以后也必会弄出大响动"。他还认为"兰州城的性格,就像它那典型的大陆性气候一样,晨与昏,夜与昼,骄阳与大雪,旋风与暴雨,反差十分强烈;又像皋兰山与黄河的对峙一样,干旱与滋润,静默与狂躁,父亲与母亲,对比极其分明。这里既有最坚忍、最具叛逆性、最撼天动地的精神,也有最保守、最愚昧、最狡诈、最麻木、最凶残的表现。"

这样深切的历史文化反思与现实忧虑也灌注在《听秦腔》中。雷达将历史与现实联系起来,揭示出秦腔与热爱秦腔的这种心灵社会化和心灵历史化的形成过程和历史原因。秦腔以苍凉悲慨的艺术韵味吸引人,而其审美特征的形成,在雷达看来"地理结构重要,历史结构更重要,浑茫的历史感才是秦腔的魂灵。"秦地历来战争频仍,烽烟不绝,是"人命危浅之地,苦役流放之所,慷慨的悲欢之疆。它的历史和生活本身就有苍凉悲慨的韵味"。他自己生在秦地,秦腔已渗入他的血液,成为心灵社会化的基因。对所有的西北人也是如此,秦腔已成为"西北人心灵的回声,情感的发挥,灵魂的震颤,生命力的高扬"①。正因为如此,秦腔才有那样顽健的生命力。但在"历史不仁"的不对称选择下,秦腔等传承民族刚健精神的艺术样式会有何种命运呢?对此,雷达也深感忧虑。

概言之,雷达的系列西部散文以个人的西部记忆和体验为情感基质,以自己对历史的认识和思考为理性支撑,试图用当代知识者的良知来重新评说历史、诘问现实,从中探寻思考现实的途径。思想者的坚忍和精神苦难,在这些充满历史创伤感的作品中,演化成了烛照内外宇宙的人道情怀和人性光芒。与这样的精神气度相应,雷达的系列西部散文乃至他的全部散文都洋溢着感性的激情,灌注着生命的体验,精神性追求最终外化成刚健而豪放的风格特征。

朱增泉(1939—),江苏无锡人,1959年入伍,现居北京,军旅作家。出版诗集《奇想》《国风》《黑色的辉煌》《世纪玫瑰》等,散文集《边地散记》《西部随笔》《秦皇驰道》等。

朱增泉是一位真正行伍出身并有四十年军龄的老军人,他的散文选材和情思走向有着更为鲜明而强烈的军旅定位。朱增泉个人的生命之根不在西部,但他的历史文化之根同雷达一样深藏在西部故地,他偏好写西部历史和历史的西部。与雷达重西部历史中的"文治"并力图写出个人的生命体验与精神性追求不同,朱增泉作为军旅作家,他也写"文治"但更偏好写西部历史中的"武功"。不论是写西部山川景物、历史遗迹还是发生在西部的重大历史事件,朱增泉大多是在游历中重新认识和感受与古代征战有关的遥远历史,总结历史教训,挖掘可重铸民魂、高扬爱国精神的历史资源,借以激励、警醒现实的

---

① 李正西:《生命体验的艺术外化》,雷达:《缩略时代》,中央编译出版社,1997年出版,第289页。

历史进程。

《中国西部》可视为朱增泉西部历史散文的总纲。在这篇散文中,朱增泉以纵向的历史勾勒、横向的对比等说理方式,雄辩地指认了一个政治意识形态与历史文化传统、现实的历史进程与重构民族精神并举的中国西部。朱增泉的这种指认,视阈开阔,底蕴深厚,内含丰富,气魄宏大,充满了一个军人作家的雄强气度。《西域之旅》《遥远的牧歌》《凭吊一处古战场》《罗布泊随笔》等散文都可以看成是对这一指认的具体展开。在这些散文里,他关注军营现实、戍边官兵和现代军事的历史走向,但对古战场和历史名将投注了更多的目光。"在抚今追昔之中,融入了他对民族文化传统、古代军事智慧和现实军队命运的交织和思考,将尚武精神、载道传统和言志理路做了巧妙的嫁接,展示了一位将军散文家特有的气度和风范。"[①]

《遥远的牧歌》是朱增泉写得比较厚实的长篇历史散文。散文在阔大的历史背景中重现了西蒙古土尔扈特部族在英雄渥巴锡的带领下,冲破重重艰险,从沙俄万里东归的悲壮历史图景。对土尔扈特东归的历史选择,朱增泉不仅理解为沙俄民族欺压的结果,而且更深地理解为一种历史的无奈:土尔扈特的东归是人类向牧歌时代的一个告别仪式,"他们的西迁东归,是在东、西方两个强大的封建王朝的挤压下来回奔波。它说明,人类生存方式的流动状态,已经永远让位于稳定状态"。正因为如此,渥巴锡临终前对部族的遗言:"安分度日,勤奋耕田,繁衍牲畜,勿生事端,致盼致祈!"不仅是一种深谋远虑的政治智慧,而且是马背民族归依历史大趋势的理性抉择。散文还用大量的笔墨叙写土尔扈特部族现实生活的宁静与幸福,这不仅证明渥巴锡东归历史抉择的正确性,而且也是对渥巴锡临终遗言的遥远的历史回应。英雄壮举与种族情感、军事谋略与政治智慧、现实举措与历史理性、人道主义与爱国精神等在作者其他西部历史散文中有所涉及的这些命题,都汇集在本文中,使本文不仅有了历史的深度与广度,而且也有了重构民族精神的现实意义。正如朱增泉自己说的:虽然去西部的机会不少,但"每次都是去也匆匆,来也匆匆,走马观花,浮光掠影。我又偏爱写历史题材的东西,写作中常常如饥似渴地去寻觅某些生疏史料,有时却因'生吞活剥'而'消化不良'。冗于铺陈,而缺少新鲜

[①] 朱向前:《军旅散文:迟开的花朵》,《解放军艺术学院学报》,1999年第3期。

见解"①。这番自谦之语,却也准确地道出了朱增泉西部历史散文的欠缺之处。

管卫中(1957—),甘肃临夏人,插过队,当过工人。1978年考入西北师范大学中文系,曾参与《当代文艺思潮》杂志的创刊工作,刊物停办后继续从事文学评论。现为甘肃文化出版社总编辑、甘肃当代文学研究会副会长、甘肃文艺家评论协会副主席。先后在《文学评论》《当代文艺思潮》《上海文论》《小说评论》《当代作家评论》等发表多篇论文并多次获奖。著有《西部的象征》《大中华二十世纪文学史·二十世纪中国小说发展史》和历史散文集《民间笔记》《大山河》等,编著有《中国西部现代文学史》(副主编)。

管卫中散文沉吟内敛,感伤中又多激愤。他偏好写历史,写现实也常与某种历史相关联。他用民间标示自己的散文,民间在此不是一个文体概念,也不是指题材领域,而是一种精神向度与价值选择。管卫中散文涉笔甚广,举凡历史与现实、社会与自我、都市羁旅与乡土情怀等都在他的散文视阈之中。不论是哪一类对象,管卫中都在历史与现实的扭结中,融入痛切的生命体验与人生感悟,从中表露出一个人文知识分子对理想主义精神的守望与峻急的时代批判。

管卫中的人生道路颇多挫折与磨难,这使他要"好好琢磨一下这个世道",把"由无数个角落组成的大社会"(《冷眼阅世》)看清楚,而贴近自己去"历史地看",就成了他的基本方法。他笔下的历史人物,或有大智慧、大思想,而不掩小昏暗与鄙俗,如孔明(《孔明不明》)、康有为(《康有为的另一种表情》);或有大才华、大抱负,而毕生在苦难中辗转流徙,如杜甫(《一篇读罢头飞雪》);或有盖世之功,而频遭失败、贬谪与流放,如耶律大石(《失败者》)、林则徐(《林则徐流放伊犁的日子》)、左宗棠(《左宗棠的个性与厄运》);或有大才干而无意功名,如岑炽(《无人知道的岑炽》)。这些历史人物的共同点是"德、能、勤、绩"与命运相反,大多是各自时代现实人生的失败者。管卫中选取这些历史人物的原因,就在于自己的人生遭际和"成功中的失败"体验与之有相通之处。即如管卫中所言:"我在阅读历史的时候,动用的是我个人活在当世的生命体验,或者说,我是在有了某种痛切的人生体会之后,从

---

① 朱增泉:《西部随笔·后记》,《西部随笔》,作家出版社,2002年出版,第332页。

历史的茫茫来路上遇到一个境遇相似、心态相近的古人,被他的遭际、心思所吸引,细细玩味一回,而后有了一段感叹文字。"(《冷眼阅世》)

管卫中写现实的散文也有很强的历史感。不论是对当代社会现象的解读,对自我心灵的内省,还是对乡土的回望,管卫中都要与历史关联起来。譬如,《灵与肉漫想》在对中外文化史上有关灵肉关系思想的纵向勾勒中,抨击当代社会的人欲横流与精神颓败,使文章既有现实针对性,又获得了历史的深广度。再譬如,《永远的愧疚》以先抑后扬方法对父亲的重新理解和肯定,其原因不仅在于父爱的博大与深沉,而且还在于父亲的苦难人生与中国近现代的灾难性历程,唤醒了一个人文知识分子的精神忏悔意识。历史的现实感与现实的历史感相互映照,使管卫中散文沉吟内敛而又不失现实批判的深度与思想锋芒。管卫中说:"在我眼里,无论是杜甫生活的唐代,苏轼生活的宋代,曹雪芹、林则徐、左宗棠生活的清代,还是我们生活的当代,都是同一个世道,或者说是同一个世道在不同阶段的不同形态而已。中国社会的基本结构以及与此相应的价值观太稳定了,许多重要的东西没有变,大同而小异,形异而神似。"(《冷眼阅世》)他的全部散文创作正是植根在这样的历史观念中,才达到了上述精神高度。

管卫中散文还长于抒情说理,善以"质实的语言,独立的思想"在现实与历史之间建立一种精神的关联。"质实,就是文字像鼓胀的豆角一样饱满,像平常说话一样朴素平易。"朴素平易的质实讲述,源于管卫中自我倾诉的生命需要。"花儿本是心上的话,不唱时由不得自家。"(《冷眼阅世》)这两句花儿是管卫中叙事动力的最佳表述。

张景祥(1958—),新疆沙湾县人,做过教师、记者、编辑、县乡干部。有散文集《一代匠人——中国民间艺人生存状态实录》《家住沙湾》(合著),长篇小说《狗村》《鬼城》等。

张景祥散文的题材颇为特别,他也写蒲秧沟普通农民苦难的日常生活与自己的童年趣事,但他写得最多也最有兴味的是蒲秧沟的民间匠人及其奇闻异事。纷纷走进张景祥散文世界的崔木匠、铁头赵屠夫、张皮匠、说书人老李、拔踪人王老大、光棍小田、接生婆等,不仅以自己掌握的民间技艺谋生,也为蒲秧沟筑起了一道农业文明时代的民间手工艺文化奇观,留下了一个渐已逝去的历史背影。

张景祥对属于农业文明时代的民间匠人这一特殊题材领域的开拓有着十

分重要的意义。在业已来临的工业时代乃至后工业时代,高度智慧化、精密化的现代技术与物质文明虽然给人们带来了丰富多样的世俗生活、无与伦比的感官享受,但也在不断地间离人与自然、人与人、人与自我最天然的生命联系,使人陷入反人性的"技术控制"的异化状态中。与此相反,手工艺虽然简单、原始而粗陋,但与人的自然本性关系最近,能密切生命与生命、生命与自然的联系,使人的生命回到自然、本真的状态中。"回到手工艺时代"虽然没有现实可能性,但以审美的方式"留住手工艺",让人们在审美中瞩望正在远逝的历史背影,借以警醒人类的现实处境则不是没有可能,也不是没有意义的。即如刘亮程所言:"那些已经消失或正在消失的,是人类共同的美好记忆。……时光越往后移,便越能显出这些东西的价值。对于蒲秧沟的后人们,它们就是根。不论它的枝丫以后长成什么料,接出什么果,都会在根上找到原因。"[①]但张景祥似乎无意做这样的意蕴开掘,在他简单朴素的叙述里,奇趣与苦难吸引了他过多的关注。

陈漠(1966—),原名陈世金,陕西安康人,1982年应征入伍,在新疆军区服役,退役后曾任新疆昌吉人民广播电台、新疆人民广播电台记者、编辑,现在新疆人民出版社工作。主要作品有长篇小说《花鼓王》《我的羊群不见了》,散文集《塔里木之书》《谁也活不过一棵树》《风吹城跑》《你把雪书下给谁》等。

陈漠散文也涉及人文历史,但他更关注西部自然的历史变迁及其生存现状,其眼光与散文叙事方式都很独特。陈漠散文以游记方式寻访中国西部的大漠、河流、雪山、绿洲、动物、植物和人类的生存现状,思考历史演化过程与日益恶化的原因,思索人与大自然的关系,探求人与自然和谐共处的可能性,表现出了深刻的危机感与忧患意识。

陈漠散文首先给予西部自然的生存现状以极大的关注,整个叙说充溢着沉重与焦虑。在所有自然物质中,水与生命的关系最为重要,于是陈漠这样描述西部大地上的水:"站在塔克拉玛干的太阳下看水,水完全呈现出另一副情态:娇贵、圣洁、妩媚。水成为一种超级物质,一个光明的梦想,是所有动物和植物共同的血液及不朽的渴望。"水,就是"大地的血",但西部"大地的血"正在干涸、枯竭,风沙相伴而来,各种生命也随之溃退或消失,城市、村庄等人类

---

① 刘亮程:《一代匠人·序》,张景祥著:《一代匠人》,新疆人民出版社,2002年出版,第5页。

文明也悲剧性地湮没于黄沙大漠之中。一部散文集《风吹城跑》就这样全都与西部"大地的血"有关。即使如此,刚健的西部生命依然在那片干涸的荒原上寻找出路,于是有各类动物开始适应缺食少水的生存环境,一些植物也表现出不死的精魂,哪怕是一棵树也要在干涸的高处顽强地活下去。《谁也活不过一棵树》就在无限悲悯的感喟中记录下了这些凄苦而悲壮地活着的各类西部生命。于是,探寻恶劣现状的历史成因,就成了陈漠的又一个叙事目标。具体原因是多样的,概括起来则是人与天共同作恶的结果。由此,陈漠散文有了这样的理路:大自然的伟大在于它的和谐性,任何不珍视大自然的行为,都会遭到自然的报复。陈漠对西部自然的生存现状及其历史成因的探究,就是对大自然的礼赞,更是对欲望恶性膨胀的人类的峻急批判。

陈漠散文是记游的,但他突破了游记散文的传统写法。他每写一条河,一种动植物,不仅要绘声绘色地描摹现状,而且要用更多的笔墨叙写它们的历史变迁过程,这使他的散文获得了一种深厚的历史感。他也以广泛联想的方式,将相关的中外人文精神资源灌注在对自然风物的叙写中,人文历史与自然历史由此建立起了有意味的关联。所有这些都融会于陈漠个人在寻访过程中的生命体验与人生感悟,使其作品获得了生气与灵气。

第四节 走向圣殿:未完成的报告

90年代初以降的西部报告文学创作,在延续了上个时期报告文学创作的基础上逐步走向成熟,这就是人物命运的描写已经成为全景透视式报告文学的一个组成部分,而不是二者的简单结合,同时,报告文学的独立品格和现代意识的追求成为这些作品最明显的特征。但是,从全国报告文学创作的层面看,这一时期的报告文学对时代变革和社会人生的关注远远不够,显得有点缺席。对于急遽变动的社会转型缺乏观察的耐心与关注的热情,这一方面是文学边缘化的现实使之然,另一方面,80年代文学创作者全面转向报告文学创作的文化生态在90年代已不复存在,另外,报告文学思想锋芒的退场与关注微观的经济活动、企业家生活,也使许多有实力的作家远离了报告文学创作。因此,对于90年代的时代变革来说,报告文学这一文体做了一份"未完成的报告"。值得欣慰的是,在西部,还有一批不甘寂寞的作家依然坚守这一文学园地,通过历史反思和对现实人生的关怀,发出了历史叩问和人性的歌吟。如果说,以历史题材为主的如李镜的《大迁徙》、杨牧的《天狼星下》、邓九刚的《茶叶之路——欧亚商道兴衰三百年》、丰收的《西上天山的女人》等作品,是走向历史真实的悲壮诗史,带着明显的批判精神和深入民族心灵的反思,那么,密切关注现实的文乐然的"走向圣殿"系列、王家达的《敦煌之恋》、任真的《边关》等,就是生命的歌吟与人性的抒写。

那么,这些带着历史风尘和人文关怀的报告文学作品,究竟为走向21世纪的中国人提出了怎样的思考呢?

中国工农红军在20世纪30年代进行的长征无疑是人类历史上的一个伟大壮举,不管它最初缘何动因,仅就它惨烈和悲壮的迁徙历程就已震撼了人类。西部军旅作家**李镜**于1995年出版的《大迁徙》之所以成为此间出现的一部富有特色的、重要的战争题材的长篇报告文学,就在于它是继斯诺的《西行漫记》(1937)、哈里森·索尔兹伯里的《长征——前所未闻的故事》(1986)之后第一部由中国人撰写的全方位再现红军长征的报告文学;说它富有特色,是因为这一历史题材报告文学的再现和认识过程,本身就带有浓郁的反思意味,是走向历史真实的悲壮史诗。为了更准确地认识《大迁徙》的价值,这里将三部作品联系起来进行一番考察。

在对历史事件的认识上,从斯诺、索尔兹伯里到李镜,经历了一个对历史认识不断深化,不断走向历史真实、逼近事物本相的艰难过程。并且,随着人类对自身认识的进步,这种走向历史真实的认识实践还将继续,直至日益接近真理本身。所以,从这一点出发,武断地指斥任何一部作品的水平优劣、高下,就显得机械幼稚了。因为,它(作品)首先是特定时代、特定历史条件下的产物;其次,由于不同的文化心态和历史背景、不同的民族感情,从而决定了创作主体在历史认识和表现方法上的明显差异。因而,斯诺、索尔兹伯里眼里的长征是红军求生存的战略大撤退;李镜笔下的长征是中国共产党从幼稚走向成熟的艰难历程。

在写作方式上,斯诺的书写重点在漫记式的白描、访谈,索尔兹伯里依赖各种史料研究成果以及亲历长征的感受,对这一人类壮举给予了西方式的新闻纪实,不仅评点贯穿在史料和白描中,而且采用不断闪回的手法,一直从长征开始写到了"文革"末期;李镜的《大迁徙》一改前两者漫记、评点的手法,采用全景立体的桁架、生动的文学笔法、现在进行时的写作手法,再现了这一悲壮历程的壮阔全貌,使之宏阔的战争画卷、深邃的历史哲理、全方位的艺术视角与瑰丽凝重的艺术美感相互交融,从而更加凸显了长征这一人类奇迹的浑厚、凝重和悲怆感。

在历史真实与创作真实的结合方面,这三部作品也表现出了各自不同的追求。斯诺冒险进入了事件发生的现场——被武装包围的西北红色根据地陕北,将耳闻目睹的事实作为真实报道的基础;索尔兹伯里虽年过古稀,但在阅读并掌握了大量史料的基础上重走长征路,以寻找对历史的真实感受。他们二人在笔法简约方面十分相似,但太强的评点、求证影响了作品的文学性和艺术魅力的传达。李镜在这一点上与他们是不同的,他着重再现了特定历史环境下的氛围和人物之间的冲突,以及人物的内心矛盾,从而更真实地再现了历史事件和历史中的人,在这方面取得了十分有益的探索。长征作为一个伟大的历史壮举载入了史册,而且它的余威影响了整个20世纪的中国政治,甚至更远,所以,对长征的认识不应该是割裂的、孤立的,而应以历史的眼光将其放置于20世纪中国革命史的长河进行反思。同时,也不能以今天的结论来臧否特定历史条件下的人,而要顺着历史长河的激流触摸历史进程中人的灵魂。在《大迁徙》中,李镜做到了这一点,他出色、传神的细节和环境描写,使特定历史条件下的中心人物形象饱满。他还直视上层人物之间的矛盾、斗争,写出了他们的内心与外在的冲突,使历史人物彻底摆脱了脸谱化,尊重历史并还原了历史。此外,作为中国人的李镜,他比斯诺、索尔兹伯里更深谙中国人的思维方式和复杂的文化沉淀,所以在对人物形象的开掘上、在对人物心灵冲突和上层人物之间的冲突把握中,比斯诺、索尔兹伯里更胜一筹。所以,《大迁徙》的出现,终于使中国人在认识长征这一历史事件上迈出了艰难的一步,这是对人类精神的又一次审视和唤醒,是走向历史真实的悲壮史诗。

与李镜反思"长征"这一红色革命的奇迹不同,内蒙古作家**邓九刚**2000年推出的长篇报告文学《茶叶之路——欧亚商道兴衰三百年》,从商业视角反思了中国近代百年来积弱难返的必然性和历史根源。

尽管"茶叶之路"是一个被现代中国人遗忘的绵延了两个半世纪的国际商道,但是,在邓九刚深入历史烟云的全景透视和回忆中,阅读者获得的不仅仅是猎奇的餍足,而是一种关于近代中国走向现代化之旅的艰难而深刻的反思。虽然,中国近代屈辱史发生在1840年以降,但它的危机早在康熙盛世就潜伏了下来,因为自高自大的清王朝曾在这一时期错失了一个腾飞的机遇;而开启了"茶叶之路"的俄国,却在彼得大帝的指引下从一个封建农奴制国家走向了现代工商业资本主义强国,最终加入了西方列强向世界扩张的行列。历史选择了1689年,它对于中俄两国都具有深远的意义,因为,在举世闻名的古丝绸之路衰落了近千年的清朝康熙年间,又一条贯通欧亚大陆的草原丝绸之路——"茶叶之路"被合法化。旨在发展海洋贸易和拓展世界大市场的俄国东向拓殖计划,促成了中俄《尼布楚条约》在这一年签订。在结束了战争和摩擦并对以往的流血纷争达成谅解之后,这一中俄间的勘界条约,使大清国在外交史上赢得了主权完整的满足,因为这毕竟是近代史上清政府与外国签订的第一个也是最后一个平等的条约。而俄国人却因此获得了比一城一地更重要的在中国通商的条件。本来这是一次可以启动中国走向商业贸易之路的历史契机,但康熙盛世所奉行的闭关锁国政策,却断然拒绝了俄国人邀请中国商队前往俄国做生意的请求,从而使中国这个泱泱大国失去与俄国同时起飞的历史机遇。关于这一重要细节,在当时的理藩院答复俄国商队的一封信件中表述得十分清楚:"举世皆知四夷向中国上表进贡请求通商,但中国向无遣使四夷通商之必要。此事应无庸议。"[①]它实际从根本上奠定了清政府闭关锁国政策的总基调。这也就是为什么清政府虽然被动地接受了来自莫斯科的商队但却一直压抑和遏制中国民间商旅前往俄国行商的原因。

1693年的11月,俄国伊台斯商队还是在披荆斩棘一年零八个月之后,终于穿过荒无人烟的乌拉尔、西伯利亚、蒙古草原到达北京。从此之后的二百五十多年中,商旅的驼铃唤醒了茫茫的亚洲草原。中国的茶叶、丝绸、瓷器通过庞大的驼队运往莫斯科,俄国的珍贵皮毛源源不断地从西伯利亚进入中国。虽然清政府的对外政策没有丝毫改变,但中国的民间商号还是勇敢地承担起了这一中俄间的贸易往来。

所以,称这是一部从商业贸易的视角透视社会变革、透视中国近代史的报告文学绝不为过。它独特的视角、翔实的史料、严密的考证、诗化的语言,使得草原民俗风情的抒写和时代风云的勾勒与叙述中,充满了浓郁的历史感和现实主义精神,洋溢着凝重、浑厚而又精辟的理性反思。同时,作家邓九刚还用蓄满人道情怀的笔致,深入剖析了承担中俄贸易的"旅蒙商"长期蒙受的歧视、侮辱与心灵的痛苦,从深层次揭示了他们冲破朝廷制衡、用艰辛的民间贸易为国家和民族争取利益的历史功绩,批判了历史误会泼在他们身上的污水。

[①] 邓九刚:《茶叶之路——欧亚商道兴衰三百年》,内蒙古人民出版社,2000年出版,第47页。

因而,这又是一部地地道道为商人正名的报告文学作品。

历史题材的另一类作品是对历史悲剧的深刻反思,**杨牧**的《天狼星下》洋溢着浓烈的批判色彩和人道主义精神,不仅写出了时代的悲剧和人的苦难,而且凸现了人性的复杂和人的坚忍的抗争。1994年的《飞天》杂志第三、四两期,用全部版面刊出了诗人杨牧流寓西部的自传体报告文学《天狼星下》,后由四川文艺出版社出版,它划破了人们记忆的老茧,震撼了国民那隐约有着血色的灵魂。这既是杨牧自己苦难经历的书写,也是对极"左"年代许多人苦难心灵的慰藉。沿着杨牧的受难经历和漂泊的心灵轨迹,展示在读者面前的是政治悲剧对人的戕害,以及社会与人生世相的复杂。诗人通过对人性的证明,不仅对自己的灵魂进行了拷问和反思,而且对民族灵魂给予了深刻的透视和文化批判。一个十四岁的孩子,因为不明白语文老师为什么要把书中的艾青诗划掉便提出了自己简单而朴素的疑问,便被扣上了"同情右派"的帽子并受到勒令退学的处分。随后因为自编诗集《学步集》而被撤销了乡村教师的资格。生养他的故乡无法容身,诗人不得不踏上了西去新疆的流亡旅程。流亡者的遭遇自然可以想见,他不但要时刻提防这一高悬在头顶的"达摩克利斯剑"对命运的支配,而且要抗拒来自自然的严酷的重压。面对一次次险些夺取生命的运动和迫害,他在九死一生中又选择了出逃。为什么会这样?诗人震惊又痛苦地回忆了那些梦魇般的痛苦往事。杨牧不仅通过美与丑、真与假、爱与恨、高尚与卑鄙的种种纠葛来揭示那场运动的残酷性,而且在努力发现那些闪烁着人性光辉的美的东西。在西去的列车上,一个叫何纯芳的女人塞给流浪者一些钱说:"就把我当作大姐姐吧";滞留在一个叫"安集海"的小镇无法离开,为了让流浪者搭车,与他素昧平生而且靠卖淫为生的一个女人和女孩无偿地帮助他;那个小女孩央求司机将他带出去,为他做出了"低贱而珍贵"的付出。踏上车的流浪者回过头,想再一次看看她,但是"她依然坐在粗木凳上,若无其事地望着天边。天边,是云……"为什么?为什么她要帮一个陌生的流浪者,诗人的灵魂被深深震撼。通过对人性的证明,诗人对民族灵魂进行了深刻透视和文化批判,同时对自己的灵魂进行了拷问和反思。这一切,无疑使这部纪实报告更增添了沉重的分量和深厚的历史内涵。

此外,王家达的《敦煌之恋》、文乐然的《走向圣殿》、丰收的《西上天山的女人》等也是此间出现的重要作品。

王家达的《敦煌之恋》以人代史,描写了从张大千、于右任、常书鸿、段文

383

杰、樊锦诗等一批保护、挽救敦煌艺术者的奉献精神和高尚情操,立体地再现了敦煌百年变迁史,用充满人道主义的情怀关照敦煌文化的精神,以及这一文化精神的传人们的悲怆人性。是"一部具有强烈魅力的、激动人心的作品,是一首中国知识分子奉献精神的悲慨颂歌,读来令人回肠荡气,壮怀激烈"。作品把诗和散文的因素巧妙地糅进了报告文学,可以说是完成了一部诗化的报告,因而"在文体上也颇有建树",同时,它之所以能使人由衷感动,甚至有时能使人沉醉在一种因牺牲而带来的美感境界中,是"与不少章节中渗透着悲剧意识有关"①。王家达式的抒情和诗性浪漫主义,在《敦煌之恋》中得到了尽情展示,虽然这部作品以真人真事的描写为主,但是,作家在对敦煌文化精神和对敦煌这一人类宝库守护神命运的展示和描绘中,充满了唯美主义的倾向,这一方面是敦煌艺术美的呈现,另一方面与守护神们奉献精神的美的抒写有关。叙述中不时夹杂的忧郁与感伤,这是作者撒向主人公的悲悯与惋惜的泪滴,一股浓烈的大爱充溢着、流淌着,使整部作品充满了浓烈的悲壮色彩和殉道情怀。《敦煌之恋》以精湛的艺术手法和动人心魄的抒写,获得了首届鲁迅文学奖。之后,作者在此基础上修改、补充,于2011年出版《莫高窟的精灵》一书,又夺得了中宣部"五个一工程奖"。

文乐然(1943—),湖北桃园人,专业作家,现为中国作协全国委员会委员、中国地质作家协会主席。初中毕业后从湖南到新疆,当过工人、学生,再到农村接受再教育,之后当过教师和文学杂志编辑。先后出版文学作品集《桃花溪》《温柔的荒野》《荒漠与人》《文乐然自选集》《走向圣殿》等。

文乐然是一个把生命激情与光热全部献给了地质人的作家,关于这一点,从他观察地质人的深情目光与充满情怀的叙述中就可以看出。他的地质题材报告文学,延续了徐迟、李若冰等作家在这一领域的文学书写积淀,但在人物刻画和人物命运的描写上却别具一格,丝毫不主观地美饰人物,完全是一种真性情的体悟、观察与自然流淌。他笔下的人物是不完美的,正因为不完美才显得特别生动和真实,他们都是活脱脱的怀揣着责任和苦闷的职业地质人。他们朴实无华,就像荒山野岭上的一簇野花、一棵小树、一块粗陋的岩石;他们坚毅而又高大,是行走在天地间、把"天当被""地当床"的硬汉。职业生涯雕刻、造就了他们的性格,直截了当,毫不伪饰。熟悉了,火辣辣的热情;不熟悉,沉

---

① 雷达:《不灭的精魂——读〈敦煌之恋〉》,《当代》,1997年第2期。

默得像一座大山压得人喘不过气来。这就是他们,充满理想、激情、肩负国家责任的地质人,为生存而不得不放下专业追求而四处讨生活的地质人,带着生存的苦闷主动放弃优厚待遇的诱惑而一丝不苟经营自己职业梦想的地质人。

在文乐然的笔下,文字具有刀刻、斧雕般的穿透力。生命的力度,质朴的情感,磁性的语言,被充满魅力的精准的表达统一了起来,朴实中流溢着生命的律动与色彩。他的这一抒写方式,在中国报告文学作品中是少见的。写于1990年的《高原》,记述了新疆塔里木盆地北部荒原打出了一口名为"沙参二井"的高产油气井,一时震惊世界,被誉为"第二个中东出现了"。文章写了一位地质工程师在那个早晨的反应:

> 他被雷鸣般的井喷声惊醒后,从床上一跃而起,连衣服也忘了穿,就穿着裤衩,打着赤脚,冲出家门,向着雷鸣的方向奔去。事后有人说,他也像地下的石油一般,是从五千米深的地方喷出来的,那时的油压高达五百个大气压,哪容得他穿什么衣什么鞋啰。他一奔就是二十多里,他的脚被荒原上的刺草扎得鲜血直流,他竟一无所知。他知道的是,那雷鸣不是雷鸣是井喷,他知道的,那雷鸣般的井喷标示着一个巨大油田就要诞生了。他是个盲人,他找了一辈子油,把眼睛都找瞎了。他循声奔去,跌跌撞撞,他边跑边哭,大哭,眼前这个黑暗的世界霍然变亮了……

在无人荒原,一群渡河后顾不上穿衣服的测量队员抓紧时间赶在日落前完成测量任务,同队的摄影爱好者抓拍了这一生动的情景——

> 照片上的全裸者的腰微微弓着……他的胸大肌、他的坚实有力的大腿小腿,却正饱满着青春的活力,给人一种"呼之欲出"的感觉。那同样无遮无掩的阳具,自然地垂着,诉说着一种原始的美和纯朴的欢乐要求,像一支从远古流传至今魅力永存的牧歌……

文乐然接下来这样写道:"无论从个体还是群体而言,他们都是些体魄健全精神崇高的人,单从繁衍的观点看,他们也称得上是强劲的种了。他们目光的开阔、胸怀的博大有其职业的特点,他们开步动辄就是几千里,他们说话动辄就是几亿年。"对这些婚姻都成问题的年轻人,文乐然的喜爱是由衷的,也是毫不掩饰的,所以极力张扬他们生命的力与美,叙述文字充满着青春的美感和生命的色彩。

在随处可见的哲理化抒写中,文乐然报告文学的思想锋芒也给阅读者留下了深刻印象。在乌鲁木齐,面对"戴着雪冠的博格达峰",他说,"这是个晴朗的日子,无数的大山在伸手可触的蓝天下,在没有一点音响的大气里庄严得不无悲哀地耸立着。在地球上,它们是最年轻的一群,却又是最孤寂的一群。"在《沉重的崇高——两代院士的人生格局》中,他从人生与历史的角度,记述了谢家荣与谢学锦父子两代院士平凡而伟大、坎坷而富有传奇的人生,写出了政治压力摧残下的生命的卑微与神圣。正如作品写的,"我寻找的是人生的意义,人格的本质",从谢氏父子身上,"我看到了某些终极价值,也看到了它在人格关系上的坚贞不渝"。他带着深情而又忧愤的复杂情感写下了这一段文字:"海明威说,大海里的冰山之所以壮观,是因为它只把七分之一的身子露出水面。我望及的谢家荣,已是一座破碎了的冰山。我没有能力再现他的壮观。我从海里掬起一两块碎冰,贴上我的前额……"在《杨杰》一文中,文乐然实在无法虚构无法回避这个真实的姓名下面潜藏的对国家的忠诚对科研的热爱以及用生命捍卫自己清白的决绝,文乐然在叙述中用大段长句来表达自己对主人公命运的同情:"我"强烈地感受到"蕴藏在他身上的一股子诗情","我的能耐限制了我对杨杰人生题旨做理性的开掘",而"他不会用一般意义上所谓的情绪情感意绪意念感觉灵感写诗的,他一定要用他的泪他的血他的大块大块的爱他的整块整块的生命去写"。即使在他为国家科技进步做出卓绝努力的80年代,单位领导"莫须有"的人格污蔑和造谣却依然把他逼得可以跳楼。在省委领导的震怒下,医院的冷漠、同事的纷纷倒戈才奇迹般逆转,"杨杰对陷他入绝境的××及××的行为分析,不是从历史出发的,在他一再表示理解他们一再说他们不是坏人是好人的絮叨里,突然冒出一句令我震惊不已惶恐不已痛苦不已的话来:'他们不过是要让你不明不白的,不明不白才好管理!'"一种无法言说的悲哀和愤懑弥漫在冷静的叙述中,穿透阅读者身体的是一股彻骨寒冷的感觉。

总之,文乐然的叙述文字是特别的。他总是从人情、人性和生命本体的角度突入写人物的命运,流溢着质朴的美和人道主义的情怀,通过卑微与崇高、沉与浮、生与死的矛盾对立,写出了地质人的奉献、牺牲、苦闷,写出了他们质朴的人性之美。正如王一川在《通向人间圣殿之路》中说的:"在文乐然眼里,地质人的美是从他们面对卑微境遇时的非凡勇气、善于创造的双手和潇洒的风度上自然地流溢出来的,是一种无须雕饰的质朴美。"①在《走向圣殿》的结尾,文乐然对顿悟后的人生意义、人性的圣殿做了这样的叙述:"这个世界有时候太喧闹太粗鄙太媚俗太势利,无论天上地下,都需要有个清洁的静寂的圣殿安顿善良人的魂灵……有时候,一个人就是一座圣殿,一本书就是一座圣殿,一片土地就是一座圣殿。"文乐然"所向往的这种人间圣殿,其实就是人生的美的极致。美,是文乐然贯穿这些作品的一个基本和终极的视界"②。有研究者指出,文乐然"把报告文学与抒情散文、意识流小说、诗歌、书信、日记等不同文学体裁融汇在一起,结合成一种新的文学样式",它"强调了作者对客观事物的主观感受,它扬弃了纯客观描写,展示了作者整个心灵对客观事物的总体投入,达到了主客交融、物我一致的境界。"③总之,文乐然对地质人的"这种卑微中的崇高品质的发现",标志着新中国成立以来中国文学中"人物形象方面的一种突破:从过去的绝对崇高形象转向卑微与崇高双重形象"④。

丰收(1950—),新疆军垦作家,祖籍河南省夏邑县,1950年10月部队西进途中落生于甘肃玉门一大车店中。他在新疆长大,毕业于新疆大学中文系,先后就职新疆兵团宣传部《绿洲》文学杂志社、兵团文联,现为新疆作家协会副主席、兵团作家协会主席。主要作品有长篇报告文学《绿太阳》《西上天山的女人》《镇边将军张仲瀚》《铸剑为犁》等,全方位描绘了西进新疆的拓边者尤其是女性的牺牲和奉献,成功地刻画了西部拓边者的形象。

《绿太阳》以全息视角形象、生动地描写了一部拓荒者的劳动交响组曲,其中奔涌着母性和人性的光辉,是新疆生产建设兵团将士的雕塑群像,"它使读者看到和感到那旷古的创造精神与悲壮的旋律,从而产生心灵的颤动",其作品充溢着浓烈的"历史感和人文精神乃至文化风貌"⑤。同时,在整个交响乐中作家还展示了几个青年人的希望、苦闷、追求,可以说丰收是忠实生活的,他没有回避原有秩序中的不和谐的音响。对进疆女性历史命运的描写在《西上天山的女人》中得到最集中的体现,作品为那些"曾在新疆的稳定和建设中做出了特殊贡献的女性树起了一块动人的丰碑","作品感情真挚,描写细腻,不易多得",这是《中华文学选刊》发表的年度述评《1997:报告文学的微薄的

---

① ② ④ 王一川:《通向人间圣殿之路·代序》,文乐然:《走向圣殿》,人民文学出版社,1998年出版,第1—12页。
③ 马相武:《随承受生命之文体变形》,《当代》,1996年第4期。
⑤ 李炳银:《北京工人日报》,1993年6月2日。

收获》中对丰收的《西上天山的女人》给予的评价。丰收通过女性命运这一历史和时代的解码器,成功地写出了女性在特定时代的命运以及她们的奉献、牺牲和人性的辉煌与苦闷。

任真(1963—)甘肃文县人,原兰州军区政治部《西北军事文学》主编、创作室主任。著有散文集《裸露心灵》、小说集《天黄有雨》以及长篇报告文学《边关》等多部。1997年出版的《边关》通过边防哨所一群普通军人的传奇故事和生活,揭示了复杂、细腻的人性,充满了苍凉、艰辛而又悲怆的军旅情怀。作品以散文笔法和诗的意境为呈现格调,虽缺乏大气磅礴的场面,但却充溢着空灵的、悲壮的人性展示,那里"蕴藏着边防军人无尽的悠长而艰辛的故事,甚至是一些让人落泪悲叹的记忆——寂寞地面对无际的古老戈壁,年复一年地忍受荒凉、忍受酷热或严寒、忍受着恶风或狂雪,一切关于奉献或牺牲的概念,在那里是无须用言语诠释的"①。

总之,这一时期的报告文学以其对历史真实的不懈追求和对人的关怀,以其理性的批判精神,完善、丰富了报告文学的美学品格,使报告文学向善、向美、向真的独立品格和现代意识的追求得以升华。

第五节 边塞光影:西部影视艺术

50—60年代以来,西部电影就一直在中国电影版图中占有重要的位置。早期西部电影在题材选取上大致分为以下几类:一是反映少数民族历史传说、历史人物或民族斗争史的影片,如《鄂尔多斯风暴》(编剧云照光,导演郝光)、《红河激浪》(编剧刘万仁、程士荣等,导演魏荣)、《金鹰》(编剧超克图纳仁,导演陈静波)等。二是宣传党的民族政策、消除民族隔阂、反映新型民族关系的影片,如《冰山上的来客》(编剧白辛,导演赵心水)这部情节激烈、险象环生的反特题材影片,采用了浪漫主义和写实主义相结合的手法,围绕真假古兰丹姆身份的辨识来强化人物情感纠葛和爱情波折,以爱情写反特,加之浓烈的地域色彩、民族风情、脍炙人口的插曲,立刻使该剧在全国脱颖而出。三是反映西部地区建设热潮和新人成长的影片,如《天山的红花》(编剧欧琳、礼魂,导演崔嵬、陈怀恺等)、《草原雄鹰》(编剧武玉笑、导演凌子风)、《黄河飞渡》(编

---

① 周政保:《报告文学创作的本色——〈边关〉读感》,《文艺报》,1997年7月22日。

剧汪钺、程士荣、姚运焕,导演刘国权)等,这类题材影片虽然时代痕迹较为明显,但因着力表现西部新人成长历程和对新生活的渴望,也给人们留下了一定的印象。总之,50—60年代的西部电影在创作手法上遵循戏剧化的创作原则,有些作品本身就直接改编自话剧,所以故事相对完整、圆熟。在追求矛盾冲突的紧张激烈和人物性格的成长变化方面,也与当时中国电影的总体风格相一致。值得一提的是,这一时期的西部电影因其鲜明的地域民族色彩,特别是浪漫手法的介入,突显了早期西部电影的风格化属性。由谢晋执导的《牧马人》改编自张贤亮的小说《灵与肉》,在80年代初期的全国影坛产生了广泛的影响。影片表现了一位饱受磨难的知识分子的爱国情怀,外景大部分取自甘肃省的河西走廊,笼罩着浓郁的西部地域色彩,郭谝子这一人物形象塑造得比较突出。西部风光的展示和人物性格的塑造,构成了这部影片的一大特色。1988年,在中、日两国同时上映的《敦煌》(编剧佐藤纯弥、吉田刚,导演佐藤纯弥)改编自日本著名作家井上靖的同名小说。影片根据敦煌莫高窟藏经洞形成原因的推测,演绎了一段充满西部色彩的传奇故事,洋溢着雄浑、阳刚的基调。这部影片因为是中日第一次合拍电影,所以在中日文化交流史上有着特殊的意义。

进入90年代,中国影视艺术的生产机制发生了深刻的变革,市场机制的引入特别是对票房价值的追求,在一定程度上挤压了西部影视文学创作、生产的空间。来自民间乃至于海外资金的介入,使影视艺术的生产创作格局变得纷繁多样。尽管如此,西部影视文学进入90年代以后,仍然根植于西部这片悠久而又丰厚的历史文化沃土,占据着十分独特的文化生存空间,保持着自己特有的品性。另一方面,西部影视文学在与世界影视文学对话时,呈现出十分鲜明的探索性与前卫性,并努力探求市场回报的契合点。它们以平视的目光关注西部生活,以平和、沉静的心态编织故事,捕捉生活的原生态。在叙事策略方面,它们试图将影视的艺术性和商业性紧密结合,既把影视作为可供观众愉悦的艺术品,又注重影视商业价值的拓殖。即使如此,本时期西部影视文学的价值取向依然是关注人生、人的命运、人与自然和历史的关系。

这一时期的西部电影呈现出两大走势:一是借助西部历史中的战争、杀伐背景,编织历史英雄传奇,这种电影创作走势影响最大;一是以现代视角描摹西部人的当代生活状态,或反思西部人文传统与走向现代文明的矛盾与反差,先后出现了《筏子客》《太平使命》《惊蛰》等多部作品。

内蒙古导演**塞夫**(1953—2005)、**麦丽丝**(1956—)夫妇连续推出了由冉平等人编剧的《东归英雄传》《悲情布鲁克》《一代天骄成吉思汗》等几部描写蒙古族不同历史时期英雄人物的电影作品,引起了人们的广泛关注。这几部作品都取材于蒙古族历史。《东归英雄传》的题材是18世纪70年代在伏尔加河流域生活了近二百年的蒙古土尔扈特部落东归祖国的民族大迁徙的历史;《悲情布鲁克》反映的是20世纪30年代内蒙古草原蒙古族儿女反抗日本侵略的历史;《一代天骄成吉思汗》取材于成吉思汗用其文治武功统一蒙古诸部的历史。这三部作品勾勒出了壮阔、雄浑的民族史诗画卷,都力图表现蒙古民族对游牧生活方式的向往,以及对外来压迫、欺凌的反抗,着力渲染这种为反抗所付出的血泪代价和民族中最为坚忍、不屈的性格,传达出了作者对蒙古族历史的自豪感,对民族英雄的崇拜。如《东归英雄传》中的阿拉坦苍、《悲情布鲁克》中的车凌、《一代天骄成吉思汗》中的铁木真,他们都年轻有为、血气方刚,同时又不乏智慧与沉着。在女性形象的塑造上亦遵从蒙古民族对女性美的一贯追求,重情义、恪守爱情,在爱慕的男人面前勇于表现无畏和勇敢,俨然一个个顶天立地的伟丈夫。在人物结局上,上述作品多以死亡作为最后的归宿,但没有任何的凄惨悲凉之感,而是让人物在走向死亡中完成生命意义的升华,营造一种悲壮的氛围,突现一股天地间的浩然正气。

与塞夫、麦丽丝夫妇的蒙古族英雄史诗片出现的同时,一些第四、第五代导演,也将关注的目光投向西部传奇这一特殊的领域,他们不再局限于真实的历史背景,而是借助西部特殊的历史氛围,从武侠片的创作中汲取灵感,编织出西部历史英雄的新传奇。这其中有《双旗镇刀客》《日光峡谷》《丝绸之路》以及以西部为局部背景的《卧虎藏龙》等,而又以2003年相继推出的《天地英雄》等作品最引人注目。从西部土地上走出的甘肃作家张锐参与创作了《天地英雄》。

张锐(1948—),祖籍河北完县。生长于兰州,插过队,曾任甘肃省文联《飞天》杂志小说编辑。1978年上大学前即发表过小说,大学毕业后继续从事小说创作。1985年,由他编剧、田壮壮执导的电影《盗马贼》作为实验电影引起影坛关注,其后又与人合作创作了《筏子客》《日光峡谷》《横空出世》《开着火车上北京》等电影剧本,特别是他与人联合创作的电视连续剧《宰相刘罗锅》引起巨大轰动,张锐遂成为著名编剧。此后又创作《导弹旅长》等电视剧剧本,反应平平。电影《天地英雄》是他与剧作家何平继《日光峡谷》后的又一次携手,并延续了《日光峡谷》已形成的审美追求,同时也借鉴了《双旗镇刀客》中的某些创作思路。之后,他编剧的电视连续剧《大敦煌》再次引起了广泛关注。

张锐是一个编故事的高手,这一特点正吻合了电影、电视连续剧艺术的要求。他的剧作剧情曲折,戏剧性强,对观众有很强的吸引力。电视连续剧《宰相刘罗锅》的前九集剧本是张锐创作的。该剧将史实转化为人物故事,创造了刘罗锅、和珅、乾隆皇帝这三个栩栩如生的艺术形象。刘罗锅与和珅犹如猫和老鼠,斗智斗勇,诙谐有趣,剧情因此一波三折,给广大观众留下了深刻印象。该剧演出时,可以说万人空巷,盛况空前,并开启了历史剧戏说历史的先河。电影《天地英雄》讲述了一个发生在盛唐时期大漠边关的故事。戍边校尉李因违抗军令不愿屠杀突厥的俘虏——一些手无寸铁的老人、妇女和儿童而被朝廷通缉。日本遣唐使来栖因屡请回国而被朝廷贬为捕快,派往缉拿逃犯。二人相遇后一场大战不分胜负,于是相约再战。正在这时,他们迎头碰上了护送经书的朝廷商队和觊觎驼队的地头蛇安,还有被校尉李所救的将军女文珠,而他们的背后,似乎还另有更大的阴谋,于是一场生死大战就此展开。这部作品借助武侠片的面目出现,并以此来迎合市场走势,但从深层次看,却是一个武侠与动作相结合、历史与传奇相交错、佛儒观念相融合的侠义故事和西部英雄传奇。作品中的英雄在行为逻辑上都需要通过自己的慷慨赴死来最终成就自己的英雄之名,并在利与义、生与死等一系列抉择和情势突变中,完成了自己合乎逻辑的行动。这部作品以西部大漠、边关、戈壁等人文与自然景观为依托,努力营造一种苍凉、冷峻的叙事氛围,并以此来凸现自己的西部品格。但《天地英雄》亦有许多电影共同存在的致命伤,最主要的是二元对立的思维模式,将人物形象片面化、概念化,从而导致了人物性格单一,敌对双方从一开始便处在一种阵线分明的正邪、好坏、善恶之中。正面英雄具备一切美德,反面人物则丑恶卑劣。校尉李是仁爱信义的化身,来栖则是忠义的符号,而响马安大人则是凶残贪婪的代表,使得这部作品失却了一部史诗片应当具有的丰厚内涵。

90年代以来,西部电视剧的创作也呈现出了良好的发展走势。不同于西部电影对编织西部传奇的追求,西部电视剧将视角投向了西部土地上的芸芸众生,它们或讴歌西部当代英雄人物,描述其不平凡的英雄业绩如《公家人》《静静的叶尔羌河》等;或以平凡的视角揭示西部人在商品大潮中的特有心态和走向现代文明的艰难历程,如《走进香巴拉》;或以警匪片的面目出现,在案件的侦破过程中以一种类似纪实的手法来展示西部警察特有的风采,如《西部警察》等。此外,军旅题材的电视剧创作也是此间电视剧创作的重要组成部分,它们以西部特有的生存环境为背景,展示了在"生命禁区"和极端艰苦环境下的西部军人的情怀与品格,这类题材的作品以雷献和创作的《昆仑女神》影响最大。

雷献和(1956—),江苏仪征人,原兰州军区电影艺术中心创作员。先后创作、改编有《山那边的太阳》《天路魂》《还是那片高原》《仰望昆仑》《西线兵东行》《最后的骑兵》等电视剧作品。《昆仑女神》讲述的是喀喇昆仑山上三十里营房医疗站的故事。三十里营房是昆仑山上的一个地名,也是边防部队挺进昆仑山、喀喇昆仑山、帕米尔诸哨卡和西藏阿里地区的一个宿营点。为了保证过往军人的健康,为了给防区内四千五百五十米以上海拔的诸多哨卡官兵巡诊,早在1962年就在此专门设立了医疗站。据说这里是世界上最高的固定医疗站,海拔三千七百米。就在这样一个缺氧百分之五十的生存环境里,一群女军人以超常的承受力为昆仑山上的官兵们撑起了一片绿荫。她们中间有把攻克高原病作为自己人生目标的医疗站站长薛莲,有情系哨卡官兵的将军之女柳婷,有一心要调下山但后来被自称为"雪人"的边防战士所吸引的乔娜,有给战士带来歌舞欢乐的维吾尔族女兵阿拉木罕,还有毕业于内地大学、千里迢迢投奔而来的大学生李婵……然而,随着部队现代化建设的发展,军区将撤销医疗站,代之以直升机巡诊,这些人物的命运也因此发生了转折。作品的结尾,让昆仑女神们每天坐着直升机来巡诊的笔墨,暗示了我国国防现代化的必然趋势。

电视艺术片的创作在90年代的西部影视文学中亦值得书写。这一时期的西部电视艺术片,将创作的视角伸入到西部特有自然风光的展示和深层开掘当中,力图挖掘其中的历史趣味和文化内涵,探讨西部人文自然资源在历史演进过程中的内在规律,向人们开启了一道认识西部、发现西部、感受西部的独特窗口。其中以西宁市电视台编导刘郎创作的系列西部电视片成就最为突出。

在西宁生活期间,**刘郎**(1948—)先后创作了《西藏的诱惑》《天驹》《梦界》等一系列独具震撼力的电视艺术片。在《西藏的诱惑》作者题记中他写道:西藏的诱惑,不仅因为它的历史,它的地理,更因为西藏是一种境界,这个境界是且悲且壮的。片中选取的支点是四个僧侣和艺术家,是一种"尚情无我"的境界探寻,努力唤醒观众的良知,并以此来阐述全片的题旨:"忏悔是心灵的洗浴,省悟是血肉的再生。"刘郎的电视片一直在追求事实世界的价值再造,对现实画面进行诗意的阐释和哲理的开掘,力图打通人与景、今人与古人、凡人与神灵的界限,展示芸芸众生对一种崇高境界的追求和忏悔,具有较强的艺术感染力。

第七章　新世纪西部文学的演进

(2000—2017)

西部文学就像从青藏高原蜿蜒奔腾而来的黄河,流过20世纪的最后一道峡口,进入了一片开阔地。新世纪十七年,西部文学的面貌发生了明显的变化。这种变化首先源于作家队伍的新老更替。一批在20世纪最后的二十年活跃于西部文坛的宿将,诸如张贤亮、张承志、陆天明、昌耀、周涛、杨牧、扎西达娃、马原、马丽华、唐栋、李镜、李本深、李老乡、赵光鸣、柏原、周政保等,或者转入内陆,笔锋转向;或者渐入老境,作品数量日趋减少;或者逐渐从西部文学舞台上退隐。也有一些中老年作家厚积而迟发,写出了他们此生最重要的作品,譬如杨显惠、邓九刚、肖亦农、杨志军、邵振国、王家达等。一大批60年代出生的作家,此时进入人生和写作的成熟期,创作渐入佳境。他们中间有董立勃、刘亮程、阿来、红柯、郭文斌、石舒清、郭雪波、雪漠、马步升、史生荣、张存学、向春、牛庆国、沈苇、习习等。进入新世纪后开始文学创作的"70后"作家后生可畏,势头强劲,他们连同为数不多的"80后"青年作家一起,成为西部文学新的生力军。他们中间有弋舟、何英、李娟、马金莲等。

作家队伍的新老更替,必然带来文学面貌的变化。西部文学中早年比较新鲜的文学品种,诸如"右派"流放小说、盲流小说、知青小说、新边塞诗、西线军旅文学、先锋小说等渐趋式微,而在内地早已偃旗息鼓的反思文学,却在西部出现了深长的回声;陆天明式的军垦悲歌演变为董立勃的边疆农场咏叹调,扎西达娃式的民族文化反思录演变为阿来、范稳等人的民族灵魂挣扎史,张承志沉重的民族心灵史探究转换为红柯单纯的文化比较与憧憬;西部地区尚未被文学界人士深入发掘的异域史,正在受到作家们越来越多的关注,历史题材文学领域出现了一系列重要作品;新一代诗人、散文家众声喧哗之时,为数众多的乡土作家却不约而同地以浓墨重彩画出了各自的西部乡土图景……令人欣喜的是,这一时期的西部文学中还出现了一些新品种:生态文学由涓涓细流逐渐阔大,形成一条支流;史生荣的高校题材小说活画出了新环境下知识分子群体灵魂异化的怪象,无疑是一个值得关注的新品种。最令人意外的是,弋舟这样的西部青年作家,书写的已不再是西部的典型图景。与其说他是西部现代小说的实验者,还不如说他创作的是写意小说。而当所有的小说家在虚构之路上鱼贯而行之时,一批执着于披露历史真相的非虚构文学却在逆向而行。纪录片在西部的兴起,也许昭示了类似的信息:人们已经不再满足于观看小说家笔下如真似幻的西部,而更愿意通过摄像镜头揭开西部的面纱,看清西部的真相。

另一种值得注意的现象是,20世纪末叶那种一浪盖过一浪的文学浪潮现象已不复存在,而演变为各路文学平缓地齐头并进;能够"一石激起千层浪"的重磅作品日渐稀少,更多的作品虽有新意但分量变轻;西部地区已经鲜有像张承志、张贤亮、昌耀、周涛、肖亦农那样的在全国文坛极具影响力的大树,而代之以一大片正在生长的小树。西部已经失去了像20世纪80年代那样热烈而浓郁的文学氛围,作家们各自为战,大都在为争取获奖、出名而沿着规定的轨道蹑手蹑脚地行进。这些情形,与全国文坛的情况十分相似。个中隐藏的原因,值得研究者潜心深究。

第一节 诗性深植与西部风骨:新世纪诗歌

古典诗歌中的西部经验以军人的戍边征战或游子的天涯羁旅为主要内容,景象奇崛瑰丽,变幻多姿,抒情主体也借此刷新了汉语诗歌的审美风格。新诗诞生以来,自由体诗对抒情主体内在意蕴的强调,韵律鲜明的民歌民谣对地方性的表现,都在重建诗歌与西部的关系。在新诗诞生的最初几十年里,西部在新文化地图上并没有得到清晰描绘,所以,西部诗歌也未汇聚成显眼的风景。1949年以后,西部风景在政治经营中承载了独特的文化功能,大量整理出来的民族史诗和民歌成为民族政策和文艺政策的直接体现。其后,社会变革为西部抒情赢得了良好的环境,20世纪80年代的新边塞诗群体现出的新的自我确立,以及之后西部诗人自觉的现代性追求,都曾引起诗界瞩目。但西部诗歌发生根本改变,隆起颇有锐度的诗学地貌,却是在经济演变导致的西部文化角色的转变中静静发生的。20世纪80年代以降,诗歌中的西部经验经历了由外而内的转变,即由外在西部地貌的景观描绘转移到了内在的精神描绘,西部诗歌也经历了由西部景象到西部风骨的转化。近三十年经济体制改革所形成的文化语境,给诗人带来了生活经验和心灵感受的变化,必然也影响了新诗的文化内涵和文体风貌。西部,作为近三十年来中国经验中最重要的经济角色和文化角色,也在诗学层面有所转变。西部逐渐成为诗人在物质主义时代新的原乡想象,也同时作为实体的文化地域承受了经济变革带来的各种文化阵痛。

朝向西部,诗人在此过程中则经历了出走和返乡的两种不同心境,选择了不同的西部存在的方式。不同时期走进或想象西部的诗人,如艾青、昌耀、海子、沈苇、杨子、杨键、庞培、肖黛、娜夜等,留下了不同风格的西部吟唱。进入21世纪,西部诗歌更加色彩斑斓,逐步走出了类型化的局限。如果把诗人按生活地进行大致的省际归属与指认,那么,甘肃诗人古马、阿信、沙戈、高凯、王若冰、草人儿、人邻、叶舟、狄芦、牛庆国、扎西才让、梁积林、第广龙、离离、胡杨、马萧萧,宁夏诗人单永珍、杨森君、王怀凌、梦也、唐晴、杨春礼、杨梓,青海诗人张正、赵贵邦、耿占坤、洛嘉才让、马海轶、郭建强、韩文德,新疆诗人南子、郭晓亮、铁梅、李东海等等,他们的风格各不相同,都在努力重塑和刷新文化意义上的西部经验,也借更加内在的西部观感探寻诗歌的各种新的可能性。

首先,需要注意的是新世纪西部诗歌诗性深植这一特点。当代诗人与西部发生关联的方式多种多样:生于西部,向西部迁徙,在西部写作,或仅仅在别处想象西部……凡此种种,都在诗作的不同层面留下了或深或浅的西部烙印。有些诗人出于对西部的爱恋,刻意在自我身份和作品中贴上西部的标签,有些则截然相反。诗人**沈苇**即为并不认同"西部诗歌"概念的重要诗人,他并不是带着强烈的西部归属感写诗。沈苇认为,"地域风格刻意化、趋同化,是'西部诗歌'的痼疾和化妆术","不存在'西部诗歌',只存在一个具体的诗人写下的一首首具体的诗"。他还说,"我不是'西部诗人',只是一个此时此刻生活在西部的——诗人。"[①]在写于2003年的《植物颂》中,沈苇表明自己从西部领受到的精神养分是一种主体的卑微:"我更愿意写写那些顽强的荒漠植物:/胡杨、红柳、梭梭、沙枣……/我潮湿柔软的内心配不上对它们的赞颂"。因此,他将西部作为一种能够抵达内心的具体事物来写,具有明显的日常性和亲近

---

① 沈苇:《西东碎语》,《名作欣赏》,2013年第9期。

感:"沙从你眼中夺眶而出/沙在你心里流泻不止"(《沙》)。沈苇对新疆的描摹不再将重心放在民俗和自然风貌,而是进行更深的文化精神发掘。这种对西部景象的深描也体现在其他西部诗人身上,成为21世纪以来西部文学的新景象。

同为外省的"移民"诗人,沈苇和昌耀对西部的表达有明显差异。在沈苇诗歌的最具诗性的区域,对行政区划的西部地理和西部地貌有明显忽略,转而重视与人性相对应事物的各种细节:"作为一个移民,最值得骄傲的地方大概是:他正从一个单向度的人,变成一个多维度的人。"[1]诗人努力发掘"时间的地域性",以达成对西部地域性的疏离。逃离行政地理意义上的地域性,使诗人能够以全新的主体感知西部并记写西部生存。但并非所有的诗人都能像沈苇一样觉醒,从地域范式中逃离出来。

和沈苇一样,诗人**娜夜**也将西北对她的诗歌滋养体现在诗的风骨之中。娜夜身在西北,也相望江南。她曾写道:"我多想成为你古老而潮湿的农业"(《江南》)。她可能并未意识到在诗思里,塞北和江南经历了想象的文化倒错:尽管江南依旧是潮湿的,但古老的农业显然已是绝无仅有的边地风情,不再与富饶的江南有任何关联;西部的诸多地理风貌,则在身处东南富庶之地的诗人眼中成为文化图腾和梦中家园:"正如孩子们坚持移居沙漠的梦想//推着波涛下的村庄周游全世界"(小海《村庄组诗》)。与此同时,西部作为精神图景或审美骨架,深嵌在诗歌内部,已经难以经西部诗人的文本表层获取,成为遥不可及的梦幻:"诗人们 你们什么也没看见/是玛曲草原的鹰/在做梦"(《甘南碎片》)。

借助比喻、象征等修辞手段,西部在两位诗人的诗作里正在虚化,导致一度作为视觉现实的西部在文本中失去了地标,变得模糊难辨,只有诗人的情怀是真切的:向往或怀抱西部。这和另一类诗的西部表达有较大区别:"选择一座雅丹/就拥有一双沙漠的眼睛"(沈苇《雅丹》),这是着眼于风物的静思,离开了这个视野,西部将被抹除。高凯、沈苇、古马、叶舟甚至昌耀,都曾一度作为显性的西部诗人。在新世纪,诗人们逐渐拥有了西部特质的抒情骨架,转变为隐性的西部诗人。

娜夜,这样一位与大西北有文化的血缘关系的诗人,很少直接描写西部的

---

[1] 沈苇:《西东碎语》,《名作欣赏》,2013年第9期。

自然与文化外观。这种西部标签景象在当下文学中的失落有多方面的原因。一方面缘于诗人的象征和抽象行为;另一方面,西部景观在经济发展特别是西部大开发以后也确实失去了部分人文和自然标志。经济发展和文化萎缩形成了中国大陆精神家园崩溃的加速度,吞噬了地域文化的生存空间。地域文化对于中国大陆当代文学的审美支持,在20世纪的最后二十年,渐渐变得乏力。20世纪80年代,寻根文学中的地域图景还是社会变革的人性抚慰良方和文学的审美之源,在90年代,它就迅速沦为文学的哀悼对象。比如,贾平凹在《浮躁》之后的几部长篇小说,几乎都留驻于地域想象体坍塌所带来的哀婉情致,直到《古炉》才勉强借历史之力从中走出。地域文化曾为文学的文化寻根行为提供了美学支持,缓解了文化概念的板结,但在90年代,特别是21世纪的城市化运动中,地域多样性仅仅残留了虚假的商业景观价值。地域文化版图随之更改,细密的文化差异逐渐融合甚至消失,文化地理中的地域特征,最终被简化为"少数族裔""边地""西北""东南"这样的宏大板块。

娜夜的诗留给传统西部文学做类型指认的线索不多,西部在她的诗中处于隐在状态。当西部由写作对象变为写作风格以后,以往西部文学的内涵和外延发生了改变,经历了由外部人文和自然景象向审美风格和精神气质内化的过程。西部文学的内涵就成为一种文学趣味和审美精神。西部的自然文化景观成为作家的梦中家园和精神图腾,西部风物内化为一种写作的风骨。文化局限和物质围困,逼迫作家思考地域文化之后的家园替代品。"江南写作""少数族裔"作为诗学命题被讨论,实质是在寻求文学偏离中心的边缘性格。读娜夜的诗,有助于推论一个西部文学的美学结构,那些已经深入了作家风格之中的西部因素,正在勾勒一个新的西部文学的外延。中国当代大陆文学在地理方位的意义上残存有这样的边缘性格,形成了一个隐在的西部部落。

其次,新世纪诗歌的西部风骨,成为西部诗学路线一个鲜明的特征。西部的文化地理包含当下文化所稀缺的风骨——一种拒绝的精神,如特里林所界说的:"痛苦而轻蔑地拒绝""秩序、和平、光荣与美之类的标准"[1]。从视界不是非常西部的西部诗人诗作中,就可以勘察出一条由风物志到风俗志最终到诗人风骨的西部诗学路线。

---

[1] [美]莱昂内尔·特里林:《诚与真:诺顿讲演集1969—1970年》,刘佳林译,江苏教育出版社,2006年12月第1版,第41页。

诗人**古马**是一位不失浪漫和激情又带有浓郁悲情与古风的诗人,因此,他的西部风范深潜于诗行,并带有浓郁的主体意识,往往能感到他从灵魂深处涌动而出的情感,强烈而又朴实:"打铁的声音响彻黄昏/上帝啊/我身体里全部的铁/够打一枚小小的钉子/够把我们的沉默钉在一起"(《黄昏,听远处传来打铁的声音》)。在诗中,"钉子"的隐喻具有强烈的质感,"钉"的动作则粗粝带有震撼人心的表达效果。金属对生命的唤醒效果十分惊人。"大雨半夜敲门/大雨要我泼出灯光/给你腾个藏身的地方"(《大雨》),自然的伟力和情感的细腻赤诚组合成富有张力的美,粗犷而不粗糙,细腻而不失雕塑感。古马的诗简朴、沉着,能从中提炼出雄浑朴实、内藏柔情的西部语言风格,如《光和影的剪辑:大地湾遗址》一诗:"眉毛挂霜的灵魂们/请伸出无手之手烤烤1999年秋天的火吧",诗的言说深邃,谋求形而上的形象化,所造之境带有西部色彩,形成灵魂层面的内陆高迥。再如,"一匹追根问底的瘦马/刨沙刨雪的前蹄此刻是略有忧郁和迟疑的夕阳"(《四行诗》),诗人建立属于西部的通感,使汉语同时有新的诗语生成:借长短诗句的互补,完成极为俭省然而又十分丰厚的话语构建。诸如"瀚海的月亮/真的太寂寞了"(《我捡到一枚汉代五分钱》)之类的诗句,熟稔而又质朴地表现自己的生命体验,绝不是外来者的游历所留下的轻描淡写——诗人很少歌颂在西部经验里必然或必须歌颂之物。"瀚海阑干百丈冰,愁云惨淡万里凝"是一种中原文化本位的西部消费,在此角度可以看出古马和昌耀在诗的质感上的细微差别,即西部生命经验的进一步内化。《倒淌河小镇》以"换"字缠绕,讲述倒淌河小镇的世事轮转,诗对西部物象的深入体认具有显著的浸润感,诗人总是能从一棵苜蓿草中体会到西部历史惯常的血性及雄伟风姿。《说给石雕菩萨的话》等诗篇可见出古马在诗中流布的宗教因素,抒情是古马的诗思之马,骑手最浓郁的情感往往透出悲悯,有其明显的宗教氛围。

古马的意象往往在喻体中进一步建造。这是古马诗歌的一把双刃剑,既是他诗思前行的行李,又是他作茧自缚的方式。在西部,想象更容易用来做两件事:其一,塑造抒情的聆听者;其二,建构单调或贫瘠物象的喻体。诗人西部经验的转换通过换喻,变幻为江南才子们笔下的情境,成为可待消费的诗意。古马的诗,具象很多,有时会与他简朴的诗语造成一种失衡感。他的一些诗写出了禅机,在反复的具象呈现中,诗歌向禅而生:"霜明雪暗/语稀言淡"(《海藏寺》)。在西部,诗人更容易达成一种关于生死和爱恨的本真认知。古马的诗的笃定、自信，正是来源于此。但这也纵容诗人言语的脱缰，即抒情冲决了节制的堤坝——节制的失效有时是古马诗歌中的灾难。如诗人多游历之诗，西凉写得很多，却并不十分有效。西部风物的裸露、坦荡与西部诗人质朴、真淳的诗风相一致。古马、娜夜、离离、阿信等人，他们的诗坦诚，直指内心。西部很少有诗风晦涩暧昧的诗人，他们的每一首诗都语言干净，较少修辞手段。修辞在很多诗人手中，变成了掩饰的手段，但西部诗人的诗多有状态描摹，少有譬喻象征。比如古马和娜夜，他们的诗歌都语言清澈，简短洗练，专注描摹事物和心理，在诗节间依靠纯粹心灵形式的组织，形成新的物的序列。他们很少在本体和喻体之间进行个性化的转换，来呈现技艺的玄秘。每一首诗，都呈现一种物和心的序列关系的隐秘，它们有一个特殊的抒情过程。诗人在自己的抒情过程中拥有诗行形式构成的个性语汇，生成第二语义，这是诗最具有创造力的部分。

西部诗人植入了西部风物的存在内质：坦荡和裸露，以及将一切坦陈之后新发现的细节和关系。如娜夜《停顿》一诗："它就要飞走了／一只假花上的蜜蜂／／在这个正午／在一张倾听的白纸上／我说出了这只蜜蜂的／沮丧——／它使春天／出现了一次短暂的／停顿"。假花上的蜜蜂，是一个春天的细节，诗人直接抵达这一状态，用"就要"一词，对之前的观察做了毫不犹豫的删节。但"停顿"却是一个大词，关乎生命的可贵沉思，意义深切。在春天可有可无的物趣之外，"停顿"也成为诗人诗思被触动并写作的心灵镜像，这一镜像不是被写出，而是被暗示出来。

一个抒情过程，往往有抒情动机和属于每位诗人独有的抒情效能，它们形成诗的节律。西部诗人的抒情诗中含有奇怪的抒情效能，它源自对非本质的物象的彻底剥离，往往体现出裸露、空寂的心理动能。当西部内化为抒情者的姿态甚至性格以后，直白的宣告和感叹就获得了情绪和氛围。这些情绪往往和长期的西部元素的培养有关，在诗人身上形成了新的世界观，使得他们抒情的维度并非可以直接步入。回归本真者，往往对世界有重新发现，甚至是达到了对"生"的了悟境界。西部风貌对诗人的心灵启迪形成独特的抒情，语言澄澈，走向明确，但因感悟深挚，自然生成精神层面高耸险要的格局。因此，读西部诗人的诗，能从他们的诗语中发现西部地貌。

离离（1978—　），原名李丽，甘肃通渭人，是一位以网络诗歌（在"榕树下"和"红袖添香"开始诗歌创作）成名的西部诗人。她的《即景》《想》等诗作体现出了"70后"诗人话语的跳跃性,不为每一个抒情环节提供完整的说明——这种特征似乎表现出年轻的西部诗人文化地理属性的消失。但细读还是能发现她的西部血统。比如,她对于蓝色的关注十分执着,写过《关于蓝的记忆》《青海湖》《天空挂满了柔软的蓝》等诗,表现出西部蓝天对于一位年轻诗人灵魂的渲染:"我们去看瓦蓝瓦蓝的天空吧,一大片/空白,蓝得没有思想和主题/只有空洞的蓝,在几座房屋的上面/坐在长凳上时我也是蔚蓝的女儿//如今我回来了,我将与你为敌/与整个村庄为敌,在面对面的一刻"。

对西部经验的表象剥离或抛弃,表明诗人们找到了另一个精神上的西部:他们在当下塑造一个事物,建造一个情境,从而让"我"和"我的经验"返乡,西部被重塑,作为一种文学质素在孤寂与独特性上获得了一种诗的推广。离离的西部不是抽象的,她拥有很多细节,要在时空属性和文化来源上判断其西部特征已显得十分困难。但在精神内质上则有线索可循。《蓝色的心》中通过呢喃与静思默想得来的诸多微小事物,《祭父帖》中"这一年我过得并不好,就加倍地想你"之类的情感表白方式真挚而深切,是一种典型的抒情的西部口吻和语气。离离的抒情姿态也很低,她的《低处》一诗表明抒情者决心和草木生活在一个水平,这种姿态的下移和精神位格的重塑有密切关系,似乎是西部诗歌的诀窍所在。

第三,还需要关注的是,宗教和母怀成为西部诗人的诗学惯性,这是一个不容回避的话题。西部,是西部诗歌抒情者人格的一部分,是一种与诗共在的美。但就西部诗的宗教意识而言,也同时存在一个作为诗歌对象的西部:在它面前,抒情者是卑微的,充满了敬畏之情。在诚与真的抒情格局中,诗人并未完全与西部一起形成精神耸立,留下了膜拜的位置。虽然在王家新的《在哈尔盖仰望星空》中,抒情主体也有被西部神秘震惊后片刻的精神匍匐,但仍然是以惊叹为主的,他与西部气象在视觉经验层面遭遇。所以,西部诗歌,无论是自我的还是他者的西部,都不是这种简单的浏览关系。

西部诗人吸纳了宗教气息,抒情自我不再是诗中最大的。抒情者不再将自己对象化为自然神性的一部分,也不简单地把宗教作为标签张贴在诗中。一定程度上,正是自我作为感受中心与宗教意识作为认知中心的分裂,生成了富有神性的西部诗歌。谦卑和敬畏的抒情者和叙事者,他们的沉思和静默之美,是西部内化后的突出美学特征。对以往在西部文学中认证的高耸健硕的主体人格、苍茫雄伟的壮美美学而言,有重要的补足甚至纠偏作用。内在的西部将不再锤炼出一个更加英雄主义的抒情者,而是唤醒主体的文化疑虑,唤醒人的卑微感和敬畏感。

传统指认的西部文学,苦难的产生和对苦难的包容是西部很重要的生活内容。新世纪以来,诗人的西部经验更多体现为对人生痛感和悲剧感的解读,他们注视那些被捕获者,在繁华落尽的悲剧情怀和无所不在的母怀之间,发现了一个巨大的诗歌源泉。武汉诗人小引在《西北偏北》中所动情歌颂的"姓马的母亲"与黄河意象相连接,悲怆深沉,给人以极大的震撼,即是在贫瘠的流浪生涯中将身心寄回母怀的极好见证。

诗人们把西部的生存苦厄转化为灵魂的痛感,这种痛感中有清醒,洞察中有宽容的西部情怀,更改了诗人的话语方式。真诚的诗人对脆弱与短暂的生命情态有能力进行质朴的描述,并能够同时歌颂毁灭和眼泪。诗人因省察看到了自我的语汇欠缺,呼吁"请赐给一个诗人/被他的国家热爱的词——这多么重要!"(娜夜《祈祷》);虽然被"生存的锥尖"刺痛(娜夜《东郊巷》),但真相和秘密中依然保存了母爱和温情(娜夜《作文》)。这些矛盾律使娜夜的诗耐读。诗人对文学,对语词本身的效能也是清醒的,是既卑微又宏阔的抒情者,即使反讽,也用富有母性的宽容包裹投枪。对母爱近于铺张的歌颂和不加节制的母怀意识,让很多西部诗人成为富有母性的歌颂者。娜夜很自豪地宣告:"女人宽恕什么/什么就是孩子"(《在这苍茫的人世上》),并让母亲成为强大于信仰的神祇:"你这一生注定欠自己一个称谓:母亲"(《阳光照旧了世界》)。娜夜诗中的母性是泛滥成灾的。这种情怀抢夺了西部在她诗中的领地。

或许得益于西部生存体验的提醒,很多西部诗人的诗中保持着愤怒与清醒,这使他们的抒情主人公更容易在文化和精神意义上失去父亲。但诗人们在叛离中有一个隐在的西部支撑,形成了与众不同的诗语和抒情结构。母怀的精神麻醉和母性感的抒情惰性有可能损伤这种特质。成功审父并叛逃的诗人也许并不应该直接跑到母亲的怀抱中,一个文化废墟的个性主义者,必须尝试更多的疑虑,不要急于返乡。接下来,西部诗人最好能打破建立在母怀之上的所有均衡,重新让抒情变得峥嵘,让抒情者的精神有一个并不特意要愈合的糙面。对于西部诗人来说,朝向西部的精神流浪才刚刚开始,首先要做的,就是要抵制制造母怀的冲动,遗弃一种廉价的温馨幻觉。

第四,西部表达的诗学优势与局限,在新世纪的西部诗歌中也表现得十分突出。西部诗学在经历了西部文化地理由外而内的转化以后,形成风格的多元性,其集合特征更加难以辨识,需要对每一位个体诗人进行更细致的读解。

和小引一样,生于20世纪60年代的**梁积林**(1965—　)也写过同题诗《西北偏北》,他没有小引情感的歌哭和母怀的呼喊,是一位停留在自己捕获的生命细节中的诗人。梁积林出版诗集《老月亮的歌》《河西大地》《西北偏西》《部落》等多部。这类写作者还有很多,阿信、单永珍、王怀凌的细节也比比皆是,情感真挚动人。他们形成西部诗人新意象的集合,通过最简洁的擦拭,通过诗歌让西部的裸露与心灵的真诚和丰富形成绚烂的反照。他们或者也可以被称作"西部乡土诗人",展现了很丰厚的西部村落生活经验和情感,构成西部社会动人的风物志,对现代生活围困中的人性涣散有相当好的治疗作用。

生于湖南的诗人**马萧萧**(1970—　),则是为西部生存记录喜剧的诗人。他1989年特招入伍,曾任原兰州军区《西北军事文学》主编。马萧萧是一位活泼的譬喻家,为西部复制喻体,建立象征。比如,《在冬天我见到水的骨头》一诗,有物象启迪的顿悟,诗人成功将这些通过诗歌传译出来。古意苍茫而又血性十足的抒情者能够化腐朽为神奇:"一位老军人,以一块/退役的长城砖的形象/把自己抛在街边的血泊里"(《昨夜又是哪些人熄灭了身体里的灯》),意象雄伟而语调轻盈的外向型表达,形成独特的西部快乐诗学,甚至看轻了生死:"哥我以身体为坟墓,妹妹你入土为安!"(《身体里有颗美丽的沙》)。从马萧萧和小引等人的诗作看来,西部在心灵流浪中汇合了来自各地文化、各种个体遭逢的乡愁,从而有了新的酝酿,这和出生于敦煌的诗人**胡杨**(1966—　)平实的风物志互相映照和补充,提升了西部诗歌的诗学层次。再比如,甘肃陇东诗人**第广龙**(1963—　)能较深入地体察世间,也表明西部诗人普遍相信细节能带来神迹,他的《一块石板》即有这样详细的体察。他们是一群情真意切、细腻敏感的诗人,透彻、冷静、朴素,似乎已经在诗语层面将西北的语言地貌勾画出来。但这样一来,诗歌也面临一种单调和重复的陷阱。西部深切地控制着诗人们的情感和观念,诗人们的抒情主体则容易流于依附和被动表达。甘肃合水诗人高凯笔下的乡土,充满浪漫主义风格的呼告,追求完整的抒情,心之所动,连绵不断。清澈,也是这一特质的又一例证。

在更加深入的生命经验的省察和整理之后,诗人**草人儿**(1966—　)也携带着鲜明的北方气息,印证了西北简朴深挚的诗学倾向。在《鸽子》一诗中,诗人完成了对一群飞鸟的片段截取,表达了自己对生命甜蜜而又困惑的赞美,诗语非常简洁。这种节制美学也体现在的诗中。现居兰州的河南籍诗人人邻在描述自我时，也不愿多一句话："从高原下来/我是含着火焰揣着冰雪的//海边温暖/我无所适从/摊着双手/即便是刀/也是剖鱼的奇技/即便是杀/也是幽暗中的淫巧//我得回到高原/在可以撒野之地/杀自己的影子/杀雪/杀牛/杀落日/杀人如神/如泪/如畏"(《无题》)，这些富有穿透力的表达，抵达此前新诗较少抵达的灵魂拷问，其中充满了对冗余的生命的决断，诗语极其有力，美感独具。

在西北颇有影响力的诗人叶舟，则对历史的诗意提取有浓郁的兴趣，西部精神地貌与历史的混合形成颇有震撼力的时间激活。诗人叫醒了古人，激活了古物，依靠亘古长存的西部景象，将自己和历史之间的时间屏障取消，迎接诗歌中新的经验降临。宁夏诗人**单永珍**是一位豪情万丈的回族汉子，从他的现有诗集《词语奔跑》《大地行走》等可以看出，他是作为裸露的高原的王者来锻造只应属于西部的崇高感的，他的诗歌景象宏阔，博古通今，这些看似没有机趣的大词往往被一些柔性的词语连缀和抚摸。很少有人在仰望星空的时候想到害羞这样的词(《南迦巴瓦：仰望星空——致故国》)，他的"害羞的草原"正是宏大的柔情的线索。宁夏诗人**梦也**(1962—   )和一匹老狼对话(《一匹奔跑的老狼》)，从而参透了命运的劫数。梦也本名赵建银，生于宁夏海原县，现为《朔方》副主编，出版诗集《祖厉河谷的风》《大豆开花》等多部。诗歌《柔软的心》用优雅、细腻的笔触描写了一个人内在世界的柔韧和丰盈，语言极富张力，诗意传神，温情别致之中涌动着"谣曲般"的内在活动。

唐晴的《石头》写出了在西北能够长期存在的"执拗"，诗人的语言丝毫没有花哨的修辞——这正是他们的棱角所在、个性所在。藏族诗人**洛嘉才让**对当下的关注和摹写也让人惊讶，宗教元素让他的诗充满了玄秘的时空观感(《而此刻》)。青海诗人**马海轶**对干旱高原的雨水长久凝视，为生命找到了珍贵的镜子(《雨水》)。一位江南诗人很少能有这样简略而直达内里的自我与自然的互文感。就像诗人**沙戈**对石头的注视："我们怎能离开这些奇异的宝物啊/我们四处刨坑"(《石头》)，从对石头的颂歌中反观自身，生出无穷人生况味。在上板寺，诗人**王若冰**宣称："这一刻，我不想表达/只想背靠一块/从太白山之巅/来到人间的巨石/看一片白云在山谷间/飘起，又落下"(《在上板寺》)。

抒情主体在西部对经验和诗语有独特的选取和决绝的割舍，这从诗人阿信的诗中可以得到强烈感受。**阿信**(1964—),甘肃临洮人,著有《阿信的诗》《草地诗篇》《致友人书》(2014)等多部诗集。阿信是一位专注于捕捉和表述西部景象(多以物象体现)的人,无论是对飞鸟(《群鸦》)还是神祇(《扎尕那女神》),他都如数家珍,专注细致地请出被日常经验围困的地方,投射以诗的光辉。甘肃80后诗人狄芦对西部事物的摹写也有相类风格:俭省而又冷峻地直达本质。女诗人南子的直率和诚挚则有格外的温婉,但不失奇崛。**南子**(1972—),生于新疆泽普,著有诗集《走散的人》,散文集《奎依巴格记忆》《游牧时光》《蜂蜜猎人》,历史人文随笔集《洪荒之花》《西域的美人时代》,长篇小说《楼兰》《惊玉记》等。她确信"万物有着自身隐遁的道路"(《万物有着自身隐遁的道路》),对于诗人来说,杜绝痴妄,保持敬畏,才是如诗如灵的法则。宁夏诗人**杨森君**如他的诗集《梦是唯一的行李》的书名一样,对自我进行了颇为有效的反观,西部诗人的自我意识富有魅力,恰是西部地貌对他们的精神馈赠,这一点在杨森君的诗中有确切的证明。甘肃诗人**牛庆国**曾写到对自我灵魂的无限打捞:"当水桶终于又被提上来时/多像一个浑身都被水湿透了的亲人/被我救了回来/回来就好 天黑之前/我对一只水桶这样说"(《一场风雪飞扬成一头白发》)。这是一位优秀的西部诗人的奇特巫术,其中有令人过目不忘的恳切,读来意蕴隽永。青海诗人**撒玛尔罕**则从巫术中退却,直接将诗句展示为一些属灵的天问,他的《幻影》有连续的精神追问和世象参破。

我们可能经常见到类似于宁夏诗人杨春礼所见到的乡土顿悟,一切都还是美的,包括残酷的生存经验;也能够惊喜地看到,这些经验经过诗思的发酵和宗教的点染,会表现出怎样的独特风味。**扎西才让**让人叹为观止的生命感悟和诗歌技艺,是西部诗歌的重要收获:"阳光歇在柏木地板上,/是那种令人舒服的金黄色。/他穿着深黑色的单衣,在阴影处沉睡,/这色彩的搭配,使他更像一堆孤独的煤。"扎西才让的诗比一般西部诗人展现出更丰富的层次,诗语也极端圆熟锤炼,语调富有魅力。青海诗人**张正**则有更独到的日常性表述,他的诗集《它多么小》《它还那么小》展示了另一类西部诗人对西部颇具多义性的深切领略,诗作《电影院》《疯子》《洪水》体现出一种属于西部的先锋品质——他是一位依靠凌厉的洞察,从西部的日常生活提取问题和荒谬的诗人,诗风独特,展示了西部诗歌的新走向。

21世纪西部诗歌群落是汉语诗歌的重要存在,结出的累累硕果还需要更深入和全面的诗学发掘和整理。如果把考察的视野放宽到诗歌的近邻和西部美学精神的辐射领域,如西部民谣,遍布全世界的对中国西部的游吟与想象及汉诗表达,这一西部诗歌王国的疆域会更加宏阔迷人。

第二节 多元绽放:新世纪小说

一定的地理空间是形成作家创作风格的重要因素,也是作家精神原乡的生成背景。在此意义上来看,多重文化濡染下的新疆、内蒙古、甘肃、宁夏等地域的小说创作,确实具有文学地理学上的意义。早在20世纪80年代就有人提出,透过西北地区长河大漠、城堞狼烟、窑洞帐房、驰马放牧、雪山戈壁、戍边屯垦等西北风情民俗,发掘积淀、渗透于西北地域风貌中历史文化的精灵、民族心理与民族性格的灵魂——西部精神[1],因为这是西部文学的精神内核。"凝重而持重,保守而自足,质朴而沉稳。中国的西部精神重人伦而轻实利,它尊奉祖先,它拥有历史绵延感,它不易被世俗变迁所动……中国的西部精神是继承的、默契的、无言的、静默的和始终如一的。"[2]自20世纪末以来,边地迎来了一个新的发展契机,西部大开发的国家意志,"一带一路"倡议构想的推进,现代飓风强力登陆了这块神奇的土地,西部高地自然、古拙的生存模式正在被打破。这注定是一个"前不见古人,后不见来者"的独特的文明转型阶段,文化西部的突围与边地文明最后的挽歌构成了这一时期西部文学的主调。

新世纪西部小说群的创作延续了20世纪90年代末的发展态势,依然呈现出悲情乡土、喧哗边城、壮怀历史、边地先锋的多向度书写景观,在创作的广度上进入了一个繁华时代,尤其是小说创作,更是兵分数路、多元绽放:邓九刚、杨志军、红柯、姜戎等人在对西部古朴大地的挽歌式描摹中透着对现代文明的多元质疑;雪漠、郭雪波、郭文斌、马步升、唐达天、向春、漠月等人笔下的写实乡土则渗出作家对这片贫瘠土地的悲伤与温存;还有阿来、范稳、马丽华、宁肯等人对藏区历史与文明的考察与表现,董立勃、红柯等对新疆多民族文化风情的描摹……边地小说在新世纪新一代作家的手中焕发出生机,这生机背后是一代人亲眼见证一套文明规则正被另一套文明规则置换的矛盾交锋和壮怀激烈。这些作家的创作不仅参与建构了新世纪文坛百花齐放的局面,其对

---

[1] 李俊国:《西部文学二题》,《当代文艺思潮》,1986年第3期。
[2] 吴亮:《什么是西部精神?》,《当代文艺思潮》,1985年第3期。

文学地理学的西部书写更显现出悲情大地的文化意义,丰富了当代文学的思想深度和审美维度。

姜戎(1946—　),原名吕嘉民,北京人。2004年,他的《狼图腾》在文学批评界掀起轩然大波,出现了"挺狼派"和"灭狼派"两种针锋相对的声音。前者认为,《狼图腾》是中国当代文学整体格局中"灿烂而奇异的存在","是一部情理交织、力透纸背的大书"[1];后者尖锐地强调了该小说文本体现的反人类、反文明、反人道的本质,其"先锋"的面目暴露了当今"知识价值和人文价值的沦丧"[2]。确实,《狼图腾》对草原游牧文化的深情回眸显示的是双重的传统缠绕,作家内心也有着双重殖民的悲壮情结。站在后殖民意识形态,"草原"必须是左右开弓以全面抗击农耕文明与现代文明双重遮蔽与覆盖,但在对"为什么在文化衍化的过程中失去了自我的探讨"中,《狼图腾》不仅为草原文明鸣不平,似乎更为农耕文明扼腕叹息,甚至作者更执拗于探求后一种文化陨落的深层原因。姜戎的"民族想象"在历史观、发展观和伦理观上有其极大的局限性,特别是充斥文本的雄强话语背后的暴力迷雾触目惊心,血腥和残忍并非代表阳刚大气和丰沛崇高的民族精神,恰恰体现了对草原文化狭隘的理解,对于人性的贬斥、对于狼的神化违背了"人的文学"的宗旨。但《狼图腾》依然不失为西部文学在新世纪的一个重要收获,它所涉及的文明形态衍化的思考、以边地民族雄强的血性唤起民族自信的意识、草原生态环境的退化等问题,值得我们关注。

可与姜戎的"狼文化"小说相提并论的,还有郭雪波的"大漠系列"小说、杜光辉的"可可西里"小说,尤其是杨志军的近作《藏獒》。**杨志军**于20世纪末调到青岛工作,但他的精神故乡仍在西部。他在新世纪完成的作品主要有描写神秘的青藏高原与宗教文化的《藏獒》《敲响人头鼓》《骆驼》等。与《狼图腾》相反,《藏獒》以呼唤人性为主题,狼已经不是人类不可或缺的一员,而是处于和忠诚的藏獒、和人类道德对立的一面,所以,狼成了凸显和弘扬藏獒精神的"道具"。从早期的《环湖崩溃》到后期的《藏獒》,杨志军的思路是清晰可见的——对自然原生态被毁的忧患意识和对敢于站起来直面残酷的不屈

---

[1] 姜戎:《狼图腾》封底,长江文艺出版社,2004年出版。
[2] 丁帆、施龙:《人性与生态的悖论——从〈狼图腾〉看乡土小说转型中的文化伦理蜕变》,《文艺研究》,2008年第8期。

灵魂的歌颂[1]。杨志军所一贯秉持的文化尺度是：道义良知、悲悯仁慈、勇猛精进——无论在市井，还是在荒野，这是他对人性的期许。《藏獒》再一次证明，杨志军"具有浓郁的自然意识"，对人与自然的关系思虑较深[2]。

红柯的小说创作在新世纪进入了一个喷发期。与姜戎、杨志军书写游牧文明的着眼点有所不同，红柯在对边塞雄奇大地和边地雄强"儿子娃娃"的倾情中，完成西部精神的重塑。在当下的文坛，红柯是书写边地的作家中极具男子汉气质的一位，在一个以市场趣味为最高奖赏的时代、一个缺乏耐心倾听者的时代、一个充斥着世俗格调而泯灭了浪漫激情的时代，红柯以文字纵横驰骋于大疆广漠，渴望找到一片水草丰美、扬马跑沙的心灵牧场，用文学重造大地的阳刚与豁朗。作家歌唱草原、赞美骏马的长歌短调悲壮深沉，横刀勒马的男儿情怀与英雄主义的英武玄想相互辉映，古朴苍劲的草原牧歌与理想主义的宏大雄厉互为砥砺，《西去的骑手》《跃马天山》《美丽奴羊》《黄金草原》《吹牛》《奔马》那如泣如诉、慷慨悲凉、激越豪情的语言，成就了小说浓郁的浪漫主义风格。作为新世纪出现的一部关于西部英雄的史诗式长篇历史小说，《西去的骑手》描述的大事件、人物生平都符合史实，但是，红柯的用意与高建群相近，他似乎并不打算如实地叙述一段历史，再现历史人物本相，而是要着力渲染令他心仪的一种异样的生命风貌。红柯之所以如此讲述历史，不仅与他所感受到的历史叙事领域中"影响的焦虑"有关，而且也与他内心积蓄着的时代焦虑有关。在这部小说的自序中，红柯说："我的儿子生在新疆长到八岁，随我回到内地，你可以想象这个自小跟淳朴可爱的哈萨克族、维吾尔族、蒙古族儿童一起长大的孩子回到内地有多么狼狈！内地哪有什么孩子，都是一些小大人，在娘胎里就已经丧失了儿童的天性。内地的成人世界差不多也是动物世界。"在边疆和内地生活多年的经历，使他自觉不自觉地开始了一种文化比较。他深切怀念那个充满人性的、生气勃勃的边疆世界，意识到"新疆就是生命的彼岸世界，就是新大陆，代表着一种极其人性化的诗意的生活方式"。"西域是一个让人异想天开的地方，让人不断地心血来潮的地方，这里产生英雄史诗产生英雄传奇，这里甚至没有男人或男性之说，也没有什么江湖好汉绿林好汉一说，统统叫儿子娃娃，儿子娃娃即英雄好汉，牧人叫巴图鲁。

---

[1] 杨志军：《远去的藏獒》，东方出版中心，2006年出版，第187页。
[2] 丁帆主编：《中国西部现代文学史》，人民文学出版社，2004年出版，第162页。

这就是为什么从古到今来这里的中原人都是中原文化的异类"①。像久居边地因而深深浸染上了西部气质的周涛、杨牧、张承志、邓九刚这些"中原文化的异类"一样,十年边疆生活使年轻的红柯也有了别样的血质。他对民族精神或性格的某种缺憾有了一种痛切的省察,他的历史叙事的用心也在于"把那种血性的东西又恢复起来",促进一种刚健的民族精神或性格的当代性重构。所以,《西去的骑手》不带有太多的善恶观和是非观,只在意一个英雄或枭雄在战争场景中显现出来的精神境界和生命质量,因此,他用饱蘸激情的笔墨、诗歌化的写意句子与小说化的描述技法相杂糅的新颖语言,努力渲染马仲英的叛逆性格、对征战杀伐的热爱、罕见的大将气度和天真如小儿的心态。也许是因为作者在创作过程只顾酣畅淋漓地抒写胸中意绪,存在忽略了细部笔墨的严谨性和史料处理上的不少瑕疵。对历史小说而言,这显然是不够严谨的。

"甘肃小说八骏"②之一的**王新军**(1970—)是一位新晋作家。他出生于甘肃玉门黄闸湾乡,中学毕业后游牧数载,后任乡文化专干十三年。现为甘肃省文学院签约作家。1988年开始创作,迄今发表长篇小说一部、中篇小说二十部、短篇小说六十余篇等。他的小说描写了河西走廊牧区与农区人们迥然相异的生存形态,人的蒙昧与阴暗、野性与活力、温馨与良善,具有一种朦胧的文明对比意识。《醉汉包布克》展现了西部草原人对自由的钟爱,《吉祥的白云》则写出了草原上生灵平等的庄严,是一幅优美纯净的草原风景画。代表作《八个家》是作者对自己游牧民族基因的自我寻找、自我确证,是一篇个人的寻根之作,也是关于游牧文明的一曲苍凉凄美的挽歌。八个家,是祁连山脚下草原上的一块裕固族牧地。王新军说:"我无法控制我柔弱的忧伤。草原在消失,我的八个家也将在这场不知不觉的灾难中一去不返。"③而他笔下的河西汉族乡村则弥漫着沉闷凄冷的气氛,在挖掘西部农民的精神痼疾时,他表现出了一种尖利与愤懑。这一点在《最后一个穷人》《少年的戈壁》《坏爸爸》《种瓜得豆》等小说中都有比较精到的体现。应当说,由于知识背景的局

---

① 红柯:《西去的骑手·自序》,《西去的骑手》,云南人民出版社,2002年出版,第5页。
② "甘肃小说八骏"是甘肃省文联、甘肃文学院为推动本省文学繁荣而推出的优秀小说家评选活动,始于2005年,至今已推选三届,2005年入选者为雪漠、王新军、马步升、阎强国、张存学、叶舟、史生荣、和军校;2008年入选者为王新军、叶舟、马步升、张存学、弋舟、雪漠、向春、和军校;2011年入选者为叶舟、弋舟、王新军、马步升、严英秀、李学辉、雪漠、任向春。
③ 张懿红:《牧歌之死——王新军的后寻根》,《文学报》,2007年2月8日。

限,王新军的思考深度是有限的。

　　藏地风情小说是西部文学重要的组成部分,也体现出西部精神叩问神性、省察人性的重要侧面。90年代末以后,扎西达娃和马原都很少再有小说问世,新世纪有影响的写藏地风情的小说家除了杨志军,就是阿来、范稳、宁肯,代表性的作品如阿来的《空山》和《格萨尔王》、范稳的"大地三部曲"、宁肯的《天·藏》等。阿来对正统佛教怀着有意无意的疏离,他渴望在对神的刻画中发现人;一直从事着滇藏文化研究的范稳却越来越把佛教作为救赎的工具。范稳归心佛教又不同于扎西达娃。扎西达娃是从审视佛教的启蒙理性出发,最终在痛苦的精神流离中又折回到佛教门扉,其精神原乡也依然并不那么自信和坚定,我们能感受到扎西达娃在这个从"人之子"到"神之子"的转变过程中精神的撕裂和痛楚;而云南作家**范稳**(1962—　)是在对地域文化殚精竭虑的研究中走向佛教"大化淳流"的乌托邦营构,明白无误地把"大地三部曲"做成了叩问人神之路的书。《水乳大地》《悲悯大地》《大地雅歌》三部作品有不少共同点,同样写到澜沧江峡谷、家族世仇、恶魔般的人性、宗教的无穷力量。在范稳笔下,一切冲突都可以用宗教化解,特别是佛教以其"悲慧"庇护了历经世纪沧桑巨变、掠夺杀戮、瘟疫灾变的人类。范稳把自己的写作手法拟名为"神灵现实主义",想象力飞腾,不断出现魔幻与神奇的细节,不断在现实与超现实之间切换。所以,"大地三部曲"最为成功的地方是对神性大地的抒写,层峦叠嶂的山峦、凶险怒吼的大江、刀劈斧砍的绝壁、莽苍葱郁的森林、碧蓝无尘的天空、诡异丰富的民族传说、庄严肃穆的佛教寺院、勇敢虔诚的教徒,还有各种利益集团之间围绕食盐的争夺、各种宗教与魔鬼之间的斗争、人对自然的抗争……神山、圣水、信徒、灾变共同构成了这个神性的滇藏大地,这开阔了西部小说的审美格局——不过,有些描写确实已超出了神性范围,就如孙悟空七十二变似的,有可能使这类小说向通俗小说的猎奇志怪靠近。

　　生于北京、旅居西藏多年的作家**宁肯**(1959—　)成名于网络。他有着丰沛的生活体验,也有着对艺术的孜孜探求。如今宁肯已经有几部重要的藏地题材的小说问世,包括获老舍文学奖的《蒙面之城》及《天·葬》,都显示出作家不俗的表现力;《环形女人》《沉默之门》《日光之城》则为作家赢得了"灵魂歌手"的声誉。宁肯追求厚实的生活基础与艺术哲思的精神深度的融会,在叙事上又注重通俗侦探小说的悬念设置和情节曲折,在心理描写上意会现代心理小说之细密繁复。宁肯善于运用插叙、心理分析、变更叙述人等艺术手法,营造一种慢的内涵和韵致,使读者在阅读中体会到一种慢的艺术感染力。

新世纪以来,唐栋、李镜、李斌奎、李本深等上一代西线军旅小说家渐渐退出了文坛视野,年轻的作家尚未涌现出来,只有零零星星的军旅题材作品出现。这一支小说支流基本断流。不过值得注意的是,这一时期除了董立勃之外,还有一些建设兵团子弟开始反思父辈们的人生经历。韩天航的《母亲和我》与《我的大爹》、姜继先的《父亲的农牧生涯》和《塔斯尔海》、霍玉东的《流失西天的河》和《大漠深处军垦魂》、张者的《老风口》等建设兵团题材小说,对人性力量的反思与新时期相比都有了进一步的掘进。

乡土文学的阵容则依然强大。在这支小说队伍中,除了90年代的一批作家创作力仍然旺盛之外,又出现了一些新面孔。前者如石舒清、郭文斌、季栋梁,后者如马步升、张学东、了一容、古原等。石舒清的创作显然受到了张承志的影响,不过,与张承志的激情燃烧和理性浩荡不同,年轻一些的石舒清是感性的,他不动声色地把西海固的父老乡亲引到文化场中:《清水里的刀子》《苦土》《父亲讲的故事》是让人思考的,《伏天》《开花时节》《羊的故事》是令人愉悦感动的。生活在宁夏的东乡族作家了一容的小说创作同样体现了苦难美学,他呈现的是一个荒凉的世界,但生活于这一世界的人的精神疆域却是宏大而丰富的。寻找对社会底层与苦难的深层表现、精神追问与美学塑形是了一容创作的人文母题。

宁夏的郭文斌和张学东都是将西部世界的乡土亲和写到醇厚的作家。**郭文斌**继续以审美的、抒情的、从容的笔意和童年的视角挖掘西部消失的乡土记忆和乡土美感,重义轻利、重情轻利的道德情感既体现在日常生活中,也体现在民俗文化中,充满着禅意童趣。在《我们心中的雪》《剪刀》中作者沉迷于乡村经验,《大年》《吉祥如意》中写到春节、端午节的一些礼尚往来的民俗细节,《开花的牙》写到丧葬习俗,《呼吸》描写了与水有关的习俗。他的《农历》是一部文化寻根小说。这部小说以元宵、干节、龙节、清明等十五个具有地域特色的农历节气为题,围绕一家四口即爹、娘和一对小姐弟五月、六月的日常世俗生活而展开,描绘了生命的生生不息与文化的绵延流传,语言清净疏淡,同时充满着丰盈的乡村气息和实在的生活质感。郭文斌的作品执意描写一个远离政治和时代、充满情境和情趣的乡土世界,这个世界的大人和儿童都生活在一个相对封闭、自足、较少嘈杂和污染的田园世界,这里有一套传统儒家的良性礼俗规约,也有着道家的虚静天然,或者佛家的慈悲容忍,从而把中国传统文化中的安详和诗意推到了生活的前台。

新世纪初开始文学创作的**张学东**(1972—),出生于宁夏,被评论界誉为宁夏文坛"新三棵树"之一。已出版中短篇小说集《跪乳时期的羊》《水火》《张学东短篇小说名家点评本》等多部,出版有《西北往事》《妙音鸟》《超低空滑翔》《人脉》等六部长篇小说。张学东善于潜入生活的细部,以厚实、朴拙的语言描述西部乡土生活本身的韵味,有一种从容、沉静之气,同时诗性与智性、现实与梦幻、感性与理性交织融会,在生命的痛感与体恤中体现出对西北乡土执拗的热爱与守望。《妙音鸟》的魔幻叙事让小说充满了魅力,文本叙述中利用了梦、幻觉、预言等叙述手段,使文本结构扑朔迷离。张学东的小说最主要的主题被认为是"成长",《人脉》中的乔雷、《跟瓶子一起唱歌》中的草叶儿、《坚硬的夏麦》中的陆小北、《黑白》中的乐乐……都在经历着成长的惶惑和痛感;同时,张学东的作品具有一种坚硬的底层躯壳,而且因为这些人物的生命色彩的调剂,这底层便更多地脱离了社会学意义,而更具有文学化的特质。

作家**马步升**(1963—),甘肃合水县人,1982年毕业于庆阳师专历史系,现为甘肃省社会科学院文学研究所所长、甘肃省作协主席。马步升是一个多面手,除了以小说见长外,还创作散文、报告文学、文学评论等。著有长篇小说《女人狱》《青白盐》《革命切片》《一九五〇年的婚事》《陇东断代史》,中短篇小说代表作有《老碗会》《一点江湖》《哈一刀》《被夜打湿的男人》《天干地支》等,主要写乡土乡人、人情世故。马步升的小说"语言质实朴素而又生动鲜活,句子简短而富有动感。他的小说一波三折,情节推进快决而巧妙,在叙事上力避拖泥带水的滞涩与累赘"①。《青白盐》《一九五〇年的婚事》《陇东断代史》被称为"陇东三部曲",也是马步升的代表性著作。"陇东三部曲"以甘肃陇东地界马氏家族为书写对象,在用民间俗语方言对抗外来话语对陇东历史的叙述中,敞开地方历史的一页。

"陇东三部曲"第一部《青白盐》重点以马氏家族的发迹和崩溃为线索,叙写陇东百年风云:社会历史的剧变、人性大厦的坍塌与重建、家族败落与世纪末日宿命般地重合,傻子与厌世者宣告诞生。第二部《一九五〇年的婚事》重点叙述那场绵延了半个世纪的社会革命:那些从陇东地区尤其是从马氏家族走出的革命者,以他们革命成功后对自己、对他人婚姻的态度为主线,勾勒一

---

① 李建军:《论西北第三代小说家》,《上海文学》,2003年第8期。

代人的激情、迷茫和沦陷。第三部《陇东断代史》以新政府的禁烟令给员外村人带来的震撼起笔,描写了陇东辉煌家族马家几代人及村民的生活图景,除写土地改革、战争支前、禁大烟、办夜校等政治生活外,中间贯穿了马家的兴盛、衰落、变革和重生的诸多生活事件,表现了陇东乡土底层民众在政治变革中的精神演化轨迹。《陇东断代史》只写到1950年正月十五,所以谓断代史。"陇东三部曲"不以物理时间为序,而把过去与现在的历史片段并置,线性历史被空间化,突破了人为的历史逻辑,呈现出民间史、家族史的开放状态,在家族小说写作中具有开创性意义。用方言土语书写陇东民间历史、构建一个文化意义上的陇东,是"陇东三部曲"的又一大特色。小说大量使用了民间方言土语、民歌戏文、俚曲粗话,并融入了陇东地域的风俗民情、吃喝杂耍、婚丧礼仪,有着浓郁的地域特色。在叙事哲学上,小说在构筑马氏家族荣耀史的同时又解构了这种历史,在建构革命历史严肃性的同时也有对历史偶然的旁顾,揭示出家族史与革命史相辅相成同时又有悖论的一面,也揭示了历史的荒谬。这些特征都体现出了马步升在地域文化史、家族史叙述中的深层次思考,尤其是对乡土民间文化心理的探查意蕴丰厚,更显笔力。

2012年,王蒙的《这边风景》无疑是新世纪以来西部文学的一个重要收获。作品充满着作家"曾年轻"的激昂和惋叹:伊犁河谷地"在我孤独的时候给我以温暖,迷茫的时候给我以依靠,苦恼的时候给我以希望,急躁的时候给我以慰安,并且给我以新的经验、新的乐趣、新的知识、新的更加朴素的与更加健康的态度与观念的土地"[1]。王蒙与张承志的新疆经验迥然不同:前者注重日常生活叙事,文字间充满少数民族的生存智慧和异域风情;后者的《冰山之父》《荒芜英雄路》等散文集中的诸多文化考察类作品则重于宗教神性氛围的"同情",是一种自我主体介入后的"心灵观照"。王蒙思想中对多元、宽容的强调和理解包括所谓的费尔泼赖心理,其实与新疆多元文化形态密切相关。在他对国家和民族忧患时,房东热合曼老爹会说:"老王,不会老这样子的。请想一想,一个国家怎么能没有诗人呢?没有诗人一个国家还能算是一个国家吗?"[2]这里体现出西部边地尤其是新疆少数民族人民天性中达观乐天的性格特征。

---

[1] 王蒙:《故乡行——重放巴彦岱》,《王蒙文存》第14卷,人民文学出版社,2003年出版。
[2] 《王蒙文集·你好新疆》,散文《故乡行——重访巴彦岱》,人民文学出版社,2011年出版,第257页。

《这边风景》是一部"非虚构小说作品——nonfiction 作品"[1],作品饱含着作者对青春岁月的热忱与真诚,真切地表现了边疆百姓在60—70年代真实的生活与情感。"现世生活"是新疆人"坚硬的"存在,王蒙双重文化视野下对乡土生活的深刻记述,复活了那里琐细切肤的日子和活泼泼热腾腾的男女,少数民族的宗教哲学文化尽在这一生活中呈露,南疆与北疆的对比、汉族与维吾尔族的对比、塔塔族与维吾尔族的对比,呈现出一幅新疆独特的风俗和风情画卷。同时,作家笔下当年的波澜壮阔与今日"小说人语"的宁静睿智也构成互文,这种穿越时空的对话构成小说现代主义的艺术风格。王蒙用《这边风景》在当代文坛栽下了一棵独异的风景树,它与其心灵自传体的《闷与狂》一起,作为噤声时代的文学记忆给读者提供了认识革命时代的生活与文学的一个窗口,填补了中国当代文坛关于"四清运动"书写的一个空白,为新世纪文坛树立了有意义的文学标杆和学术资源。当然,这部小说的不足和局限也是客观存在的。

进入新世纪以来,西部还出现了一些或在小说艺术上刻苦探索,或在题材领域上开疆拓土的小说家,如弋舟、叶舟、冯玉雷、尔雅、李学辉等。

弋舟(1972—),本名邹弋舟,祖籍江苏无锡,毕业于西安美术学院,现居甘肃兰州。2000年开始发表小说作品。著有长篇小说《跛足之年》《蝌蚪》《战事》《春秋误》《我们的踟蹰》,小说集《我们的底牌》《弋舟的小说》《刘晓东》《所有的故事》《雪人为什么融化》,报告文学《我在这世上太孤独》等,曾获茅盾文学新人奖。弋舟自己曾说:"我几乎没有将自己的写作落实在某个'地域'的窠臼中","更本质地把握我们的国家,更能本质地把握中国人的境遇,由此,便可以放眼整个人类的世态炎凉和爱恨情仇了"[2]。这一"超越地域性"的说法其实在新一代西部小说人中有一定代表性。

对现代人精神生活的深入关注是弋舟小说的主要面向,尤其是对精神创伤和疾患的持续探索和艺术表达具有深刻性和独特性,使其被称为"边地先锋"书写中的活力作家。无论是《龋齿》《黄金》《战事》探查女性创伤性心理式的精神隐疾与不忍直视的生存挣扎,彰显特定历史文化对个体生命体验的压抑,还是《我们的底牌》《隐疾》《等深》《而黑夜已至》等对个人身体隐疾与

---

[1] 王蒙:《在伊犁——台湾版小序》,《王蒙文存》第21卷,人民文学出版社,2003年出版。
[2] 金莹:《回到自身,诚实勤奋地劳动》,《文学报》,2012年1月10日。

复杂的社会性病因的挖掘,弋舟的小说文本用近乎自然主义的方式去描绘生命"溃疡面"的沉重,带有极强的隐喻性,突进了这个时代的总体症候。"正是那些被认为具有多重病因的(这就是说,神秘的),具有被当作隐喻使用的最广泛的可能性,它们被用来描绘那些从社会意义和道德意义上感到不正确的事物。"①弋舟突破了自鲁迅、沈从文以来的关于"疾患"书写的两重传统,既不是将人的隐疾推演为腐朽的历史文化的濡染,也并非将其设置为现代城市文明的压抑,走出二元对立思维的弋舟更注重的是城市普通人的精神挣扎,从中体察时代对于每一个生命个体包括精神空间的裹挟,从而在冷漠与温暖交织中呈现了永恒存在的生命悲感。在《战事》的创作谈《和光同尘,这样的人,必定终获全胜》中,弋舟曾经这样说:"作为一个小说家,有没有这种自觉,能不能在艺术中比较清醒地让自己的写作与时代相勾连,并且以符合文学规律的创作,给予这个时代某些劝慰性的温暖,都是值得我思考的。"②这段话中有两个关键词:一是"与时代相勾连",二是"劝慰性的温暖",这恰如其分地说明了弋舟创作的意义。弋舟走了一条先锋写作的路子,很注重作品的形式感,像《所有的故事》等叙事技巧都格外出彩。但是,这位后起之秀在对先锋的精致化的艺术追求中,又与走火入魔的先锋派先驱们不同,他对人的精神世界诸如孤独、尊严、自赎、创痛的探索并非只是完成一个离奇的叙事圈套,或者是陷入虚构的真实的陷阱,而是强调时代性、普世性和历史的维度,追求有效介入当下生活的"现实感",且表现出温热的叙事特征,让人在存在的悲感中体悟到温存。弋舟的"刘晓东系列"小说(《等深》《而黑夜已至》《所有路的尽头》)为我们展示了一个现代人的异化的世界,其中既有人自我生理和心理的病态化,也有人与人之间尤其是两性关系的畸形化,表现了惊心的中国式的伤魂:新一代知识分子的灵魂苦闷与精神坍塌。作家利用极为精致的语言,通过运用时代的游弋、场景的位移、不同人的生存认知,深深切入灵魂的存在和失衡,为我们勾勒了新一代的精神史。如果说上一波先锋在着力张扬着技术,那么,新一波先锋,无论如何是该着力在思想上了,弋舟做到了。这是弋舟的独特之处,也是其在新世纪文学中的意义所在。

如果说弋舟的小说带给人伤怀后的温热,那么,鲁迅文学奖获得者**叶舟**则

---

① 苏珊·桑塔格:《疾病的隐喻》,程巍译,上海译文出版社,2003年出版,第55页。
② 弋舟:《和光同尘,这样的人,必定终获全胜》,《战事》,百花洲文艺出版社,2012年出版,第221页。

带给人一种笃定的生存价值感。新世纪以来,叶舟完成了一次痛苦的转身,对世界和人生的看法从对立转向同情和理解。在叙事探索方面,叶舟小说语言上的掌控力和精确度令人惊叹,既有诗意和轻盈,也有直接的议论,还常常插入诗歌甚至通俗歌曲的歌词,打破文体,也打破雅俗的边界,使语言充满张力。"对平凡事物的惊异"是叶舟小说的叙事动力,在波澜不惊的日常生活里是爱、救赎、原谅的无边镜像。在《什么风把你吹来》中,五味杂陈的生活在叶舟的生花妙笔下活色生香,平淡无奇的故事背后是俗世人生的悲欢;《月亮血》深度阐释了普通人马忆北、马忆南姐妹和老田两类人物形象的欲望与"梦想",作者透过这些人物的对比,传达了梦想是人之为人的本质属性这一价值观念,揭示了"俗人活在世上的理由"。叶舟在恶与绝望的夹缝中用与世界和解的姿态给人以向善而生、温暖前行的鼓舞,精神的荒原与生命的清音并在,探求了人性的更多可能性。

深谙文化人类学的**冯玉雷**(1966—),甘肃靖远人,现居兰州,著有长篇小说《肚皮鼓》《敦煌百年祭》《敦煌·六千大地或者更远》《敦煌遗书》等。作为土生土长的西部作家,冯玉雷有着比较浓郁的本土意识,他的作品一直关注着西部深邃厚重的民间文化,试图以小说的方式抵达这一文化的腹地。重述神话与反思文明是冯玉雷小说创作的双翼,"系列敦煌小说"为其在西部文坛赢得了声誉,也确立了他在全国文坛所占有的独特一隅。

冯玉雷强调创造新的神话传统。敦煌这块热土上的丰富文化是作家储备资料时的一个焦点,也是其构建小说世界时的一个重镇。可以说,敦煌成了冯玉雷笔下巨大的文化意象,他用自己细腻的文笔、绵密的情感、扎实的民间文化资料积累,构筑了属于西部文化的一座心灵之塔,读者可以从中感受到博大的人文情怀、跨文化比较的视野。冯玉雷的作品具有象征主义的艺术特征,跨越时空的激情展演、喧嚣的裸奔行为、多重意向的语言叙述、当下化的叙事策略和虚实结合的叙述方式等,使文本具有了高度主观化、虚构化和抽象化特征,也具有了更为广泛的意义关联。《敦煌·六千大地或者更远》把西部世界置于19世纪到20世纪东西文化碰撞的特定时空之中,展现西部人悲壮而又浪漫的生存状态及心灵状态,是一部审美意象丰富淋漓、文化元素意蕴丰厚的诗意化文学文本,再加上作者笔法之丰富多彩、抒写之自由开合,使作品具有异乎寻常的精神意涵和艺术魅力。

新世纪之初,知识分子书写和批判进入爆发期,写大学题材的小说也形成不容忽视的一脉,例如以学生视角写大学的张者的《桃李》、孙睿的《草样年华》;以教师视角写大学的南翔的《大学轶事》、叶开的《三人行》、葛红兵的《沙床》、汤吉夫的《大学纪事》、阎连科的《风雅颂》、纪华文的《角力》等。在西部,学院知识分子写作的代表性作家是史生荣、尔雅和徐兆寿。

史生荣早在90年代就开始了他的大学校园生活描写。进入新世纪,《所谓教授》《所谓大学》《大学潜规则》《教授之死》等长篇小说构成了"大学系列",产生了较大反响。在国内为数不多的以大学为创作题材的作家写作中,他的落笔不是大学校园里的情感纠葛,而是对大学里的官本位进行深刻、生动的批判,这是史生荣对于中国文学的独特贡献之所在。知识分子的"死亡"是一个时代的精神风向标,德怀特·麦克唐纳认为:"一种温暾水式的、软弱无力的平庸的文化正在缓慢地产生,这种文化像是一摊正在蔓延的淤泥,吞没着一切,威胁着所有的东西。"[①]不管是知识分子放下人文理想和道德操守,走向个人主义的功利化追求;还是从理论走向实践,成为经济社会的既得利益者;或是在感官的放纵中迷失自我,放弃独立品格、热衷于世俗权力和物质,这是这个时代的大学知识分子的综合征。史生荣描写了一批借着大学知识分子的招牌而追腥逐臭的人物,包括《感谢小姐》中的方刚、《所谓教授》中的白明华、《沉重的酿造》中的陈永丰、《学者》中的杨与兴、《骆驼实验》中的柴启明。《所谓教授》是继张者《桃李》后文坛又一部描写大学教授的长篇力作。小说真实地展示了课题申报、职称评审、职位升迁、婚外恋情等大学事态,以新写实的笔法探入了大学管理体制的内在弊端以及知识贬值、知识分子精神沦丧、高校异化等多重危机,揭示学术和权力是造成知识分子精神恶果的重要因素。因此,《所谓教授》打破了关于大学净土的理想主义和浪漫主义定位,解构了大学的神圣和教授的崇高,无情地拷问了学院知识分子的人文精神、道德品质,引起了批评界的强烈反响。毋庸置疑,史生荣的创作构成西部文学别致的一景,是西部文学跨越地域特征为新世纪文坛提供的有益参照。但其作品有些类型化倾向,多止于现象揭示和道德批判,未能更为深入地探究知识分子的精神危机和高校体制沉疴的根源,简单粗暴地归于物质冲击。要写出真正意义上的知识分子如何超越现实,写出他们的抗争与希冀、沉沦与复活,史生荣

---

① 齐格蒙·鲍曼:《立法者与阐释者——论现代性、后现代性与知识分子》,上海人民出版社,2000年出版,第214页。

还有不小的空间要摸索。

  尔雅（1969—　），生于甘肃通渭，居于兰州，原名张哲、张九明，出版有长篇小说《蝶乱》《非色》等多部作品。尔雅的创作一如既往地关注人的内心世界，注重向人类灵魂的纵深处开掘。在尔雅看来，文学和爱情是当今物质主义消费主义独领风骚的时代硕果仅存的最后那片净土，由此，《非色》用柔美而略带感伤的笔调叙述了一位在大学教中国现代文学的青年教师式牧的生活、情感追求和心路历程，用一个恰似色情的故事阐释了作者对社会人生的严肃而透彻的思考，真切地刻画了人文知识分子在现实生存状态下执着坚守的孤独、艰辛、寂寞和无助，表达了一代人或者说青年知识分子群体对爱的渴望、对人类的希望。在小说的叙事方式探索上，《非色》也有一定特色，叙述人、主人公式牧、痖白、阿三、桑克、被埋没的小说家虚隐和尔雅本人构成微妙的关系网络：他们既像一个人分裂的自我在互相搏斗、拼杀，又像是各自以不同的方式与日益异化的现实作战，彼此间互相印证和声援，在矛盾纠缠中坚守理想超越自我。小说叙事结构上故事套故事，叙述人既是这部小说中的人物，又是小说所讲述的小说中的人物和创作原型，这种互文的关系让该文本充满了扑朔迷离的诱惑。长篇小说《卖画记》写一个出生于洛州洛镇的民间书画艺人许多多浪荡江湖的故事。这依然是个在孤独中抗拒浮躁的故事，有一定的心灵深度，在叙述艺术上也有新的尝试。

  进入新世纪，西部还活跃着一批实力雄厚的女作家，如向春、梅卓、严英秀、马金莲、赵剑云、纯懿等。她们的小说展示了各自的个性风貌。

  向春（1963—　），原名任向春，出生于内蒙古乌拉特前旗，现居兰州。毕业于内蒙古师范学院中文系，当过教师、编辑。著有长篇小说《妖娆》《河套平原》，小说集《向春的小说》《西口外》《时间漏洞》等。向春是在接近不惑之年才开始文学创作的。一个灵慧的女人走过半生，感触最深的还是女人的命运，而女人的命运，幸，还是不幸，总是与爱情、婚姻有关。四十岁时，她开始用小说述说自己对灿烂的女人花纷纷凋零的无限感触，这就是长篇小说《妖娆》和后来的中篇小说《瓦解》《龋齿》《走样》《被切除》《飞蚊症》《秦时明月汉时关》《张师傅的情诗》。这一路小说多半描写女性知识分子的爱情、婚变故事，笔触深入女知识分子隐秘的内心世界，精准地描述了她们对爱情、婚姻和人性的困惑，左冲右突寻求出路和最终的无奈、悲凉，有早期的张洁小说的韵味，却无张洁小说的尖刻与细雨润物的艺术感染力。进入新世纪，在对自己的创作路径进行了一番自省之后,向春的创作出现了突然的转折——她一头扎进了自己最熟悉、最有生命感触的河套平原,写出了《河套平原》《立秋老汉的风流事》《西口外》《牛二虎家的土改》《十三脑包》《河套轶事》《泥棺材》等一批卓有特色的写实小说。关于河套平原,中国有两部长篇小说值得文学史关注,一部是肖亦农的《黑界地》,另一部是向春的《河套平原》。向春描写的是后套地区,表现的是河套地区艰苦曲折又热气腾腾的开垦史;肖亦农描写的是前套,表现的是河套地区在诸种势力压迫下的衰落史。两部小说合起来读,就是整个河套地区波澜壮阔又沉重无奈的兴衰史。《河套平原》用写实主义手法描写了两个"走西口"的后生的发家史,折射的是20世纪前半叶河套地区的民间生活史。小说不仅写出了人们在西口外即河套平原创造农业文明、水利文明的艰辛历程,也写出了抗日战争时期河套人民的民族气节,开启了一段尘封已久的瑰丽、奇幻、厚重、神秘的历史往事。作品展现了河套地区独特的风俗人情和蒙汉杂居文化,塑造了一系列鲜活生动的人物形象,对男性社会主体下女性形象的塑造尤为出色。

向春在写这两路小说时,采用了两套截然不同的语言,显示了她的语言才能。在讲述女知识分子的婚恋故事时,她用细腻、精致、温婉的普通话,娓娓述说着知识女性们敏感复杂的情感波澜、对人生的反思与感伤、内心深处对真爱的永远的向往。她笔下的男人们,不像张洁、张抗抗、徐小斌、陈染们笔下的男人那么猥琐可鄙,而总是给予某种温情的理解,显示了经历过岁月淘洗的她,对人性比较成熟的解悟。而在述说"我们那地方"——河套地区农民们的故事时,她似乎变成了一个穿着老棉袄棉裤、扎着红头巾、性格粗豪的河套女人,一个一辈子都生活在村子里的老掌故,像翻自己村里老底糗事一样,绘声绘色地述说着各式各样的河套男女或偷鸡摸狗或仪式庄重的情爱故事,满嘴河套土话俚语,什么荤话都说得出口,让人忍俊不禁。这种味道独特的民间语言,鲜活生动,妙趣横生,使她的小说满篇都是浓郁的河套味儿。

新世纪西部小说创作中还有一位重量级作家不容忽视,这个人就是雪漠。

雪漠在90年代崭露头角,跨进新世纪后新作迭出,计有长篇小说"大漠三部曲"(《大漠祭》《猎原》《白虎关》)、"灵魂三部曲"(《西夏咒》《西夏的苍狼》《无死的金刚心》)、《野狐岭》,以及长篇散文《一个人的西部》《匈奴的子孙》、小说集《深夜的蚕豆声》和部分中短篇小说。

雪漠的小说创作风格有比较显著的阶段差异,以2008年为界可以划分为两个时期。之前创作的"大漠三部曲"是典型的现实主义创作。《大漠祭》以老顺一家人的生活为中心,记叙了村民们日常生活中的爱恨情仇,更展示了青年农民的现实和心灵困境;《猎原》的中心故事是抓捕盗猎者,叙述重点是底层百姓的极度贫困和对命运的艰难挣扎,也揭示了西部地区残酷而脆弱的生态环境;《白虎关》的中心在关注农村女性命运,描述了她们现实和心灵的困境,也思考了生态和伦理之间的复杂关系。三部作品具有现实主义特色:其一,真实细致的生活描绘。雪漠曾宣称:"作家应该描绘的,就是这些平常的、然而又是最真实的生活。作品的价值也就在于真实地记录这段生活,真实地记录一个历史时期的老百姓如何活着。"①"大漠三部曲"不追求故事的曲折和复杂,而是着力于日常生活描绘,展现了河西走廊乡村的生活图景。其中有老百姓艰难的自然生存条件,百姓与各级管理者之间的矛盾冲突,也包括百姓日常生活中的小纠葛、小冲突,以及青年农民的情感困惑和伦理矛盾等等。作品对生活细节的描写非常真切,比如《大漠祭》对捋鹰的描写,《猎原》对骆驼、狼和羊群生活的叙述,都逼真细致到极点,充分体现了作者扎实的生活功底和白描能力。

与这种描摹生活本相的意图相应,"大漠三部曲"刻画了一组农村人物群像,不少人物塑造得相当鲜活。心理描画深入到人物内心,披露他们各自的苦闷、痛苦,以及对幸福的追求和渴盼。《大漠祭》中的灵官是一个有知识的乡村青年。他的个人幸福观与乡村伦理之间有着尖锐的冲突,小说描写了他的迷茫与对幸福的渴望,塑造了一个有深度的人物。《白虎关》中的月儿、莹儿、兰兰三个青年女性,想法不同,生活态度不同,个性不同,命运也不同。"三部曲"塑造的老一代农民形象老顺、孟八爷、癞五爷等,性格各异,但都真实本色。比如老顺,带着某些自私和狡黠,却有着最质朴的善良和真诚;再如孟八爷,颇具江湖侠气却又善良豁达,是有点超人见识的乡村智者。《猎原》中的豁子女人、鹞子、张五,都颇具个性,让人难以忘记。这些质朴本色而又个性鲜明的人物群像,是雪漠"大漠三部曲"艺术上的突出贡献,也是其现实主义文学魅力之所在。

"大漠三部曲"大量采用了河西方言。"人物操着粗鄙的言辞,带着西部特有的腔调和虚词,诸多比喻的说法既有特定地域的质朴,又有一种为了传达

---

① 雪漠:《大漠祭·原序》,《大漠祭》,中央编译出版社,2015年出版,第13页。

诗意制造的夸张"①。人物语言吻合人物的身份和性格,呈现出了强烈的生活气息和地方特色,融入了作者对家乡的强烈感情和对人物的关爱,一定程度上增添了作品的可读性和丰富性。

其二,强烈的现实忧患意识和人道主义精神。雪漠笔下的人物,都是挣扎在贫困线上的农民,生活极为平淡甚至卑微,但作者并没有忽略其价值,因为他当年就是他们中间的一个,深知他们的艰辛与屈辱。当他有能力拿起笔来替这些乡亲们说话的时候,就必然对人物怀着强烈的感情,站在平等的立场上给予关注。甚至对那些有欺压百姓之举的乡村管理者、盗猎野生动物的罪犯、破坏生态的盗伐者,作者也不是简单地谴责,而是去思考促使其犯罪的背后原因,对人物自身的无奈寄予了一定的理解。当然,这并不意味着什么都可以同情,雪漠是深谙农村的愚昧和生存竞争中的人性之恶的。三部作品有许多对村民愚昧行为的表现,如对迷信的盲目信任、群体无意识的自我倾轧、对财富无节制的贪婪和攫取等等。《猎原》集中揭示了人性之恶。譬如生态环境的迅速恶化,导致一口近乎干涸的水井成了人和动物的唯一水源。为了争夺水源,朋友、邻居成了死对头,包括羊这样的看似柔弱的动物也展现出了凶残一面。作品叙写了农村生活的极度贫困,也描述了极度恶劣的生态环境,还展示了农村百姓所受到的权力凌辱和无奈的反抗,思考了环境与人性的复杂关系。因此,"大漠三部曲"形象地揭示了自然生态与人文生态的密切相连、唇齿相依,人的生存环境改善是最根本的问题。将局部地区的人物生活与整个西部大环境的自然生态联系在一起,试图在更高层面去理解和改变环境问题。它表达了对于人与人、人与自然和谐关系的期待和呼唤,但对于如何解决这种复杂的生态链,却没有轻易给予解决的答案,而是充满着忧思。总之,雪漠的小说对地方生态环境也充满了忧患意识。

2008年以后,雪漠的创作有了很大的改变,《西夏咒》《西夏的苍狼》《无死的金刚心》《野狐岭》等作品,无论是创作风格还是情节内容,与"大漠三部曲"都有了明显的差异。首先,在故事内容上,这几部作品都基本上离开现实或不以现实生活为中心,而是转到历史、神话传说等方面,主旨也在思考信仰、人性等精神层面,探索超现实的神性和灵魂世界。比如《西夏咒》,将西夏的历史和现实杂糅在一起,探索人性的极限、生命意义和信仰价值问题,也展现

---

① 阎晶明:《〈猎原〉笔记(代序二)》,雪漠:《猎原》,中央编译出版社,2013年出版。

了复杂而神秘的宗教文化。《无死的金刚心》副标题是"雪域玄奘琼波浪觉证悟之路",事实上是写一个著名高僧的宗教追求和信仰道路,是他的灵魂传记。其内容也集中在超验的灵魂世界和神性世界,带有很强的哲理和神秘气息。《野狐岭》的故事具有传奇性,但主旨也是思索人生价值和精神信仰问题。《西夏的苍狼》的信仰主题更为鲜明。主人公紫晓生活在世俗红尘,内心却常陷入迷茫和焦虑当中,一直有逃离现实的强烈愿望。最终,她通过对西夏神秘文化世界的认识和向往,进入到"最自由最隐蔽最神秘的世界",寻找到了内心的安宁。

这种神秘倾向在文学价值上是否值得肯定,尚待辨析,但值得注意的是,雪漠的这些作品充满着人性关怀,不是简单的宣教之作。雪漠认为:"文学的诸神形态仍然存在,但文学精神却不见了。一种徒有形体而乏精神的僵死,是不能在这个世上永存的。换句话说,时下的一些小说,已经丧失了存在的理由。所以,欲继续存在下去的小说,必须找到那已经迷失的精神。"[①]他作品中的宗教精神更多是一种超越精神,一种舍身、无我的牺牲精神。他始终关心人的精神世界,关注人的信仰和意义追寻,而不是简单的、世俗的宗教手段或仪式,不是对某种宗教的简单宣传。这种人性关怀视野具有思想力度和创新意义。比如《西夏咒》,站在对个体生命关注的立场上,重新审视了历史,特别是历史上的英雄人物,表达了对传统历史观的质疑,解构了民族国家等宏大主题。

在创作方法上,雪漠的这些作品不再以写实为基本特征,而是充满着浪漫主义和神秘主义的风格,艺术形式上呈现出强烈的先锋性特点。《西夏咒》打通时空界限,融历史、传说、佛经、幻想、呓语等于一体,展示了打冤家、骑木驴、人骨法器、男女双修等具有神秘色彩的场景和仪式,在文本叙述上,显示出相当大胆的探索。艺术上具有超现实主义的现代色彩,也带有强烈的神秘文化气息。《野狐岭》同样具有强烈的超现实色彩。百年前,两支驼队在野狐岭神秘消失,百年后,"我"通过神秘仪式召集到驼队的幽灵们,让他们讲述当年发生的故事。故事既扑朔迷离,又充满异域传奇色彩;叙述既丰富多变,又饱满扎实,具有不同寻常的艺术效果。《无死的金刚心》已经不能算纯粹的小说创作,而是小说、传记和散文的杂糅,属于跨文体的写作。这些作品的共有特点

---

① 雪漠:《白虎关·代后记》,《白虎关》,中央编译出版社,2013年出版。

是不局限于现实空间,它们所展现的生命观是循环的,叙事的视角也反复转换,现实、过去、未来被置于同一个空间,从而以独特的叙述和结构方式展示精神信仰的主题。这种艺术方式给读者阅读带来一定挑战。

从文学史角度上看,雪漠小说的价值主要体现在三个方面:一是对西部现实生存状况做了细致的描摹和精彩再现。西部的自然地理、生存环境有一定的独特性,雪漠早期的"大漠三部曲"对此做了精彩而细致的展示,揭示了西部现实中的人文、生态等诸多问题,呈现了乡土小说独特的质朴生活美。近年来,乡土小说作家与乡村的关系变得比较疏远,乡土小说中的写实因素越来越淡化,特别是细致、切实的生活场景描写很少见。雪漠的作品展示了质朴真切又丰富多彩的西部生活图画,重现了现实主义乡土小说的艺术魅力,既具有强烈的审美意义,也具有突出的文学史意义。二是对西部地区独特的文化精神和审美特征做了一定深度的揭示。其中最典型的表现,是对宗教文化的揭示。西部宗教文化是深植于西部自然与生活当中的重要因素,蕴含着对生命意义和生存伦理的独特理解,或者说是艰难环境下人对于生存意义的艰难探求。雪漠较广泛地展示了西部宗教的仪式和过程,揭示了信仰对于西部人的意义,以及与西部人生存不可分割的密切关系。《西夏咒》和《无死的金刚心》对一些宗教仪式的描述,包括一些只存在于历史典籍、现实中已难以见到的宗教活动。雪漠还展现了西部的神秘文化特征。雪漠以"灵魂三部曲"为中心,结合西部的地域、历史、文化,多方位地展示了西部地区的神秘文化。比如《西夏咒》赋予各种动物、植物以灵魂,将现实世界与灵异、奇幻世界相交融,极具神性色彩。较早的《白虎关》等作品,也都写了各种传说和灵异现象等,西部地域的神性文化得到了丰富的展现。此外,雪漠还展现了具有西部文化特征的独特审美风格。这既体现在其作品展现的残酷、浪漫和神秘生活画面上,也体现在其小说艺术形式的探索性上,具有独特的文化和审美内涵。三是细致而多方位地展现了西部地域文化之美。雪漠小说展示了丰富独特的地方文化,很好地提升了其文化品格和美学个性。如《大漠祭》和《白虎关》对甘肃民歌花儿的渲染和展示,既是一种浓郁地方特色的民间文化,也与人物命运融为一体。花儿歌词的穿插,既极大地增添了小说的美感,丰富了作品的表现力,也展现了西部地域独特的文化美。再如《野狐岭》,也穿插了甘肃民间说唱艺术——"凉州贤孝",以及骆驼客拉骆驼时唱的"驼户歌",将地域特色、历史传说、民间艺术和现实生活融合到一起,西部地方的文化气息非常浓郁。

从总体上看，雪漠以"大漠三部曲"和"灵魂三部曲"为代表的作品，分别侧重于生活和精神、写实和抽象、人物和信仰的不同方面，将现实世界和精神世界全部纳入其文学世界当中，构成了西部生活和文化的全景图。无论是从生活世界的特别性，还是精神文化的丰富性和独特性，以及小说艺术与地方文化的交融性，雪漠小说都很具个性，也体现了独特的高度。其作品在西部文学史乃至在中国乡土小说历史上，将有自己独特而不可忽视的重要位置。

总之，新世纪以来，西部作家以《狼图腾》《空山》《猎原》《白虎关》《西夏咒》《野狐岭》《水乳大地》《所谓教授》《河套平原》《这边风景》等创作在文坛上形成了一次次冲击波。但整体上看，西部小说在发展中还会面临一些困局。一是面对西部文明方式的覆盖和更迭，如何写出大地上人的新的精神状态，不少作家还缺乏宏阔的概括力和深刻的刻画力；二是如何借重地域文化的同时超越狭隘的地理视阈，在多元并存的格局下产生互动与融合，形成以边缘冲击中心的文化地理效应，也有待进一步探索和廓清。

相对于90年代，新世纪的西部文学与其他区域文学在表现领域、审美内涵、叙事艺术等方面的"差序格局"在不断打破，呈现出纷纭的创作态势。当然也有学者指出："忽视这块土地上的大自然生态的描写，忽视包括留守在这块土地上的人们生活形态变化的描写，一切向城市文学和所谓的'形式创新'看齐，却成为许多生活在这块热土上的作家，尤其是年轻作家的追求"，"忽视和舍弃绵长而广袤的西部土地上的金矿开拓，无疑会失去文学的根本，丰沃的文学资源——伟大的浪漫主义和现实主义的作品往往会在这样的环境中产生，尤其在工业文明和商业文明大潮席卷下，中国浪漫主义元素的创作已经濒临消亡，我们在文学的地平线上只能看到浪漫主义的作品闪现，那都是西部作家笔下的最后挣扎，诸如阿来、董立勃、刘亮程、石舒清等一批浪漫主义的抢救者，他们的创作对中国文学的意义重大。"①

第三节 土地与风物的歌与思：新世纪散文

新世纪的西部散文仍然延续了20个世纪末的势头，在热闹而庞杂的散文创作领域显示着自己的个性，西部地域特点与文化熏染下的创作共性仍然在

---

① 丁帆：《西部文学与东部及中原文学的差序格局》，《扬子江评论》，2012年第5期。

散文写作中得以彰显：对大地、自然的敬畏与俯首，对生命的悲悯与审视，沉郁、宽广的情怀与气质……20世纪80—90年代开始步入文坛的西部作家，进入新世纪后在散文领域耕耘日勤，不断有新作问世，如管卫中、刘亮程、王若冰、马步升、郭文斌等，他们的创作以更为成熟的方式展开对历史的深入挖掘和对土地的深情表现，而思考的力量使他们的散文显得更为厚重。新的写作者的迅速加入，更是给西部散文带来了新的血液，如沈苇、南子、习习、李娟、陈漠等。尤其是在新疆，出现了颇为集中的散文写作队伍，形成了我们称之为"新疆新散文群落"的现象。贾平凹、雷达、祝勇、宁肯等知名作家和学者对甘肃、西藏等地域的风光、历史和文化的敏锐观察和深入思考，落笔为文，为西部散文贡献了独特的笔触和别样的视角。

在新世纪以来的西部散文创作中，"新疆新散文群落"可谓拔地而起。这一群落包括刘亮程、沈苇、陈漠、李娟、韩子勇、王族、南子、黄毅、萧云等一大批生活在新疆、已经产生全国性影响的汉语写作者，而且包括同时期新疆少数民族作家，如维吾尔族的艾合买提·依明、哈萨克族的叶尔克西·胡尔曼别克、蒙古族的斯·买德尔与德·沙海等，他们对游牧文明和草原环境的挥洒描摹，对塔克拉玛干荒漠里顽强生命力的执着表现，对帕米尔高原的奇异与神秘的热情追慕，无不构成了西部散文中丰富的民族文化表达，而双语创作使他们对文化的差异性、多样性和融合性更为敏感。仅就汉语写作者的情况而言，"新疆新散文群落"值得我们关注的有三个方面。其一，作者大都是20世纪60—70年代出生，在年轻的时候因为各自不同的原因和经历来到新疆，及至新世纪到来时，他们的感受力、思考力和写作能力都达到最为旺盛和成熟的时期；其二，他们的散文写作无论是题材还是手法，都与个体体验和生活经历密切相关，并不趋同，而个性各异，却共同丰富了"新疆"这一阔大的主题；其三，他们在对新疆的历史与现实、风景与人文、环境与习性、游牧与土地的表现中，摒弃了外部的猎奇，而代之以内部的感受，文化的碰撞与生命体验同在，从而获得了文学的丰富性。

在"新疆新散文群落"中，**张景祥**的作品将沙湾方言、民情风俗、村庄匠人、历史掌故融汇于文字中，散文集《一代匠人》是对一个叫蒲秧沟的村庄忠实而钟情的记述和纪念，而虚构与写实的界限不那么分明，笔调充满尊重与平和，是平民意识和乡村情感的真挚传达，具有一定的民俗学价值。青年作家**南子**著有散文集《奎依巴格记忆》、历史人文随笔集《洪荒之花》及《西域的美人时代》等。

从2005年起,南子行走于边疆游牧地区,记录全球化背景下边疆地区游牧民族从游牧到定居的诸多生存景观,以及附着其中的游牧文化遗存,这些文字集中在散文集《游牧时光》中。其笔触由甘南草原到新疆天山及阿尔泰山脚下,透过自己的内心体验,感悟游牧民族在特定人文地理环境下形成的生活方式、行为方式、价值观念、心性品格、伦理道德,谱写了一曲曲边疆游牧文化的心灵挽歌。南子的散文具有"文化人类学方面的意义","脱离了当前猎奇、观光等蜻蜓点水式的写作窠臼和轻松、见惯的为文套数,具有了活泼的质感和风骨,奠定了她写作的较高基点。"[①]**陈漠**的散文创作甚丰,新世纪以来著有散文集《你把雪书下给谁》,作品集《优钵罗花》里的卷一"水天幻象"和卷二"果香弥漫"收录的也是散文。陈漠的散文不仅写新疆的地域风情和历史文化,而且更注重写作主体与客体在相遇中互动,在互动中激发主体的自我审视,在自省中体认生命、文化和自然的关系。在陈漠的笔下,无论是对花草瓜果的描述,还是对响冰孕树的讲述,抑或是对山峰雪原的描绘,都能够转化成审美的符号,在类似植物之灯、香味之光这样的通感表现中,展开人作为主体与自然、与他人、与历史之间的对话。身为新疆电视台纪录片导演的**刘湘晨**(1954—),生于山东肥城,其散文创作与他的电视文化实践密切相关,那些纪录片或专题片的解说,剥离了电视的形式,也能够独立地成为优美的散文。他善于着眼于普通的场景,日常的细节,撇开奇观式的表现。像《牧人大道》《守望西部》《胡杨祭》等名篇,都将日常场景中有意味的片刻提升出来,从"简单得近于单调"的生活中揭示"西部的沉静悠远,西部极具轮廓性的博大纯粹",感受"孤独,正是西部心脏的声音",体悟"人类最后的痛苦就是家园的失去"。

在"新疆新散文群落"中,来自军队的有**王族**(1972—),生于甘肃天水,1991年入伍西藏阿里军分区,历任军区政治部干事、专业作家,2002年转业后担任出版社编辑、编辑部主任。像很多西部作家一样,他的散文具有鲜明的地域文化特色,西部隆起的高原与广袤的草原,悠远的历史和灿烂的文化,奇异的风景和神秘的风物都成为他灵感的源泉和表现的对象,著有《大雪的挽留》《清凉的高地》《冰山的花朵》《转场的消息》《神的后花园》等表现新疆生活风貌的散文集。但是,颇为独特的是,王族以超乎古往今来的写作者的热情,集

---

① 张映姝:《世间本无隐逸之路,而只有生活——南子散文集〈游牧时光〉读后》,《新疆日报》,2013年7月9日。

中聚焦于动物题材,深入开掘这一独特的散文领域,著有"非虚构三部曲"——《狼》《鹰》《骆驼》,以及《兽部落》。《兽部落》讲述雪豹、旱獭、狗、羊、马、鹰、狼、牛、雪鸡等二十三种动物的故事,敏锐地观察和细致地描述动物们的生命存在样态和命运轨迹,以摒弃人类优越感、悬置世俗道德判断的方式,展现它们的个性风采与精神特质,以动物的精神催动人的内心世界,探寻生命的力度和温度。

韩子勇的散文则呈现为另一种独特性。**韩子勇**(1962—),祖籍河南,出生于新疆奎屯某团场。1985年从新疆大学毕业,先后供职于新疆维吾尔自治区党委宣传部和文化厅。1987年后主要从事文学评论及散文写作。以《西部:偏远省份的文学写作》获得第二届鲁迅文学奖。进入新世纪以后由偏重于文学理论的研究转向文化艺术评论,文体明显地趋向散文化,且著述甚丰,有《边疆的目光》《文学的风土》《木卡姆:巨灵如风吹过》《木卡姆》《鄯善之书》《浓颜的新疆》《深处的人群》《大声说话》等问世。

韩子勇的散文写作伴随着文学、艺术、文化研究和批评活动,在理论性的写作与随感式的写作之间往返,促成了文体的杂合状态,散文写作和文艺评论之间的界限很难划定,富有洞见和智慧而又感性十足、文采飞扬的文字,无论是就话语方式而论,还是就自由书写的精神而言,还是就艺术感受力而言,都给人以散文之美的享受和思想启迪。譬如,他在评论锡伯族画家巴欣盛的作品《游移的文明》时,先是介绍与这幅名不见经传的作品的相遇,立刻就想给它换一个题目叫"穿婚纱的交河",对艺术的敏感和直觉的表达也引逗着读者一起探索的欲望。接下来围绕绘画的白色处理,对画作本身的"话语"及其建立的"对话"的剖析,显示出艺术评论家的严谨和扎实。然后,作者谈到自己对交河故城的印象,一连用三个"惊异于"引领的长句,富有激情而又层次清晰地揭示出交河故城的文化内涵。最后再回到画家的画作,点出"巴欣盛的交河让我看到新,看到青春,看到婚纱,看到赞美诗的抒情,看到生与死的对话"(《赞美诗,穿婚纱的交河》)。这一写法,在很大程度上实践着韩子勇对散文文体的理解:"散文不是一个文体,它可能是一些文体的文体。它的宽泛、庞杂与自由,不是对品质的降低,相反,可能是对个性的最严格要求。这种自由并不是人人都有可能享受,老实说,只有真正奔放不羁的灵魂、只有真正彻悟的人才可能接近这个境界。"①

深厚的"新疆情结"是韩子勇散文的底色,用他自己的话来说:"我的新疆之爱,已经到了这样的地步:再也离不开脚下的土地,不管它多么偏僻、多么落后,多么使人黯然神伤、英雄气短"②。韩子勇众多的文学艺术评论,不仅以新疆题材的作品作为美学观照的对象,而且充分调动了作者自身的新疆经验,将之化入审美体验,从而也丰富了对象的世界。这也就是他所强调的:"正确地使用这里的经验、想象和细节,在更广大和更深远的精神空间考虑问题,深究源于此地的文化根性和它真正的价值,可能是正确的写作途径。"(韩子勇:《浓颜的新疆》)在这样的抒写中,新疆的沙石、树木、声音、山水、旋风、色彩……无不携带着浓烈的情感和深刻的感悟,就像他评价黄建新的油画时表达的那样:"他的绿也符合火洲的视觉经验,由于向上蒸腾的热空气的扰动使后面的景物跳动变形,在黄建新的吐鲁番题材的油画作品中,穿插在台地、老墙、葡萄晾房、庭院之间的白杨,是一种飘动的笔触,好像扭曲翻滚的绿焰,有不屈的形象。"(《不屈的绿与炭之焰》)

由于广泛参与到新疆的文化艺术建设活动之中,韩子勇的散文有了广阔的视野和高深的立意。譬如,他向联合国组织报送《中国维吾尔木卡姆艺术》,让他对这种艺术的理解有了一般人没有的高度。在木卡姆之外,他对柔巴依、花儿、长调等新疆的艺术形式的探讨,将学术探讨、艺术评论与生命感悟交融为浑然一体的语言表达。他描绘木卡姆:"它就像一个美人,聪慧善思,有着迷人记忆、睫毛闪动爱意、发辫缠绕的柔情的脑袋,是'穹乃合曼';柔软的腰身、绿洲上绰约身影、显露民间之心和大地故事的,是'达斯坦';充满修长的动感和青春的力量,体现速度和激情,走遍绿洲、处处留下欢乐的海洋的,是她足尖之上的'麦西热甫'。"感性的直观催动下的丰富联想,不仅扩展了这一艺术形式的新疆内涵,而且触及人类记忆深处的经验:"'穹乃合曼'在木卡姆中,是命运之门的叩响,是始和源,是创世记,是雄浑苍茫的无限展开,它在时间上是向后的,是音乐的神话与寓言的时代。"(《木卡姆:巨灵如风吹过》)

因此可以说,在韩子勇的文字里,艺术与生活、边疆与故乡、个体与集体、历史与现实、自然与文化,并非以二元对立的、非此即彼的方式存在,而总是能

---

① 韩子勇:《90年代:写作的转向与散文》,《文艺评论》,2000年第4期。
② 韩子勇:《深处的人群》,《朔方》,2008年第5期。

够从某一点切入,连接起所有的方面,形成富有层次而又气息沛然的整体。像《深处的人群》这样的篇什,就充分体现了散文的自我、自由和亲近他人而又能自由地、自然地深入到形而上的层面,将阅读者带入情境,卷入思考。它看起来首先是对自己在新疆生活经历的追溯,娓娓道来,有故事,有细节,但更重要的是少年生活的体验在不断地反刍中,与新疆的地方性,与整个社会的变迁,与对时间和空间的感觉体验,密切地联系在一起。某一个母题或者说元素会在此处提起,放下,插入新的元素或母题,但是,前一个母题或元素会再次腾起。譬如在第一节中,他写"对死亡的完全无知、轻度的恐惧和由轻度的恐惧所激起的好奇与兴奋"之后,接下来是关于沙枣树的回忆,而到了第二节,死亡的主题又抬起头来"对死的思考是最艰难的,它所提示的价值是生"。生与死的变奏如此回环往复而又螺旋似上升,人生中重要的个体体验从人群中剥离出来,其存在的分量为人切实地感知到,但要看清它、反思它、理解它,又离不开"人群"所建立的环境,所构成的"深处"。正因为如此,"诗与思的融合,使他的文字和表达获得了温度(一种有体温的文字),远离了一般学术研究的枯燥、干涩,仿佛在吸收大地之精气的同时,将灵魂的电荷赋予和回赠了大地。另一方面,这一融合又带来了总体性的敏锐与深度"[1]。

"新疆新散文部落"中,诗人**沈苇**的创作有着特别的重要性。沈苇以诗歌创作著称,但也有大量的散文问世如自助旅游手册《新疆盛宴——亚洲腹地自助之旅》、散文集《新疆词典》《喀什噶尔》《植物传奇》《沈苇散文自选集》等。其诗集《新疆诗章》、散文集《新疆词典》和《新疆盛宴》合称为沈苇的跨文体"新疆三部曲"。

沈苇的散文写作在语言上受益于诗歌的训练,注重捕捉细节,营造意象,洒脱不羁而又力求凝练和准确,从平凡的物象中开掘出令人回味的诗意。譬如他写新疆妇女晒地毯的情景,从"鼹鼠一样的满足",写到"时光的清洁工",又将蠹虫和虱子比喻成小小的"游牧民"。通过这样的抒写,既有生活的情趣跃然纸上,也有超然于俗常的理趣悠然升起。沈苇为西部散文做出的更重要的贡献在于对散文文体的探索,这突出地体现在他的《新疆词典》中。

词典书写本身具有建构的效应,往往意味着权威对秩序的设计和对意义的界定。因此,对词典的拟仿之作多少都带有反抗权威、释放自由书写的能量

---

[1] 沈苇:《韩子勇:一位边疆学者的"第二现实"》,《扬子江评论》,2008年第5期。

的色彩,就像米洛拉德·帕维奇以《哈扎尔词典》讲述民族历史显然不合正统,韩少功以《马桥词典》展现充满地域色彩的文化奇观也明显抛开主流话语的框限。而沈苇的《新疆词典》则拆解了一般人关于新疆的想象。确实,这部词典几乎涉及了新疆的所有事物,山水风光自不待言,民风习俗应有尽有,文化艺术,日常生活,吃喝拉撒,典籍与传说,历史与现实,真与幻……但是,《新疆词典》放弃了宏大叙事追求的整体感,代之以片断化的、随意游走的散漫,如此而获得书写的自由。他既能在"木乃伊"词条下只写下一句话:"精通死,胜过我们理解生",也能在"费尔黛维西"词条下纳入一个诗剧的大纲;既能够为各种各样的"馕"及其制作进行精确的介绍,也能在"荒野"词条下抒写超然物外的哲理思索……

因此,在沈苇这里,"词典"的方式是更为放松和更为开阔的方式,并且它强调的是自我的经历和体验,知识的引述,物事的说明,风景的描绘,还有抒情、议论、感悟等等,"我"始终穿行其间,甚至像"旅行"这样的词条,似乎就是专为讲述作者自身的经历而设。如此,有主体与对象之间的相互观照,也有自我内省之镜像的变换。这样的抒写抑制着奇观的展现,也警惕着自我沉迷的想象,力避如沈苇自己所说的关于新疆书写的"风情主义和风景主义"。新疆在这样的抒写中,当然与人类、历史、他者、民族、国家这些大的概念发生种种关联,但她首先是一种亲切感受、切实理解的存在,一种呼唤内心拥抱和融入的存在。

无论在哪种意义上,沈苇对新疆的书写也塑造出作者自身的形象。如前所述,他放弃了宏大的叙事,而代之以有我的小叙事,"我"提供索引,作为节点,编织于也引动着新疆的文化之网。显然,这个节点是游动的,一个在新疆四处游历的书写者。这不是本雅明笔下穿越街市寻找买家同时也记录光怪陆离的景象的知识者,而是在与多样的生活方式相遇中,倾听、理解、转译和重构其间文化密码的使者。换句话说,沈苇的书写勾勒或折射出书写者自身漫游者、穿越者、转译者三位一体的形象。如此,沈苇通过新疆的书写图绘出他自己的精神地理,完成一次转喻,即将独特的生活方式、文化形态转化为更具普遍性的精神符号。

李娟(1979—   ),出生于新疆生产建设兵团农七师123团(位于塔城地区乌苏市车排子镇),1999年开始写作,出版散文集《九篇雪》《我的阿勒泰》《阿勒泰的角落》《走夜路请放声歌唱》《冬牧场》以及"羊道三部曲"等。她的很多文字是关乎新疆阿勒泰地区游牧民族的生活与风俗的描写,因之一度被称为"阿勒泰的精灵"。

李娟散文最直接的感染力源自那种奇妙的自然带来的诱惑。进入李娟的散文,就是进入一片苍茫而开阔的土地:阿勒泰、富蕴、阿克哈拉、吉尔阿特、喀吾图……这些地名遥远而又陌生,夹杂着我们不曾体验过的风沙、草木、牛羊的气息,形成一种新鲜而极具蛊惑力的磁场:河流永远是清澈见底的纯粹,天空永远是碧蓝干净的,雪地上会留下不知名的野兽的小脚印,密密匝匝,绕了小圈子又一路向远处走开,家门不远处的河滩上散布着花纹奇特的鹅卵石,泡在清水里就是很好的小景观……在最直观的层面上,李娟散文中的自然描写形成一股强大的磁场效应:草、树、羊群,天空、白云、河流,群山起伏的线条与神秘腹地……全部以恣意的姿态在你的眼前出现,给人一种不可抗拒的感染,这也许就是汪树东所说的"充分让自然发言"[1]的结果。

其次,李娟散文还呈现了一种广袤天地上人性的自在与自足状态。在技术日趋发达、物质水平日趋提高的今天,都市人更多感受到的却是生活的压力与无法摆脱的沉重感。生存竞争、物价膨胀、匆促的生活节奏、淡漠的人际关系……这一切在很大程度上伤害着人性的健康,就像洛伦茨总结的那样:给人类灵魂带来更大损害的是"盲目地、失去理智地贪财"以及"折磨人的匆忙"[2]。

在这样的环境中,人性要保持一种健康的状态真是难乎其难。而李娟在散文中却向我们描述一种久违了的自然、放松、自在的人性状态:悠闲、平静、散漫,少了功利性、目的性,更多听凭内心,不必听命于人,人与人之间的关系也变得相对简洁、朴素起来:坦然相对,赤诚相见;交往、交流,却少有交易。这种牧场生存与城市生活形成强烈的反差:城市中人与人的物理距离越来越小,但心理距离却越来越大,近在咫尺的邻居每天见面却形同陌路;而哈萨克牧民们之间的物理距离常常很远,在跟随季节不断进行的迁移中,邻居的概念与范围变得阔大起来——驻地附近有几家邻居就算上好的了,有时最近的邻居要走上一个小时的路程,但他们的心理距离却非常亲近——哪怕你是一个完全陌生的路人,只要经过一处毡房,总会受到热情的招呼。

---

[1] 汪树东:《看护大地与叩问灵性——中国当代生态文学鸟瞰》,《绿叶》,2012年第5期。
[2] 鲁枢元:《自然与人文》,学林出版社,2006年出版,第611页。

总起来说,由于哈萨克牧民们的生活形态更具原始意味,在逐水草而居的迁移、游牧过程中,也就在最大程度上隔绝着现代都市人的通病:对技术的依赖,对利益的追逐,以及由此而来的欲望纠缠、利害冲突、心灵失衡。在李娟的文字中,人性的放松状态与快意淋漓无所不在,配合着无边的牧场与森林,有时你会情不自禁地追随她的号召:走夜路请放声歌唱吧! 一起唱歌吧! 大声地唱,用力地唱,……胸腔里刮最大的风,嗓子眼开最美的花……

李娟散文提供给我们的,除了自然的魅惑、悠游的人性之外,还有一个更具吸引力的事实,那就是人与自然、人与万物的有机联系:如同人与人简洁、朴素、温暖的关系一样,哈萨克牧民们与自然、生灵建立的情感联系同样是质朴、天然而又绵长、深情的。在广阔的牧场与森林间迁移辗转,日复一日地劳作就在草原、森林、羊群、马匹和骆驼之间——牧民们的生态伦理呈现为与自然的生息与共,互相依存,作为汉人的李娟用这样一个词汇描述了她观察到的这种伦理关系:伴随——牧人与羊互相伴随,羊群与草原、河流、天空、大地又何尝不是一种伴随关系呢? "这个词总是意味着世间最不易,也最深厚的情愫。"李娟使用的这个词汇让人想起了《小王子》中的一种生命哲学:正是你为玫瑰逝去的时光,才使你的玫瑰变得如此重要。生命中的一些人与物,正是因为你眷顾了他们,他们才变得不一样了,而眷顾,也意味着一种伴随,它包含着伴随过程中付出的所有情感与心力、呼唤与应答。草原上的所有生灵之间,就是这样一种互相伴随的关系,如同牧人与羊,"从最寒冷的冬天到最暖和喜悦的夏日,最艰辛的一次跋涉和最愉快的一次停驻,他们都一起紧密地经历"[①]。即便是到最后,羊的生命必须终结,牧人需要亲手宰杀它们,取食它们的骨肉,也要遵循仪式,庄严又深沉,似乎彼此都在平静地依从命运的安排。在生态问题日益突显的今天,李娟的散文提醒我们以更多的反省之心善待自然。

甘肃作家的散文写作,虽然没有形成如新疆那样强劲的势头,但深厚的文化传统使他们能够持续发力。其中,管卫中的散文《大山河》等作品有特别的分量。

管卫中的散文集《民间笔记》主要聚焦历史人物,用他自己在《一篇读罢头飞雪——品读杜甫苦难的一生》开篇的话来说,是"为了弄清楚我辈究竟应该怎么活,有必要细细看看前人走过的路",寻找精神的呼应和延续,品评人

---

① 李娟:《羊道·春牧场》,上海文艺出版社,2012年出版。

心的得失和局限。譬如,他盛赞左宗棠"一直到死,都没有放弃骨子里的直率与狂态、独立与劲棱,不曾完全'成熟'"……管卫中以率直的心意带动着蕴藉的文字穿梭于这些古代人物的人生遭际中,情感热烈,爱憎分明,而时有激昂慷慨之气。《大山河》依然瞩目于历史,而更多文化地理和文化考古的旨趣,笔触伸向一个民族共同体的源流追溯——"这个秦岭般雄峙西北的秦国,这群如狼似虎横行天下的秦人,他们是从哪里走来的呢?"追问"先秦时代中国人的气质——日耳曼、蒙古、女真,唯独不像东汉、南宋、晚明乃至近现代的'诡阴而文弱',大面积的质变究竟如何完成的"?对环境(风景)的描绘,对历史的叩问,对现实的描摹中,渗入民族的认同和文化的认同,弥漫着苍茫雄浑而又怅然若失的意绪。恰如他在《大山河》的后记中所言:"河水本无言,可我觉得那各种各样的水声总像是各条河流在诉说自己心中潜藏的无限事。我仿佛明白了一些什么,于是每每有一种替河说出来的冲动。"作者的书写在自然—民族—地方之间流转,既投射着作家的主体意识,又勾勒出了文化变迁的斑斓图景。

甘肃天水的散文家**王若冰**(1962—)也将笔墨倾注于秦岭文化,传递出现代文明情境下作家主体深厚的历史感。他在散文《源头在哪里》开头写道:"挂了加力的猎豹牌越野车嘶鸣着在遍地泥泞的山坡下扭了几下屁股,熄火抛锚在深深的泥潭之际,渭河源头鸟鼠山就出现在了眼前。"象征着现代文明的"猎豹",无法进入"渭水源头鸟鼠山",这不啻为一个隐喻,包含着现代文明与古代文明之间的撕裂,也包含着现代人寻找家园、追溯来源的文化冲动。王若冰选择通过个体的行走于山河之间,追溯文明的源头,追怀文化的原生态,为隐而不显或者谬传甚至已然断裂的文化,建立起心灵的档案,建构起他的"行走诗学"。这使有了长篇文化散文"秦岭三部曲"的恢宏之作,包括《走进大秦岭》《寻找大秦帝国》《渭河传》。三部曲再现了中华文明早期多样性的文化生态,爬梳和考辨了诸如古仇池国这样的"角落里的历史",展现出作家浓厚的人文历史情怀。

以小说成名的**马步升**,曾出版有散文集《一个人的边界》,新世纪以后出版的散文集《天干地支》,内容包罗万象,既有对家族的深情回忆,也有对普通人物的生动刻画,还有对历史事件、人物与典籍的深刻感悟。在这些书写中,作家描摹出他所聚焦的陇东这片土地,聚焦于这片苦难深广的土地上坚忍而活跃着的生命存在,同时表达着作家自身丰富、深邃、敏锐又不乏温情的生命主体的体验,就像作家在《黑山羊谣》这样的作品里所展现的那样。这样的抒写可谓歌哭之声升腾于文字,悲欢之情浸润于笔墨。作家善于化用方言土语,经常将充满泥土气息、粗粝伧俗的言语与腾挪有致、精巧灵动的修辞很奇妙地结合起来,旷达奔放之势,乡野呛人之趣,细腻优美之姿与点化升华之技和谐地统一起来,于是"沉落的歌声在黄土缝里窜来窜去,酝酿出一世界的情绪",描绘出逼仄穷厄的环境中生命的挣扎与不屈、悲壮与绚烂的精神图景。这样的精神,其实质即如有论者指出的,"流着故乡人的血和泪,隐着作家的精魂、良知和社会使命"[①]。

甘肃在新世纪以来还有一批女性散文写作者。**匡文立**继续着她的散文创作,著有散文集《铜镜中的佳人》《阴性之痛》,从女性经验出发,解读古代神话传说、历史文献、文学经典中的女性书写,解构其间的男权话语。**辛晓玲**著有散文集《透过阳光的手指》,描写女性对爱和梦的感悟,表达女性意识的自觉。**郑晓红**著有散文集《姿势》,摹写生命的各种"姿势",表达对生命的热爱,对自然之爱与母性之爱的礼赞。在甘肃女性散文写作中,艺术成就最为突出的是习习。

习习(1967—),甘肃兰州人,本名任红,著有散文集《浮现》《讲述:她们》《表达》《流徙》《翩然而至》《公主和亲:历史深处的一抹胭脂红》等。西部风情同样是习习散文中的一抹美丽的风景,她的目力所及之处,是这样一个"西部":土地是贫瘠的,但自有苍凉宏阔之美,环境是原始的,但自有悠游自在的幸福:"草原上,青草和花朵亲如一家,早晨,当你睡醒,你还闭着眼睛,随便一抓,就是把花儿,你的幸福、爱情、疾病、灾难,都在掌心里了……不过你什么都不能说,神不喜欢声音,神教你心领神会。"(《游走帖》)人是劳作、辛苦、艰难的,但自有坚忍和顺应命运的坦然与自足:生活的重重压力中村子里的媳妇儿小席仍会不断用"给你讲个好玩的"调剂着生活(《村子》);历经房屋毁损、母亲逃离、弟弟出事、辗转流徙的一家人也仍然在可能的情况下互相陪伴、扶助,一同承接生命的打击(《流徙》)。

人与自然的关系同样也是习习散文常常触及的一个主题,在这方面,她的文字可以说已达化境,天人合一:世界自有它平衡与生长的方式,人与万物无

---

① 杨光祖:《绝地的书写激情的智性——试析马步升散文的艺术特质》,《名作欣赏》,2002年第6期。

所谓界限与不同,比如,植物与人的关系——蒲公英、苦荬都属于味苦、清火的植物,而在春天这个万物复苏的季节,人也会变得躁动不安,内里的焦火发不出来——"这些野菜都是能安慰人脾性的",所以说它们与人似乎生性相合,完整着生物链条上的环节与过程。(《村子》)如果说李娟散文中的人与自然之间还有一条清晰的界限,只是人类乐于不断跨越这个界限,完成与自然万物的沟通与融汇,那么,在习习的笔下,这条界限已然消失:"塔终究不说话,就像这个院落,时间永远静默不语,喧嚷的是来往的人们。"(《有塔的院子》)"形象奇特的花儿,总是暗藏机关。它们身体的各个器官配合得天衣无缝,时间差打得精确无误。花儿们在暗处,上演着一幕幕故事曲折、情节环环紧扣的连续剧。"(《花儿的风情》)

正是基于这样一种生态理念,在现实生存的表现层面,习习更乐于认同、推崇一种有别于现代都市节奏的温情、温和、自然徐缓的生命姿态,古法手工造纸里蕴含的精神,小镇呈现的古朴状态,"乌亮的木柜"昭示出的醇厚味道,墙上的老挂表从容、安静的面孔……都让习习为之"着迷、念想"(《白皮纸·罐罐茶》《古镇》)。但走向现代的进程是不可逆转的,这些守旧的生存形态逐渐寥落,最终难逃被抛弃、被淘汰的命运,所以习习的散文因之也具有了一种特别的伤怀之美:我们在她的行文中常常会听到叹息与怅惘之声,无论是对事还是对人——"老匠人做梦都想不到的新事物一样赶着一样"(《木器厂》),"那一刻,想起她时候,我觉得她像夜色里的江水,是那种深深的幽蓝"(《片断:某年夏》)。

习习的散文处处体现出一种悲悯情怀,这一点在她的另一部作品《公主和亲:历史深处的一抹胭脂红》得到了充分的体现。有别于一般意义上的历史人物散文,作为女性的习习在关注中国历史上的和亲公主时,更多一份女性特有的体恤、悲悯与关切:"和亲,这个柔软和煦的词语,从一开始,就技术性地搅拌在暗沉沉的国家机器里,和心照不宣的密谋、联合、征服、弱肉强食发生关联。而胭脂失色,必将是和亲公主们既定的命运。"[①]

所以在习习的笔下,这些公主档案就不简单是一份历史的梳理和整理,而是一种深切的重塑,让一个个在历史深处被淡化、遗忘的女性以生动、鲜活的面目走了出来。这种纵观历史与俯视大地的视角让习习的文字获得了对于历

---

① 习习:《千古绝调——中国历史上第一位和亲公主》,《档案》,2013年第6期。

史、现实、生命的思辨与思想、智慧,也让习习的文字更多沉淀之后的安静与深沉。

来自内蒙古的女作家**冯秋子**,一直保持着旺盛的创作热情,新世纪以来出版的散文集有《圣山上》《朝向流水》《塞上》《丢失的草地》等。冯秋子是一个有着多种艺术创作体验的作家,除散文创作外,冯秋子还致力于现代舞的实践与探索,她与生活舞蹈室合作创作演出的《身体报告》于2004年获第二十五届苏黎世国际戏剧节一等奖。她的画作也呈现出非同一般的艺术表现力——对各艺术门类的探索、实践显然给她的散文写作带来了不一样的气象:沉稳、宽广、质地丰盈。如她自己所说:"艺术创作靠人的综合素养,才能够探测到里边,并展现出来那些深远的东西。"[①]戏剧和绘画从别的艺术领域滋养了她的散文创作。

冯秋子新世纪的散文作品视野开阔,关注的对象与人群丰富,既有最底层的小人物(《额嬷》《尖叫的爱情》《1962:不一样的人和鼠》),又有知识分子、艺术家(《才断柔肠》《我跳舞,因为我悲伤》),且诗性、哲思与批判力量并存,风格苍茫悲壮,在女性写作中表现出少有的渗透力、震撼力。同时,她观察生活、观照生命的视角仍然是高远、辽阔的,能从现实中抽身而出,站在一定的高度对历史与现实、生存与生命进行打量。她也写西部(主要是内蒙古)风景、风物,但最终却是穿透风景、风物之后逼视更深处的存在与本源。在冯秋子的笔下,令人愉悦的西部风光不多,她的眼中看到的是被贫穷、荒凉、沙尘暴占据的北方。以沙尘暴为例,由于环境的恶化,这种灾害已经成为北方最令人头疼的自然灾害,而且势头逐年上涨。沙尘暴肆虐的时候,冯秋子的故乡内蒙古更是屋里屋外一片"昏黄,沉积,苍茫",糊了窗户纸的老房子几乎被风沙洞穿,铺天盖地的沙石将行人、汽车几乎甩出这个世界。冯秋子从现实追溯历史,又从历史回到现实,将沙尘暴的形成、恶化、原因揭示出来,同时指出:这风沙不仅是北方的灾难,其实也是大家的灾难:"我们都在风沙中,彼此身处同样的危险境地。"——人与环境的矛盾、冲突必须引发所有人的警觉。冯秋子既有对现状的忧思,同时也有深刻的自省:那些不免小资的抒情与感慨变得有些无力、矫情起来,包括她自己曾经的情怀:"我曾在送给朋友的书里写过这样的话:愿你端坐在北方吹来的风里,愿你的眼睛里充满幸福。……"但她很快意

[①] 蔡劲松:《建构与生成——冯秋子的现代水墨实验与探索》,《文艺报》,2013年6月19日。

识到这样的题词不过是一个"诗意的念想","在强劲的风沙面前,单薄虚弱,不堪一击,我再不想提它"(《荒原》)。

西部之外的作家对西部的表现,往往有着独特的视角,**贾平凹**(1952—)的《定西笔记》就是这样。它用最平实的语言记述自己在所谓最"苦焦"的定西的所见所闻,用他自己的话来说,是"以行走来养神","换换脑子","接接地气"。定西在整个国家的现代化进程中被抛出轨道,但却保留着古老的农业文明的传统,它几乎被当今的社会遗忘,但却是中华民族文明起源的地方。"现代的经济发展遮蔽了它们曾经的光荣"。虽然是非常客观的描摹,可是笔底涌动着思考,翻滚着矛盾,流溢着谐趣。另一位作家**祝勇**(1968—),出生于辽宁沈阳。对西部的表现主要集中于散文集《西藏:远方的上方》。祝勇笔下对西藏的表现,在某种意义上针对着西藏飘浮于各种各样的话语之中,而关于她的本真却隐匿不显,而祝勇的书写具有自我反省的内在尺度,他清醒地意识到自己与藏民们面对的并非同一个世界,"但我可以感觉到那个世界的存在。即使在世俗的街景中,也遍布着天国的遗物。我更像一个破译者,透过零散的符号,解读那个世界的密语。"这样的自我角色认定,贯彻于他的写作之中,因而"不同于一般旅行者的心情散记,而是力图穿越历史的尘埃,构筑着感性与知性的话语空间,充满了思想的穿透力"[①]。同样是内省的视角,作家**宁肯**的西藏书写展现的是"审美的解放"。宁肯于1984—1986年在西藏生活和工作过,有关西藏的系列散文使其成为"新散文"创作代表作家。2013年出版散文集《说吧,西藏》,其中第一部分里《藏歌》《天湖》《一条河的两岸》《喜马拉雅随笔》《沉默的彼岸》《大师的慈悲》《说吧,西藏》等篇什,再现作者的西藏生活中书写西藏对"我"的意义:"西藏的远方,西藏的天空,对我至关重要,巨大的陌生,巨大的遥远,会不会创造一个巨大的'我'呢? 或客体的'他'呢?"[②]刘军在《〈说吧,西藏〉:精神内省与灵魂投射》一文中说道:"宁肯笔下的西藏不同于众多作家、旅行者的西藏叙述,他并非从外部进入,即从八角街、布达拉宫、青稞酒、锅庄舞、唐卡等这些外部符号切入,而是如莲花般,从内部绽开。"

从西部走出的文学评论家**雷达**,一直在文学评论之余以极大的热情投入

---

① 王泉:《新世纪十年中国散文的西藏书写》,《井冈山大学学报(社会科学版)》,2012年第1期。
② 宁肯:《说吧,西藏》,北京十月文艺出版社,2013年出版,第205页。

到散文的写作,在一定意义上,散文创作也是他的文学评论的延续、补充和阐释。进入新世纪之后,雷达的散文创作依然保持着旺盛的活力,出版有散文集《皋兰夜语》《黄河远上》,其中许多篇什是2000年以后的新作。从2014年起,雷达在《作家》开辟"西北往事"专栏,不定期地推出他关于甘肃以及大西北的回忆或记游的散文。

西部的历史文化、地理风貌和人生故事是雷达散文中集中而鲜明的构成部分。黄河上游及其最大的支流渭河,作为文化地理的突出标识,贯穿着,联系着,也滋养着雷达的散文创作:"黄河的声音,至今还会在梦中响起,它成了我解读兰州历史文化的一把钥匙"(《费家营》),而"渭河如弓弦划出一道弧线,好似我臂弯上鼓突的血管"(《还乡》)。在《费家营》《黄河远上》《新阳镇》《多年以前》等散文中,雷达都情深意切地回忆了自己在西北的生活经历。这些回忆叠映着西部社会变迁的背景,勾勒出作者心灵成长的轨迹。一个个历史事件的书写,不仅再现了战争、饥荒、贫穷、地理风貌、极"左"政治,而且表现了个体、家庭乃至族群的心性与性格,展示出人在与自然、与社会的互动和冲突中,文化的传承与裂变,生命的不屈与精神的强健。

在这些散文中,雷达以敏锐的感性落笔日常生活,关注点滴细节,引入宏阔背景,兴之所至地娓娓道来。有时候,他就是一个健谈的长者,在讲述自己的故事,传递人生的经验。我们看到那个儿童时的雷达:"背着快掉到屁股蛋下的书包,忽然蹿上台,面对麦克风,先擤了一把鼻子,把鼻涕抹到鞋帮上,在哄笑声中唱开了。"(《黄河远上》)我们听到接受了新式教育而又才华出众的母亲的故事,她在丈夫病故之后,面对生活的各种困境,牺牲了自己的幸福,独自一人含辛茹苦地将儿女培养成人(《多年以前》)。嫂子身上表现出的顽强的生命力,同样给我们留下难忘的印象。这个最穷苦的贫农女儿、童养媳,却在那个荒诞的年代顶起了"富农婆"的帽子,经常被扭去游街,干苦活累活,"每次游街后,嫂子扔掉绳索木牌,抹去伤痕污渍,赶紧生火做饭,还说说笑笑,像没事人一样"(《新阳镇》)。

有时候,我们则被他带入审美活动的情境之中,譬如,"被岩画之谜吸引着,不由遥想上古游牧人,顶风冒雪,辗转深山荒滩,日夜与牛羊为伴,好不孤单,那种欲与天、地、人、万物生灵对话的强烈冲动难以抑制,却又苦无对象,于是以凿刻为语言,把原始的思维和郁积于胸的怒吼注入了这万古不灭的岩画"(《走宁夏》)。又如,他让我们在《凉州曲》里领略了一首首民歌,这些民歌与山川形胜、寻常人家、文化古迹、历史人物相得益彰,点染出浓浓的诗情。而在《费家营》里则让我们"艳遇"了一夜盛开的桃花,看到"最鲜艳、最奔放的花儿与最苍凉、最沉默的秃山构成了强烈的色彩对比,桃林像红霞,像红海,像火焰,在山脚下流淌着,在万古苍凉中寂寞地浮游着,燃烧着"。这不啻为西部精神的生动意象,苍凉贫瘠中突显的灿烂光华,是不可阻遏的生命力的奋然勃发。

有时候,我们被作者峻急的思考刺激着。在回顾少年时代在费家营兰州工农速中的经历时,雷达写道:"'文革'并不是从天而降的,也不是突然爆发的,'文革'的形形色色斗争方式早已有之。"(《费家营》)这呼应着作者更早的时候发出的叩问:"一场大噩梦随着那个时代的结束而结束了,但那时代的精神因子也永远地消失了吗?"(《王府大街64号》)连接过去和将来的是此刻的现实,如此警醒人们对"文革"的反思,须推向人性的深处和精神的黑暗。我们也被作者驱策着面对现代消费社会与大山深处原生样态之间的紧张关系,体会作者内心的纠结:"我的心是多么矛盾:我写文章,希望人们知道扎尕那的美,但我深知,一旦知道的人多了,蜂拥而至,它立刻就会变色变味。"(《天上的扎尕那》)

神秘而贫穷、传统而富有文化多样性的西部,伴随着雷达对现代文明的反思,每每作为一种精神原乡的存在而被珍视和呵护。他在新阳镇乡亲的脸上,"看到了对祖先、对传统的无比虔诚和敬畏"(《新阳镇》),在固原发出慨叹:"切莫用施舍者的眼光看西部,西部不是可怜巴巴的施舍对象。鸟飞返故乡兮,狐死必首丘,我深信,不管人类文明发达到了何等程度,我们永远需要不断回归精神的故乡。"(《走宁夏》)所有这些关于西部的散文,都突出体现了雷达心灵深处与西部割舍不断的联系,当倾诉的语流,动人的故事,鲜活的人物,欣悦与悲情,欢乐与忧愁,从他的笔端流出的时候,他独具个性的散文书写空间也得以展示。

这样的个性同样体现于雷达其他题材的散文写作。无论是状写人物如《忠实兄永在我心》,还是学术随笔如《李白"故里"在甘肃秦安》,雷达都践行了他自己的散文主张,即如他阐述胡适"有什么话,说什么话"时指出的,其精义"全在于自由、本真、诚挚、无畏"(《我心目中的好散文》),也因此,敏感又随性、坦荡而率真、博闻而善思的写作者形象从他的文字中站立起来,与读者进行亲切而真诚的交流。

进入新世纪以来,宁夏也有很多作家写出了值得关注的散文作品,其间回旋的主调是对村庄和土地的眷恋,对现代文明的反思,对贫瘠的土地上精神的花朵的珍视。

小说家**郭文斌**也勤于散文创作,在他出版的《郭文斌精选集》(七卷)中,就有四本属于散文文体的写作。其中《永远的乡愁》收录的散文,如《点灯时分》《守岁》《一片荞地》《永远的堡子》等,都在对乡风民俗的生动描摹中表现浓烈而真挚的亲情,展现乡村生活与土地、与植物、与时间所产生的心灵上的联系。当作家将这样的心灵联系置于城与乡、现代与过往的二元时空中思考人生、应对困境时,诉诸传统的精神力量便自觉起来。这体现在他的《寻找安详》《回归喜悦》《〈弟子规〉到底说什么》里,以文化随笔的形式,解读传统文化中各种价值尺度,试图为现代社会寻求一种精神的维度和出路。这些文化随笔虽然有一定的系统性,但未必旨在提供确切而有效的文化解决方案,更为重要的是,这种寻找的过程里展现出作家主体与种种现代病抗争的情怀。**石舒清**,工于小说创作,他与摄影家王征合作的《西海固的事情》,呼应着照片的场景和细节,用文字表现出西海固苦涩而粗粝的环境中生命形态的贫瘠与脆弱、丰饶与坚忍。石舒清的散文语言亦如他所着力展示的别样的生存,自觉地寻求着一种简洁而接物、朴素而坚定的表达方式,如木刻画一般鲜明地镌刻出西海固别样的人生图景。像《西海固的人们》里写孩子夭折后,"虚弱得像一缕烟的女人默默地流着泪,做父亲的黑着脸,一路抱紧着只鞋一般大的孩子,到坟地里把他们埋掉了"。静默的精神力量从这样的文字中释放出来。

新世纪以来的宁夏散文创作中,还涌现了一批值得关注的作家作品。**彦妮**(1967—),宁夏海原人,她的《那时花开》《我的报刊亭》等,充分展示了一个来自生活底层的草根作家对生命、对世界的敏感。英年早逝的**朱世忠**(1952—2010)有散文集《秋天开花的梨树》,对自然、乡村和土地的描绘与对生命和文化的思考紧密相连。**赵炳鑫**(1967—)的散文集《孤独落地的声音》里既有对故乡的深情而温柔的记忆,也有长夜里对人生、对社会深沉而孤寂的思考。**陈继明**的《陈庄的火与土》以文字重回故里,坚执地建构起精神的故乡。女性作家群的兴起是一个突出的景观,如**于秀兰**(1950—)的散文集《兰亭心雨》对故乡的深情抒写和沉静反思。**高丽君**先后有《让心灵摇曳如风》《在低处在云端》两部散文集出版。又以书写底层故事的《姑父和他的规矩》一文,在"无数次的徘徊纠结迷茫"之后,终于找到了写作的真谛,"以安静的姿态贴近大地写作,才是贴近生活的本质;以真诚的心写他们——底层的普通民众,才是写作的意义所在"①。小说家**马金莲**的散文创作如《我的村庄》《半叶清风吹故乡》《老去的岁月》《我所留恋的岁月》等,也独具特色地吟唱着正在远离的乡土和正在消失的家园。可以说,进入新世纪后的宁夏散文创作,迎来了一个生命勃发的生长期。

第四节 沉思中的回望:新世纪非虚构文学

21世纪以来,"非虚构文学"的概念逐渐升温,与之相对应的,是"报告文学"的概念及写作相对趋于平淡。从现有写作来看,这一文体概念的兴起和被广泛接受有其合理性与必然性。新世纪西部非虚构写作,代表作主要有杨显惠的《夹边沟记事》《定西孤儿院纪事》《甘南纪事》,和凤鸣的《经历——我的1957年》,高尔泰的《寻找家园》,萧默的《一叶一菩提》《秋风吹不尽》,丁燕的《双重生活:从乌鲁木齐到东莞的迁徙之路》《沙孜湖》,何华的工业题材纪实文学《石化魂》《共和国长子》,杜文娟的《阿里阿里》等。其中,高尔泰、萧默、和凤鸣的写作,是建立在自身记忆基础上的类自传作品。

新世纪以来的西部非虚构写作,大致上有以下主要特征:第一,就内容而言,主要涉及西部的当代历史事件。因此,写作重点也相应地以历史时期的人物、人事为主。描绘80年代以来西部社会变化的写作,主要集中在年轻作家群体,尽管目前尚处于起步状态,但却是今后西部非虚构写作的重点所在。第二,无论是生长于西部的作家,还是成年后进入西部的作家,在非虚构写作中,均凸显出鲜明的西部性。值得留意的是,"西部"多与苦难联系在一起,历史或者现实写作都不例外,除了外在的自然环境因素以外,这种复杂的关系如何更好地界定与分析,将是后续的文学史所绕不开的一个核心命题。

杨显惠及其"纪事"系列,是这一部分首先要谈的话题。**杨显惠**(1946—),兰州出生,在甘肃生活和工作至80年代初,后定居天津。2000年在《上海文学》发表"夹边沟"系列作品之前,主要以小说创作为主,曾获全国优秀短篇小说奖,但总体来说并不具有广泛影响。90年代末,杨显惠多次

---

① 高君丽:《以安静的姿态贴近他们——在第一届林非散文奖颁奖会上的发言》,2015年5月11日。

返回甘肃,采访了上百位当年在夹边沟农场的"劳动教养"者,并据此写作《夹边沟记事》系列作品,2000年初开始在《上海文学》连载,后以三个版本在不同出版社相继出版,其中花城出版社版本影响较大,共收作品十九篇。随后《定西孤儿院纪事》(二十二篇)和《甘南纪事》(十二篇)相继在花城出版社出版,三部"纪事"作品被称为"生命三部曲"。

《夹边沟记事》所指的夹边沟农场位于甘肃酒泉,为1957年"反右"运动后甘肃省"右派分子"进行"劳动教养"的一处地方。从1957年开始,陆续有近三千名"右派分子"被收押至此。在全国性饥荒来临的日子里,夹边沟农场更是雪上加霜,遭受了极端惨烈的普遍饥饿。事态惊动党中央,1960年12月兰州会议决定抢救人命。杨显惠于90年代中后期,先后搜寻和采访了上百位当事人/亲历者,在此基础上写作了这部纪实作品。通过十九个故事的叙述,引领读者回归历史现场。

《夹边沟记事》的写作特点或者突破在于:第一,在题材与内容上。许多研究者已经认可杨显惠及其写作在直面历史、直面人性等方面的担当和勇气:"杨显惠通过大量的调查,本着对历史的负责,写出了这段历史。"[①]他通过一则则故事,让历史具象化、鲜活化,尤其是对极端环境下饥饿的集中表现,令人难忘而震撼。第二,在文体方面。杨显惠尝试以采访式的调查和写作,通过纪实性的创作方式,追求在小说语言、叙述方式、结构方法等文体形式上的新变。三部作品均采用作品合集的形式,既避免长篇累赘和视角单一的叙述,更以不同人物的故事来引领读者从多角度去回看并且感受历史场景。有研究者认为:"三部作品将小说、散文、回忆录、采访笔记同构于一体,打破了以往小说在篇幅、构造故事、塑造人物等方面的俗套。"[②]第三,在叙述语言上,采用白描的艺术手法、纪实性的语言风格及平实平静的叙述语调等来完成,其目的在于更有力地逼近真实。杨显惠曾自述:"在艺术上,我追求一种逼近真实的简洁之美。""我追求的就是那种简洁、有力、干净、朴素的风格。虽然我要表达自己的态度、倾向,但尽量参考新闻写作的方式,全靠剪裁呈现出来,文字上则不动声色,将个人的情感剔除得干干净净。我觉得只有这样,作品才具有真实的打动力。"[③]

[①] 杨光祖、赵勇:《关于杨显惠作品的通信》,《南方文坛》,2015年第6期。
[②] 哈建军:《论杨显惠的"纪事"系列小说》,《中国现代文学研究丛刊》,2012年第9期。
[③] 杨显惠、邵燕君:《文学,作为一种证言——杨显惠访谈录》,《上海文学》,2009年第12期。

研究者评价《定西孤儿院纪事》的写作,"他使用通渭方言,很地道。所写细节都是事实,他采访的那些孤儿,我见过一些,都是七十多八十多的人了"①。作品由具象化、细节化的个人故事构成,它让宏大的灾难变得具体可感,超脱于抽象的、语焉不详的、被尘封与遮蔽的饥饿程度和死亡数字,换言之,杨显惠所做的,就是将数字还原成个体的、鲜活的抒写。对于作品的写作目的和警示意义,杨显惠有着高度自觉:"这是一段并不遥远的历史……我想告诉那些不了解历史或者忘掉了这段历史的读者:我们的社会发生了巨大的变革和进步,我们过上了前所未有的温饱生活,为了这温饱的生活,我们的前辈付出了极大的代价——无数人的生命和眼泪。我们不该忘记他们!"②

《甘南纪事》是一本记录甘南藏族人民特有生活风貌的作品,尤其是在世纪之交社会转型期间,藏民传统文化和生活方式所面临的影响、新变和挑战。与前两部作品相比,在题材和文体上有了较为明显的变化,也即杨显惠所说:"在小说语言和风格上我也想变得轻松一点,想调整一下。另外,我看到很多写藏族题材的作品,主观的东西太多,还往往跟着所谓的文学时尚跑,把很多真正有价值的东西丢掉了。我希望在《甘南纪事》中把自己对当地风土人情、人们的生活等的认识反映出来,把这个民族的特点,不一样的价值观和传统写出来。"③于是我们看到,甘南的故事不再纠结于特定的历史创伤记忆,所述题材不再敏感,作品时间也由历史拉近到了当下。作品着力描绘藏区的风物习俗和人物风貌,叙述上沿袭前两部纪事作品的不动声色,不猎奇,不刻意或者造作,藏民的故事就这样娓娓道来。

《甘南纪事》的写作同样建立在充分调研的基础上。杨显惠在作品后记里谈到他的写作准备:"三年多来我多次进出甘南的草原和峡谷,进出藏民的牛毛帐房和沓板房。我试图了解他们独特而灿烂的文化,他们特有的生活形态,他们从传统走向现代化的身影,他们血脉的跳动……"④作者连续深入甘南藏区,亲身体验藏民传统生活方式在当代的变化,及其对某些民族传统性的坚守,尤其是老一辈的藏民,"他们可以接受汉族人吃的馒头、烙饼、面条,也

---

① 杨光祖、赵勇:《关于杨显惠作品的通信》,《南方文坛》,2015年第6期。
② 杨显惠:《定西孤儿院纪事·后记》,第411页。
③ 杨显惠:《写甘肃题材是最大文学"野心"》,《中华读书报》,2011年11月2日。
④ 杨显惠:《甘南纪事·后记》,第297页。

喜欢穿夹克西装,内心却仍保留着本民族的文化内核。"①社会转型期代际之间的矛盾冲突及其协调解决,同样是作品重点关注的内容,有研究者指出:"《甘南纪事》站在民族文化的山头,把握了藏族文化从传统走向现代的血脉跳动,观照了甘南藏族人民的生活状况"②,以及藏族文化与现代文化的碰撞。《甘南纪事》对不同民族文化冲突的如是描摹,同样可以视为杨显惠对以往藏族题材写作"主观的东西太多""把很多真正有价值的东西丢掉了"等弊端的不满与纠偏的尝试。不过,对于藏族文化来说,杨显惠与众多藏族题材写作者一样,身份上都是不折不扣的外来者,其面临的难题均大同小异,特别是在对藏传佛教的认知与表现上。《甘南纪事》就采取了绕开宗教这一核心而敏感话题的策略。作者也承认:"《甘南纪事》对佛教氛围基本没有涉及,这是我最大的缺点。以后要补这一课。"导致的结果便是:"面对藏传佛教下的藏民,他的写作,总是感觉还有一点点隔。"③

在杨显惠进入"夹边沟"题材的同时,这一题材的写作也成为新世纪西部非虚构文学的重要题材领域之一。从 2000 年到 2006 年,还有一批非虚构作品相继发表、出版,主要有:和凤鸣《经历——我的 1957 年》(下文简称《经历》)、赵旭《风雪夹边沟》、李景沆《蒙恩历程》、高尔泰《寻找家园》、邢同义《恍若隔世——回眸夹边沟》、庞瑞琳和贾凡《苦太阳》以及由杨得志口述、杨肃整理的《别了,夹边沟》等。

和凤鸣(1932—),女,生于兰州,1949 年起作为编辑、记者供职于甘肃日报社,1957 年与其夫王景超一同被划为"右派",分别被送至安西十工农场和夹边沟农场进行"劳动教养",王景超死于饥饿。1989 年,和凤鸣退休后开始撰写《经历》,2001 年出版,该书截取 1957—1960 年间作者的经历与见闻,以作者的农场生活为主兼及王景超及其他"右派"的故事。

《经历》是一部建立在个人记忆基础上叙述个体经历与见闻的自传性作品,以线性时间为叙述顺序。作者显然有着明确的写作目标与担当:"敞开记忆的闸门,让四十年前的苦难一次又一次呈现眼前,远距离地回顾过去的那一页","将它真实地再现在读者面前,……让苦难和奋争成为一笔精

---

① 黄桂元:《杨显惠作品的"另类"观感》,《扬子江评论》,2012 年第 2 期。
② 哈建军:《论杨显惠的"纪事"系列小说》,《中国现代文学研究丛刊》,2012 年第 9 期。
③ 杨光祖:《杨显惠论》,《扬子江评论》,2012 年第 2 期。

神财富警示后人,使这段沉重的历史勿再重演"①。对于记忆里的历史苦难,作者并不过多地纠缠于伤痕的展示与呼天抢地的控诉,更多的是采取一种相对豁达的、大悲悯式的宽恕,对往事做了较为平实、理性的叙述,字里行间闪耀的是正义感与人性的光芒,对历史悲剧所做的反思,也可见作者的独立思考。

在"夹边沟"主题的写作里,和凤鸣是为数不多的女性作者。因此《经历》主要是从女性视角出发来回忆和叙述的。这里的性别因素主要分为两个方面:第一是我们看到《经历》里的女性形象,看到和凤鸣作为妻子、作为母亲身份时的情感体验,作为女性对丈夫、对同事朋友、对难友的力所能及的关爱与包容,以及女性在面对苦难时,在情感体验上的特殊敏感性,这是明显有别于男性的隐忍和坚忍。涉及的第二个方面,也即女性写作者的写作特点。总体来说,《经历》在叙述事件与人物行为时,较为详尽、细致,全书共五十万字,相比同类作品也算篇幅较长的,可谓以普通人视角对"反右"运动的全景式描写。另一方面,作者注重局部与细节。如历史情境里的人物服装、神情、对话乃至动作等,均一一还原呈现。但是事无巨细记叙的同时,带来的是叙述的流水账化,使得整部作品叙述主线与重点不突出。加上叙述技巧的不足、叙述视角的单一性等,结果难免失之冗长,限制了作品的美学和哲学高度。

"夹边沟"主题的写作里,文学性较高的当属高尔泰的《寻找家园》。**高尔泰**(1935—)生于江苏高淳,50年代初期就读于丹阳正则艺专(后改为江苏师院),1955年至60年代前期辗转工作、生活于甘肃兰州、敦煌等地,先在中学教书,1957年划为"右派"后遣送至夹边沟农场劳教,第二年因绘画才能被调离。1962年调至敦煌文物研究所工作,1992年出国。《寻找家园》为作者记忆散文集,部分刊发于《读书》杂志,2004年由花城出版社出版。作品出版前,高尔泰广为人知的身份是"美学家"。

《寻找家园》(增订版)分"梦里家山""流沙坠简""天苍地茫"三卷凡五十七篇。第一卷以全书最具抒情的笔调写少年故家,交织着抗战时的逃难生活与返乡闻见,其行文及表意,既奠定着全书基调,更是不可或缺的部分,一个漂泊者的所谓"寻找家园",正是从童年与故乡的记忆开始。而"梦里家山"一

---

① 和凤鸣:《开头的话》,《经历——我的1957年》,敦煌文艺出版社,2001年出版,第4—5页。

卷,哪怕是战乱中的经历,都不足以妨碍其作为全书最温润柔软的章节存在,同时也是作者历经磨难中以内心强大对抗时代动荡的支柱与力量源泉。《寻找家园》所涉甘肃文字,多在后两卷,共三十五篇,尤以夹边沟劳教和敦煌人事纠纷的记述为人称道,作者曾描述西北与自己:"我是一株无根的转蓬。滞留在大西北,将近三十年……大西北于我,有一份深深的乡情。离开那里,反像是离乡背井。"[①]这部分西北黄土粗粝乃至凄厉的经历,恰与"卷一"明亮光润的江南水乡形成了无比鲜明的对照。

与《夹边沟记事》的冷峻叙述相比,《寻找家园》作者在作为参与者和见证者讲述苦难时,情绪平静而不乏空灵洒脱,哀而不伤,超越了简单的哀伤和非理性的愤怒。在内敛克制的控诉和对历史的诘问中,作者表现出了足够的宽容,以及超越具体人物、事件的思考与诘问。在语言上,直白淡雅,不做作,用字平实、简洁、考究而不繁复绮丽,抒情自然不做作,节奏平缓、舒坦,在缓慢的回忆过程里自然地流露、渗透出淡淡的忧伤,整体叙述朴拙但足够醇厚,时有充满哲思意蕴的字句,回甘隽永,意境深邃,内涵沉重而饱满,如:"我们白天劳动,晚上学习,天天一个样。无穷的日子来了又去了,所有的日子都像是一个日子。"从体裁和文学性来衡量的话,《寻找家园》可归入中国新文学以来,从鲁迅的《朝花夕拾》、沈从文的《从文自传》到杨绛的《干校六记》等优秀自传性叙事散文集这一序列。

《寻找家园》之所以葆有这一深入骨髓的抒情,或是因为历经坎坷的老人从不曾丧失内心对人与自由的坚持,对美和诗意的追求。作为一个拙于日常生活、不善交际的人,高尔泰的特立独行乃至桀骜不驯,让其经常碰壁,伤痕累累。尽管历经磨难,但贯穿全书的是一个独立的人格与理想。如《安兆俊》中的安兆俊,一个让高尔泰深深怀念并用心写作的人,这位研究新疆史的历史学家,在夹边沟严酷的环境里,依然坚守保持着人性的正直、良知以及人的信念与尊严:"不光是要活下去,还要活出意义来。"作为犯人劳教队长,他冒险保护过高尔泰;房间保持得整洁干净,将历史资料《工地快报》悉心整理保存,濒临死亡时也坚持擦脸梳头,吃饭时"不管是什么汤汤水水,都一勺一勺吃得人模人样"。在黑暗与困难的环境里保持一个站立的人的姿态与形象,是一个值得两个儿子"自豪的、真正的人"。而高尔泰所书写的有关安兆俊"那个意

---

① 高尔泰:《雨舍纪事》,《寻找家园》,北京十月文艺出版社,2011年出版,第370页。

义的追寻,那种向绝对零度挑战的意志"①的追忆,又何尝不是作者自况?高尔泰的《寻找家园》,就超越了普通的哀怨悲愤,"从感性出发,回归本真的人性。同是回忆录,从材料的选择,细节的捕捉,到叙述的角度,都大大超越了囿于个人经历的自传,更有别于在意识形态框架下批评意识形态的庸俗社会学文本"②。更重要的是,由于他的文字容纳了重建未来人性家园的理想,这使得即便是记述残酷,也仍有光泽闪耀。

萧默(1938—2013)在《一叶一菩提:我在敦煌十五年》(简称《一叶一菩提》)一书之外,以建筑学家的身份名世。《一叶一菩提》2010年出版以后,著名建筑学家萧默因此进入公众视野。2015年,该书部分篇章收入《秋风吹不尽》出版。两书主要记叙作者在敦煌工作期间所经历的人事与见闻,描述了20世纪60—70年代敦煌文物研究所众生相,同时描绘了敦煌的民俗风情、文物建筑和社会场景等。作者自叙写作原因,出于对已有的书写敦煌莫高窟文字的不满:"近年读了一点有关她的报告文学,总体来说却并不满意,原因即在于作者老是摆脱不掉那种主题先行式的'文以载道'或好就一切好、坏就一切坏的传统思维模式,疏于深入解析人性与社会,而致真实性的丧失。丧失了真实性,也就谈不上什么深刻性了。有些部分,与其说是'报告',莫如说更像是掩饰。那么,我这个曾在莫高窟生活了十五年的真正莫高窟人,就产生出一种使命感了。"③作者因此自信地跨界写作:"以自己的经历为线,实话实说,朴素道来,自然显出思想,又可免于空泛和媚俗!"这是一部带有一定文学性的自传写作:"书中特别着意人物性格的塑造,注重细节、戏剧性及许多篇章喜剧氛围的经营,还是有文学的因素在。"在体例和结构上与《寻找家园》相类,大致可以叙事散文或回忆性散文来定位。总体来说,作者写作态度相对严谨,尤工于讲故事,所叙故事情节较具吸引力,文笔优美,用词简洁准确,语调诙谐风趣,富于写作激情,动情时又能催泪,对人物心理刻画比较到位,知人论世又兼具思想性。但在叙事中夹杂过多的议论性文字,还是对故事讲述的流畅性造成了明显的损害。

与当代历史记忆写作侧重于表现苦难所不同的是,萧默有着更为深广的抱负,他否定了《一叶一菩提》是伤痕文学,"因为并不重在揭示伤害",而更重

---

① 高尔泰:《安兆俊》,《寻找家园》,北京十月文艺出版社,2011年出版,第143、147、150页。
② 徐晓:《半生为人》,同心出版社,2005年出版,第264页。
③ 萧默:《萧默自序》,《一叶一菩提:我在敦煌十五年》,新星出版社,2010年出版,第1—2页。

于坦现复杂的人性和展现广阔的社会,"人与社会,都有多面性,这本小书更着重的还是颂扬在那个被扭曲了的社会中人性的正面"。其理由是:在回忆、书写一个"沉重的时代"时,"作者不想再用沉重的笔调来增加读者的压力",故而选择了"站得更远一点,以淡定和从容代沉重"[1],以期从另一面达到相似的效果。因此,在记述人物行为与人际关系,在事件判断与环境描绘的文字里,尤其在散落故事里的感慨和议论里,都洋溢着对人性的颂扬和对兽性的鞭笞,浓墨重彩加以刻画的还是善良的人性。

需要加以说明的是,《寻找家园》和《一叶一菩提》的相继出版,引发了曾为敦煌同事的两位作者(高尔泰、萧默两人分别于1962、1963年进敦煌文物研究所工作)一段文字辩争。针对高尔泰的敦煌文字,萧默撰有《〈寻找家园〉以外的高尔泰》,高尔泰回应以《昨日少年今白头》,萧默则再写《萧默致高尔泰的公开信》,后高尔泰以《哪敢论清白——致〈寻找家园〉的读者,兼答萧默先生》予以回应[2]。对于共处过的人事,两人各执一词。其焦点主要集中在对方叙述具体人事的真实性上,特别是曾一度成为密友的双方之间的揭发与背叛行为,互相质疑、指责写作的诚信度以及对方的人品等。孰是孰非,莫衷一是。《秋风吹不尽》的编者认为:"对于他们共同经历的事,应该允许他们各自去说,因为历史的真相不是一个人能够还原的,无论高尔泰、萧默,他们都是从自己的角度叙述的。"[3]这种个体记忆里的历史写作,观点、细节有出入乃至大相径庭并非罕见。高尔泰和萧默两人之间的文字争端正是建立在私人记忆之上,孰胜孰负都不再重要,留待第三方甚至更多当事者或知情者写下更多的文字去印证和判断。

丁燕及其新疆写作,也是这一时期西部非虚构文学的重要收获。**丁燕**(1971—),女,生于新疆哈密,后移居乌鲁木齐,以诗歌创作为主。著有诗集《午夜葡萄园》、长篇小说《木兰》以及非虚构文学《工厂女孩》《双重生活》《沙孜湖》等。2010年移居广东东莞,创作重点转向非虚构写作,代表作品有《双重生活》及《沙孜湖》等。丁燕的非虚构写作,源自从西北到岭南的空间迁移,进而引发对不同地域与族群间差异的观照和思考。在跳出了原先的生活

---

[1] 萧默:《萧默自序》,《一叶一菩提:我在敦煌十五年》,第2页。
[2] 高尔泰:《哪敢论清白——致〈寻找家园〉的读者,兼答萧默先生》,《南方周末》,2010年11月4日。
[3] 向继东:《编后记》,《秋风吹不尽》,广东人民出版社,2015年出版,第254页。

圈子后,丁燕得以远距离回望新疆。在丁燕看来,相对于被现代交通技术的便捷快速所缩短了的地理距离,不同族群间的文化距离实则更难以缩短,《双重生活》所表现的就是这种"新疆人在东莞"遭遇误解或者偏见的故事。丁燕无疑对此极其敏感,由此促使其用非虚构的写作形式,呈现她所熟悉的新疆人的真实生活,借此消解她所认定的民族间的文化隔阂。丁燕用非虚构形式所进行的异地写作,探讨的是当下中国社会所面临的发展与文化冲突等核心议题,其叙述是通过草原上的普通牧民、农民或者工人和县城、城市的普通市民及其经历展开,在此意义上,《沙孜湖》更具典型意义,它"记录了某个特定时期,发生在中国西北角的变迁。我以沙孜湖为观察点,并从湖畔辐射开,波及托里县和克拉玛依市的人和事"(《沙孜湖·前言》)。沙孜湖隶属于新疆北部城市克拉玛依所管辖的一个名叫托里的小县,以沙孜湖为中心的草原周边有牧人游牧的生活,有农民的农耕生活,还有克拉玛依石油新城的工业生活,三种生活方式彼此交融,又互相争夺抗衡,在此意义上的沙孜湖"比中国任何一个地方,都更忠实、更强烈地反映出游牧、农耕、工业的三重奏"。在作者看来,生活在岭南工厂和北疆沙孜湖的人们,虽然在文化传统和生活方式上南辕北辙,但在工业化日益深入的中国,两个世界越来越受到外来资本的影响,生活日渐趋同。《沙孜湖》执着于记录游牧、农业到工业文明形态转型中的人与事,尤其侧重于表现工业文明、资本与市场的入侵及其带来的冲击和改变,而作者对这一改变显然是悲观的、排斥的、哀叹的:"湖畔生活亦充斥着改变。改变蔓延着,熏染了一切,无人能幸免。"

当作者"从沙孜湖进入油田,我会更清晰地看到两者之间的反差。克拉玛依崛起于托里草原,而托里草原上的沙孜湖却日渐没落。然而,草原从来不是绝对的蛮荒,而都市已然千疮百孔。越接近城市,人们的精神核心越涣散;越是粗放的游牧生活,越有着高度统一的精神世界。"[1]一旦作者抱着如是的创作初衷,难免陷入牧业/农业与工业、城市与阜原、沿海与边疆、先进与落后、复杂与纯净等二元对立模式中去。我们看到,尽管作品也重视书写现实生活中的共存与妥协,但其观照的核心与实质,依然落实在对立与冲突上,甚至连妥协都是以批判为主。对田园牧歌的缅怀和对都市及工业的批判,历来有之,

---

[1] 《从〈工厂女孩〉到〈沙孜湖〉——作家丁燕的出走与回望》,《哈密广播电视报》,2015年8月27日。

《沙孜湖》和《双重生活》显然还有改进的空间。

丁燕在书中讲述了一个又一个场景和故事,其中不乏精彩的篇章,尤其对剧烈变化中人的异化的描摹,如《"有两个舌头的人"》《断裂人》《双城之殇》《荒原上的城》等。《"有两个舌头的人"》写政治高压下的人性异化,栩栩如生再现了"右派"老秦的颠沛人生,他性格中的妥协与偏执,他在漫长险恶流窜生涯里的人性变异,被形象而深刻地呈现。此外,作者对以石油城克拉玛依所代表的城与湖/县(沙孜湖、托里县)的巨大差距与冲突的刻画,绝妙而深刻,并落实到《断裂人》里的与石油产业息息相关的女生小叶、小惠和小李等活生生的个体悲剧上,她们身处断裂社会和大工业挤压下,不可避免地面临着断裂的人生。但整体而言,《沙孜湖》的行文及选材缺乏必要的节制,许多篇章及人物形象并非出色,陷于平面、单调。而面面俱到和稍嫌细琐的选材与写作,篇幅及字数缺乏必要的控制和节制。此外,在描述草原生活及其改变、消逝时,文字抒情过于泛滥,太多的感慨与惋惜限制了作者反思的高度与理性。

何华的工业题材创作也是这一时期西部非虚构文学的一个亮点。**何华**(1963—)甘肃镇原人,兰州石化学院教授,中国作家协会会员,著有长篇纪实文学《石化魂》《共和国长子》《静水流深》以及散文集《夜语心歌》等。他的《共和国长子》选取"兰炼"和"兰化"发展史上具有代表性的人物为叙写对象,以细腻的笔触、充满激情的语言抒写了石化人的奉献精神。新中国建立之初,实施工业化强国战略,国民经济发展"一五"计划布局的一百五十六项重点工业项目,彻底改变了中国贫穷落后的面貌。正因为建立了独立完整的民族工业体系,才维护了中华民族的政治和经济独立。在工业化的阵容中,首要的重点工程就是石化工业。共和国没有忘记:是兰州炼油厂炼出了新中国第一桶"争气油",结束了中国人依赖洋油的历史;是兰州石化制造出了新中国第一批乙烯与合成橡胶,为国家的工业化提供了有力支撑。鉴于兰炼、兰化人的历史性贡献,我国第一个现代化炼油厂"兰炼"和第一个功能齐全的化学工业公司"兰化"被誉为新中国石化工业的"共和国长子"。何华的《共和国长子》所表现的就是这段历史以及历史节点中人的命运。为此,何华耗时两年,奔赴企业一线,采访了一百八十七名见证了新中国石化工业发展的劳模、科技人员以及普通工人,把《共和国长子》的整体构思嵌入中国工业化进程的大背景下审视石化工业对中华民族的独特贡献,再现了大国崛起的历史,生动讲述了石化人的故事。正如文艺评论家梁鸿鹰所说的:"特别值得赞许的是,作品以丰沛的细节,还原了一个个感人的历史场景。空军急需喷气式飞机专用的润滑油,特别是凝固点必须低于零下五十五摄氏度,石油炼制者们汇聚于零下五十度的环境中研制,长期的超低温环境,使得工人出身的毛鹏飞得了严重的风湿性关节炎,手萎缩成了鸡爪子一般,但仍然坚持采集数据……种种细节,感人肺腑,催人泪下。"正因为作者熟知中国石化发展的历史,"力求以事实凸显历史人物的精神品质,提升当代工人的精神风貌",才让"读者在阅读体验中向往生命的辉煌,向往英雄的崇高"[①]。不足的是,何华的这部作品因为作者赋予太多的激情,主观情绪流露过多,一些细节的处理还显粗糙。但是,相对于当下工业题材文学作品严重缺位的客观现实,何华的这一努力是难得的。

新世纪以来的西部非虚构写作,值得一提的还有陕西女作家杜文娟的藏区写作。**杜文娟**(1967—),女,陕西岚皋人,著有长篇小说《走向珠穆朗玛》、小说集《有梦相约》、长篇非虚构文学《阿里阿里》以及散文集《天堂女孩》《杜鹃声声》等。杜文娟数次进入高原边境阿里地区,以《阿里阿里》记叙其所闻所感,其写作带有较明显的英雄主义和浪漫色彩。杜文娟擅长对西藏阿里地区高原、雪域风情、风景的描绘刻画,对边疆苦寒气候及人与自然顽强抗争的渲染,对卫戍战士及其牺牲精神的讴歌等。但其抒情稍显得缺乏节制,行文欠凝练,篇章与人物塑造应可进一步精练。

第五节　镜头中的西部:新世纪影视创作

西部丰富的人文和自然资源为影视剧提供了永不枯竭的创作源泉。20世纪80年代伊始,西部地区相继出现了王海兵、康健宁等优秀的纪录片创作者,产生了像《沙与海》《天驹》《回家》《八廓南街16号》等重要作品,引起了国内外的关注。西部纪录片植根于西部人文、自然,具有浓郁的地域特色,是时代风尚与地域风土共同结晶,到21世纪初,其兴盛已然成为一种独特的文化现象。

历史地看,西部纪录片异军突起主要有两方面的原因:第一,生态环境恶化,大量原生植被正在迅速消失,物种濒危,影视剧作者用镜头忠实记录和抢救西部即将消失的地理风貌,承担起了环保使命;第二,西部正在经历现代性

[①] 梁鸿鹰:《石化工业的成长记忆》,《人民日报》,2014年7月15日。

转变的阵痛,纪录片作为一种"症候反应",揭示西部在古老与现代、商业文明与传统文化、宗教信仰与世俗生活之间的迷茫和转变,表达了对文化同质化、平面化、消费化的焦虑和反思,反射过去,洞悉未来。

这一时期的外来影视创作者,从他者的角度凝望这片古老神奇的土地和勤劳淳朴的人民,其镜头虽然带着审视、好奇、疑问,但大多对西部文化表现出了理解和尊重,对西部苍茫、高远的自然景观表示惊叹赞美,极大地提高了西部风土文化的国际影响力。

地理类中,日本柴田昌平导演的《茶马古道:另一条丝绸之路》和田壮壮的《茶马古道:德拉姆》,重走古道,记录一路上风土人情和历史变迁。日本拍摄的《天上的圣湖》《敦煌莫高窟》等从文化地理的角度记录西部之美,节奏舒缓,构图巧妙,壮丽、自然的风光与细腻的人文景观结合。《天空的大画卷:青藏公路2000公里纪行》不仅将公路上的自然风景一一呈现,还记述了公路经过地区的历史、文化、经济状况,文献价值和人文价值突出。2006年的《新丝绸之路》对丝路沿线的楼兰古城遗址、和田、敦煌等十处具有不同文化特征的遗址进行深度挖掘报道。2013年的《丝路,重新开始的旅程》、2015年的《对望:丝路新旅程》等纪录片,则与"一带一路"主题紧扣,描绘了丝绸之路的人文风情,突出反映了丝绸之路经济带沿线国家之间的交流与合作,反映了中国对亚洲经济的重要贡献和各国合作对推进世界和平的重大意义。

历史人文类中,大型剧集《敦煌》全面展示敦煌地区一千六百多年来的历史文化沿革和莫高窟造像之美,画面精致,品位高雅,内涵丰富,引发了观众对敦煌的强烈兴趣。《寻找失落的女儿节——探秘西和乞巧》使甘肃西和乞巧文化成为海内外极具知名度的文化品牌。《天上西藏》对西藏具有神秘色彩的地域和历史事件做了比较全面深入的发掘。《墨脱情》《信仰》《孤城》《国道3010》等也通过独特的地理、文化特质表现了西部人宽广丰富的精神世界。

宗教文化类中,美国的《西藏瑜伽师》和《西藏度亡经》、中国香港的《西藏的西藏》等探讨苯教、佛教对西藏人精神情感、风俗文化的影响,虽然影片对宗教文化的理解稍显生硬隔阂,但对西部灵魂的探寻有独到之处。剧集《千年菩提路》以寺庙兴衰、人物命运、法脉传承为线索,梳理佛法自西域东渐和藏传的历史轨迹。《布达拉宫》通过老喇嘛的自述,巧妙串联起了西藏的社会变迁,历史人物、奇异风光和神秘宗教文化交融一体。

当代剧情类中,法国的《喜马拉雅》讲述一座藏族村寨新头人、老头人各自带领自己的拥戴者踏上运盐之路的故事,展示了西部粗粝、严峻的一面,活画出了西部人虔信、执着、坚忍的灵魂,片中配乐大气深沉,犹如上古先民祈神的低唱,画面光线明亮微微泛白,构图自然,运盐人衣着古朴,器具原始,脚下、身边,山石交错嶙峋,远处唯有崇山、黄沙、白云、蓝湖,消除了一切现代文明的痕迹,令人错失时空。由于主题独特,视听技法高超,影片入围2000年第七十二届奥斯卡最佳外语片奖提名以及2000年欧洲电影最佳摄影奖提名,并获得法国恺撒最佳摄影奖和音乐奖。英国的《盲视》、法国《桑葛尔高原的女儿们》,以及国内萧寒导演的《喜马拉雅天梯》等记述了西部年轻一代在婚恋情感、价值观念和生活方式上与父辈的背离,展示现代性转型中个人主义、人本主义兴起对传统伦理和价值观的挑战,充满对时代变革和个人选择的思考。《登天之路:西藏开山大运输》记述喜马拉雅山脉深谷小村加热萨每年九个月与世隔绝,唯夏季冰雪消融现出一条登山小道,村民们组成运输队往返数日,爬山过林,靠人力、马背从镇上带回生活必需品。途中有一段长达十公里的险路,羊肠小径非常细窄,只容一人通过,一边是海拔四千六百五十米的高山山壁,另一边是万丈深渊,生死一线,望之令人目眩神惊,且山间常常雨雪夹击,时有泥石流、滑坡、雪崩,被人称之为九死一生的"地狱路"。面对这样的艰难险阻,村民努力维持正常的物质生活,还背回水泥、桌椅板凳修建小学,用搏命运输换来的菲薄收入供养孩子到城里读中学,为后代寻找另一种生活的可能。

曾海若导演的剧集《第三极》,讲述青藏高原上人与人、人与自然相处的四十个故事,以饱含情感的镜头、风格化的摄影和戏剧性的故事,赞颂了人对自然的敬重、爱护以及人与人之间温暖的人情味,该片创造了多个纪录[1],作为涉藏纪录片,"出色地履行了国家传播的历史责任"[2]。

彭辉(1965—),著名纪录片创作者,代表作《空山》《背篓电影院》等,他

---

[1] 《第三极》首次在地球5000米以上最大的湖泊冰潜拍摄;首次在雅鲁藏布江岸200米高的悬崖拍摄;是迄今4K超高清素材最多的有关青藏高原纪录片;是摄制人员最多、拍摄地域最广的关于青藏高原的纪录片;是迄今最为全面的关于青藏高原地理人文的纪录片;也是中国首部被美国国家地理频道直接采购并推送到其全球电视网络的国产纪录片。

[2] 杨晓丽:《探索涉藏外宣新模式的一次有益尝试——以纪录片〈第三极〉为例》,《对外传播》,2015年第12期,第36页。

带领团队在可可西里无人区蹲守三年,拍摄《平衡》。该片记录扎巴多杰①带领的野牦牛队为保护藏羚羊与疯狂的盗猎者、艰苦的自然环境、冷漠的官僚主义斗争的坎坷遭遇,基调冷峻、沉重、悲壮,以对环保意识的大力宣扬、对现实的深刻洞察、强烈的社会担当精神和严谨真诚的影像制作,获得第十九届金鹰奖最佳长片纪录片奖。纪录片《平衡》《索南达杰》、故事片《可可西里》等,对引起全社会关注动物保护、重视生态环境起到了重要促进作用。

2006年,独立制片人、导演**孙书云**(1963—)与中国藏学研究中心合作,创作了《西藏一年》,跟踪记录下了江孜古城做法事驱散冰雹的喇嘛被高射炮碘化银抢走生意、小僧人厌倦封闭的寺庙生活、孕妇既请法师驱魔又寻求现代化医疗技术帮助、乡村医生用药无效转而乞灵于活佛与巫术、江孜人谋生挣钱的狡黠和朝拜上香的虔诚等宗教信仰与世俗生活高度结合的独特景象,该片在全球五十多个国家热播,扩大了西部文化的国际影响。

相对于外来影视创作者或多或少的猎奇和对大题材的热衷,西部本土纪录片更多地潜入西部人的心灵深处,关注日常生活的细节,探寻自然、社会、个人的互动,大多具有情感质朴本真、基调深沉凝实、画面大气、自然等特质,具有相似的审美品位、价值判断和情感立场。

西部自然类纪录片在表现风景优美、物种丰富之外,多重在传达对人与自然共生的思考:《回家的路有多长》以野马放归野外为题材;《宝娆的故事》《牧归》《森吉德玛》《敖包对话苍天》等片展示了自然生态被破坏、牧民的生活常态被打破的现状;《牛粪》记述牛粪在牧民生活中的重要作用,《我的高山兀鹫》记录高山兀鹫生存境遇的恶化②等等,这些作品都表达了对生命的敬畏、对人类破坏行为的反思、对自然生态的忧虑。

历史地理类纪录片则在展现西部自然风貌的同时,表现了这片土地深厚的文化底蕴:《喀什四章》《龟兹·龟兹》等将历史文献、民间传说与现实人物、

---

① 扎巴多杰(1952—1998),曾任青海省玉树州法制委员会副主任、治多县公安局局长,第一任野牦牛队长索南达杰的妹夫,在1993年索南达杰被盗猎者杀害之后,继承其遗志,甘冒生命危险,主动调回治多县,接任野牦牛队队长,率领队员坚持与盗猎利益集团、邪恶势力进行了艰苦卓绝的斗争,1998年11月8日为保护藏羚羊牺牲。

② 从2007年起,由山水自然保护中心发起、实施"乡村之眼"项目,多家植根于中国西部乡村社区的机构共同合作,在中国西部的乡村社区对农、牧区学员进行视频拍摄和剪辑方面的培训,《牛粪》和《高山兀鹫》都是由经过培训的青海学员拍摄,这一举措对西部纪录片创作具有很强的示范和创新意义。

真实事件交叉杂糅,绘出了古老绿洲绮丽多姿的画卷;《河西走廊》紧扣国家经略,从政治、军事、经济、文化、宗教等角度全方位展示河西走廊的历史和文化变迁,揭示其独特作用和重要影响,宏大壮阔,视听语言美轮美奂,解说严谨详尽,以情景再现的方式演绎历史。

当代人文题材纪录片,选题多样,全面展示了人在变革裂缝中复杂纠结的精神状态:一些作品表现了转型社会的迷惘、失落,如《没有缝完的蒙古袍》记述母女间关于是否用手工缝制蒙古袍的争论;《下山》里,贺兰山最后一户牧民终于要移居到山下的现代化生活区域,他们在草原上自由自在放羊的快活日子一去不回,内心忐忑惶恐。另一些作品表现西部人对独特文化的坚守,对逐渐消逝的生活方式、风俗习惯的怀恋,如《刀郎乐人》以民间音乐人为主角,凸显民族艺术家的自信与执着;《吾守尔大爷的冰》记录了老人年届八旬依然游走巴扎,以古方制作冰镇饮料;《额尔齐斯河畔的牧人》用少数民族语言描写了阿尔泰山区额尔齐斯河岸边哈萨克牧民的转场生活,展示哈萨克族的民族习俗。还有一些作品具有很强的现实针对性,表现人面对社会的压力,如《高三16班》,镜头对准甘肃某高三班师生背水一战迎接高考,展示了高考制度的残酷和师生的无奈。

西部诸省区的纪录片既源出同流,又由于不同的地理、民族和历史文化传统,在题材选择、表现手法上,相互呼应又各有侧重。

新疆地域广阔,物种丰富,风俗民情多姿多彩,纪录片创作多有佳作[①]。在新疆纪录片导演中,**刘湘晨**集作家、影视导演、文化学者多种身份于一身,作品多以帕米尔高原人的生活为题材,享有世界声誉。他说:"人类绝不会再有这样的幸运,把最高最低、最冷最热、最荒凉极致又绿意溢透的地方同时置于一方天空之下:维吾尔、哈萨克、克尔克孜、蒙古、塔吉克……在一个点上如此高密度地集中了多种不同的文化类型,此种情况为世界所罕见。这里发生的一切,可以让我们清晰地看到历史轨迹的每一寸延伸,同时,又以丰富的文化

[①] 新疆电视台对纪录片创作起到了极大推动作用。2000年1月,新疆电视台纪录片部成立,新疆电视台纪录片栏目《真实世界》《走进中国》《今日中国》编导播出,促进了新疆纪录片创作的飞速发展。2000年至今,新疆电视台拍摄的《冬天》《亚新与牧羊人》《回家的路有多长》《家住沙漠中》《寻找第一只鸟》《刀郎乐人》《新疆大地》《吐峪沟》《胡杨》《大红鱼之谜》《燕子》等多部纪录片均以展现新疆独特的人文、自然地理环境为内容,连续多次问鼎中国电视金鹰奖,在国内外获得了各类大奖上百项,引起了全国纪录片界的惊叹。

意蕴和审美价值具有世界性的参照意义。"[1]这段话是对新疆纪录片重要价值和独特品格的最好诠释。他的代表作《太阳部族》开创了新疆少数民族题材影片在国际主流媒体播出的先例,所承拍的联合国教科文组织申报片《中国新疆维吾尔木卡姆》,是维吾尔木卡姆最终入选"人类口头与非物质遗产"名录最重要的影像媒介。他执导的《水来了》以塔里木河下游生态的变迁为线索,揭示了改善生态的重要意义,片中的沙漠、胡杨林、水的多种鲜明色彩交织,构图考究,充满了艺术美感,打馕、拉面、羊羔接生、交谈、巴拉曼乐器声等多种同期声塑造了立体真实的现场感。《大河沿》记述生存在塔克拉玛干沙漠腹地、克里雅河末端与世隔绝的小村达里雅博依人们的婚恋生育和信仰。《阿希克:最后的游吟》《献牲》《开斋节》《帕米尔》《归去来兮》等,同样以那些不为世人所知的偏远地带少数族群为主角,具有极高的人类学、社会学价值。尤为难得的是,刘湘晨并不刻意采撷那些罕见的原生态素材,他关注的重心始终是人的生活与心灵,作品饱含温暖的人性光辉。

内蒙古的纪录片以《蔚蓝的故乡》系列为代表[2],充分展现了苍茫壮美的草原风光以及草原人民独具特色的生活方式,镌刻着鲜明的草原文化印记。对于草原和半荒漠草原地带的人们来说,马、骆驼不仅仅是游牧生产和交通工具,它们还是朋友甚至家人,在《千年的守护》《马背上的摇篮》《温都根查干》《过冬》《中国秘境阿拉善》《驼殇》《阿妈的宝贝》等影片中,马、骆驼对人的忠诚奉献,人对它们的感激、爱护都得到了细致呈现,并对蒙古马文化做了辩证思考。草原人对一应生灵都有慈悲爱护之心,在《猎人的记忆》里,年逾七旬的老猎人放下猎枪二十年仍心怀愧疚,没有将自己高超的打猎技巧传给任何一个人,年轻牧民击杀偷袭羊群的老狼,但抓到还没断奶的小狼,心怀不忍,又将其放回狼窝……这些纪录片,折射出了草原人的博大仁厚的灵魂和通透达观的生活态度。

青海的纪录片长于地理类题材。2002年的《三江源》综合考察和展示黄河、长江、澜沧江"三江源"地区自然与人文,兼有科教、艺术、新闻和纪录片的

---

[1] 刘湘晨:《垂直新疆》,乌鲁木齐:新疆美术摄影出版社,2008年出版,第10页。
[2] 内蒙古电视台2004年开设《蔚蓝的故乡》栏目,展现北方地区自然风貌及各民族人文风情和民族风情的电视纪录片栏目,进一步促进了内蒙古纪录片的专业化发展。在草原民族传统的审美观念和颜色符号体系中,蓝色象征神圣和永恒,蒙古人自称"库克蒙格勒",汉语意为"蔚蓝蒙古",《蔚蓝的故乡》因此得名。栏目精致的镜头语言和充满温情的诗意表达方式,深深地影响了内蒙古纪录片的创作。

风格,是一部不可多得的艺术精品。此外,《播雨记》《走向绿色家园》《大冰湖》《离天最近的地方》《河那边》《文明边缘地带》《老藏医罗布藏的故事》《暖冬》《塔沙坡》《百年青海》《河湟记忆》等,都对青海地区人文地理做了忠实记录和展示。青海自2008年开始举办中国(青海)世界山地纪录片节,截至2014年已成功举办四届,累计参评的山地题材纪录片达一千九百五十部,得到国际影视界的热情关注和高度评价。

甘肃奇迹般地保留了大量原生态文化形态,拥有雪山冰川、戈壁沙漠、绿洲牧场、丝绸古道等自然文化景观以及大地湾、莫高窟、炳灵寺等蜚声中外的人文历史文化遗产。尤其敦煌文化,更是独一无二的人类文化瑰宝,甘肃拍摄的敦煌题材纪录片就有《敦煌之恋》《敦煌遗书》《拯救敦煌》《圣地敦煌》《敦煌画派》等多部,对敦煌莫高窟的壁画艺术、敦煌文献的学术价值以及敦煌的人文历史做了充分展现。国家新闻出版广电总局和甘肃省人民政府共同主办的"中国嘉峪关国际短片电影展",截至2014年已举办三届,主要以评选、展映和研讨国内外优秀纪录片、科教片、动画片和短片为主要内容,这对甘肃的纪录片创作起了很好的带动作用。

秦川(1965—),著名导演、编剧、书法家,他是甘肃纪录片的旗手,常年不辞辛劳奔波于戈壁沙漠,收集佚失在时空中的文明碎片,记录和传播了以敦煌、丝绸之路为代表的历史文化和人文艺术精粹。从2006年起,中央电视台以每年一部的速度播出其制作的系列纪录片,包括《大河西流》《祁连夜光》《黑戈壁黑喇嘛》《敦煌书法》《玄奘瓜州历险记》《传世象牙佛》《黑戈壁剿匪记》和《敦煌伎乐天》等。这些作品题材多样,具有突出的地域特色、丰厚的文化内涵、独特的表现手法以及强烈的时代气息,全面展示了甘肃地区中古时期上下一千多年间音乐、舞蹈、绘画、宗教发展历程等多彩景象,描摹了甘肃雄浑的精神风骨和优美的地理文化景象,作品注重对文化、对历史进行自觉的反思与探究,善于构造情节,结构充满戏剧性,跌宕有致,引人入胜,在国内学界、业界引起了广泛反响。

金铁木(1971—),甘肃导演、作家,代表作有纪录片《复活的军团》《玄奘之路》《神秘的西夏》《大明宫》《从秦始皇到汉武帝》等,作品多通过记述人物命运,展示特定历史时期的社会风貌。他的《玄奘之路》《佛国记——法显西行》记述法师玄奘、法显远赴西域求经弘法的伟大壮举,刻画金刚无畏道心坚定的高僧形象,追溯盛唐时佛法东来的历史和西域诸国的文化状况,是优秀的人物传记和人文地理记载。

在宁夏的纪录片创作者中,查晓原独树一帜。**查晓原**(1957—)四十七岁弃商到西海固支教,由此开始拍摄所见所闻。位于宁夏回族自治区南部的"西海固"(包括西吉、海原、固原三县),水土流失严重,生存条件极差,1972年被联合国粮食开发署确定为最不适宜人类生存的地区之一。查晓原以此创作了《老马家的日子》《老马家的日子2·搬家》《老马家的日子3·结婚》《两个人的村庄》等纪录片,描画了那些生活重压之下坚强而虔敬的灵魂。《两个人的村庄》里,盲老人和妻子相濡以沫,村子里人们渐渐搬去了城市,只留下老两口没有能力也不愿离开熟悉的家园;《老马》系列记录了毡匠老马一家人贫困生活中的一次次窘境,以及老马随遇而安的安忍虔信;《虎虎》记述小孩虎虎和他的智障母亲相依为命的生活,直面经济落后地区女性地位低下、儿童失学等严峻问题。查晓原的纪录片,影像风格自然,意蕴深沉,令人动容。

相对来说,西部纪录片本土创作者拍摄手法略显保守,创作模式存在一定的僵化现象,且后期制作水准不高,但他们真实记录着这块古老土地上传统与现代的冲突、精神与物质的矛盾、传承与革新的碰撞,反映传统文化的现状,探讨西部人的未来,作品对西部诗意化、人性化的呈现使其具有极高的人文魅力和艺术美感。

与这一时期繁荣的纪录片相比,由于高水平人才缺乏、经济和技术实力较弱、创新意识不足,西部故事片(剧)的发展却不尽如人意。这一时期西部电视剧表现出了以下特点:

第一,大部分西部电视剧以宏大历史叙事和英雄叙事为题材,宣扬民族团结、无私奉献的核心价值观,唤起了广大观众对统一的多民族国家的情感认同。如《帕米尔医生》叙述汉族支边医生在新疆帕米尔高原的乌恰县为柯尔克孜族人民服务的一生;《一路格桑花》为驻守在川藏公路线上的武警交通部队官兵立传;《茶马古道》描写了二战时期茶马古道各民族的团结抗日;《我在天堂等你》《在那遥远的地方》刻画了边防军人为祖国的无私付出;《雪域天路》赞美青藏铁路筑路军民的伟大贡献;《青海花儿》叙述60年代初来自全国各地的青年科学家在青海艰苦的工作生活条件下奋斗终生的故事;《阿娜尔罕》表现了新疆人民迎来解放和新生的坎坷历程;《西藏秘密》记述了云游喇嘛扎西顿珠推翻西藏农奴制度的传奇故事等。这些电视剧讴歌了民族团结、互助,基调乐观、明朗,但情节、台词和人物对于主题指向性的过于强调,显得有点刻意。

第二,选题更注重挖掘西部独特的少数民族风情和地域文化特色,拍摄手法有所创新,视听语言水平提高,观赏性不断加强。如《拉萨往事》细致还原了20世纪20—50年代的西藏民俗风情;音乐风光片《情牵那拉提》,将哈萨克族的优美乐曲与伊犁草原的旖旎风光结合,讲述了上海女知青扎根新疆、其女在寻访母亲过往中从怨恨到理解的过程;《木卡姆往事》,讲述新中国成立后木卡姆艺术由抢救到"文革"罹难到再次起死回生的曲折过程,展现了新疆维吾尔族的生活画卷;《吐鲁番郡王》记述额敏和卓维护祖国统一的英雄事迹,穿插了多姿多彩的维吾尔族风俗习惯;《大敦煌》以一部金字大藏经的命运为线索贯穿北宋、清末民国、抗战时期三个历史阶段,交织形形色色的护宝者、爱国者与侵略者、夺宝人的斗争,儿女情思与家国铁血并重,扣人心弦。

第三,受到现代性伦理的影响,部分电视剧采取平民化视角,把小人物命运作为观照对象,强调日常悲欢离合中的情感渲染力。如《今生欠你一个拥抱》,描写城市白领与驻藏边防军人的爱情;《新疆姑娘》,表现生活在北京的维吾尔族青年所接受的传统文化教育与眼前物质、思想的现代性追求之间的激烈碰撞;《兵团儿女》,描写两代兵团人从20世纪50年代到当下的爱恨纠葛。总体上,这类电视剧相对前两类,生活质感更加突出。

因此,就整体而言,西部电视剧艺术品位参差不齐,重视革命历史题材,但塑造的人物有同质化倾向,缺乏具有丰富立体个性和时代意识的人物,艺术感染力有点欠缺。同时,影视制作公司过于依赖外来资源,在市场运作上缺乏经验,整个西部市场还没有形成良好的传播媒介生态,基于上述原因,西部电视剧在全国的影响力较小,还需大力突破。

西部电影一直是中国当代影坛重要的电影流派,豪放达观的地域性格、大气雄浑的自然风光、旖旎多姿的民族风情、传奇的故事等赋予了西部电影极高的识别度。新世纪以来,西部电影题材风格更加多元化,逐渐摆脱了过去的影片范式,出现了所谓"新西部电影"。

2002年,《美丽的大脚》被认为是"新西部电影的第一部作品"[①]。这部由李唯编剧、杨亚洲导演、倪萍主演的影片以一位命运多舛的乡村女教师张美丽为主角,人性化地透视了城乡社会、西部教育现状等种种问题。李唯

---

① 莫言:《西部的突破——从〈美丽的大脚〉说起》,《西部画刊》,2001年第1期。

(1953—),山东沂水人,1976年毕业于复旦大学中文系,历任《朔方》编辑和副主编、天津文学院签约作家等。代表作品主要有短篇小说《道歉》、中篇小说《远方来的青海客》,电影文学剧本《黑炮事件》1985年获全国优秀电影剧本奖。《美丽的大脚》尽管有刻意、煽情的成分,但其对西部人艰辛生活和顽强精神的深刻表现、高度还原现实的影像,尤其是对西部女性新形象的丰满塑造,却使人眼前一亮。"作品借用平民化的朴素视点,来看待城乡交织的复杂世界,并将寓言般的哲学气质和灵动纯真的艺术观点渗透其中,犹如一首西部日常生活的交响曲,感人至深。"[①]《美丽的大脚》在当年金鸡电影节上,获得最佳导演、最佳影片、最佳女主角和最佳女配角四项大奖,受此激励,业界进行新西部电影的理论研究和实际创作。

西部电影集团总裁延艺云指出,新西部电影"从另类文化回归主流,从寓言奇观回归生存状态,从俯瞰众生变为敬仰和尊重百姓"[②]。有学者说,"原来的经典西部片,艺术家常常是居高临下的俯视性的审视和反思,有一种精英层面的优越感和悲悯情怀,现在文化姿态变了,完全是平等交流式的"[③]。与此同时及稍后出现的《可可西里》《日出日落》《图雅的婚事》等,都被视为新西部电影的突出代表。

2004年,**陆川**(1971—)执导的《可可西里》赢得金马奖、金像奖、金鸡奖等多个重量级奖项。影片取材自真实事件,讲述了可可西里地区盗猎者和保护者围绕藏羚羊发生的争斗,风格粗粝写实,场面调度动静结合,镜头组接灵活,叙事充满张力,专业和非专业演员混用,力求现实真实和艺术真实高度融合,从环保生态的角度切入人与自然、自我的抗争,表现人在理想主义的浪漫崇高与严峻现实的残酷、鄙陋之间的冲突,影片基调悲壮雄浑,情感厚重,充溢着对自然的尊重敬畏、对人的善恶两面性的体察理解、对脆弱又坚强的生命的悲悯崇敬,既有形而上的哲理思辨,又有对社会问题的介入担当,极大地提高了新世纪西部电影的审美品位、现实价值和思想意义。

王全安(1965—),导演,代表作《白鹿原》《图雅的婚事》《团圆》《惊蛰》等。2007年,他执导的《图雅的婚事》荣获第五十七届柏林国际电影节最佳影

---

① 喻旻:《聆听来自泥土深处的交响——电影〈美丽的大脚〉解读》,《北京电影学院学报》,2003年第3期。
② 延艺云:《新西部电影策》,《电影艺术》,2009年第1期。
③ 肖云儒:《西部电影对中国电影的意义》,《西安交通大学学报(社会科学版)》,2009年第3期。

片金熊奖。影片讲述了图雅带着前夫出嫁的故事,片中马头琴声如泣如诉、蒙古长调悠悠绵绵、草原风光大气苍茫,台词朴素,细节饱满,人物含蓄的温情、忠厚宽仁的性格、顽强的生存意志,都指向蒙古族文化精神内核,影片纪实性和戏剧性统一,"真实反映了那个民族文化、精神、生活和现实"①。

除上述新西部电影的探索外,新世纪以来的西部电影还可分为以下几类:

第一,以塑造正面人物、记述先进事迹为主要题材的影片,这类影片重在发挥电影的政治宣教和社会价值,长于对圆满现实的自足叙述。如《大河》,叙述解放初期水利学校毕业生来到塔里木河流域修筑水坝的故事;《真爱》改编自2009年入选"感动中国十大人物"的阿尼帕·阿力马洪老妈妈抚养十九个孤儿的事迹;《风雪狼道》记述新疆北部阿勒泰地区公安干警在特大雪灾中舍身营救淘金客;《梦开始的地方》讲述党和国家对新疆各族青少年的培养、扶持;《库尔班大叔上北京》反映了于田农民库尔班新中国成立后过上幸福生活的故事。

第二,少数民族风情、地域风光题材影片,民族色彩浓郁,观赏性较强。作家达西扎娃编剧的《冈拉梅朵》,以藏族歌曲引出一段爱情故事,片中响亮高亢的藏族音乐、白雪覆盖下的冈仁波齐神山的巍峨风姿、古格王朝遗址的隐秘景象,具有浓厚的异域风情。

西尔扎提·亚合甫(1963—),维吾尔族,新疆著名导演,创作风格明朗、温暖。他的《吐鲁番情歌》将吐鲁番情歌和维吾尔族青年的恋爱故事穿插在一起,动人的旋律和维吾尔人风趣幽默的语言、奔放真诚的情感,使影片截然不同于常见的都市爱情片。他的《鲜花》,以哈萨克族即兴弹唱表演的原生态文化形式"阿依特斯"和草原生活为叙事背景,着力塑造性格坚毅、善良聪慧的女歌手鲜花,同时展现了新疆壮美山川、绚丽草原和冰雪世界等多彩景观。

第三,日常家庭生活和伦理题材,多表现西部传统伦理、生活方式、宗教信仰的情感价值,审视现代都市文明和商业文化带来的困扰、迷茫,这一类作品在艺术性和思想性上成就较高。张扬执导的《冈仁波齐》讲述了藏族农民以磕长头的方式前往拉萨与神山冈仁波齐朝圣的故事,思考信仰对于生命的意义。蒙古族导演塞夫和麦丽丝拍摄《天上草原》,叙述了汉族小男孩与蒙古汉

---

① 宋杰:《巴赞"电影剧"愿望的现实图景——以〈图雅的婚事〉为例》,《当代电影》,2013年第12期。

子在情感上的相互救赎,体现了草原人的博大情怀。高峰执导《永生羊》《美丽家园》等表现天山哈萨克牧民淳朴的爱情、亲情。

宁才(1965—),蒙古族,电影多面手,兼任演员、导演、编剧、制片人,作品《天上草原》《季风中的马》《额吉》《寇老西儿》等,曾获海内外表演、导演等多个奖项。2010年的《额吉》翻拍自他2000年执导的电视剧《静静的艾敏河》,叙述20世纪60—90年代内蒙古人民抚养上海孤儿的情感故事,表现了草原额吉无私宽厚的爱。

万玛才旦(1969—),青海藏族,小说家、导演,代表作有小说《岗》《诱惑》《乌金的牙齿》,电影《老狗》《塔洛》《静静的嘛呢石》等,在国内外获得多个奖项,曾获"唯一在拍电影的藏族导演"之称[1]。万玛才旦的作品多表现现代性对藏族传统文化的冲击,2004年,他凭借《最后的防雹师》入选Discovery新锐导演计划,该片讲述以法术驱散冰雹的法师在现代科学技术面前的受挫,题材别致,心理表现细腻,引起了人们的关注。2005年,他的《静静的嘛呢石》获得金鸡奖最佳新锐导演奖,声名鹊起,该片记述小喇嘛回家过年的经历,表现了现代物质文明对清苦的宗教修行生活的冲击,导演自述"这就是世俗和宗教生活之间的一个过程,也是小喇嘛这样一个孩子心灵成长的历程"[2]。2007年,《寻找智美更登》以寻找一个有象征意义的宗教性人物为主线,穿插当代爱情故事,有国外研究者从身份政治的角度认为,这部影片在银幕上再造了一个混杂多元的现代藏区,解构和重构当代藏人的多重身份[3]。2010年的《老狗》、2015年的《塔洛》,都以坚守旧价值观的主角遭受现代都市生活方式、消费观念冲撞为题材,展现了中国前现代、现代、后现代生活方式和思想理念杂糅的特有状况,及其造成的不同族群、阶层的疏离与个体在身份认同上的尴尬困窘。万玛才旦的作品摒弃了对藏域的符号化描述,反思物质欲望盛行带来的道德焦虑、信仰瓦解、精神生活空洞化和娱乐化等弊端,叙事简洁冷静,画面写实质朴,惯用固定机位长镜头,节奏缓慢凝滞,犹如一曲低回的悲吟,因对民族命运的寓言式呈现和对西部当代文化心理的深刻思考,获得海内外影评家的高度赞誉。"作为不断获得国际与国家奖项的电影人,万玛才旦的电

---

[1] 李宗陶:《唯一在拍电影的藏族导演》,《南方人物周刊》,2006年第16期。
[2] 万玛才旦、李韧:《静静的嘛呢石——万玛才旦访谈》,《电影艺术》,2006年第1期。
[3] [比利时]方文莎(Vanessa Frangville):《万玛才旦的〈智美更登〉:创造"少数电影"》,《东吴学术》,2015年第4期。

影在对社会主体性有共同理解的条件下运作,达到广大的社会影响"①。

第四,战争、武侠、警匪、冒险题材,这类影片最为突出地表现了西部大漠豪情和西部神秘的特质。

冯小宁(1954—)导演的《嘎达梅林》讲述了20世纪30年代蒙古族英雄嘎达梅林率领各族人民奋起反抗侵略的故事,悲怆粗犷,波澜壮阔,具有史诗格调。《骆驼客》叙述大西北驼队在茫茫大漠中与匪徒白刃相向的惊险遭遇,片中使用新疆方言兰银官话,骑马、射箭、摔跤场景和草原、沙漠、戈壁风光,充分塑造了西北男儿豪侠形象,展现了新疆的风土风情。武侠神话《天地英雄》《神话》《七剑》《天脉传奇》《新龙门客栈》《龙门飞甲》等将曲折离奇的情节放置于苍凉雄浑的西部场景中,因其故事跌宕、影像制作精良,取得了高额票房。

2010年的《西风烈》、2013年的《无人区》,孤胆英雄千里追凶、黄沙狂卷中生死枪战等情节设置,明显受到美国西部片的强烈影响,硬桥硬马、凌厉果决的风格,则突出了中国西部人铁骨铮铮的地域气质,而人物命运的荒诞无常和台词的喜剧性、多义性又带有后现代色彩,这两部影片融合西部片、黑色电影、公路电影的相关元素,是类型片的继承和突破,一时毁誉参半②。

惊悚类西部片2014年以来借盗墓、探险题材的流行,风头正盛,代表作有《九层妖塔》《寻龙诀》《盗墓笔记》,主要以新奇题材、诡异氛围、亦真亦幻场景和怪诞故事吸引观众,艺术品位不高,但在商业上取得一定成功。

第五,环保题材。西部影片重视生态保护意识的表达,这类影片切合近年来的西部生态困境,呼吁守护人与自然的和谐,是一个值得深入开发的新兴电影类型。宁才执导的《季风中的马》,叙述因草原连年沙化,无法生存,牧民乌

---

① 罗贵祥:《在多种族中国的世俗社会中找寻佛祖:对万玛才旦电影的反思与解读》,《东吴学术》,2015年第4期。
② 《西风烈》相关批评参见饶曙光:《景观大于叙事的〈西风烈〉》,《电影艺术》,2011年第1期;冯欣:《类型电影的意识形态视野——从〈西风烈〉谈起》,《北京电影学院学报》,2010年第6期;董阳:《〈西风烈〉:烈而未醇,探索可嘉》,《人民日报》,2010年11月9日;蔡卫、游飞:《从高群书的〈西风烈〉说起——也谈中国电影好莱坞的误区》,《当代电影》,2011年第3期;赵卫防:《〈西风烈〉:中国电影的一次美学突围》,《中国电影报》,2011年11月11日。《无人区》相关批评参见孙建业:《〈无人区〉:一次类型电影成功的本土移植》,《中国艺术报》,2013年12月11日;潘桦、李艳:《国产电影的"无人区"——从影片〈无人区〉看中国电影创作的新动向》,《现代传播》(《中国传媒大学学报》),2014年第1期;邹赞:《〈无人区〉:寓言化世界里的人性冲突与"叙事断层"》,《四川戏剧》,2015年第2期。

日格一家迫不得已卖掉家人一样亲近的老马，退出无限眷恋的草场，去冷漠的陌生城镇讨生活。李睿珺执导的《家在水草丰茂的地方》讲述一对裕固族少年穿越千里草原寻找父亲和家乡的经历。这两部影片以及其他类似影片，表达了对环境污染的忧虑，深刻揭示了过度工业化造成的生态恶化给人们带来的痛苦与无奈。2015年，法国导演让-雅克·阿诺拍摄的《狼图腾》，改编自姜戎同名小说，以外来知青的眼光叙述20世纪60年代内蒙古草原的打狼运动，质疑破坏生态平衡的愚蠢冒进，表现了对神性、自然的敬畏，影片采用3D技术拍摄，画面惊艳绝美，情感朴实，但剧情架构庸常松散，宣扬崇尚武力、弱肉强食的"狼性精神"尤不可取。2016年，陆川协同迪士尼拍摄团队，打造新作《我们诞生在中国》，影片以纪录片的拍摄手法串联起精心设计的剧情，运用交叉剪辑、匹配剪辑蒙太奇，为大熊猫、雪豹、金丝猴安排高度拟人的故事，人类视点带来的过度阐释难免曲解了动物"演员"的本色出演，但影片具有近年影坛少见的清新、灵动风格和热切真诚的生命关怀，构图配乐无懈可击，堪称上佳之作。

在新世纪的征途上，西部电影如何在华语电影新格局中确立地位，如何针对受众心理将西部历史文化与当代情感伦理观念结合，更深入地发掘西部影像资源，还需进一步努力探索。有学者认为，作为一种电影文化范式的西部电影模块，诚然已经成为过去，但也正在成为现在和未来，模块残片比当年的模块完整体本身的影响力较为收敛了，但或许更加内隐而深远厚实，它注定是中国电影文化史上一个富有生命活力的地缘文化幽灵，通过全球性语境中的中国西部电影元素拼贴、重组或衍生等多重方式，释放出新的深厚能量[1]。也有学者强调西部电影的重要价值，如王富仁指出，认真总结西部电影的经验，继续坚持西部电影所开创的中国电影艺术的发展道路，是中国电影重获新生的关键[2]。陈旭光认为，西部电影的文化影响和精神流变延及新世纪电影创作，对其考察研究对今天中国电影在全球化时代的类型建设和文化的国际传播有重要的启示价值和实践意义[3]。正如学者所言，独特的民族性格、壮丽的自然

---

[1] 王一川：《中国西部电影模块及其终结——一种电影文化范式的兴衰》，《电影艺术》，2009年第1期。

[2] 王富仁：《中国西部电影简论》，《东岳论丛》，2009年第2期。

[3] 陈旭光：《历史现象、美学精神与恒久性文化价值——论影视脉络中的中国"西部电影"》，《上海大学学报（社会科学版）》，2011年第2期。

风光、厚重的文化底蕴及悠久的历史传承,构建了充分个性化的西部电影。西部电影已经是中国电影的重要组成部分,今后也必将借助"一带一路"倡议的推动,再造辉煌。

第八章 母族的咏叹:西部少数民族文学

(1979—2000)

不同的自然环境决定不同的地域文化,而与此密切相关的文学也从中可以找到对应关系,这就是蒙古高原——草原文化之与蒙古族文学,青藏高原——青藏文化之与藏族文学,绿洲、戈壁、草原——西域文化之与维吾尔、哈萨克等民族的文学等。正如人类文化学者说的:"文艺活动的社会现象就仿佛是名副其实的一个场",而影响并制约着这个"场"的主要因素就是"地域人种"(Local race)[①]。因此,研究中国西部多元文明形态下的少数民族文学的发展,就得从影响、制约这一文学的"场"——不同的地域文化入手。那么,决定西部少数民族文学的"场"又具体体现在哪些方面呢?

其一,民族性与少数民族文学的关系。民族性深入了一个民族的骨髓和血脉,它的不同所带给文学审美的差异是非常明显而具体的。因为,不同民族的生产生活方式、文化传统、民族习惯、民族心理决定着该民族的思维方式和价值取向,以及他们对文学艺术形式的选择和文学精神的追求,从而形成了属于藏族、蒙古族、维吾尔族、哈萨克族、回族等少数民族的民族文化和文学。因此,体现西部少数民族文学美学风格的风景画、风情画、风俗画的展示与描摹,以及浓郁的自然色彩、神性色彩、流寓色彩、悲情色彩的深层次呈现,必然打上鲜明的民族性格和民族文化的烙印,从而呈现出属于自己的民族底色。

其二,宗教信仰与少数民族文学的关系。自然崇拜的繁盛使得西部各民族的原始宗教非常发达,从而形成了十分驳杂的信仰系统。尽管藏传佛教后来取代了苯教和萨满教对于雪域藏地和北方草原的统摄,但是,原始宗教还是沉淀在了这些民族的生活和信仰中,这就是藏传佛教和苯教在青藏高原上的

[①] 金克木:《文艺的地域学研究设想》,《读书》,1986年第4期。

融合,以及藏传佛教和萨满教在蒙古草原上的融合,从而形成的藏族的内敛性格和蒙古族的奔放性情。自公元7世纪以降传入中国的伊斯兰教,到15世纪彻底取代了萨满教、祆教、摩尼教、佛教等先后对新疆的影响,从而进入青藏高原的边缘和黄土高原腹地并深深地扎下了根。但是,就西部少数民族的宗教信仰而言,也打上了民族、原始信仰和生产方式的标记,比如同是信仰伊斯兰教的民族,维吾尔族性情欢快,带有游牧和绿洲民族的个性特征,而坚守在黄土高原深处的回族,则表现出了孤独、沉默、矜持、忧郁的性情。所以,在西部这块名副其实的宗教高地上,虽然可以找到整体划一的宗教文化版块,但驳杂的宗教底色的影响也是不容忽视的。同时,从西部各民族的分布与民族主体的宗教信仰来看,宗教文化不但存在于西部各民族的现实生活与艺术创作中,而且已世俗化为日常生活的一部分。

第三,文学的发展不但受制于民族性等特定地域文化,而且是特定时代的产物,所以,时代变迁给予文学的影响也是一个重要的度量标准之一。

在经历了长时期的配合时代主潮的"合唱"之后,新时期以来的西部少数民族文学呈现出了"抵进本土"的艺术自觉。一方面逐渐摆脱西部新文学成长期的政治话语的束缚,实现向文学本体的回归;另一方面,也呈现出了现代性的追寻与回归民族历史文化的理性批判,并在表现形式上呈现出了多元的追求。

第一节 雪域史诗:藏族文学

以自然崇拜为核心的苯教文化和以密教为特色的藏传佛教共同形成的藏族传统文化,主要流布在青藏高原(包括西藏、青海、甘肃南部、四川西北部)并辐射到了内蒙古高原。但是,由于地理与自然环境的迥异和生产方式的不同,藏文化在青藏高原的分布又呈现出了鲜明的区域性特征,这就是以雪线藏文化、草地藏文化、河谷川坝藏文化为表征的藏文化的三大色块。而这一点也在藏学文献中得到了一定的印证,藏文史书《贤者喜宴》中曾有"上部阿里三围状如池沼,中部卫藏四如形如沟渠,下部朵康三岗宛似田畴"[1]的记载。五世达赖喇嘛在其所著《西藏王臣记》中对此给予了这样一番描述:上部"是秃

---

[1] 张云:《青藏文化》,辽宁教育出版社,1998年出版,第28页。

秃的童山与皑皑雪山,中部又是峻岩与草原,下部又是果树与森林,丛山与林野像装饰身体的服饰那样点缀着西藏大地"①。虽然,这上、中、下三部所指的地域与这里描述的藏文化在青藏高原的三大色块所指涉的地域不完全一致,但其划分的依据却有相似性,这就是地理环境、生产生活方式以及由此所决定的人的文化性格、笃信宗教的程度等差异性。与之相对应,也就出现了独具风格的藏族文学的三大色块的分野。

雪线这一高地文化色块,以地处雪域之巅而获得了它独特的内涵。气候高寒、空气稀薄、环境严酷、生存艰难是其基本特征。在这里,自然环境虽然制约了人们的生产生活,但人的精神却得到了空前的充实和满足。试想,如果没有宗教来慰藉灵魂,那么人是无法在如此严酷的条件下与自然抗衡并生存下去的。正是在这个意义上,雪域高地的每一处都被神化并披上了浓郁而又神圣的宗教色彩,人的性格也因受环境的塑造而显得坚忍、沉默、内敛。高寒的草地、气象万千的风卷云飞、迎风招展的五色经幡、散落在山野间的嘛呢石堆、泛着灵光的圣湖、叩着等身长头的朝圣者、流浪的《格萨尔》艺人、消逝的古象雄文明等等,使神灵遍布的高地更显得神秘、凝重而又冷峻,从而形成了人的超乎寻常的出世情结。魔幻现实主义小说之所以将目光投向了这一信仰的高地,关注和反思人与宗教的关系,对人的生存投注了充满人文情怀的理解和文化批判,就是因为高地更能突出这一魔幻性,更能直达人的内心和与神接近。如扎西达娃的《西藏,隐秘岁月》和色波等人的小说,就是如此。

草地型文化色块,主要分布在青海、甘肃和西藏等地,地理环境稍微优于雪线冰川这一色块,宗教环境也没有抵进雪线处那般冷峻,而是糅进了许多生活的气息,人的性格也比雪线活跃、开朗。一望无际的荒漠和草原、牦牛与羊群像洒落的黑珍珠和白珍珠、黑色帐篷里祥和的生活图景、欢腾的锅庄舞、飞舞的经幡和风马等等,构成了这一文化色块的独特风情和风景。宗教生活是人的灵魂支柱。神奇的《格萨尔》说唱艺人在这里会受到盛情的邀请,因为他们带给草地牧民的既是民族英雄的传奇和历史的复述,也是一种难得的精神抚慰。以此文化底色为书写对象的文学作品,主要有扎西达娃的《没有星光的夜》、梅卓的《太阳部落》和《月亮营地》等。

河谷川坝藏文化色块与前两者风格迥异,主要分布在藏东、藏南、四川西

---

① 张云:《青藏文化》,第28—29页。

北的一些河谷川坝地带。由于以定居型的农耕和半农耕生产方式为主,因而这里的游牧色彩较淡。有大片的森林和农田、立体的气候和植物,还有部分气候宜人、山清水秀的亚热带的风景。出现了村寨,有了藏式木楼和碉楼。藏族和汉族等其他民族的通婚比较频繁、普遍。在宗教信仰方面,苯教色彩浓厚,自然崇拜极为繁盛,所以,相对而言藏传佛教的色彩就没有前两个色块凝重。同时,因为受汉文化和农耕生产方式的影响较深,所以,宗教文化也从完全出世在此变得入世。这里不是《格萨尔》的主要流传地,很少有《格萨尔》说唱艺人和说唱活动。但是,定居生活强化了人的家族意识,并使人们对家族史的变迁和家族感的追随变得越来越强烈。表现在文学上,便出现了以阿来的《尘埃落定》为主的家族小说的繁盛。

如果说,上面这一按地理、生产方式、宗教色彩划分的文化与文学色块,是一种对新时期藏族文学横向观察的视角,那么,下面的研究就是对藏族文学"史"的梳理和纵向考察。新时期以降的藏族文学整体上出现了回归母族文化的总趋势,但是,这一回归的旅程又呈现多元化追求,这就是民族历史、文化、宗教的认同和反思在三大文化色块制约下的个性化表现。从参与新时期藏族文学创作的作家来看,在代际上大致可以分为三代。虽然他们的创作风格与艺术追求明显受到三大文化色块的影响,但是,文学风格和精神的承继、演变、创新却又呈现出了与时代变革相呼应的"史"的规律和内在关联。

首先从第一代作家说起。50—60年代开始创作的饶阶巴桑、丹正贡布、格桑多杰、伊丹才让等老一代藏族作家,在相当长的一个时期内的创作都是汇入时代主潮的"大合唱"。虽然,他们表达了翻身农奴的喜悦和作为人的自觉,反映了藏民族在新时代的人的解放,但是,在一定程度上却远离了藏民族的文化传统,未能在更深层次上揭示出藏地文化的内涵以及藏民族的民族性。同时,从表现形式上来看,他们的诗歌也呈现出了简单化、模式化和浮浅化倾向。尽管这是特定时代的社会思潮与文学话语影响的结果,但是,从现代藏族文学发展史的角度来看,他们的创作深度显然是不够的。新时期以来,饶阶巴桑、丹正贡布、伊丹才让等人的创作开始发生变化,无论是诗歌风格的含蓄与哲理化的追求,还是对藏族文化的深入探寻,都标志着创作主体的反思与寻找。较为成功地体现了这一变化的**伊丹才让**,在这一时期的创作主要集中在1991年由青海人民出版社出版的《雪狮集》和翌年由四川民族出版社出版的《雪域集》中。前者是他的自由抒情诗的结晶,包括雪魂篇、雪霁篇、雪泥篇、雪溪篇、雪霰篇、雪鉴篇、雪浪篇七个部分,在对雪域自然的深情礼赞中,融入了对民族历史、文化的追索与民族关系的歌咏;后者是他独创的七行诗,由魂梦吟、雪域谣、云水歌三篇一百七十九首诗组成,在风格、内涵上与前期的创作相比发生了较大的变化。从主题方面来看,伊丹才让"由对祖国、对民族关系的思考,推进到对人生、对社会、对宗教、对文化的思辨";从表现形式上来看,他的诗歌虽然"脱胎于藏族民歌与古典诗歌的母体",但在这一时期的创作中却"铸入了一系列新的表现方法",形成了鲜明的个性化风格。所以,伊丹才让的诗歌在继承了藏族文化中的哲理性的同时,又融入了现代文明的因子,成为"古老文明与现代意识的结晶",从而使他的诗作"既有表现为自尊、自爱、自审的强烈的民族意识,又把个人、民族、人类三个层次的思考结合起来,达到了超越自我,超越民族,向全人类的共性进行文化探索的境地"[①]。相传藏文的三十个字母是由吞米桑博扎创制的,在《晶亮的种子——吞米桑博扎》一诗中,诗人这样写道:"打从吞域人播下三十颗晶亮的种子/文明的史册收揽了三部四如六冈[②]的胜迹/后来冰刀雪剑割裂了卫藏多康的肌肤/萌芽的种子还深埋在番域人完美的心里//再冷的严冬也锁不住播种的季节//今朝玉龙已经咏啸,种子就要萌芽/我赤脚垦拓心田,耕植崭新的世纪"。很明显,诗人已经开始挣脱早期言志诗直白浅露的束缚,而发出对民族文化、历史的追思。在**丹正贡布**写于1981年的《村外的牧场》一诗中,也呈现出了这种新变的趋向:"村外边的牧场/一片好阳光/牧羊的老人/靠坐在草墩上//几朵金色的赛钦花/湿漉漉迎着朝阳/开放在他的鬓间/溶化了当年的寒霜//回望那村庄/像凝结的奶油一样/老人的心境/平静得也像那村庄"。此诗宁静致远,寥寥数笔,既有历史的回眸,又有意境的勾勒,蕴藏着清新而又浓郁的民俗色彩。

真正意义上的艺术自觉与超越,是介入母族的传统文化与现代文明的冲突并借此来反思藏民族的历史文化,以一种现代视阈摄取世界文化的精髓,丰富民族文学的创造。新时期伊始崛起的第二代作家承担了这一使命,但其发展又呈现出了参差不齐的特点。从诗歌创作来看,这一时期出现的藏族诗人主要有班果、列麦平错、端知嘉、伍金多杰、乔高才让等人,其诗歌创作与前代诗人相比,基本上摆脱了具象的抒情,其诗风呈现为主体对客体的心灵感悟,

---

① 耿予方:《藏族当代文学》,中国藏学出版社,1994年出版,第43页。
② 部、如、冈均是藏族古代的区划单位,即上阿里三部、中卫藏四如、下多康六冈。

以及对民族历史、文化与宗教的追思。下面以班果为例给予简单的分析。

班果(1967—)，祖籍青海化隆，出生于青海班玛县，1990年毕业于北京大学。曾长期在果洛地区学习、工作，现在青海人民出版社任职。有诗集《雪域》和数百篇诗作散见于国内报刊，曾获《民族文学》《诗刊》、青海省人民政府优秀作品奖多项。班果80年代以降的创作，明显地呈现出了一种过渡性，即藏族现代诗歌创作从具象到抽象、从直白的歌咏到深入内心的感悟这样一个演变和过渡的历程。演变是渐进的、属于班果个人的，过渡是针对整个藏族现代诗歌的流变而言，指班果等人的创作具有承前启后的特质。对于班果等人来说，这一过程一直伴随着对民族历史文化的真爱与反思，一种蕴含着传统而又面向现代的矛盾与痛苦，以及由此产生的体悟和解脱。因此，从这一点来看，班果诗歌的创新实际上是一次重新寻找自我的心灵之旅："我与朝圣者一起开始了迢遥无期的寻找/从广袤世界到信徒体内/终于痛苦地找到了龙的墓地/它已成为图腾，被奉为寺院的壁画之中/但那是一种象征/却再也无人能够骑龙而去踏响晴空/僧侣们为它招魂，在无望的祈祷中/龙，撕裂了痉挛的时间"(《东方：主题颂词以及变奏·龙》)。

谢冕在《雪域》的序言中认为，班果在融汇了藏文化与藏民歌、汉文化与汉语诗歌的基础上创作的新诗中，"注入了世界性的现代感"，"一方面是藏汉文化的交流和融汇，一方面是中西文化的冲撞和化合。天葬台、嘛呢堆和拉萨航班共时呈现，构成了一种特殊的景观。这一切虽然有时以有形的方式显示，但更多的是一种融解。我们可以从诗的意象、情绪和节奏的构成中感受到崭新的时代氛围和传统的文化气息的浑然一体，它们既矛盾又和谐地共处"[①]。这一概括性的评价，只是比较模糊地说明了班果诗歌创作流变中的一个方面，而无处不在的人生体悟以及对民族历史和宗教的反思，一直构成了班果诗歌的内核。这一点对于个性化的诗歌创作来说，更为接近诗的本质。"柏香一早点燃，洁白的瓷器/盛满如意的水/空气中有一扇门被用力拉开，女人们/都在阳光里看到了初嫁的自己"(《婚典》)；"这一只时间的容器寂然无声"，"天地间运行的微小星体/接连进入无底的桶中"(《木桶》)；"盐和青稞的羌域/鹰和石头的羌域　藏红花开"，"大群的猎手在岩石上舞蹈/大批神灵在墙壁

[①] 谢冕：《痛苦而又幸福的诞生——序〈雪域〉》，班果：《雪域》，青海人民出版社，1991年出版，第2页。

上显形"(《羌域》)。就是"一匹幡"这样随意的情景,也会流泻出关于人生、历史、宗教的洞悟与思索,这就是班果的诗。

藏族现代中短篇小说真正兴起是在80年代以降,虽然在此之前,也零星出现过一些小说,但都比较幼稚。所以说,藏族现代小说的发展历程虽然十分短暂,但却取得了令人瞩目的成就。同时,在这一时期也出现了藏族文坛现代第一部长篇小说《格桑梅朵》(1980),涌现出了降边加措、意希单增、意希卓玛、意西泽仁、扎西班丹、土登吉美、孓藏才旦、道吉坚赞、扎登、丹珠昂奔、扎西达娃、阿来、多杰才旦、吉米平阶、色波、班觉、索朗仁称等一大批小说家。其中,扎西达娃、阿来等人的创作,已突入了全国小说创作的界面,并赢得了世界性的关注。

扎西达娃(1959—   ),四川省甘孜藏族自治州巴塘县人,西藏自治区作协主席。1974年初中毕业后赴西藏,考入了西藏自治区话剧团从事舞美、编剧工作,80年代中期成为专业作家。自70年代末开始创作以来,他先后创作了《沉默》《朝佛》《归途小夜曲》《导演和色珍》《没有星光的夜》《西藏,系在皮绳扣上的魂》《去拉萨的路上》《智者的沉默》《西藏,隐秘岁月》《世纪之邀》《丧钟为谁而鸣》《野猫走过漫漫岁月》等数十篇短篇小说。1993年出版长篇小说《骚动的香巴拉》。

有人说扎西达娃是一个宗教的叛逆者,事实并非如此。扎西达娃所极力追求并在作品中实现了的,只不过是对民族历史文化与宗教的一种深刻反思而已。与80年代的其他第二代藏族作家一样,扎西达娃也同样面临着如何处理历史传统与现代文明的矛盾纠葛,只是他比别人走得更远更深刻了一些。这一方面缘于他自身对母族历史文化的深入顿悟;另一方面,是他始终用辩证的眼光看待宗教与科学、精神与物质、人类与自然的关系,并对雪域西藏倾注了浓郁的人道主义情怀。从这一点来看,扎西达娃的反思与批判是一种发自心灵深处的忧思和走向未来的超越,而不是简单的"宗教叛逆"所能概括了的。

作为一位风格化的现代藏族作家,扎西达娃在这一时期的创作,经历了由传统现实主义向魔幻现实主义飞跃的蜕变过程。在新思潮涌动的80年代,西藏奇瑰的自然环境、悠久的文化历史、神秘的宗教文化等,与汹涌而来的欧美现代派和拉美的魔幻现实主义遭遇,从而在雪域藏地形成了一股巨大的艺术实验的冲击波。西藏作家在汲取与领悟了民族历史文化的背景下,采取象征、隐语、荒诞等艺术手法来反映历史的剧变,通过打乱时空的现实与回忆,从而在更深层面上探寻民族心灵和历史文化沉淀。因此,这一艺术探索和实验,是立足民族文化并理智地吸收和化合了马尔克斯的魔幻现实主义后所形成的西藏的魔幻现实主义,或者是属于"扎西达娃们"的魔幻现实主义。

从他早期的《朝佛》《没有星光的夜》等作品来看,虽然在表现方法上属于传统现实主义,但是,扎西达娃式的反思已经开始。在小说《朝佛》中,十八岁的珠玛为了求得"今生的幸福"去拉萨朝佛,巧遇一位老人为了追求"来世就会幸福"千里叩长头来到拉萨,死在了佛的脚下。接受了现代文明的拉萨姑娘德吉使珠玛大开眼界,于是,她想:"老人求了一辈子佛,难道那样凄惨地死去就算得到了幸福?""为什么不信佛的德吉却像她的名字一样幸福?"在拉萨度过的一天,触动了珠玛迷惘朦胧的心灵。小说结尾这样写道:

> 此刻她对幸福的欲望比那死去的老人更强烈。老人可以用来世的虚妄安慰自己,可是她才十八岁呵,她渴望着今生的切切实实的幸福,向往着一种新的生活。

很显然,这篇小说的情节比较单一,人物的思想转变也过于简单化,带着浓重的时代色彩与政治话语的印痕。

《没有星光的夜》叙述了一个复仇的故事。十几年前,共产党员阿格布的父亲为拉吉父亲的马钉马掌时被踢了一脚,便在愤怒中砍了马屁股一刀。于是,主客二人争吵动刀。因为拉吉父亲不认错也不下跪,所以,在决斗中死在了阿格布父亲的刀下。按照强悍的康巴人的传统习惯,儿子必须为父亲复仇,因此,拉吉花了十几年时间寻找阿格布复仇。一边是拉吉的咄咄逼人,一边是乡亲们和妻子狂热的鼓动。阿格布讲怎样的道理也阻挡不了康巴人沸腾的血性,于是选择了平息决斗的唯一但却标志着耻辱的办法——下跪,因为"阿格布是共产党员呵"。面对乡亲们对阿格布的耻笑,流浪汉拉吉对阿格布"产生的敬意已淹没了杀父之仇",二人便发誓结为生死之交,忘掉过去的仇恨。但是,意外的插曲出现了,阿格布的妻子康珠不知道二人已经成为朋友,为了消除丈夫的耻辱杀死了拉吉。小说通过这一悲剧,反思了康巴人激愤赴死的极端性格,以及这一"根深蒂固的观念"所带来的严重后果,从反思民族性格入手反思民族的未来。无论是小说的叙事还是语言,都充分显示了其在艺术上的成熟,堪称类似现实主义作品中的佳作。

之后的《西藏，系在皮绳扣上的魂》《西藏，隐秘岁月》《冥》《去拉萨的路上》等小说在魔幻现实主义的光影中，取得了历史、现实、魔幻的相互交织和多向度开掘，已不仅仅是一种创作方法的成熟和飞跃，而是扎西达娃深刻的文化反思的艺术化呈现。在西藏的编年体历史——《西藏，隐秘岁月》中，三个名叫次仁吉姆的女人贯穿了三代人的命运和历史。扎西达娃通过物质与宗教并行存在的理性思考，透视了西藏的历史文化并对老次仁吉姆投注了充满人道主义的关怀。

在廓康山谷中，老次仁吉姆接受父母的嘱托，压抑并忍受着爱的渴盼和折磨，将一生献给了侍奉神秘山洞中修行的高僧，尽管也曾迷惑过矛盾过；在哲拉山顶的草地上，从小发誓要娶次仁吉姆为妻的达郎，痛苦地看着自己心爱的女人成为尼姑，于是从山外带回了一个女人来打发寂寞的生活并繁衍后代。如果说老次仁吉姆象征着虔诚的信仰之旅的话，那么，达郎的生活就是俗世人生和物质世界的象征。老次仁吉姆和达郎就这样相安无事地按自己的轨迹生活了几十年。但是，迟暮之年的达郎对自己的生活发生了怀疑，一个说不清的谜一直困惑着折磨着他。扎西达娃这样写道：

> 为什么终生熄灭不了对一个女人如此强烈的欲望却又终生没能得到她？是什么驱使他来到这片浩瀚的平原上顽强生存，繁衍生命？他生活的世界是属于他的吗？是真实的吗？群山之外是不是还有一个对于他更加熟悉更加真实的世界？
>
> 他开始默默祈祷。

在山上守望了一辈子的达郎，看到"一连三天，廓康再也没有燃起淡淡的炊烟"，于是，决定下山看一看"廓康最后的一个人"。在达郎踩空下坠的一瞬间，小说中出现了一个戏剧性的幻化的情节：达郎与老次仁吉姆结婚了，两人在佛像前共同祝祷，然后，"次仁吉姆站起身，她肩头一抖，披在身上的衣裙一起褪到了脚下，达郎一双粗糙的手伸了过去，昏沉沉有一千个念头在脑子里混杂……我是个男人吗？回来吧，我那失去已久的灵魂"。这一具有象征意味的幻境，既是达郎精神的升华和对宗教的回归，虽然他一直是现世的、拒绝为宗教献身，也是一生侍奉修炼高僧的老次仁吉姆对现实人生的回归，因为这其中饱含着人性的渴望和冲动。这一角色的互换和重置，正是扎西达娃极力追求的对宗教和物质并重的理性反思。

在小说结尾处,年轻的医学博士次仁吉姆进入老次仁吉姆侍奉了一生的岩洞,她看到了一副"罕见的菩萨跏趺状"的"白色人体骨架",它早已变成了化石,"像是岩壁上的浮雕,与整个岩壁浑然一体",小说继续写道:

> 不知从何处掉下来一串佛珠,竟然没有散开。她提起来看看四周。
> "次仁吉姆。"一个声音就在她耳边响起。
> "啦!"姑娘应道,她的双腿软了。她不知道那岩壁上刚才看见的骨架和此刻正盘坐着的一个老人谁是幻觉中出现的影子,分辨不出谁更真实。
> "我知道,廓康永远不会荒凉,总有人在。"那老人无精打采地坐在壁洞上,身体斜靠着。
> "我、我不是……"
> "次仁吉姆,你数一数上面的珠数。"老人招招手。
> "它有一百零八颗。"次仁吉姆脱口而出。
> "这上面每一颗就是一段岁月,每一颗就是次仁吉姆,次仁吉姆就是每一个女人。"老人睁开眼,庄重地凝视了她半天。最后一语道出了这个从不为世人所知的真谛。
> 奇迹时刻在发生,但岁月的河流只有一条,它容纳着漫长历史,容纳着千千万万的男人和女人……(《西藏,隐秘岁月》)

这里的书写是富有深意的,医学博士次仁吉姆作为现代文明的象征,走进了神秘的岩洞,她所看到和遇到的一切,无不在表明扎西达娃一直想要阐明的人类与宗教的依存关系。幻觉中的老人代表了宗教的救赎,次仁吉姆代表了人类。人体骨架融进岩壁,预示着宗教融入了自然,与大自然永存;没有人类(次仁吉姆)的存在,岩壁上的骨架永远是岩石,永远无法升华、幻化为人类精神的启明星;同样,只有人类(次仁吉姆),没有岩壁上的骨架——宗教信仰的话,次仁吉姆们也就不是真正的人类。在岁月的河流中,人是需要和信仰相伴随的,这就是扎西达娃在批判了宗教对人性的忽略之后最终获得的反思。

如果说,透过扎西达娃小说中的魔幻与神性色彩,其中隐含的是作家对人的深层次的关怀,以及对宗教文化、民族传统的反思。那么,另一位重量级的藏族现代作家阿来,却是从历史变迁中的人——土司家族的兴衰,来反思藏民族的文化、历史。前者充满了浓郁的神性色彩和对宗教的反思,后者充溢着对远离藏文化本源的河谷川坝型文化色块的忧思。两人都以自己的创作实绩，实现了对母族文化、民族历史的深层次观照并获得了巨大的成功。

阿来（1959— ），藏族，四川西北部藏区马尔康县人。毕业于马尔康师范学校，曾当过中学教师、杂志社编辑、社长，后从事专业创作，现任四川省作家协会主席。80年代初，阿来以诗歌创作进入文坛，随后逐渐转向小说创作。先后出版的主要作品有：抒情诗集《梭磨河》、小说集《旧年的血迹》和《月光下的银匠》、长篇小说《尘埃落定》、长篇地理散文《大地的阶梯》、散文集《就这样日益丰盈》等。其中，《尘埃落定》获得了第五届茅盾文学奖。

阿来出生的川西北藏区属于典型的河谷川坝型藏文化色块，也就是阿来所说的"大地的阶梯"的最低一阶。因为，"复杂多变的地理往往预示着别样的生存方式别样的人生所构成的多姿多彩的文化"，而"不一样的地理与文化对于个人来说，又往往意味着一种新的精神启示与引领"（《大地的阶梯》）。所以，阿来选取了与其他藏族作家迥异的创作视阈——嘉绒土司家族的历史命运来反思民族文化。

嘉绒土司的先祖是从青藏高原的顶部自西向东来到这个被称作嘉绒的地方，与土著人融和繁衍而来的。《大地的阶梯》这样记述了嘉绒土司的起源：明英宗正统六年（1441年），明王朝为了"以番制番"，遂在这一汉藏混杂区推行"土司制度"。首任瓦寺土司是雍忠罗罗斯，被朝廷封为宣慰司衔，世代"世袭其职"。因为，瓦寺土司领牧之地非常靠近汉族居住区，所以，土司建造的寺庙便改变了藏传佛教寺院的传统风格，在寺顶上铺上了青色的汉式瓦，因此也就有了"瓦寺"之称。到1939年，瓦寺土司世袭至二十一世的索代赓时代便宣告了其历史的终结。作为历史的土司家族虽然终止了，但土司的传奇故事却深深地吸引着阿来，从而使他笔下的故事从短篇到长篇无一例外地以此为创作对象。

长篇小说《尘埃落定》截取的就是康巴麦其土司家族的衰落史。这个坐落在河谷和山间的家族，人们靠耕种和畜牧为生。每一个寨子里都有一个级别不同的头人，头人们统辖寨子里的百姓，土司家再节制头人，形成了等级森严的阶层。一次酒醉使麦其土司与他的第二房太太——一个汉族女人有了傻儿子。这个被人人看作傻子的土司儿子，虽然一言一行都与现实格格不入，但是，他却是一个具有象征意味的特殊人物，因为，他具有超时代的预感和举止。作为土司制度走向衰落的见证人，傻子是一个矛盾的产物，他一方面代表了远离藏民族文化本源的河谷藏文化"根"的迷失;另一方面,又是得不到汉文化的认同的汉藏混合区的河谷藏文化的困惑和矛盾。正因为如此,骑在汉藏文化门槛上的傻子才有了常人所没有的奇异功能。他始终"弄不懂汉人地方为什么会是我们十分需要的丝绸、茶叶和盐的来源,更是我们这些土司家族权力的来源","虽然土司们自己称王,但到了北京和拉萨都还是要对大人物下跪的"。就这样,在傻子的这种困惑中,汉族军阀的代理人黄特派员为土司家族引进了罂粟种植这个生财之道,从此,麦其土司家族成为所有土司中最富有的家族,但同时也埋下了导致土司家族最终灭亡的祸根。

作家还设置了一个富有象征意味的情景:从国外来的基督教传教士查尔斯,从拉萨来的取得了格西学位的格鲁派僧人翁波意西,以及土司家庙所供养的宁玛派喇嘛和苯教僧侣,一起在土司的客厅里相遇。但是,他们传道布教的命运各不相同,查尔斯受到嘲弄,带着骡子和一筐矿石离去;翁波意西想要在此传播格鲁派教义的计划碰壁,他平生第一次听到"一个人敢于大胆宣称自己不相信至尊无上的佛法",土司的大少爷对他毫不客气地说:"我不相信你们那一套东西,不相信你的,也不相信别的喇嘛的。"为什么会这样呢?原因不是别的,河谷川坝的藏文化是一种半农耕半畜牧的汉藏文化,苯教在这里兴盛,藏传佛教的影响比较薄弱。同时,这也说明了土司家族对精神救赎的淡漠,他们只要现世的快乐,需要罂粟、银子、武器、宝石等等。

阿来通过傻子的眼睛目睹着麦其土司家族一步步走向衰落,通过傻子的嘴道出了一个个骇人听闻的秘密——一个衰亡中行将就木的家族的秘密。抒情化的叙事与民俗风情的描绘,象征、寓意等手法的大量运用,从而使《尘埃落定》里布满了大大小小的寓言模式:傻子出身的特别以及他的大智若愚,象征着汉藏文化的交融所产生的魅力,同时,它又与汉、藏文化这两个母体文化存在隔膜;僧人、传教士象征着精神救赎;黄特派员的进入,带去了战争、毒品和罪恶;土司的汉族夫人吸食大烟,象征着邪恶,等等。最终,幸存的土司余脉在罂粟战争中面临彻底毁灭。阿来所忧思的正是河谷川坝藏文化的命运。

在扎西达娃和阿来之外,这一时期比较有影响的藏族作家和作品还有:**丹珠昂奔**(1955—),祖籍青海,出生于"白牦牛的故乡"甘肃省天祝藏族自治县。大学教授,著名藏学专家、作家。主要著作有:《藏族神灵论》《佛教与藏族文学》《藏族文化散论》《藏族文化志》《藏族文化发展史》(上下册)等。丹珠昂奔于1980年开始发表诗歌、小说,其文学创作贯穿了整个80—90年代。

小说《显灵》入选《中国新文艺大系·儿童文学卷》，中篇小说《雨中的花瓣》《在岁月脚下》分别入选《当代藏族短篇小说选》《中国当代藏族作家优秀作品集》。**意西泽仁**（1952—　），四川甘孜藏族自治州康定人，曾任《甘孜报》《贡嘎山》编辑。先后出版短篇小说集《大雁落脚的地方》《松耳石项链》，其中，代表性作品《桑尔金》《阿口登巴的故事》《想不到的事情》等小说入选《中国新文艺大系》和《中国小说年鉴》并获奖。**尕藏才旦**（1944—　），青海省黄南藏族自治州同仁县人，曾任甘南藏族自治州文化局局长、文联主席等职。创作有小说、散文、诗歌等多种数十篇及小说集《半阴半阳回旋曲》。**扎西班丹**（1962—　），西藏仁蚌县人，《西藏日报》编辑，自1982年起先后创作了《亚大黄叶》《次仁老人的误会》等数十篇小说。出版有小说集《明天的天气一定比今天好》、长篇小说《一个普通家庭的岁月》。**色波**（1956—　），四川甘孜州巴塘县人，先后在西藏等地行医，1982年开始创作，后进入西藏作协，现居成都。他的作品带有很强的实验性和魔幻色彩，主要有《圆形的日子》《幻鸣》《竹笛·啜泣和梦》《在这儿上船》等数十篇，以及小说集《圆形的日子》。主编"玛尼石藏地文丛"中的《智者的沉默——短篇小说卷》《月光里的银匠——中篇小说卷》《前定的念珠——诗歌卷》《你在何方行吟——散文卷》四部文学作品，首次全方位地精选了20世纪80年代以来西藏及其他藏区共二十一位具有代表性的中青年作者的优秀之作。著名藏学家**降边加措**（1939—　），四川甘孜藏族自治州人，中国社科院少数民族文学研究所研究员。主要作品有长篇小说《格桑梅朵》，编写三卷本《格萨尔全传》和专著《格萨尔初探》等学术著作。**索郎仁称**（1956—　），四川阿坝州理县人，现居成都市。先后当过养路工、农工、文学编辑等，1979年开始发表文学作品。有长篇散文《生命长廊的神韵》和小说集《索郎仁称小说选》等作品多部。索郎仁称的小说笔法纯熟，故事情节离奇，大多充满宿命色彩。生命的欲火、嫉妒等人性的弱点和搏杀，成为故事冲突的焦点，这一点在《黑河呓语》等小说中表现得最为突出。总的来看，他的小说给人的感觉很干净，不像有的小说给人的感觉充满嘈杂感。**吉米平阶**（1962—　），又名平杰，四川甘孜州康定县人，现居北京。80年代初从中央民族大学中文系毕业分配至中国作协《民族文学》从事编辑工作，西藏文联副主席、西藏作协常务副主席。著有长篇小说《浮在天堂下面》、中短篇小说集《北京藏人》和中篇小说《有个弟弟是活佛》等多部。**意希单增**有《迷茫的秋色》《情感》《黑色的暗流》《走向西藏》等中短篇小说，以及长篇小说《幸存的人》《迷茫的大地》《菩萨的圣地》等;**班觉**的《松耳石》是藏族当代文坛第一部直接用藏语文撰写的长篇小说;曾在1963年写出过《美与丑》的**益希卓玛**,有长篇儿童小说《清晨》和《日喀则的时代脉搏》《拉卜楞的女工》等多篇小说;**多杰才旦**有《齐毛太》《才郎多杰兄妹》等数十篇中短篇,以及长篇《又一个早晨》、小说集《达赖六世逃亡》,等等。

新时期以降的现代藏族文学创作的第三代群体,主要是指80年代末以来出现的作家,如梅卓、白玛娜珍、才旺瑙乳、旺秀才丹、格央、央珍、桑丹、扎西才让、泽仁达娃、万玛才旦等人。传统的文学意义不断在他们手中得到消解,引领着他们创作的是多元的文化反思,是冲出重围后的守望和喧哗过后的成熟与宁静,是对民族文化的远距离的审视和观照,是超越功利的人与自然、个人与民族的命运的深度关注,是对隐秘的民族心灵和诗意家园的寻找与透视。其中,主要作家有:**梅卓**(1966—),原名宦晓梅,出生于青海化隆县,青海民族大学中文系毕业,现为《青海湖》主编、青海省作家协会主席。1987年开始发表诗歌和小说,主要作品有长篇小说《太阳部落》《月亮营地》,中短篇小说集《人在高处》《麝香》、散文集《走马安多》、诗歌集《梅卓散文诗选》等。作品曾获第四届、第五届全国少数民族文学创作骏马奖等。梅卓的长篇小说《太阳部落》和《月亮营地》属于追溯藏族部落的历史题材小说,通过书写藏族的历史变迁来反思整个民族的生存与发展,并融入作者对藏族文化和宗教信仰的深入思考,取得了一定成就。**白玛娜珍**(1967—),出生于拉萨,毕业于解放军艺术学院,长期从事舞蹈、记者、编导工作,西藏作家协会副主席。著有诗集《在心灵的天际》、散文集《生命的颜色》、长篇小说《拉萨红尘》《复活的度母》等。**格央**(1972—),西藏察雅县人,现居拉萨。1994年毕业于南京气象学院,有文化散文集《西藏的女儿》、长篇小说《西藏情人》等。此外还有,**泽仁达娃**(1968—),四川甘孜州雅江县人,有《雪域》《成人之后》等多篇小说。**央珍**(1963—),西藏拉萨人,1985年毕业于北京大学中文系,曾任《西藏文学》副主编,著有长篇小说《无性别女神》(1994)、散文《拉萨有条八廓街》等多部作品,现居北京。**索穷**(1965—),西藏噶尔县人。曾任教师、宣传干事、编辑等,有《走天涯》《九道班一夜》《隧道》等小说。**桑丹**(1963—),四川甘孜州康定县人,创作小说、诗歌、散文多篇,现居康定。散文《秋天的花匠》入选"玛尼石藏地文丛·散文卷"。以下主要介绍两位年轻的诗人才旺瑙乳和旺秀才丹,一则是他们的诗歌创作具有浓郁的民族文化的色彩和很强的探索意味,二则是他们是跨世纪的一代藏族知识分子,受过良好的现代大学教育,他们的诗歌创作本身就是多民族文化交融、影响的产物。因此,从他们的作品里可以感受到"当代藏族文学汉语写作新一代的品质"①。

才旺瑙乳(1965—),甘肃省天祝藏族自治县人,1986年毕业于陕西师大数学系。主编有《藏族当代诗人诗选》,与人合著有《藏域春秋》《第四代人的精神》等,主要诗歌作品收入"玛尼石藏地文丛·诗歌卷"《前定的念珠》。才旺瑙乳的诗歌灵秀空寂,充盈着饱满的宗教情怀,在司空见惯的现实中细腻地展示神性,正如诗人自己说的:"人可以没有一切,但不能没有生命深处追索的精神"(《诗歌笔记》);"为什么,那站在雪中的人儿/赤裸着乳房,像赤裸着心一样/让我久久不敢凝视"(《雪野中偶遇一位牧女》)?"而另一个世界的灵光/照彻了我们混沌的灵魂/促使我们转过山头/站在厚厚的积雪中/站在另一个世界的投影下/一遍又一遍地/回味生命"(《塔尔寺的灵光》)。他通过日常的细节捕捉与传达,表达了与心灵贯通的生命哲思。

旺秀才丹(1967—),甘肃省天祝藏族自治县人,1990年毕业于华东师范大学中文系。参与主编《藏族当代诗人诗选(汉文卷)》,著有诗集《梦幻之旅》。旺秀才丹的诗歌之所以有着浓郁的现代感,一方面源于他的文化身份和文化处境,即立足传统与现代、藏族与汉族、东方文化与西方文化的边缘地带的命运;另一方面,旺秀才丹深厚的驾驭汉语的能力使他的诗歌具有丰富想象力和宽广的表达力。正是在这一文化语境下,旺秀才丹借助汉语成功表达了藏民族真实、丰富而深厚的情绪,抒写了身处都市、接受了现代教育的一部分藏族人的生活、感情和思考。他的《草原儿女》等诗作抒写了让人无限崇敬、感动的世俗生活。但是,他的另外一些诗歌中,又让人几乎无法联想到诗人的血缘:"这重复的声音,使肉欲显得迫不及待/使黑暗显得那么适时而恰如其分","让午夜成为展览馆/将大地裸露给黑暗"(《梦幻五章》)。

新时期以来的第三代藏族作家,对民族文化的态度和创作追求,由此可见一斑。

第二节　草原长调:蒙古族文学

生活在内蒙古高原以及青海、新疆、甘肃等地的蒙古族,其生产方式都属

---

① 色波主编:《前定的念珠·序言》,四川文艺出版社,2002年出版。

于戈壁草原游牧型。由于深受人与自然依存关系的制约,所以,他们在漫长的历史发展过程中逐渐形成了独特的戈壁草原型草原文化。如果用最简单的语言来概括,那就是以草原为家、亦牧亦猎、"逐水草而居"的随游牧迁徙等是其主要生产生活方式,信仰萨满教和藏传佛教,重视包括自然界一草一木在内的一切生命,形成了一套与游牧生产方式相适应的婚丧嫁娶、节日祭祀和口传文化的民族传统与习俗。正如一首写蒙古包的古诗所描述的:

> 因为仿照蓝天的样子/才是圆圆的包顶/由于仿照白云的颜色/才用羊毛毡制成/这就是穹庐——我们蒙古人的家庭。
>
> 因为模拟苍天的形体/天窗才是太阳的象征/因为模拟天体的星座/吊灯才是月亮的圆形/这就是穹庐——我们蒙古人的家庭。①

这就是随游牧而迁徙的草原游牧民族——"行国"与自然的密切关系。同时还值得注意的是:草原文化对人类文明传播曾经起过重要作用。历史学家汤因比从欧亚草原、撒哈拉大沙漠的游牧民族冲进农业地区传播语言的事实证明了"海洋与草原是传播语言的工具"②这一观点,而这一点同样适用于中国西部的草原文化传播。地处欧亚大陆的蒙古高原这一草原文化圈与黄河流域的农耕文化圈的交流促进了丝绸之路、香料之路、茶叶之路的开发和贯通,"中亚、西域的开发乃至与欧洲的沟通交流都是在这两种文化相交流的大背景下进行的",而在这一过程中,"草原民族起了推波助澜的作用"③。所以,以草原文化为内涵的中国蒙古族文学,既是一种独特的地域文化的产物,又具有一定的开放性和包容性,是不断吸纳其他民族文化营养的民族文学。

新时期以来,中国蒙古族文学创作在继承民族文化传统和向其他民族文化借鉴、学习的基础上,出现了向母族文化、向自然、向人的回归趋势。虽然其题材视阈未发生大的变化,仍然以蒙古草原的历史、现实和社会变革为主要描写对象,但是,在表现手法和主题开掘方面却呈现出了鲜明的时代追求,将民族灵魂的深刻透视与强烈的反思、批判紧密地糅合在一起,汲取和调动了各种新的艺术手法,从而全方位地反映了蒙古草原的社会生活。与此同时,草原游牧民族的民俗风情如祭敖包、那达慕盛会、安代舞等,以及悠久而丰富的谚语、

---

① 王迅、苏赫巴鲁编著:《蒙古族风俗志》(上),中央民族学院出版社,1990年出版。
② [英]汤因比:《历史研究》(上),曹未风等译,上海人民出版社,1997年出版,第234页。
③ 邢莉、易花:《草原文化·序言》,辽宁教育出版社,1998年出版,第5页。

格言、民歌、史诗等口传文化的融入,为现代作家提供了充足的营养,增添了蒙古族文学的民族色彩和文化底蕴。

就创作群体来说,这一时期出现的新、老两代作家队伍,他们的作品风格互补,相得益彰,立足悠久的草原文化和民族传统,放眼丰富多姿的民族生活与现代化进程,有的用蒙古文、有的用汉语、有的用蒙文和汉语双语创作,从而创造了一幅幅充满民族色彩与现代草原图景的人与自然的风俗画。其中,从20世纪30—40年代开始创作的老作家主要有:巴·布林贝赫、玛拉沁夫、其木道德尔吉、曹都毕力格、纳·赛西雅拉图、都古尔苏荣、布赫、哈·丹碧扎拉桑、特·赛音巴雅儿、巴·敖斯尔、阿·敖德斯尔、朋斯克、浩·巴岱、葛尔乐朝克图、扎拉嘎胡、韩汝城、齐·敖特根其木格、钢普日布、哈斯巴拉等;在80年代新崛起的中青年作家主要有:乌力吉、苏尔塔拉图、苏赫巴鲁、莫·阿斯尔、阿云嘎、力格登、哈斯乌拉、伊德尔夫、娜仁高娃、郭雪波、白雪林、张志诚、察森敖拉、额尔敦其其格、布仁特古斯、布和德力格尔、毕力格太、敖力玛苏荣、勒·敖德斯尔、色·乌力吉巴图、纳·松迪、阿尔泰、萨仁图娅、色·巴扎尔、萨仁格日勒、尼·赛尔等人。

自30—40年代就登上文坛的老一代作家,既经历了战争时期的草原风暴和新时代的社会主义建设,又遭遇了十年动乱的迫害和挫折,因而,他们在新的历史时期的创作,必然涂染上鲜明的时代色彩与历史印痕,同时也透露出对民族传统和历史文化的重新认知与回归。所以,老一代作家的作品既充满了伤痕文学的普遍特性,又有挣脱政治话语束缚的批判性和文化反思。从艺术手法上来看,他们的作品风格呈现多样化,语言从浅白走向含蓄、哲理化,并由于广泛汲取蒙古族谚语、民歌、神话传说等口传文化的养分,因而使其作品充满了浓郁的民族色彩。从总的题材视阈来看,他们的创作重心表现在以下几个方面:充满草原文化色彩与蒙古族传统文化的风景画、风情画、风俗画的描摹;对新的现实生活的关注、讴歌,以及新观念、新思想的表达;对民族历史的关注与追思;等等。

布赫(1926—2017),又名云曙光,蒙古族著名诗人、剧作家,出版《布赫文集》《布赫诗集》等。早在50年代就创作了歌剧和话剧作品《慰问袋》《再不受欺骗》《乌尔吉的生日》《王文焕》《海棠》等。80年代以来,他以诗歌创作为主,先后有《傍晚》《奈曼旗西湖》《乌拉特中旗川井苏木》《草原春雪》等一批风格别致的写景诗问世,不仅是新生活和时代变革的全方位观照,而且是草原风景画、风情画、风俗画的真实呈现。如《乌拉特中旗川井苏木》就描绘了一幅别样的草原风情:"野旷天涯远/日斜驼影长/黄榆疏林外/马背托夕阳/草原日欲暮/遥有笙笛响"。

巴·布林贝赫(1928—2009),蒙古族著名诗人,内蒙古大学教授。他在解放之初就开始了文学创作,先后出版诗集《你好,春天》《黄金季节》《生命的礼花》《凤凰》等,充满历史感的社会现实与民族命运的礼赞,丰厚的民族文化的积淀,使巴·布林贝赫的诗歌艺术达到了一个新的高度,这就是"蒙古族英雄史诗的苍劲风格与汉语诗歌的意境相结合,好来宝和颂词的铺叙手法同外国诗歌的抒情描写相并重"①所形成的诗人独特的、个性化的诗歌审美特征与艺术追求。诗人在这一时期创作的《春天的觉醒》《大地的引力》《命运之马》等诗歌,基本延续了这一艺术风格。1979年创作的抒情长诗《命运之马》,以蒙古民族生活的伴侣"马"为意象来写民族的历史和命运,极具象征意味,不但昭示了时代的转折和民族复兴的希望,而且形象化地描写了蒙古民族曲折的历史进程和民族命运。

纳·赛西雅拉图(1933—)、**哈·丹碧扎拉桑**(1932—)、**巴·敖斯尔**(1935—2010)等老诗人的创作,在此间也呈现出了鲜明的时代特征和民族色彩,尤其是他们的个性化追求在思想解放的新时代表现得十分突出。纳·赛西雅拉图经历了从反思、批判到深入民族心灵的抒情化歌咏的飞跃:如《白鹰山》《哈那上的三支枪》《牵拉宝线的人们》与《云与诗》《高原的云》《心中的天鹅》等诗歌,诗的艺术含量不仅体现在含蓄隽永的诗味和意境方面,也体现在艺术视角的不断拓展上。同样的情景也出现在其他两位老诗人的创作中。哈·丹碧扎拉桑从早期的草原风俗画描绘到人性的哲理化思考,吸取并渗入了蒙古族的民歌和谚语,从而使其组诗《真正的人之歌》(包括《真正的人之宣言》《真正的人之性格》《真正的人之幸福》《真正的人之禁忌》)和《人性惊诧歌》《对弟弟的嘱咐》等诗歌,充满了对复杂人性的哲理化反思。巴·敖斯尔的"草原三诗"——组诗《战斗中的草原》《草原珍珠》《落在草原上的诗》和长诗《举重者之歌》,分别获得了首届和第二届全国少数民族文学创作奖优秀诗歌奖,其充满自然色彩的草原风俗画抒写,不仅成功地营造了静谧的意境与优美的生活画面,而且使鲜明的民族特征与草原色彩跃然纸上。如组诗《草原

---

① 特·赛音巴雅尔主编:《中国少数民族当代文学史》,北京十月文艺出版社,1999年出版,第63页。

珍珠》中的《黎明鸟啼》一诗:"那抖落露珠的花草/朝着她的脚面惊叹/那姗姗来迟的清风/伴着她的衣襟招展//皎洁的月光移向远方/跟着畜群去到牧场/明亮的星星逐渐疏稀/随着牛奶涌进木桶",含蓄隽永、形象生动地描绘了一幅优美的生活画面。

著名作家阿·敖德斯尔(1924—2013),内蒙古巴林左旗人,历任内蒙古自治区文联和作协主席、名誉主席。从1948年开始至今,他先后创作了蒙汉文作品二十九部,有独幕话剧《草原民兵》、儿童文学《小钢苏和》、长篇小说《骑兵之歌》(1979年与斯琴高娃合著)、中短篇小说集《月亮湖的姑娘》。1999年出版蒙古文《敖德斯尔文集》十卷本。他的创作视阈宽广,涉及蒙古族的历史与现实,既有社会风云的全景展示,又有草原风情的诗化抒写。这里只选取他的《绣杏花的烟荷包》来给予简单分析。

这篇写于1992年的短篇小说,通过桂丽森嫂这个女性形象,展示了蒙古民族的生命观与草原文化的价值伦理,使蒙古民族的人与自然相融合的生命意识得到了真实的展露。一个已经被主人公"我"遗失的绣着桂丽森花(杏花)的烟荷包,常唤起"我"对"一连串时而喜悦时而忧伤的首尾不相衔的岁月"的回忆。比"我"大三岁的寡妇桂丽森嫂,为了照顾婆婆和两个幼小的女儿,硬是用"纤弱的身板支撑起了一个有老有小的毡包,刚过二十岁就开始了人类生活中最难熬的寡妇生涯"。"我"年轻冲动,从心底里爱慕美丽的桂丽森嫂,在一次帮她捆草之后与她相亲相爱并使之怀孕。一个寒冷刺骨的夜晚,在桂丽森嫂家的毡包里,她"蜷曲着单薄的身子,冻得浑身发抖","钻进我那冬天下夜马倌穿的宽大的皮袄里"与"我"的一番谈话,使草原母亲博大而又善良的母性意识、生命情怀得到了充分体现:

"我怀孕啦。"

"啊!那……那怎么办?"我慌了。

"到时候就生呗,有啥别的办法。"她没有一点抱怨的语气,那么平静而坦然。

"又多了一张嘴,这对你来说,是个多大的负担啊!"毫无思想准备的我感到意外。我语无伦次地叨咕着,想着她本来就累得喘不过气来的生活将又增加新的负担,心里真有些过意不去。

桂丽森嫂似乎觉察到了我沉重的心情,沉默了好一阵子,说:

"没什么,哪个女人不生孩子!老佛爷让我受着,我就得受着,你别

替我操心了,天不早啦,睡一会儿吧。"(《绣杏花的烟荷包》)

对于汉语世界的人们来说,这是一个难以在情感和道德上得到理解和接受的情节,因为寡妇怀孕是有伤道德风化和遭人唾骂的。但是,在草原文化和蒙古族传统中,生命高于一切的观念统摄了游牧生活的全部。正如张承志在《牧人笔记》中说的那样:"他们对生命的理解,对生命的尊重都是极为独特的,极为宽厚和充满着爱的。无论是对一条老狗,一匹马驹,一只小鸟,一个弃儿或私生子,一个孤苦老人,一个异乡来客,都是这样"[1]。"游牧世界的女人以生养孩子为光荣","在每年亲手接下无数小生命的生活中,蒙古女人习惯了看待生命。她们决不厌弃任何一个生命"[2]。因此,桂丽森嫂的坦然完全符合游牧民族的民族心理,"我"的不安和沉重的心情也更多属于对桂丽森嫂的歉疚——加重了她的生活负担,而与道德风化丝毫没有关系。影响桂丽森嫂文化心理和性观念的是生命至上的人道主义,以及由草原游牧生产方式所决定的草原文化。

数月后,"我"参军离开,桂丽森嫂在河边塞给"我"一个烟荷包,"我知道,蒙古族妇女往往用这种方式表达自己的深情"。战争结束了,"我"当了干部,娶妻生子,一再升迁,"说不清什么时候,那烟荷包和绣它的人终于从我生活里彻底消失了"。多年以后,"我"回乡探亲,见到了穿戴很破的桂丽森嫂和她的一群衣衫褴褛的孩子,当然也包括"我"十几岁的儿子阿木古郎(平安)。"我愧疚地低声说:'我……我已经成了家,还有了两个孩子。'她温和地抬起头,看着我说:'我听说啦!男人们都这样。'"一个女人在草原上养活十来口人,生活是十分不容易的,但是,"她没有悲伤,没有怨恨,没有不满,总是带着宽慰的微笑……我感到无地自容"。"文革"中,桂丽森嫂派阿木古郎来看望被打入"牛棚"的"我",犹如在凄苦无助的日子里送来一团火;又有一天,桂丽森嫂最小的女儿考上了大学,顺便带来了一件羊皮背心,这是桂丽森嫂临死前的嘱托。母爱的光辉,母性的博大,以及息息不止的生命力,使敖德斯尔精心呵护和塑造的善良、宽厚的蒙古族母亲形象,不但具有民族文化的深刻背景,而且获得了历史的厚度。同时,作者对蒙古族文化的讴歌与感恩,也通过桂丽森嫂得到了最为妥切的寄托,而"我"的自责、惭愧与不负责任,在民族传统和

---

[1] 张承志:《牧人笔记》,花城出版社,1996年出版,第29页。
[2] 张承志:《牧人笔记》,第101—102页。

草原文化的衬托下更显得苍白无力。在无声的自我谴责和反思中,桂丽森嫂的形象与"我"形成了巨大的反差,从而深刻地揭示了母爱与母性的生命主题。

玛拉沁夫(1930—　)是另一位用创作完成了新老作家精神链接的蒙古族作家。他祖籍辽宁省吐默特旗,1945年参加八路军并于两年后来到乌兰浩特参加了内蒙古的土地改革运动。新中国成立后,他先后在内蒙古文工团、科尔沁草原、察哈尔盟、北京《民族文学》编辑部工作,创作了《科尔沁草原的人们》、短篇小说集《春的喜歌》、长篇小说《茫茫的草原》(上部)、电影剧本《祖国啊,母亲》等。新时期以来,他早已完成的长篇小说《茫茫的草原》(下部)在80年代末面世,并创作有中、短篇小说《大地》《荒漠》《爱,在夏夜里燃烧》《活佛的故事》等。

从玛拉沁夫创作的文化背景和资源来看,母族文化的熏陶自不必说,除此之外,他还深受外国文学和五四新文学的影响,如惠特曼、普希金、托尔斯泰、巴尔扎克、高尔基、莎士比亚等外国作家,以及鲁迅、郭沫若等五四新文学作家的影响,此外,还有丁玲、田间、艾青、赵树理等现代作家的直接指导。如果说蒙古族游牧文化和历史传统的熏染使他获得了母族的营养,那么,外国作家和五四现代文学的影响给予他的就不仅仅是世界性的、多民族的艺术视阈,而是一种文学精神的馈赠。因此,无论是他的草原风俗画和哲理的探索,还是民族革命风暴的全景书写,都摒弃了简单的艺术模仿和直观的反映,而成为一个现代民族作家对母族历史和现实的双重追索与认知。所以,研究者认为,在新时期的创作中,玛拉沁夫在以往形成的"清新别致"、浓郁的"草原味""自在清丽"的风格基础上,实现了"审美与哲理"的飞跃,这就是"从民族文化到象征意蕴""从诗情到哲理""从个性意识到人道主义"的"含蓄、深沉、丰厚"[①]的艺术风格的飞跃和美学追求。在这一时期的《荒漠》《大地》等小说中,表现出的深沉的文化、历史的思考,已明显地呈现出了游离于具象事物的特征,更多地表现为一种象征色彩,因而比起前期的创作更能深入民族文化历史的深层与游牧民族的心灵。荣获全国小说奖的《活佛的故事》,写了"我"童年的朋友小玛拉哈在旧时代被选中活佛成为人们顶礼膜拜的偶像,之后又在新时代成为著名的蒙古族医学专家的故事,充满了对失去童真的少年朋友玛拉哈的同情

---

① 特·赛音巴雅尔主编:《中国少数民族当代文学史》,第531—532页。

和惋惜。文章结尾有一段玛拉哈自己说的话,是此篇小说的点睛之笔:

> 人世间,原本是没有神的。人们出于愚昧,寻求寄托,便创造出一个神来;而被人们创造成为神的那个人,在人们虔诚的膜拜下,起初朦朦胧胧觉得自己好像是个神,久而久之,便认定自己就是神,摆出神的架势,于是人们就膜拜得越发虔诚,信仰得越发狂热,殊不知是被戏弄了。人们创造神,是对被创造成为神的那个人的戏弄;而被创造成为神的那个人,也摆出一副神的架势,戏弄那些把他创造为神的人们。(《活佛的故事》)

正如有的研究者认为的那样,小说"揭露了宗教迷信对于人性的摧残"[①],是从神权和迷信的思想下解放人。是的,在旧的封建专制时代,宗教曾被封建牧主和王公贵族利用来统治广大牧民;只有在社会主义制度建立后才彻底打破了神权和专制政体对人民的禁锢与统治,从而解放了人并使他们有了真正的人的意识。但是,这篇作品在肯定了这一点的同时,却不无遗憾地忽略了另一方面,这就是特定的生产方式、特定的地域、特定的民族文化和民族心理背景下的人们对于宗教信仰的选择,以及宗教在被封建统治者利用之外作为信仰的合理性。当然,对于一篇发表在80年代的作品,这一要求显得有点过于苛刻。所以,《活佛的故事》带有鲜明的时代色彩,是特定历史时期创作主体对生活的认知。长篇小说《茫茫的草原》融汇了玛拉沁夫对草原民族历史与心灵的深刻理解。在草原风俗画中所展开的草原民族在历史转折关头的选择,不但充满了全景的社会风云和浓郁的民族色彩,而且在人物描写上颇见功力,使人性的复杂和人的成长的艰难获得了历史、现实与民族文化的支撑。

此外,还有老作家朋斯克创作的中短篇小说《长夜》《"巴拉根仓"下乡记》和长篇小说《伊和塔拉之战》等,浩·巴岱的中篇小说《尼美尔山的风》,葛尔乐朝克图的《桑如布一家》《父亲山羊》《语病》《聪明人与傻瓜蛋》等中短篇小说,扎拉嘎胡的《嘎达梅林传奇》,韩汝城的《隐秘的情侣》《腊月》《乌兰察布春情》等中短篇和长篇小说《天使与囚徒》等,齐·敖特根其木格的《血泪》《白骏马的主人》《戈壁冬青》《敖包会上的缺陷》等中短篇小说,等等。

在50—60年代以来开始创作的中青年诗人中,毕力格太、敖力玛苏荣、阿尔泰等几位最为出色。他们的诗歌基本上超越了老一代诗人的感恩情结和政

---

① 特·赛音巴雅尔主编:《中国少数民族当代文学史》,第531页。

治话语的局限和影响,在乡土情结中融入了文化历史的思考,充满了浓郁的民族色彩与现代意识,呈现出了独特的审美意蕴与艺术视角、艺术手法的变革。

阿尔泰(1949—)在继承传统基础上的大胆创新,得到了研究者充分的肯定,他们认为:阿尔泰"摆脱了横陈直抒等旧有的模式,摸索一种更新更加自由的形式,运用象征、通感、变形、意象等一系列新手法,以加强作品的动作感、立体感,多视角和多层次",因此,他的以《心中,那棵青青的春芽》为代表的诗歌,"以全新的面目出现在蒙古族诗坛上,为蒙文诗歌创造了一种前所未有的新形式",这就是"集蒙古族诗歌新旧技巧中的格律诗、自由诗、散文诗、连环诗和长短句于一身"[①]的飞跃。

毕力格太(1934—),内蒙古土默特左旗人,1956年开始创作,先后有诗作三百多首和小说数十篇。他的《烈马颂》形象地暗示了蒙古族中青年诗人在新时期创作的这一变化:

诗人啊,请不要只描绘/草原欢腾时那"安代"舞起的长绸/歌手啊,请不要只赞美/牧民舒心时那悠扬的马头琴声/要表现 蒙古族人民的性格/请看那烈马飞起的银蹄/抖散的长鬃/高扬的尾穗/倔强的眼睛/它一贯自强不息/始终精力旺盛/即使是酣战后的小憩/也总是四蹄直立/身躯笔挺。

由此可见,诗人所攫取的任何一个意象,都成为进入民族灵魂纵深的一个象征物和载体。时代对诗人的要求已不仅仅是歌唱、赞美和风景画的描摹,而是一种进入民族心灵和历史的深刻探寻。

新崛起的中青年小说家的创作主要有:苏赫巴鲁的长篇小说《成吉思汗传》,巴根的长篇小说《僧格林沁亲王》,苏尔塔拉图的长篇小说《严冬》和散文《金驹长嘶》等,乌力吉的《阳光》,莫·阿斯尔的《母爱》以及《在大路旁的蒙古包里》《母亲的心》等中短篇小说,察森敖拉的《奶汁》和《放生》《博音河哟,水晶晶花》《路》《无调的摇篮曲》等中短篇小说,张志诚的《沙坡》《遗留在沙坨里的歌》《心灵的折光》《皎洁的夜》《草垛旁,有一间小屋》等,阿云嘎的《大漠歌》《杰尔格勒和他的叔叔》,伊德尔夫的《震动》《如实汇报》,娜仁高娃的《她在瞬间幸福中睡着了》《女人们》等中短篇,等等。引起社会普遍关注的是

[①] 特·赛音巴雅尔主编:《中国少数民族当代文学史》,第464—465页。

郭雪波的"大漠生态小说"系列作品。

郭雪波(1948—),本名阿木尔吉,内蒙古库伦旗人。1980年毕业于中央戏剧学院戏剧文学系编剧专业,曾任出版社编辑、编辑室主任,现为北京市作协专业作家。1975年开始发表作品。主要作品有长篇小说《锡林河的女神》《沦丧》《狐啸》《大漠狼孩》、中篇小说集《沙狼》、中短篇小说集《沙狐》等,曾获第五、第七、第九届全国少数民族文学创作骏马奖。郭雪波的作品大都以沙漠为书写对象,阐发与沙漠有关的生态命题,"探寻自然与人类内心荒芜之后的救赎之道"[1],这些小说由此也被称为"大漠生态小说"。

郭雪波说,他在1985年发表《沙狐》时,并没有想过什么"生态文学"之类的命题,只是想把老家人与动物的生存状况及命运展现给世人而已。但在这种"血管里流的是'沙子'吐出来的也是沙子"(《哭泣的草原》)的写作中,已传达出了对大自然破坏的忧思。在后来的创作中,"生态"成为他自觉关注和深入探寻的命题,他以人类中心主义为思想底蕴的环境观,也逐渐提升为非人类中心主义的地球生态观。

沙漠的叹息和草原的哭泣,是郭雪波作品着力彰显的第一个层面。主要指涉两个方面:其一是草原的沙漠化。在郭雪波的历史记忆中,科尔沁草原曾经"沃野千里,绿草如浪",但在人为的破坏下,正迅速沙化……其实,不只是科尔沁草原如此,"在整个中国八大沙漠沙地中内蒙古就占了其中四个,面积多达四亿多亩!而且它们以每年大约五百万亩的日新月异的速度扩大着沙的领土,并继续征战,如当年的铁木真、努尔哈赤们一样大有南吞西卷之势。"而在"人类面临的四大危机——能源危机、环境污染、人口爆炸、地球沙漠化中,最可怕最具毁灭性的便是沙漠化,全球已有五分之一的土地完全沙漠化,四分之一土地正呈沙化。称沙漠化为地球的癌症和艾滋病,一点也不过分"(《哭泣的草原》)。其二是人心的荒漠化。在草原非人类生命(所谓"兽类")的眼中,"人类是一种不讲信义、自私狂妄、以强凌弱的两条腿大野兽"(《狐啸》);在人类的良善者看来,"人是个太残忍太霸道的肉食动物……人啊,早晚要把这个地球吃个干净吃个光!唉,你说说,人这玩意儿还有救吗"(《沙葬》)?正如有论者所说:"人变狼比狼吃人更可怕。"[2]

---

[1] 李玫:《郭雪波小说中的生态意识》,《内蒙古民族大学学报》,2005年第2期。
[2] 阎纲:《人变狼比狼吃人更可怕》,《绿叶》,2001年第6期。

人心的荒漠化是草原乃至整个地球沙漠化的主要原因,郭雪波将"生态"命题与人性批判和文化批判关联起来,这是他的小说思想构成的第二个层面。郭雪波首先将批判的眼光投向了历史。"这沙地是从那美丽富饶的科尔沁草原退化演变来的。这是近几百年贪婪地、无计划开垦草地荒原的恶果。"(《苍鹰》)"最早,这儿还是沃野千里,绿草如浪……后来,渐渐涌入内地的农民,开始翻耕草原种庄稼,蒙古各旗王爷为供应在京都王府的大量开销和抽大烟也把草原大片大片卖给军阀和商贾们开荒种地。由此,人们为自己种下了祸根。草地植被顶多一尺厚,下层的沙土被铁犁翻到表层来了,终于见到天日的沙土,开始松动、活跃、奔逐,招来了风,赶走了云。沙借风力,风借沙势……这里成了沙的温床、风的摇篮,经百年的侵吞、变迁,这里几千万公顷的良田就变成了今日的这种黄沙滚滚。"其次,批判极左政治文化的愚妄及其对草原造成的难以逆转的伤害。"50年代末的大跃进红火岁月,呼啦啦开进了一批劳动大军,大旗上写着:向沙漠要粮!他们深翻沙坨,挖地三尺。这对植被退化的沙坨是毁灭性的。没多久,一场空前的沙暴掩埋了他们的帐篷,他们仓皇而逃。但这也没有使人们盲目而狂热的血有所冷却,又把坨子里零星生存的野杏树疙瘩、野桑林等可烧的木柴全砍来'炼钢铁'。"(《狐啸》)再次,承接五四启蒙话语,批判国民的劣根性。譬如《狼孩》(初版名《大漠狼孩》)中对胡、郭、毛几家姓氏之间的宗法争斗的批判,对毛哈林等乡村权势人物的批判。姓氏之间的争斗特别是权力的争夺与阴险的滥用,不仅使人与人相互伤害,而且引发了人对自然更为激烈的掠夺与破坏。对人的多向度的文化批判,最终归结为人性批判,落脚于对人的欲望批判。与欧美生态文学常见主题相近的是《狐啸》《哭泣的沙坨子》《沙葬》等作品,将草原的沙漠化首先归结为人永无止境的过度欲望,人类"像一群旱年的蝗虫,吃完这片田地又飞往那片田地"(《狐啸》)。贪婪使人类只知道无休止地向大自然索取,不断膨胀的欲望使人类逐步毁损了自然本有的面貌,也侵蚀了人与自然之间曾经拥有的和谐关系。

郭雪波的"大漠生态小说",历史地揭示文化对地球生态的影响,解析导致生态灾难的社会原因,但这显然不是主要目的,其目的在于寻求科尔沁草原乃至整个地球生态的救赎之道,这是郭雪波小说思想构成的第三个层面。人是破坏地球生态的罪魁祸首,拯救地球生态的关键,首先应是人的救赎。对此,郭雪波的思考主要集中在如下几个方面。他倡言改变人类中心主义为非人类中心主义,敬畏自然,等齐万物,重建新的生命伦理观念。"谁也说不清,这天底下因为不止生存着人类这单一物种。"(《母狼》)云灯喇嘛直白地宣称:"所有的生灵在地球上都是平等的,沙漠里凡是有生命的东西都一样可贵,不分高低贵贱。"(《沙葬》)《沙狐》中的老沙头、《苍鹰》中的老郑头、《狐啸》中的老铁头、《苦沙》中的"骆驼"铁根、《沙漠三魂》中的疯子等,都是与云灯喇嘛一样具有全新生命伦理观念的人物。他还试图在中原传统文化思想(如"天人合一")和蒙古族的萨满教思想中寻求用以救赎的思想资源。蒙古族人信奉的萨满教,实质是对人类与自然和谐共生的崇敬。这种"天人合一"精神,确有值得借镜的意义。他还用现代科技知识改变人们的观念,治理沙漠,阻止沙漠化。在《腾格儿山上的一只兔子》中,郭雪波就以充满钦敬的笔墨,叙写了一群治沙科学家,赋予他们优异的品格和博大的爱的精神。总之,不论是哲学观念、生命伦理观念的改变,还是对宗教信仰的皈依,抑或是对现代科技力量的寻求,其最终目的都是要让人在敬畏自然中回归自然,就如《沙狐》中的父女选择留在沙漠,《狼孩》中的狼孩选择与狼为伍,《狐啸》中的"人和兽都融入大漠,融入那大自然"。显然,这只是郭雪波的叙事想象。他所思考的这几个方面并不是统一的,相互间充满了难以弥合的抵牾。

郭雪波的"大漠生态小说",擅长写奇异的蒙古草原风情,也擅长以传奇结构故事情节,并弥漫着挥之不去的感伤。他小说的寓言色彩也非常浓郁,常用换位法和象征实现叙事。以人写兽而又以兽写人,从《沙狐》到《狼孩》,郭雪波基本上都采用了这种叙事方法。而在这种换位中,被换位书写的对象常常因此具有了某种象征意义。譬如《狼孩》中狼孩小龙具有狼性(率真、野性、挚爱等),而白耳狼具有了人性,它呵护好人,攻击坏人,以它的利齿维护人间的公正。狼由此被赋予了某种道德理念,并通过狼与人(村长胡喇嘛一干人)的对立,表达出对人的失望和对社会的批判。同刚刚兴起不久的生态文学一样,郭雪波"大漠生态小说"的写作,可资借鉴的思想资源和文学资源并不丰厚,因此,建构新的生态思想和寻找生态写作独有的话语方式,郭雪波要走的路还很漫长。

从总的艺术风格来看,这些蒙古族中青年作家的创作明显带有回归自然、回归母族历史文化的趋向,无论是人与自然的抗争,还是现实与历史中人的命运和选择,都打上了鲜明的自然、民族、历史、文化的色彩与时代的烙印,呈现出了以下几个方面的特征。首先,从宏大叙事向日常叙事的转移,使得这一时期的小说创作在关注人生社会方面获得了广度与深度上的突破。所以,就是

《成吉思汗传》和《僧格林沁亲王》等这类历史题材的长篇小说,也在摆脱了政治话语的统摄和影响后呈现出了民间化的倾向,从而更为真实、生动地展示了历史人物的复杂性格与传奇人生。其次,艺术手法的多元化和现代性追求,不仅仅表现在新的艺术手法的汲取、引入,如象征手法和心理描写的大量运用等,还体现在口传史诗、谚语、俗语、民歌等蒙古族传统艺术形式的大量穿插,以及喇嘛教和敖包的祭祀活动、安代舞等场面和唱词的运用,从而使小说文本呈现出了十分驳杂的艺术风格;再次,充满民族特色的风景画、风俗画、风情画与浓郁的自然色彩、神性色彩的结合与呈现,成为蒙古族作家无法回避的创作选择,因为它已经植入蒙古族作家的血脉和心灵。而所有这一切的结果是,文学在实现向艺术本体回归的同时,也必然成为透视民族灵魂与民族文化的多棱镜。

第三节 天山牧歌:维吾尔族与哈萨克族文学

对于生活在新疆腹地的维吾尔族和哈萨克族等西部少数民族来说,不仅其民族文化是多元的,因为这里曾经是历史上的东西方文化汇聚的要冲,希腊文明、伊斯兰文明、印度文明和以中原汉文化为主体的农耕文明在此长期融合、碰撞;而且其宗教文化的底色也是十分驳杂的,萨满教、拜火教、景教、摩尼教、佛教等在此广泛流传,它们共同参与和影响了维吾尔、哈萨克等诸民族的民族性的形成。而自8—10世纪哈萨克族、维吾尔族先后开始皈依伊斯兰教以降,哈萨克、维吾尔等民族又经历了一个持续不断的深受伊斯兰文化和汉文化影响的变奏过程。因此,马丽蓉博士认为:以亦农亦牧生产方式生活的维吾尔族和游牧迁徙的哈萨克族,除其独特的民族文化之外,还深受着伊斯兰文化和汉文化的制约,"可以说,伊、汉文化分别从宗教和时代两方面冲击着维、哈等民族的生存观",从而形成了他们独特的"多民族文化塑就了的复合型文化人格"[①]。所以,从这一点来看,现代维吾尔族和哈萨克族文学,既有其各自悠久的民族传统和文化渊源,又受制于现代伊斯兰文化和汉文化的影响,呈现出了鲜明的时代性和民族色彩。

新时期以降,曾参与了民族解放和"多民族混声合唱"的西部少数民族文

---

① 马丽蓉:《20世纪中国文学与伊斯兰文化》,安徽教育出版社,2000年出版,第2、27页。

学,尤其是维吾尔族、哈萨克族文学,逐渐呈现出了回归母族文化的批判和反思的趋向。在现实主义基础上新出现的自然主义倾向,以及浓郁的批判、反思色彩,使这一时期的维吾尔、哈萨克两个民族的文学在风格上形成了两大创作群落。一类在传统的书写中出现了新变的痕迹与追求,他们是维吾尔族的铁依甫江·艾里耶夫、铁木尔·达瓦买提、艾勒坎木·艾合坦木、克里木·霍加、艾合买提·孜亚、伊明·吐尔迪、穆·萨迪克、吾铁库尔、柯尤慕·吐尔迪、艾海提·吐尔迪,以及哈萨克族的库尔班·阿里、阿斯哈尔·塔塔乃等老一代作家的创作。另一类立足现代民族文化与现代文明,呈现出了反思民族传统和社会批判的创作动向,他们是新崛起的作家群,主要是维吾尔族的吾斯曼江·萨吾提、阿尔斯郎、库尔班·巴拉提、祖尔东·萨比尔、卡哈尔·吉里力、买买提明·吾守尔;以及哈萨克族的艾克拜尔·米吉提、夏坎·沃阿勒巴依、吾曼尔阿孜·艾坦、贾合甫·米尔扎汗、夏姆斯·多玛尔、贾克斯勒克·萨米提、乌拉孜汗·阿合买提、朱玛拜·比拉勒,等等。

说老一代作家在新时期的创作是"传统的书写中出现了新变",这一方面符合文学史的发展规律,另一方面也可以在铁依甫江·艾里耶夫等人的文学创作实绩中得到一定的印证。

铁依甫江·艾里耶夫的文学生涯开始于40年代,参与并呼应了民族解放的历史进程以及中国文学的母题,经历了新时代人的解放和感恩新生活的"多民族混声合唱"。新时期归来,尽管铁依甫江·艾里耶夫在1989年就因病去世,但是,在短短的十年间,他却"像一只经历过严冬的百灵鸟,流着眼泪欢唱美好的春光",留下了《春天的启示》《过去与未来》《春天里的热泪》《故乡抒怀》《博格达的欢乐》《甘露》等数十首诗。虽然在风格上仍集中在他最为擅长的抒情诗、讽刺诗、爱情诗三个方面,但却发生了一系列新变:"过去那种偏向于单色调的歌颂诗少了,代之以歌颂与反思相结合的复色调的诗",表现出了"鲜明的时代感和深厚的历史感相结合的特色"[①]。《甘露》一诗,以独特的构思和含蓄的比喻,充分体现了这一诗风变化:"我们饱览了青格勒大草原的风光/干渴时跨进一顶雪白的毡房/ '好客的土人,你们的甘露呢?'/哈族少妇应声将新鲜的马奶酒斟上//这马奶如此地清凉醇厚、香甜味美/把它称之为'甘露',的确当之无愧/一位同伴讪笑我:'瞧你,把脸喝得绯红。'/我说:

---

① 特·赛音巴雅尔:《中国少数民族当代文学史》,第346页。

'这么美的甘露怎么不令人沉醉!'//不料这句话引起满毡房一片哄笑/少妇满脸通红,羞涩地把头低垂/谁知道她的名字原来就叫'甘露'呢"。一幅充满民族色彩和生活情趣的草原风俗画立刻呈现了出来,与前期诗歌中的直白歌颂相比,《甘露》更显得含蓄和接近生活。

另一位在40年代末开始创作的诗人艾勒坎木·艾合坦木(1922—)也以自己独特的风格追求,参与了新时期文学的解放和自我超越。他大胆地冲破了政治话语的束缚,形象地传达了诗人对心灵自由的渴求。这位出生于新疆伊宁的维吾尔族诗人,1939年在新疆省立师范读书时,就广泛学习了维吾尔族古典文学和哈萨克族等兄弟民族的文学,大量阅读了果戈理、普希金、涅克拉索夫、屠格涅夫、高尔基、马雅可夫斯基等作家的作品,汲取了民族文化的营养和异域文化的精华。因此,他在1945年之后一开始创作就起点不凡,先后创作了《喀什噶尔姑娘》《盼春》《冬天》《怀夏》等充满激情的绝唱。"喀什噶尔姑娘沉痛泣诉/这世界,布谷鸟有翅难展,迷了方向"(《喀什噶尔姑娘》),表达了对黑暗现实的愤懑和不满。新中国成立后,诗人的创作迎来了第一个春天,一大批讴歌新生活的抒情诗,使诗人在获得了巨大声誉的同时也形成了贯穿他诗歌的主要风格:这就是感情激越、色调浓烈、意境优美、节奏感强的诗风。因此,他创作于50年代的《天亮了》《黎明》等诗,以其格律和音韵的特长而被谱曲广为传唱,正像有的研究者说的那样:"艾勒坎木的诗,谱上曲就是一支动听的歌,去掉曲仍是一首好诗。"①新时期以后,获得"解放"的诗人"奋然跃起,如伏枥的老骥昂首嘶鸣","岁月,恕我直言,你且试听/我并未疲惫,经过半个世纪翻山越岭的趱行/你疾驰而去掀起的滚滚黄尘/也并未使我沮丧而陷入衰老困顿的窘境"(《岁月与人民》),激越的诗情和自由的精神仍不减当年。在《月夜》中,他抒情而又闲适、自然的心境得到了充分的展示,这是历经磨难之后的成熟之美,是一种超越自我、超越政治话语束缚的平静:

在这清幽而宁静/万籁俱寂的月夜/舒展自在地安躺着/辽阔而自由的原野/高天的明月/让你的清辉/充满温柔的爱抚/尽情地向它倾泻//……月下的山峦/显得异常端庄凝重/披上了轻纱迷雾的树丛/此刻绿得更深、更浓/满山遍野的花草/都像在晶莹的水波中浮动/葱茏的诗情

---

① 王堡:《唱出时代的歌声——论艾勒坎木·艾合坦木和他的抒情诗》,《新疆兄弟民族文学评论集》,新疆人民出版社,1982年出版,第136页。

画意/孕育在大自然胸中。(《月夜》)

这一切之所以在诗人的笔下,"无不蕴含着脉脉的柔情蜜意",因为她是创作者"永远看不够的祖国大地"。

老一代维吾尔族小说家柯尤慕·吐尔迪的创作一直延续到了90年代以后。

柯尤慕·吐尔迪(1937—1999),新疆喀什人,1954年毕业于新疆民族学院。曾在《新疆日报》《南疆莎车报》从事新闻工作。1979年回到乌鲁木齐,先后任新疆作协副主席、新疆文联主席等职。自50年代中开始创作,共有短篇小说集三部、中篇小说集两部、长篇五部,包括《克孜勒山下》《战斗的年代》《晴空万里》《静静的准噶尔》《雄伟的格林山》。和祖农·哈迪尔一样,他也是维吾尔族现代小说的重要作家。由于工作关系,柯尤慕·吐尔迪实际上是从早期的通讯、特写、报告文学等报刊文体入手走上文学之路的。虽然处女作短篇小说《五月的早晨》发表在1955年,但是,引起公众注意并产生影响的却是《谢姆谢丽罕》和《越活越年轻》《吾拉孜爷爷》这几篇文学化的短篇"特写",因为它们分别塑造了谢姆谢丽罕、女儿雅森、吾拉孜爷爷三个"新人"形象。正像作者自己说的那样,他的作品表现的是"新型农民从旧世界向新世界迈进的美好景象"①。农村接生员谢姆谢丽罕这个"炕台医生"不仅负载了科学与愚昧的冲突,而且是"维吾尔族妇女中的一个新人形象",就她"敢于揭掉面纱,在家庭生活中取得平等地位"这一点而言,已完全"跳出了当时的'窠臼'"②(信仰伊斯兰教的维吾尔族妇女历来有戴面纱的传统习惯,所以,这里的"揭掉面纱"之说才具有反叛传统的意味);女儿雅森与母亲的矛盾冲突,针对的是加入农业社的问题;哈萨克老人吾拉孜爷爷带领全家和维吾尔、汉、回、哈萨克等各民族乡亲修水渠,体现的是民族团结和创造新生活的热情。尤其是吾拉孜爷爷这个"新人"的塑造,受到了茅盾等人的高度评价,也标志着柯尤慕·吐尔迪文学创造的日益成熟。承接着上面的路径,他按着又发表了《泽热甫香河畔》《阿依罕的新故事》《库迪莱特》《回忆木沙大叔》,并用维、汉两种文字同时在新疆和北京出版了十五万字的中篇《克孜勒山上的英雄》和

---

① 柯尤慕·吐尔迪:《我的乡村》,《泽热甫香河畔》(维文版),新疆人民出版社,1981年出版。
② 刘宾:《新生活讴歌者的道路——略论柯尤慕·吐尔迪的文学创作活动》,《新疆兄弟民族文学评论集》,第168页。

二十万字的长篇《克孜勒山下》。尽管这两部作品不同程度受到了当时的"样板戏"模式的影响,但是,它们毕竟是作者体验、深入生活的结晶,所以,还是在有限的框架中稍有"越位"和突破。正是这样不懈的持续努力,才使他的三卷本长篇史诗《战斗的年代》(第一部《黎明之前》,第二部《泽热甫香河之光》,第三部《春之歌》)在 1979 年起陆续出版,并于 1981 获得了首届全国少数民族文学优秀长篇小说奖。这部长篇三部曲围绕新疆叶尔羌河上游的杨阿柯乡的新旧社会交替时期的阶级矛盾和斗争展开故事,不仅描写了两个阶级的冲突和"新人"在斗争中的崛起,而且深入地透视了维吾尔民族在社会变革中的心灵巨变,真可谓一部维吾尔族的现代"史诗"。它充满了浓郁的乡土气息和民族色彩,紧紧结合现实主义的描写,既贯穿了作家前期的创作追求,又发生了新的飞跃。

虽然维吾尔族作家祖尔东·萨比尔的创作开始于 60 年代,但是,真正有分量的作品还是产生在新时期。

祖尔东·萨比尔(1937—1998),新疆伊宁县英格塔木乡人,毕业于西北民族学院。曾任新疆人民出版社编辑、新疆作协副主席。先后有短篇集《露珠集》《忠诚》,中短篇集《古丽莎拉,我不会忘记你》《沙枣窃窃私语》《没头没尾的信》《祖尔东·沙比尔小说选》,长篇小说《阿布拉勒的风》《探索》《父亲》等,2001 年,新疆青少年出版社出版的"羊皮鼓译丛"之一《古丽莎拉,再见》,收入了他的《葡萄沟纪事》《茶客》《古丽莎拉,再见!》《早晨的梦》《模糊的窗口》等五篇小说(梁学忠等人由维语译成汉语)。以写实见长的小说家在新时期的创作出现了不少变化,一方面,追求特定民族文化氛围中人物性格的民族特色;另一方面,浓郁的维吾尔族文化色彩和民族传统在作品中不断加深并成为他小说民族色彩的一个部分,这一切使得充满民族色彩的风情画与人物刻画更显得真实、生动。

哈萨克族作家艾克拜尔·米吉提 1978 年一登场,便掀开了新时期西部文学批判主题的序幕,展露了新一代少数民族作家的艺术追求和人性反思的深度。

艾克拜尔·米吉提(1954—   ),新疆霍城人,精通哈萨克语、汉语的著名哈萨克族作家,现为中国作家出版集团管委会副主任、《中国作家》主编。由于在牧区生活、学习、工作多年,所以他积累了丰富的生活经验,熟悉母族文化。不仅如此,他还在汉语学校学习并精通了汉语。1973 年,他进入兰州大学中文系，阅读了大量中外名著，从而开阔了他的文学视野。因此，三年后回到伊犁草原从事宣传工作的作家，已经是一个积蓄了多种文化素养又有深厚生活基础的哈萨克族现代知识分子，一待时机成熟，便会喷薄而出。这个不久来到的机遇就是新时期。从《新疆文艺》1979年第3期上刊发的《奴尔曼老汉和猎狗巴力斯》开始，艾克拜尔·米吉提就奠定了他一个"潜质作家"[1]的创作风格，即浓郁的哈萨克民族的生活气息与时代脉动的有机融合，以及幽默、机智而又毫不留情的批判和讽刺。与在此之前的西部少数民族现代小说相比，如果说有区别的话，那就是他小说中的风格、气质、色彩是自然本色、浑然天成的，无论是时代特征还是民族色彩，都"不是外加的、表面的，而是从精心描绘的特定环境氛围中，从人与人之间的相互关系中，从人物的命运、性格、心理状态中流露出来的"[2]。

短篇小说《奴尔曼老汉和猎狗巴力斯》，将批判人性的主题与极左政治对人们的迫害联系了起来，从而宣告了一个时代的结束。它拉开了新时期西部文学批判主题的序幕，并使人的解放与人的觉醒主题达到了一个新的高度，从而一举夺得了1979年全国短篇小说奖。这位操双语写作的哈萨克族作家，在这篇小说中塑造了一个正直、善良的哈萨克老人奴尔曼老汉，记述了他的猎狗巴力斯被县委刘书记强行要走送给了爱狗的地委苏书记。当苏书记作为"四人帮"的爪牙被撤职后，当初用猎狗拍马的刘书记又反咬一口，把奴尔曼老汉作为苏书记的黑线人物检举了出来。小说一方面批判了人性之恶，但另一方面又超越了纯粹的人性，将批判的矛头直指极左政治给少数民族带来的灾难，以及恶化、紧张的干群关系。小说结尾处，奴尔曼老汉用哈萨克人特有的机智、讽刺，挖苦了栽赃嫁祸而又像变色龙一样的刘书记，使其丑态百出的德行在不动声色中暴露无遗。这富有深意的一笔，既是创作主体对哈萨克民间文化熟谙的结果，也与奴尔曼老汉的生活、性格、身份相吻合。见到虚伪透顶的刘书记假装热情，奴尔曼老汉厌烦至极，甚至有些恶心，于是，当刘书记问起他打狼的事时，他便侃侃而谈：

> 早些日子里，我还打了一只狼呢。那天，我正在守夜，估摸大约半夜

---

[1] 马丽蓉：《20世纪中国文学与伊斯兰文化》，第50页。
[2] 陈柏中：《时代特征和民族色彩的交融——读艾克拜尔的短篇小说》，《新疆兄弟民族文学评论集》，第192页。

时分稍微迷糊过去了。突然一阵狗叫声和羊咩声把我惊醒,我抄起身边的猎枪,顺着狗叫声摸去一看,原来一条灰狼咬住了一只哈萨克羊的脖子,我那狗却咬住了狼的脖子……灰狼一见我到来,慌忙丢开那只可怜的羊,笑嘻嘻地对我说:哎呀,善良的牧羊人,你算白养了这条懒狗。这条饿鬼偷偷把你的这只肥羊拉到野外,正想吃掉。幸亏我赶到了,可怜的羊才幸免于祸。牧羊人,快快打死你那饿狗吧!我从来没有见过这种会睁着眼睛说瞎话的祸害,只一枪,就把它放倒了。(《奴尔曼老汉和猎狗巴力斯》)

这一故事正好刺到了刘书记的痛处。奴尔曼老汉不可能是何士光《乡场上》的冯幺爸,他就是他自己——一个有着丰富人生阅历和经验的哈萨克老人,他有属于自己的反抗方式,这就是阿凡提式的机智和无情讽刺。对于生活在新疆腹地的维吾尔和哈萨克人来说,这一方式的选择,是有着深厚的文化土壤和生活基础的。

在《人民文学》同年10月发表的《哈里的故事》中,奴尔曼老汉们的愤懑和反抗发展到极致。淳朴善良的牧民哈里,被突击提干成为县委副书记之后,经过权力的异化而变得面目全非,成了一个吃喝玩乐、作威作福、滥施淫威的"老爷"。从他在木沙家带着猎狗一起上桌饮茶并调唆木沙之子用桌上的油果子喂狗这一点来看,他早已忘了哈萨克族人最淳朴也是最尊贵的请客饮茶的风俗习惯,并以自己的特权严重地践踏、侮辱了这一淳朴的风俗。哈里的父亲用皮鞭狠狠地教训了哈里一顿:"你当了县委书记又怎么样,难道你的狗也成了县委书记么?你在县上是书记,回家给我也要逞逞书记的威风不成?"这一情节,实际上宣泄的是牧民们的愤怒。而承接着同一主题的《雄心勃勃》,则通过一个极左路线下的官迷——牧场副书记穆哈什,揭示了另一个被权力异化的人物,通过他玩弄权术、颠倒黑白、残害牧民而一再升官的丑恶行径,提出了人民民主与制度监督的问题,充分显示了作者忧思的深邃性。在随后发表的《不堪回首》《在草原濛濛的雨夜里》《哈司令、阿尔申别克和他的母亲》《发现》《我的两个学生》《燕子》《权衡》等小说,从不同视角反思、批判了极左政治对人的残害以及人性的扼杀,将批判和反思的主题深入到生活的各个层面、深入到人的内心世界,从而在《车祸》一文中又达到了另一番境界。《车祸》展示了人的内心的争斗历程,一个被异化的"自我"的艰难抗争,一场伴随着灵与肉、良知与诱惑、善与恶的冲突和战争。在《哦,十五岁的哈里黛哟……》中,艾克拜尔·米吉提又将笔触伸向了那尘封已久的一段内心往事——无奈又严酷的知青爱情悲剧。尽管"我"与哈里黛之间并没有民族、语言、宗教的鸿沟和隔阂,但是,"我"作为知青的流浪汉般的身份却无法得到哈里黛母亲的认同,爱而不能的错误既有哈里黛母亲的粗暴干涉,也有"我"自身的弱点。《哦,十五岁的哈里黛哟……》使得艾克拜尔·米吉提小说的抒情性得到了充分展示,尤其是他的"借外在刻画实现心理暗示"[①]的这一塑造人物的艺术方法,不但使哈里黛形象生动,而且使这部小说由此获得了巨大成功。不仅如此,艾克拜尔·米吉提还在小说中成功地尝试用意识流手法来展示人物的心理世界(《潜流》),透过不同的文化背景和民族宗教色彩实现对人的生命与人性的反思和观照(《遗恨》《木筏》《披着羚羊皮的人》《静谧的小院》《迁墓人》),充满着浓郁的暗示和寓言意味。如果说这就是新一代作家的现代性追寻的话,艾克拜尔·米吉提后期的作品达到了这种高度。

买买提明·吾守尔(1944—),维吾尔族小说家,新疆伊宁人,新疆大学中文系毕业。历任伊犁州文联副主席、《伊犁河》主编、新疆作协主席。有小说集《笛声》《新旧轶事》《萨拉姆·艾沙木大叔》《岁月如此流逝》等。由维吾尔语翻译成汉语的"羊皮鼓译丛"之一《有棱的玻璃杯》,收录了他的《芦花母鸡》《有棱的玻璃杯》《黑肚子领头羊》《狼谷》《胡须风波》《流浪者酒家》《阿依汗》《给亡人的信》等十三篇小说,可以说是一部代表了他主要创作风格的小说选集。买买提明·吾守尔的个性化风格和艺术创造,充分显示了他作为小说家的睿智与幽默。这一点,不仅反映在题材视阈方面,他关注的是生活琐事的秘密和名不见经传的小人物的命运,而且这成为他小说叙事方式的一种经验,即透过纷繁的表象与事物之间的内在关联,从而揭示生活的哲学。《胡须风波》的荒诞感使人联想起了80年代的一部由小说《浪漫黑炮》改编的电影《黑炮事件》,如果说"黑炮事件"是对阶级斗争年代遗痕的一种折射,那么,"胡子风波"更多的是对人的内心深处隐秘和不安感的集中展示。表面上是一种幽默和荒诞,内在透出的却是淡淡的苦涩与无奈,一种对人的关怀和人性的反思。《芦花母鸡》《阿依汗》《给亡人的信》虽然是日常生活的艺术反映,但却笼罩着一股浓烈的神秘色彩与寓言意味,从中可以窥视到维吾尔族文学传统与民俗文化的影响。因此,研究者认为,买买提明·吾守尔的小说,通过

---

① 马丽蓉:《20世纪中国文学与伊斯兰文化》,第81页。

联想"抓住了存在的主要方面,揭示出了生存的风俗和景观",同时,"他的这种联想能力,成为他小说中幽默色彩的实际构成,这种联想或幽默有着极强的概括力,一下子就从现象中抽象出风俗性的东西,抽象出一种生存景观",而"这种过程也使小说打上了一层荒诞色彩"①。这就是买买提明·吾守尔小说的独创和贡献。

另一位"羊皮鼓译丛"收入的小说选集,是哈萨克族小说家朱玛拜·比拉勒的《蓝雪》。

朱玛拜·比拉勒(1941—),新疆额敏县人,现为新疆作协专业作家。《蓝雪》中收录了作家的二十一篇小说,每一篇的文字都不长,但字字珠玑,篇篇晶莹剔透,闪烁着生活的情趣和人生的哲学。从而使他笔下的草原风俗画,已不仅仅是一种客观的或者艺术化的主体观照的存在,而是蕴藏着生命与生活哲学的母体。因此,这一浓郁的自然主义描写中,融注了创作主体对哈萨克民族文化传统和草原民俗哲学的深入血脉的体悟。在《棕牛》中,挣脱了主人缰绳的小棕牛,回忆着有生以来的磨难:被套上笼头剥夺了母乳、鼻孔穿上粗毛绳、三岁时又被阉割,等待它的又将是铁犁的重负。获得了自由的它尽情享受着"原野上的扁桃、清泉和自由空气","带着一路压不住的兴奋,俏皮地冲进蓝色尘雾中的牛群中去"。而等待它的却又是牛群的敌视和围攻,虽然它们也有小棕牛的经历,虽然小棕牛也对牛群中最凶猛的公牛表示了友善和谄媚,但还是被公牛用犄角无情地抵翻在地,接着,作家这样描写道:

> 刚才那些在一边闭目养神的牛,一瞬间,不管大小老少,全都举起了月牙角……午后,山泉一样清静的气氛被搅浑。众多的牛角像无数支箭镞,雨点般落在它身上。过了一会儿,这个可怜虫终于惨死了,在它同类的铁蹄下,变成了一堆肉泥。翌日清晨,就在这个山岗上,有一个人蹲在棕牛的尸体旁,抽了它的筋,又把它的皮捆在马屁股上驮走了。

小说表面写的是棕牛的命运,但这分明又是人的命运的书写。

自然的意义在朱玛拜·比拉勒笔下具象化为有生命、有性格、有情义、有尊严的一个个生物,因此,从自然的视角观照的生物世界,在《白马》《蚂蚁》以及《朦胧的山影》中的母狗、白蹄坤、沙狐、大雁与大鸨、獾等鸟兽虫家禽的自

---

① 特·赛音巴雅尔主编:《中国少数民族当代文学史》,第684页。

然主义的描写中,便被赋予了不同寻常的意味和生活哲学。所以,朱玛拜·比拉勒小说中的自然主义描写是诗化的哲学,无论对传统现实主义还是对自然风景表面化的写实描摹,都是一次巨大的冲击和反拨。

第四节　母族精魂:回族文学

形成于元代的回族是中华民族大家庭中一个特殊成员。这个民族最早的祖先,是蒙古大军西征归来时挟带到中国的阿拉伯、波斯工匠,以及唐宋元时期从海路和陆路来到中国做生意的西亚商人,经过长时间的变动消长而形成的。如今中国的大部分回民聚居在宁夏、甘肃、青海、新疆等地。

20世纪80年代以前,回族的文学创作力量甚为薄弱。进入80年代后,在中国文学千帆竞发的大潮中,也出现了一些回族作家的身影。老诗人**赵之洵**,辽宁人,70年代末,他创作的舞剧剧本《丝路花雨》被甘肃省歌舞团搬上舞台,一炮走红,享誉海内外,在中国大地上引发了一场发掘东方古典文明美质的舞剧旋风。此外,赵之洵还出版有两本诗集。**马步斗**,甘肃张家川县人,多年利用业余时间创作长篇小说,出版有长篇小说《太平寨》。**吴季康**,甘肃天水人,曾任《金城》杂志主编,著有回族题材的小说多篇。**高深**,青海省海西州《瀚海潮》杂志主编,著有诗歌百余首。90年代以后,宁夏的**马钰**,新疆的**白练**、**杨峰**等人,也曾写出相当数量的诗歌、散文。新疆昌吉回族自治州创办有《回族文学》期刊,甘肃临夏回族自治州创办有《河州》文学期刊,连同宁夏回族自治区的《朔方》杂志,皆为培养回族作家和发表回族作者的作品而做过长期努力。这些作者与期刊的出现,壮大了回族文学创作队伍,丰富了回族文学园地。而真正写出过优秀作品、为回族文学做出独特贡献的回族作家,当推张承志、查舜和石舒清。

查舜(1950—　),宁夏灵武县人,毕业于宁夏教育学院中文系,现为宁夏作家协会副主席、文联副主席。1982年因中篇小说《月照梨花湾》而在文坛崭露头角。1988年出版长篇小说《穆斯林的儿女们》,1991年获庄重文文学奖。2001年以后出版长篇小说《青春绝版》。另著有小说集《拯救羞涩》和散文集《我本是条汉子》。

查舜与张承志、红柯们的不同点在于他来自本乡本土。他不是一个拥有都市文明背景的目光犀利、思想深邃、血质激烈的作家,而是一个具有乡土小知识分子气质的、性情温厚而忧郁、对家乡父老姐妹充满知解与深情的作家。他早年的心态很有点像路遥笔下的高加林——身为一个回乡知青,不肯就范于严酷的农民命运,对故乡土地上隐藏的野蛮、蒙昧有切肤之痛,心怀不凡的抱负却又找不到路径。高加林的选择是拼死拼活冲出这片土地,使自己彻底变成一个城里人,从根子上彻底改变个人命运。查舜的心态却相反,他对故乡怀有深重的责任感,对生养自己的父老姐妹们怀有割舍不下的深情。正是这种心态孕育出了他的一系列小说。《月照梨花湾》讲述的是一个古老的人生矛盾:面对城里的文明姑娘的如火热情和乡下憨实妹子的患难之情,一个来自乡下的小知识分子,究竟应该怎么办?世故的陈世美和不甘认命的高加林选择了前者而良心备受责难与煎熬;查舜笔下的回族青年丁玉清则经过一番回忆,终于决然回到了发妻纳素娟身边。《月照梨花湾》的动人之处,在于查舜通过一系列感人至深的细节,写出了纳素娟的清纯、吃苦、自我牺牲、善解人意、孝敬老人、贤惠灵秀、忍悲负重、含痛绝诀……令人看到了一个极普通又极不寻常的乡村妻子形象,意识到这种只会苦做不善言谈的女子的金子般的价值、泥土般的质朴美。正因为如此,丁玉清的选择才具有合理性和说服力。从纳素娟这个人物身上可以看出,查舜对乡土上的女子,有着过人的知解和深厚的感情。比较起来,他对李芬这种城市姑娘的描写,就显得单薄一些。由于这两个女子分量不对等,丁玉清内心的矛盾冲突也就不像高加林那样来得激烈。

　　《月照梨花湾》的回族色彩并不浓郁。纳素娟这种女子,哪一块乡土、哪个民族中都有;这种爱情难题,哪个民族中都可能发生。直到《穆斯林的儿女们》和《青春绝版》,查舜才将笔触真正对准了回族。《穆斯林的儿女们》是第一部描写黄土高原上回族民众生活全景的小说。乡村干部的飞扬跋扈、营私舞弊,普通百姓的忍气吞声,艰难生存;村里年轻人的稚嫩反抗、失败,找不到人生出路的苦闷,和他们之间相濡以沫的纯真爱情;回族百姓们的日常生活习俗以及特殊的人生态度……从作者笔下汩汩流出,构成了一幅非常逼真的回族乡村生活图景。透过这幅图景,读者体味到的是作者对母族现状的焦灼与忧患……《青春绝版》描写的是30—40年代宁夏军阀马鸿逵部队内部的军营生活和回族乡村生活。但看起来作者对宁马部队内部情形并不熟悉,或者说,他并无意写一部军旅小说。他用大量的笔墨描写了被抓去当兵的回族青年乐文村与远在村里的妻子林淑虹之间多舛多难的婚姻波折和彼此的绵绵思念,乐文村与父母之间的骨肉亲情,乐文村与同在军队中熬煎的扎木苏等人的深厚友情,以及貌似凶恶的李排长、吴保长内心深处的人情味儿……读张承志的小说,人们印象最深的是回族的铁血气质,读这部小说,人们发现,原来回族人的内心深处,还有非常柔软的一面。揭示出了回族鲜为人知的另一个性格侧面,正是这部小说的独到贡献。还可以发现,在这部小说中,查舜在情节上颇费心思。比起前一部长篇小说比较松散、拖沓的情节来,这部小说是一波未平,一波又起。除了乐文村的男根被李排长踢起的石粒造成损伤一节略有些勉强、虚假以外,其余情节均自然可信。这两部长篇小说最值得推敲的是查舜所使用的语言。显然,查舜意识到了小说中比较规范的公众语言的寡淡无味。他在叙述语言和人物对话中大量使用了当地方言,并制造出了许多文绉绉的生僻句子。在《青春绝版》中,他的心理分析繁多而冗长,他的语言犹如一锅土语与洋词的大杂烩,有的生僻难懂,有的别扭造作,有的冗长啰唆,有的词不达意,语流滚滚,泥沙俱下,远没有达到干净、准确、纯熟、生动的程度。看来查舜的语言修炼功夫还欠火候。

90年代初期至新世纪初,引人注目的回族作家还有石舒清。

石舒清(1969—),原名田裕民,生于宁夏海原县,1989年毕业于宁夏固原师专英语系,当过中学教师、县委宣传部创作员,现为宁夏文联刊物《朔方》杂志主编,从事专业写作。出版有小说集《苦土》《暗处的力量》《开花的院子》。短篇小说《清水里的刀子》获第二届鲁迅文学奖,小说集《苦土》获第五届全国少数民族文学骏马奖。同为出自宁夏乡间的回族作家,石舒清似比查舜内心更敏感、更细腻一些,观察事物的目光更犀利一些,文字表达功力也远为纯熟、老道。同是以描写回族民众日常生活见长的作家,查舜的长卷往往大包大揽,捡到篮子里的都是菜,精彩的片断与浮泛的描写相混杂;而石舒清的短篇每每精选一个生活瞬间,一些被别的作家忽略了的生活碎片,加以放大,加以精雕细刻,暗示出一些别样的深长滋味。譬如《早年》描写的竟是一个回族村妇与一些回族乞丐的内心交流;《红花绿叶》描写的是一次回族送葬的过程和各色人的内心活动;《农事诗》描写的是回族农民散粪的片断;《清水里的刀子》描写的是一个回族老人与一头牛的生活琐事。这些生活碎片乍看上去太平常了,平常得不大容易引起别的作家们的注意。这里没有张承志笔下回民起义的惊涛骇浪,斑斑血渍,也没有查舜小说中小伙子新婚之夜被抓了壮丁或农民群起斗殴的戏剧性。但敏感而目光犀利的石舒清却别具只眼,从这些日常琐事中看出了回族人内心深处的疼痛,活得再孽障也不会忘却的神圣信仰,再贫贱也不会失去的内心自尊,等等。与查舜采用的作者出面直接做心理分析的西方小说手法有所不同,石舒清很少直接分析人的心理,他总是借助某些细节加以暗示,他的小说非常含蓄,而笔触直透回族人隐秘的内心底蕴。从某种意义上说,石舒清的全部小说,都是回族心理剖析小说。他每每精确地挑出回族人内心深藏不露的最独特的东西。譬如《清水里的刀子》描写回族老人马子善和他饲养的一头老牛面对死亡的心态就殊为特别。老牛从清水里看见将要送自己归真的刀子,毫不惊惧,心有所悟,遂淡然饮食,"为的是让自己有一个清洁的内里,然后清清洁洁地归去"。马子善老人从牛的举止中得到启迪,心情趋于宁静。这种在汉族人、现代都市人中罕见的内心世界令都市读者怦然心动。事实上,石舒清的用心和期望也正在这里。他说过:"我更庆幸我是一个回族作者。……回族,这个强劲而又内向的民族有着许多不曾表达难以表达的内心的声音。这就使得我的小说有无尽的资源。"①石舒清的小说结构也颇有意趣,他的不少短篇小说正采取了主干为一朵红花,枝干上又分生出两片绿叶的结构方式。这种结构既单纯,又横生别的意味,很适合短篇小说。石舒清的小说语言非常节制、精确、纯熟。这些因素有机融合起来,使得他的小说很精粹。所以,他是西北乡土上成长起来的最出色的回族小说家之一。

第五节　芳草青青:其他少数民族文学

西部地区还有一些人口很少的少数民族,诸如东乡族、撒拉族、保安族、裕固族等等。这些民族族源各异,多半有母语而无文字。多民间传说、歌谣而无文字固定下来的文学作品。新中国建立以后,特别是新时期的文化复兴大潮中,这些少数民族中陆续出现了一些本民族诗人、作家。他们的作品数量与质量虽难以与藏、蒙古、维吾尔、回、哈萨克等较大民族的相匹敌,但毕竟这些民族第一次有了自己的书面文学。

东乡族主要聚居在甘肃省东乡族自治县。另有一部分散居于积石山县、青海西宁与循化和新疆各地。信仰伊斯兰教,习俗与回族相近,但有自己的母语。他们世代从事农业、商业。出现的诗人主要有汪玉良、马自祥。

---

① 石舒清:《自问自答》,《小说选刊》,2002年第4期。

自60年代开始诗歌创作的东乡族诗人**汪玉良**,先后发表诗歌二百余首,出版有诗集《幸福的大道共产党开》,叙事长诗《阿娜》《米拉尕黑》《马五哥与尕豆妹》和抒情诗集《汪玉良诗集》。作为东乡族的第一位诗人,汪玉良的主要创作成就是他根据东乡族民间流传的故事改造加工而成的《米拉尕黑》和《马五哥与尕豆妹》。这两部长诗将民间故事第一次搬上了诗歌殿堂,使之成为东乡族的文学瑰宝。《米拉尕黑》记述的故事是这样的:很久以前,有个年轻的勇士叫米拉尕黑,他从月亮上看见一位美丽的姑娘,爱慕不已,向月亮射了一箭,并沿着月亮降落的方向一路追寻。经过艰苦跋涉,历尽艰辛,他终于找到了莎菲叶姑娘,并私订终身。不料敌寇入侵,小伙子毅然率东乡族的脚户、筏子客们出击,打败了敌人。八年后,他回到莎菲叶身边时,发现姑娘被恶霸马成龙用迷魂药迷醉,强办婚事,娶亲的队伍正走在路上。米拉尕黑用半块月光宝镜唤醒了莎菲叶的记忆。二人相认,悲喜交集。马成龙带人追杀而来,米拉尕黑战胜敌人,二人终成眷属。《马五哥与尕豆妹》也讲述了一个凄婉动人的穷人的爱情故事。汪玉良在整理加工这两个民间故事时,保留了它们的童话色彩,并添加了一些抒情味道,保持了故事原貌。但可惜未能适度增添一些生动的细节,再创作的色彩不够浓。《米拉尕黑》获全国少数民族文学作品创作一等奖。

马自祥(1949—),东乡族自治县锁南坝人,东乡族,笔名舍·尤素夫。著有《东乡族民间故事集》《东乡族》《东乡族风俗志》等书,发表诗歌三百余首,小说、散文若干。马自祥最主要的文学成果是根据东乡族民间传说,整理完成了叙事诗《诗司比乃》。这首长诗讲述了一个备受后母薄待的姑娘诗司比乃,凭借自己的诚心感动了后娘,具有道德劝诫意味。

裕固族主要居住在甘肃省肃南裕固族自治县,另有部分人散居青海境内。90年代后期,这个能歌善舞的游牧民族中间,也出现了像铁穆尔、贺继新这样一些年轻的散文、诗歌作者,他们的作品多半描写草原上裕固人的生活风情,抒发裕固人对故乡、对大自然的感恩与热爱,读来颇为清新。他们的创作也为裕固族的文学史谱写了新的一页。

铁穆尔(1963—),裕固族,1987年毕业于西北民族学院历史系,现在甘肃肃南裕固族自治县地方志编纂办公室工作,张掖市作家协会副主席。铁穆尔出生在裕固族鄂金尼部落(属蒙古语族)的牧人家庭,生长在祁连山北麓裕固族牧人的帐篷里,熟悉游牧生活,长期在北方草原孤身漫游。裕固族虽然只有三四万人,但却是一个具有漫长历史的古老民族。铁穆尔作为一名裕固族文化人,出于对母族的热爱和忧患,矢志追寻母族历史,并以文学笔触描述本民族的文化心理和日常生存状态。他的写作从两条线路展开,一方面从事裕固族、北方民族历史研究,一方面以文学笔法描述感性生活。历史研究的主要成就以专著《裕固民族——尧熬尔千年史》为代表。这本历史著作以挖掘出的民间历史文物为材料,努力勾画裕固族历史,在国内外引起广泛关注,在本民族内部也有深刻影响,已翻译为韩文。他的散文有《苍狼大地》《北方女王》《焦斯楞的呼唤》《杜鹃飞渡》《牧场谣》《花斑乳牛》《草原挽歌》《狼啸苍天》《游牧纪实》《星光下的乌拉金》《夜路漫漫》等,2006年以《星光下的乌拉金》为书名,收入"天·地·人生态丛书"出版,获得全国少数民族文学骏马奖。他的小说有《牧人捷尔戈拉》,纪实文学有《1958年的笔记》等。他的散文流溢着发乎他个人也源乎其母族心底的忧伤情调,具有浓郁的裕固族韵味。被评论家认为是"中国西部新乡村主义"写作者的代表,"以文学的方式,在某种程度上复原了游牧民族的历史和心灵的世界"①。

此外,积石山县的董克义在民间搜集、编选、出版了《积石山爱情花儿选》。这部花儿集保留了花儿的原汁原味,情感真挚、质朴,语言生动,是近年出版的少数民族民间文学精品之一。

---

① 巴战龙:《文学陇军铁穆尔:游牧是一种思想立场和书写态度》,《甘肃日报》,2014年6月17日。

第九章 民族文化透视:新世纪西部少数民族文学

(2000—2017)

新世纪以来,随着西部现代化进程的推进,工业文明强势和快速地进驻西部,打破了西部多民族地区以游牧、农耕为主要文明形态的社会发展格局,呈现出了多元文明既融合又冲突的状态。立足于多元文化的现代性视阈下,西部少数民族文学在创作内容和写作技巧上都出现了新的特点。具体表现为以下几点:

其一,侧重于探讨不同境域下的生存信仰与民族文化。西部地域辽阔,自然环境复杂多样,少数民族聚集群居的生存方式,形成不同的民族生活习惯和宗教信仰。因此,少数民族作家对民族生活的表现必然会涉及生存信仰和民族文化。新世纪以来的西部文学,在这方面表现更为突出,许多作家更着力于关注自身民族的文化信仰和风情习俗,以彰显自己的民族身份和文化姿态。如西海固回族作家的创作中较多表现农民在干旱艰苦的生存环境下仍然保有着宽厚从容、感恩上天的生活心态,这背后隐藏着对回族文化及生存信念的突显。此外,蒙古族作家笔下较多彰显草原文化仪式和民族信仰,维吾尔和哈萨克民族文学则致力于表现人与自然的亲近关系,藏族作家创作流露出强烈的佛教文化观念和文化色彩。少数民族作家的文学创作都与各自民族的信仰和文化存在着直接的关联。

其二,集中关注现代性视阈下的生态伦理关怀。少数民族因生活环境和宗教信仰的影响,对大自然有着特殊的亲近感,山川、湖泊、河流、森林、原野等对于少数民族来说都有着特殊的意义。近年来,随着西部大开发战略的实施,现代化建设延伸到少数民族的生存之地,在给当地农民带来交通便利和经济利益的同时,也对西部的自然生态造成影响和破坏。因此,少数民族文学关注的视野转向自然生态和环境保护,生态伦理意识更为突出。如蒙古族作家郭雪波创作的沙漠生态小说、藏族作家阿来的长篇小说《空山》、维吾尔族作家阿娜尔古丽、哈萨克族的艾克拜尔·米吉提和叶尔克西·胡尔曼别克等作家，都在文学创作中纷纷倡导人与自然和谐的生态伦理观，批判现代化进程对生存环境的危害，表达了重建乡村家园、回归自然生态的强烈愿望。

其三，温情地关注底层百姓的生存与艰难。西部生活环境相对于东部地区来说更为艰难，大部分少数民族文学作家都曾有过底层的生存经历。新世纪文学中，作家们更普遍地把笔锋投向底层百姓，通过日常生活叙事来展现乡村农民和城市底层的生存状态。尤为突出的是，对待底层生活的苦难，作家们大多采取一种温和达观的叙述姿态，将生活温情和地方风俗融于苦难书写之中。如宁夏回族的石舒清、李进祥、马金莲以及东乡族的了一容等作家的小说中，描写农家日常生活，传达人际间的温情，讲述富有地域特色的乡土人情。哈萨克族和维吾尔族作家也时常把读者带进天山牧野深处的毛毡房，感受西域情调的风俗人情。

其四，创作艺术手法上呈现多元化倾向。这与各民族文化传统有着直接的关联，加之经济改革发展给西部文化带来的影响，新世纪少数民族文学呈现出比以往更丰富多样的创作艺术手法，其背后又呈现出不同的民族文化个性，洋溢着现代艺术精神。如藏族作家阿来小说具有较强的魔幻超现实色彩；回族作家石舒清、李进祥、马金莲等热衷于西部乡土写实，形成清新质朴的乡土文学风格；维吾尔族作家买买提明·吾守尔的小说创作擅长运用幽默讽刺的手法，在故事中传达出深刻的哲理与告诫，维吾尔族作家阿舍的小说也带有较强的写实和哲理化特点；蒙古族作家海勒根那和锡伯族傅查新昌等人的作品中颇具西方现代主义艺术手法特征。

第一节　民族历史与文化回归：藏族文学

藏族文学在新世纪以来取得了丰硕成果，对自身民族文化与民族历史的关注和反思仍然是新世纪藏族文学发展的重要走向。同时，部分青年作家开始把创作视野投向现代文明形态下的都市生活，探讨现代藏族人的生存状态，反映信仰的坚守和价值观念受外来文化的冲击与变化，在一定意义上拓宽了藏族文学局限于民族背景和民族文化的创作现状，促进了藏族文学的发展。

阿来曾经凭借长篇小说《尘埃落定》获得第五届茅盾文学奖。新世纪后，出版长篇小说《空山》、长篇史诗《格萨尔王》，中篇小说集《蘑菇圈》《遥远的温泉》《奔马似的白色群山》《宝刀》，以及散文《大地的语言》《达古的春天》《山南记》等，诗歌《哦，川藏线》，报告文学《瞻对》等。阿来小说的创作支点是生养他的川西北群山峡谷中的嘉绒藏地，他熟知生活在那里的人们及其所坚守的民间信仰，其小说对民族生活、藏族文化意象等都有着丰富的书写。阿来的作品蕴含深厚的藏地文化气息和宗教氛围，文本中时常出现寺庙、活佛、喇嘛、信仰者的行为等藏族信仰符号，以及对藏族民间神话和传说的引用，小说的故事内容与艺术手法都表现出了超现实的魔幻色彩。

长篇小说《空山》由三部分六卷内容组成：《随风飘散》《天火》《达瑟与达戈》《荒芜》《轻雷》《空山》。每部分都以不同的人物故事展开，将个体人物的生存命运与时代命运融为一体，展示了一个叫机村的藏族村落自20世纪50年代末到90年代初不同历史阶段的社会变动。正如作者谈道的："未来需要有一个纵深，而中国的乡村没有自己的纵深。这个纵深首先指的是一个有回旋余地的生存空间。中国大多数乡村没有这样的空间。另一个纵深当然是指心灵，在那些地方，封建时代构筑了乡村基本伦理的耕读世家已经破败消失。文化已经出走。乡村剩下的只是简单的物质生产，精神上早已经荒芜不堪。精神的乡村、伦理的乡村早就破碎不堪，成为一片精神荒野。"[①]阿来在《空山》中展示社会变革给机村带来多方面的变化，自然环境受到很大破坏，但其重点还是在社会文化变迁方面，描写了藏族农民在外来社会文化的影响下，其价值观念和思想意识发生的巨大改变，展示了藏族本土文化的遗失和迷茫，表达了对民族文化命运的深重忧虑。小说的第一部分《随风飘散》和《天火》以主人公格拉、母亲、巫师多吉的故事为主导，讲述机村从藏族农奴社会进入现代社会的过程。在这一过程中，机村人对大自然进行了毁灭性的破坏，民族文化和宗教信仰也逐渐衰落、走向消亡。作品以感伤的姿态展示传统民族文化所面临的尴尬局面，批判了民族信仰失落后乡村道德的迷惘和混乱状态，也对人们毁坏大自然的行为表示了不满和谴责。第二部分《达瑟与达戈》和《荒芜》以达瑟和达戈两个人物为中心，讲述几十年前的机村故事。机村人响应国家号召开垦荒山建设农业，背弃传统信仰向大自然发起进攻，对猴群进行集体掠杀。这些严重违背民族信仰和生存法则的行为导致了村民们的迷茫，也招致

---

① 阿来：《有关〈空山〉的三个问题》，《扬子江评论》，2009年第2期。

了文化上的混乱。第三部分《轻雷》和《空山》以藏族青年拉加泽为中心写改革开放时代的机村故事。以拉加泽为代表的机村年轻一代沉迷于巨大经济利益的诱惑,走向违法伐树、倒卖木材的商战之中,为此不惜背弃信仰和道义。然而,在历经疯狂之后,机村陷入一片狼藉,昔日的森林、湖泊等自然美景已消失不见。最终,拉加泽在醒悟中忏悔,试图重建与回归机村人自给自足、享受自然恩赐的生态家园。作家阿来试图通过一个藏族村庄的变化来影射和思考整个中国乡村社会的未来与发展,主要探讨一种民族的生存精神。机村的命运代表着中国成千上万个乡土村落的发展和变迁,机村人的生存变化也是中国几代农民经历过的生活境遇。这里更多探讨的是,在现代文明形态下,我们的民族文化和精神信仰应该克服它的消极因素,保留和延续传统民族文化的积极内涵。

阿来的中短篇小说创作也多以藏族文化为背景,突出民族信仰的符号意象,并宣扬一种藏族文化背景中人性的美好。人在向自然索取的过程中深深懂得知恩图报,寻求一种和谐自然的生存状态。如《宝刀》中老喇嘛对现代文明的不满和排斥,不厌其烦地讲述着善恶象征的"金羊子"与"黑龙"的神秘传说,其实质就是对藏族文化和信仰的执着。主人公十分钟爱"宝刀",其实也是表达他对藏族身份的寻找,"我"则因为丢弃了民族传统陷入沉沦的迷宫。《孽缘》中生活于城市的"我"虽然对生活冷漠,但深受喇嘛外公对宗教疯狂和痴迷的影响,数次进入死亡的幻视,通过吟诵经文与静待灵魂脱体来提升自我的精神境界,以求脱离现实的羁绊、回归宗教圣洁世界。《三只虫草》中藏族男孩桑吉在逃学中寻得了三只虫草,却被上级调研员以一本百科全书轻易骗走。而这本书也没有真正归他所有,校长将它归为校产。桑吉对此感到愤怒和不公,独自来到县城向那位调研员讨回公道。虽然最终他的愿望没有实现,却得到众多好心人帮助返回学校。作家以藏族男孩的视角展开,表现出藏族百姓的淳朴和善良,以及对正义追求的执着和顽强。

梅卓在新世纪发表中篇小说《出家人》《护法之约》以及部分散文和诗歌作品,表现了现代城市生活中藏族人的生存状态,反映在商品经济侵蚀下,民族文化和宗教行为发生变异,藏族青年面临着巨大的精神困境。《幸福就是珍宝海》中生活于现代文明中的"我",时常陷入藏地传统文化与城市文化两者间徘徊的精神困境,"我"与恋人夏洛过着现代化的生活,但思绪却无时无刻不奔向遥远的藏地故土。固守高原帐篷内的阿依和阿妈是"我"始终的牵挂,城市则永远是一种陌生。《佛子》则叙述了一个受现代文明影响的藏族村庄的故事,深刻反映了商品经济侵蚀下民族文化和宗教行为的严重变异,正在失去它的本真面目和真正价值。梅卓的作品中蕴含着对民族文化的深厚感情和精神认同,探讨现代藏族人应如何寻找民族生存和身份背景下的精神信仰问题,对藏文化的现代意义表示了充分肯定。

龙仁青(1967—   ),出生于青海海南藏族自治州,现供职于青海电视台影视部。1990年开始发表文学作品,出版短篇小说集《锅庄》《光荣的草原》和长篇纪实文学《仓央嘉措秘史》等。新世纪后,出版文学作品集《藏地文典》(包含小说卷《咖啡与酸奶》、散文卷《马背上的青海》和译文卷《一路阳光》),他以中短篇小说为主,代表作品有小说《神泉》等。龙仁青文学创作的基石是他意象中的故乡,描写西部藏地乡土人情,以文学来表达一曲清新平淡却意蕴深长的藏区牧歌,正如他所说:"无论是忙碌于田野中的农夫,还是游牧于草原上的牧人,他们对故乡的认知真切而具象。正如这首朴素的牧歌所唱的那样:那羊儿,那青稞,对他们来说,有着父母般的恩泽。因此,我也相信,土地,以及土地上令我们的生命生长、延续的一切事物,都是故乡的同义词。而文学,便是怀抱着对生命的敬畏,以及因为拥有了生命而拥有了的生活、爱情、信仰的赞美和感恩,简言之,文学,就是写给故乡的赞美诗。"①总体来说,龙仁青的小说大多叙写草原上平凡的牧民生活,细腻地阐释青海藏地牧民衣食人生与世俗人情的生存态度,作家从中不时传达草原生活的温馨与人性的美好。龙仁青小说似乎在努力营造西部藏地最后的"田园牧歌",但是面对现代化进程对草原人生存方式的不断干扰,藏地很难成为一片净土。对此,龙仁青小说中更多固守藏地文化美好的一面,以乡土人情的心灵美与外来者的行为丑的对比手法,展示两种不同文明形态下的人们的生存方式和道德观念的差异,因此,龙仁青小说表现了原本平静自然的乡土人情受到外界影响,不免浸透着一丝淡淡的悲伤。

江洋才让(1970—   ),出生于青海玉树巴塘,青海作协理事,现为自由撰稿人。自20世纪90年代开始发表文学作品,出版长篇小说《怀揣石头》《灰飞》等,散文集《风马时代》,发表中短篇小说《炽热的马鞍》《羊皮记》,诗歌《青藏留言》《朗读者的春天》等。江洋才让的小说极其富于藏地生活情调和

---

① 龙仁青:《文学:故乡抑或神灵》,《文艺报》,2014年1月31日。

深厚的藏族文化色彩,尤其是中短篇小说创作,犹如一位历尽沧桑的藏地老者将他的所见所闻、所感所悟娓娓向读者道来。江洋才让非常注重追求小说叙事语言和虚构特征,他在每篇小说中都试图传达一种人生哲理和生活感悟,但由于过于强调小说的虚构性,从而削弱了人文情感的表达,往往留下晦涩的民族文化意蕴。以康巴地区藏族生活为原型创作的长篇小说"康巴人三部曲"(《康巴方式》《马背上的经幡》《牦牛漫步》)较为本真地再现了藏地文化生存背景下,人们生活方式和价值观念受外界影响后的变化,但变中却有着永恒不变的民族性格元素,如对信仰的执着、对民族精神的保留等。

新世纪以来,藏族中青年作家创作了大量较有影响的文学作品。**万玛才旦**以汉语和藏文两种语言从事写作,出版短篇小说集《嘛呢石,静静地敲》《流浪歌手的梦》《诱惑》等。**达真**(1962—)的长篇小说《康巴》,以康巴地区汉、藏、回三个民族的生存文化和信仰背景为主线,展示出了多重民族信仰生存形态下人们的生存纷争与矛盾纠结,更多融和了宗族、文化和道德等问题的探讨。老作家才旦的中短篇小说《心中的犯人》等,大多描写底层人物的生活叙事,较为突出藏民族的文化氛围和生存背景。**严英秀**(1970—)擅长描写现代女性的情感世界,她的中短小说集《纸飞机》大多以现代城市生活题材为主,写现代人的爱情和生活形态,融入了对都市人的生存理念和价值观念的探讨,具有较为细腻而鲜明的女性主义意识。新近的《玉碎》《一直对美丽妥协》《夜太黑》等作品,叙事风格由唯美转向写实。另外,新世纪藏族作家的重要作品还有:白玛娜珍的长篇小说《拉萨红尘》《复活的度母》,格央的长篇小说《让爱慢慢永恒》,吉米平阶的长篇小说《浮在天堂下面》,尼玛潘多的长篇小说《紫青稞》,泽仁达娃的长篇小说《雪山的话语》《走在前面的爱》等。

此外,一些藏族作家坚持以藏文写作,代表作品有:扎西班典的中篇小说《琴弦上的魂》,阿宁·扎西东主的中篇小说集《洛茫顿珠》和《收获的季节》,次仁央吉的中短篇小说集《山峰云朵》,扎巴的中短篇小说集《寂寞旋风》,南色的中短篇小说集《蜿蜒的小河》,次仁罗布的中篇小说《神授》《界》、短篇小说《放生羊》等,以及尖·梅朵的诗集《南逝的云》、伍金多吉的诗集《雪域抒怀》,曹有云的诗集《时间之花》,平措扎的散文集《西藏古风》,鹰萨·罗布次仁的报告文学《西藏的孩子》,加央西热的报告文学《西藏最后的驮队》等,均在少数民族文学领域受到认可。

第二节　草原文化与生态伦理：蒙古族文学

蒙古族文学在少数民族文学领域中一直处于领头之势。进入新世纪后，蒙古族作家的队伍结构更为完整，创作阵营更为庞大，创作文体更为多样。与独特的生活环境和历史文化相关，蒙古族文学的发展离不开草原生存与萨满文化信仰的氛围，作家对人与自然的关系有着非常深刻的体悟，沙漠、戈壁、草原、生灵等是蒙古族作家最常书写的对象。特别是当下现代文明进入草原，蒙古族人民改变了原本的生存方式，随着工业化进程的推进，草原沙化日趋严重，有些牧民甚至不得不终止放牧和迁居他乡。面对这种状况，蒙古族作家的文学创作更多倾向生态主题的关注，倡导保护生态环境、守卫草原的文学作品不断涌现。也有部分作品继续书写草原人民自由自在、随牧而居的生存方式，书写传统民族风情，传达出了作家鲜明的处世态度和生存理想。此外，部分蒙古族作家的创作不再局限于草原题材，而是延伸到对现代城市文明的书写，这也一定程度上丰富了蒙古族文学创作。

席慕蓉（1943—　），蒙古族，祖籍内蒙古察哈尔盟明安旗，蒙古名为穆伦·席连勃，曾用笔名萧瑞、漠蓉等。出生于重庆，1949年跟随父母迁居香港，后又转到台湾定居，现为美术教授、专业画家和作家。1981年出版第一本诗集《七里香》，后出版诗集《无怨的青春》《时光九篇》，散文集《成长的痕迹》《画出心中的彩虹》《生命的滋味》等。新世纪以来，出版诗集《迷途诗册》《我折叠着我的爱》以及散文集《追寻梦土》《蒙文课》《槭树下的家》《流动的月光》《写给海日汗的二十一封信》等。

席慕蓉的祖辈与父辈都是纯正的蒙古族后裔，外祖母可以追溯为成吉思汗的嫡系后人。通过祖父辈的讲述，蒙古族家庭的生活氛围与民族传统习俗，深刻地留在了她童年的记忆之中。在一定意义上，故土对于席慕蓉来说，它是外婆、父亲、母亲的故乡，因此她把对故土的情怀称之为"原乡"。直到20世纪80年代末，席慕蓉亲身来到内蒙古高原，寻找着她的祖父辈曾经生活过的沃土，实现了由记忆故乡到现实故乡的转变。

无论是个体经验情感还是文学创作，席慕蓉都有着自觉的族裔文化寻找与还乡的意识。席慕蓉早期的诗歌创作总是涌动着淡淡的怀乡忧愁，这源于她对故土草原满怀着一种期盼与等待。在1979年创作的诗歌《狂风沙》中她写道:"风沙的来处有一个名字/父亲说儿啊那就是你的故乡/长城外草原千里万里/母亲说儿啊名字只有一个记忆/风沙起时/乡心就起/风水落时/乡心却无处停息……一个从没见过的地方竟是故乡/所有的知识只有一个名字/在灰暗的城市里我找不到方向/父亲啊母亲/那名字是我心中的刺。"①这首诗表达了一个没有到过故乡的人的深深的悲伤与忧愁。早期席慕蓉对故土的概念是熏陶与培养而生发的,故乡对她来说,是一个遥远的美好的地方。这造就了席慕蓉书写故乡诗歌的惆怅格调,如同一个长期无家的游子感叹着漂泊的乡情。1989年,席慕蓉如愿地回到了内蒙古草原,见到多年魂萦梦绕的故乡,她的故土概念也由想象的建构变成了现实的感触。这次故里之行激发了席慕蓉的恋乡热情,此后,她每年都要从台湾回到内蒙古草原,感受民族文化,学习蒙古文字,并且在各种公开场合介绍民族文化。她明确表示:"蒙古文化是我生命中的火种,现在已经烧起来了。所以我说,我现在是一个'燃烧'着的蒙古人。"②席慕蓉后期作品中的故乡情感,已退去早年青涩哀怨的思乡,变为直抒胸臆的理性表达。

在2015年出版的散文集《写给海日汗的二十一封信》中,席慕蓉以熟知和热爱故土者的口吻,向一个预设的蒙古族少年海日汗讲述她对民族新生者的期待与寄托,希望民族文化的传承者能够更多地了解与珍视民族传统和蒙古文化,留住自身的价值观念和民族文字,完成守护草原的使命。作为客居外乡的族裔者,席慕蓉想把自己对故土的那份凝重的情感与疼痛感触传递给蒙古族的孩子们,寄希望他们能够安静地守望自我。席慕蓉对于故土情怀的抒发源于真情的流露,但并不是所谓的一味地颂扬,而是超越于感性。她在褒扬蒙古族文化的同时,也毫不回避地为当前民族发展中迷失的因素感到担忧和焦虑。

进入新世纪以来,**郭雪波**先后推出《金羊车》(反思草原生态文明)、《乌妮格家族》(反映萨满文化)、《蒙古里亚》(反思历史与现实、人与自然)等生态和历史文化小说,出版长篇小说《青旗嘎达梅林》《银狐》等。中篇小说《大漠魂》《继父》获得台湾《联合报》第十八届联合文学奖等,多部作品被译为英文和法文出版。这一时期的郭雪波依然延续此前小说创作的主要特征:一是具

---

① 席慕蓉:《原乡与我的创作——席慕蓉在复旦大学的演讲》,《文艺争鸣》,2011年第12期。
② 宋宇晟:《专访席慕蓉:我现在是一个"燃烧"着的蒙古人》,《中国新闻网》,2014年5月12日。

有强烈的生态意识,积极倡导生态精神。小说较广泛地描述沙漠、荒原、孤烟、大漠、落日、枯枝、沙地、生灵等文学意象,融入民族宗教氛围,具有浪漫唯美色调,并表达出了对大漠人坚强生存毅力的歌颂,传递人与自然、人与动物之间亲密的默契。既缅怀昔日草原的兴盛景观,又批判当前人类行为造成的大自然的生态悲剧。二是回归民族文化,推崇萨满文化中"崇尚自然与尊重生命"的宗教理念,倡导保护自然和动物的生态伦理和生存观。蒙古民族信奉萨满教,通过隆重的祭祀方式和群歌群舞场面,以与大自然进行交流,亲近神灵,帮助他们驱除鬼灾,保佑平安。郭雪波自小就受到家庭氛围中佛教和萨满文化的双重熏陶,他的小说叙述了很多民族传说和故事,极富传奇色彩,小说《银狐》《狐啸》《天玄机》《乌妮格家族》等作品叙述了各种动物精灵和通达人性的神奇、灵魂附体等怪诞现象。长篇小说《蒙古里亚》书写寻找萨满文化神灵的故事,介绍和叙述了灵魂转世等观念,小说叙事风格虚幻神秘,具有强烈的神秘文化色彩。从一定意义上说,萨满文化是郭雪波小说创作的重要理念支撑。

海勒根那(1972—　),原名齐秀鹏,出生于内蒙古通辽市,现任职于某私营企业。20世纪90年代初开始发表作品,出版中短篇小说集《父亲鱼游而去》《到哪去,黑马》等,曾获第四届全国少数民族文学创作新人奖。海勒根那的小说叙事趋向于对西方现代艺术手法的学习和借鉴,但关注的题材和内容仍然是蒙古族世代生活的草原,面对游牧文明受现代文明的强大影响后牧民的生存现状,倡导回归草原文化的生态思想。海勒根那的小说阐释了民族信仰背景下的自然生存规则,也间接地暗示了现代文明对于狩猎文明的入侵,很可能导致民族生存的尴尬,表达了回归自然本真、尊重不同民族生存规则的文学理念。海勒根那小说大多关注草原牧民生活,反映现代文明生存背景下草原民族的生活状态,骑手、羊群、白马、黑马、草场、牧人成为他抒发情怀的意象,这为海勒根那的小说增添了草原诗意色彩。作品大多表达了对以前草原生活和民族文化的留恋,批判现代人对草原生态的破坏,倡导回归尊重自然的民族生存观。

字·额勒斯(1964—　),原名包玉祥,出生于呼伦贝尔市鄂温克旗,现供职于呼伦贝尔市委宣传部。1984年开始发表文学作品,出版小说集《圆形神话》。发表短篇小说《南斯勒玛》《重复神谕》以及大量散文、诗歌等作品。其作品大多抒发对蒙古草原、山河大地、历史文化、英雄传奇、儿女情长的崇敬情怀。李·额勒斯的小说极具草原文化和民族特色。在中短篇小说《林丹的蒙古银马鞍》《苏伦高姓》《察森·查干》《圆形神话》《白鹰》等作品中,李·额勒斯把文学创作的视角投向故乡草原和生存于马背的蒙古族牧民,真实再现了底层民众的生存现状,不失蒙古民族强悍热情的生存精神,隐含着蒙古族激情澎湃、生命旺盛的民族性格。

进入新世纪后,蒙古族的老作家继续从事文学创作,主要作品有:莫·哈斯苏都的诗集《童年的诗》,斯日古楞的诗集《斯日古楞诗选》,布仁巴雅尔的报告文学集《创业史诗》,纳·乌力吉巴图的散文集《父亲与故乡》等。中青年作家的文学创作,小说领域突出的有:包丽英的长篇小说《忽必烈》《成吉思汗》等。木琮尔的短篇小说《雏凤清声》《窄门》;吉·清河乐的中篇小说《嘎巴拉达坝的子孙们》《遥远的香柏洼》《白鹤》等,诗集《勇士的马镫》等;陈萨日娜的中篇小说《情缘》、短篇小说《哈达图山》和《头羊的葬礼》等;肖勇的中篇小说《重耳神兔的传说》《老腾的故事》等。海泉的长篇小说《混沌世界》,群光的中篇小说《甘迪戈和他的草原》《没有骑手的草原》等;80后作家席·照日格图坚持以蒙汉双语写作,主要以散文创作为主,发表散文《畅想春天》《马莲花开》《老人与戈壁》等作品;韩静慧创作的儿童文学《额吉和罂粟花》《额吉的荞麦地》等;诗歌创作方面有90后诗人苏笑嫣,发表大量的诗歌如《春天把我们吹出声儿来》《宁静环绕我》《有雨水的清晨》《银色月光和百合花》等;额鲁特·珊丹发表的散文诗《遥远的额济纳》《蒙古菊》《自由的天歌》等。

第三节　边地情怀与自然牧歌:维吾尔族和哈萨克族文学

维吾尔族和哈萨克族长期生活于西部边陲地带,与大自然有着亲密接触的深刻体悟,加之多元民族文化的边地融合氛围,文学创作富有新疆地域情怀的创作风格。进入新世纪后,维吾尔族和哈萨克族文学创作由一统的疆域情怀与自然意象书写,发展为个性化的民族文化表达,有些作家甚至是超越地域和民族领域,形成多元无名的文学发展格局。

新世纪以来,维吾尔族文学的创作业绩比较丰富,长篇小说创作突出的有:帕尔哈提·伊力牙斯的《楼兰之子》,亚生江·沙地克的《诸王传》,艾海提·吐尔地的《不幸的赛依德亚》《飘荡的灵魂》,阿尔斯兰·塔力甫的《名垂青史的老人》等作品。中短篇小说创作有：穆罕默德·伊明的中短篇小说集《沉睡的黄昏》，热孜莞古丽·玉苏甫的短篇小说集《红遍乡村》，克优木·阿布都卡德尔·夏里的中短篇小说集《秀发》，买买提沙力·买提肉孜的中篇小说《看你怎么活，拜尔娜》，艾合坦木·吾麦尔的短篇小说《瘦猴精图尔迪》《漫漫长夜》，阿布里克木·艾山的短篇小说《再图娜的红苹果》及儿童文学集《魔鬼的欢乐》，阿依努尔·多里坤的短篇小说《伊尔法的日记》，凯赛尔·柯尤木的短篇小说《苹果树下的梦》等。诗歌创作方面有亚森·孜拉力的诗集《爱情》，博格达·阿不都拉的诗集《顶陶罐的姑娘》，瓦依提江·吾斯曼的诗集《响箭》，其曼古丽·阿吾提的诗集《其曼古丽诗选》，阿亚提努甫斯·买买提的诗歌《清晨的独白》等。散文和其他文学体裁有：托合塔什·拜克里的散文集《那是什么》、拜格买提·玉苏甫的散文集《愚昧的人们》，哈孜·艾买提创作的报告文学《我生命中难忘的画像》等。

维吾尔族老一代作家在新世纪的文学创作以买买提明·吾守尔、阿拉提·阿斯木等为代表。**买买提明·吾守尔**发表中短篇小说《掘墓人》《燃烧的河流》等，写维吾尔族的农民和底层人物的生存趣事，展现现代文明形态下人对物质欲望和精神追求的双重理解，试图给人以深刻蕴意的启发。小说《巴里斯》中富有"老夫子"性格和行为的城市小人物拜合提亚罗夫，与医生"我"之间因杀狗而发生的一系列故事，揭露人与人之间虚伪的嘴脸。作家以讥讽的语调深刻地揭示人的行为表象背后，掩藏着的人性的自私和狭隘。《白大寺》中艾达尔老人对信仰的虔诚，誓死守护着废墟上那座庄严豪华的清真寺，试图以此来告诫每一位来此寻宝的人们，世间原本没有不努力而获得金子的道理，人在追求欲望与现实之间要做出正确的抉择。买买提明·吾守尔小说创作的突出特点：一是民族生活情调的烘托，文本通常设定于维吾尔族的乡村生活背景下，进而展现人性美丑和善恶之间的道德较量。二是虽然以母语创作，但追求小说的叙事技巧和语言结构，富于现代小说的叙事风格，时常预设并引入怪异荒诞的叙事氛围，进而展示幽默又机智的讽刺和调侃。

阿拉提·阿斯木（1958——），出生在新疆于田，以母语和汉语写作的双语作家，现供职于新疆维吾尔自治区文联。出版中短篇小说集《金矿》等，长篇小说《时间悄悄的嘴脸》《不要哭朋友》等。进入新世纪后，发表的长篇小说《喝了生奶的人们》、中短篇小说《阿瓦古丽》《永远和永远》以及散文《时间绚烂地流淌》《伊犁夜话》等。阿拉提·阿斯木的小说大多以他生活和工作的伊犁地区为题材背景,写普通底层人民的日常生活状态,富有地方民族特色和西部边陲民族风情。阿拉提·阿斯木小说常常以普通的日常叙事传递着对人性和心灵、对道德和欲望等深刻问题的探讨,试图启发人们追寻圣洁的灵魂,珍惜当前的幸福生活,舍弃那些私欲性的物质利益。阿拉提·阿斯木的长篇小说《时间悄悄的嘴脸》深刻地探讨多重人性的问题,通过多个人物的不同人生经历和命运,表现人性的丑陋、贪婪、残忍等,人与人之间因财富、私利而生发的仇恨,流露出不同的嘴脸,表象的真诚与现实的虚伪等。但是,这所有的一切都会在时间的长河中,逐步被人性本有的善和美所净化,退去人生的污垢。阿拉提·阿斯木对维吾尔族的生活习俗、饮食文化、婚嫁礼仪等都有着细致的描述,富有新疆生活特色。

维吾尔族青年作家阿舍和阿娜尔古丽的小说和散文,代表着新世纪十年的维吾尔族文学创作的新生力量。

阿舍(1971—),原名杨咏,银川文学院签约作家。出版长篇历史小说《乌孙》,散文《白蝴蝶,黑蝴蝶》《山鬼》等。阿舍的文学创作以短篇小说和散文为主,将这两种文体艺术手法的融合是她文学创作的主要特色。阿舍的散文创作虚构与真情实感相统一,现实与虚幻的遐想相交织,以具有隐喻性的意象推动散文的整体结构。阿舍的小说创作同样善于把散文化的叙事风格融入小说叙事,又不时强调叙述主体发挥自我的想象的虚构特征,有些作品趋向于现代艺术手法的运用。小说关注的题材和内容大多以生活于城市中的各个阶层的普通人物为主,既有城市小知识分子对社会生发的敏感想象和反思,又有农民工群体的日常生活忧愁,揭示了社会下层小人物丰富的内心世界和生活的喜怒哀乐。总体说来,阿舍的小说和散文创作真实地表现了作家对于自身熟知的生活世界的切身感受,作家的想象空间也较为丰富生动。

阿娜尔古丽(1981—),女,笔名水果,出生于新疆盐湖。历任中学、中等进修学校教师、《生态文化》杂志编辑。1994年开始发表文学作品,出版中短篇小说集《小县愚人》《大山无语》等,长篇小说《守林世家》《莽林红尘》等,以及散文《草原寻梦》等。阿娜尔古丽小说关注的题材大致可分为两类:一是现代人的都市生活处境。对现代都市人性进行深刻的剖析,揭示城市人性的自我堕落和精神迷失。二是回归故土人情与生态主题。她的作品准确地把握当前乡村的社会问题,特别是乡村伦理受现代物质文化影响下逐渐淡化,乡村不再是农民生存的净土,农民的生存环境和心灵世界都受到外来文明的巨大冲击。阿娜尔古丽还创作了大量的生态系列的小说和散文,倡导现代文明发展的和谐形态,探讨人类应该如何回归和重建绿色家园。因此,阿娜尔古丽的文学创作是基于维吾尔族文学关注自然生态的共性,又形成了独特的创作个性。

哈萨克族的文学创作中以老作家艾克拜尔·米吉提和青年作家叶尔克西·胡尔曼别克的成就最为突出。

艾克拜尔·米吉提早年发表中短篇小说《哦!十五岁的哈丽黛哟》《哈力的故事》等。进入新世纪后,发表短篇小说《心瓣膜》《猎鹰手》等,还创作了散文随笔《翻越天山》《伊犁记忆》等。艾克拜尔·米吉提小说以西部生活为创作题材,融入西部民族独特的自然风情描写,颂扬哈萨克族生长于草原之上的那种博大、宽容、随性而行的民族情怀,倡导人与自然的生存和谐,揭示了哈萨克族农民对自然的依恋情怀,以及现代文明发展改变了西部人和自然的生存关系。艾克拜尔·米吉提写现代城市人的生活则有所不同,他总是带着机智幽默的讽刺笔调,展现出生活节奏快捷化时代,人情交流更趋向于形式主义和表面化。

叶尔克西·胡尔曼别克(1961—),出生在新疆北塔山牧场,现供职于新疆维吾尔自治区文联。20世纪80年代中期开始发表文学作品。出版中短篇小说集《黑马归去》《天亮又天黑》及散文集《永生羊》《草原火母》等,小说集《黑马归去》获第九届全国少数民族文学创作骏马奖。叶尔克西的作品大多讲述普通牧民的生存故事,传达出哈萨克民族那种质朴温情、顺应天命、尊重自然规则的生存观念,阐发民族文化视野中人与自然的亲密关系。在其作品中,奶牛、羔羊、骆驼、骏马等生灵意象往往具有强烈的象征意义,寓意自然给予人宝贵的生命和精神财富。散文《永生羊》写性格温和的牧场女孩"我"路经北塔山迁徙的羊群,与遭受淘汰的病态羊羔共同茁壮成长的故事。那只名叫萨尔巴斯的羊曾经救助"我"逃过一次山洪灾难,但终归没有逃脱被宰杀的命运,"我"面对它的死亡无能为力,只能伤心痛苦。对此,父亲却告诫"我"哈萨克民族信奉的生命原则:"羊生不为罪过,人生不为挨饿。世上的事,就是这么简单……生存之路,万里迢迢,走下去,才是尽头,如果走不动了,只好躺下,路到此为止。"[①]显然,这是亲近自然的哈萨克民族以豁达态度在阐释生

[①] 叶尔克西·胡尔曼别克:《永生羊》,《美文》,2005年第1期。

命与时空的意义。叶尔克西的散文创作,大多抒发故土自然生态情感和人文情怀,如《北塔山的记忆》《边界的流星》《新娘》《帷幔两边》等叙述北塔山牧场地区的风土人情,婚嫁葬仪,普通牧民人家的生存艰辛,人们遵循着内心的温情和真诚,阐释哈萨克民族面对生死的坦然,从容坚守生活的崇高心境。

叶尔克西的小说中富于大量的自然风景描写,把视角投向西部草原牧场、山间白云、河流密林、陈旧的毡房、桦林农家等场景,表现回归大自然的文学立场。《走过门前的人家》中哈萨克族的牧民世代坚守着从一个山梁迁移到新的栖息之地的生活方式。《骑兵八十八》中老骑兵与马之间有着一份超越生与死的深厚情感,颂扬了自然生灵赋予人强大的生命力量和英雄精神。《昂宿星光》中以一个男孩的成长为主线,讲述托克萨尔老人信奉哈萨克民族的自然生灵观,不惜代价坚忍地寻找一只遗失的骆驼。在进入现代化的生活中,老人去世了,但长大后的男孩继承老人的遗愿,继续寻找骆驼,并最终实现了老人的心愿。作品表达出对民族生态理念回归的立场。另外,叶尔克西·胡尔曼别克还翻译了大量的哈萨克族作家的文学作品,为哈萨克文学的传播和发展做出了积极的贡献。

新世纪后,哈萨克族文学还有其他重要的作家和作品,主要有朱马拜·比拉勒的中短篇小说集《父亲的业绩》《岁月》《朦胧的山影》、长篇小说《寡妇》,夏木斯·胡玛尔的长篇小说《额尔齐斯河潺潺流淌》,乌拉孜汗·阿合买提的长篇小说《在沙漠留下的脚印》、中短篇小说集《骏马之驹》,巴特尔汗·胡斯别根的长篇小说《靠山》,沙坎·乌买尔的长篇小说《光辉的历程》,合尔巴克·努尔哈力也夫的中短篇小说集《旭光》,哈布迪什·贾那布尔的中篇小说《荒野的毡房》、散文集《人生漫笔》,阿瓦力汗·哈力的散文集《宝的故事》等。

第四节　民族精神与故土深情:回族文学

新世纪的回族文学发展以中青年作家创作为主导,尤其是以宁夏西海固作家群为代表,开启了回族文学创作的新高峰。在小说创作领域的代表作家有石舒清、李进祥、马金莲、古原等,诗歌和散文以单永珍、拜学英的创作较为突出。新世纪回族作家大多以乡土题材创作为主,集中写民族文化、民族习俗、民族精神等方面,内在蕴藏着深厚的民族感恩情怀。特别是小说创作多集中于乡土生活书写,通过叙述普通百姓的日常生活琐事,来折射现代文明发展形态下的民族地域人情风貌,呈现当前乡村和农民的生存变化,表达独特的民族精神和文化信仰。

以短篇小说创作为主的**石舒清**,创作风格在一定程度上引领了当前回族文学的发展趋向,许多年轻回族作家的文学创作都有向他借鉴和学习的痕迹。石舒清的早期作品大多以回忆的视角写童年记忆中的乡土人情、农家杂事等,以此反映回族村落中农民清贫的生活岁月,对他们虔诚真挚的精神信仰表达崇敬,对农民们丰富的精神世界有细致的揭示,代表作品如《清水里的刀子》《正晌午》《黄昏》《清洁的日子》等。进入新世纪后,他先后出版短篇小说集《伏天》《石舒清小说自选集》《灰袍子》《韭菜坪》,其中小说集《伏天》获第八届全国少数民族文学骏马奖。在延续着乡村人物怀旧主题的同时,他把笔调更多投向了故土亲人,叙事更为日常化。其中一个重要的创作特征是把对自身民族信仰的感悟融入文学创作之中,小说中的民族情感和信仰虔诚表现得更为浓厚。例如,描写宗教生活的小说《疙瘩山》《拱北》《韭菜坪》等,重在突出叙述主体对宗教生活深刻的认识和体悟,宗教情感和氛围贯穿于整个文本之中。另一个特征是散文化倾向更为明显。石舒清的多篇小说以记叙家族亲人与回忆往事为题材,叙写家长里短、人物杂事,文笔亲切自然,将真实与虚构相融会,散文色彩很强。石舒清唯一的长篇小说《底片》,也采用回忆体的叙述风格,通过对一些生活碎片精心细致的勾勒,表达对人生的独特感悟。作品中令人印象深刻的意象呈现、质朴的乡村劳作场景描写、丰富的人物心理刻画,以及平静安宁的叙事风格,都蕴藏着深厚的民族审美内涵。因此,才有学者这样评价他,"石舒清的文字好似为寂寥干涩的黄土地下了一场连连绵绵的透墒雨",润物细无声,"他静静的细腻的有质感的描写方式是对以往回族文学的一种突破和创新"[①]。石舒清还把笔调投向了以往极少关注的城市生活题材,表现城市生活中人际关系的复杂,探讨现代人的物质与精神方面的价值诉求,表达对人性美的认同和赞颂。此外,石舒清还创作了部分乡村女性题材的小说,通过深刻细腻的女性心理描写,展现乡村生活的清静与单调,以动静结合的笔调表现人物丰富的内心世界。

李进祥(1968—),生于宁夏同心县,现为宁夏作协专业作家。李进祥

---

① 黄轶:《多元绽放:新世纪西部小说的嬗变与深化》,《当代作家评论》,2016年第4期。

在文学创作方面属于大器晚成,进入而立之年才开始踏入文坛,自1998年开始发表作品,出版长篇小说《孤独成双》,中短篇小说集《换水》《女人的河》,散文随笔《人生寓言》等。其中短篇小说集《换水》获第十届全国少数民族文学骏马奖。

李进祥是新世纪回族小说创作方面比较有代表性的作家。长篇小说《孤独成双》,以真诚的心灵和真挚的生命体悟去展现回族百年的历史进程与坚守的精神信仰,把历史的发展变迁带给整个民族乃至个人的变动,融于一个家庭四代人的人生转折之中,深刻再现了历史转折时期,社会整体风貌的变化,人的心理动荡,透过历史叙事再现回族的艰辛发展历程,以及在历史转折时期个人命运的悲欢离合,具有浓厚的回族风俗特色。李进祥的中短篇小说创作则主要关注乡村和农民,主要围绕故乡的一条清水河,写一系列的乡村人物生活故事,展示城市化进程中的回族农民生存面貌,创作风格清新质朴,常给人留下一丝苦涩的温馨与无奈的宽慰,对乡村问题与农民生存命运有较多的关注。总体说来,李进祥小说创作的源头是回族乡土,创作初期坚守展示乡土之美的写作原则,进入成熟期后则以多种视角来表现回族农民的生存状态,"清水河"成为李进祥小说创作的关键词,也是他坚守的文学信仰,美好纯朴的乡村世界是他坚守文学的依托,关注当前进城农民题材的小说中所展示的社会现实问题非常具有现实意义。

李进祥小说主要描写两类农民不同的生存状态:一是留守乡村群体的生存状态。《狗村长》叙述一个劳动力严重短缺的村庄,一条黄狗成了保护村庄的守卫神,生命垂危的病人和受人欺侮的村妇都只有那只狗前去守护。乡村的凋敝在此得到了极度的表现,也传达出对乡村前景的担忧。《挂灯》《梨花醉》等作品揭示城市化进程让乡村变得空荡荒凉,失去了以往应有的生机,留守农民生存的不易,守家护业的劳累,不时思念远方离家求生存的丈夫、儿子等,内心仍是无法抹去清淡的忧伤。二是进城农民生存状况。《换水》写一对青年夫妻满怀憧憬走向城市,丈夫靠出卖苦力受伤难以为生,妻子饱受折磨而四处伤痛。显然,只有回归乡村才能拯救其身体和心灵遭受的严重创伤。《你想吃豆豆吗》《天堂一样的家》《屠户》等作品,则从精神和物质两方面来剖析进城农民群体的生存状态。他们时常是难以融入城市生活,即便是在城市立足,同样面临着生存压力的困扰,有的来自精神方面的压抑,有的则是寻求物质而背弃了民族信仰,内心遭受道德谴责。李进祥小说擅长写乡村少妇的生活姿态,展示了时代发展变迁中不同乡村女性追寻的人生命运。她们有的选择了回归乡村的质朴,有的以付出尊严为代价而走向城市,各自以不同的道德体现维系着自身的生存命运。李进祥小说中的乡村女性大多有着善良勤劳、羞涩内敛的传统美德,以平静单纯的心态对待生活,另有一些被经济、物质所左右,生活大多充满着艰辛和悲伤。

马金莲(1982—),出生于宁夏西吉深山沟中的普通回民家庭,1999年进入固原民族师范学校学习,生活经历较为丰富,先后做过农民、乡村代课教师、正式教师、乡镇干部等,现为专业作家。2000年发表处女作《凤愿》,后因短篇小说《掌灯猴》《碎媳妇》而引起文坛关注,自此便开启文学创作的兴盛之势。近十年来发表作品数百篇,出版长篇小说《马兰花开》,中短篇小说集《碎媳妇》《父亲的雪》《长河》等。2016年7月获得茅盾文学新人奖。

马金莲是活跃于新世纪文坛的一位回族新秀作家,早年乡村生活的艰辛与丰富的人生阅历锻造了她真诚谦卑的文学创作风格。马金莲的文学创作源头是生养她的故土西海固,在那里生活的父老乡亲成为她小说写作的主要对象。她生活在农村多年,曾一边参与生活劳动,一边偷偷地利用闲暇之余从事写作,因此对农家生活的平淡与农民生存的艰辛有着切身的体悟和感触。马金莲的小说善于通过平淡乏味的农家劳作和生活琐事,呈现回族人家的生存世态与精神感悟。在现代经济社会中,人们的生活方式与价值观念在不经意地慢慢转变,但西海固农民仍然面临着长期干旱、生活清贫的困境。令人感受颇深的是,世代生活在这里的人们却从不抱怨,在苦难中学会忍耐和宽容,坚守韧性的生存精神与人伦美德。马金莲小说的叙事风格纯真质朴,如同一个安静的老者满怀深情地讲述西海固贫瘠的土地上一群物质匮乏但精神乐观饱满的农民的故事。以平静和淡然的文字叙述带给读者心如潮水的情绪波动,文笔沉稳质朴,思想隽永深刻。

马金莲的文学创作以中短篇小说为主,大多以儿童视角向读者展示纯真的乡村生存面貌与人情是非,如《父亲的雪》《尕师兄》《永远的农事》等作品透过孩童视角观察着乡村生活难以预料的人情变故、童牛参与劳作的艰辛,以儿童的好奇心理来猜测人物内心的变动等,真切地审视着人间冷暖。马金莲还创作了一些以残疾人为题材的小说,如《春风》《瓦罐里的星斗》《蝴蝶瓦片》等,表现了对弱势群体的同情,也颂扬了真诚而质朴的大爱精神。

马金莲还创作了以女性视角写乡村女性人生命运与生活状态的作品,对女性心理有非常细致的刻画,蕴含着对传统女性品德的肯定。如小说《碎媳妇》通过对新嫁少妇雪花细腻的心理描写,把远离亲人初嫁人妻那种胆战敏感、小心行事的生活状态刻画得细致入微,雪花的人生成长历程既充满难以言说的苦涩,又饱含着初为人母的生活喜悦。《掌灯猴》中丑陋的女人编织着善意的谎言来宽慰失落的丈夫,在外独自忍受屈辱,支撑着这个贫困的家庭,外貌的丑与心灵的美形成强烈的对比,从侧面反映了贫贱夫妻百事哀的生存苦难。《舍舍》《荞花的月亮》《夜空》《项链》等作品写乡村女性的多彩生活,有的突遇天灾人祸而改变原本美满幸福的家庭生活;有的则留守乡村,赡养老人,尽善尽孝;有的坚持人性美德,克服困境,重建生活的自信等。

马金莲的长篇小说《马兰花开》以回族女性马兰的生活成长经历为主线,展示了乡村少女成长为回族媳妇的过程,颂扬了回族女性质朴坚忍的传统美德,追寻现代式的乡村生存状态。少女时代的马兰曾幻想着通过努力求学来改变自身的命运,但是面对贫困的家境与备受煎熬的父母,她选择面对现实人生,像无数个回族女孩那样跟随父母学习劳作,等待嫁为人妻。但是,马兰性格之中总有着不服于现实命运的勇敢与毅力,她在默默地承受着平淡的乡村生活时,也在不断地寻求创新以改变现实。最初,她试图通过创业来留住丈夫,在历经多次失败后,她终于找到新的生存之路。作家深刻地刻画了回族家庭中两代农民不同的性格特征与人物形象,全面展示了回族乡村大家庭中的劳作琐事、家长里短、人情来往、民情风俗等西北农家生活图景。作品充分肯定了回族女性内敛沉稳的传统美德,又对她们不屈从于现实、敢于追求生活幸福的现代精神表示强烈认同。

古原(1968—),生于宁夏西吉县,现任固原日报社副总编辑、固原市文联副主席。文学创作方面以短篇小说和散文突出,出版小说集《斋月和斋月以后的故事》,曾被评为"西海固小说创作十颗星"之一。古原早年的小说文风十分朴实,大多以熟知的乡村人物和家庭琐事等为写作对象,极具个人自传风格,如以亲人和乡邻等为原型创作的乡村题材小说《黄月亮》《斋月和斋月以后的故事》等,展示了回族农民生存环境的落后与朴实。新世纪创作的短篇小说《回到河西》《黄墙上的月亮》等仍然坚持着一贯质朴的写实风格,真实地再现回族农民平淡无奇的乡村生活,但寂寞之中又凝聚着一种厚重的乡土情感。古原的小说大多以离乡知识分子的视角,写自己熟知的乡村父老,身心疲惫的人们只有回到故乡,见到那熟悉的麦场、山坡、老房子、夜色朦胧下的场院、月亮等,才能让人退去因生存压抑而带来的内心浮躁,从而极力寻找慰藉心灵的场所。古原为小说中的乡村生活和农民形象赋予了一定的回乡特色,人物形象刻画较为尊重现实,故事叙事较为平淡,基本以日常生活描写为主,但传递的审美情感和思想表达略显粗糙。

另外,新世纪回族文学创作方面成就突出的还有:查舜、马知遥等成名较早的回族老作家,他们的文学创作曾代表着20世纪80—90年代回族文学的成长。查舜早期的长篇小说《穆斯林的儿女们》展现的回族乡村生活图景令人记忆深刻,新世纪后,查舜延续质朴的回族乡土题材创作,如长篇小说《月亮是夜晚的一点明白》,中短篇小说《羞逝》《一往情深》《阿密娜姐姐》等。马知遥的短篇小说集《静静的月亮山》,马宇桢的短篇小说集《季节深处》、散文集《故事边缘》,高深的短篇小说《船公的婆姨》《女人渡》等作品,大多呈现西部人的生存场景,表达美好的人伦道德情怀,创作风格较为质朴。新崛起的回族中青年作家创作方面主要有:李少军的短篇小说《天鹅》《废园》等,李义的长篇小说《景绿叶》、中短篇小说《挂在树枝上的红裙子》等。回族诗歌和散文创作方面成就突出的有:单永珍的诗集《词语奔跑》、拜学英的散文集《六盘雾中行》和长篇报告文学《世纪末的行动》等。

第五节 多姿多彩的其他少数民族文学

西部地区自古是少数民族聚集之地,除了上面提及的藏族、蒙古族、回族、维吾尔族等主要少数民族外,生活在这里的还有一些人口稀少的少数民族,如柯尔克孜族、土族、东乡族、裕固族、锡伯族、撒拉族、保安族等少数民族。这些民族仍然保留自己的民族语言、文化信仰,大多以民间传说、民族歌谣等形式展示多姿多彩的民间艺术魅力,在文学创作方面也不甘示弱,尤其是小说和诗歌方面比较突出。如东乡族作家了一容、锡伯族作家傅查新昌等在小说创作方面取得了一定的成就。

进入新世纪,东乡族作家钟翔出版了诗集《心旅》《暗处的光点》,散文集《乡村里的路》《故土情》等。其中,散文集《乡村里的路》获第十届全国少数民族文学创作骏马奖,了一容的中短篇小说集《挂在月光中的铜汤瓶》获第九届全国少数民族文学创作骏马奖。

了一容(1976—),原名张根粹,东乡族,出生于宁夏西吉县沙沟村,祖籍甘肃临夏。早年外出求生而四处流浪,有着深厚的底层生活经历,现在宁夏文联从事专业创作。了一容于90年代初期开始发表作品,新世纪后进入创作高峰期。出版中短篇小说集《挂在月光中的铜汤瓶》《去尕楞的路上》《手搠你直到天亮》等,长篇小说《黑河》、散文集《走出沙沟》等。短篇小说《绿地》入选《21世纪中国当代文学书库·少数民族卷》(英文版),2010年参与国际写作计划中国作家访问美国活动,曾获全国第三届春天文学奖。

  了一容创作的主要特点是以他多年的西部流浪生活为题材,反映了底层流浪者历经生死的惊险生活,特别是把人深陷困境与生死未卜的绝望感刻画得相当逼真,突出表现了人的本能求生欲望。这些作品以极端化的书写突出人的精神意志与生存环境之间的反差,批判了人性的丑陋与残忍的一面,颂扬了顽强的求生意志。《大峡谷》中逃命于深山的两位淘金者,面临饥寒交迫的生死困境和逃亡,受惊吓而陷入精神崩溃的边缘,一个最终丢掉性命,另一个为保命舍弃私欲。《绝境》《在路上》《历途感念》等作品真实地再现底层生存者谋生的艰难历程,忍受着身心的双重欺侮,了一容把人性的冷血与动物的兽性加以比较,深刻地批判了人性的丑陋与残忍。"了一容笔下的人物在外在的表现上具有一种内敛的品格,在骨子里却是坚强的,生命的硬度在柔情和敏感中包裹,生命的坚硬变成内心的忧伤,这种忧伤又因为精神的坚忍而变成生命的倔强。"①比如小说《独臂》写了一个雕刻印章的山乡残疾流浪者超越苦难的生存境界,人物尊严而凝重。《挂在轮椅上的铜汤瓶》中,一位年迈体弱的老母亲以超越想象坚定地活着,在生命的极限中完成了照料残疾儿子的使命。在痛苦的磨难中,她也曾陷入焦虑和无奈,是信仰给她带来一丝生存的希望,支撑着她不畏艰难地推着残疾儿子露宿街头熬过了一个又一个严冬,那只挂在轮椅上常年伴随的铜汤瓶成为贯穿这篇小说的重要意象。《向日葵》《废弃的园子》《野村》《大姐》《揭瓦》等作品大多以乡村生活为背景,揭示小人物的生存命运与道德情感,也表现了清贫乡村家庭洋溢着的浓浓亲情,对乡村伦理进行了深情回顾,歌颂了他们身上的坚忍精神。

  锡伯族的历史比较悠久,主要居住在辽宁省,后西迁至新疆察布查尔锡伯

---

① 黄轶:《多元绽放:新世纪西部小说的嬗变与深化》,《当代作家评论》,2016年第4期。

族自治县等地,部分散居于内蒙古和东北地区。锡伯族老一代作家主要写民族历史与民族文化,对于整个民族文学的发展做出深刻的思考。佘吐肯翻译了民族史诗《西迁之歌》,后创作长诗《察布查尔畅想曲》,这是一部描写锡伯民族西迁过程的诗歌,颂扬了锡伯族人民勤劳勇敢、意志坚定的民族生存精神。诗人阿苏回忆童年生活的村庄、旷野、草滩等温暖安静的场景,发表诗歌《唱晚》、根据锡伯族民间故事改编的电影文学剧本《鹦鹉和美尔根枝》。贺元秀70年代开始发表诗歌《冬麦地》,后期诗歌创作更多以关注民族题材为主,根据锡伯族西迁的历史背景创作的《醉了,锡伯的太阳》,表达了强烈的民族爱国情感,新世纪后,他撰写了《锡伯族文学简史》。郭晓亮80年代开始从事诗歌创作,新世纪后更多关注现实与人生,有代表诗作《夏天的短章》。

新世纪文学中,傅查新昌的创作成就较为突出。**傅查新昌**(1961—),锡伯族作家,出生于新疆乌鲁木齐。1986年开始发表文学作品,创作第一篇小说《醉》。他出版散文集《地皮酒》《我就这么活着》,中短篇小说集《父亲之死》《人的故事》,长篇小说《毛病》《明净的地方》等。中短篇小说集《父亲之死》获第六届全国少数民族文学创作骏马奖。新世纪以来,傅查新昌创作了《明镜的地方》《时髦圈子》《毛病》等多部长篇小说。作品关注当前各个阶层的不同人物的生存状态,展示了世态百味人生。作品多有着复杂变化的故事情节,塑造了多种性格和生活类型的人物形象,既反映了人性的多样善变,也揭示了现代人的生存欲望、精神孤独与内心空虚的状态,隐藏着对现代性的深刻反思,富有哲思。傅查新昌小说中流露出对传统民族精神的追怀,对祖先生存之地的眷顾,以及对普通农民精神品质的赞美,而对城市则更多持批判的姿态,对现代人的精神空虚表达了强烈的质疑。

傅查新昌的长篇小说《秦尼巴克》是一部充满史诗性的书写民族历史的作品。它以锡伯族先民清代西迁的历史壮举为原型,讲述了锡伯族在完成迁移定居边疆后安班和德英阿两大家族几代人驻守西部边陲的故事,反映时代变革潮流中人的生存命运和生存观念的转变。作品的历史跨度很大,自清朝末年一直写到20世纪80年代的改革开放时期。作家善于在重要历史事件发展中穿插各阶层人物的情感纠葛与世事变迁,将人物命运、人性善恶与时代背景变迁结合起来,探析民族文化的魅力,颂扬了民族传统、爱国热情和维护和平的民族灵魂,同时,也对民族文化进行了较为深刻的批判。小说以现代小说手法为主,具有一定的魔幻主义色彩。

第十章　西部口传文学的现代传播

之所以在这里专门讨论西部的口传文学，就在于以英雄史诗、民歌等为主的西部口传文学是"活形态"的艺术。它们虽然产生于现代以前的漫长历史过程，但至今仍处在说唱、创作、发展之中，并没有成为"死形态"。而且，它的传播方式和手段除过原有的说唱艺人、本子传播外，还加入了现代传播媒介，以及整理、翻译、研究、出版等现代传播方式。因此，至今仍在说唱、发展的西部口传文学是一个未完成的文学艺术形式，它在20世纪以降的传播历程，如每一次的"当下"说唱、新的创作和搜集、出版等传播方式，都属于西部新文学的范畴。

从最早出现的少数民族文艺作品来看，其形式主要是"诗歌舞三位一体的艺术作品"，其产生的目的起初也比较单纯，是为了劳动和生产服务的，是在"预习劳动、复习劳动中产生，并起着促进劳动、组织劳动的积极作用"[①]。如果说这一论述有点空泛，那么，接下来的解释就显得形象得多了。《淮南子·道应篇》云："今夫举大木者，前呼邪许，后亦应之，此举重力之歌也。"《礼记·乐记》对此做了进一步的诠释："诗言其志也，歌咏其声也，舞动其容也，三者本于心，然后乐器从。"鲁迅的说法最为生动，他说：为了共同劳动，不会说话的原始人"渐渐地练出复杂的声音来，假如那时大家抬木头，都觉得吃力了，却想不到发表，其中有一个叫道：'杭育杭育'，那么这就是创作"了（鲁迅的《门外文谈》）。而这一在劳动中偶然"创作"的号子，确实起到了上面所说的协调劳动、组织劳动、减轻压力的作用。研究者还这样描述了古歌谣这一原始社会最早出现的文学形式：

> 它带着泥土的芬芳和劳作的号子，得到宗教的催化和天籁的启示，披着

[①] 朱宜初、李子贤主编：《少数民族民间文学概论》，云南人民出版社，1983年出版，第37页。

祷辞、咒语的色彩,是各族先民协调群体活动和表情达意的重要手段。①

总之,"歌舞和以歌舞为中心的习俗仪式,是民族文学的有效载体",它对于文学的兴起,起到了和"物质生产方式一样深远和重要"②的作用,这是艺术产生和发展的最早形式和动力。

那么,将"艺术起源于劳动"这一理论具体到中国西部的少数民族文学,情况又是怎样的呢?

虽然游牧、狩猎、迁徙的生产方式和书面文化的不发达,制约了早期西部少数民族书面文学的发展,但却使以韵文体为主的口传文学寻找到了适宜生长的土壤。为什么这样说呢?原因有以下几个方面:一是游牧的生产方式和大迁徙、大征战的历史背景是极不利于书面文化的书写和承传的,因而,从生产、生活的需要出发,西部少数民族选择了以韵文体为主的口传文学这一言情叙事、表达心志、沟通交流、言说历史的方式;二是这一选择与整个民族文化心理紧密相关,西部少数民族对自然和生命的崇拜以及早期驳杂的宗教信仰历程,使其心理宣泄、情感表达与各种生活习俗、群体仪式相凝固,而其表现形式主要以群体仪式上的诗、歌、舞为主;三是伴随严酷的自然环境与游牧民族生长历史的英雄情结和尚武心理,这是英雄史诗产生的必然土壤。所以,西部少数民族言说历史、传播文化的方式与载歌载舞的民族传统和各种仪式密切相关,并贯穿在人们日常的生活和习俗中。正如哈萨克族的一句俗语说的:"哈萨克伴随着歌声来到人世,伴随着歌声死去。"

从西部少数民族口传文学的实绩来看,也充分体现了这一游牧文化发展的特点。种类繁多的西部口传文学,除过少数门类如神话、传说、故事等是散文体外,其余大量的种类是散韵结合体或者韵文体,如民歌、史诗、叙事诗、谚语、格言等等。其表现主要以"诗歌舞三位一体"的形式为主,形象化地反映了西部各民族成长的心灵史。在这其中,最具"歌""唱"特色者莫过于令世界瞩目的三大英雄史诗《格萨尔》《江格尔》《玛纳斯》,以及魅力独具的各民族民歌,如维吾尔族情歌、哈萨克族习俗歌、藏族的酒曲等民歌,以及回、藏、裕固、保安等民族的花儿,等等。本章讨论的重点放在仪式化的、以演唱为主的口传文学方面,主要是因为它们更加具有口传文学的特色,是"活形态"(相对

---

① 马学良、梁庭望、张公瑾主编:《中国少数民族文学史》(修订本),中央民族大学出版社,2001年出版,第23页。
② 梁庭望、张公瑾主编:《中国少数民族文学概论》,中央民族大学出版社,1998年出版,第69页。

于书面化的、定型的"死形态"而言,它至今仍然在创作、演变、发展)的艺术。

由于史诗、民歌等口传文学是少数民族集体记忆的表达,所以,它的创作、传播、保存一定是由集体成员代代口耳相传完成。不但充满着浓郁的民族性、集体性、传统性和口头性,而且始终伴随着叙述中的变异性和即兴创作的特点。历史地考察西部史诗和民歌,它的传播、发展主要靠说唱艺人和歌手的演唱来完成。尽管底本、手抄本和木刻本也早已存在,但这只是演唱内容的一种记录,只起帮助记忆和复习演唱的作用,却无法取代由特定的文化背景(仪式、场合)和观众的在场所形成的口传文学的传播。因为,它到底是一种僵化了的"死形态"。19世纪以降,现代印刷、出版技术的登场和介入,虽然改变了传统的书面文学的书写和传播方式,并使文学生态和文学观念发生了很大的变革,但对于史诗、民歌等西部口传文学的影响是有限的。口传文学依然主要靠传统的演唱方式在流布和传播,只不过出现了各种印刷的口传文学"本子"(包括母语"本子"和翻译成汉语、英语的"本子"),以及随着电子、数字技术的出现而产生的对口传文学的在场记录,如照片、录音、录像、CD、VCD以及数字方式的传播等。这一并存形式在表面看来似乎丰富了口传文学的传播手段,但实际上这是口传传统衰落的一个不好的预兆。所以,就在口传文学的搜集、整理、翻译、研究热在国内外兴起并使一门跨领域的专门学科随之诞生时,一个令人十分尴尬的遗憾横在了研究者面前,这就是,以上所采用的手段越先进,离口传文学本身就越远,因为史诗、民歌等口传文学赖以存在的载体是伴随着人们生产、生活的演唱背景,即各种仪式和仪式化的生活场景、观众的在场和参与等。现代传媒可以对其过程进行模仿和排演,对其内容进行复制,但无法创造这一动态的场景和原生态情景中的人的参与,新兴的 VR 技术等有望在这一方面弥补其不足。因为,照本宣讲的演唱者、讲述者与演唱艺人的说唱是性质完全不同的,前者是技术性的模仿,后者才是口传文学的传播者和真正的创作者。"艺人的口头说唱较为完整地保留了史诗的原貌,许多说唱集史诗的故事、音乐(曲调)、绘画(指画说唱)为一体,保持着立体的艺术形态。"[①]所以说,书面化的口传文学的传播,在严格意义上来讲只是一种口传文学文化的传播,而不是传统意义上的类似于说唱艺人的对口传文学的传播(这里的每一次传播都是一次创作),这是两个概念,必须要弄清楚。

---

① 杨恩洪:《中国少数民族英雄史诗〈格萨尔〉》,浙江教育出版社,1995年出版,第69页。

此外,在深入讨论西部口传文学之前,还有一点必须厘清,这就是有关中国缺少史诗的误会。曾经因为黑格尔的一句武断的说法:中国"没有民族史诗",中外无数学者的视野就长时期地被遮蔽,这严重地制约和影响了世界对中国史诗的认知。

在《美学》一书中,黑格尔是这样说的:

> 只有在印度和波斯,我们才看到真正的史诗,不过都还很粗枝大叶……中国人却没有民族史诗。他们的关照方式基本上是散文性的,从有史以来最早的时期就已形成一种以散文形式安排得井井有条的历史实际情况,他们的宗教观点也不适宜于艺术表现,这对史诗的发展也是一个大障碍①。

黑格尔的错误之所在,就在于他以自己能目及的中国文学的部分表象来对一个民族的文学下判断,而这一判断又是十分片面和缺乏科学性的。长时期以来,黑格尔的这一说法几成定律,原因只在于以汉语为主流话语的学术界对同属中华民族的其他民族文化的无知与隔膜。当然,这一方面是语言相殊所造成的交流阻滞,更重要的是以八股为定式的科举对士人读书趋向的导引和局限,从而使知识界缺乏对少数民族文化关注的耐心和兴趣。

对黑格尔这一断语的打破,首先是来自国内外学者对西部三大"活形态"②的英雄史诗的关注,以及由此掀起的对中国民族史诗的全面挖掘、搜集、整理和抢救。那么,中国史诗的实际情况是怎样的呢?被埋没、遗忘了上千年的中国少数民族口传文学,其历史源远流长,不但数量众多,而且内容十分丰富。单就民族史诗而言多达数千种,主要分创世史诗和英雄史诗两大类。神话色彩较浓的创世史诗主要分布在南方,包括:彝族的《梅葛》《洪水记略》《玛德依拉都》《阿细的先基》《查姆》,哈尼族的《奥色密色》,白族的《开天辟地歌》,纳西族的《哈斯战争》《黑白战争》《打歌》《创世歌》,傣族的《松帕米与嘎西拉》《兰嘎西贺》《厘俸》《崇搬图》,拉祜族的《古根》《牡帕密帕》,壮族的《莫一大王》,侗族的《莎岁》《侗族古歌》,苗族的《古歌》,

---

① 黑格尔:《美学》第三卷(下),朱光潜译,商务印书馆,1981年出版,第170页。
② 郎樱:《〈玛纳斯〉论析》,内蒙古大学出版社,1991年出版,第13页。这里的"活形态"是指我国的英雄史诗"至今仍在民间以口头形式流传,并在不断地发展、变化",不像西方的史诗已经彻底地书面化,用文字固定了下来,"不在民众中口头传承"了,是"死形态"的史诗。

布依族的《阿王与祖王》，独龙族的《创世记》，瑶族的《盘王歌》，等等，它们形象化地浓缩了各民族的风俗习惯、生产生活、宗教信仰以及民族发展的历史，因而被誉为各民族的"根谱"和"百科全书"①。中国的英雄史诗百分之九十九分布在北方，形成了一条"东起黑龙江、西至天山、南抵青藏高原"，包括了"我国北部、西北部地区以及青藏高原在内的中国北方英雄史诗带"②，而这恰恰与西部文学的边界相重合。英雄史诗气势宏伟，篇幅浩瀚，主要有：蒙古族的《江格尔》《洪古尔》《智勇王子喜热图》《阿拉担嘎鲁》《红色勇士古纳干》，柯尔克孜族的《玛纳斯》《库尔曼别克》《英雄托什吐克》，乌孜别克族的《阿勒帕米西》《坟墓中生的孩子》，哈萨克族的《阿勒帕梅斯》《阔布兰德》《英雄塔尔根》《克里木的四十位英雄》《康巴尔》，维吾尔族的《乌古斯传》《艾米尔古尔乌古里》，锡伯族的《迁徙歌》，藏族的《格萨尔》，等等。尤其是藏族英雄史诗《格萨尔》，无论其篇幅、规模，都堪称世界民族史诗之最，被认为是东方的《伊里亚特》。

下面就以《格萨尔》《江格尔》《玛纳斯》三大史诗和花儿等民歌为代表，对西部口传文学的现代传播给予一番讨论。

第一节 史诗之王：《格萨尔》

早在19世纪，国内外就已经开始研究和介绍格萨尔，只不过，这一发端始自蒙文的"北京木刻本"《格斯尔可汗传》③。

1716年（清康熙五十五年）在北京刻印的蒙文本《格斯尔可汗传》，为国

---

① 朱宜初、李子贤主编：《少数民族民间文学概论》，第151页。
② 郎樱：《〈玛纳斯〉论析》，第11页。
③ 降边嘉措：《格萨尔初探》，青海人民出版社，1986年出版，第322页。蒙古文《格萨尔》通常写成《格斯尔》或《格斯尔可汗传》，属于音译。以下为了称呼统一起见，一概称为蒙文本《格萨尔》和藏文本《格萨尔》，以示区别。"蒙古族的《格萨尔》源于藏族的《格萨尔》，是从藏族地区传到蒙古族地区的"。其木道吉认为：格萨尔的故事传入蒙地后，与蒙古族的史诗传统、民俗风情、社会生活相融合，通过创造性地改编、移植，逐渐演变成了"具有自己民族特点的文学样式"，见《民族文学研究》1983年创刊号。还有人指出："两部史诗的主要人物和某些故事情节都彼此对应。但是在后代的流传过程中，这两部'同源分流'的作品各自具备了鲜明的民族特色，成为独立存在的民族史诗"，见内蒙古社科院编：《蒙古族文学简史》，内蒙古人民出版社，1981年出版，第74页。降边嘉措认为：蒙文《格萨尔》是蒙古族人民用自己的审美理念，"结合自己民族悠久的文化传统，以自己喜闻乐见的艺术形式"进行的再创作，"以自己的民族英雄""重新塑造"的"格萨尔的英雄形象"，有着鲜明的"民族气派和民族风格"（《格萨尔初探》第333页）。

外研究者了解格萨尔故事打开了一扇窗子。所以,在之后的一个多世纪里,俄国、德国等国学者都是凭借蒙文本的北京刻印本来了解和研究《格萨尔》的。如,1776年的《蒙古历史文献的收集》(俄国的帕拉斯)是国外最早介绍《格萨尔》并对其演唱形式和主人公进行评述的著作;1852—1856年期间,德国的朔特先后发表了《论〈格萨尔〉史诗》和《关于〈格萨尔〉的论文》;此外,还有俄国学者波布罗尼可夫、格里姆、席夫纳和英国旅行家莎乌等也先后有著述提到《格萨尔》。

域外学者见到藏文本的《格萨尔》是在19世纪末期,比蒙文本迟了两百年。印度人达斯是最早搜集到藏文《格萨尔》资料的人之一,1879至1882年,他先后两次进入西藏地区,随后发表了一系列关于《格萨尔》的研究文章。19世纪末期,俄国探险家普尔热瓦尔斯基(1839—1888)进入青海、西藏、新疆等地探险。尽管他未能如愿获准进入拉萨,但是他毕竟登上了青藏高原,得到了一些《格萨尔》的手抄本,并在1888年出版的《从恰克图到黄河源》中介绍了《格萨尔》。与普尔热瓦尔斯基同时期的另一位俄国探险家波丹宁,在1899年之前曾五次进入青藏高原探险,随后也发表了多篇关于《格萨尔》的研究论文。

国内对《格萨尔》的注意和研究远远早于国外,其根据是:在1347年成书的《五部遗教》和1500年成书的《朗氏宗谱》等藏族历史著作中就已经提到格萨尔[1]。在这些早期研究中,18世纪的藏族著名学者松巴堪布·益西班觉尔(1704—1788)被认为是影响最大的一位。在《松巴全集·问答》的"函"中,他阐述了自己的观点,即格萨尔确实是实有其人的,其族属是藏族,生在康区林地。但同时他又认为:"格萨尔虽然实有其人,但《格萨尔王传》中的格萨尔,则是根据历史上的人物,而作了添枝加叶的渲染夸张,已经不是原来的真面目了"[2]。作为藏族学者的松巴堪布,早在18世纪就提出了这样的观点,这无疑代表了早期"格学"研究最突出的成就。从这里还可

---

[1] 黄颢:《藏文史书中的格萨尔》,降边嘉措等编:《〈格萨尔王传〉研究文集》,四川民族出版社,1986年出版。文中列举了6种历史著作和12种关于格萨尔的记述,这6种著作是:《西藏王臣记》《朗氏宗谱》《拉达克王系》《五部遗教》《米拉日巴传及其道歌》《于阗国授记》。

[2] 王映川:《"格萨尔王"的形象塑造及"史诗"的时代背景》,降边嘉措等编:《〈格萨尔王传〉研究文集》。

以看出，早期《格萨尔》研究除介绍《格萨尔》的内容外，已经涉及了格萨尔的身份、族属等问题，尤其是松巴堪布提出的历史人物"格萨尔"不同于艺术形象（即《格萨尔王传》）的"格萨尔"之说就具有一定的科学性。在之后的研究中，这一观点的影响痕迹是比较明显的，这就是"格萨尔"既是历史人物也是艺术形象的观点。

20世纪以降，可谓是中国史诗现代传播的黄金时代。随着海内外对史诗的挖掘、翻译、研究，《格萨尔》的面貌日渐清晰。就其基本的故事情节而言，始终未离开这样一条故事主线：即英雄诞生、赛马夺魁"称王格萨尔"、与第一美女珠牡结婚、征战四方降妖魔（以降伏魔王鲁赞、霍尔的白帐王、姜王萨丹、门国的辛赤王四次征战为主的大小征战），保卫岭国百姓，以及之后的下地狱救母、救妻的分部本和"回归天界"篇。史诗的分章本是这样描述的，忽有一天，人间妖魔肆虐，白梵天王派其三神子下凡拯救人间苦难，遂选择了善良的岭地王子森伦的妻子郭姆为神子的人间生母。不幸的是，怀孕的郭姆被森伦的弟弟晁同用计陷害，被放逐到了荒滩野岭，只有一顶破帐篷、一匹瘦骡子、一头瞎奶牛、一条瘸腿的老狗陪伴着她。弥天大雪中，悲伤的郭姆生下了天神之子觉如，顿时，草原上霞光万道，一片祥和。苦难中成长起来的觉如聪慧过人，身手不凡，在赛马会上一举夺冠"称王格萨尔"，并取美女珠牡为妻。从此，神勇无比的格萨尔四处征战，降妖除魔，惩治强暴，最终完成了安定三界的使命。

尽管英雄格萨尔身上附着了浓郁的神性和超人的魔力，但至今传唱并敬仰他的藏族人民仍愿意把他看作是一个历史人物。这不光是史诗所提供的内容与藏族历史存在着某种巧合，而且包含了一种民族心理和愿望在其中，即：一个在严酷的自然条件下求生存的民族、一个饱受战乱和动荡的民族对英雄的渴望和崇拜。由此，一个长期以来悬而未决、众说纷纭的问题有了比较合理的解释，这就是英雄格萨尔生活的年代和史诗《格萨尔》产生的年代并不是具体的、固定的，而是横跨数个世纪并穿越几种生产方式的漫长历史过程。也就是说，史诗这一口传文化的特质以及其传播方式决定了其叙述历史的路径和进程是"滚雪球"式的，越滚越大；还有一种说法认为，格萨尔是"藏族最著名的箭垛式的人物"①。由此看来,《格萨尔》最初的核心和骨干也即故事原型是比较简单、确定的,只是随着时代的变迁附着了不同时期的历史细节以及人们的理想和追求罢了。《格萨尔》的不断被"改写"和不断地被重新叙述,实际上"隐含着一种适合它(史诗——引者加)自身需要结构的创造力",这就是"口头传统的力量"②。正如哈罗德·伊尼斯对《荷马史诗》的阐释:

> 史诗的风格经过漫长的演化而逐渐定形。短小叙事诗反复吟唱,逐渐滚大,终于形成史诗。许多情节结合起来,构成行动上的统一体,取代老民谣。史诗的特点是情节的极其复杂和统一。在早期发展阶段,史诗吟唱是歌舞并举的……其节律固定了史诗的韵律……它要求很高的特殊技巧……即兴的吟唱要符合史诗的技巧③。

对此做出呼应的是格萨尔研究专家、西北民族学院教授**王沂暖**,他认为:

> 藏族《格萨尔王传》这部长篇史诗,分部本太多,不是一个世纪所能完成的④。

> 即使格萨尔是指的某一个历史人物,这也只是创作者的一个素材,或者只是一点点素材,而绝大部分则应如松巴益西班觉尔所说"是根据历史上的人物,而作了添枝加叶的渲染夸张,已经不是原来的真面目了"。事实正是如此,并且文艺创作的一般方式,即使有一个人做模特儿,也不是只写一个人,而是东取一点,西取一点,用许多人的情节,来写一个人。甚至用许多不是人所能做到的情节,如妖魔鬼怪、神通变化等等。应当肯定《格萨尔王传》就是这样被藏族人民创作出来的⑤。

以上对《格萨尔》的总体认识,符合英雄史诗的产生、形成的基本规律,也是进

---

① 潜明兹:《中国少数民族英雄史诗》,商务印书馆,1996年出版,第23页注释认为,"将不同时期的同类事件与事迹,都集中通过一个特定的人物形象反映出来,这个人物超历史、超地域,一般成为'箭垛式人物'"。
② [加]哈罗德·伊尼斯:《帝国与传播》,何道宽译,中国人民大学出版社,2003年出版,第58页。
③ [加]哈罗德·伊尼斯:《帝国与传播》,何道宽译,第59页。
④ 王沂暖:《谈谈长篇史诗〈格萨尔王传〉》,《甘肃民间文学丛刊》,1981年第1期。
⑤ 王沂暖:《〈格萨尔王传〉中的格萨尔》,《西北民族学院学报》,1979年第1期。

入史诗研究的一个重要通道。为了进一步梳理史诗的现代传播面貌,下面对《格萨尔》的研究给予一番回顾。

一、20 世纪《格萨尔》流播的历史勾勒。由于《格萨尔》的形式是韵散结合、唱词为主,所以,其传播方式历来以口头说唱的形式为主,主要承担者是民间说唱艺人。虽然也存在本子传播,但其最早的底本只是艺人说唱的一种记录本,是与艺人说唱相配合而存在的,只起一种复习的作用,并不是一种新的创作形式。杨恩洪认为:"底本是专为艺人说唱时备忘的一种本子,其功能不是为他人阅读而用,只是为了自己揣摩故事,复习说唱,以更好地传播史诗",所以很简陋,抄写也很不规范,"唱词中的重复部分"往往用××等"符号来代替"[1]。底本产生之后,随着人们对《格萨尔》的喜爱和"格萨尔故事"的生活化,出现了对底本的传抄,这就是民间人士和宗教人士参与的各种抄本的出现。

20 世纪以来的《格萨尔》传播,无论是对说唱艺人的说唱内容进行记录、整理和翻译,还是对历来流传的抄本、刻本等进行甄别、出版,都属于研究、传播《格萨尔》的基础工程。迄今为止,通过挖掘发现的《格萨尔》本子有分章本和分部本两种,分章本较少,目前已知的藏文分章本大约有六七种;分部本主要以藏文为主,已出版的大约有八十多部(除去异文本)[2],记录下来的《格萨尔》藏文诗句多达二百多万行[3]。蒙文《格萨尔》有"繁简不同的各种形式的

---

[1] 杨恩洪:《中国少数民族英雄史诗〈格萨尔〉》,第 98 页。
[2] 《格萨尔》在民间的流传有两种本子,这就是分章本和分部本。分章本以故事情节为单位(章)安排,结构故事,基本涵盖了格萨尔的主要英雄事迹,其特点是前后连贯,线条明晰,内容完整。目前已知的藏文分章本有:青海贵德分章本、四川玉科分章本、青海综合本、四川木里流传本、拉达克本、祝夏本、大卫·尼尔整编本,见杨恩洪著《中国少数民族英雄史诗〈格萨尔〉》,第 92 页。藏文分部本是以事件为单位的铺陈渲染,每一部新的"分部本"的出现,实际上是取了分章本的一章,然后丰富、发展了其故事细节而成的。可以说,根据不同的地域、风情、民俗,不同的时代背景,不同的说唱者和同一说唱者在不同情景下的说唱,格萨尔的传说便有各自不同的新版本,这就是各种分部本形成的原因。仅就格萨尔"征战篇"而言,不同的本子,差异较大。四大征战是 18 大宗征战中主要的战争,此外还有 18 小宗征战,加起来就有 36 场战争(有的甚至还分大、中、小三宗)。早在 1985 年之前,王沂暖教授就对当时已经发现的各种《格萨尔》分部本进行了统计,一共有 106 部之多,包括出版的和未出版的,但不包括民间艺人自报的部数,见《再做一次不完全的统计》,《格萨尔研究》集刊(一),中国民间文艺出版社,1985 年出版。杨恩洪在《中国少数民族英雄史诗〈格萨尔〉》第 94 页中认为,截至 1987 年,各种已经搜集到的《格萨尔》抄本、刻本目录汇编达 289 部,除去异文,共有 80 部。这其中也是不包括民间艺人说唱的目录的。
[3] 潜明兹:《中国少数民族英雄史诗》,商务印书馆,1996 年出版,第 22 页。

分章本,还没有发现完整的分部本"①,其口头说唱以韵文为主,并伴以乐器,而本子则以散文体为主。另据杨恩洪统计,目前发现的藏文抄本、刻本有二百八十九种。说唱《格萨尔》的民间艺人,包括已经去世的三位著名艺人:蒙古族的琶杰(1902—1960)、藏族的扎巴(1904—1986)、土族的贡布(1900—1974)在内,共有一百一十四位,其中藏族艺人有九十九位,主要分布在甘肃、青海、西藏、四川等省区②。艺人们说唱的部数超过了本子的部数,大约为一百五十部左右,所以说,民间说唱艺人"保存了更多的更完整的史诗"③。降边嘉措和杨恩洪都在自己的论著中记录了一些著名艺人说唱史诗的情况④:扎巴自报能讲四十多部,截至他去世只讲了二十二部,仅记录的磁带就用去了五百多盒,大约有四百多万字,四十多万行诗句。玉梅是20世纪80年代崭露头角的年轻女艺人,她自报会说七十四部,截至1988年,已经完成了十九部的录音,其中《梅岭之战》《塔岭》《亭岭》三部是手抄本、刻本里所没有的。西藏出版局的研究者分别请扎巴和玉梅讲了《门岭大战》,并将其给了一番比较:扎巴的录音是九盘,九千多行,出版成书是四百七十页;玉梅的录音是十九盘(都按每盘两小时计)。青海果洛州的格日坚赞自报能说一百二十部;不识字的艺人才让旺堆自报能说一百四十多部,并随之报出了目录;西藏那曲的次仁占堆能说六十三部、索县的曲扎能说四十二部。此外,还有西藏墨竹的桑珠、那曲的玉珠,都自报能讲二十多部。尽管随着老艺人的不断去世,说唱史诗的艺人队伍呈青黄不接之势,但仍然有年轻的艺人不断涌现,如1990年前后,在

---

① 蒙文《格萨尔》9种分章本的情况如下:"北京木刻本"13章本(原"北京木刻本"7章,加上解放后在北京隆福寺发现的6章蒙文版《格萨尔》,后被当作"北京木刻本"的续本由内蒙古出版社出版,统称为"内蒙古下册版"6章。、"乌素图召本"8章(1958年在内蒙古乌素图昭庙发现的竹板手抄本,与北京木刻本1—7章和内蒙古下册版的第1章相同。)、"鄂尔多斯本"(1956年在内蒙古鄂尔多斯市发现的竹板手抄本,内容与北京木刻本13章本和诺木其哈敦本的部分内容相同,差异主要在字句上。)、"咱雅本格斯尔"18章(1903年从蒙古国的策其尔力克市咱雅班智达发现的手抄本,被认为是蒙文《格萨尔》的缩写本。)、"扎木萨拉诺本"6章(蒙古国扎木萨拉诺博士1918年觅得,其章节、内容均与内蒙古下册版相同。)、"诺木其哈敦本"(1930年从蒙古国发现,时间与"北京版"相同,但内容相殊。)、"卫拉特托忒文本"7章(在蒙古国卫拉特民间发现的手抄本,是13章"北京版"的卫拉特托忒文转写。)、"布里亚特格斯尔"(从布利亚特民间艺人的口述中搜集,有多个版本,与北京13章本相同。)、"岭格萨尔"28章(这是迄今为止最完整的蒙文本),以上均参降边嘉措:《格萨尔初探》,第317—321页。
② 杨恩洪:《中国少数民族英雄史诗〈格萨尔〉》,第118页。
③ 杨恩洪:《中国少数民族英雄史诗〈格萨尔〉》,第134页。
④ 降边嘉措:《格萨尔初探》,第81—86页。杨恩洪:《中国少数民族英雄史诗〈格萨尔〉》,第39页。

那曲就又发现了两位年轻的说唱艺人次仁占堆、白嘎,他们当时的年龄都不到二十岁。

为什么在这里再三强调说唱艺人对于史诗创作和传播的重要性呢?其原因是,说唱艺人既是史诗传播的"文化守门人",也是史诗的创作者,这是影响史诗变异的一个重要因素之一。所以,每一次的史诗说唱都是一次新的创作。同样一部史诗,如果由不同的艺人说唱,其篇幅各不相同;即使同一个艺人在不同情景下说唱同一部史诗,其篇幅长短、内容多少也是有差别的。这就是口传文学的特殊性之所在。这也正应了藏族的一句俗语,"岭国每人嘴里都有一部《格萨尔》"。因此,研究者认为:

> 《格萨尔》的说唱与流传总是处于不断创造、不断发展的动态之中。每一次说唱都不会是完全相同的,在故事情节、主线基本相同的情况下,每一次说唱就是一次异文的再创造,当然这种创造的优劣取决于艺人的才思、环境的改变、听众的接受程度等等①。

德国摩拉维亚传教士 A. H. 弗兰克开了20世纪国内外研究《格萨尔》之先河,被认为是"最早忠实记录并翻译藏文口述《格萨尔王传》的先驱者"②。1900年,《芬兰—乌戈兰社会札记》上刊登了他最初的研究成果,这是弗兰克在拉达克地区记录的两篇流传的《格萨尔》故事。随后,他在下拉达克记录了一位十六岁姑娘口述的《格萨尔》,遂将包含藏文原文、英文概要以及注释的口述本《格萨尔传奇的一个下拉达克版本》,由印度加尔各答的孟加拉亚洲学会出版,1905—1909年连续四次印刷。

法国学者**大卫·尼尔**女士在1930年代两次到达川藏(四川藏区),不仅游历、访问了传说中的格萨尔故乡德格、邓柯等地区,而且在云登喇嘛的帮助下,亲自记录了艺人说唱的《格萨尔》,并综合搜集到的抄本、木刻本,整理出了格萨尔的故事——《岭·格萨尔超人的一生》,1931年在法国出版,逾两年又在伦敦以英文出版。然而,研究者认为,尽管大卫·尼尔亲自深入格萨尔流传的地区,直接听取了艺人的说唱,但《岭·格萨尔超人的一生》严格说来"既非整理本,更不是翻译本,只是一个故事梗概,而且很不完整,很不准确","缺乏文采和诗意"。大卫·尼尔"按照自己的观点和好恶,删去了好多内容",又

---

① 杨恩洪:《中国少数民族英雄史诗〈格萨尔〉》,第131页。
② 杨恩洪:《中国少数民族英雄史诗〈格萨尔〉》,第182页。

将各种本子的内容"杂糅在一起"①。在该书的前言中,作者在详细记述成书过程的同时,认为自己删去了"令人生厌的累赘部分",但这一点却恰恰是对口传文学本质属性的一种伤害。朝戈金博士认为:

> 我们在史诗记录和整理的过程中,往往根据学者观念去主动删除那些总是重复出现的段落或诗节,认为那是多余或累赘的,而这恰恰正是口语思维区别于书面思维的重要特征,正是歌手惯常使用的反复或复沓的记忆手段,而冗余重复正好表明这是口头文学的基本属性②。

尽管如此,大卫·尼尔的《岭·格萨尔超人的一生》却还是成了一个新的"格萨尔"的本子(大卫·尼尔整编本被认为是已知的七大分章本之一),其对"格萨尔"在欧洲的传播作用是不言而喻的。

与大卫·尼尔同时,国内汉学界开始首次介绍和传播《格萨尔》,其中以四川大学、华西大学等从事民族学研究的四川学者为主,主要代表人物是任乃强、陈宗祥、彭公候、李安宅、马长寿等人。先是陈宗祥汉译了大卫·尼尔的《岭·格萨尔超人的一生》、彭公候汉译了弗兰克的《格萨尔传奇的一个下拉达克版本》,随后,任乃强撰写了《"藏三国"的初步介绍》《关于"藏三国"》等文,刊发在1944年的《边政公论》第四期(第4、5、6期合刊)和1945年的《康导月刊》第六卷(9、10期),全面介绍并评价了格萨尔故事。文中有一段生动的文字,通过作者的亲身经历,形象化地记述了格萨尔故事的流传情况,不失为今人观照20世纪初藏地民间《格萨尔》流播的重要史料,所以,特摘录如下:

> 余初见此书于民国十七年,在瞻化番戚家,曾请人颂读,令通事译告。环听者如山,喜笑悦乐,或愠或噱,万态毕呈,恍如灵魂为书声所夺……去年入康,过甘孜贡陇村,见保正家有书……其人颂习如流,乌拉已齐,催行再四,彼犹苦读不止,未尝念及听众之当别去。后至桑珠寺夜宿无聊,嘱杂科保正觅此书。其人即有全部写本而读之烂熟者……归取书,遂拔被来,拟作长夜讲述。县府谢科员任翻译……二人讲述已半夜,余等倦眼欲

---

① 降边嘉措:《格萨尔初探》,第382页。
② 朝戈金:《口传史诗诗学:冉皮勒〈江格尔〉程式句法研究》,广西人民出版社,2000年出版,第9页。

合,讽以辍讲,彼如酒徒临饮,期期不肯止。直至余等已入梦,始自罢辍。藏民嗜好此书之情状,于此可见一斑。①

1956年,法国著名的东方学家**石泰安**(1911—1999)出版了法文本的《岭地喇嘛教版本的西藏格萨尔王史诗》,这是他根据三部木刻本《格萨尔》摘译而成的,并附有拉丁字注音。1957年,石泰安又在巴黎出版了画册《格萨尔史诗的西藏绘画》,刊布、介绍了他从打箭炉获得的有关格萨尔的绘画。1959年,七十多万字的长篇专著《格萨尔史诗和说唱艺人》,作为石泰安的博士论文和成名作在法国大学出版社出版。此书对于"格萨尔史诗在世界范围内的研究状况、有关该史诗的藏汉文古文献、史诗的起源与各部概貌、各种文本和绘画、格萨尔遗留下的'古迹'、各种文本和口传本的前后演变关系、其地望及流传",以及"史诗的组成内容、史诗的民间影响和社会背景、英雄的特征等问题都做了深刻而又独具建树的分析",因为其侧重于"史"的方面去研究史诗,自成体系,"形成了研究格萨尔史诗的一家之说",国际藏学界对此高度重视,"认为它代表着当代有关这一内容研究的最高权威"。② 除此之外的国外研究者还有:德国的胡默尔(有根据安多方言本译成德文的《论格萨尔王传》,1959年)和赫尔曼(德文《藏族岭格萨尔的民族史诗》,1965年)、蒙古国的策·达木丁苏伦(《〈格斯尔传〉的历史源流》,1957年)、法国的艾尔费女士(《藏族格萨尔王传的歌曲》,1977年)等等。其中,规模最大的一次《格萨尔》传播活动是20世纪60年代。大批藏文资料流出国外,在世界上掀起了"藏学热",印度、蒙古、不丹等国家都出版了藏文《格萨尔》。尤其是不丹国家图书馆出版的由石泰安撰写"导言"的二十九卷本藏文《格萨尔》,可以说是将其推向了顶峰。

大规模的史诗整理、翻译和搜集活动,在1949年以后的中国展开。青海省民间文学研究会在50—60年代搜集了包括青海、西藏、四川等省区在内的大量《格萨尔》抄本、刻本、唐卡、文物等,其汉译的(内部资料本)的各种本子、资料达七十四种之多,达一千多万字。这些被称为"青海资料本"③的本子既完整保存了民族文化遗产,而且很好地传播了《格萨尔》,"是国内第一次以铅

---

① 任乃强:《"藏三国"的初步介绍》,《边政公论》,1944年第四期(第4、5、6期合刊)。
② 耿昇:《格萨尔史诗和说唱艺人·译者的话》,[法]石泰安著、耿昇译《格萨尔史诗和说唱艺人》,中国藏学出版社,2005年出版。
③ 降边嘉措:《格萨尔初探》,第334页。

印本形式印刷的史诗汉译本,其数量是空前的"①。这些成果的其中一部《霍岭大战》(上),1962年由上海人民出版社出版,成为国内第一部公开出版的《格萨尔》汉译本。黄静涛为该书写的序言,被认为是代表了这一时期国内学术界对《格萨尔》的认知水平。西北民族学院的研究人员早在1954年就已深入藏区开始调查,搜集了20多部《格萨尔王传》的抄本、刻本。1958年的《青海湖》杂志,连载了王沂暖教授与藏族民间艺人华甲合译的"贵德分章本"《格萨尔》的部分章节。与此同时,西北民院邀请说唱艺人贡却才旦担任该校讲师。此外,还有四川民族社会历史调查组的《关于〈格萨尔王传〉》、徐国琼的《藏族史诗〈格萨尔王传〉》等。

十年动乱结束后的80年代以降是史诗传播的新时期。史诗说唱的合法化以及演唱传统的恢复,大批说唱艺人身心的解放,都可以说是这一时期史诗现代传播得以深化的主要标志。随着"全国《格萨尔》工作领导小组"暨其常设机构《格萨尔》办公室的设立,西藏、内蒙古、新疆、甘肃、四川、青海、云南《格萨尔》流传的七省区也成立了相应的机构,全面展开对这一民族史诗的抢救、传播。与此同时,这一工程被全国哲学、社会科学规划列入"六五"重点项目,其重视程度由此可见一斑。继1985年首届《格萨尔》全国学术讨论会的举行,1989年在成都召开了首届《格萨尔王传》国际学术会议,并且这一学术会议随之被确定为三年一次的国际例会。《格萨尔》研究成为一门显学已成为不争的事实,一大批"格学"学者脱颖而出,他们是:刘立千、王沂暖、陈宗祥、佟锦华、降边嘉措、徐国琼、杨恩洪、上官剑璧、邓珠拉姆、余希贤、王兴先、王映川、黄文焕、索代、巴雅尔图、谢继胜、扎西达杰、丹珠昂奔、何天慧、潜明兹、斯钦孟和、贡却才旦、齐木道吉、却日勒扎布、尕藏才旦、土呷等。在汉译《格萨尔》方面,"格学泰斗"、西北民族大学教授**王沂暖**(1907—1997)的成绩最为卓著。仅他先后参与翻译的《格萨尔》本子就有二十二部②,几乎占到全

---

① 杨恩洪:《中国少数民族英雄史诗〈格萨尔〉》,第162页。
② 王沂暖个人以及与他人合译的二十二部《格萨尔》是:独译的有《降伏妖魔之部》《世界公桑之部》《姜岭大战之部》;合译的有:《格萨尔王传·贵德分章本》(与华甲合译)、《卡切玉宗之部》《格萨尔王本事》(《格萨尔王传·贵德分章本》的缩写本)(与上官剑璧合译)、《花岭诞生之部》《安定三界之部》(包括两种汉译本)、《木古骡宗之部》《香香药物宗之部》(与何天慧合译)、《分大食牛之部》(松岭大战之部)(与王兴先合译)、《门岭大战之部》《雪山水晶宗之部》《姜国王子之部》《霍岭大战之部》(与余希贤合译)、《赛马七宝之部》(与唐景福合译)、《天岭九藏之部》(与马学仁合译)、《辛丹相争之部》《甲察抢马之部》(与贺文宣合译)、《奇乳珊瑚宗之部》(与车得驷合译)。

部的一半。在创办《格萨尔研究》的同时,一大批《格萨尔》研究论著也相继问世,从而将史诗的现代传播推向了一个新的境界,这就是史实的甄别与史诗文本的深入研究与开掘。

二、史诗《格萨尔》形成的年代。现代学者有关史诗《格萨尔》形成年代的论述,有以下几种最具代表性的观点:吐蕃时期说(7、8至10世纪)、宋元时期说(11至13世纪)、明清时期说(15世纪以降)、逐步形成说(7、8至15世纪以后)。产生分歧的主要原因在于史诗《格萨尔》分部本非常多,而各种分部本(底本、抄本、刻本)不仅形成的年代不同,而且打上了不同时代的历史烙印。所以,研究者依据的分部本不同必然会得出不同的判断,产生相异或者相去甚远的结论也就不足为怪了。

"吐蕃说"的提出者主要是**黄文焕、丹珠昂奔、索代**等人。黄文焕认为,从史诗的主要内容看,有三个特定的历史因素贯穿其中,这就是:史诗极力颂扬吐蕃赞普赤松德赞和莲花生大师;将格萨尔称为"天神之子";汉妃之子"贾察"和格萨尔的兄弟关系,这是"吐蕃时代"才具有的特点。再从史诗所描述的系列战争看,几乎涵盖了吐蕃时期主要的对内统一及对外扩张的战争。因此,史诗具有吐蕃时代"特定的历史时代烙印",是"吐蕃人按照吐蕃时期的基本史实创造出来的长篇诗体作品"①。丹珠昂奔认为,《格萨尔王传》经过了由史实—故事—史诗的这样一个发展历程,其主要内容是"藏族由原始氏族公社末期到封建奴隶制社会各阶段的部落战争",这是史诗产生的"土壤",而这与吐蕃王朝的历史是"并驾齐驱"的。大约在公元7—13世纪,或许更早些的时期,"史诗的片断和原有的故事已经在流传"②了。索代在比照了吐蕃历史和史诗内容后指出,《格萨尔王传》以"吐蕃历史史实为基础,表现了藏族社会从奴隶制向封建制过渡这一时期人们的心理、社会风俗、政治经济,《格》中的两种倾向性——格萨尔为统一四方进行的战争、佛教战胜苯教,就是这种历史进程的表现"③。必须指出的是,索代对艺术描写与史实之间的区别和联系,认识是比较明确的,他认为:"《格》以一定的历史进程为基础,进行理想化的反映,史诗所描写的'历史'并非史实",也"不拘于史实",其中有很大的虚构

---

① 黄文焕:《关于〈格萨尔〉历史内涵问题的若干探讨》,《西藏研究》,1981年第12期。
② 丹珠昂奔:《部落战争与〈格萨尔王传〉》,《格萨尔研究集刊》第一集,中国民间文学出版社,1985年出版。
③ 索代:《试谈〈格萨尔王传〉的社会内容》,《格萨尔研究集刊》第一集。

成分和对人物的理想化,这是在"长期口头传诵和记载为文学的过程中逐渐形成的"①。

持"宋元时期说"者有**大卫·尼尔**、**石泰安**、**策·达木丁苏伦**、**任乃强**等中外学者。大卫·尼尔认为,10 至 12 世纪以前,《格萨尔王传》极有可能是两三首歌曲,这是后来史诗发展、演变为多种传记的基础②。石泰安认为,史诗产生的时段大概在 8 或 10 世纪以后、1400 年以前。蒙古学者策·达木丁苏伦认为:"最初的格萨尔王传是书面作品,是由西藏颂辞作家诺尔布·却博巴于 11 世纪编写而成,并献给吐蕃的统治者唃厮罗的,此后逐渐流传,然后在各有关民族当中又加上了民间创作的内容"③。在《"藏三国"的初步介绍》中,任乃强这样说:"余考格萨,确为林葱土司之先祖,即宋史吐蕃传之唃厮罗也。"

"明清说"的主要代表人物是**王沂暖**教授,他认为:

> 藏文《格萨尔王传》这部长篇史诗,分部本太多,不是一个世纪所能完成的。当然也不是一个人写作的,大概从 15 世纪(我们暂定的年代)以后,逐渐创作,经历几个世纪,乃至 20 世纪解放以前。有人就说,新中国成立以前藏族地区还有创作《格萨尔王传》的人,蒙古的巴杰(琶杰)不也是在新中国成立以后还大写大唱格萨尔王传吗?并且藏文本某些部还可能受汉人小说的影响,时代不会太远④。

持"逐步形成说"的主要有**徐国琼**、**降边嘉措**等人。徐国琼认为:史诗《格萨尔》是"随着长期的流传依靠集体创作的力量不断发展与丰富起来的,它不是一时一地的产物,而是几个世纪、广大地区广大人民集体力量的产物"⑤。降边嘉措认为,《格萨尔》是伴随民族历史一起成长的"一面反映古代藏族历史的多棱镜"。针对上述"三说"的"局限性和片面性",他一针见血地指出:它们只是"从一个侧面、一个角度反映了《格萨尔》发展过程中的一个阶段、一个特点",具有局部的合理性,但"没有同藏族社会发展的历史联系起来","从整

---

① 索代:《试谈〈格萨尔王传〉的社会内容》,《格萨尔研究集刊》第一集。
② 大卫·尼尔:《格萨尔传奇》,青海省民间文艺研究会,1960 年译本。
③ 参见策·达木丁苏伦:《"格萨尔传"的历史源流》,青海省民间文艺研究会,1960 年译本。持"王传"是诺尔布·却博巴创作的观点,还有桑杰扎布、白歌乐等人,前者在翻译蒙文《格萨尔传》的前言中对此给予了阐述,后者有《格斯尔传介绍》,均参考王沂暖的《藏族史诗〈格萨尔王传〉》一文。
④ 王沂暖:《藏族史诗〈格萨尔王传〉》,《中央民族学院学报》,1981 年 3 期。
⑤ 徐国琼:《藏族史诗〈格萨尔王传〉》,《文学评论》,1959 年 6 期。

体上去把握、认识和分析《格萨尔》的产生年代及其流传、演变和发展过程",所以是"静态分析法",是"以局部求解整体"①。因此,他认为《格萨尔》的形成经历了以下几个阶段:

> 它大约产生在古代藏族氏族社会开始瓦解,奴隶制国家逐渐形成的历史时期,即公元6世纪之前;在吐蕃王朝时期(7世纪初叶到9世纪)得到进一步发展;在吐蕃王朝崩溃,藏族处于大动荡、大变革的时期,也就是藏族社会由奴隶制向封建农奴制过渡的历史时期(10世纪到13世纪初叶)得到广泛流传,并日臻成熟和完善。②
>
> 《格萨尔》并不是一个时代的产物,而是在长期的发展过程中逐步形成的。在形成之后,还不断地演变和发展。《格萨尔》犹如一座蕴藏量极为丰富的矿山,它有很多个层次,不同时代、不同阶级、不同教派和不同层次的人,都企图并已经在它上面打下了自己的印记,形成了藏族历史和文化的堆积层③。

在综合了各种有关《格萨尔》形成年代的观点后,我们认为"逐步形成说"既与"史实"基本吻合,也比较符合史诗演变的规律。从故事反映的历史事实来看,它贯穿了藏民族从氏族社会、奴隶社会、农奴制封建社会各个时期的社会生活;从史诗与宗教互证的角度看,它与藏传佛教的形成、演变历史密切相关。其故事雏形产生于8世纪莲花生大师入藏创立红教(宁玛派)之前,核心故事的基本定形不会晚于15世纪初黄教(格鲁派)兴起。

由于史诗产生年代的辨别,主要是从史诗中"打下的历史印记来加以判断和分析"④的,而不同的分部本提供了不同的甚至相殊的判断依据,所以,史诗产生年代就出现了非常大的分歧。不仅如此,史诗在流传过程中,不同时代的传播者,包括说唱艺人和抄本、刻本的编撰者,也"将自己的观点"或史诗产生之后"发生的一些事情"加进了史诗中去⑤。这样,就使事情更加复杂化。如一些分部本中出现"十三万户"等13世纪60年代才有的词,这证明此分部本的成书时间在13世纪60年代以后。一些分部本中有许多15世纪以后的

---

① 降边嘉措:《格萨尔初探》,第37页。
② 降边嘉措:《〈格萨尔〉历史命运》,《格萨尔研究集刊》,第一集。
③⑤ 降边嘉措:《格萨尔初探》,第55页。
④ 徐国琼:《论〈加岭传奇之部〉产生的历史背景及时代》,《格萨尔研究集刊》,第一集。

人和事,这说明有这些"人和事"的此种本子的成书时间绝不会早于15世纪。由于黄教禁绝《格萨尔》,所以有人以为《格萨尔》所反映的宗教色彩是属于苯教的,但实际情况并非如此。《格萨尔》实质上反映的是"抑苯扬佛"的思想,只不过其所弘扬的"佛"主要是莲花生大师创建的早期藏传佛教[1]红教教义,不是以严明的清规戒律闻名的黄教教义,所以,被黄教禁绝是自然的事。于是,为了使《格萨尔》的流传适应黄教,一些由僧人和艺人再创造、加工后的本子中便出现了赞颂黄教事业的言辞。正是由于诸如此类的改写和再创造始终伴随着《格萨尔》的流传,所以,史诗形成年代的判定便一直是众说纷纭。

三、"格萨尔"是实有其人还是文学形象?在史诗的现代传播中,关于"格萨尔"是历史人物还是虚构人物的讨论一直没有停止,比较集中有以下两种意见:"藏族历史人物说"和"艺术典型说"。

持"格萨尔"是"藏族历史人物说"者有以下多种情况:**健白平措、黄文焕**等人从《格萨尔》所反映的史实入手,以为格萨尔是吐蕃赞普赤松德赞;**任乃强**认为格萨尔是林葱土司的先祖,即宋史吐蕃传中的唃厮罗;**上官剑璧、刘立千**等人指出:历史上确实存在过一个岭国(林国)和其首领岭·格萨尔;**徐国琼**的《〈格萨尔〉史诗散论》的结论是:格萨尔出生在吉雄和促隆瓦二水与雅砻江上游交汇的吉遂雅地区,后被其叔父驱逐到了青海扎陵湖一带,其称王格萨尔后建都森珠达泽,至今遗址尚存,由此看来,格萨尔实有其人;**昂欠多杰**认为,格萨尔生活的年代大致在公元1038—1119年之间,同圣者米拉日巴、学者仲孜巴等是同时代人;**白歌乐**在《"格斯尔传"介绍》中提出:"《格萨尔传》是根据11世纪时在格斯尔可汗所支配的安多木地区发生的历史事件写成的",所以,格萨尔是"历史人物"。因为《印度八大法王》、18世纪的藏族学者益西班觉的自传以及《玉窗柱诰》《五部遗教》《西藏王统记》等藏文文献中都提到格萨尔,所以,一些学者也以此认定格萨尔是一个历史人物,《格萨尔王传》就是以他的生平事迹为基础的人物传记。**策·达木丁苏伦**就认为:"这些经书为我们提供了可靠的根据,让明格萨尔不是神话人物,而是实有其人的历史人物"[2]。

持"艺术典型说"者主要有:**降边嘉措、佟锦华、王沂暖、王映川、尕藏才旦**

---

[1] 佛教传入藏地,在与苯教的斗争中逐渐融合了苯教的一些习俗和观念,如煨桑、求神、诅咒、杀牲血祭等宗教仪式和万物有灵的观念等,从而形成了独特的藏传佛教体系。
[2] 王映川:《"格萨尔王"的形象塑造及"史诗"的时代背景》,《民族文学研究》,1981年1、2期合刊。

等人。他们认为,史诗中的"格萨尔"并非就是史料中的"格萨尔",也不是唃厮罗和岭仓土司(即林葱土司)的祖先,而是世世代代的藏族人民和民间艺术家们共同创造出的一个伟大的艺术典型①。退一步说,"即使是同一个格萨尔,在'史诗'中已是加工塑造的艺术形象,也不再是真实的历史人物了",它(《格萨尔王传》)"不是一个历史人物的写照,而是一个集中塑造的典型人物形象"②。它"摘取了藏族历史上的众多英雄领袖人物,诸如松赞干布、赤松德赞、唃厮罗、林葱·格萨尔等人物身上的各自的一端……加以集中、糅合、改造并生发开去"③。坚持类似观点的还有**武文**,他认为:格萨尔王的原型"非一人一事","从《王传》宏大的篇幅、浩繁的内容、娴熟的艺术手法以及部头的分布等情况分析,格萨尔确系一个跨时空,贯穿于吐蕃由分散到统一整个历史中几代英雄伟人的综合",其原型是"松赞干布、赤松德赞、赤祖德赞以及三代法王后代英雄格萨尔的组合造型"④。

谢继胜关于"格萨尔史诗流传地域的东南向移动"⑤的提出,在解决史诗地理位置的矛盾以及由此产生的对史诗的误读方面做了很好的尝试。他认为,史诗主要记述的是吐蕃人的征战史,因而史诗的中心是"不确定的"。格萨尔的名称在这期间经历了从驳杂到"单一化"的变化,与之紧密伴随的是史诗流播区域的移动这样一个过程。在吐蕃王朝的扩张和鼎盛时期,四处征伐的战争以及"文化迁移"所带来的"文化特质的改变"适应了英雄史诗的生长和流传,所以,史诗流布范围十分广泛:不但分布在今天的西藏自治区西北部和北部、四川省西南部及西部、青海全境、新疆东南边缘地带、甘肃的西南部,而且通过"河西走廊"渗透到了蒙古高原,甚至流传出境到了巴基斯坦、阿富汗等中亚草原;而吐蕃本土的雅隆、拉萨等雅鲁藏布江地区之所以不流传史

---

① 降边嘉措:《格萨尔初探》,第135页。
② 王映川:《"格萨尔王"的形象塑造及"史诗"的时代背景》。王沂暖、尕藏才旦等人也持此说,王沂暖在《〈格萨尔王传〉中的格萨尔》中认为:按文艺创作的方式,格萨尔即使有一个人作模特儿,也不是只写一个人,而是杂取了许多人的情节来写一个人,甚至是用了许多不是人所能做到的情节来塑造的。尕藏才旦认为:格萨尔是"时代的文学典型,不是个别历史人物",参见《时代的画轴,历史的写照——史诗〈格萨尔王传〉内涵之历史真实性及其它》,《格萨尔研究》第二集,中国民间文艺出版社,1986年出版。
③ 佟锦华:《格萨尔王与历史人物的关系》,《民间文学论坛》,1985年第1期。
④ 武文:《格萨尔原型断想》,《民间文学研究》,1992年第3期。
⑤ 谢继胜:《格萨尔史诗流传地域的东南向移动及其原因初探》,《格萨尔研究》第三集,中国民间文艺出版社,1988年出版。

诗,是因为这一带的农业区,不具备形成、流传英雄史诗的土壤。所以,史诗随着游牧藏族的扩张,反而"跑到本土以外的地区"形成了一个范围广泛的史诗流播带。同时,在这一时期,"史诗歌颂的中心人物是以吐蕃赞普王系为主的"。公元8世纪中叶以降,随着吐蕃由盛而衰的变化,原来史诗流传区域的北方、东北方向受到了汉文化的压迫、西北部受到了来自伊斯兰文化的剧烈冲击。这三股压力和南方、西南方的高山屏障,都迫使史诗流传区域被迫向东南向移动,遂形成了一个新的我们今天所看到的史诗分布带:东到甘肃西南部、川西和川西北,北到除去湟水流域的青海大部,西至藏西的奇林错、班戈一线,南纳当雄、昌都一带。同时,在13世纪前的史诗移动中,史诗内部的一些因素也发生了变化:"出现了格萨尔王这个名称"和"观念中的理想国——岭尕",格萨尔的称号"也趋于单一化,逐渐向岭格萨尔过渡"。所以,一个"偏离史诗历史事件的史诗王国"的产生,实际上是史诗变异造成的一个错觉。如果不了解史诗的这一流播、移动的"历史",而考证"众多的格萨尔中哪一个是藏族的格萨尔",无疑是"分辨毫毛变成的孙大圣"。

在长期的文化传播过程中,《格萨尔》不仅成为藏民族的"集体无意识",而且在其他民族地区也得到了广泛的流播,这就是蒙古族、土族、裕固族的《格萨尔》。**王兴先**教授等人在大量田野调查的基础上,对此提出了令人信服的结论。他们认为:藏族《格萨尔》流布到蒙古、土、裕固族地区,这些民族的说唱艺人在"接受、传播"史诗的历史进程中,逐步融进了该"民族的文化机制,从而形成了各具本民族特色的《格萨尔》",这就是"藏、蒙古、土、裕固族《格萨尔》源与流、同源分流的关系"。显然,其中的"源"无疑是藏族《格萨尔》,蒙古族、土族、裕固族《格萨尔》三者是"同源分流"[①]产物。

在谈到这几种《格萨尔》文体格局的演变时,王兴先认为:

> 藏族《格萨尔》流传到蒙古、土、裕固族地区,从用藏语唱本民族语解释(韵散结合体)→用本民族语说讲(散体)→用本民族语说唱(散韵结合体),这是藏族《格萨尔》文体向蒙古、土、裕固族《格萨尔》文体演讲的一条规律[②]。

在这三个民族的《格萨尔》中,全部完成这一文体演变过程的只有蒙

[①] 王兴先:《〈格萨尔〉论要》,甘肃民族出版社,1991年出版,第360—366页。
[②] 王兴先:《〈格萨尔〉论要》,第353页。

古族的《格斯尔》①。

作为汲取多种文化养分的英雄史诗,《格萨尔》被世人誉为谚语的"海洋"和赞词的"宝囊",所以,其文学价值自不待言。20世纪80年代出版的《中国少数民族文学史》(毛星主编)、《藏族文学史》第一次将它载入文学史册,并对其给予了高度评价。认为它不但是藏族和祖国文坛的奇葩,而且是世界文学宝库中的珍品——东方的《伊里亚特》。针对史诗在藏族文学史上的地位和影响,学者佟锦华指出,《格萨尔》在藏族诗歌发展史起着"承前启后、沟通古今"的作用,它不但吸收了优秀的民间传统,而且是后世文学艺术"取之不尽的丰盛园地"②。学界对《格萨尔》文学价值的发现与推崇,充分揭示了这一英雄史诗与现代中国文学的亲密关系。

第二节 没有句号的史诗:《江格尔》

在那古老的黄金世纪/在佛法弘扬的初期/孤儿江格尔/诞生在宝木巴圣地……江格尔的宝木巴地方/是幸福的人间天堂/那里的人们永葆青春/永远像二十五岁的青年/不会衰老,不会死亡//江格尔的乐土/四季如春/没有炙人的酷暑/没有刺骨的严寒/清风飒飒吟唱/宝雨纷纷下降/百花烂漫/百草芬芳。③

这是人间乐土的"理想国",这是蒙古族英雄史诗《江格尔》的"序诗"和"引子",这是草原勇士抒情长诗的开始。

没有人知道《江格尔》究竟有多少篇章,因为,没有一个人能唱完它。有这样一个忌讳:谁若唱完了它,谁就会死,所以,这又是一首没有句号的史诗④。

那么,是否真的存在这样一个祥和安宁、风调雨顺的"理想国"呢?答案是否定的。"序诗"中提到的"黄金世纪"和"佛法弘扬"对于创造了这一史诗的西蒙古卫拉特人来说,是17世纪初以降的事(因为这个时期偏居一隅的卫

---

① 王兴先:《〈格萨尔〉论要》,第351页。
② 杨恩洪:《中国少数民族英雄史诗〈格萨尔〉》,第175页。
③ 色道尔吉译:《江格尔》,人民文学出版社,1983年出版。本书所引《江格尔》译文除非另有注明外,皆出于此。
④ 潜明兹:《中国少数民族英雄史诗》,第64页。

拉特人皈依了藏传佛教格鲁派——黄教),而《江格尔》的产生却远远早于这一时间。显然,这是史诗传播中接受者和传播者的有意合谋和改写的结果,是"江格尔奇"(职业的《江格尔》说唱艺人)将一种美好的理想和愿望糅进了史诗,而并非史诗"原生"的情节。"宝木巴"这一人间乐园是受喇嘛教也即藏传佛教的世界观影响,"按照游牧民族的生活方式在想象中营造出来的",正如研究者在随后的结论中认为的那样:

> 这种"人间乐园"与《江格尔》原生的那种充满多神崇拜和善恶祸福根源在于"善天""恶天"对立观迥然不同,更与史诗的那种以战争为手段掠夺财富及其奴隶(在脸上烙以宝木巴印记)为目的的基本情节极为矛盾、极不协调。史诗《江格尔》时代的那种英雄主义个性和勇敢尚武的民族历史风貌,同后来的喇嘛教教义完全是两种不同的思想体现。[①]

所以,如果以此(指"人间乐园")把《江格尔》的主体或"核心内容"的形成时间定在"15至17世纪上半叶蒙古族封建割据时期"[②],显然是与史诗所提供的历史事象是不相符合的。现代学者满都夫认为:"无论是江格尔集团的内部关系","还是其同相邻部族的关系",都保留了非阶级社会的以誓言为结合方式(不是靠汗权法律确定从属关系)的"氏族联盟"特征,并萌生了"阶级社会的分工及其等级"以及对"国家组织机构"的孕育;在史诗中,"战争"和"婚姻"的"唯一目的"是"获得财富和扩大权力"。所有这一切迹象都证明了《江格尔》产生的时代及其社会性质是"原始氏族社会末期,阶级社会初期"[③]。

一、草原英雄文化的抒写与史诗产生的时代背景。和其他英雄史诗有所不同的是,构成《江格尔》的情节结构十分独特:既没有统一的主题,也不是一个英雄的故事,而是英雄集团——江格尔以及手下的众英雄洪古尔、阿拉坦策吉、库恩伯、萨布尔、萨纳拉、明彦等勇士的集体叙事。从现代学者的研究情况来看,这首规模宏伟的蒙古族英雄史诗由"序诗"(歌颂赞美的抒情长诗)和"15章诗"或更多的处于被发现中的"章"(叙事长诗)组成。尽管英雄"江格

[①] 雷茂奎、李竟成:《丝绸之路民族民间文学研究》,新疆人民出版社,1994年出版,第172页。
[②] 仁钦道尔吉:《中国少数民族英雄史诗〈江格尔〉》,浙江教育出版社,1995年出版,第27页。
[③] 满都夫:《论史诗〈江格尔〉中蒙古古代哲学与社会思想》,中国民间文艺家协会新疆维吾尔自治区分会编:《〈江格尔〉论文集》(一),新疆人民出版社,1988年出版。

尔"是贯穿史诗的重要人物,但每一章的故事却是由不同的主角(勇士)引发并完成的,从而形成了各自独立且相对完整的叙事长诗。开篇的"序诗"被认为是史诗的"楔子"和"引子",不但烘托出了故事的背景和主要人物,而且在"江格尔奇"丰富多彩的一番抒情演唱中掀开了史诗的序幕。

优美的"序诗"唱开了,江格尔登场了。

> 世界上的国家/哪个像宝木巴这样富强/世界上的勇士/哪个像宝木巴的勇士这样雄壮!

"宝木巴"的主人是"汗"的后代,刚刚两岁时,蟒古思①的抢掠烧杀使他成为孤儿。但是,神勇无比的他从小就本领过人,像勇士阿拉坦策吉预言的那样,"到了七岁,千百万魔鬼将向他投降,六千零一十二名勇士团聚在他身旁,英雄的业绩光照四方"②。英雄的宫殿雄威华贵,仅"比青天低三指";英雄的夫人阿盖·莎布塔腊美貌若仙,沉鱼落雁;被誉为"雄狮大将"的十二名勇士,英勇无敌。

在仁钦道尔吉所分的《江格尔》的四类故事中:"江格尔的身世""江格尔结义众勇士""江格尔与勇士的婚姻"前三类故事,其实已经与第四类故事——"江格尔及勇士们的征战故事"相互融合。因为,许多战争的起因就是为了收服勇士,如:第一章(这里的"章"均指色道尔吉译《江格尔》中的章)的"江格尔和阿拉坦策吉的战争",就是讲述江格尔收服他的右手头名勇士阿拉坦策吉的;第二章的"萨纳拉归顺江格尔",从江格尔倾慕勇士萨纳拉到派人劝降、双方激战,一直讲到了"枪挑萨纳拉"以致使他臣服;第三章,收服铁臂勇士萨布尔的"洪古尔和萨布尔的战斗"更为惊心动魄。由婚姻引发的战争,在《江格尔》中比比皆是。从"江格尔聘娶阿盖·莎布塔腊公主之部"到第六章的"雄狮洪古尔的婚礼",都充满了腥风血雨。为了与上天之子宝尔罕·查干等好汉争夺美丽绝伦的阿盖·莎布塔腊公主,江格尔勇战群雄,摔断了宝尔罕·查干的脊梁骨,降伏了对方手下的五千勇士;满怀喜悦的洪古尔前去迎亲,恰遇自己迎娶的新娘——札木巴拉可汗的女儿参丹格日乐与大力士图赫布斯结婚。受辱的英雄怒不可遏,将图赫布斯和参丹格日乐砍为两截挂在新

---

① 蟒古思是魔鬼的意思,蒙古族史诗中多称敌人为"蟒古思"。如《江格尔》中的勇士萨布尔错把沙尔·蟒古思当作英雄江格尔,然后去投奔他,江格尔等人前去阻拦并收服了萨布尔。
② 仁钦道尔吉:《中国少数民族史诗〈江格尔〉》,第12页。

房门口。在争抢意中人格莲金娜的"比武争婚"大战中,洪古尔这样处置战败的对手:他"断去麻拉·查干的手与足",将其"一块块分割其尸/抛入滚滚的江波中"。研究者指出:这一点"充分显示出残酷野蛮的古代英雄主义的特点","这不但是人类野蛮时代的历史特征,而且在阶级社会初期,或整个奴隶社会,它都是其英雄主义的特征"①。在整部史诗中,"江格尔及勇士们的征战故事"分量最重,既包含了"宝木巴"的英雄与入侵者的残酷决战,也描写了江格尔等勇士征伐"蟒古斯"的艰辛历程。而杀伐的最终结果,都是将"永不消退的宝木巴火印,烙在俘虏们的脸上"②,将美女、牲畜以及其他财富掠为己有。反之,当他们被敌人打败时,这一被抢掠、被奴役的命运便也降临在了"宝木巴"人民的身上。史诗这样记述了敌人洗劫"宝木巴"的情形:

> 魔鬼洗劫了宝木巴地方/毁坏了江格尔的宫殿/一伙人驱赶江格尔的马群/七伙人驱赶江格尔的人民/没有留下一条母狗/没有留下一个孤儿/江格尔的夫人阿盖/七十二位可汗的妻子/捆在一条绳索上,被敌人掳去/……西拉·胡鲁库班师回国/临行时他又命令:/"把江格尔的人民全部迁移/迁到毒海和乳海之间的空地/迁到草木不生的荒凉的戈壁!"

显然,被抢掳、被烙上"火印"是战败者沦为奴隶的主要标志,如果再联系抢婚的残酷,那么,对史诗所描写的历史事象也许会有更为透彻的认识。这就是《江格尔》的时代,"确实属于比较典型的草原奴隶制社会",不仅"带有原始氏族晚期社会的种种特征",而且,"统摄史诗灵魂的仍是草原奴隶制阶级的英雄文化精神"③。

对于史诗产生的历史背景,《蒙古秘史》《史记》等史著也给予了充分佐证和补充,即公元10世纪时,蒙古社会已普遍地存在奴隶主对奴隶的抢掳、买卖和占有,并将他们广泛地用于生产劳动。江格尔的奴隶就操"7种不同的语言,从事各种劳动,有的酿造美酒,有的缝制剪裁,有的放牧"④等等。史诗《江格尔》艺术化地反映了这种"历史真实",即当时的蒙古各部奴隶主不但"占有一定的统治地域并建立了国家机器雏形",而且,还存在并保留着"氏族部落

---

① 满都夫:《论史诗〈江格尔〉中蒙古古代哲学与社会思想》。
② 仁钦道尔吉:《中国少数民族史诗〈江格尔〉》,第25页。
③ 雷茂奎、李竟成:《丝绸之路民族民间文学研究》,第165—173页。
④ 潜明兹:《中国少数民族英雄史诗》,第70页。

制度的某些现象作为残余形式"①。同样,关于这一点,也可以从创造了这一史诗的西蒙古——"四卫拉特"的历史足印中得以印证。

早先生活在贝加尔湖至叶尼塞河上游一带森林中的卫拉特人(卫拉特意为"森林中的百姓",元代史籍中称为"斡亦剌惕",明代称为"瓦剌",通常也可统称为"西蒙古")以渔猎为生,在加入成吉思汗的统一大业后,才以战功受封,成为以游牧狩猎为生的草原游牧部族,其势力范围也随之扩展至达科布多、阿尔泰山及哈密以北,并相继占据了天山北路等地。1368 年,统治中原的元朝统治者被明军赶回蒙古草原。从此,东西蒙古为了角逐大草原的汗位,开始了你死我活的杀伐和抢掠,蒙古草原陷入了长时期的征战和动荡的历史。明朝中叶,西蒙古早期四姓厄鲁特等部,逐渐分化成了后来的卫拉特四部:准噶尔、杜尔伯特、和硕特、土尔扈特,其势力所及拓展至额尔齐斯河流域、准噶尔盆地以及南疆、青海等地。17 世纪 20—30 年代,准噶尔部崛起并控制了卫拉特其他各部,游牧天山的土尔扈特、和硕特等部,遂相继脱离准噶尔部的控制而移牧他乡。1627 年,土尔扈特部的额尔勒克王率本部二十五万人西迁至伏尔加河下游一带,除此之外,先后迁移到这一带的还有杜尔伯特、和硕特等部的人,这就是被俄罗斯人称为"漂流者""迁客"的"卡尔梅克人"。1771 年,不堪忍受民族压迫的"卡尔梅克人",在其首领渥巴锡的带领下又踏上了迁徙的征途,他们中的七万人冲破了俄军的阻拦回归祖国,另一部分人却不得不继续留在异国他乡流浪。将他们与故乡紧紧联结起来的是早已唱熟了的民族史诗《江格尔》,因为,这首由卫拉特人集体创作的民族史诗,无论是迁徙伏尔加河流域之前还是流浪他乡,都早已在他们心灵深处生根发芽。阿·太白的《〈江格尔〉产生的时代、地区及历史背景》、特·贾木查的《试论〈江格尔〉产生的地区和时间》等研究论文,比较详尽地分析了卫拉特人的历史与《江格尔》产生的背景②。阿·太白认为,《江格尔》"远在 15 世纪时就产生在美丽的阿勒泰、塔尔哈巴台、额尔齐斯河流域的四卫拉特中间了",《江格尔》的故乡可以肯定地说"是新疆而不是其他任何地方"。首先,史诗中江格尔生活的陶

---

① 雷茂奎、李竟成:《丝绸之路民族民间文学研究》,第 164 页。
② 阿·太白:《〈江格尔〉产生的时代、地区及历史背景》;特·贾木查:《试论〈江格尔〉产生的地区和时间》,均载《〈江格尔〉论文集》(一)。特·贾木查表达了与阿·太白相近的观点,他认为:《江格尔》首先产生于阿尔泰一带的土尔扈特部中,时间是 14 世纪 60 年代后。尔后逐渐传播到其他部落,并日益完善成为整个卫拉特的精神财富。

高斯阿勒泰(也即"美丽的阿勒泰")西部的"地望"均与 14—15 世纪四卫拉特人生活的区域吻合;其次,史诗中只出现了 16—17 世纪四卫拉特人移牧之前的新疆北部的"地望",而未出现 1627 年后的"卡尔梅克人"(即迁移后的土尔扈特人等)游牧的伏尔加河一带的山水地名,也未出现和硕特部 1637 年后移居青海地区的地名。由此可见,《江格尔》产生的时间至少在土尔扈特人迁移之前。那么由此也可以肯定地说,史诗《江格尔》的原产地是卫拉特人生活的新疆蒙古族地区而不是别的任何地方①,伏尔加河域等地和新疆以外的蒙古族地区,只是史诗的主要流播地。对于《江格尔》的产生和形成,阿·太白又同时做了如下补充,他说:

> 它(指《江格尔》——引者加)的渊源可以追溯到 13—14 世纪。它是在当时众多的、情节简单、人物单一的小型史诗的基础上,综合融汇发展成以描写江格尔可汗的英雄业绩为主体的大型英雄史诗的。到了 16、17 世纪,这部英雄史诗得到了进一步发展和充实(所谓"充实"就是新的时代内容、时代印记的融入——引者注),最后才成为现在这样一部有众多英雄和复杂情节而又能唱能诵的优美动听的大型英雄史诗。

还有学者认为:

> 《江格尔》在西域奴隶社会时期的早期卫拉特人中产生了某些片段。后来在四部卫拉特中,尤其在土尔扈特部中得到丰富、充实、不断完善。到了明代(大约 13 世纪左右),在四卫拉特人中逐渐趋于定形……后来,通过民间艺人"江格尔奇"的演唱和各种手抄本的形式,流传到国内外蒙古族人民聚居地区。在内蒙古东部地区也流传有"单开"形式的《江格尔》,但故事未系统化,只是口头流传的一些简短的故事片断。唯独在西域土尔扈特人聚居区《江格尔》流传得最丰富、最广泛、最系统、定形也较早。②

同其他口传史诗的传播一样,《江格尔》在传播中也不断融入了新的时代内

---

① "四卫拉特"中,除过杜尔伯特人主要居住在蒙古国的西部外,土尔扈特等其他部族的大部聚居在新疆,主要分布在南疆的巴音郭楞和北疆的伊犁、塔城、博尔塔拉、阿勒泰,以及哈密、昌吉等地的 20 多个县。
② 雷茂奎、李竟成:《丝绸之路民族民间文学研究》,第 182 页。色道尔吉在《〈江格尔〉论文集》(一)所载的《蒙古族英雄史诗〈江格尔〉》一文中,也有类似表述,见第 258—259 页。

容,这就是史诗传播中"江格尔奇"的再创作和后来各种"异文"的形成。正如仁钦道尔吉说的:英雄史诗《江格尔》"是在13—17世纪间产生和发展起来的",它"不是一时一地的某一人创作的作品,而是一部民间文学巨著,它从开始产生到基本上定形经历了不同时代"及"不同的人们的修改、加工和补充"。此外,由于《江格尔》是在"蒙古族古老的短篇史诗的基础上形成的",必然"继承和借用了古老史诗的内容和形式"以及一些母题[1]。所以,在辨析史诗产生和形成的一些材料时,应很好地注意甄别被"改写"的痕迹、借用的"母题"与史诗主体之间的关系。

到此为止,历史的迷雾终于被掀开。安定、富足、平等的人间天国"宝木巴"实际上饱含的是一个苦难民族充满心酸的理想,这就是卫拉特人战乱频仍的历史遭遇,以及由此产生的对充满神力的保护神——江格尔的渴望。这表面看来是自相矛盾的,但这恰恰是英雄史诗产生并广泛流传的内在动力。正因为动荡不安、家园破败,所以才呼唤并创造了一个天堂般的理想国和一个出身孤苦的圣主江格尔。这一朴素而瑰丽的英雄史诗的出现,实际上表述的是另一种历史的真实,即艺术对于人的心灵的自由表达和关怀。正如恩格斯在《德国的民间故事书中》里描述的那样:

> 民间故事书的使命是使一个农民做完艰苦的日间劳动,在晚上拖着疲乏的身子回来的时候,得到快乐、振奋和慰藉,使他忘却自己的劳累,把他的硗瘠的田地变成馥郁的花园。民间故事书的使命是使一个手工业者的作坊和一个疲惫不堪的学徒的寒碜的楼顶小屋变成一个诗的世界和黄金的宫殿[2]。

二、《江格尔》现代传播的历史回顾。学术界对《江格尔》的最早研究始于它的流传地而不是它的故乡,这也许是一件令人遗憾的事,然而,这却从另一个侧面说明了史诗《江格尔》在异域文化中所呈现出的独特魅力,使它无可选择地成了人类文明的奇葩。那些译介和整理自卡尔梅克人口头说唱的史诗片段,构成了"江格尔学"的早期成果。如第一个记录并向欧洲介绍《江格尔》的日耳曼人波·别尔克曼,1804—1805年用德文在里加发表的两篇故事;阿·鲍勃洛夫尼科夫1854年用俄文翻译的《江格尔》手抄本的二章;以及

---

[1] 仁钦道尔吉:《〈江格尔〉研究概况》,《〈江格尔〉论文集》(一)。
[2] 《马克思恩格斯论艺术》,人民文学出版社,1966年出版,第401页。

卡·郭尔斯顿斯基1864年首次用托忒蒙古文发表的《江格尔》等。后者在游历了"卡尔梅克人"生活的地区后,根据江格尔奇的说唱和流传的史诗篇章,搜集、记录了《沙尔·古尔古之部》《哈尔·黑纳斯之部》。1910年,由彼得堡大学教授弗·科特维奇审订、学生诺木图·奥奇洛夫记录(图·奥奇洛夫用基利尔文记录,科特维奇审订、出版时用托忒文)的托忒文《江格尔》十章在彼得堡出版,这可谓是江格尔研究史上具有划时代意义的一件大事。因为这是对俄罗斯最著名的、说唱部数最多的江格尔奇鄂利扬·奥夫拉演唱的《江格尔》的记录和出版。在苏联,出现了一批研究、搜集《江格尔》的著名学者:如鲍·雅·符拉基米尔佐夫院士、斯·科津院士、格·米海依洛夫、阿·科契克夫、埃·奥瓦洛夫、恩·桑嘎杰也娃、尼·比特开也夫等。他们从比较研究的角度,不但把《江格尔》与蒙古族史诗和其他民间文学体裁进行比较,而且将"它与突厥语族人民的史诗进行了多方面的比较",从而探讨其中的关系和共性。他们深入史诗的"母题"和文本结构,在"版本分析和艺人研究"等方面取得了不菲的成绩①。总之,在1967年之前的一百多年中,俄国和苏联史诗研究最突出的成就是在"卡尔梅克人"中发现了二十五章韵文体《江格尔》(大约二万五千行)。作为在苏联出现的最完整的《江格尔》,此成果由阿·科契克夫于1978年在莫斯科编订出版,其中包括土尔扈特部分十章和杜尔伯特部分十五章。

在现今蒙古国境内流传的《江格尔》,被发现、搜集到的作品有近30种,主要是20世纪初的蒙古学家格·拉姆斯特德、策旺·扎姆察拉诺等人搜集记录的《江格尔》片断,如《博克多·诺谚江莱汗》《博克多·道克森江格莱汗》等,以及符拉基米尔佐夫1910年记录的巴亦特喇嘛说唱的《江格尔》故事(载1926年出版的《蒙古民间文学范例》)和尼·波佩院士记录的《汀格尔》片段等。大量的故事片段发现于20世纪40年代,主要是由其他蒙古国的学者完

---

① 仁钦道尔吉:《中国少数民族史诗〈江格尔〉》,第207—211页。符拉基米尔佐夫院士的主要著作有《蒙古—卫拉特英雄史诗》(1923年),他将蒙古史诗分为布里亚特史诗、卡尔梅克和新疆的卫拉特史诗、蒙古国西部的卫拉特史诗三大类进行比较,又将《江格尔》与俄罗斯壮士歌、吉尔吉斯的《玛纳斯》进行比较,从而探讨《江格尔》的独特性。科津院士的著作有《江格尔传》《诸蒙古人民的史诗及其书面形式》等,科契克夫除出版校勘本25部《江格尔》外,还出版了《英雄史诗江格尔》(1974年,卡尔梅克文)、《英雄史诗江格尔研究》(1976年,俄文),并编写了《卡尔梅克文学史》中的"江格尔的英雄人物"。此外,还有其他人的1981年出版的《卡尔梅克文学史》(第一卷)、1982年出版的《蒙古人民的叙事诗歌》,以及关于江格尔奇、《江格尔》中的赞词等研究论文等。对《江格尔》的母题、演唱艺人、结构艺术等方面给予了深入研究。

成的。这些成果不久就以《史诗江格尔》(1968年)、《名扬四海的洪古尔》(1978年)为题得以陆续出版,编辑、整理者是学者乌·扎嘎德苏伦。但是,"在这二十五种片段中(其中附有从突厥语族的图瓦人中记录的《博克多·昌格尔汗》——引者注),很难找到一部(章)完整的《江格尔》,几乎全部是残缺不全的作品"①。并且,"这些片段与新疆版《江格尔》和苏联出版的《江格尔》有很大区别,即与《江格尔》的原文有很大的出入"②。针对这一现象,乌·扎嘎德苏伦认为:

> 有些作品的故事情节与《江格尔》有直接联系,但有的则不然,只是偶尔提到过《江格尔》的名字。我们可以看出其中有的是《江格尔》的异文,有的则很可能是其他史诗的片段……在这二十五种片段中只有十多种才可算《江格尔》的部分,它们在情节上与《江格尔》多少有点联系。其他各片段在情节上与《江格尔》关系不大,仅仅只是有些人物的名字与江格尔或洪古尔等人相同或相似。③

从蒙古国的《江格尔》流传情况来看,史诗的主要流播地是在卫拉特人聚居的靠近新疆的西部数省,尽管在其中东部地区也搜集到一些史诗的片段,但这都是通过新疆卫拉特人或蒙古国西部省的卫拉特人传播过去的。例如:1978年由乌·扎嘎德苏伦和扎·曹劳等人记录的科布多省江格尔奇普尔布扎拉说唱的"汗苏尔之部",就是一部"完整的"与"我国新疆所发现的同名的一部极为相近"的作品。十分巧合的是,这位名叫普尔布扎拉的说唱艺人1893年出生于新疆,在移居蒙古国之前曾向和布克赛尔的江格尔奇学唱过这首长诗④。另外,符拉基米尔佐夫所记录的巴亦特喇嘛演唱的《江格尔》故事,就是喇嘛从赛音诺谚汗盟(今天的后杭爱省)的厄鲁特人处学来的,而这些厄鲁特人是1761年从新疆迁移去的。所以,这一重要线索由此也证明了新疆的"哈尔·特布赫图汗"是"随着厄鲁特人的搬迁流传到蒙古的"这一事实⑤。

虽然,中国新疆的蒙古族地区是《江格尔》的故乡和天然的发源地,但国内对这一史诗的搜集、出版、研究,却远远地落在了俄苏和蒙古国的后面。

商务印书馆1950年出版的《洪古尔》一书,是国内最早出现的《江格尔》文本。通过编写者边垣的这一转述,国人才首次得知史诗的一些片段而不是

---

①③④　仁钦道尔吉:《中国少数民族史诗〈江格尔〉》,第192页。
②⑤　仁钦道尔吉:《〈江格尔〉研究概况》,《〈江格尔〉论文集》(一)。

全部。但这一史诗文本的产生和问世却非常离奇,它是编写者边垣从狱友满金的演唱中获知,并将其熟记于心写出来的。1935年赴新疆工作的边垣,被军阀盛世才投进监狱,恰遇同房的蒙古族人满金经常给狱友说唱史诗《江格尔》的故事,所以,才有了这部《洪古尔》的诞生。50年代末,国内有了十三章《江格尔》的出版,这就是由内蒙古学者莫尔根巴特尔、铁木尔杜希用回鹘式蒙古文转写的内蒙古人民出版社1958年出版的十三章本。其中包括:1910年由科特维奇审订、奥奇洛夫记录的鄂利扬·奥夫拉演唱的十章,以及翌年由阿·波兹德涅也夫出版的单行本中的三章,即《沙尔·古尔古之部》《哈尔·黑纳斯之部》《沙尔·蟒古思之部》。1964年,国内又出现了新疆人民出版社的这一十三章本的托忒文版。

1978年,国内对《江格尔》的大规模搜集、记录正式开始。参与首次田野调查的学者主要有宝音和希格、托·巴德玛、仁钦道尔吉、道尼日布扎木苏等人。宝音和希格、托·巴德玛调查了新疆天山南北的十二个县的蒙古族,所记录的十五章两万诗行《江格尔》,先后以托忒文和蒙古文在乌鲁木齐(新疆人民出版社1980年出版)与呼和浩特(内蒙古人民出版社1982年出版)出版。1988年,新疆人民出版社又出版了霍尔查翻译的这一汉文版十五章诗。在80年代的新疆,史诗的搜集、调查、出版取得了丰硕的成果,而自治区副主席巴岱担任组长的《江格尔》工作领导小组及工作组更是功不可没。托·巴德玛、特·贾木措等人带领的工作队先后深入巴音郭楞、博尔塔拉、伊犁等自治州和塔城、阿勒泰、哈密等地州的二十多个蒙古族聚居县进行调查和搜集,并在这里的草原上举行了新疆首次《江格尔》演唱会,以便于发掘和发现民间江格尔奇。据特·贾木措的《〈江格尔〉的流传及蕴藏概况》①中记载:此次共录制了民间口头流传的《江格尔》一百五十多盒磁带,包括《江格尔》的四十多种变体、六十五个章节。但仁钦道尔吉的记载却是:"一百八十七盒录音磁带,其中有一百五十七部长诗及异文,约十九万多诗行"②。

搜集出版的《江格尔》文本除此之外,还有色道尔吉翻译的汉文本《江格尔——蒙古族民间史诗》,人民文学出版社1983年出版,其中含有内蒙古人民出版社1958年出版的十三章本和托·巴德玛、宝音和希格搜集的两章,共十

---

① 贾木措:《〈江格尔〉的流传及蕴藏概况》,《〈江格尔〉论文集》(一)。
② 仁钦道尔吉:《中国少数民族史诗〈江格尔〉》,第194页。

五章长诗。托忒文《江格尔》资料这一浩大工程的完成,历时近十五年,包括新疆人民出版社出版(1982—1985)的托忒文《江格尔》资料1—5卷,共有四十一章、约五万诗行;中国民间文艺出版社出版的托忒文《江格尔》资料6—9卷;新疆人民出版社出版(1993—1996)的托忒文《江格尔》资料10—12卷。这十二卷资料本容纳了《江格尔》的一百二十四章诗,是由中国民间文艺研究会新疆分会等单位整理的。1985—1987年,中国民间文艺研究会新疆分会和新疆维吾尔自治区《江格尔》工作组搜集整理、新疆人民出版社出版的托忒文《江格尔》(1—2)问世。这是经过加工的文学读本"六十章"本,收有长诗六十章约八万行诗,并附有江格尔颂歌一首。之后,又先后出版了"六十章"本的回鹘式蒙古文本(内蒙古人民出版社1988、1989年出版)和汉文译本(1—4)(黑勒、丁师浩译,新疆人民出版社1993、1999年出版)。格日勒图等转写并注释的蒙古文《江格尔》(1—3)由内蒙古人民出版社1988年、1989年出版和内蒙古科技出版社1996年出版。蒙古国哲·曹劳编、扎格尔和太平转写的蒙古文《蒙古英雄史诗》,以及蒙古国乌·扎嘎德苏伦作序并注释、金淑英转写的蒙古文《史诗〈江格尔〉》,先后由内蒙古教育出版社在1989年和1991年出版。还有索德那木拉布坦、巴图编的托忒文《江格尔手抄本》,内蒙古科技出版社1996年出版,等等。

在《江格尔》的研究方面,仁钦道尔吉的业绩最为突出,他先后出版和发表了《英雄史诗〈江格尔〉》(1990年)、《〈江格尔〉论》(1994年)、《〈江格尔〉论》(1999年)等研究论著,被认为"代表了迄今为止中国《江格尔》史诗专题研究的水准"[①]。朝戈金博士的《口传史诗诗学:冉皮勒〈江格尔〉程式句法研究》(2000年)是近几年最具创见性的研究专著之一。作者在此借用了国际史诗研究领域里已经发展了数十年的"口头程式理论"和"民族志诗学"的方法论,"以蒙古卫拉特史诗集群《江格尔》的一个特定'诗章'——江格尔奇(歌手)冉皮勒所说唱的《铁臂萨布尔》"为该书"口头程式句法分析"的核心文本,进而对这一英雄史诗进行深入的诗学分析,取得了"开拓新研究领域的意义"和创新价值。朝戈金认为:

> 程式是蒙古口传史诗的核心要素,它制约着史诗从创作、传播到接受的所有环节。蒙古史诗的程式,又具有属于自己的独特的品格和规律。

[①] 朝戈金:《口传史诗诗学:冉皮勒〈江格尔〉程式句法研究》,第44页。

在程式的构造和规则上,在韵式和步格上,也在表演和欣赏过程上,形成了一套独具魅力的史诗传统①。

此外,从20世纪50年代以来,还有色道尔吉、诺尔布、仁钦嘎瓦、额尔德尼、纳·赛西雅拉图、宝音和希格、托·巴德玛、阿·太白、特·贾木措、加·巴图那生、巴雅尔、卡那拉、扎格尔、格日勒、金峰、萨仁格日勒、斯钦巴图、巴·布林贝赫、满都夫等学者先后参与了"江格尔学"的研究。不仅在史诗的搜集、记录、出版方面做出了非凡的成绩,而且在不断拓宽史诗的研究领域。使史诗研究从时代背景、主题、人物关系、艺术性、演唱艺人等方面,拓展至史诗母题、宗教文化、审美意识、史诗诗学、叙事结构、比较研究等方面,从而将中国《江格尔》研究推向了一个多层次、多维度的研究境界②。

尽管史诗的说唱传统日渐走向衰微,但江格尔奇在史诗《江格尔》的现代传播中依然有不容忽视的作用。一方面,江格尔奇的演唱活动是史诗研究者唯一能够进行"在场"考察的最后途径;另一方面,这是口传文学流播和史诗"再创作"的一个重要的无法取代的媒介,因为江格尔奇是史诗《江格尔》的保存者和传播者。中国的《江格尔》调查始于1970年代末,从所积累的资料来看,"会演唱一个诗章以上的歌手,记录在案的超过了一百人"③,半数以上是土尔扈特人。在新疆各地发现了会讲《江格尔》的人虽然近百人,但能称得上江格尔奇(会说1—2部)名号的只有朱乃、冉皮勒、卡·普尔拜、道·普尔拜、洪古儿、哈尔察嘎、加甫·尼开、宾比、门图库尔、仁策、奥尔洛加普(女)、扎巴、铁木耳、普尔布加甫、达尔玛等三十多位。其中,朱乃会讲二十六部,冉皮勒会唱二十一部,洪古尔会唱十部,道·普尔拜、哈尔察嘎、普尔布加甫、加

---

① 朝戈金:《口传史诗诗学:冉皮勒〈江格尔〉程式句法研究》,第2—4页。
② 主要研究著作除上面提到的仁钦道尔吉、朝戈金的以外,还有:中国民间文艺家协会新疆维吾尔自治区分会编的《〈江格尔〉论文集》,新疆人民出版社1988年出版;扎格尔的蒙古文《江格尔史诗研究》,内蒙古教育出版社1993年出版;格日勒的蒙古文《十三章本〈江格尔〉中的审美意识》,内蒙古教育出版社1995年出版;金峰的蒙古文《江格尔黄四国》,内蒙古文化艺术出版社1996年出版;贾木措的《史诗〈江格尔〉探源》,新疆人民出版社1996年出版;萨仁格日勒的蒙古文《史诗〈江格尔〉与蒙古文化》,内蒙古人民出版社1998年出版;斯钦巴图的《江格尔与蒙古族宗教文化》,内蒙古人民出版社1999年出版;巴·布林贝赫的蒙古文《蒙古英雄史诗的诗学》,内蒙古教育出版社1997年出版,及蒙古文《蒙古族诗歌美学论纲》,内蒙古人民出版社1990年出版,等等。以及"中国史诗"研究丛书中的"江格尔"卷。
③ 朝戈金:《口传史诗诗学:冉皮勒〈江格尔〉程式句法研究》,第34页。

甫·尼开、宾比、门图库尔等人会演唱四五部以上①。他们或从老一代江格尔奇那里通过口头学唱继承了这一传统,或通过背诵手抄本而达到熟悉说唱,并在演唱中伴有形体动作和乐器,如一边弹奏陶布舒尔琴一边演唱等。与《格萨尔》的说唱艺人不同的是,江格尔奇的地位较高,他们参加各种演唱比赛,出入王府贵地,领取演唱奖赏,颇受人们的尊重。

第三节　悲剧史诗:《玛纳斯》

奔流的河水/有多少已经枯干/绿色的河滩/有多少已经变成了戈壁/多少人迹罕至的荒野/又变成了湖泊河滩/平坦的大地冲成了深涧/高耸的山崖变低塌陷/从那时候起啊/大地经历了多少变迁/……一切都发生了巨大的变化啊/唯有祖先留下的史诗/仍在一代代流传。

这就是被誉为柯尔克孜族"百科全书"的英雄史诗《玛纳斯》,它主要流传在中国新疆、吉尔吉斯斯坦等中亚地区以及阿富汗、巴基斯坦等国家。全诗共八部,长约二十一万多诗行,是根据著名的玛纳斯奇居素甫·玛玛依的演唱记录的②。第一代英雄玛纳斯的名字既是第一部诗的名字,也是统摄全诗的总题目,因为整个史诗实际上贯穿的就是玛纳斯和他的七代子孙抗击异族侵略的故事。其他七部诗,尽管各以每一代英雄的名字来命名,如第二部《赛麦台依》(玛纳斯儿子)、第三部《赛依太克》(玛纳斯的孙子)、第四部《凯涅尼木》(玛纳斯重孙)、第五部《赛依特》(凯涅尼木之子)、第六部《阿斯勒巴恰与别克巴恰》(赛依特的双胞胎儿子)、第七部《索木碧莱克》(别克巴恰之子)、第八部《奇格台依》(玛纳斯第七代孙子),但是,它在精神谱系上来说仍然是第一部《玛纳斯》的延伸和继续。

从史诗的结构艺术上来看,《玛纳斯》与前两部史诗《格萨尔》《江格尔》存在明显的差异。首先,这一差异主要表现在《玛纳斯》是一部既相对独立又浑然天成的艺术整体。构成它的每一部诗章都可以独立存在,部与部之间具有独立性,但同时,整部史诗又是一个有机统一的像链条样的结构:"每部史

---

① 仁钦道尔吉:《中国少数民族史诗〈江格尔〉》,第167—168页。
② 居素甫·玛玛依演唱,刘发俊、朱玛拉依、尚锡静翻译整理的汉译本《玛纳斯》(1—2部),新疆人民出版社,1990年出版。文中除特别注明外,其他有关《玛纳斯》内容的引文,均来自居素甫·玛玛依演唱本。

诗犹如链条上的一个环扣,环环相衔,成为一个链条"①。那么,是什么东西在"衔接"着这八部史诗呢?这种内在的联系主要表现在哪些方面呢?我们以为,八部史诗的主人公都是玛纳斯家族的成员,且上一部史诗的主人公与下一部史诗的主人公是父子关系,这一血缘关系是一种重要的联结史诗结构的纽带。正如研究者说的那样:

> 在以征战为主要内容的英雄业绩中,父亲壮志未酬的事业一定要由后代来完成,这已经成为部族的传统。这种父父子子的家族血缘关系无疑将前后两部史诗紧紧地纽结在一起②。

此外,承上启下的关键人物所起的贯穿作用,在一至四部中的巴卡依老人身上表现得尤为突出;情节和事件的交叉呼应,在各部中都有体现,上一部留一个包袱由下一部展开,如第二部中的玛纳斯的葬礼就是在第一部的玛纳斯去世的基础上展开的,等等。其次,《玛纳斯》中的各部之间有严格的自然的、时间上的次序,是随着历史进程而逐步深化展开的,不能随意打破和改变这一结构。再次,虽然整部史诗是一个有机体,但各自的独立性也是显然存在的。八部《玛纳斯》有一个共同的叙事模式和程式化的结构,每一部"都是由英雄的身世—征战—和平时期的生活这样三大结构板块构成的"③,所以,在叙述上各自具有一定的独立性。不仅如此,还有各种小的叙事模式也贯穿在每一部的每一个"板块"之中,如关于英雄的婚礼、葬礼的描写,关于祭奠仪式的描写等,就是固定的叙事模式。

从史诗的内容看,《玛纳斯》是一部柯尔克孜族的形象化的民族历史。之所以这样说,不仅因为它始终贯穿了一个各种史诗异文都有的基本情节,即柯尔克孜人反对卡勒玛克奴役和压迫的这条红线,而且还因为它沉淀、凝聚了丰富的柯尔克孜族的政治、文化、宗教、经济、地理、民俗、伦理、语言等诸多方面内容,是一部柯尔克孜族的百科全书。对于一个没有古代历史记载的民族来说,"玛纳斯奇"(史诗演唱艺人)和"桑吉拉奇"(民族历史的口头讲述家)的存在,无疑承担了书写历史、传播历史、阐释历史的作用,尽管这一言说是用口头文学的形式来表现的。所以,他们(这些柯尔克孜族的"历史的传播者")十分虔诚地认为:《玛纳斯》就是"柯尔克孜人'口传的历史'"。他们庄严地"把

---

①③ 郎樱:《〈玛纳斯〉论析》,内蒙古大学出版社,1991年出版,第224页。
② 雷茂奎、李竞成:《丝绸之路民族民间文学研究》,第153页。

《玛纳斯》中的英雄事迹视为本民族真正的历史来讲述,将玛纳斯家族中的八代英雄真诚地奉为柯尔克孜族历史发展过程中的真实存在过的历史英雄人物,而不相信也不愿意说这是'历史传说'或'文学典型形象'"①。这一固执的说法尽管缺乏有力的历史证据,但从柯尔克孜族的历史角度来透析,的确是完全符合民族心理的集体无意识。因为,在西域的历史舞台上,曾经有数以百计的民族走马灯般地参与了这一惊心动魄的生存竞技,最终大都灰飞烟灭化为历史的尘埃,而弱小的柯尔克孜人竟然以自己的血肉之躯书写了这一不屈不挠的历史。所以,在柯尔克孜人眼中,这不是民族英雄缔造的历史奇迹,又会是什么呢?

历史上的"柯尔克孜"很早以前就见于史载,《史记》《汉书》中提到的位于匈奴以北(蒙古高原西北的南西伯利亚一带)的"鬲昆""坚昆"就是"柯尔克孜"最早的汉语译音。公元2—3世纪以降,先后出现"契骨""纥骨""结骨"(汉代)、"黠戛斯"(唐朝)、"纥里迄斯""乞儿吉思""吉利吉思"(宋元时期)、"布鲁特"(清朝)等称呼。他们最初生活在叶尼塞河流域,建立过统一的汗国并归附大唐(唐朝在其治地设立过坚昆都督府)。10世纪初开始,"黠戛斯"②时代曾经历的短暂辉煌一去不返。相继崛起并雄霸西域的东辽、西辽、东蒙古和西蒙古等统治者,将酷爱自由的柯尔克孜人推入了苦难的深渊。从此,柯尔克孜人开始了被异族侵略、奴役,以及被战乱和迁徙所包裹的悲惨命运,他们不得不离开世代游牧的叶尼塞河迁徙,最终于15世纪到达天山和阿尔泰山一带。史诗《玛纳斯》展示的正是柯尔克孜人西迁后被蹂躏的历史遭遇和民族抗争。先是契丹(就是史诗中的"克塔依")人的压迫,接着是蒙古人的奴役(指成吉思汗时代的东蒙古、卫拉特人的西蒙古、成吉思汗后裔在天山南北建立的蒙兀儿斯坦)。尤其是与柯尔克孜人一直为邻、交错而居的卫拉特蒙古(即史诗中的敌方"卡勒玛克",这是突厥语民族对于卫拉特蒙古"斡亦剌"的习惯称呼),可以说是和柯尔克孜人结下了不共戴天的世仇。

从玛纳斯之父加克普汉开始,柯尔克孜人就沦为卡勒玛克人的奴隶。史诗这样唱道:"富人得到十五户/最少也分到三户//被遣散的柯尔克孜人/给蒙古人当用人,当奴仆/他们美丽的妻子和女儿被强占/老人不堪饥饿而

---

① 雷茂奎、李竟成:《丝绸之路民族民间文学研究》,第138—139页。
② 据《新唐书·黠戛斯传》载,公元9世纪的黠戛斯汗国,疆域辽阔,雄踞漠北,东接贝加尔湖,南至天山,西南至阿尔泰山以西、塔拉斯河一带,东南与大唐相连。

死亡/年轻人不堪蹂躏而逃跑"。就在整个民族濒临灭亡的危急关头,英雄玛纳斯一手握血一手握油,横空出世。从此,与卡勒玛克的殊死战斗伴随英雄玛纳斯的一生。还在母亲腹中的时候,这种较量就已经开始。占卜师朗古都克对卡勒玛克的首领说:"过不了多久/柯尔克孜人民中将诞生一位英雄/没有人能与他相比/没有人能战胜他//他要征服世界/他的名字叫玛纳斯//阿劳开,快去准备吧/玛纳斯诞生于世/世界就将发生翻天覆地的变化/卡勒玛克人将遭受灭顶之灾"。于是,卡勒玛克人开始大肆屠杀所有的孕妇,想将英雄玛纳斯扼杀在母腹中。机智的柯尔克孜人设法保护玛纳斯并使他安然出世。与敌人浴血奋战这一前定的使命,使十一岁的玛纳斯就肩负起了反抗卡勒玛克的历程,他带领柯尔克孜族的勇士开始了不息的战斗。戎马一生的玛纳斯在花甲之年仍挂念着柯尔克孜人的命运,为了长久的和平,他决定进行一次"伟大的远征",一举彻底消灭卡勒玛克。但战败了的敌将吾昆尔采取了疯狂的偷袭和报复,用毒斧砍伤了玛纳斯的头部。一代英雄玛纳斯就这样悲壮地死去。

由此可以看出,为了民族自由而战的玛纳斯与卡勒玛克战斗、冲突的一生,是整个史诗《玛纳斯》情节发展、延续的内动力,也是史诗得以千古传唱的合法性之所在。一方面,玛纳斯反抗卡勒玛克的奴役和压迫并进行勇敢的战斗这一史实,与13—16世纪时的柯尔克孜人的历史遭遇完全吻合,有一个"史"的脉动贯穿《玛纳斯》始终。这一时期,柯尔克孜人进行了大迁徙;这一时期,柯尔克孜人遭遇了不断的屠杀和奴役;同样是这一时期,柯尔克孜族的英雄辈出。另一方面,英雄玛纳斯之死加剧了由于卡勒玛克的压迫所激起的仇怨,而这一世仇引发的复仇冲动无疑是史诗情节发展的内在的原动力。无论是在叶尼塞河流域还是迁徙到阿尔泰山、天山一带,柯尔克孜人和卡勒玛克人都曾经为了牧场和畜群进行过激烈的争夺,但这种民族、部落之间的争斗仍局限于对生产生活资料的占有和争夺。被成吉思汗征服的卡勒玛克(时称"斡亦剌")在1207年对柯尔克孜族进行的残酷屠杀和奴役,使问题的性质发生了突变,从此,两个民族结下了很深的怨仇。而英雄玛纳斯之死,最终将这一怨仇推向了极致,这就是贯穿在史诗《玛纳斯》中的"世仇"以及这一世代复仇的历程。正如黑格尔说的:"报私仇和残酷"是"英雄时代所特有的魄力"[①]。对于柯尔克孜人来说,这既是私仇又是国恨,两者相互纠缠无法

[①] 黑格尔:《美学》第三卷下,朱光潜译,第137页。

明确厘清。《玛纳斯》的第二至八部,所展开的就是柯尔克孜人和玛纳斯七代子孙不停复仇的故事。而每一次的复仇,都是以"旧仇添新恨"而告终,这实际已经暗含了英雄史诗《玛纳斯》的悲剧性,以及英雄的悲剧宿命。

那么,《玛纳斯》的悲剧性表现在什么地方呢？我们认为：卓尔不群的悲剧精神使它获得了艺术上的超越和美学上的巨大突破。关于这一点,它不仅与藏族史诗《格萨尔》、蒙古族史诗《江格尔》不同,而且也与阿尔泰语系的其他英雄史诗存在差异。因为,它们虽然也包含了一定的悲剧因素,但最终的结局却大都是喜剧式的,如《格萨尔》和《江格尔》中的英雄都具有充满神力、逢凶化吉的经历。格萨尔从天界下凡,平妖除暴,使命完成后在一片欢乐景象中被众神接回天界；江格尔中的英雄百战不死,最终保卫了宝木巴的祥和安宁。阿尔泰语系的其他民族史诗,如《乌古斯可汗的传说》《阔布兰德》《阿勒帕米斯》等等,也大都是以凯旋欢宴的"大团圆"作为结束。唯有《玛纳斯》以浓郁的悲剧色彩独立于英雄史诗的舞台,无论是它的英雄人物的命运还是故事冲突,都充满了令人叹惋的悲剧性和悲剧的基本特征。

英雄的悲剧性,主要表现在玛纳斯及其子孙、勇士等充满悲剧性的命运方面。一生英武过人的玛纳斯,没有死在沙场,而是在欢庆宴上被偷袭的敌人杀害,这是一场由喜剧衍生的悲剧；失去了父汗玛纳斯庇护的赛麦台依,险些被篡权的祖父和叔叔谋害。在巴卡依老人的协助下,他果敢地惩罚了篡权者并报了杀父之仇,杀死了卡勒玛克人的首领吾昆尔。但是,这位盖世英雄却被他的亲如手足的勇士坎巧绕阴谋杀害。死于毒酒、偷袭和意外,几乎成了酿就英雄悲剧的主要原因,如别克巴恰（第六部之《阿斯勒巴恰与别克巴恰》）、索木碧莱克（第七部之《索木碧莱克》）、奇格台依（第八部之《奇格台依》）之死,等等。契丹王子阿勒曼别特舍弃王位和故乡,成为玛纳斯的同乳兄弟和勇士,他四处征讨、战功赫赫,却受尽了其他勇士和汗王的排挤与打击。他满怀忧伤和委屈,但还是用生命捍卫了一个异族英雄对柯尔克孜族的忠心。一百三十八岁的老英雄加木额尔齐,生命的最后一刻竟然是在战场上杀死投敌的儿子,而后倒在激战的血泊中。年轻、英俊的英雄巴依塔依拉克——巴卡依老人的独生子,被敌人砍下了头颅。悲恸的巴卡依,"他的泪水如洪水般流泻下来／他的眼泪顺着胡须往下淌／／豹子般的巴卡依老人／骨节散了架／他的头低低垂下／浑身没有一点气力"。史诗这样唱道：

  同情巴卡依的人悲伤地哭了／松树、桦树和柳树都哭了／永不消逝的

> 太阳哭了/开放的花儿哭了/月亮和黑夜哭了/大山克制不住哭了/土和石头哭了/大地哭了,丘陵哭了/流淌的清水哭了/阿依登湖里的天鹅哭了/六十万卡拉诺奥依人的/男人和女人都哭了/他们呜呜地哭/他们号啕大哭/他们哭得昏了过去。

这是怎样的一腔英雄血、英雄泪!这又是怎样的一幅幅悲壮的场面!它足以感天动地泣鬼神,使草木含悲风云变色。英雄的柯尔克孜族啊,为了自由和独立,多少英雄豪杰为你捐躯!正像那民歌中唱的:"没有一棵树没有记载着柯尔克孜人民的苦难/没有一块土地没有埋葬柯尔克孜人的白骨"。这就是柯尔克孜人的悲剧命运,这就是柯尔克孜族人用鲜血谱写的悲剧史诗《玛纳斯》。

学者郎樱(1941—)对于《玛纳斯》的悲剧性给予了高度评价,她认为,玛纳斯的儿子赛麦台依在祖母绮依尔迪、母亲卡妮凯和巴卡依老人的帮助下,杀死了阴谋叛乱的加克普汗(玛纳斯之父、赛麦台依之祖父)以及他的两个儿子——阿维开和阔别什(玛纳斯的同父异母兄弟),这是一件"惊心动魄的悲剧事件",因为其中"出现了妻子杀丈夫""母亲杀儿子""儿媳杀公公""孙子杀祖父"的情节。为此,她指出:

> 希腊悲剧中的俄狄浦斯杀父情节、德国史诗《尼伯龙根之歌》中的克里姆希尔德为报杀父之仇亲手杀死自己的亲哥哥勃艮第国王巩特尔的情节以及莎士比亚著名悲剧《哈姆雷特》中弟杀兄的情节,均被视为悲剧中具有典范意义的悲剧情节。然而,《赛麦台依》中所描绘的家庭成员之间的厮杀搏斗,比起上述著名悲剧情节更加复杂残酷,更富于悲剧精神。①

就传播方式而言,同为英雄史诗的《玛纳斯》《格萨尔》《江格尔》存在不少差异。首先,《玛纳斯》是纯韵文式的,它的传播必须通过玛纳斯奇的演唱(不是讲和说)来完成,而不像《格萨尔》和《江格尔》是散韵结合体,用讲唱和说唱进行传播,其中既有唱的部分也有述、讲、说的内容。同时,还有一个细微的不同是:前者不用乐器伴奏,像演唱柯尔克孜族民歌那样清唱,主要靠表情的变化、曲调的抑扬顿挫、节奏的快慢和缓急来控制;后者可有乐器伴奏也可无乐器伴奏,边讲边唱,并伴有形体动作。其次,《玛纳斯》的传播更加世俗化

---

① 郎樱:《〈玛纳斯〉论析》,第195页。

和生活化，不像其他两部英雄史诗的说唱充满神秘色彩。与说唱《格萨尔》时要煨桑、敬神、祈祷一样，说唱《江格尔》也有许多禁忌，如：要举行祭祀江格尔杆的仪式，或点香和点佛灯；一旦开始演唱某一部，就不能半途停下来；一般在晚上进行，还必须将蒙古包关得严严实实；早先，还曾经有过禁止白天和欢宴上说唱《江格尔》的禁忌。但是，《玛纳斯》的演唱就不同了，它没有仪式也没有禁忌，是柯尔克孜族节庆、欢宴、婚礼等聚会场合必不可少的文化、娱乐活动。对于逐水草而居、生活分散的柯尔克孜人来说，节日、婚庆才是欢宴和聚会的日子。所以，他们骑着高头大马，手擎猎鹰，走出森林，从四面八方会合到一起。与摔跤、狩猎、歌舞等民族文化活动一样，演唱《玛纳斯》也成了人人喜爱的节日项目。人们一边喝着奶茶，一边听着玛纳斯奇的演唱，温习着熟悉的再也不能熟悉的民族历史。为英雄的胜利而欢呼，为英雄的遇难而悲伤洒泪。对于一个缺少古代史记载的古老民族，这一习俗无疑已定格为一种传授和普及历史、文化的民族传统。

在史诗的传播过程中，玛纳斯奇的作用和影响是不容忽视的，史诗通过他们这一媒介与听众发生联系。他们既是民族文化的传播者，又是民族历史的传播者和阐释者。据20世纪60年代的调查，我国有八十多位玛纳斯奇，其中最著名的是居素甫·玛玛依、艾什玛特·买买提、萨特瓦勒德三位。他们都经历了家传与师承的习艺历程。被誉为"荷马"的居素甫·玛玛依，是目前世界上唯一能完整演唱八部《玛纳斯》的玛纳斯奇；生长在乌恰县的**艾什玛特·买买提**（1894—1963）据说会演唱七部《玛纳斯》，但仅记录下了两部，他便离开了人世；另一位玛纳斯奇是活跃在天山以北特克斯草原的萨特瓦勒德，他用柯尔克孜语演唱的《玛纳斯》带有哈萨克语词和韵味。

1918年出生在新疆阿合奇县的**居素甫·玛玛依**之所以能成为蜚声海内外的玛纳斯奇，完全与他生活的文化土壤有关系。这里有悠久的赛歌传统，出现过无以计数的玛纳斯奇。他的家庭给予了他柯尔克孜民歌的哺育和民间文学的养分，母亲、姐姐作为民歌手对他的影响不容忽视，但哥哥巴勒拜对他的有意栽培却是决定性的。巴勒拜游历四方并记录、搜集了大量民间故事，是一位"成就卓著的《玛纳斯》搜集家和记录、整理者"，"他的最大功绩是记录了阿合奇县著名的玛纳斯奇居素甫·阿洪和额不拉音演唱和讲述的《玛纳斯》内容，并将它们进行艺术加工，使之成为完整的八部《玛纳斯》唱本"。而更值得一提的是，"居素甫·玛玛依演唱的八部《玛纳斯》唱本，其中后五部就是额不拉音唱本加工而成的"（前三部是巴勒拜记录的居素甫·阿洪的演唱本）。可以说,巴勒拜不但为居素甫·玛玛依学唱《玛纳斯》提供了完备的资料,而且给予了他技巧和手法上的教授。由此也证明了手抄本与玛纳斯奇的演唱之间存在的学习和传承关系。

对于史诗传播中的变异、改写以及玛纳斯奇的即兴创作,居素甫·玛玛依以亲身经历做了如下的回答,这弥补了其他史诗说唱艺人对此问题的回避所造成的空白,他说：

> 史诗《玛纳斯》是柯尔克孜人民一代又一代口耳相传到我们这一辈的杰作。我所演唱的《玛纳斯》是在我哥哥根据不同《玛纳斯》变体搜集整理的基础上加工润色而成的。……我一边演唱,一边回忆补充遗忘的部分,使这部史诗逐渐完善,达到今天这样比较完满的八部本的程度①。

居素甫·玛玛依还在史诗第三部《赛依太克》的尾声中,对此做了进一步的阐释：

> 人民创造出了英雄/人民创造出了歌手/他们演唱《玛纳斯》/边唱边增加内容/我承袭了别的歌手的唱本/演唱中我也是边唱边增加内容/我尽我所知演唱《玛纳斯》/请诸位兄长不要责怪我。②

尽管对于史诗《玛纳斯》的形成时间,有多种不同的说法：即鄂尔浑—叶尼塞时期说(7—9世纪)、阿尔泰时期说(9—11世纪)、准噶尔时期说(16—18世纪)。但如前面所述,无论是柯尔克孜族的历史还是《玛纳斯》所反映的史实,都在勾画一个大致的《玛纳斯》形成的时段,这就是9—10世纪以后到15—16世纪以前,主要以柯尔克孜人与卡勒玛克人和克塔依人的民族战争为背景。同时,也应该充分地注意到史诗产生的基本规律对其形成的制约。同其他英雄史诗相似,《玛纳斯》的产生,也"绝非一时一地一个时代或少数人刻意雕琢所能成就的"。它的最早雏形,"极有可能是早期柯尔克孜氏族部落中的原始氏族民歌、部落组歌串联编排,以及颂扬部落首领英雄家谱的史诗性叙事诗的自然汇总和联唱形式",其中融入了"原始的图腾崇拜、天灵祭祀、狩猎

---

① 居素甫·玛玛依1990年6月为《中国史诗〈玛纳斯〉学术研讨会》撰写的论文,转引自郎樱的《〈玛纳斯〉论析》,第103页。
② 郎樱、玉山阿吉合译的汉译文,转引自郎樱：《〈玛纳斯〉论析》,第103页。

和战争歌舞唱词以及巫术表演歌诀等早期古老的民歌",后来,在史诗化的"诗歌叙事体系"的基础上,又融汇了不同时代的"民间口头民歌和纪实叙事诗词和英雄赞歌"①,从而形成了这一充满浓郁的草原文化精神和西域风情的英雄史诗。

现代学者对于《玛纳斯》的搜集、研究和传播,最早开始于俄国。乔坎·瓦利哈诺夫在1861年出版的《准噶尔概论》中介绍了《玛纳斯》的一些故事,并首次用柯尔克孜语记录了《阔阔托依的祭奠》一节。随后,拉德洛夫在《北部诸突厥部落的民间文学典范》(1885年)的第五卷《奇石柯尔克孜人的方言》中收入了他搜集的《玛纳斯》故事。用柯尔克孜语第一次出版《玛纳斯》是在1898年,那是玛纳斯奇特尼别克演唱的史诗第二部《赛麦台依》的片断。从20世纪30年代起,苏联的史诗研究者先后在吉尔吉斯斯坦记录了著名的玛纳斯奇萨额木拜、萨雅克拜等人的演唱,整理出了《玛纳斯》的第一至三部的多种变体达十七种之多。与此同时,还出版了柯尔克孜语、阿尔泰语、俄语、塔吉克语、乌孜别克语、哈萨克语等多种语言文字的《玛纳斯》演唱本、小说以及研究文字。如:伏龙芝出版社在1960年之前出版的《玛纳斯》一至三部,以及吉尔吉斯近年出版的《玛纳斯》四部,等等。此外,在德国、法国、英国、土耳其、日本也出现了一批《玛纳斯》研究论著。

1961年的《天山》(汉文)和《塔里木》(维文)刊登的《玛纳斯》第二部《赛麦台依》,是由中央民族学院的师生和新疆文联共同搜集、整理的。与此同时,"《玛纳斯》工作组"在完成了对《玛纳斯》的普查和搜集后,进入了史诗的汉译阶段。这一由中国民间文艺研究会、新疆文联、柯尔克孜族自治州三方组成的机构,云集了刘发俊、陶阳、尚锡静、郎樱等《玛纳斯》研究者,著名的玛纳斯奇居素甫·玛玛依和几位柯尔克孜族学者也在其中。在先后两次的大规模调查中,他们访问了七十多位玛纳斯奇的演唱,搜集的史诗变体达五十多万行。铅印了《玛纳斯》第一部的汉文资料本,并在《新疆日报》(汉文)、《民间文学》上发表了《玛纳斯》第一部和第四部《凯耐尼木》的汉文片断,而这些都是居素甫·玛玛依演唱的②。但是,耗费了学者和演唱者数年心血的二十多万行四百多万字的《玛纳斯》汉译本(包括居素甫·玛玛依的六部唱本和艾什

---

① 雷茂奎、李竟成:《丝绸之路民族民间文学研究》,第156页。
② 胡振华:《柯尔克孜族英雄史诗〈玛纳斯〉及其研究》,《民族文学论文集》,中央民族学院出版社,1987年出版,第141页。

玛特的唱本），未来得及面世，就在"文革"动乱中散失殆尽。1978年，重新开始的《玛纳斯》研究实际上是对"文革"损失的弥补和恢复。居素甫·玛玛依的幸存使得这一工作成为可能，被接到北京的玛纳斯奇在他乡为研究者演唱了《玛纳斯》。这一弥补工作虽然百感交集但却十分有效，研究者"补记了十多万行，并重新汉译了第一部的近两万行，还油印了史诗第一部的柯文资料本"①，并于1979年和1980年在《新疆文艺》（哈文版、维文版）上，刊载了居素甫·玛玛依演唱的史诗第二部《赛麦台依》片断的哈文译文和第一部《玛纳斯》片断《玛纳斯的婚事》的维文译文。

史诗在演唱，传播在继续。玛纳斯奇和一大批学者的推动，使得80年代以来的《玛纳斯》研究，不仅在层面上得到了拓展，而且加入了一批新生力量，出现了比较研究和诗学探讨等多元化趋势。胡振华、刘发俊、陶阳、尚锡静、郎樱、萨坎·乌麦尔、玉山阿吉、张永海、艾山巴依、张彦平、阿不都卡德尔、赵潜德、黑在勤、候尔瑞、刘源清、买买提艾山、朱玛拉依、帕孜力、多勒坤·吐尔迪、潜明兹、阿·甫拉提、曼拜特、阿地力·朱玛吐尔地、托汗·依沙克、梁真惠等各族学者奉献了他们的心血。出版了《〈玛纳斯〉论析》《少数民族史诗〈玛纳斯〉》《〈玛纳斯〉演唱大师：居素甫·玛玛依评传》《〈玛纳斯〉翻译传播研究》，以及"中国史诗"研究丛书中的"玛纳斯论"等一批论著。

第四节　天籁之音：西部的歌与诗

民间本来就存在着大量像《诗经》中的"风"一样的诗与歌，既可以兴、观、群、怨（孔子《论语》），又可以"感于哀乐，缘事而发"（班固《汉书·艺文志·序》），但是，经道学家们一阐释，"风"的内涵却被大大局限了。如汉代的《毛诗序》云："风，风也，教也；风以动之，教以化之"，就把"风"这一民间言情逸志、表达哀乐的艺术形式简单地归结为教化的工具。

由于中国古代的诗是可以歌唱的，所以，历来对诗歌的曲调、音律提出了一定的规范。我国最早的诗歌理论出自《尚书·尧典》，其中这样说："诗言志，歌永言，声依永，律和声"。著名学者**郗慧民**（1934—2007）将它拿来这样解释"歌"，认为"所谓歌就是把人的思想感情用拉长的声调唱出来的东西，而

---

① 胡振华：《柯尔克孜族英雄史诗〈玛纳斯〉及其研究》，第141页。

它的声调又是合乎音律的"①。还有类似的观点认为,"民歌受到音乐的制约,有比较稳定的曲式结构,所以歌词也有与之相适应的章法的格局"②。但是,具体到民歌的内涵和精神,这些传统的定义仍然显得比较笼统。倒是国外学者的一些观点,比较准确地描述出了民歌的一些基本特质。郗慧民的《西北民族歌谣学》对此给予了有限的介绍,他的资料主要来源于20世纪20年代的《歌谣周刊》和朱自清的《中国歌谣》。郗慧民认为:

> 英国学者心目中的歌谣具有以下特质:它是一种能唱的歌曲;产生于民间并为民众所喜爱;靠口口相传而流行并保存;述说简单的故事或表现一定的情绪;与舞蹈密切相关;"民"指不大受文雅教育的社会层③。

上面的论述,涉及了民歌的作者、传播、受众以及演唱形式等诸多方面,可以说是直指民歌——这一口传文学的要害之所在。为什么这样说呢?因为,它贴近和符合民歌产生的历史背景以及流传、演变的特点,揭示了民歌艺术的基本规律。

如果将这一观点引入中国西部民歌的讨论,其特点尤为突出、鲜明。随处可闻的天籁之音,将人们带入了如歌如梦的艺术境界和悠久的民族传统。从11世纪的维吾尔族学者马赫穆德·喀什噶里所著《突厥语大词典》来看,已搜集了不少突厥文和回鹘文的古歌谣,为后世留下了维吾尔、哈萨克等民族先民的早期创作。其中的《狩猎歌》生动简洁地描绘了一幅先民狩猎图,唯一遗憾的是无法揣度它当时演唱的情景。歌词是这样写的:

> 架上猎鹰/跨上骏马追赶羱羊/鹰捕黄羊/放出猎犬抓狐狸//放出猎鹰去抓/放出猎狗去咬/我们用石头打狐狸和野猪/让我们为自己的本领高兴/我的猎狗把它攫住翻倒/撕咬掉它身上的毛/捉住它的头摔在地上/卡住它的脖子弄死了它。④

---

① 郗慧民:《西北民族歌谣学》,民族出版社,2001年出版,第18页。
② 钟敬文主编:《民间文学概论》,上海文艺出版社,1980年出版,第238页。
③ 郗慧民:《西北民族歌谣学》,第26页。《歌谣周刊》第18号家斌译《民歌》一文谈道:英语中把民歌称作FolkSong("民众的歌")或People's Song("人民的歌"),也有称作Ballad的,这是从古法文Balier(跳舞)演化而来的,原意为"歌舞队对合节拍的运动所唱的歌"。另据朱自清的《中国歌谣》记载,庞德在《诗的起源与叙事歌》中有两点关于民歌的论述,他认为:民歌必须满足两个条件:"第一,民众必得喜欢这些歌,必得唱这些歌。它们必得在民众口里活着。第二,这些歌必得经过多年的口传而能留存。它们必须能不靠印本而存在"。
④ 马学良、梁庭望、张公瑾主编:《中国少数民族文学史》(修订本),中央民族大学出版社,2001年出版,第38页。

"人生的大门由歌声为你推开,又由歌声送你进入土中",这是哈萨克诗人阿拜的诗句,它形象地道出了西部民歌与民族生活的紧密关系。生活在西部草原的游牧民族,无论是婚丧嫁娶、欢宴出征,还是进行宗教仪式和祭祀庆典等,都要举行隆重的仪式,而仪式上最主要的一项活动便是演唱各种仪式歌和习俗歌。下面以婚礼歌为例来进行一番观察。

蒙古族的套曲"好来门道"就是伴随整个婚礼进程的婚礼歌。它"包括劝嫁歌(姑娘梳妆、母亲劝嫁)、迎亲歌(赞盛装、赞箭、赞马)、求名宴(新郎敬献奶酒、祝词家向女方求名问属)、沙恩吐宴(即女方二道宴,包括祝酒歌、论酒歌、姑娘的歌、母亲的歌)、迎亲歌(迎亲途中的赛马歌、男女互献哈达所唱的歌)、婚仪歌(包括解帷幕、拜火歌、拜双亲、祝愿歌)"[①]。从此可以看出,即使婚礼,也明显地打上了草原游牧民族的生活烙印。婚礼上也不忘唱"赞箭""赞马"的歌,是因为马是蒙古族的伙伴与助手,箭是他们抵御侵略获取猎物的武器。"拜火歌"的出现,既与他们信仰拜火教的习俗有关,也是生活在高寒地带的游牧民族对生命之火的珍惜与崇拜。还有"男女互献哈达所唱的歌"等,都带有浓郁的宗教文化色彩。

同蒙古族的婚礼歌"好来门道"一样,哈萨克族的婚礼歌可谓是一组大型的"婚礼组歌",充分反映了哈萨克族富有民族特色的婚礼习俗。从女方家的"嫁女仪式"到男方家的"迎娶仪式",始终伴随着相应的歌唱,其中包括:"婚礼序歌、'萨仁''加尔——加尔'、哭嫁歌、远嫁歌、劝嫁歌、揭面纱歌等"[②]。作为开场白的婚礼序歌,是由歌手即兴演唱的关于祝贺婚礼及婚礼安排的内容。传统的程式化的曲调配以即兴编出的内容,主要起助兴和告知讯息的作用。古老的"萨仁"是接亲调,在仪式开始的当晚,由新郎的两名伴郎来演唱,充满深情的劝嫁歌声中必须伴有新娘的恸哭。随之而起的是男方和女方组成的对歌"加尔——加尔",既是赛歌也是规劝、提醒,告知新娘从姑娘变成了人妻,因为"加尔"的意思是情侣、恋人和夫妻一方。下面一段饶有兴味的对歌,就为人们展现了一幅生动的带有民俗风情的画面。它的仪式和嬉嬉、娱乐的意义远远大于实际功能,是一种文化传统的体认,一种民俗文化的传播和生活经验的告知。如:

---

① 马学良、梁庭望、张公瑾主编:《中国少数民族文学史》(修订本),第352页。
② 雷茂奎、李竞成:《丝绸之路民族民间文学研究》,第248页。

男方:从市场买来,/黑色的锦缎,加尔——加尔——噢,/盖住你的头发,/用那黑//锦缎的凤冠,加尔——加尔——噢。/离开了父亲,/你也不必心酸,加尔——加尔——噢,/只要你贤惠,/公公一样慈善,加尔——加尔——噢。

女方:让门前的小河,/永远清澈明亮,加尔——加尔——噢,/让它做我贴身的镜子,/映照出我白皙的面庞,加尔——加尔——噢。/愚蠢的小伙子,/竟说公公跟父亲一样,加尔——加尔——噢,/你们哪里懂得,/谁能比生身父亲慈祥,加尔——加尔——噢。

男方:小白兔总要沿着山岗跑,加尔——加尔——噢,/小白驼长大总要生驼羔,加尔——加尔——噢,/你弟弟会经常去看望你,加尔——加尔——噢,/你何必这样满眼泪滔滔,加尔——加尔——噢。

女方:大花毡上的锦带,/镶就镶上了吧,加尔——加尔——噢,/办喜事用的骆驼,/宰也就宰了吧,加尔——加尔——噢。//说到可怜的我自己,/就等来年再出嫁吧,加尔——加尔——噢,/妈妈听了我的想法,/说是得央求我爸爸,加尔——加尔——噢。

男方:青春焕发的同伴,/青春焕发,加尔——加尔——噢,/就让这只鹞鹰,/从你们当中飞去吧,加尔——加尔——噢,/别以为父亲就是靠山,/别指望得到他的偏袒,加尔——加尔——噢,/送来的牲畜他都要了,/他能为你让自己作难,加尔——加尔——噢。[1]

接下来是一个既定的结局:新娘戴上有穗的头巾唱"哭嫁歌",将心里的委屈、哀怨、痛苦唱出来,这都是一些关于爹娘心狠将自己远嫁之类的话语。"哭嫁歌"之后是向亲人告别的"远嫁歌",新娘唱众亲人应和,凄凄惨惨,心碎肠断。随后,一位长者出面唱一首风趣的"劝嫁歌",顿时,悲伤的场面又化为喜庆。最后的"揭面纱歌"是新娘到男方家以后的仪式,欢快、喜庆的语调中,实际传播、教授的是新娘做人媳的规矩和礼数。除此之外,哈萨克族还有一整套的"葬礼组歌"伴随着从人死到埋葬的全过程,如:报丧歌—吊唁歌—挽歌—告别歌。所以,西部民歌中的"习俗歌"主要承担的是文化传播和仪式的意义。

乔高才让的《藏族民歌初探》[2]将安多藏区的歌谣分为鲁(酒曲)、拉伊(情

---

[1] 雷茂奎、李竟成:《丝绸之路民族民间文学研究》,第251—252页。
[2] 中国民间文艺研究会甘肃分会编:《民间文学论文集》(一),1982年。

歌)、舞蹈歌、描鲁(生活歌)四类,其舞蹈和歌谣相结合的特点十分突出,尤其是其中的"舞蹈歌"。这类用"舞蹈"命名的歌谣,又分泽柔、卓、弦子。"泽柔"是表演歌,"曲调悠扬,边唱边在原地旋转,速度大都较慢,歌词内容大都和生活有关";"卓"又叫"锅庄",是"圆圈舞,曲调深沉高昂,舞蹈一般由慢到快,歌词内容多为颂扬活佛和宣扬宗教的";"弦子"是"一种集体舞,动作活泼轻快,音乐悠扬奔放,节奏明快,歌词内容多赞美劳动、牛羊、草原,与日常生活紧密相关"。

由此可见,"载歌载舞,又说又唱"的西部民歌已经超出了文学的范畴,成为表演各民族生活礼仪,体认各民族独有的文化传统的一种重要媒介和工具。它不但"集文学、音乐、舞蹈、表演艺术、服饰造型艺术等为一体",而且呈现出了"中国少数民族民间口头文学与民间艺术活动相济相生的动人情景"[1]。同时,作为民族文化的活性载体,种类繁多的西部民歌不但"是一种简洁而得心应手的文艺手段",而且其多功能的特点富有巨大的渗透力和穿透力,可以"以歌代言、依歌择偶、以歌咏史、以歌为乐、寓教于歌、以歌传经、以歌酬神,甚至以歌代斗、以歌代吵、以歌代疗"[2]。只要这种口传文学存在的生态和民族的集体无意识依然存在,那么,这种民间艺术活动和民间口传文学的生产就永远也不会停止。

由于西部民歌是传播民族文化的重要载体,所以,不但出现了数以百计的民歌选本[3],而且,各种少数民族文学史著都将它纳入了研究的视野。《少数民族民间文学概论》在考察了包括西部民歌在内的各民族民歌的基础上,提出了靠口头流传、加工的民歌,其"创作的过程,就是歌唱的过程,创作与歌唱是紧密结合在一起的"[4]。《中国少数民族文学概论》在对民歌的韵律类型进行详细探讨基础上,认为手法多变的少数民族民歌,"除广泛采用赋、比、兴及

---

[1] 雷茂奎、李竟成:《丝绸之路民族民间文学研究》,第228—229页。
[2] 梁庭望、张公瑾主编:《中国少数民族文学概论》,第128页。
[3] 主要的西部民歌选有:张亚雄编《花儿集》,中国文联出版公司1986年出版(1940年,重庆青年书店出版);雪犁、柯扬编《花儿选集》《西北花儿精选》,分别由甘肃人民出版社1980年、青海人民出版社1987年出版;《博格达》编辑部编《天山下的"花儿"》,新疆人民出版社1982年出版;郗慧民编《西北花儿》,西北民族学院研究所1984年1月;任国勇编《蒙古族民歌选》,新疆人民出版社1986年出版;马雄福翻译整理的《哈萨克族民歌选》,新疆人民出版社1986年出版;安建均等选编的《裕固族民间文学作品选》,民族出版社1984年出版;《新疆民间文学》(1—4),新疆人民出版社1982年出版;《青海花儿选》,青海人民出版社1958年出版;西宁市文化馆1979年编《青海花儿选》;鲁剑的《西北民歌与花儿集》,甘肃人民出版社2002年出版。以及《中国歌谣集成》的"甘肃卷""青海卷""内蒙卷""宁夏卷""西藏卷""新疆卷"等等。
[4] 朱宜初、李子贤:《少数民族民间文学概论》,第119—121页。

通常的修饰手段,还根据不同语言特点采用了拟音、谐音、回环、复沓、轻重音和多种押韵规则等手法"①,以强化民歌的艺术表达力。中国民间文学集成总编委员会办公室1987年编印的《中国民间文学集成工作手册·中国歌谣集成编辑细则》,在钟敬文主编的《民间文学概论》基础上,提出了民歌的八类分法,如劳动歌、时政歌、仪式歌、情歌、生活歌、历史传说歌、儿歌、其他杂歌,被认为"是当前我国歌谣编辑工作最具权威性的分类方法"②。在诸多的文学史著中,马学良、梁庭望、张公瑾主编的《中国少数民族文学史》对民歌的研究最为全面,不仅涉及各个地域的民歌,而且在介绍的时候又将其按不同历史时代划分,充满了明晰的历史脉络和厚重的历史感。总之,民歌的分法多种多样,既可按族属、地域、作者、体裁来分,又可以内容、表现形式、方法等标准来分,而且,分类法之间也是互相交错的。如西部民歌花儿、藏族的酒曲、哈萨克族的吐列对唱和苏列对唱、达斡尔族的"舞春""舞词"以及祝词和赞歌等等,就是以族属与演唱方法相结合而划分的产物。但不管怎么说,民歌的分类依据仍然在歌谣本身,即:作为文学样式之一的歌谣在"本体方面的性质和特征",以及"与歌谣有关的背景方面的性质与特征",这是郗慧民的《西北民族歌谣学》的理论贡献之一。作为近年来国内出版的不多见的歌谣学论著,它从歌谣的观念、分类、内容、研究、格律、艺术构思、社会功能以及与民俗的关系等方面,对西北歌谣进行了深入、科学的研究。无论是个案的剖析还是理论上的探索,都可以说是取得了不少令人信服的突破。雷茂奎、李竟成的《丝绸之路民族民间文学研究》虽是一部系统研究丝绸之路民间文学的专论,但其对丝路民歌的考察却是独到而新颖的:由于审美心理的不同和各民族相异的民族语言,从而赋予了丝路民歌"在艺术形式上的带有民族与生俱来的特质",以及丝路民歌"在结构、节奏、韵律、手法等方面呈现出较大的差异"。此外,该书在深入研究丝路民歌艺术形式的同时,还对哈萨克族"习俗歌"和维吾尔族"情歌"进行了翔实的探讨。

下面以花儿为例对西部民歌的一些特点进行考察。

之所以特意将花儿和花儿会专门提出来,主要是因为花儿的形成、演唱和传播具有别样的韵味和特征。不但它的流播特点国内罕见,而且,"花儿会"

---

① 梁庭望、张公瑾主编:《中国少数民族文学概论》,第128页。
② 郗慧民:《西北民族歌谣学》,第54页。

所形成的特殊的文化氛围,也恐怕是"当今世界上的任何一个音乐会和音乐节都无法比拟的"①。作为一种即兴演唱的山歌,它产生和流传于甘、宁、青、新四省区,是回、东乡、撒拉、汉、土、保安、藏、裕固八个民族用汉语创作和演唱的一种民歌;作为一种与民俗文化紧密相关的对歌活动,规模宏大的花儿会所营造的特殊的文化氛围,将花儿的创作、演唱和听众置于同一时空,这不但刺激了花儿歌手的即兴创作和演唱激情,而且使得这一集体性的对歌活动成为一种罕见的文化现象。针对花儿的这些特点,研究者罗耀南做了如下精彩的概括,他说:

> 花儿不是一种简单的区域性民歌,而是一种极具文化模式的传统文化载体,而且是体现多民族文化心理的兼容性很强的边际文化品种。……在西北乃至国内各民歌中,像花儿这样能流传于四省区八个民族的民歌实属罕见,而像花儿的曲词这样格律严谨特殊、曲令丰富多彩的也不多见②。

就其大的类型来看,花儿主要分为河湟型花儿与洮岷型花儿。前者因其故地在黄河与湟水流域而得名,也就是今天的花儿主要流传地——甘、青两省交汇的一些地区。宁夏、新疆则是河湟花儿的飞播地,因为这两个地区流传花儿的地方与"花儿"的原产地中间有很大一片不唱"花儿"的空白地带。"洮岷花儿"因其最早产生在洮州(今临潭)和岷州(今岷县)而得名,主要流传在甘肃境内的临潭、岷县等八县。类型上的差异,不仅表现在曲调、体裁、内容、演唱形式方面,而且也体现在它的传播形式以及传播途径上。花儿的曲调是令,河湟花儿的令多达上百种。花儿令的命名有一定的规律,在令前冠以地名(如《河州令》《孟达令》)、族名(如《撒拉令》《保安令》)、花名(如《白牡丹令》),以及人们的行为(如《下四川令》《扳船令》)、反映的对象(如《脚户令》)等等。河湟花儿的令既可以一曲多词也可以一词多曲,主要调式是五声徵调或商调式。洮岷花儿的基本曲令只有两个,以歌唱地区命名的令与该令的流行范围重合,如:《莲花令》就流行在以莲花山歌唱中心为主的洮河流域的北部,称为"北路派";"南路派"是《阿欧令》,以二郎山歌唱中心为其流行地区,其调式以五声调式中商调为主。花儿的令虽有基本的旋律和调式,但不

---

① 赵宗福:《花儿通论》,青海人民出版社,1989年出版。
② 罗耀南:《花儿词话·序》,《花儿词话》,青海人民出版社,2001年出版。

同民族不同场合不同歌手的即兴发挥却使它呈现出了一定的差异,即民间所说的"十唱九不同"。这种"民间口头文艺流传中的变异现象",是"花儿曲令不断发展的重要因素"①。所以,就花儿的整体风格而言,河湟花儿高亢、悲凉、忧伤,充满着浓烈的抒情色彩;而洮岷花儿曲调单纯、节奏自由、色彩明快而又婉转,有较强的诉说性和叙事性特征。

"花儿本是心上的话,不唱是由不得自家,刀刀拿来者头割下,不死时还这个唱法",一首歌道出了花儿的个性和风格。因为花儿中男欢女爱、心酸悲苦的题材最为震撼人心,所以人们常以"苦心曲""爱情花儿"来称呼花儿,但是,这显然是一种缺乏科学性和准确性的概括。花儿的题材、内容十分丰富,远远超越了这一局限,涉及社会生活的方方面面,充满着浓郁的民族色彩、地域风格和时代特征。

柯扬(1935—2017),甘肃宁县人,兰州大学文学院教授,民俗学家。先后担任甘肃民间文艺家协会主席、中国民俗学会副理事长、中国民间文化遗产抢救工程专家委员会委员,长期从事民间文艺学和民俗学的教学与理论研究。主编《西北民俗文献》(二十六卷),完成《中国民间歌谣集成·甘肃卷》《中国民间故事集成·甘肃卷》的编撰,参与了高校教材《民间文学概论》《民俗学概论》等书的撰稿和编辑,出版花儿研究论集《诗与歌的狂欢节——花儿与花儿会之民俗学研究》等,先后荣获第八届中国民间文艺山花奖民间文艺成就奖等奖励。

早在1963年,柯扬就在《民间文学》6月号上刊发了他的第一篇研究花儿的文章《在莲花山花儿会上》。时隔二十年的1981年,《兰州大学学报》刊发了他的论文《花儿溯源》,这是他研究花儿起源的重要论文,也是花儿起源中重要的"明代说"的正式提出。2000年《江苏社会科学》第3期上的论文《苏皖古俗在甘肃洮河流域的遗迹》,是柯扬花儿起源"明代说"的继续和补充。在这篇论文中,他提出了"洮岷花儿",即在"洮河流域的岷县、卓尼、临潭、康乐、临洮、渭源等县所流行的山歌","它的产生,与明初苏皖移民颇有关系"。21世纪之交,柯扬先后在国内外发表《花儿会——甘肃民间诗与歌的狂欢节》(1997)、《花儿流布的区域及其格律》(2000)、《听众的参与和民间歌手的才能——兼论"洮岷花儿"对唱中的环境因素》《莲花山花儿程式论》(2002)等。尤其是2004年7月在中国传统音乐学会暨第一

---

① 郗慧民:《西北花儿学》,兰州大学出版社,1989年出版,第291页。

届花儿国际学术研讨会上的会议论文《研究宜求新,开发应求变——关于深化花儿研究及花儿演唱活动产业化的两点思考》,对花儿研究、创新提出了新思路、新方法,这是一篇对花儿研究具有指导意义的文章。柯扬还是一位长期深入田野调查的学者型花儿民俗学家,因为立足生活实际,他的许多新见都来源于他的田野观察和思考,论证严密,逻辑性强。同时,作为一名对大地和民俗生活充满感情的学者,他的思考也是感性的,充满着浓烈的情感。几十年来,他在莲花山下的足古川村留下了难忘的记忆:

> 这只有两百多户人家的幽静山谷,每年只有这几天才变成歌海,就在这儿的每块岩石、每株树、每朵野花、每棵草都被歌声所浸透,更不要说"朝山友"们的心灵了。置身于这汪洋歌海之中,使人欢乐,也使人振奋。正如一位歌手所说:"痛痛快快地唱这么几天,一年的乏劲都散了。"这话,大约代表了全部歌手们的心声①。

柯扬还从花儿产生的"经济基础和社会原因"入手,分别对流传在临夏的回族花儿以及洮岷花儿的特质进行了研究。他认为,前者作为"出门人的歌",最初的产生与"花儿"的创作者之一——回族负贩远行、出外谋生的生活传统密切相关②,充满了浓烈的流寓色彩和悲情色彩。如下面一首花儿,就表现了"出门人"对家的思念:

> 十八马站三座店/哪一个店口里站哩/十个指头掐着算/哪一个日子上见哩//一卖了鞭子二卖了马/三卖了梅花镫了/一想娘老子二想家/三想了连心的肉了//走罢凉州走甘州/嘉峪关靠的是肃州/挣上些钱了回家走/心上的尕妹(啦)看走。

一首"八来歌",道不尽心酸的离人泪。这是"屋里人"对"出门人"的苦苦企盼与等待:

> 白纸上写一颗黑字来/黄表上拓者个印来/有钱了带一匹绸了来/没钱了带一匹布来/有心了看一回尕妹来/没心了辞一回路来/活着了捎一封书信来/死了是托一个梦来!

---

① 柯扬:《诗与歌的狂欢节——花儿与花儿会之民俗学研究》,甘肃人民出版社,2002年出版,第7页。
② 柯扬:《具有代表性的回族花儿——"出门人的歌"》,《诗与歌的狂欢节——花儿与花儿会之民俗学研究》。

正是因为回族的经商、从军、迁徙、移民,才使得花儿歌随人走,"飞播"到了新疆、宁夏的一些回族聚居地。反过来,从新疆回族花儿中也可以寻找到临夏回民迁徙新疆的踪迹,如:

> 圆不过月亮方不过斗/十三省好不过兰州/跟上个阿哥西口外走/新疆的生活(哈)过走。

如果说,这类充满流寓色彩的"出门人的歌"是回族花儿最初的本色,后来才被其他民族吸收、传唱,那么,"洮岷花儿"却是"典型的农民的花儿",其"作者活动范围被小块土地所束缚,具有'生于斯,长于斯,死于斯'的小农经济的特点"①,传播地区明显比"河湟花儿"狭窄。此外,"洮岷花儿"还与传统的农业祭祀活动密切相关,如其中就有"求雨歌""散雹歌""求子歌""神花儿"等。柯扬所论述的回族花儿产生和传播的内在原因,以及农耕区花儿传播受限的问题,解决了花儿中长期遗留的一些难题。

由此可见,花儿的产生、传播存在明显的地域差异。仅就花儿会这一即兴创作的对歌活动(同时也是花儿传播的重要媒介和空间)来说,只在甘肃、青海两省的花儿流传地举行,新疆、宁夏作为花儿的"飞播地"是没有"花儿会"的。甘、青的"花儿会"多达数百场,仅临谭一县每年就有五十二处。花儿会举办时间大多集中在农历的五、六月,这正是甘、青一带的农闲时节。洮岷的花儿会以对唱为主;而河湟的花儿会以独唱和齐唱为主。前者伴随着一系列气氛热烈的民俗活动,独唱、领唱、对唱、合唱交互进行,歌声震天;后者"虽有对歌场面出现,但竞赛气氛不浓烈,以自娱为主",对歌气氛没有莲花山会那样紧迫,呈现出"无拘无束,自在舒展"②的特点。

莲花山地处康乐、临谭、临洮三县交界处,每逢农历的六月初一至初六,这里便有民间自发的即兴对歌活动举行,这就是莲花山花儿会。作为"洮岷花儿"的两个歌唱中心之一,这一花儿会无论是在规模上还是在对歌形式上,都有许多值得研究的突出特点。花儿会的程序一般分为四大阶段,即"拦路听歌、朝山献歌、联欢夜歌和紫松山祝酒歌别"③,整个过程充满了浓郁的民俗色彩。农历六月初一和初二,花儿会开始,周围七县多达数万人的各族乡亲纷纷

---

① 柯扬:《诗与歌的狂欢节——花儿与花儿会之民俗学研究》,第33页。
② 王浩:《花儿会漫笔》,《青海湖》,1979年第9期。
③ 柯扬:《诗与歌的狂欢节——花儿与花儿会之民俗学研究》,第3页。

涌向莲花山。于是,从莲花山附近的村庄开始,来自四乡的歌手和"赶会人"便被一道道的马莲草绳拦住了去路,这一拦路对歌的开始,便标志着一年一度的花儿会拉开了序幕。马莲绳子一道解开又出现了一道,歌手的对歌一首接一首,整个莲花山遂成了歌的海洋。初三、初四的白天,漫山遍野的歌手结伴游山,一边对歌,一边登山,使"朝山献歌"达到了高潮;夜晚的莲花山下,长达十里的足古川里,灯火通明,歌声沸腾。"联欢夜歌"中,每一座帐篷里都在对歌、唱歌、听歌,每一个人都被歌声陶醉,无论是唱家还是好家,甚至"连这儿的每一块岩石、每株树、每朵野花、每棵草都被歌声所浸透,更不要说千万个'朝山友'的心灵了"①。六月初五,人们带着从山上采来的枇杷叶、松柏枝,唱着花儿向三十里外的王家沟门移动,夜宿草坡,围着篝火又是一夜歌唱。初六一早,人们登上了康乐和临洮交界处的紫松山,这是花儿会的最后日子。所以,从下午开始的花儿对唱便已蓄满了离愁别绪,声声离别歌,道不尽的哀伤与渴望:

——说了一声去的话/眼泪就连袖子擦/忙把系腰穗穗抓/心上就像箆子刮!

——手拿镰刀割柳哩/赶紧收拾就走哩/麦子黄者招手哩/明年再唱还有哩!

学者郗慧民认为:

莲花山的花儿歌唱活动并不局限于莲花山花儿会本身,它以莲花山为中心,在方圆一二百里的范围内,共有七十四个会场,共同组成一个莲花山"花儿"演唱活动系统。其演唱时间由每年的农历正月十五开始,直到十月初一结束,持续达全年的四分之三时间②。

对这一无拘无束地放歌在青山白云间的口传艺术和花儿会形式,柯扬给予这样的描述,他说:

民间目不识丁的庄稼汉们的情感的抒发,心灵的歌唱……是一种天籁,化为诗歌喷发出来,又还给大自然。他们的不幸与欢乐,只向神灵诉唱;他们的思绪与希冀,只向乡亲表达;他们的爱意与性的渴求只向情人

---

① 柯扬:《诗与歌的狂欢节》,第3页。
② 郗慧民:《西北花儿学》,第353页。

倾泻。……成千上万的普通劳动者,民族不同,职业不同,性别不同,年龄不同,脾性爱好不同,却都凭着心灵的感召和传统节令的指点,一年一度,从几十里几百里外的大山深处,走出田园的辛劳,丢下家务的拖累,摆脱礼教的束缚,冲破人心的防范,热热闹闹地汇聚在一起,投入大自然的怀抱,大唱特唱,一唱就是几百年①。

所以,一年一度的花儿会既是一次花儿竞唱会,也是一次花儿的即兴集体创作,更是一种极具大众化色彩的花儿传播活动。新花儿被歌手、被好家、被听众带向了四面八方。岁岁年年人不同,歌也不同,花儿就这样在流传和生存着。

有关花儿产生的历史,历来说法不一,但大致的形成时代当追溯至元、明时期(柯扬、郗慧民、刘凯等人基本持这样的观点)。这是截至目前比较接近史实的观点。花儿的研究、整理开始于20世纪20年代,地质学家严复礼乃第一人。严氏在甘肃进行地质勘探时被当地传唱的花儿所吸引,遂悉心收集。1925年的北京大学《歌谣周刊》上首次发表了他搜集的三十首花儿。中国最早的一本花儿研究及作品集——《花儿集》出版于1940年,是由甘肃榆中籍人张亚雄编著,重庆青年书店出版的。其中,上编为《西北山歌"花儿"集叙论》,下编为作品选,全书共搜集花儿六百五十三首。由于该书介绍了大量西北的民俗风情和花儿艺术,所以,引起了内地文化艺术界人士的普遍关注。新中国成立后的1953年,随着花儿选本的不断问世,著名花儿歌手朱仲禄、王绍明、马占祥首次登上了北京的文艺舞台,使得花儿通过"全国民间音乐舞蹈会演"这一舞台媒介与北京和全国的观众见面,优美的花儿以自己独特的魅力吸引了人们。在大量出版的花儿研究著作和各种作品选中,柯扬(《诗与歌的狂欢节——花儿与花儿会之民俗学研究》)、郗慧民(《西北花儿学》)、魏泉鸣(《花儿新论》《中国"花儿"学史纲》)、刘凯(《西部花儿散论》)、赵宗福(《花儿通论》)、屈文焜(《花儿美论》)、王沛(《大西北之魂——中国花儿》)、汪鸿明(《中国花儿源流史稿》上下卷)等学者的论著对花儿艺术进行了系统、深入的研究。还有大量关于花儿文化的专论,如第一部专门研究洮州花儿的《洮州花儿散论》(宁文焕),专门研究河州花儿的专著《河州花儿研究》(王沛)、《河州花儿》(郭正清)等,以及以词话方式研究"河湟花儿"的《花儿词话》(罗

---

① 柯扬:《诗与歌的狂欢节·自序》。

耀南)、首次以编年史的体例对中国花儿文化史进行梳理与概括的《中国花儿文化编年史》(徐治河)、中国花儿研究史上第一部运用音乐人类学原理对中国独有的花儿现象及传承者——民间歌手进行全方位立体研究[①]的《花儿王朱仲禄——人类学情境中的民间歌手》(张君仁)、花儿国际学术研讨会论文选《中国花儿新论》(陈元龙主编)、新世纪青海省第一部花儿研究专著《青海花儿论集》(2006年,青海江河源文化研究会、青海花儿研究会编)、两部收集花儿曲令较全的工具书——《中国花儿音乐曲令大典》(王魁编著)和《中国花儿曲令全集》(王沛著)等。在这些研究论著中,鲁剑编著的《西北民歌与花儿集》是一本从内容到体例都富有特色的作品,文化自觉和生活积累使研究者冲破了一些传统的框架,从而使搜选作品的视野首先得到了解放。对西部民歌和花儿容量的拓展实际伴随的是一种对西部文化生态的体认,这就是他不但将"酒曲"列入花儿民歌,而且,将具有地方特色的曲目"兰州鼓子""太平歌"等纳入了西北民歌的范畴。充分注意到了"元散曲""明清西调"和其他传统的地方曲艺与花儿等西北民歌的关联。关于这一点,其实在学者郗慧民的著作中是可以找到印证的。在谈论"花儿"所受的文化影响时,郗慧民认为:由于河州地区和洮岷地区受到的文化影响有较大差异,所以,"两种类型'花儿'各自带上了自己的特点",尤其是河州花儿在文学方面"受到唐代曲子词和元散曲的影响"[②],等等。由此可见,《西北民歌与花儿集》的编选标准并非空穴来风,当然,它的不足也是客观存在的。

[①] 徐治河:《中国花儿文化编年史》,甘肃人民出版社,2006年出版,第134页。
[②] 郗慧民:《西北花儿学》,第271页。

第十一章　现代西部文学制度与文学思潮

西部文学之所以在20世纪末的最后二十年异军崛起,成为20世纪中国文学的一支重要的"西路军",诞生出一大批与内地文学迥然相异的文学作品,除了受到全国思想解放浪潮和各种文学思潮的影响,也与西部地区文学氛围的热烈、浓郁有直接的关系。构成这种文学环境、氛围的因素,首先是一家文学评论期刊在全国、在西部地区的巨大影响力和以该刊为中心的西部文艺评论界的声音;其次是西部地区众多的文学期刊、报纸和文学社团活动。这些文化机构和批评家、编辑家、文学青年乃至为数众多的读者的共同发力与涵养,使得西部地区在某个季节形成了前所未有的良好的文学生态环境。土质肥沃而独特,雨水充沛,气候温和而宽松,文学的庄稼也就得以蓬勃生长。还有一个比较醒目的现象是,西部新文学中出现的英雄主义、生态主义和神秘主义思潮,与内地文学迥然有别。关于这些文学水流或暗流的评判,学术界见仁见智,但它们无疑是特殊的,是西部文学中独有的,因而值得特别关注。

第一节　《当代文艺思潮》与西部文学研究

"文革"以前,中国文学界几乎听不到来自西部的评论的声音。其原因是,除了理论家陈涌等人外,西部没有真正的文学评论家。所谓文学评论,只不过是在文学期刊上配合作品发表一些阅读印象而已。文学理论家陈涌曾任教于西北师范大学,发表过引起争论的文学论文,但也只是一时的波澜。青年评论者如孙克恒、肖云儒、谢昌余、余斌等刚刚崭露头角就遇上了"文化大革命"。因此说,西部没有形成真正的文学评论队伍。"文革"以后,与西部文学创作的蓬勃兴起同步,西部出现了实力颇为强劲的一支文学评论家和文学评论编辑队伍。西部评论界对中国文学创作发出的独特声音,曾经使整个中国文学界为之侧目。甚至西部文学评论界一度受到全国文学界的持续关注，在一定程度上影响了人们的思想。20世纪90年代中期以后，西部文学评论界的队伍开始分散，声音渐趋微弱，滑入了一个新的低谷时期。新世纪以来，西部的文学评论家一方面埋头研究西部文学史，另一方面也在酝酿西部文学评论的重新振兴。

西部文学评论界在80年代的迅速崛起，首先是与《当代文艺思潮》杂志的出现分不开的。1982年前后，是中国文艺诸种思潮冲撞很激烈的一个年代。一方面，朦胧诗及其诗学观的崛起，批判现实主义文学的大潮迭涌，人道主义思想的再度受到重视，西方哲学思想、现代文艺思潮的涌入，思想解放运动的持续深入，使得中国出现了思想与文艺空前活跃的局面。另一方面，保守主义思想亦频频出动，中国文学界仍旧笼罩在一种极左思潮的阴影之中，文艺界的思想交锋、冲撞空前激烈。在这种形势下，《甘肃文艺》杂志的资深理论编辑谢昌余、余斌等人，开始筹划创办一份名为《当代文艺思潮》的杂志。1982年春，《当代文艺思潮》创刊号问世。其时只有四位编辑：总负责人谢昌余，负责人余斌，编辑李文衡、管卫中。次年，魏珂、陈德宏、屈选陆续进入编辑部。创刊伊始，该刊即将主攻方向定在了"追踪文艺思潮，革新研究方法"方面。在指导思想上，该刊立志实践"百家争鸣"的文艺方针。1983年初，该刊发表青年诗人徐敬亚的长篇论文《崛起的诗群》，立即在全国文学界引起一场轩然大波。该文作者是朦胧诗潮中涌现出的新锐诗人之一。他对朦胧诗的分析和阐述，集中代表了朦胧诗群的美学主张。一个新流派的出现，一方面观念新异，锐气四射，一方面不免有一些排他性，难免对其他诗歌流派有一些不无偏激的批评。后者涉及对中国"十七年"诗歌、古典诗歌的评价问题，立即引起了一些老诗人们的强烈质疑。由该文引起的全国诗歌方向大讨论历时一年多，有专家将谢冕教授、孙绍振教授和徐敬亚关于朦胧诗的三篇影响甚大的论文概括为"三个崛起"。1984年至1986年，中国文艺界的气氛进一步宽松、活跃。该刊发表了一大批中青年评论家、理论家的新意迭出的论文，意在从理论上创新，推动中国文艺的繁荣和发展。1985年，该刊推出"第五代批评家专号"集中发表了当时活跃在中国文艺批评界的一批青年评论家、理论家的论文，这是第五代批评家的一次整体学术展示。1986年，该刊与《诗刊》杂志社联合在兰州举办了全国诗歌讨论会。来自全国的诗歌评论家和诗人们就中国新诗的若干重要问题进行了热烈而坦诚的交流与讨论。1983年至1986年，是该刊的鼎盛时期。这本来自中国大西北的学术杂志，以其新颖的内容和开拓气度，吸引了全国众多读者与文艺工作者的注意力，获得了读者、作者和业内专家们的高度评价。刊物发行量达一万多份。1987年，该刊停办。

《当代文艺思潮》杂志虽然只存在了短短六年，但它对振兴西部文学评论所起的作用是巨大的。正是因为有了这么一块阵地，西部文学评论界才形成了一股凝聚力，它发出的声音才获得全国学术界和读者群的高度重视。西部地区的作家、评论家也借此被推向全国。其次，该刊以其关注中国文学、敢为天下先的气度与魄力，对中国文学评论研究界、中国文学创作界，产生了相当的影响力，其影响表现在下述几个方面：一、1982年前后，中国文学评论的主体部分，仍然是关于某位作家、某部作品的微观评析，且理论尺度颇为陈旧、简陋。当时已有一些宏观研究论文出现，但数量、质量均有限。《当代文艺思潮》的编辑们意识到，文艺思潮对创作的影响力是巨大的，譬如朦胧诗思潮席卷全国诗界、影响几代诗人的创作思维，就颇能说明问题。另外，对研究界来说，把握宏观棋局，洞察潮起潮落，分辨腐朽僵硬的文艺观和充满活力的文艺观的是非曲直，破除障碍，推动文艺创作健康生长，至少与微观研究同等重要。当时中国的文艺思想碰撞交锋异常激烈，文艺流派、群落正在形成，创作界正呈现出一潮替代一潮成为主流的局面。因此，加强宏观分析十分重要。基于这样的认识，该刊设立相应栏目，审稿时偏重择取扎实优秀的宏观分析文章，发表了一大批关于寻根文学、知青文学、改革文学、女性文学、地域文化文学、朦胧诗群、大学生诗群、意识流、心理分析文学、"右派"作家文学、军事文学、青年批评家群体的研究论文。这种刻意努力，使我国文学宏观研究的水准获得一定程度的提高和推进。该刊发表的不少选题新颖、卓有建树的论文被《新华文摘》《中国现当代文学研究》等刊物转载。当然，也有少数宏观分析文章略显空洞、生硬，重视了作家作品群的共性，而忽略了作家的个性。二、1982年以前的文学批评，多采用社会学乃至庸俗社会学、政治研究法，方法单一，角度陈旧，思路多相似。该刊的另一个宗旨，是"革新文艺研究方法"，即根据对象的不同，采用新的切入角度，运用新的研究方法，呼唤中国文学研究自身的吐故纳新，推动评论的百花齐放和研究水准的提高。基于这种初衷，该刊发表了一系列用数学、心理学、哲学、美学、系统论、信息论、结构主义、解构主义、结构—功能理论、神话—原型理论、未来学、文化人类学、地理环境、比较文学、个人传记等学科眼光透视文学的论文。这些论文角度新颖，思路奇特，令人们大开眼界。虽然各篇论文的结论未必人人首肯,但它们开启了人们的思路,寻求新方法、新角度在中国文学研究界一时蔚然成风。时人称1985年为中国评论界的"方法年",1986年为"观念年",当与该刊的倡导、推动有密切关系。三、该刊十分注意开拓新的研究领域。譬如80年代以前,文学评论只研究作家与创作,而评论家本身和评论自身,却被不约而同地划在研究视野之外。该刊认为,文学评论是文学整体的有机部分,评论家应当有个人的鲜明个性,应当予以研究。该刊开设了相关栏目,展开对评论的评论和对评论家的介绍、分析、评价,先后发表了对数十位老、中、青评论家的分析文章和对第四代、第五代批评家群体进行比较分析的文章,填补了这一研究领域的空缺。又如,80年代初,西部地区的文学创作蓬勃兴起,该刊首先正式打出"西部文学"的旗号,邀集国内众多批评家、作家笔谈,发表了一批有相当学术水准的研究论文,为西部文学的研究廓清了一些基础问题,引导这方面的研究向深层掘进,成为研究西部文学的一块主要阵地。

《当代文艺思潮》杂志编辑部的七位编辑人员,在编辑工作之余,人人握笔著文,各有研究方向,逐渐成为西部地区的一支精悍的评论家队伍。

余斌(1938—),云南昆明人,1960年毕业于四川大学中文系。在《甘肃文艺》杂志任评论编辑十余年,积累了丰厚的多学科学识和文学识见。1982年起,由他与谢昌余具体策划、设计栏目与宗旨,创办《当代文艺思潮》杂志。该刊存在六年,余斌始终为业务核心人物。《当代文艺思潮》的学术风貌,很大程度上是余斌文艺识见的外显。他一方面借助编稿方式,间接表达他对中国文学的看法。一方面在《文学评论》《文艺报》《当代文艺思潮》等杂志发表文学论文多篇。其中《论现实主义的深化》一文获《文学评论》杂志优秀论文三等奖。由于主要投身于编辑工作,余斌撰写的文学评论文章数量并不很多,但其论文篇篇视野开阔、见解独特、学术扎实、文风质朴,表现出了一位老编辑对中国文学大局和文艺思潮变动情况的敏感和独到观察,对中国社会、政治、经济状况积蓄多年的深切体悟,表达了他对真正的现实主义文学精神的热切向往与赞许。1987年起,余斌转向西部文学研究,发表长文《论中国西部文学》,1991年完成学术论著《中国西部文学纵观》。《论中国西部文学》是西部文学研究中出现的第一篇具有坚实、缜密的科学价值的学术论文。该文刊出后,即被《文学评论选刊》全文转载,并在整个西部文学研究界产生了思路上和学风上的深刻影响。《中国西部文学纵观》则是该文思路的进一步展开。

在这部论著中,余斌以学者严密审慎的实证分析理清了西部的文化地理格局、历史传统背景和西部文学的内涵、外延,继而勾勒了80年代以前和以后两个阶段的西部文学的动态演变历史;厘清了80年代西部文学受国内外文学思潮的影响,从盲目的"跟跟派"角色中挣脱出来,自觉追寻独立品格,以独特的风姿立于西部边疆的过程,有力地论证了西部文学在全国文学格局中占据的特殊而重要的地位。在对具体作家进行个体分析时,出于对来到西部的同代异乡人的独到理解,余斌对昌耀、王蒙、张贤亮这一代"流亡"作家的创作,给予了特别的关注,做了异常深入、精辟的阐释与发挥。他一针见血地抓住了这一代作家共有的忧患意识,乃至把忧患意识认作是"西部文学之魂"。余斌不是泛泛地谈忧患意识,他更为关注的是西部人特有的忧患意识,即带有浓烈的流亡色彩的忧患意识。他潜入西部历史之长河,专门探究了"被动型移民"的悠长历史及其深远影响;又贴切地运用原型批评方法,从历史上不绝如缕的西部流亡者行列中找出了他们的精神祖先——轩辕黄帝的罪臣茹丰氏,分析了历代流亡西部的士大夫们的特殊心态和当代流亡作家们骨子里隐藏的相类的东西。他对王蒙、昌耀、张贤亮等三位有着共同心理背景、相似经历而精神特点却各不相同的作家的分析,的确是深邃的,别有洞见的。此外,余斌对扎西达娃、艾克拜尔·米吉提以及马丽华等有着少数民族心理背景和宗教意识的年轻作家,给予了特殊的关注。他对扎西达娃小说的历史深度和现代意识所做的分析与估价相当准确。在文学界对作家马原的小说叙述探索不假思索一致予以喝彩时,他指出了马原潜在的文明人的"优越感",对马原将小说叙述艺术的探索异化为叙述游戏、智力游戏提出了批评。这些都显示了一个批评家不人云亦云、直陈己见的见识和勇气。在评论语言上,余斌采取一种亲切轻松、质朴而直切要害的表达方式,形成了一种具有个人特点的评论文风。

谢昌余(1936—),陕西安康人。1960年毕业于西北师范大学中文系,曾任《甘肃文艺》杂志编辑、甘肃省文联副主席、甘肃人民出版社副总编辑。谢昌余首先是一位思想解放、实事求是、具有民主作风的文艺领导人,同时又是一位具有文人气质的知识分子。在特定的历史环境中,他的角色殊难扮演。一方面,他是领导者,必须紧跟政治形势,坚持政治原则;另一方面,他又是一个真诚的、具有洞察力的编辑与评论家。他必须要把这两者糅合在一起。他的编辑活动与评论文字因此常常呈现出一种矛盾状态。作为《当代文艺思潮》杂志的总负责人,他一方面对新思想、新观念、新人表现出倾心的赞许,主张理论杂志要有一种"敢为天下先"的思想勇气。正因为如此,《当代文艺思潮》杂志的种种开拓性、独创性举动,或出自他的策划,或得到了他的支持。但另一方面,他又努力地、自觉地协调与主流话语的关系。他是一位在特定年代里卓有识见、具有魄力与风骨的出色文艺领导者,但还不能说是一位优秀的评论家。谢昌余的文艺评论活动,应追溯至60—70年代,1979年起到1986年前后,谢昌余写出了一大批关于甘肃作家作品的评论。凭借着良好的艺术感觉能力和理论素养,他常常从这些作品现象中,提炼出一些具有普遍理论价值的命题,且不乏真知灼见。但由于他当时担任甘肃文联负责人,他的评论中又掺杂、缠绕着许多当时的主流意识。他的努力,往往是将这些相悖相斥的观念糅合得大体一致,既坚持政治原则,又尽量能够贴合艺术规律,自圆其说。这是当年有艺术良知的评论家特有的尴尬与苦衷。谢昌余本可以有更多的理论建树,然而世事沧桑,人生曲折,他有许多夙愿终未能如愿。

在《当代文艺思潮》杂志的青年编辑中,管卫中与屈选是颇具个人风格的两位青年评论家。

管卫中的文学研究兴趣主要投注在两个领域:"文革"后的中国文学和西部文学。他的文学评论有一个鲜明的特点:大处着眼,力求全局在胸;小处贴近实际,力求凭艺术感觉准确捕捉作家作品的特殊性。他对中国文学态势的判断,来自对众多作家作品的潜心涵咏,故他心目中的文学形势图,与常见的说法迥然相异,颇有新意。他对具体作家作品的分析,既注重作家个人的特殊经历、特有心态、思维模式、表达习惯及其创作状态的起落浮沉,又有宏观棋局在胸,故能准确地看出这一个或这几个"棋子"的特殊性与独有贡献何在。譬如,在《西部的象征》一书中,他撇开了学术界关于新时期文学是沿着伤痕文学—反思文学—改革文学—寻根文学—文化文学……的线路向前推进的传统说法,依据自己的阅读判断,勾画出了一幅当今中国文学形势图。他认为涌流在当今中国小说原野上的三条最大的河流是:反省农民—民族文化的小说;剖露都市文明旋涡中的人类灵魂糜烂和异化状态的小说;现代原始主义小说。有研究者指出:"这一独创见解拨开80年代繁杂的文学现象表面,在人们眼前呈现出新时期文学创作的清晰脉络,为文学史的断代研究提供了重要参考价值。"[①]随后,在陆续发表的《现实主义的一支主脉——20世纪的中国小说纹

---

① 李文衡主编:《甘肃当代文艺五十年》,甘肃文化出版社,1999年出版,第553页。

脉之一》《真假现实主义》《旧文明的批判与新人格的寻觅——当前小说中的思潮动向考察》《投向西部文明》等论文中,分别对陕、晋、鲁、豫、甘等中部农耕区的作家们剖析农民——汉民族文化的两支小说或回避严峻现实或直面文化癌症的状态,进行了犀利的分析,准确估价了它们或肤浅或深邃的文学价值;对都市中王朔等人为代表的准现代主义小说和以厌恶异化了的现代都市文明为心理背景、向原始文明、向过去了的时代寻找真人灵魂的现代原始主义小说,做了别开生面的实证分析。此外,在《历史与文明的叩问者》《独唱的陈染》《现代荒原上的招魂曲》《突破模式的包围》《军事文学中的人道主义》等论文中,他借助对散文作家周涛、小说家陈染、邓九刚和军旅作家群的个案分析,倾述了他对中国文化人格病态的警觉,对独立人格的叹赏,对历史散文、私人化小说、军旅文学等文学支流的独到观察与见地。管卫中对中国"文革"后文学的研究,理解独特,自成格局,对后来的学术研究当有一定的参考价值。其次,早在《当代文艺思潮》任编辑时,管卫中即负责西部文学研究的组织与筹划。作为一个土生土长的西部人,他自己也投入了对西部文化、文学的考察之中。为避免某些研究者不明实况、闭门造车、凭空玄想的弊病,他曾经实地考察过西藏、新疆、内蒙古、青海等地的地理环境以及因此产生的各民族文化,并查阅了大量的西部历史、民族史、宗教、地理等类图书。这样,他对西部的文化土壤就有了一个切实的了解。他发表的《西部文学:在西部文化土壤上》《寻找西部小说的现代品格——西部青年小说家群描述》《新一代知识分子对底层社会文化的选择与扬弃——对西部文学中一种精神文化现象的观测》等一系列文章,特别是论著《西部的象征》,多从西部特殊的地理、历史、文明形态入手,探究西部文化的特殊性、本土作家的特有心态,以及外来两类作家的不同遭际与迥异的创作思路和西部文学各个支流、群落的创作态势与动态流变。他凭借对中国内地文学脉络与格局的熟悉,与西部各路作品展开比较分析。如研究者所言,"他把西部小说作为当代中国文化和文艺思潮洪流中的一股重要的水源,放在中国文学总格局的大背景上,去考察西部小说所蕴含的一些正在生长、发育的最重要的特质,分析作为一种文艺思潮的西部文学(重点是小说)与涌流在全国的文艺思潮间的血脉关系,回答了西部小说为中国文学贡献了哪些前所未有的东西这一问题,指出西部小说在全国小说格局中的位置,今后的突破方向等等,做出了一系列非常有见地的结论,很有启发意义。"[1]除了忠实于自己的阅读感受与判断

---

[1] 李文衡主编:《甘肃当代文艺五十年》,第553页。

之外,管卫中在文学评论的语言、文风上,也力求通俗化、形象化、生动化,融入个人生命感受,他希望通过评论,能与作者、读者获得真正的心灵交流。管卫中认为文学评论本质上是一种思想评论,评论家最重要的素质应当是拥有自己的独立判断,对社会、历史、文化、人生、文学有独到的见解,因而,他的评论常有思想火花闪烁,令人耳目一新。进入新世纪之后,管卫中与丁帆、马永强主持编写了《中国西部现代文学史》。基于对80—90年代文艺思潮和西部文学家创作情况的熟悉,他对西部文学动态的勾勒和对单个作家创作曲线、创作个性的描述都颇为准确。在《大中华二十世纪文学史·二十世纪中国小说发展史》一书中,他描述的现代小说史图景,对一些重要作家的分析和判断,有不少个人创见,颇有新意。

李文衡(1944—),甘肃会宁县人,1967年毕业于西北师范大学中文系。曾任《当代文艺思潮》杂志编辑、《飞天》杂志副主编、甘肃作家协会副主席、甘肃省委宣传部副部长、甘肃省文化厅厅长等职。李文衡在《当代文艺思潮》杂志任编辑期间,主要负责文艺理论、美学等方面稿件的编选工作。他把该刊提倡新方法、鼓励新观念、新思想的编辑思想贯彻到理论领域,编发了一大批思路新颖、观点独到的开拓性论文,为该刊增色不少。这些论文为我国文艺理论领域的创新起了探路开道的作用。工作之余,李文衡先后在《文学评论》《文艺报》《当代文艺思潮》等报刊发表《知识劳动美的审美价值浮沉》《文学美的社会价值和功能实现》《文学结构美与时空观念》等论文,对人物性格塑造问题、文学的社会价值和功能实现及结构问题做了颇为深入的探讨。李文衡出版有《美与文学沉思录》《文学结构论》两部论集,主编《甘肃当代文艺五十年》。他的观念、看法多半具有当时的主流色彩。他对中国小说具有三个大的结构段落和五种基本结构形态的分析,颇有新意。

屈选(1955—),陕西乾县人,1978年毕业于兰州大学中文系。在任《当代文艺思潮》杂志编辑期间,屈选潜心追踪中国美学的变革动向,发表长文《走向革命的美学》,其论点被《新华文摘》转载,屈选因此崭露头角。此后,屈选还写过一些关于散文和甘肃文学的评论文章,后弃文从商。

魏珂(1957—),甘肃皋兰人,甘肃省作协副主席。1982年毕业于西北师范大学中文系,曾任《当代文艺思潮》编辑,在文艺传播学、文艺未来学等当时比较新鲜的领域做过学术探究,发表有文章若干。

陈德宏(1943—),山东临沭人,1966年毕业于西北师范大学中文系,曾任《当代文艺思潮》杂志编辑、《飞天》杂志主编等。出版有评论集《文艺观潮录》。陈德宏对甘肃小说的评论投入的精力比较多,先后评述过何生祖、张弛、张锐、邵振国、王守义、浩岭、张冀雪以及陕西作家王戈的单篇作品,也描述过甘肃小说和甘肃文学评论发展状况的轮廓。他的评论文章比较热情,文气流畅但深度有限。

《当代文艺思潮》的编辑们各有自己的研究方向和学术观点,平时相互切磋,彼此启发,编辑部形成了浓郁的学术讨论气氛、开放的观念和开阔的视野,从而使他们的编辑思路始终紧贴最新创作现象和文艺思潮的动向,构想出新颖的选题计划。这也许就是该刊以一份地处边远地区的省级刊物而能引领全国文艺研究潮流、吸引全国文艺界人士和众多读者注意力的原因所在吧。这七位一手编刊、一手著文的编辑人员在西部形成了一个颇为重要的文艺评论群体。

在《当代文艺思潮》文学评论群体之外,西部地区还有两代评论家活跃在80—90年代的中国文坛上。按照当时的文学界将新文学发生以来的批评家梯队划分为五代人的划法,西部的这两代评论家当属第四代和第五代。属于第四代的有孙克恒、肖云儒、雷茂奎、郑兴富、陈柏中、余开伟、夏冠洲、策·杰尔嘎拉、季成家、张明廉、钱觉民、李幼苏,年纪稍长的诗人唐祈、高平和美学家高尔泰、法学家弓戈(原名李功国)也时有评论文章面世。属于第五代的有周政保、管卫中、屈选、赵学勇、韩子勇等人,年龄相近的诗人燎原、高尚、彭金山也曾在诗歌批评领域一显身手。到了90年代中后期,第四、五两代评论家因各种原因纷纷隐退,新生的第六代评论家接踵而起。其中马永强、何英、杨光祖等人各有建树,在文学界产生了程度不同的影响。需要说明的是,这三代西部评论家的主攻方向都在当时风起云涌的全国文学创作领域中的某一两个分支。他们在各自的专业领域里颇有建树,同时,作为西部的文学评论家,他们理所当然地也介入了西部文学批评。这里只是着重就他们的西部文学研究成果做一次梳理,其他的成果仅约略述及而已。

孙克恒(1934—1988),山东青岛人,1957年北京大学中文系毕业后来到甘肃,先后在兰州大学、兰州艺术学院、西北师范大学中文系讲授现当代文学课程,副教授。1988年因患癌症英年早逝。早在北京大学读书期间,孙克恒就热爱诗歌写作,不时与同学谢冕、孙玉石切磋诗艺,并一起参与由北京大学中文系学生集体编写的《中国文学史》的撰稿工作。来到兰州任教后,开设过诗歌史、诗歌评论等专题课。新时期激情勃发,热情参与学生诗社活动,指导学生写诗和研究诗歌,其学术活动也集中在新诗领域。他早期的著作《诗歌和诗歌创作》《现代诗话》以及《诗的艺术构思与表现》《古典叙事诗的结构艺术》等论文,偏重诗歌创作语言技巧和表现手段的分析,是对诗歌创作者颇有裨益的实践理论,个中融入了他自己的创作体会。他本人也进行新诗创作,是一个诗人型的诗歌批评家。正因为如此,他身为教授,其学术论文避免了学院式论文常有的凌空蹈虚、脱离实际的毛病,理论直抵诗歌的肌骨。如《论中国新诗的源流及发展》《当代诗歌问题述略》等文,即有此特点。1984年前后,"西部文学"的概念已在西北文学理论界腹中孕动。孙克恒与诗人唐祈、高平在《当代文艺思潮》杂志上联袂推出了《西部诗歌:拱起的山脊》一文,在诗歌界产生了广泛的影响。随后,他又接连写出了《西部中国与西部文学》《大有作为的西部新诗》等文章,并精心编选了《中国当代西部新诗选》一书,以供学术界研究。可以说,他是西部诗歌流派最早的倡导者和研究者之一。虽然这些早期评论文章存在热情有余、新词迭出而实证分析不足的弱点,但先行者筚路蓝缕、寻觅新途的精神风貌,以及他们的理论呼号对西部诗人们的精神激励,仍然值得后继者永远铭记。鉴于孙克恒的学术影响,有论者将他列为中国当代诗歌评论"五十家"之一[1]。也有论者说"他是中国当代有影响的现代诗歌研究者和评论家,中国西部文学研究的理论倡导者和实践推动者"[2]。

高尔泰著有美学著作《论美》《美是自由的象征》,散文集《寻找家园》《草色连云》等。20世纪80年代,高尔泰在兰州大学任教期间,除撰写美学论文,也曾在《读书》《人民日报》等报刊上发表一些文学评论文章,如《〈绿化树〉印象》《愿将忧国泪,来演丽人行》《为社会学评论一辩》《文学与启蒙》等。1988年,浙江文艺出版社出版了他的《评论的评论》一书。高尔泰是美学家,并不以文学评论为业,虽然文学批评文章数量不多,却篇篇饱满瓷实,所论关乎知识分子的大节和文学的本性,声音铮铮,掷地有声。在《〈绿化树〉印象》一文中,他首先指出:"大墙文学是现实主义文学,要求符合真实。包括主观的真实(说真话)和客观的真实(写真实)。没有前者的后者,不仅算不得现实主义文学,而且是非文学。"他引用小说原文后指认出,在这部小说中,作家主观上

---

[1] 古远清:《中国当代诗论50家》,重庆出版社,1986年9月出版。
[2] 李文衡主编:《甘肃当代文艺五十年》。

认为知识分子的确是有罪的,故应当自觉改造,这种认识是一种是非颠倒。小说主人公、"右派分子"章永璘"在持久的大饥饿中盘算着多吃一点稀饭,竟自认为是'堕落'与'腐烂'。在孤苦无告的境遇中由于受到一个年轻妇女的关怀抚慰而产生了爱和被爱的愿望,竟自认为是'卑鄙'和'邪恶'。并且这一切都被追溯到非无产阶级的思想根源:'当我意识到我虽然没有资产,血液中却已经溶入资产阶级的种种习性时,我大吃一惊。''就像酒精中毒者和梅毒病患者的后代,他要为他前辈人的罪过备受磨难。'并且认识到这一点以后,立即也就'认识到五七年对自己的批判是正确的':'我虽然不自觉,但确实是个"资产阶级右派分子",其所以不自觉,正是因为这是先天就决定了的。在达到思想觉悟的这一高度以后,'我'终于明白了,自己的苦难是'罪有应得',通过认识错误改造自己……,才踏上了'通向天堂'的道路。"①高尔泰也曾有过被打成"右派分子"送到夹边沟劳教的经历,但他绝不认同章永璘(实际上是作家张贤亮)认为自己"罪有应得"的认识。在《愿将忧国泪,来演丽人行——一篇小说引起的感想》一文中,他指出,号称"大墙文学之父"的作家从维熙在中篇小说《雪落黄河静无声》中把爱国这一概念同特定时期特定的政治路线的概念混为一谈,把弱者对监狱生活的逃避与叛国投敌混为一谈,荒谬的逻辑演绎出了一对因犯恋人因政治认识上的冲突而断然分手的荒谬情节②。不难看出,有过同样经历的高尔泰,在思想认识上与张贤亮、从维熙是截然不同的。正因为如此,对小说中这类别人不易察觉的关键问题,才会被他一语命中。

高尔泰并不是一个刻意的标新立异者。他的所有学术观点都发乎生命的切肤感受,这就使他的看法有了深厚的根基和说服力。在谈到文学与人生的关系时,他坚决反对一些激进的诗人和青年学者认为对文学本体的追求就是对纯艺术的追求,文学的价值可以和人生的价值无关的观点。他认为,"正如现实主义是无边的,文学本体也是无边的。设定一个界限,如非功利性、无目的性、非历史非社会性等等,使之外化为理论规范,然后受其指令,'为文学而文学',必不能出文学。什么叫非功利?如果植根于现实生活的心理动力强大到足以迫使一个人不顾一切后果地要拿起笔来写作,他的写作就是非功利的,他就愈是有可能'回归文学本体'。所谓'回归文学本体',只能是从非人

---

① 高尔泰:《〈绿化树〉印象》,《青年作家》,1985年第9期,《文学评论选刊》1985年第9期全文转载。
② 高尔泰:《愿将忧国泪,来演丽人行》,《读书》,1985年第2期。

的东西向人回归,而不是相反,把文学本体当作外在于人的东西来追求。""文学是人学,而不是人以外的'文学自身的运动'。所以历史性、社会性、现实性等等,作为人的属性,也都无不是所谓文学本体固有的属性。这些属性愈是充实,文学本体也就愈是充实。真正的(不是虚幻的)多元化植根于人类个性和创造力的充分发挥,它只有通过人的解放来实现。而人的解放是有其历史的和社会的前提的。"①时过二十多年后,高尔泰的这些观点,仍然具有理论价值和生命力。

余开伟(1940—),湖南长沙人。1960年从长沙师范专科学校中文系毕业后,来到新疆支边,历任新疆生产建设兵团艺术剧院创作员、兵团农六师102团农工、新疆文工团创作员。90年代调到湖南文艺出版社《芙蓉》杂志社任编辑、理论室副主任,副编审。余开伟从1955年即开始发表作品。1960年6月23日在《光明日报》发表的《人民内部矛盾不能构成悲剧冲突吗——与顾仲彝同志商榷》一文,是建国后第一次公开提出社会主义时代存在悲剧这个论点,曾引起当时文艺界的关注和争论,被载入《中国大陆当代文学理论批评史》。1980年起开始注意逐渐兴起的新边塞诗,发表了一系列评论周涛、杨牧、章德益诗歌创作及这个边疆诗歌群体的文章,是最早研究和推动新边塞诗的西部评论家。后来陆续出版了文艺评论集《跪在真理和美德的脚下》《文学的蜕变》《千秋功过自有历史评说》《湖南当代评论家选集·余开伟卷》等。《文艺报》曾载文评论其对西部文学和新疆边塞诗的研究成果。文学评论《王蒙是否转向》获湖南首届当代文学评论大奖。此外,他还创作了长篇传记文学《赵丹西域蒙难记》及《哲人的浪漫》等著作。

在80年代初西北各省(区)开始讨论西部文学的热潮中,陕西省的评论家们也鼓吹甚力。热情很高且有一定理论建树的,有陕西评论家肖云儒。《小说评论》杂志社的评论家王愚、李星也时有讨论西部文学及西部作家作品的文章面世。

肖云儒(1940—),江西人,1961年毕业于中国人民大学新闻系,曾任《陕西日报》编辑、陕西省文联文艺理论研究室主任、陕西省文联副主席。早在"文革"前,肖云儒就曾因提出散文的特点是"形散神不散"的著名观点而为人所知。"文革"后,肖云儒是陕西方面极力提倡"西部文学"的重要人物。诚

---

① 高尔泰:《文学与启蒙》,《人民日报》,1989年5月2日。

如陕西资深评论家王愚先生所言,在陕西,"为'西部文学'这个主张四处奔波、八方呐喊、不断写文章加以鼓吹的,恐怕要算肖云儒同志最为勤奋"①。不仅是"鼓吹",肖云儒还在密切注意讨论情况、研读作家作品、研究西部地理文化的基础上,完成了理论专著《中国西部文学论》。这部学术著作写成于1990年,可以说,它是此前四五年中西北各省学者关于西部文学范畴的各种观点的汇总、分辨和延伸。

关于汇总与分辨,可以西部的地理界定为例做一分析。当时甘肃的评论家余斌、管卫中认为,文学是生长在文化土壤上的植物,有什么样的文化土壤成分,就有什么样的物种,就像沙柳只会生在沙漠而不会长在江南水乡一样。而文化的成分,与地理、民族、生产生存方式、宗教信仰、历史嬗替等因素最有关系。据此,他们认为,文化意义上的西部,指陇山以西、长城以北的广大地区,即从古至今始终以各个游牧民族为主要居民的地区。而陕西自秦人统一中国以后,其文化也分明融入了中原华夏农耕文化的版图中,故陇山以东的陕西文学,可归入中原文学,而不属于西部文学范畴②。肖云儒对西部地理的界定,代表了陕西文学评论界的看法,简言之,就是陕西属于西部,陕西作家的文学作品属于西部文学范畴。他在这部书中综述了这两种代表性观点,并对后者做了着重阐述。肖云儒对西部精神的看法,也有一锅烩与折中取之的特点。早在讨论初期,孙克恒、唐祈、高平等人就提出,西部精神的内涵,包括拓荒精神、红柳精神、开放精神等③;而余斌在分析了西部士民流亡史和西部近现代开发史之后,指出西部精神的核心是忧患意识和现代意识④;远在上海的吴亮在比较了沿海地区和内陆地区的文化差别后,认为西部是闭塞的,西部精神对传统认同和回归的意识远浓于现代开放意识⑤。肖云儒在本书中则认为,西部精神既有历史感,又富有现代性;既忧患,又达观;既封闭,又开放。

所谓延伸,是说肖云儒在汲取了一些论者的看法特别是思路之后,大受启发,其思绪沿着这种思路继续往前延伸。譬如,在余斌1986年发表的《论中国西部文学》一文对西部文化厚土详加实证分析从而廓清了文化分界的思路启

---

① 王愚:《视野和学风——读〈中国西部文学论〉》,《人民日报》,1990年6月19日。
② 余斌:《论中国西部文学》,管卫中:《西部文学:在西部文化土壤上》,分别见《当代文艺思潮》1986年第5期、1985年第5期。
③ 孙克恒、唐祈、高平:《西部诗歌:拱起的山脊》,《当代文艺思潮》1984年第6期。
④ 余斌:《论中国西部文学》,《当代文艺思潮》,1986年第5期。
⑤ 吴亮:《什么是西部精神》,《当代文艺思潮》,1985年第5期。

发下,肖云儒花了相当的学术气力,在自己的论著中提出了"西部文化板块说""葡萄叶三个端点说",这是他的论著最有新意、最具眼光的部位。又譬如,肖云儒试图"以大文化观念,将西部作家、作品和西部文艺问题放在整个西部、整个中国和世界文明发展格局和发展历程中去分析认识"的努力,也显然受到了余斌上文思路的启发,将视野扩展到更开阔、更宏大的文化、文明领域,从一盘棋局中来认识一个棋子(西部文学)的特征与特有价值。这种思路与扩展,无疑具有值得重视的方法论意义。

从上述描述中不难看出,肖云儒的研究一方面使得西部文学的讨论尽可能地学理化、规范化,将其纳入学术轨道;另一方面,他的视野真的达到了足够的"开阔"。但也不难发现,这部论著有宏阔而粗疏之病。宏观的文化板块勾勒诚然令人耳目一新,但这种板块文化究竟怎样影响了西部作家群,进而使得西部文学究竟具备了什么样的独特品格,在哪些方面显示了自己特有的独创性,这些真正的核心问题在这部书中就模糊不清了。出现这种缺陷也不难理解:肖云儒是将主要的气力用在了宏观勾画方面,微观分析就显得比较薄弱。另外,一个文学群体的美学风貌,似应从扎实的众多个体分析的基础上归纳而来,而不宜从宏观向微观推理、演绎出来。

除上述有全国影响的批评家之外,新疆大学中文系教授雷茂奎、《中国西部文学》杂志(现改名为《西部》)主编郑兴富也曾致力于西部文学之一的新疆文学的研究评论。

雷茂奎(1934—),陕西人,1957年毕业于兰州大学中文系,著有《西部文学散论》一书,对西部文学及有关作家作品做出过较为踏实的分析。雷茂奎文学评论的兴奋点在西部文学,他是"较早的具有自觉西部文学意识的批评家",对"邓普、朱定、刘萧无、王玉胡、文乐然、祖尔东·沙比尔、黎·穆塔里甫等新疆重要作家的评论",已成为"研究新疆当代文学史的珍贵的学术积累"①。

郑兴富(1939—),重庆人,1963年毕业于四川大学中文系,曾任《新疆文学》(后改名为《中国西部文学》)编辑,1982年担任副主编。他的《论新边塞诗的兴起及其艺术风格》《他在诗的王国里自由翱翔——章德益创作论》等

---

① 夏冠洲、阿扎提·苏里坦、艾光辉:《新疆当代多民族文学史·文学翻译文学评论卷》,新疆人民出版社,2006年出版,第178—179页。

论文和评论集《新边塞诗和新边塞诗派》,是较早将新疆诗人群落作为一个诗歌流派加以分析的学术论著,在全国诗界具有一定影响。

80年代末至90年代,关于西部文学内涵、外延、整体美学风貌等初级问题的讨论渐趋冷却。各地的评论家似乎不约而同地意识到,脱离了具体作家作品和创作现象的宏观问题争论与构想,已经没有多少出路。于是,他们纷纷转向了对所在省、区作家作品的实证研究,陆续出现了一大批研究成果。新疆师范大学教授夏冠洲写出了《论王蒙的西部小说》,并与阿扎提·苏里坦、艾光辉等学者一起组织多位学者编写出版了《新疆多民族文学史》(包括小说卷、诗歌卷、散文·报告文学卷、戏剧·影视卷、文学翻译卷、文学评论卷)。他对于王蒙新疆题材小说的研究,在"国内外是居领先地位和具有开拓意义"①的。新疆艺术学院教授李竟成编写出版了《新疆回族文学史》。内蒙古大学蒙古学学院教授策·杰尔嘎拉(蒙古族)集中精力研究新时期的蒙古族文学创作,陆续完成了《蒙古族散文四十年》《论新时期蒙古族文学特色》《欣欣向荣的蒙古族诗歌三十年》等系列论文,并出版文学评论集《策·杰尔嘎拉评论选》和《蒙古族文学五十年》。内蒙古师范大学中文系教授巩富出版论著《文学批评的实用方法》、黄薇出版《蒙古族当代小说概述》等。而西北师范大学教授季成家、张明廉、王尚寿主持编纂了具有甘肃当代文学史雏形的《西部风情与多民族色彩——甘肃文学四十年》一书。李文衡随后又主持编纂了更为厚实、全面的《甘肃当代文艺五十年》。客居西藏的马丽华著有《雪域文化与西藏文学》,西藏评论家李佳俊先后出版了文学评论集《文学,民族的形象》《揭开高原民族的奥秘》等,对西藏文学给予了专门的评论和研究。评论家余斌、周政保、管卫中、燎原合力完成了"中国西部文学论丛":其中余斌的《中国西部文学纵观》侧重研究西部小说,周政保的《高地上的寓言》侧重探讨西部小说的理论课题,管卫中的《西部的象征》着重从文艺思潮的角度观察西部小说的独特品格与价值,燎原的《西部大荒中的盛典》主要分析西部诗人们各自的个性与创作得失。这一系列学术成果的出现,使得西部文学的研究大为充实,也有效地扭转了早期讨论中观点多于实证分析的疏阔学风。

由于西部两代评论家的经历背景有异、所受的时代熏陶不同,因而文艺观念上有一定的差别,所以,这里将西部评论家分成了第四、第五两代。而事实

---

① 夏冠洲、阿扎提·苏里坦、艾光辉:《新疆当代多民族文学史·文学翻译文学评论卷》,第226页。

上,在80—90年代,这两代评论家往往是并肩作战的。第五代评论家中,成就最著、有全国影响的是周政保。此外,韩子勇、赵学勇、许文郁、刘俐俐、燎原、高尚等人也以各自的评论个性或专题研究而引人瞩目。

周政保(1948—),江苏常熟人。1965年自动弃学赴新疆塔里木工作。先在一个名叫"五棵胡杨"的沙漠农场当农工,后当过和田报社的记者、编辑,作为工农兵大学生就读于新疆大学中文系。1979年考入新疆大学读研究生,毕业后进入新疆军区创作组,专职从事文学评论。80—90年代,他在全国各大报刊上发表过大量文学评论文章,是当时十分活跃的青年文学评论家之一。他先后出版《闻捷的诗歌艺术》《小说与诗的艺术》《军事文学的观照》《小说世界的一角》《苍老的屋脊》等五部评论集和西部文学论著《高地上的寓言》,获得专业奖项十多种。90年代中期调往北京,曾任北京八一电影制片厂研究室主任。2003年以后因病停止写作。

周政保作为一名新疆部队评论家,最早的关注对象为新疆"新边塞诗"诗人和全军作家,曾发表过关于周涛、杨牧、章德益、唐栋等人的论析文章,以及军旅文学的系列论文。后来,他的注意力主要集中在全国小说创作方面,发表过数以百计的小说评论文章。周政保的特点之一是敏感。80—90年代,中国文学正处在喷发期,新作如初春梨花,新人似雨后竹笋。在人们尚处在回味、踌躇之时,周政保往往迅速出手,指点秀竹胜景,为创作的繁盛推波助澜。譬如他对新疆三诗人(章德益、杨牧、周涛)、对军队新锐作家、对《黑骏马》与张承志,对《藏北游历》与马丽华等作家作品的反应就非常之快。周政保的这种特点,反映了90年代的评论家们的一个普遍特点:他们的艺术嗅觉好、反应快、出手迅捷、文字漂亮、充满激情,但学术厚度却不足。正因为如此,当一批新的学院派评论家如黄子平、王晓明、陈思和、丁帆、许子东、南帆等人以及大批后续者们进入文学评论领域时,早年的评论家们便纷纷悄然退场了。而雷达、周政保是硕果仅存的几位。这一方面源于个人在学术根底上的顽强努力,在实干中补充学养;另一方面,他们本来就具备一定的理论素养和理性思辨能力。周政保早期的评论,不光描述现象、推介新人新作,而且往往由创作现象而进入理论抽象层面。譬如他根据周涛的诗歌特点总结诗歌创作要点,指出诗要"超越具象",发出弦外之音,暗示象外之旨。又如在大量分析小说作品的基础上,他对小说观念、小说形态、小说结构、小说语言等问题,也做了颇有新意的阐述。80年代中期,在先锋小说、实验小说蜂起,"怎么写"被一些作家、批评家强调到极端,现实主义遭到诟病的时候,周政保始终坚持认为现实主义精神是文学的命脉,放弃批判精神,就等于放弃文学的灵魂,使文学类同于叙述技巧游戏。同时他也批评了把现实题材等同于现实主义精神的庸俗理解。另外,周政保是一位颇有个性的评论家。他反对"万能评论",主张评论家只对引起心灵激动的作品发言,而对自己找不到感觉的作品,哪怕是众口称赞的作品,也应保持沉默。对于影响很大、正在走红的作家,他往往敢于直陈己见,提出疑问。譬如在张承志的第一部长篇小说《金牧场》研讨会上,在人皆交口称赞的氛围中,周政保对该作漫无节制的大肆抒情提出了疑问。他认为从小说艺术角度考虑,这些抒情部分可以统统删去。时过十几年之后,张承志在文章中坦言,评论家对《金牧场》的批评是对的。又如他对评论界交口称赞的"私人化小说"代表作家陈染的某些小说和林白的《一个人的战争》,就表示了自己的怀疑。作为一名军人批评家,他既写过大批发现和奖掖军旅新人新作的文章,也曾适时地批评过军旅文学中的萎靡之气和模式化写作。事实上,评论家忠实于自己的阅读感受,不妄誉、不故作解人,正是珍贵的评论品格之一。关于西部文学,周政保著有《高地上的寓言》《小说世界的一角》两部论著。这些论著一如既往地发挥了他由点到面、由现象到理论、"评"与"论"结合、阐发小说观的特点。当然,他也有弱点和软肋。文学评论家应当是思想家,文学评论是评论家借助恰当的作品或现象喷发出来的思想泉水。而这种思想泉水,是需要积蓄的。过多的喷射有可能导致评论家新思想的枯竭。周政保是高产的,他的勤奋与评论作品数量皆堪称惊人,但后期不少文章中的观点出现了大量的重复。

韩子勇在大学期间发表诗歌,1987年后主要从事文学评论及散文写作。著有《西部:偏远省份的文学写作》《当代的耐心》《边疆的月光》等文学论著。韩子勇的文学评论既不同于学院派的学术研究式评论,也不同于职业评论家的传统话语评论,他的评论更像读书札记,较之严整的论文远为自由、放松,更具有个人色彩,却又不乏理性思辨,是一种凭借阅读感觉印象与判断做出的个人化、经验化的文学批评。韩子勇早年的写诗经历,为他积蓄了良好的感觉能力。他的评论命题多半是从阅读感受中产生的,他关注的东西往往是被过于理性化、学究化的评论家们所忽略了的或未曾意识到的东西。这种发现时常令人耳目一新。另外,韩子勇非常注意每个作家的特殊性,注意作家们之间的差异。譬如他的《莫言小说的"亵渎意识"》一文就很有代表性。关于莫言小说的评论如汗牛充栋。韩子勇凭借自己对莫言小说中不断出现的种种具有亵渎意味的细节的敏锐感觉,一下子抓住了莫言的"亵渎意识"。这确实是一次别具只眼的发现,抓住了一把开启莫言小说的钥匙。由此入手,韩子勇层层剖析,精彩地完成了对莫言小说特质的一次阐释。又如《我读杨争光》一文对杨争光擅写中国农民的边缘人群土匪、赌徒的分析,也是一次卓有新意的发现。甚至在《西部:偏远省份的文学写作》这部学术论著里,韩子勇对诸多西部文学理论新命题的设置与探索,也是从视知觉、个人知觉经验等方面入手的,你可以对他的西部强于抒情而弱于叙事等等结论提出质疑,但你必须承认,他的结论有大量的感性知识作基础,不无理论的新颖感与实证性。正因为如此,无论是对西部文学新研究思路的开拓,新命题的发掘,还是对国内作家个人特点的发现,对于韩子勇的发言,你都不可以忽略。当然,感觉化评论有时候也会出现近视的毛病。譬如他的《张承志小说散论》尽管感觉到了张氏小说的一些独特迹象,但他缺乏宏观俯察的眼光,并没有看透张承志的大思路,因而他所罗列的现象还不曾被理解为一个有机的生命体。韩子勇的评论文体与评论语言,具有浓烈的感觉化色彩,它是自由流动的,是用散文语言更贴切、准确地描述现象,阐发见地。这种细腻灵动的口语可能不太合乎学术文体的严谨性要求,但它直截了当道出的大感觉与细微感觉,又往往是非常准确的,更抵近评论的本质。

赵学勇(1953—),陕西乾县人,教授,博士生导师。毕业于兰州大学中文系,文学硕士,先后担任兰州大学学术委员会委员、兰州大学文学院副院长、《兰州大学学报》主编。2005 年后调任陕西师范大学文学院。他长期从事中国现当代文学教学与科研工作,涉及中国现当代文学思潮、社团、流派以及中国西部文学与文化等领域。出版专著三部,合著、参编著作十余部。在《中国现代文学研究丛刊》《文学评论》等多家核心刊物上发表论文一百多篇,被《新华文摘》、人大复印资料《中国现当代文学研究》等多家刊物转载、复印三十多篇。主持国家社科基金重大项目《延安文艺与 20 世纪中国文学研究》等十余项。赵学勇的研究领域主要在中国现当代文学方向,西部文学也是他密切关注的一个部分,在这方面,他著有《革命·乡土·地域——中国当代西部小说史论》《守望·追寻·创生:中国西部小说的历史形态与精神重构》《新文学与乡土中国——20 世纪中国乡土文学与西部文学研究》等论著。关于西部文学的论文主要有:《全球化时代的西部乡土小说》《西部小说:概念、命名及历史呈现——当代西部小说与西北地域作家群考察之一》《论西部作家的文学精神》《主体意识、"本土化"与文学超越——当代西部小说与西北地域作家群考察之二》《地域文化与西部小说》《生态文明意识中的西部小说》《当代西部小说的三大主潮》《理想主义者的精神探索——张承志研究评析》《论张承志的精神个性》《中国西部文化与文学艺术研究》《中国西部小说的历史形态与精神重构》等。赵学勇是在西部文学研究方面着力最勤、成果丰硕的一位学者。与早期研究沈从文有关,他最关注的是西部文学中的乡土文学,其中有对柳青、贾平凹、路遥、雪漠等三代乡土文学作家多角度的深入探究,对陕西作家群、甘肃作家群和延安女作家群的观察,以及建立在微观研究、横向和纵向观察基础上对中国乡土文学整体走向的探寻与把握。在研究方法上,他采用了以文学史、文化学和比较文学的眼光看取创作现象和个体作家的角度,每有新见。他的研究为西部文学中的乡土文学创作勾勒出了一条清晰的历史脉络。

燎原(1956—),原名唐燎原,祖籍陕西,出生于青海某骑兵团。少年时代在陕西乡间度过,后来到青海,毕业于青海师大中文系,曾任《西宁晚报》编辑。他常游走于中亚腹地的高岭牧地,写有关这座高地的诗歌。他的感觉往往能够击中要害,一语命中诗人的特质,一眼看清诗人的弱点。譬如他在论述西部诗歌的学术著作《西部大荒中的盛典》中,论及章德益的诗歌时,一方面对章诗中"一贯强壮的精神心态"深表叹赏,一面又一针见血地指出:"章德益在西部诗歌中的巨大诗名,我以为或许还是由评论家以及读者对早期西部诗歌阳刚之气的感觉性印象,而被推拥到一个兴奋的高度上的。我这样说,是因为在他那些阔大的诗歌意象中,常常缺乏一种刻骨铭心的疼痛感。在他早期的一些诗歌中,在他作为诗人而对诗歌进入时,似乎过分地专注于奇思异想的形象营造,从而让这些形象牵扯着他的注意力,以至忽略了情感的贯穿,或者至少,使情感的脉动居于次要地位"①。在众多的评论家对章德益诗歌倍加推崇之时,知名度远逊于章氏的燎原一语中的,点出章诗的致命弱点,由此显露出他出色的诗歌感受力和批评勇气。又如,他说"野马群式的悲怆忧伤和鹰之击的强悍凌厉,构成了周涛气质型的诗歌美感特征"②;说杨牧历尽苦难沧桑,"洞悉一切之后,默然于心,而以一种变了形的幽默和调侃做出表述的外松内紧的思想方式,几乎从此成为他的性格特征";说李瑜在生命与精神的

---

①② 唐燎原:《西部大荒中的盛典》,青海人民出版社,1992年出版,第159—160页。

"漂泊中,所获得的不是旷达豪放,而是悒郁和幽婉","这种漂泊,此后成了他基本的生存形态和精神形态"[①]。这种对各个诗人不同特点的指认,都堪称是深中肯綮之论。燎原平生最崇敬的诗人是昌耀,他的诗歌创作颇受昌耀的影响。由于多年与昌耀相交相处,他是对昌耀生平经历、内心世界了解最多最深的一位评论家。他为昌耀临终前亲自编选的最后一部诗集《昌耀诗文总集》撰写的序言《高地上的奴隶与圣者》,是迄今为止国内最为全面、深入地剖析昌耀诗歌的一篇论文。2007年他又完成并出版了《昌耀评传》。燎原的评论文章在行文上亦有诗人的特点。它们不是那么严守学术文体规矩,常常随心所欲,放言纵谈,旁枝逸出,有时表述语句比较曲折拗口。

在西部评论家队列中,还有一位鲜为人知却眼光独特的青年学者高尚。

高尚主要从事文学影响研究,他的一只眼睛盯着当代小说创作态势,另一只眼睛注视着当代外国文学,而他内心里真正关注的是外国现代前沿文学对中国当代文学的深层影响。他挑选了一些对中国作家业已产生深层影响的外国文学大师,对其作品、文学理念、世界观进行别具只眼的解析与阐释,期望借此使自己也使中国作家们吸入新鲜空气,更为准确地把握大师,获得某种启示。他在这方面的成果有:分析博尔赫斯、纳博科夫、阿斯图里亚斯的文章,和发表在《世界文学》上的《后现代主义文学:传播与启示》《要到成为自己为止》等文。其中,他对博尔赫斯倾注了特别关注。迄今为止,他发表有关博尔赫斯的分析文章多篇并编辑《博尔赫斯文集·文论自述》一书,广泛征集国内代表性作家们自述与博尔赫斯之关系的文章多篇,编成《大师与影响·中国当代作家、诗人说博尔赫斯》一书。这无疑是在影响研究方面具有第一手资料价值、富有建设意义的一部作品,也意味着高尚的影响研究已接近深层。需要注意的是,高尚精心挑选对中国当今文学创作影响最深的外国作家予以研究,是因为他认为在这些外国作家的"奇妙与缺陷"中,昭示着中国"未来的文学之路"。中国文学只有汲取这些世界顶尖作家的思想与文学营养,才可能完成正在进行的文学革命,从而在世界文学格局中找到自己的声部与位置。同时,高尚也介入了当代文学的评论,在《新时期小说创作的深度模式》一文中,高尚对新时期中国小说呈现的四种"深度模式"的梳理,颇有新意,显示了他对西方现代哲学与文学新理念的谙熟,以及将其引入文学研究的渴望。

---

① 唐燎原:《西部大荒中的盛典》,第232页。

在西部评论家群体中,还有两位来自大学的女评论家许文郁、刘俐俐也值得注意。

许文郁(1948——　),女,北京人,少时随父母在兰州生活多年,在甘肃农村插过队,1982年初毕业于西北师范大学中文系,曾任兰州城市学院中文系教授,现居北京。许文郁是一位善于借助自己的女性生命感受来体会女性作家心态的评论家。她最重要的学术成果是研究张洁的专著《张洁的小说世界》。她之所以选择张洁,是因为她的人生经历、她作为一个中年女性知识分子的内心世界,与张洁颇为相似。正因为如此,她对张洁小说中的众多女知识分子形象共有的心理特质,诸如感情与理智之间的矛盾、恋父情结、对男性智慧的仰慕与对男人的鄙视、性欲与情感相悖的矛盾心态等,有着格外深切的理解。她借助弗洛伊德的精神分析学和结构理论、比较文学理论等武器,以及自己对小说人物心态的体会,对张洁小说做了多角度的剖析,得出了许多新颖的结论。此外,作为一个甘肃批评家,她对柏原、张弛、邵振国、雪漠、王家达、浩岭、康志勇、景风等甘肃小说家们的创作,分别做过十分精当的个案分析;也曾将他们视作一个群体,既剖析他们普遍存在的"自卑情结",又期待他们重振甘肃人的"黄土魂魄与天马精神"。颇为准确的艺术感觉和敢说真话的勇气,使她的小说评论无论褒贬都每每能切中作家作品的穴脉。

刘俐俐(1953——　),女,吉林人,毕业于兰州大学中文系,中国人民大学中文系硕士,曾任兰州大学中文系教授,现为南开大学中文系教授。她有专著《新时期小说人物论》和《理论视野中的作家张俊彪》,与赵学勇教授合著《新文学与乡土中国——20世纪中国乡土文学与西部文学研究》一书,还发表过若干评论甘肃小说的文章。刘俐俐擅长于系列人物分析。她往往从新时期小说或西部小说中拈取一串类型化人物,进行比较分析。譬如她对西班牙文学和中国现代文学、西部文学中的流浪汉形象系列的比较分析,就饶有新意,在三类人物的彼此映照中凸显出了各自的类型特征。

许文郁与刘俐俐的文学评论都具有学院研究特点,即她们善于动用文学史知识和传统文学理论,将研究对象放在中国现当代文学和外国文学的既有框架中去进行比较研究。许文郁对张洁的研究、对甘肃作家作品的评论,刘俐俐对新时期小说人物、对西部小说中人物的研究,皆采用了此种方法。但许文郁更多一点女性的精细,对作品的感觉要好于刘俐俐。譬如在研究张洁时,许文郁颇能领会张洁本人以及她笔下的独身女性们的特殊心态,这种从自身经验、感觉出发的切入,使得她的分析每每能触及作家与人物的内心秘密,达到其他论者所不易达到的精细度和深入度。刘俐俐的阅读面和知识储量要多于许文郁,故她在进行比较分析时文学知识面铺得很开阔,但剖析的精度、深度却不如许文郁。

到了90年代中后期,中国文学大潮的高峰期渐渐过去,西部文学创作出现了间歇期,西部文学评论也逐渐降温。首先是《当代文艺思潮》杂志的停刊,使得西部文学评论失去了主阵地,其他文学刊物对于西部文学的关注和讨论逐渐寥落。其次,西部的文学评论家群体也出现了一些变动。余斌、周政保等人因各种原因离开了西部,基本终止了对西部文学的研究、评论;管卫中、韩子勇等人转向文学史和学术专著以及散文、随笔写作,评论文章减少;有些评论家从政或经商。早期的西部评论家队伍风吹云散,西部文学评论趋于衰微。最重要的是,80年代自由思索探究、百家争鸣、千帆竞流的文化氛围逐渐消失了,代之而起的是功利主义、实用主义风气蔓延,精神价值快速下降。这种氛围极不适合于独立思想的呼吸与生长。关系评论、人情评论日益增多,说真话有见地的评论日渐稀少。西部地区因为失去了自己的有全国影响的评论刊物,也就失去了相当多的评论话语权,西部文学评论界的声音愈来愈微弱了,难怪韩子勇在为"偏远省份的文学写作"感叹!然而,生命的火焰总还在体内燃烧——在西部的广袤土地上,年轻的一代评论家在悄悄成长,在陆续破土而出。到了新世纪初,一批来自高校的博士、青年教师和文学研究者开始崭露头角,成为西部文学评论的第二个梯队。这些具有高学历背景的评论家的特点是:他们具有比较雄厚的学术功底,克服了感觉型批评家说话比较随意的毛病,论文比较重学理,一定程度上强化了文学评论的学术性,但是,由于一些学者远离创作界,只注重理论、文本而不太了解作家和创作界的情况,使得其评论与创作实际有一定距离,有时受到作家们的诟病。这一代文学评论家中,对西部文学批评贡献比较大的有马永强、何英、杨光祖。此外,一批高校教师和科研机构研究者如彭岚嘉、郎伟、马步升、张懿红、徐兆寿、唐翰存、王贵禄、李利芳、王敏、杨艳伶等也参与了这一时期的西部文学批评,有些学者的研究成果也相当丰硕。

马永强(1966—),甘肃灵台县人。南京大学文学博士,现为读者出版集团编审。著有《文化传播与现代中国文学》、《报文学探论》(合著),编著有《中国西部现代文学史》(副主编)等。他早期的文学批评主要集中在报告文学研究和甘肃文学批评方面。80年代末以降,正当报告文学创作从高峰转入低谷,他抓住了这一重要的文学现象,先后写出了《知识分子独立人格的象征》《浮躁·反思·寻找——近几年报告文学创作的嬗变与新走向》《报告文学的独立品格》《英雄主题的转换与升华——建国以来军事题材报告文学的回顾》等一系列论文,出版了学术专著《报告文学探论》(与陈进波合著)。在东部沿海生活的几年,他的博士论文《文化传播与现代中国文学》,以其"选题的新颖视角"和"在文学环境研究中的独特发见"[1],使其成为国内最早一批将现代传播媒介与现代文学研究相结合的学者之一。评论界认为,"真正将传播学融入文学研究的是马永强的《文化传播与现代中国文学》一书。该书第一次将传播主体、传播内容、传播方式、传播效果等传播学专用术语引入中国现代文学研究,为后续的研究提供了一个专业范式。"[2]进入新世纪以来,他致力于西部文学研究,与丁帆、管卫中主持编写的《中国西部现代文学史》是我国第一部西部文学断代史。该书立足20世纪中国文学格局,系统地梳理了现代中国西部文学发展的生态和文学实绩。他以扎实的学术功底和严谨学风完成了20世纪前半叶西部文学历史的繁难异常的考察和写作。他执笔的"西部口传文学的现代传播"一节将《格萨尔》《玛纳斯》《江格尔》三大英雄史诗纳入中国新文学的研究范畴,这一西部文学瑰宝的呈现与剖析,为西部新文学奇诡多彩的生命气度和独异风格的形成做了很好的注解,对于这一点,朱晓进教授专门在有关文章中给予了关注,认为"这一论题的意义不能小看",因为"它们积淀了西部的文化精神传统"[3]。此外,他与丁帆教授合作发表《论中国现代西部文学独特的文明形态》《现代西部文学的美学风格》《文化差异制约下的中国"西部镜像"——20世纪初域外探险者笔下的西部探险记游》等文章,首先厘清了争论较多的西部文学的边界和研究视阈,并对西部新文学的美学风格给予了精辟的阐述。他应是西北地区新一代评论家中学者型评论家的代表。

如果说马永强的贡献主要在西部现代文学史的研究上,那么何英、杨光祖则显示了一线评论家的批评风采。

---

[1] 丁帆:《文学环境研究的重要性与格局的创制——序〈文化传播与现代中国文学〉》,马永强:《文化传播与现代中国文学》,安徽大学出版社,2003年1月版。

[2] 肖爱云、张积玉:《晚清四大小说杂志研究路径探析》,《陕西师范大学学报(哲社版)》,2012年第4期。

[3] 朱晓进:《评〈中国西部现代文学史〉》,《文学评论》,2005年第6期。

何英(1972—),女,毕业于新疆大学中文系,曾在鲁迅文学院进修文学理论,现任新疆文联文艺理论研究室副研究员、副主任。21世纪以来,她在《文学自由谈》《文学报》《中华文学选刊》《当代作家评论》《小说评论》《中华读书报》《新疆日报》等报刊发表多篇文学评论文章,出版文学评论集《呈现新疆》《深处的秘密》《批评的"纯真之眼"》和随笔集《阁楼上的疯女人》等。曾经获得第二届《文学报·新批评》优秀评论新人奖。何英以当代女作家研究、新疆文学研究为主。新疆作家黄山撰文评论说,"何英是继周政保、韩子勇之后新疆文坛涌现出来的青年文学评论家",她用了八年时间、耐心和才华才完成了这本评论集。其中《新疆当代文学生态扫描》是"当前新疆文学现状的'标准答案'"[①],《新疆日报》用了整版篇幅刊发了这篇长达一万多字的文学评论之后,在广大读者中引起巨大反响,关注新疆文学的相关文学理论研究机构、文学刊物、报纸、网站争相转载,文章成为研究新疆当代文学生态的一份重要的参考文献。不仅新疆众多著名作家都在谈论何英的评论,而且许多读者打电话、写信给作者和《新疆日报》,这种一篇文学评论激起水花四溅的情形在当今时代确已罕见了。何英的《理论的过剩与叙事的消融》《当代文学的十个词组》等文章在《小说评论》《文学自由谈》上发表后,也在国内批评界引起反响,前者被《新华文摘》转载,后者被多家网站、杂志转载。她的《王安忆与阿加莎·克里斯蒂》得到评论家程德培的高度评价。她在《批评的"八股"与"八卦"》一文中,尖锐地批评了当今文艺批评的"八股"味和"八卦"风,并述说了自己心目中的好批评的模样,认为好批评是一个实践问题、不惧怕理论、不拒绝神采、要有问题意识、应当具备思想性。关于何英的文学研究,从她的《在新疆,我们是一个整体》一文中,可以找到部分答案,她这样写道:"新疆的营养,我汲取了很多。每个新疆人生下来就渐渐懂得,周围的世界是多元的,我们的心是宽广的、包容的、善于理解他人的。我们喜欢从多个角度和立场考虑问题","我身上天然地有着多民族地区生活所赋予我的尽可能全方位、立体式的思维方式"。[②] 用这种全方位、立体式的思维方式理解研究对象并进行文学书写,首先给予研究对象以生命、尊严和理解,而不是纯粹理性的肢解和程式化的图解,所以,何英的评论文字首先是温润、灵动的、有生命质感的。何

[①] 黄山:《何英的〈呈现新疆〉》,《新疆日报》,2006年3月16日。
[②] 何英:《在新疆,我们是一个整体》,《新疆经济报》,2015年6月3日。

英的潜质表明她已具备一个优秀评论家的综合素质,譬如她在评论周涛、赵光鸣、刘亮程等一干作家时,在把握西部文学的宏观状况时所表现出来的精准的知解能力和同样精准洗练的理论表达能力,以及阅读外国大师时的理解能力和善于准确运用知识储备的能力,这一切都与她受到的文化滋养以及她独特的思维方式有关。她在《文学报·新批评》颁奖时的获奖感言中说:"我们新疆的评论家韩子勇先生,在他为数众多的著述里,有两本书的书名在我甚至在整整一两代新疆文学人那里,都是一种身份的暗示,分别是《偏远省份的文学写作》《边疆的目光》。所以,我以偏远省份的文化身份,用边疆的目光,展开类似于向内陆中心喊话的某种冲动,这也是我在《周涛的精神谱系》一文中对周涛的概括:实际上多年来的写作,似乎都在把自己塑造成'一个向内陆中心喊话'的人。所幸的是,新批评听到了我的声音,她不带偏见地传播了我的声音,并以让我站在这里说话的肯定,肯定了我的边疆目光以及偏远身份的文学写作。"在谈到自己的批评观时,何英说:"我只是想以西北人的直截了当,说一句没有任何新意,也绝不时尚的老话:批评,你只要本着良心在做,认真关注了一个时代的文艺思潮以及代表作品和代表作家,提出了自己融入真与美的批评看法与分析,就足够了。"[1]著名评论家雷达先生在给何英一部评论集的序中写道:"何英虽身在新疆,但她的批评眼光是全国的,所论述的话题也是前沿的,我看好她。"[2]2016年7月,何英以文学评论荣获"茅盾文学新人奖"。

杨光祖(1969—),甘肃通渭人。1993年毕业于西北师范大学中文系,曾任甘肃省委党校文史部教授,现任西北师范大学传媒学院教授。甘肃省文艺评论家协会副主席、甘肃省当代文学研究会副会长,曾就读于鲁迅文学院第五届高级研讨班(全国中青年文学理论评论家班)。发表散文一百余篇,文学评论二百余篇。著有文学论著《西部文学论稿》和文学评论集《守候文学之门——当代文学批判》《回到文学现场——关于当代文学的研究》《文学世界的探险》,散文集《所有的灯盏都暗下去了》。杨光祖是新世纪以来对中国当代文学和西部文学耕耘甚勤、发言甚多的一位青年评论家。他的文学批评是一种感觉型批评,比较贴近创作实际,一向以尖锐、犀利著称。他有很好的艺术直觉。在阅读作品时,他保持了批评家的警觉,从阅读作品的真实感受中得

---

[1] 《第二届文学报·新批评优秀评论奖揭晓》,《文学报》,2013年5月30日。
[2] 雷达:《深处的秘密·序言》,何英:《深处的秘密》,新疆美术摄影出版社、新疆电子音像出版社,2011年出版。

出独立判断,特别是敢直言道出。他认为作家莫言的长篇小说《酒国》里"太多扯淡的文字。一个严肃的话题,一个沉重的题材,结果却以打油诗或者耍贫嘴的形式呈现,语词的无节制泛滥,夸张、变形、作秀、矫饰,结果毁掉了小说的质地,包括品格。"①他认为贾平凹自"《废都》之后,真的是身心俱疲,库存也到了极限,以后的写作虽偶有出色之处,但基本上就是技术性产品了。"指出贾平凹近些年的小说普遍缺乏情怀、意义和真实感,普遍存在趣味上的败坏等等问题,"没有大情怀,没有大学问,没有大思想,而偏要'著作等身',于是就只有组装了。贾平凹的小说里就那几味东西,后期最多的就是'梦游'"。而长篇小说《带灯》"只是使用了《旧约》的一点格式,可内容还是老内容,或者说,内容并没有催逼他使用这种形式。这就是典型的技术复制写作",并借此指出了文学创作界的一种普遍现象:"技术时代让作家胆大包天,剪贴、拼装、流水线,成为当下作家的基本创作手段。"②此外,他对余华的小说《兄弟》、余秋雨的小说《冰河》以及张贤亮的后期小说都做了相当尖锐的批评。在无论良莠,评论者都予以拔高、过誉甚至逢迎、阿谀的庸俗风气中,杨光祖敢于发表自己的见解,观点鲜明,直击问题,这是难能可贵的。对这些声名显赫的作家提出严厉的批评,不仅需要见识和眼力,还需要勇气。文坛上并不是没有有见识的人,但出于种种考虑,这些人并不肯直言,往往是在场面上、文章中赞颂有加,而私底下腹诽。杨光祖就像是那个直言皇帝没穿衣服的孩子。他有时候是左右开弓、两面开罪人。譬如他在批评余华的小说《兄弟》叙事过于粗俗的同时,也对著名评论家陈思和乃至整个评论界提出了尖锐的质疑:"我把陈思和先生的《我对〈兄弟〉的解读》认真读了几遍,真的比读《兄弟》还叫人难受。我们说得平和一点,陈先生的解读是一种夸张的过度阐释;说得尖锐一点,是与作品没有什么关系的自说自话。这是当下文学批评的一个非常突出的现象,也是20世纪90年代以来文学批评学院化后的一种痼疾,而且已经严重地侵蚀了正常的文学批评。"③这些批评活动,显示了一个批评家的独立精神和风骨,同样以直言、尖锐著称的评论家李建军说他是"直派批评家"④。但杨光

---

① 杨光祖:《莫言:这样的小说让我们恐惧》,《回到文学现场》,中国社会科学出版社,2016年出版,第62页。
② 杨光祖:《〈带灯〉:修辞并不是一个简单的技术问题》,《回到文学现场》,第112—113页。
③ 杨光祖:《〈兄弟〉的恶俗与学院批评的症候》,《回到文学现场》,第53页。
④ 李建军:《论直派批评——以杨光祖为例》,《文学自由谈》,2016年第3期。

祖的批评有时候也因情绪激烈而有失冷静,譬如他将张贤亮小说的自传体色彩理解为"用自传体美化和粉饰自己";将《男人的一半是女人》中的性描写,理解为是"一种男权主义立场,是站在男性立场的享受性描写,有一种性虐待的倾向"①,就失之简单了。他没有看清楚张贤亮的大思路,只是从阅读感觉出发做出判断,有时候就可能做出误判。正如他的一部书名所表达的,他所做的,是"文学世界的探险",既然是探险,就可能大有发现,也有可能出现失误。

彭岚嘉(1964—),甘肃景泰县人,毕业于西北师范大学中文系,曾任西北师范大学西部文化研究所所长,现为兰州大学文学院教授、博士生导师,甘肃省当代文学研究会副会长、兰州大学西部文化发展研究中心主任。主要研究方向为中国文学、文化产业和西部文化。著有《古道遗韵》《中国西部文化发展战略研究》《中国西部文化产业发展战略选择》《西部作家的文化姿态》《古道西风劲马——魏晋南北朝时期的丝绸之路》《中国梦的文化指向》等学术著作多部。参编《西部风情与多民族色彩——甘肃文学四十年》《丝绸之路文化大辞典》《西北军旅作家论集》等。先后在《文艺评论》《社会科学研究》《兰州大学学报》等报刊上发表文章七十余篇。曾获甘肃省社会科学优秀成果一等奖、二等奖多项。

郎伟(1962—),回族,浙江富阳人。1980年7月考入北京大学中文系文学专业学习,1984年毕业后到宁夏工作,1991年获北京大学文学硕士学位,现任宁夏大学人文学院副院长、教授、宁夏作家协会副主席。主要从事中国现当代文学的教学与研究工作,出版文学评论集《负重的文学》《人类重要文学命题》,在国内刊物和报纸上发表文学评论九十余篇。主要论文有《觉醒与成长——近20年中国文学的简单回顾》与《人类重要文学命题》(合作)。曾获全国第八届少数民族文学创作骏马奖、中国当代文学研究第九届优秀成果奖,多次获得宁夏回族自治区社会科学优秀论文奖和文学评论奖。

张懿红(1968—),女,湖南湘乡人,兰州大学文学博士,现为兰州城市学院教授。在《中国比较文学》《文艺理论与批评》《文艺报》等报刊发表评论、论文四十余篇,参与编写《中国现当代文学通史》,2009年出版学术专著《缅想与徜徉:跨世纪乡土小说研究》。主要文章有《王小波小说艺术的渊源与创化》《民间立场与自由精神——论莫言对中国乡土小说的贡献》《1990年

---

① 杨光祖:《张贤亮:罪感的缺失与苦难的倾诉》,《回到文学现场》,第120页。

代以来中国大陆乡土小说研究》《甘肃小说八骏：拥有的和欠缺的》以及"20世纪敦煌题材文艺创作与传播"系列论文之《当代敦煌题材小说述评》《当代敦煌题材散文述评》《当代敦煌题材诗歌述评》《当代敦煌题材戏剧影视剧述评》等。

徐兆寿（1968—　），甘肃凉州人，文学博士，教授，现任西北师范大学传媒学院院长、甘肃当代文学研究会会长。1988年开始在各种杂志上发表诗歌、小说、散文、评论等作品，在《光明日报》《小说评论》《文艺争鸣》等刊物上发表文学评论数十篇。学术著作有《我的文学观》《中国文化精神之我见》《非常对话》《爱是需要学习的》《爱与性的秘密》《精神的高原——当代西部文学中的民间文化书写》等。徐兆寿的创作和研究著作中较多地涉及了对性文化的探究，引人关注。其充满激情的西部文学研究，创见颇多。

唐翰存（1976年—　），甘肃陇南市武都区人，兰州大学文学博士，现为兰州交通大学文学院副教授、甘肃省文艺评论家协会理事。出版文论集《文学与天堂的距离》，连续三次获黄河文学奖。唐翰存最初是以诗歌、散文创作切入文学的，带着创作经验进入评论，他的文学评论就比较接地气。正如诗人人邻在一篇关于唐翰存的文章中所说："唐翰存比起其他的评论家，能够借助自己在文学语言上的摸索，对于形象、意境以至于感性和思辨的处理，更深地触及作品的深处，进而触及作者缘由个性化的语言而生成的文本特点。比如他评论诗人老乡的诗歌：'他所思考的问题，从两根筷子到佛和上帝，超乎寻常的深入和博大。他是一个将艰苦思索带入日常生活，又将日常生活终极化的人。思索，成为他大脑的常态，有时借着一个小事物，话锋一闪，推导出很神奇的道理来，有时又从宇宙人生的幽思中渐次回落，落实到一个具体可感的事物身上。'我也读过一些对老乡诗歌的评论，但是在对诗歌进行理性分析之余，能够以感性的语言方式呈现诗歌的隐秘内核，唐翰存是做得好的。也只有这样的评论文字，才能带着读者更深地切入诗歌的奥秘深处。"[①]唐翰存对省内外诸多小说家的作品，也进行了较为深入的解读。对贾平凹、苏童、刘震云、余华的小说，解读文字都不长，却都能点到要处。

王贵禄（1967—　），甘肃秦安县人，兰州大学文学硕士，陕西师范大学文学博士，现为天水师范学院副教授。2005年以来，先后在《陕西师范大学

---

① 人邻：《唐翰存：坚持关怀、执着、热爱的立场》，《甘肃日报》，2014年1月30日。

学报》《兰州大学学报》《文艺理论与批评》等发表学术论文数十篇。主要从事中国西部文学、底层文学和影视文化的研究。研究西部文学的论文有:《论西部作家的文学精神》《地域文化与西部小说》《论新生代西部作家的精神结构与历史境遇》等。出版有专著《中国西部小说叙事学》《前瞻性批评:消费时代的文学与影像》《电影艺术导论》及《守望　追寻　创生:中国西部小说的历史形态与精神重构》(与赵学勇教授合著)。另外,他还撰写了一批文艺评论文章:《谁的文学史:90年代以来当代文学史叙事中的50—70年代文学》《谁的文学批评:90年代以来批判话语的转型与蜕变》《〈天狗〉:回归现实主义叙事》《从〈雷雨〉到〈满城尽带黄金甲〉:改编策略与叙事策略》《〈色,戒〉:文化事件及其隐喻》等。有评论说,"为底层言说"和"替底层言说",这是他别一向度的学术思想建构,因为这种学术思想的存在,他的文风一变而为犀利、浩大和沉雄。

　　李利芳(1973—　),女,内蒙古丰镇人,教授,兰州大学文学硕士,南开大学文学博士,现为兰州大学文学院院长、中国儿童文学研究会理事。从事儿童文学理论、批评研究十余年,出版有学术专著《中国发生期儿童文学理论本土化进程研究》。主要论文有《全球化语境中的中国西部儿童文学》《现代中国儿童文学理论的发生》《民间童话的永恒魅力——以赵燕翼的民间童话作为个案》《赵燕翼:永远的西部民间》《当前中国西部儿童文学的文化多样性》《改革开放三十年:中国西部儿童文学的回顾与展望》《全球化语境中的中国西部儿童文学》等。李利芳在儿童文学方面的研究成果已经受到学界的注意,有些论文被收入国际儿童文学学术会议论文集和海峡两岸儿童文学学术研讨会论文集。

　　王敏(1980—　),女,笔名伽蓝,四川成都人,文学博士,新疆大学人文学院影视艺术系主任,副教授,主要从事民族文学、影视与文艺评论研究。出版有《龟兹物语》《新疆改革开放文学三十年》《新疆新生代汉语文学创作研究:焦点与阐释》及《民族叙述:文化认同、记忆与建构》(合著)、《走出的批评——当代少数民族文学批评的阐释与实践》(合著)、《巴扎志》等著作。王敏的研究领域比较宽广,笔触生动,语言富有魅力。她用社会学的视角和田野调查手段,观察和思考新疆的民族文化,不断探索对新疆多民族文化表达的方式。她认为,巴扎对她而言,"与其说是一个研究对象,不如说作为一个研究角度,一种研究方法,能够切入新疆区域文化研究的纵深之处,兼以沟通不同学科、不同区域以及不同人群,并在其间建立全新的对话与交流"①。《巴扎志》的写作,对于她想要进行的"丝绸之路上的集市文化研究"而言,仅仅是一个开始,

第二节 期刊、社群、文学活动与西部文学

中国新文学以晚清以来现代城市的生成与发育为基础,并随着中心城市的形成、扩张而诞生,呈现出了以北京和上海等地为圆心、渐次向内地辐射的发展路径,同时,其传播高度依赖于近现代以来的文学社团、文学报刊、文学教育、现代出版等外部力量。和中国新文学一样,西部新文学的发生、发展也直接源于文学社团、文学教育及众多文艺编辑家在出版与传播等方面的辛勤耕耘。历史地看,在新文化运动后的多年间,西部新文学的萌动与发生进程极度缓慢,直到1937年抗战爆发后,京、沪、宁、汉、津等多地沦陷,一批新文学作家在抗日救亡的号召下②,先后奔赴西部多地从事新文化传播、提倡文学教育,以推动西部新文学的萌芽与成长。他们的到来真正开启了新文学种子在西部原野上的落地。

由于受自然地理环境以及经济、政治、民族、教育等因素的制约,近代以来的内地与新疆文化交流比较困难,新疆的城市发育滞后,文化与文学事业亦比较落后。这一现状一直持续到1930年代末期,著名的文学家和编辑家茅盾先生1939年入疆才稍微得以改观。担任新疆文化协会委员长的茅盾,短暂的停留、影响甚巨的贡献、方向性的引领,翻开了新疆新文学史上辉煌的一页。1939年3月,茅盾一行抵达新疆首府迪化(今乌鲁木齐)后,积极开展以抗日救亡为中心的新文化启蒙运动,开拓文化处女地,播撒革命火种,积极推进新疆教育事业。在疆期间,茅盾撰写了时事评论、文艺评论、古诗词和歌词等三十多篇,如《新疆文化发展的展望》《五四运动之检讨》《中国新文学运动》《在抗战中纪念鲁迅先生》《诚恳的希望》《二十年来的苏联文学》《通俗化、大众化与中国化》《〈子夜〉是怎样写成的》《关于诗》等。这些论作提升了新疆新

---

① 王敏:《巴扎志·后记》,国家图书馆出版社,2015年出版。
② 客观上,这些大城市被日军占领后,多位文学家失去了文学写作与编辑出版的优越环境,抗战中期,大部国土沦陷,文学的主要生长空间自然被挤向地理位置上的中国西部。多位作家这一时期的"西北行"也可看作是他们在为自身文学生存开拓空间。

文化运动的质量，显示了茅盾推动新疆新文化——启蒙运动的基本构想。茅盾在新疆开展的新文化启蒙运动，基于中华民族的生存危机和新疆文化事业发展的滞后局面，从抗日救亡和民主革命的现实需要出发，注重扩大与提升五四新文化——新文学运动和1930年代以来左翼文学运动在新疆的影响范围和力度。虽然限于逐步恶化的政治环境，这些构想未能一一落实，但其产生的影响依然是巨大的。茅盾在新疆期间的文学思想主要由三个方面构成：一、重评五四运动。《五四运动之检讨》首次向新疆各族人民介绍了五四新文化运动的起因、成败及得失。尽管多为知识普及，其中有些观点不无局限，但也成为五四新文化运动在新疆地区发展的重要阶段性成果。《中国新文学运动》一文全面介绍了五四新文学在1920至1930年代的发展，大量文学现象的列举、文学史脉络的勾勒都使该文具备了文学史的框架。《在抗战中纪念鲁迅先生》一文结合时代背景，注重发掘鲁迅斗争精神的一面。二、介绍苏联文学艺术成就。《诚恳的希望》介绍了俄苏文化在中国的传播和影响。尤其针对新疆少数民族众多而少数民族文学发展严重滞后的局面，专门介绍了十月革命后苏联少数民族文艺发展的盛况，茅盾据此认为新疆的少数民族文艺发展也应接受马列主义。《二十年来的苏联文学》简要介绍了苏联文学所走过的道路和取得的重大成就，该文分析精准，宏观视野与微观解读成为评介苏联文艺不可多得的重要文献[①]。三、繁荣少数民族文艺。在《新疆文化发展的展望》一文中，茅盾明确反对历代封建统治阶级推行的以汉族为主位的文化同化政策，要求凝聚各民族丰富、优秀的文化，使新疆这块有着悠长历史的文化"处女地"得到开发。茅盾在新疆时期的著作凝结着心血，是其抗战时期参与指导新疆文艺运动尤其是少数民族文艺发展的重要文献，诸如"民族的形式"的提法就增强了新疆少数民族文艺运动自信心，成为五四新文学及左翼文学在西北边地的"星星之火"。

青海与新疆的情形稍有差别。适逢1937年抗战爆发，抗日烽火和民族救亡运动如火如荼地在全国开展，青海等地虽然距离抗日主战场较远，但也积极鼓动宣传、为抗战造势。当时，文艺界的著名人物或以个人名义，或率领文艺团体，陆续来到青海。由于特殊的"拓荒者"身份与使命，他们在播撒抗日救

[①] 茅盾对俄苏文艺的译介符合近代以来新疆的对外交往史，晚清以来，俄苏对新疆的影响日渐盛炽，并且从政治、经济、军事、宗教、文化等方面产生了全方位的影响，及至1950年代达到巅峰。

亡种子的同时,也将新文化的火种播撒于青海高原上,其中就包括新文学作家老舍的"青海行"。1937年深秋,老舍在兰州主持和参加完一些学术活动①后即赴西宁。老舍到青海的消息很快传播开来,经多校联合邀请,他在当时的西宁第一中学南楼礼堂,为教师和学生做了题为《什么叫新文学》的报告。据后来者回忆,老舍的报告知识渊博,通俗易懂,幽默风趣,语言诙谐,听众的情绪始终活跃热烈。围绕抗日救国问题,他号召:"不分男女老少,有文化的人都拿起笔来,写民族团结,写民族仇恨,写保家卫国""不抗日无以图生存,不团结无以图救国"。随后,《青海民国日报》编辑郭也生负责组织了十多名文学青年,在老舍的住处举行了一次小型座谈会,老舍讲了《怎样写作》,其中提出:"天下兴亡,匹夫有责,文艺工作者不应有'治国安邦非吾事,自有周公孔圣人'的思想,应该走到时代生活的前面。"②老舍留驻青海时间虽短,但对西宁文化界震动较大。老舍的"青海行"成为中国新文学在西北高原青海萌动及思想启蒙的重要契机。整个抗战时代,青海的文化与思想启蒙借力于多位进步文化人士的"青海行",如王洛宾、李朴园、沈逸千、郑君里、韩尚义、吴晓邦、崔超、王云阶、吴樾萌以及老画家张大千等人助力青海的现代思想启蒙,真正推动了新文化——启蒙思想在西北高原的传播。

因兰州地处西北地区的咽喉,如火如荼的抗日救亡运动在西北一隅的兰州也达到了高潮。处于地下状态的共产党甘肃工委和公开活动的八路军驻兰州办事处利用大好形势,提出"创办刊物、改造舆论"的工作方针,选派和推荐了一些共产党员和进步文化人,创办了一批有特色、旗帜鲜明的大小刊物,如:妇女慰劳会办的《妇女旬刊》、谢觉哉指导下开展工作的《西北青年》、青年进步作家吴勃(原名吴皋原,笔名白危)主编的《战号》、伊斯兰学会的杨静仁与鲜维峻编辑出版的《回声》、著名学者顾颉刚创办的通俗刊物《老百姓》、共产党员丛德滋和于千创办的《民众通讯》。其中在进步文学青年中影响最大的

---

① 按《老舍年谱》简编记述,老舍于1939年10月9日在兰州师院(引者按:此处有误,应为省立甘肃学院,即今兰州大学前身。原为成立于1909年的甘肃法政学堂,后依次更名为甘肃公立法政专门学校、兰州中山大学、甘肃大学,1931年5月更名省立甘肃学院,1944年更名为国立甘肃学院,1946年更名为国立兰州大学)做了题为《抗战两年来的文艺运动》的报告,但《老舍全集》查无此文,据老舍此前活动轨迹以考,其于1939年8月中下旬在西安即已做了题为《抗战与文艺——两年来全国文艺活动的报告》,依标题和时间推测,两次报告内容极有可能大同小异,故在兰州的演讲文在当时并未正式发表。
② 查《老舍全集》,并无题为《什么是新文学》与《怎样写作》二文,上述引文为后来者的回忆,且被发布于各官方网站。

当属作家萧军主编的《甘肃民国日报》副刊《西北文艺》。1938年4月底,为宣传抗战而来兰的萧军①,将他特立独行的性格带到了兰州,并留下了令人拍案的佳话。当时兰州的官方报纸有《民国日报》《西北日报》等,其中以创刊于1928年的《民国日报》影响最大。萧军虽然在兰州只停留了四十多天,但他创办《甘肃民国日报》副刊《西北文艺》宣传抗战却成为其人生辉煌的一笔。到兰伊始,萧军在第一期《西北文艺》发刊词中说,兰州虽然是荒漠,什么种子也难以发芽,但"人类的历史就是由荒漠走到繁荣的。我们希望兰州也由荒漠走到它的繁荣"。萧军编辑《西北文艺》的主导思想就是抗日救亡。如他的《告别》一文所言:"选用和抗战有关的直接或间接的积极性题材,用诗歌、短篇小说、报告文学等形式把它表现出来,以便鼓励民众。"从1938年5月开始,国民党甘肃省政府对民众的抗日意愿采取了压制态度,兰州的形势发生了变化。6月6日,萧军离开兰州,第七期《西北文艺》专门刊登了他的《告别》一文,6月10日《民国日报》刊登启事宣布《西北文艺》停刊。萧军在《告别》一文中写完办刊宗旨后,继续写道:"人是不应该像一只狗似的为了一个馒头,就没有选择地靠一个主人而终生。但是也不能像最近那位'弃暗投明'的张国焘先生。否则那就有过犹不及的危险。比方他主观上口口声声说他是'舍身救国',而客观上却是做了削减分解民族抗战的勾当。我们对于类似这一般的人型,特别是在抗战救亡的过程中,是应该加以注意和研究的!"原本"张国焘"是开天窗的,稿件顺利通过审查发至排版车间。萧军在去汽车站的路上,嫌不过瘾,他想点明张国焘,于是折返报社,让排字工人把三个×改成了张国焘。文章刊出后,大部分民众和进步人士欢呼叫好,而国民党甘肃省政府发现被利用,随即宣布《西北文艺》和另一进步刊物《剧运》②副刊停刊。兰州的

---

① 萧军(1907—1988),辽宁人,1934年11月抵达上海,得到鲁迅指导,参加了《海燕》和《作家》等杂志的编辑工作。1935年出版了第一部长篇小说《八月的乡村》,这是第一部描写东北人民抵抗日寇的小说。杰出的文学才能,使他成为"东北作家群"的代表。
② 进步戏剧家塞克于1938年4月创办。塞克(1906—1988),即陈凝秋,原名陈秉钧,我国重要的诗人、剧作家、画家、翻译家,中国抗战文艺的领军人物之一。1927年在上海参加田汉领导的"南国社",演出《南归》一剧广受好评。后在上海明星公司担任演员,并在"新地剧社""狮吼剧社"担任领导和导演,为中国早期的电影、话剧艺术做出了贡献。翻译了高尔基的《夜店》和许多苏联歌曲的歌词,创作演出了《流民三千万》《铁流》等抗日剧目。他也是中国救亡歌曲的重要词作者和新音乐运动的旗手之一。著名的救亡歌曲《救国军歌》《心头恨》《抗日先锋队》等歌曲的歌词都出于他之手。1935年以后,他参与组织中国歌曲作者协会和救亡演剧第一队,并参加了中华全国戏剧界抗敌协会、西北战地服务团。

抗日救亡运动遂陷入低潮。

抗战爆发后,京、沪、宁、汉、津等多地多所大学西迁,由国立北平师范大学、国立北平大学、北洋工学院在西安(稍后迁往陕南城固)临时组成西北联合大学。国立北平师范大学整体改组为师范学院,1939年又独立设置为国立西北师范学院,并于1944年秋季整体搬迁至甘肃兰州,随行的一批新文学作家进一步促成了新文学事业在西部大地扎根。早于1920至1930年代已成名的"恶魔诗人"于赓虞即在此行列。1944年5月,于赓虞①正式担任国立西北师范学院国文、外语两系合聘教授,兼外语系主任、学校图书仪器委员会委员、教员升等审查委员会委员、训育委员会委员职务。于赓虞在兰期间除继续耕耘其现代派诗艺外,又多了两重身份:其一,作为教育家的于赓虞。1945年11月2日和9日《西北日报·社会服务》副刊"星期讲座"栏目连载了于赓虞的《自我教育》一文,该文为于赓虞在国立西北师范学院10月15日"国父纪念周"上的公开演讲,虽为宣传官方意志的政治论说文,但并无多少官腔套语,也非一般的应景之制。该文认为教育可分为学校教育与社会教育,社会教育并非一般意义上的社会力量办教育,而是指社会对离校学生的潜移默化改造,在于赓虞看来:"大学教育应培养能转移社会风气,而不为社会风气所转移之人才,但现在大学生毕业后,往往为社会潜移默化。"因此,面对大学教育之不足,就应该强调自我教育及相应实现办法:从自知到自觉是自我教育的第一步,当自觉后遭遇感觉与理智、常识与幻想之间的矛盾时,必须做到人格独立,践行自由思想,将思想从"中庸"与"自我"中解脱出来,"达到忘我境界,然后事物才有发展,世界才有进步。"于赓虞对大学人才培养目标的定位属于典型的现代新式教育思想,传达了现代中国知识分子独立自由的心声。其二,作为文学编辑家与翻译工作者的于赓虞。1944年6月以来,于赓虞在兰州的《甘肃民国日报·文艺》(1944年6月9日)第一期发表《云雀曲》(华土渥斯作),在《甘肃民国日报·生路》(1945年7月11日)第一〇二七期发表总题为《雪莱与吉茨(十)》(包括雪莱的《西风颂》《奥西曼狄亚》《云》,吉茨的《夜莺歌》)。在《兰州和平日报·笔阵》第四期(1946年11月18日)以译名"波西"发表《给绿克丝》(腊夫蕾斯)、《给荻亚奈》(海蕾克),综合于赓虞一生的翻译

---

① 本文有关于赓虞的部分参考王贺的文章《恶魔诗人之后——于赓虞的异域抒写及边地言行》,载《中国现代文学研究丛刊》2012年第3期。

实践来看，其翻译所涉除西方浪漫主义文学外，对斐塔克、腊夫蕾斯、海蕾克等至今不为国人熟悉的诗人也有所关注，其短诗翻译尤其重视对原诗固有形式的遵照。在文学编辑事业上，《兰州和平日报·笔阵》是其唯一主持的文艺刊物，《笔阵》创刊于1946年11月12日，当月27日停刊，每周约出三次，每次均为半版，共出二十期。主要刊载新文学作品、外国文学翻译、文学论文等。《笔阵》关注西北文坛的发展，曾连续刊出不少关于西北话剧运动的讨论文章等，助力新文学发展的思考。当时，旧诗的创作拥有专门副刊，通俗文学占据西北地区文坛主阵，新文学势单力薄，于赓虞为了提升新文学的影响力而没有将视野局限于西北文坛，尤其将一些流寓大西南的诗人作家也纳入《笔阵》的作家群。这同时也成为日后西部新文学发展的重要策略之一。于赓虞在偏僻的甘肃度过了两年，他的边地之行与思，参与了新文学与新文化在甘肃的落地生根，尤其是他的现代主义诗人及诗论家的文学实践延续，成为西部新文学及现代主义文学在西部发展的重要起点，为新文学在边远地区的传播和发展做出了卓越贡献。

　　于赓虞任教的西北师范大学历来就有校园文学青年自编自印刊物的传统。1944年，由进步学生自编自印的进步文学刊物《新地》就刊载了一些抒发青年大学生惆怅哀伤的或是高亢激扬情绪的诗作，部分诗作直面抗战以砥砺民族气节，读来荡气回肠。1962年秋，甘肃师范学院学生会开办大型连续墙报《百花园》，著名文艺理论家陈涌担任指导，1963年，学生会自印诗集《百花园诗选》（一人一首，共二十五首），新时期以来的甘肃文坛健将何来、陈德宏、吴辰旭等也在此时崭露头角。时间到了1978年，思想解放开始萌动，在甘肃，诗歌的最初觉醒就是从大学校园开始的，在甘肃的多所高等院校中，又最早源于西北师范大学的校园诗歌。1979年初，七七级中文系学生栾行健在壁报上发表了小诗《雪花》歌咏爱情，立刻招来铺天盖地的争鸣大字报。这场争论稍后通过《甘肃日报》引发一场全省范围的讨论，吹响甘肃文艺界思想解放的号角。这一破冰之作，使自由和煦的春风吹进了青年心中，吹进了西北师大等甘肃高校校园，西北师范大学的校园诗歌创作进入繁荣期。此前，中文系率先成立了"百花诗社"（1979年3月6日成立，5月出版会刊《百花》诗刊第一期），稍后于1980年年底成立甘肃青年诗歌学会甘肃师大分会（稍后更名为甘肃师大青年诗歌学会，1996年更名为西北师范大学文学联合会），彭金山为首任会长，创刊于1980年10月的《我们》被定为会刊。彭金山、周永福、崔桓、董培勤、张津梁、于进、刘芳森、朱子国等都是当时活跃的校园诗人,西北师大校园诗歌在学校"青年诗歌学会"的直接推动下蓬勃展开,会刊《我们》成为校园诗歌园地,一代又一代诗人在这里练笔、成长,然后走向远方,直至今日。1980年代西北师大走出来的一批诗人卓有才华。除上述诗人之外,张子选、阿信(原名牟吉信)、汪幼琴、高尚、于跃、周培烈(笔名周舟)、武承明、张中定、薛世昌(笔名雪潇)、王元中、叶舟、唐欣等均引人瞩目。他们的创作真实地记录着一代又一代青年的精神世界和心路历程,反映了时代的整体情绪。这些成就的取得和当时《我们》所受到的学术支持是分不开的,据彭金山教授回忆:"我们当时的校园文学活动搞得风风火火,与我们的两位顾问老师很有关系。孙克恒老师在北京大学读书时,就是北大诗社的中坚,1957 年分配到兰州高校,后来一直在师大工作。从百花诗社时,孙老师就是我们的顾问。他经常给我们做诗歌学术报告,对我们的作品悉心评点、指导。后来,九叶诗人唐祈先生也调到了师大。……唐祈先生也是我们的顾问,给我们做学术报告,讲西方现代派,讲中国 40 年代的诗歌,给偏远的兰州送来一股新鲜的风。每期的《我们》,先生都细细阅过,并且在一些诗句下面画线圈点,当面指出好在哪里,不足是什么。"①《我们》的成长与收获见证了文学期刊、社团和文学编辑家对西部新文学的推动,这些推动作用是决定性的,而不是可有可无的。1970 年代末到整个 1980 年代,是西北师大诗歌创作的兴盛期和繁荣期。部分诗人选择了高举时代号角、为改革开放、为社会翻天覆地的变化而大声鼓吹,也有诗人为描绘西部奇异的自然风光和淳厚的风土人情而放声歌唱,更有一批漫游于大学校园艺术世界的青年诗人认真扎实地创作极具现代主义特征的朦胧诗,他们的大胆探索与创新为新时期以来的文学甚至 20 世纪中国现代主义文学的发展贡献了浓重的一笔,在艺术表现手法上留下颇有价值的经验。就 1980 年代的《我们》连同其他校园诗歌的意义,作为亲历者和参与者的彭金山多年之后如是评价:"80 年代的大学生诗歌运动和强劲的新诗潮一起,荡涤着中国新旧交替时期的诗坛,为一种新的诗歌观念和诗美艺术的确立,发挥了重要作用,此为功绩之一;其二,从大学校园锻炼并走出了一批接一批的诗人,有力地改变了中国诗坛的阵容和中国诗人的文化构成;其三,从大学校园成长起来的诗人,直接主导了相当一个时期当代诗潮的流向,孕育了中国诗歌变革的因

---

① 彭金山:《最初的脚印——兼说说〈飞天·大学生诗苑〉》,《飞天》,2015 年第 10 期。

子。"而大学生校园诗歌的多样化探索与实践,确实开启和呼应着中国当代继朦胧诗之后的现代主义诗歌运动:"因为80年代大学生诗歌运动对当时和之后相当长一个时期中国诗歌的影响实在是太大了。我个人倾向把20世纪80年代初的校园诗歌,看作以朦胧诗为主要标志的新诗潮的一个重要组成部分,因为价值取向和艺术特征都大体趋近。80年代初大学校园诗歌活动盛行时,朦胧诗亦风头尚劲。"①此确为肯綮之论。

新中国成立以来,新疆、西藏、内蒙古、青海等地的民族文学发展在著名新文学作家、文学刊物和编辑家的推动下取得了跨越式发展。从1949年辗转回国到1960年代,老舍对少数民族文学艺术发展的思考涉及多方面,多次撰文为少数民族文艺的发展鼓吹呐喊。如《关于兄弟民族文学工作的报告》②,从民族文学遗产和新文学的兴起、少数民族文学翻译及创作问题等方面切入,涉及民族出版、人才培养、文学遗产的继承创新以及与汉族文学交流合作等民族文学发展的瓶颈问题,提出了许多切中肯綮的意见。《关于少数民族文学工作的报告》③一文全面肯定了建国十年来少数民族文学在出版、文学史编撰、文学遗产整理、作家队伍培养等方面所取得的成就,针对一些影响少数民族文学发展的难点问题,提出了相应的对策。老舍的眼光无疑是长远的,这份总结报告对后来的西部少数民族以至全国少数民族文学发展影响极为深远,学者关纪新指出:"这些纲领,在20世纪后半叶的民族文学发展进程中起了极大的指导作用,在21世纪也必将产生深远的影响。"这绝非过誉之辞。老舍的思考极具科学性、前瞻性、实践性、广泛性,他的《多民族的新疆必将成为极其美好的百花齐放的园地》④、《兄弟民族的诗风歌雨》⑤等文章提议"应当把组织与培养翻译人才作为重要的事业规划之一",更是老舍对少数民族文学发展最为忧心之所在。同样,在抗战期间就对新疆新文学寄予厚望的茅盾在建国后对新疆等地的少数民族文学发展的思考与推动,可谓不遗余力。建国初的茅

---

① 彭金山、姜红伟:《当年,我们因诗走到一起——1980年代大学生诗歌运动访谈录》,《诗歌月刊》,2016年第1期。
② 《人民日报》,1956年3月25日,为出席1956年2月27日至3月6日在京举行的中国作协第二次理事会上的大会报告。
③ 《文艺报》(半月刊),1960年8月第15—16期合刊,为1960年8月26日在中国作协第三次理事会扩大会议上的报告。
④ 《新疆日报》,1957年5月26日。
⑤ 《人民日报》,1960年4月9日。

盾就提出了极具战略眼光的"开展国内各少数民族的文学运动"①的号召,"以少数民族的劳动人民的先进人物为主人公的作品"为建国几年来少数民族文学的独创,这些论断对中国当代多民族社会主义文学的发展具有奠基意义。作为新文学批评家和《人民文学》的时任主编,茅盾在对少数民族作家的扶植与奖掖方面开展了大量工作,这些收录在《鼓吹集》《鼓吹续集》和《茅盾评论文集》等著作中的评论,对蒙古族作家玛拉沁夫、敖德斯尔、乌兰巴干及诗人纳·赛音朝克图、巴·布林贝赫,维吾尔族作家阿·吾甫尔、柯尤慕·图尔迪、贾帕尔·艾买提,藏族诗人饶阶巴桑等数十位作家给予了长期的关注与评论。如对玛拉沁夫的扶掖,从1952年茅盾主持《人民文学》发表《科尔沁草原的人们》开始到1960年短篇小说集《花的草原》出版,仅茅盾为《花的草原》撰写的评论就长达20多页。尤其是在愈来愈激进的政治意识形态背景下,茅盾对文艺界之于少数民族作家的批判能从文学艺术规律自身出发给予保护,而不是简单粗暴地对待作家创作,这确然难能可贵。这不仅是少数民族文学,而且成为"十七年"时期文学艺术探索的重要创获。在老舍、茅盾、何其芳等著名新文学作家和评论家的推动下,西部少数民族文学的创作与翻译成果颇为壮观。自1960年尤其是新时期以来,新疆创办的地市级少数民族期刊达三十多种,四十多种少数民族文字报纸以及新疆人民出版社等十多家出版社出版了大量的"汉译民"和"民译汉"作品。如《文学译丛》、《世界文学选译》、《地平线》、《民族作家》(原为《新疆民族文学》)、《塔里木》(维吾尔文)、《启明星》(蒙古文)、《美拉斯》(维吾尔文)及各地市主办的《伊犁河》(维吾尔、哈萨克、汉文)、《阿勒泰春光》(哈萨克文)、《阿克苏文艺》(维吾尔文)、《吐鲁番文学》(维吾尔文)等一批文学刊物为翻译介绍少数民族作家作品、向少数民族译介古今中外优秀文学作品、发表少数民族作家作品提供了重要平台,大量中外文学作品的翻译出版极大地丰富了新疆少数民族人民群众的精神文化生活,对新疆少数民族文学发展产生了深远的影响。内蒙古的《草原》、《花的原野》、《鸿雁》(汉文)、《鸿嘎鲁》(蒙文)、《西拉沐沦》(蒙文)、理论刊物《金钥匙》(蒙文)等,西藏的《西藏文艺》《章恰尔》《岗竖麦朵》等刊物都在推动西部省区的少数民族文艺发展繁荣过程中起了重要作用。

新中国成立之后,西部各省(区)文学艺术联合会和作家协会相继成立,

---

① 《人民文学》,第1卷第1期的《发刊词》,1949年10月。

如青海省文学工作者协会(1955年6月成立,1960年更名为中国作家协会青海分会)、内蒙古文学艺术工作者联合会(1954年10月成立)、西藏自治区文学艺术界联合会(1981年10月成立)、甘肃省文学艺术工作者联合会(1954年12月成立)、新疆维吾尔自治区文学艺术界联合会(1953年10月成立)。作为党领导文艺最重要的机构,各省(区)文联和作协参与制定地方性文艺方针和政策,组织文艺工作者积极开展文学艺术创作活动,表彰奖励文学艺术创作,发现和培养文艺人才,对各级文艺家协会、学会、研究会、文联进行指导、联络。尤其是新疆、西藏、青海、内蒙古在少数民族作家的培养上付出了大量心血且收获颇丰。以党和政府管理文学事业的方式培育及推动西部新文学,不仅使新文学真正得以在西部大地扎根,完成了自发状态下中国现代时期建设西部新文学的未竟之梦,而且有力推动了西部新文学与艺术事业的健康有序发展。《西部》(原刊名依次为《天山》《新疆文学》《新疆文艺》《中国西部文学》)、《飞天》(原刊名《甘肃文艺》)、《草原》、《朔方》(原刊名《宁夏文艺》)、《青海湖》、《西藏文学》(原刊名《西藏文艺》)等成为地方文学发展的强有力推手。在"十七年"及"文革"时期,文学的发展受制于政治意识形态的严厉管控,这一时期的西部文学在"反右""大跃进""大批判"的道路上顺承政治风向,文学发展的正常秩序受到严重破坏。"文革"开始不久,大部分西部新文学刊物停刊,专业编辑大多被下放改造,西部新文学的发展几乎完全中断。这一状况一直持续到1970年代初期,虽然"文革"尚未结束,但各地的文学管理机构和文学刊物的创办、恢复工作早在1971年年底即已着手[①],部分西部省区的文学管理机构和文学刊物顺势复刊和创刊。1978年开始,中国文学进入了春天,新时期文学正式开启。当时代政治诉求和文学发展的内部律动合拍时,西部文学的发展尤其高度依赖于文学期刊和文学编辑家的推动,刊物、文学编辑家及作家相互推动,共同造势,形成了1980年代以来文学最亮丽的风景线。

文学刊物和编辑家对文学的推动以发现和培养作家为着力点。新时期以来的西部文学发展中,《朔方》(1974—1980年为《宁夏文艺》)推出了张贤亮,

---

① 如1971年底,省级文艺期刊《北京新文艺》、广西的《革命文艺》、内蒙古的《革命文艺》开始试刊,1972年则有更多的省级、市县级期刊创刊。长沙的《工农兵文艺》《长沙画册》于1972年合并而成《长沙文艺》,广西的《革命文艺》于1972年改名为《广西文艺》,内蒙古的《革命文艺》于1973年改名为《内蒙古文艺》,《北京新文艺》于1973年改名为《北京文艺》。

《邢老汉和狗的故事》《灵与肉》等一批作品奠定了张贤亮在宁夏以至全国文坛的地位,提升了宁夏文学的水准,比如稍后着力培养的"三棵树""新三棵树"等青年作家均成为宁夏文坛及西部文坛的中坚力量。《西藏文学》推出了马丽华、秦文玉、徐官珠、金志国、吴雨初等藏地汉族作家外,对少数民族作家的发现与培养成为《西藏文艺》的亮点。《新疆文艺》对周涛、章德益、杨牧的发现更具传奇色彩[1]。1972年秋,时为《新疆文学》资深编辑的郑兴富从周涛的两首小诗中发现了他的诗才,并鼓励他去喀什接受锻炼。周涛听取了他的意见,去了喀什并写了"或掩埋于沙漠,或崛起于绿洲"的词句以自勉。郑兴富在1978年5月号的《新疆文学》编发了周涛的前期代表作《天山南北》,此后陆续编发周涛的一系列诗作,为此,他还曾因一年内编发了周涛近千行诗而受到编辑部一些同仁的责难。1973年12月,郑兴富在阿克苏出差期间,听说农一师五团有个农工很会写诗,就打电话请来这位农工,此人就是章德益。郑兴富看了章德益的诗后欣喜若狂,觉得他的诗"想象丰富,诗歌形象生动,构思奇特,是当时新疆所有诗人不可企及的"。因此,《新疆文艺》上发表了不少章德益的诗歌。后来,为了给章德益创造良好的创作环境,1975年,郑兴富积极引介将其借调至新疆人民出版社当编辑,1978年,正式调入《新疆文学》编辑部当诗歌编辑。同样,杨牧于1980年参加《诗刊》主办的全国第一届青年诗会,写了首《我年轻》寄给郑兴富。郑兴富当时就认定这是一首难得的好诗,把诗名改为《我是青年》发表于《新疆文学》1980年10月号上,并对杨牧进行了介绍,此诗随之在全国引起了广泛影响,当时就在广大青年和学生中广为流传。

  文学刊物和文学编辑对文学的鼎力推动,在《飞天》的《大学生诗苑》栏目更达到了顶峰。1981年早春二月,在全国精彩纷呈、面目各异的期刊之林,《飞天》文学月刊推出了一个新栏目——《大学生诗苑》。《大学生诗苑》每期只有六页,但出现在离中国诗坛中心相对较远的兰州,意外地引来众多关注。尤其是该栏目和当时西北师范学院校园文学刊物《我们》同时开启的朦胧诗写作实践,成为20世纪中国百年现代主义诗歌第五次探索的主要阵地之一,这和当时编辑家的眼光及对诗人诗才的发现分不开。《飞天》最重要的创举在于能从全国范围内的大学生中发现诗才、培养新人,这与一个叫张书绅的诗

---

[1] 郑兴富:《往事萦回——我与新疆作家和诗人》,《绿洲》,2008年第9期。

歌编辑密切相关。**张书绅**（1935—2017），编辑家，《飞天》杂志诗歌编辑，编审。祖籍甘肃省甘谷县土桥子,生于宁夏隆德县。1957年8月中专毕业参加工作,2000年3月退休。曾做过五年中学教师、五年党政和财税干部,被关过三年"牛棚",从事过十一年曲艺组织工作、一年专业创作、十九年文学编辑生涯。1974年,在甘肃庆阳工作多年的张书绅来到《飞天》杂志社负责剧本栏目的组稿工作。1980年4月,他开始脱身剧稿埋首诗稿。几个月之后,经过量化分析,张书绅对来稿有了大致的了解。一类是本省作者的来稿,不乏佳作但创新明显不足,明白、完整、平稳、严密之外缺乏鲜活的诗歌形式与内容。一类是大学生的诗,文字虽显稚嫩但却较为新颖,少数稿件可用,大多数诗作缺陷颇多。随着两类诗作的类型逐渐明晰,一个念头就在张书绅脑海中形成:开办一个大学生诗歌专栏。设想提出后的二十多天,1981年2月号正式开辟《大学生诗苑》专栏。历史地看,编者的目光显然超前,尤其抓住了这个时段文学包括诗歌发展的最佳契机,《大学生诗苑》反响尤其热烈。《大学生诗苑》编办之前,给《飞天》投寄诗歌的大学生,涉及二十多所高等院校的百余人。两年之后,已编发的二十辑《大学生诗苑》作者涉及三百二十多所院校,累计投稿人数四千多名,诗作九千多首,八年之后,《大学生诗苑》一百辑、《诗苑之友》十辑,累计投稿突破四十万首,刊载约一千一百人的两千三百多首诗歌,涉及三十多个省市的五百多所高校,包括港澳和旅美大学生。对于整个1980年代诗坛而言,《大学生诗苑》就是一块试验田,有自由诗,也有格律诗;有民歌体诗,也有楼阶式诗;有明朗诗、含蓄诗,也不乏象征诗、朦胧诗。甚而被认为是怪异、晦涩的诗,纷繁杂呈之中恰是编者的包容心态与审美眼光:"用大片大片的茂林佳卉和众多的小草小花,也用那些未被命名的绿色变异株去覆盖至今还在裸露的某些空白地段。"基于开阔的胸怀与探索的勇气,编者的园地意识给文学提供了丰富多样的发展机遇,为1980年代诗歌发展的多元化提供了新思路,成为1980年代思想解放的重要组成。而带有探索和试验性质的《大学生诗苑》提供了一块自由生长的园地:"从多数作品看,尽管没有脱离'大孩子气',却有着真诚的心声。人生道路上的回忆与比较、思考与觉醒、追求与理想,组成了又复杂又和谐的时代回音。美学领域的继承与突破,借鉴与发展,模拟与创造,闪现出又嫩弱又新异的艺术风貌。"[①]正是基于这样的园地意

---

① 于进：《张书绅与〈飞天·大学生诗苑〉》，《飞天》，2009年第2期。

识,十年之后,《大学生诗苑》编发至一百辑时,诗坛一批已有影响的青年诗人,如海子、简宁、周同馨、姜诗元、陆健、吴霖、郁斌、沈天鸿、尚仲敏,都可从《大学生诗苑》寻觅到当年脱颖而出的踪迹。而叶延滨、徐敬亚、周伦佑、唐欣、叶舟、于坚、王家新等,至今活跃在全国诗坛。《大学生诗苑》在一个相当宽阔的层面上提升了刊物的品位,确立了《飞天》作为西部重要文学刊物的地位。在新诗史上,著名评论家谢冕在《飞天的新生代——大学生诗苑述评》一文中对"诗苑栏目"多有赞誉:"《飞天》开辟的《大学生诗苑》的出现是诗歌困厄期中一片令人欣悦的绿洲","在中国新诗运动中,在一段时间内如此集中、专注、大量地选刊大学生青年学生的诗作,这确实是一个富有远见的行动。这一迹象,已经不仅在大学生的诗歌爱好中,而且也在全国的诗歌界引起了广泛的关注。——诗歌正是在大学校园里赢得了广大的爱好者和创作者。在那里,诗歌孕育着(或者已经发生了)变革,《飞天》的编者敏锐地获得了这一诗的最新信息,他们选择了一个特殊的时期,采取了一个特殊的方式,用以突出他们对于诗歌发展的关心。"[①]于坚认为,"《飞天》是80年代中国现代主义诗歌的一个重要阵地,而且是最早的阵地……后来被批评家们称为'第三代诗歌'的许多重要诗人都在这个刊物发表了作品","《飞天》以其远见卓识推动了当代诗歌的历史进程,这是历史不能忘记的"[②]。

一些西部文学发展过程中的至关重要的文学命题,也都是在文学编辑家和文学刊物的推动下完成的,如"新边塞诗"的兴发。1970年代末至1980年代初,全国诗坛上出现了以周涛、章德益、杨牧为代表的一批诗人,他们以其粗犷、雄奇、刚健、深沉、悲壮的艺术风格开一代诗风,在全国文坛上引起强烈反响,并引发了对"新边塞诗"的讨论。"新边塞诗"作家群的形成直接源于《新疆文学》的推动,《新疆文学》的园地意识提供了"新边塞诗"及作家群的成长空间。"边塞诗"是唐诗中一个重要的题材门类,既是中国文学的传统,也是新疆汉族文学的传统,对当代新疆诗人的文化心理结构产生了重要影响。"文革"结束后的文学事业百废待兴,"边塞诗"作为一种文化资源在新疆的复兴顺应了1980年代文学热的大潮。《新疆文艺》作为全疆最重要的刊物在对三位诗人的推介上不遗余力。1980年8月号开始,《新疆文学》就以《边塞新

---

① 谢冕:《飞天的新生代——大学生诗苑述评》,《飞天》,2000年第Z1集(《飞天》创刊五十周年特刊)。
② 于坚:《历史不能忘记》,《飞天》,2000年第Z1集(《飞天》创刊五十周年特刊)。

诗》为题发表了一组诗歌,并从1981年1月号起正式在刊物上开设《边塞新诗》专栏,这对"新边塞诗"派的形成起到了决定性作用。1980至1984年间,《新疆文学》的"新边塞诗"创作进入收获期,如周涛的《西域诗魂》《伊犁河》《荒原祭》《我的无边无际的大戈壁》、章德益的《大漠之美》《我自豪,我是开荒者的子孙》《荆棘·火种与烧荒者》、杨牧的《我是青年》《我要回到我的绿洲》《在生活的森林里》《夕阳·我·昆仑山》等俱于此刊发,以上述三位诗人为代表的边塞诗风格最终形成。稍后的李瑜、洋雨、东虹、杨树、杨眉等诗人诗作进一步丰富了新边塞诗的风格、内容与表现形式。不仅如此,作为资深编辑的郑兴富、陈柏中合撰评论《诗苑新花迎春开》(1978年9月诗歌专号)称章德益的诗"境界阔大,气势恢宏……读来情深意切,沁人肺腑,扣人心弦,在同类题材的众多诗作中,可谓独具一格";杨牧的政治抒情诗"纵横捭阖,挥洒自如,语言鲜明,节奏感强,有犀利的政论锋芒和浓郁的感情色彩",抒情诗则"能独辟蹊径,别开生面,立意高,开掘深,颇耐人寻味";周涛的诗"在艺术表现上,他的诗往往不加雕饰,浑然天成,语言淋漓酣畅,如行云流水,无拘无束,字里行间跃动着一股动人心弦的魅力"。此外,1980年1、2、10月号的《新疆文学》在《新疆作家与作品》专栏,分别对章德益、周涛、杨牧做了详尽的介绍,尤其是刊发的一系列评论文章[①]引导了对"新边塞诗"的讨论及其流派的形成。从某种意义上说,"新边塞诗"就是一次主流意识形态积极推动文学事业的典范,诗人们也在参与中积极酬唱应和并自由发挥。在"新边塞诗"的发展过程中,虽然三位诗人和诗歌编辑郑兴富的直接推动作用更多,但"新边塞诗"的发展实际上就是一批特定时代的诗人和编辑家同仁共同努力的结果。"新边塞诗"的辉煌更成为现代文学刊物和编辑家推动文学发展的成功典范。又如"西部文学"的概念,就是当时甘肃、青海、陕西的谢昌余、余斌、昌耀、肖云儒、任民凯等人与部分新疆作家和评论家的系列思考被编发于谢昌余、余斌等人主编的《当代文艺思潮》上获得大规模讨论的。作为1980年代西北最有个性、对中国当代文学思潮的兴发产生过重要作用的文学评论刊物,它也是西北文学的理论重镇。从1983年开始,《当代文艺思潮》对多个当代文艺理论热点问题给予持续关注,西部文学的话题也被纳入关注视野。1985年第1期

---

① 郑兴富的《试论周涛诗歌创作》,舒英、张成觉的《冲决束缚的诗,奔向未来的诗歌——浅谈杨牧的三篇新作》,浩明的《赤子心曲,诗苑新葩——评杨牧的政治抒情诗〈我是青年〉》,翟旭、刘有华的《吹奏一支绿色的曲调——读〈新疆文学〉的〈边塞新诗〉》等。

的《当代文艺思潮》在理论上开始对西部文学进行了系统的讨论,一批理论家和批评家如谢昌余、谢冕、昌耀、肖云儒、余斌、任民凯等都对西部文学概念的建构做出了思考和贡献,而这份贡献也当来自于刊物主持者和编辑家的慧眼与努力。

第三节　西部新文学中的英雄主义文学思潮

当内地文学中的英雄像雪人一样融化、被消解成凡夫俗子的时候,英雄主义作为美学旗帜之一,还在西部文学高地上高高飘扬。但这面旗帜已经不是过去的那面单一的红色旗帜,而是增添了多种颜色的彩色旗帜。它既包含充满阳刚之气、勇武气魄和侠肝义胆的古代英雄精神,也包含具有崇高、壮美、雄伟、坦荡、坚忍、奉献、牺牲、忍耐等美学品格的现代英雄精神。

西部新文学的英雄主义精神源头是西部英雄史诗中的英雄传奇。西部是英雄成长的土壤,"中国的英雄史诗百分之九十九分布在北方,形成了一条'东起黑龙江、西至天山、南抵青藏高原',包括了'我国北部、西北部地区以及青藏高原在内的中国北方英雄史诗带'"[①]。西部少数民族以游牧为主要生活方式,具有尚武精神。在社会动荡、民族迁徙、征战、融合的过程中造就了大量富有英勇气概和刚毅性格的英雄人物。此外,生活在恶劣自然环境中的人们,在长期与大自然抗争的过程中,对自然现象、生命形态的神秘性难以解释时,自然而然形成了英雄崇拜。

英雄主义精神作为西部新文学的一个重要色调和文学思潮,主要表现在以下几个方面。

第一,西线军旅文学中的英雄主义气质。为了国家利益而不畏艰苦、忍受寂寞甚至牺牲幸福和生命的军旅英雄,是军旅文学表现的重要内容之一。中国的西部边防线,主要分布在西藏、新疆和内蒙古边境沿线。这里是冰峰的海洋,冰川、积雪百年不化,空气稀薄,"千山鸟飞绝,万径人踪灭";是旷无人迹的沙漠、戈壁边缘,暑热难当,满目荒凉。年轻的边防军人就戍守在这里,为了使命,像钉子一样钉在那里,年年月月,一代又一代。这些军人中有一些人拿起了笔,他们当然要描写自己的战友。西线军旅文学中的英雄,大致可归为三

[①] 丁帆主编:《中国西部现代文学史》,人民文学出版社,2004年出版,第418页。

类:一是理想型的英雄。这一类文学作品中的英雄,主要强调的是英雄的社会作用和历史意义,正如梁启超认为的,"凡英雄者,为国家为社会而动着也。然则由是而推演之,为国家社会而不动着,非英雄也。不为国家社会而动着,亦非英雄也"。① 在军旅作家唐栋的《雪线》中,巡逻执勤的班长关长顺受命带领六名战士去寻找巡逻日志时遭遇暴风雪,被冻成"一根冰柱",像一尊洁白晶莹的汉白玉雕塑,静静地矗立在广袤无垠的雪原上,用自己的身躯为战友竖立了一道路标,以自己的生命为代价履行了一个军人的神圣职责,显示出了英雄超凡的勇气以及牺牲的悲怆。二是平凡型的英雄。在毕淑敏"昆仑系列"作品《补天石》《阿里》中,作者从高原普通女兵身上发现了英雄的潜质。她们像一朵朵无名野花,生活在冰雪昆仑山,在冬季近六个月与世隔绝的独立雪国里,仅有一条无线电波作为与外界的联络。小说对昆仑女兵生活的描写,使人们感受到了西线守边军人"超人"般的意志与承受力。同样令人惊叹的军人形象也成批出现在其他西线军旅作家的作品中。唐栋《沉默的冰山》中杨班长、《野性的冰山》中坚守在边防线上的战士以及善良的指导员和"老好人"陈四海、《雪神》中老司机刘汉洲、《兵车行》中的上官星、《雪线》中的"傻"战士以及李斌奎《天山深处的"大兵"》中的郑志桐和朱光亚《雪山顶上的那颗星》中的魏国全……一个个鲜活的生命,与严寒、风雪、疾病、战争、意外、突发事件等相伴而行,战士们坦然面对这一切。长年驻扎在雪山哨卡上的战士,忍耐着缺氧和高寒的折磨,克服着高原反应,挑战着生命的极限。每一次执行任务都伴随着生死较量,但每个人都争着去完成最危险的任务,把生还的可能留给自己的战友;是强烈的家国情怀与肩负的责任感,支撑着他们在沉默中绽放生命之花,在孤寂中诠释了不一样的人生价值。这是一种无言的崇高与牺牲,体现了特殊境遇下的人性的善与美。三是另类英雄。西线军旅作家在英雄塑造上突破了以往的传统模式,将个性的张扬提高到了前所未有的高度。在毕淑敏的《昆仑殇》中,主人公"一号"血气方刚、雄伟豪气、情感奔放,从不遮掩个人意志。他带领战士挺进无人区进行严格、残酷的军事拉练。翻山拉练是一种将死亡置之度外的向生命顶峰的攀登。许多士兵被高原严寒的气候冻伤冻残,甚至有人失去了年轻、宝贵的生命。年轻的死难者,表面看是死于"人造"之难,但这个责任不是"一号"有意造成的。在危急关头,我们看到了"一号"

---

① 梁启超:《梁启超全集》,北京出版社,1999年出版。

的决绝、刚毅、义无反顾和大义凛然的军人气概,"向上是生,向下是死;头上是生,脚下是死……"。面对非难,"一号"始终捍卫军人的精神,"渺小"的他担起了对昆仑山不悔的责任。一个个年轻鲜活的生命在昆仑山的怀抱里永垂不朽,一座座刚毅决绝、无怨无悔的精神丰碑在这里万古矗立。这些另类英雄,最显著的特点是个性张扬,就像西部奇诡、险峻的冰峰高山一样,无论人性的缺点还是优点,都非常突出。总之,西线军旅文学中的英雄主义文学,充分表现了军旅英雄这一特殊群体的豪迈与壮美,军人的凝重大气和阳刚之美,为西部文学增添了豪放旷达、强劲有力的英雄主义色彩。

第二,金庸、梁羽生等人创作的西部武侠的"侠客精神",也是西部新文学英雄主义思潮的一个重要方面。英雄主义精神是人类共同崇尚的一种品质。中国有侠客,西方有骑士。中国的侠客重大义,重情义,疾恶如仇,一诺千金,舍生取义,视死如归,虽为武人,骨子里却具有浓烈的墨家和儒家精神。港台作家梁羽生、金庸等人常常把西部的峻岭、草原、大漠作为他们创造剑侠英雄人物的想象空间,借助酷烈辽阔的场景和曲折激烈的故事情节表现他们非同凡响的侠骨正气、儿女柔情和追求自由、逍遥、浪漫的精神。这些故事未必真正发生过,但小说传达的侠客精神却是耀眼夺目的。

金庸小说《白马啸西风》的故事发生在新疆。这是一篇别具一格的小说,作者所描述的英雄人物,不像《天龙八部》《神雕侠侣》《射雕英雄传》等作品中的萧峰、郭靖等一样具有劫富济贫的壮举,而是塑造了一系列具有儒家风范的"侠客"人物。李文秀的父亲,在身受重伤、血流不止的情况下,还能坚持为了自己的娇妻幼女拼命,是条英雄好汉。他临死前为了多给妻女争取时间,长枪刺到身上时也能一动不动,在敌人接近时还能拼命杀死几人。而上官虹得知自己丈夫已死时,为了让女儿跑得更快,自己跳下马,让白马带上女儿绝尘而去,她本人却与追杀他们的师兄同归于尽,以死殉夫,这是何等的壮烈英勇!他们为了自己家人奋不顾身,把生的希望留给家人,用生命将传统文化中"仁者,人之所亲"的精神体现得淋漓尽致。马家骏是一位典型的儒家大侠,是一个非常仗义又有点固执的人,自己认定的事情会不畏艰险认真完成,对朋友所托之事也会尽全力,但是,他的个性却有一定的局限性,这就是儒家文化影响的限制之所在。在《白马啸西风》中,他被塑造成一个偏激、反叛的性情中人。他有自己的价值判断标准。从儒家文化的观念来看,马家骏或许没有其他英雄那么值得人们尊敬,但他为了保护一方百姓而决然刺伤他的师父,为了民族大义而大义灭亲,而后易容化名,抚养李文秀长大,最后,马家骏与李文秀之师——号称"一指震江南"——同归于尽,死在高昌迷宫中。在大是大非面前以反叛的方式行侠仗义,这样的侠义精神更显得潇洒、决绝。苏普也是一位儒家思想较重却又希望摆脱这种思想的典型代表,他的父亲苏鲁克仇恨所有的汉人,阻止其与李文秀来往,但在交友过程中他却又不受传统意识限制,仍与李文秀结交。当恶狼扑向文秀之际,他不惜舍身杀狼。这也是儒家伦理所规定的"侠之大者"拥有的风范,为了天下苍生行侠仗义、奋不顾身。儒家伦理作为金庸武侠小说的精神龙骨,撑起了金庸笔下庞大的侠客谱系。

梁羽生以天山为背景的作品有十二部,这些作品代表了他武侠小说的精华。"天山剑派"在武林社会中是侠义精神的代表。从"天山剑派"中,可以感受到中国传统道德力量对梁羽生小说的深刻影响。《萍踪侠影录》中塑造了一大批侠肝义胆的英雄人物,其中张丹枫是梁羽生幻想中"儒侠"的极致。他上知天文、下知地理,通晓易经八卦、琴棋书画,并且有情有义、大智大勇,给人的印象极其深刻。张丹枫胸襟广阔,有"兼济天下"的抱负,纵然是明朝的世仇(他是张士诚的曾孙),也能够在外敌来临的时候扛起最终的责任。云蕾是一位心思缜密、充满激情的侠女,和金刀寨主一起力抗番王,和张丹枫一起并肩杀敌。云静是大明国派去瓦剌国的一名使者,浑身散发出浓重的"侠客"味道。他心系国家存亡、百姓安危,有着一种"侠之大者,为国为民"的英雄风范。由于断然拒绝张宗周的威逼利诱,身遭陷害,被大明皇帝赐死。以至于最后连他的对手张宗周都发出感叹:"你是为了天下苍生而和我作对,坚持二十几年,最后客死他乡,真是英雄啊!"

第三,西部恶劣的自然环境磨砺出的人的坚忍、血性与决绝。丹纳在《艺术哲学》中指出,环境塑造人的性格。正如江南的温柔环境塑造出的人大多是温和、细腻的一样,西部的高山大河、干旱贫瘠的黄土高原、辽阔而严寒的草原塑造出的人是坚忍、强悍的,不如此,他们就无法在这块土地上生存下去。张承志来到西部大地之后,给他印象最深的,就是生活在干渴贫瘠的西部土地上的少数民族人民的坚忍秉性,和面对强权暴力时的男儿血性。他的小说和散文作品,精确地描写了西部普通民众特别是各少数民族民众的这种气质。红柯到达新疆后文风渐变,创作充满阳刚之气。他在《我的西域》中说:"在新疆,男儿并不是真正意义上的雄性,甚至算不上生理意义上的男人,新疆人的词汇里,男人总是跟血性跟强悍连在一起,这里甚至没有英雄这个词汇,哈萨克人蒙古人维吾尔人把有血性的人叫巴图鲁,西域本土的汉人回族人把他们叫儿子娃娃:巴图鲁和儿子娃娃本身就是英雄豪杰的意思,是最勇敢豪迈的人。"[1]《乌尔禾》中的海力布,是作者理想中的英雄人物,他高大、威猛、武艺高超、如虎似豹、大口喝酒大块吃肉,在所有人的眼中,"他太符合蒙古人哈萨克人传统中的英雄形象了"。他遭遇塌方,眼睛一睁,只要两瓶酒,一瓶擦身,一瓶喝掉,睡了一觉继续干活。堂堂正正的男人,豪迈强悍的汉子,总是顶天立地,他们的身上有着无穷的力量,顽强而坚忍,不仅表现在强劲有力的外在形象上,更表现在博大的胸怀和深沉的生命底蕴上。杨志军的小说《环湖崩溃》《藏獒》《骆驼》等作品记述的全是平凡人物,但正是这些看似普通的西部人,却用生机勃发的生命力和顽强坚忍的征服意志与一望无际的戈壁沙漠、人迹罕至的雪域高原和凶残无情的生灵野兽永恒抗争又相依为命,在极端恶劣的生存环境中经历生老病死的命运轮回——但是,一旦面对生死存亡的严酷考验,蕴藏在他们体内的非凡意志和力量就被激发,他们勇敢应对各种凶险甚至是从容直面死亡大限的到来,没有丝毫的怯懦、委顿和慌乱。他们与红柯作品中那些活得慷慨激昂、死得轰轰烈烈的"儿子娃娃"相互映衬,共同构筑了震撼人心的西部英雄群像,由此彰显了人作为最高生命的恢宏、阳刚与伟岸之美。《骆驼》中未满十岁的男孩大柴旦,在家人落入沙漠悍匪冶子铭手中只能选择一个人得以活命的危急关头,显示出了一个普通孩子身上非同寻常的一面:首先,是在阿爸库尔雷克反复权衡后让土匪放他一条生路之时,他却选择了用自己来换弟弟活命;继而,又趁乱勇敢地驱赶骆驼突破土匪重围救出了阿爸的恋人那陵格勒和自己的弟弟小柴旦;然后,又机智地用激将法逼迫冶子铭放走了自己的阿爸。一个孩子,面对危难的所作所为,展现出的非凡镇定、勇气和智慧,让凶残狡诈的匪首冶子铭都为之惊叹:"一个十岁的娃娃,危难之下一鞭子打跑骆驼救了一个女人一个娃娃是一奇,沉着冷静要做杀人土匪的儿子是二奇,人义凛然不惧死是三奇,不为自己只为救不了阿爸痛哭流涕是四奇。这样有勇有谋有情有义的娃娃,怎么不是我儿子?"[2]

西部是一块散发着雄性气质的沃土,充溢着狂气,具有原始野性之美。男人粗犷奔放,强悍豪爽;女人则刚烈如火,敢爱敢恨,她们与西部男儿一样敢做

---

[1] 红柯:《我的西域》,《中国民族》,2001年第4期。
[2] 杨志军:《骆驼·原野藏獒》,长江文艺出版社,2013年出版,第84—85页。

敢当:一旦遇到真爱或作出情感抉择便会勇敢敞开心怀释放自己全部的温暖和热情,倾注所有甚至是生命,虽九死不悔。王家达《清凌凌的黄河水》,具有双重人格的尕奶奶,一方面年轻、漂亮、放荡,时常做出一些在宗法社会里被视为"出格"的举动,另一方面她又恪守传统妇道,伺候丈夫、操持家务。她的性格是黄河浇灌出的性格,敢于勇敢地向世界宣告自己的爱,敢于承担一切后果,甚至为爱而死。杨志军《骆驼》中的那陵格勒,既深爱着库尔雷克也爱着库尔雷克的弟弟察汗乌苏,但在遵从养父的决定嫁给察汗乌苏后,内心和灵魂经历了撕裂般的痛苦。库尔雷克得知那陵格勒与弟弟结婚的消息后,让他的儿子大柴旦和小柴旦用呼唤和歌声表达自己对那陵格勒的挚爱并试图阻止婚礼,心在滴血的那陵格勒疯狂地鞭打作为库尔雷克替身的大柴旦,"她想的是,要么用鞭子打走他,也打死她的心,好让她全心全意去爱察汗乌苏;要么用炽情烧死他,就像她刚才甩鞭子时心里突然升腾起来的那样:我爱他,爱他,爱完了他我就去死。我是一个女人,我爱两个男人,我就得死"。[①] 这些芳心似火的西部女子用满腔热血和无限柔情滋润了刀刃般锋利石头般坚硬的男人,她们与通体弥漫着雄性阳刚之气的西部汉子们血脉交融,相得益彰,舍此,那些西部男儿英雄好汉便无法真正实现阴阳和合、刚柔并济的生命和谐与圆满——因为,若缺乏女性之爱和温柔的滋养,他们如同尚未淬火的钢刀虽然锋利却极为脆弱,随时都可能会折裂成两截,恰如红柯所言:"没有女子之爱的骑手是石头中的石头。他们没有生命的春天,破阵时最先倒下的往往是他们。他们带着残缺的生命去破阵,敌人的兵刃就会从残缺的地方给他致命一击。"[②] 西部文学中描绘的这些刚健决绝、热情奔放又温润如玉的女性,构成了另一道光彩夺目的风景线,从而让西部新文学的英雄主义精神由此更为立体也更加丰满。

不仅如此,甚至连生活在这里的知识分子,也赋予了某种西部人的气质和英雄主义精神。王家达《敦煌之恋》中的敦煌人,有一股特殊的为艺术献身的精神,张大千的万里追寻、于右任的慷慨仗义、常书鸿的九死不悔、段文杰的矢志不移、樊锦诗的坚韧不拔,以及众多敦煌人的忘我奋斗……他们的殉道情怀和人格操守体现了中国知识分子最高贵的一种品质。正如文学评论家雷达所

---

① 杨志军:《骆驼·原野藏獒》,第38页。
② 红柯:《西去的骑手》,江苏文艺出版社,2009年出版。

说:"这是我们民族精神中最感人的部分,也是中国知识分子献给祖国和整个人类的最圣洁的礼品。"[1]

不仅是人,西部文学中的一些动物(被作家予以人格化)也具有为情义而生死不顾的品格与性情,它们身上的"灵性""人性"甚至是人类都未必具备的某些精神特质,也弥漫着浓烈的英雄主义气质。《骆驼》中的美驼格尔穆和母驼乌图美仁之间的爱情,足以压倒主人公库尔雷克与那陵格勒真挚又让人伤怀的复杂情感纠葛。与库尔雷克、那陵格勒、察汗乌苏、大小柴旦、古尔德班玛等人的各类情感的"剪不断理还乱"相比,美驼格尔穆、母驼乌图美仁、长髯公驼、骟驼阿尔顿、白驼白风、小骆驼伊克雅乌等生灵之间的爱恨情仇,显得更为宽广、博大、深沉而悠远。美驼格尔穆在沙漠中疯狂奔跑寻找它的伴侣乌图美仁,因为"它是一峰情深似海、义重如山的美驼;对方也不是一般的母驼,它是母驼乌图美仁,一峰能够使最深沉的爱情昂然而起并在无边的眩惑中瑟瑟战栗的母驼,一峰你永远不知道怎么形容只知道为了它的一根毫毛你会穷尽整个生命的驼中美灵。"[2]这样的爱情,已不仅是作家在动物身上倾注的人类爱情的写照,而是作家为骆驼这一神奇动物赋予的独立生命和灵魂的礼赞。最终,为了拯救班禅额尔德尼和护送班禅的部队及骆驼客,大柴旦和美驼乌图美仁跳下悬崖,继而赶到的小柴旦、库尔雷克、那陵格勒以及察汗乌苏等人,相继因为亲情、爱情和发自内心的忏悔等原因,或从容或果决或痛楚地追随前面的逝者而去,只留下了西部驼道上才可能产生的情歌在山谷间反复回荡:"八月十五的圆月下,/想我的骆驼和娃娃,/十二把腰刀身上插,/血身子陪你们坐下。/……上西天的渡船,/拆散了我们的姻缘,/若要让我心甘,/得用太阳月亮交换。"[3]

在一幕幕为情感、道义舍身赴死的壮烈场景中,人(以及人化的动物)的价值、尊严实现了最为灿烂和辉煌的绽放,骆驼与骆驼、人与人、人与骆驼之间诚挚深厚的情感相互映衬而又相互召唤和激发,让人读之感伤、震惊,为之怆然泪下。

此外,西部新文学中的英雄主义精神还表现在对西部英雄史诗写作传统的自觉继承。历史悠久的英雄史诗是西部文学重要的文化资源,西部新文学

---

[1] 雷达:《敦煌之恋·序言》,王家达:《敦煌之恋》,人民文学出版社,1996年出版。
[2] 杨志军:《骆驼·原野藏獒》,第47页。
[3] 杨志军:《骆驼》,第153页。

中的一些作品在人物塑造、故事类型、叙事方式及语言风格等方面,清晰地留下了《格萨尔》《江格尔》和《玛纳斯》等英雄史诗的痕迹,其中较为典型的便是高建群的长篇历史小说《统万城》等。高建群是一位有着强烈"匈奴情结"的作家,小说《统万城》通篇洋溢着传奇色彩、英雄主义和浪漫主义激情,浓墨重彩书写了匈奴末代王"大恶之花"赫连勃勃筑城(统万城)的故事以及"大智之花"鸠摩罗什将大乘佛教传入内地的故事,对魏晋南北朝五代十六国时代重要的历史节点给予了艺术性诠释。两条叙事主线沿着赫连勃勃、鸠摩罗什的身世历程展开,两人性格、志趣和精神境界截然不同却又都在历史上创造过辉煌功业,小说对他们的展现如同一首乐曲的两个主要声部,交织并陈而呈现出强烈的"互文性"。高建群用极度夸张和浪漫化的写作方式,为这两个人物赋予了非凡的具有强烈"神格化"色彩的性格和命运特征。比如,对他们降临人世时场景的描述:赫连勃勃"逆生"在一辆正在行走的高车上,在他出生后,"只有一只鹰隼般独眼"的女萨满以近乎癫狂的舞蹈和这样的歌谣为他祈祷祝福,以表达对这位未来英雄的敬仰:"阿嘎拉!阿嘎拉!/你是一架神鹰,/飞翔在蓝天之上。/太阳是你的夏宫,/月亮是你的冬宫。/你是天降的神鹰/……"对鸠摩罗什出生的描述,也有异曲同工之妙。鸠摩罗什在母腹中时,他的母亲罗什公主便出现了强烈的异象:通体散发出檀香的气味,从未接触过天竺文却能大段背诵天竺经文……如此具有强烈神异色彩和"创世"般的文学处理方式,很明显是对西部英雄史诗中常见的英雄身世(出身)母题的借鉴。除极力渲染他们出身的异乎寻常外,小说还以浓郁的抒情性和诗性语言,描述一场场英雄与美人之间的爱情传奇:比如鸠摩罗什的父亲鸠摩炎与罗什公主、赫连勃勃与鲜卑莫愁、鸠摩罗什与龟兹王女,他们之间瑰丽、凄美或壮烈到极致的爱恨情仇,同样也弥漫着英雄史诗反复书写过的爱情母题的奇幻色彩和浪漫风格。此外,小说还多次写到一些神异魔幻般的场景和具有魔力的动植物,比如在恒河边,那位高僧劈开胸膛淘洗自己的肚肠、鸠摩罗什讲经时口吐莲花,比如与主人心灵相通、在主人遇到危难时舍身相救的马、带有神力的狼、避开神圣的佛光而专门吞噬不信仰佛法之人的食人蚁等,这些带有神话质地的描述,无疑也都受到史诗传统的强大影响。除《统万城》和高建群的其他作品之外,杨志军、邓九刚、红柯等西部作家的作品也都受到了英雄史诗传统的影响。

学者谢冕在有关"新边塞诗"的论述中讲道:"不是诗人在中国西部找到

了诗,而是一种再造民族精神的内心吁求找到了中国西部。这是一片崭新的地平线,是当代中国人发现的精神世界的新大陆。塔克拉玛干不再是绝地,高昌不再是死城,那是一片沸腾着再生力的希望之角。"[1]西部文学中英雄主义气质的最大价值,在于它以豪迈、粗犷的强悍之风和生命的力与美,给当今文坛注入清新的阳刚之气。文学中的西部人"坚强、坚忍、阳刚、牺牲、抗争以及忍耐"的精神气质,是积弱阴柔的中国文化所亟需的营养剂,是民族灵魂之所在,是西部文学对中国文化的最大贡献。诚如西部作家文乐然所言:"西部未来的文学不仅应该而且可能对中国未来的文学做出特殊的重大的贡献……这个贡献不一定表现在这块土地上产生的作家、作品对其他地区而言有多么的出类拔萃,而是以西部独特的地理地貌、民情民俗、历史和现实、自然和人、生和死、理想和幻想、成功和毁灭、痛苦和欢乐、卑污和崇高作了审美化的提供和丰富。"[2]因此,英雄命运的终极性及其悲情式的历史叩问,以及西部文学中的"西部风骨"和阳刚之气,作为美学精神的内化,已经成为西部文学对于中国文学和文化最大的馈赠和贡献。它在一定程度上弥补了当下中国文学缺"钙"的缺陷——文学的失血与无骨,文学缺少对伟大的向往、对崇高的敬畏和对神圣的虔诚。

第四节 西部新文学中的生态主义文学思潮

20世纪50—60年代,中国西部广袤的草原、异样的少数民族风情、浓郁的宗教氛围给了文学艺术家巨大的新奇感,它是被内地作家、画家、音乐家们当作一种迥然不同于内地的异域来书写、描绘和歌唱的。对他们来说,遥远的西部是一片充满诗意的想象性空间,是可以驰骋想象的美好远方。他们的作品是想象的产物,而非身临其境的真实印象的摹写。西部本土的作家艺术家们也只是仿照内地同行的笔调来描摹,全然忘记了自己脚下的西部远非只有浪漫诗意。20世纪80年代以来,西部地区在加快建设、逐渐实现了物质丰富、社会进步等现代性成就之时,也逐渐陷入新一轮生存危机:草原沙化、植被破坏、河流干涸乃至消失、珍稀动物濒临灭绝,环境急剧恶化。生态系统的破

---

[1] 谢冕:《文学性格的抉择——谈"西部精神"》,《当代文艺思潮》,1985年第3期。
[2] 文乐然等:《西部作家视野中的西部文学》,《当代文艺思潮》,1986年第2期。

坏也延伸到了文化生态的失衡,当消费主义的诸多价值理念浸透到宁静、安谧、自足的西部农牧空间时,人的精神世界也陷入混乱无序。自然之神的隐退、人性之神的失落、灵魂圣地的玷污,深深刺痛了一些具有深厚自然情结的西部作家,他们开始警觉、反省和批判,并用文学作品表达其忧思,这就是西部最初的生态文学。

杨志军是西部作家中最早表现生态忧思的一位。从20世纪80年代开始,他就将青藏高原的生态变迁作为叙事母题,在激昂、抒情和忧郁的诗化文体中,他从地理天体和宇宙生命的起源探索出发,审视人与自然之间的生命本真,率先将自然诗意、英雄理想、政治信仰、生命体验收纳统一在小说文本中,展示出外在的自然生态与人的内在精神生态之间的矛盾和焦虑。《环湖崩溃》对环青海湖周边生态断裂和沙化危机进行了预警和悲情展示。环青海湖草原生态的恶化是人为造成的。《环湖崩溃》的笔锋直指人类"唯我独尊"的愚昧根源——畸形的社会发展方式,触及了极"左"语境下政治斗争哲学的历史细节,从而衍生出其重要主题:西部荒原的自然生态恶化,源于人类对自然之神和信仰高地的背离。而生态意识缺位的蒙昧,又可追溯到政治放纵与技术跃进合谋之后人的欲望升级。在20世纪80年代人的启蒙的文化语境中,当众多的作家还在反思极"左"政治之时,杨志军就以独到的生态反思精神拉开了西部生态文学的序幕。

对生态变化现象保持警觉的另一位作家是郭雪波。从小说《高高的乌兰哈达》开始,他就一直在书写故乡科尔沁地区的生态变迁。从《沙狐》《沙葬》《大漠狼孩》《大漠魂》《银狐》《青旗·嘎达梅林》《蒙古里亚》到散文集《大漠笔记》,他对故乡草原的沙化、家园的颓败表达了痛切的忧虑。20世纪50年代,向沙漠要粮的浪潮开始了,灾难就此降临。当人以生命主宰自居、傲视自然之时,也就是人类作茧自缚的开始。郭雪波小说中总是出现自然生灵的屠戮者和保护者两组人物,从中可以体会出他的用心。《沙狐》中的老沙头,以敬畏自然的信仰守护着最后一群生灵,而大胡子和小杨却对沙狐进行残忍屠杀。《沙葬》中,云灯喇嘛与白狼在生死患难时的生命相依令人动容,而铁巴却对沙漠仅存的生灵进行疯狂血洗。《大漠狼孩》中,胡喇嘛村长带猎队灭杀公狼,"我"却从棍棒下救出小狼崽。同样的情形也出现在新疆作家董立勃的"下野地"系列小说中。《烧荒》中的大草滩本是狼群和人类赖以生存的热土,在垦地种粮的号召下,"烧"成为激情岁月的行为符号,老人的歌声、狼群的长嗥、烈火的爆裂,成为大草滩自然生命远去的悲情音符。

80年代,像杨志军、郭雪波这样的文学作品还很少见。到了90年代以后,生态危机意识大面积扩散,众多的西部作家介入生态文学的书写。浩岭的《哈尔腾之神》描述农民曹建华迫于生计去哈尔腾挖金,在意外收获珍贵的"美人金"之后,同时陷入了他人追杀与大自然报复的双重厄运当中。曹建华回归荒原,"美人金"被哈尔腾神使兀鹫带去远方,隐喻着人只有回到自然荒野、寻得自然之母,灵魂才能获得神佑。**萨娜**(1960—)的《达勒玛的神树》,描写达斡尔族世代生活的森林母亲,在权力化经济指标的强迫下,被"喝油的铁锯"和"长着八个轮子的庞然大物"吞噬着。神树显灵,致使工人丧命、动物惨死。这些未能警醒和阻止当权者以发展经济为借口的生态灾难制造行为。达勒玛与耶思嘎老人以幼稚甚至笨拙的行为"破坏"油锯和运输车。这是对摧毁大森林生命安谧的行为的非理性的悲壮反抗。发展经济的正当性,正销蚀着少数民族的信仰与智慧,让人一步步远离自然之母而陷入孤绝的生存境地。在阿来的《达瑟与达戈》中,达戈只为了满足心爱的女人色嫫的虚荣,便残忍地对机村猴群痛下杀手。《轻雷》、《空山》(第六卷)中描写机村的命运被裹挟进了现代化和都市化的浪潮当中。以拉加泽里为代表的机村村民的挣脱贫穷、走出牧区、迈向现代,是以砍伐桦树林、破坏机村生态为代价的。觉尔郎峡谷、藏区原生的生态作为藏民崇奉的神性之所,在市场经济逻辑的驱动下,沦为迎合域外观赏者的猎奇对象。机村最传统和本真的生活样貌,已成为人神和谐与民族遗存的历史标本。李进祥的《狗村长》,借一条眷恋乡土和守护乡村的黄狗,反映城市化和商业化侵袭下乡村人伦的衰败与迷惘。德成老汉与大黄狗之间的相濡以沫、忠诚相依,是荒凉世界中的人性温存。大黄狗的返乡、陪伴,德成老汉对乡村图景的记忆、反顾、咀嚼,正是对现代性蔓延的质疑和抵抗。狗成为评判现代都市价值与回返乡村历史的意象符号。龙仁青的《失去家园》中,生气勃勃的农场在人们破坏性的农耕、开荒行动中,沦为蔓延肆虐的沙地;《光荣的草原》中,利益驱动下日益商业化的草原,隐藏着人类精神沉沦之殇。他的小说在慢叙事中,将草原、高山、花木、帐篷等大量风物,作为藏区草原文化即将陨落的象征性符号。

值得注意的是,西部作家在写生态文学时,内心有一种深刻的矛盾和困惑。一方面,他们对盲目追求发展造成的生态破坏持鲜明的批判态度;另一方面,他们又深知西部的落后、民众的艰难处境,懂得只有发展经济与商业,西部才能走出困境。这是一组矛盾。于是,人文悲悯与生态批判,成为西部作家的二律背反难题。唐达天的《沙尘暴》叙述了腾格里沙漠边缘红沙窝村的农民从20世纪50年代到新世纪之交建设家乡的奋斗历程,村民们的生活条件改善了,但在开荒种田、商业利益的驱动下,过度的开采和反科学的兴修水利,让原本贫瘠的土地和水资源日益恶化,也让昙花一现的农村兴旺走向整体的破碎,陷入土地沙化的危机。这种情形,始终是农村向现代转型的困境。唐达天在对政治年代和经济时代的人与自然错位关系理念的批判中,探索着乡村经济发展与生态保护之间困境的破解。陈继明的《在毛乌素沙漠南缘》讲述了迫于贫穷辍学的小学生王明,跟随父亲挖甘草却被沙暴龙卷风吞噬的悲剧,为了生存而破坏植被,植被破坏又导致生态恶化,终于,沙尘暴威胁到了人类的生命。小说传达出了西部地区人的生存与生态保护之间抉择的困惑。刘亮程的《凿空》,以地上与地下、人与机器、驴、摩托车等组成的听的声音混合乐为隐喻,反映了阿不旦村民众在现代化滚滚浪潮的裹挟下,人的欲望发出的噪音。普通民众改善生活的诉求与生态危机忧虑相交织。

也许是为了表达得更直接、更真实,西部现代作家常采用纪实散文和报告文学等非虚构文体,对日益严重的生态恶化景观进行描绘。马丽华以探秘者的身份,让地理的西藏、宗教的西藏、诗意的西藏、神性的西藏重绽丰姿。尽管她将西藏生存环境的恶化更多地归结于远古神造,但她还是对藏区游牧环境的生态变迁过程做了历史的描摹。"从《藏北游历》起又过了二十年,由于气候变暖,加剧了冻土融化、冰川后退、湖泊干涸的进程,加之超载过牧,草原退化状况严重。""整个扎囊山谷虽有悠久的农业史,也许正因为悠久开发得过了度,才造成生态的失衡、资源的匮乏、自然灾害严重。尤其是干旱缺水和夏季里冰雹频频。"古岳(1962—)的《忧患江河源》《谁为人类忏悔:嗡嘛呢叭咪吽》《写给三江源的情书》等纪实散文,融新闻记者的田野考察、藏传佛教的慈悲胸怀、生态危机的反省忏悔、生态和谐的赞美于一体,对青藏高原几十年来的生态恶化及其历史、时代、人性的原因进行了探幽反思。从20世纪50年代末以来的一系列开荒种田的建设运动,到90年代物质主导时代的过度放牧、挖金、砍伐、猎杀,青藏高原一步步走向病态。古岳以宗教信徒般的虔诚,呼唤人们幡然醒悟,重建人与自然的和谐关系。冯秋子的《荒原》以内蒙古察哈尔地区草原生态沙漠化的沉重事实为例,对人类自然观进行了历史梳理和审视,"从20世纪50年代初期到80年代中期,有207万公顷的草原变为耕地,换来的却是134万公顷土地的荒漠化。"新世纪以来,肖亦农的长篇报告文学《毛乌素绿色传奇》是一部重磅作品。这些作家都对西北地区的草原沙化和水土流失发出悲恸的呐喊。

西部生态文学描写了人与自然隔绝之后的孤独境遇,从西部自然物象和宗教精神中寻觅人文生态的救赎之路,在自然审美与心灵诉求的互动中,实现着精神困境的突围和生命自由的构建。红柯在新疆大地上寻找人性通往神性的暗道。《大河》《乌尔禾》《生命树》《金色的阿尔泰》《跃马天山》《喀拉布风暴》《哈纳斯湖》《库兰》等作品中,那些精神漫游者能在历史、现在和未来的穿梭当中,在世俗、人性和神性的混沌当中,发现着生命的大美,而实现人与物、生与死、人与神之间的中介,就是神奇、美丽、荒野的自然之神。红柯对新疆大地种种奇特自然景象的人化和神化想象,描绘出的是一幅幅自由、鲜活、大气、开阔、狂热的生命景观,西部自然已成为红柯的精神家园。**白雪林**(1954—)的《初夏》《岩石上的泪》《拔草的女人》《霍林河歌谣》等小说,以平淡的口吻叙述草原轶事、生灵共舞、人心仁厚,处处浸透着蒙古草原民众安详而略带忧伤的生活诗意。铁穆尔散文集《星光下的乌拉金》中的尧熬尔人,以苍天之子的守护者身份,遵循着草原民族的文化契约和自然规律。他的文字中的万物关联和生命相惜,弥漫着游牧民族对自然之神和宇宙万物的深沉之爱与敬畏之心。鲍尔吉·原野的《原野上的原野》《草言草语》《草木精神》等散文作品,追溯童年时期草原故乡的马、羊、鸟、昆虫、草等风物,表达了对于被都市化所淹没的家园诗意和心灵自由的追思。李娟的《我的阿勒泰》《阿勒泰的角落》《走夜路请放声歌唱》及《羊道》三部曲等作品,细细描绘阿勒泰地区哈萨克牧民生活,阿勒泰的草原、戈壁、大河、骏马、棕熊、雪山乃至风、雨、草等自然风物,参悟底层牧民生活哲学中人与自然、人与万物、人与生灵彼此相依、共生同存的状态。这些作家们所描绘的看似封闭和安谧的牧野生活,正是对人的欲望生存和荒诞虚无的超越与救赎。这些作品有意避开了对民族化与现代化的文化纠葛和冲突的正面表达,流淌于字里行间的是生活感悟与心灵哲思。

西部文学还开启了对人与动物关系的重新思考。物竞天择、适者生存、弱肉强食的自然法则,让人与动物之间残酷的斗争和肉体的毁灭,成为适应生态循环规律的正当现象。但是,人类却自居于一切生命金字塔的顶端,在不断追求人类进步的同时,却以牺牲其他动物生存权为代价。西部文学的动物书写,以所有的生命都有平等的生存权利的理念,批判了狭隘的人类利益中心论,揭示了人类在生物精英和文明物种旗帜掩盖下的唯我本能,祈盼着人与动物和谐相处的美好前景。

西部文学的动物书写,往往将动物的生命与人的生命并置,赋予动物以人化色彩,动物成为与人相参照的理想人性和高尚人格的存在之物。动物的人性、神性和灵性,反衬出人类血性、人性和德行的丧失,凸显出了人的世俗、狂妄和愚昧。在地球生命的宏阔体系中,构建着万物仁爱的生命伦理模式。冯苓植的《驼峰上的爱》,母驼阿赛是孤儿吉尔和塔娜的养母。人与驼之间的情感相依,母驼的母爱与牺牲精神,是对人性的反讽。儿童与骆驼的世俗超越,是对陷入丑恶、轻佻、忧郁的人性启蒙。王新军《一头牛》中的牛被赋予了智者的心灵、感伤情怀和神性光芒,映衬着人的生命的灰暗。温亚军以对生命的敬畏赋予了动物以人性的高贵和尊严。《驮水的日子》《寻找太阳》诉说着荒凉的西部高原上的士兵与驴、人与羊之间的情感相依,《牧人和马》《燃烧的马》《猎人和鹰》中的人与马、人与鹰的心灵是相通的。人因为有着异类生命的相伴,心灵才保有对自然万物的感恩,生命才得以从平庸中获得超越的动力。**乌雅泰**(1943—   )《洁白的羽毛》中的教员霍尔查在丧妻之后去湖边回味曾经的温馨人生,目睹了兔子和天鹅的家庭温馨与情感相依。在爷爷讲述的天鹅回报人的久远传说中,霍尔查明白了天鹅的高贵与神性。他举枪驱赶威胁天鹅的狐狸时,却误伤了天鹅翅膀。在天鹅一家的误解、愤恨和悲唳中,霍尔查深深自责,悉心疗治受伤的天鹅。人与天鹅走向了生命相依的诗意境界。雪漠的《野狐岭》以佛教的阴阳招魂与众生皆平等的生命观,让动物跨越了人类与兽类的界限,赋予了蒙汉驼队的两位驼王——黄煞神和褐狮子以人的性情。它们的复仇、残酷、温情、忠诚,与人的侠义、善良、乖戾、阴郁等,构成了超越现世经验的人兽共处、人性相通的灵魂超验世界,从而消解着人类的现代理性逻各斯主义认知,在意义的寻找和救赎的修行中实现对话、抵达和超脱,触摸到了佛教中的人性质感与生命真谛。柏原的小说《塬上的生灵》《驴和石磨》中的陇东驴,是一种拟人化的驴,它们一生驮水推磨,辛苦备至,吃的却是一把草料,付出最多,所得最少,与它的主人有同样的命运。漠月的《父亲与驼》中,人与驼之间的至真感情,让荒寂大漠充满了悲情的温馨。张学东《跪乳时期的羊》《看窗外的羊群》中那些充满灵性的羊,无论是"白耳朵"的被阉割和死亡,还是能读懂父亲内心的羊羔子,都像人的孩子一样,牵动父亲的心。次仁罗布的《放生羊》中,绵羊是年扎救赎桑姆的宗教信物,羊已经成为亡人桑姆的现世转形。年扎在与羊的心灵对话中,懂得了羊的圣洁和神性,羊成为年扎忏悔赎罪的对象。在生命与亡灵的冥想与对话中,人的污浊、罪恶、绝望的灵魂获得了超越俗世的净化。马步升的《自然契约》《羊的谣曲》等散文作品,以强烈的生态意识和生命关怀思考着人与自然的伦理秩序重建,批判着人类在现代化理念催生下的人性异化。白玛娜珍的《我的藏獒与藏狮》《百灵鸟,我们的爱……》等散文作品,反省着人类生命中心论的合法性,在佛教悲悯情怀的观照中参悟到了人与动物平等的生命价值。

西部生态文学还描绘了在消费主义主导下的人的欲望本能的放纵、人的理性的缺失、人的物种霸权。在动物被人类戕害的描写中,反省人的生态责任和主体权利。**杜光辉**(1954—　)的《哦,我的可可西里》《可可西里狼》《可可西里的格桑梅朵》等系列小说,以诗意、悲愤、荒凉的感性笔触呈现出可可西里的原生态自然与人类的进军之间的对抗悲剧。《可可西里狼》中大自然的鬼斧神工和生态的圣洁美好,被人类在消费欲望刺激之下的贪婪与冷漠所侵蚀。王勇刚在金钱、权力、美色激发下对可可西里攫取的疯狂,屠杀黄羊喀秋莎、伤害公牦牛雪牛时的冷酷,与生态保护者群体形成鲜明对照。他既是生态和谐的破坏者,也是消费意识刺激的受害者。在**满都麦**(1947—　)的《碧野深处》中,牧马人纳吉德意外受伤,巧遇同样受枪伤的一只黄羊,人与羊同时又受到两匹狼的威胁。在猎人与猎物、强者与弱者的转换中,纳吉德顿悟并"恢复了作为高级动物的人的理智",帮助黄羊杀死狼崽、赶走母狼。小说质疑"人们把杀戮那些善良驯服的野生动物作为一种荣耀"的强势的英雄主义精神,在草原生态变迁、黄羊濒临灭绝的残酷现实中,发出了"这个不成规矩的规矩已经过时"的呐喊。

也许是西部高地更接近自然,西部作家对人类对自然的施虐和破坏的严重后果,感受得更为直接和痛切,大批的作家介入了生态文学的书写,从而构成了20世纪末至21世纪初中国文学史上的一种醒目的文学现象。他们的作品构建着生命平等的新启蒙理念,在批判强势人类中心理念下的现代化盲目发展的同时,悲悯着生态危机中的生命万物。他们不断抵近历史、政治、社会和文化的深处,探寻生态灾难和人性失衡的危机成因,不再极力张扬向大自然无止境地征服和强力进取的人类英雄主义精神,而是以人与自然和谐的传统复古式宗法生活为最高理想,重建人与自然的伦理规范,以此作为西部生态危机救赎的集体价值取向。

值得注意的是,多元文明差序格局中的西部生态文学,有着十分驳杂的内涵。首先,与欧美生态文学作家反思现代化、"督促人们去采取一种既有利于身心健康,又造福于后人的新型生活方式"①不同,中国西部作家是在前现代的文化语境中追随着反现代化的生态主义思潮。在批判工业文明弊端的同时,以农牧文化中人与自然和谐的原生风景、集体记忆和人伦美好,作为最高的理想生活范式,进而表现出对物质现代性的抵制,这种"回头看"的单向思维制约了他们对生态危机进行现代性反思的文化哲学深度。其次,西部地区现代化建设的未完成性,决定了西部文学的生态思想是以人的基本生存为前提的,人在生态系统中呈现为主观被动性。而西方后工业文明的生态哲学则是人对自然生态整体利益的全面审视,是对人与自然分隔状态的警惕和矫正,二者之间存在着一定的话语指向误差。再次,西部文学生态书写,普遍以反现代性的"文化守成主义"②作为解决人与自然危机关系的救赎之径。它主要将原生态的自然荒野与原初性的乡土大地作为文学演绎的场域,注重人与自然万物的生命性和精神性联系。这种美化过去、诗化乡土的文化重建范式,虽然触及了生态危机形成的"社会结构(技术经济秩序)和文化之间存在着惊人的根本分裂"③这一事实,并深入到启蒙话语层面进行拷问,但对于人与自然的危机突围和新型伦理建构,却未能提供更多的现代化机制预设。这与欧美生态文学试图开掘人的主体理性的整体向度,有着内在旨归的差异。因此,西部文学中的生态文学总体属于"乡土生态文学"④的范畴。囿于生态哲学本身的内在价值悖论,西部文学的生态思想一直在前现代守成、现代性诉求、后现代性批判之间戴着镣铐跳舞。

第五节 西部新文学中的神秘主义文学思潮

在中国西部文学的发展历程中,始终时隐时现地存在着某种神秘主义思

---

① 程虹:《自然与心灵的交融——漫谈自然文学》,选自《宁静无价——英美自然文学散论》,上海人民出版社,2009年出版,第14页。
② [美]艾恺:《世界范围内的反现代化思潮——论文化守成主义》,贵州人民出版社,1991年出版。
③ [美]丹尼尔·贝尔:《资本主义文化矛盾》,严蓓雯译,江苏人民出版社,2007年出版,第37页。
④ 丁帆:《中国乡土小说的世纪转型研究》,人民文学出版社,2013年出版,第275页。

绪。之所以如此,与西部自身的生存特质密切相关。西部隐秘的民族历史、普泛化的自然崇拜、虔诚的宗教信仰、奇特的民俗风习、迥异的生活方式,以及西部神话传说、民间故事、民族史诗、宗教艺术乃至各种独特的地方性知识,无不具有理性难以理解、表述和把握的某种"神秘性",即维特根斯坦所说的"确实有不可说的东西。它们显示自己,它们是神秘的东西"。① 西部作家的作品也就自然而然地出现了各种神秘色彩。

在西部民间广为传播的西部民族史诗和民间歌谣,大部分是靠口口相传流传下来的文化遗产,它们比新文学有着更深厚的民众基础。西部口传文学中隐含的宗教神秘主义思想观念,不仅对西部各族民众的观念和思维方式有一定的影响,而且对西部新文学创作也有不可忽视的影响。如藏族英雄史诗《格萨尔》中的格萨尔王出身不凡,是天神之子,是神、龙、念三者合一的半人半神的英雄②。《格萨尔》的各种写本大多是由不同历史时期的僧人依据民间说唱写定的,西藏历史上众多教派的宗教观念渗透进了故事。各式各样的巫文化因子在《玛纳斯》等史诗中几乎是无处不在,如《玛纳斯》中的一段:"找来了一根新鲜树枝/把它埋进湿润的泥土/泥土上喷洒清水/树枝被取出来了/快刀割,利斧砍/剁成四十截/拿到毡房处/咒语窃窃、念念有词/撒向卡里玛克人驻扎的方向"。这里描述的是勇士出征前的宣誓仪式。仪式中,"树条青青,勇士们年轻,这相同之点可以互相起交感作用。这种仪式的目的是,让违背誓言者像这条树枝一样失去年轻的生命"③。一些作家的诗文,在表现新思想的同时,伴有浓郁的宗教神秘主义色彩,如西藏诗人协噶林巴·明久伦珠创作于20世纪初期的《忆拉萨》《自叙噶协》等诗作,就有世间无常、因果报应、轮回转世等佛教观念。抒情长诗《忆拉萨》用十八节(21—38)的篇幅,写了大小昭寺门前的虔诚瞻仰、祈求护法时节的悬旗熏烟、布达拉宫内的顶礼朝佛、高僧大德的说法讲经,以及围绕大昭寺和拉萨的小转经和大转经、经忏和尚的降魔驱鬼、寻找深山幽谷静修的喇嘛等,总之,把整个拉萨的宗教活动几乎都写到了④。正如冯友兰所说,这些"佛教之哲学,是神秘主义的"⑤。

---

① [奥]维特根斯坦:《逻辑哲学论》,贺绍甲译,商务印书馆,1996年出版,第104页。
② 念:藏族原始宗教里的一种厉神。
③ 阿散拜·玛提利:《柯尔克孜族英雄史诗〈玛纳斯〉中的巫术和占卜》,忠录译,《西北民族研究》,1992年第2期。
④ 李学琴:《浅谈〈忆拉萨〉的艺术特色》,《西藏民族学院学报》,1982年第1期。
⑤ 冯友兰:《中国哲学中的神秘主义》,《燕京学刊》,1918年创刊号。

一些西部新文学作家的作品，显然受到了神秘主义思想观念的影响。如"九叶派"诗人唐祈，早年接受过教会学校的教育，到甘肃后创作了不少与宗教生活有关的诗篇，如《回教徒》《拉伯底》《穆罕默德》等。《旅行》一诗这样写道："你，沙漠中的/圣者，请停留一下/分给我孤独的片刻……/我要去航行阿拉伯/远方的风会不会停歇/沙砾会死亡一样静默……/沉思里，我观看/星宿；生命在巴比伦天空/突然显得短促"。诗人唐湜评价这首诗："这虔诚的声音，要圣者分给孤寂的片刻的要求，正是现代的优力赛斯们的深思的叫喊……一个独往独来的精灵，一个与天地相往还的形象闪现在我的面前，那是亚伯拉罕那样的圣者，流动不居的'光'。"①唐祈的生命沉思，还有浓郁的存在主义意味。1988年，他在回忆自己的青年时代时曾说："生活在战时后方那样一个极不安定、黑暗而复杂的社会，大学毕业就失业是普遍现象，我仿佛看到存在主义者所描写的大战后人类的'极端情境'。我开始走着一个知识分子孤独的道路。……后来，我在生活中遇见了各种各样的事情，碰到了难以预测的命运，许多解释不了的难题"②。命运的"难以预测"，难题的"解释不了"，其背后都有一个理性无法理解、表述、把握的巨大的神秘存在。面对这样的神秘存在，诗人"'中得心源'，放弃那些外在的干扰，守住自己一个内心世界，从自己内在的感受去透视、去反思、去创造自己的诗行"③。于是就有了这样的诗行："我漫步/在森林中/听，岁月里/悠悠的风/我听到了/远处的山上的钟/像永久的歌声/上升到天空……"(《在森林中》)；"我怎样在寻找自己的/灵魂，让他对着夜"，问"自己，是属于谁的一部分"，"生的庄严，死亡最后的火焰/忽然烧在一起，像问你我/自己，什么时候降生下来/何时悄悄走入墓地"(《夜歌》)；于是就有了这样的沉思者："沉思里，我观看/星宿……"(《旅行》)；"我低头，想着流水的一个尽处"(《流浪人》)；"和尚在阴影里/沉思，蒲团上坐着他/像一枚新鲜的菌在收缩"(《秋》)；"沉思里/他们向我走来"(《严肃的时辰》)。这些沉思者返回自我，返回到心灵深处，以心灵的眼睛静观真理，这种"依赖精神直观或升华了的感受来作为手段，以获取理性认识无从达到的对神秘的可能性的了解"④，使其诗歌有了一种存在哲思式的神秘主义，"一些从

---

① 唐湜：《严肃的星辰们》，《诗创造》，1948年第12期。
②③ 唐祈：《〈唐祈诗选〉跋》，《西北民族学院学报(哲学社会科学版)》，1988年第1期。
④ [英]杰弗里·帕林德尔：《世界宗教中的神秘主义》，舒晓炜、徐钧尧译，今日中国出版社，1992年出版，第10页。

尼采到里尔克那样的哲理的睿智"①,一种现代主义的精神气质。

20世纪80至90年代,神秘主义在中国西部文学中"复魅",宗教神秘主义、民间神秘文化、生命存在之思、生态神秘主义等,纷纷出现在西部本土作家和东部"西行者"的作品中,形成一股神秘主义文学思潮。神秘主义在西部文学中"复魅",原因是多方面的:其一,波及全球的社会、经济、生态危机,使得世界范围内出现了反现代化、反科学的回归传统文化和本土文化的思潮;其二,"文革"后的改革开放,意识形态的松动,使人们有了一定的思想与言论自由,使"诸神说话"有了一定的空间;其三,外国文学、哲学和社会科学著作的译介、引进,魔幻现实主义、存在主义、精神分析、生态文学等影响巨大;其四,信仰危机与全国性的风水、气功、特异功能、看相、血型、星座等"神秘文化热",还有《周易》、弗洛伊德的《梦的解释》等具有神秘色彩的著作风行。西部作家的世界观、人生观和文学观因受到这些思潮的影响而发生变化,自觉探寻自然、社会、生命、文化及信仰之谜。

宗教神秘主义在扎西达娃、阿来、石舒清、马丽华、马原、张贤亮等西部作家的各类文学作品中以不同的面目出现,成为西部文学中引人注目的现象。神秘主义不一定是宗教,但宗教一定有神秘主义色彩,"信仰状态与神秘状态是实际上可以交换的名词"②。被重新发现的西部诸宗教及其影响下的西部民众充满神秘色彩的生活,成为许多西部本土作家和东部"西行者"创作的题材、背景和源泉。

石舒清的小说《苦土》《暗处的力量》《开花的院子》《节日》《清水里的刀子》等作品,都有浓郁的宗教色彩。《节日》将夫妻间的爱情引入洁净的宗教情感中。环环做生意把人做坏了,对媳妇很生分,烟酒也都染上了,浑身透着浊气,这使环环媳妇很伤心。孤寂的环环媳妇举念给拱北舍散一头尕羯羊。饲养和舍散这头尕羯羊的过程,就成了环环媳妇逐渐领悟生命真谛、抵御俗世浊气侵害的过程。《清水里的刀子》比《节日》又进了一步。石舒清试图用宗教习俗的圣洁光芒照亮人们被现世阻隔的精神通道,用神性启示救助人性,达到对现实命运的超越。小说中的马子善老人死了妻子,他和儿子耶尔古拜按照回族习俗举念用家里的那头老牛做祭品"搭救亡人"。神奇的是那头老牛

---

① 唐湜:《诗人唐祈在四十年代》,《诗探索》,1998年第1期。
② [美]威廉·詹姆士:《宗教经验之种种:人性之研究》,唐钺译,商务印书馆,2002年出版,第412页。

不仅通人性,而且也通神性,能够在清水里看到将要送自己归真的刀子,从而领悟到那神秘的召唤。由此,牛淡然饮食,"为的是让自己有一个清洁的内里,然后清清洁洁地归去"。一条被人贱视的生命于是被还原到一切生命原本该有的那种高贵本色。老牛洞悉生命一切奥秘的大从容和大智慧,使马子善老人在惊异中获得了对生命意义的深刻顿悟,生是美丽的,死虽不是欢喜,却也不是悲哀。焦虑由此化解,生命的神性之光就这样从世俗情境中突围出来,照亮精神超越之路。

在扎西达娃、阿来、马丽华、马原等藏区作家80至90年代的作品中,宗教神秘色彩尤其浓重。由于各自的民族身份、宗教观念和文学观念不同,这几位作家对藏区民众宗教生活的叙述也是不同的。

扎西达娃的《西藏,隐秘岁月》《西藏,系在皮绳扣上的魂》《骚动的香巴拉》等作品都有浓郁的神秘主义色彩。其神秘主义表现在:叙事内容方面的神秘和叙事形式方面的魔幻。扎西达娃小说的内容主要由传统与现代两个方面构成。这里的传统主要是指以藏传佛教为核心的藏族文化及其影响下的西藏历史与现实。第一,西藏宗教文化的历史演变,其过去、现在与未来都充满了难以把握、难以言说的神秘,如《西藏,隐秘岁月》叙述西藏哲拉山深处的廓康小村及其宗教文化在1910—1985年之间的变迁,这正是西藏社会从传统向现代演进最为剧烈的时期。藏族的传统与宗教文化受到了现代文明的冲击,日渐衰弱,但在几代同叫"次仁吉姆"的女性身上以不同的方式得到了或隐或显的承传。第二,寻找永远的香巴拉。"香巴拉"是藏传佛教密宗修习者向往的北方极乐世界,也是幸福乐园的代名词。传说它在神秘而遥远的北方,被白雪覆盖。那里是一片净土,是整个民族的希望与梦想之所在。寻找香巴拉是扎西达娃小说中藏族人物最重要的人生功课,他们为此无休无止地流浪、寻觅、歌颂和叹息,如《西藏,隐秘岁月》中迁徙不定的藏民,《西藏,系在皮绳扣上的魂》中的塔贝和琼、《骚动的香巴拉》中的康巴流浪人,总是行走在寻找香巴拉的路上,而"世人梦寐以求的'希望之乡',不会被随随便便找到,得靠你的一条腿去寻找,还要靠菩萨显灵"[①]。第三,宿命的转世轮回。藏传佛教的转世轮回观念是一种宿命观念,这种观念深深地影响着西藏人对世界、历史、人生和生命的基本看法,影响他们的生命态度与行为方式。《骚动的香巴拉》

---

① 扎西达娃:《骚动的香巴拉》,时代文艺出版社,2001年出版,第277页。

中的人物和动物大都有转世轮回的经历,如康巴流浪人琼姬是一位聪明漂亮的姑娘,她最初是一只巨大的淡绿色蚊子,是喜马拉雅山麓热带丛林里的一只千年巨蚊女王,在与印度高僧作战失败后,被其变为人形,转世投胎到西藏一个古老的贵族世家;再如凯西公社羊群里的三只绵羊都有灵性,能对犯了错的山羊进行教育,也能接受山羊的忏悔。后来在某一天,它们转世成了三个年轻的僧人。第四,世俗生活中的灵异与奇迹。如《西藏,隐秘岁月》中米玛与察香所生的次仁吉姆,"她没事就蹲在地上画着各种深奥的沙盘。米玛不知道女儿画的就是关于人世间生死轮回的图腾。刚会走路就会跳一种步法几乎没有规律的舞,她在沙地上踩下的一个个脚印正好成为一幅天空的星宿排列图,米玛同样不知道这是一种在西藏早已失传的格鲁金刚神舞,她从'一楞金刚'渐渐跳到了'五楞金刚'"。诸如此类的灵异、神示、奇迹,遍布雪域高原,当然也遍布在扎西达娃的小说世界里。

与扎西达娃小说的"西藏叙事"一样,藏族作家阿来《尘埃落定》的"藏族叙事"也是藏族"文明内部的发言",充满了浓郁的神秘主义色彩。阿来的长篇小说《尘埃落定》讲述四川阿坝康巴麦其土司家族的衰落史。康巴麦其土司家族所在的嘉绒藏区是苯教流行区。"苯教崇拜自然物(山川、树木、日月)和鬼神,它的基本观点是'万物有灵'"[①]。《尘埃落定》有不少关于灵魂外寄和转世的叙述,如"寄魂紫衣"讲述一个临刑前不肯向土司家的律法屈服的罪人,将灵魂寄托在一件紫衣上,他的灵魂固执地不去轮回,以便留在麦其家的土地上等待复仇的机会;傻子少爷穿上这件"寄魂紫衣",就会有特异功能;多吉罗布无意中穿上这件"寄魂紫衣",就很顺利地杀死了麦其土司的大少爷,为兄弟复了仇。而灵魂外寄和轮回转世之说,恰恰是苯教的灵魂观念。《尘埃落定》写前兆的地方很多。如傻子少爷有未卜先知的能力,每当要发生什么大事情,傻子总能够提前感觉到。《尘埃落定》还对驱雹、诅咒、驱鬼、祛病、禳火、占卜等巫术活动也有生动的叙述,如罂粟花战争不是通常的军队之间的战斗,而是汪波土司与麦其土司双方的巫师斗法,呼风唤雨,驱雹化雨,最终麦其土司获胜等。

扎西达娃、阿来的文学叙事,都是藏民族"文明内部的发言"。来自汉地的马丽华、马原等关于"神秘西藏"的叙事,则是一种"他者"的眼光。马丽华

[①] 李家瑞:《关于苯教的几个问题》,《西南民族学院学报(社会科学版)》,1986年第4期。

的《藏北游历》《西行阿里》等"大散文",从多方面记述了西藏的神秘,她认为"当地人对于神魔鬼怪故事坚信不疑的态度最能感染人",西藏的学者所擅长的也是"神秘主义的东方式智慧……史实与神话混为一谈,科学与荒诞水乳交融,客观现实与主观臆想相得益彰。……读藏族一本正宗史书,也如读马尔克斯"。马原20世纪80年代初从东北来到西藏,他发现"这里的生活时时刻刻充满了故事,使人无法辨别是虚的还是实的。事实上,藏族人的生活和神话,藏族人和神是相通的。"[①]马原的《冈底斯的诱惑》《拉萨河女神》《西海边无帆船》《虚构》等作品将小说叙事方法的探索与对"神秘西藏"的文化观察结合在一起,用那个年代很先锋的叙事方法传达西藏的神秘,被视为先锋小说的重要收获。

进入21世纪,西部文学中的神秘主义依然盛行不衰。阿来"重述神话"的《格萨尔王》、雪漠书写灵魂求索的《西夏咒》《西夏的苍狼》《无死的金刚心》《野狐岭》、张存学沉思生命存在之宿命的《轻柔之手》《白色庄窠》、郭文斌寻求生命存在之安详的《吉祥如意》《大年》《农历》等,都是近年来西部文学中具有神秘主义色彩的重要作品。

自2010年开始,雪漠陆续推出"灵魂三部曲",包括《西夏咒》《西夏的苍狼》和《无死的金刚心》。这三部长篇小说与他此前的小说大为不同,小说中弥漫着一股浓郁的神秘主义色彩。这样的突变,如其所言,他"'打碎'了自己"[②]。雪漠的这种"打碎"与"超越",显示出其创作思想、创作路数的调整、探索和开拓。《西夏咒》讲述琼与雪羽儿的故事,故事发生的主要地点是名为蛤蟆洞又名"金刚亥母洞"的西夏岩窟;故事发生的时间,亦古亦今,混沌不明;故事的来源,作者声称来自于他因机缘巧合偶然获得的在西夏岩窟突然现世的同名书稿,该书稿共有八本,分别是《梦魇》《阿甲呓语》《空行母应化因缘》《金刚家训诂》《诅咒实录》《遗事历鉴》等。它们记载一个叫"金刚家"的村落的诸多方面。"摘录"自西夏洞窟同名书稿的《西夏咒》,可把握的内容主要有两大方面:首先,西部"金刚家"村严酷的世俗生活,有干旱、大饥荒等天灾,有政治运动、兵匪、盗贼、酷刑、抢劫、强奸、杀人等人祸;在天灾人祸的反复肆虐下,村民陷入绝境,人性扭曲,不断上演人吃人的悲惨故事。其次,神秘的

[①] 《"西部文学"和西藏文学七人谈》,《西藏文学》,1986年第4期。
[②] 雪漠:《谈"打碎"和"超越"(代后记)》,《西夏咒》,作家出版社,2010年出版,第435页。

宗教生活,有苯教意味的"卵生五女"故事,有阿甲或琼幻变为僧人,雪羽儿幻化为奶格玛、金刚亥母、空行母等,有吴和尚暗摘死人心脏救助即将饿死的村人,有易引发定力不够的俗人产生色情想象的男女双修,有大量的关于历史、人性等思想观念的议论,等等。这两大方面的内容扭结在一起,而宗教生活是对世俗生活的超越与救赎。随后推出的《西夏的苍狼》,其创作思路、意图与《西夏咒》大致相同,只是世俗生活部分将西部"金刚家"村的乡村生活换成了雪漠新近定居的南方城市的现代生活。《无死的金刚心》则又回到了雪漠熟悉的西部,并进一步延伸到了域外的尼泊尔和印度。其创作意图与《西夏咒》相同,但创作思路略有区别,叙事主线是琼波浪觉西天取经的故事,一如小说的副标题"雪域玄奘琼波浪觉证悟之路"。"雪漠"在这部小说中也进入证悟之旅,一路与琼波浪觉对话,从而也完成了自己的智慧证悟。这三部小说中,主线人物由凡夫俗子到超凡入圣,都经历了千难万难的证悟过程。《西夏咒》中的"密法"一节就讲了一个"简单"的故事:"一天,一个和尚得到密法,闭关三年,就能成佛,他于是躲到一个人迹罕至的深山里苦修了。到第三年最后一夜,他已有了明显的证量。这时,他听到不合时宜的女人哭声。那天,也下雪也刮风。场景也和那个'空行母'入村时相似。久爷爷说,那和尚再也入不了定。那哭声,总能钻进耳朵,总能扰乱心灵。和尚虽然知道这深山的雪夜里,那哭泣的女人,只会被冻成冰棍。但他还是心坚如石,像《西游记》中的唐三藏一样滑稽。他用被子捂了头,倒撅屁股,憋了气,等待那哭声被冻死。据说,与此同时,另一个才修了三天的和尚也听到了雪中的哭声。他想,算了,我也不成佛了,救人要紧。次日,苦修了三年却仍是凡胎的和尚吃惊地发现:对面,有尊金光闪闪的佛。他后来才知道,对方只修了三天。"①故事的寓意,就是雪漠所倡扬的"大手印"文化精神,其核心要点是:"'大':大境界、大胸怀、大悲悯;'手':强调行为,贡献社会;'印':明空智慧,终极关怀。"②更简单一点说,就是"大善大爱"③。雪漠新作中这种神秘描写,有论者认为是"灵知通感"的西部叙事,为当代文学提供了"不可多得的富有挑战性的作品"④。从文学史

---

① 雪漠:《西夏咒》,作家出版社,2010年出版,第430页。
② 雪漠:《谈"打碎"和"超越"(代后记)》,《西夏咒》,作家出版社,2010年出版,第443页。
③ 雪漠:《要建立自己的规则(代后记)》,《无死的金刚心》,中央编译出版社,2012年出版,第414页。
④ 陈晓明:《逆现代性的异质写作——雪漠的"灵知通感"与西部叙事》,《无法终结的现代性:中国文学的当代境遇》,北京大学出版社,2018年出版,第389页。

角度看,其文学价值尚待辨析。

张存学近年先后推出了两部具有存在主义和神秘主义色彩的长篇小说《轻柔之手》和《白色庄窠》,最核心的叙事主题就是对生命存在的沉思,呈现出了神秘主义特点:其一,宿命色彩。这两部长篇小说的故事发生在西部苦寒之地的拉池或小城德鲁,那是汉藏文化交融汇合的地方。在极度苦寒而又种族混杂、文化多样的边地小城里,《轻柔之手》中的史家三代人、《白色庄窠》中的周家人及其亲戚朋友,不论是生活在"文革"时期还是在改革开放的年代,不论是逃离德鲁还是回到德鲁,都始终沦陷在命运抑或宿命的播弄里,非死即伤,表现出难以开解的宿命色彩。其二,灵魂外寄与灵魂不灭,是苯教与藏传佛教的灵魂观念。《轻柔之手》中的程红樱死后化作一团温暖的白光,驻留家中,忧伤地陪伴着家人,用爱与悲伤的"轻柔之手"抚慰家人流血的伤痛,为迷茫的精神指路。《白色庄窠》中的周特舅舅离家十一年后死在青海,他的灵魂回到地处甘南的德鲁,其"灵识"聚成影子,盘踞在老宅白色庄窠里的大黑瓮上,把缸打得啪啪响,直到德鲁寺院阿克益昔加措和尚受周王氏姥姥请托做了超度亡灵的法事,才肯离去。其三,征兆与预示,是苯教一种预知未来吉凶的古老方法。如《白色庄窠》中周特舅舅死后的灵魂,还没有回到老宅白色庄窠之前,周特的母亲周王氏亦即叙述者"我"的姥姥,梦见"周特舅舅手里攥着礼帽,礼帽已经变了颜色,他的一双眼睛对着周王氏姥姥,一直对着,一动不动。周王氏姥姥醒来后便知道周特舅舅已经在青海死去了"。这些神秘主义的细节,与张存学曾经生活过的甘南藏族自治州的宗教文化与民族文化密切相关。苯教和佛教文化对其创作有着深刻的影响,使其小说笼罩上了浓厚的神秘主义色彩,而这种神秘主义恰恰是张存学展露现实、揭示各种存在、探索问题的一种特殊方式。

郭文斌新世纪的乡土小说《开花的牙》《呼吸》《开春》《三年》《雨水》《吉祥如意》等,描绘了丰富多样的民间风俗习惯,不仅具有一种"安详"的精神格调[1],而且还具有神秘色彩。祖先崇拜几乎浸染在所有重要节日中,如《大年》中祭祀和供奉祖先的习俗,《节日》中给逝去的先辈做三年祭。《开花的牙》对丧葬习俗作了全程展开式的细致描写,呈现出了对生命及其生与死的诗性诠

---

[1] 李兴阳:《安详的民俗人生与成长中的天问——郭文斌新世纪乡土小说论》,《南京师范大学文学院学报》,2008年第4期。

释。"杀鸡带路""出迎""孝子磕头""金银斗""童男女""白龙马""往生船""白仙鹤""献瓜瓜"等,这些丧葬习俗都有特定的寓意,即死亡并不是生命的终结,而是下一个轮回的开始,所以需要送行、引路、骑马、坐船,还需要必不可少的费用。生者在每一个环节上的特别讲究,就是要让死者在下一个轮回中有一个完满的生的过程[①]。《大年》描写了内地少见的"泼散"风俗:"母亲拿起一个馒头掐了几小块,让亮亮去大门上泼散。曾听母亲说过年时有许多无家可归的游魂野鬼会凑到村里来,怪可怜的,就给他们散一些,毕竟在过年嘛。这样想时,亮亮觉得五花八门的游魂野鬼像队伍一样排在大门口。亮亮把手里的馍馍又往小里分了一下,反手向门两边扔去,然后迅速地跑回厨房。"《点灯时分》里用来做灯盏的荞面就有一个与佛教有关的故事,等等。郭文斌乡土小说中写到的民俗,无不与儒家、道家、佛家及民间鬼神观念、巫术观念和各种禁忌、愿望等有关,都具有神秘色彩。

  对于西部文学中的神秘主义描写,研究者很难做出准确的价值判断。但无论如何,这是一个不容忽视和回避的文学现象,有待于学术界进一步深入研究,跟踪其发展走向,厘清其发展历史,特别是对其做出恰如其分的美学判断和社会学分析。

[①] 李兴阳:《西部生命的多情歌者》,《文艺报》,2005年2月15日版。

后　记

《中国西部现代文学史》的修订版《中国西部新文学史》历时三年的修订，终于编定出版。本次修订的一个重点，是将西部新文学史的书写时段由初版文学史截止时间2003年拓展至2017年，补充了一批新晋作家的创作研究，对一些老作家新世纪创作风格的变化给予了重新评价，并增加了对西部现代文学制度如文学期刊、社群、文学活动的介绍，还对西部新文学的英雄主义、生态主义、神秘主义文学思潮进行了必要的勾勒。因此，修订版增加了两章十五节十六余万字的内容。同时，修订版还对初版文学史四个章节给予了大幅度修改、删减，并对通篇内容进行了修订，一些篇章做了适当的补充。初版文学史五十一万多字，修订版六十八万多字，增加新的内容十六余万字，修改篇幅达到十多万字，整体增删幅度近三十万字。需要说明的是，在保持西部新文学发展脉络和整体风貌的前提下，修订版对于一些作家作品分析、评论的局部表述，鉴于各种原因做了很大的删减，对一些论述做了审慎的修订，这是必须要对读者交代说明的。总之，本次修订所做的努力和难免的遗憾、不足，尚留待广大读者与历史去评鉴，我们期待读者的真诚回应和历史的检阅。

丁帆　马永强
2018年12月17日

主要参考书目

1. 朱宜初、李子贤主编:《少数民族民间文学概论》,云南人民出版社,1983年出版。
2. 马学良、梁庭望、张公瑾主编:《中国少数民族文学史》(修订本),中央民族大学出版社,2001年出版。
3. 特·赛音巴雅尔主编:《中国少数民族当代文学史》,北京十月文艺出版社,1999年出版。
4. 杨恩洪:《中国少数民族英雄史诗〈格萨尔〉》,浙江教育出版社,1995年出版。
5. 马树勋:《中国少数民族文字报纸概略》,内蒙古大学出版社,1990年出版。
6. 季羡林:《比较文学与民间文学》,北京大学出版社,1991年出版。
7. 谷苞:《西北民族宗教史料文摘》(甘肃分册),甘肃省图书馆编,1987年出版。
8. 项英杰等:《中亚:马背上的文化》,浙江人民出版社,1993年出版。
9. 杨帆编:《我的经验——少数民族作家谈创作》,青海人民出版社,1982年出版。
10. 梁庭望、张公瑾:《中国少数民族文学概论》,中央民族大学出版社,1998年出版。
11. 张兵、李子伟:《陇右文化》,辽宁教育出版社,1998年出版。
12. 费孝通主编:《中华民族多元一体格局》,中央民族大学出版社,1993年出版。
13. 中央民族学院《藏族文学史》编写组编著:《藏族文学史》,四川民族出版社,1985年出版。
14. 吴重阳、陶立璠编:《中国少数民族现代作家传略》,青海人民出版社,1980

年出版。

15. 陈伯中、张越编:《新疆兄弟民族文学评论集》,新疆人民出版社,1982年出版。

16. 《新疆作家作品论》,新疆人民出版社,1985年出版。

17. 王保林主编:《中国少数民族现代文学》,广西人民出版社,1989年出版。

18. 耿予方:《藏族当代文学史》,中国藏学出版社,1994年出版。

19. 张紫晨:《民俗学讲演集》,书目文献出版社,1986年出版。

20. 邢莉、易花:《草原文化》,辽宁教育出版社,1998年出版。

21. 李文衡主编:《甘肃当代文艺五十年》,甘肃文化出版社,1999年出版。

22. 张云:《青藏文化》,辽宁教育出版社,1998年出版。

23. 耿予方:《藏族当代文学》,中国藏学出版社,1994年出版。

24. 潜明兹:《中国少数民族英雄史诗》,商务印书馆,1996年出版。

25. 朝戈金:《口传史诗诗学:冉皮勒〈江格尔〉程式句法研究》,广西人民出版社,2000年出版。

26. 《格萨尔研究集刊》第一集,中国民间文学出版社,1985年出版。

27. 《格萨尔研究》第二集,中国民间文艺出版社,1986年出版。

28. 《格萨尔研究》第三集,中国民间文艺出版社,1988年出版。

29. 王兴先:《〈格萨尔〉论要》,甘肃民族出版社,1991年出版。

30. 毛星主编:《中国少数民族文学史》上册,湖南人民出版社,1984年出版。

31. 色道尔吉译:《江格尔》,人民文学出版社,1983年出版。

32. 雷茂奎、李竟成:《丝绸之路民族民间文学研究》,新疆人民出版社1994年出版。

33. 仁钦道尔吉:《中国少数民族英雄史诗〈江格尔〉》,浙江教育出版社1995年出版。

34. 中国民间文艺家协会新疆维吾尔自治区分会编:《〈江格尔〉论文集》(一),新疆人民出版社1988年出版。

35. 郎樱:《〈玛纳斯〉论析》,内蒙古大学出版社,1991年出版。

36. 降边嘉措:《格萨尔初探》,青海人民出版社,1986年出版。

37. 内蒙古社科院编:《蒙古族文学简史》,内蒙古人民出版社,1981年出版。

38. 降边嘉措等编:《〈格萨尔王传〉研究文集》,四川民族出版社,1986年出版。

39. 居素甫·玛玛依演唱,刘发俊、朱玛拉依、尚锡静翻译整理的汉译本《玛纳斯》(1—2部),新疆人民出版社,1990年出版。

40. 宁夏《回族文学史》编写组:《回族民间文学史纲》,宁夏人民出版社,1989年出版。

41. 《民族文学论文集》,中央民族学院出版社,1987年出版。

42. 郗慧民:《西北民族歌谣学》,民族出版社,2001年出版。

43. 钟敬文主编:《民间文学概论》,上海文艺出版社,1980年出版。

44. 赵宗福:《花儿通论》,青海人民出版社,1989年出版。

45. 罗耀南:《花儿词话》,青海人民出版社,2001年出版。

46. 郗慧民:《西北花儿学》,兰州大学出版社,1989年出版。

47. 柯扬:《诗与歌的狂欢节》,甘肃人民出版社2002年出版。

48. 冯天瑜、周积明:《中国古文化的奥秘》,湖北人民出版社,1986年出版。

49. 薛宗正:《历代西陲边塞诗研究》,敦煌文艺出版社,1993年出版。

50. 王干一、路志霄选编:《陇右近代诗钞》,兰州大学出版社,1988年出版。

51. 陈超编著:《中国探索诗鉴赏辞典》,河北人民出版社,1989年出版。

52. 刘金镛、陆思厚、房福贤编:《徐怀中研究专集》,解放军文艺出版社,1983年出版。

53. 杜秀华编:《碧野研究专集》,长江文艺出版社,1985年出版。

54. 党鸿枢、季成家、张明廉编:《武玉笑 赵燕翼 高平研究合集》,甘肃人民出版社,1986年出版。

55. 管卫中:《西部的象征》,青海人民出版社,1992年出版。

56. 韩子勇:《西部:边远省份的文学写作》,百花文艺出版社,1998年出版。

57. 唐燎原:《西部大荒中的盛典》,青海人民出版社1992年出版。

58. 彭书麟等:《西部审美文化寻踪》,湖北教育出版社,1999年出版。

59. 肖云儒:《中国西部文学论——多维文化中的西部美》,青海人民出版社,1989年出版。

60. 余斌:《中国西部文学纵观》,青海人民出版社,1992年出版。

61. 丁帆:《夕阳帆影》,知识出版社,2001年出版。

62. 马丽蓉:《20世纪中国文学与伊斯兰文化》,安徽教育出版社,2000年出版。

63. 丁帆:《中国乡土小说史论》,江苏文艺出版社,1992年出版。

64. 丁帆:《中国乡土小说的世纪转型研究》,人民文学出版社,2013年出版。

65. 张炯、邓绍基、樊骏:《中华文学通史》(第七卷),华艺出版社,1997年出版。

66. 佘树森、陈旭光:《中国当代散文报告文学发展史》,北京大学出版社,1996年出版。

67. 张钟等:《当代中国文学概观》,北京大学出版社,1986年出版。

68. 陈进波、马永强:《报告文学探论》,兰州大学出版社,1997年出版。

69. 黄发有:《诗性的燃烧》,百花洲文艺出版社,2002年出版。

70. 王一川:《中国现代性体验的发生》,北京师范大学出版社,2001年出版。

71. 朱光潜:《西方美学史》,人民文学出版社,1979年出版。

72. 柳鸣九:《"存在"文学与文学中的"存在"》,社会科学文献出版社,1997年出版。

73. 邱紫华:《悲剧精神与民族意识》,华中师范大学出版社,2003年第2版。

74. 朱光潜:《悲剧心理学》,人民文学出版社,1983年出版。

75. 欧阳可惺、钟敏:《区域文学的律动——〈天山〉流变与新疆当代文学》,暨南大学出版社,2014年出版。

76. 朱向前:《军旅文学史论》,东方出版社,1998年出版。

77. 夏冠洲、阿扎提·苏里坦、艾光辉:《新疆当代多民族文学史·小说卷》,新疆人民出版社,2006年出版。

78. 夏冠洲、阿扎提·苏里坦、艾光辉:《新疆当代多民族文学史·诗歌卷》,新疆人民出版社,2006年出版。

79. 夏冠洲、阿扎提·苏里坦、艾光辉:《新疆当代多民族文学史·散文报告文学卷/戏剧影视文学卷》,新疆人民出版社,2006年出版。

80. 夏冠洲、阿扎提·苏里坦、艾光辉:《新疆当代多民族文学史·文学翻译卷/文学评论卷》,新疆人民出版社,2006年出版。

81. 汪鸿明:《中国花儿源流史稿》(上下卷),甘肃民族出版社,2013年出版。

82. 王沛:《大西北之魂——中国花儿》,黑龙江人民出版社,2006年出版。

83. 《福克纳评论集》,人民文学出版社,1988年出版。

84. 罗钢、刘象豫主编:《后殖民主义文化理论》,陈永国等译,中国社会科学出版社,1999年出版。

85. 《英国作家论文学》,汪培基等译,三联书店,1985年出版。

86. [美]伯特·F·莫菲:《文化和社会人类学》,吴玫译,中国文联出版公司,1988年出版。

87. [美]赫姆林·加兰:《破碎的偶像》,刘保瑞等译,《美国作家论文学》,三联书店,1984年出版。

88. [德]海德格尔:《人,诗意地安居》,郜元宝译,广西师范大学出版社,2000年出版。

89. [美]兰登·华尔纳:《在漫长的中国古道上》,姜洪原、魏宏举译,新疆人民出版社,2001年出版。

90. [德]黑格尔:《美学》第三卷(下),朱光潜译,商务印书馆,1981年出版。

91. [加]谢少波:《抵抗的文化政治学》,中国社会科学出版社,1999年出版。

92. [俄]车尔尼雪夫斯基:《生活与美学》,周扬译,人民文学出版社,1957年出版。

93. [德]卡尔·雅斯贝尔斯:《悲剧的超越》,亦春译,工人出版社,1988年出版。

94. [德]黑格尔:《历史哲学》,王造时译,上海书店出版社,1999年出版。

95. [美]雷·韦勒克、奥·沃伦:《文学理论》,刘象愚、邢培明等译,北京三联书店,1984年出版。

96. [德]马克思、恩格斯:《马克思恩格斯全集》(第3卷),中共中央马克思恩格斯列宁斯大林著作编译局编译,人民出版社,2002年第2版。

97. [美]丹缅·格兰特、莉莲·弗斯特:《现实主义·浪漫主义》,郑鸣放、邵小红、朱敬才译,陕西人民出版社,1989年出版。

98. [德]康德:《判断力批判》,邓晓芒译,人民出版社,2002年出版。

99. [美]罗洛·梅:《爱与意志》,冯川译,国际文化出版公司,1987年出版。

100. [美]阿瑟·科尔曼、莉比·科尔曼:《父亲:神话与角色的变换》,刘文成、王军译,东方出版社1998年出版。

101. [英]汤因比:《历史研究》(上),曹未风等译,上海人民出版社,1997年出版。

102. [加]哈罗德·伊尼斯:《帝国与传播》,何道宽译,中国人民大学出版社,2003年出版。

103. [德]马克思、恩格斯:《马克思恩格斯论艺术》,人民文学出版社,1966年出版。

104. [美]艾恺:《世界范围内的反现代化思潮——论文化守成主义》,贵州人民出版社,1991年出版。